Phébus *libretto*

SANS NOM

W. WILKIE COLLINS

SANS NOM

roman

Traduit de l'anglais par
E. D. FORGUES

Phébus *libretto*

OUVRAGE PUBLIÉ SUR LES CONSEILS DE

MICHEL LE BRIS

Illustration de couverture :
Whistler :
Symphonie en blanc n° 1 : La Fille blanche (détail)
Washington, National Gallery of Art
Harris Whittemore Collection

Titre original de l'ouvrage en anglais :
No Name

A Francis Carr Beard

membre du Collège royal de chirurgie d'Angleterre
en souvenir de l'époque où furent écrites les ultimes
scènes de cette histoire

SCÈNE PREMIÈRE

COMBE-RAVEN, SOMERSETSHIRE

I

Les aiguilles de l'horloge murale du vestibule marquaient six heures et demie du matin. La maison était une riche demeure de campagne dans l'ouest du comté de Somerset; on l'appelait Combe-Raven. Fixons l'époque : le 4 mars de l'année 1846.

Aucun bruit, sauf l'éternel tic-tac de l'horloge et les ronflements sonores d'un gros chien étendu sur une natte au seuil de la salle à manger, ne troublait le calme mystérieux qui régnait ce matin-là dans ce vestibule et sur l'escalier dont on voyait les dernières marches. Quels dormeurs étaient cachés dans les étages supérieurs ? Laissons la maison elle-même nous révéler ses secrets; à mesure que, quittant leurs lits, ils descendront l'escalier, les dormeurs se présenteront eux-mêmes.

Au moment où l'horloge marquait sept heures moins le quart, le chien s'éveilla et se secoua bruyamment. Après avoir vainement attendu le valet de pied qui d'ordinaire le lâchait dans la cour, l'animal se mit à vaguer avec inquiétude de l'une à l'autre des portes closes sur le vestibule; et, revenant à sa natte avec une évidente perplexité, il poussa un long et triste hurlement, sorte de reproche adressé à la famille encore endormie.

Avant que les dernières notes de cette remontrance canine eussent cessé de vibrer, les marches de chêne situées dans les plus hautes régions du bâtiment craquèrent sous les pas de quelqu'un qui descendait lentement. La minute d'après, on vit apparaître la première des domestiques, les épaules chaudement abritées sous un châle de laine.

Cette matinée de mars était glaciale, et la cuisinière et les rhumatismes étaient de vieilles connaissances.

Ne faisant d'abord aux cordiales avances du chien qu'un accueil fort peu gracieux, la cuisinière ouvrit lentement la porte du vestibule et fit sortir l'animal.

La matinée avait un aspect revêche. Sur un gazon spacieux et derrière une noire plantation de sapins, le soleil frayait sa route ascendante parmi des masses de nuages grisâtres et comme déchirés ; de grosses gouttes de pluie tombaient pesamment à longs intervalles, et les arbres humides pliaient lourdement sous l'effort de la brise de mars.

Sept heures sonnèrent ; les signes de la vie intérieure commencèrent à se manifester, de plus en plus rapides.

La fille de service descendit, grande et mince, portant écrit en rouge sur le bout de son nez le degré de la température printanière. La femme de chambre vint après, jeune, replète mais élégante, encore endormie. La fille de cuisine parut ensuite, affligée d'une névralgie faciale et ne dissimulant guère sa douleur. Le dernier de tous, arriva le valet de pied, bâillant à se décrocher la mâchoire, vivant portrait d'un homme qui se sent indûment privé du sommeil auquel il a droit.

La conversation des domestiques, quand ils se groupèrent devant le feu de la cuisine lentement allumé, roula sur un événement de fraîche date survenu dans la famille, et porta dès le début sur cette question : Thomas, le valet de pied, avait-il vu quelque chose du concert donné à Clifton, auquel, la veille au soir, avaient assisté son maître et les deux jeunes demoiselles ? Oui, Thomas avait entendu le concert ; on lui avait payé sa place aux stalles du fond, il y avait eu beaucoup de bruit, il faisait très chaud ; les affiches avaient annoncé un « grand » concert, mais franchir seize milles en chemin de fer pour aller l'entendre, et dix-neuf milles en voiture à une heure et demie du matin après l'avoir entendu, était une corvée sur l'utilité de laquelle Thomas avait quelques doutes. Son maître et les jeunes dames en décideraient à leur guise ; quant à lui, toute réflexion faite, il se prononcerait sans hésiter pour la négative. Les domestiques eurent beau tenter de poursuivre leurs investigations, aucune n'obtint de résultat satisfaisant. Thomas ne put ni fredonner aucune des chansons, ni décrire aucune des toilettes. Son auditoire, en conséquence, l'abandonna en désespoir de cause, et le bavardage de cuisine rentra dans son cours ordinaire, jusqu'à ce que l'horloge sonnât huit heures et dispersât subitement les domestiques partant vaquer à leurs tâches matinales.

Huit heures et quart sonnèrent; rien ne se passa. Huit heures et demie : dans la région des chambres à coucher se manifestèrent quelques symptômes de vie. Un nouveau membre de la maisonnée descendit l'escalier; il s'agissait de Mr. Andrew Vanstone, le maître des lieux.

Grand, fort, se tenant droit, ses yeux bleus pleins de lumière, son teint fleuri débordant de santé, sa jaquette de chasse à longs poils négligemment boutonnée de travers, son petit terrier d'Écosse aux allures perverses aboyant sur ses talons sans recevoir la moindre réprimande, une main plongée dans la poche de son gilet, l'autre battant gaiement la mesure sur la rampe de l'escalier tandis qu'il descendait en fredonnant un des airs de la veille, Mr. Vanstone laissait lire sur toute sa personne, sans la moindre réserve et à tout venant, le caractère dont la nature l'avait doté. Humeur facile, cœur bienveillant, ce bel et bon gentleman marchait au soleil de la vie, ne demandant à l'évidence rien de mieux que de rencontrer, également au soleil, tous les hommes appelés à vivre en même temps que lui. A ne compter que les années, il avait un demi-siècle et un peu plus. A le juger d'après la légèreté de son cœur, la force de sa constitution et son aptitude à jouir de tout, il n'était guère plus vieux que la plupart de ceux qui ne portent que le fardeau de leurs trente ans.

– Thomas ! cria Mr. Vanstone en prenant sur la table du vestibule son vieux chapeau de feutre et le gros bâton qu'il emportait à la promenade, on déjeune ce matin à dix heures. Après le concert d'hier au soir, nos jeunes dames ne se lèveront guère plus tôt. A propos, comment avez-vous trouvé ce concert, vous ? Grand, n'est-ce pas ? Eh bien ! vous avez raison. Des « bang » et des « crash », interrompus de quelques « crash-bang » pour varier ! Et toutes les femmes serrées à étouffer, une chaleur accablante, le gaz qui vous aveuglait; de la place pour personne ! Oui, oui, Thomas, « grand » est bien le mot, et quel confort avec cela !

Ayant ainsi exprimé son opinion, Mr. Vanstone siffla son malicieux terrier, et, brandissant son bâton sur le seuil du vestibule comme pour jeter à la pluie un défi joyeux, il commença, contre vents et marées, sa promenade matinale.

Les aiguilles, poursuivant sans bruit leur route constante autour du cadran, marquèrent neuf heures moins dix minutes. Un autre membre de la maisonnée se montra dans l'escalier ; c'était Miss Garth, la gouvernante. Aucun observateur tant soit peu subtil n'aurait examiné Miss Garth sans percevoir immédiatement qu'elle était une femme du Nord. Les traits de son visage fortement accusés, la promptitude masculine de ses gestes, l'honnêteté obstinée de sa physionomie et de son attitude, tout attestait qu'elle était née, qu'elle avait reçu sa première éducation sur la frontière anglo-écossaise. Bien qu'elle eût à peine dépassé la quarantaine, ses cheveux étaient tout à fait gris, et elle les abritait sous un sévère bonnet de vieille femme. Ni ses cheveux ni sa coiffure ne juraient avec son visage, lui aussi marqué par les années : nul doute que le destin l'avait vieilli prématurément par quelque malheur. L'aisance de sa démarche, et l'habitude d'autorité empreinte dans les regards qu'elle jetait autour d'elle, portaient témoignage de la position qui lui était faite dans la famille Vanstone. Elle n'appartenait pas, évidemment, à cette classe de gouvernantes tristes, persécutées, serviles jusqu'à en être pitoyables. Non, c'était une femme vivant en bons et honorables termes avec ses employeurs ; une femme capable d'envoyer promener, et très loin, les parents, quels qu'ils fussent, assez malavisés pour ne pas l'apprécier à sa juste valeur.

– Le déjeuner pour dix heures ? répéta Miss Garth, lorsque le valet de pied, obéissant à la sonnette, fut venu lui répéter les ordres qu'il avait reçus de son maître. Ah ! je devinais bien ce qu'amènerait ce concert d'hier au soir. Lorsque les gens qui vivent à la campagne se piquent de subventionner des divertissements, ces divertissements – aimable remerciement ! – bouleversent ensuite la vie de famille plusieurs jours de suite. Vous, par exemple, Thomas, vous êtes bouleversé, je m'en aperçois bien ; vos yeux sont rouges comme ceux d'un furet, et on dirait que vous avez gardé votre cravate en vous mettant au lit. Apportez la bouilloire à dix heures moins le quart ! Et si vous n'êtes pas mieux dans le cours de la journée, venez me trouver ; je vous donnerai une médecine… Voilà un garçon capable si on le laisse à sa routine, continua Miss Garth, lorsque le départ de Thomas l'eut réduite au monologue ; mais il n'est pas assez fort pour des concerts à vingt milles d'ici. Dire qu'ils voulaient m'emmener aussi ! Ah oui ? Qu'on m'y prenne !

Neuf heures sonnèrent, et l'aiguille parcourut encore vingt minutes avant qu'on entendît d'autres pas dans l'escalier. Ce temps expiré, deux dames parurent, Mrs. Vanstone et sa fille aînée.

Si Mrs. Vanstone n'avait jamais eu d'autres attraits que cette fraîcheur de teint qui est si essentiellement l'apanage des femmes anglaises, elle avait, et depuis longtemps, perdu les derniers restes de cette éphémère beauté. Mais, bien qu'elle fût maintenant dans sa quarante-quatrième année, bien qu'éprouvée jadis par la perte prématurée de plusieurs de ses enfants, et bien que de longues maladies eussent suivi ces déchirements douloureux, elle conservait l'élégance de galbe et la subtile délicatesse de traits, autrefois unies chez elle à l'éclat, à la splendeur de cette jeunesse qui maintenant l'avait à tout jamais quittée. L'aînée de ses filles, celle qui descendait les marches à côté d'elle, était comme le miroir où elle eût pu contempler son printemps évanoui. Sur la tête de la fille on retrouvait en torsades épaisses les épais cheveux bruns qui, sur celle de la mère, prenaient rapidement une teinte grisonnante; sur les joues de la fille brillaient ces rougeurs charmantes maintenant effacées des joues maternelles pour ne jamais refleurir. Miss Vanstone était déjà parvenue à cet âge où la femme atteint sa première maturité : elle venait de terminer sa vingt-sixième année. La majesté qui caractérisait autrefois la beauté de sa mère, elle en avait hérité, mais non de tout ce que cette beauté avait de conciliant et d'attrayant. Bien que le galbe de son visage fût le même, les traits n'avaient pas la même finesse et ne s'unissaient pas en des proportions aussi exactes. Elle n'était pas non plus aussi grande. Elle avait les yeux brun foncé de sa mère, grands et doux, avec cet éclat constant que ne conservaient point ceux de Mrs. Vanstone, mais dans leur expression ne se retrouvaient pas le même attrait, la même finesse, la même profondeur de sentiment : cette expression était douce et féminine, comme voilée d'une sorte de tranquille réserve qui n'avait jamais obscurci le visage maternel. Si nous osions y regarder d'assez près, ne pourrions-nous pas remarquer que la force de caractère et les plus hautes capacités intellectuelles transmises par leurs parents semblent souvent s'affaiblir et s'atténuer chez les enfants, en vertu de quelque cause inconnue? En ce temps d'épuisement nerveux que propage mystérieusement une contagion subtile, ne serait-il pas possible d'appliquer le même principe (et plus fréquemment que nous ne sommes tentés de l'admettre) aux qualités physiques.

La mère et la fille descendaient lentement : la première, dans un costume brun foncé, un châle de cachemire négligemment jeté sur ses épaules ; la seconde, plus simplement vêtue de noir, avec un col et des manchettes unies, et un nœud de ruban orange sur le devant de son corsage. Tandis qu'elles traversaient le vestibule et entraient dans la salle à manger, Miss Vanstone était encore tout absorbée dans le souvenir du concert de la veille.

– Je suis vraiment fâchée, maman, que vous n'ayez pas été avec nous, dit-elle. Depuis l'été dernier, vous avez toujours été si forte et si bien portante ; vous vous êtes trouvée si rajeunie (ce sont vos propres paroles) que, j'en suis sûre, cette petite sortie ne vous eût point fatiguée.

– Peut-être bien, chère enfant, mais il était plus sûr de ne rien aventurer.

– Sans aucun doute, remarqua Miss Garth, qui se montra sur le seuil de la porte. Regardez plutôt Norah ! Bonjour, bonjour, ma chère petite ! Regardez Norah, vous dis-je ! Une vraie morte, un témoignage ambulant de la sagesse dont vous et moi nous avons fait preuve en demeurant au logis. Ce gaz vénéneux, cet air vicié, cette veille prolongée, qu'en peut-on attendre ? Elle n'est pas de fer, n'est-ce pas ? aussi la voilà toute souffrante... Oh ! ma chère, inutile de s'en défendre ! je vois bien que vous avez la migraine.

La jolie figure brune de Miss Norah s'éclaira d'un sourire passager, et tout aussitôt reprit sa réserve accoutumée.

– A peine un léger mal de tête... Rien qui puisse me faire regretter d'être allée au concert, dit-elle en s'allant accouder à une fenêtre.

Par delà les haies d'un potager et les murailles basses d'un enclos à daims, le regard embrassait un cours d'eau, quelques bâtiments de ferme situés sur les bords, et l'entrée béante d'une gorge boisée ouverte entre des rochers (dans le comté de Somerset, ceci s'appelle une *combe*) et circulant ensuite à travers les hauteurs qui bornaient l'horizon. Parmi les ondulations presque insensibles des champs, on voyait à petite distance une échappée de route, aux sinueux détours, et sur cette route se reconnaissait la haute taille de Mr. Vanstone, qui regagnait à grands pas la maison, sa promenade matinale achevée.

Remarquant sa fille aînée au balcon, il la salua gaiement d'un moulinet de canne. Elle lui répondit par un mouvement de tête et un geste de mains parfaitement avenants et gracieux d'ailleurs, mais empreints d'un formalisme vieillots, très étrange chez une si jeune personne, et qui s'accordait peu avec l'idée qu'on se fait d'une fille envoyant à son père un salut familier.

L'horloge du vestibule sonna l'heure du déjeuner retardé. Cinq minutes plus tard, dans la région des chambres à coucher, on entendit se fermer bruyamment une porte. Une voix jeune livra aux échos de l'escalier une impétueuse roulade ; des pieds légers et rapides effleurèrent les degrés du second étage, frappèrent le premier palier d'un bond sonore et, plus prompts que jamais, reprenant leur course, franchirent les marches inférieures. Un moment après, la plus jeune des deux filles de Mr. Vanstone (les deux seuls enfants que le ciel lui eût laissés) se détacha, comme un éclair, sur le sombre escalier de chêne ; après avoir du même élan franchi les trois dernières marches, elle vint, essoufflée, compléter autour de la table à thé le cercle de famille.

Par un de ces caprices étranges auxquels la nature se complaît et que la science laisse encore inexpliqués, la plus jeune des enfants de Mr. Vanstone n'offrait aucun trait de ressemblance avec l'un ou l'autre des parents qui lui avaient donné le jour. D'où lui venait sa chevelure ? D'où lui venaient ses yeux ? Son père et sa mère eux-mêmes, la regardant grandir, n'avaient pas manqué de se poser ces question sans pouvoir y apporter l'ombre d'un début de réponse. Ces cheveux étaient de ce châtain franchement clair et doré, sans mélange de nuances rouge, jaune, ou couleur de chanvre, que l'on trouve fréquemment sur le plumage des oiseaux, presque jamais sur une tête d'homme ou de femme. Abondants et doux au toucher, ils tombaient en rouleaux luxuriants de son front un peu bas ; mais, au goût de certaines gens, ils manquaient d'éclat et de variété, aucun reflet ne venant rehausser leur teinte parfaitement pure. Ses sourcils et ses cils étaient à peine plus foncés que ses cheveux, et semblaient avoir été mis là pour assortir de beaux yeux d'un bleu violet, de cette nuance irrésistible quand elle se marie à l'éclat d'un teint de blonde. Mais, c'était ici que les promesses de ce jeune visage étaient démenties de la façon la plus surprenante : les yeux, que l'on attendaient foncés, étaient, de manière tout à fait incompréhensible et discordante, clairs. Ils étaient de ce gris presque incolore qui, peu attrayant par lui-même, a du moins, par compensation, le mérite d'une subtile transparence, et permet au regard d'exprimer la pensée dans ses gradations les plus fines, le sentiment dans ses moindres modifications, la passion dans son trouble le plus poignant, faculté que ne possèdent jamais au même degré les yeux d'une nuance plus marquée. Ainsi, la partie supérieure de son visage étrangement vouée à la contradiction, la jeune fille contredisait encore, par le bas de sa physionomie, l'idée que l'on se fait généralement de l'harmonie : ses lèvres avaient une délicatesse de forme vraiment féminine, ses joues les contours arrondis et lisses qui sont l'apanage de la jeunesse ; mais la bouche était trop accentuée et trop ferme, le menton trop anguleux et trop massif pour son sexe et pour son âge. Son teint participait de cette monotonie de nuances qui caractérisait sa chevelure. Il était uniformément d'une blancheur crémeuse, douce et chaude au regard, sans la moindre animation sur les joues, sinon par suite de quelque effort inaccoutumé, ou de quelque trouble soudain survenu dans les pensées de la jeune fille. Tout cet ensemble, si remarquable par les contrastes qu'il offrait, était rendu plus frappant encore par son extrême mobilité.

Presque jamais ne demeuraient en repos ces grands yeux gris clair aux lueurs électriques. Toutes sortes d'expressions se succédaient sur son visage avec une étourdissante rapidité, qui laissait bien loin derrière elle l'analyse lente et réfléchie. L'exubérante vitalité de la belle enfant se manifestait en toute sa personne, de la tête aux pieds. Sa taille, plus élevée que celle de sa sœur, plus élevée que celle du commun des femmes, douée d'une telle souplesse et d'une grâce telle qu'on ne pouvait en suivre les mouvements sans se rappeler les allures d'un jeune chat, sa taille était déjà si parfaitement développée, que personne, en la voyant, n'aurait supposé qu'elle avait dix-huit ans à peine. Elle s'épanouissait naturellement, irrésistiblement, de par sa force et sa santé, toutes deux incomparables, dans la pleine maturité physique qui d'ordinaire exige vingt années au moins. Et c'était là, au vrai, le maître ressort de cette constitution peu ordinaire.

Sa course aveugle et agile sur les escaliers du logis, l'activité, la promptitude de tous ses mouvements, l'incessant pétillement d'expressions qui se dégageait de son visage rayonnant, sa gaieté communicative qui prenait d'assaut autour d'elle les âmes les plus tranquilles, et jusqu'à ce goût effréné de couleurs brillantes qui se manifestait dans l'étoffe à larges raies de son vêtement du matin, dans les rubans bariolés qui flottaient autour d'elle, dans les grandes rosettes rouges qui décoraient ses coquets petits souliers, tout cela jaillissait de la même source, de cette santé surabondante qui communiquait sa force à chaque muscle, sa trempe à chaque nerf, et précipitait dans ses veines un sang jeune et chaud comme celui de l'enfant en voie de croissance.

A son entrée dans la salle à manger, elle fut saluée par le concert de remontrances que lui valait habituellement son mépris étourdi de toute ponctualité. Les autorités domestiques ne pouvaient s'y faire, et Miss Garth formulait leur ressentiment dans une phrase qu'elle répétait à tout propos, à savoir, que Magdalen était née avec tous les sens possibles, excepté celui de l'ordre.

Magdalen ! étrange idée de lui donner un tel prénom ; étrange, disons-nous, et pourtant le choix de ce nom était dû à des circonstances très ordinaires. Une sœur de Mr. Vanstone, morte dans sa première jeunesse, s'était nommée ainsi ; et c'était en souvenir d'elle qu'il avait voulu faire porter ce nom à sa seconde fille, de même qu'il avait appelé sa fille aînée Norah, parce que c'était le prénom de Mrs. Vanstone. Magdalen ! à coup sûr ce vieux nom grandiose, tiré de la Bible, plein de tristes et sombres suggestions, n'évoquant, dans sa plus ancienne incarnation, que la pénitence et l'isolement, se trouvait ici, et par le tour que les événements avaient pris, fort mal à propos départi. A coup sûr cette jeune fille, toute pétrie de contrastes, en avait sournoisement fourni un de plus en manifestant un caractère sans aucun rapport possible avec le nom que le baptême chrétien lui avait donné.

– Encore en retard ! dit Mrs. Vanstone, tandis que Magdalen l'accablait de baisers haletants.

– Encore en retard ! carillonna Miss Garth, quand Magdalen ensuite passa près d'elle. Eh bien, continua-t-elle, prenant familièrement dans sa main le menton de la jeune fille, avec une attention à demi moqueuse, à demi tendre, où se voyait clairement que cette cadette, avec tous ses défauts, était encore la favorite de la gouvernante. Eh bien ! qu'avez-vous rapporté du concert, vous ? Quelle souffrance vous a légué, pour aujourd'hui, cette soirée de dissipation ?

– De la souffrance ? répéta Magdalen retrouvant sa respiration, et avec elle l'usage de sa langue agile. Jc nc sais pas ce que veut dire ce mot : si je pèche, c'est par excès de santé… De la souffrance ? Je suis toute prête à retourner ce soir au concert, à danser demain, et à jouer la comédie le jour d'après… Oh ! s'écria-t-elle ensuite, se laissant tomber sur une chaise, et croisant ses mains sur la table, comme j'aime m'amuser !

– Allons, voilà au moins qui est clair, dit Miss Garth ; j'imagine que Pope songeait à vous, quand il écrivit ces fameux vers :

Au travail, au plaisir s'adonnant par caprice,
L'homme scinde sa vie et sait changer d'objet,
Mais la femme est toujours un franc mauvais sujet [1].

– Diable de femme ! s'écria Mr. Vanstone qui entrait dans la salle, suivi de son chien, au moment où Miss Garth terminait sa citation. Eh bien, on en apprend tous les jours : mais si vous êtes toutes des « mauvais sujets », mademoiselle Garth, voilà les sexes sens dessus dessous pour de bon, et les hommes n'auront plus désormais qu'à rester au logis pour y tricoter des chaussettes…. A table, voulez-vous !

– Comment allez-vous, papa ? dit Magdalen, prenant Mr. Vanstone par le cou, comme s'il eût appartenu à l'espèce des terre-neuve et comme si le ciel l'eût fait tout exprès pour servir de jouet à sa fille. Le mauvais sujet dont parle Miss Garth, c'est moi, ne vous en déplaise. Il me faut un autre concert… ou du théâtre si vous l'aimez mieux… ou un bal si vous préférez… n'importe quel autre amusement qui me fasse mettre une robe neuve, me jette dans une foule, m'illumine et me donne dans tout le corps des frissons d'excitation. N'importe quoi, pourvu qu'on ne nous envoie pas dans notre lit à onze heures sonnantes.

Mr. Vanstone s'était paisiblement assis, pendant que sa fille donnait cours à ce débordement de paroles, comme un homme accoutumé à cette sorte d'inondations.

– Oh ! s'écria-t-il, si la prochaine fois on me donne le choix des plaisirs, une comédie, j'imagine, me conviendra mieux qu'un concert… Vos enfants se sont étonnamment amusées, ma chère, continua-t-il en s'adressant à sa femme. Et bien plus que moi, j'ose le dire. C'était au-delà de mes capacités. Un seul des morceaux qu'ils ont joués a duré quarante minutes, montre en main. Ils se sont arrêtés à trois reprises, et chaque fois nous pensions tous que c'était fini ; nous applaudissions, tout heureux de notre délivrance ; mais c'était reparti ! A notre grande

1. « Men some to business, some to pleasure take
But every woman is at heart a rake. »
POPE, « Of the Characters of Women »

mortification, le morceau recommençait, si bien que nous désespérions d'en jamais sortir, et que nous aurions donné cher pour nous trouver nous-mêmes à Jéricho… Norah, mon enfant, ce morceau de quarante minutes, coupé de trois haltes, comment l'appelez-vous, s'il vous plaît ?

– Une symphonie, père, répondit Norah.

– Oui, vieux Philistin chéri, une symphonie, et du grand Beethoven, ajouta Magdalen. Comment pouvez-vous dire que vous ne vous êtes pas amusé ? Avez-vous donc oublié cette étrangère au teint jaune, et dont le nom est impossible à prononcer ? Ne vous rappelez-vous pas les grimaces dont elle accompagnait son chant, et ses révérences suivies d'autres révérences, jusqu'à ce qu'elle eût induit ses imbéciles auditeurs à bisser sa cavatine ? Regardez, maman ! Regardez, Miss Garth !

Elle prit à ces mots sur la table une assiette vide, qui tant bien que mal représentait une partition, et se mit à singer l'infortunée chanteuse, ses roulements d'yeux, ses révérences au public, si exactement et d'une façon si originale que son père éclata de rire ; le valet de pied lui-même (qui entrait à ce moment, apportant le sac aux lettres) se précipita hors de la salle et, manquant à tous les usages, fit écho à son maître, ce que nul ne manqua d'entendre de l'autre côté de la porte.

– Les lettres, père. Donnez-moi la clef du sac ! dit Magdalen, passant brusquement d'une idée à l'autre, avec cette vivacité qui la caractérisait.

Mr. Vanstone fouilla ses poches, et secoua la tête.

Si sa fille cadette ne lui ressemblait en rien d'autre, on devinait aisément de qui elle tenait ses habitudes rebelles à toute méthode.

– Je dois l'avoir laissée dans la bibliothèque avec mes autres clefs, dit Mr. Vanstone. Allez donc voir, chère enfant !

– En vérité, vous devriez tenir un peu Magdalen, dit Mrs. Vanstone en s'adressant à son mari, dès que leur fille eut quitté la salle à manger. Elle prend de plus en plus l'habitude de ces imitations stupides, et le ton léger qu'elle garde en vous parlant n'est réellement plus supportable.

– C'est exactement ce que j'ai dit et redit moi-même jusqu'à m'en lasser, fit remarquer Miss Garth. Elle traite Mr. Vanstone comme s'il était son frère cadet.

– Vous êtes toujours bon pour nous, père, et c'est par bonté, n'est-il pas vrai, que vous tolérez les étourderies de Magdalen ?

Ainsi s'exprima la paisible Norah, prenant parti pour son père et sa sœur, mais d'un ton si tranquille, si peu résolu, qu'il eût fallu, pour deviner ce qui se cachait sous cette apparence timide, une perspicacité de premier ordre.

– Merci, ma chère, dit avec bonté Mr. Vanstone, merci de ce joli plaidoyer. Quant à Magdalen, continua-t-il, s'adressant à sa femme et à Miss Garth, c'est une pouliche pas encore dressée : laissez-la s'en donner à cœur joie, en fait de cabrioles et de ruades inoffensives ; il sera temps de l'habituer au harnais, quand elle aura pris quelques années de plus.

La porte livra passage à Magdalen qui rentrait avec la clef. Elle ouvrit le sac aux lettres déposé sur le buffet et en vida pêle-mêle le contenu. En moins d'une minute, elle avait trié les lettres et s'approchait de la table, les deux mains pleines ; elle fit sa distribution tout aussi lestement qu'un facteur de Londres, et avec la même exactitude affairée.

– Deux pour Norah, proclama-t-elle, commençant par sa sœur ; trois pour Miss Garth, rien pour maman ; une pour moi ; les six dernières toutes pour papa... Vilain paresseux, vous n'aimez pas à répondre, n'est-il pas vrai ? poursuivit Magdalen, quittant le rôle de facteur pour reprendre celui d'enfant gâtée. Comme vous allez grogner et pester dans votre cabinet ! maudire les lettres, anathématiser la poste ! et comme votre vieux front chauve va rougir, tout en haut, pendant que vous vous impatienterez à barbouiller vos réponses ! et combien de réponses, en somme, vous finirez par remettre au lendemain ! Le théâtre de Bristol vient de s'ouvrir, murmura-t-elle tout à coup à l'oreille de son père. Je l'ai lu dans le journal quand je suis allée à la bibliothèque chercher cette clef... Si nous y allions demain soir ?

Pendant que sa fille bavardait ainsi, Mr. Vanstone classait machinalement son courrier. Il posa de côté les quatre premières lettres, l'une après l'autre, sans leur accorder grande attention, l'adresse une fois lue. Quand il en vint à la cinquième, au contraire, son regard distrait se fixa soudainement sur le timbre qui en marquait la provenance.

Penchée sur son épaule, Magdalen put déchiffrer ce timbre tout aussi bien que lui : NOUVELLE-ORLÉANS.

– Une lettre d'Amérique ? dit-elle. Qui donc connaissez-vous à La Nouvelle-Orléans ?

Mrs. Vanstone tressaillit dès que Magdalen eut articulé ces paroles, et jeta sur son mari un regard où se peignait l'anxiété la plus vive.

Mr. Vanstone ne répondit rien. Il écarta doucement de son cou le bras de sa fille, comme pour se débarrasser d'une légère importunité. Magdalen alla se rasseoir à sa place. Son père, tenant toujours la lettre, attendit quelques instants avant de l'ouvrir ; et, durant ces quelques secondes, sa femme le suivit du même regard anxieux qui avait déjà éveillé l'attention de Miss Garth et de Norah, comme celle de Magdalen.

Après avoir hésité une minute ou deux, Mr. Vanstone ouvrit la lettre.

Son visage, dès qu'il eut parcouru les premières lignes, changea de couleur. Ses joues prirent une teinte uniformément blême qui, chez un homme de moins riche tempérament, fût devenue une sorte de pâleur cadavéreuse, et sa physionomie exprima rapidement une sombre tristesse. Norah et Magdalen, qui l'examinaient avec inquiétude, ne virent que l'altération du visage de leur père. Miss Garth seule observa l'effet que ce changement produisit sur la maîtresse de maison, toujours attentive.

Ce n'était point l'effet qu'elle, ni personne au reste, eût prévu naturellement. Mrs. Vanstone semblait agitée plutôt qu'alarmée. Une faible rougeur lui vint aux joues ; ses yeux brillaient. Elle remua le thé dont sa tasse était pleine avec une impatience tout à fait extraordinaire chez elle.

Magdalen, à sa manière d'enfant gâtée, fut, comme toujours, la première à rompre le silence.

– De quoi s'agit-il, père ? demanda-t-elle.

– De rien, répondit brusquement Mr. Vanstone, sans lever les yeux.

– De quelque chose, au contraire, et j'en suis bien sûre, reprit Magdalen en insistant. Je suis sûre qu'il y a de mauvaises nouvelles dans cette lettre d'Amérique.

– Il n'y a rien qui vous regarde, répliqua Mr. Vanstone.

C'était la première fois que Magdalen se voyait ainsi rudoyée par son père. Elle lui jeta un regard de surprise et d'incrédulité, qui eût été parfaitement amusant en de moins graves circonstances.

On n'échangea plus une parole. Pour la première fois de leur vie peut-être, les membres de la famille restèrent assis autour de la table, dans un silence pesant. Le robuste appétit qu'apportait Mr. Vanstone à son repas matinal s'en était allé avec sa gaieté. Il écrasa entre ses doigts distraits quelques fragments de rôtie, pris sur la grille placée devant lui, acheva, sans y prendre garde, sa première tasse de thé, puis en demanda une seconde, qu'il laissa devant lui sans y toucher.

– Norah, dit-il, après une pause, je vous dispense de m'attendre... Magdalen, ma chère, vous pouvez sortir de table quand il vous plaira...

Ses filles se levèrent immédiatement, et Miss Garth comprit qu'elle devait suivre leur exemple. Quand un homme d'humeur toujours égale réclame tout à coup ses privilèges de chef de famille, pareille démonstration produit d'autant plus d'effet qu'elle est rare, et la volonté de cet homme doux et affable prend aussitôt force de loi.

– Que peut-il donc être arrivé ? dit à voix basse Norah, tandis que, laissant se refermer la porte de la salle à manger, elles traversaient le vestibule.

– Pourquoi donc papa m'a-t-il ainsi grondée ? s'écria Magdalen, en qui bouillonnait encore le ressentiment de l'injustice subie.

– Pourrait-on vous demander de quel droit vous venez mettre le nez dans les affaires particulières de votre papa ? répliqua aussitôt Miss Garth.

– De quel droit ! répéta Magdalen. Je n'ai point de secret pour mon père, mon père doit-il donc en avoir pour moi ? Je regarde ceci comme une insulte.

– Si vous regardiez ceci comme une juste réprimande de votre indiscrétion, dit Miss Garth, qui gardait toujours son franc-parler, vous seriez, à coup sûr, bien plus près de la vérité... Ah ! vous voilà bien comme les jeunes personnes de notre époque : pas une sur cent qui sache distinguer ses pieds de sa tête !

Les trois ladies entrèrent ensemble dans le petit salon, et Magdalen accusa réception des reproches que Miss Garth venait de lui adresser en poussant la porte avec impatience.

Une demi-heure s'écoula sans que Mr. Vanstone ou sa femme sortissent de la salle à manger. Le domestique, ignorant tout ce qui s'était passé, vint pour enlever le couvert. Il trouva son maître et sa maîtresse assis à côté l'un de l'autre, plongés dans une consultation qui semblait très grave, et se hâta de s'éloigner. Au bout d'un quart d'heure seulement, la porte de la salle à manger s'ouvrit, et la conférence des deux époux parut avoir pris fin.

– J'entends maman dans le vestibule, dit Norah. Peut-être vient-elle nous apprendre quelque chose.

A ce moment même, Mrs. Vanstone entra dans le petit salon. Ses joues étaient plus colorées que d'habitude, et on voyait briller dans ses yeux des larmes à peine séchées. Sa démarche était plus rapide, ses mouvements étaient plus hâtés qu'à l'ordinaire.

– Je vous apporte des nouvelles qui vont vous étonner, dit-elle à ses filles. Votre père et moi, nous partons pour Londres demain matin.

Magdalen, muette de surprise, saisit le bras de sa mère. Miss Garth laissa tomber son ouvrage sur ses genoux ; la paisible Norah elle-même se leva brusquement et, tout abasourdie, répéta :

– Vous allez à Londres ?

– Sans nous ? ajouta Magdalen.

– Votre père et moi, nous partons seuls, reprit Mrs. Vanstone. Sans doute pour trois semaines… certainement, pas davantage. Nous partons… (Ici, elle hésita.) … nous partons pour régler une importante affaire de famille… Laissez mon bras, Magdalen ! c'est une nécessité imprévue… J'ai beaucoup à faire aujourd'hui, beaucoup de choses à mettre en ordre d'ici à demain… Laissez, laissez-moi donc aller, chère enfant !

Elle dégagea son bras, posa rapidement un baiser sur le front de sa fille cadette et sortit immédiatement du salon. Magdalen elle-même voyait bien qu'aucune câlinerie ne déciderait sa mère à écouter la moindre question, et bien moins encore à y répondre.

La matinée s'écoula sans qu'on revît Mr. Vanstone. Avec la curiosité effrénée de son âge et de son caractère, Magdalen tenta, malgré la défense formelle de Miss Garth et les remontrances de sa sœur aînée, d'aller jusque dans le cabinet de son père s'assurer s'il y était encore. Quand elle essaya d'ouvrir la porte, elle constata que le verrou intérieur avait été poussé :

– Ce n'est que moi, dit-elle d'une voix douce, en attendant la réponse.

– Je suis occupé, ma fille, lui répondit-on. Ne me dérangez pas.

Mrs. Vanstone, quant à elle, était également inaccessible. Elle resta dans son appartement, entourée de ses domestiques, et absorbée dans les interminables préparatifs du prochain départ. Les domestiques, peu familiarisés, dans cette heureuse maison, avec les résolutions soudaines et les ordres imprévus, se montraient, dans leur docilité empressée, gauches et désordonnés. Ils couraient sans nécessité d'une pièce à l'autre, et perdaient un temps infini à se gêner sur les escaliers. Un étranger, entrant à ce moment dans la maison, eût pu croire à quelque malheur soudain plutôt qu'à un voyage préparé à l'improviste. Rien ne marchait suivant la routine accoutumée.

Magdalen, qui d'ordinaire passait la matinée au piano, errait comme une âme en peine dans les escaliers et les couloirs, ou bien rentrait et sortait, selon les intervalles de mauvais temps et d'éclaircies. Norah, dont la passion pour la lecture était proverbiale, prenait volume après volume sur les rayons et les tables pour les y déposer presque aussitôt, désespérant de fixer son attention sur aucun d'eux. Miss Garth elle-même se sentait envahie par cette désorganisation contagieuse, et demeurait assise au coin du feu, dans le salon, secouant la tête de temps à autre, par un mouvement prophétique, et sans toucher à son ouvrage posé près d'elle.

– Des affaires de famille ! pensait-elle, ruminant les vagues explications données par Mrs. Vanstone. Depuis douze ans que je vis à Combe-Raven, voici la première fois qu'entre les parents et leurs enfants il est question de ces sortes d'affaires. Que signifie ceci ? Allons-nous avoir du nouveau ? Hélas ! je me fais vieille, et je n'aime pas la nouveauté…

II

A dix heures, le lendemain matin, Norah et Magdalen, seules dans le vestibule de Combe-Raven, venaient d'assister au départ de la voiture qui emportait leur père et leur mère vers le train de Londres.

Jusqu'au dernier moment, les deux sœurs avaient espéré quelques mots d'explication sur cette mystérieuse affaire de famille, à laquelle Mrs. Vanstone avait fait la veille une allusion si rapide. Aucune explication de ce genre ne leur avait été offerte. L'agitation même de la séparation, expérience si neuve pour les jeunes filles comme pour leurs parents, n'avait pas ébranlé la discrétion obstinée de Mr. et de Mrs. Vanstone. Ils étaient partis avec les plus chauds témoignages d'affection, avec des caresses d'adieu fermement réitérées à plusieurs reprises, mais sans laisser échapper un mot qui pût, de près ou de loin, révéler la nature de leurs préoccupations.

Lorsqu'à un tournant de la route les roues du carrosse eurent cessé de broyer le sable à grand bruit, les deux sœurs se regardèrent, chacune comprenant et chacune laissant voir à sa manière le désappointement qu'elles éprouvaient en se trouvant, pour la première fois de leur vie, ouvertement exclues de la confiance de leurs parents. La réserve habituelle de Norah, assise sur une des chaises du vestibule, se mua en un silence farouche, tandis qu'elle gardait les sourcils froncés sur la porte ouverte. Magdalen, peu habituée à rien cacher des impressions qui l'offusquaient, exprimait son mécontentement dans les termes les moins équivoques : « Peu m'importe qui le saura, disait-elle, je trouve qu'on abuse étrangement de nous deux ! » Et la jeune demoiselle, à ces mots, s'assit à côté de sa sœur, regardant comme elle dans la campagne.

Presque au même moment, Miss Garth, qui sortait du petit salon, déboucha dans le vestibule. Sa prompte sagacité lui suggéra qu'il était temps d'intervenir, et son bon sens, toujours prêt, lui en fournit aussitôt les moyens :

– Relevez la tête toutes deux, je vous prie, et veuillez m'écouter ! dit Miss Garth. Si nous voulons, à nous trois, ne pas trop nous déplaire dans la solitude où on nous laisse, il faut nous rattacher à nos habitudes et reprendre le train accoutumé de nos occupations. Voilà, sans plus de discours, la situation : Il faut prendre le temps comme il vient, dit-on en France. Me voici toute prête à vous donner l'exemple. Je viens justement de commander un excellent dîner pour l'heure habituelle. Je m'en vais chercher, à présent, dans ma pharmacie un remède pour la fille de cuisine… En attendant, chère Norah, vous trouverez votre ouvrage et vos livres, comme toujours, dans la bibliothèque. Et vous, Magdalen, si vous vouliez bien cesser de faire des nœuds avec votre mouchoir, vous emploieriez plus utilement vos dix doigts sur les touches du piano. Nous prendrons notre repas à une heure, et ensuite nous irons promener les chiens… Allons, enfants, à la besogne, et aussi gaiement que moi ! Debout, sans tarder ! Si je vous vois plus longtemps ces tristes figures, aussi vrai que je m'appelle Garth, j'envoie ma démission à votre mère et, par le train de midi quarante, vous me verrez partir pour rentrer auprès des miens.

Terminant sa péroraison sur cette menace décisive, Miss Garth conduisit Norah jusqu'au seuil de la bibliothèque, poussa Magdalen dans le petit salon et continua sa route vers les sombres régions où se cachait la pharmacie.

C'est ainsi, mi-grave mi-badine, qu'elle conservait une espèce d'autorité amicale sur les filles de Mr. Vanstone, alors que, depuis quelque temps déjà, ses fonctions de gouvernante eussent dû prendre fin. Norah, nous n'avons pas besoin de le dire, n'était plus son élève depuis des années, et Magdalen, elle aussi, avait achevé ses études. Mais Miss Garth vivait depuis trop longtemps chez Mr. Vanstone, et dans une trop grande intimité pour qu'on se séparât d'elle par des raisons de pure forme. Et la première fois qu'elle avait cru convenable d'annoncer son départ, on avait écarté cette idée avec des protestations d'amitié si chaleureuses et si sincères qu'elle ne revint jamais sur ce sujet, autrement que sur le ton de la plaisanterie. Elle eut en charge, à partir de ce moment, toute l'intendance de la maison ; à cette mission elle demeurait libre de joindre tous les services que réclamait Norah pour la direction de ses lectures, Magdalen pour la surveillance de ses études musicales. Telles étaient les conditions auxquelles Miss Garth continuait de résider chez les Vanstone.

Dans l'après-midi, le temps s'arrangea ; vers une heure un peu passée, le soleil brillait, et les dames sortirent, emmenant les chiens à leur promenade.

Elles traversèrent le cours d'eau et gravirent, par la petite gorge dont nous avons parlé, les hauteurs situées au-delà ; puis elles tournèrent à gauche et revinrent par un chemin de traverse qui passait dans le village de Combe-Raven.

Arrivées en vue des premiers cottages, elles passèrent à côté d'un homme arrêté sur la route, et qui regarda fort attentivement d'abord Magdalen, puis Norah. Elles notèrent seulement qu'il était de petite taille, vêtu de noir, et qu'elles ne l'avaient jamais vu ; puis elles continuèrent leur chemin sans accorder une pensée de plus à ce piéton étranger qu'elles avaient rencontré flânant, tandis qu'elles s'en revenaient.

A la sortie du village, et comme elles venaient de s'engager dans un sentier qui menait directement chez elles, Magdalen étonna Miss Garth en lui apprenant que l'étranger en noir avait fait demi-tour après les avoir croisées et les suivait maintenant d'assez près.

– Il est sur le même côté de la route que Norah, continua-t-elle avec malice, ce n'est donc pas moi qui l'attire, et par conséquent ce n'est pas moi qu'il faut blâmer.

Que cet homme les suivît ou non, peu importait, car elles étaient maintenant fort près de la maison. Pourtant, au moment où elles allaient franchir la grille, Miss Garth, ayant tourné la tête, vit que l'étranger hâtait le pas, avec l'intention bien marquée de les interpeller. Elle enjoignit donc aux deux jeunes filles de rentrer aussitôt avec les chiens, tandis qu'elle s'arrêtait à la grille pour attendre la suite des événements.

Ces dispositions venaient à peine d'être prises que l'étranger arriva à la hauteur du pavillon du gardien. Il ôta poliment son chapeau et salua Miss Garth qui venait de se retourner. Il avait l'air d'un clergyman dans le besoin.

Son portrait, pris de haut en bas, le voici : d'abord un chapeau haut de forme, autour duquel s'enroulait un large crêpe, fort chiffonné; sous ce chapeau, une longue figure maigre et flétrie, où la petite vérole avait tracé ses sillons, et que caractérisait une paire d'yeux remarquables par la dissemblance de leur couleur : l'un d'un vert bilieux, l'autre d'un brun également bilieux; tous deux animés par un regard singulièrement intelligent. Sa chevelure gris fer était soigneusement brossée sur les tempes. Sur ses joues et son menton, la teinte bleuâtre d'une barbe rasée de fort près. Il avait le nez court des Romains, et ses lèvres allongées, minces et souples étaient relevées à leurs coins par un sourire doucement ironique. Sa cravate blanche était haute, roide, et légèrement jaunie. Le col de chemise, plus haut encore, plus roide et plus jauni encore, projetait fort en avant du menton ses deux pointes menaçantes. A partir de là, la frêle et souple structure du petit homme était uniformément enveloppée dans une étoffe noire, décente encore, mais un peu râpée. Son paletot, serré autour de la taille, demeurait largement ouvert sur la poitrine. Ses mains étaient couvertes de gants en tricot noir, reprisés soigneusement au bout des doigts. Son parapluie, bien que l'embout en fût usé d'un bon quart de pouce, était soigneusement protégé par un étui de toile cirée. C'est de face qu'il semblait le plus atteint par les ravages du temps. En le regardant ainsi, on lui eût facilement donné cinquante ans, et même plus. Marchait-on derrière lui, son dos et ses épaules n'accusaient guère que trente-cinq ou trente-six ans. Ses manières étaient empreintes d'une sérénité grave. Quand il ouvrait la bouche, il parlait avec une belle voix de basse, avec une élocution un peu trop fluide qui dénotait une préférence marquée pour les mots comptant plus d'une syllabe. Ses lèvres, doucement souriantes, distillaient la persuasion et, si minable que fût son apparence, les fleurs immortelles de la courtoisie germaient, de la tête aux pieds, sur toute sa personne.

– Voici, j'imagine, la résidence de Mr. Vanstone? dit-il, en indiquant la maison d'un ample geste de la main. Aurais-je, par hasard, l'honneur de m'adresser à un membre de son honorable famille?

– Oui, répondit aussitôt Miss Garth avec son franc-parler habituel. Vous vous adressez à la gouvernante des enfants.

L'homme persuasif recula d'un pas, admira la gouvernante employée par Mr. Vanstone, refit en avant le pas qu'il avait fait en arrière et poursuivit la conversation :

– Alors, reprit-il, les deux jeunes personnes qui se promenaient tout à l'heure avec vous doivent être les filles de Mr. Vanstone. J'ai bien reconnu la plus brune et aussi sans doute l'aînée des deux, par sa ressemblance avec sa charmante mère. Quant à la cadette…

– Je suppose que vous connaissez Mrs. Vanstone ? interrompit Miss Garth, sans égard pour ce bavardage, qui, selon elle, commençait à couler trop librement.

L'étranger accueillit l'interruption par un de ses saluts les plus courtois ; puis, comme si de rien n'était, submergea de nouveau Miss Garth sous les flots de son éloquence.

– Quant à la cadette, reprit-il, je dois supposer qu'elle ressemble à son père. Sa physionomie m'a frappé, je vous le jure. L'examinant avec l'intérêt amical que je porte à sa famille, je l'ai trouvée très remarquable… Charmante, frappante, marquante, me disais-je à moi-même. Elle ne ressemble ni à sa sœur ni à sa mère. C'est donc de son père qu'elle tient ?

Une fois encore, Miss Garth essaya d'opposer une digue à cette loquacité débordante. Il était clair que cet homme ne connaissait pas Mr. Vanstone, même de vue ; sans cela, eût-il commis cette erreur grave de supposer que Magdalen ressemblait à son père ? Connaissait-il mieux Mrs. Vanstone ? la question que Miss Garth lui avait adressée à ce sujet était restée sans réponse. Qui pouvait être cet impudent personnage ? Et que diable voulait-il ?

– Il se peut que vous soyez un ami de la famille, bien que je n'aie pas la moindre souvenance de vous avoir jamais vu, dit Miss Garth. Qu'y a-t-il donc pour votre service ? Seriez-vous venu rendre visite à Mrs. Vanstone ?

– J'avais, en effet, l'espérance d'entrer en communication avec cette dame, répondit cet homme, aussi obstiné dans ses formes évasives que dans sa politesse cérémonieuse… Comment se porte-t-elle ?

– Comme à l'ordinaire, répondit Miss Garth, qui sentait ses ressources de patience diminuer à vue d'œil.

– Est-elle chez elle ?

– Non.

– Absente pour longtemps ?

– Partie pour Londres avec Mr. Vanstone.

La longue figure de l'homme trouva moyen de s'allonger encore. Son œil brun exprima le désappointement, et son œil vert suivit l'exemple que l'œil brun lui donnait. Toute son attitude exprima une anxiété sincère, et plus que jamais il choisit scrupuleusement ses expressions :

– Est-il probable que l'absence de Mrs. Vanstone doive se prolonger ?

– Elle pourra se prolonger trois semaines, répondit Miss Garth. Et maintenant, il me semble que vous m'avez assez questionnée, continua-t-elle avec une impatience qu'elle ne pouvait contenir plus longtemps. Soyez assez bon, je vous prie, pour me dire votre nom, et quelle affaire vous amène. Si vous avez quelque message pour Mrs. Vanstone, je dois lui écrire par le courrier de ce soir, et me chargerai de le lui transmettre.

– Mille remerciements. C'est une fort bonne suggestion. Permettez-moi d'en profiter sur-le-champ.

Il n'était nullement affecté par la physionomie sévère et le langage acéré de Miss Garth. La proposition qu'elle lui adressait le soulageait, tout simplement ; il le laissait voir avec la plus engageante franchise. Cette fois, l'œil vert prit l'initiative et incita l'œil brun à exprimer, lui aussi, un retour de sérénité. Le coin des lèvres se retroussa de plus belle ; par un mouvement rapide, l'homme glissa son parapluie sous son bras et tira de son habit un gros portefeuille noir démodé. Il en sortit un crayon et une carte de visite, hésita, réfléchit un instant, puis traça rapidement quelques mots sur la carte qu'il remit aussitôt à Miss Garth, avec l'empressement le plus civil.

– Je vous serai personnellement obligé, lui dit-il, si vous voulez bien me faire l'honneur de joindre cette carte à votre lettre. Je ne me vois pas forcé de vous donner par-dessus le marché l'ennui d'un message. Mon nom suffira parfaitement pour rappeler à Mrs. Vanstone une petite affaire de famille, restée sans nul doute en son souvenir… Acceptez mes meilleurs remerciements ! Cette journée m'a valu les plus agréables surprises. J'ai trouvé fort à mon gré les environs de cette résidence. Il m'a été donné d'admirer les deux charmantes filles de Mrs. Vanstone. J'ai fait connaissance avec l'honorable gouvernante employée chez Mr. Vanstone : je n'ai donc qu'à me féliciter en m'excusant du temps que je vous ai fait perdre, et en vous renouvelant mes remerciements bien sincères… Je vous souhaite le bonjour !

Il souleva son grand chapeau. Son œil brun pétilla, son œil vert ne tarda pas à pétiller aussi ; ses lèvres arquées sourirent de plus belle. Le moment d'après il tournait les talons. Son dos apparut dans toute sa jeunesse et avec tous ses avantages ; ses lestes petites jambes l'emportèrent d'une verte allure dans la direction du village. Une, deux, trois, il était arrivé au premier tournant de la route ; quatre, cinq, six, il avait disparu.

Miss Garth jeta un regard sur la carte qu'il avait déposée en ses mains et ensuite leva les yeux dans un étonnement absolu. Le nom et l'adresse de cet étranger à qui elle avait trouvé une mine de clergyman étaient écrits au crayon :

Capitaine Wragge,
bureau de la poste, Bristol.

III

Miss Garth, une fois rentrée, n'essaya point de cacher l'impression défavorable que lui avait laissée l'inconnu en noir. Il voulait sans nul doute obtenir de Mrs. Vanstone quelque assistance pécuniaire. Il était plus difficile de comprendre quels droits il pouvait avoir à sa bienveillance ; à moins qu'il n'eût ceux d'un parent tombé dans la misère. Mrs. Vanstone avait-elle jamais, devant ses filles prononcé le nom du capitaine Wragge ? Ni l'une ni l'autre ne se rappelaient ce nom. Mrs. Vanstone avait-elle jamais fait allusion à quelques parents pauvres qu'elle aidât à vivre ? Tout au contraire : à plusieurs reprises, au cours de ces dernières années, on lui avait entendu dire qu'elle ne se connaissait aucun parent encore en vie. Et cependant le capitaine Wragge avait dit très expressément que le nom inscrit sur sa carte rappellerait à Mrs. Vanstone une « affaire de famille ». Que pouvait signifier ceci ? S'agissait-il d'un mensonge, inventé de toutes pièces par un étranger, sans raison valable ? ou alors d'un second mystère succédant immédiatement à celui qui avait déterminé le voyage de Londres ?

Toutes les probabilités s'unissaient pour laisser supposer quelque lien caché entre les deux « affaires de famille », celle qui avait déterminé le départ subit de Mr. et Mrs. Vanstone et celle qui était associée désormais au nom du capitaine Wragge. C'est l'esprit assailli par le doute que Miss Garth cacheta sa lettre à Mrs. Vanstone, après y avoir inséré la carte du capitaine.

La réponse arriva par retour du courrier.

Toujours levée avant les autres dames de la maison, Miss Garth était seule dans la salle à manger quand la lettre y fut apportée. Un premier coup d'œil jeté sur le contenu lui suffit pour lui démontrer qu'il fallait la lire à tête reposée, loin de tous les yeux, avant d'avoir à répondre à des questions qui pourraient être fort embarrassantes. Chargeant donc le domestique de dire à Norah qu'elle s'occupât du thé, elle remonta immédiatement dans sa chambre, à l'abri de toute indiscrétion.

La lettre de Mrs. Vanstone était assez longue. La première partie avait trait au capitaine Wragge et, sans la moindre réticence, entrait dans tous les détails relatifs soit à cet homme lui-même, soit aux motifs qui l'avaient conduit à Combe-Raven.

Il résultait des explications de Mrs. Vanstone que sa mère avait été mariée deux fois : la première à un certain docteur Wragge, veuf pourvu d'enfants. L'un de ces enfants, précisément, était ce capitaine à l'allure si peu militaire, qui donnait pour adresse le bureau de poste de Bristol. Mrs. Wragge n'avait pas eu d'enfant de ce premier mari et avait par la suite épousé le père de Mrs. Vanstone : celle-ci était l'unique fruit de cette seconde union. Elle était encore jeune femme lorsqu'elle avait perdu ses parents ; ensuite, au fil des ans, la mort avait emporté successivement tous les membres de sa famille maternelle. A l'heure actuelle elle ne se connaissait pas au monde un seul parent, sauf peut-être certains cousins qu'elle n'avait jamais vus et sur le compte desquels elle n'avait en outre aucun renseignement bien précis.

Dans ces conditions, quelle affaire de famille pouvait justifier que le capitaine Wragge voulût entrer en communication avec Mrs. Vanstone ?

Absolument aucune. En tant que fils du premier mari de sa mère, il ne pouvait prétendre, même avec la plus grande courtoisie, à figurer au nombre des parents de Mrs. Vanstone. Parfaitement au courant de cette situation, ajoutait la lettre, il n'en avait pas moins persisté à réclamer les vagues privilèges d'une non moins vague parenté ; et Mrs. Vanstone avait eu la faiblesse de ne pas repousser absolument cette sorte d'intrusion, dans la crainte que si elle agissait autrement il ne se fît présenter à Mr. Vanstone afin d'exploiter impudemment une générosité dont il avait pu entendre parler. Répugnant à l'idée que son mari pût être ainsi tourmenté, dupé peut-être par un individu se prétendant, de la façon la plus contestable, lié à son épouse, elle s'était résignée, depuis bien des années déjà, à prendre sur sa bourse particulière de quoi satisfaire aux demandes du capitaine, à condition toutefois qu'il n'approchât pas de l'endroit où elle vivait et qu'il ne se permît jamais la moindre indiscrétion à l'égard de Mr. Vanstone.

Reconnaissant ensuite sans hésiter qu'elle avait agi en ceci avec peu de prudence, Mrs. Vanstone rejetait sa faiblesse sur ce qu'elle avait toujours vu le capitaine réduit, pour vivre, à exploiter ainsi tantôt l'un tantôt l'autre des membres de sa famille maternelle. Doué de facultés qui lui auraient permis de se distinguer dans toutes les carrières ouvertes devant lui, il n'en était pas moins resté, depuis sa jeunesse, un véritable déshonneur pour ses proches. Il s'était fait chasser du régiment de milice où il avait jadis obtenu un commandement. Il avait essayé, l'un après l'autre, divers emplois, et toujours misérablement échoué. Puis il s'était mis à vivre « de son savoir-faire » dans le sens le plus vil de cet euphémisme consacré. Il avait pris pour femme une pauvre idiote, longtemps employée dans une sorte de table d'hôte subalterne, et à qui, par hasard, était échue une misérable dot, dissipée sans le moindre scrupule et jusqu'au dernier farthing par son impitoyable mari. Pour parler net, c'était une incorrigible canaille, et il venait d'ajouter à la longue liste de ses méfaits l'impudente violation des clauses stipulées par Mrs. Vanstone comme conditions de l'aide qu'elle lui octroyait depuis longtemps; aussi lui avait-elle écrit à l'adresse indiquée sur la carte, en des termes tels qu'il s'abstiendrait désormais (elle l'espérait du moins) de jamais hasarder une seconde visite dans les environs de Combe-Raven. Ainsi se terminait la première partie de la lettre de Mrs. Vanstone jusque-là exclusivement consacrée au capitaine Wragge.

Bien que cet exposé de faits impliquât chez Mrs. Vanstone une faiblesse de caractère que Miss Garth, après bien des années d'intimité, n'avait jamais détectée, la gouvernante accepta naturellement ces explications après tout fort complètes et fort satisfaisantes : satisfaisantes surtout en ce qu'elles lui permettaient d'apaiser la curiosité des jeunes filles. Ce début la soulageait donc; la seconde moitié de la lettre produisit sur elle une tout autre impression.

Il y était question du voyage à Londres.

Mrs. Vanstone commençait par faire appel à la vieille amitié et à l'intimité qui la liaient à Miss Garth. Cette amitié l'obligeait à lui confier, sous le sceau du secret, les motifs qui l'avaient décidée à partir avec son mari. Miss Garth, par délicatesse, s'était abstenue de manifester, mais devait avoir éprouvé, devait éprouver encore une grande surprise devant le mystère qui avait enveloppé ce départ. Elle avait dû se demander pourquoi Mrs. Vanstone se trouvait mêlée à une affaire de famille qui (compte tenu de sa situation de famille) devait inévitablement ne concerner que Mr. Vanstone.

Sans insister sur ce que pouvait être cette affaire, ce qui n'était ni désirable ni utile, Mrs. Vanstone se flattait de calmer tous les scrupules que Miss Garth avait pu concevoir relativement à elle, et cela par une simple déclaration. En accompagnant à Londres son mari, elle s'était proposé de voir un célèbre médecin et de le consulter secrètement sur un problème de santé qui la tracassait au plus haut point. Pour parler plus clairement, l'objet de cette consultation n'était rien moins que la chance, plus ou moins probable, d'une maternité nouvelle.

Quand cette possibilité s'était d'abord offerte à elle, Mrs. Vanstone n'y avait vu qu'une illusion chimérique. Le long intervalle qui s'était écoulé depuis la naissance de son dernier enfant, la sérieuse maladie qui, après la mort prématurée de cet enfant, l'avait affectée, tout la poussait à chasser cette idée de son esprit. Mais, quoi qu'elle pût faire, elle en était obsédée. Elle voulait consulter mais, dans le même temps, répugnait à la pensée d'alarmer ses filles, en appelant auprès d'elle un des premiers médecins de Londres. A présent, elle savait à quoi s'en tenir, ses doutes s'étaient mués en certitudes : l'événement, prévu pour la fin de l'été, s'accompagnait, à son âge et dans son état de santé, des plus vives anxiétés, pour ne pas dire plus. Le médecin avait fait de son mieux pour lui donner bon espoir, mais elle avait parfaitement compris la portée des questions qu'il lui adressait et il lui avait été facile de deviner qu'il concevait les craintes les plus fâcheuses sur le résultat de ces couches tardives.

Mrs. Vanstone, après être entrée dans tous ces détails, demandait qu'ils demeurassent entre elle et la personne à qui elle les avait adressés. Elle avait attendu, pour les communiquer à Miss Garth, que ses soupçons fussent confirmés : elle reculait maintenant plus que jamais à l'idée de mettre ses filles dans le secret de son alarme. Il valait beaucoup mieux ne pas aborder le sujet pour l'instant et attendre avec toutes les espérances qu'on pourrait se forger que l'été fût arrivé. D'ici là, selon toute apparence, on se reverrait vers le 23 du présent mois, jour fixé par Mr. Vanstone pour leur retour. Là-dessus et après les assurances, les messages qui, d'ordinaire, complètent une missive de ce genre, celle-ci finissait assez brusquement, et non sans quelque obscurité.

Pendant plusieurs minutes, Miss Garth n'éprouva d'autre sentiment qu'une sympathie bien naturelle pour Mrs. Vanstone ; mais bientôt un doute naquit dans sa pensée qui la troubla profondément. L'explication qu'elle venait de lire était-elle vraiment aussi complète, aussi satisfaisante qu'on eût pu le croire de prime abord ? A la lumière des faits, cela ne semblait pas être le cas.

Le matin du départ, Mrs. Vanstone avait quitté la maison sans la moindre inquiétude apparente. A son âge, pourtant, et dans son état de santé, cette tranquillité s'accordait-elle avec la perspective d'une consultation médicale telle que celle qu'elle prétendait vouloir obtenir ? Et puis, cette lettre de La Nouvelle-Orléans qui avait rendu nécessaire le départ de Mr. Vanstone n'était-elle donc pour rien dans celui de sa femme ? S'il en était ainsi, pourquoi ce regard avide qu'elle avait jeté sur la lettre dont sa fille venait de constater tout haut la provenance ? Même avec le motif qu'elle assignait à son voyage, son attitude au moment où l'on avait ouvert la lettre américaine, son attitude encore au moment du départ ne suggéraient-elles pas l'idée de quelque autre motif non avoué dans sa lettre ?

Si l'on adoptait cette hypothèse, la conclusion qui s'en dégageait était pour le moins désagréable : Mrs. Vanstone, comprenant ce qui était dû à sa longue amitié avec Miss Garth, avait abordé sans la moindre réserve apparente un premier sujet, afin de pouvoir mieux dissimuler ce qu'elle voulait sur un autre point garder secret. D'une droiture absolue en tous ses actes, Miss Garth n'abordait qu'en tremblant l'examen des doutes qui s'imposaient à elle. Leur naissance, dans son esprit, prenait à ses yeux les proportions d'une sorte de félonie envers une amitié bien des fois éprouvée et dont elle sentait tout le prix.

Elle enferma la lettre dans son bureau, se leva résolument pour aller vaquer à ses occupations quotidiennes, et descendit ensuite pour se rendre au déjeuner. Au milieu de tant d'autres incertitudes, ceci du moins était clair : Mr. et Mrs. Vanstone rentreraient chez eux le 23. Qui pouvait savoir s'ils n'y rapporteraient pas de nouvelles révélations ?

IV

Aucune révélation nouvelle n'arriva avec les maîtres de la maison. Aucune des suppositions qu'avait pu faire naître l'annonce de leur retour ne se réalisa. Rien ne transpira du motif secret qui les avait envoyés à Londres. Quel qu'eût été au reste l'objet de ce voyage, ils semblaient l'avoir réalisé selon leurs désirs, car ils revenaient tous deux en parfaite possession de leur placidité habituelle. L'humeur de Mrs. Vanstone était redevenue aussi calme que jamais. L'imperturbable, l'indolente sérénité de Mr. Vanstone planait comme à l'ordinaire sur toute sa personne. Tel était l'unique résultat qu'on pût assigner à leur voyage ; celui-là, et nul autre, en vérité. La révolution domestique avait-elle donc si vite achevé son cours ? Le secret, jusque-là impénétrable, devait-il rester toujours caché ?

Rien en ce monde ne demeure caché à jamais. L'or, qui durant des siècles a dormi sous nos pieds, se révèle un beau jour et vient affleurer le sol. Le sable perfide trahit l'empreinte du pied qui s'est posé sur lui ; l'eau renvoie à sa surface le cadavre qu'elle a reçu dans ses plus secrètes profondeurs. Le feu lui-même, dans ses cendres quelquefois indiscrètes, confesse la substance qu'il a dévorée. La haine emprisonnée dans le cœur se révèle par le regard, et l'amour sait découvrir, sous le baiser de Judas, la trahison que masque ce baiser. De quelque côté que vous regardiez, vous verrez que la révélation est inscrite dans les lois de la nature ; la conservation durable d'un secret est un miracle que le monde n'a encore jamais connu.

Comment devait se trahir le secret caché dans ce paisible intérieur de Combe-Raven ? Quel événement à venir, dans l'existence quotidienne de ce père, de cette mère, de ces filles, serait l'instrument de la révélation qui devait en amener la découverte inévitable ? Invisible aux parents, n'éveillant chez les enfants aucune espèce de soupçon, la voie qui devait conduire à ce résultat s'ouvrit au premier événement qui suivit le retour de Mr. Vanstone, événement banal en apparence, aussi ordinaire que peut l'être une visite matinale de bon voisinage.

Les maîtres de Combe-Raven étaient revenus depuis trois jours, et les membres de la famille se trouvaient réunis dans le petit salon dont les fenêtres donnaient sur un parterre et un bosquet d'arbrisseaux. Cette dernière était bordée par une palissade dans laquelle un portillon permettait d'accéder à la lande extérieure. L'attention des trois dames se trouva tout à coup attirée sur cette petite porte par le bruit du loquet de fer retombant sur son anneau. Quelqu'un arrivant par la lande était entré dans le bosquet et Magdalen s'installa tout aussitôt à la croisée pour chercher à reconnaître parmi les arbres la figure du visiteur.

Il s'était à peine écoulé quelques minutes lorsqu'on put distinguer la figure d'un gentleman qui sortait du bosquet et s'engageait sur les allées sablées du parterre. Magdalen le regardait avec attention, et sembla ne pas le reconnaître tout d'abord ; mais, comme il se rapprochait, on la vit tressaillir de surprise et, se tournant vers sa mère et sa sœur, elle leur déclara que le gentleman en question n'était ni plus ni moins que « Mr. Francis Clare ».

Le visiteur qu'on annonçait sous ce nom était le fils du plus ancien des associés de Mr. Vanstone, qui se trouvait être en même temps son plus proche voisin.

Mr. Clare père habitait un petit cottage fort simplement bâti, juste au bout de cette palissade qui servait de limite aux plantations de Combe-Raven. Appartenant à la branche cadette d'une famille fort ancienne, il n'avait reçu de ses ancêtres aucun autre héritage important que la possession d'une magnifique bibliothèque dont les nombreux volumes, non seulement tapissaient toutes les chambres de son modeste cottage, mais débordaient encore dans ses corridors et le long de ses escaliers. Les livres de Mr. Clare étaient ce qu'il y avait de plus essentiel dans la vie de Mr. Clare. Veuf depuis bien des années, il ne cachait à personne la résignation toute philosophique avec laquelle il supportait la perte de sa femme. En sa qualité de père, il regardait sa famille composée de trois fils comme un de ces inconvénients domestiques auxquels il faut bien s'habituer, un vrai fléau sans cesse menaçant la sainteté de son cabinet de travail et la sécurité de ses chers bouquins. Lorsque les garçons partaient pour l'école, il leur lançait : « Au revoir ! » tout en pensant en lui-même : « Dieu soit loué ! » Quant à son revenu modique, à son ménage plus modeste encore, il les envisageait d'un même point de vue, celui d'une indifférence pleine de dérision. Il s'était baptisé lui-même « un gueux blasonné ». La direction absolue de sa maison était confiée à une veille servante qui était son unique domestique et avait ordre de ne jamais s'aventurer trop près de ses livres avec son plumeau. Ses poètes favoris étaient Horace et Pope ; ses philosophes de prédilection étaient Hobbes et Voltaire ; il ne prenait qu'à regret un peu d'exercice en plein air et parcourait tous les jours exactement la même distance, quelques mètres à peine, sur le plus affreux chemin des environs. Il avait le dos voûté, l'humeur très vive, digérait les radis à merveille et dormait en dépit du thé vert. Il envisageait l'humaine nature comme eût fait Diogène tempéré par La Rochefoucauld. Sa personne était des moins soignées et il aimait à répéter avec orgueil qu'il avait survécu à tous les « préjugés » dont s'embarrasse le commun des hommes.

Tel était ce singulier personnage, dans ses aspects les plus marquants. Les qualités plus nobles qu'il dissimulait peut-être au regard n'avaient encore été devinées par personne. Mr. Vanstone, à la vérité, ne se faisait pas faute d'affirmer que chez Mr. Clare l'extérieur était plus mauvais que l'intérieur, mais il était seul de son avis parmi les propriétaires du voisinage. L'association de ces deux hommes, si dissemblables à tous égards, avait pourtant duré pendant de longues années et n'était plus loin de ressembler à de l'amitié. Ils avaient contracté l'habitude de se rencontrer et de fumer en tête à tête certains soirs de la semaine dans le cabinet du philosophe cynique où ils débattaient ensemble de tous les sujets imaginables, Mr. Vanstone brandissant ses affirmations comme il eût fait de sa canne, et Mr. Clare lui opposant les armes les mieux affilées de la sophistique. Généralement, ils se séparaient brouillés, et, dès le lendemain, se retrouvaient sur le terrain neutre du bosquet pour se réconcilier. Les liens étranges qui les unissaient ainsi se fortifiaient du côté de Mr. Vanstone par le cordial intérêt qu'il accordait aux trois fils de son voisin, intérêt d'autant plus précieux pour eux qu'entre autres préjugés auxquels leur père avait « survécu », on pouvait compter le préjugé en vertu duquel un père s'aveugle sur ses enfants et les aime par-delà leur mérite.

« Je regarde ces jeunes drôles, disait volontiers ce grand philosophe, avec un œil parfaitement impartial, en dehors de toute considération relative à cet accident qu'est leur naissance; et je les trouve, à tous égards, au-dessous de la moyenne. La seule excuse qui puisse autoriser un gentleman sans fortune à prétendre creuser son chemin dans notre siècle est la possession d'un talent sans partage. Mes garçons, dès leur naissance, ont eu la cervelle à peu près vide. Si je pouvais disposer en leur faveur de quelques mises de fonds, je ferais de Frank un boucher, de Cecil un boulanger, et d'Arthur un épicier, car je ne connais guère d'autres professions pour lesquelles l'humanité puisse avoir une vocation. Par malheur, les capitaux me manquent et leurs cerveaux ne paraissent guère propres à y suppléer. Ils m'apparaissent comme trois bipèdes inutiles ornés de jaquettes malpropres et de bottines bruyantes; et je ne vois pas trop ce qu'on pourra faire d'eux s'ils n'ont l'heureuse idée de décharger la communauté en prenant la clef des champs. »

Par bonheur pour les garçons, Mr. Vanstone portait encore le joug des préjugés dont Mr. Clare s'était affranchi. Ses instances, son influence, firent entrer Frank, Cecil et Arthur, à titre gratuit, dans un bon collège. Il leur accordait libéralement, aux jours de congé, le plein usage de son écurie et, en les admettant auprès de Mrs. Vanstone et auprès de ses filles, il avait fourni à ces jeunes gens l'occasion de se dégrossir, de se civiliser. Mr. Clare sortait alors de son cottage et venait de temps à autre par la lande, en robe de chambre et en pantoufles, jeter à travers les palissades un regard méprisant sur ses trois fils, absolument comme sur trois animaux sauvages que son voisin eût essayé de dompter : « Vous êtes d'excellentes gens, vous et votre femme, disait-il souvent à Mr. Vanstone, je respecte sincèrement les préjugés qui vous ont fait prendre en faveur ces grands garçons de mon cru. Mais quelle erreur vous faites, bon Dieu ! et que vous vous aveuglez ! Je n'entends vous contrarier en aucune façon, je suis tout à fait impartial en ces matières; mais notez bien ceci, Vanstone : ils tourneront mal tous les trois, quoi que vous ayez pu faire en leur faveur. »

Plus tard, lorsque Frank eut atteint dix-sept ans, le singulier jeu des relations établi entre les deux voisins, comme père et comme ami, aboutit à un résultat qui en fit encore ressortir l'absurde contraste. Un ingénieur civil du nord de l'Angleterre, qui avait quelques obligations envers Mr. Vanstone, se montra disposé à prendre Frank sous sa protection, et ce, aux conditions les moins onéreuses. Quand cette proposition arriva, Mr. Clare commença d'abord, selon son usage, par laisser sur les épaules de Mr. Vanstone le fardeau de la responsabilité qu'il aurait dû prendre ; puis il tâcha de modérer l'enthousiasme paternel de son voisin en traitant la chose comme un spectateur désintéressé :

– C'est une chance extraordinaire pour Frank ! s'écria Mr. Vanstone dans tout le feu de sa joie.

– Mon bon ami, ce garçon n'y mordra pas, répliqua Mr. Clare avec le calme glacial d'un homme parfaitement désintéressé dans la question.

– Il faut qu'il y morde, insista Mr. Vanstone.

– Autant vaut dire qu'il devrait être mathématicien, ajouta Mr. Clare ; autant vaut dire qu'il devrait être industrieux, ambitieux, doué d'une volonté ferme… Bah ! bah ! vous ne le voyez pas, comme moi, d'un œil impartial. Pas de facultés mathématiques, pas d'industrie, pas d'ambition, pas de volonté, dis-je. Frank est un composé de négations, c'est ainsi.

– Au diable vos négations ! cria Mr. Vanstone ; vos négations et vos affirmations, j'en fais absolument le même cas, savez-vous ? Frank courra cette brillante chance et je gage ce que vous voudrez qu'il en tirera bon parti.

– Je ne suis pas habituellement assez riche pour parler, répondit Mr. Clare, mais je crois qu'en fouillant la maison je trouverai bien, çà ou là, quelque guinée ; et cette guinée, je vous la paye, si Frank ne nous est pas rendu d'ici à peu de temps comme un shilling de mauvais aloi.

– Pari tenu, dit Mr. Vanstone. Mais non, attendez ! Je ne fais pas au caractère de ce garçon l'injure de parier pour lui à chiffre égal. Je gage cinq contre un que Frank, en cette affaire, a les atouts en main ! Vous devriez avoir honte de parler comme vous faites. Je n'ai pas la prétention de savoir où vous en voulez venir par ces étranges propos, mais vous finissez toujours par me constituer le défenseur de Frank, comme si c'était moi son père et non vous… Ah, oui ! prenez votre temps, et vous vous défendrez ! Je ne vous donne pas une minute et me soucie fort peu de vos laborieuses plaidoiries. Selon vous, le noir est blanc, n'est-ce pas ? Peu m'importe en vérité, le noir reste noir malgré vous. Bavardez tant qu'il vous plaira, je vais, moi, par le courrier du jour accepter pour le compte de Frank les propositions de mon ami.

Telles furent les circonstances dans lesquelles Mr. Francis Clare, âgé de dix-sept ans, partit pour le nord de l'Angleterre, et entama une carrière d'ingénieur civil.

De temps à autre, l'ami de Mr. Vanstone lui faisait passer quelques renseignements sur l'élève dont il prenait soin. Il appréciait chez Frank les qualités intéressantes d'un jeune homme doux et bien élevé, mais il signalait en même temps la lenteur de ses progrès dans les premiers éléments des sciences qu'un ingénieur doit approfondir. D'autres lettres, écrites à une date subséquente, peignirent Frank comme trop disposé au découragement ; on l'avait donc envoyé sur les ateliers d'un nouveau chemin de fer, afin de voir si un changement de lieu et d'ouvrage le ranimerait. Il avait tiré profit, en effet, de cette expérience, sauf peut-être en ce qui concernait ses études professionnelles, qui ne progressaient guère plus qu'avant.

Les nouvelles suivantes annoncèrent son départ pour la Belgique où il allait, sous la surveillance d'un contremaître parfaitement sûr, s'occuper de quelques travaux publics ; puis on apprit que ce changement lui était bénéfique : les lettres faisaient valoir ses excellentes façons, ses manières liantes, qui étaient d'un grand secours en facilitant les relations d'affaires établies avec des étrangers. Pourtant, sur l'importante question des progrès que Frank aurait dû faire dans les connaissances relatives à son métier, elles gardaient un silence de mauvais augure. Ces renseignements, et bien d'autres analogues, furent tous consciencieusement soumis par l'ami de Frank au père de Frank. Chaque fois, Mr. Clare triomphait de Mr. Vanstone, et Mr. Vanstone se fâchait contre Mr. Clare : « Le jour viendra où vous regretterez d'avoir fait ce pari, disait le philosophe cynique. – Le jour viendra, au contraire, où j'aurai le plaisir intime d'empocher votre guinée, criait son ami toujours plein d'espérance. » Deux années s'étaient écoulées depuis le départ de Frank. Au bout de l'année suivante, les résultats furent acquis et la question était réglée.

Deux jours après que Mr. Vanstone fut revenu de Londres, il se vit forcé de quitter son déjeuner avant d'avoir eu le temps de regarder ses lettres apportées par le courrier du matin. Les jetant en paquet au fond d'une des poches de sa veste de chasse, il les en retira plus tard d'une seule poignée pour les lire, dès qu'il en eut le loisir. Cette poignée comprenait toute la correspondance du jour, à une exception près, le rapport final de l'ingénieur civil, qui notifiait la rupture de ses relations avec son élève et le retour immédiat de Frank au domicile paternel.

Tandis que cette importante nouvelle demeurait ignorée au fond de la poche de Mr. Vanstone, le jeune homme qu'elle concernait voyageait aussi vite que le lui permettaient les chemins de fer pour rentrer chez lui. A dix heures et demie du soir, tandis que, plongé dans les douceurs d'une solitude studieuse, Mr. Clare savourait à la fois sa lecture et son thé vert en compagnie du chat noir qu'il avait adopté pour favori, un bruit de pas se fit entendre dans le couloir : la porte s'ouvrit, et Frank apparut.

Des hommes ordinaires eussent été surpris. Mais le philosophe n'était pas homme à se laisser ébranler par une bagatelle comme le retour inattendu de son fils aîné. Si, au lieu de s'être absenté pendant trois ans, Frank n'avait été dehors que trois minutes, Mr. Clare n'eût pas quitté d'un regard plus tranquille le volume dans la lecture duquel il était plongé.

– Juste ce que j'avais prédit ! s'écria Mr. Clare. Ne me troublez point par d'inutiles explications, et ne faites pas peur au chat ! S'il y a quelque chose à manger dans la cuisine, prenez-le, et allez vous coucher. Vous pourrez, demain, faire votre visite à Combe-Raven et porter de ma part ce message à Mr. Vanstone : « Recevez, monsieur, les compliments de mon père. Ainsi qu'il l'avait toujours annoncé, on me restitue à vous comme un shilling de mauvais aloi. Il garde donc sa guinée, et attend les cinq vôtres, avec l'espoir qu'une autre fois vous apprécierez mieux la valeur de ce qu'il dit. » Chargez-vous de l'ambassade. Fermez la porte derrière vous, et bonne nuit !

Sous ces auspices peu favorables, Mr. Francis Clare apparaissait le lendemain – comme nous l'avons vu – dans le parterre de Combe-Raven et, quelque peu inquiet de l'accueil qu'il y pouvait attendre, il se rapprochait lentement de la maison.

Rien d'étonnant à ce que Magdalen ne l'eût pas d'abord reconnu. Il était parti avec toute la gaucherie, tous les dehors embarrassés d'un garçon de dix-sept ans ; il revenait jeune homme, dans toute l'assurance de sa vingtième année. Sa taille, autrefois un peu grêle, avait acquis la grâce et la force qui lui manquaient.

Il était maintenant d'une stature moyenne. Les traits fins et réguliers que sa mère, supposait-on, lui avait légués, s'étaient arrondis et affirmés, sans avoir perdu leur remarquable délicatesse ; sa barbe naissait à peine, et une ombre de moustache se frayait modestement un chemin au bord supérieur de ses lèvres. Ses yeux bruns, exprimant la douceur et l'hésitation, eussent mieux convenu à une femme ; ils manquaient de cette fermeté, de cette ardeur, qui les eussent assortis à un visage mâle. Ses mains, hésitantes comme ses yeux, étaient sans cesse en mouvement, tournant et retournant constamment tout ce qu'elles pouvaient trouver à leur portée. Il était, sans contredit, beau, gracieux, bien élevé, mais aucun observateur subtil n'eût manqué de deviner que l'énergique sève de l'antique famille s'était peu à peu épuisée en se transmettant à la génération nouvelle, et que Mr. Francis Clare perpétuait l'ombre de ses ancêtres, non leur substance virile et forte.

Lorsque l'étonnement causé par son apparition se fut un peu calmé, on se mit en quête de la lettre égarée. En fouillant les profondeurs les plus intimes des vastes poches de Mr. Vanstone, on ramena au jour ce précieux document, dont le propriétaire de la veste prit connaissance tout aussitôt.

Les faits exposés par l'ingénieur pouvaient se résumer ainsi : Frank ne possédait point les talents suffisants pour sa nouvelle carrière ; il était donc inutile de lui faire perdre son temps, en lui conservant un emploi pour lequel il n'avait aucune vocation. Trois ans d'épreuve ayant amené de part et d'autre cette conviction bien établie, le maître avait pensé que le plus court était de renvoyer l'élève chez lui et de s'expliquer sans réserve vis-à-vis de son père et de son ami. Dans un autre métier pour lequel il se sentirait plus capable et qu'il prendrait plus à cœur, le jeune homme montrerait sans doute plus d'industrie et de persévérance que son découragement ne lui avait permis d'en déployer dans la profession qu'il venait d'abandonner. Ses qualités personnelles l'avaient fait apprécier de toutes ses connaissances, et les nombreux amis qu'il s'était faits dans le Nord formulaient des vœux sincères pour sa prospérité future. Telle était en quelques mots la substance du rapport.

Bien des gens eussent trouvé que l'ingénieur avait trop soigneusement rédigé son exposé des faits et, le soupçonnant d'avoir tiré d'une mauvaise cause le meilleur parti possible, eussent conçu des doutes sérieux au sujet de l'avenir de Frank. Mr. Vanstone, lui, était de nature trop optimiste, et en même temps trop désireux de ne pas reculer d'une semelle en face de son vieil adversaire, pour interpréter la lettre dans un sens aussi peu favorable. Était-ce donc la faute de Frank s'il n'avait pas en lui cette étoffe particulière dont on fait les ingénieurs ? D'autres jeunes gens, avant lui, n'avaient-ils pas débuté par une fausse marche, et combien, commençant ainsi, avaient pris ensuite le dessus et accompli des merveilles ?

Tandis qu'il commentait de cette façon la lettre de son ami l'ingénieur, le chaleureux et bienveillant gentleman tapotait de la main l'épaule de Frank :

– Courage, garçon ! dit-il. Nous prendrons un jour notre revanche sur votre père, même si, cette fois, il a gagné son pari.

L'exemple ainsi donné par le maître de la maison fut immédiatement suivi par toute la famille, à la seule exception de Norah, dont le formalisme et la réserve incurables se traduisaient, sans trop de grâce, par une froideur marquée à l'égard du jeune visiteur. Les autres, Magdalen en tête, qui avait été autrefois la camarade favorite de Frank, retrouvèrent sans le moindre effort l'ancienne intimité qui les liait au jeune homme.

Tous l'appelèrent « Frank », sauf Norah, qui persistait à lui donner du « monsieur Clare ». Elle ne s'égaya même pas, dans son imperturbable gravité, lorsque, reprenant courage, il rendit compte de l'accueil que son père lui avait fait la veille au soir. Assise et détournant obstinément son beau visage brun, les yeux baissés, les joues plus animées que de coutume, elle l'écoutait impassible. Tous les autres, Miss Garth comprise, trouvèrent irrésistible la harangue de bienvenue adressée par Mr. Clare à son fils. Le bruit et les éclats de rire étaient à leur comble, lorsqu'un domestique entra et rappela toute la société au silence, en annonçant que des visiteurs venaient d'entrer dans le salon : « Mr. Marrable, Mrs. Marrable et Miss Marrable, d'Evergreen Lodge, Clifton. »

Norah quitta sa chaise avec empressement, comme si l'annonce de cette visite la soulageait. Mrs. Vanstone fut la suivante à se lever. Elles prirent les devants, toutes deux, pour recevoir leurs hôtes. Magdalen, qui préférait la société de son père et de Frank, demanda la grâce d'être dispensée de paraître, mais Miss Garth, après lui avoir accordé cinq minutes de répit, la prit sous son escorte et lui fit quitter la salle à manger. Frank se leva pour partir.

– Non, non ! dit Mr. Vanstone, le retenant. Ne partez pas. Ces gens ne resteront pas longtemps. Mr. Marrable est un négociant de Bristol ; nous nous sommes rencontrés une ou deux fois, lorsque mes filles m'obligeaient de les mener à Clifton pour quelque partie de plaisir… Simples connaissances, et pas autre chose. Venez fumer un cigare dans la serre… Au diable les visiteurs ! Ils vous mangent la vie sur le dos… Au dernier moment, j'apparaîtrai avec force belles excuses ; restez dans les parages : vous pourrez témoigner que j'étais réellement occupé.

Après avoir élaboré à voix basse cet ingénieux stratagème, Mr. Vanstone prit le bras de Frank et l'entraîna hors de la maison par l'arrière. Les dix premières minutes de leur retraite dans la serre n'amenèrent aucune espèce d'événement. Ce temps écoulé, les deux gentlemen virent passer comme l'éclair, derrière les carreaux, une apparition aux vives couleurs, et la porte fut poussée avec force. Un bris de pots de fleurs salua l'irruption d'un flot de jupons, et la fille cadette de Mr. Vanstone vint se jeter dans ses bras à toute allure, avec les dehors d'une personne que sa raison vient d'abandonner :

– Père, le rêve de toute ma vie est réalisé ! dit la jeune folle aussitôt qu'elle put parler. Si quelqu'un ne me retient pas, je vais m'envoler par le toit de la serre… Les Marrable sont arrivés avec une invitation… Devinez, petit père, devinez ce qui va se donner à Evergreen Lodge ?

– Un bal, dit Mr. Vanstone sans hésiter un instant.

– Un théâtre d'amateurs ! cria Magdalen, dont la jeune voix vibrante emplit la serre comme eût fait un son de cloche.

Et comme, dans son extase, elle levait les mains en l'air, la rondeur de ses bras blancs apparut jusqu'au point où deux jolies fossettes marquaient la place de ses coudes :

– On joue *les Rivaux*, petit père, *les Rivaux* du fameux Je-ne-sais-qui, et l'on ME demande de jouer ! Rien au monde que je désire à ce point. Et tout dépend de vous… Maman secoue la tête, Miss Garth a des regards de lionne et Norah boude comme à l'ordinaire. Mais si vous dites oui, toutes trois seront bien forcées de quitter la partie et de me laisser faire à ma guise… Dites oui, insista-t-elle, se nichant avec une irrésistible câlinerie tout contre son père, et effleurant de ses lèvres l'oreille où elle murmurait ses douces supplications. Dites oui, et je serai la plus sage des filles durant tout le reste de mes jours.

– Vous, sage ? répéta Mr. Vanstone. C'est folle à lier que vous voulez dire ? Au diable ces gens ! Au diable leur comédie ! Je vais rentrer, cependant, et voir un peu de quoi il s'agit… Vous n'avez pas besoin de jeter votre cigare, Frank, l'affaire ne vous regarde pas, et vous pouvez rester ici.

– Certainement pas ! dit Magdalen. L'affaire le regarde autant que moi.

Mr. Francis Clare était jusqu'ici demeuré modestement en retrait. Il fit alors un pas en avant, et une surprise muette se peignit sur son visage.

– Oui, continua Magdalen, répondant avec un calme parfait à son regard interrogateur. Vous faites partie de la troupe. Miss Marrable et moi, nous sommes les organisatrices… en cinq minutes tout a été réglé. Il restait deux rôles disponibles. L'un est « Lucy », la femme de chambre, et c'est moi qui le joue… avec la permission de papa, continua-t-elle, pinçant à la dérobée le bras de son père. Et il la donnera, n'est-ce pas, petit père ? D'abord parce qu'il est un amour ; en second lieu, parce que je l'aime et qu'il m'aime ; ensuite, parce qu'il n'y a jamais entre nous – dites un peu le contraire ! – la moindre discordance de volontés ; enfin, parce que je lui donne un baiser, ce qui lui ferme la bouche et tranche tout naturellement la question. Mais je me perds, grand Dieu ! je me perds… Où en étais-je donc tout à l'heure ? Ah, oui ! j'expliquais moi-même à Frank…

– Pardon, pardon ! dit Frank, qui voyait le moment venu de protester.

– Le second rôle de la pièce, continua Magdalen, sans prendre garde le moins du monde à cette protestation avortée, c'est « Falkland », un amoureux jaloux qui fait les plus belles phrases du monde. Nous avons, Miss Marrable et moi, pendant que les autres causaient, discuté ensemble ce caractère de Falkland, assises sur le banc de la fenêtre… Délicieuse enfant, si vive, si sensible, si absolument dépourvue de prétentions ! Elle me faisait ses confidences. « Un de nos malheurs, me disait-elle, c'est de ne pouvoir trouver un gentleman capable de lutter contre les odieuses difficultés du rôle de Falkland. » Il va sans dire que je l'ai consolée et lui ai dit : « J'ai votre gentleman. Il va partir immédiatement à l'assaut du rôle. – Grand Dieu ! qui est-ce ? – Mr. Francis Clare. – Et où est-il ? – Chez nous, tout précisément. – Seriez-vous assez aimable, mademoiselle Vanstone, pour me l'amener ? – Je vous l'amène, mademoiselle Marrable, avec le plus grand plaisir. » Là-dessus, j'ai quitté le banc de la fenêtre, j'ai couru dans le petit salon, j'ai flairé les cigares et suivi la piste à l'odeur… et me voici !

– Il est très flatteur, je le sais, d'être ainsi enrôlé, reprit Frank, dont l'embarras était grand ; j'espère néanmoins que Miss Marrable et vous, vous serez assez bonnes pour me dispenser…

– N'y comptez pas ! Miss Marrable et moi, nous sommes remarquables par notre fermeté de caractère. Quand nous avons assigné à Mr. Untel, bien positivement, le rôle de Falkland, nous entendons, bien positivement, qu'il jouera ce rôle… Venez donc, que je vous présente !

– Mais je ne me suis jamais essayé comme acteur… je ne saurai comment m'y prendre.

– Aucune importance. Si vous ne savez comment vous y prendre, venez me trouver, je vous donnerai des leçons.

– Vous ? s'écria Mr. Vanstone ; et où avez-vous appris, s'il vous plaît ?

– Soyons sérieux, petit père, je vous en prie ! J'ai en moi la plus ferme conviction que je pourrais jouer tous les rôles de la pièce, Falkland y compris… Ne me forcez pas à me répéter, Frank ! Venez, que je vous présente !

Prenant, à ces mots, le bras de son père, elle l'entraîna vers la porte de la serre. A chaque pas, elle se retournait, regardant par-dessus son épaule pour voir si Frank la suivait. Ce ne fut que l'affaire d'un moment ; mais dans ce moment-là la force de sa volonté conjugua toutes ses ressources, s'amplifia de la force de sa beauté pour s'imposer et triompher. Elle était charmante, il faut le dire, avec ce tendre incarnat répandu sur ses joues, le radieux plaisir qui étincelait dans ses regards, et dans cette gracieuse attitude qui faisait valoir les ondulations serpentines de sa taille souple, les riches contours de son buste, toutes les séductions, enfin, de sa nature élégante.

– Allons, continua-t-elle avec un signe de tête empreint d'une coquetterie indicible ; allons, Frank, on nous attend.

Bien des hommes de quarante ans n'auraient pu lui résister en ce moment. Frank n'en avait que vingt à peine révolus, ce qui revient à dire qu'il jeta son cigare et la suivit hors de la serre.

Comme il se retournait pour fermer la porte, ce qui lui fit perdre de vue l'irrésistible enchanteresse, il sentit revivre en lui sa répugnance à faire partie d'une troupe de comédiens amateurs. Au pied du perron, il fit halte de nouveau, cueillit je ne sais quelle fleur que le hasard mettait à portée de ses doigts distraits, la broya, la pétrit dans sa main, et, fort mal à l'aise, se mit à regarder de tous côtés. Le sentier de gauche conduisait au cottage paternel. Pourquoi ne prendrait-il pas le sentier de gauche ?

Pendant qu'il hésitait encore, Mr. Vanstone et sa fille étaient arrivés en haut du perron. Une fois encore, Magdalen regarda par-dessus son épaule, déployant ainsi sa beauté splendide, son sourire vainqueur. Elle lui fit signe une nouvelle fois, et une nouvelle fois il la suivit jusqu'à la dernière marche, jusqu'au seuil. La porte se referma sur eux.

Ce fut ainsi, par un simple geste d'invitation d'une part, un simple acte de complaisance de l'autre, sans qu'il sût rien du secret encore caché qui avait déterminé le voyage à Londres, et sans qu'elle y pensât un seul instant, à ce moment précis, ce fut ainsi qu'ils s'engagèrent sur la voie qui menait à la découverte du secret. Maints détours les en séparaient encore, bien autrement ténébreux qu'on eût pu le penser.

V

Les questions de Mr. Vanstone relativement au divertissement théâtral qui se préparait à Evergreen Lodge suscitèrent en guise de réponse un long récit de catastrophes théâtrales, dans lequel Miss Marrable se trouvait innocemment à la source de tous les maux tandis que ses parents jouaient le rôle de victimes principales.

Miss Marrable était un de la race de ces tyrans-nés : les enfants uniques. Depuis l'époque où elle avait percé sa première dent, elle n'avait pas octroyé à ses pauvres parents opprimés un seul privilège constitutionnel. Son dix-septième anniversaire allait sonner. Il avait été décidé par elle qu'on le célébrerait en montant tout exprès une comédie. Comme d'ordinaire, elle avait donné ses ordres ; comme d'ordinaire, ses parents avaient obéi, Mrs. Marrable livrant son salon pour le transformer en théâtre, Mr. Marrable s'assurant le concours d'un homme du métier, destiné à former, à mener au feu les jeunes conscrits dramatiques des deux sexes et à supporter toutes les responsabilités qu'on encourt en cherchant à extraire du chaos domestique un microcosme théâtral. Une fois accoutumés à voir briser leurs meubles, gâter leurs tentures, à entendre craquer les parquets, circuler les souliers à gros clous, bruire les marteaux sonores, battre les portes, gémir les marches d'escalier, le maître et la maîtresse de maison en titre crurent bonnement qu'ils en avaient fini avec leurs plus grands troubles. Innocente et fatale chimère ! Pour des particuliers, c'est déjà une grande épreuve que d'organiser un théâtre et de choisir une pièce ; mais c'en est une autre, et non moins rude, que de déterrer des acteurs.

Jusque-là, Evergreen Lodge n'avait connu que les petits ennuis préliminaires. Les embarras sérieux allaient commencer.

Une fois le choix des *Rivaux*[1] bien arrêté, Miss Marrable s'attribua, cela va sans le dire, le rôle de « Lydia Languish ». Un des soupirants favoris eut celui du « capitaine Absolute » et un autre conquit de haute lutte celui de « sir Lucius O'Trigger ». Vint ensuite une parente, restée vieille fille mais d'humeur fort accommodante, qui ne recula point devant la lourde responsabilité du personnage de « Mrs. Malaprop ». Ceci acquis, les progrès de l'entreprise marquèrent une pause. Restait à pourvoir neuf autres rôles parlants, et c'est avec cette nécessité que débutèrent les ennuis sérieux.

Tous les amis de la famille devinrent, d'un jour à l'autre, et pour la première fois de leur vie, des « gens sur qui l'on ne peut pas compter ». Ils avaient applaudi à l'idée de monter la pièce, puis ils refusaient d'y jouer ; ou bien, après avoir accepté un rôle, ils reculaient devant les efforts à faire pour se le mettre dans la tête ; ou bien encore, ils s'offraient pour des rôles déjà pris, refusant ceux qui étaient disponibles ; ou bien, d'une santé délicate, fournissaient d'éternels prétextes pour manquer aux répétitions ; ou bien faisaient intervenir des parents puritains, et après s'être mis gaiement en besogne au début de la semaine, se trouvaient, avant qu'elle eût pris fin, sous le poids des remords que leur famille éplorée avait fait naître en eux. Cependant, les charpentiers jouaient du marteau, et la scène se construisait. Miss Marrable, accessible aux émotions de tout ordre, commençait à sentir son système nerveux fort absorbé par la tension perpétuelle d'une anxiété que chaque incident renouvelait. Le médecin de la famille déclara ne pouvoir répondre de rien si l'entreprise avortait. On se remit à l'œuvre avec acharnement. On chercha des acteurs avec le ferme parti pris de ne plus tenir aucun compte de la façon dont coïncidaient le rôle et la personne qu'on en chargeait. La nécessité, qui, au théâtre comme partout ailleurs, n'a jamais connu de lois, fit accepter un jeune homme de dix-huit ans pour représenter « sir Anthony Absolute », le régisseur se chargeant de lui procurer toutes les rides nécessaires. Une dame, d'âge incertain, de corpulence incontestable, mais qui, du moins

1. *The Rivals* (1775), comédie de l'auteur dramatique anglais, R.-B. Sheridan (1751-1816)

à son dire, avait « le cœur bien placé », proposa de jouer la sentimentale « Julia » ; on ne lui connaissait, en fait de précédents dramatiques, que l'habitude de porter perruque à domicile. Grâce à ces mesures vigoureuses, la pièce fut enfin pourvue de toute sa distribution, à l'exception cependant des deux rôles si peu commodes de Lucy, la femme de chambre, et de Falkland, le jaloux amoureux de Julia. Il vint quelques gentlemen ; ils examinèrent Julia aux répétitions ; ils jaugèrent sa robustesse et notèrent ses faux cheveux. Ils ne s'aperçurent pas qu'elle « avait le cœur bien placé » ; ils manquèrent du courage voulu, offrirent leurs excuses et battirent en retraite. Quelques dames, ayant lu le rôle de Lucy, constatèrent que ce personnage, fort en relief dans la première moitié de la pièce, s'effaçait peu à peu dans la seconde jusqu'à devenir tout à fait insignifiant ; il leur sembla dur de déchoir ainsi dans l'estime des spectateurs pendant que les autres acteurs conservaient jusqu'au dénouement leur importance originelle ; elles fermèrent le livre, s'excusèrent, et ne reparurent plus. Il ne restait désormais que huit jours à courir avant la représentation : une phalange de martyrs de salon, comptant plus de deux cents têtes, avait été convoquée pour y assister. Trois répétitions étaient encore indispensables, et deux rôles restaient à attribuer… Ce fut avec ce récit pathétique, et avec les plus humbles excuses sur l'indiscrétion probable qu'ils commettaient en s'imposant de la sorte à des vagues connaissances, que les Marrable paraissaient à Combe-Raven pour y demander une Lucy aux deux filles de la maison, un Falkland à l'univers entier. L'obstination acharnée d'une famille au désespoir.

Cet exposé de la situation présenté à un auditoire qui se composait entre autres d'un père du tempérament de Mr. Vanstone et d'une fille du caractère de Magdalen produisit tout l'effet auquel on devait s'attendre.

Soit qu'il interprétât mal, soit qu'il ne voulût pas prendre en considération le silence de mauvais augure que gardaient sa femme et Miss Garth, Mr. Vanstone ne se borna pas à permettre que sa fille cadette vînt au secours des comédiens dans l'embarras ; il accepta de plus pour Norah et pour lui-même une invitation à la soirée où Magdalen devait figurer. Mrs. Vanstone fit valoir sa santé pour s'excuser de n'y point paraître, et Miss Garth ne promit de compter parmi les spectateurs que pour le cas où la maison n'aurait pas besoin d'elle. Les rôles de Lucy et de Falkland, que la famille désolée colportait de tous côtés avec elle, comme une maladie à répandre, furent, séance tenante, confiés à leurs destinataires respectifs. On ne prêta même pas l'oreille aux faibles objections que Frank voulut mettre en avant. Les jours et heures de répétition furent soigneusement inscrits au crayon sur la couverture de chaque manuscrit, et les Marrable prirent congé après une véritable explosion de reconnaissance, père, mère, fille semant à la volée leurs formules de gratitude depuis la porte du salon jusqu'à celles du jardin.

Dès que leur voiture eut disparu, Magdalen se montra sous un jour tout à fait nouveau à l'assistance étonnée.

– S'il vient d'autres visites aujourd'hui, dit-elle, je préviens que je n'y suis pour personne. Ceci est une affaire bien autrement sérieuse qu'aucun de vous ne semble le croire. Retirez-vous quelque part, Frank, et lisez, relisez votre rôle, en prenant soin de ne point laisser vagabonder votre imagination, si toutefois la chose est possible. On ne me reverra plus avant ce soir… Après le thé, si vous voulez venir ici, sauf la permission de mon père, je mettrai à votre disposition mes idées sur le rôle de Falkland… Thomas, quoi que puisse faire ailleurs le jardinier, je lui défends expressément de venir porter sous mes fenêtres le bruit de ses opérations horticoles. Je vais être plongée dans l'étude pendant tout le reste de l'après-midi, et plus la maison sera paisible, plus je serai obligée à chacun de ceux qui l'habitent.

Avant que Miss Garth eût pu faire feu de tous ses reproches, avant qu'eût pu s'échapper des lèvres de Mr. Vanstone le cordial éclat de rire qu'il allait laisser partir, Magdalen les salua avec un sérieux imperturbable, monta le perron pour la première fois de sa vie avec une autre allure que le galop d'un jeune faon, et se perdit dans la région des chambres.

La stupéfaction où cette soudaine absence parut jeter Frank ne fit qu'amplifier l'absurdité de la scène. Tantôt sur une jambe, tantôt sur l'autre, roulant, déroulant son manuscrit, et regardant d'un air piteux les amis qui l'entouraient, il déclara :

– Je sais fort bien que je ne m'en tirerai jamais. Puis-je venir après le thé savoir les idées de Magdalen ? Merci, je tâcherai d'arriver vers huit heures… Ne parlez pas à mon père de cette comédie, au moins ! Ce seraient des palabres à n'en plus finir.

Ceci dit, son courage n'alla pas plus loin. Il se retira, d'un pas incertain, dans la direction du bosquet, les bras ballants, laissant pendre son manuscrit entrouvert ; le plus incapable des Falkland et le plus embarrassé qu'on eût pu trouver en ce bas monde.

Le départ de Frank laissait la famille à elle-même, et devint le signal d'une attaque en règle contre la négligence invétérée qu'apportait Mr. Vanstone dans l'exercice de son autorité paternelle.

– A quoi donc aviez-vous la tête, Andrew, quand vous avez donné ce consentement ? dit Mrs. Vanstone. Mon silence, il me semble, devait vous avertir de répondre par un refus.

– Grave erreur, monsieur Vanstone ! reprit Miss Garth se mettant à l'unisson. Erreur bien intentionnée, erreur cependant, soyez-en sûr.

– Ce peut être, en effet, une erreur, dit Norah, prenant, comme toujours, le parti de son père, mais, en de telles circonstances, comment refuser ?

– C'est cela, ma chère, ajouta Mr. Vanstone. Les circonstances, vous le dites fort bien, tournaient contre moi : d'un côté, ces malheureux ne sachant de quel bois faire flèche ; de l'autre, Magdalen dévorée du désir de jouer. Je ne pouvais pas mettre en avant des scrupules de méthodiste, pour la bonne raison que je n'ai rien d'un méthodiste. Et quelle autre excuse imaginer ? Les Marrable sont des gens comme il faut, ils reçoivent la meilleure compagnie de Clifton. Quel mal y a-t-il à ce que ma fille les voie ? S'il s'agit de prudence, de convenance et de ces sortes de choses, pourquoi Magdalen ne ferait-elle pas ce que fait Miss Marrable ? Laissez donc ces pauvres enfants jouer leur comédie et de leur mieux… Nous avons eu leur âge, après tout, et il ne faut pas faire tant d'embarras… Ma foi, j'en ai assez dit sur toute cette affaire.

Après avoir déclamé cette tirade d'autojustification caractérisée, Mr. Vanstone battit en retraite du côté de la serre pour y fumer un nouveau cigare.

– Je n'en ai point fait part à papa, dit Norah, prenant le bras de sa mère pour rentrer avec elle vers la maison, mais ce qu'il y a de plus à craindre, selon moi, dans toute cette comédie, c'est la familiarité qu'elle va introduire dans les rapports de Magdalen et de Francis Clare.

– Vous êtes bien mal disposée à l'égard de ce jeune homme, ma chère petite, répondit Mrs. Vanstone.

Les yeux bruns de Norah, ces yeux si doux et si discrets, s'abaissèrent vers le sol, et pas un mot de plus ne sortit de sa bouche. Ses opinions étaient invariables, mais jamais elle n'engageait de discussion avec personne. Elle avait ce grand défaut des natures réservées, leur obstination, et aussi leur grand mérite, celui de savoir se taire. « Qu'êtes-vous donc en train de ruminer, pensait Miss Garth, jetant un regard pénétrant sur le brun visage de Norah, et cherchant à lire sur sa physionomie abattue. Vous êtes si impénétrable... Parlez-moi de Magdalen, avec tous ses instincts vicieux ; au moins vois-je clair en elle ! mais vous êtes aussi obscure que la nuit. »

Les heures de l'après-midi s'écoulèrent sans que Magdalen eût mis le pied hors de sa chambre. On n'entendait aucun bruit de pas sur les escaliers ; aucune langue indiscrète ne babillait des greniers aux cuisines ; la maison ne se ressemblait plus, sans l'élément perturbateur qui sans cesse venait en troubler la sérénité. Curieuse de vérifier par ses propres yeux la réalité d'une transformation à laquelle son expérience du passé l'empêchait de croire, Miss Garth monta dans la chambre de Magdalen et frappa deux fois à la porte. Ne recevant pas de réponse, elle ouvrit et jeta un regard dans cette pièce muette.

Magdalen était assise devant la psyché, les cheveux tombant sur ses épaules, absorbée dans l'étude de son manuscrit et, jusqu'à ce que l'heure du dîner vînt à sonner, elle y resta confortablement roulée dans son peignoir. Derrière elle se tenait, également assise, sa femme de chambre, promenant lentement le peigne parmi les longues boucles pesantes qui ornaient la tête de sa jeune maîtresse, avec la résignation assoupie d'une pauvre créature qui s'employait à cette opération depuis déjà plusieurs heures. Le soleil brillait, et l'on avait baissé les jalousies vertes placées à l'extérieur de la fenêtre ; de vagues et douces lueurs planaient sur ces deux figures tranquillement assises ; ces lueurs éclairaient le petit lit blanc, dont les rideaux étaient soutenus par des rubans d'un vert tendre, et la toilette préparée pour le dîner, qu'on avait jetée sur ce lit ; elles éclairaient aussi la baignoire aux couleurs gaies, et son extérieur d'émail blanc ; la table de toilette et ses reluisants accessoires, ses flacons à facettes, sa clochette d'argent, dont un amour formait la poignée : bref, cette multitude de menues fantaisies qui ornent comme le sanctuaire d'une chambre à coucher féminine. La tranquillité voluptueuse de cette scène, le frais parfum des fleurs et des essences répandues dans l'atmosphère, l'attitude extatique de

Magdalen, perdue dans sa lecture, la régularité monotone avec laquelle se mouvaient la main et le bras de la femme de chambre tandis qu'elle passait et repassait doucement le peigne dans la chevelure de sa maîtresse, tout concourait à produire la même impression de somnolentes délices et de calme félicité. D'un côté de la porte se trouvaient le grand jour et les réalités vulgaires de l'existence ; de l'autre, le domaine des rêves élyséens et du repos sacré.

Miss Garth s'arrêta sur le seuil et contempla silencieusement ce tableau. Le singulier goût que Magdalen avait pris de faire soigner sa chevelure à tous moments et en toutes circonstances figurait au nombre de ces particularités de caractère que, dans la maison, tout le monde connaissait. Son père prétendait volontiers, en riant, qu'elle lui rappelait alors ces chats voluptueux qui viennent offrir à la main leur dos électrique ; il s'attendait toujours, disait-il encore, si le peigne continuait assez longtemps son office, à l'entendre ronronner. Si extravagante qu'elle puisse paraître, la comparaison n'était pas le moins du monde inexacte. L'ardente humeur de la jeune fille donnait une intensité particulière au plaisir, essentiellement féminin, qu'éprouvent la plupart des dames à sentir leurs cheveux mordus par le peigne, à cette joie sensuelle où elle s'abîmait, joie franche et sereine, profonde comme le sommeil, et qui rappelait de manière frappante celle du chat favori sous la main qui le caresse. Si avertie que fût Miss Garth de cette fantaisie de son élève, elle la voyait pour la première fois mêlée, chez Magdalen, à un effort de réflexion. Éprouvant donc la curiosité de savoir combien de temps avaient marché ensemble le soin de la chevelure et l'étude du rôle, elle se hasarda à poser d'abord la question à la maîtresse, puis, ne recevant d'elle aucune réponse, à la jeune soubrette.

– Toute cette après-midi, mademoiselle, et sans répit, répondit celle-ci avec une évidente lassitude. Miss Magdalen prétend que cela apaise ses sentiments et rend son esprit plus alerte.

Sachant par expérience qu'il serait inutile d'intervenir en ce moment, Miss Garth se détourna promptement et quitta la chambre. Elle sourit, lorsqu'elle se retrouva sur le palier extérieur. Parfois, mais ceci n'est pas fréquent, la pensée féminine se projette avec force vers l'avenir. Miss Garth accordait en cet instant à l'infortuné futur époux de Magdalen une pitié prophétique.

La belle studieuse, quand l'heure du dîner fut venue, se montra aux yeux de la famille dans le même état d'esprit de préoccupation et de concentration.

D'ordinaire, l'appétit de Magdalen aurait effrayé ces frêles sensibilités qui veulent à toute force ignorer l'influence essentielle de l'alimentation des femmes sur le développement de leur beauté. Ce jour-là, elle refusa les plats, l'un après l'autre, avec une détermination farouche, qui ressortissait au plus rare des martyres modernes, le martyre de l'estomac.

– J'ai compris le rôle de Lucy, fit-elle observer avec la gravité d'un vieux juge. Ce qui va être difficile maintenant, c'est de faire comprendre à Frank le rôle de Falkland… Je ne vois pas là de quoi rire. Et avec une responsabilité comme la mienne, vous seriez tous fort sérieux… Non, père, pas de vin ce soir, je vous remercie ; j'ai besoin que mes idées restent nettes… De l'eau, Thomas, et avant de l'emporter, encore un peu de cette gelée !

Lorsque, dans la soirée, arriva Frank, qui n'avait pas encore la plus petite idée de son rôle, elle l'entreprit comme une vieille maîtresse d'école entreprend un petit garçon timide et gauche. S'il essayait çà et là de varier, par quelques compliments plus ou moins directs, le caractère tout pratique des travaux de la soirée, elle écoutait ses compliments inopportuns avec le sang-froid méprisant d'une femme deux fois plus âgée. Elle le tenait littéralement prisonnier dans son rôle. Mr. Vanstone s'était endormi dans son fauteuil ; Mrs. Vanstone et Miss Garth, cessant de prendre intérêt à cette leçon d'art dramatique, s'étaient retirées à l'autre bout du salon et causaient tout bas. Il se faisait tard, toujours plus tard, et pourtant Magdalen restait fidèle à sa tâche. De même, avec une persévérance égale, Norah, l'œil ouvert sur elle toute la soirée, continuait sa surveillance acharnée. Une méfiance de plus en plus marquée assombrissait son visage, tandis qu'elle contemplait sa sœur et Frank, assis l'un près de l'autre, absorbés par le même intérêt, œuvrant ensemble vers le même but. La pendule marqua onze heures et demie avant que l'intrépide Lucy permît au docile Falkland de fermer enfin son cahier de leçons.

– Elle a étonnamment d'esprit, n'est-ce pas ? dit Frank, en prenant congé de Mr. Vanstone à la porte du vestibule. J'ai consigne, si vous le permettez, de revenir encore demain pour qu'elle me fasse part de ses idées. Mais je ne me tirerai jamais de là… N'allez pas le lui répéter, au moins ! A mesure qu'elle m'apprend une tirade, l'autre me sort de la tête. Il y a de quoi se décourager, n'est-ce pas ? Bonne nuit.

La première répétition générale avait été fixée au surlendemain. La veille au soir, Mrs. Vanstone s'était trouvée en proie à un accès de découragement. Dans un entretien particulier avec Miss Garth, elle avait abordé d'elle-même les sujets traités dans sa lettre de Londres, et s'était adressée de nouveaux reproches sur la faiblesse qui lui avait fait subir les impudentes prétentions du capitaine Wragge à une parenté imaginaire ; puis elle était revenue sur son état de santé, les inquiétudes que lui causaient les perspectives périlleuses de l'été prochain, s'exprimant là-dessus avec une tristesse qui faisait peine à entendre. Pour la tirer de son abattement, Miss Garth, changeant de conversation, avait parlé de la prochaine représentation théâtrale, et, pour calmer les inquiétudes que Mrs. Vanstone pouvait concevoir à cette occasion, lui avait manifesté l'intention d'accompagner Magdalen chaque fois qu'elle irait répéter chez Miss Marrable. En conséquence, lorsque Frank, le matin du fameux jour, vint frapper à la porte de Combe-Raven, il y trouva Miss Garth prête, au prix d'un élargissement de la distribution, à assumer son rôle d'Argos [1] pour escorter Lucy et Falkland sur la scène de leurs futurs exploits. Le chemin de fer les emporta tous les trois jusqu'à Evergreen Lodge. A une heure, la répétition commençait.

1. Prince argien muni de cent yeux, qui fut chargé par Héra de la garde de Io.

VI

– J'espère que Miss Vanstone sait son rôle ! murmura Miss Marrable à l'oreille de Miss Garth, avec une inquiétude évidente, dans un des recoins du théâtre.

– Si la grâce et la vivacité suffisent pour faire une actrice, le jeu de Magdalen sera probablement de nature à nous étonner tous.

Après cette réponse, Miss Garth exhiba son ouvrage et alla s'asseoir au centre du parterre, disposée à faire bonne garde.

Le régisseur s'était perché, livre en main, sur un tabouret, en face de la scène. C'était un petit homme alerte, d'humeur douce et joviale. Il donna le signal de commencer, accordant aux préparatifs qu'il dirigeait un intérêt aussi patient que si ceux-ci ne lui avaient pas déjà donné dans le passé bien des ennuis et ne lui promettaient dans l'avenir aucune difficulté nouvelle. Les deux personnages qui ouvrent la comédie des *Rivaux*, « Fag » et « le Cocher », parurent sur la scène, bien trop grands en regard de la toile de fond, qui représentait « une rue de Bath » ; ils déployèrent ensuite l'inhabileté traditionnelle des acteurs novices à manœuvrer leurs bras, leurs jambes et leurs voix, manquèrent à plusieurs reprises leurs entrées et leurs sorties, et finirent par témoigner leur enthousiasme quant au résultat de leur performance par de bruyants éclats de rire en coulisse.

– Silence, messieurs, je vous prie ! leur cria le jovial régisseur sur le ton de la réprimande. Sur la scène, riez aussi haut qu'il vous plaira, mais, une fois sortis, l'auditoire ne doit plus vous entendre… Miss Marrable est-elle prête ? Miss Vanstone est-elle prête ? Tendez-moi un peu cette « rue de Bath », elle fait des plis vers le haut ! Tournez-vous par ici, mademoiselle Marrable ! En face de moi, s'il vous plaît, mademoiselle Vanstone !

Il marqua une pause soudaine : « C'est curieux, se marmonna-t-il à lui-même, elle fait d'elle-même face au public ! »

Lucy ouvrit la scène par ces paroles : « En vérité, madame, je l'ai cherché par toute la ville. Je ne crois pas avoir omis, dans tout Bath, un seul cabinet de lecture. » Le régisseur tressaillit ici sur son siège :

– Vive Dieu ! s'écria-t-il, elle part avant le commandement !

Le dialogue continuait, et Lucy tira de dessous son manteau les romans destinés aux lectures secrètes de Miss Lydia Languish. Le régisseur se leva tout étonné. Merveille des merveilles ! Les livres se succédaient sans aucune hâte, aucun ne tombait à terre. La soubrette lisait soigneusement les titres avant de les annoncer à sa maîtresse ; elle fit se succéder *Humphry Clinker* et *The Tears of Sensibility*, avec une jolie moue qui soulignait l'antithèse. Le moment d'après, elle annonça la visite de Julia, avec la vive et leste révérence d'une femme de chambre émérite ; enfin, elle quitta la scène avec une aisance parfaite, et sa sortie fut absolument conforme aux indications scéniques.

Le régisseur, se retournant sur sa chaise, jeta un regard surpris à Miss Garth :

– Pardon, madame, lui dit-il, Miss Marrable m'avait assuré que c'était aujourd'hui le premier début de votre jeune demoiselle… A coup sûr, elle s'est trompée !

– A coup sûr, non, répondit Miss Garth, dont la physionomie exprimait une surprise égale à celle de son interlocuteur.

Était-il bien possible que l'habileté inexplicable ainsi déployée par Magdalen dans l'étude de son rôle provînt du sérieux intérêt qu'elle avait mis à son travail, et cet intérêt lui-même était-il le résultat d'une aptitude toute spéciale ?

La répétition continuait. La majestueuse dame aux cheveux d'emprunt et au cœur « si bien placé » avait du rôle de la sentimentale Julia une conception imperturbablement tragique et, dans la première scène, elle fit de son mouchoir un usage véritablement insensé. La vieille fille de la famille mettait un tel sérieux à reproduire les bévues grammaticales de Mrs. Malaprop et se donnait un tel mal pour n'en omettre aucune qu'elle semblait débiter un exercice de rhétorique. Le malheureux jeune homme qui portait sur ses épaules les plus improbables espoirs de la compagnie, dans le personnage de sir Antony Absolute, exprimait son irascibilité sénile par l'incessante trépidation de ses genoux émus et en frappant continuellement de sa canne le plancher sonore de la scène. Lentement, gauchement interrompu à chaque instant par d'interminables méprises, le premier acte se traîna ainsi jusqu'à la réapparition de Lucy, appelée à le terminer par ce joli monologue où elle dévoile le secret de sa prétendue simplicité et donne la pleine mesure de son esprit matois.

Arrivée à ce stade, Magdalen se vit confrontée, dans cette situation de théâtre pleine d'artifice, à des difficultés qu'elle n'avait pas rencontrées dans sa première scène. Aussi son inexpérience absolue l'entraîna-t-elle à plus d'une erreur évidente. Alors le régisseur, déployant un zèle que ne lui avait inspiré aucun autre membre de la troupe, intervenait immédiatement, et la remettait sur la voie.

A certain moment, elle devait s'interrompre et faire le tour de la scène ; elle n'y manqua pas. A certain autre, il lui fallait s'arrêter, secouer la tête et lancer à l'auditoire un regard significatif ; le tout fut exécuté au doigt et à l'œil. Parfois, elle suggérait elle-même ses inspirations : en prenant le papier où était inscrite la liste des présents qu'elle avait reçus, ne pourrait-elle y donner une chiquenaude ? Oui ! Un petit éclat de rire, ensuite, ne ferait-il pas bien ? Certainement (après deux essais consécutifs). Entre chaque paragraphe, ne serait-il pas à propos de jeter droit au parterre un regard malin ? C'est cela, droit au parterre, et le plus malin que vous saurez…

L'approbation rayonnait sur le visage du régisseur. Pour applaudir gaiement, il fourrait de temps à autre la pièce sous son bras. Groupés derrière la scène, les gentlemen suivaient son exemple ; les dames se regardaient l'une l'autre, et l'on voyait poindre chez elles l'idée qu'elles auraient peut-être aussi bien fait de laisser la nouvelle recrue aux douceurs de sa vie de famille.

Trop profondément absorbée dans ses préoccupations scéniques pour prendre garde à aucune d'elles, Magdalen demanda la permission de répéter le monologue, afin de mieux retenir les améliorations qu'elle y avait introduites. Elle le débita cette fois d'un bout à l'autre sans la moindre erreur, arrachant au régisseur enchanté un témoignage bruyant du plaisir qu'il éprouvait à voir ses enseignements profiter si vite.

– Il n'y a pas à le lui cacher, cria le petit homme frappant à coups redoublés sur le manuscrit du souffleur. Si jamais il y eut actrice-née, c'est bien celle-ci !

« J'espère que non », se dit Miss Garth, ramassant l'ouvrage qui était tombé sur ses genoux et y jetant un regard quelque peu perplexe. Ses appréhensions au sujet de l'entreprise dramatique n'étaient jamais allées au-delà des légèretés auxquelles Magdalen pourrait se laisser entraîner vis-à-vis des gentlemen de la troupe ; elle n'avait jamais envisagé la perspective qui s'ouvrait en ce moment. Magdalen, dans la peau d'une actrice-née, promettait les plus angoissantes difficultés pour l'avenir.

La répétition continuait. Lucy rentrait en scène au second acte, le dernier où elle parût, avec sir Lucius et Fag. De nouveau, l'inexpérience de Magdalen se fit jour ; elle étonna de nouveau tout le monde par sa résolution à reconnaître, à rectifier ses propres erreurs. « Bravo ! » s'écriaient les gentlemen derrière la scène, en la voyant surmonter, l'un après l'autre, les obstacles qui s'offraient à elle. « Pour un si petit rôle, disaient les dames, voilà un entêtement bien ridicule. » « Dieu me pardonne, pensait Miss Garth qui en était venue, malgré elle, à partager l'enthousiasme général, je souhaiterais presque être papiste et pouvoir la mettre au couvent dès demain matin… » Un des domestiques de Mr. Marrable traversait le théâtre au moment où la gouvernante formait ce vœu désespéré ; elle envoya immédiatement cet homme dans les coulisses, avec un message ainsi conçu : « Miss Vanstone a fini de répéter son rôle ; priez-la de venir s'asseoir à côté de moi. » Le domestique revint avec une excuse poliment tournée : « Miss Vanstone envoie ses amitiés, et supplie qu'on veuille bien attendre. Elle souffle à Mr. Clare. » Elle lui soufflait effectivement si bien qu'il récitait son rôle d'un bout à l'autre. Le jeu des autres amateurs était d'une stupidité affligeante ; Frank, supérieur à eux d'un degré, se contentait de faire modestement la preuve de son manque de talent.

– Il le doit à Miss Vanstone, remarqua le régisseur, qui avait entendu les conseils de la jeune fille. Elle le porte à bout de bras ! Que deviendrons-nous, le soir fatal, quand le rideau sera tombé sur le second acte et que l'auditoire ne reverra plus cette petite personne ? A quel niveau de platitude ne serons-nous pas réduits ! et combien il est à regretter qu'on ne lui ait pas confié un meilleur rôle !

– Remercions au contraire le ciel que ce rôle soit si mince ! marmotta Miss Garth, qui avait surpris la fin de cet aparté. En l'état des choses, les applaudissements ne lui tourneront pas la tête. Elle sort de scène au second acte, c'est toujours cela de gagné…

Tout esprit bien réglé ne tire ses conclusions qu'à loisir. Or l'esprit de Miss Garth était bien réglé. Logiquement, donc, Miss Garth n'eût pas dû se laisser aller à précipiter ses conclusions. Elle venait, pourtant, de commettre cette erreur. En termes plus nets, la réflexion consolante dont elle commençait à se bercer impliquait que la pièce en question n'encourrait plus de nouveaux désastres, et qu'elle était désormais promise, après tant et tant d'ajournements, au succès escompté. La pièce, pourtant, n'en était pas là. La malchance et la famille Marrable n'avaient pas encore pris congé l'une de l'autre.

Quand la répétition fut finie, personne ne s'aperçut que la majestueuse dame aux cheveux d'emprunt quittait mystérieusement la compagnie, et lorsqu'un peu plus tard elle ne vint point prendre place à la table couverte de rafraîchissements que l'hospitalité de Mr. Marrable tenait toujours servie dans une pièce voisine du théâtre, personne ne soupçonna que cette absence, à peine remarquée, pût avoir un motif sérieux. On ne connut à cet égard la vérité que lorsque la troupe se réunit pour la répétition suivante. A l'heure dite, aucune Julia n'apparut ; à la place de celle qu'on attendait, Mrs. Marrable, une lettre ouverte à la main, se montra sur la scène, le front chargé de tristes présages.

La nature l'avait dotée d'une grande douceur, à laquelle une éducation soignée avait encore ajouté. Elle possédait cet art de la litote que les conventions imposent à la langue des salons ; mais l'influence du drame, jointe à celle de la contrariété, avait fini par avoir raison du sang-froid de cette paisible matrone. Pour la première fois de sa vie, peut-être, Mrs. Marrable eut des gestes véhéments, une parole emportée. Elle tendit la lettre, à longueur de bras et d'un air sévère, à sa fille stupéfaite.

– Ma chère enfant, lui dit-elle ensuite avec un calme tragique, nous sommes sous le coup d'une véritable malédiction !

Puis, avant que la troupe d'amateurs, prise de court, eût songé à réclamer la moindre explication, la maîtresse de maison, tournant sur elle-même, quitta le salon. Le régisseur la suivit du regard avec une satisfaction évidente : « Tout à fait réussie, cette imposante sortie… »

Quel nouveau malheur était donc venu fondre sur la pièce ? Le plus grand de tous, le coup suprême. La dame aux attraits majestueux abdiquait formellement son rôle.

Nulle malice en tout ceci. Ce cœur « si bien placé » n'avait pas changé de place. A défaut d'autres témoignages, la lettre le prouvait suffisamment. Un point de fait y était établi dès l'exorde : à la dernière répétition, la dame en question avait surpris (tout à fait sans le vouloir) certaines remarques dont sa personne était l'objet. Ces remarques portaient, ou du moins semblaient porter, sur sa corpulence et sur ses cheveux. Elle n'affligerait point Mrs. Marrable en lui répétant ces méchancetés ; à plus forte raison, ne citerait-elle aucun nom : il n'était pas dans sa nature d'aggraver les circonstances déjà pénibles par elles-mêmes. Il ne lui restait donc plus, pour sauvegarder sa dignité, qu'à renoncer au rôle dont elle s'était chargée. Elle le renvoyait, ci-inclus, à Mrs. Marrable, avec toutes les excuses imaginables pour la présomption dont elle avait fait preuve en s'essayant dans le personnage d'une jeune première, « à son âge », comme l'avaient remarqué certains gentlemen, et avec ce que deux de ces dames avaient désigné comme « les inconvénients de sa taille et de ses cheveux ». On trouverait aisément, et sans nul doute, une Julia plus jeune et plus agréable. En attendant, elle pardonnait pleinement à toutes les personnes désignées plus haut, et demandait qu'on lui permît d'ajouter à ce pardon les vœux les plus sincères pour le succès de la pièce.

Il ne restait plus que quatre jours avant la représentation ! Si jamais, par conséquent, une entreprise humaine avait eu besoin de vœux pouvant lui être favorables, c'était, à coup sûr, celle des comédiens amateurs d'Evergreen Lodge.

Un fauteuil fut apporté sur la scène et, dans ce fauteuil, Miss Marrable se laissa tomber, préliminaire indispensable à l'attaque de nerfs qui allait la prendre. A la première convulsion, Magdalen fit un pas en avant, arracha la lettre de la main de Miss Marrable, et conjura la catastrophe imminente :

– C'est une méchante vieille… Elle n'a pas plus de cœur que de cheveux ! dit-elle en déchirant la lettre en mille morceaux qu'elle dispersa sur toutes les têtes penchées pour l'écouter. Mais je lui réponds bien qu'elle ne fera pas manquer la pièce : c'est moi qui jouerai Julia.

– Bravo ! cria le chœur des gentlemen.

Et parmi eux criait plus fort que tous les autres l'anonyme auteur de la catastrophe, à savoir Mr. Francis Clare en personne.

– Si vous voulez connaître toute la vérité, je n'hésiterai pas à vous la dire, continua Magdalen. Je suis une des deux dames auxquelles elle fait allusion. J'ai dit qu'elle avait une tête de balai à franges, et que sa taille ressemblait à un oreiller… Je l'ai dit comme je le pense.

– Je suis l'autre dame désignée, reprit la vieille fille de la famille. Mais je me suis bornée à dire que si le rôle était trop lourd pour elle, elle était, en revanche, beaucoup trop lourde pour le rôle.

– Le gentleman, c'est moi, reprit Frank, entraîné par l'exemple. Mais je n'ai rien dit, je me suis borné à opiner du bonnet avec ces dames.

Miss Garth, saisissant l'occasion qui s'offrait à elle, s'adressa, du fond du parterre, aux gens montés sur la scène :

– Un moment… un moment. L'affaire ne peut pas s'arranger ainsi. Si Magdalen joue Julia, qui fera Lucy ?

Miss Marrable retomba dans son fauteuil, et donna cours à une seconde convulsion.

– Laissez donc ! cria Magdalen. La chose est simple comme bonjour… Je jouerai les deux rôles, Julia et Lucy.

Le régisseur fut immédiatement consulté. Supprimer la première entrée de Lucy et transformer en monologue pour Lydia Languish la petite conversation motivée par les romans semblait être la seule modification d'importance nécessaire à la réalisation du projet de Magdalen. Les deux scènes où Lucy est essentielle, à la fin du premier et du second acte, étaient assez éloignées de celles où Julia paraît, pour donner amplement le temps de changer de costume. Miss Garth elle-même, bien qu'elle la cherchât de tout cœur, ne put trouver une objection plausible à ces arrangements improvisés.

La question fut décidée en cinq minutes, et la répétition reprit, Magdalen apprenant et répétant à la fois le rôle de Julia, son manuscrit à la main, et déclarant qu'à son retour chez elle elle allait se consacrer toute la nuit à se le mettre bien en tête. Frank imaginait, très déconfit, qu'elle n'aurait plus le temps de lui venir en aide. Mais, le frappant sur l'épaule du bout de son cahier d'un geste qui ne manquait pas de coquetterie, elle lui dit :

– Eh ! grand nigaud, comment pourrais-je me passer de vous ! Vous êtes l'amoureux jaloux de la belle Julia… C'est vous qui la faites pleurer tout le long de la pièce. Venez ce soir, vous me ferez pleurer pendant le thé. Vous n'avez plus, pour vous donner la réplique, une méchante tête à perruque ; c'est mon pauvre cœur qu'il vous faudra tourmenter et, naturellement, je vous dirai comment vous aurez à vous y prendre.

Les quatre jours se passèrent, fort occupés en répétitions continuelles, tant publiques que particulières. Le soir de la représentation arriva, les invités se rassemblèrent ; la grande expérience dramatique allait être tentée. Magdalen avait tiré parti de tout ce qui pouvait l'aider ; elle avait appris tout ce que le régisseur avait eu le temps de lui enseigner dans un délai si court. Miss Garth la laissa, au début de l'ouverture, assise à part dans un coin des coulisses, muette et sérieuse, son flacon de sels dans une main, son livre dans l'autre, se préparant jusqu'à la dernière minute pour mieux aborder la difficulté.

La pièce commença, avec son lot d'épisodes auxquels donne lieu toute représentation dramatique essayée par des amateurs novices et sur un théâtre de salon : auditoire entassé, température d'Afrique, verres de lampe volant en éclats et grande difficulté à manœuvrer la toile. Fag et le Cocher, qui ouvraient la scène, n'eurent pas plutôt fait un pas sur les planches que la mémoire les abandonna : ils passèrent une bonne moitié de leur dialogue, s'arrêtèrent court, furent priés à trop haute et trop intelligible voix par le régisseur de rentrer dans la coulisse, et y rentrèrent effectivement, beaucoup moins gais mais beaucoup plus sages qu'ils n'en étaient sortis.

La scène suivante montra Miss Marrable en Lydia Languish, gracieusement étendue, fort jolie, mise à ravir, possédant son rôle à une syllabe près, bref, ayant tout pour elle… sauf la voix qui lui manquait absolument. Les dames admiraient, les messieurs applaudissaient ; mais personne n'entendit autre chose que les mots : « Plus haut, mademoiselle, beaucoup plus haut ! » prononcés par la même voix qui avait déjà rappelé Fag et le Cocher. Un léger rire se fit dans les rangs des plus jeunes spectateurs, mais de magnanimes applaudissements noyèrent ce bruit indiscret. La température du salon avait beau égaler déjà celle du sang, l'ébullition n'avait pas encore fait évaporer de l'auditoire le sentiment des égards que l'on doit aux dames.

Ce fut au milieu de cette démonstration courtoise que Magdalen fit paisiblement son entrée dans le personnage de Julia. Elle était simplement vêtue de brun, et ne portait pas de perruque, réservant tous les accessoires, toutes les ressources artificielles du travestissement dramatique (à l'exception d'un peu de rouge fort discrètement posé) pour se mieux métamorphoser dans son second rôle. La grâce et la simplicité de son ajustement, la manière calme dont, maîtresse d'elle-même, elle arrêtait son regard sur les files de visages qui la contemplaient avidement suscitèrent un murmure d'approbation et d'attente.

Elle parla, comprimant un léger frisson de peur, avec une netteté d'accentuation qui la faisait entendre des plus éloignés et confirmait la favorable impression produite par son entrée. La seule personne de tout l'auditoire qui pût la regarder et l'écouter de sang-froid était certainement sa sœur aînée : avant que la débutante eût été en scène plus de cinq minutes, Norah s'était aperçue, avec un étonnement difficile à décrire, que Magdalen, pour donner un cachet authentique à l'amabilité un peu banale de Julia, n'avait rien imaginé de mieux que de la copier, elle, ses gestes, sa diction, aussi exactement que possible. Elle se vit ainsi effrontément contrefaite, et jusqu'au son de sa voix, si parfaitement imitée qu'il lui semblait parler elle-même et entendre ses propres paroles redites sur la scène par un écho railleur. S'étant ainsi approprié, à des fins théâtrales, l'identité de Norah, Magdalen suscita dans l'auditoire – qui ne percevait que le résultat final – un tonnerre d'applaudissements. Dès cette première scène, elle avait remporté deux incontestables victoires. Par un merveilleux effet d'imitation, elle avait communiqué une vérité frappante à l'un des personnages les plus insipides du théâtre anglais ; elle avait également transporté d'enthousiasme deux cents malheureux privés des bienfaits de la ventilation, dans cette région tropicale où ils mijotaient à la chaleur l'un de l'autre. Où donc trouver une actrice de profession qui, dans de telles circonstances, eût pu faire beaucoup mieux ?

Le principal incident de la soirée, cependant, ne s'était pas encore produit. La réapparition de Magdalen, à la fin de l'acte, sous le travestissement de Lucy, avec des cheveux et des sourcils d'emprunt, un teint ravivé par le fard et les mouches, la toilette la plus fantasque et la plus voyante, la voix la plus perçante et les plus lestes façons, abasourdit complètement les spectateurs. Ils consultèrent d'abord leur programme, où l'actrice chargée du rôle de Lucy figurait sous un ingénieux pseudonyme, se remirent à regarder la scène et démasquèrent enfin celle qui se cachait sous le déguisement. Leur surprise se traduisit alors par une salve d'applaudissements bien plus bruyante encore et plus cordiale que la première. Norah elle-même, cette fois, ne put méconnaître que ce triomphe était légitime. Car enfin, à travers les lacunes qu'une inexpérience absolue rendait inévitables, et de la façon la plus manifeste même aux yeux de l'auditoire le moins éclairé, cette jeune fille de dix-huit ans, dans chacun de ses gestes et de ses regards, révélait cette faculté si rare qu'est le talent dramatique. Sans maîtriser parfaitement les moindres détails des deux rôles, elle avait cependant réussi, et c'était là l'essentiel, à leur donner à chacun son cachet spécial, sa couleur distincte. Tout le monde comprenait que là gisait la difficulté, tout le monde comprenait qu'elle l'avait résolue ; tout le monde, à présent, partageait l'enthousiasme du régisseur, quand il la proclamait, presque malgré lui, comédienne de naissance.

Lorsque la toile s'abaissa pour la première fois, Magdalen avait concentré sur elle tout l'intérêt, tout l'attrait du spectacle. L'auditoire applaudissait poliment Miss Marrable, ainsi que les convenances l'exigeaient des personnes invitées par son père ; il encourageait charitablement les autres membres de la troupe, afin de les aider à terminer leur tâche, ce qui n'irait pas sans mal, de toute évidence, pour certains d'entre eux. Mais dans tout le cours de la représentation rien ne put lui arracher de sincères, de chaleureux bravos, lorsque Magdalen n'était pas là pour les enlever. On ne pouvait s'y tromper, Miss Marrable et ses amis intimes étaient rejetés dans l'ombre par cette nouvelle venue qu'on était allé recruter en désespoir de cause. Et ceci, pour la fête de Miss Marrable, pour l'anniversaire de sa naissance ! et ceci, dans la propre maison de son père ! et ceci, après les indicibles sacrifices qu'elle et ses parents s'imposaient depuis six semaines ! A tous les désastres domestiques dont cette œuvre ingrate avait été l'occasion pour la famille Marrable, et à toutes ses déceptions en matière théâtrale, le succès de Magdalen venait mettre le comble.

Quittant Mr. Vanstone et Norah, installés, après la pièce, dans la salle où était dressé le buffet, Miss Garth passa derrière la scène, sous le prétexte de se rendre utile. Elle voulait savoir, en réalité, si les triomphes de la soirée n'avaient pas complètement tourné la tête de Magdalen. La gouvernante n'aurait pas été autrement surprise de trouver sa jeune élève traitant avec le régisseur des conditions auxquelles elle consentirait à se montrer prochainement sur un théâtre public. En fait, elle découvrit Magdalen sur la scène, en train de recevoir avec le sourire une carte que ledit régisseur lui présentait avec une révérence toute classique. Le poli petit homme, devinant une question dans le regard interrogateur de Miss Garth, se hâta de lui expliquer que cette carte était la sienne, et qu'en la laissant à Miss Vanstone, il la suppliait de penser à le recommander, si, comme il n'en doutait pas, une occasion semblable venait à se présenter.

– Ce n'est pas la dernière fois que mademoiselle figurera dans une troupe d'amateurs, je puis vous le garantir, et si l'on a besoin d'un régisseur, elle a bien voulu me promettre qu'elle se souviendrait de mon humble personne. A l'adresse mentionnée sur cette carte, on aura toujours de mes nouvelles.

A ces mots, autre révérence, et le petit homme s'éclipsa.

De vagues soupçons assiégeaient encore la pensée de Miss Garth. Elle insista pour que la carte lui fût montrée. Jamais plus inoffensif morceau de carton n'avait passé d'une main dans une autre. Le papier bristol ne contenait que le nom du régisseur et, au-dessous, le nom et l'adresse d'un agent théâtral à Londres.

– Cela ne mérite pas d'être conservé, dit Miss Garth.

Mais avant qu'elle eût jeté la carte, Magdalen lui saisit le bras, reprit l'adresse en question, et la mit tranquillement dans sa poche.

– J'ai promis de recommander cet homme, dit-elle, et c'est déjà une raison pour conserver son adresse. Et puis elle me rappellera la plus délicieuse soirée de ma vie, et c'est une raison supplémentaire. Allons ! cria-t-elle ensuite, jetant ses bras autour de Miss Garth, dans un transport de gaieté fiévreuse. Allons donc ! félicitez-moi de mon succès !

– Je vous féliciterai quand vous n'y penserez plus, répondit Miss Garth.

Une demi-heure après, Magdalen avait changé de toilette. Elle avait rejoint les invités et planait dans une atmosphère de compliments où la salutaire influence de Miss Garth ne pouvait plus l'atteindre. Frank, toujours un peu lent à se mouvoir, fut le dernier de la compagnie dramatique à quitter l'enceinte du théâtre. Il n'essaya point de rejoindre Magdalen dans la salle du souper, mais quand on se sépara, quand les carrosses arrivèrent, il se trouva là, tout à point, dans le vestibule, pour l'aider à passer sa pelisse.

– Oh ! Frank, lui dit-elle, se tournant vers lui pendant qu'il l'enveloppait de l'étoffe protectrice, je suis si triste que tout cela soit fini ! Venez donc demain matin, nous en causerons tout à notre aise.

– Dans le bosquet, vers dix heures ? murmura Frank à l'oreille de la jeune étourdie, qui accepta par un joyeux mouvement de tête cette espèce de rendez-vous, tout en relevant le capuchon rabattu sur ses yeux.

Miss Garth, debout à peu de distance, saisit au passage le regard qu'ils échangeaient, mais le tumulte des adieux l'avait empêchée d'entendre leurs paroles. Dans la gaieté qu'affectait Magdalen, il y avait une nuance de tendre langueur, sur son visage une expression de trouble, un empressement affectueux dans le geste par lequel elle acceptait le bras de Frank et s'appuyait sur ce bras pour gagner la voiture. Que signifiait tout ceci ? L'intérêt passager qu'elle avait pris à lui, à ses progrès dramatiques, avait-il traîtreusement frayé la voie à un autre intérêt plus vif et plus durable ? Ce divertissement déplorable allait-il avoir, maintenant qu'il était terminé, des résultats plus sérieux qu'une simple perte de temps ?

La physionomie de Miss Garth devint soucieuse. Elle demeurait immobile et pensive au milieu de la foule affairée et bavarde qui l'entourait. La mise en garde adressée à Mrs. Vanstone par Norah pendant qu'elles étaient dans le jardin lui revint à l'esprit, et pour la première fois elle sentit poindre en elle ce pressentiment que la sœur aînée avait entrevu, sous leur vrai jour, les conséquences probables d'un parti trop légèrement pris.

VII

Le lendemain, de bonne heure, se rencontrant au jardin, Miss Garth et Norah y tinrent ensemble un conseil secret. Le seul résultat visible de cette conférence, lorsqu'elles se retrouvèrent à la table du petit déjeuner, fut le silence complet qu'elles observèrent, l'une et l'autre, sur la représentation de la veille. Les quelques informations que put obtenir Mrs. Vanstone sur ce joyeux divertissement lui furent fournies par son mari et sa fille cadette. La gouvernante et la fille aînée avaient évidemment pris le parti de ne plus aborder ce sujet.

A l'issue du déjeuner, lorsque les dames se réunirent comme de coutume dans le petit salon, Magdalen ne vint pas les rejoindre. Ses habitudes étaient si peu régulières que Mrs. Vanstone n'éprouva, au sujet de cette absence, aucun étonnement, aucune inquiétude. Deux heures s'écoulèrent sans qu'on entendît parler de Magdalen. Quand midi sonna, Norah se leva tranquillement pour aller à sa recherche.

Elle n'était ni aux étages supérieurs, époussetant ses bijoux ou bouleversant ses robes, ni dans la serre, ni dans le parterre, ni dans les cuisines à tourmenter la reine de ces lieux, ni dans la cour à jouer avec les chiens. Était-elle par hasard sortie avec son père ? Mr. Vanstone, pendant le déjeuner, avait manifesté l'intention d'aller rendre visite à son ancien associé, Mr. Clare, dans l'idée de pousser à quelque sarcastique anathème le philosophe indigné, en lui rendant compte de la soirée dramatique. Aucune des dames de Combe-Raven n'eût été assez hardie pour se hasarder dans le cottage encombré du vieux cynique, mais Magdalen osait tout, elle, et Magdalen pouvait fort bien y être allée.

Dès que cette idée se fût présentée à Norah, elle prit le chemin du bosquet.

Au second détour de l'allée qui s'enfonçait parmi les arbres hors de vue de la maison, Norah se trouva tout à coup face à face avec Magdalen et Frank, qui marchaient en se tenant par le bras, la tête penchée l'un vers l'autre, et se parlant à voix basse. Ils semblèrent à Norah anormalement beaux et heureux. A sa vue, tous deux sursautèrent et s'arrêtèrent. Frank, d'un geste troublé, porta la main à son chapeau, et s'en retourna dans la direction du cottage paternel. Magdalen vint au-devant de sa sœur, fouettant l'air négligemment de son ombrelle inutile, et fredonnant un passage de l'ouverture qui, la veille, avait précédé le lever du rideau.

– Serait-ce déjà l'heure du repas ? demanda-t-elle en regardant à sa montre. Sûrement pas !

– Est-ce que tu t'es promenée dans le bosquet, seule avec Mr. Francis Clare, depuis dix heures ce matin ? demanda Norah.

– *Mr.* Francis Clare ? Tu es ridiculement formelle ! Pourquoi ne l'appelles-tu pas Frank, tout simplement ?

– Je t'ai posé une question, Magdalen.

– Grand Dieu, quel air sombre tu as ce matin ! Je suis donc en disgrâce ? Tu ne m'as pas encore pardonné mon jeu d'hier. Mais, sœur chérie, cette mauvaise plaisanterie était une nécessité… Je n'aurais pas tiré parti de mon stupide rôle, si je ne m'étais permis de te prendre pour modèle… C'est une question d'art, voilà tout… A ta place, ce choix m'eût flattée.

– A ta place, Magdalen, j'y aurais regardé à deux fois avant de contrefaire ma sœur pour amuser des étrangers.

– Eh ! c'est justement là mon excuse… je jouais devant des étrangers. Comment auraient-ils pu deviner ? Allons, allons, ne nous fâchons point ! Tu as huit ans de plus que moi, et tu devrais me donner l'exemple de la tolérance.

– Je vais te donner un exemple de franchise… Je suis beaucoup plus peinée que je ne saurais te le dire de t'avoir rencontrée ici.

– Et après ? Tu me rencontres dans le bosquet, rentrant à la maison, et causant d'une comédie de société avec un ancien camarade d'enfance que j'ai connu lorsque je n'étais pas plus haute que cette ombrelle… C'est donc là une inconvenance compromettante, à ton avis ? *Honni soit qui mal y pense*[1] *!* Tu demandais tout à l'heure une réponse… Eh bien ! la voilà, ma chère, et en bel anglo-normand, si je ne me trompe !

– Je prends ceci au sérieux, Magdalen, et…

– Crois-tu que j'en doute ? Personne ne t'accusera jamais de plaisanter.

– Je suis sérieusement affligée…

– En vérité ?

– Il est tout à fait inutile de m'interrompre… Je dois à ma conscience de te dire, et par conséquent je te le dirai, que je suis affligée de voir cette intimité faire des progrès aussi rapides… Je suis peinée de voir cette secrète intelligence s'établir déjà entre toi et Mr. Francis Clare.

– Pauvre Frank ! Quelle aversion tu as pour lui ! Et qu'a-t-il pu faire pour la mériter ?

L'empire que Norah avait toujours sur elle-même commençait pourtant à lui manquer. Ses joues brunes se couvraient d'une rougeur foncée, ses lèvres fines tremblaient quand elle reprit la parole. Magdalen s'occupait de son ombrelle plus que de sa sœur. Elle la lançait en l'air pour la reprendre au vol : « Une ! » criait-elle, la rattrapant ainsi… « Deux ! » et l'ombrelle volait encore… « Trois ! » mais avant qu'elle eût put la saisir pour la troisième fois, Norah lui prit le bras avec un geste irrité. L'ombrelle tomba par terre entre les deux jeunes filles.

– Tu es impitoyable pour moi, dit-elle. C'est une honte, Magdalen, une vraie honte !

De toutes les puissances morales, la plus irrésistible est l'éclat spontané, soudain, involontaire, d'un caractère calme et réservé. Magdalen, stupéfaite, fut réduite à se taire. Pendant un moment, ces deux sœurs, si différentes d'aspect et de caractère, se firent face l'une à l'autre, sans qu'un mot de plus fût échangé entre elles. Pendant un moment, les yeux brun foncé de l'aînée et les yeux gris clair de la cadette croisèrent leurs regards acharnés à s'examiner, et prêts à se combattre. La physionomie de Norah fut la première qui changea d'expression. Ce fut Norah qui, la première, détourna la tête. Elle

1. En français dans le texte.

lâcha silencieusement le bras de sa sœur. Magdalen se baissa pour ramasser son ombrelle :

– J'essaye, disait-elle, de ne pas me mettre en colère, et c'est pour cela que tu me traites d'impitoyable ! Tu as toujours été dure avec moi… et tu le seras toujours.

Norah tenait serrées l'une dans l'autre ses mains frémissantes :

– Dure avec toi ? répéta-t-elle d'une voix lasse et mélancolique.

Un soupir rempli d'amertume suivit ces mots.

Magdalen, reculant un peu, se mit à essuyer machinalement, avec le bord de son manteau, le bout de son ombrelle.

– Oui, reprit-elle, dure pour moi et dure pour Frank.

– Frank ! reprit encore Norah, s'avançant vers sa sœur, et devenant tout d'un coup aussi pâle que tout à l'heure encore elle était rouge. Parles-tu déjà de toi et de Frank comme si vos intérêts étaient les mêmes. En te blessant, Magdalen, est-ce que je le blesse ? Te tient-il de si près et t'est-il si cher ?

Magdalen reculait et reculait encore. La branche d'un arbre voisin faillit accrocher son manteau : elle se retourna brusquement, brisa ce rameau et le jeta par terre :

– Que Frank me plaise ou ne me plaise pas, en quoi cela peut-il t'intéresser ?

En disant ces mots, elle fit brusquement un pas en avant pour dépasser sa sœur et rentrer à la maison.

Norah, de plus en plus pâle, lui barra le chemin :

– Dussé-je te retenir de force, dit-elle, tu resteras là, et tu m'écouteras. J'ai observé de près ce Francis Clare ; mieux que tu ne le connais, je le connais. Il ne mérite pas que tu lui accordes un instant d'attention sérieuse ; il est indigne de l'intérêt que lui a porté jusqu'ici notre cher père, si bon et si bienveillant. Un homme doué de quelques principes, tant soit peu digne d'estime, tant soit peu reconnaissant, ne serait pas revenu, comme il l'a fait, déshonoré – oui, déshonoré – par une aussi lâche négligence de son devoir. J'examinais son visage pendant que cet ami, meilleur pour lui que ne l'a jamais été son père, lui accordait un pardon et des consolations auxquels il n'avait aucun droit ; j'examinais son visage et je n'y lisais ni honte, ni chagrin, rien qu'une expression de soulagement sans remords et sans gratitude. Il est égoïste, il est ingrat, il n'a aucun sentiment généreux. Il a à peine vingt ans, et je lui vois déjà les défauts avilissants du vieil âge… Voilà l'homme que je trouve secrètement admis auprès de toi ; et cet homme a déjà pris dans ta faveur une telle place que tu es sourde à la vérité, même lorsqu'elle sort de ma bouche. Ceci, Magdalen, finira mal. Pour l'amour de Dieu, songe à ce que je t'ai dit, et avant qu'il ne soit trop tard, veille sur toi-même !

Elle s'arrêta, haletante d'émotion, et prit avec une indicible anxiété la main de sa sœur.

Magdalen la regardait avec un étonnement qu'elle ne cherchait pas à dissimuler.

– Tu es tellement irritée, dit-elle, tu te ressembles si peu que je te reconnais à peine. Plus je me montre patiente, et plus, pour récompense, je subis de pénibles invectives. Tu as conçu pour Frank une haine obstinée, et, parce que je ne veux pas m'y associer, tu te fâches contre moi sans rime ni raison… Laisse, Norah ! Tu froisses ma main…

Norah rejeta la main loin d'elle avec un mouvement de mépris.

– Ce n'est pas ton cœur que je froisserai jamais, dit-elle.

Et, en même temps qu'elle prononçait ces paroles amères, elle tourna le dos à Magdalen.

Il y eut une pause. Norah gardait son attitude méprisante, Magdalen lui jeta un regard perplexe, hésitant, et se mit à marcher seule du côté de la maison.

Au détour du sentier, cependant, elle s'arrêta et, mal à l'aise, porta son regard en arrière : « Mon Dieu, mon Dieu ! pensait-elle, pourquoi Frank n'est-il pas parti quand je le lui disais ? » Elle hésitait et fit quelques pas en arrière. « Voilà Norah qui se drape dans sa dignité, tout aussi obstinément que jamais. » Ici, nouvelle halte. « Qu'y a-t-il de mieux à faire ? Je déteste les querelles ; arrangeons celle-ci. » Elle se risqua près de sa sœur, et lui posa la main sur l'épaule : Norah ne bougea point. « Elle ne se met pas souvent en colère, pensa Magdalen avec le même geste conciliant ; mais lorsqu'elle y est, comme cela dure ! »

– Allons, reprit-elle, un baiser, Norah, et finissons-en ! N'aurai-je de toi que cette charmante nuque ? Il est joli, ton cou, plus doux à embrasser que le mien, et malgré toi je vais l'embrasser.

Elle saisit Norah par les épaules et joignit le geste à la parole, sans tenir le moindre compte de ce qui venait de se passer. Mais sa sœur ne devait pas si vite en perdre la mémoire. La minute d'avant, en dépit de tous les obstacles, le cœur de Norah s'était épanché à flots brûlants. Est-ce que déjà sa glaciale réserve avait repris le dessus ? C'était difficile à dire. Elle n'articula pas une parole, et ne bougea point. D'une main pressée, elle cherchait son mouchoir. A ce moment, on entendit dans les profondeurs du bosquet un bruit de pas. Un basset d'Écosse arrivait au galop, et une voix joyeuse fredonna les premiers vers du chœur rustique d'*As You Like It.*

– Voici papa ! s'écria Magdalen… Viens, Norah, viens au-devant de lui !

Norah, au lieu de suivre sa sœur, ramena sur ses yeux le voile de son chapeau de jardin, et se hâta de retourner vers la maison.

Elle courut s'enfermer dans sa chambre. Des pleurs amers ruisselaient sur son visage.

VIII

Quand Magdalen et son père se rencontrèrent dans le bosquet, la physionomie de Mr. Vanstone attestait que, depuis sa sortie du matin, quelque incident agréable pour lui était survenu. A la question que lui adressa immédiatement la jeune curieuse, il répondit en l'informant qu'il sortait à l'instant même du cottage de Mr. Clare, et qu'en ce lieu stérile d'ordinaire en pareilles bonnes fortunes, il avait recueilli une nouvelle de nature à surprendre la famille de Combe-Raven.

En pénétrant le matin même dans le cabinet du philosophe, Mr. Vanstone l'avait trouvé occupé à ruminer encore son déjeuner, ayant à côté de lui, au lieu du livre qui d'ordinaire, pendant le repas, restait à portée de sa main, une lettre ouverte. Il avait saisi cette lettre dès l'entrée du visiteur, et avait entamé brusquement la conversation en demandant à Mr. Vanstone si le bon état de ses nerfs le mettait à même de supporter le choc d'une surprise capable d'ébranler les plus fermes.

– Mes nerfs ? répéta Mr. Vanstone ; Dieu merci, je n'ai rien à dire de mes nerfs. Si vous avez quelque chose à me communiquer, n'ayez pas peur, expliquez-vous sans autres ménagements !

Mr. Clare envoya vers son interlocuteur un regard mécontent :

– Que vous ai-je toujours dit ? demanda-t-il, plus aigre et plus solennel que jamais.

– Bien des choses dont je n'ai jamais voulu tenir note, répondit Mr. Vanstone.

– En votre absence comme devant vous, j'ai constamment soutenu que le principal phénomène de la société moderne, était… l'anormale prospérité des sots. Désignez-moi un seul fou, je vous montrerai un agrégat social qui, sur dix chances, en accordera neuf à ce personnage éminemment favorisé, puis marchandera la dixième, et fort durement, de se trouver l'individu le plus sage en ce bas monde. Regardez où vous voudrez, vous verrez installé dans toute haute position un âne, un âne bâté, que les plus grandes intelligences de l'univers ne sauraient atteindre pour l'en arracher. La sottise, qui s'admire et se complaît en elle-même, fait peser sur tout notre système social son autorité absolue, tient impunément sous le boisseau la lumière que l'intelligence voudrait porter de tous côtés, et pousse, pour répondre à toutes protestations, la sinistre clameur de l'aveugle hibou : Voyez comme les ténèbres nous conviennent ! Quelque jour, cette audacieuse assertion sera contredite par les faits, et le système vermoulu de la société moderne s'écroulera tout entier avec un affreux craquement !

– A Dieu ne plaise ! s'écria Mr. Vanstone, regardant autour de lui comme si le craquement se faisait déjà entendre.

– Un affreux craquement, répéta Mr. Clare. Telle est, en peu de mots, ma théorie. Passons, maintenant, à l'application remarquable que je trouve d'icelle dans la présente épître… Voici mon coquin de fils…

– Allez-vous me dire que Frank a trouvé d'autres chances d'avenir ? s'écria Mr. Vanstone.

– Voici ce Frank, cet incorrigible nigaud ! poursuivit le philosophe. Il n'a jamais de sa vie tiré le moindre parti de lui-même ; aussi, par voie de conséquence rigoureuse, la société conspire-t-elle pour le mettre au pinacle. A peine a-t-il eu le temps de gaspiller la bonne occasion qu'il vous devait, que, pour la seconde fois, cette lettre ramène la balle de son côté. Un riche cousin à moi (désigné par son intelligence pour être la queue de la famille, et qui dès lors en occupe naturellement la tête) a eu la bonté de se rappeler que j'existais : il met son influence au service de mon fils aîné. Lisez cette lettre et observez ensuite l'enchaînement des choses. Ce riche cousin est un nigaud qui prospère au sein d'un vaste domaine. Il a rendu n'importe quels services à un autre nigaud qui prospère en politique. Celui-ci connaît un troisième nigaud, qui prospère dans le commerce, lequel peut et va donner un bon coup d'épaule à un quatrième nigaud, ne prospérant pour le moment en aucune façon, et dont le nom est Francis Clare. Ainsi tourne la roue du moulin. Ainsi, par une interminable série de phénomènes analogues, la crème des récompenses terrestres est absorbée par les imbéciles. Dès demain, mon Frank est expédié. Dans un temps donné, nous le verrons revenir, refusé comme un faux shilling ; et alors, conséquence nécessaire de sa méritante sottise, d'autres chances d'avenir s'ouvriront pour lui. Le temps reprendra son cours... Peut-être ne verrai-je pas ceci, ni vous non plus, mais peu importe : l'avenir de Frank n'en est pas moins assuré. Qu'on le fourre dans l'armée, dans l'Église, dans la politique, où vous voudrez, ou qu'on l'abandonne aux flots, il finira par être général, évêque ou ministre d'État, de par cette grande qualité moderne qui consiste à n'avoir rien fait pour mériter la place qu'on occupe.

Après avoir ainsi résumé les perspectives mondaines de son fils, Mr. Clare jeta la lettre sur la table d'un geste méprisant et se versa tout aussitôt une nouvelle tasse de thé.

Mr. Vanstone lut cette lettre avec un intérêt avide et un réel plaisir. Peut-être y avait-il quelque effort dans le ton de cordialité sur lequel on l'avait écrite, mais les avantages pratiques qu'elle mettait à la disposition de Frank n'étaient nullement sujet à caution. Le cousin en question avait tous les droits de l'amitié, d'une amitié tout à fait exceptionnelle, sur une des grandes maisons de commerce établies dans la City ; cette influence, il venait de l'exercer spontanément au profit du fils aîné de Mr. Clare. Frank serait reçu dans les bureaux de cette maison sur un bien autre pied qu'un commis ordinaire ; on le « pousserait » dans toute occasion favorable ; et la première « bonne position » que la maison pourrait offrir, soit en Angleterre, soit à l'étranger, lui serait acquise par avance. Doué des facultés nécessaires, et pour peu qu'il mît à les faire valoir un zèle à peu près suffisant, sa position était faite ; et plus tôt on hâterait ses débuts à Londres, mieux ses intérêts s'en trouveraient.

– C'est merveilleux, s'écria Mr. Vanstone, rendant la lettre. Cela me fait un plaisir... Je vais rentrer chez moi pour tout leur raconter... Il y a là cinquante fois plus de chances que je n'en ai jamais eu ! Ah, pourquoi diable prenez-vous la société à partie ? M'est avis que la société s'est admirablement bien conduite... Où donc est Frank ?

– Dans quelque trou, répondit Mr. Clare. Parmi les insupportables singularités des heureux mortels nés sous l'étoile de sottise, il y a cette manie qu'ils ont de toujours se tapir en quelque coin. Je n'ai pas encore vu mon drôle, ce matin, et si vous le rencontrez, envoyez-le-moi, je vous prie, d'un coup de pied.

L'opinion de Mr. Clare sur les us et coutumes de son fils aurait pu être, dans la forme, plus poliment exprimée. Mais, en substance, ce matin-là, elle se trouvait être d'une irréprochable correction. En quittant Magdalen, Frank avait attendu dans le bosquet, à distance rassurante, espérant qu'elle pourrait se débarrasser de sa sœur et venir le rejoindre. L'apparition de Mr. Vanstone, immédiatement après le départ de Norah, au lieu de l'encourager à se montrer, l'avait déterminé à regagner le cottage paternel. Il s'en revint, boudant, et tomba ainsi dans les griffes de son père, sans que rien l'eût préparé à la formidable nouvelle qui allait immédiatement l'appeler à Londres.

Mr. Vanstone, cependant, avait communiqué ce qu'il venait d'apprendre, d'abord à Magdalen, et plus tard, revenu au logis, à sa femme et à Miss Garth. Il était observateur trop peu subtil pour remarquer le genre d'impression produit par cette nouvelle sur sa fille cadette, et le soulagement qu'exprima la physionomie de Miss Garth, tandis qu'il leur annonçait la bonne fortune de Frank. Il continua de causer ainsi sans se douter de rien, jusqu'à ce qu'eût sonné l'heure du repas ; alors seulement, il remarqua l'absence de Norah. Elle avait envoyé dire qu'une forte migraine la retenait dans sa chambre. Miss Garth étant montée peu après pour lui donner connaissance de ce qui concernait Frank. Étrangement, Norah parut rassérénée par la nouvelle. Une fois déjà, remarqua-t-elle, Mr. Francis Clare avait quitté le pays, et on l'y avait vu revenir. Il pouvait y revenir encore, et plus tôt qu'on le prévoyait. Ce fut tout ce qu'elle dit à ce sujet. Sur ce qui s'était passé dans le bosquet, elle garda un silence absolu. Son invincible réserve semblait l'avoir reprise de plus belle, après le brutal éclat qui avait marqué cette matinée. Elle se retrouva dans l'après-midi avec Magdalen comme si rien n'était arrivé ; aucune réconciliation positive n'eut lieu entre elles. C'était une des particularités de Norah que de se refuser ainsi à toute réconciliation explicite et d'abriter sa timidité sous des rapprochements silencieux. A l'attitude, aux façons de sa sœur, Magdalen put s'assurer qu'elle avait protesté pour la première et dernière fois. Quels que fussent ses motifs – orgueil, mauvaise humeur, méfiance d'elle-même, sentiment d'impuissance à faire le bien – il n'y avait pas à se tromper sur ce parti pris. Norah était bien décidée à rester, dans l'avenir, purement passive.

Mr. Vanstone, dans la soirée, proposa une promenade en voiture à sa fille aînée, comme le meilleur remède à sa migraine. Elle consentit aussitôt à sortir avec son père, qui là-dessus, comme toujours, voulut emmener Magdalen. On ne la trouva nulle part. Pour la seconde fois de la journée, elle s'était égarée seule dans les environs de la demeure. Miss Garth, qui, après avoir adopté les opinions de Norah, était passée d'un extrême à l'autre, estimait désormais Frank capable d'organiser en cinq minutes un enlèvement en bonne et due forme. Elle se porta immédiatement volontaire pour organiser une battue, afin de retrouver la jeune lady. Sa longue recherche fut sans résultat, et quand elle revint, elle était fortement persuadée que Magdalen et Frank avaient dû se rencontrer secrètement quelque part, sans pour autant rapporter pour étayer ses soupçons aucune espèce de preuve, si minime fût-elle. En attendant, la voiture était à la porte, et Mr. Vanstone n'entendait pas différer plus longtemps sa promenade. Norah et lui partirent ensemble ; Mrs. Vanstone et Miss Garth demeurèrent occupées à leurs travaux.

Une demi-heure s'était écoulée, quand Magdalen entra dans le salon. Son attitude était calme, sa pâleur extrême, sa physionomie abattue. Elle reçut avec une distraction qui semblait l'effet d'une grande fatigue morale les remontrances de Miss Garth, s'excusa négligemment de s'être attardée à la promenade, prit et laissa successivement plusieurs volumes ; enfin, poussant un soupir d'impatience, elle remonta chez elle.

– J'imagine que Magdalen éprouve le contrecoup de la soirée d'hier, dit tranquillement Mrs. Vanstone. Je m'y attendais. Maintenant que ce divertissement théâtral est derrière elle, la voilà qui soupire déjà après autre chose…

L'occasion se présentait, trop belle, de faire pénétrer dans l'esprit de Mrs. Vanstone quelques rayons de lumière pour ne pas la saisir aussitôt. Miss Garth interrogea sa conscience, vit qu'il n'y avait pas de temps à perdre et sur-le-champ prit son parti :

– Vous oubliez, répondit-elle, que certain voisin à nous quitte le pays demain matin… Faut-il vous dire la vérité ? Magdalen se chagrine du départ de Francis Clare.

Mrs. Vanstone, levant les yeux de dessus sa broderie, regarda paisiblement Miss Garth avec un sourire d'étonnement.

– Vous devez vous tromper, dit-elle. Il est assez naturel que Frank soit attiré vers Magdalen, mais je ne puis croire que ce sentiment soit réciproque. Frank ressemble si peu à ma fille, il est si calme, si peu démonstratif, si borné, d'ailleurs, et si dépourvu d'énergie à certains égards… Je sais qu'il est bien de sa personne, mais il ressemble si peu à Magdalen ! Oh, non, non, vraiment ! je vous assure que je ne puis me persuader de ceci.

– Eh ! chère bonne dame ! s'écria Miss Garth, fort surprise de cette réaction. Pensez-vous donc, réellement, que les jeunes gens s'éprennent les uns des autres pour leur ressemblance de caractère ? Dans la très grande majorité des cas, c'est justement le contraire. Les hommes épousent toujours les femmes – et réciproquement – dont leurs amis pensaient qu'elles étaient les dernières – ou les derniers – dont ils ou elles eussent pu faire cas. S'il est une question banale à coup sûr, c'est bien celle-ci : « Comment Mr. Untel a-t-il pu aimer cette jeune fille ? » ou : « A quoi pense cette demoiselle de confier sa destinée à ce monsieur ? » Avez-vous vécu si longtemps dans le monde pour ignorer encore que les jeunes filles surtout, par une perversité qui leur est propre, s'amourachent volontiers des êtres les moins dignes d'elles ?

– Vous avez raison, dit tranquillement Mrs. Vanstone. J'oubliais ceci… Vous admettrez que la chose n'en reste pas moins inexplicable.

– C'est inexplicable parce que cela se produit tous les jours, répliqua Miss Garth d'un ton enjoué. Je ne compte plus les honnêtes gens de ma connaissance qui raisonnent ainsi à l'encontre de toute expérience et qui, par exemple, lisant chaque matin le journal, vous soutiennent tranquillement, le soir, que la vie moderne n'offre plus de romanesque aux romanciers ou aux peintres ! Sérieusement, madame Vanstone, grâce à cette malheureuse comédie, Magdalen a pris avec Frank une voie où beaucoup d'autres petites filles sont entrées avant elle. A bien des égards, certes, il ne la vaut pas, et il est sous bien des aspects son exact contraire ; mais, sans qu'elle en ait conscience, c'est précisément pour ces raisons qu'elle a pu s'éprendre de lui. Elle est résolue, impétueuse, intelligente, dominatrice ; elle n'a rien de ces femmes ordinaires qui veulent un mari qu'elles admirent et qui les protège. Pour elle, au contraire, le beau idéal est, sans qu'elle s'en doute, un homme qu'elle mène par le bout du nez. Eh bien ! consolons-nous en songeant que, même dans cette catégorie d'individus, elle peut trouver beaucoup mieux que Frank… C'est un grand bonheur qu'il s'en aille avant de nous avoir donné plus de tracas et avant qu'il n'y ait rien de grave à regretter.

– Pauvre Frank ! dit Mrs. Vanstone avec un sourire de compassion. Ces enfants se sont connus, lui portant encore la jaquette, elle encore en jupons courts… Il ne faut pas si vite désespérer de ce jeune homme. Peut-être, cette fois, réussira-t-il mieux.

Miss Garth la regarda, étonnée :

– Eh bien, après ? demanda-t-elle. Supposons qu'il réussisse ?

Mrs. Vanstone coupa un fil qui pendait à sa broderie, et se prit à rire de bon cœur.

– Ma bonne amie, dit-elle, nos fermiers ont un vieux proverbe qui conseille de ne pas compter ses poulets avant qu'ils ne soient couvés. Attendons encore avant de compter les nôtres…

Il n'était point facile d'imposer silence à Miss Garth quand elle obéissait, en parlant, à une conviction bien arrêtée ; mais cette réponse imprévue lui ferma la bouche. Elle reprit son ouvrage, sa physionomie laissant voir qu'elle songeait à force choses dont elle ne pouvait plus parler.

L'attitude de Mrs. Vanstone était certainement, vu les circonstances, assez remarquable. Ainsi, il y avait, d'un côté, une jeune fille, douée de grands attraits personnels, promise à un brillant avenir, et dans une position sociale qui eût légitimé toutes les demandes en mariage des meilleurs partis du comté ; elle se jetait capricieusement à la tête d'un jeune oisif sans le sou, qui venait d'échouer à son premier début dans le monde, et qui, vînt-il même à réussir dans le second, ne serait pas, avant des années encore, en état de contracter un mariage convenable avec une jeune fille riche. De l'autre côté, il y avait la mère de cette jeune fille, nullement effarouchée par la perspective d'un hymen si peu désirable, pour ne rien dire de pis ; à en juger selon les apparences, cette mère ne semblait nullement certaine que l'union de sa fille avec le fils de Mr. Clare, dérivant de l'intimité née entre les deux jeunes gens, ne fût tout ce que les parents des deux parties pouvaient souhaiter de mieux. Ceci était à peu près aussi incompréhensible que l'autre mystère, celui que l'on avait oublié, le mystère du voyage à Londres.

Frank se montra le soir, annonçant qu'un père inexorable le condamnait à quitter Combe-Raven dès le lendemain. Il parla de ce départ d'un air résigné, et accueillit en silence, avec une surprise tempérée par la politesse, les bruyantes félicitations que Mr. Vanstone lui adressait au sujet de ses nouvelles espérances d'avenir. Cette douce mélancolie, cette résignation touchante, faisaient singulièrement valoir les avantages personnels de Frank. Sa beauté légèrement efféminée était plus frappante que jamais. Ses beaux yeux bruns erraient tout autour de la pièce, chargés d'une langueur attendrissante ; ses cheveux étaient lissés à ravir ; ses mains délicates retombaient le long de son fauteuil avec une grâce attristée. On eût dit un Apollon convalescent. Jamais, dans aucune circonstance antérieure, il n'avait pratiqué avec plus de bonheur cet art qu'il cultivait d'ordinaire en société : l'art de s'imposer au monde dans le rôle d'un incube à la courtoisie innée, qui sait gagner la reconnaissance de ses semblables en les regardant de haut.

La soirée fut incontestablement morose. Mr. Vanstone et Miss Garth durent se partager le soin de soutenir la conversation, qui tombait à chaque instant. Mrs. Vanstone était inhabituellement silencieuse, Norah demeurait obstinément en retrait et Magdalen était plus passive et moins démonstrative que jamais. De la première à la dernière minute, elle se tint rigoureusement sur ses gardes. Les regards, en bien petit nombre, qu'elle risquait du côté de Frank, arrivaient à lui avec la rapidité de l'éclair et s'éteignaient avant que personne les eût pu surprendre. Même en lui apportant sa tasse de thé, même quand une irrésistible impulsion lui fit saisir cette occasion, que les femmes perdent rarement, de toucher l'être aimé, même alors, elle fit en sorte d'abriter sa main derrière la soucoupe. Frank était bien moins maître de lui-même, et seulement à condition de rester sans rien faire. Lorsqu'il se leva pour prendre congé, lorsqu'il sentit sa main prise dans la main brûlante de Magdalen, et, sous les doigts frémissants de la jeune fille, la boucle de cheveux qu'elle lui glissait, il se troubla singulièrement. Peut-être se fût-il trahi, et peut-être le secret de Magdalen eût-il été révélé, sans Mr. Vanstone qui, naïvement, couvrit sa retraite en le poursuivant de ses paroles encourageantes, de ses petites tapes amicales :

– Dieu vous accompagne et vous bénisse, Frank ! dit cette voix loyale qui jamais ne s'élevait pour blesser quelqu'un. La fortune vous tend la main… Allez, mon garçon, et ne manquez pas à votre destinée !

– Oui, fit Frank, je vous remercie. Ce sera peut-être un peu difficile, au début. Mais, vous me l'avez dit, le rôle de l'homme est de vaincre les obstacles sans en parler. D'un autre côté, je voudrais bien ne pas être si rebelle à l'arithmétique ; c'est décourageant en diable de manquer toujours ses additions… Oh, certainement, je vous écrirai pour vous tenir au courant de ce qui m'arrive… Je vous suis reconnaissant de toutes vos bontés et bien fâché de n'avoir pas réussi comme ingénieur. Après tout, cette carrière-là m'allait mieux que le commerce… Mais qu'y faire, à présent ? Merci encore, et au revoir.

Ce fut ainsi que Frank s'enfonça dans les brumes de son avenir commercial, tout aussi dépourvu de volonté, tout aussi dénué d'initiative et tout aussi beau que jamais.

IX

Trois mois s'écoulèrent. Frank, durant tout ce temps, ne quitta point Londres ; comme il l'avait promis, il écrivait de temps en temps à Mr. Vanstone, pour lui rendre compte de ses occupations.

Elles ne semblaient point, d'après ses lettres, lui inspirer un bien vif enthousiasme. Il se représentait toujours brouillé avec les chiffres. Il était plus fermement convaincu que jamais – mais un peu tard, malheureusement – que sa vocation d'ingénieur était bien supérieure à ses aptitudes pour le commerce. En dépit de cette conviction, malgré les maux de tête qu'il gagnait à rester assis sur un tabouret trop haut, dans un air malsain, plié en deux sur des registres, malgré le manque d'amis, les déjeuners sur le pouce, les méchants dîners dans des gargotes, il venait régulièrement au bureau, et restait fort assidûment à son pupitre. Si l'on tenait à s'en assurer, on n'avait qu'à consulter le chef de la division à laquelle on l'avait attaché.

Telle était la teneur de ses lettres, au sujet desquelles le correspondant de Frank et le père de Frank ne s'accordaient pas mieux qu'à l'ordinaire. Mr. Vanstone y voyait la preuve que se développaient chez le jeune homme des instincts industrieux. Mr. Clare, comme à son habitude, était d'une opinion radicalement opposée : « Ces gens de Londres, disait le philosophe, ne se laissent pas aisément faire par un blanc-bec. Ils ont empoigné Frank par la peau du cou ; il se trouve prisonnier et fait de nécessité vertu. »

Ces trois mois, pendant lesquels Frank accomplissait à Londres son noviciat commercial, furent, à Combe-Raven, beaucoup moins gais que les précédents.

A mesure que l'été arrivait, l'abattement de Mrs. Vanstone devenait, malgré tous ses efforts, de plus en plus marqué : « Je fais de mon mieux, disait-elle à Miss Garth, pour donner à mon mari, à mes enfants, l'exemple de la sérénité, mais j'ai peur du mois de juillet. » Les secrètes appréhensions de Norah sur le compte de sa sœur la rendaient plus sérieuse et moins communicative encore. Mr. Vanstone lui-même, juillet approchant, perdit quelque chose de son ressort moral. En présence de sa femme, il gardait avec soin les mêmes dehors ; mais, en toute autre occasion, il y avait maintenant dans sa physionomie, dans son attitude, une ombre de tristesse très nettement accusée. Magdalen était si changée depuis le départ de Frank qu'au lieu de dissiper cet abattement de tous, elle l'aggravait au contraire. Elle ne se mouvait plus qu'avec langueur. Ses travaux quotidiens étaient accomplis avec indifférence et lassitude ; elle passait des heures entières à rêver toute seule dans sa chambre ; elle n'accordait plus aucun intérêt à ses brillantes toilettes. Ses yeux étaient chargés d'ennui, ses nerfs irritables ; son teint perdait de sa vivacité, de sa fraîcheur habituelles. En un mot, elle pesait à elle-même et à tout ce qui l'entourait.

Avec quelque énergie que Miss Garth essayât de combattre ces difficultés domestiques, sa force d'âme, à elle aussi, pliait sous la tâche. Ses souvenirs la ramenaient, de plus en plus fréquemment, vers cette matinée de mars où le maître et la maîtresse de la maison étaient partis pour Londres, et où les premiers nuages étaient venus assombrir la calme atmosphère qui régnait dans la famille. Le ciel allait-il enfin s'éclaircir ? Quand donc le soleil des heureux jours d'antan brillerait-il de nouveau ?

Le printemps et les premiers jours de l'été se succédèrent rapidement. Arriva le mois de juillet, ce mois redouté, avec ses nuits sans fraîcheur, ses matinées sans nuages, ses étouffantes journées.

Le quinze du mois se produisit un événement qui prit tout le monde par surprise à l'exception de Norah. Pour la seconde fois sans la moindre raison apparente, pour la seconde fois sans un mot d'avertissement préalable, Frank reparut dans le cottage paternel.

Les lèvres de Mr. Clare s'ouvrirent pour saluer le retour de Frank comme celui d'un shilling de bas aloi, puis se refermèrent sans qu'il eût articulé un seul mot. Le calme imposant qui émanait de toute la personne de Frank montrait assez qu'il apportait d'importantes nouvelles, bien plus importantes que n'eût été celle de son renvoi. Au sardonique regard de son père, il répondit en expliquant qu'une proposition sans doute fort avantageuse lui avait été adressée le matin même à son bureau. Sa première idée avait été de la communiquer par écrit à Mr. Clare, mais les associés de la maison avaient pensé qu'il serait plus à propos de ne prendre aucune décision avant qu'il eût eu une entrevue personnelle avec son père et ses amis. Il avait donc posé sa plume et pris immédiatement le chemin de fer.

Après cette entrée en matière, Frank se mit à détailler la proposition de ses patrons, et en termes qui prouvaient assez combien il la trouvait répugnante.

La grande maison de la City en avait évidemment découvert sur son nouveau commis autant que l'ingénieur d'autrefois sur son élève. Le jeune homme, ainsi s'exprimaient-ils poliment, avait besoin de quelque stimulant spécial pour l'aiguillonner. Ses patrons (voulant tenir compte de la recommandation en vertu de laquelle il était entré chez eux) avaient mûri cette idée et venaient de décider que la seule manière de mettre à profit les facultés de Mr. Francis Clare était de l'expédier incontinent dans quelque autre partie du globe.

En conséquence, il lui était proposé d'entrer dans l'établissement de leurs correspondants en Chine et d'y passer cinq années, durant lesquelles il se familiariserait avec le commerce de la soie et du thé. A l'issue de ces cinq années, il rentrerait à Londres pour reprendre sa place dans la maison mère. S'il mettait à profit les occasions offertes par son séjour en Chine, il reviendrait de là, jeune encore, en position d'occuper une situation de confiance et largement rétribuée ; en position, par conséquent, de compter que, peu de temps après, la maison se ferait un devoir de lui fournir les moyens de fonder, à son tour, un établissement séparé.

Ainsi se résumaient les nouvelles perspectives qui, en vertu de la théorie de Mr. Clare, venaient s'imposer d'elle-même à ce Frank toujours résistant, toujours ingrat, toujours inapte à s'aider lui-même. Il n'y avait pas de temps à perdre. La réponse finale devait être au bureau, sans faute, le lundi 20 du mois. On écrirait aux correspondants de Chine par la malle de ce jour-là, et Frank suivrait la lettre par la première occasion de partance, à moins qu'il ne cédât sa chance à quelque autre jeune homme plus résolu, plus entreprenant.

L'accueil que ces nouvelles si extraordinaires obtinrent de Mr. Clare fut surprenant à l'extrême. L'idée glorieuse de voir son fils exporté chez les Chinois semblait lui avoir tourné la tête. Le ferme piédestal de sa philosophie s'écroula sous lui. Les préjugés sociaux reprirent leur autorité sur son âme. Il saisit Frank par le bras et voulut immédiatement le conduire à Combe-Raven, l'y conduire lui-même, en personne, par conséquent faire une visite !

– Nous voici, moi et mon drôle, dit Mr. Clare avant qu'un seul mot eût été prononcé par la famille étonnée. Tous, tant que vous êtes, écoutez son histoire ! Elle m'a réconcilié, pour la première fois de ma vie, avec l'anomalie de l'existence qu'il me doit.

Frank répéta d'un ton boudeur la proposition chinoise, tâchant de glisser dans son récit les objections et les récriminations qu'il tenait en réserve. Mais, au premier mot de ce genre, son père l'arrêta court, étendant la main dans la direction du sud-est (c'est-à-dire vers la Chine) et, sans un instant d'hésitation, lui dit simplement :

– Allez-y !

Mr. Vanstone, ébloui par la vision dorée des succès futurs de son jeune ami, fit écho, de toute son âme, à cette décision qui tenait en deux mots. Mrs. Vanstone, Miss Garth, Norah même parlèrent dans le même sens. Frank était pétrifié par cette unanimité d'opinions, à laquelle il ne s'était pas attendu. Quant à Magdalen, pour la première fois de sa vie, elle se trouvait à court de ressources.

Le conseil de famille se résuma donc à cette décision concrète et sans appel que Frank devait partir. Les facultés de Mr. Vanstone se trouvaient si ébranlées par cette arrivée soudaine du fils, cette visite imprévue du père, et ces nouvelles qu'ils apportaient tous d'eux qu'il demanda qu'on voulût bien remettre à un autre temps l'examen détaillé des arrangements à prendre pour le départ de son jeune protégé.

– Si nous dormions là-dessus, suggéra-t-il. Demain, nous aurons tous la cervelle un peu plus reposée ; il sera temps alors de régler ce qui est encore en l'air.

Cette suggestion ne rencontra aucune opposition, et tout fut remis au lendemain.

Ce lendemain était voué à régler plus de difficultés et d'incertitudes que Mr. Vanstone n'avait pu en rêver.

Le matin, de fort bonne heure, après avoir fait le thé comme à l'ordinaire, Miss Garth prit son ombrelle et descendit dans le jardin. Elle avait mal dormi, et dix minutes passées en plein air, avant que la famille se réunît pour déjeuner, pouvaient à son avis compenser l'effet de cette mauvaise nuit.

Elle alla d'abord jusqu'à l'extrémité du parterre et revint ensuite par une autre allée qui, la ramenant du côté de la maison, longeait un pavillon d'été, placé au coin de la pelouse, et d'où la vue embrassait une vaste étendue de champs cultivés. Un bruit léger, assez semblable, mais non tout à fait, au gazouillement d'un oiseau, frappa son oreille au moment où elle passait le long de ce pavillon. Elle en fit le tour, gagna le seuil, regarda à l'intérieur, et découvrit Magdalen et Frank assis fort près l'un de l'autre. A la grande horreur de Miss Garth, le bras de Magdalen était bien évidemment passé autour du cou de Frank et, circonstance aggravante, la position de sa tête, au moment de la découverte, prouvait trop qu'elle venait d'offrir à la victime du commerce chinois la première et aussi la plus téméraire des consolations dont une femme puisse faire grâce à un homme. En termes moins ambigus, elle venait d'accorder à Frank son premier baiser.

Confrontée à cet événement, Miss Garth comprit instinctivement que toutes les formules ordinaires de reproche seraient autant de phrases jetées au vent.

– Je présume, remarqua-t-elle, s'adressant à Magdalen avec l'impitoyable sang-froid d'une dame suffisamment avancée en âge pour n'avoir aucune souvenance de baisers donnés ou reçus qui puisse la radoucir, je présume (quelles que soient les excuses dont votre effronterie pourra s'armer) que vous ne me contesterez pas, vu ma position, le droit et le devoir de rapporter à votre père ce dont je viens d'être le témoin.

– C'est un soin que je compte vous épargner, répondit Magdalen avec le plus grand calme. Je le lui rapporterai moi-même.

A ces mots, elle se tourna vers Frank qui se tenait, trois fois plus inerte qu'à l'ordinaire, dans un coin du pavillon.

– Vous saurez ce qui en adviendra, lui dit-elle avec un de ses plus radieux sourires. Vous le saurez aussi, ajouta-t-elle à l'adresse de Miss

Garth, tandis qu'elle précédait sa gouvernante sur le chemin de la salle à manger.

Les yeux de Miss Garth l'accompagnèrent d'un regard indigné. Frank, de son côté, s'éclipsa discrètement, dès qu'il le put.

Dans de pareilles circonstances, une femme respectable n'a vraiment qu'un seul parti à prendre : c'est de frissonner. Miss Garth protesta donc sous cette forme et reprit le chemin de la maison.

Le déjeuner fini, et comme Mr. Vanstone mettait la main dans sa poche pour y prendre son porte-cigares, Magdalen se leva. Elle jeta un regard significatif à Miss Garth et suivit son père dans le vestibule :

– Papa, lui dit-elle, j'ai besoin de vous parler ce matin… en particulier.

– Ah ? répondit Mr. Vanstone. Et de quoi, ma chère enfant ?

– De… (Magdalen hésita, chercha une formule qui lui convînt, et finit par la trouver)… d'affaires, papa.

Mr. Vanstone prit son chapeau, ouvrit ses yeux agrandis par une muette perplexité, tâcha de raccorder dans son esprit ces deux idées si singulièrement incohérentes d'« affaires » et de « Magdalen » et, n'y parvenant guère, se dirigea vers le jardin d'un air résigné.

Sa fille lui avait pris le bras ; elle le mena vers un banc ombragé, à bonne distance de la maison. De son élégant tablier de soie, elle essuya ce siège avant que son père y prît place. Mr. Vanstone n'était point habitué, de sa part, à de si minutieux égards. Il s'assit, plus intrigué que jamais. Magdalen s'installa aussitôt sur un de ses genoux, et posa confortablement sa tête sur l'épaule paternelle :

– Suis-je lourde, papa ? demanda-t-elle.

– Oui, ma belle, vous l'êtes, répondit Mr. Vanstone, mais jamais pour moi, comme vous savez. Restez donc sur votre perchoir, si vous vous y trouvez bien… Et à présent, que peut être cette grave affaire ?

– Cela commence par une question.

– En vérité ? Je n'en suis guère surpris. Toute affaire avec votre sexe, ma chère enfant, commence invariablement par des questions. Allez-y.

– Eh bien, papa, comptez-vous jamais me permettre de me marier ?

Les yeux de Mr. Vanstone s'ouvrirent plus grands que jamais. La question le renversait, pour reprendre ses propres termes.

– La belle affaire que voilà ! dit-il. Voyons, Magdalen, qu'avez-vous logé dans cette cervelle de linotte ?

– Je ne sais pas encore au juste, cher petit père… Daignerez-vous répondre à ma question ?

– Sans doute, si cela m'est possible. Vous m'étonnez, savez-vous ? Eh bien, je ne sais pas… Cependant, j'imagine… oui, je vous laisserai vous marier, d'ici à un de ces jours, si je puis vous trouver un bon mari… Grand Dieu ! que vous avez la tête chaude ! Soulevez-la, petite, et exposez-la au grand air ! Non ? vous ne voulez pas ? A votre aise, donc ! Si, pour parler affaires, il vous faut absolument frotter votre joue à mes favoris, je n'ai rien à dire contre… Continuez, mon enfant. Quelle sera la seconde question ? Venons-en au fait !

Magdalen était bien trop femme pour obéir à cette dernière injonction. Elle se mit à tourner autour du pot, calculant sa route à un cheveu près.

– Nous avons été tous bien surpris, hier, reprit-elle, n'est-ce pas, papa ? Frank a eu bien de la chance, qu'en pensez-vous ?

– Ah, le gaillard ! je crois bien, dit Mr. Vanstone. Mais quel rapport tout cela peut-il avoir avec l'affaire qui vous intéresse ? Vous voyez clair dans votre chemin, Magdalen, j'en suis bien sûr. Pour moi, je marche dans les ténèbres…

La jeune fille louvoya d'un peu plus près.

– Il fera probablement fortune en Chine, dit-elle, interrogeant plutôt qu'elle n'affirmait. C'est bien loin, n'est-ce pas ? Avez-vous remarqué, père, comme Frank avait l'air triste ?

– Ces nouvelles m'avaient tellement surpris, dit Mr. Vanstone, et j'étais si renversé de voir chez moi le nez pointu de ce diable de Clare, que véritablement je n'y ai point pris garde. Maintenant que vous m'y faites songer, cependant, je m'en souviens… C'est vrai, Frank n'avait pas l'air d'envisager d'un bon œil la fortune qui lui tombe du ciel, vraiment pas.

– Est-ce que cela vous surprend, papa ?

– Oui, ma chère, un peu, je l'avoue.

– Ne trouvez-vous pas qu'il est dur d'être exilé pour cinq ans, de faire sa fortune au milieu d'un peuple sauvage, et de perdre de vue, pour tout ce temps-là, les amis qu'on a dans son pays ? Ne croyez-vous donc pas que Frank nous regrettera ? Hein, papa, ne le croyez-vous pas ?

– Doucement, Magdalen ! Je suis un peu trop vieux pour me laisser étrangler comme cela par ces longs bras dont vous m'enlacez. Vous avez raison, ma chérie… Rien, dans ce monde, ne s'obtient sans compensation… Frank regrettera ses amis d'Angleterre, j'en suis sûr.

– Vous avez toujours beaucoup aimé Frank, et Frank vous a toujours beaucoup aimé.

– Oui, sans doute. C'est un brave garçon, un bon enfant bien tranquille. Frank et moi nous sommes toujours bien entendus.

– C'est-à-dire que vous avez toujours été comme père et fils, n'est-il pas vrai ?

– Certainement, ma petite, certainement.

– Peut-être le regretterez-vous, une fois parti, bien plus que vous ne le regrettez à présent.

– C'est possible, Magdalen, je ne dis pas non.

– Peut-être souhaiterez-vous qu'il n'ait pas quitté l'Angleterre… Pourquoi donc ne resterait-il pas en Angleterre ? Il y réussirait tout comme en Chine.

– Chère petite, en Angleterre, il n'a aucune chance. Je voudrais, pour son bien, qu'il en ait. Je ne souhaite que du bien à ce pauvre garçon, de tout mon cœur.

– Puis-je aussi, moi, et de tout mon cœur, m'associer à ce vœu ?

– Sans doute, ma chère, sans aucun doute. Il est votre camarade d'enfance ! Pourquoi pas ? Eh bien, qu'arrive-t-il donc ? Sur mon âme, je crois que la petite sotte se met à pleurer ! On dirait vraiment que Frank est condamné à un exil éternel. Vous savez bien, enfant que vous êtes, vous savez aussi bien que moi que s'il part pour la Chine, c'est qu'il y va faire fortune.

– La fortune ne l'intéresse pas. Il pourrait faire bien mieux.

– Et quoi donc, je vous prie ? Je serais aise de le savoir…

– Je n'ose pas vous le dire. Vous allez vous moquer de moi. Me promettez-vous de ne pas rire à mes dépens ?

– Tout ce que vous voudrez, petite coquine. Voilà, je vous le promets… Et maintenant, voyons un peu, qu'a-t-il de mieux à faire, ce bon Frank ?

– Il pourrait m'épouser.

Si, tout à coup, le paysage d'été que Mr. Vanstone avait alors sous les yeux avait disparu pour faire place à ce même paysage dépouillé, glacé par l'hiver, si les arbres avaient soudainement perdu leurs feuilles, et si la verte moisson s'était changée en neige étincelante, son visage n'eût pu exprimer plus d'étonnement qu'au moment où, d'une voix un peu défaillante, sa fille prononça ces quatre derniers mots. Il voulut la regarder en face, mais elle y mit bon ordre en cachant obstinément sa figure derrière l'épaule qui la supportait. Avait-elle parlé sérieusement ? Sa joue, humide des larmes de la jeune fille, répondait à cette question. Il y eut un long silence. Elle attendait, avec une patience inaccoutumée, elle attendait qu'il parlât. Il se leva enfin, et ne prononça que ces paroles :

– Vous m'étonnez, Magdalen, vous m'étonnez au-delà de tout ce que je pourrais dire…

Au son de cette voix profondément altérée, et qui maintenant exprimait, non l'irritation et la colère, mais une anxiété sérieuse et calme, Magdalen embrassa son père d'une étreinte plus énergique.

– Vous aurais-je affligé, cher père ? lui demanda-t-elle d'une voix affaiblie. Ne me dites pas que j'ai pu vous faire de la peine ! A qui dévoiler mon secret, si ce n'est à vous ? Ne laissez pas s'en aller Frank, je vous en supplie ! Vous lui briseriez le cœur… Il n'ose s'expliquer avec son père, il a même peur que vous ne vous fâchiez contre lui… Et personne, personne que moi pour plaider notre cause ! Oh ! ne le laissez pas s'en aller ! Pour lui… pour lui, d'abord… et (ces derniers mots se confondirent avec un baiser) pour moi aussi, ne le laissez pas partir !

La bienveillante physionomie de son père s'était attristée. Il soupira et, passant à plusieurs reprises, avec un geste de tendresse, la main sur cette belle tête, il murmura :

– Taisez-vous, mon enfant.

Elle ne se doutait guère de toutes les révélations qui jaillissaient pour lui, maintenant, de ses moindres paroles, de ses moindres gestes. Elle avait fait de lui, depuis son enfance jusqu'à cette journée, une sorte de camarade à cheveux gris. Les jeux auxquels ils se livraient quand elle était encore toute petite fille, elle les avait continués une fois devenue jeune personne. Jamais il ne s'était séparé d'elle assez longtemps pour se douter qu'elle grandissait. A peine, dans sa naïve insouciance paternelle, s'était-il aperçu que cette enfant, qui jadis lui venait à la ceinture, lui venait maintenant au menton… et il n'en savait pas davantage. Or, tout à coup, elle lui apparaissait comme une femme faite, sur le point de lui échapper. Il n'en pouvait plus douter, au trouble de cette poitrine pressée contre la sienne, aux frissonnements nerveux de ces bras enroulés autour de son cou. Magdalen, son enfant, sa petite Magdalen, une femme ! une femme au cœur déjà dominé, envahi par la passion qui règne sans rivale sur tout son sexe !

– Avez-vous assez longtemps réfléchi à ceci, chère enfant ? demanda-t-il dès qu'il se sentit en état de parler posément… Êtes-vous sûre ?

Elle répondit à la question à demi faite :

– Sûre que je l'aime ? dit-elle. Et de quels mots pourrais-je me servir pour dire oui, comme je le voudrais ! Je l'aime !

Ici sa voix défaillit doucement, et sa réponse s'acheva dans un soupir.

– Vous êtes bien jeune, mon enfant… Vous et Frank, ma chérie, vous êtes tous les deux bien jeunes…

Pour la première fois elle releva sa tête, jusqu'alors apposée sur l'épaule de son père. Sa pensée et les mots qui l'exprimaient jaillirent en même temps :

– Sommes-nous donc plus jeunes que vous ne l'étiez, vous et maman ? demanda-t-elle, tandis qu'un sourire brillait à travers ses larmes.

Elle voulut ensuite replacer sa tête comme auparavant ; mais son père, au moment où elle parlait ainsi, l'avait saisie par la taille. Il la contraignit, avant qu'elle eût pu s'y opposer, à le regarder en face et l'embrassa tout à coup avec un élan de tendresse qui, de nouveau, remplit de larmes les yeux de la jeune fille, à peine séchés :

– Pas beaucoup plus jeunes, mon enfant, dit-il, pas beaucoup plus jeunes que nous ne l'étions, votre mère et moi.

Il l'écarta de lui, se leva de son siège et détourna vivement la tête :

– Restez ici, calmez-vous. Je vais rentrer et parler à votre mère.

Sa voix tremblait on prononçant ces paroles, et il la quitta sans retourner la tête.

Elle attendit, attendit longtemps ; son père ne revenait point. Enfin son anxiété, toujours croissante, la poussa vers la maison. Tandis qu'elle approchait, elle sentait poindre en elle une timidité inconnue. Jamais elle n'avait vu la nature simple et généreuse de son père aussi profondément troublée qu'elle l'avait été par ses aveux. Elle redoutait presque de se trouver de nouveau en face de lui. Elle allait et venait sans bruit dans le vestibule, avec un manque de résolution qu'elle ne savait pas s'expliquer. L'appréhension qu'elle éprouvait de rencontrer sa sœur ou Miss Garth et d'avoir à leur parler ébranlait ses nerfs et les rendait douloureusement accessibles aux moindres bruits de la maison. La porte du petit salon s'ouvrit. Elle se retourna toute frémissante et vit son père dans le vestibule. Son cœur battit de plus en plus vite ; elle se sentait pâlir. Un second regard, qu'elle jeta sur lui comme il se rapprochait, la rassura tout à fait. Il était parfaitement calme, sinon aussi gai que de coutume. Elle remarqua qu'il s'avançait vers elle et lui adressait la parole avec une douceur grave, plus semblable à sa manière d'être vis-à-vis de Mrs. Vanstone qu'à celle dont il usait habituellement avec elle.

– Allez, mon enfant ! lui dit-il en lui ouvrant la porte qu'il venait de fermer. Allez répéter à votre mère ce que vous venez de me dire, et ajoutez-y tout ce qui vous viendra aux lèvres. Elle est mieux préparée à vos aveux que je ne l'étais moi-même. Nous nous réservons la journée pour y songer, et demain vous saurez, ainsi que Frank, ce que nous décidons.

Magdalen le regardait parler, et bientôt ses yeux, plus rayonnants que jamais, attestèrent que sa double pénétration de femme et d'amante lui révélait, sur le visage de son père, la décision déjà prise. Heureuse et belle de son bonheur, elle posa ses lèvres sur la main qu'il lui avait tendue et entra sans hésiter dans le petit salon. Son père lui en avait frayé, adouci l'accès. Le premier choc de la surprise était passé, il n'en restait plus que la joie. Sa mère, après tout, avait eu son âge. Elle ne pouvait méconnaître cette affection que Frank lui inspirait. Magdalen déroulait en pensée l'entrevue qui allait suivre et, sauf un premier mouvement de réserve qui chez Mrs. Vanstone ne s'expliquait guère, tout arriva comme elle l'avait pressenti. Peu à peu les questions maternelles devinrent plus expansives, puisées dans les souvenirs encore bien doux d'un temps que les femmes n'oublient point et, en écoutant les réponses de Magdalen, Mrs. Vanstone crut revivre ses plus belles journées d'espérance et d'amour.

Le lendemain matin, la décision si grave fut annoncée. Mr. Vanstone fit monter sa fille dans la chambre de Mrs. Vanstone et lui communiqua le résultat des réflexions faites depuis l'entrevue de la veille, puis pendant la nuit qui l'avait suivie. Il parlait avec une bonté parfaite et un entier sang-froid, mais ses paroles étaient plus sobres et plus rares qu'à l'ordinaire ; tout le temps que dura cette entrevue, il tint dans ses mains une des mains de sa femme.

Ni lui ni elle, dit-il à Magdalen, ne se sentaient le droit de blâmer son attachement pour Frank. C'était peut-être en partie le résultat de la familiarité enfantine qu'on avait tolérée entre eux ; en partie aussi le résultat de l'intimité plus étroite encore que leur camaraderie dramatique avait nécessairement amenée. Cependant, leurs parents avaient à présent le devoir de mettre ce double attachement, chez l'un comme chez l'autre, à une sérieuse épreuve. Pour elle, d'abord, dont l'heureux avenir était leur plus cher souci. Pour Frank également, car ils étaient tenus de lui fournir l'occasion de se montrer digne de la confiance qu'on lui accorderait. Ils se savaient tous deux favorablement disposés à l'égard du jeune homme. La conduite étrange de son père l'avait, dès ses plus jeunes années, désigné à leur compassion et à leurs soins. Ses frères cadets et lui avaient, pour ainsi dire, remplacé, dans la famille, les enfants qu'ils avaient perdus. Tout en estimant bien fondée la bonne opinion qu'ils avaient de Frank, encore fallait-il, dans l'intérêt du bonheur de leur fille, mettre cette bonne opinion à l'épreuve, en fixant d'avance certaines conditions, et surtout en plaçant une année de délai entre le projet de mariage et son accomplissement définitif.

Pendant cette année, Frank resterait à Londres, dans son bureau, ses patrons étant dûment informés que des circonstances de famille l'empêchaient d'accepter la mission qu'ils voulaient lui faire remplir en Chine. Il aurait à considérer cette concession comme l'approbation implicite de l'attachement qui les unissait, Magdalen et lui, mais seulement à certaines conditions. Si, pendant cette année d'épreuve, il cessait de justifier la confiance dont on l'honorait, confiance qui avait amené Mr. Vanstone à prendre absolument sur lui toute la responsabilité de l'avenir de Frank, le projet de mariage deviendrait, par là même, nul et non avenu. Si, d'un autre côté, le résultat espéré par Mr. Vanstone se produisait réellement, si l'année d'épreuve établissait le droit de Frank au dépôt sacré qu'on entendait lui confier, Magdalen, alors, lui donnerait elle-même la plus haute récompense qu'une femme pût accorder ; et cet avenir, que ses patrons lui avaient fait espérer comme le résultat d'un séjour de cinq ans dans l'empire Céleste, cet avenir se trouverait réalisé pour lui en moins d'un an, grâce à la riche dot que lui apporterait sa jeune femme.

Quand son père eut déroulé ainsi devant elle les perspectives de l'avenir, Magdalen ne sut plus contenir l'élan de sa reconnaissance et de sa tendresse. Profondément touchée, elle parlait d'abondance, et du fond du cœur Mr. Vanstone attendit que sa femme et sa fille fussent un peu calmées. Alors seulement il acheva par quelques paroles les explications dans lesquelles il était entré.

– Comprenez bien, mon enfant, dit-il, que je ne destine pas Frank à vivre dans l'oisiveté, aux dépens de sa femme. Le plan que je forme pour lui, c'est qu'il continue de mettre à profit l'intérêt que lui portent ses patrons actuels. La connaissance qu'ils ont des affaires industrielles leur permettra de le faire agréer pour associé dans quelque bonne et solide maison, et vous lui donnerez, de la main à la main, le capital nécessaire pour payer son droit à la raison sociale. Je limiterai cette somme, chère enfant, à la moitié de votre fortune, et l'autre moitié sera placée sur votre tête. Nous serons tous vivants et bien portants d'ici à une année… je l'espère du moins, ajouta-t-il en jetant à sa femme un regard plein de tendresse ; mais que je sois là ou non, Magdalen, ceci ne changera rien à votre situation réciproque. Mon testament, rédigé longtemps avant que j'eusse jamais pensé à me donner un gendre, partage ma fortune en deux lots égaux. L'un passe à votre mère, l'autre est également réparti entre mes deux filles. Vous aurez votre part dès le jour de vos noces (tout comme Norah touchera la sienne dès qu'elle se mariera), soit de ma main, si je suis de ce monde, soit en vertu de mon testament, si je venais à vous quitter plus tôt… Là, là ! pas de ces mines allongées ! dit-il avec un retour de gaieté. Votre mère et moi comptons bien vivre assez pour voir Frank à l'état de gros négociant… Je vous permets, ma chère enfant, de mettre le fils au courant de ces nouveaux projets, cependant que, pour ma part, je vais pousser jusqu'au cottage…

Il s'arrêta sur ce mot, et ses sourcils se contractèrent légèrement. Il jeta un regard hésitant à Mrs. Vanstone.

– Qu'allez-vous faire au cottage, cher père ? demanda Magdalen, après avoir attendu en vain qu'il achevât sa phrase.

– Je vais y consulter le père de Frank, répondit-il. N'oublions pas que, pour conclure, le consentement de Mr. Clare nous est indispensable. Et comme le temps presse, comme j'ignore quelles difficultés il pourra soulever, plus tôt je l'aurai vu, mieux cela vaudra.

Il répondit ainsi à voix basse et altérée, puis il quitta le fauteuil d'un air moitié contraint, moitié résigné, que Magdalen n'observa point sans quelque secrète alarme.

Du regard elle interrogea sa mère. Selon toute apparence, Mrs. Vanstone, elle aussi, s'était effrayée du changement survenu chez son mari ; elle semblait inquiète et mal à son aise. Elle laissa retomber sa tête sur un des coussins du sofa par un mouvement dont la soudaineté semblait indiquer quelque souffrance.

– Vous n'êtes pas bien, maman ? lui demanda Magdalen.

– Je suis très bien, mon enfant, dit Mrs. Vanstone d'un ton bref, même un peu brusque, et sans retourner la tête. Laissez-moi seule quelques instants, il ne me faut qu'un peu de calme.

Magdalen sortit avec son père.

– Papa, lui dit-elle tout bas avec une espèce d'inquiétude, pendant qu'ils descendaient l'escalier, vous ne pensez pas, n'est-ce pas, que Mr. Clare puisse dire non ?

– D'avance, je ne puis rien affirmer à cet égard, répondit Mr. Vanstone. J'espère qu'il dira oui.

– Mais il n'y a pas de raison qu'il dise autre chose ?

Elle posa cette question très doucement, pendant que Mr. Vanstone prenait son chapeau et sa canne. Aussi ne parut-il pas l'avoir entendue. Hésitant sur le point de savoir s'il fallait ou non la réitérer, elle l'accompagna jusqu'au jardin, et l'eût volontiers escorté plus loin dans la direction du cottage. Mais, du bout de la pelouse, il la renvoya vers la maison.

– Vous n'avez rien sur la tête, chère petite, lui dit-il. Si vous voulez rester au jardin, n'oubliez pas à quel point le soleil est chaud ! Ne sortez pas sans votre capeline, je vous le recommande !

Il continua sa route vers le cottage.

Elle attendit un instant, le regardant s'en aller. Elle remarqua bien qu'il ne faisait pas tournoyer sa canne comme d'habitude. Elle voyait aussi le petit basset d'Écosse, qui s'était lancé sur ses talons, gambader, aboyer, sans qu'il y prît garde. Il était soucieux, singulièrement soucieux. A quoi cela pouvait-il tenir ?

X

Rentrée dans la maison, et comme elle traversait le vestibule, Magdalen sentit une main s'appuyer sur son épaule. Elle se retourna et se trouva face à face avec sa sœur. Avant qu'elle pût lui poser aucune question, Norah, fort troublée, lui adressa ces paroles :

– Je te demande pardon ; je te prie de bien vouloir me pardonner.

Magdalen regarda sa sœur avec une profonde surprise ; en elle, tout souvenir des paroles un peu vives échangées dans le bosquet s'était effacé devant les nouveaux intérêts qui maintenant l'absorbaient tout entière, effacé aussi complètement que si cette altercation n'avait jamais eu lieu :

– Te pardonner ? répéta-t-elle stupéfaite. Et quoi donc, je te prie ?

– J'ai entendu parler de tes nouveaux projets, continua Norah, parlant avec une espèce de soumission machinale et disgracieuse. J'ai voulu arranger les choses entre nous. J'ai voulu te dire mon regret de ce qui est arrivé. Consentiras-tu à l'oublier ? Oublieras-tu et me pardonneras-tu ce qui est arrivé dans le bosquet ?

Elle voulut continuer, mais sa réserve obstinée ou peut-être la confiance invétérée qu'elle avait dans son propre jugement la firent s'arrêter sur ses dernières paroles. Tout à coup, son visage s'obscurcit de nouveau : sans donner à sa sœur le temps de lui répondre, elle se détourna brusquement et s'élança dans l'escalier.

Avant que Magdalen eût pu la suivre, la porte de la bibliothèque s'ouvrit et Miss Garth s'avança pour lui exprimer les sentiments qui convenaient à la situation.

Ce n'étaient point les mêmes sentiments de déférence contrainte qu'on venait justement de témoigner à Magdalen. Norah s'était efforcée de combattre la méfiance enracinée que lui inspirait Frank, par respect pour la décision irrévocable que ses parents avaient prise en faveur du jeune homme ; et, bien que ce sentiment lui-même demeurât invincible, elle étouffait toute manifestation extérieure de son antipathie. Miss Garth n'avait pas fait les mêmes concessions au maître et à la maîtresse de maison. Investie jusqu'alors d'une grande autorité dans toutes les questions domestiques, elle rejetait bien loin l'idée de quitter son piédestal pour n'importe quel changement de circonstances, si extraordinaire, si imprévu que pût être ce changement.

– Veuillez accepter mes félicitations, dit Miss Garth, toute hérissée d'objections à Frank, mes félicitations et mes excuses. Quand je vous ai surprise donnant un baiser à Mr. Francis Clare dans le pavillon d'été, je n'avais pas la moindre idée que vous fussiez occupée à réaliser les intentions de vos parents. Je n'ai pas d'opinion à exprimer là-dessus. Je regrette simplement de m'être ainsi trouvée, par accident, jouer le rôle d'obstacle au cours du véritable amour, lequel, n'en déplaise à Shakespeare, me paraît couler assez à l'aise dans les pavillons d'été. Veuillez ne plus me regarder, à l'avenir, je vous prie, comme un obstacle. Puissiez-vous être heureuse !

Sur cette dernière phrase, les lèvres de Miss Garth se fermèrent comme une trappe, et les regards de Miss Garth semblèrent plonger, prophétiques et sombres, dans l'avenir conjugal des deux jeunes gens.

Si les inquiétudes de Magdalen n'avaient pas été beaucoup trop sérieuses pour lui laisser la liberté ordinaire de son langage, elle eût trouvé à l'instant même une réplique très directe et très moqueuse. En l'état des choses, Miss Garth ne fit que l'irriter.

– Bah ! bah ! dit-elle, courant rejoindre sa sœur.

Elle frappa légèrement à la porte ; on ne répondit pas. Elle voulut l'ouvrir mais rencontra une résistance. Norah, la boudeuse, l'intraitable Norah, s'était enfermée dans sa chambre.

En d'autres circonstances, Magdalen ne se serait pas bornée à frapper ; elle eût appelé à travers la porte, de plus en plus fort, jusqu'à ce que la maison fût sens dessus dessous, et qu'elle eût obtenu l'accès disputé. Mais ses doutes et ses craintes du matin l'avaient abattue. Elle redescendit doucement et prit son chapeau accroché dans le vestibule.

« Il m'a dit de mettre quelque chose sur ma tête », se répétait-elle, manifestant une docilité filiale, une douceur qui contrastaient absolument avec ses allures ordinaires.

Elle se dirigea dans le jardin, du côté du bosquet, et là, se posta de manière à voir son père aussitôt qu'il rentrerait. Une demi-heure se passa, quarante minutes s'écoulèrent, et alors seulement la voix de Mr. Vanstone se fit entendre, arrivant des massifs lointains. « Ici ! reste derrière ! » l'entendit-elle crier rudement à son chien. Elle devint pâle. « Comme il traite Snap ! » murmura-t-elle. Enfin Mr. Vanstone apparut, marchant à grands pas, la tête basse, et suivi du terrier en disgrâce, qui se traînait humblement sur ses talons. Ces signes précurseurs de quelque mauvaise nouvelle rendirent à Magdalen son énergie naturelle et la déterminèrent à savoir tout de suite, à n'importe quel prix, ce qui avait pu advenir de pire.

– Je lis de mauvaises nouvelles dans votre physionomie, dit-elle à son père d'une voix faible… Comme d'habitude, Mr. Clare a été impitoyable ; il a refusé, n'est-ce pas ?

Son père se tourna vers elle avec une brusquerie si nouvelle, et par conséquent si imprévue, que Magdalen recula d'un pas, véritablement effrayée.

– Enfant, lui dit-il, quand il vous arrivera désormais de parler de mon vieil ami, de mon excellent voisin, veuillez vous rappeler ceci : Mr. Clare vient de me rendre un service dont je lui serai reconnaissant jusqu'à la fin de mes jours.

Il s'arrêta tout à coup, sur ces incroyables paroles.

Voyant sa fille effarouchée, sa bonté naturelle le poussa immédiatement à atténuer le reproche, et à faire cesser la pénible incertitude dont, bien évidemment, elle souffrait :

– Embrassez-moi, mon enfant ! reprit-il, et vous saurez, en revanche, que Mr. Clare a dit oui.

Elle essaya de le remercier, mais ce brusque soulagement la submergeait. Elle ne put que se suspendre silencieusement au cou de son père. Il la sentait trembler de la tête aux pieds et, par quelques mots caressants, il essaya de la calmer. A la voix de son maître, maintenant radoucie, Snap redressa fièrement son humble queue et jugea bon de commenter ce qu'il considérait comme un retour en grâce par un léger aboiement. Rien n'était mieux trouvé pour rendre Magdalen à elle-même que cette requête indirecte du chien favori demandant à rentrer dans ses anciens droits. Elle prit dans ses bras le petit terrier, à la toison ébouriffée, et l'embrassa :

– Te voilà donc presque aussi content que moi, roquet chéri, s'écria-t-elle.

Puis elle se tourna vers son père avec un regard de reproche tendre :

– Savez-vous, lui dit-elle, que vous m'avez fait peur ? Vous étiez si différent de vous-même.

– Demain, ma chère, je serai mieux... je suis un peu contrarié aujourd'hui.

– Pas par moi, j'espère ?

– Non, non.

– Par quelque chose, alors, que vous avez appris chez Mr. Clare ?

– Oui... mais rien qui doive vous alarmer ; rien qui ne soit, dès demain, au rang des choses passées. Laissez-moi maintenant vous quitter, mon enfant ; j'ai une lettre à écrire, et il faut que je parle à votre mère.

Il la quitta ainsi, et rentra dans la maison. Magdalen resta un moment sur la pelouse, savourant à loisir ses nouvelles sensations de bonheur ; puis elle se dirigea vers le bosquet pour se donner le plaisir, bien plus vif, de les faire partager à un autre. Le chien la suivait. Sifflant et battant des mains : « Cherche ! disait-elle, les yeux rayonnants de joie, cherche Frank ! cherche ! » Snap s'enfonça au galop dans le bosquet en poussant au départ un grognement féroce. Peut-être se méprenait-il sur les intentions de sa jeune maîtresse et se croyait-il à la poursuite de quelque rat.

Cependant Mr. Vanstone était rentré. Il trouva sa femme qui descendait lentement l'escalier, et il s'avança pour lui offrir son bras :

– Comment les choses se sont-elles passées ? lui demanda-t-elle avec anxiété, tandis qu'il la menait vers le sofa.

– Aussi heureusement que nous l'espérions, répondit son mari. Mon vieil ami a justifié l'opinion que je m'étais formée sur son compte.

– Dieu soit loué ! dit Mrs. Vanstone avec ferveur. Est-ce que, lui demanda-t-elle, pendant qu'il arrangeait autour d'elle les coussins du sofa, tout cela vous a été aussi pénible que je le craignais ?

– J'avais un devoir à remplir, ma chère, et je l'ai rempli.

Après avoir ainsi répondu, il hésita. Sans doute avait-il quelque chose de plus à dire, quelque chose, peut-être, au sujet de cette contrariété passagère que lui avait value son entrevue avec Mr. Clare, et que les questions de Magdalen l'avaient contraint d'avouer. Un regard jeté sur sa femme trancha ses doutes en faveur de la négative. Il lui demanda simplement si elle se sentait bien installée, et se détourna pour quitter le salon.

– Faut-il donc vous en aller ? lui demanda-t-elle.

– J'ai, ma chère, une lettre à écrire.

– Qui concerne Frank ?

– Non ; pour cela, il sera temps demain. Une lettre à Mr. Pendril. J'ai besoin qu'il vienne immédiatement.

– Quelque affaire, sans doute ?

– Oui, chère amie, une affaire.

Il sortit là-dessus, et alla s'enfermer dans la petite pièce voisine du vestibule, qui lui servait de cabinet de travail. Enclin par nature et par habitude à toujours remettre au lendemain sa correspondance, il ouvrit cette fois son pupitre avec une promptitude extraordinaire et saisit sa plume sans le moindre délai. La lettre qu'il écrivit remplissait trois pages entières. Elle avait été tracée avec une facilité d'expression, une rapidité de main tout à fait neuves chez lui. Il rédigea l'adresse : « URGENTE. William Pendril, esq., Serle Street, Lincoln's Inn, Londres », puis, demeurant assis à sa table, il se prit à tracer des lignes sur son papier buvard, tandis qu'il s'absorbait dans ses pensées. « Non, se dit-il enfin. Jusqu'à l'arrivée de Pendril, je n'ai pas autre chose à faire. » Il se leva, et sa physionomie s'éclaira au moment où il plaçait le timbre sur l'enveloppe. Cette lettre écrite était un réel soulagement, et toute son attitude le prouvait du reste quand il quitta la pièce.

Il trouva sur le seuil du vestibule Norah et Miss Garth, qui partaient ensemble pour la promenade.

– De quel côté allez-vous ? demanda-t-il. Du côté du bureau de poste ? Je voudrais bien vous charger, Norah, de jeter cette lettre dans la boîte. Elle est très importante, si importante que je ne voudrais pas la confier à Thomas, comme à l'ordinaire.

Norah se chargea immédiatement de la commission.

– Vous pourrez voir, mon enfant, continua son père, que j'écris à Mr. Pendril. Je l'attends ici demain, dans l'après-midi. Voudrez-vous, mademoiselle Garth, donner les ordres indispensables ? Mr. Pendril couchera chez moi demain soir et restera jusqu'à dimanche. Un instant ! Nous sommes aujourd'hui vendredi, et j'ai certainement un rendez-vous pour le samedi, dans l'après-midi... (Il consulta son agenda et, non sans manifester une certaine contrariété, lut une des notes qu'il y avait consignées.) « Grailsea Mill, trois heures, samedi... » Juste le moment où Pendril sera ici. Et il faut, il faut absolument que je le voie ! Comment arranger cela ? Il sera trop tard lundi pour l'affaire que j'ai à Grailsea. J'irai donc aujourd'hui au lieu de demain, et courrai la chance d'attraper le meunier à l'heure de son repas.

Sur ce, il tira sa montre :

– Je n'ai pas le temps d'aller en voiture ; je dois prendre le chemin de fer. Si je pars tout de suite, je pourrai prendre, à l'autre station, le train descendant, et arriver à Grailsea en temps voulu... Je vous recommande la lettre, Norah ! Qu'on ne m'attende pas pour dîner. Si le train de retour ne me va pas, j'emprunterai un tilbury et m'en reviendrai de cette façon.

Comme il prenait son chapeau, Magdalen, qui venait de quitter Frank, parut à la porte. La hâte de son père attira son attention ; elle lui demanda où il allait.

– A Grailsea, répondit Mr. Vanstone. Votre affaire, mademoiselle Magdalen, vient se mettre dans les miennes, et il faut bien que les miennes lui cèdent le pas.

Il prononça ces paroles d'adieu avec toute sa cordialité d'autrefois, et il quitta les trois dames, faisant tournoyer comme autrefois le bâton fidèle qu'il emportait toujours avec lui.

– Mon affaire ? dit Magdalen. Je croyais mon affaire terminée.

Miss Garth montra la lettre que Norah tenait à la main :

– Il s'agit bien de votre affaire, n'en doutons pas ! Mr. Pendril arrive demain, et Mr. Vanstone paraît singulièrement impatient de sa visite. Voilà déjà les hommes de loi et les troubles qu'ils amènent ! Les gouvernantes qui regardent aux portes des pavillons d'été ne sont pas, après tout, les seuls obstacles que « l'amour véritable » trouve sur sa route. Le parchemin est quelquefois un obstacle. Puisse le parchemin ne pas mieux résister que moi... Je vous souhaite, à cet égard, toute sorte de bonnes chances... Et maintenant, Norah, nous pouvons partir.

La seconde flèche de Miss Garth ne pénétra pas plus avant que la première. Magdalen était rentrée un peu contrariée, son entretien avec Frank ayant été interrompu par un messager de Mr. Clare, chargé de lui ramener son fils immédiatement. Bien qu'il eût été convenu entre Mr. Vanstone et Mr. Clare que les questions débattues dans leur entretien de la matinée ne seraient communiquées aux jeunes gens qu'au bout de l'année d'épreuve, et bien que, dans ces circonstances, Mr. Clare ne pût rien dire à Frank que Magdalen ne lui eût déjà communiqué d'une manière tout autrement agréable, le philosophe n'en avait pas moins résolu d'informer personnellement son fils de cette concession paternelle qui le dispensait de s'exiler en Chine. De là ce message soudain qui rappelait son fils au cottage, dont Magdalen s'effaroucha mais qui ne parut pas étonner Frank. Son expérience filiale n'eut pas grand-peine à pénétrer les mystérieux motifs de Mr. Clare :

– Quand mon père est de bonne humeur, dit-il en boudant, il aime à me taquiner sur ma bonne fortune ; ce message veut dire qu'il est en veine de me taquiner encore.

– N'y allez pas, suggéra Magdalen.

– Il le faut, répondit Frank. Ce serait à n'en plus finir si je n'y allais pas. Il est chargé, amorcé, il faut qu'il parte. Ainsi, autrefois, quand l'ingénieur me prit avec lui ; ainsi, pour la seconde représentation, quand je fus admis dans les bureaux de la City. Et maintenant encore, quand c'est vous qui me prenez à lui. Si ce n'était pour vous, je voudrais n'être pas de ce monde. Certes, votre père a été bon pour moi, je le sais, et sans lui j'aurais dû partir pour la Chine. Je lui suis, à coup sûr, très obligé… Naturellement, nous ne pouvions pas attendre mieux… Malgré cela, il est décourageant, n'est-il pas vrai, de nous faire attendre ainsi toute une année ?

Magdalen, ici, lui ferma la bouche par un procédé sommaire dont Frank lui-même ne pouvait se montrer que fort reconnaissant. En même temps, elle se gardait bien de ne pas envisager du bon côté ce mécontentement qu'il manifestait si mal à propos. « Comme il m'aime, pensait-elle. Une année d'attente lui est une véritable torture. » Elle revint vers la maison, regrettant tout bas de n'avoir pas écouté un peu plus longtemps les tendres et flatteuses doléances de son amoureux. La satire de Miss Garth ne pouvait l'atteindre tandis qu'elle était dans cet état d'esprit, et c'était en pure perte que la gouvernante gaspillait sa salive. Qu'importait à Magdalen la satire ? A quoi la jeunesse et l'amour ont-ils jamais pris garde, si ce n'est à eux-mêmes. Cette fois elle ne répondit pas, même par la plus insouciante exclamation. Silencieuse et sereine, elle déposa son chapeau pour aller, d'un pas languissant, tenir compagnie à sa mère dans le petit salon. Son repas fut attristé par le pressentiment de quelque dispute entre Frank et Mr. Clare, pressentiment çà et là interrompu par une tranche de volaille froide ou de *cheesecake.*

Elle perdit ensuite une bonne heure au piano, exécutant divers passages des romances de Mendelssohn, des mazurkas de Chopin, des opéras de Verdi, des sonates de Mozart, qui, tant bien que mal amalgamés, produisirent une œuvre immortelle intitulée : *Frank.* Puis elle ferma l'instrument et monta chez elle pour se livrer en paix à de délicieuses rêveries sur son avenir conjugal, ce qui était une excellente manière de hâter la marche du temps. Les jalousies vertes furent baissées, le fauteuil ample et commode fut placé devant la psyché, la femme de chambre fut convoquée comme à l'ordinaire, et le peigne, passant et repassant parmi les cheveux de la jeune maîtresse, prêta secours à ses dispositions rêveuses, jusqu'au moment où, la chaleur et la paresse combattant leurs influences narcotiques, Magdalen tomba dans un profond sommeil.

Il était plus de trois heures quand elle s'éveilla. Descendue de nouveau, elle trouva sa mère, Norah et Miss Garth assises sous le portique ouvert devant la maison, pour y jouir de l'ombre et de la fraîcheur du soir.

Norah tenait à la main l'indicateur des chemins de fer ; elle venait de discuter les chances qu'avait Mr. Vanstone de trouver un train de retour et de rentrer à temps pour dîner. Ce sujet avait ensuite amené ces dames à parler de l'affaire qu'il avait à Grailsea, affaire de charité, comme toujours, entreprise au profit du meunier, qui avait occupé autrefois une de ses fermes, et qui se trouvait maintenant sous le coup de sérieuses difficultés pécuniaires. De là, insensiblement, elles étaient retombées sur un sujet inépuisable, bien qu'elles y revinssent souvent, l'éloge de Mr. Vanstone lui-même. Chacune des trois interlocutrices avait quelque exemple particulier de sa bonté d'âme, de sa simple et généreuse bienveillance. Il semblait que cet entretien fût, pour sa femme, d'un intérêt presque douloureux. Elle était maintenant trop près d'une épreuve décisive pour aborder, sans une sorte de frémissement nerveux, le sujet qui avait toujours occupé dans son cœur la première place.

Au moment où Magdalen allait rejoindre le petit groupe réuni sous le portique, les yeux de Mrs. Vanstone étaient prêts à déborder ; et sa main frêle tremblait quand elle fit signe à sa fille cadette de prendre un siège à côté d'elle.

– Nous parlions de votre père, lui dit-elle doucement ; plaise au Ciel, ma chérie, que votre mariage soit seulement aussi heureux…

Ici, la voix lui manqua ; elle passa précipitamment son mouchoir sur son visage et posa sa tête sur l'épaule de Magdalen. Norah, d'un regard, semblait implorer Miss Garth, qui tout aussitôt ramena la conversation sur les probabilités relatives au retour de Mr. Vanstone :

– Nous nous demandions, dit-elle, jetant à Magdalen un regard significatif, si votre père pourra quitter Grailsea d'assez bonne heure pour prendre le train ; ou s'il sera obligé de chercher une voiture… Qu'en dites-vous ?

– Je dis que papa manquera le train, répondit Magdalen, comprenant avec sa promptitude ordinaire les intentions de Miss Garth. La dernière chose dont il aura voulu s'occuper à Grailsea sera l'affaire pour laquelle il y est allé. C'est sa manière, n'est-il pas vrai, maman, d'ajourner jusqu'à la dernière minute ce qu'il doit faire de sérieux ?

Cette question produisit exactement sur sa mère l'effet que Magdalen en attendait.

– Non, dit Mrs. Vanstone, légèrement excitée, jamais il n'est en retard dans une mission charitable. Il est allé au secours du meunier pour des difficultés fort pressantes, et…

– Et savez-vous ce qu'il fera ? interrompit Magdalen : il jouera aux barres avec les enfants du moulin, bavardera autour de leur mère, flânera çà et là, en compagnie du meunier lui-même. Au dernier moment, quand il ne lui restera plus que cinq minutes pour gagner le train, il lui dira : « Allons, allons au bureau ! Voyons les livres ! » Il trouvera des livres d'une complication effrayante, proposera d'envoyer chercher un comptable, et d'ici à ce qu'il vienne, réglera provisoirement l'affaire, séance tenante, en prêtant l'argent nécessaire. Puis il s'en reviendra confortablement dans le tilbury du meunier, et nous racontera combien il est agréable de traverser la lande à la fraîcheur du soir.

La petite esquisse ainsi tracée était trop fidèlement ressemblante pour n'être pas reconnue telle. Mrs. Vanstone témoigna par un sourire qu'elle en appréciait l'exactitude :

– Au retour de votre père, dit-elle, nous mettrons à l'épreuve la vérité de vos prophéties. Je crois, du reste, continua-t-elle, se levant languissamment de son fauteuil, que je ferais mieux de rentrer maintenant et de me reposer sur le sofa jusqu'à ce qu'il soit revenu…

La petite réunion se sépara là-dessus. Magdalen s'éclipsa vers le jardin où Frank devait venir lui rendre compte de l'entrevue qu'il aurait eue avec son père. Les autres dames rentrèrent ensemble dans la maison. Quand Mrs. Vanstone fut à loisir établie sur le sofa, Norah et Miss Garth, la laissant reposer, se retirèrent dans la bibliothèque pour examiner la dernière caisse de livres arrivée de Londres.

C'était un soir d'été, calme et sans nuages ; une légère brise d'ouest tempérait la chaleur ; la voix de quelques laboureurs à l'œuvre dans un champ voisin arrivait joyeuse jusqu'à la maison ; l'horloge de l'église rustique, sonnant de quart d'heure en quart d'heure, livrait au vent des notes mieux timbrées et plus harmonieuses que de coutume ; des champs et du parterre montait aux fenêtres ouvertes une foule de douces odeurs qui envahissaient la maison ; et les oiseaux que Norah conservait dans une des chambres du haut racontaient triomphalement leur bonheur aux derniers rayons du soleil.

Comme l'horloge de l'église sonnait quatre heures et quart, la porte du petit salon s'ouvrit, et Mrs. Vanstone traversa seule le vestibule. Elle avait inutilement cherché à se calmer. Elle était trop agitée pour s'étendre paisiblement et s'endormir. Un moment, elle dirigea ses pas vers le portique, puis elle se ravisa et regarda autour d'elle, ne sachant évidemment où elle irait ni ce qu'elle ferait. Pendant qu'elle hésitait ainsi, la porte du cabinet de son mari, à moitié ouverte, attira son attention. Cette pièce semblait dans un grand désordre. Certains tiroirs étaient restés béants ; des habits et des chapeaux, des registres et des papiers, des pipes et des lignes de pêche étaient éparpillés çà et là. Elle entra et repoussa la porte derrière elle, mais si doucement que cette porte ne se ferma point tout à fait. « Je me distrairai, pensa-t-elle, en remettant un peu d'ordre dans cette pièce. J'aimerais faire quelque chose pour lui avant le moment où je serai dans mon lit et hors d'état de lui être bonne à quoi que ce soit. » Elle se mit à refermer les tiroirs et trouva, tout grand ouvert dans l'un d'eux, le carnet du banquier de Mr. Vanstone : « Ce pauvre ami, qu'il est négligent ! se dit-elle. Si je n'étais pas venue jeter un coup d'œil par ici, des domestiques auraient pu se mettre au courant de toutes ses affaires. » Elle rangea les tiroirs, et en vint ensuite à une multitude de petits objets divers, entassés sur une console. Parmi des papiers amoncelés, elle y trouva un vieux cahier de musique, sur lequel son nom était écrit d'une encre blanchie par le temps. Cette découverte la rendit heureuse et la fit rougir comme une jeune fille. « Qu'il est bon ! Il se rappelle mon pauvre vieux cahier et le conserve pour l'amour de moi ! » Assise près de la table, le livre ouvert devant elle, ses jours passés lui revinrent avec leur cortège d'attendrissants souvenirs. L'horloge sonna les trois quarts ; elle était toujours là, le cahier de musique sur ses genoux, heureuse d'y retrouver les chants d'autrefois, songeant avec reconnaissance au temps radieux où la main de son fiancé tournait pour elle les pages de ce petit livre, où la voix de son fiancé murmurait à ses oreilles les paroles émues qui jamais ne s'effacent de la mémoire d'une femme.

Norah, quittant le volume qu'elle lisait, jeta un regard sur la pendule de la bibliothèque :

– Si mon père revient par le chemin de fer, dit-elle, il sera ici dans dix minutes.

Miss Garth tressaillit, et leva ses yeux chargés de sommeil.

– Je ne pense pas, répondit-elle, qu'il ait pris le train pour revenir. Il s'en reviendra, comme dit cette étourdie de Magdalen, dans le tilbury du meunier.

Au moment où elle parlait ainsi, on frappa un léger coup à la porte de la bibliothèque. Le valet de pied se montra et s'adressa à Miss Garth :

– Quelqu'un demande à vous voir, madame.

– Qui est-ce ?

– Je ne sais pas, madame. Je n'ai jamais vu cette personne... C'est un homme de bonne apparence, et il a dit qu'il avait des raisons particulières pour demander à vous voir.

Miss Garth passa dans le vestibule. Le valet de pied referma derrière elle la porte de la bibliothèque et se retira par l'escalier qui menait aux cuisines.

L'homme était debout tout contre la porte, sur le paillasson. Son regard errait çà et là, son visage était pâle. Il avait l'air malade et comme effrayé. Sa casquette, autour de laquelle s'agitaient ses doigts crispés, passait et repassait d'une main à l'autre.

– Vous vouliez me voir ? lui demanda Miss Garth.

– Je vous demande bien pardon, madame, mais... vous n'êtes pas Mrs. Vanstone, n'est-ce pas ?

– Non, certes ! Je suis Miss Garth. Pourquoi me demandez-vous cela ?

– Je suis employé dans les bureaux de la station de Grailsea...

– Eh bien ?

– On m'envoie ici...

Il s'arrêta de nouveau. Ses regards vagues s'abaissèrent vers ses pieds, et plus que jamais ses mains agitées se crispèrent autour de sa casquette. Il passa sa langue sur ses lèvres desséchées ; une fois encore, il essaya de s'expliquer :

– On m'envoie ici à cause d'une affaire très sérieuse.

– Sérieuse pour moi ?

– Sérieuse pour tous ceux qui habitent cette maison.

Miss Garth fit un pas pour se rapprocher de lui et posa sur lui un regard fixe et pénétrant. Malgré la chaleur qu'il faisait, elle se sentit glacée :

– Un moment ! dit-elle avec une méfiance soudaine et jetant de côté un regard inquiet vers la porte du petit salon. (La porte était bien close.) Dites-moi tout, et ne parlez pas trop haut... Il est arrivé un accident ? Où cela ?

– Sur le chemin de fer, près de la station de Grailsea.

– Le train pour Londres ?

– Non, le train du retour, celui de 13 h 50...

– Dieu tout-puissant ! Le train par lequel Mr. Vanstone est allé à Grailsea ?

– Justement... On m'a fait partir, moi, par le train de Londres : la ligne a pu être débarrassée à temps... On n'a pas voulu écrire, on m'a dit de voir « Miss Garth » et de lui donner verbalement la nouvelle : sept passagers sont grièvement blessés, et deux...

Le dernier mot s'arrêta sur ses lèvres. Il leva silencieusement la main. Les yeux grands ouverts et l'horreur peinte dans ces yeux, il leva la main et l'étendit par-dessus l'épaule de Miss Garth.

Celle-ci détourna la tête.

Face à elle, à l'entrée du cabinet, la maîtresse de maison était debout. Elle tenait, serré machinalement dans ses deux mains, son vieux cahier de musique, elle était debout, véritable spectre. Un calme effrayant dans la voix, elle répéta les dernières paroles de cet homme :

– Sept passagers grièvement blessés, et deux…

Ses doigts contractés lâchèrent ce qu'ils tenaient si fort ; le livre leur échappa. Elle s'affaissa lourdement en avant. Miss Garth la retint avant sa chute ; elle la retint et se tourna vers le messager, supportant le corps de la femme évanouie, pour apprendre enfin ce qu'était devenu le mari.

– Le mal est fait, dit-elle, vous pouvez tout dire à présent. Est-il blessé ? mort ?

– Il est mort.

XI

Le soleil s'abaissait ; la brise venue de l'ouest pénétrait en froides ondes dans la maison. A mesure que la soirée avançait, l'horloge rustique semblait envoyer de plus près ses joyeuses sonneries. Les champs et le parterre, sous l'influence de cette heure bénie, émettaient leurs plus doux parfums. Les oiseaux de Norah profitaient des derniers rayons de soleil, et chantaient leur hymne de reconnaissance aux clartés du jour mourant.

Arrêtée pour un temps seulement, l'impitoyable routine avait repris son cours journalier. La domesticité, frappée de terreur, s'était réfugiée dans l'accomplissement des devoirs que chaque heure imposait. Le valet de pied dressait la table sans bruit ; la femme de chambre, la tête à peu près perdue, ne savait que faire des bouilloires d'eau chaude destinées aux cabinets de toilette, et qui étaient là, rangées à ses pieds comme de coutume. Le jardinier, qui avait reçu ordre d'apporter à son maître certaines attestations touchant quelques sommes payées en trop, parlait de « son honnêteté compromise », et, à l'heure marquée, apportait ces attestations. L'Habitude, qui jamais ne cède, et la Mort, qui n'épargne jamais, se trouvaient face à face dans ce naufrage du bonheur humain ; la Mort céda le pas à l'Habitude.

L'affliction avait déjà amassé autour de la demeure des masses de nuages chargés de foudre ; ils devaient pourtant s'appesantir et noircir encore. A cinq heures, ce soir-là, l'infortune avait frappé son premier coup. Avant qu'une autre heure fût écoulée, la femme de cet époux si soudainement enlevé aux siens se trouvait en péril de mort. Elle gisait sur son lit de veuve ; sa propre vie, celle de l'enfant encore à naître, ne tenaient plus qu'à un fil.

Un brave esprit, cependant, avait gardé toutes ses facultés, et dans cette maison endeuillée était devenu le guide de tous.

Si la première jeunesse de Miss Garth avait été aussi calme, aussi heureuse que ces dernières années passées à Combe-Raven, peut-être se fût-elle affaissée sous les impitoyables nécessités d'un si cruel moment ; mais cette jeunesse austère avait subi la rude épreuve des chagrins familiaux ; aussi Miss Garth abordait-elle ses terribles devoirs avec le ferme courage d'une femme qui sait souffrir. Elle avait seule affronté la dure nécessité de dire aux deux jeunes filles qu'elles n'avaient plus de père. Elle luttait seule pour soutenir leur courage, à présent que l'effrayante certitude de cette perte avait fini par pénétrer dans leur âme.

Ses plus grandes anxiétés n'étaient point pour la sœur aînée. Le chagrin de Norah, si violent qu'il fût, avait trouvé à s'exprimer par des larmes. Il n'en était point ainsi de Magdalen. Les yeux secs, les lèvres muettes, elle demeurait assise dans sa chambre, où était venue la chercher cette terrible nouvelle : sur sa physionomie, étrangement pétrifiée par le stérile chagrin de la vieillesse, on ne lisait qu'un pâle et immuable effarement, de nature à glacer le cœur. Rien ne pouvait ni la ranimer ni l'attendrir. Elle ne disait que ceci : « Ne me parlez pas ! Ne me touchez pas ! Laissez-moi lutter seule ! » et, de nouveau, elle retombait dans son silence. La première grande douleur qui eût obscurci l'existence des deux sœurs avait déjà, semblait-il, métamorphosé leur caractère.

Le crépuscule vint et s'enfuit. La nuit d'été se leva, brillante. Au moment où, dans la chambre de la malade, s'allumaient les premières chandelles, le médecin, qu'on était allé chercher à Bristol, arriva pour seconder celui que la famille employait habituellement. Il n'avait à donner aucune assurance et se borna à dire :

– Nous essayerons… Il faudra voir… Espérons encore ! Le choc qu'elle a reçu, quand la nouvelle de la mort de son mari lui est arrivée à l'improviste, a brisé ses forces au moment où elle en avait le plus besoin. Nous ne devons rien négliger pour la sauver ; je passerai la nuit auprès d'elle.

Il ouvrit une des fenêtres pour renouveler l'air de la chambre. Cette fenêtre donnait sur le chemin de voitures qui passait devant la maison, et sur la route qui longeait les grilles. Un certain nombre de personnes y étaient assemblées par petits groupes, regardant du côté de la demeure :

– Si ces gens-là doivent faire le moindre bruit, dit le docteur, il faudrait les renvoyer.

Nul besoin de telles précautions : c'étaient seulement les laboureurs employés sur le domaine du défunt, et, çà et là, quelques femmes, quelques enfants du village. Ils pensaient tous à lui ; quelques-uns parlaient de lui, et contempler sa résidence était une sorte d'aiguillon pour leur esprit paresseux. Les propriétaires des environs étaient, pour la plupart, assez bons avec eux, disaient les hommes, mais aucun ne l'était comme lui. Les femmes se parlaient à voix basse des consolations que leur apportait son passage dans leurs chaumières : « Il était si gai, le brave homme, et si prévenant aussi pour nous tous ; jamais il ne venait nous importuner de sa présence à l'heure des repas. Les autres nous aident mais nous réprimandent ; lui ne nous disait jamais autre chose que : "La prochaine fois tout ira mieux." » Ainsi restaient debout ces pauvres gens, parlant de lui, regardant sa maison, son jardin, et peu à peu on les voyait s'éloigner par deux, par trois, attristés à cette pensée que la vue de cette radieuse figure ne viendrait jamais plus les réconforter. La plus dure de ces cervelles obtuses se rendait bien compte, ce soir-là, que les rudes chemins de la pauvreté n'en seraient que plus difficiles à parcourir, maintenant que ce brave homme était parti.

Un peu plus tard, on avertit à la porte de la chambre à coucher que Mr. Clare père venait d'arriver et qu'il attendait en bas, dans le vestibule, pour savoir ce que le médecin avait dit. Miss Garth, ne pouvant l'aller trouver en personne, lui dépêcha un message.

– Je reviendrai, dit-il au domestique, je reviendrai prendre des nouvelles d'ici à deux heures.

Il s'en alla, s'éloignant avec lenteur. Sur cet homme, différent des autres en toutes choses, la mort soudaine de son vieil ami n'avait produit aucun changement notable. Le seul indice qui, chez ce vieillard rigide, impénétrable, attestât une espèce de sympathie, était ce mouvement de curiosité, d'intérêt peut-être, qui l'avait conduit à la résidence du défunt.

Il revint au bout des deux heures. Cette fois, Miss Garth le reçut.

Ils se donnèrent la main en silence. Elle attendait ; elle s'était préparée à l'entendre parler de l'ami qu'il venait de perdre. Non : il ne mentionna même pas l'horrible accident ; il ne fit pas la moindre allusion à cette mort si soudaine et si effrayante : « Va-t-elle mieux, ou plus mal ? » A cette simple question, il n'ajouta pas une parole. Sous cette expression de l'anxiété que lui causait l'état de la femme, l'austère vieillard avait-il caché le tribut de regrets qu'il accordait au mari ? Son caractère, l'inflexible résistance qu'il opposait au monde et à ses usages, permettaient d'interpréter ainsi sa conduite. Il répéta la question qu'il venait de faire :

– Va-t-elle mieux… ou plus mal ?

Miss Garth lui répondit :

– Il n'y a pas de mieux ; s'il y a quelque changement à noter, c'est plutôt une aggravation.

Ils échangeaient ces paroles auprès de la fenêtre du petit salon ouverte sur le jardin. Mr. Clare, après avoir entendu la réponse qu'on venait de lui faire, s'apprêtait à repartir mais se retourna brusquement et reprit :

– Le docteur l'a-t-il donc abandonnée ?

– Il ne nous a pas caché qu'elle est en danger. Nous ne pouvons que prier pour elle.

Le vieillard posa sa main sur le bras de Miss Garth, lorsqu'elle lui eut ainsi répondu. La regardant avec attention, il lui demanda :

– Vous croyez à la prière ?

Miss Garth s'écarta de lui avec un mouvement douloureux :

– Vous auriez pu, monsieur, m'épargner cette question dans un moment comme celui-ci.

Il ne prit point garde à sa réponse ; ses yeux restèrent arrêtés sur le visage de la gouvernante.

– Priez ! lui dit-il. Priez comme jamais vous ne l'avez fait encore, pour que la vie de Mrs. Vanstone soit épargnée !

Puis il la quitta. Sa voix et son attitude impliquaient quelque inexplicable crainte des événements à venir, crainte qu'avaient dissimulée ses paroles. Miss Garth le suivit dans le jardin et l'appela par son nom.

Il l'entendit, mais ne revint point sur ses pas ; il hâta sa marche, au contraire, comme s'il voulait éviter de lui parler encore. Elle le suivit de l'œil, traversant la pelouse aux clartés vives de la lune d'été. Elle vit ses mains, d'une blancheur flétrie, elle les vit se détacher soudain sur le noir rideau du bosquet, s'élevant et se tordant au-dessus de sa tête. Elles retombèrent ensuite. Les arbres l'ensevelirent dans leur obscurité ; il avait disparu.

Miss Garth retourna auprès de la malade avec une anxiété de plus.

Il était alors onze heures passées et, depuis déjà quelque temps elle n'avait vu les deux sœurs ni trouvé l'occasion de leur parler. Les questions qu'elle adressa sur leur compte à l'une des femmes de service lui apprirent que toutes deux s'étaient retirées dans leur chambre. Avant de retourner au chevet de leur mère et avant de les quitter pour la nuit, elle voulut adresser aux jeunes filles quelques paroles de consolation. La chambre de Norah était la plus proche. Miss Garth ouvrit doucement la porte et jeta un regard à l'intérieur. La figure qu'elle vit agenouillée au chevet du lit lui dit assez que le secours divin était venu trouver, au sein de son affliction, cette enfant privée de père. Des larmes de reconnaissance lui vinrent aux yeux en face de ce touchant spectacle. Elle referma doucement la porte et gagna la chambre de Magdalen. Là, le doute arrêta ses pieds sur le seuil et, avant d'entrer, elle attendit un moment.

Un bruit venu de la chambre frappa son oreille ; c'était le monotone froissement d'un vêtement de femme, tantôt éloigné, tantôt plus proche, mais balayant sans cesse le parquet sonore : ce bruit lui apprenait que Magdalen parcourait en long et en large la pièce où elle s'était enfermée. Miss Garth frappa. Le bruit cessa, la porte s'ouvrit, et devant elle apparut le jeune visage, figé dans son froid désespoir.

Les grands yeux clairs de Magdalen demeuraient machinalement fixés sur ceux de Miss Garth, aussi vagues, aussi secs qu'auparavant.

Ce regard déchira le cœur de la fidèle gouvernante, qui, dès le berceau, avait élevé, chéri cette enfant. Elle prit tendrement Magdalen dans ses bras :

– Oh, chère petite ! dit-elle, pas encore de larmes ? Oh ! si je vous voyais comme je viens de voir Norah ! Parlez-moi donc, Magdalen ! Trouvez la force de me parler !

La jeune fille fit un effort et parla :

– Norah, dit-elle, n'éprouve aucun remords. Ce n'était pas dans l'intérêt de Norah qu'il a couru au-devant de la mort, c'était dans le mien…

Après cette terrible réponse, posant ses froides lèvres sur la joue de Miss Garth, elle déclara :

– Laissez-moi lutter seule !

Et doucement elle referma sa porte. Miss Garth, de nouveau, resta immobile sur le seuil, et de nouveau le froissement de la robe se fit entendre, tantôt éloigné, tantôt plus proche, avec une régularité mécanique, implacable, de nature à glacer la plus chaude sympathie, à dompter l'espoir le plus téméraire.

La nuit s'écoula. Il avait été convenu que si aucune amélioration ne s'était manifestée dans la matinée, le médecin de Londres, consulté quelques mois auparavant par Mrs. Vanstone, serait, dès le lendemain, convoqué à Combe-Raven. Nul symptôme d'amélioration n'étant survenu, on envoya chercher ce médecin.

Dans le courant de la matinée, Frank vint aux informations. Mr. Clare avait-il, par hasard, confié à son fils ce devoir que la veille il avait rempli en personne, à cause de la répugnance qu'il éprouvait à se retrouver en face de Miss Garth après lui avoir tenu des propos si énigmatiques ? Cela pouvait être. Frank n'avait pas d'éclaircissement à donner là-dessus ; il n'était pas dans la confidence de son père. Il était livide et semblait égaré. Les premières questions qu'il fit au sujet de Magdalen témoignaient assez combien la catastrophe survenue avait ébranlé ce faible et vacillant caractère. A peine parvenait-il à les formuler ; les paroles manquaient à ses lèvres bégayantes, et des larmes, à chaque instant, lui venaient aux yeux. Le cœur de Miss Garth, pour la première fois, se réchauffa quelque peu en sa faveur. La douleur a ceci de noble en soi qu'elle accepte toute sympathie, sans regarder à l'origine.

La gouvernante adressa au jeune homme quelques bonnes paroles d'encouragement, et, quand ils se séparèrent, lui donna la main. Avant que midi eût sonné, Frank était revenu, porteur d'un second message. Son père désirait savoir si Mr. Pendril n'était pas attendu à Combe-Raven ce jour-là. Dans le cas où il en serait ainsi, Frank avait ordre d'aller attendre l'avocat à la station et de l'emmener au cottage, où un lit serait préparé pour lui.

Ce message prit Miss Garth tout à fait au dépourvu. Il prouvait que Mr. Clare avait été mis au courant, par son défunt ami, de l'invitation adressée à Mr. Pendril. Cette hospitalière attention du vieillard était-elle une autre manifestation indirecte d'une sympathie qu'il dissimulait avec un entêtement pervers ? Ou bien était-il initié à quelque secret qui rendait la présence de Mr. Pendril nécessaire, et dont la famille, si récemment privée de son chef, n'avait aucune notion ? Miss Garth était trop abattue, trop désespérée pour chercher à résoudre l'une ou l'autre question. Elle informa Frank que Mr. Pendril devait arriver à trois heures et le renvoya porteur de remerciements. Peu après son départ, les anxiétés que la gouvernante pouvait nourrir sur le compte de Magdalen furent calmées par des nouvelles bien moins mauvaises que ce qu'elle avait vu la veille au soir ne pouvait lui faire espérer.

L'influence de Norah s'était mise à l'œuvre pour ranimer sa jeune sœur ; et grâce à la patiente et sympathique Norah, la douleur captive avait trouvé une issue. Magdalen, dans cet effort qui finalement allégeait sa peine, avait beaucoup souffert, souffrance inévitable avec une nature comme la sienne. Ces pleurs qui la soulageaient ne s'étaient pas doucement épanchés ; ils avaient jailli d'elle avec une véhémence passionnée, comme le sang sous l'instrument de torture ; mais Norah ne l'avait pas quittée un instant avant qu'elle eût cessé de lutter et se fût apaisée. Ces nouvelles encourageantes permirent à Miss Garth de se retirer dans sa chambre, et de prendre le repos dont elle avait si grand besoin. Épuisée physiquement et moralement, elle s'endormit d'un sommeil lourd et sans rêve, qui se prolongea plusieurs heures.

Ce fut seulement entre trois et quatre heures de l'après-midi qu'elle fut réveillée par une des femmes de service. Cette femme tenait un billet à la main, billet laissé par Mr. Clare fils, avec ordre de le remettre immédiatement à Miss Garth. Au coin inférieur de l'enveloppe était écrit le nom « William Pendril ». L'avocat était arrivé.

Miss Garth rompit le cachet. Après quelques phrases préliminaires de condoléances sympathiques, Mr. Pendril annonçait son installation chez Mr. Clare et continuait, probablement mû par son devoir professionnel, en formulant une très surprenante requête :

– *Si*, écrivait-il, *une amélioration quelconque se manifestait dans l'état de Mrs. Vanstone, que cette amélioration soit passagère ou qu'elle ait le caractère définitif sur lequel nous devons tous compter, dans l'un ou l'autre cas, je vous supplie de me le faire savoir immédiatement. Il est de la dernière importance que je puisse la voir, si elle retrouve assez de force pour me prêter attention pendant cinq minutes et se trouver, au bout de ce temps, en état de donner une signature. Puis-je vous prier de communiquer ma demande, sous le sceau du secret le plus absolu, aux médecins qui la soignent? Ils comprendront, vous comprendrez comme eux, l'importance de premier ordre que j'attache à cette entrevue, quand je vous aurai dit que je me suis arrangé pour différer à ce sujet toutes les autres affaires qui exigent ma présence à Londres, et que je serai prêt au premier signal, à quelque heure du jour ou de la nuit que vos ordres me parviennent.*

La lettre se terminait ainsi. Miss Garth la lut deux fois d'un bout à l'autre. A la seconde lecture, elle établit un obscur rapprochement entre la demande que lui adressait maintenant l'avocat et les paroles qui, la veille, étaient échappées à Mr. Clare. Il y avait évidemment en suspens, outre l'intérêt premier et dominant du rétablissement de Mrs. Vanstone, un autre intérêt grave, connu de Mr. Pendril et connu de Mr. Clare. A qui se rapportait-il? Aux enfants? Étaient-elles menacées de quelque calamité nouvelle, qu'une signature de leur mère pouvait écarter? Que signifiait tout ceci? Fallait-il en conclure que Mr. Vanstone était mort sans laisser de testament?

Dans sa détresse, dans sa confusion d'esprit, Miss Garth n'était pas en état de raisonner comme elle l'eût certainement fait en des temps plus heureux. Elle se hâta de se rendre dans l'antichambre de Mrs. Vanstone et, après avoir expliqué la position de Mr. Pendril vis-à-vis de la famille, elle montra sa lettre aux médecins.

Ils donnèrent tous deux, sans hésiter, la même réponse. L'état de Mrs. Vanstone rendait totalement impossible l'entrevue sollicitée par l'avocat. Si la malade sortait de la prostration dans laquelle elle était plongée, Miss Garth serait immédiatement informée de cette amélioration. Pour le moment, la réponse à faire à Mr. Pendril devait se résumer à un seul mot : impossible.

– Vous voyez cependant quelle importance Mr. Pendril attache à cette entrevue? dit Miss Garth.

Oui, l'un et l'autre le voyaient parfaitement.

– J'ai la tête perdue, messieurs, et je suis dévorée d'anxiété… Pouvez-vous, l'un ou l'autre, conjecturer ce qui rend nécessaire cette signature, ou quel peut être l'objet de cette entrevue? Je ne connais Mr. Pendril que pour l'avoir vu ici, en visite. Je n'ai aucun droit qui me permette de le questionner ; voudriez-vous, de nouveau, jeter les yeux sur cette lettre ? Pensez-vous qu'elle implique la mort *ab intestat* de Mr. Vanstone ?

– Ce n'est pas mon avis, répondit l'un des médecins ; mais en supposant même que Mr. Vanstone soit décédé sans laisser de testament, la protection de la loi est acquise aux intérêts de sa veuve et de ses enfants…

– En serait-il ainsi, interrompit l'autre médecin, si la fortune du défunt consistait principalement en propriétés ?

– Dans ce cas-là, je n'oserais rien affirmer. Sauriez-vous, par hasard, mademoiselle Garth, si les biens de Mr. Vanstone consistent en capitaux ou en terres ?

– En capitaux, répondit Miss Garth. Je le lui ai entendu dire bien des fois.

– Je puis alors calmer votre inquiétude, et cela d'après ma propre expérience. La loi, s'il est mort *ab intestat*, donne un tiers de sa propriété à sa veuve, et partage également le reste entre ses enfants.

– Mais si Mrs. Vanstone… ?

– Si Mrs. Vanstone venait à mourir, poursuivit le docteur, achevant la question que Miss Garth n'avait pas eu la force de compléter elle-même, je crois être dans le vrai en vous affirmant que la propriété tout entière passerait par voie légale sur la tête des enfants. Si nécessaire que puisse être l'entrevue réclamée par Mr. Pendril, je ne vois aucun motif de la rattacher à ce fait présumé, que Mr. Vanstone serait mort sans laisser de testament. Mais, du reste, pour donner satisfaction à vos scrupules, posez la question à Mr. Pendril lui-même.

Miss Garth se retira, décidée à suivre l'avis du docteur.

Après avoir fait connaître à Mr. Pendril la décision des médecins, qui, provisoirement, refusaient sa requête, elle indiquait brièvement la question légale qu'elle leur avait soumise et, sans y insister, laissait entrevoir son impatience bien naturelle de connaître les motifs qui avaient dicté la démarche de l'avocat.

La réponse qu'elle reçut était empreinte d'une réserve extrême, et ne lui donna point une opinion favorable de Mr. Pendril. Il confirmait, en termes généraux uniquement, l'interprétation que le docteur avait faite de la loi, puis exprimait son intention de rester chez Mr. Clare, dans l'espoir qu'un heureux changement permettrait à Mrs. Vanstone de l'admettre auprès d'elle. Il terminait sa lettre sans aucune explication des motifs qui le faisaient agir, sans un mot qui eût rapport à l'existence ou non du testament de Mr. Vanstone.

Les précautions visibles avec lesquelles le billet de l'avocat semblait rédigé laissèrent une certaine inquiétude dans l'esprit de Miss Garth, jusqu'au moment où le grand événement du jour, impatiemment attendu, vint rappeler toutes ses pensées sur Mrs. Vanstone.

Le médecin de Londres arriva de bonne heure dans la soirée. Il demeura longtemps au chevet de la malade, plus longtemps encore il resta en consultation avec ses deux confrères ; enfin il retourna auprès de Mrs. Vanstone, avant que Miss Garth eût pu obtenir qu'il lui communiquât le résultat de ce long et patient examen.

Lorsque, pour la seconde fois, il revint dans l'antichambre, elle le regarda au visage, et la dernière lueur d'espérance s'éteignit en elle avant qu'il n'eût desserré les lèvres.

– J'ai à vous faire entendre une vérité pénible, lui dit-il avec douceur. Tout ce qui était possible a été tenté. Dans vingt-quatre heures au plus, vous saurez à quoi vous en tenir. Si d'ici là la nature ne nous vient pas en aide, j'ai le regret de vous annoncer qu'il vous faudra vous préparer au pire.

Ces paroles disaient tout : elles indiquaient nettement l'inévitable issue.

La nuit s'écoula, et la pauvre mère vivait encore. Le lendemain arriva, et jusqu'à ce que l'horloge marquât cinq heures, il y eut encore un souffle de vie dans ce corps abandonné. A cette heure-là, la nouvelle de la mort de son époux lui avait porté le coup fatal : à la même heure, après quelques tours de cadran, la main de Dieu l'autorisait à le rejoindre dans un monde meilleur. Ses filles, quand elle rendit l'âme, étaient agenouillées à son chevet ; elle les quitta sans avoir conscience qu'elles assistaient à son agonie, heureusement insensible aux angoisses du dernier adieu.

L'enfant qu'elle venait de mettre au monde lui survécut jusqu'à l'heure où la nuit allait commencer, où le soleil s'effaçait dans les calmes profondeurs de l'occident. Quand l'obscurité se fit, cette frêle petite vie, à peine manifestée par quelques lueurs, vacilla et s'éteignit comme un flambeau mal allumé. Les débris terrestres de la mère et de l'enfant reposèrent, cette nuit-là, sur le même lit. L'ange de la mort avait rempli son affreuse mission ; les deux sœurs restaient seules au monde.

XII

Dans la matinée du jeudi 23 juillet, Mr. Clare se montra plus tôt que d'habitude sur la porte de son cottage, et descendit dans le petit jardin qui jouxtait son logis.

Après avoir fait seul, de long en large, quelques tours d'allée, il fut rejoint par un homme aux cheveux gris, d'allure mince et sobre et à la physionomie parfaitement banale ; son visage inexpressif, ses manières empreintes du calme qu'impose l'usage, n'offraient rien qui suscitât la sympathie, rien non plus qui dût la repousser. C'était Mr. Pendril, c'était l'homme qui tenait, suspendu à ses lèvres, l'avenir des orphelines de Combe-Raven.

– Le moment approche, dit-il, en regardant du côté du bosquet, lorsqu'il rejoignit Mr. Clare. Mon rendez-vous avec Miss Garth est pour onze heures ; je n'ai guère plus que dix minutes.

– Devez-vous la voir seule ? demanda Mr. Clare.

– J'ai laissé Miss Garth en décider, après l'avoir avertie, tout d'abord, de la gravité des circonstances que je me vois forcé de lui faire connaître.

– Et sa décision ?

– Elle m'écrit qu'elle fait part de mon rendez-vous aux deux orphelines, en leur répétant l'avis que mon billet renfermait. L'aînée semble répugner – et qui s'en étonnerait ? – à toutes discussions concernant l'avenir qui exigeraient sa présence dès le lendemain des funérailles. La cadette paraît n'avoir exprimé aucune opinion à ce sujet. Autant que je puis le comprendre, elle demeure passive et se laisse guider par l'exemple de sa sœur. Je n'aurai donc affaire qu'à Miss Garth toute seule, et j'éprouve un grand soulagement à penser qu'il en sera ainsi.

Il prononça ces derniers mots avec une emphase et une énergie qui ne semblaient pas lui être habituelles. Mr. Clare suspendit sa marche et regarda son hôte attentivement.

– Vous avez presque mon âge, monsieur, dit-il. Votre longue pratique d'avocat ne vous a donc pas tout à fait endurci ?

– Je ne savais pas à quel point je l'étais peu, répondit Mr. Pendril tranquillement, lorsque hier je suis revenu de Londres pour assister aux funérailles. On ne m'avait point averti que ces malheureuses jeunes filles avaient résolu d'accompagner leurs parents jusqu'au bord de la fosse. Leur présence a rendu doublement pénible, j'imagine, et aussi doublement touchante, la scène finale de ce terrible désastre. Vous avez vu vous-même combien la nombreuse assistance était émue, et pourtant ces gens-là ignoraient la vérité : ils n'avaient pas idée de la nécessité cruelle qui, ce matin, va me conduire dans la maison attristée par toutes ces morts. Le sentiment de cette nécessité et aussi la vue de ces pauvres enfants, au moment même où cet austère devoir m'apparaissait plus pénible que jamais, m'ont ébranlé comme l'est rarement un homme de mon âge et de ma profession par la vue du malheur ou les perspectives incertaines de l'avenir. Je ne suis pas encore remis de ce choc, et c'est à peine si je me sens maître de moi-même à l'heure qu'il est.

– Un homme comme vous retrouve toujours son sang-froid, lorsque ce sang-froid est indispensable, dit Mr. Clare. Vous avez dû remplir des missions aussi difficiles, aussi pénibles que celle de ce matin…

Mr. Pendril secoua la tête :

– Beaucoup de devoirs aussi sérieux, nombre d'histoires plus romanesques… mais je n'ai eu à déplorer aucun concours de circonstances aussi désespérant que l'est celui-ci.

Sur ces mots, ils se quittèrent. Mr. Pendril prit le sentier qui, à travers le bosquet, menait vers Combe-Raven. Mr. Clare rentra dans son cottage.

Arrivé dans le corridor, il passa la tête à la porte ouverte de son petit salon, et vit Frank assis là dans une oisive tristesse, la tête appuyée sur ses mains :

– J'ai la réponse de vos patrons, dit Mr. Clare. En considération de ce qui vient d'arriver, ils consentent à vous donner un jour de plus pour accepter l'offre qu'ils vous avaient faite.

Frank changea de couleur et se leva nerveusement de sa chaise.

– Mes espérances sont-elles donc détruites ? demanda-t-il. Les plans que Mr. Vanstone avait tracés pour moi ne sont-ils plus réalisables ? Il a dit à Magdalen que son testament la mettait à l'abri de toute incertitude. Elle m'a rappelé ses propres paroles ; je devais savoir, disait-elle, tout ce que la bonté, la générosité de son père avaient fait pour nous deux. Quel changement a pu amener cette mort soudaine ? Est-il donc survenu quelque chose ?

– Attendez que Mr. Pendril revienne de Combe-Raven, lui dit son père. Adressez-lui vos questions, et pas à moi !

Les yeux de Frank se remplirent de larmes.

– Vous ne vous montrerez pas trop dur avec moi ? hasarda-t-il d'une voix faible. Vous ne voulez pas me renvoyer à Londres sans que j'aie d'abord vu Magdalen ?

Mr. Clare jeta sur son fils un regard pensif, et, après un moment de réflexion :

– Vous pouvez sécher vos yeux. Vous verrez Magdalen avant de repartir.

Sur cette réponse, il quitta la pièce et se retira dans son cabinet. Maints et maints volumes étaient, comme toujours, à portée de sa main. Il ouvrit l'un d'eux, et se mit à lire, selon son usage. Mais son attention ne pouvait se fixer, et ses yeux se portaient, de temps à autre, sur le fauteuil vide en face de lui, ce même fauteuil où son défunt ami était venu bavarder et discuter gaiement avec lui pendant tant et tant d'années. Après un vain effort sur lui-même, il ferma le livre : « Au diable ce fauteuil ! se dit-il. Il me parle obstinément de lui, et je ne puis m'empêcher de l'écouter. » Il atteignit sa pipe, accrochée au mur, et machinalement la garnit de tabac. Sa main tremblait, ses yeux revenaient malgré eux du côté du vieux fauteuil. Il poussa, sans le vouloir, un profond soupir. Ce fauteuil vide était le seul argument de ce bas monde auquel il ne connût pas de réponse. Son cœur s'avoua vaincu et, malgré qu'il en eût, ses yeux se mouillèrent : « Il a fini par me battre ! murmura le rigide vieillard. Il y avait encore un défaut à ma cuirasse, et il a fini par le trouver. »

Mr. Pendril, cependant, pénétrait dans le bosquet et suivait le sentier conduisant au jardin solitaire, à la demeure peuplée de tristesses. Un domestique l'attendait à la porte, évidemment prévenu de son arrivée.

– J'ai rendez-vous avec Miss Garth… Est-elle prête à me recevoir ?

– Toute prête.

– Elle est seule ?

– Oui, monsieur.

– Dans la pièce qui était le cabinet de Mr. Vanstone ?

– Oui, monsieur, dans cette pièce même.

Le domestique ouvrit la porte, et Mr. Pendril entra.

La gouvernante était seule, debout à la fenêtre du cabinet. La chaleur était accablante et, au moment où Mr. Pendril entrait, elle venait de soulever la partie inférieure de la jalousie pour laisser entrer un peu d'air.

Ils se saluèrent avec une politesse légèrement cérémonieuse qui, de part et d'autre, trahissait une certaine contrainte. Mr. Pendril était un de ces nombreux hommes qui, en proie à quelque forte agitation mentale dont ils compriment les manifestations extérieures, se montrent sous leur plus mauvais jour. Miss Garth, de son côté, n'avait point oublié la disgracieuse réserve avec laquelle l'avocat avait répondu à sa lettre, et l'anxiété bien naturelle que leur entrevue lui causait n'était atténuée en rien par un tel souvenir. Lorsqu'ils se trouvèrent ainsi face à face dans le silence de cette matinée d'été, tous deux strictement vêtus de noir, Miss Garth avec ses traits accentués, que le chagrin semblait durcir encore, l'avocat avec sa froide physionomie, sa pâleur sans expression, son visage où ne se lisait que l'embarras du professionnel. Il eût été difficile de rencontrer deux personnes dont l'extérieur fût moins susceptible de provoquer un sentiment sympathique. Tels se montraient ces deux individus réunis maintenant, l'un pour révéler, l'autre pour entendre les secrets du mort.

– Je suis sincèrement désolé, mademoiselle Garth, de vous importuner dans un moment comme celui-ci, mais, comme je vous l'ai déjà expliqué, les circonstances ne me laissent pas d'autre choix.

– Voulez-vous vous asseoir, monsieur Pendril ? C'est dans cette pièce, je crois, que vous avez désiré me voir ?

– Précisément dans cette pièce, parce que c'est ici que se trouvent les papiers de Mr. Vanstone, et qu'il peut m'être nécessaire d'en consulter quelques-uns.

Après cet échange formel, ils s'assirent des deux côtés d'une table placée près de la fenêtre. L'un attendait pour parler ; l'autre attendait pour écouter. Il y eut un moment de silence. Mr. Pendril le rompit par une ou deux questions de convenance et quelques phrases de sympathie concernant les jeunes personnes. Miss Garth lui répondit sur le même ton cérémonieux, empreint d'une politesse contenue. Seconde pause muette. Le bourdonnement des insectes autour des arbustes verts qui garnissaient le dessous de la fenêtre arrivait, monotone, dans la pièce, et le piétinement lourd d'un cheval de charrette, qui passait sur la grande route à l'extrémité du jardin, se fit entendre aussi nettement, dans ce silence profond, que si la nuit fût venue.

L'avocat raffermit sa résolution vacillante, et quand il reprit la parole, ce fut pour aborder la question qui l'amenait.

– Vous avez quelques motifs, mademoiselle Garth, commença-t-il, de ne pas trouver ma conduite vis-à-vis de vous parfaitement satisfaisante, du moins à certains égards. Pendant la fatale maladie de Mrs. Vanstone, vous m'avez adressé un billet où se trouvaient certaines questions auxquelles, tandis qu'elle vivait encore, il m'était impossible de répondre. Sa déplorable fin me dégage de la réserve que je m'imposais et m'autorise, ou plutôt m'oblige, à m'expliquer. Vous allez savoir quelles graves raisons étaient les miennes lorsque j'attendais ainsi jour et nuit, dans l'espoir d'obtenir cette entrevue, qui n'a pu malheureusement avoir lieu ; comme justice due à la mémoire de Mr. Vanstone, vous allez vous assurer, par vos propres yeux, qu'il avait fait un testament.

Il se leva, ouvrit un petit coffre-fort de fer placé à l'angle du cabinet et revint vers la table avec quelques feuilles de papier, qu'il déplia sous les yeux de Miss Garth. Quand elle eut jeté les yeux sur la formule de début : « *Au nom de Dieu, ainsi soit-il* », l'avocat tourna le feuillet, et lui montra le bas de la page suivante. Elle y vit la signature bien connue d'elle « Andrew Vanstone ». Elle y vit les attestations des deux témoins exigés par la coutume, et la date du document, qui remontait à plus de cinq années. Après l'avoir ainsi convaincue de l'existence et de la régularité du testament, Mr. Pendril, allant au-devant des questions qu'elle pourrait lui adresser, lui dit :

– Je ne dois pas vous tromper. J'ai mes raisons particulières pour produire ainsi ce document.

– Quelles raisons, monsieur ?

– Vous allez le savoir… Quand vous connaîtrez la vérité, ces feuillets vous aideront à garder, pour la mémoire de Mr. Vanstone, le respect qui lui est dû.

Miss Garth se rejeta en arrière dans son fauteuil.

– Qu'entendez-vous par là ? demanda-t-elle d'un ton brusque et sévère.

Il ne prit pas garde à la question, mais continua comme si elle ne l'avait pas interrompu.

– J'ai pour vous montrer le testament, continua-t-il, un second motif. Si je puis obtenir de vous que vous veuillez parcourir sous mes yeux certaines clauses, vous découvrirez vous-même les circonstances que j'ai à vous révéler, circonstances si pénibles que je sais à peine comment m'y prendre pour vous les faire connaître de vive voix.

Miss Garth le regardait obstinément au visage.

– Ces circonstances, monsieur, concernent-elles les parents défunts ou les enfants qui vivent encore ?

– Elles concernent à la fois les morts et les vivants, répondit l'avocat. J'ai le regret d'ajouter qu'elles intéressent l'avenir des malheureuses filles de Mr. Vanstone.

– Un moment ! dit Miss Garth, un moment, je vous prie.

Elle écarta de ses tempes sa chevelure nuancée d'argent, et fit un effort pour résister à un sentiment d'angoisse et de défaillance qui eût dominé une femme plus jeune et moins courageuse. Ses yeux que les veilles avaient ternis, que le chagrin avait usés, sondèrent l'impénétrable physionomie de l'avocat : « Ses malheureuses filles ? se redisait-elle vaguement. Il s'exprime comme s'il y avait encore en réserve une pire calamité que celle qui les avait rendues orphelines… » Un instant de plus lui permit de rassembler son courage défaillant.

– Je tâcherai, monsieur, reprit-elle, de ne pas vous rendre plus pénible encore un devoir que j'entrevois bien rigoureux. Montrez-moi du testament ce que j'en dois lire, et que je sache, enfin, à quoi m'en tenir.

Mr. Pendril revint à la première page ; et, posant le doigt sur certaines lignes de ce griffonnage, il dit :

– Commencez ici.

Elle essaya. Elle voulut suivre son doigt comme elle avait fait pour les signatures et les dates ; mais le trouble de son esprit commençait à gagner ses sens, les mots se mêlaient, les lignes flottaient devant ses yeux.

– Je ne puis vous suivre, dit-elle. Il faut me dire ou me lire tout cela. (Elle recula son fauteuil loin de la table, essayant de se recueillir.) Arrêtez ! s'écria-t-elle, tandis que l'avocat, avec une hésitation visible, prenait en main les papiers… Une question, tout d'abord : ce testament assure-t-il l'avenir des enfants ?

– Ce testament y pourvoyait quand Mr. Vanstone l'a rédigé.

– Quand il l'a rédigé ? (Un reflet de sa brusquerie naturelle se retrouva dans la manière dont elle répéta la réponse de l'avocat.) Mais à présent, monsieur, à présent, y pourvoit-il ?

– Il n'y pourvoit plus.

Elle arracha le testament des mains de Mr. Pendril et le jeta dans un coin de la pièce.

– Vos intentions sont bonnes, dit-elle. Vous voulez me ménager, mais vous perdez votre temps et vous abusez de mes forces. Si le testament ne sert à rien, qu'il reste là où il est ! Dites-moi la vérité, monsieur Pendril, dites-la-moi clairement ! dites-la-moi sur-le-champ ! dites-la-moi vous-même !

Il comprit que résister à cet appel serait une cruauté inutile. La compassion exigeait qu'il répondît aussitôt à ces questions précipitées.

– Je dois, mademoiselle Garth, vous ramener au printemps de cette année… Vous rappelez-vous le 4 mars ?

L'attention de la gouvernante était déjà déplacée. Au moment où il parla, une pensée soudaine semblait s'être emparée d'elle. Au lieu de répondre à la question qu'il lui adressait, ce fut elle qui le questionna.

– Laissez-moi, dit-elle, pénétrer de moi-même dans cette obscurité ; laissez-moi vous deviner si je puis. Ce testament inutile, les termes que vous employez en parlant de ses filles, vos doutes apparents sur le respect que je dois garder à sa mémoire, viennent d'ouvrir devant moi une perspective nouvelle : Mr. Vanstone est mort ruiné… n'est-ce pas là ce que vous aviez à m'apprendre ?

– Loin de là, Mr. Vanstone est mort laissant une fortune de plus de quatre-vingt mille livres sterling, placée de la manière la plus sûre. Il dépensait son revenu mais jamais au-delà, et le total de ses dettes ne montait pas à deux cents livres. S'il était mort ruiné, j'eusse profondément plaint ses enfants, mais vous ne m'eussiez pas vu hésiter à vous dire la vérité, cette vérité devant laquelle je recule… Laissez-moi vous répéter une question à laquelle vous n'avez pas pris garde, quand je vous l'ai posée tout d'abord. Revenez, par la pensée, au printemps dernier… Vous rappelez-vous le 4 mars ?

Miss Garth secoua la tête :

– Je n'ai jamais eu la mémoire des dates, dit-elle. Je ne l'avais pas dans les meilleurs temps de ma vie, et je suis en ce moment trop agitée pour m'en souvenir sur-le-champ. Ne pouvez-vous me poser votre question sous une autre forme ?

Il la posa effectivement ainsi :

– Vous rappelez-vous un incident survenu dans la vie de la famille au cours du printemps dernier, et par lequel Mr. Vanstone a paru plus sérieusement affecté qu'il ne semblait pouvoir l'être ?

Miss Garth, s'adossant à son fauteuil, jeta sur Mr. Pendril, pardessus la table, un regard avide :

– Le voyage à Londres ! s'écria-t-elle. Je me suis toujours méfiée, dès le départ, de ce voyage à Londres ! Oui, je me rappelle que Mr. Vanstone a reçu une lettre ; je me rappelle qu'il l'a lue, et qu'après cette lecture le changement de son visage nous a toutes étonnées.

– Avez-vous remarqué alors, au sujet de cette lettre, quelques signes d'intelligence entre Mr. et Mrs. Vanstone ?

– Effectivement, une des enfants – c'était Magdalen – a mentionné le timbre postal : une ville d'Amérique… Tout cela me revient, monsieur Pendril… Mrs. Vanstone, dès que le nom de cette ville a frappé son oreille, a paru agitée, inquiète. Ils sont partis ensemble pour Londres, dès le lendemain, sans rien expliquer à leurs filles, sans rien m'expliquer. Mrs. Vanstone donnait pour motif à ce voyage le règlement de quelques affaires de famille. Je soupçonnais, pour mon compte, quelque désastre, sans pouvoir deviner lequel. Mrs. Vanstone m'a écrit de Londres qu'elle avait voulu consulter un médecin sur l'état de sa santé, mais sans inquiéter ses filles en leur parlant de cette démarche. Quelque chose dans cette lettre m'a cependant contrariée. Il me semblait qu'elle me dissimulait certains autres motifs, plus ou moins suspects… Lui faisais-je tort en m'imaginant cela ?

– Vous ne lui faisiez aucun tort. Il existait un motif qu'elle gardait pour elle. En vous le faisant connaître, je vous révélerai le pénible secret qui m'amène aujourd'hui dans cette maison. Tout ce que je pouvais faire pour vous préparer à cette funeste découverte, je l'ai fait. Souffrez maintenant que je vous expose la vérité dans les termes les plus simples et les plus brefs. Lorsqu'au mois de mars dernier, Mr. et Mrs. Vanstone ont quitté Combe-Raven…

Avant qu'il pût achever sa phrase, un brusque mouvement de Miss Garth vint lui couper la parole. Elle avait frémi et tournait maintenant la tête du côté de la fenêtre :

– Ce n'est que le bruit du vent sur le feuillage, dit-elle d'une voix faible… Mes nerfs sont si ébranlés que la moindre chose me fait tressaillir… Pour l'amour de Dieu, expliquez-vous ! Lorsque Mr. et Mrs. Vanstone ont quitté la maison… dites-moi simplement ce qu'ils allaient faire à Londres ?

Mr. Pendril lui dit en termes fort simples :

– Ils allaient à Londres pour se marier.

Sur cette réponse, il plaça devant la gouvernante un papier oblong. C'était le certificat de mariage des parents défunts, ayant pour date le 20 mars 1846.

Miss Garth ne fit pas un geste, n'articula pas une parole ; le certificat, elle n'y prenait pas garde. Elle demeurait assise, les yeux fixés sur le visage de l'avocat, l'esprit choqué, les sens annihilés. Il vit qu'il avait en vain tâché d'amortir, par ses précautions, le fatal effet de cette découverte. Il sentait l'impérieuse nécessité de la ranimer à tout prix, et d'une voix ferme, distincte, il répéta ces sinistres paroles :

– Ils allaient à Londres pour se marier… Reprenez-vous et, tout d'abord, veuillez vous pénétrer de ce simple fait. Les explications viendront plus tard. Oui, mademoiselle Garth, c'est la déplorable vérité que je vous dis là ! Au printemps dernier, ils sont partis de chez eux ; ils ont vécu à Londres une quinzaine, dans la solitude la plus absolue, et ils ont été mariés sur licence au bout de ce temps. Voici une copie du certificat que j'ai moi-même obtenue lundi dernier. Lisez la date du mariage : le vendredi 20 mars, mars de cette année.

Comme il montrait du doigt le certificat, cette faible bouffée de vent qui, tout à l'heure, avait effrayé Miss Garth en se jouant parmi les arbustes placés sous la croisée, agita de nouveau le feuillage. Mr. Pendril, cette fois, l'entendit. Il tourna son visage de ce côté comme pour s'exposer à la brise, mais la brise ne vint pas ; aucun souffle d'air, assez vif pour qu'il le sentît, ne pénétra dans l'appartement.

Miss Garth se leva d'un mouvement machinal et lut le certificat. Il sembla ne produire sur elle aucune impression bien nette. Elle le posa sur la table, avec un geste de douloureuse surprise :

– Douze ans ! dit-elle à voix basse et découragée. Voilà douze années de calme et de bonheur que je passe auprès de cette famille… Mrs. Vanstone était mon amie, une chère, une précieuse amie, une sœur, pourrais-je dire. Tout ceci me semble incroyable… Comprenez-moi, monsieur, excusez-moi ! Je ne puis me faire à cette idée.

– Vous vous y ferez quand vous en saurez davantage, dit Mr. Pendril. Vous me comprendrez mieux quand je vous aurai initiée au passé de Mr. Vanstone… Mais ce n'est pas immédiatement que je réclamerai votre attention… Attendons que vous soyez remise.

Ils attendirent, en effet, cinq ou six minutes. L'avocat prit quelques lettres dans sa poche, les parcourut avec attention et les y remit.

– Maintenant, demanda-t-il avec égards, êtes-vous en état de m'écouter ?

Pour toute réponse, elle inclina la tête. Mr. Pendril sembla réfléchir un moment :

– Je vous dois, dit-il, un avertissement préliminaire. Si le caractère de Mr. Vanstone, tel que je vais vous le montrer, vous paraît, à certains égards, différent de ce que vous l'avez connu, songez que, lorsque vous l'avez vu pour la première fois, il y a douze ans, il touchait à la quarantaine et que, lorsque nous sommes entrés en rapports, lui et moi, c'était un jeune homme de dix-neuf ans.

Les paroles qu'ajouta l'avocat soulevèrent le voile et révélèrent l'irrévocable passé.

XIII

– La fortune que Mr. Vanstone possédait quand vous l'avez connu, commença Mr. Pendril, n'était qu'une portion de l'héritage qui lui échut à la mort de son père. Ce dernier était un manufacturier du Nord de l'Angleterre. Il se maria de bonne heure, et les enfants issus de ce mariage furent au nombre de six ou sept, je ne saurais dire au juste. D'abord Michael, le fils aîné, vivant encore, et qui est maintenant plus que septuagénaire. En second lieu, Selina, l'aînée des filles, mariée tard, et qui mourut il y a dix ou onze ans. Après ceux-ci venaient d'autres fils et filles, dont la mort précoce me dispense de faire mention détaillée. Le dernier de ses enfants, et de beaucoup le plus jeune, fut Andrew, avec lequel j'entrai en relations, comme je vous le disais, alors qu'il touchait à sa vingtième année. Mon père était sur le point de se retirer ; je repris sa clientèle et lui succédai comme avocat de la famille Vanstone.

» A cette époque, Andrew venait de débuter dans la vie en prenant du service. Après une année, peut-être un peu plus, d'apprentissage à l'intérieur, il fut envoyé au Canada où se rendait son régiment. En quittant l'Angleterre, il y laissa son père et son frère aîné Michael, séparés par de graves dissentiments. Inutile de vous faire perdre du temps en vous détaillant la cause de leur querelle. Je me bornerai à vous dire que Mr. Vanstone père, avec beaucoup d'excellentes qualités, était un homme emporté, un caractère intraitable. Son fils aîné l'avait bravé dans des circonstances qui auraient irrité à bon droit un père beaucoup plus indulgent, et il déclara, dans les termes les plus positifs, qu'il ne voulait plus revoir la figure de Michael. Malgré mes supplications, malgré celles de sa femme, il déchira devant nous le testament qui assurait à Michael une portion de l'héritage paternel. Telle était la position de la famille, quand le fils cadet partit pour le Canada.

» Quelques mois après qu'Andrew fut arrivé à Québec où son régiment devait résider, il lia connaissance avec une femme d'une grande beauté qui venait, ou disait venir d'un des États du Sud. Elle prit immédiatement beaucoup d'empire sur lui et s'en servit dans l'intérêt le plus vil. Vous avez connu le caractère facile, affectueux, confiant de cet homme dans les dernières années de sa vie ; vous pouvez donc imaginer à quelles folies purent l'entraîner les impressions ardentes de la jeunesse. Je n'insisterai pas sur ces ardeurs dans mon récit. Il venait d'avoir vingt et un ans, il s'était aveuglément dévoué à une femme indigne et, par d'implacables artifices, elle l'amena bientôt à d'irréparables déterminations. En un mot, il commit alors la grande et fatale erreur de sa vie : il épousa cette femme.

» Elle avait eu, dans son propre intérêt, assez de prudence pour redouter les conseils que ses frères d'armes auraient pu donner au jeune Vanstone et pour le persuader de tenir secrète l'union projetée entre eux, jusqu'après la cérémonie qui devait la rendre irrévocable. Ceci, elle pouvait le faire ; mais elle ne pouvait se mettre en garde contre tous les hasards. Trois mois étaient à peine écoulés, qu'une révélation fortuite mit au jour la vie qu'elle avait menée avant son mariage. Son mari n'avait désormais qu'un parti à prendre : ce fut de se séparer d'elle à l'instant même.

» L'effet d'une telle déception sur le malheureux enfant – il était encore enfant à bien des égards – peut être apprécié par l'événement qui suivit cette révélation imprévue. Un des supérieurs d'Andrew, un certain major Kirke, si mes souvenirs sont bons, le surprit dans sa chambre, écrivant à son père l'aveu complet de son déshonneur, un pistolet tout chargé sur son bureau. Cet officier empêcha l'enfant de se tuer et étouffa, au moyen d'un compromis, cette affaire scandaleuse. Le mariage étant parfaitement valide, et la conduite de la femme, avant la célébration, ne donnant à son mari aucun droit de se débarrasser d'elle par le divorce, on ne put qu'en appeler à l'avidité même dont elle avait fait preuve. Une assez forte pension lui fut garantie, à condition qu'elle retournerait au pays d'où elle était venue, que jamais elle ne mettrait le pied en Angleterre et qu'elle cesserait de porter le nom de son mari. A ces stipulations, on en ajouta d'autres encore. Elle les accepta toutes, et l'on prit secrètement des mesures pour la faire surveiller de près dans la retraite où elle allait rentrer. Je ne sais trop quelle vie elle y mena, ni si elle remplit strictement toutes les conditions qui lui étaient imposées ; tout ce que je puis vous dire, c'est qu'à ma connaissance, elle n'est jamais venue en Angleterre, qu'elle n'a jamais tourmenté Mr. Vanstone et que, jusqu'au jour de sa mort, sa pension lui a été payée en Amérique par l'intermédiaire d'un agent pris sur les lieux. Tout ce qu'elle avait voulu en épousant Andrew, c'était de l'argent ; et cet argent lui fut acquis.

» Andrew, sur ces entrefaites, avait quitté le régiment. Pour rien au monde, après ce qui était arrivé, il n'aurait voulu demeurer auprès de ses frères d'armes. Il vendit son brevet et revint en Angleterre. La première nouvelle qu'il apprit en débarquant fut la mort de son père. Il vint me trouver à Londres, dans mon bureau, avant de rentrer chez lui ; il y apprit, de ma bouche, comment les dissensions de famille avaient abouti.

» Le testament que Mr. Vanstone père avait anéanti en ma présence n'avait pas été, du moins à ma connaissance, remplacé par un autre. Appelé naturellement après sa mort, je comptais que le partage des biens entre sa veuve et ses enfants se ferait suivant les dispositions générales de la loi, et je fus fort étonné de trouver parmi ses papiers un acte de dernière volonté, parfaitement régulier et daté d'une semaine après celle où le premier testament avait été détruit. Il avait maintenu ses intentions vindicatives à l'encontre de son fils aîné et s'était adressé à un étranger pour obtenir de lui les conseils que, certainement, il avait honte de me demander.

» Je n'ai pas besoin de vous faire connaître en détail la prescriptions de cet acte mortuaire. Elles avaient pour objet de régler le sort de la veuve et des trois enfants qui survivaient. La veuve se voyait attribuer, sur une portion des biens du testateur, une rente à vie ; le reste devait se partager entre Andrew et Selina, deux tiers au frère, un tiers à la sœur. A la mort de la mère, les capitaux sur lesquels son revenu était assigné devaient être transmis à Andrew et à Selina, dans les mêmes proportions que précédemment, mais sous déduction de cinq mille livres sterling, qui seraient payées à Michael, comme le seul legs de l'implacable père à son fils aîné.

» Pour tout chiffrer, les biens de Mr. Vanstone, partagés selon les dispositions du testament, donnaient les résultats suivants : avant la mort de la mère, Andrew recevait soixante-dix mille livres sterling, Selina trente-cinq mille, et Michael… rien. Après la mort de la mère, Michael recevait cinq mille livres, à mettre en regard de l'héritage d'Andrew, montant alors à cent mille livres, et de celui de Selina, porté à cinquante mille. Ne vous imaginez pas que j'insiste inutilement sur cette portion de mon récit. Chacune des paroles que je prononce a un rapport direct avec les intérêts encore en suspens des filles de Mr. Vanstone. Puisque, des événements passés, nous allons en venir aux circonstances actuelles, veuillez ne pas oublier cette effroyable inégalité entre l'héritage de Michael et l'héritage d'Andrew. Le mal produit par le testament, lequel fut une œuvre de vengeance, n'est pas encore à son terme, du moins en ai-je peur.

» La première impulsion d'Andrew quand il reçut les communications que j'avais à lui faire fut digne de sa nature ouverte et généreuse. Il proposa aussitôt de partager avec son frère aîné l'héritage paternel. Mais déjà un obstacle sérieux s'y opposait. Une lettre de Michael attendait Andrew dans mes bureaux, et cette lettre l'accusait formellement d'avoir fomenté entre son père et son frère aîné la désunion dont ce dernier portait la peine. Les efforts qu'Andrew avait faits, sans beaucoup d'adresse, je l'avoue, mais, je le sais, dans les intentions les meilleures et les plus pures, afin de raccommoder les choses avant son départ, étaient présentés sous le jour le plus faux et servaient à étayer une accusation de trahison et de mensonge, bien faite pour piquer au vif l'homme le moins susceptible. Andrew comprenait, comme je le comprenais moi-même, que si ces imputations n'étaient pas retirées avant qu'il eût pu faire exécuter les généreuses intentions qu'il avait envers son frère, la justice conclurait au bien-fondé des accusations de ce dernier. Il écrivit à son frère dans les termes les plus conciliants. La réponse qu'il reçut fut aussi offensante qu'elle pouvait l'être. Michael avait hérité du caractère paternel, moins les qualités qui en atténuaient les côtés fâcheux. Sa seconde lettre réitérait les accusations renfermées dans la première. Il y déclarait qu'il accepterait le partage offert, seulement à titre d'expiation et de restitution. J'écrivis ensuite à la mère pour la prier d'user de son influence. Elle-même se croyait lésée de n'avoir que des droits viagers sur la propriété de son mari, aussi se mit-elle résolument du côté de Michael, censurant avec amertume la proposition d'Andrew, qui voulait, disait-elle, « payer le fils aîné pour lui faire rétracter une accusation à laquelle il n'avait pas cessé de croire ». Après ce dernier échec, il n'y avait plus moyen de s'entendre. Michael se retira sur le continent, et sa mère l'y suivit. Elle vécut assez longtemps et put suffisamment épargner sur ses revenus pour qu'à sa mort les cinq mille livres que son fils aîné avait déjà reçues se fussent notablement accrues. Du reste, sa situation financière s'était déjà fort améliorée grâce à un mariage avantageux. Pour l'heure, il achève ses jours, soit en France, soit en Suisse, resté veuf avec un fils unique… Nous reviendrons à lui dans quelques instants. Il me suffira, d'ici là, de vous dire que les deux frères ne se sont jamais rencontrés depuis lors, et que, même par écrit, ils n'ont jamais communiqué l'un avec l'autre. De ce lointain passé au temps actuel, et à tous égards, ils sont restés morts l'un pour l'autre.

» Vous pouvez, maintenant, apprécier la position d'Andrew après qu'il eut quitté son état et fut revenu en Angleterre. Mis en possession d'une grande fortune, il était seul au monde. A peine arrivé dans la vie, il voyait son avenir brisé à jamais ; sa mère et son frère brouillés avec lui ; sa sœur, mariée depuis peu, avec des intérêts et des espérances dans lesquels il n'avait aucune part. Des hommes doués d'autres facultés mentales auraient pu trouver dans quelque absorption intellectuelle le contrepoids d'une situation pareille. Andrew n'était pas capable d'un tel effort ; tout ce qu'il avait de puissance gisait précisément dans ces dispositions aimantes qu'il avait jusqu'alors si mal employées. Sa place dans le monde était celle du chef de famille, auprès d'un foyer paisible, pourvu d'une femme, d'enfants qui lui fissent une vie heureuse ; et cette place, il l'avait à jamais perdue. Regarder en arrière était plus qu'il n'osait ; regarder devant lui était plus qu'il ne pouvait. De pur désespoir, il laissa son impétueuse jeunesse l'entraîner au gré de ses caprices, et il se plongea dans les plus viles dissipations de la vie londonienne.

» La perfidie d'une femme l'avait poussé à sa ruine, l'affection d'une femme allait être son salut, et l'arrêta au bord de la déchéance. Parlons d'elle avec indulgence, car nous l'avons placée hier à côté de lui, dans la même tombe.

» Vous qui avez connu Mrs. Vanstone seulement dans ses dernières années, lorsque déjà la maladie, les chagrins, les secrets soucis l'avaient changée, attristée, vous ne pouvez vous faire une exacte idée du charme de sa personne et de son caractère, alors qu'elle était une jeune fille de dix-sept ans. J'étais avec Andrew quand il la rencontra pour la première fois. J'avais essayé de l'enlever, du moins pour une nuit, à d'indignes compagnons, à d'avilissants plaisirs, en l'emmenant avec moi au bal donné par une des grandes compagnies de la City. Ce fut là qu'ils se virent : elle produisit sur lui, dès le premier moment, une très vive impression. Elle m'était, comme à lui, totalement inconnue. Il se fit présenter, selon l'usage, et apprit ainsi qu'elle était la fille d'un certain Mr. Blake. Le reste, elle le lui dit elle-même ; ils dansèrent ensemble toute la soirée, perdus dans la foule qui encombrait cette salle de bal.

» Le mauvais sort s'était toujours acharné sur elle. Elle était malheureuse chez elle. Ni sa famille ni ses amis n'occupaient dans le monde une position enviable ; c'étaient des gens mesquins et équivoques, à tous égards indignes d'elle. Ce bal était le premier où elle fût venue ; pour la première fois, elle rencontrait un homme qui eût l'éducation, les manières, le langage d'un gentleman. Sont-ce là des excuses que je n'aie pas le droit de faire valoir en sa faveur ? Non, à coup sûr, si nous gardons quelque humaine compassion pour les faiblesses humaines !

» Le hasard de cette rencontre nocturne décida de leur avenir. Quand ils se furent retrouvés mainte et mainte fois, quand l'aveu de sa tendresse eut échappé à la jeune fille, Andrew, fort innocemment et à son insu, prit de tous les partis le plus périlleux pour l'un comme pour l'autre. Sa franchise, sa manière d'entendre l'honneur, lui interdisaient de la tromper. Il lui ouvrit son cœur et lui fit connaître la vérité tout entière. C'était une jeune fille généreuse, au cœur plein d'élan ; elle n'avait pas, pour la retenir, de liens familiaux assez forts ; elle était passionnément éprise de lui, et il avait fait à sa pitié cet appel qui est – ceci soit l'éternel honneur des femmes – le plus irrésistible de tous ceux qu'on leur puisse adresser. Elle voyait (et à cet égard voyait juste) qu'elle seule pouvait se placer entre lui et l'abîme. De la décision qu'elle allait prendre dépendait la dernière chance qu'il eût encore. Elle se décida ; il fut sauvé.

» Ne vous méprenez point sur mes paroles : ne m'accusez pas de traiter légèrement la grave question sociale que mon récit m'a contraint d'aborder. Je ne veux défendre la mémoire de cette femme par aucun paradoxe ; je veux tout simplement dire ce qui est. Or, il est vrai qu'elle arrachait ce jeune homme à des excès insensés, à la mort précoce par où il devait finir. Il est vrai qu'elle lui donna ce bonheur domestique que vous vous rappelez avec tant de tendresse et que lui-même se rappelait avec tant de reconnaissance que, le lendemain même du jour où il se vit libre, il fit d'elle son épouse. La morale peut ici revendiquer ses droits et condamner la chute originelle de cette femme. Mais, véritablement, ou j'ai bien mal lu les saintes écritures, ou je ne me trompe pas en affirmant que la pitié chrétienne peut adoucir la sentence portée contre elle, que la charité chrétienne peut réhabiliter sa mémoire, en invoquant sa tendresse et sa fidélité, les souffrances et l'abnégation qui ont été le lot de toute sa vie.

» Peu de mots encore vont nous amener à une période plus récente et à des événements auxquels vous avez assisté.

» Je n'ai pas besoin de vous rappeler que la position dans laquelle Mr. Vanstone se trouvait désormais placé ne pouvait, à la longue, avoir qu'un seul résultat : la découverte inévitable de la vérité. On essaya bien de cacher à la famille de Miss Blake le malheur sans espoir qui pesait sur sa vie ; mais, comme cela devait être, ces tentatives échouèrent devant les recherches sans fin ni trêve auxquelles se livrèrent le père et les amis de la jeune fille. Je ne sais ce qui fût arrivé si toute cette parenté eût fait partie de ce que nous appelons « les personnes respectables ». Telles qu'étaient les choses, il y avait matière à une sorte de compromis. L'unique membre de la famille qui survive encore maintenant est un drôle qui s'intitule le capitaine Wragge. Lorsque je vous aurai dit que, jusqu'à la fin, il sut extorquer de Mrs. Vanstone le prix du silence qu'il gardait, et lorsque j'ajouterai que sa conduite fut à peu près celle de tous les autres parents, aussi longtemps qu'ils vécurent, vous comprendrez à quelle espèce d'individus j'eus à faire dans l'intérêt de mon client, et par quels moyens fut apaisée l'indignation dont ils se targuaient.

» Mr. Vanstone et Miss Blake qui avaient passé d'Angleterre en Irlande y demeurèrent quelques années. Si jeune qu'elle fût, celle-ci envisageait sans fléchir et sa position nouvelle et les nécessités qui en dérivaient. Une fois résolue à sacrifier sa vie à l'homme qu'elle aimait, une fois sa conscience calmée par cette idée que le mariage d'Andrew n'était qu'un simulacre légal, et qu'elle seule demeurait sa « vraie femme aux regards de Dieu », elle s'appliqua, dès le départ, à vivre avec lui, aux yeux du monde, de manière à ne jamais laisser soupçonner qu'elle ne fût point son épouse légitime. Il est peu de femmes, en vérité, qui ne sachent arrêter de fermes résolutions, les conduire avec patience et agir avec promptitude, quand les plus chers intérêts de leur existence sont en jeu. Mrs. Vanstone – qui maintenant, ne l'oubliez pas, a droit à ce nom –, Mrs. Vanstone possédait plus que la plupart de ses semblables cette ténacité et ce tact féminins : aussi, dès ces premiers temps, sut-elle prendre toutes les précautions auxquelles son mari n'eût pas songé à recourir et que son imagination peu fertile n'aurait pas aisément inventées ; ces précautions furent pour beaucoup dans le secret si fidèlement conservé par la suite.

» Grâce à elles, ils revinrent en Angleterre sans inspirer même l'ombre d'un soupçon. Ils s'établirent tout d'abord dans le comté de Devon, simplement parce qu'ils se trouvaient là suffisamment éloignés de ces districts du Nord où l'on connaissait la famille et les relations de Mr. Vanstone. Des parents qui lui restaient, il n'avait à redouter aucune investigation. Il était complètement brouillé avec sa mère et son frère aîné. Le mari de sa sœur (un ecclésiastique) avait interdit à celle-ci toutes communications avec Andrew, dès l'époque où il avait commencé à mener la déplorable existence dont je vous parlais, après son retour du Canada. Il n'avait pas d'autres parents. Quand ils quittèrent le Devonshire, lui et Miss Blake, ce fut pour venir s'établir dans cette demeure. Ils ne semblaient pas vouloir éviter les regards : ils ne les attiraient pas davantage, trouvant le bonheur en eux-mêmes, dans leurs enfants, dans le calme de la vie rurale, n'inspirant aucun soupçon au petit nombre de voisins qui formaient le cercle restreint de leurs relations, et qui, tous, les prenaient pour ce qu'ils paraissaient être. Bref, pour eux comme pour beaucoup d'autres, la vérité devait rester sous le boisseau jusqu'à ce qu'un accident la fît éclore au jour.

» Si, dans l'étroite intimité où ils vous ont admise, il peut vous sembler étrange que jamais ils ne se soient trahis, veuillez peser toutes les circonstances, et vous comprendrez cette anomalie apparente. Rappelez-vous qu'à tous égards, pendant les quinze ans qui précédèrent votre entrée dans la famille, ils avaient vécu comme mari et femme (le sacrement religieux en moins), et songez, en même temps, qu'aucun incident ne vint troubler le bonheur actuel de Mr. Vanstone, lui rappeler le passé, le mettre en garde contre l'avenir, jusqu'à ce que lui parvînt la nouvelle de la mort de sa femme, dans cette lettre d'Amérique que vous lui vîtes remettre.

» A dater de cette journée, où un passé qu'il abhorrait se rappela à sa mémoire, où elle put compter sur un avenir qu'elle n'avait jamais osé rêver, vous verrez bientôt, si vous ne l'avez déjà vu, qu'à mainte et mainte reprise, ils se trahirent tous deux. Vous verrez que vous et les enfants auriez pu facilement découvrir la vérité. Seule votre confiance innocente et celle des jeunes filles interdirent que la vérité se fît jour.

» Vous connaissez maintenant aussi bien que moi ce passé si triste. J'ai eu de pénibles paroles à prononcer, Dieu m'est témoin que je les ai dites avec une vraie sympathie pour les vivants, avec de sincères égards pour la mémoire des morts.

Mr. Pendril s'arrêta, détourna un peu son visage, et appuya sa tête dans sa main avec les allures calmes et peu démonstratives qui lui étaient naturelles. Jusque-là, Miss Garth n'avait interrompu son récit que par quelques mots çà et là jetés, ou par quelques gestes qui témoignaient de son attention. Elle ne faisait aucun effort pour comprimer ses larmes ; aussi tombaient-elles, rapides et silencieuses, sur ses joues flétries, quand elle leva les yeux pour lui parler :

– Je vous ai mal jugé, monsieur, dans le secret de mes pensées, dit-elle avec une noble simplicité. Je sais maintenant qui vous êtes. Laissez-moi prendre votre main dans la mienne.

Ces mots et le geste qui les accompagnait touchèrent profondément l'avocat. Il prit sa main sans rien dire. Elle fut la première à parler, la première à donner l'exemple de l'empire sur soi-même. Entre autres nobles instincts des femmes, remarquons que rien ne les incite puissamment à lutter contre leur propre douleur comme l'aspect d'une tristesse virile. Elle sécha paisiblement ses larmes et, rapprochant son fauteuil de celui de l'avocat, elle reprit la parole avec plus de sang-froid :

– Ce qui s'est passé dans cette maison m'a singulièrement ébranlée, monsieur Pendril ; sans cela, j'aurais mieux supporté que je ne l'ai fait le triste fardeau de vos révélations. Me permettrez-vous une question, une seule ? Mon cœur saigne pour ces enfants qui sont tout mon amour, qui sont plus que jamais mes propres filles, à présent. N'est-il pour elles aucun espoir d'avenir ? N'ont-elles d'autre perspective que celle d'une misère complète ?

Avant de répondre à cette question, l'avocat sembla hésiter.

– Désormais du moins, dit-il, leur sort dépend de la justice et de la miséricorde d'un étranger.

– Et cela, à cause du malheur de leur naissance ?

– Non, à cause des malheurs qui ont suivi le mariage de leurs parents.

En lui adressant cette surprenante réponse, Mr. Pendril se leva, ramassa le testament, et le replaça sur la table :

– Je n'ai qu'une manière nette de vous expliquer la vérité, reprit-il. Le mariage a détruit ce testament, et il a laissé les filles de Mr. Vanstone à la merci de leur oncle.

Comme il parlait, la brise vint de nouveau frémir autour des arbustes qui garnissaient le dessous de la fenêtre.

– A la merci de leur oncle ? répéta Miss Garth.

Elle réfléchit ensuite un moment et, posant tout à coup sa main sur le bras de Mr. Pendril :

– Pas à la merci de Michael Vanstone ?

– Si fait ! De Michael Vanstone.

La main de Miss Garth resta machinalement crispée sur le bras de l'avocat. Son âme tout entière s'absorbait dans l'idée qui venait si soudainement de se révéler à elle.

– A la merci de Michael Vanstone, fit-elle. A la merci de l'homme le plus hostile à leur père ! Comment cela peut-il être ?

– Veuillez m'accorder encore quelques minutes d'attention, dit Mr. Pendril, et vous le saurez… Plus tôt j'en aurai fini avec ce pénible entretien, plus tôt il me sera loisir d'entrer en communication avec Mr. Michael Vanstone, et plus tôt nous apprendrons ce qu'il décide relativement aux deux orphelines, filles de son frère. Je vous répète qu'elles sont absolument à sa merci. Vous comprendrez facilement comment et pourquoi, si nous reprenons la série des événements au point même où nous l'avons laissée, à l'époque du mariage de Mr. et Mrs. Vanstone…

– Un instant, monsieur, dit Miss Garth. Étiez-vous dans le secret de ce mariage lorsqu'il a eu lieu ?

– Malheureusement non. J'étais alors absent de Londres, et hors d'Angleterre. Si Mr. Vanstone avait pu se mettre en rapport avec moi quand la dépêche américaine vint lui annoncer la mort de sa femme, le sort de ses filles ne serait pas maintenant compromis comme il l'est.

Il se tut et, avant de passer à d'autres explications, parcourut encore les lettres qu'il avait consultées au début de l'entretien. Parmi elles, il en choisit une qu'il plaça sur la table auprès de lui.

– Au commencement de la présente année, reprit-il, une affaire très grave concernant un domaine possédé dans les Indes Occidentales par un de mes vieux amis et clients exigeait ma présence à la Jamaïque, ou celle d'un de mes deux associés. L'un d'eux était indispensable à nos affaires anglaises; l'autre n'était pas d'une santé à supporter le voyage. Je dus partir. J'écrivis à Mr. Vanstone pour lui dire que je quitterais l'Angleterre à la fin de février, et que la nature de l'affaire qui m'appelait me laissait peu d'espoir de revenir des Indes avant le mois de juin. Ma lettre fut écrite sans aucun motif spécial. Je trouvais seulement convenable, mes associés n'étant pas comme moi au courant des affaires particulières de Mr. Vanstone, qu'il fût averti de mon absence, par manière de forme, et aussi par précaution. A la fin de février, je quittai donc l'Angleterre sans avoir entendu parler de lui. J'étais en mer, le 4 mars, quand lui arriva la nouvelle que sa femme était morte, et je ne suis revenu que vers le milieu de juin dernier.

– Vous l'aviez averti de votre départ, interrompit Miss Garth; ne l'avez-vous pas prévenu de votre retour?

– Pas directement. Mon premier clerc lui fit passer une des circulaires expédiées de divers côtés pour annoncer que j'étais revenu. Je croyais pouvoir ainsi me dispenser d'une lettre personnelle que d'innombrables tâches, accumulées pendant mon absence, ne me laissaient pas le loisir d'écrire. Ce n'est qu'après un mois que j'ai appris le mariage par cette lettre qu'il m'a écrite le jour même du fatal accident. Ce qui avait motivé cette lettre était un événement auquel vous avez dû prendre quelque intérêt, à savoir l'attachement qui s'était formé entre le fils de Mr. Clare et la fille cadette de Mr. Vanstone.

– Je ne puis dissimuler que je n'étais pas favorablement disposée envers cet attachement, répondit Miss Garth. J'ignorais alors les secrets de la famille; j'y vois plus clair, à présent.

– Précisément. Le motif que vous pouvez maintenant apprécier est justement celui qui explique tout. La jeune personne elle-même (je le tiens de Mr. Clare père, à qui je dois de savoir en détail ce qui s'est passé), la jeune personne fit à son père l'aveu de l'amour qu'elle éprouvait et, sans le savoir, par une allusion fortuite au passé paternel raviva la plaie encore sanglante. Andrew eut une longue conversation avec Mrs. Vanstone, et ils tombèrent d'accord sur le fait que Mr. Clare devait être secrètement informé de la vérité avant qu'on donnât loisir aux deux jeunes gens de s'aimer. Pour le mari comme pour la femme, il était excessivement dur d'en être réduit à cette décision. Mais ils étaient décidés, honorablement décidés, à faire le sacrifice de leurs réticences, et Mr. Vanstone se rendit immédiatement chez Mr. Clare. Vous dûtes remarquer un changement notable, ce jour-là, dans l'attitude de Mr. Vanstone, et vous pouvez maintenant comprendre pourquoi.

Miss Garth inclina la tête, et Mr. Pendril continua.

– Vous connaissez assez le mépris que professe Mr. Clare à l'endroit de tous les préjugés sociaux pour deviner comment il reçut la confession que son voisin lui apportait. Cinq minutes après le commencement de leur conférence, les deux vieux amis étaient tout aussi à leur aise que jamais. Dans le cours de la conversation, Mr. Vanstone parla des arrangements pécuniaires qu'il avait pris au profit de sa fille et de son futur mari ; naturellement, il en vint à mentionner ce testament que vous voyez là, sur cette table. Mr. Clare, se rappelant que son ami ne s'était marié qu'au mois de mars dernier, lui demanda tout aussitôt à quelle époque ce testament avait été dressé. Ayant appris qu'il remontait à cinq ans, il étonna fort Mr. Vanstone en lui disant, sans le moindre détour, qu'aux yeux de la loi, ce document n'était qu'un chiffon de papier dépourvu de toute valeur. Comme tant d'autres personnes, notre ami ignorait jusqu'alors que le mariage d'un homme, considéré par la loi aussi bien que par la société comme le plus important événement de sa vie, annihile tous les testaments qu'il a pu faire au temps de son célibat, et que cet acte essentiel lui impose la nécessité absolue de renouveler l'expression de ses dernières volontés, comme époux, cette fois, et se sachant promis à une paternité future. Mr. Vanstone parut accablé par le simple énoncé de cette règle élémentaire. Déclarant à son ami qu'il lui avait une obligation dont il se souviendrait jusqu'au jour de sa mort, il quitta aussitôt le cottage, revint immédiatement chez lui, et m'écrivit cette lettre.

Il tendait la lettre ouverte à Miss Garth. A bout de larmes, muette de douleur, elle lut ces mots :

Mon cher Pendril,

Depuis notre dernier échange de lettres, un changement extraordinaire est survenu dans mon existence. Une semaine environ après votre départ, j'ai reçu d'Amérique la nouvelle que j'étais libre. Est-il besoin que je vous dise l'usage que j'ai fait de ma liberté ? Ne devinez-vous pas que la mère de mes enfants est désormais ma femme ?

Si vous êtes surpris de n'avoir reçu de moi aucun signe de vie depuis votre retour, attribuez mon silence, en grande partie et peut-être tout à fait, à ce que j'ignorais absolument la nécessité légale où je me trouve de renouveler mon testament. Il n'y a pas une demi-heure que, pour la première fois (dans des circonstances dont je vous ferai part), j'ai eu là-dessus le bonheur d'être averti par Mr. Clare.

Mon silence s'explique en outre aussi par des anxiétés de famille. Ma femme approche du moment de ses couches. Pour ajouter à ce grave sujet d'inquiétude, ma seconde fille vient de me demander de la fiancer. Tout ceci a tellement occupé mes pensées dans les quelques semaines écoulées depuis votre retour que, jusqu'à mon entretien d'aujourd'hui avec Mr. Clare, je n'ai pas même songé à vous écrire. Maintenant que j'ai mon testament à refaire, je prends la plume sans le moindre retard. Pour l'amour de Dieu, venez me trouver dès que vous aurez reçu ce mot. Venez m'ôter cette terrible pensée qu'à ce moment même l'avenir de mes deux filles bien-aimées se trouve sans garanties. S'il m'arrivait malheur, et si mon désir d'être juste envers leur mère aboutissait (par suite de ma misérable ignorance en matière de droit) à déshériter Norah et Magdalen, je doute que je puisse reposer tranquille au fond de mon cercueil ! Venez, toutes affaires cessantes, venez trouver votre affectionné

A. V.

– Ces lignes me sont parvenues le samedi matin, reprit Mr. Pendril. Laissant de côté toute autre affaire, je me suis fait conduire au train. A la gare de Londres, j'ai appris les premières nouvelles de l'accident qui avait eu lieu la veille. Elles ne s'accordaient ni sur le nombre ni sur les noms des passagers tués. A Bristol, les informations étaient plus certaines, et la terrible vérité qui concernait Mr. Vanstone m'a été confirmée ; j'ai eu le temps de me remettre avant d'arriver à votre station, où j'ai trouvé le fils Clare attendant mon arrivée. Il m'a conduit chez son père et là, sans perdre un moment, j'ai dressé pour Mrs. Vanstone une formule de testament que sa simple signature aurait validé. Mon but était d'assurer à ses filles tout ce qu'on pouvait sauver encore du naufrage. Mr. Vanstone étant mort *ab intestat*, un tiers de sa fortune devait aller à sa veuve et le reste être partagé entre ses plus proches parents. C'est une particularité cruelle de la loi britannique de ne point permettre que l'union ultérieure des parents légitime les enfants nés en dehors du mariage. Les filles de Mr. Vanstone, dans les circonstances où leur père était mort, n'avaient pas plus de droit à une part de sa fortune que si elles eussent été les filles d'un des laboureurs à son service. Leur unique chance était que leur mère pût recouvrer assez sa connaissance pour leur laisser, au cas où elle mourrait à son tour, le tiers qui lui incombait. Vous savez maintenant pourquoi je sollicitais de vous cette entrevue, pourquoi j'attendais jour et nuit le signe qui m'appellerait auprès de la malade. C'est à regret, je vous assure, que j'ai répondu à votre billet et aux questions qu'il renfermait dans les termes que je me suis vu forcé d'employer. Mais tant qu'il y avait chance de sauver la vie de Mrs. Vanstone, le secret de son mariage était à elle et non pas à moi ; je ne pouvais le révéler sans manquer à toutes les lois de la délicatesse.

– Vous avez eu raison, monsieur, dit Miss Garth. Je comprends vos motifs, et je les respecte.

– Cette dernière tentative pour assurer l'avenir des enfants, continua Mr. Pendril, devait échouer, comme vous le savez, devant le mal dangereux qui emportait Mrs. Vanstone. Sa mort laissait l'enfant qui lui survécut à peine quelques heures (fruit, ne l'oubliez pas, d'une union légitime), elle le laissait, dis-je, possesseur légal de toute la fortune de Mr. Vanstone. A la mort de l'enfant – eût-il survécu à sa mère de quelques secondes au lieu de quelques heures, le résultat aurait été le même – le plus proche parent légitime devenait l'héritier, et ce plus proche parent se trouvait être l'oncle de l'enfant dans la lignée paternelle, c'est-à-dire Michael Vanstone. Toute cette fortune de quatre-vingt mille livres sterling est déjà virtuellement sa propriété.

– N'y a-t-il donc point d'autres parents, demanda Miss Garth… N'y a-t-il rien à espérer de personne d'autre ?

– Aucun parent dont les droits aillent de pair avec ceux de Michael Vanstone. Il n'y a plus, dans les deux lignes paternelle et maternelle, ni grands-pères ni grand-mères de l'enfant défunt. Ceci était, d'ailleurs, peu probable, vu l'âge auquel sont morts Mr. et Mrs. Vanstone, mais ce qu'on peut véritablement regretter, c'est qu'il ne survive ni oncles ni tantes. Il existe des cousins encore vivants ; un fils et deux filles de cette sœur aînée de Mr. Vanstone, qui avait épousé l'archidiacre Bartram, et qui est morte, comme je vous l'ai dit, il y a quelques années. Mais leurs droits sont annulés par ceux d'une parenté plus proche. Non, mademoiselle Garth, il faut envisager courageusement les choses comme elles sont. Les filles de Mr. Vanstone ne sont les enfants de personne, et la loi les abandonne, sans protection, à la merci de leur oncle.

– Loi cruelle, monsieur Pendril, terriblement cruelle pour un pays chrétien !

– Si cruelle qu'elle soit, mademoiselle Garth, elle trouve son excuse, pour le cas qui nous occupe, dans une particularité frappante. Je suis loin de me porter le champion de la loi anglaise, dans la manière dont elle règle le sort de la postérité illégitime. Au contraire, je la regarde comme un déshonneur national. Elle punit les enfants de la faute commise par ceux qui leur donnèrent le jour ; elle encourage le vice, en privant les parents du plus puissant mobile qui puisse les pousser à un mariage expiratoire ; et c'est au nom de la morale, au nom de la religion, qu'elle revendique ces deux résultats abominables. Mais, en ce qui concerne ces malheureuses jeunes filles, elles ne se trouvent victimes d'aucune oppression extraordinaire. La législation d'autres pays, plus clémente et plus chrétienne, qui permet aux père et mère de légitimer leurs enfants par un mariage contracté après leur naissance, n'a point de pitié pour celles qui nous occupent. Par cela seul que leur père était marié quand il a, pour la première fois, établi des rapports avec leur mère, elles se trouvent au ban de la société tout entière, au ban de la législation civile dans toute l'Europe. Je vous dis là des vérités bien dures ; à quoi bon vous les cacher ? Si nous n'envisageons que le passé, nulle espérance à concevoir : si nous jetons les yeux vers l'avenir, peut-être y a-t-il encore quelque motif d'espérer. Le plus grand service que je puisse maintenant vous rendre est d'abréger le délai pendant lequel toutes ces choses resteront en suspens. Dans moins d'une heure, je serai en route pour rentrer à Londres. Immédiatement après mon arrivée, je chercherai, je trouverai les plus prompts moyens de rentrer en communication avec Mr. Michael Vanstone et vous ferai connaître les résultats de cette démarche. Si triste que soit maintenant la position des deux sœurs, il faut la voir sous ses meilleurs aspects ; il faut tâcher de ne pas perdre toute espérance.

– Quelle espérance ? répéta Miss Garth. Qu'espérer de Mr. Michael Vanstone ?

– Espérons pourtant. Si ce n'est la pitié, le temps peut-être aura quelque influence sur lui. Comme je vous l'ai déjà dit, c'est maintenant un vieillard ; il ne peut, selon le cours naturel des choses, espérer vivre longtemps. S'il se reporte à l'époque où la discorde s'est mise entre lui et son frère, il verra que trente années l'en séparent. Il y là de quoi calmer, adoucir la rancune la plus acharnée ; et puis, si rien d'autre ne devait l'émouvoir, sera-t-il insensible, quand il les connaîtra, aux douloureuses circonstances par suite desquelles cette fortune imprévue lui échoit tout à coup ?

– Je tâcherai, monsieur Pendril, de conformer mes pensées aux vôtres ; je tâcherai de garder quelque espérance… Attendrons-nous longtemps avant de connaître la décision qui nous menace ?

– Je ne crois pas. De mon côté, nul autre délai que le temps nécessaire pour découvrir la résidence de Michael Vanstone sur le continent. Je crois avoir les moyens de résoudre promptement cette difficulté ; je les emploierai dès mon arrivée à Londres.

Il prit son chapeau et revint ensuite vers la table, sur laquelle se trouvaient, l'un près de l'autre, la dernière lettre du malheureux père et son testament désormais inutile. Après un moment de réflexion, il plaça ces deux documents entre les mains de Miss Garth.

– Ceci pourra servir aux tristes révélations que vous allez avoir à faire, dit-il avec son calme quelque peu contraint. La vérité sera moins dure à ces pauvres orphelines, quand elles verront dans quels termes leur père parlait d'elles dans son testament, quand elles liront cette lettre qu'il m'adressait, la dernière qu'il ait écrite. Laissons ces papiers leur apprendre que leur père n'eut jamais qu'une idée, celle d'expier le tort dont ses enfants pouvaient être victimes. « Peut-être songeront-elles avec amertume à leur naissance, me disait-il quand nous rédigeâmes ensemble cet acte inutile. Mais mon souvenir, du moins, ne leur sera pas amer… Jamais je ne les chagrinerai en rien. Elles n'éprouveront aucune tristesse que je leur puisse épargner, aucun besoin que je puisse satisfaire. » Il me fit insérer ces mots dans son testament comme une espèce d'apologie destinée à le justifier lorsque la vérité, cachée à ses enfants de son vivant, leur serait relevée après sa mort. Il n'est heureusement pas de loi qui ôte à ses filles ce legs de repentir et d'amour. Je vous laisse donc le testament et la lettre, qui peuvent vous être d'un grand secours. Je confie à vos soins ces deux précieux documents.

Il vit combien ces affectueuses paroles allaient au cœur de la gouvernante et, par délicatesse, il hâta ses adieux. Il prit la main de Miss Garth dans les siennes et murmura, sans trop de suite, quelques paroles reconnaissantes.

– Comptez que je ferai de mon mieux, dit-il.

Et, se détournant avec une soudaineté compatissante, il la quitta. En plein et joyeux soleil, il était venu révéler toutes ces vérités fatales ; en plein et joyeux soleil, il se retirait.

XIV

Il était près d'une heure de l'après-midi lorsque Mr. Pendril quitta la maison. Miss Garth, restée seule, s'assit devant la table et tâcha de regarder en face les terribles nécessités auxquelles la condamnaient ces révélations.

A cet effort, sa fermeté d'âme ne pouvait suffire. Aussi voulut-elle s'y soustraire un instant, perdre le sentiment de sa position, échapper à ses pensées, ne fût-ce que quelques minutes. Puis elle ouvrit enfin la lettre de Mr. Vanstone et se contraignit à la relire d'un bout à l'autre.

Une à une, les dernières paroles du mort s'imposaient de plus en plus à son attention. La solitude où elle se trouvait, le silence que rien ne venait interrompre, aidaient ces mots à pénétrer son esprit, et ouvraient précisément celui-ci aux impressions passées et présentes qu'elle désirait le plus écarter. Arrivée aux tristes lignes qui terminaient la lettre, elle se trouva, par une pente insensible, et d'abord sans en avoir conscience, reprendre anneau par anneau la chaîne fatale des événements, et remonter ainsi jusqu'à leur origine, le mariage projeté entre Magdalen et Francis Clare.

C'était en vue de ce mariage que Mr. Vanstone était allé trouver son vieil ami, lui faire un aveu auquel, sans cela, il n'aurait jamais pu se résoudre. De là cette découverte qui l'avait fait rentrer chez lui pour y mander l'avocat. Cet appel à bref délai avait ensuite déterminé ce départ du vendredi, qui devait avoir lieu le samedi ; et c'était le vendredi qu'avait eu lieu le fatal accident, c'était le vendredi qu'il était allé au-devant de la mort. De sa mort était résultée cette seconde perte qui avait porté la désolation dans la maison; de la mort de Mrs. Vanstone, la déplorable situation des deux jeunes filles dont l'heureux avenir était son plus cher souci; la révélation du secret qui, ce matin même, l'avait écrasée; la révélation plus terrible encore que, maintenant, elle avait à faire aux deux sœurs orphelines. Pour la première fois, elle embrassait du même coup d'œil la série entière des événements; elle la voyait aussi nettement que l'azur du ciel sans nuages et le vert splendide des arbres qu'il éclairait devant elle.

Comment, à quel moment leur parlerait-elle? Qui oserait, une semaine après la mort de leur père et de leur mère, venir leur révéler la flétrissure de leur naissance? Qui oserait prononcer ces effrayantes paroles, tandis que les premières larmes n'étaient pas encore séchées sur leurs joues, tandis que la première angoisse de la séparation avait encore sur leurs âmes sa prise la plus forte, tandis que le souvenir des funérailles ne datait pas de vingt-quatre heures. A coup sûr, ce ne serait pas la dernière amie qui leur restât, ce ne serait pas cette femme fidèle dont le cœur saignait à la pensée de leurs malheurs... Non! coûte que coûte, il fallait se taire pour le moment, se taire encore, par pitié, pendant bien des jours!

Elle quitta le cabinet, emportant le testament et la lettre, et dominée par ce sentiment de compassion qui scellait ses lèvres et lui fermait les yeux sur l'avenir. Dans le vestibule, elle s'arrêta, elle écouta. Pas un bruit ne vint à son oreille. Elle monta doucement l'escalier et, regagnant sa chambre, passa devant la porte de Norah. Derrière cette porte, elle entendit des voix, les voix des deux sœurs. Après un moment de réflexion, elle s'arrêta, et, revenant sur ses pas, redescendit vivement l'escalier.

Norah et Magdalen savaient toutes deux qu'elle devait conférer avec Mr. Pendril : elle avait cru indispensable de leur montrer la lettre par laquelle l'avocat fixait l'heure du rendez-vous. Devait-elle éveiller leurs soupçons en allant s'enfermer dans sa chambre aussitôt après le départ de Mr. Pendril? Sa main tremblait sur la rampe; elle sentait que sa physionomie pourrait la trahir. L'abnégation courageuse qui, jusqu'à ce jour, ne lui avait jamais manqué, avait fini par trouver une tâche au-dessus de ses forces.

A la porte du vestibule, elle réfléchit encore un moment, descendit dans le jardin, et se dirigea vers un banc et une table rustiques dressés parmi les arbres, et qu'on ne voyait pas de la maison. Jadis, elle s'était assise là, entre Mrs. Vanstone et Norah, tandis que Magdalen et les chiens couraient et jouaient sur le gazon. Maintenant, elle s'y retrouvait seule, ayant sur la table, à côté d'elle, ce testament et cette lettre dont elle n'osait plus se séparer ; sa tête s'inclinait sur ces papiers, et, cachant son visage dans ses mains, elle était bien seule, assise, cherchant à retrouver le courage qui lui manquait.

Des profondeurs obscures de l'avenir, les doutes inquiets lui venaient en foule ; elle se sentait envahie par la crainte des dangers cachés que pouvait amener prochainement son silence à l'égard de Norah et de Magdalen. Le moindre incident passager pouvait, tout à coup, révéler la vérité. Mr. Pendril pouvait écrire et s'adresser directement aux deux sœurs, supposant, à bon droit, qu'elle leur avait ouvert les yeux. Des complications nouvelles pouvaient surgir à chaque minute, des nécessités imprévues pouvaient la contraindre à quitter Combe-Raven. Elle voyait tous ces périls, et pourtant le courage cruel de tout affronter et de parler était aussi loin d'elle que jamais. Peu à peu, la lutte intérieure devint trop forte pour ne pas se manifester par quelques paroles et quelques gestes. Elle releva la tête et, frappant la table dans un mouvement de désespoir, elle s'écria :

– Dieu me vienne en aide ! Que faut-il faire ? Comment leur dirai-je tout ceci ?

– Nul besoin de leur rien dire, fit une voix derrière elle, elles savent tout.

Miss Garth se leva d'un bond. C'était Magdalen qui avait prononcé ces paroles, et qui se trouvait maintenant devant elle.

Oui, c'était là cette gracieuse taille, en vêtements de deuil, se détachant immobile et noire sur un fond de feuilles ; c'était Magdalen elle-même, mais avec un immuable repos sur son pâle visage, une résignation glaciale dans le regard fixe de ses yeux gris.

– Nous le savons déjà, répéta-t-elle d'une voix claire et posée : *Les filles de Mr. Vanstone ne sont les enfants de personne, et la loi les abandonne, sans protection, à la merci de leur oncle...*

Ce fut ainsi, sans une larme sur les joues, sans un tremblement dans la voix, qu'elle répéta les propres paroles de Mr. Pendril, exactement comme lui-même les avait prononcées. Miss Garth, foudroyée, recula d'un pas et se retint au banc. Elle se sentait étourdie et ferma les yeux sur le point de s'évanouir. Quand elle les rouvrit, le bras de Magdalen la soutenait, le souffle de Magdalen caressait ses joues, les froides lèvres de Magdalen la couvraient de baisers. Ces baisers, elle voulut s'y soustraire ; le contact des lèvres de la jeune fille la pénétrait de terreur.

Aussitôt qu'elle fut en état de parler, vint l'inévitable question :

– Vous nous avez écoutés ? demanda-t-elle. Où étiez-vous ?

– Sous la fenêtre ouverte.

– Et tout le temps ?

– Du premier mot au dernier.

Ainsi, cette jeune fille de dix-huit ans, orpheline depuis huit jours, avait surpris toutes ces terribles révélations, mot après mot, à mesure qu'elles tombaient des lèvres de l'avocat, et cela sans se trahir un instant. Tout le temps qu'avait duré cette conférence, les seuls mouvements qui lui avaient échappé avaient été assez légers, assez mesurés, pour n'éveiller d'autre idée que celle de la brise d'été agitant le feuillage.

– Ne vous forcez pas encore à parler, dit-elle avec un accent plus doux et plus ému. Ne me jetez pas ces regards soupçonneux ! Quel mal ai-je fait ? Quand Mr. Pendril demandait à vous parler de Norah et de moi, sa lettre nous donnait le choix d'assister ou non à votre entretien. Ma sœur aînée refusant d'y être présente, comment aurais-je pu m'y rendre seule. Et par quel autre moyen pouvais-je espérer savoir ce que je sais ? Mon espionnage n'a fait aucun mal, au contraire, puisqu'il vous épargne la cruelle nécessité de tout nous révéler. Vous avez déjà bien assez souffert pour nous, il est temps que nous apprenions à souffrir nous-mêmes ; j'ai appris, quant à moi... et Norah s'efforce d'apprendre.

– Norah ?

– Oui. J'ai fait ce que je pouvais pour alléger votre tâche. J'ai déjà tout dit à Norah.

Elle avait tout dit à Norah ! Cette jeune fille dont le courage n'avait pas fléchi devant une nécessité que n'osait aborder une femme assez âgée pour être sa mère, était-elle celle que Miss Garth avait élevée ? cette jeune fille, dont elle croyait connaître le caractère aussi bien qu'elle se connaissait elle-même ?

– Magdalen ! s'écria-t-elle avec un élan passionné, Magdalen, vous me faites peur !

Magdalen ne répondit que par un soupir et se détourna tristement.

– Ne me jugez pas avec trop de sévérité, dit-elle. Je ne peux pleurer. Mon cœur est comme engourdi…

Et, s'éloignant lentement, elle traversa la pelouse. Miss Garth suivait de l'œil cette grande taille mince et noire qui semblait glisser sur l'herbe et se perdit bientôt parmi les arbres. Tant qu'elle l'eut devant les yeux, elle ne put penser à rien d'autre. Mais dès que Magdalen eut disparu, l'image de Norah lui revint. Pour la première fois depuis qu'elle vivait dans l'intimité des deux sœurs, l'instinct de son cœur la poussa vers l'aînée.

Norah n'était point sortie de sa chambre. Assise sur une causeuse près de la fenêtre, elle tenait ouvert sur ses genoux le vieux cahier de musique qui avait appartenu à sa mère, ce souvenir que Mrs. Vanstone avait trouvé dans le cabinet de son mari, le jour même où son mari allait lui être enlevé. Norah le quitta des yeux avec une douleur si calme, il y eut tant de douce bienveillance dans le geste par lequel elle indiqua la place vide à côté d'elle que Miss Garth se demanda un moment si Magdalen avait dit vrai.

– Voyez ! dit simplement Norah, tournant la première page du cahier : le nom de ma mère y est écrit et, sur la page suivante, quelques vers adressés à mon père… Ceci du moins, à défaut du reste, nous pourrons bien le garder. (Elle entoura de son bras le cou de Miss Garth, et une faible coloration vint animer ses joues.) Je lis d'inquiètes pensées sur votre physionomie, murmura-t-elle. Est-ce moi qui en suis le sujet ? Vous vous demandez, peut-être, si je sais tout ? Eh bien, oui ! j'ai entendu toute la vérité. Peut-être, plus tard, m'eût-elle été amère. Il est trop tôt, maintenant, pour que j'en ressente l'atteinte. Vous avez vu Magdalen, n'est-il pas vrai ? Elle est sortie pour aller vous retrouver… Où l'avez-vous laissée ?

– Dans le jardin. Je ne me sentais en état ni de lui parler ni de la regarder en face… Magdalen m'a fait peur.

Norah se leva précipitamment ; elle se leva comme affligée et troublée par la réponse de Miss Garth.

– Ne jugez point mal Magdalen, dit-elle. Magdalen, en secret, souffre plus que moi. Ne vous attristez pas outre mesure de ce que vous avez appris ce matin à notre sujet. Qu'importe ce que nous sommes, ce que nous perdons, ce qui nous reste ? Après la perte de notre père et de notre mère, qu'avons-nous à perdre ici-bas ? C'est là,

Miss Garth, c'est là l'unique et véritable amertume. Hier, quand nous les avons mis au tombeau, quels souvenirs d'eux avions-nous ? Ceux de cette tendresse qu'ils nous avaient vouée, de cette tendresse que nous ne retrouverons jamais. Quels autres souvenirs pourrions-nous avoir aujourd'hui ? Quel changement le monde et ses lois cruelles peuvent-ils apporter à la mémoire que nous gardons du meilleur père, de la meilleure mère que jamais enfants aient eus !

Elle s'arrêta, cherchant à comprimer un retour de sa poignante douleur, et paisiblement, résolument, sut en effet la contenir :

– Voulez-vous attendre ici, dit-elle, que j'aille vous chercher Magdalen ? Magdalen a toujours été votre favorite, et je veux qu'elle le soit encore.

Elle posa doucement le cahier de musique sur les genoux de Miss Garth et quitta la chambre sans rien ajouter.

« Magdalen a toujours été votre favorite. »

Si tendrement qu'ils eussent été prononcés, ces mots avaient pris, dans l'oreille de Miss Garth, l'accent du reproche. Pour la première fois, dans le cours de cette longue intimité, elle se demanda s'il n'y avait pas quelque fatale méprise dans l'appréciation relative que faisaient des deux sœurs leur gouvernante et leur entourage.

Douze ans de suite elle avait pu étudier, jour après jour et de fort près, les caractères de ses deux élèves. Ces caractères, qu'elle s'imaginait avoir sondés dans toute leur profondeur, venaient de faire la rude expérience du chagrin. Et comment en étaient-ils sortis ? Était-ce comme le passé le lui aurait fait prévoir ? Nullement ; ce qu'elle croyait savoir recevait un démenti solennel.

Que conclure d'un tel résultat ?

Quand elle s'adressa cette question, il lui vint des pensées qui nous ont tous plus ou moins troublés, plus ou moins attristés.

Existe-t-il donc, dans tout être humain, au-dessous de ce caractère extérieur et visible, empreint et façonné par les influences sociales qui nous entourent, une disposition intérieure, invisible, qui fait partie intégrante de nous-mêmes, que l'éducation peut modifier indirectement, mais qu'il faut désespérer de changer ? La philosophie qui conteste ceci et nous déclare nés avec des dispositions semblables à des feuillets de papier blanc, n'est-elle pas la même qui méconnaît la différence irrémédiable de nos visages et qui, n'ayant jamais comparé deux enfants nouveau-nés, ignore à quel point ces enfants échappent déjà, par d'irrésistibles instincts, à la volonté de leurs mères ou de leurs nourrices ? Existe-t-il, variant à l'infini selon chaque individu, des forces innées qui nous poussent, tous tant que nous sommes, vers le Bien ou vers le Mal ? forces cachées à des profondeurs où ne sauraient atteindre ni les encouragements humains, ni la contrainte humaine, bien caché, mal caché, tous deux également à la merci de l'occasion qui les libère, de la tentation qui les provoque. De leur étroit cachot, le hasard des circonstances garde-t-il toujours la clef ? et n'est-il pas ici-bas de surveillance attentive qui nous puisse révéler à temps l'existence de ces forces prisonnières en nous-mêmes, et auxquelles cette clef peut donner issue ?

Pour la première fois, à l'état de possibilités menaçantes, des pensées analogues à celles-ci s'élevèrent comme des nuages sombres dans l'esprit de Miss Garth. Pour la première fois, elle rattacha ces possibilités à la conduite passée des sœurs orphelines, au développement de leur caractère, de leur avenir, de leurs destinées probables.

D'un doute à l'autre, d'une hypothèse à l'autre, elle cherchait sa route, analysant avec soin ces deux natures. Il se pouvait bien que jusqu'alors elle n'eût vu de Norah et de Magdalen que la surface de leur caractère ; il se pouvait bien que la réserve extrême, la discrétion peu attrayante de l'aînée, la franchise séduisante et la gaieté de la cadette dussent être plus ou moins attribuées, pour l'une et l'autre, à ces causes physiques qui œuvrent à la production de résultats moraux. Il se pouvait bien que, sous la surface ainsi formée, surface que jusqu'ici rien dans l'existence constamment heureuse, constamment unie de ces deux enfants n'était venu modifier, des forces innées et secrètement nourries fussent restées cachées, qu'allait contraindre à se manifester le premier malheur sérieux dont elles eussent reçu le choc. En était-il ainsi ? Fallait-il voir un avenir radieux de lumière sous ces sombres dehors que la réserve de Norah offrait à la vue ? un avenir triste et ténébreux sous cette superficie éblouissante qui dissimulait les défauts de Magdalen ? Si la vie de la sœur aînée devait être désormais le sol fertile où allait germer le Bien qui était en elle, la vie de la cadette allait-elle devenir un champ de bataille, où les puissances du Mal captif, une fois déchaînées, se livreraient un mortel combat ?

En face de cette conclusion terrible, Miss Garth reculait épouvantée.

Son cœur était un vrai cœur de femme. Il acceptait la conviction qui devait lui rendre Norah plus chère ; il rejetait, il repoussait le doute qui menaçait son affection pour Magdalen.

Elle se leva et d'un pas inquiet parcourut la chambre, se refusant avec une impatience irritée à toutes les pensées qui naguère encore assiégeaient son esprit. Si la force du caractère de Magdalen recouvrait des éléments dangereux, eh bien ! n'était-ce pas le devoir de la gouvernante de protéger la jeune fille contre ses propres entraînements ? Et comment avait-elle rempli ce devoir ? Elle s'était abandonnée à ses premières impressions, elle ne s'était pas donné le temps de réfléchir pour savoir si, dans cette action que Magdalen avait accomplie le matin même, et avouée franchement, il ne fallait pas voir une énergique abnégation, promettant pour l'avenir les plus grands, les plus nobles résultats. Elle avait laissé Norah faire entendre à sa sœur ces paroles de douce remontrance, ces appels sympathiques qu'elle-même eût dû prononcer la première. « Oh ! pensa-t-elle avec amertume, depuis si longtemps que je suis au monde, combien peu, jusqu'à ce jour, j'ai connu ma propre faiblesse et ma dureté de cœur ! »

La porte de la chambre se rouvrit. Norah revenait seule, comme elle était partie.

– Vous souvenez-vous d'avoir laissé quelque chose sur la petite table, à côté du banc ? demanda-t-elle d'un ton calme.

Avant que Miss Garth eût pu répondre à cette question, Norah lui tendit le testament et la lettre de son père.

– Magdalen est revenue après votre départ, lui dit-elle, et elle a trouvé ces ultimes reliques. Elle avait entendu Mr. Pendril que ce legs nous revenait, à elle et à moi. Quand je suis arrivée au jardin, elle lisait la lettre. Je n'avais plus à lui parler. Notre père lui-même se faisait entendre à elle du fond de sa tombe… Et voyez comme elle l'écoutait !

Disant ceci, elle montra la lettre. D'abondantes traces de larmes couraient encore sur les dernières lignes tracées par la main du mort.

– Ses larmes ! dit Norah d'une voix douce.

La tête de Miss Garth se pencha sur ce muet témoignage du retour de Magdalen aux meilleures inspirations de sa riche nature.

– Oh ! continua Norah, ne doutez plus jamais d'elle. Nous sommes seules à présent. Nous avons à nous frayer dans le monde une route difficile, avec toute la patience dont nous pourrons disposer. Si

Magdalen venait jamais à défaillir, à reculer, au nom de notre passé, venez-lui en aide ! Protégez-la d'elle-même !

– De tout mon cœur et de toute ma force, avec le dévouement de toute ma vie ; j'en prends à témoin le Dieu qui doit me juger un jour !

Telle fut la fervente réponse de Miss Garth. Elle prit la main que Norah lui tendait et, dans son chagrin, dans son humilité, porta cette main à ses lèvres :

– Pardonnez-moi ! Excusez mon misérable aveuglement. Je n'ai jamais su ce que vous valiez.

Norah lui imposa doucement silence avant qu'elle eût dit un mot de plus. Doucement elle murmura à son oreille.

– Descendons ensemble au jardin. Allons encourager Magdalen à la résignation que l'avenir réclame d'elle.

L'avenir ! Qui pouvait entrevoir dans ses ténèbres la moindre clarté consolante ? La figure de Michael Vanstone, cette figure de sinistre présage, arrêtait le regard, posée au seuil du présent, et masquant toute perspective ouverte au-delà.

XV

Le surlendemain, on reçut des nouvelles de Mr. Pendril. La résidence de Michael Vanstone sur le continent venait d'être découverte. Il habitait Zurich et, dès le jour où on s'était procuré ce renseignement, l'avocat y avait fait passer une lettre à son adresse. On pouvait s'attendre à recevoir la réponse dans le cours de la semaine suivante, et la substance en serait immédiatement communiquée aux dames de Combe-Raven.

Si bref qu'il fût, cet intervalle passa difficilement. Dix jours s'écoulèrent avant qu'on reçût la réponse attendue, et lorsque enfin elle arriva, il se trouva que ce n'était pas une réponse, dans le sens rigoureux du mot. Mr. Pendril était simplement renvoyé à un homme d'affaires de la capitale pourvu des instructions de Michael Vanstone. Relativement à ces instructions, certaines difficultés avaient été soulevées, d'où la nécessité d'écrire encore à Zurich. Et, pour le moment, la négociation en restait là.

Un second paragraphe, dans la lettre de Mr. Pendril, renfermait des détails entièrement nouveaux. Le fils unique de Mr. Michael Vanstone, Mr. Noël Vanstone, était récemment arrivé à Londres où il partageait le logement de son cousin, Mr. George Bartram. Des considérations professionnelles avaient engagé Mr. Pendril à lui faire une visite. Il avait été très poliment reçu par Mr. Bartram, mais ce gentleman l'avait, en même temps, informé que son cousin était pour le moment hors d'état de recevoir qui que ce fût. Mr. Noël Vanstone luttait, depuis quelques années, contre une sorte d'épuisement chronique. Il n'était revenu en Angleterre que pour prendre les conseils des médecins les plus renommés, et son voyage l'avait tellement éprouvé qu'il avait dû s'aliter. Dans de telles circonstances, Mr. Pendril n'avait évidemment qu'à prendre congé. Une conférence avec Mr. Noël Vanstone aurait pu lever quelques-unes des difficultés relatives à l'interprétation des volontés de son père. Dans l'état des choses, il n'y avait d'autre ressource que d'attendre pendant quelques jours encore.

Sept jours se passèrent, journées de solitude et d'anxiété. Enfin, une troisième lettre de l'avocat annonça la conclusion, si longtemps ajournée, de toute cette correspondance. La réponse finale était arrivée de Zurich, et Mr. Pendril viendrait en personne à Combe-Raven, dans l'après-midi du lendemain, pour en donner communication à ces dames.

Le lendemain était un mercredi, le 12 août. Dans la nuit, le temps avait changé et le soleil se leva au milieu du brouillard et des nuages. Vers midi, un voile humide était étendu sur tous les points du ciel, la température s'était sensiblement refroidie et la pluie tombait, tiède, lourde, continue, sur la terre altérée. Vers trois heures, Miss Garth et Norah vinrent attendre, dans le petit salon, l'arrivée de Mr. Pendril. Elles y furent, peu après, rejointes par Magdalen.

Une demi-heure ne s'était pas écoulée que le bruit familier du crochet de fer retombant sur son anneau leur apprit qu'on franchissait le seuil de la palissade élevée à la limite des bosquets. Mr. Pendril et Mr. Clare parurent bientôt, se donnant le bras, et abrités sous le même parapluie.

Quand ils passèrent devant les fenêtres, l'avocat salua ; Mr. Clare marchait droit devant lui, perdu dans ses pensées, ne prenant garde à quoi que ce fût.

Après un délai qui parut interminable, après que les nouveaux arrivants eurent tout à loisir essuyé sur la natte du vestibule leurs pieds humides, après un mystérieux échange de questions et de réponses, faites à voix basse derrière la porte, les deux personnages entrèrent, Mr. Clare le premier. Le vieil homme marcha droit à la table, sans aucune formule de salutation. Le regard qu'il jeta sur les trois femmes était trop clairement empreint d'une austère pitié.

– Mauvaises nouvelles, dit-il. Je n'aime pas tenir inutilement les gens dans l'incertitude, et dans des circonstances comme celles-ci, c'est bonté que d'aller droit au but. Mon intention est d'être bon et, par conséquent, je vous le dis tout net : les nouvelles sont mauvaises.

Mr. Pendril le suivait. Il échangea un serrement de main silencieux avec Miss Garth et avec les deux sœurs, puis il s'assit auprès d'elles. Mr. Clare alla se placer tout contre la fenêtre, sur un fauteuil isolé. Les grises lueurs d'un ciel pluvieux éclairaient tristement les visages de Norah et de Magdalen assises en face de lui. Miss Garth s'était placée un peu en arrière d'elles, à moitié perdue dans l'ombre ; à ses côtés, on distinguait le calme profil de l'avocat. C'est ainsi que se montraient à Mr. Clare les quatre acteurs de cette scène, tandis que lui-même s'était assis en retrait, ses longs doigts entrelacés sur son genou comme les serres d'un oiseau de proie, ses yeux noirs fixés alternativement, avec une intense curiosité, tantôt sur un visage, tantôt sur l'autre. Le bruit de la pluie sur les feuilles, le tic-tac régulier de la pendule, donnaient quelque chose d'accablant à la minute de silence qui suivit l'instant où chacune des personnes présentes fut installée à sa place. Toutes éprouvèrent un véritable soulagement lorsque Mr. Pendril prit la parole :

– Mr. Clare vous a déjà dit, commença-t-il, que je suis porteur de fâcheuses nouvelles. Vos inquiétudes, mademoiselle Garth, lors de notre dernière entrevue, étaient, je le reconnais à regret, mieux fondées que mes espérances. Ce frère aîné reste encore, en son vieil âge, ce qu'il fut dans sa jeunesse, un homme sans cœur. Habitué, comme je le suis malheureusement, à ne voir la nature humaine que sous ses pires aspects, je n'ai jamais rencontré un homme aussi absolument étranger à toute idée de pitié que l'est ce misérable Michael Vanstone.

– Devons-nous comprendre qu'il se saisit de tous les biens de son frère, sans pourvoir en rien à l'existence des enfants de son frère ? demanda Miss Garth.

– Il offre de l'argent pour les premières nécessités, répliqua Mr. Pendril, mais la somme est si misérablement insuffisante que j'ai honte d'en parler.

– Et rien pour l'avenir ?

– Absolument rien.

Sur cette dernière réponse, la même pensée, au même moment, traversa l'esprit de Miss Garth et celui de Norah. La décision qui frappait également les deux sœurs en les privant de toute fortune, n'en restait pas là pour la plus jeune des deux. L'implacable résolution de Michael

Vanstone contenait virtuellement une sentence qui forçait Frank à partir pour la Chine et ajournait indéfiniment le mariage de Magdalen. Aussi, quand les derniers mots de l'avocat furent sortis de ses lèvres, Miss Garth et Norah jetèrent un regard inquiet du côté de Magdalen. Le visage de celle-ci devint plus pâle, mais pas un de ses traits ne bougea ; elle ne laissa pas échapper une parole. Norah, qui tenait dans sa main la main de sa sœur, la sentit frémir un moment, puis devenir très froide, et ce fut tout.

– Laissez-moi vous dire simplement ce que j'ai fait, reprit Mr. Pendril. J'ai à cœur de ne pas vous laisser croire que je n'ai rien tenté qui pût l'être en votre faveur. En écrivant ma première lettre à Michael Vanstone, je ne m'étais pas borné à un simple exposé des faits, ce qui eût été conforme à l'usage. Je plaçais sous ses yeux, en termes simples et graves, toutes les circonstances par suite desquelles la fortune de son frère lui était échue. Lorsque j'ai reçu sa réponse, qui me renvoyait à des instructions écrites déposées à Londres chez son agent, et lorsqu'une copie de ces instructions m'a été remise, j'ai refusé positivement, après en avoir pris connaissance, d'accepter comme définitive la décision qu'elles renfermaient. J'ai obtenu de l'agent en question qu'il nous accordât encore un délai. J'ai essayé de voir à Londres Mr. Noël Vanstone, afin d'obtenir son intercession ; n'y ayant pas réussi, j'ai écrit moi-même, pour la seconde fois, à son père. Sa réponse, conçue en termes d'un laconisme presque insolent, m'a renvoyé aux instructions qui m'avaient déjà été communiquées, instructions sur lesquelles il n'y avait pas lieu de revenir ; mon correspondant mettait par là même un terme à notre échange. Ainsi a commencé et s'est achevée cette négociation. Si j'ai négligé quelque moyen de toucher ce cœur impitoyable, veuillez me le signaler ; je ne demande pas mieux que d'en user, s'il est temps encore.

Son regard interrogeait Norah. Serrant, pour l'encourager, la main de Magdalen, elle dit en rougissant légèrement et en laissant planer une ombre de tristesse résignée sur cette douceur qui lui était naturelle :

– Je parle au nom de ma sœur et de moi-même. Vous avez fait, monsieur Pendril, tout ce qu'il y avait à faire. Nous avons tâché, de notre côté, de ne point nous livrer à des espérances prématurées, et nous sommes d'autant plus reconnaissantes de vos bontés qu'en ce moment nous avons, l'une et l'autre, grand besoin de rencontrer de bonnes âmes.

La main de Magdalen avait répondu à celle de sa sœur. Elle se dégagea brusquement ensuite, agrippa nerveusement le tissu de la robe, puis saisit le bras du fauteuil pour l'approcher de la table. Son poing serré au bout de son bras, Magdalen regarda Mr. Pendril. Son visage déjà pâle à l'ordinaire était à présent livide, terrible à voir. Mais la clarté de ses grands yeux gris était aussi brillante, aussi fixe que jamais, et sa voix, bien qu'elle parlât très bas, avait un accent net et résolu quand elle s'adressa ainsi à l'avocat :

– Si j'ai bien compris, monsieur Pendril, le frère de mon père a fait passer à Londres ses ordres écrits, et il vous en a été remis copie. L'avez-vous conservée ?

– Certainement.

– L'avez-vous sur vous ?

– Je l'ai.

– Puis-je la voir ?

Mr. Pendril hésita. De Magdalen son regard se porta vers Miss Garth, puis revint à Magdalen :

– Veuillez être assez bonne, dit-il, pour ne pas insister sur cette demande. Il doit vous suffire de savoir à quoi ces instructions aboutissent. Pourquoi vous agiter inutilement en les lisant ? Elles sont rédigées en termes si impitoyables, elles révèlent une si abominable insensibilité que je ne puis réellement pas prendre sur moi de vous les montrer.

– J'apprécie, monsieur Pendril, la bonté qui vous porte à m'épargner une souffrance, mais je suis en état de la supporter. Je m'engage à ne la faire peser ici sur personne. Excusez-moi donc si je renouvelle ma demande !

Elle tendait la main, cette main de vierge, si douce et si blanche, dont rien n'avait encore approché qui pût la souiller ou la durcir.

– Oh, Magdalen ! Réfléchissez ! dit Norah.

– Vous faites de la peine à Mr. Pendril, ajouta Miss Garth. Vous nous faites à tous une vive peine.

– Il n'y a rien à gagner, insista l'avocat, veuillez m'excuser de m'exprimer ainsi, absolument rien à gagner à ce que je vous communique ces instructions.

« Les niais ! se disait Mr. Clare... Ne voient-ils pas qu'elle entend agir à sa guise ? »

– Je pense, au contraire, que cela peut être fort utile, insista Magdalen. Il s'agit d'une décision très grave... beaucoup plus grave pour moi que... (Son retard se porta vers Mr. Clare qui, toujours assis, l'étudiait attentivement, mais elle l'en détourna aussitôt, dès qu'elle se sentit trahie par les premières marques d'émotion qui lui fussent encore échappées.) Pour des raisons particulières, reprit-elle, cette décision me frappe tout autrement que ma sœur. Je ne sais rien encore, si ce n'est que le frère de notre père nous enlève toute notre fortune. Pour se conduire ainsi, je dois supposer qu'il a quelques puissants motifs. Il n'est juste ni pour lui ni pour nous que ces motifs restent cachés. De propos délibéré, il dépouille Norah, il me dépouille, et je pense que nous avons bien le droit, si nous le désirons, de savoir pourquoi.

– Je ne le désire pas, reprit Norah.

– Je le désire, moi, dit Magdalen qui de nouveau étendit la main.

A ce moment, Mr. Clare se leva et, pour la première fois, se montra disposé à intervenir.

– Vous avez sauvegardé vos scrupules, dit-il s'adressant à l'avocat. Reconnaissez maintenant le droit qu'elle invoque ! C'est son droit, après tout, puisqu'elle le réclame.

Mr. Pendril tira tranquillement de sa poche les instructions manuscrites :

– Je vous aurai prévenue.

Et, par-dessus la table, sans une parole de plus, il lui passa les papiers. Un des feuillets était corné et le manuscrit s'ouvrit naturellement à cet endroit, lorsque Magdalen s'en empara.

– Est-ce là que se trouve ce qui concerne ma sœur et moi ? demanda-t-elle.

Mr. Pendril inclina la tête, et Magdalen étala devant elle, sur la table, le manuscrit ouvert, qu'elle aplatit et lissa de la main.

– Te décideras-tu, Norah ? demanda-t-elle, se tournant du côté de sa sœur. Dois-je lire tout haut ou seulement pour moi-même ?

– Lisez tout bas ! dit Miss Garth, répondant pour Norah, qui la regardait avec une perplexité, une tristesse muettes.

– Comme vous voudrez, reprit Magdalen.

Après cette réponse, elle jeta de nouveau les yeux sur le manuscrit et parcourut les lignes suivantes :

... Vous connaissez maintenant mes volontés relativement aux capitaux et relativement à la vente des meubles, voitures, chevaux, etc. Le dernier point à régler, sur lequel j'ai à vous donner mes instructions, se rapporte aux personnes qui habitent encore la maison, et à certaines réclamations absurdes que m'a fait passer, relativement à ces personnes, un avocat nommé Pendril, lequel a sans doute quelque intérêt personnel pour intervenir ainsi entre elles et moi.

J'apprends que feu mon frère a laissé deux enfants illégitimes, jeunes filles toutes deux, et qui sont en âge de gagner leur vie. L'avocat qui les représente fait valoir en leur faveur diverses considérations, toutes également anormales et inopportunes. Ayez la bonté de lui dire que ni vous ni moi n'avons à nous mêler de questions purement sentimentales ; vous lui expliquerez ensuite nettement, pour sa gouverne, en vertu de quels motifs je règle ma conduite, et quels sont les secours que je crois pouvoir offrir, en bonne justice, à ces deux jeunes personnes. Les paragraphes suivants vont vous fournir, sur ces deux points, des instructions suffisamment explicites.

Je désire que les personnes intéressées sachent, une fois pour toutes, comment j'envisage les circonstances qui ont fait échoir en mes mains les propriétés de mon frère. Apprenez-leur donc que je regarde ces circonstances comme une intervention de la Providence qui me restitue l'héritage destiné, dès le départ, à m'appartenir. Je reçois cet avoir non seulement comme y ayant droit dès l'origine, mais également comme une compensation qui m'est due pour l'injustice dont mon père m'a rendu victime. Je le reçois aussi comme une juste indemnité qui m'est payée par mon frère cadet pour les basses intrigues au moyen desquelles il m'a fait déshériter. Sa conduite, pendant sa jeunesse, a été constamment en opposition avec tous les devoirs de la vie ; d'après ce que je tiens de son propre représentant, cette conduite est restée la même depuis l'époque où j'ai cessé d'avoir avec lui aucune espèce de rapports. Il semble avoir inébranlablement abusé la société avec une femme qui n'était pas légalement la sienne ; il paraît encore que, par la suite, il a poussé l'outrage à la moralité publique jusqu'à épouser cette personne. Une pareille conduite devait appeler sur sa tête et sur celle de ses enfants les châtiments de la Providence.

Je ne crois pas devoir appeler sur ma tête un jugement aussi sévère en aidant ces enfants à perpétuer le mensonge de leurs parents et en leur fournissant les moyens de conserver dans le monde une situation qui n'est pas la leur. Qu'elles cherchent du travail et gagnent leur pain comme leur naissance les y condamne. Si elles se montrent disposées à descendre au rang qui leur est dû, je les aiderai à débuter honnêtement dans la vie par un don de cent livres sterling à chacune d'elles. Je vous autorise donc à leur payer cette somme, si elles en font la demande, et moyennant les reçus nécessaires. Il y sera mentionné expressément que cette transaction, ainsi menée à bien, sera la première et la dernière à négocier entre nous. Je laisse à votre discrétion les arrangements à prendre quand elles quitteront la maison, ajoutant seulement que la décision en cette matière, comme en toute autre, est parfaitement arrêtée, absolument irrévocable.

Ligne après ligne, sans quitter une seule fois des yeux les pages étalées devant elle, Magdalen lut, d'un bout à l'autre, ces phrases abominables. Les autres personnes présentes, qui, toutes, la regardaient avec une attention extrême, voyaient le corsage de sa robe se soulever et retomber de plus en plus vite sous l'action de sa poitrine haletante ; elles voyaient sa main, qui au début soutenait légèrement le manuscrit, se crisper à son insu et froisser les feuillets à mesure que la lecture arrivait à sa fin ; mais elles ne découvrirent aucun autre signe extérieur de ce qui se passait en elle. Il y avait eu dans toute sa personne un changement d'abord imperceptible et muet, changement qui la rendait méconnaissable, même pour sa sœur et Miss Garth, changement que ne devaient pas oublier, de bien des années, les témoins de cette scène étrange mais que jamais ils n'auraient pu décrire.

Les premiers mots que Magdalen articula furent adressés à Mr. Pendril :

– Puis-je vous demander un nouveau service, lui dit-elle, avant que vous ne passiez aux formalités que réclament nos affaires ?

Mr. Pendril répliqua par un geste d'assentiment cérémonieux. L'insistance que Magdalen avait mise à demander que les instructions de Mr. Vanstone lui fussent communiquées ne semblait pas avoir produit une impression favorable sur l'esprit de l'avocat.

– Vous nous avez parlé, continua-t-elle, de ce que vous aviez eu la bonté de faire dans notre intérêt, en écrivant pour la première fois à Mr. Michael Vanstone. Vous nous avez dit qu'aucune des circonstances qui nous concernaient n'avait été omise dans votre exposé. Je désirerais, si vous le permettez, savoir, tout à fait au juste, ce qu'il connaissait sur notre compte lorsqu'il a donné ces ordres à son agent. Savait-il que mon père avait fait un testament par lequel il nous laissait, à ma sœur et à moi, toute sa fortune ?

– Il le savait, dit Mr. Pendril.

– Lui avez-vous dit par quelle série de hasards nous nous trouvions ainsi dépouillées de toutes ressources ?

– Je lui ai dit que votre père ignorait absolument, à l'époque de son mariage, qu'un nouveau testament était nécessaire.

– Et qu'un autre testament eût été fait après son entrevue avec Mr. Clare, sans l'effroyable accident qui lui a coûté la vie ?

– Il savait aussi cela.

– Savait-il encore ce qu'était, pour nous deux, l'infatigable tendresse, l'inépuisable bonté de mon père ?

Ici, la voix lui manqua pour la première fois. Elle soupira et porta la main à son front, comme si la pensée lui manquait aussi. Norah lui fit entendre quelques paroles suppliantes, auxquelles Miss Garth s'associa tout aussitôt. Mr. Clare, immobile sur son siège, examinait Magdalen avec une attention toujours croissante. Elle répondit aux remontrances de sa sœur avec un faible sourire :

– Je tiendrai ma promesse, dit-elle. Je n'entends ici faire de peine à personne.

A ces mots, elle se retourna vers Mr. Pendril et renouvela sa question d'une voix ferme, en modifiant toutefois les expressions dont elle s'était servie.

– Mr. Michael Vanstone savait-il que le plus grand souci de mon père était d'assurer le sort de ma sœur ainsi que le mien ?

– Il avait, pour se renseigner à cet égard, les paroles mêmes de votre père. Je lui ai fait passer un extrait de la dernière lettre que celui-ci m'a adressée.

– Cette lettre, n'est-ce pas celle où il vous suppliait, au nom de Dieu, de venir le trouver sur-le-champ, pour lui ôter la terrible pensée qu'à ce moment même le sort de ses filles était en suspens ? cette lettre où il disait ne pouvoir reposer en paix s'il nous laissait déshéritées ?

– Cette même lettre, ces mêmes paroles.

Elle s'arrêta un instant, les yeux toujours obstinément fixés sur le visage de l'avocat.

– J'ai besoin, dit-elle, de bien graver tout cela dans mon esprit avant de continuer. Mr. Michael Vanstone connaissait l'existence du premier testament ; il a su ce qui avait empêché le second testament d'être rédigé ; il a vu cette lettre ; il a lu ces paroles. Que savait-il encore ? Lui avez-vous parlé de la dernière maladie de ma mère ? Lui avez-vous dit que sa part dans l'héritage nous eût été infailliblement laissée, si elle avait pu, en votre présence, faire un seul mouvement de sa main mourante ? Avez-vous tenté de lui faire comprendre à quel point était cruelle cette loi du pays qui tient pour *enfants de personne* des jeunes filles dans notre position, et qui lui permet, à lui, de nous traiter comme il nous traite maintenant ?

– Je lui ai soumis toutes ces considérations. Je les ai toutes mises en pleine lumière. Je n'en ai laissé aucune de côté.

Elle étendit lentement la main vers la copie des instructions. Lentement elle les replia comme elles étaient pliées au moment où on les lui avait remises.

– Je vous suis tout à fait obligée, monsieur Pendril.

Sur ces mots, elle inclina la tête et repoussa le manuscrit de l'autre côté de la table. Puis, se tournant vers sa sœur, elle dit :

– Norah, dit-elle, si nous arrivons toutes deux à la vieillesse et si jamais il t'arrivait d'oublier tout ce que nous devons à Michael Vanstone, viens me trouver, je te le rappellerai…

Elle se leva et traversa la pièce pour aller s'accouder à la fenêtre. Comme elle passait devant Mr. Clare, le vieillard étendit ses doigts osseux et, par un mouvement imprévu, lui saisit le bras.

– Que cache ce masque dont vous vous couvrez ? lui demanda-t-il, la contraignant à se pencher vers lui, et scrutant de près son visage. De quel degré de température humaine provient ce courage que vous montrez ? Est-ce du froid de la mort ou de la chaleur incandescente ?

Elle s'écarta de lui et détourna la tête sans prononcer une parole. De tout autre que du père de Frank, elle eût regardé comme une injure cette investigation sans scrupule de ses plus secrètes pensées. Mr. Clare, du reste, lâcha son bras aussi brusquement qu'il s'en était emparé, la laissant poursuivre son chemin vers la fenêtre. « Non, se disait-il, quoi que ce puisse être, ce n'est pas le froid ! Et c'est terrible pour elle, terrible pour tous ceux à qui elle tient ! »

Il y eut quelques instants de pause. Une fois encore le silence s'emplit du bruit léger de la pluie, du monotone tic-tac du balancier. Mr. Pendril replaça les instructions dans sa poche, réfléchit quelques instants et, s'adressant à Norah et à Miss Garth, il rappela leur attention sur les nécessités actuelles et pressantes qui dérivaient de l'état des choses.

– Nous avons inutilement prolongé cette conférence, dit-il, par tous ces pénibles retours sur le passé. Mieux vaut s'occuper de régler les arrangements à prendre pour l'avenir. Je suis obligé de rentrer en ville ce soir même. Veuillez me faire savoir, je vous prie, à quoi je puis particulièrement vous être bon. Dites-moi de quels soucis, de quelles responsabilités je pourrais vous dégager.

Pour l'heure, ni Norah ni Miss Garth ne paraissaient en état de lui répondre. La manière dont Magdalen avait reçu ces nouvelles qui anéantissaient la perspective du mariage arrangé par son père un mois auparavant les avait étonnées et les remplissait de trouble. Préparées à quelque explosion de douleur ou à l'épreuve, plus rude encore, de voir cette enfant plongée dans un muet désespoir, elles ne s'attendaient ni à l'invincible détermination dont elle avait fait preuve concernant la note de Michael Vanstone, ni aux terribles questions qu'elle avait posées à l'avocat, ni encore à cette immuable résolution de bien graver en sa mémoire chacune des circonstances dans lesquelles avait été prise la décision du frère de son père. Elle était là, penchée à la fenêtre, mystère impénétrable pour sa sœur qui jamais ne s'était séparée d'elle, pour la gouvernante qui l'avait élevée dès le berceau. Miss Garth se rappelait les doutes obscurs qui lui avaient traversé l'esprit, lors de sa conversation avec Magdalen dans le jardin. Norah sondait l'avenir du regard et, ce qui ne lui était pas encore arrivé, avec des craintes sérieuses pour le compte de sa sœur. Toutes deux, jusque-là, étaient demeurées passives, ne sachant absolument que faire ni que résoudre. Toutes deux se taisaient, maintenant, faute de savoir que dire.

Mr. Pendril, toujours patient et bon, leur vint en aide en ramenant pour la seconde fois sur le tapis les plans futurs qu'elles devaient adopter.

– Je suis fâché, dit-il, de vous contraindre à vous occuper d'affaires, lorsque vous êtes si peu en état d'y songer… Mais encore faut-il que je remporte ce soir vos instructions sur ce que je dois faire à Londres. Et, en premier lieu, sur cette misérable offre de secours pécuniaires que j'ai déjà dû mentionner ? Miss Vanstone cadette, ayant lu les instructions dont j'ai pris copie, n'a aucun besoin que je la renseigne à cet égard. L'aînée voudra bien m'excuser si je lui dis (quoi qu'il m'en coûte, et parce qu'il le faut absolument) que toute la bonne volonté de Mr. Michael Vanstone envers les enfants de son frère se borne à offrir, pour chacune d'elles, un don de cent livres sterling…

L'indignation fit rougir le visage de Norah. Elle se leva, comme si Michael Vanstone eût été présent et l'eût personnellement insultée.

– Je vois, dit l'avocat, disposé à l'épargner, je vois que je puis annoncer votre refus à Mr. Michael Vanstone ?

– Dites-lui, s'écria-t-elle avec un accent passionné, que, réduite à mourir de faim dans quelque fossé, je ne toucherai pas à un denier de cet argent !

– Dois-je aussi notifier votre refus ? demanda Mr. Pendril s'adressant ensuite à Magdalen.

Celle-ci se retourna, le dos à la fenêtre, mais tenant son visage abrité en partie derrière un rideau.

– Engagez-le de ma part, dit-elle, à bien réfléchir avant de me livrer aux hasards de la vie sans autre ressource que ces cent livres sterling… Je veux lui donner le temps d'y songer.

Elle articula ces étranges paroles avec une emphase toute particulière et, se replaçant promptement à la croisée, déroba son visage aux regards attentifs des personnes présentes.

– Vous refusez donc l'une et l'autre, dit Mr. Pendril, crayon en main, et prenant formellement note de la décision.

Comme il refermait son portefeuille, il jeta du côté de Magdalen un regard soupçonneux. Elle venait d'éveiller en lui cette méfiance cachée que tout avocat possède comme une seconde nature. Il lui trouvait une physionomie suspecte, un langage suspect. Sa sœur paraissait avoir sur elle plus d'influence que Miss Garth, aussi résolut-il de lui parler secrètement avant de les quitter. Comme cette idée lui traversait le cerveau, une autre question de Magdalen vint solliciter son attention.

– Est-il vieux ? demanda-t-elle tout à coup sans se détourner de la fenêtre.

– S'il s'agit de Mr. Michael Vanstone, il a soixante-quinze ou soixante-seize ans.

– Vous avez parlé de son fils… En a-t-il d'autres ?

– Non.

– A-t-il des filles ?

– Aucune.

– Savez-vous quelque chose sur sa femme ?

– Morte il y a bien des années !

Nouvelle pause.

– Pourquoi poses-tu toutes ces questions ? demanda Norah.

– Mille pardons, répliqua Magdalen très posément. Je ne compte pas en faire d'autres.

Mr. Pendril, pour la troisième fois, revint à la partie essentielle de la conférence.

– Il ne faut pas, dit-il, oublier les domestiques ; nous devons régler leurs comptes et les renvoyer. Je leur donnerai, avant de partir, les instructions nécessaires. Quant à la maison, rien de ce qui la concerne ne doit vous préoccuper. Les voitures, les chevaux, les meubles, l'argenterie seront simplement laissés là où ils sont pour y attendre les ordres ultérieurs de Mr. Michael Vanstone ; mais il est bien entendu, Miss Vanstone, que tout ce qui vous appartient personnellement, à vous et à votre sœur, vos bijoux, vos toilettes, et tous les petits présents que vous pouvez avoir reçus, sont absolument à votre disposition. Quant à la date de votre départ, je crois comprendre qu'il s'écoulera un mois, peut-être davantage, avant que Mr. Vanstone puisse quitter Zurich, et je suis sûr que son représentant…

– Permettez, monsieur Pendril, interrompit Norah. D'après ce que vous venez de dire, je dois penser que cette maison et tout ce qu'elle renferme appartient désormais à…

Elle s'arrêta, comme si le simple acte de prononcer ce nom lui causait une sorte d'horreur.

– A Michael Vanstone, dit Mr. Pendril ; la maison passe dans ses mains avec le reste des biens.

– Pour mon compte, alors, je suis décidée à la quitter dès demain.

Magdalen tressaillit à la fenêtre, au moment où sa sœur parla ainsi ; dans le regard qu'elle jeta sur Mr. Clare, on put lire, pour la première fois, quelques symptômes d'alarmes et d'anxiétés.

– Ne vous fâchez pas contre moi, murmura-t-elle, penchée sur l'épaule du vieil homme, avec une physionomie humble tout à coup et une soudaine timidité de manières… Je ne saurais partir sans avoir revu Frank.

– Vous le verrez, répondit Mr. Clare. Je suis venu pour causer avec vous de ce qui le concerne, lorsque la question d'affaires sera vidée.

– Il est tout à fait inutile de hâter votre départ ainsi que vous en avez l'intention, continua Mr. Pendril, s'adressant à Norah. Je puis vous garantir, sans la moindre hésitation, qu'il sera grand temps d'ici à huit jours.

– Si cette maison appartient à Michael Vanstone, répéta Norah, je suis décidée à la quitter dès demain.

Elle se leva impatiemment de son fauteuil et alla s'asseoir un peu plus loin sur le sofa. Au moment où sa main s'y posait, elle changea de visage. Là, sur ce sofa, étaient les coussins sur lesquels sa mère s'était étendue pour prendre ses derniers instants de repos ; là, au pied de ce sofa, était le fauteuil antique et massif dans lequel son père aimait à s'asseoir les jours de pluie, tandis qu'elle et sa sœur lui jouaient, sur le piano placé vis-à-vis, ses airs de prédilection. Un long soupir, qu'elle essaya vainement de comprimer, sortit de ses lèvres : « Oh ! pensait-elle, j'avais oublié ces vieux amis ! Comment nous séparer d'eux, l'heure venue ? »

– Puis-je savoir, mademoiselle Vanstone, si vous et votre sœur avez arrêté quelques plans pour l'avenir ? demanda Mr. Pendril. Avez-vous idée de l'endroit où vous résiderez ?

– Je me chargerai, monsieur, dit Miss Garth, de répondre pour elles à cette question. Quand elles quitteront cette demeure, elles la quitteront avec moi. Mon sort est le leur, mon pain est leur pain. Pendant douze années de bonheur, leurs parents m'ont honorée de leur affection et de leur confiance. Ils ne m'ont pas fait souvenir une seule fois que j'étais une gouvernante à leurs gages ; je n'ai pu me croire autre chose que leur compagne et leur amie. Je me les rappelle toujours bons et toujours généreux. Ma vie entière consacrée à leurs enfants orphelines acquittera peut-être ma dette.

Norah se leva aussitôt du sofa ; Magdalen, par un mouvement impétueux, quitta la fenêtre. Pour une fois, les deux sœurs obéissaient au même mouvement. Pour une fois leurs cœurs battaient à l'unisson. Le même sentiment profond dictait leurs paroles. Miss Garth attendit que le premier élan d'émotion fût passé, puis elle se leva et, prenant les deux jeunes filles chacune par une main, elle s'adressa à Mr. Pendril et à Mr. Clare. Elle s'exprimait avec le plus parfait sang-froid, forte de sa simplicité qui ne lui laissait pas même entrevoir le mérite de sa conduite :

– Dans un moment comme celui-ci, dit-elle, mon histoire, si insignifiante qu'elle soit, a quelque importance. Je voudrais, messieurs, vous faire bien comprendre que je ne promets pas aux filles de votre vieil ami plus qu'il ne m'est possible de leur offrir. Lorsque je suis entrée dans cette demeure, ce fut dans des conditions d'indépendance peu communes pour une gouvernante. Plus jeune, je m'étais associée à ma sœur aînée, et nous avions établi à Londres un pensionnat qui avait fini par être important et prospère. Si j'ai renoncé à l'enseignement public pour entrer dans une famille, c'est parce que la lourde responsabilité d'une maîtresse d'institution me semblait dépasser mes forces. J'ai constamment laissé, sans y toucher, ma part dans le bénéfice social, et j'ai encore à l'heure qu'il est quelques intérêts dans l'établissement. Telle est, en résumé, mon histoire. Lorsque nous quitterons cette maison, je propose que nous retournions à Londres, dans cette pension que ma sœur aînée fait encore prospérer. Nous pourrons y vivre aussi tranquillement que nous le voudrons, jusqu'au moment où nous serons plus en état de supporter notre affliction. Si les changements survenus dans la position de Norah et de Magdalen les obligent à gagner de quoi se suffire, je puis les aider à le gagner comme il sied aux filles d'un gentleman. Les meilleures familles du pays sont heureuses de consulter ma sœur dans le choix des personnes chargées d'instruire leurs enfants, et je puis répondre d'avance, comme j'en répondrais pour moi-même, de son zèle à venir en aide aux filles de Mr. Vanstone. Tel est l'avenir que leur offrent maintenant ma reconnaissance pour leurs parents et mon affection pour elles-mêmes. Si vous jugez, messieurs, que cette proposition soit opportune et convenable – je lis sur vos visages qu'il en est ainsi –, ne nous rendez pas plus pénibles encore les nécessités déjà si douloureuses de notre situation par d'inutiles délais qui nous empêcheraient de les aborder immédiatement. Que ce qu'il faut faire soit fait : ainsi que Norah l'a décidé, quittons cette maison dès demain ! Vous avez, monsieur Pendril, parlé tout à l'heure des domestiques : je suis disposée à les convoquer dans la pièce voisine et, dès qu'il vous plaira, je vous aiderai à régler ce qui leur est dû.

Sans attendre la réponse de l'avocat, sans laisser aux deux sœurs le temps d'apprécier complètement cette situation si pleine d'angoisses, elle marcha immédiatement vers la porte. Son parti était bien pris, et sagement pris, d'aller au-devant de l'épreuve en faisant beaucoup et en parlant peu. Comme elle quittait le salon, Mr. Clare la suivit et l'arrêta sur le seuil :

– Il ne m'est jamais arrivé, lui dit le vieil homme, de porter envie aux sentiments d'une femme. Peut-être vais-je vous étonner, mais j'envie les vôtres… Un instant ! J'ai encore quelque chose à dire. Il reste un obstacle… cet éternel obstacle de Frank. Aidez-moi donc à balayer le terrain ! Emmenez avec vous la sœur aînée et l'avocat, et laissez-moi ici avec la cadette, pour tirer au clair ce qui la concerne. Je veux voir de quel métal cette petite fille est faite.

Tandis que Mr. Clare s'adressait ainsi à Miss Garth, Mr. Pendril avait saisi l'occasion d'échanger quelques mots avec Norah.

– Avant que je retourne en ville, lui dit-il, je voudrais causer avec vous en particulier. D'après ce qui vient de se passer, mademoiselle, je me suis fait une haute opinion de votre prudence ; et, de par la vieille amitié qui m'unissait à votre père, je voudrais prendre la liberté de vous parler au sujet de votre sœur.

Avant d'avoir pu répondre, Norah se vit convoquée, en vertu de la requête de Mr. Clare, à venir régler les comptes des domestiques. Mr. Pendril suivit naturellement Miss Garth. Quand tous les trois furent dans le vestibule, Mr. Clare rentra dans le salon, ferma la porte et, péremptoirement, fit signe à Magdalen de prendre un fauteuil.

Elle lui obéit en silence. Il fit une ou deux fois le tour de la pièce, ses mains dans les poches de l'informe paletot, trop long et trop large, qu'il portait habituellement.

– Quel âge avez-vous ? lui demanda-t-il, s'arrêtant tout à coup et lui parlant de l'autre bout du salon.

– J'ai eu dix-huit ans à mon dernier anniversaire, répondit-elle humblement, sans lever les yeux sur lui.

– Pour une fille de dix-huit ans, vous avez montré beaucoup de courage… Vous en reste-t-il encore ?

Elle prit ses mains l'une dans l'autre, et les tordit convulsivement ; quelques larmes lui vinrent aux yeux et glissèrent lentement sur ses joues décolorées.

– Je ne puis renoncer à Frank, dit-elle d'une voix faible. Vous ne m'aimez guère, je le sais, mais vous étiez attaché à mon père… En souvenir de lui, voulez-vous essayer d'être bon pour moi ?

Ces derniers mots s'achevèrent dans un murmure ; elle ne pouvait pas en dire plus long. Jamais comme en ce moment elle n'avait senti ce pouvoir sans bornes que possède l'amour d'une femme d'absorber en soi-même tout ce qui n'est pas lui, toute autre joie, tout autre chagrin de la vie qu'il domine. Jamais, comme en ce moment, elle n'avait mêlé la pensée de Frank aux souvenirs des parents qu'elle avait perdus, et fait du tout l'objet d'une inexprimable tendresse. Jamais cette impénétrable atmosphère d'illusions à travers laquelle les femmes contemplent l'homme de leur choix, cette atmosphère qui fermait ses yeux à tout ce qu'il y avait de faiblesse, d'égoïsme, de bassesse même dans la nature de Frank, ne l'avait entouré d'une auréole plus brillante que dans cet instant où, devant le père, elle plaidait pour ainsi dire sa cause, afin d'obtenir la main du fils.

– Oh ! n'exigez pas que je renonce à lui ! dit-elle, essayant de reprendre courage et frémissant de la tête aux pieds.

L'instant d'après, avec la soudaineté de l'éclair, passant d'une extrémité à l'autre, elle s'écriait violemment :

– Je ne renoncerai pas à lui ! mille pères le voudraient-ils !

– Je ne suis qu'un père, un seul, lui dit Mr. Clare, et je ne vous le demande pas…

Dans le premier ravissement où la jetèrent ces paroles inattendues, elle s'élança, traversa le salon et voulut lui jeter les bras autour du cou. Autant eût valu essayer d'ébranler la demeure sur ses fondations. Il la prit par les épaules et la ramena jusqu'au fauteuil qu'elle venait de quitter. Son regard inexorable pesait, impérieux, sur la jeune fille et, de son maigre index, il semblait la menacer, comme le pédagogue qui veut ramener à l'ordre un enfant rebelle.

– C'est Frank, disait-il, c'est Frank, et non moi, qu'il faut câliner ainsi. Je n'en ai point encore fini avec vous… Il sera temps, quand nos affaires seront faites, d'échanger une poignée de main, si cela peut vous plaire. Demeurez là, et calmez-vous !

Il la laissa. Ses mains rentrèrent dans ses vastes poches, et il reprit, d'un bout à l'autre du salon, sa marche monotone.

– Y êtes-vous ? demanda-t-il, faisant halte après un certain temps. (Elle essaya de répondre.) Je vous donne encore deux minutes.

Et il reprit sa promenade avec la régularité d'un balancier.

« Voilà pourtant, se disait-il en lui-même, voilà pourtant ces êtres auxquels tant d'hommes, qui ne manquent pas d'esprit par ailleurs, livrent le bonheur de leur vie ! Y a-t-il dans la création, je le demande, un seul rouage répondant aussi mal que le fait une femme au but dans lequel il est censé fonctionner ? »

Il fit de nouveau halte devant elle. La respiration de la jeune fille était moins oppressée ; l'animation passagère de son visage s'était atténuée.

– Y êtes-vous ? répéta-t-il... Oui ! je crois que nous y voilà... Prêtez-moi l'oreille, et tâchons de nous expliquer. Je ne vous demande pas de renoncer à Frank ; je vous demande d'attendre.

– J'attendrai, dit-elle, j'attendrai patiemment et de bon cœur.

– Obtiendrez-vous de Frank qu'il attende ?

– Oui.

– Et le ferez-vous partir pour la Chine ?

La tête de la jeune fille s'abaissa sur sa poitrine, et ses mains s'unirent de nouveau, crispées et tremblantes. Mr. Clare vit bien où était la difficulté. Il y marcha droit et sans retards inutiles.

– Je ne prétends pas approfondir vos sentiments pour Frank ni ceux qu'il vous porte, dit-il. Ce sujet n'a pour moi aucun intérêt. Mais je veux établir devant vous deux vérités bien simples et bien nettes. La première de ces vérités, c'est que vous ne pouvez vous marier avant d'avoir l'argent nécessaire pour payer le toit qui vous abrite, les vêtements qui vous couvrent, les aliments qui vous nourrissent. La seconde, non moins évidente, c'est que vous ne sauriez où prendre cet argent – pas plus que je ne saurais où le prendre moi-même – et que pour l'acquérir Frank n'a qu'une chance : aller en Chine. Si je lui ordonne de partir, il ira pleurer dans quelque coin ; si j'insiste, il ne refusera pas, mais il essayera de me tromper. Si je fais un pas de plus, si je l'accompagne à bord du vaisseau sans le perdre de vue, il se dérobera dans la barque du pilote, et s'en reviendra secrètement auprès de vous… Voilà son caractère !

– Non, dit Magdalen, ce n'est pas son caractère : c'est l'amour qu'il a pour moi.

– Appelez cela comme il vous plaira, répliqua Mr. Clare, mais paresseux ou amoureux, il est, dans l'un ou l'autre rôle beaucoup trop glissant pour mes doigts. J'aurai beau fermer la porte, je ne l'empêcherai pas de revenir. Si vous la fermez, vous, c'est autre chose… Aurez-vous le courage de la fermer ? L'aimez-vous assez pour ne pas faire ombre à la lumière qui doit le guider ?

– L'aimer ? Je donnerais ma vie pour lui !

– Le ferez-vous partir pour la Chine ?

Ici, elle soupira profondément :

– Ayez quelque pitié de moi, dit-elle. J'ai perdu mon père, j'ai perdu ma mère, j'ai perdu tout ce que j'avais, et maintenant, il faudrait encore que je perde Frank ? Vous n'aimez pas les femmes, je le sais ; tâchez cependant de m'accorder un peu de pitié. Je ne prétends pas nier qu'il faille, dans son intérêt même, l'envoyer en Chine ; je dis seulement que ceci est dur, bien dur et bien pénible pour moi.

Mr. Clare était resté sourd à ses violences, insensible à ses caresses, aveugle à ses larmes ; mais sous son épaisse enveloppe de philosophie, il avait un cœur, après tout, et, à cet appel désespéré, son cœur répondit ; ces touchantes paroles en avaient trouvé le chemin.

– Je ne nie pas, dit-il, que votre situation soit très pénible, et je n'ai nulle envie de la rendre plus pénible encore… Je vous demande seulement de faire, dans l'intérêt de Frank, ce que Frank est trop faible pour faire lui-même. Ce n'est pas votre faute, ce n'est pas la mienne, mais il n'en est pas moins vrai que la fortune dont votre mariage avec lui devait l'investir a passé à d'autres possesseurs…

Elle leva tout à coup ses yeux où scintillait furtivement une lueur étrange, et un sourire menaçant erra sur ses lèvres.

– Cette fortune, dit-elle, peut encore changer de maîtres…

Mr. Clare surprit ce changement de physionomie et entendit l'accent de sa voix. Mais les paroles mêmes avaient été articulées très bas, comme si Magdalen se les adressait à elle-même et, à travers tout le salon, elles n'arrivèrent pas jusqu'à lui. Il s'arrêta pourtant à l'instant même, et lui demanda de répéter ce qu'elle venait de dire.

– Rien, répondit-elle, détournant la tête du côté de la fenêtre et regardant machinalement tomber la pluie. Une pensée qui m'est venue…

Mr. Clare reprit sa promenade et le fil de son discours :

– Vous avez, continua-t-il, autant d'intérêt que Frank à ce qu'il parte. Il peut, en Chine, gagner assez d'argent pour que votre mariage devienne possible. En Angleterre, il ne le peut pas. S'il reste chez nous, ce sera votre ruine à tous deux. Il fermera les yeux à toute considération de prudence, et vous tourmentera pour l'épouser. Puis, ce point gagné, il sera le premier à changer d'idée et à se plaindre du fardeau qu'il se sera mis sur les épaules… Écoutez-moi jusqu'au bout ! Vous êtes éprise de Frank ; je n'en suis pas là, moi, et je le connais… Laissez-lui assez de temps pour vous cajoler, pleurer, pester, insister, et je vous garantis bien le résultat de tout ceci : vous l'épouserez.

Il avait touché la corde sensible. Avant qu'il eût pu ajouter un mot de plus, cette corde répondit en vibrant :

– Vous ne me connaissez pas, dit-elle avec fermeté. Vous ne savez pas tout ce que je puis souffrir pour l'amour de Frank. Il ne m'épousera point avant que je sois ce qu'avait annoncé mon père, c'est-à-dire l'instrument de sa fortune ! En se chargeant de moi, il ne se chargera d'aucun fardeau, c'est moi qui vous en réponds. Je veux être le bon ange de la vie de Frank. Je n'irai point à lui, pauvre fille sans dot, pour limiter son avenir et le déclasser.

Elle quitta brusquement son siège, fit quelques pas vers Mr. Clare, et s'arrêta au milieu du salon. Ses bras tombèrent, affaissés, le long de son corps, et elle fondit en larmes :

– Il partira, dit-elle, mon cœur dût-il se briser dans cet effort ! Je lui dirai demain qu'il faut nous séparer.

Mr. Clare, immédiatement, vint au-devant d'elle, et lui offrit sa main :

– Je vous aiderai. Frank saura, mot pour mot, ce qui s'est passé entre nous… Quand il viendra, demain, il aura été prévenu qu'on l'attend pour lui dire adieu.

Elle prit dans ses deux mains la main du vieil homme, hésita un moment, l'interrogea du regard et finit par presser cette main sur sa poitrine.

– Avant que vous vous retiriez, lui dit-elle timidement, oserai-je réclamer de vous une faveur ? (Il voulut dégager sa main, mais elle profitait de ses avantages, et la retint plus serrée que jamais.) Supposons, continua-t-elle, qu'il survienne quelque changement favorable, supposons que je puisse m'offrir à Frank, telle que mon père m'avait annoncée à lui… Eh bien, alors ?

Avant qu'elle eût achevé sa question, Mr. Clare fit un second effort et dégagea sa main.

– Telle que votre père vous avait annoncée à lui ? répéta-t-il, la regardant avec attention.

– Oui, répondit-elle. Il arrive parfois d'étranges choses… Si d'étranges choses m'arrivaient, laisseriez-vous Frank revenir avant l'expiration des cinq ans ?

Que signifiaient ces paroles ? Magdalen se cramponnait-elle obstinément à l'espérance de fléchir le cœur de Michael Vanstone ? Mr. Clare ne pouvait tirer une autre conclusion de ce qu'elle venait de lui dire. Au début de leur entrevue, il lui avait brutalement enlevé cette illusion ; à la fin de leur entrevue, il la lui laissa par un mouvement de compassion :

– Vous espérez contre toute espérance, dit-il. Espérez pourtant, si cela peut vous donner courage… En admettant que cette bonne fortune impossible dont vous parlez se réalise jamais, vous n'aurez qu'à m'avertir, et Frank reviendra. D'ici là…

– D'ici là, interrompit-elle tristement, vous avez ma promesse.

Encore une fois, les yeux pénétrants de Mr. Clare étudièrent attentivement le visage de la jeune fille.

– Je me fie à cette promesse, dit-il. Frank viendra vous voir demain.

Elle revint, toute pensive, se jeter dans son fauteuil où elle demeura silencieuse. Mr. Clare gagna la porte sans qu'ils eussent échangé les formules de congé traditionnelles. « Mystérieuse ! pensa-t-il à part lui, jetant sur elle un dernier regard… Dix-huit ans seulement, et trop mystérieuse pour que je la devine ! » Dans le vestibule il trouva Norah, qui attendait avec anxiété sa sortie pour connaître le résultat de la conversation.

– Tout est-il fini ? demanda-t-elle. Le voyage de Frank est-il décidé ?

– Prenez bien garde à votre sœur, dit Mr. Clare sans tenir aucun compte de ses questions. Il lui faut lutter contre une grande infortune :

elle n'est pas faite pour la routine ordinaire de l'existence des femmes. Je n'ai pas la prétention de voir clair dans l'issue finale du combat que le Bien et le Mal se livrent en elle… je vous avertis seulement que son avenir ne sera pas celui de tout le monde.

Une heure plus tard, Mr. Pendril quittait Combe-Raven. Par le courrier du soir, Miss Garth faisait partir une lettre adressée à cette sœur qu'elle avait à Londres.

INTERMÈDE

L'HISTOIRE SE POURSUIT A TRAVERS LA POSTE

DE NORAH VANSTONE A MR. PENDRIL

Westmoreland House, Kensington,
le 14 avril 1846.

Cher monsieur Pendril,

La date de cette lettre vous prouvera que, de tant de séparations douloureuses, la dernière est accomplie. Nous avons quitté Combe-Raven ; nous avons dit adieu à ce cher foyer.

J'ai sérieusement réfléchi à ce que vous me disiez mercredi avant de retourner en ville. J'en tombe tout à fait d'accord avec vous, Miss Garth est plus ébranlée qu'elle ne veut l'avouer par tout ce qu'il lui a fallu subir pour l'amour de nous, et c'est mon devoir, à l'avenir, de lui épargner, au sujet de ma sœur et de moi-même, toutes les inquiétudes que je pourrai. C'est bien le moins que nous fassions pour notre meilleure amie, pour notre seconde mère. Dans tous les cas, je m'y emploierai de tout mon cœur.

Mais, permettez-moi de vous le dire, je suis aussi loin que jamais de m'entendre avec vous sur le compte de Magdalen. Dans la position où nous sommes, je comprends trop bien l'importance de votre aide, je désire trop me rendre digne de l'intérêt que me porte le plus fidèle conseiller, le plus ancien ami de mon père, pour ne pas être réellement et sincèrement en désaccord avec moi-même quand mon avis diffère du vôtre ; et cependant, il en est ainsi.

Magdalen est très singulière, très inexplicable pour ceux qui ne la connaissent pas intimement. Je crois comprendre que, sans le vouloir, elle vous a trompé en se montrant peut-être à vous sous son jour le moins favorable. Mais qu'il faille interpréter son langage et sa conduite de mercredi dernier par le sentiment que vous lui supposez contre l'homme qui nous a ruinées, voilà ce que je ne puis et ne veux croire de ma sœur. Si vous connaissiez comme moi cette noble nature, vous ne seriez pas étonné de me voir résister obstinément à votre opinion sur ce sujet. Veuillez être assez bon pour tâcher de la modifier. Peu m'importe ce que dit Mr. Clare : il ne croit à rien. J'attache, au contraire, une très sérieuse importance à ce que vous dites, et sachant quels motifs excellents vous font agir, je suis affligée de penser que vous êtes injuste à l'égard de Magdalen.

Après avoir soulagé mon cœur par cet aveu, j'en puis venir maintenant au véritable objet de ma lettre. Je vous ai promis que si vous n'aviez pas le temps de venir nous voir aujourd'hui, je vous écrirais pour vous rendre compte de tout ce qui est survenu après votre départ. La journée s'est écoulée sans que nous vous ayons vu ; j'ouvre donc mon écritoire pour remplir ma promesse.

J'ai le regret de vous dire que trois de nos domestiques femmes, l'aide de cuisine, la fille de ménage, et même notre propre femme de chambre (pour laquelle je puis vous assurer que nous avons eu les plus grandes bontés), se sont prévalues de ce que vous aviez soldé leurs gages pour faire leurs malles et partir dès que vous eûtes le dos tourné. Elles sont venues prendre congé de nous avec autant de cérémonie et aussi peu de cœur que si elles quittaient la maison dans des circonstances ordinaires. Malgré son mauvais caractère, notre cuisinière s'est conduite tout différemment ; elle nous a fait savoir par un tiers qu'elle resterait pour nous servir jusqu'au bout. Et Thomas (qui jamais n'a servi ailleurs que chez nous) nous a parlé de la constante indulgence que mon cher père avait eue pour lui, avec une reconnaissance si bien sentie, il a mis tant de persévérance à vouloir rester auprès de nous jusqu'à épuisement complet de ses petites économies que Magdalen et moi, oubliant toute étiquette, nous lui avons serré la main toutes deux. Le pauvre garçon est sorti du salon tout en pleurs. Je lui souhaite bonne chance et j'espère qu'il trouvera la condition et les maîtres dont il est digne.

Notre dernière soirée à Combe-Raven, longue, calme et pendant laquelle nous entendions tomber la pluie au-dehors, a été pour nous une pénible épreuve. Un temps d'hiver, j'imagine, eût moins pesé sur notre humeur : les rideaux tirés, l'éclat des lampes, la société du feu nous fussent venus en aide. Dans cette grande demeure, nous n'étions plus que cinq, tout compté, après nous y être trouvées en si grand nombre ! Je ne puis vous dire combien semblait triste le crépuscule gris, vers sept heures, dans les chambres désertes et sur les escaliers muets ! Bien certainement le préjugé qui existe en faveur des longues soirées d'été doit être un préjugé à l'usage des gens heureux. Décidées à lutter de notre mieux, nous avons employé notre temps sous la direction de Miss Garth. La pensée des préparatifs de départ qui, pendant les heures précédentes, nous avait semblé si terrible, s'est muée, le soir venu, en une pensée secourable qui nous offrait un refuge hors de nous-mêmes. Nous avions d'abord voulu faire nos malles séparément, dans nos chambres respectives, mais cet isolement s'est trouvé au-dessus de nos forces. Nous avons donc apporté tout ce qui nous appartenait sur la grande table de la salle à manger, pour travailler ensemble, dans la même pièce, aux préparatifs nécessaires. Je puis vous assurer que tout ce que nous emportons est bien à nous.

Puisque je vous ai déjà exprimé ma conviction que Magdalen n'était véritablement pas elle-même lorsque vous l'avez vue mercredi dernier, je suis bien tentée de m'arrêter ici et de vous citer un incident qui vient confirmer mon assertion. La chose s'est passée mercredi soir, juste au moment où nous allions rentrer chacune dans notre chambre.

Quand nous avons eu emballé nos toilettes, nos présents d'anniversaire, nos livres, notre musique, nous avons commencé le tri de nos lettres, qui s'étaient mêlées sur la table où nous les avions entassées ; quelques-unes des miennes étaient parmi celles de Magdalen, et parmi les miennes quelques-unes de celles qui lui appartiennent.

Parmi ces dernières, j'ai trouvé une carte remise à ma sœur, au commencement de cette année, par un ancien acteur, chargé de diriger la représentation d'une comédie de salon où elle jouait un rôle. Cet homme lui avait donné la carte en question, comportant son nom et son adresse, dans la pensée qu'invitée à beaucoup d'autres divertissements du même genre, elle voudrait bien le recommander comme régisseur. Je vous raconte ces insignifiants détails, pour vous montrer à quel point, dans les circonstances où nous nous trouvons, conserver cette carte devait sembler inutile. Assez naturellement, je l'ai jetée loin de moi sur la table, croyant qu'elle tomberait sur le parquet. Arrêtée dans sa chute, elle est allée rouler près de l'endroit où Magdalen était assise. Ma sœur l'a prise, y a jeté les yeux, et a déclaré tout aussitôt qu'elle ne voulait pour rien au monde voir détruire ce méchant morceau de carton. Elle s'est presque fâchée contre moi qui l'avais jeté de côté et contre Miss Garth, qui lui demandait à quoi pareille bagatelle pouvait être bonne? Pourrais-je vous donner une preuve plus évidente que nos récents malheurs, bien autrement cruels pour elle que pour moi, l'ont tout à fait décomposée et mise à bout? A coup sûr, il ne faut pas interpréter d'une manière désavantageuse ses paroles et son apparence extérieure quand elle n'est pas suffisamment maîtresse d'elle-même pour mettre en œuvre son bon sens naturel, puisqu'elle montre une pétulance si déraisonnable et si puérile sur une question qui n'a pas la moindre importance.

Un peu après onze heures, nous sommes remontées pour essayer de prendre quelque repos.

J'ai écarté le rideau de ma croisée, et j'ai regardé au-dehors. Oh! que cette dernière nuit était cruelle! Ni lune, ni étoiles; une obscurité si profonde que lorsque mon regard a cherché dans le jardin les chers objets auxquels il est habitué, aucun d'eux n'était visible. Un calme si profond que c'est tout au plus si je ne m'effrayais pas moi-même chaque fois que je remuais! J'ai voulu me coucher et dormir, mais le sentiment de ma solitude est venu me dominer encore une fois. Vous me direz qu'à vingt-six ans on doit avoir plus d'empire sur soi-même. Je ne sais pourtant comment cela s'est fait, mais je me suis glissée dans la chambre de Magdalen, comme cela m'arrivait jadis, il y a bien des années, quand toutes deux nous étions enfants. Elle n'était pas couchée. Elle était assise et réfléchissait devant son pupitre ouvert. Je lui ai dit que je voulais passer avec elle cette dernière nuit; elle m'a embrassée, m'a fait mettre au lit, et m'a promis de m'y suivre quelques instants après. Un peu calmée, je n'ai pas tardé à m'endormir. A mon réveil il faisait jour, et mon premier regard a été pour Magdalen, toujours assise dans son fauteuil, toujours perdue dans ses réflexions. Elle ne s'était pas couchée, elle n'avait pas dormi de toute la nuit. « Je dormirai, m'a-t-elle dit, quand nous aurons quitté Combe-Raven; je me trouverai mieux quand tout sera dit, quand j'aurai fait mes adieux à Frank. » Elle tenait dans sa main le testament de notre père, ainsi que la lettre qu'il vous avait adressée en dernier lieu. Après avoir parlé, elle m'a remis les deux documents. A titre d'aînée, disait-elle, c'était à moi de conserver ces précieuses reliques. Je lui ai proposé de nous les partager, mais elle a secoué la tête : « J'ai copié pour le garder, a-t-elle répondu, tout ce qui nous concerne et dans le testament et dans la lettre. » Elle a tiré de son sein un tout petit sachet de soie blanc qu'elle avait cousu durant la nuit, et dans lequel elle avait placé les extraits en question, de manière à les porter constamment sur elle. « Ceci, m'a-t-elle dit, est, dans les termes mêmes qu'il a employés, l'expression de ses dernières volontés en notre faveur, et c'est tout ce dont j'ai besoin pour l'avenir. »

Il peut vous sembler bizarre que j'insiste de la sorte sur ces bagatelles ; mais depuis que je sais à quelle date remontent vos relations avec mon père et ma mère, je me crois le droit de penser à vous (et, je suppose, de vous écrire) comme on pense, comme on écrit à un vieil ami. En outre, j'ai tellement à cœur de modifier votre opinion sur le compte de Magdalen que je ne puis m'empêcher d'entrer avec vous dans les plus minutieux détails qui peuvent, selon moi, vous faire penser d'elle ce que j'en pense moi-même.

Lorsque est venue l'heure du déjeuner (le jeudi matin), nous avons été passablement étonnées de trouver sur la table la lettre d'un étranger. Peut-être dois-je vous parler de cette lettre pour le cas où votre intervention dans l'avenir deviendrait nécessaire. Elle était adressée à Miss Garth, écrite sur du papier de deuil largement encadré de noir, et le signataire était le même homme qui, un certain jour du printemps dernier, comme nous revenions d'une promenade, nous suivit jusqu'aux portes de la propriété, le capitaine Wragge. Son intention serait, paraît-il, d'affirmer une fois de plus son audacieuse prétention à une parenté quelconque avec ma pauvre mère, et ceci sous le couvert d'une lettre de condoléances qui, de sa part, est une insolence bien caractérisée. Apprenant par les journaux dans quelle affliction nous sommes, il nous exprime la même sympathie que si nous eussions vécu avec lui dans les termes les plus intimes et, par un post-scriptum (où se manifeste la plus complète ignorance de tout ce qui est survenu), il demande si l'on juge désirable qu'il assiste, avec les autres membres de la famille, à la lecture du testament.

L'adresse où l'on doit lui écrire pour la quinzaine à venir est le bureau de poste de Birmingham. C'est tout ce que je puis vous dire à ce sujet. Cette lettre et celui qui l'a écrite me paraissent également indignes d'occuper plus longtemps notre attention.

Après le déjeuner, Magdalen nous a quittées, et s'est retirée seule dans le petit salon. Le temps étant encore pluvieux, nous avions réglé que Francis Clare la verrait dans cette pièce quand il se présenterait pour prendre congé. J'étais en haut quand il est arrivé, et j'y suis restée encore plus d'une demi-heure, le cœur bien serré, vous pouvez le croire, en songeant à ma pauvre Magdalen.

La demi-heure écoulée, et peut-être plus, je suis descendue. Comme j'arrivais au rez-de-chaussée, j'ai entendu tout à coup la voix de ma sœur s'élever, suppliante. Elle appelait Frank par son nom, puis ont suivi de bruyants sanglots et un rire effrayant, mêlé de cris qui devaient traverser la maison d'un bout à l'autre. J'ai couru au salon, où j'ai trouvé Magdalen renversée sur le sofa, en proie à de violentes convulsions, tandis que Frank, debout devant elle, la considérait d'un air effaré, mécontent, boudeur, tout en rongeant ses ongles.

J'éprouvais un tel mouvement d'indignation, sans savoir au juste pourquoi, car j'ignorais naturellement ce qui s'était passé dans cet entretien, que j'ai pris Mr. Francis Clare par les épaules et l'ai poussé hors du salon. J'ai soin de vous dire exactement quelle a été ma conduite, et comment elle a été motivée, parce que j'apprends qu'il est excessivement piqué contre moi; d'où je conclus qu'il répandra de tous côtés ses plaintes de ce qu'il appelle « mon inconvenante violence à son égard ». S'il venait à vous en parler, vous saurez au moins, de mon propre aveu, que je considère certes m'être oubliée, mais non sans quelque provocation; du moins j'espère que vous en jugerez ainsi.

Je l'ai poussé dans le vestibule, laissant pour le moment Magdalen aux soins de Miss Garth. Au lieu de s'en aller, il s'est assis, de plus en plus boudeur, sur un des fauteuils.

– Puis-je savoir la raison de cette violence insolite? m'a-t-il demandé avec l'accent de la rancune.

– Non, lui ai-je dit. Vous aurez la bonté de deviner cette raison, et de nous quitter, s'il vous plaît, sans aucun retard.

Il restait obstinément sur son fauteuil, à se ronger les ongles et à réfléchir :

– Qu'ai-je donc fait pour être traité avec tant de dureté? a-t-il demandé après une pause.

– Je n'ai pas à discuter avec vous, ai-je répondu. Je n'ai qu'à vous demander de nous laisser en paix… Si vous persistez à demeurer ici pour revoir ma sœur, j'irai moi-même trouver votre père pour lui demander appui.

A ces mots, il s'est levé précipitamment :

– Dans tout ceci, a-t-il dit, j'ai été traité d'une manière infâme… Toutes les peines, tous les sacrifices sont tombés à mon compte. Je suis le seul ici qui ait du cœur : tous les autres, Magdalen y comprise, sont de vrais rocs. Tantôt elle prétend qu'elle m'aime ; la minute d'après, elle m'envoie en Chine… Qu'ai-je fait pour être traité avec une inconséquence, une insensibilité pareilles ? Moi, du moins, je sais ce que je veux : je ne demande qu'à rester où je suis ; tandis que vous vous liguez tous contre moi !

C'est en grommelant ainsi qu'il a descendu le perron, et c'est ainsi que nous nous sommes séparés. Voilà, fort exactement, ce qui s'est passé entre nous. S'il vous en rend compte d'autre façon, soyez sûr qu'il aura menti. Du reste, il n'a pas essayé de revenir. Une heure plus tard, son père est arrivé seul pour nous dire adieu. Il nous a vues, Miss Garth et moi, mais non pas Magdalen, et nous a promis qu'il prendrait les mesures nécessaires, avec votre assistance, pour que son fils, surveillé de près à Londres, fût escorté convenablement jusqu'au navire sur lequel il doit s'embarquer, lorsque le moment sera venu. La visite a été courte et n'a rien eu de gai. Mr. Clare lui-même était triste au fond, bien qu'il fît de grands efforts pour le cacher.

Entre le moment où il nous a quittées et celui où nous devions partir nous-mêmes, il restait à peine deux heures. Je suis retournée auprès de Magdalen, que je trouvai plus calme et en meilleur état, bien que fort pâle, fort épuisée et, je me l'imagine du moins, en lutte avec des pensées intimes qu'elle ne pouvait prendre sur elle de nous communiquer. Elle ne m'a rien appris alors, elle ne m'a rien appris depuis, de ce qui s'était passé entre elle et Francis Clare.

Si je venais à parler de lui avec quelque irritation (dans l'idée où je suis qu'il l'a tourmentée et rendue malheureuse, alors qu'elle aurait dû recevoir de lui tous les encouragements, toutes les consolations que puisse donner un homme), elle refusait de m'écouter ; elle trouvait pour lui les plus indulgentes concessions, les plus tendres excuses, et rejetait absolument sur elle-même le blâme de cet état convulsif où je l'avais trouvée. Me trompais-je donc en vous disant que c'est là une double nature ? Et quand vous aurez lu ces lignes, votre opinion sur elle n'en sera-t-elle pas modifiée ?

Nous n'attendions point d'amis qui pussent venir nous dire adieu ; et nos connaissances, en bien petit nombre, résident trop loin, ou nous portent peut-être trop peu d'intérêt, pour s'être occupées de notre départ. Nous avons donc pu employer le peu de loisir qui nous restait à parcourir ensemble la maison, pour la revoir en détail une dernière fois. Nous avons pris congé de notre vieux cabinet d'étude, de nos chambres à coucher, de la pièce où notre mère est morte, du petit réduit où notre père se réfugiait pour faire ses comptes et sa correspondance, animées, dans notre isolement, des mêmes sentiments que d'autres jeunes filles eussent éprouvés en quittant de vieux amis. Puis nous sommes sorties de la maison pour aller au jardin, cueillir notre dernier bouquet, nous promettant de faire sécher les fleurs quand elles commenceraient à se faner et de les conserver en souvenir des heureux jours qui ne sont plus. Nos adieux faits au jardin, il restait encore une demi-heure. Nous nous sommes rendues ensemble au tombeau ; nous nous sommes agenouillées en silence pour baiser le sol sacré. J'ai cru que mon cœur allait se briser. Août était le mois de l'anniversaire de notre mère, et à la même époque, il y a un an, mon père, Magdalen et moi étions réunis en secret pour savoir quelle surprise nous lui ferions le jour de sa fête !

Si vous aviez vu comment souriait Magdalen, vous cesseriez pour jamais de douter d'elle. Il m'a fallu l'arracher, presque par force, de cet asile où reposent notre père et notre mère. Avant que nous fussions hors du cimetière, elle m'a échappé et est revenue en courant près d'eux ; elle est tombée sur ses genoux, a détaché de cette terre, d'un geste passionné, une poignée de gazon et, dans le même temps, s'est adressée quelques paroles que je n'ai point entendues, étant trop loin. Quand j'ai essayé de la soulever de terre après m'être approchée d'elle, elle s'est retournée vers moi par un mouvement si insensé, elle m'a jeté un regard où se peignait une si effrayante déraison que je me suis sentie véritablement effrayée. Par bonheur pour moi, ce paroxysme l'a quittée aussi brutalement qu'il s'était emparé d'elle. Elle a mis dans son corsage la petite touffe d'herbe qu'elle avait arrachée sur la tombe, a pris mon bras et m'a entraînée hors du cimetière. J'ai voulu savoir pourquoi elle y était retournée ; je lui ai demandé quelles paroles elle avait prononcées sur le tombeau : « C'est une promesse à mon père qui n'est plus », a-t-elle répondu avec ce même regard sauvage et ce geste insensé qui m'avaient fait frémir. J'ai craint de l'agiter en insistant et j'ai remis à un temps plus opportun et plus tranquille les autres questions que j'avais à lui faire. Vous comprendrez, d'après ceci, combien elle souffre, et à quelles actions désordonnées, étranges, elle peut être poussée par la violence de son agitation. Dès lors, vous n'interpréterez pas à son désavantage ce que vous lui avez entendu dire, ce que vous l'avez vu faire mercredi dernier.

De retour à la maison, nous n'avons eu que le temps de partir bien vite pour la station. Peut-être cela valait-il mieux, mieux que si nous avions eu assez de loisir pour regarder derrière nous avant que le détour de la route ne nous eût à jamais caché Combe-Raven. Nulle âme de notre connaissance au départ du chemin de fer, personne pour nous regarder ou nous dire au revoir… Comme nous prenions place dans le train, la pluie s'est remise à tomber de plus belle. Je ne puis, je n'ose vous dire ce que nous allons éprouver en voyant ce fatal train et quels horribles souvenirs se sont réveillés en nous de ce malheur qui nous a faites orphelines ! J'ai mis tous mes soins à ne pas écrire cette lettre de manière à vous attrister ; ce serait mal reconnaître toutes vos bontés pour nous. Peut-être ai-je insisté trop longuement sur les incidents de la journée où nous avons quitté notre cher intérieur. Je n'ai d'autre excuse, si ce n'est que mon cœur en est encore tout rempli et que ma plume ne sait écrire que sous la dictée de mon cœur.

Il y a trop peu de temps que nous sommes dans notre nouvelle résidence pour que j'aie grand-chose à vous en dire, si ce n'est que la sœur de Miss Garth nous a reçues avec la plus cordiale bienveillance. Elle nous laisse à nous-mêmes, jusqu'à ce que nous soyons plus en état de songer à nos plans d'avenir et de nous arranger le mieux possible pour nous suffire. La maison est si vaste, et l'on a choisi nos chambres avec tant de soin, que je me douterais à peine, si ce n'est quand j'entends les jeunes filles rire et jouer dans le jardin, que nous vivons dans un pensionnat.

Croyez-moi, cher monsieur Pendril, votre bien reconnaissante,

NORAH VANSTONE.

P.-S. – Miss Garth et ma sœur vous offrent leurs vœux les meilleurs et les plus affectionnés.

DE MISS GARTH A MR. PENDRIL

Westmoreland House, Kensington,
le 22 septembre 1846.

Mon cher monsieur,

Je trace ces lignes dans une angoisse d'esprit que nulles paroles ne sauraient décrire. Magdalen nous a quittées ! De fort bonne heure, ce matin, elle s'est échappée en secret de la maison, et depuis lors nous n'avons pas entendu parler d'elle.

J'aurais voulu vous prévenir en personne, mais je n'ose quitter Norah. Il faut donc tâcher de prendre sur moi et de vous écrire.

Rien n'est arrivé, dans la journée d'hier, qui eût dû m'avertir ou avertir Norah de ce dernier malheur qui peut-être est le pire de tous. Le seul changement noté par nous chez cette infortunée jeune fille était un changement qui semblait favorable. Quand nous nous sommes séparées pour la nuit, elle m'a embrassée, ce qu'elle ne faisait plus depuis quelque temps ; et lorsque ensuite elle tomba dans les bras de sa sœur, cela n'a pas été sans une explosion de larmes. Nous soupçonnions si peu la vérité que nous avons regardé comme une promesse d'amélioration future ces signes d'attendrissement nouveaux pour nous.

Ce matin, peu après huit heures, lorsque sa sœur est montée dans sa chambre, elle n'y a trouvé personne. Un billet de la main de Magdalen, adressé à Norah, était posé sur la table de toilette. Je ne puis obtenir de Norah qu'elle se sépare de ce billet, et j'en suis réduite à vous envoyer la copie que vous trouverez ci-incluse. Vous verrez qu'il ne donne aucune indication qui soit de nature à nous mettre sur les traces de la fugitive.

Sachant ce que valent les minutes dans des moments aussi critiques, j'ai examiné sa chambre et (de concert avec ma sœur) ai interrogé les domestiques aussitôt que m'est parvenue la nouvelle de son départ. La garde-robe de Magdalen était vide et toutes ses malles, excepté une qu'elle a bien certainement emportée avec elle, étaient vides également. Nous sommes d'avis qu'elle a trouvé moyen de se procurer de l'argent à notre insu, en se défaisant de sa toilette et de ses bijoux. Elle est sans doute parvenue à faire sortir, dès hier, l'unique malle qui l'accompagne et elle sera partie ce matin sans faire appeler une voiture. Les réponses d'une des domestiques sont tellement peu satisfaisantes que cette femme nous paraît avoir été achetée pour aider Magdalen dans son évasion ; c'est elle, fort probablement, qui aura fait tous ceux des préparatifs auxquels Magdalen n'aurait pu se livrer elle-même, sans risquer de compromettre son secret.

Je n'ai aucun doute quant à l'objet immédiat de sa fuite.

De fortes raisons (que je vous expliquerai dans une occasion plus favorable) me donnent la certitude qu'elle s'est enfuie avec le projet de tenter fortune au théâtre. Elle a dans les mains l'adresse d'un comédien de profession, qui naguère, à Clifton, a dirigé une représentation dramatique où elle avait un rôle ; c'est à lui qu'elle a dû aller demander assistance. Je sais que l'acteur en question se nomme Huxtable. Quant à l'adresse elle-même, je ne me la rappelle plus tout à fait aussi exactement, mais je suis presque sûre que c'était quelque agence dramatique, dans Bow Street, Covent Garden. Laissez-moi vous supplier de ne pas perdre une minute pour faire les recherches voulues : c'est à cette adresse, j'en suis convaincue, qu'on trouvera les premiers indices des projets de notre fugitive.

Si nous n'avions rien de pire à craindre que de la voir s'essayer à monter sur les planches, je ne serais pas aussi affligée, aussi accablée, aussi hors de moi. Cent autres jeunes filles ont agi aussi étourdiment et, après tout, n'en ont pas fini plus mal. Mais nous avons autre chose à redouter, pour Magdalen, que le danger auquel elle s'expose maintenant.

Depuis que nous avons quitté Combe-Raven, une mystérieuse préoccupation n'a pas cessé de peser sur elle, surtout pendant les six dernières semaines. Jusqu'au moment où Francis Clare est parti d'Angleterre, je suis persuadée qu'elle se sentait soutenue par la vague espérance qu'il s'arrangerait de manière à la retrouver encore. Du jour où elle a vu le succès complet des mesures que vous aviez prises pour empêcher qu'il en fût ainsi, du jour où elle a été certaine que le vaisseau l'avait réellement emmené, rien n'a pu la ranimer ; elle n'a plus pris intérêt à rien. Elle s'est abandonnée, de plus en plus, aux pensées désespérées qui la minent, pensées que je crois entrées dans son esprit le jour où lui a été révélée la ruine absolue des perspectives financières dont dépendait son mariage. Elle a formé je ne sais quels projets insensés de disputer à Michael Vanstone la succession de son père, et la carrière dramatique qu'elle est allée tenter n'est à ses yeux qu'un moyen de secouer toute espèce de joug domestique, et de courir à son aise tous les hasards auxquels elle se livre aveuglément, sans avoir à craindre le contrôle de ses proches. Je vous laisse imaginer ce qu'il m'en coûte de vous écrire en ces termes sur son compte. Le temps est passé, cependant, où pouvait peser sur moi, de quelque façon, l'idée de ménager ma propre sensibilité. Tout ce que je puis dire de nature à ouvrir vos yeux sur le danger réel et à vous convaincre qu'il faut tout faire pour le conjurer à l'instant même, je le dis malgré moi, sans hésitation et sans réserves.

Un mot encore et j'en aurai fini.

La dernière fois que vous avez eu la bonté de venir nous voir ici, vous rappelez-vous l'embarras et le chagrin que nous a causés Magdalen en vous questionnant sur le droit qu'elle peut avoir de porter le nom de son père? Vous rappelez-vous son interrogatoire persistant jusqu'à ce qu'elle vous eût forcé de reconnaître que, légalement parlant, elle et sa sœur sont sans nom? Je me hasarde à vous rappeler ceci, parce que vous avez à vous occuper de bien des affaires, de bien des clients, et que vous pourriez avoir oublié cette circonstance. Si grandes qu'eussent été, sans cela, ses répugnances naturelles à nous tromper et à se dégrader elle-même par l'usage d'un nom d'emprunt, cette conversation avec vous a nécessairement dû les faire disparaître. Nous devons donc chercher à la découvrir d'après son signalement personnel; nous n'avons aucune autre chance de retrouver sa trace.

Je ne vois rien de plus qui, dans cette déplorable urgence, puisse éclairer votre décision. Pour l'amour de Dieu, n'épargnez ni dépenses ni activité! Je vous envoie ma lettre par un commissionnaire : elle doit vous arriver ce matin, à dix heures au plus tard. J'attends un mot de réponse pour m'assurer que vous agirez à l'instant même et de votre mieux. Je ne pourrai calmer Norah qu'en lui montrant un mot d'encouragement écrit de votre main.

Croyez-moi, cher Monsieur, votre sincèrement reconnaissante

HARRIET GARTH.

DE MAGDALEN A NORAH
(Incluse dans la lettre précédente.)

Ma chérie,

Essaye de me pardonner! J'ai lutté contre moi-même jusqu'à complet épuisement. Je suis la plus malheureuse des créatures de ce bas monde. La vie tranquille que nous menons ici me rend folle. Je ne puis m'y faire plus longtemps, il faut que je parte. Si tu savais ce que sont mes pensées, si tu savais avec quelle énergie j'ai lutté contre elles et avec quelle persistance horrible elles n'ont cessé de me hanter dans le calme isolement de ce séjour, tu n'aurais pour moi que pitié, larmes et pardon. Oh! ma sœur aimée, ne m'en veux pas de ne t'avoir point ouvert mon cœur, ainsi que je le devais! Je ne l'osais vraiment pas; je n'ose pas me montrer à toi telle que je suis.

Je te demande comme une grâce de ne pas chercher à me retrouver. N'envoie personne à ma recherche. J'écrirai, de temps en temps, pour vous tirer d'inquiétude. Tu sais, Norah, que nous avons notre vie à gagner; je ne suis partie que pour gagner la mienne de la façon qui me convient le mieux. Que je réussisse ou que j'échoue, l'entreprise ne peut me nuire. Je n'ai pas de position à perdre, pas de nom à dégrader. Ne mets jamais en doute la tendresse que je te porte; empêche Miss Garth de mettre en doute ma reconnaissance. J'emporte un regret profond en vous quittant; il n'en faut pas moins que je parte. Si je t'aimais moins, peut-être aurais-je eu le courage de te dire tout en face; mais pouvais-je être sûre de résister à tes persuasions et de supporter la vue de ton chagrin? Adieu donc, ma sœur aimée! Accepte mille baisers de moi, toi ma meilleure, ma plus chère amie, en attendant l'heure où nous nous reverrons.

MAGDALEN

DU SERGENT BULMER (DE LA POLICE SECRÈTE) A MR. PENDRIL

Scotland Yard,
le 29 septembre 1846.

Monsieur,

Je suis informé par votre clerc que les personnes intéressées dans nos recherches au sujet de la jeune personne disparue désirent savoir où nous en sommes. Je me suis rendu aujourd'hui même à votre bureau pour vous en parler. Ne vous ayant pas trouvé et ne pouvant renouveler ma visite demain, j'écris ces lignes pour ne mettre aucun retard à vous expliquer où en est l'affaire.

Je suis fâché d'avoir à vous apprendre que, depuis mon premier rapport, nous n'avons pas fait grand progrès. La trace que nous avons découverte il y a près de huit jours reste la dernière que nous ayons de la jeune personne. Envisagée de loin, il semble que l'affaire soit fort simple. Examinée de près, elle s'aggrave, au contraire, considérablement, et devient ce qu'on peut exactement appeler un vrai problème.

Voici où nous en sommes :

Nous avons suivi la trace de la jeune dame jusque chez l'agent dramatique de Bow Street. Nous savons qu'à une heure peu avancée, dans la matinée du 23, cet agent a été appelé en bas, tandis qu'il s'habillait, pour parler à une jeune dame qui l'attendait dans un fiacre arrêté devant sa porte. Nous savons que, la carte de Mr. Huxtable ayant été montrée à cet agent, ce dernier y a inscrit l'adresse actuelle de Mr. Huxtable en province, et qu'il a entendu la jeune dame enjoindre au cocher de la conduire au Great Northern Terminus. Nous croyons qu'elle est partie par le train de neuf heures. Nous l'avons suivie par le train de midi et nous nous sommes assurés qu'elle s'est présentée vers deux heures et demie au logement de Mr. Huxtable. Il était sorti et on ne l'attendait, lui a-t-on dit, que vers huit heures dans la soirée. Elle a laissé un mot disant qu'elle repasserait à ce moment-là, mais elle n'a pas reparu. Mr. Huxtable affirme que, de toute cette journée, ils ne se sont pas vus un instant, la jeune dame et lui. Ceci nous porte à une première considération qui est celle-ci : Devons-nous croire Mr. Huxtable?

J'ai pris avec soin toutes les informations possibles sur son caractère, et je sais de lui tout ce qu'il en peut savoir lui-même, peut-être même un peu plus. Or, mon opinion est que nous devons le croire. Pour autant que j'en sache, c'est un parfait honnête homme.

Voilà donc où l'affaire s'embrouille. La jeune dame quitte Londres dans un but nettement défini. Au lieu d'y marcher tout droit, elle s'arrête au moment où elle est sur le point de l'atteindre. Pourquoi s'est-elle arrêtée ? où s'est-elle arrêtée ? Voilà précisément les questions auxquelles nous ne pouvons répondre encore.

Mon opinion sur l'affaire peut se résumer ainsi : je ne crois pas qu'il lui soit arrivé rien de grave. Les accidents, neuf fois sur dix, ne passent guère inaperçus. Ma supposition est qu'elle a dû tomber entre les mains d'une personne ou de plusieurs ayant intérêt à la cacher. Si c'est avec ou sans son consentement qu'elle se trouve ainsi sous leur contrôle, c'est ce que je ne saurais deviner pour le moment. Je ne veux ni faire naître de fausses espérances ni donner de fausses craintes, aussi m'arrêterai-je à l'opinion que je viens d'exprimer.

Pour ce qui regarde nos démarches ultérieures, je puis vous dire que j'ai laissé un de mes gens en communication quotidienne avec les autorités de la ville. J'ai pris également soin de mettre en circulation dans un rayon plus étendu des affiches offrant une récompense à quiconque fera découvrir la fugitive. Enfin j'ai complété mes précautions en prenant les arrangements nécessaires pour que tous les programmes des théâtres de province passent sous mes yeux et pour faire étudier de près les troupes qui s'y produisent. Il y a quelques années, tout ceci aurait coûté beaucoup de soins et beaucoup d'argent. Fort heureusement pour nous, les théâtres de province sont actuellement en fort mauvaise condition. A l'exception des grandes villes, presque aucun d'eux n'est ouvert, et nous pouvons y avoir l'œil à peu de frais, sans nous donner trop de peine.

Telles sont les mesures que je crois nécessaire d'adopter pour le présent. Si vous êtes d'un autre avis, veuillez me le faire savoir, et je me conformerai soigneusement à vos indications. Je ne désespère en aucune façon de retrouver la jeune personne et de la remettre saine et sauve aux mains de ses proches. Veuillez le leur dire, et permettez-moi de signer votre respectueux serviteur,

ABRAHAM BULMER.

LETTRE ANONYME ADRESSÉE A MR. PENDRIL

Monsieur,

Un mot suffit au sage : les amis de certaine jeune personne perdent inutilement leur temps et leur argent. Le clerc que vous avez mis dans votre confidence et votre agent de la police secrète cherchent une aiguille dans une botte de foin. Nous voici au 9 octobre, et ils ne l'ont pas encore trouvée ; ils trouveraient aussi bien le passage du Nord-Ouest. Rappelez votre meute ; peut-être alors aurez-vous, de la main même de la jeune dame, la preuve qu'elle est en parfaite sûreté. Plus vous la chercherez, plus longtemps elle restera ce qu'elle est à présent : perdue pour vous.

[Au dos de la lettre précédente, on lit ces mots, de la main de Mr. Pendril : *Nul moyen de remonter à la source de cette lettre. Cachet de la poste : Charing Cross. La marque du papetier, à l'intérieur de l'enveloppe, a été soigneusement découpée. L'écriture, probablement celle d'un homme, est contrefaite. Notre correspondant anonyme, quel qu'il soit, a des informations sûres. On n'a pas encore pu découvrir la moindre trace de Miss Vanstone.*]

SCÈNE SECONDE

SKELDERGATE, YORK

I

Dans cette portion de la ville de York qu'on a bâtie sur la rive occidentale de l'Ouse se trouve une rue étroite, baptisée du nom de Skeldergate, laquelle court à peu près dans la direction du nord au sud, parallèlement à la rivière. La poterne qui jadis donnait accès à Skeldergate n'existe plus maintenant, et les maisons du Moyen Age que la rue conserve encore sont tristement habillées d'une moderne enveloppe de ciment et de chaux. Des boutiques de la catégorie la plus misérable coupent, çà et là, les entrepôts enfumés et les résidences particulières, auxquelles leur couleur rouge brique ne donne rien de fort joyeux : ainsi se présente Skeldergate. Du côté de la rivière, les maisons sont séparées, à courts intervalles, par d'étroits passages qui mènent au bord de l'eau, et à l'extrémité desquels on aperçoit de temps en temps des échappées de berge, et plus loin les mâts de quelques grosses chaloupes à voiles. A son extrémité sud, la rue cesse brusquement, et le large lit de l'Ouse, les arbres, les prés, la route publique sur une rive, le chemin de halage sur l'autre, se déploient tout à coup aux regards.

En cet endroit où la rue finit, et du côté le plus écarté de la rivière, un étroit petit sentier conduit, en montant, à la chaussée pavée qui surmonte les anciennes murailles de York. La rangée de bâtiments qui d'un seul côté borde ce sentier se compose de maisons garnies qu'on loue à bas prix, et qui ont pour perspective, éloignée de quelques pieds seulement, une section des vieux murs massifs qui jadis entouraient la ville. Cet endroit s'appelle Rosemary Lane. Il y arrive fort peu de jour;

il y vient fort peu de monde. La population flottante de Skeldergate passe devant sans y entrer, et les gens qui vont visiter la promenade des Murailles, forcés de monter ou de descendre par l'étroit couloir, quittent dès qu'ils le peuvent ces ténèbres d'un effet assez triste.

La porte d'une des maisons situées dans ce coin perdu de York s'ouvrit doucement, le soir du 23 septembre 1846 et, des solitudes de Rosemary Lane, un individu, de sexe masculin, descendit seul, en flânant, vers Skeldergate.

Tournant au nord, ce personnage se dirigea vers le pont jeté sur l'Ouse, et par conséquent vers le quartier où se centralisent les affaires de la ville. Il avait les dehors d'une pauvreté respectable ; il portait un parapluie de coton, enveloppé dans une toile cirée ; il choisissait les pavés en marchant, fuyait avec soin le contact des moindres souillures et il examinait le panorama dont il était entouré à l'aide de deux yeux assez vifs, de couleur très différente : le droit, d'un brun bilieux, qui semblait chercher une fonction quelconque ; le gauche, d'un vert également bilieux, qui semblait vouloir prêter secours à son camarade. Pour parler plus net, l'inconnu sorti de Rosemary Lane n'était autre que le capitaine Wragge.

A le prendre sous ses dehors présents, le capitaine n'avait point changé en mieux depuis la mémorable journée de printemps où il s'était mis en rapport avec Miss Garth devant la grille de Combe-Raven. La manie de chemins de fer qui signala cette année à jamais fameuse avait atteint jusqu'au prudent Wragge lui-même, et l'avait laissé, en fin de compte, ainsi que beaucoup d'autres valant mieux que lui, dans le plus fâcheux état de prostration pécuniaire. Il avait perdu ses airs de clergyman ; il semblait s'être fané avec les feuilles d'automne. Le crêpe de son chapeau, faute de noir, portait en brun le deuil d'une jeunesse déjà lointaine. Son col et sa cravate, d'un blanc habituellement un peu trouble, étaient morts du trépas réservé au vieux linge, et attendaient, chez le fabricant de papier, le moment de revivre sous forme de vélin satiné. Une jaquette de chasse, arrivée au dernier degré de l'atrophie particulière aux étoffes de drap, remplaçait le paletot noir des anciens jours et, fidèle servante, dérobait aux regards curieux du monde les noirs secrets du linge de son maître. Dans chaque pouce carré des vêtements qui de pied en cap habillaient le capitaine, on pouvait constater de graves altérations, mais l'homme lui-même n'avait pas changé, garanti contre toute espèce de moisissure intellectuelle, imperméable à l'action de la rouille sociale. Il était aussi courtois, aussi persuasif que jamais, et d'une dignité tout aussi affable. Sans col de chemise, il portait la tête aussi haute que lorsqu'elle s'encadrait naguère dans cet accessoire important. Le foulard noir, très usé, qui s'enroulait autour de son cou, était noué à la perfection ; ses vieux souliers, menaçant ruine de toute part, étaient cirés avec soin, et son menton rasé de fort près aurait pu être comparé, sans désavantage, à celui du plus haut dignitaire de l'église de York. Le temps, les changements et la pauvreté avaient tous à la fois attaqué le capitaine, mais leur triple effort l'avait laissé debout. Il arpentait les rues de York en homme pour qui les vêtements et les circonstances ne sont que des détails secondaires. Sur lui, tout autant que jamais, resplendissait son vernis de bohème.

Arrivé au pont, le capitaine Wragge s'arrêta et, par-dessus le parapet, se mit à parcourir du regard les bateaux flottants sur la rivière. Il était assez évident que sa course n'avait aucun but précis et que lui-même n'avait rien à faire. Tandis qu'il tuait ainsi le temps, l'horloge de la cathédrale de York sonna cinq heures et demie. Quelques fiacres passèrent sur le pont derrière le spectateur oisif, courant au rendez-vous que le train de Londres leur assignait pour six heures moins vingt. Après un moment d'hésitation, le capitaine, sans se hâter, suivit les fiacres. Quand un homme a pris l'habitude régulière de vivre aux dépens des autres, cet homme fréquente toujours, plus ou moins, les grandes stations de chemins de fer. Le capitaine Wragge était de ces flâneurs qu'enfante et nourrit la moisson humaine, et dans cette après-midi sans emploi, la gare de York était un endroit aussi bon à visiter que tout autre.

Il atteignit le quai peu de minutes après l'arrivée du train. Cette incapacité absolue de prendre de bonnes mesures pour la distribution de la foule, qui est une particularité du génie administratif de l'Angleterre, n'est nulle part plus en relief que dans cette bonne ville de York. Trois lignes de chemin de fer y déversent sous le même toit, du matin au soir, trois catégories de passagers ; et on les y laisse à l'état d'émeute, assistées dans leurs désordres par tout ce que peuvent faire les agents ahuris de la Compagnie pour accroître encore la confusion. Ce trouble quotidien arrivait à son apogée au moment où le capitaine

Wragge monta sur le quai. Des voyageurs de tout ordre essayaient, par douzaines, d'atteindre des douzaines d'objets, dans des douzaines de directions opposées, tous partis du même point et tous également à court de renseignements précis. Une ouverture dans la foule, qui venait de se séparer brusquement auprès des wagons de seconde classe, attira la curiosité du capitaine. Se frayant un passage dans cette direction, il y trouva un homme de mine décente, qui essayait, avec l'aide d'un porteur et d'un policeman, de ramasser quelques affiches, tombées en désordre d'une enveloppe de papier que les autres voyageurs, dans ce frénétique tohu-bohu, avaient, en se frôlant, arrachée de sa main.

Le capitaine Wragge s'empressa d'offrir son secours avec cette politesse active qui le caractérisait, et lut alors, imprimées en lettres capitales sur les affiches qu'il aidait à ramasser, ces mots remarquables : « *Cinquante livres de récompense.* » A l'instant même, il en mit une dans sa poche, pour l'examiner plus à loisir dès que s'offrirait une occasion convenable.

Tandis qu'il froissait l'affiche dans la paume de sa main, ses yeux vairons demeuraient fixés, avec un avide intérêt, sur le propriétaire du malheureux paquet. Lorsqu'un homme en est à ne pas avoir en poche cinquante pence, et lorsqu'il a le cœur bien placé, ce cœur bondit, l'eau lui vient à la bouche, si cette bouche n'est pas défectueuse, à la vue d'un autre homme portant sur lui une offre imprimée de cinquante livres sterling adressée au reste de ses semblables.

L'infortuné voyageur refit de son mieux le paquet en désordre, et quitta le quai après avoir adressé une question au premier des employés, victimes officielles de la densité du trafic des voyageurs, qu'il trouva capable de lui prêter quelque attention. Sortant de la station du côté de la rivière, qu'il allait rencontrer à deux pas, l'inconnu entra dans le bac à la poterne de North Street. Le capitaine, qui l'avait escorté pas à pas jusqu'alors, monta aussi dans le bateau et employa le court intervalle de la traversée à parcourir l'affiche dont il s'était emparé pour son instruction particulière. Tournant par précaution le dos au voyageur, le capitaine Wragge se mit soigneusement dans la cervelle les lignes suivantes :

CINQUANTE LIVRES DE RÉCOMPENSE.

UNE JEUNE PERSONNE a quitté sa résidence habituelle de Londres, dans la matinée du 23 septembre 1846, de fort bonne heure.

Age : dix-huit ans.
Costume : grand deuil.
Signalement : cheveux d'un brun très clair, sourcils et cils un peu plus foncés, yeux gris clair, teint remarquablement pâle ; démarche aisée et gracieuse ; élocution franche et résolue ; manières et habitudes d'une lady.
Signes particuliers : deux grains de beauté rapprochés, au côté gauche du cou.
Linge marqué : « Magdalen Vanstone ».
En possession à son départ de Londres d'une unique malle noire.

On suppose qu'elle a dû rejoindre ou essayer de rejoindre une troupe d'acteurs momentanément établie à York.
Quiconque pourra fournir des renseignements de nature à la faire retrouver par ses amis recevra la récompense ci-dessus indiquée.
S'adresser au bureau de Mr. Harkness, avocat, Coney Street, York, ou Messrs. Wyatt, Pendril et Gwilt, Serle Street, Lincoln's Inn, Londres.

Si accoutumé que fût le capitaine Wragge à rester de marbre dans toutes les circonstances imaginables, sa surprise, au moment où il lut le nom de la jeune personne égarée, lui fit pousser malgré lui une exclamation que le batelier ne put s'empêcher de remarquer.

Quant au voyageur, il n'y prit point garde ; toute son attention se portait sur le bord opposé de la rivière, et dès que le bateau s'y fut arrêté, il en sortit précipitamment. Le capitaine Wragge avait repris son sang-froid ; il avait empoché de nouveau l'affiche, et, pour la seconde fois, il s'élança sur les traces de l'étranger.

Celui-ci se dirigea vers la plus proche des rues qui aboutissent à la berge, confronta les numéros des maisons de la rangée gauche avec une note de son agenda, s'arrêta devant une de ces portes et y sonna.

Le capitaine, arrêté devant une porte voisine, ouvrait ses oreilles toutes grandes au moindre lambeau du dialogue qui allait être échangé.

En effet, un interrogatoire suffisamment instructif vint récompenser la dextérité du capitaine Wragge.

– Mr. Huxtable demeure ici ? demanda le voyageur.

– Oui, monsieur, lui répondit une voix de femme.

– Est-il chez lui ?

– Non, monsieur, mais il rentrera ce soir à huit heures.

– Une jeune dame a dû se présenter ici aujourd'hui de bonne heure, n'est-il pas vrai ?

– Oui, une jeune dame est venue cette après-midi.

– Je le savais bien… Nous avons tous deux la même affaire… A-t-elle pu parler à Mr. Huxtable ?

– Non, monsieur ; il a été absent toute la journée… La jeune dame m'a dit qu'elle reviendrait à huit heures.

– Fort bien. Je viendrai voir Mr. Huxtable en même temps qu'elle.

– Laissez-vous votre nom, monsieur ?

– Non, vous direz qu'un gentleman s'est présenté pour affaires de théâtre, cela suffira… Un instant, je vous prie ! Je visite York pour la première fois ; seriez-vous assez bonne pour m'indiquer le chemin de Coney Street ?

La femme donna le renseignement, la porte se referma, et l'étranger précipita sa marche dans la direction qu'on venait de lui indiquer.

Cette fois le capitaine Wragge n'essaya point de le suivre, l'affiche lui disant assez clairement que le but actuel de cet homme était de compléter, avec l'avocat de la localité, les arrangements nécessaires pour le payement de la récompense promise.

En ayant assez vu, assez entendu pour ce dont il avait à s'occuper immédiatement, le capitaine redescendit la rue, prit à droite, et entra sur l'Esplanade qui, dans ce quartier de la ville, longe le bord de la rivière depuis l'École de natation jusqu'à Lendal Tower : « Ce sont des affaires de famille, se disait l'honorable capitaine, persistant par habitude à réclamer ses droits de parenté avec la mère de Magdalen. Il faut envisager la question sous tous ses aspects. » Il jeta son parapluie sous son bras, croisa ses mains derrière son dos et s'abîma doucement dans ses réflexions.

L'ordre et la régularité qui pouvaient s'observer dans le costume râpé du capitaine symbolisaient fort bien l'ordre et la régularité qui caractérisaient les opérations de son entendement. Il avait pour habitude de chercher son chemin en se posant en lui-même, avec le plus grand soin, la série complète des alternatives pratiques, dans telle ou telle situation donnée ; c'est ainsi qu'il le cherchait à présent.

Trois lignes de conduite pouvaient être adoptées à la suite de l'extraordinaire découverte qu'il venait de faire. La première était de n'y donner aucune suite. L'intérêt de famille s'y opposait ; s'y opposaient également maintes considérations pécuniaires : elle fut par conséquent écartée. La seconde était de se faire des droits à la reconnaissance des amis de la jeune personne, reconnaissance déjà tarifée à cinquante livres sterling. La troisième était de mériter, par un avis opportun, la reconnaissance de la jeune personne elle-même, reconnaissance qu'on pouvait évaluer à… un chiffre inconnu. Entre ces deux alternatives, le prudent Wragge se trouva hésitant ; non qu'il doutât des ressources pécuniaires de Magdalen, car il ignorait absolument les circonstances qui avaient déshérité les deux sœurs, mais parce qu'il n'était pas bien sûr de ne pas rencontrer un obstacle à ses projets, sous la forme d'un gentleman qui ne s'était pas encore découvert, lequel pouvait ne pas être étranger à la disparition de la jeune fille. Après mûre réflexion, il résolut de s'en tenir là, pour le moment, et de se livrer aux circonstances. En attendant, il fallait courir au plus pressé, c'est-à-dire devancer le messager de Londres, et s'assurer de la jeune personne elle-même.

« Cette enfant m'intéresse, se disait le capitaine tout en flânant avec majesté sur la berge déserte. Je l'ai toujours regardée, et je la regarderai toujours, comme ayant sur moi les droits d'une nièce. »

En ce moment même, où se trouvait cette parente d'adoption ? En d'autres termes, comment était-il probable qu'une jeune personne, dans la position critique de Magdalen, emploierait son temps jusqu'au retour de Mr. Huxtable ? S'il fallait décidément croire à l'existence de ce gentleman incommode que le capitaine avait pressenti à l'arrière-plan, ce serait temps perdu que de chercher à résoudre cette question. Mais s'il fallait regarder comme exactes les inductions suggérées par l'affiche, si la jeune fille était réellement seule, à ce moment précis, dans la ville de York, où avait-on une chance de la rencontrer ?

Ce ne serait pas, pour commencer, dans les rues hantées par la foule. Ce ne serait pas à la cathédrale, car l'heure était passée où l'on pouvait la visiter et admirer les nombreuses curiosités qu'elle renferme. Serait-ce à la gare, dans la salle d'attente ? Elle ne courrait pas ce risque. La trouverait-on dans quelque hôtel ? Bien douteux, vu qu'elle était absolument seule. Chez un pâtissier ? Beaucoup plus probable. Dans un fiacre, à se faire promener ? Possible mais pas certain. Ou bien sortie pour tuer le temps, et vaquant dans quelque endroit retiré ? Assez vraisemblable encore, par cette belle soirée d'automne. Le capitaine s'arrêta, pesant les droits relatifs que pouvait avoir à son attention le pâtissier d'un côté, l'endroit retiré de l'autre, et se décida pour la seconde des deux hypothèses. De sept à huit heures, il aurait tout le temps de chercher Magdalen chez les pâtissiers, de s'enquérir d'elle aux principaux hôtels ou, finalement, de l'intercepter dans le voisinage immédiat de Mr. Huxtable. Pendant qu'il faisait encore jour, le plus sage était d'en profiter pour la chercher à la promenade. Mais où ? L'Esplanade, certes, était un endroit retiré, cependant la jeune fille n'y était pas ; elle n'était pas non plus sur la rue solitaire qui longeait ensuite les murs de l'Abbaye… Où donc, maintenant ? Le capitaine s'arrêta, regarda de l'autre côté de la rivière, s'anima tout à coup sous l'influence d'une nouvelle idée, et se hâta de retourner au bac.

« La promenade des Murailles, pensait cet homme judicieux, en clignant ses yeux vairons… York n'a pas d'endroit plus tranquille, et les étrangers y vont tous. »

Dix minutes n'étaient pas écoulées que le capitaine Wragge explorait déjà ce nouveau champ de recherches. Il monta sur les murailles (qui enferment toute la partie occidentale de la cité) par la poterne de North Street, où la promenade commence ces longs détours qui la mènent à son extrémité méridionale et aboutissent au passage étroit de Rosemary Lane. Il était alors sept heures moins vingt. Le soleil était couché depuis plus d'une demi-heure ; il incendiait encore à l'occident, de ses rouges clartés, les dernières limites d'un ciel sans nuages ; les lueurs attendries du crépuscule atténuaient tous les objets visibles, sans les obscurcir encore. Le petit nombre de réverbères qui commençaient à s'allumer dans la rue au-dessous marquaient à peine le crépuscule de petites taches jaunâtres, au moment où le capitaine se mit à parcourir un des sites les plus frappants que l'Angleterre puisse montrer.

A sa droite s'étendaient le plain pays par-delà les murs, les prairies plantureuses, les branches d'arbres qui les divisent, les larges méandres de la rivière lointaine et, plus près, les bâtisses éparses, le tout enveloppé dans le calme du soir, et embelli par les splendeurs du jour mourant. A sa gauche, la majestueuse façade de la cathédrale de York exposé au couchant dominait la ville, et le sommet de ses tours altières attrapait les derniers reflets du soleil disparu. Ce noble spectacle avait-il attiré, retenait-il encore la jeune fille objet de tant de recherches ? Non ; jusque-là, nul indice d'elle. Le capitaine promena autour de lui un regard attentif et poursuivit sa marche.

Il atteignit l'endroit où les rails du chemin de fer se frayent un passage à travers les arceaux du vieux mur. Il s'arrêta là, en cet endroit où l'entreprise ferroviaire, bruyante et palpitante, vient troubler la majesté morte des temps passés et creuse sa voie sous les vieilles pierres historiques qui rappellent l'époque où York était fortifiée, le siège qu'elle a soutenu il y a deux cents ans ; il s'arrêta là, cherchant de nouveau Magdalen et la cherchant en vain. Une foule d'oisifs contemplait l'activité qui régnait sur les rails, mais Magdalen n'était point parmi eux. Le capitaine leva ses yeux incertains vers le ciel qui commençait à s'obscurcir, reprit sa marche de plus belle.

Il s'arrêta de nouveau là où la poterne de Mucklegate est encore debout, et comme jadis sert d'étai à la vieille muraille. Ici la chaussée pavée descend quelques degrés, passe sous l'obscur corps de garde de l'ancien poste, remonte ensuite et continue sa course vers le sud, jusqu'à ce que ses murs touchent de nouveau la rivière. Le capitaine s'arrêta et fouilla du regard les recoins ténébreux du vieux corps de garde. La jeune fille attendait-elle dans ces ténèbres que l'obscurité se fît ailleurs ? S'y dérobait-elle aux indiscrets ? Non ; un ouvrier s'était seul attardé sous cette voûte de pierre, mais nulle autre créature vivante ne s'y abritait. Le capitaine monta les degrés qui aident à franchir la poterne, et poursuivit sa marche obstinée.

Il fit encore cinquante ou soixante pas sur le pavé de la chaussée, ayant d'un côté les faubourgs de York, de l'autre un sentier étroit et, sur une bande de terrains vacants, quelques carrés de jardins potagers. Mais il avançait à présent, l'œil animé, d'un pas plus rapide, car il voyait devant lui se dessiner la silhouette d'une femme seule, debout, près du parapet, le visage tourné vers le couchant. Il approcha avec précaution pour s'assurer que c'était bien Magdalen et se trouva fort près d'elle avant qu'elle tournât la tête et le remarquât. D'ailleurs, il n'y avait pas à se méprendre sur cette haute silhouette vêtue de noir, appuyée contre le parapet avec une grâce abandonnée. C'était bien elle, sous ce long manteau de deuil ; c'était bien son jeune visage, pâle et résolu, sur lequel venaient mourir, avec une sorte de langueur, les dernières clartés du jour. C'était bien elle, elle qui, trois mois auparavant, enfant gâtée des siens, trésor de leur maison, ne se trouvait jamais seule une minute, jamais une minute sans protection ; voilà qu'à l'aurore charmante de sa jeunesse, elle était là, perdue dans une ville étrangère, livrée à elle-même sur l'océan du monde.

Tout vagabond qu'il fût, ce premier aspect de la jeune fille ébranla l'indomptable assurance du capitaine Wragge. Et lorsque, lentement, elle tourna la tête de son côté, il souleva son chapeau avec tout le respect dont le laissait susceptible une longue existence d'audace et d'effronterie.

– Je crois avoir l'honneur de m'adresser à Miss Vanstone cadette, commença-t-il, un honneur que j'apprécie, et pour plus d'une raison.

Elle le regarda froidement, avec surprise. Nul souvenir du jour où cet homme les avait suivies, elle et sa sœur, tandis qu'elles rentraient avec Miss Garth, ne vint frapper sa mémoire quand il l'aborda, sa mise et ses manières sensiblement changées.

– Je crois que vous vous trompez, dit-elle avec calme. Vous m'êtes parfaitement inconnu.

– Veuillez m'excuser, répondit le capitaine, je suis en quelque sorte votre parent. J'ai eu le plaisir de vous voir au printemps dernier. En cette mémorable occasion, je me suis présenté à une digne gouvernante employée par feu monsieur votre père. Permettez-moi, dans des circonstances également agréables, de me présenter aujourd'hui à vous… Mon nom est Wragge.

Désormais il avait recouvré la pleine possession de son impudence ordinaire. Ses yeux vairons clignotaient gaiement et il accompagna d'une révérence de maître à danser cette modeste introduction.

Magdalen fronça le sourcil, et recula d'un pas. Le capitaine, pourtant, n'était pas homme à se laisser intimider par un accueil manquant de chaleur. Il jeta son parapluie sous son bras et se mit, en guise d'éclaircissement, à épeler le nom qu'il venait de prononcer :

– W, R, A, G, G, E… Wragge ! fit-il, comptant les lettres sur ses doigts, avec un geste à la fois plaisant et persuasif.

– Je me rappelle votre nom, dit Magdalen. Excusez-moi si je vous quitte un peu brusquement, mais j'ai un rendez-vous.

Elle fit un mouvement pour passer à côté de lui et prendre au nord la direction du chemin de fer. Mais il l'en empêcha aussitôt, levant les deux mains à la fois et protestant poliment en brandissant devant elle une paire de gants de tricot noir.

– Pas par là, dit-il, pas par là, mademoiselle Vanstone ! Je vous en prie et supplie, pas par là !

– Et pourquoi donc ? demanda-t-elle avec hauteur.

– Parce que, répondit le capitaine, c'est là le chemin qui mène chez Mr. Huxtable…

Dans le premier mouvement de surprise que lui causa cette réponse, Magdalen ne put s'empêcher de se pencher en avant et, pour la première fois, de regarder son interlocuteur bien en face. Il soutint à merveille cet examen soupçonneux, qui semblait, au contraire, le flatter :

– H, U, X… Hux, épela le capitaine, reprenant sa première plaisanterie, T, A… ta, B, L, E… ble. Huxtable.

– Que savez-vous donc de Mr. Huxtable, demanda-t-elle, et quelle est votre idée en me parlant de lui ?

Les lèvres arrondies du capitaine dessinèrent un arc plus prononcé. Il se hâta de répliquer comme l'exigeait la situation, en extrayant de sa poche l'affiche qu'il avait ramassée.

– Il fait encore assez clair, dit-il, pour des yeux si jeunes et si vifs. Avant que j'aborde les explications personnelles que votre flatteuse curiosité réclame de moi, veuillez accorder à ce document quelques secondes d'attention !

Elle prit l'affiche qu'il lui tendait. Aux dernières heures du crépuscule, elle lut les lignes qui fixaient le prix qu'on était prêt à payer pour la retrouver, ces lignes impitoyables qui la décrivaient au public comme on décrit un chien perdu. Rien ne l'avait préparée à ce choc, et aucune bonne parole n'en atténuait la pénible impression. L'intrigant, dont les yeux rusés ne la perdirent pas de vue pendant sa lecture, ne savait pas davantage qu'elle que cet avis qu'il avait dérobé n'avait été préparé qu'en prévision du pire et qu'on ne devait s'en servir qu'après avoir usé vraiment de tout autre moyen pour retrouver la trace de Magdalen. L'affiche tomba des mains de la jeune fille, et son visage se couvrit d'une vive rougeur. Elle se détourna du capitaine Wragge, comme s'il n'existait plus pour elle.

« Oh, Norah, Norah ! se dit-elle avec affliction. Après la lettre que je t'ai écrite, après ce qu'il m'en a coûté de partir ! Oh, Norah… Norah ! »

– Comment se porte Norah ? demanda le capitaine avec toute la politesse requise.

Un éclair irrité brillait dans les grands yeux gris de Magdalen quand elle se retourna pour lui répondre :

– Est-ce que ce papier est étalé publiquement ? lui demanda-t-elle en foulant l'affiche aux pieds. Est-ce que les taches de mon cou sont signalées à toute la ville de York ?

– Veuillez vous calmer, continua Wragge de sa voix la plus persuasive… Jusqu'à présent, j'ai toute raison de croire que vous avez eu sous les yeux le seul exemplaire en circulation. Souffrez que je le ramasse…

Mais avant que ses doigts eussent touché l'affiche, Magdalen s'en empara, la déchira en mille morceaux et en jeta les débris par-dessus le mur.

– Bravo ! s'écria le capitaine. Vous me rappelez votre pauvre chère mère. C'est là une vivacité de famille, mademoiselle Vanstone ; nous avons tous hérité de mon grand-père maternel ce tempérament sanguin.

– Comment vous l'êtes-vous procurée ? demanda-t-elle tout à coup.

– Mais, chère créature, je viens de vous le dire, remontra le capitaine, nous la tenons de mon grand-père maternel.

– Comment vous êtes-vous procuré cette affiche ? répéta-t-elle avec un accent passionné.

– Mille et mille pardons ! J'étais tout à notre vivacité familiale. Comment je me la suis procurée ? Rapidement, de la façon suivante…

Ici le capitaine Wragge se mit en scène, exerçant sa voix, comme de coutume, à prononcer avec la plus vive satisfaction oratoire les mots les plus longs du vocabulaire britannique. N'ayant, du reste, dans cette occasion bien rare pour lui, aucun projet à dissimuler, cet éloquent personnage se départit de ses habitudes ordinaires et, fort étonné de cette situation, se donna le plaisir de dire la vérité toute nue.

L'effet que ce récit produisit sur Magdalen ne fut pas tout à fait celui qu'en attendait le capitaine Wragge. Elle ne fut ni autrement étonnée ni autrement irritée ; elle ne montra aucun désir de s'en remettre à lui et de prendre ses conseils. Elle le regardait fixement, et lorsqu'il eut fort proprement arrondi sa dernière période, elle ne lui dit que ceci :

– Continuez !

– Continuer ? répéta le capitaine. Bien fâché de tromper votre attente : le fait est que j'en ai fini.

– Non, répondit-elle, vous n'êtes pas au bout de votre histoire... Ce qui la complète, le voici : vous êtes venu ici pour m'espionner et vous voulez gagner les cinquante livres de récompense.

Ces simples paroles frappèrent si bien le capitaine Wragge en pleine poitrine que, sur le moment, il demeura muet. Mais il avait trop souvent fait face à toute espèce de vérités désagréables pour être longtemps déconcerté par aucune d'elles. Avant que Magdalen eût pu poursuivre ses avantages, l'intrigant avait recouvré son équilibre, Wragge était de nouveau lui-même.

– Joli, joli ! dit le capitaine avec un rire indulgent et en frappant le pavé du bout de son parapluie. Il y a des gens qui prendraient ceci au sérieux : mais je ne me pique pas facilement... Essayez encore !

Magdalen le regardait dans l'obscurité de plus en plus enveloppante ; elle le regardait, muette et perplexe. Le peu qu'elle avait entrevu de la société ne lui avait montré que des gens ayant tous peu ou prou le sens de l'honneur, et occupant une certaine position sociale. De tous les produits qu'émet la grande manufacture de la civilisation, elle ne connaissait que les mieux réussis. C'était là une des lacunes de son éducation, et, malgré toute sa promptitude d'esprit, elle se trouvait fort embarrassée pour y suppléer.

– Excusez-moi de revenir sur ce sujet, poursuivit le capitaine, mais il me vient juste à l'esprit que vous avez peut-être parlé sérieusement. Ma pauvre enfant ! comment pourrai-je gagner les cinquante livres avant que la récompense me soit offerte ? Or ces affiches ne seront peut-être pas rendues publiques d'ici à huit jours... De quelque prix que vous soyez pour tous vos parents (moi compris), je vous garantis bien que les hommes de loi chargés de diriger cette affaire ne payeront qu'à la dernière extrémité, même pour vous retrouver, une somme aussi forte… Êtes-vous encore persuadée que mes poches de nécessiteux soient béantes pour engloutir cet argent ? A merveille ! De vos jolis doigts, alors, reboutonnez-les malgré moi. Il y a un train pour Londres ce soir, à neuf heures quarante-cinq… Cédez aux désirs de vos amis et retournez les trouver !

– Jamais ! dit Magdalen, qui prit feu devant cette suggestion, tout ainsi que le capitaine l'avait bien prévu. Si mon parti n'avait pas déjà été pris, cette ignoble affiche m'aurait décidée. Je pardonne à Norah, continua-t-elle, se détournant et se parlant à elle-même, mais non pas à Mr. Pendril ni à Miss Garth.

– J'avais raison, remarqua le capitaine Wragge. Tout à fait l'esprit de la famille ! A votre âge, moi qui vous parle, j'aurais fait de même : c'est dans le sang… Écoutez ! L'horloge sonne sept heures et demie. Veuillez, mademoiselle Vanstone, excuser cette brusquerie opportune, mais si vous devez suivre l'idée que vous venez d'émettre, si vous voulez continuer à rester votre propre maîtresse, il faut, avant qu'il soit huit heures, adopter une marche quelconque. Vous êtes inexpérimentée et dans un péril imminent. D'un côté, une position critique et de l'autre me voici, moi, vous portant tout l'intérêt qu'un oncle a pour sa nièce, et rempli jusqu'au bord de conseils excellents… Vous n'avez qu'à tourner le robinet.

– Et si je veux ne dépendre de personne ? si je veux demeurer libre de mes actions ? demanda Magdalen… Que se passe-t-il alors ?

– Alors, répondit le capitaine, vous irez vous fourrer tout droit dans une des quatre souricières que l'on a placées pour vous prendre aux quatre coins de cette vieille et intéressante cité de York. Souricière numéro un : la maison de Mr. Huxtable ; souricière numéro deux : les hôtels quels qu'ils soient ; souricière numéro trois : la gare ; souricière numéro quatre, le théâtre. L'homme qui apportait les affiches disposait d'une heure devant lui : s'il n'a pas déjà établi ces quatre souricières (avec l'assistance de l'avocat auquel il était recommandé), il n'est pas l'adroit petit clerc pour lequel je l'ai pris… Allons, allons, ma chère enfant ! S'il y a quelqu'un en coulisse dont les conseils vous semblent préférables aux miens…

– Vous voyez que je suis seule, interrompit-elle fièrement. Si vous me connaissiez mieux, vous sauriez que je ne compte sur personne d'autre que moi-même.

Ces paroles tranchèrent l'unique incertitude qui restait dans l'esprit du capitaine, à savoir si, dans cette direction, le chemin s'ouvrait libre devant lui. Bien évidemment, le motif de Magdalen, en quittant sa famille, avait été celui que l'affiche assignait à sa fuite, une indomptable fantaisie d'embrasser la carrière dramatique. « De deux choses l'une, pensa Wragge selon sa logique habituelle ; dans la situation où la voilà, elle vaut pour moi plus ou moins de cinquante livres sterling ; si elle vaut plus, nous laisserons ses amis tendre inutilement leurs appeaux ! si elle vaut moins, je n'ai qu'à la tenir sous clef jusqu'au moment où les affiches auront été posées. » Encouragé par cette simple alternative, le capitaine revint à la charge et plaça poliment Magdalen face au choix inévitable, soit de se confier à lui, soit de retourner chez les amis qui la réclamaient.

– Partout où je la trouve, déclara-t-il en se donnant des airs de sévérité vertueuse, je respecte l'indépendance de caractère. Dans une jeune et jolie parente, je fais plus que la respecter, je l'admire. Mais (excusez cette assertion téméraire) pour suivre un chemin à soi, il faut d'abord avoir un chemin que l'on puisse suivre. Dans les circonstances présentes, votre chemin, où est-il ? Pour commencer, il ne peut plus être question de Mr. Huxtable.

– Il ne peut plus en être question ce soir, dit Magdalen, mais qui m'empêche d'écrire à Mr. Huxtable, et de prendre avec lui, pour demain, des arrangements où personne n'aura rien à voir.

– Je vous le concède de bon cœur. C'est une idée, une ingénieuse idée. Maintenant, à mon tour : pour arriver à demain (excusez encore une fois cette assertion téméraire), il faut bien passer la nuit... Où coucherez-vous, je vous prie ?

– Est-ce qu'il n'y a pas d'hôtels à York ?

– D'excellents hôtels pour familles nombreuses, excellents aussi pour des célibataires du sexe masculin ! mais les pires hôtels du monde pour les belles jeunes personnes qui viennent y frapper toutes seules, sans escorte mâle, sans femmes de chambre qui les suivent et sans un seul article de bagage. Si noir qu'il fasse, j'imagine bien que je pourrais voir une caisse à robes s'il s'en trouvait une dans notre voisinage immédiat.

– Ma caisse est consignée au chemin de fer... Qu'est-ce qui m'empêcherait de l'envoyer chercher ?

– Rien au monde, si vous voulez communiquer votre adresse au moyen de cette caisse indiscrète, absolument rien au monde ! Réfléchissez, je vous supplie de réfléchir ! Supposez-vous réellement que les gens qui vous cherchent soient assez insensés pour ne pas avoir l'œil sur le bureau de consigne ? Les supposez-vous assez niais, quand ils vous verront manquer, chez Mr. Huxtable, au rendez-vous de huit heures, pour ne pas faire enquête dans tous les hôtels ? Pensez-vous qu'une jeune personne aussi remarquable que vous (à supposer même qu'on voulût vous y recevoir) puisse aller prendre résidence dans une auberge, sans devenir aussitôt pour tout le monde un objet de remarques et de curiosité ! Voici la nuit qui se fait de plus en plus vite… Je ne prétends nullement vous importuner, souffrez seulement que je répète ma question : où passerez-vous la nuit ?

A cette question, pas de réponse. Dans la position de Magdalen, elle n'avait évidemment rien à répliquer. Aussi se taisait-elle.

– Où passerez-vous la nuit ? répéta le capitaine. La réponse se présente d'elle-même : vous passerez la nuit sous mon toit. Mrs. Wragge sera charmée de vous recevoir… Regardez-la comme votre tante, je vous prie ! La logeuse est une veuve, la maison est près d'ici, il n'y a point d'autre locataire, et tout justement une des chambres est à louer… Est-il rien de plus complètement satisfaisant à tous égards ? Veuillez remarquer que je ne dis rien relativement à demain ; je vous laisse demain et me limite exclusivement à ce soir… Il se peut que je décide ou non de vous faire bénéficier de quelques facilités que j'ai dans le milieu du théâtre. Je ne sais pas, je ne puis dire jusqu'où m'entraîneront la sympathie et l'admiration que m'inspirent l'indépendance, l'intrépidité de votre caractère… On citerait par centaines les étoiles brillantes du théâtre anglais qui ont commencé leur noviciat dramatique de la même façon que vous commencez le vôtre, et ces beaux exemples peuvent, le cas échéant, se présenter à mon souvenir. Nous traiterons ultérieurement de tout ceci… pour le moment je me borne à ce que le devoir m'impose. Nous sommes à cinq minutes de ma demeure… Permettez-moi de vous offrir le bras… Non ? Vous hésitez ? Vous vous méfiez de moi ? Juste ciel ! serait-il possible que vous eussiez entendu tenir sur mon compte des propos désavantageux ?

– Très possible, dit Magdalen, sans reculer un moment devant cette réponse désobligeante.

– Pourrais-je être mis au courant ? demanda le capitaine avec le calme le plus courtois… N'épargnez pas ma susceptibilité ! Ayez l'obligeance de me tout dire. Eh bien, franchement, que vous a-t-on raconté ?

Elle lui répondit comme répond une femme aux abois, sans le plus léger souci des conséquences que ces paroles pourraient avoir ; elle lui répondit sur-le-champ :

– J'ai entendu dire que vous êtes une crapule.

– En vérité ? répondit l'imperturbable Wragge. Une crapule ? Eh bien, soit ! je n'exercerai que plus tard le droit que j'ai de rectifier vos idées à ce sujet. Mais supposons, pour les besoins de l'argumentation, que je suis une crapule… qu'est donc Mr. Huxtable ?

– Un homme digne d'estime ; sans quoi je ne l'aurais pas trouvé dans la maison où nous nous sommes vus pour la première fois.

– A merveille ! Maintenant, une simple observation. Vous parliez, il y a une minute, d'écrire à Mr. Huxtable ? Eh bien ! que doit faire, à votre avis, un homme digne d'estime, à l'égard d'une jeune fille qui vient à lui sans lui dissimuler qu'elle s'est échappée de chez ses parents avec le projet de monter sur les planches ? Ma chère enfant, d'après votre exposé même, ce n'est pas d'un homme estimable que vous aurez besoin dans la situation où vous vous êtes mise, c'est d'une crapule comme moi.

Magdalen se mit à rire amèrement.

– Il y a quelque chose de vrai, dit-elle. Je vous remercie de m'avoir rappelée à moi-même et à la situation que je me suis faite. J'ai mon but où il faut que j'arrive, mais qui suis-je donc pour choisir mon chemin sur cette route fangeuse ? A mon tour de vous demander pardon ! Je vous ai parlé comme si j'étais une jeune personne bien née et bien placée dans le monde… Sottises pures ! Nous en savons plus long là-dessus, n'est-ce pas, capitaine Wragge ? Vous avez, ma foi, raison : l'Enfant de Personne peut bien coucher sous le toit de N'importe Qui… pourquoi pas sous le vôtre ?

– Par ici ! dit le capitaine, profitant adroitement de ce brusque changement d'humeur, et s'abstenant prudemment de l'exaspérer par le moindre propos. Venez, c'est de ce côté.

Elle fit avec lui quelques pas mais s'arrêta soudain :

– Supposons, s'écria-t-elle à brûle-pourpoint, que je vienne à être découverte… Qui donc a sur moi la moindre autorité ? Qui peut me remmener malgré moi ? Quand bien même tous ceux qui me cherchent me trouveraient dès demain, ne puis-je dire non à Mr. Pendril ? Ne puis-je me fier à mon courage pour résister à Miss Garth ?

– Et ce courage vous suffira-t-il pour résister à votre sœur ? dit tout bas le capitaine, qui n'avait point oublié les allusions à Norah qui par deux fois déjà avaient échappé à la jeune fille.

La jeune fille pencha la tête. Elle frissonna comme si l'air frais de la nuit l'avait tout à coup saisie et s'adossa languissamment au parapet de la muraille.

– Résister à Norah ? Non, fit-elle tristement. Vis-à-vis des autres, je me sens de force, mais pas avec Norah !

– Par ici ! répéta le capitaine Wragge.

Elle se redressa, leva les yeux sur le ciel obscurci et regarda tout autour le paysage qui se couvrait de ténèbres.

– Que ce qui doit être s'accomplisse ! dit-elle, se laissant entraîner par son nouveau guide.

L'horloge de la cathédrale sonnait huit heures moins le quart lorsque, quittant la promenade des Murailles, ils descendirent les degrés qui conduisaient dans Rosemary Lane. Presque au même moment, le clerc dépêché par l'avocat de Londres donnait à ses subalternes leurs dernières instructions, et s'embusquait lui-même de l'autre côté de la rivière, de façon à surveiller sans peine la porte de Mr. Huxtable.

II

Le capitaine Wragge fit halte, à mi-chemin de l'unique rangée de maisons qui composait Rosemary Lane, et ouvrit la porte de sa demeure avec la clef qu'il avait dans sa poche. Comme ils entraient dans le corridor, une femme aux traits fatigués et portant un bonnet de veuve parut avec une chandelle.

– Ma nièce, dit le capitaine en lui présentant Magdalen, ma nièce qui est venue visiter York... Elle se contentera de la chambre qui vous reste à louer. Veuillez donc, je vous prie, considérer cette chambre comme arrêtée par ma nièce, et prenez bien soin d'aérer les draps de lit ! Mrs. Wragge est-elle là-haut ? Fort bien. Vous pouvez me prêter votre chandelle. Chère enfant, le boudoir de Mrs. Wragge est au premier. Mrs. Wragge est visible, permettez-moi de vous montrer le chemin !

Tandis qu'il passait le premier sur l'escalier, la misérable veuve murmura d'un ton suppliant à l'oreille de Magdalen :

– J'espère, mademoiselle, que vous me payerez ? Votre oncle n'y songe guère.

Le capitaine ouvrit la porte qui faisait face au palier du premier étage, laissant apparaître une personne du sexe féminin, pompeusement attifée d'une robe de satin jaune d'ambre, usée et flétrie ; elle était seule, assise dans un petit fauteuil bas, ayant aux mains de vieux gants crasseux, sur les genoux un vieux volume en lambeaux et, à côté d'elle, un petit bougeoir économique. Cette longue personne se terminait, à son extrémité supérieure, par une large face blanche, lisse et ronde, une espèce de pleine lune, encadrée dans un bonnet à rubans verts, et faiblement éclairée par des yeux d'un bleu doux et passé qui envoyaient devant eux, sans trop savoir où, leur regard vague. Quand la porte s'ouvrit, ils ne semblèrent pas prendre garde à la présence de Magdalen.

– Madame Wragge ! cria le capitaine, comme s'il avait à la tirer d'un profond sommeil. Madame Wragge !

La dame aux yeux bleu passé se leva lentement et déploya une taille qui semblait n'en plus finir. Lorsqu'à la longue elle fut tout à fait debout, sa stature dépassait six pieds d'au moins deux ou trois pouces. Par une sage précaution de la Providence, les géants des deux sexes sont créés, pour la plupart, avec les instincts les plus doux. L'épouse du capitaine, conformément à cette loi, devait en remontrer au mouton le plus pacifique.

– Le thé… serait-ce déjà le thé ? demanda Mrs. Wragge, abaissant un regard soumis sur ce mari dont la tête lui venait à peine aux épaules, alors qu'il se dressait sur ses orteils.

– Miss Vanstone cadette, dit le capitaine, présentant ces dames l'une à l'autre. Notre belle parente, qu'un heureux hasard m'a fait rencontrer. Elle est notre invitée pour la nuit. Notre invitée ! Chez nous ! répéta le capitaine, criant de plus belle, comme si la géante était encore endormie, et cela malgré ses yeux qu'elle tenait grands ouverts.

Un sourire vint s'esquisser (bien faiblement) sur ce grand espace vide que constituait le visage de Mrs. Wragge :

– Oh ! fit-elle, évidemment embarrassée, oh, vraiment ? Eh bien, mademoiselle, voulez-vous vous asseoir ? Je suis bien fâchée… c'est-à-dire, non… je suis ravie, au contraire…

Elle s'arrêta, et d'un regard désespéré sembla consulter son mari.

– Ravie, cela va de soi ! cria le capitaine.

– Ravie cela va de soi, répéta fidèlement la géante en satin jaune d'ambre, avec plus de douceur que jamais.

– Mrs. Wragge n'est pas sourde, expliqua le capitaine. Elle est seulement un peu… lente. Constitution engourdie, si je puis employer cette expression. Je ne lui parle à voix si haute (et je vous supplierai de vouloir bien adopter le même ton vis-à-vis d'elle) que pour fournir à ses idées le stimulant dont elles ont besoin… Criez à ses oreilles, et sa pensée obéit au signal. Bornez-vous à lui parler, et tout aussitôt sa pensée s'envole à cent lieues… Madame Wragge !

Mrs. Wragge accusa aussitôt l'efficacité du stimulant :

– C'est le thé qu'il vous faut ? demanda-t-elle pour la seconde fois.

– Redressez votre bonnet ! Il est de travers ! cria le mari. Je vous demande dix mille pardons, reprit-il, s'adressant derechef à Magdalen. Il faut bien l'avouer, mon amour de l'ordre fait de moi un martyr. Toute chose mal rangée, tout défaut de méthode et de régularité me cause l'irritation la plus vive. Mon attention s'en trouve distraite, mon sang-froid bouleversé, je n'ai de repos que lorsque les choses sont remises à bien. A ne parler que de l'extérieur, Mrs. Wragge est, à mon grand regret, la femme la plus de travers que j'aie jamais rencontrée… Plus à droite ! cria le capitaine lorsque Mrs. Wragge, ainsi qu'une enfant bien élevée, offrit à l'inspection de son mari la coiffure qu'elle venait de réviser.

L'humble et docile géante se hâta sur cet ordre de tirer son bonnet du côté gauche. Magdalen se leva et, l'aidant, remit les choses en état. La face lunaire de Mrs. Wragge s'éclaircit alors pour la première fois. Elle jetait des regards d'admiration sur le manteau et le chapeau de Magdalen :

– Aimez-vous la toilette, mademoiselle, lui demanda-t-elle tout à coup à voix basse, et sur le ton le plus confidentiel. Je l'aime, moi, passionnément.

– Montrez sa chambre à Miss Vanstone, dit le capitaine à qui la maison tout entière semblait appartenir. La chambre d'amis, la chambre de réserve, au troisième, en face ! Offrez à Miss Vanstone tous les objets de toilette dont elle peut avoir besoin ! Elle n'a pas emporté de bagages. Suppléez à ce qui manque et revenez faire le thé !

Mrs. Wragge indiqua, par un regard d'étonnement placide, qu'elle avait à peu près compris ces ordres impérieux. Elle précéda Magdalen hors de la chambre, munie d'une chandelle que le capitaine, toujours attentif, avait pris soin de lui remettre.

Dès qu'elle furent seules sur le palier, Mrs. Wragge leva le volume tout déchiré qu'elle lisait au moment où Magdalen lui avait été présentée et que ses mains distraites n'avaient pas abandonné depuis lors, puis elle s'en frappa le front avec une lenteur tragique :

– Oh, ma pauvre tête ! s'écria-t-elle, absorbée dans un doux soliloque. Voilà mon bourdonnement pire que jamais !

– Votre bourdonnement ? répéta Magdalen au comble de la surprise.

Mrs. Wragge monta l'escalier sans donner la moindre explication, s'arrêta devant une des chambres du second étage et y entra la première.

– Nous ne sommes pas au troisième, dit Magdalen. Cette chambre n'est certainement pas la mienne !

– Un moment ! supplia Mrs. Wragge. Avant de monter plus haut, mademoiselle, un moment de halte ! Ma tête bourdonne plus fort que jamais. Veuillez attendre un instant que j'aille mieux.

– Dois-je appeler ? demanda Magdalen. Désirez-vous que notre logeuse vienne vous soigner ?

– Me soigner ? répéta Mrs. Wragge. Dieu merci, je n'ai pas besoin que l'on me soigne ! J'ai l'habitude. Ce bourdonnement va et vient dans ma tête depuis… depuis combien d'années ?

Elle s'arrêta, réfléchit, se perdit dans ses calculs et, tout à coup, désespérant d'en sortir, hasarda une question :

– Êtes-vous jamais allée, à Londres, chez le restaurateur Darch ? demanda-t-elle avec l'accent du plus vif intérêt.

– Non, répondit Magdalen, que cette étrange question prenait tout à fait à court.

– C'est là que mon bourdonnement a commencé, dit Mrs. Wragge, suivant sa nouvelle idée avec une attention, une anxiété profondes. J'étais employée au service dans ces *dining rooms* de Darch… c'est ça. Les messieurs arrivaient toujours ensemble, ils avaient tous faim ensemble et commandaient tous à la fois…

Elle se tut, et d'un air accablé appuya son front sur le vieux volume en lambeaux.

– Et vous aviez tous ces ordres à garder en votre mémoire ? Il fallait vous les rappeler distinctement ? suggéra Magdalen, qui voulait lui venir en aide. Et ce sont ces efforts de mémoire qui ont un peu troublé vos idées ?

– Voilà précisément, voilà ! dit Mrs. Wragge, prise d'une excitation subite. Porc bouilli aux légumes, et pudding de pois pour le numéro un… Étuvée de bœuf aux carottes, et tarte aux groseilles pour le numéro deux… Tranche de mouton, sans tarder, et bien cuite, et beaucoup de gras, pour le numéro trois… Cabillaud au panais, puis deux côtelettes, brûlantes, ou je vous extermine ! pour le numéro quatre. Cinq, six, sept, huit, neuf, dix. Carottes et tarte aux groseilles, pudding de pois et beaucoup de gras, tranche de porc frais, de bœuf, de mouton, toutes bien coupées, et dépêchez-vous ! *Stout* pour l'un, *ale* pour l'autre ; pain rassis pour ce gentleman, pain frais pour cet autre ; celui-ci aime le fromage, celui-là, non ; Matilda ! Tilda, Tilda ! cinquante fois de suite, jusqu'à ce que je ne reconnaisse plus mon propre nom. Oh, mon Dieu ! mon Dieu !! mon Dieu !!! Tous ensemble, tous à la fois, tous en colère, tous bourdonnant dans ma pauvre tête, comme quarante mille millions de guêpes… Ne le dites pas au capitaine ! Surtout ne le dites pas au capitaine !

Ici, l'infortunée créature laissa tomber les débris épars de son vieux volume et se prit la tête à deux mains, fixant sur la porte un regard éperdu de terreur.

– Chut ! chut ! dit Magdalen. Le capitaine ne vous a pas entendue. Je sais maintenant ce que vous avez à la tête. Laissez-moi vous la rafraîchir.

Elle trempa une serviette dans de l'eau et l'appliqua sur la tête ardente et vide que Mrs. Wragge lui livrait avec la docilité d'une enfant malade.

– Quelle jolie main vous avez ! dit la pauvre créature qui se sentait soulagée et avait pris dans ses mains, avec admiration, celles de la jeune fille. Comme elle est douce et blanche ! Je tâche, moi aussi, d'être distinguée ; je garde toujours mes gants, mais je n'aurai jamais des mains comme les vôtres. Je suis pourtant bien habillée, n'est-ce pas ? J'aime la toilette, c'est ma consolation. Je suis toujours heureuse quand je passe ma garde-robe en revue… Dites, vous ne vous fâcherez pas contre moi ? Je voudrais tant essayer votre chapeau !

Magdalen, avec cette compassion qui caractérise la jeunesse, satisfit aussitôt cette fantaisie. La longue dame se souriait à elle-même dans le miroir et s'adressait de petits signes d'amitié, le chapeau perché sur le sommet de sa tête.

– Autrefois, dit-elle, j'en avais un tout aussi joli. Seulement, il était blanc et non pas noir… Je le portais le jour où le capitaine m'a épousée.

– Où l'avez-vous rencontré ? demanda Magdalen, posant cette question dans l'espoir d'obtenir quelques renseignements supplémentaires sur le capitaine.

– Aux *dining rooms*, dit Mrs. Wragge. Il était, de tous ces gens à servir, le plus affamé, le plus bruyant. J'ai commis plus de méprises avec lui tout seul qu'avec tous les autres réunis. Il jurait, oh, mais il jurait !

Quand il a cessé de jurer après moi, ce fut pour m'épouser. Bien d'autres que lui voulaient m'avoir… miséricorde, j'avais l'embarras du choix ! et pourquoi pas ? Quand il vous arrive un peu d'argent sur lequel vous ne comptez pas, si cela ne fait pas de vous une lady, je me demande ce qui pourrait le faire, je vous prie. Et une fois qu'on est une lady, n'a-t-on pas le droit de choisir ? J'avais eu mon petit héritage, je me trouvais le droit de choisir et, ma foi, j'ai choisi le capitaine. Il était le mieux mis et le plus petit de tous ces gens-là. Il a pris soin de moi et de mon argent… Me voici, moi, mais l'argent est parti ! Ne posez pas cette serviette sur la table, il n'aime pas cela ! Ne dérangez pas ces rasoirs, je vous prie, ou je ne saurais plus que devenir… Il faudra que je les remette en place demain matin… Le capitaine ne se rase pas lui-même, savez-vous ? Il m'a appris, et je le rase. Je lui taille aussi les cheveux, je lui fais les ongles. Il est bien difficile pour les ongles… et pour les pantalons ! et pour ses souliers ! et pour son journal, le matin ! et pour son déjeuner, son lunch, son dîner, son thé…

Frappée d'une réminiscence soudaine, elle s'arrêta, regarda autour d'elle et, remarquant à ses pieds le vieux volume délabré, joignit les mains par un geste de désespoir :

– J'ai perdu la page ! s'écria-t-elle avec découragement. Pauvre de moi, que vais-je devenir ? J'ai perdu la page…

– Tranquillisez-vous, lui dit Magdalen. Je vous aurai bientôt retrouvé l'endroit.

Elle ramassa le livre, y jeta un coup d'œil rapide et constata que l'objet des inquiétudes de Mrs. Wragge n'était rien d'autre qu'un vieux traité d'art culinaire, renfermant sous la triple rubrique de Marée, Viande et Volaille les recettes ordinaires que l'on trouve dans ce genre d'ouvrage. En feuilletant le volume, Magdalen arriva bientôt à l'une des pages, où se pressaient de petites taches d'humidité à moitié séchées.

– Curieux, fit-elle. Si ceci n'était pas un livre de cuisine, je jurerais qu'il a fait pleurer quelqu'un.

– Quelqu'un ? répéta Mrs. Wragge. Ce n'est pas quelqu'un, c'est moi… Mille remerciements, c'est bien l'endroit… Hélas ! ce n'est pas la première fois qu'il me fait pleurer. Et vous pleureriez aussi, vous, s'il vous fallait tirer de là les dîners du capitaine. A peine je m'assois pour étudier ce livre que j'ai tout aussitôt le bourdonnement dans ma tête.

Y a-t-il donc des gens qui comprennent ces choses ? Parfois il me semble que je les tiens, et puis tout s'en va, je ne sais comment... Parfois j'imagine que tout est parti, et tout me revient pêle-mêle. Voyez plutôt ! voici ce qu'il a commandé pour son petit déjeuner de demain : *Omelette aux herbes* – Battez deux œufs avec un peu d'eau ou de lait, du sel, du poivre, de la ciboulette et du persil. Hachez menu... Là, voyez un peu ! hachez menu ! Comment hacherais-je menu ce mélange de choses déjà liquides ? Mettez dans la poêle un morceau de beurre de la grosseur du pouce... Regardez votre pouce et regardez le mien : de quelle grosseur veut parler le livre ? Faites bouillir, mais non brunir... Si ce n'est brun, de quelle couleur faut-il que ce soit ? Le livre ne me le dit pas ; il suppose que je le sais, et je l'ignore... Versez l'omelette... Bon, cela, je puis faire... Laissez-la s'étendre. Relevez-la par les bords. Quand elle est cuite, retournez-la pour la doubler... Oh ! si vous saviez combien de fois je l'ai tournée et retournée dans ma tête, toute la soirée, avant votre arrivée ! Empêchez-la de durcir ; posez le plat sur la poêle, et retournez. Que dois-je retourner, au nom de Dieu ? Prenez encore la serviette mouillée, et dites-le moi ! Est-ce le plat ou bien la poêle ?

– D'abord le plat sur la poêle, dit Magdalen, puis la poêle sur le plat. Voilà, je pense, ce qu'on a voulu dire.

– Merci mille fois ! dit Mrs. Wragge. Il faut que je me le mette bien dans la tête. Pourriez-vous me le répéter ?

Magdalen satisfit ce vœu naïf.

– Puis la poêle sur le plat, répéta Mrs. Wragge avec un nouvel élan d'énergique bon vouloir... Je le tiens, à présent ! Oh, tant et tant d'omelettes qui me cuisent à la fois dans la tête ! Et toutes manquées ! Que je vous suis reconnaissante ! Vous m'avez complètement remise. Je suis seulement un peu fatiguée d'avoir tant parlé... Puis la poêle sur le plat, la poêle sur le plat... On dirait un refrain de chanson, n'est-ce pas ?

Sa voix faiblissait peu à peu, et ses paupières engourdies allaient se fermer. Au même instant la porte s'ouvrit au-dessous, et la basse sonore du capitaine monta dans la cage de l'escalier avec ce stimulant qu'il appliquait d'ordinaire aux facultés de sa femme :

– Madame Wragge ! cria-t-il. Madame Wragge !

A ce terrible appel, la pauvre femme se dressa sur ses pieds :

– Oh ! dit-elle avec une agitation folle, que m'a-t-il ordonné de faire ? Des masses de choses, sans nul doute, et voilà que j'ai tout oublié !

– Et bien ! quand il vous le demandera, dites que c'est fait, suggéra Magdalen. Il s'agissait de choses me concernant et dont je puis fort bien me passer… Je me souviens de tout ce qui est nécessaire : ma chambre est au troisième, la porte en face… Descendez et dites que je ne tarderai pas !

Elle prit la chandelle et poussa Mrs. Wragge sur le palier.

– Dites que je ne tarderai pas, lui recommanda-t-elle de nouveau tout bas.

Puis elle monta seule au troisième étage.

La chambre était petite, mal aérée, et pauvrement garnie. Aux jours d'autrefois, Miss Garth aurait hésité à loger dans un pareil cabinet le moindre domestique de Combe-Raven. Mais ce taudis était tranquille. Il procurait à Magdalen quelque minutes de solitude et, à ce titre, il ne lui était pas seulement supportable, il lui plaisait. Elle s'y enferma et, par cette première impulsion de toute femme installée pour la première fois dans une chambre quelconque, elle alla tout droit se placer devant une petite table boiteuse qui supportait un petit miroir verdâtre. Elle y demeura un moment, et se détournant ensuite avec une lassitude méprisante, songeant en elle-même : « Qu'importe si je suis pâle ou non ? Frank ne me verra pas… Que m'importe, à présent ? »

Elle ôta son manteau, son chapeau, et s'assit pour se recueillir quelques instants. Mais les événements de la journée l'avaient mise à bout. Les souvenirs du passé, quand elle essaya de se les rappeler, ne servaient qu'à la faire souffrir. L'avenir, quand elle essaya de le sonder, ne lui offrait qu'un vide peuplé de ténèbres. Elle se releva et, debout près de la croisée sans rideaux, se tint, regardant au-dehors, comme si dans la nuit désolée elle trouvait quelque sympathie pour sa propre désolation.

« Norah ! se disait-elle avec émotion. Je me demande si Norah pense à moi… Que ne puis-je me résigner comme elle ! Que ne puis-je oublier ce que nous devons à Michael Vanstone ! »

Son visage, devenu plus sombre, exprima une pensée vengeresse, et sans bruit elle se mit à parcourir de long en large sa petite cage : « Oh, non ! Jamais, tant que cette dette ne sera point payée ! » Ses pensées se reportaient ensuite vers Frank : « Encore en mer, le pauvre garçon !

de plus en plus loin de moi, naviguant tout le jour et toute la nuit… Ô mon Frank, aime-moi toujours ! »

Ses yeux se remplirent de larmes qu'elle refoula bravement ; puis elle marcha vers la porte et, tandis qu'elle l'ouvrait, se mit à rire avec la gaieté que donne le désespoir.

« Toute société vaut mieux que mes pensées, s'écria-t-elle en quittant la chambre. J'oublie ma parenté de fraîche date, ma tante à moitié folle et le drôle qui est mon oncle. » Elle descendit jusqu'au palier du premier étage et demeura là, retenue par une hésitation passagère. « Comment tout cela finira-t-il ? Où me conduira cette route sur laquelle je marche en aveugle ? Qui le sait et qui s'en soucie ? »

Là-dessus, elle poussa la porte.

Le capitaine Wragge présidait le thé, avec la majesté d'un prince trônant au centre d'un banquet diplomatique. D'un côté de la table était assise Mrs. Wragge, guettant le regard de son mari comme l'animal qui attend sa nourriture ; de l'autre se trouvait un fauteuil vide, vers lequel le capitaine fit ondoyer sa main persuasive, lorsque Magdalen eut franchi le seuil :

– Comment trouvez-vous votre chambre ? demanda-t-il. J'espère que Mrs. Wragge aura su se rendre utile ? Prenez-vous du lait, du sucre ? Essayez le pain local. Rendez hommage au beurre de York et constatez la fraîcheur des œufs du voisin, tout nouvellement pondus… Je vous offre le peu que j'ai, le repas d'un pauvre diable, chère enfant, assaisonné par le bon accueil d'un gentleman.

– Assaisonné avec du sel, du poivre, de la ciboulette et du persil, murmura Mrs. Wragge, s'accrochant immédiatement à cette parole qui lui rappelait le livre de cuisine, et attelant pour tout le reste de la soirée son cerveau à l'omelette.

– Asseyez-vous où vous devez être ! lui cria le capitaine. Plus à gauche ! bien droite ! C'est cela… Pendant que vous étiez là-haut, dit-il en s'adressant à Magdalen, mon intelligence n'est pas restée oisive. J'ai envisagé votre situation et ce que l'on peut en tirer d'avantageux pour vous. Si vous vous décidez, demain, à profiter des lumières de mon expérience, ces lumières sont absolument à votre service. Peut-être direz-vous, et très naturellement : « Mais, capitaine, je ne sais de vous que bien peu de chose, et ce peu-là n'est pas favorable. » Soit, mais à une condition : c'est que vous me permettrez, après le thé, de vous initier complètement à ce que je suis, à ce qu'est ma position. Toute fausse honte m'est étrangère. Vous voyez ma maison, mon pain, mon beurre et mes œufs très exactement tels qu'ils sont. Pendant que vous y êtes, chère enfant, vous me verrez aussi tel que je suis.

Lorsque le thé fut fini, Mrs. Wragge, sur un signal de son mari, se retira dans un coin de la pièce, où elle emporta son éternel traité de cuisine.

– Hacher menu, murmura-t-elle en passant près de Magdalen. Voilà une énigme, n'est-il pas vrai ?

– Encore les souliers détachés ! s'écria le capitaine, montrant du doigt les lourds pieds plats de sa femme qui traînaient sur le parquet. Le pied droit ! Soulevez le talon, madame Wragge, soulevez le talon !.. Permettez, continua-t-il, offrant son bras à Magdalen pour la conduire jusqu'à un mauvais petit sofa de crin. Vous devez avoir besoin de repos ; après un si long voyage, vous avez réellement besoin de vous reposer.

Il attira son fauteuil vers le sofa, et se mit à contempler la jeune fille avec un regard à la fois inquisiteur et mielleux tout à la fois, comme si, devenu son médecin, il eût ruminé en lui-même le diagnostic d'une maladie quelconque.

– Très agréable, très agréable ! dit le capitaine, quand il eut vu Magdalen confortablement installée sur le sofa. Je me sens en famille. Reviendrons-nous au sujet que nous devons traiter, ce misérable sujet que fournit ma triste personne ? Non, non, pas d'excuses, pas de protestations, je vous en supplie ! Laissez, de votre côté, les formalités inutiles, et comptez que, du mien, je ne marchanderai pas avec elles. Maintenant abordons les faits ; abordons les faits, je vous en prie. Qui suis-je et que suis-je ? Reportez-vous à la conversation que nous avons eue sur les Murailles de cette ville intéressante, et partons encore une fois du point de vue où vous vous étiez placée. Je suis une crapule, et à ce titre, ainsi que je vous l'ai déjà fait observer, l'homme le plus utile que vous ayez pu rencontrer. Remarquez bien maintenant : il est des crapules de plusieurs catégories, et je vais vous dire, pour commencer, celle à laquelle j'appartiens : je suis un escroc.

Son impudence si absolue avait quelque chose de surhumain. Pas la moindre trace de rougeur n'était venue animer le jaune monochrome de son teint ; un sourire aussi agréable que de coutume arquait ses lèvres flexibles ; ses yeux vairons clignaient du côté de Magdalen avec cette expression de franchise heureuse d'elle-même qui, en général, est l'apanage de l'innocence. Sa femme l'avait-elle entendu ? Magdalen regarda, par-dessus l'épaule du capitaine, vers l'angle où, derrière lui, Mrs. Wragge était assise. Mais non ! absorbée dans son étude, cette cuisinière novice travaillait assidûment à s'instruire. Son omelette imaginaire en était à ce point critique où le beurre doit tomber dans la poêle, ce morceau de beurre de dimension vague, auquel devait servir de mesure le premier pouce venu. Mrs. Wragge demeurait plongée dans la contemplation d'un de ses pouces, et secouait la tête en le regardant, comme si elle y eût trouvé quelque chose à dire.

– Ne vous troublez pas ! continua le capitaine, et ne soyez pas autrement surprise ! Escroc n'est qu'un mot de deux syllabes : E, S… es, C, R, O, C… croc, escroc. Définition : un agriculteur moral, un homme qui laboure le champ de la sympathie humaine. Je suis cet agriculteur, ce laboureur. Les médiocres à l'esprit obtus et jaloux des succès de ma profession m'appellent escroc. Et après ? Ces mêmes esprits médiocres attaquent de même, dans d'autres métiers, les hommes qui leur sont supérieurs ; ils traitent de barbouilleurs les grands écrivains, ils appellent bouchers les grands généraux et ainsi de suite. Tout cela dépend du point de vue où l'on se place. Selon votre point de vue, je me déclare escroc à haute et intelligible voix. A votre tour, maintenant, d'adopter le mien. Écoutez ce que j'ai à dire en ma faveur sur la manière dont j'exerce… Dois-je continuer à m'expliquer avec la même franchise ?

– Oui, dit Magdalen, et je vous apprendrai ensuite, tout aussi franchement, ce que j'en pense.

Le capitaine éclaircit sa voix par une légère toux. Il assemblait mentalement toute son armée de mots, cavalerie, infanterie et réserves, puis il en prit le commandement et engagea l'action, voulant enlever par une charge simultanée les fortifications morales de l'ordre social.

– Écoutez bien, commença-t-il. Me voici, pauvre et besogneuse créature. A merveille ! Sans compliquer la question en recherchant par quelles voies j'en suis venu là, je demanderai simplement si l'aide que l'on doit aux malheureux est ou non au nombre des devoirs que doit s'imposer une communauté chrétienne. Si vous répondez que non, vous me scandalisez, et tout finit là. Si au contraire vous dites oui, je prendrai la liberté de vous demander pourquoi je serais blâmable en incitant une communauté chrétienne à faire son devoir ? Vous voudrez peut-être savoir, à votre tour, si l'homme prévoyant qui a mis de l'argent de côté doit se regarder comme obligé d'en faire profiter l'homme imprévoyant qui n'a rien économisé ? Mais très certainement ! Et pour quelle raison, s'il vous plaît ? Mais, juste ciel, pour la seule raison qu'il possède cet argent. Sur toute la surface du globe, l'homme qui n'a rien tire quelque chose de l'homme qui possède, tantôt sous un prétexte, tantôt sous l'autre, et neuf fois sur dix le prétexte ne vaut rien… Eh quoi ! vos poches sont pleines, les miennes sont vides, et vous refusez de m'aider ? Misérable avare ! Pensez-vous donc que je vous permettrai de violer en ma personne les lois sacrées de la charité ? Je ne le souffrirai pas. Entendez-moi bien, je ne le souffrirai pas… Tels sont mes principes d'agriculture morale. Comment ! des principes qui impliquent la fraude ? Parfaitement. Suis-je donc à blâmer si le champ des sympathies humaines ne peut être cultivé par d'autres procédés ? Consultez mes confrères les agriculteurs, ceux qui exploitent une ferme : obtiennent-ils donc, sur simple requête, la moisson qui remplira leurs greniers ? Non ! Ils ont à circonvenir l'avare nature, exactement comme je circonviens l'homme pingre. Il leur faut labourer, semer, sarcler, drainer, assécher, etc. Et pourquoi donc viendrait-on me gêner, moi, lorsque j'entreprends la vaste tâche de drainer le sous-sol de l'humanité ? De quel droit me persécuterait-on quand je me donne tous les soins imaginables pour exciter les plus nobles sentiments de notre vulgaire nature ? Infamie ! Je ne sais pas d'autre mot pour caractériser cette manière d'agir : infamie ! Si je n'avais pas confiance en l'avenir, je désespérerais de l'humanité ; mais l'avenir a toute ma confiance… Oui ! un de ces jours (quand je ne serai plus de ce monde) les idées venant à s'élargir et la lumière à progresser, on reconnaîtra les mérites abstraits de cette profession que l'on flétrit aujourd'hui du nom d'escroquerie. Ce jour venu, que l'on ne m'arrache point à ma tombe, que l'on ne m'accorde point les vains honneurs des funérailles publiques, que l'on n'abuse pas de ce que je serai sans voix et sans défense pour m'insulter par quelque statue érigée au nom de la nation ! Non ! Qu'on rende simplement justice à ma pierre funéraire, en y gravant cette magistrale épitaphe : « Ici repose Wragge, embaumé par la tardive reconnaissance du genre humain : il laboura, sema, moissonna ses contemporains. La postérité sortie des ténèbres le félicite sur l'excellence constante de ses moissons. »

Il s'arrêta, non faute de confiance ni faute de mots, mais tout simplement faute de respiration.

– Je vous ai parlé en toute franchise, et j'ai donné cours à mon humeur enjouée, dit-il en souriant. Je ne vous ai point scandalisée, j'espère ?

Quelque lassitude et quelque abattement qu'elle éprouvât, soupçonnant les autres, doutant d'elle-même, Magdalen ne put s'empêcher, gaie comme elle était par nature, de sourire aux extravagances effrontées que le capitaine Wragge avait mises en avant pour plaider systématiquement la cause de l'escroquerie.

– Et dans le Yorkshire, la moisson est-elle, pour le moment, très abondante ? lui demanda-t-elle, cherchant, avec l'adresse particulière aux femmes, à le battre sur son propre terrain.

– Touché, touché à fond ! dit le capitaine exhibant les pans de sa jaquette de chasse usée jusqu'à la corde qui parlaient d'eux-mêmes. Ici ou ailleurs, chère enfant, la moisson ne manque jamais ; en revanche, un homme n'est pas toujours à même de la récolter à lui seul. Or j'ai le regret de dire que je souffre désespérément d'un manque de coopération intelligente. Je n'ai rien de commun avec les simples soldats de ma profession, vulgaires coquins qui vont chaque jour devant les gens de police et de magistrature se faire convaincre du pire de tous les délits, à savoir une incurable stupidité dans l'exercice de ce beau métier. Tel que vous me voyez, je n'ai à compter que sur moi-même. Après des années où je me suis glorieusement suffi, je commence à m'apercevoir que la célébrité se paye. De retour du Nord, me voici pour la troisième fois dans cette intéressante cité. J'ai consulté mes livres comme de coutume, pour y chercher les indications se rapportant à mes précédentes expériences de l'endroit. Je trouve sous la rubrique « Position personnelle à York », les initiales T. B. C. qui veulent dire : Trop Bien Connu. Je prends ensuite mon Index pour me rendre compte de l'état des environs. Les mêmes remarques laconiques me sautent aux yeux : Leeds – T. B. C., Scarborough – T. B. C., Harrowgate – T. B. C. et ainsi de suite… Quelle est l'inévitable conséquence de cet examen ? J'interromps mes activités, mes ressources s'évaporent peu à peu, et ma belle parente me trouve dans cet état de misère où elle me voit actuellement.

– Vos livres ? dit Magdalen. De quels livres parlez-vous donc ?

– Vous allez voir, répondit le capitaine. Fiez-vous à moi ou non, comme vous voudrez. Je vous accorde, moi, une confiance absolue… Vous allez voir.

A ces mots, il passa dans la pièce du fond. En son absence, Magdalen jeta à la dérobée un nouveau regard du côté de Mrs. Wragge. Celle-ci demeurait-elle hors d'atteinte du déluge de paroles que faisait pleuvoir son époux ? Oui, le plus absolument du monde. Amenant peu à peu son omelette imaginaire au dernier stade de sa fabrication, elle répétait maintenant cette manœuvre finale qui consiste à la retourner, la paume de sa main lui servant à représenter le plat et le livre de cuisine jouant le rôle de la poêle à frire.

– Je tiens mon affaire, dit-elle avec un petit signe de tête adressé à Magdalen. Vous commencez par mettre la poêle sur le plat… et vous les retournez ensuite l'un sur l'autre.

Le capitaine Wragge revint, apportant une belle écritoire noire, ornée d'une serrure en bronze doré. Il en retira cinq ou six petits livres assez épais, reliés en veau et parchemin, comme le sont les registres de commerce, et chacun avec son petit fermoir.

– Un peu d'attention s'il vous plaît, dit l'agriculteur moral. Je ne prétends pas tirer de ces livres un quelconque mérite. Il est dans ma nature d'être méthodique et je le suis. J'ai besoin de tout écrire, sans quoi je perdrais la tête. Voici ma bibliothèque commerciale : journal de bord, livre de comptes, livre des districts, livre de correspondance, livre de remarques, et ainsi de suite. Ayez la bonté de jeter les yeux sur n'importe lequel de ces volumes : je crois pouvoir me flatter que vous n'y trouverez, de la première page à la dernière, rien qui ressemble à un pâté, à une rature… Regardez un peu dans cette pièce : y verrez-vous un siège qui ne soit rangé ? Pas que je sache… A présent, arrêtez maintenant les yeux sur moi : mes vêtements sont-ils poudreux ? suis-je négligé ? ma barbe est-elle à moitié faite ? Bref, suis-je ou non un pauvre diable immaculé ? Remarquez bien que je ne m'en attribue pas le mérite ; c'est mon naturel, chère enfant, c'est mon naturel !

Il ouvrit un des volumes. Magdalen ne pouvait apprécier l'admirable correction avec laquelle étaient tenus les comptes que renfermait ce cahier, mais elle était à même de juger la netteté de l'écriture, la régularité des rangées de chiffres, l'exactitude mathématique des lignes tracées à l'encre rouge et à l'encre noire, l'absence complète enfin de la moindre tache, de la moindre rature. Bien que le sens inné de l'ordre fût chez le capitaine Wragge, comme chez beaucoup d'autres, un instinct trop complètement machinal pour exercer aucune influence salutaire sur ses actions, il n'en affectait pas moins ses habitudes, ce qui fait que ses escroqueries se trouvaient ainsi organisées selon une méthode et un système tout aussi stricts que si elles eussent été les transactions commerciales d'un honnête homme.

– En apparence, mon système peut sembler compliqué ? poursuivit le capitaine. A tout prendre, pourtant, c'est la simplicité même. Je me borne à éviter les erreurs dans lesquelles tombent les praticiens vulgaires. Cela revient à dire que je ne plaide jamais pour moi-même et que je ne m'adresse jamais aux gens riches, deux fatales méprises, que commettent en permanence les praticiens de second ordre. Les gens modestes peuvent avoir parfois de généreuses impulsions en matière d'argent ; le gens riches jamais. Un lord, qui touche un million par an, un sir John qui possède des domaines dans cinq ou six comtés, voilà ceux qui ne sauraient pardonner au mendiant bien né de leur escamoter une guinée ; voilà ceux qui envoient chercher les officiers de police chargés de réprimer le vagabondage, voilà ceux qui ont soin de leur argent. Qui voyez-vous donc égarer par pure étourderie des shillings et des pièces de six pence ? Des domestiques et des petits commis, pour lesquels shillings et pièces de six pence sont d'une grande importance. Vous a-t-on jamais conté que Rothschild ou Baring eussent laissé tomber une pièce de quatre sous dans le ruisseau ? Quatre sous dans la poche de Rothschild sont plus en sûreté que dans celle de cette femme que vous entendez présentement crier, le long de Skeldergate, pour vendre ses crevettes de seconde fraîcheur. Fort de ces principes solides, éclairés par les trésors de renseignements écrits que renferme ma bibliothèque commerciale, j'ai, depuis des années, exploré les diverses couches de la population, et recueilli avec le succès le plus encourageant mes moissons de charité. Regardez, dans le registre numéro un, la carte de tous mes districts avec l'indication, pour chacun d'eux, du sentiment public prédominant auquel on peut faire appel : district militaire, district clérical, district agricole, etc., etc. Regardez ensuite, dans le numéro deux, les malheurs divers que j'invoque : famille d'un officier tué à Waterloo, femme d'un pauvre vicaire que l'affaiblissement de ses nerfs met hors de service, veuve d'un infortuné éleveur qu'un taureau furieux a percé de ses cornes, etc., etc. Ici, dans le numéro trois, sont les gens qui ont entendu parler de la famille de l'officier, de la femme du vicaire, de la veuve de l'éleveur, et les gens, au contraire, pour qui ces histoires seraient nouvelles; ceux qui ont donné, ceux qui ont refusé; ceux qu'on peut essayer encore, ceux qui ont besoin pour les ranimer d'une nouvelle histoire; ceux dont on doit douter, ceux auxquels il faut prendre garde, etc. Ailleurs, dans le numéro quatre, les attestations manuscrites (et plus ou moins autographes) que les personnages publics ont accordées à mon mérite et à mon intégrité, puis les récits déchirants que j'ai consacrés à la famille de l'officier, à la femme du vicaire et à la veuve de l'éleveur, tous tachés de larmes, et l'écriture portant les traces d'une évidente émotion, etc., etc. Plus loin, dans les livres cinq et six, se trouvent mentionnées mes souscriptions personnelles à telle ou telle œuvre de charité locale, souscriptions bien réellement payées dans les districts les plus rémunérateurs, en vertu de ce principe qu'il faut quelquefois risquer une sardine pour prendre un hareng; et voici encore mon journal quotidien, mes réflexions et remarques personnelles, le compte que je tiens des obstacles que je rencontre (comme, par exemple, de me trouver T. B. C. dans cette ville intéressante), mes allées et venues, mes observations météorologiques et politiques, les fluctuations de ma santé, les fluctuations de la tête de Mrs. Wragge, les fluctuations de nos ressources et de nos repas, de nos paiements, de nos perspectives, de nos principes, etc., etc. Voilà, chère enfant, ce qui fait aller le moulin de l'escroc ! Et, désormais, vous me voyez exactement comme je suis. Vous saviez d'avance, quand nous nous sommes rencontrés, que je vivais d'industrie. Eh bien ! vous ai-je ou non prouvé, maintenant, que j'ai en effet, une industrie dont on peut vivre ?

– Je suis certaine que vous vous êtes pleinement rendu justice, répondit tranquillement Magdalen.

– Je ne suis pas le moins du monde fatigué, continua le capitaine, et, s'il en était besoin, je continuerais ainsi tout le reste de la soirée. Mais, puisque je me suis rendu pleine justice, peut-être vaut-il mieux laisser le reste de mon caractère se mettre en relief dans les occasions qui ne peuvent manquer de se présenter… Pour le moment, je cesse d'attirer l'attention sur moi. Wragge sort de scène. Parlons affaires, à présent ! Permettez-moi de vous demander quel effet j'ai produit sur vous ? Croyez-vous encore que la crapule qui vous a confié tous ses secrets soit une crapule encline à tirer d'une belle parente quelque avantage déloyal ?

– Je ne répondrai pas immédiatement à cette question, dit Magdalen. Quand je suis descendue pour prendre le thé, vous m'avez dit que vous faisiez travailler toutes vos facultés à mon profit… Pourrais-je savoir comment ?

– Certes, dit le capitaine Wragge, vous aurez le produit net de toutes ces opérations mentales. Elles embrassent les démarches présentes et futures, tant de vos inconsolables amis que des gens de loi qui les aident à vous découvrir. Selon toutes probabilités, leurs démarches actuelles prennent la forme suivante : le clerc de l'avocat a perdu vos traces chez Mr. Huxtable et, à l'heure qu'il est, après s'être soigneusement enquis de vous dans tous les hôtels, a également renoncé à vous y trouver. Il n'a plus qu'une chance, c'est que vous envoyiez quérir votre malle à la gare, mais vous ne commettrez pas cette maladresse. Et voilà notre clerc qui se trouve pour ce soir (grâce au capitaine Wragge et à Rosemary Lane) complètement égaré. Il ne manquera pas d'en informer aussitôt, à Londres, les gens dont il est le mandataire, et ceux-ci (ne vous alarmez pas !) demanderont assistance à la police municipale. En faisant la part des délais inévitables, un espion attitré, pourvu de toutes ses ressources et muni de ces affiches qui peuvent l'aider à vous identifier, doit arriver ici après-demain au plus tard, et il est possible qu'il arrive plus tôt. Si vous demeurez à York, si vous essayez d'entrer en communication avec Mr. Huxtable, cet espion ne peut manquer de vous découvrir. Si, au contraire, vous quittez la ville avant son arrivée (et cela, naturellement, sans vous servir du chemin de fer), vous le jetez exactement dans le même embarras où est maintenant notre clerc ; vous le mettez au défi de retrouver votre piste. Voilà comme je résume votre situation présente… Que pensez-vous de cet exposé ?

– Je lui trouve un défaut, dit Magdalen. Il n'aboutit positivement à rien.

– Pardon, répliqua le capitaine, il aboutit à un arrangement qui vous permettra de quitter York saine et sauve ; il aboutit à un plan qui réalisera tous vos vœux, relativement à la carrière théâtrale que vous voulez suivre. Cet arrangement comme le plan qui l'accompagne sont tirés des ressources da ma vieille expérience ; l'un et l'autre n'attendent qu'un mot de vous pour déborder, dans leurs plus menus détails, de ma cervelle féconde.

– Je crois savoir quel est ce mot, répondit Magdalen, qui le regardait attentivement.

– Charmé de tant de pénétration. Vous n'avez qu'à dire : « Capitaine Wragge, chargez-vous de moi ! » et mes plans, tout aussitôt, vous seront soumis.

– Je demande une nuit pour réfléchir à votre proposition, dit-elle après avoir songé quelques instants. Vous aurez ma réponse demain matin.

Le capitaine Wragge parut un peu désappointé. Il ne s'était pas attendu à ce qu'on opposerait avec tant de sang-froid à la réserve qu'il venait de faire une réserve exactement équivalente.

– Pourquoi ne pas vous décider tout de suite ? lui dit-il sur le ton de la remontrance la plus persuasive. Vous n'avez qu'à considérer…

– J'ai plus à considérer que vous ne croyez, répondit-elle. Outre le but que vous me connaissez, j'en ai un autre encore.

– Puis-je demander… ?

– Pardon, capitaine Wragge ! Vous ne pouvez pas demander. Laissez-moi vous remercier de votre accueil hospitalier et vous souhaiter le bonsoir. Je suis fatiguée. J'ai besoin de sommeil.

Le capitaine, toujours sage, se plia au désir de sa belle parente avec le sang-froid empressé d'un homme rompu aux usages du monde.

– Fatiguée bien sûr, dit-il du ton le plus sympathique. Il est impardonnable à moi de n'y avoir pas songé plus tôt. Nous reprendrons demain notre conversation. Souffrez que je vous donne une chandelle… Madame Wragge !

Accablée par ses efforts d'intelligence, Mrs. Wragge ne poursuivait plus que dans ses rêves la confection de sa fameuse omelette. Sa tête penchait d'un côté, son corps de l'autre. Un doux ronflement lui échappait. De temps en temps une de ses mains, soulevée en l'air, agitait une poêle chimérique et retombait, avec un faible choc, sur le livre de cuisine étalé en son giron. Au bruit de la voix conjugale, elle se dressa debout en sursaut et, l'intelligence encore endormie mais les yeux tout grands ouverts, elle fit face au capitaine.

– Donnez vos soins à Miss Vanstone, lui dit-il, et la prochaine fois que vous vous endormirez dans votre fauteuil, tâchez de rester bien droite ; ne me contrariez pas en vous endormant tout de travers.

Mrs. Wragge ouvrit des yeux un peu plus hagards et regarda Magdalen avec un ébahissement sans borne.

– Est-ce que le capitaine prend son petit déjeuner à la chandelle ? demanda-t-elle avec douceur. Et se pourrait-il bien que je n'eusse pas fait l'omelette ?

Mais, avant que la voix de son mari eût pu lui appliquer encore un stimulant correctif, Magdalen, pleine de compassion, la prit par le bras et la conduisit dans sa chambre.

« Outre le but que je lui connais, elle en a un autre ? répéta le capitaine Wragge, quand il fut resté seul avec lui-même. Y aurait-il donc finalement quelque gentleman à l'arrière-plan ? Se prépare-t-il, dans les ténèbres, quelque complication sur laquelle je n'aie pas compté ? »

III

Vers six heures, le lendemain matin, Magdalen fut réveillée par les rayons du jour naissant, qui vinrent la chercher au fond de sa chambrette, dans Rosemary Lane.

En sortant de ce sommeil profond et sans rêves où elle était restée toute la nuit, elle éprouva l'étonnement pénible que connaissent tous ceux qui ont dormi dans quelque lit étranger : « Norah ! » Cet appel machinal lui échappa dès qu'elle ouvrit les yeux. Puis, la minute d'après, sa pensée s'éveillant à son tour, elle se rappela la vérité tout entière. Elle parcourut du regard cette misérable chambre garnie, avec un retour du dégoût qu'elle lui avait déjà inspiré la veille. Le contraste rebutant de tout ce qu'elle voyait avec le confort élégant de sa propre chambre à coucher, la négligence de soi-même qu'impliquait l'absence de ces mille détails auxquels une éducation recherchée avait habitué son enfance blessaient en elle ce sentiment de dignité corporelle qui, chez une femme de mœurs raffinées, devient pour ainsi dire une seconde nature. Si mesquine que dût sembler une telle influence mise en regard de la situation où elle se trouvait, le simple aspect de la cruche et de la cuvette déposées dans un coin de la chambre détermina la première résolution qui suivit le réveil de Magdalen. Elle se décida, sans plus de retard, à quitter Rosemary Lane.

Mais comment en sortirait-elle ? Avec ou sans le capitaine Wragge ?

Elle s'habilla, ne touchant qu'avec mille scrupules aux objets avec lesquels il fallait de toute nécessité que ses mains ou vêtements fussent en contact, puis elle ouvrit la fenêtre. La brise d'automne passait fraîche et pure. Le petit coin de ciel que la jeune fille pouvait apercevoir étincelait déjà des splendeurs matinales. Le silence de cette heure paisible n'était rompu, çà et là, que par les voix lointaines des bateliers sur la rivière et le gazouillement des oiseaux nichés dans l'épaisse végétation qui revêt le sommet des vieilles murailles. Elle s'assit près de la fenêtre, tâchant de retrouver le fil des pensées que, la veille au soir, son épuisement l'avait forcée d'interrompre. Le premier souvenir qui s'offrit à elle fut celui du capitaine Wragge.

L'« agriculteur moral » n'était point parvenu à lui inspirer la moindre confiance personnelle, malgré sa franchise habile et le soin qu'il avait pris de confesser ouvertement les impostures dont il se servait pour tromper les autres. Il lui avait donné la plus haute idée de ses talents, il l'avait amusée par ses saillies, il l'avait étonnée par son aplomb, mais il lui avait laissé la conviction qu'il était une crapule, aussi fortement ancrée que quand elle l'avait vu pour la première fois. Si elle n'avait eu d'autre projet, en ce moment, que celui de débuter au théâtre, elle eût rejeté immédiatement, à ses risques et périls, l'assistance plus que douteuse de ce misérable vagabond.

Mais le périlleux voyage où elle venait de s'aventurer devait, selon elle, la conduire à un autre but, bien sombre et bien obscur encore, et sur la route duquel étaient semés des pièges bien autrement profonds que ceux où peuvent tomber les simples aspirants à la carrière dramatique. Dans le calme mystérieux de la matinée, les pensées de Magdalen s'étaient arrêtées sur ce projet plus lointain et plus mystérieux, bien autrement hasardeux que le premier, et la méprisable figure de l'escroc lui apparut alors sous un nouvel aspect.

Elle aurait pourtant bien voulu l'exclure de ses combinaisons et ne pas le rejoindre dans les bas-fonds où il se mouvait.

Après les derniers petits soins donnés aux détails de sa toilette, elle tira du corsage de sa robe le sachet blanc qu'elle avait fabriqué elle-même à Combe-Raven, pendant la soirée des adieux. Il se fermait au moyen de deux cordonnets de soie. Après l'avoir ouvert, le premier objet qu'elle en fit sortir fut une boucle des cheveux de Frank, retenue par un fil d'argent ; puis vint une feuille de papier sur laquelle était la copie qu'elle avait prise, par extraits, du testament de son père et de la dernière lettre qu'il eût écrite ; enfin, un paquet de billets de banque étroitement comprimés, pour une valeur d'environ deux cents livres :

c'était (ainsi que Miss Garth l'avait à bon droit conjecturé) ce que Magdalen avait retiré de ses bijoux et de ses toilettes, secrètement vendus grâce à l'assistance de la domestique du pensionnat. Elle replaça immédiatement les billets, sans leur accorder un second regard, puis elle se mit à considérer, assise et pensive, la boucle de cheveux étalée sur ses genoux : « Vous valez mieux que rien ! disait-elle, lui adressant la parole par une tendre fantaisie de jeune fille. Je pourrai parfois, comme aujourd'hui, vous contempler tout à l'aise, et me figurer que j'ai Frank sous les yeux... Ô mon Frank ! ô mon bien-aimé ! » Sa voix faiblit doucement, et, avec une langueur caressante, elle porta la boucle de cheveux à ses lèvres. De là, échappant à ses doigts émus, cette boucle tomba dans son sein. Aussitôt une charmante rougeur couvrit ses joues et, gagnant son cou de proche en proche, sembla vouloir suivre dans leur chute ces cheveux tombés si à propos. La jeune fille ferma les yeux, et sa tête s'inclina doucement. Le monde entier disparut devant elle. Dans cette minute d'enchantement, l'amour rouvrait pour une des filles d'Ève les célestes portes du Paradis.

Les bruits vulgaires de la rue voisine, plus nombreux à mesure que la matinée avançait, ramenèrent violemment Magdalen aux dures réalités du présent. Elle releva la tête avec un profond soupir et laissa de nouveau ses yeux errer sur son ignoble et misérable logement.

Les extraits du testament et de la lettre, ces derniers souvenirs de son père, maintenant si étroitement associés au dessein qui la possédait tout entière, étaient encore exposés devant elle. La rougeur éphémère disparut de ses joues au moment où elle déplia le petit manuscrit. Les passages extraits du testament occupaient le haut de la page. Magdalen s'était bornée à copier les quelques paroles touchantes par lesquelles le père qui n'était plus sollicitait ses enfants de lui pardonner la souillure de leur naissance, en les suppliant de se rappeler par quelle affection constante et par quels infatigables soins il avait essayé d'expier sa faute. Venait ensuite l'extrait de la lettre à Mr. Pendril. Magdalen se lut à elle-même, et tout haut, ces dernières lignes si tristes : « Pour l'amour de Dieu, venez me trouver dès que vous aurez reçu ce mot. Venez m'ôter cette terrible pensée, qu'à ce moment même l'avenir de mes deux filles bien-aimées se trouve sans garanties. S'il m'arrivait malheur, et si mon désir d'être juste envers leur mère aboutissait (par suite de ma misérable ignorance en matière de droit) à déshériter Norah et Magdalen, je doute que je puisse reposer tranquille au fond de mon cercueil ! » Au-dessous de ces lignes, et tout au bas de la page était écrit le terrible commentaire que les lèvres de Mr. Pendril avaient attaché à cette lettre suprême : « Les filles de Mr. Vanstone ne sont désormais les enfants de personne, et la loi les abandonne sans protection à la merci de leur oncle. »

Sans protection quand ces mots avaient été prononcés, sans protection encore, après tout ce qu'elle avait résolu, après tout ce qu'elle avait sacrifié. Le fait qu'elle et sa sœur retrouvent leurs droits naturels, tels qu'ils découlaient des ultimes volontés de leur père, la délivrance de Frank, rappelé de Chine, la justification de son abandon de Norah, tout cela dépendait maintenant du succès que rencontrerait sa tentative désespérée pour recouvrer à n'importe quel prix l'héritage perdu, et l'arracher à l'homme qui, non content de ruiner les enfants de son frère, les avait encore abreuvées d'outrages. Et cet homme était encore pour elle une ombre impalpable ! Elle ne savait encore, en ce moment même, ni ce qu'il était, ni où le chercher.

Elle se leva et arpenta la chambre avec les allures muettes et le gracieux abandon d'une panthère captive : « Comment l'atteindre dans les ténèbres ? se disait-elle. Comment puis-je découvrir… ? » Elle s'arrêta soudain. Avant que la question qu'elle se posait ainsi eût été complètement formulée, le capitaine Wragge lui était revenu à l'esprit.

C'était un homme habitué à travailler dans les ténèbres, doué d'inépuisables ressources de ruse et d'audace, un homme qui ne reculerait devant aucun emploi, même le plus ignoble, si on lui en proposait un qui pût remplir sa bourse. N'était-il pas l'instrument que, dans la nécessité présente, réclamait la main de Magdalen ? Deux conditions devaient être remplies bien évidemment avant qu'elle pût faire un pas de plus sur sa route fatale : il lui fallait obtenir sur le frère de son père des renseignements plus amples que ceux qu'elle possédait ; il fallait aussi que, durant cette enquête, elle n'apparût guère, pour ne pas éveiller les soupçons de son ennemi. Si résolue qu'elle fût à ne compter que sur elle-même, l'espionnage inévitable qu'il fallait employer au début devait être confié à quelqu'un d'autre. Or, dans sa situation, à quelle créature humaine pouvait-elle s'adresser sinon à l'intrigant qui l'attendait en bas ? A personne. Elle y réfléchit avec anxiété, longtemps.

Donc ce dilemme se dressait devant elle : ou employer la crapule qui s'efforçait à la servir, ou renoncer au dessein qu'elle avait formé.

Elle s'était arrêtée au milieu de la chambre : « Au pire, que peut-il faire, se disait-elle… Me duper ? Eh bien ! si c'est mon argent qui l'asservit à moi, que m'importe ? Je me laisserai voler ! » Elle alla machinalement reprendre sa place près de la fenêtre. La minute suivante la décida. Celle d'après lui fit poser le pied sur la pente fatale : elle résolut d'affronter le danger et de mettre le capitaine Wragge à l'épreuve.

La logeuse vint, à neuf heures, prévenir Magdalen (en lui apportant les compliments du capitaine) que le déjeuner était servi.

Mrs. Wragge était seule, enveloppée dans un vaste peignoir de cotonnade brune, à capuchon, et garni de rubans roses d'une nuance équivoque. L'ancienne demoiselle des *dining rooms* de Darch était absorbée dans la contemplation d'un grand plat contenant une substance à l'aspect de cuir d'un jaune tacheté de petits points noirs.

– Voilà ! dit Mrs. Wragge, voilà l'omelette aux fines herbes… Notre logeuse m'a donné un coup de main. Et, à nous deux, nous avons fait ceci… N'en demandez pas au capitaine, quand il viendra… non, vous serez bien aimable. Elle n'est pas très jolie. Nous avons eu quelques petits déboires. Elle est tombée dans les cendres… elle a été renversée sur l'escalier… elle a brûlé le petit dernier de notre logeuse, qui était allé s'asseoir dessus… En fait, voyez-vous, elle est encore moins réussie qu'elle en a l'air. N'en demandez pas, peut-être, si vous n'en dites rien, n'y prendra-t-il pas garde… Et que pensez-vous de mon peignoir ? Je voudrais tant en avoir un blanc ! En avez-vous un blanc, vous ? Comment est-il garni, dites ?

L'entrée du formidable capitaine arrêta sur les lèvres de sa femme la question qui allait suivre. Par bonheur pour elle, il était trop préoccupé de la décision que Magdalen lui avait promise pour accorder aux questions gastronomiques autant d'attention que d'ordinaire. Le déjeuner achevé, il renvoya Mrs. Wragge, sans autre allusion à l'omelette qu'une permission sans réserve de la donner au chien, s'il en voulait.

– Comment ma petite proposition vous apparaît-elle au grand jour ? demanda-t-il, installant deux fauteuils pour Magdalen et pour lui. A quoi nous arrêtons-nous ? « Capitaine Wragge, chargez-vous de moi ! » ou bien : « Capitaine Wragge, je vous souhaite le bonjour ? »

– Vous allez le savoir tout de suite, répondit Magdalen. Mais, d'abord, une explication préliminaire. Je vous ai dit, hier soir, que j'avais un autre objet en vue, outre celui de gagner ma vie au théâtre…

– Mille pardons ! interrompit le capitaine Wragge. Est-ce bien « gagner votre vie » que vous venez de dire ?

– Certainement. Ma sœur et moi nous n'avons plus à compter que sur notre travail pour nous procurer le pain de chaque jour.

– Quoi !!! s'écria le capitaine, se levant tout à coup avec un ébahissement douloureux. Les filles de mon regretté parent par alliance en seraient-elles réduites à gagner leur vie ? Mais c'est impossible, c'est extravagant, c'est insensé !

Il se rassit alors, et regarda Magdalen du même air que si elle venait de lui infliger un dommage personnel.

– Vous ne connaissez pas encore toute l'étendue de nos malheurs, reprit la jeune fille d'un ton calme. Avant de continuer, il me faut vous raconter tout ce qui est survenu.

Elle le lui dit, en effet, immédiatement, dans les termes les plus simples qui s'offrirent à elle et avec aussi peu de détails que possible.

La stupeur du capitaine Wragge ne le laissait conscient que d'un seul résultat que son esprit déduisait de ce qu'il venait d'entendre : la récompense de cinquante livres offerte par l'avocat à quiconque ferait retrouver la jeune fille disparue prit aussitôt, dans ses calculs, un rang bien supérieur à celui qu'elle avait occupé jusqu'alors.

– Dois-je comprendre, demanda-t-il, que vous êtes pour l'heure absolument à court de ressources ?

– J'ai vendu mes bijoux et mes toilettes du soir, dit Magdalen qui le voyait avec impatience insister sur ces vulgaires considérations. Si mon inexpérience retarde mes progrès au théâtre, j'ai de quoi me suffire jusqu'à ce que le théâtre puisse me rémunérer.

Le capitaine Wragge estima mentalement ce que pouvaient valoir les bagues, les bracelets, les colliers, les soies, satins, dentelles appartenant à la fille d'un gentleman fortuné, et ce au tiers de leur valeur réelle. L'instant d'après, la récompense de cinquante livres sombra de nouveau dans les profondeurs de l'estime de cet avisé personnage.

– Fort bien, dit-il sur le ton le plus positif de l'homme d'affaires. Vous n'avez nullement à craindre, ma chère enfant, que vos progrès soient retardés au théâtre, si vous possédez quelques ressources momentanées et si vous savez profiter de mon assistance.

– J'ai à réclamer de vous plus d'assistance que vous ne m'en avez encore offert ou à me passer complètement de votre aide, dit Magdalen. Devant moi se dressent bien d'autres obstacles que la difficulté de quitter York ou celle de me frayer un chemin vers le théâtre.

– En vérité ? Je suis tout oreilles. Expliquez-vous !

Elle pesa chaque mot qu'elle allait prononcer avant de leur laisser franchir ses lèvres :

– Il est une certaine enquête, dit-elle, que j'ai un grand intérêt à faire. Si je l'entreprenais moi-même, j'éveillerais l'attention de la personne qu'elle concerne et je n'obtiendrais qu'en partie, peut-être même n'obtiendrais-je en aucune façon les informations que je désire. Si cette enquête pouvait être faite par un étranger sans que j'y paraisse en rien, il me rendrait un service bien autrement important que celui dont je vous ai été redevable hier soir.

Sur la face aventurière du capitaine Wragge se peignit à ces mots une attention sérieuse et profonde.

– Puis-je savoir, dit-il, de quelle nature est cette enquête ?

Magdalen hésita. Il lui avait fallu mentionner le nom de Michael Vanstone en racontant au capitaine comment elle se trouvait déshéritée. Il faudrait inévitablement lui répéter encore ce nom s'il devenait son agent. Par une suite de déductions bien simples, il le découvrirait lui-même, quelque soin qu'elle mît à ne pas le prononcer, pour peu qu'elle hasardât encore quelques paroles. En de telles circonstances, y avait-il pour elle quelque motif plausible de reculer devant une mention directe du nom de Michael Vanstone ? Aucun motif raisonnable ; et cependant elle recula.

– Par exemple, poursuivit le capitaine Wragge, cette enquête concerne-t-elle un homme ou une femme ? un ennemi ou un ami ?

– Un ennemi, répondit-elle vivement.

Cette réponse aurait pu laisser le capitaine dans les ténèbres, mais le regard de la jeune fille l'éclaira soudainement : « Michael Vanstone, pensa Wragge, toujours bien avisé. La petite semble dangereuse… Tâtons encore un peu le terrain. »

– Si nous parlions maintenant, reprit-il, de l'enquête elle-même ? Vous êtes-vous fait une idée bien nette de ce que vous désirez savoir relativement à cet individu ?

– Une idée parfaitement nette, répondit Magdalen. Pour commencer, je voudrais savoir où il réside.

– Ah ! et après cela ?

– Je voudrais savoir quelles sont ses habitudes, quelles gens il voit, quelles dépenses il fait... (Ici, elle réfléchit un peu.) Encore autre chose, dit-elle : je voudrais savoir s'il y a une femme dans sa maison, une parente ou une personne chargée de tenir son ménage, qui ait acquis sur lui quelque influence.

– Jusqu'ici pas grand mal, dit le capitaine. Et ensuite ?

– Plus rien. Le reste est mon secret.

Les nuages qui obscurcissaient la physionomie du capitaine Wragge se dissipèrent de nouveau. Il revint avec sa précision habituelle aux dilemmes dont il était coutumier : « Cette enquête dont elle parle, pensa-t-il, ne saurait avoir que l'un de ces deux objets : le mal ou l'argent ! S'il s'agit de faire du mal, je lui glisserai entre les doigts ; s'il s'agit d'argent, je saurai en tirer profit. »

Les yeux vigilants de Magdalen étudiaient le développement suspect des réflexions auxquelles se livrait son interlocuteur :

– Capitaine Wragge, dit-elle, si vous voulez prendre le temps de réfléchir, dites-le clairement !

– Pas une minute de plus ne m'est nécessaire, répondit le capitaine. Confiez à mes soins votre départ de York, votre carrière dramatique, votre enquête mystérieuse ! Vous n'avez qu'un mot à dire : m'acceptez-vous ?

Le cœur de la jeune fille battit plus vite, l'émotion sécha ses lèvres, mais le mot décisif fut prononcé :

– J'accepte.

Ici, il y eut une pause. Magdalen, assise et muette, luttait contre les vagues terreurs que lui inspirait l'avenir, maintenant qu'elle avait donné sa réponse. Le capitaine Wragge, de son côté, semblait s'absorber dans la contemplation de quelques nouveaux dilemmes. Ses mains, plongées au fond de ses poches vides, en sondaient prophétiquement la capacité, comme réceptacles de l'or et de l'argent qui allaient y pleuvoir. L'éclat de ces précieux métaux se reflétait sur son visage, et sa voix avait quelque chose de leur timbre sonore lorsque, ayant fait provision de paroles nouvelles, il reprit la conversation :

– La question qui se présente maintenant, dit-il, est une question de temps. Ces investigations confidentielles que vous réclamez, faut-il s'en occuper immédiatement, ou peuvent-elles attendre ?

– Elles peuvent attendre pour le moment, répondit Magdalen. Avant qu'elles soient entreprises, je veux mettre ma liberté hors d'atteinte de tout ce que pourront tenter mes amis.

– A merveille. Le premier pas à faire dans cette direction doit être – pardonnez cette métaphore professionnelle d'un militaire – de battre en retraite dès demain et de nous retirer de York. Jusque-là, je vois clair sur ma route. Mais ensuite je demanderai au quartier général « mes ordres de marche », comme nous disions dans la milice. Il me semble pourtant que nous aurons à nous occuper en première ligne de réaliser vos visées dramatiques. Je suis à vos ordres pour cela, dès que je les connaîtrai plus complètement. Comment se fait-il que vous ayez songé au théâtre ? Je vois le feu sacré brûler en vous. Qui donc en a allumé la première étincelle ?

Magdalen n'avait qu'une réponse à lui faire. Il fallut bien revenir sur les belles journées à jamais disparues et raconter l'histoire de ses brillants débuts à Evergreen Lodge. Le capitaine Wragge l'écoutait avec sa courtoisie ordinaire, mais ne tira bien évidemment de ce récit aucune impression décisive. A des auditoires d'amis, il refusait tacitement toute compétence, et l'opinion du régisseur était celle d'un homme qui parlait, son salaire en poche, avec l'espoir d'un engagement ultérieur.

– Intéressant, tout à fait intéressant ! dit-il, quand Magdalen eut fini. Mais, pour un homme pratique, tout cela n'est pas positivement concluant. Un échantillon de vos talents est indispensable pour m'éclairer. J'ai moi-même joué la comédie ; la pièce des *Rivaux* m'est familière d'un bout à l'autre. Si vous n'avez pas oublié vos rôles, une simple tirade me suffira, une tirade de Lucy, une tirade de Julia.

– Je n'ai pas oublié mes rôles, dit Magdalen tristement, et j'ai toujours avec moi les petits cahiers sur lesquels étaient copiées mes répliques. Jamais je ne m'en suis séparée : ils me rappellent un temps…

Ici, ses lèvres frémirent et un serrement de cœur lui coupa la parole.

– Vous êtes nerveuse, remarqua le capitaine avec indulgence. Ce n'est pas un mauvais symptôme. Les plus grandes actrices de notre époque sont nerveuses. Suivez leur exemple, et domptez vos nerfs ! Où sont les rôles ? Ah, les voici ! Jolie écriture et remarquablement nette. Je vous donnerai la réplique, et l'opération (comme disent les dentistes) sera faite en un tour de main. Prenez pour la scène le salon du fond, et prenez-moi, moi, pour l'auditoire. La cloche a tinté ; le rideau se lève… Pas tant de bruit dans la galerie ! Silence au parterre ! Lucy fait son entrée !

Magdalen, par d'énergiques efforts, tâchait de se maîtriser. Elle refoulait son chagrin, ce chagrin si naturel que lui causait le souvenir des absents et des morts, se refusant les larmes que son cœur lui demandait avec instance.

Courageusement, tandis que ses mains glacées se crispaient, elle tâcha de commencer. Aussitôt que les premières paroles, tant de fois répétées, eurent vibré sur ses lèvres, Frank revint vers elle des mers lointaines, et elle vit se fixer sur elle, avec le sourire de cet heureux temps d'autrefois, le regard de son père à jamais parti. Les voix de sa mère et de sa sœur résonnaient doucement dans le calme embaumé de la campagne, et les allées de Combe-Raven s'ouvrirent encore une fois devant elle. Avec un faible gémissement, elle se laissa tomber dans un fauteuil ; sa tête s'inclina sur la table et, par une impulsion passionnée, la jeune fille fondit en larmes.

Le capitaine Wragge fut sur pied en un moment. Comme il approchait d'elle, Magdalen frissonna, et l'écarta d'un geste avec véhémence :

– Laissez-moi, dit-elle, une minute ! Laissez-moi seule !

Le capitaine, toujours complaisant, se retira dans la chambre donnant sur la rue et, accoudé à la fenêtre, se mit à siffloter doucement : « C'est le tempérament familial, songeait-il, aggravé par de l'hystérie. »

Après avoir attendu une minute ou deux, il revint s'enquérir de l'état de Magdalen :

– Y a-t-il quelque chose que je puisse vous offrir ? Pourrais-je vous offrir quelque secours ? demanda-t-il. De l'eau fraîche ? des plumes brûlées ? des sels ? un médecin ? Dois-je appeler Mrs. Wragge ? remettrons-nous à demain ?

Elle se redressa, impétueuse, les joues enflammées, son visage exprimant une volonté désespérée, et son attitude pleine d'une résolution irritée et violente.

– Non ! dit-elle. Je dois m'endurcir… et je m'endurcirai ! Rasseyez-vous ; je vais jouer !

– Bravo ! s'écria le capitaine. Chargez, ma belle, et la victoire est à vous !

Elle « chargea » effectivement, se portant à elle-même un défi insensé, la voix plus vibrante que jamais et les joues animées d'un éclat fiévreux. Le charme innocent et juvénile qu'en des jours plus heureux et meilleurs avait eu son jeu, ce charme n'existait plus. L'aptitude dramatique innée chez elle se manifestait, ferme et hardie, sans aucune de ces douces atténuations qui jadis la rendaient plus séduisante. Magdalen eût attristé, déçu tout homme doué d'une certaine délicatesse. Par contre le capitaine Wragge fut électrisé. Il en oublia sa politesse ; il en oublia sa phraséologie polysyllabique. Le fond de sa nature bohème se révéla irrésistiblement dans la première exclamation que la surprise lui arracha :

– Qui diable l'aurait cru ? Elle peut jouer, après tout !

Ces mots à peine sortis de sa bouche, il recouvra son sang-froid et revint à ses habitudes de causerie solennelle. Magdalen l'arrêta court au milieu de son premier compliment :

– Non dit-elle. Je vous ai forcé pour une fois à vous exprimer sans faux-semblants. Je n'en demande pas davantage.

– Pardonnez-moi, reprit l'incorrigible Wragge. Vous avez encore besoin d'un peu d'enseignement, et je suis l'homme qui peut vous le donner.

Sur ce, il avança pour elle un fauteuil, et se mit aussitôt à professer.

Elle restait assise, dans le plus profond silence. Une sombre indifférence se manifesta bientôt dans toute sa manière d'être. Son visage redevint pâle ; ses yeux, vaguement fixés sur la muraille qui lui faisait face, n'exprimaient plus qu'une lassitude découragée.

Le capitaine Wragge, notant au passage ces symptômes d'abattement et de malaise consécutifs à l'effort qu'elle venait de faire, comprit qu'il était essentiel de la ranimer en lui tenant, cette fois, un langage net et précis. Dans le secret de ses pensées mercenaires, il lui accordait maintenant une valeur nouvelle. Sa jeunesse, sa beauté, ses dispositions dramatiques vraiment remarquables venaient de lui suggérer une idée à laquelle il n'avait pas songé avant de l'avoir vue jouer. L'ex-milicien savait rapidement modifier sa manœuvre. Au moment où Magdalen s'asseyait pour écouter ce qu'il avait à dire, ses plans et son attitude étaient déjà changés.

– L'opinion de Mr. Huxtable est tout à fait la mienne, commença-t-il. Vous êtes née comédienne. Mais avant que vous puissiez aborder avec succès le théâtre, il vous faut un enseignement régulier. Je suis maître de mon temps, j'ai la capacité requise, j'en ai formé d'autres, je puis vous former. Ne vous fiez pas à mes paroles mais plutôt au bénéfice personnel que j'aperçois pour moi dans tout cela. Je vais faire en sorte qu'il soit de mon intérêt de me donner du mal pour vous, et sans tarder. Vous me payerez mes leçons sur vos cachets. Pour la première année, j'aurai droit à la moitié de vos appointements, au tiers pour la seconde ; quant à votre première prestation sur une scène londonienne, nous en partagerons le bénéfice en deux. Que dites-vous de tout ceci ? Ai-je ou non intérêt, désormais, à vous faire faire votre chemin ?

Selon toutes les apparences, du moins en ce qui touchait au théâtre, il avait évidemment lié ses intérêts à ceux de Magdalen. Elle l'admit en peu de mots et attendit la suite.

– Un mois ou six semaines de cours, continua le capitaine, me donneront assez l'idée du genre qui vous convient le mieux. Chaque talent a son ornière à creuser ; reste à découvrir la vôtre. Cela ne saurait se faire ici, car nous ne pouvons vous garder au secret, dans Rosemary Lane, pendant des semaines entières. Il nous faut pour un bon mois quelque paisible maison de campagne où l'on ne puisse nous déranger, nous interrompre. Fiez-vous à ma connaissance du comté de York et, d'ores et déjà, regardez l'endroit comme trouvé… Je ne vois d'obstacle nulle part, si ce n'est dans la difficulté de battre en retraite dès demain.

– Je croyais que vos arrangements étaient pris dès hier soir, dit Magdalen.

– Parfaitement juste, répondit son interlocuteur. Ils étaient pris hier soir, et les voici. Nous ne pouvons nous en aller par le chemin de fer, attendu que le clerc d'avocat vous guettera bien certainement à la gare de York. Fort bien : nous prendrons donc la route et nous partirons dans notre propre voiture. Mais où diable nous la procurer ? Chez le frère de notre logeuse, qui possède un cheval et une voiture, dont il tire parti en les louant. Cette voiture vient demain matin de bonne heure se poster à l'extrémité de Rosemary Lane. J'emmène ma femme et ma nièce pour leur faire admirer les environs. Nous emportons un panier de provisions qui prouve nos intentions. Vous vous dissimulez sous un châle, un chapeau et un voile de Mrs. Wragge, et adieu York ! Nous voilà partis pour passer une journée aux champs, vous et moi sur le siège de devant, Mrs. Wragge sur celui de derrière. Jusque-là tout va bien. Une fois sur la grand-route, quelle doit être la marche à suivre ? Nous nous faisons conduire à la première station au-delà de York, soit au nord, soit au sud, soit à l'est, suivant ce que nous aurons décidé. Là, aucun clerc d'avocat ne vous guette. Vous et Mrs. Wragge, vous descendez après avoir saisi la première occasion raisonnable pour ouvrir le panier. Au lieu de renfermer de la volaille et du vin de Champagne, il abrite un sac de nuit avec les effets dont vous avez besoin pour cette première nuit. Vous prenez vos billets pour l'endroit choisi et je reviens à York avec la voiture. Arrivé ici, je réunis le reste des bagages, et j'envoie quérir la logeuse : « Ces dames sont si enchantées de tel endroit (je n'indique pas le vrai, bien entendu), qu'elles se sont décidées à y rester. Au lieu du congé que j'avais à vous donner huit jours à l'avance, veuillez accepter une semaine de loyer. Bien le bonjour ! » Est-ce que le clerc me guette, moi, devant la gare de York ? Pas le moins du monde. A sa barbe et à son nez, je prends mon billet ; je vous suis avec les bagages sur la même ligne de chemin de fer, et où reste-t-il, je vous prie, la moindre trace de votre départ ? Plus personne. La fée s'est évanouie ; les autorités légales ne savent plus à quel saint se vouer…

– Que parlez-vous alors de difficultés ? demanda Magdalen. Vous semblez les avoir toutes résolues.

– Toutes, sauf UNE ! dit le capitaine Wragge, prononçant ce dernier mot avec une emphase significative. La plus grande que l'homme rencontre sur la route qui le mène du berceau à la tombe : l'argent.

Il cligna lentement de son œil vert, poussa un soupir profond et sincère et, dans ses poches arides, enterra ses mains insolvables.

– Pourquoi est-il besoin d'argent ? demanda Magdalen.

– Pour payer ma note, répondit le capitaine avec une simplicité touchante. Veuillez bien me comprendre ! Personnellement, je n'ai jamais désiré, et ne désirerai jamais, payer un seul farthing à n'importe quelle créature humaine de cette planète plus ou moins habitable. C'est dans votre intérêt que je parle, non dans le mien.

– Dans mon intérêt ?

– Certainement. Sans la voiture, vous ne pouvez quitter York demain en toute sécurité. Et, sans argent, je ne puis me procurer la voiture. Le frère de notre logeuse me la louera, s'il voit la note de sa sœur dûment acquittée et s'il touche d'avance le prix de location, sans cela, n'y comptons pas. Envisageons maintenant la transaction comme une affaire à traiter. Il est convenu que je serai rémunéré de mes enseignements dramatiques sur les profits que le théâtre nous fera réaliser dans l'avenir. Fort bien. J'escompterai donc simplement mes espérances; et vous, de qui ces espérances dépendent, vous devenez tout naturellement mon banquier. Pour faciliter le raisonnement, apprécions ma quote-part dans vos salaires de la première année comme devant me rapporter une centaine de livres (ce qui est largement en dessous de la réalité)... Prenons la moitié de cette somme, prenons-en le quart...

– Combien vous faut-il ? interrompit Magdalen avec impatience.

Le capitaine Wragge était bien tenté de prendre pour base de ses calculs le chiffre de la récompense promise par les affiches. Mais il comprenait l'immense importance que pouvait avoir dans l'avenir la modération qu'il s'imposerait dans le présent. Ayant tout au plus besoin d'une avance de douze ou treize livres, il se contenta de doubler ce chiffre.

Magdalen retira le petit sac caché dans le corsage de sa robe et lui remit vingt-cinq livres, s'étonnant dédaigneusement qu'il eût dépensé tant de paroles pour en arriver à la duper dans de si mesquines proportions. A Combe-Raven, une simple signature de son père faisait tomber vingt-cinq livres dans la main de n'importe quel membre de la famille à qui venait l'idée de les demander.

Les yeux du capitaine Wragge s'arrêtèrent sur le sachet, comme ceux d'un amant sur le visage de sa maîtresse : « Heureux trésor ! » murmura-t-il, quand Magdalen le replaça dans son sein. Puis il se leva et, fouillant dans un coin de la pièce, il exhiba son élégante écritoire qu'il vint solennellement déposer et ouvrir sur la table placée entre Magdalen et lui :

– Chacun a son naturel, ma chère enfant, chacun a son naturel, dit-il en ouvrant un de ces petits livres rebondis, habillés de veau et de parchemin... Une transaction a eu lieu entre nous. Il faut qu'elle soit inscrite ici régulièrement.

Puis, au sommet d'une page encore vierge, il écrivit d'une belle main tout à fait commerciale :

Miss Vanstone cadette : en compte avec Horatio Wragge, ex-officier de la milice royale. Débit et crédit : 24 septembre 1846. Débit : valeur estimée de la part promise à Mr. Wragge sur la première année de cachets de Miss V., soit £ 200. – Crédit : versé en acompte la somme de £ 25.

Ayant ainsi effectué ses écritures et montré de plus, en doublant pour le compte débiteur son évaluation première, que la facilité avec laquelle Magdalen avait accédé à sa première requête ne lui avait guère échappé et qu'il saurait en profiter, le capitaine passa sur l'encre humide une feuille de papier buvard et remit le livre en place en se donnant les airs d'un homme qui vient de faire acte de vertu, mais qui dédaigne de s'en vanter.

– Excusez-moi de vous quitter un peu brusquement, dit-il. Nous n'avons pas de temps à perdre. Je dois m'occuper de la voiture. Si Mrs. Wragge se montre, ne lui soufflez mot de tout ceci ; elle n'est pas assez fine pour qu'on se fie à elle. Si elle osait vous questionner, remettez-la tout aussitôt à sa place. Vous n'avez pour cela qu'à parler haut. Acceptez l'autorité que je vous délègue, et parlez à Mrs. Wragge aussi haut que je lui parle moi-même !

Ce disant, il décrocha son grand chapeau, salua, sourit et sortit de la chambre en se dandinant.

N'éprouvant guère en ce moment que le soulagement de se trouver seule, et sans autre impression que le sentiment bien vague que sa vie venait irrévocablement de prendre un tour nouveau, Magdalen laissait les incidents de la matinée aller et venir, comme autant de fantômes, dans son cerveau fatigué. Elle attendait ce que pourrait amener de nouveau le reste de la journée. Quelque temps s'était écoulé, lorsque la porte s'ouvrit doucement. L'imposante silhouette de Mrs. Wragge se glissa dans la pièce et vint s'arrêter en face de Magdalen dans une attitude de surprise solennelle.

– Où sont vos affaires ? demanda la géante avec une anxiété dont elle ne pouvait contenir l'élan. Je suis allée là-haut regarder dans vos tiroirs… Où sont vos camisoles et vos bonnets de nuit ? et vos jupons et vos bas ? et vos épingles et vos pommades, et tout le reste ?

– Mon bagage est resté à la gare, dit Magdalen.

La face lunaire de Mrs. Wragge s'éclaira de lueurs voilées. L'instinct de curiosité, qui a de si profondes racines chez les femmes, essaya de briller dans ses yeux d'un bleu terni, mais il y vacilla pitoyablement et s'éteignit aussitôt.

– Beaucoup de bagages ? demanda-t-elle sur le ton de la confidence. Le capitaine est sorti... Allons les chercher !

– Madame Wragge ! cria, de la porte, une voix terrible.

Pour la première fois, Magdalen vit alors Mrs. Wragge demeurer sourde au stimulant habituel. Elle alla même jusqu'à oser en présence de son mari une faible protestation.

– Oh ! laissez-lui prendre ses effets ! plaida-t-elle. Pauvre petite, ne la privez pas de ses effets !

L'inexorable index du capitaine lui désigna un coin de la pièce, s'abaissa lentement tandis que la docile épouse s'y retirait en toute humilité, puis tout à coup s'arrêta, juste à la hauteur des souliers de Mrs. Wragge.

– N'entends-je pas traîner quelque chose sur le parquet ? s'écria le capitaine avec une expression d'horreur. Oui, je ne me trompe pas... Encore les souliers détachés ! Le pied gauche, cette fois-ci... Levez le talon, madame Wragge ! levez le talon ! La voiture sera ici demain matin à neuf heures, continua-t-il, s'adressant à Magdalen. Nous ne pouvons à aucun prix risquer de réclamer votre malle. Voici une feuille de papier. Écrivez la liste des objets qui vous sont indispensables. J'irai moi-même dans les magasins, je payerai les notes pour votre compte et je rapporterai le paquet. Il faut sacrifier la malle ; il le faut, en vérité.

Tandis que son mari parlait à Magdalen, Mrs. Wragge, à la dérobée, s'était assez rapprochée du capitaine pour entendre les mots « magasins » et « paquets ». Dans une agitation qu'elle ne pouvait contrôler, elle se mit à frapper ses grandes mains l'une contre l'autre et, n'ayant plus le moindre empire sur elle-même, elle s'écria :

– Oh ! s'il s'agit de courir les magasins, au nom du ciel permettez-moi d'en être ! Elle sort pour faire des emplettes, laissez-moi l'accompagner ! Oh ! je vous en prie, laissez-moi l'accompagner !

– Asseyez-vous ! hurla le capitaine. Tenez-vous ! Plus à droite ! Encore un peu ! Demeurez en place !

Mrs. Wragge croisa sur ses genoux ses mains inoffensives et se mit doucement à fondre en larmes.

– J'aime tant à courir les magasins ! fit la pauvre créature avec l'accent de la prière. Et cela m'arrive si peu, à présent !

Magdalen acheva sa liste, et le capitaine Wragge, s'en chargeant comme il avait dit, quitta aussitôt la chambre.

– Ne vous laissez pas ennuyer par ma femme, dit-il avec bonne humeur au moment où il allait sortir. Brusquez-la un peu, la pauvre âme ! Brusquez-la sans vous gêner !

– Ne pleurez pas, dit Magdalen qui essayait de consoler Mrs. Wragge et lui passait amicalement la main sur l'épaule. Quand le paquet sera là, je vous le laisserai ouvrir la première.

– Je vous remercie, ma chère enfant, répondit la pauvre géante qui, doucement, s'essuyait les yeux, je vous remercie de tout mon cœur. Ne prenez pas garde à ce mouchoir, je vous prie… il est si petit, si petit ! J'en avais autrefois un bel assortiment, garnis de dentelles. Ils sont tous partis, maintenant. N'y pensons plus ! Je me consolerai en défaisant votre paquet. Vous êtes bien bonne pour moi, et je vous aime… Dîtes, vous n'allez pas vous fâcher, n'est-ce pas ? Embrassons-nous !

Magdalen, avec son gracieux abandon d'autrefois, se pencha vers elle et posa ses lèvres sur les joues flétries de la pauvre idiote : « Faisons autre chose que le mal, pensa-t-elle avec un serrement de cœur. Oh, oui ! en souvenir du temps qui n'est plus, faisons acte d'innocence et de bonté ! »

Elle sentit ses yeux se mouiller, et silencieusement se détourna.

Cette nuit-là, elle ne prit aucun repos. Cette nuit-là, déployant toutes leurs ressources, le Bien et le Mal se disputèrent son âme avec une lutte acharnée, et l'issue du combat était encore indécise quand la matinée arriva. Au moment où l'horloge de la cathédrale sonnait neuf heures, Magdalen suivit Mrs. Wragge jusqu'à la voiture et prit place à côté du capitaine. Un quart d'heure après, York était déjà loin derrière eux, et devant eux se déroulait la grande route blanche, reflétant le soleil du matin.

INTERMÈDE

CHRONIQUE DES ÉVÉNEMENTS CONSERVÉE DANS L'ÉCRITOIRE DU CAPITAINE WRAGGE

CHRONIQUE D'OCTOBRE 1846

Je me suis retiré dans le sein de ma famille. Nous avons pour résidence le village isolé de Ruswarp, sur les bords de l'Esk, à deux milles environ de Whitby. Notre habitation est confortable, et en outre nous avons le bonheur que notre logeuse soit propre et soignée. Mrs. Wragge et Miss Vanstone m'ont précédé ici, conformément au plan que j'avais arrangé pour battre en retraite. Je les ai suivies le lendemain avec les bagages. En quittant la gare, j'ai eu la satisfaction de voir le clerc de l'avocat en conciliabule avec l'officier de police dont j'avais prophétisé la venue. Je l'ai laissé en paisible possession de la ville de York et de toute la contrée environnante. Il nous a rendu la pareille ; il nous a laissés en paisible possession de la vallée de l'Esk, à trente milles de sa personne.

Mes premiers efforts pour cultiver les talents dramatiques de Miss Vanstone ont été suivis de résultats remarquables.

J'ai découvert qu'elle mime avec un talent extraordinaire. Elle possède de plus la souplesse de traits, la docilité de voix et la subtile perception dramatique qui mettent une femme en état de bien jouer les rôles à caractère et à travestissement. Il ne lui manque plus que quelques leçons, et un peu d'entraînement pour acquérir un surcroît d'assurance. Cette petite expérience m'a remis en tête une idée qui m'était venue pour la première fois, en assistant à une de ces « soirées particulières » que donnait feu Charles Mathews, notre inimitable comédien. J'étais alors, je me le rappelle, dans le commerce des vins. Nous tâchions d'imiter les procédés que la nature emploie pour faire mûrir la vendange, dans une arrière-cuisine de Brompton, et nous étions arrivés à produire un xérès, pâle et curieux, tonique dans ses effets, emplissant bien la bouche, et fort goûté, disions-nous, à la cour d'Espagne, vendu dix-neuf shillings et six pence les douze bouteilles, verre compris (cf. les prospectus de l'époque). Mes profits et ceux de mes associés n'étaient point considérables. Nous étions en avance sur les goûts de nos contemporains et endettés à l'endroit de notre marchand de bouteilles. Ne sachant plus trop de quel bois faire flèche et voyant la foule se presser chez Mathews, l'idée me vint de lancer une imitation du grand imitateur lui-même, sous la forme d'une « soirée particulière » donnée par une femme. A cela, un seul petit obstacle, qui était de trouver la femme en question. Depuis l'époque dont je parle jusqu'à ce jour, je n'ai jamais pu surmonter cet obstacle. Désormais, il est vaincu ; j'ai enfin trouvé la femme qu'il me fallait. Miss Vanstone, outre son talent, possède jeunesse et beauté. Exercez-la au travestissement dramatique, fournissez-lui des costumes appropriés à différents rôles, développez ses aptitudes naturelles à chanter et à jouer, alimentez de saillies spirituelles la causerie qu'elle doit avoir avec son auditoire, annoncez une « soirée particulière » donnée « par une jeune dame », étonnez le public par une représentation dramatique dont l'intérêt repose, d'un bout à l'autre, sur le seul talent de cette jeune dame, confiez à mes soins l'entière direction de l'affaire : de tout cela, que s'ensuit-il nécessairement ? Une grande réputation pour ma belle parente, et pour moi une véritable fortune.

Aussi franchement que d'habitude, j'ai soumis ces considérations à Miss Vanstone, lui offrant d'écrire le divertissement, de diriger moi-même toute l'opération et d'être de moitié dans les bénéfices. Je n'ai pas oublié d'appuyer mes arguments en l'avertissant des jalousies qu'elle aurait à combattre, des obstacles qu'elle aurait à vaincre si elle voulait débuter sur la scène. Et j'ai glissé dans mon discours une allusion assez finement tournée à l'enquête particulière qu'elle se propose d'instituer, et à l'indépendance personnelle qu'elle désire s'assurer avant d'agir d'après les renseignements qu'on lui aura fournis. « Si vous débutez au théâtre, lui ai-je dit, vos services seront achetés par un directeur, et il réclamera peut-être ses droits avec insistance, au moment même où vous voudrez vous débarrasser de lui. Si, au contraire, vous adoptez ma manière de voir, vous restez votre maîtresse, vous êtes votre seul directeur, et vous pouvez organiser vos démarches comme il vous plaira. »

Cette considération a paru la frapper. Elle a demandé une journée pour y réfléchir et, au bout de cette journée, a donné son consentement.

J'ai immédiatement mis par écrit les clauses de cette transaction. A l'exception d'un seul détail, nos arrangements sont merveilleusement bien pris. Elle manifeste cependant une méfiance morbide toutes les fois que je lui propose d'écrire son nom au bas d'un document quelconque, et déclare alors très nettement qu'elle ne veut rien signer. Elle s'engage verbalement à continuer l'affaire aussi longtemps qu'il lui faudra s'assurer financièrement pour l'avenir. Quand cela ne sera plus de saison, elle menace tout simplement de rompre l'association en me prévenant huit jours d'avance. C'est une petite fille que l'on ne mène pas facilement. Elle sait déjà toute la valeur qu'elle a prise à mes yeux. La seule consolation, c'est que je m'occuperai seul de cuisiner les comptes ; et ma belle parente ne remplira pas ses poches trop soudainement, si cela dépend de moi.

J'ai fait diversion au travail que je me donne pour préparer Miss Vanstone à notre prochaine expérience, en écrivant pour elle, c'est-à-dire dans son intérêt, deux lettres anonymes. La trouvant un peu trop rétive aux instructions que j'essayais de lui donner pour le règlement de ses rapports avec sa famille, j'ai écrit anonymement à l'avocat chargé des recherches qui la concernent pour lui conseiller amicalement de ne plus se donner tant de peines inutiles. La lettre, adressée sous double enveloppe à un de mes amis de Londres, devait être jetée par lui au bureau de Charing Cross.

Une semaine plus tard, j'ai envoyé une seconde lettre, par le même intermédiaire, priant l'avocat de m'informer si lui et ses clients étaient ou non décidés à suivre mon charitable conseil. Par une allusion assez facétieuse à l'antagonisme de nos intérêts respectifs, je lui dictai ainsi la suscription de sa réponse : « *Tit for Tat, Post Office, West Strand* [1]. »

La réponse est arrivée peu de jours après, secrètement acheminée, cela va sans dire, au bureau de poste de Whitby, en vertu des arrangements pris avec mon ami de Londres.

L'avocat m'écrivait en termes laconiques et de mauvais goût :

1. *Tit for tat* : expression populaire dont le sens serait proche de notre « A bon chat bon rat. »

Monsieur,

Si mes conseils avaient été suivis, on vous aurait traité, vous et votre lettre anonyme, avec tout le mépris que l'un et l'autre méritent. Mais la sœur aînée de Miss Magdalen Vanstone a le droit de me trouver docile à ses désirs, et je vous informe, sur sa demande expresse, que j'arrête toutes mes démarches ultérieures, à la condition formelle que cette concession de ma part ouvrira des communications, au moins par écrit, entre les deux sœurs maintenant séparées. Vous trouverez, ci-incluse, une lettre de Miss Vanstone aînée. Si je n'apprends pas, d'ici à huit jours, que cette lettre a été remise à son adresse, j'aurai de nouveau recours à l'intervention de la police.

William Pendril

Ce William Pendril a l'humeur aigre. Bornons-nous, en ce qui le concerne, à répéter ce qu'un éminent aristocrate disait jadis d'un serviteur grognon : « Je ne voudrais pas, pour tout l'or du monde, avoir le caractère de ce drôle-là. »

Tout naturellement, avant de la remettre, j'ai pris connaissance de la lettre incluse par l'avocat. Miss Vanstone aînée se représentait comme désespérée d'être sans nouvelles de sa sœur. Elle a obtenu une place de gouvernante dans une famille et doit commencer la semaine prochaine. Elle se languit d'une lettre qui la console un peu, avant d'affronter la rude épreuve de ses nouveaux devoirs. Après avoir soigneusement refermé l'enveloppe, j'ai pris soin d'adresser quelques mots d'avertissement à Miss Vanstone cadette en lui remettant la lettre :

– Êtes-vous maintenant, lui dis-je, plus sûre de votre fermeté que vous ne l'étiez naguère, lors de notre première rencontre ?

Sa réponse ne s'est pas fait attendre :

– Capitaine Wragge, quand nous nous sommes rencontrés sur les murailles de York, je n'avais pas encore franchi ce pas qui ne permet plus de reculer. Aujourd'hui, je suis allée trop loin pour reculer.

Si c'est là son sentiment, et pour ma part je le crois, il n'y a aucun danger à ce qu'elle entre en correspondance avec sa sœur. Elle lui a écrit le jour même, fort longuement, pleurant beaucoup sur sa composition épistolaire ; dans la soirée, elle s'est montrée remarquablement désagréable à mon égard. Elle manque d'expérience, la pauvre enfant ! elle n'a pas assez pratiqué le monde. Combien il est consolant de penser que je suis là, tout à point, pour lui donner ce qui lui manque !

CHRONIQUE DE NOVEMBRE

Nous sommes établis à Derby. Le divertissement est écrit. Nous répétons avec acharnement. Toutes les difficultés ont été réglées, sauf une : l'éternelle question de l'argent. Les ressources de Miss Vanstone peuvent encore suffire à nos besoins personnels, y compris à la location du piano, à l'achat des étoffes et à la fabrication des costumes, mais ce qu'il faudra pour monter le divertissement dépasse l'étendue de nos moyens. Un de mes amis du théâtre, que j'ai retrouvé ici et que j'espérais intéresser dans notre entreprise dramatique, se trouve, par malheur, dans une phase critique de sa carrière. Le champ des sympathies humaines, où j'aurais peut-être récolté la moisson pécuniaire qui nous fait faute, m'est absolument fermé, le temps me manquant pour le cultiver. Je ne vois donc d'autre ressource, si nous devons être prêts pour la Noël, que de tenter fortune auprès d'un des marchands de musique de la localité, qu'on dit être un spéculateur. Une répétition particulière, ici même, et un marché qui remplira les poches d'un étranger avide, tels sont les sacrifices que m'impose, dès le début, une implacable nécessité. A ceci, une seule consolation : j'escroquerai le marchand de musique.

CHRONIQUE DE DÉCEMBRE (PREMIÈRE QUINZAINE)

Le marchand de musique m'impose, malgré moi, du respect. C'est un de ces rares humains, – parmi ceux avec lesquels ma carrière m'a mis en rapport – qui ne veulent pas se laisser duper. Il a su prendre avantage de notre isolement ; il nous a exploités pour nos représentations à Derby et à Nottingham, avec un tel mépris de nos intérêts, un tel désir de faire prévaloir les siens, que, disposé comme je le suis à tenir régulièrement mes écritures, je ne puis réellement me résoudre à enregistrer ce déplorable marché. Inutile de dire que j'ai cédé avec toute la grâce imaginable, faisant partager amplement à ma belle parente les inconvénients des conditions pécuniaires qui nous sont offertes. Notre tour viendra. En attendant, je regrette cordialement de n'avoir pas connu plus tôt cet habile marchand de musique.

Personnellement parlant, je n'ai aucune plainte à élever contre Miss Vanstone. Il est convenu entre nous qu'elle fera régulièrement passer son adresse à ses amis (poste restante, bien entendu), au fur et à mesure de nos déplacements. Outre les rapports qu'elle a établis ainsi avec sa sœur, elle tient aussi au courant de sa marche un certain Mr. Clare, résidant au fond du Somersetshire, par les mains duquel doivent passer toutes les lettres échangées entre elle et le fils de ce personnage. D'habiles questions m'ont amené à savoir que Mr. Clare fils est pour le moment en Chine. Je me doutais depuis le début qu'il y avait un gentleman au fond de tout ceci, et je suis ravi qu'il se perde dans les lointaines perspectives de la terre d'Asie… Puisse-t-il n'en pas revenir de sitôt !

J'ai à supporter la responsabilité, d'ailleurs assez légère, qui s'attachera au choix du nom sous lequel doit être présentée au public notre intelligente Magdalen. Elle ne prend aucun intérêt à ce détail de notre affaire commune : « Donnez-moi le nom qu'il vous plaira, me dit-elle ; j'ai autant de droit à l'un qu'à l'autre. Arrangez cela vous-même ! » Je ne me suis pas fait prier pour consentir. Ma bibliothèque commerciale comprend une liste des noms qui se peuvent adopter utilement, et notre choix pourra être réalisé en cinq minutes, lorsque cet admirable faiseur d'affaires, qui momentanément nous exploite, sera sur le point de lancer ses annonces. Là-dessus, je n'ai pas grande inquiétude ; toutes mes anxiétés se concentrent sur ma belle comédienne. Je ne doute aucunement qu'elle ne fasse merveille, dès le premier soir, pour peu qu'elle soit elle-même. Mais si le courrier du jour a la mauvaise idée de venir la bouleverser en lui apportant une lettre de sa sœur, j'ai vraiment peur de ce qui pourra s'ensuivre.

CHRONIQUE DE DÉCEMBRE (SECONDE QUINZAINE)

Mon intelligente alliée a fait sa première apparition en public et jeté les bases de notre fortune à venir.

Pour la première soirée, l'auditoire s'est trouvé plus nombreux que je n'avais osé l'espérer. La nouveauté d'une soirée dramatique reposant d'un bout à l'autre sur les talents d'une jeune dame absolument seule (se reporter aux annonces) avait éveillé la curiosité publique, et nos banquettes étaient assez bien garnies. Le bonheur a voulu qu'aucune lettre à l'adresse de Miss Vanstone ne fût arrivée ce jour-là. Elle est donc parfaitement maîtresse d'elle-même jusqu'au moment où elle a mis son premier costume et où elle a entendu sonner la cloche qui donnait le signal aux musiciens de l'orchestre. A ce moment critique, le courage lui a manqué tout à coup. Je l'ai trouvée seule dans le salon d'attente, sanglotant et tenant des propos enfantins : « Pauvre papa ! pauvre papa ! Oh, mon Dieu ! s'il me voyait maintenant ! » Mon expérience en la matière m'a fait lui administrer les sels, accompagnés de sages conseils. Nous l'avons remontée en un rien de temps au diapason voulu ! nous avons mis le feu à ses yeux, nous avons animé ses joues de manière à faire pâlir son rouge. Quand le rideau s'est levé, nous l'avions chauffée à une infinité de degrés. Elle s'est jetée tête baissée à sa besogne, exactement comme elle faisait dans l'arrière-salon de Rosemary Lane. Avant qu'elle eût ouvert la bouche, son aspect séduisant avait tranché la question de l'accueil à lui faire. Elle a parcouru au grand galop ses changements de rôle, ses chansons et son dialogue, se trompant à chaque instant et ne s'arrêtant jamais pour réparer les erreurs qu'elle commettait à la douzaine, entraînant les gens avec elle dans un véritable tourbillon et ne leur laissant pas même le temps de l'applaudir. Tout a été enlevé plus de vingt minutes avant l'heure sur laquelle nous avions compté. Elle avait jusqu'au bout soutenu sa gageure, et s'est évanouie sur le sofa du salon d'attente, une minute après que la toile a été baissée. Le marchand de musique ayant perdu la tête à force de surprise, et moi, de mon côté, n'ayant pas, pour me montrer, un costume de soirée, nous avons dépêché le médecin, chargé de nous excuser auprès du public qui rappelait Magdalen à tue-tête. J'ai soufflé, de la coulisse, à cet orateur de faculté une harangue vraiment bien tournée ; et jamais de ma vie je n'ai entendu pareils applaudissements de la part d'un public si réduit. J'ai apprécié cet hommage, je l'ai apprécié profondément. Il y a quatorze ans, dans cette même ville, je gagnais péniblement une misérable vie en lisant le journal (avec explications et commentaires) aux habitués d'un cabaret. Et maintenant, me voici au pinacle !

Inutile de dire que ma première démarche a ensuite été de rompre avec le marchand de musique. Il est venu le lendemain matin, apportant, je n'en doute pas, une proposition convenable pour étendre l'engagement au-delà de Derby et de Nottingham. On lui a fait savoir que ma nièce n'était pas assez bien pour le recevoir et, quand il m'a fait demander, on lui a dit que je n'étais pas levé. Or je m'occupais, à ce moment-là même, d'exposer la situation dans les termes les plus pathétiques à cette Magdalen si bien douée. Sa réponse a été satisfaisante au premier chef. Elle ne voulait s'engager à personne d'une manière définitive, moins encore à un homme assez sordide pour prendre avantage de notre position, à elle et à moi. Elle entendait rester maîtresse d'elle-même et partager avec moi les profits, aussi longtemps qu'elle aurait besoin d'argent, aussi longtemps qu'il lui conviendrait de continuer. Jusque-là tout était parfait. Mais le motif qu'elle m'a donné ensuite pour m'expliquer la préférence qu'elle m'accordait s'est trouvé beaucoup moins à mon goût : « Le marchand de musique n'est pas l'homme que je compte employer pour mon enquête, a-t-elle dit. C'est vous qui êtes cet homme. » Il ne me plaît pas de lui voir cette préoccupation constante qui la suit jusque dans le premier étourdissement de son succès. Mauvais présage pour l'avenir, présage infernal pour l'avenir !

CHRONIQUE DE JANVIER 1847

Elle a déjà montré le pied fourchu. Je commence à la redouter un peu.

A la fin de notre engagement pour Nottingham (engagement dont les résultats ont plus qu'égalé ceux de Derby), j'ai proposé, maintenant que le divertissement est redevenu notre propriété, de le transporter à Newark. Miss Vanstone n'a élevé aucune objection jusqu'au moment où la question de temps a été soulevée. Elle m'a surpris alors, et très vivement, en demandant une semaine de délai avant de se montrer encore en public.

– Et quel peut être votre dessein ? ai-je demandé.

– Mon dessein, a-t-elle répondu, est de faire cette enquête dont je vous ai parlé à York.

Je me suis aussitôt étendu sur les dangers du retard, développant devant elle toutes sortes de considérations, exposées sous mille aspects différents. Elle est demeurée parfaitement inébranlable. J'ai essayé de la convaincre en lui remontrant à quelles dépenses elle allait se condamner. Elle m'a tendu pour toute réponse sa part de profits dans les représentations de Derby et de Nottingham. Ainsi je me trouvais défrayé de tout, à raison de quelque chose comme deux guinées par jour. J'ignore le nom de celui qui le premier a choisi une mule pour type de l'obstination. Combien peu ce gaillard-là devait connaître les femmes !

Il n'y avait rien à faire. J'ai pris mes instructions par écrit, comme d'ordinaire. Je devais en premier m'appliquer à découvrir l'adresse de Mr. Michael Vanstone ; on espérait de plus que je parviendrais à savoir combien de temps il était probable qu'il y résiderait encore, et s'il avait ou non vendu Combe-Raven. Je devais en outre m'informer de ses habitudes, de l'emploi de son argent, des personnes qu'on pouvait regarder comme ses amis intimes, des termes dans lesquels il vivait avec Mr. Noël Vanstone, son fils. Mes investigations prendraient fin lorsque je serais parvenu à savoir s'il existait quelque parente, quelque femme exerçant son autorité sur le ménage, à qui l'on connût une certaine influence ou sur le père ou sur le fils.

Si ma longue pratique dans la culture du champ des sympathies humaines ne m'avait pas habitué à l'étude secrète des affaires d'autrui, j'aurais peut-être trouvé difficile de répondre en huit jours à quelques-unes de ces questions. Vu les circonstances, et profitant amplement de mon expérience acquise, j'ai rapporté les réponses à Nottingham, un jour avant le terme. Les voici en bon ordre, pour faciliter les recherches futures :

1. – Mr. Michael Vanstone habite maintenant German Place, à Brighton, et paraît devoir y rester, car il trouve que l'air lui convient.

Il est arrivé à Londres en septembre dernier, venant de Suisse ; il a immédiatement vendu le domaine de Combe-Raven.

2. – Ses habitudes sont secrètes et solitaires. Il ne fait ou ne reçoit que fort peu de visites. On suppose qu'une partie de son argent est placée en fonds publics, et une autre partie en actions de chemins de fer, de celles qui ont survécu à la panique de 1846, et qui maintenant augmentent chaque jour de valeur. Depuis son arrivée en Angleterre, il a aussi spéculé, d'une façon fort judicieuse, sur la propriété immobilière. Il a des maisons dans certains quartiers de Londres où la circulation n'est pas encore à son apogée ; il en a d'autres dans des établissements de bains de mer, situés sur les côtes de l'Est et dont la réputation s'étend chaque jour davantage. On dit que généralement, dans ces sortes d'affaires, il a fait des opérations très avantageuses.

3. – Il n'est pas facile de découvrir quels peuvent être ses amis intimes. On n'a mentionné, sous ce titre, que deux noms seulement. Le premier est celui de l'amiral Bartram, qu'on suppose avoir contracté certaines obligations envers Mr. Michael Vanstone, à une époque assez reculée. Le second est celui de Mr. George Bartram, neveu de l'amiral, et qui séjourne pour peu de temps à German Place. Mr. George Bartram est le fils de la sœur de Mr. André Vanstone, également décédée. Il est donc le cousin de Mr. Noël Vanstone. Ce dernier ne jouit pas d'une très forte santé ; il réside en compagnie de son père, à German Place, et vit avec lui dans les meilleurs termes.

4. – Il n'y a point de parente dans la famille qui entoure Mr. Michael Vanstone. Mais il existe une femme de charge qui a toujours été à son service, depuis la mort de sa femme, et qui a pris une grande influence tant sur le père que sur le fils. Elle est originaire de Suisse, dans la maturité de l'âge, et veuve depuis assez longtemps. Son nom est Mrs. Lecount.

Quand ces détails ont été placés sous les yeux de Miss Vanstone, ils ne lui ont suggéré aucune remarque mais de simples remerciements. J'ai essayé de provoquer sa confiance mais en vain. Je n'ai obtenu d'elle qu'un supplément de politesses, et une transition assez brusque nous a ramené à notre divertissement. Fort bien. Si elle ne veut pas me donner les renseignements dont j'ai besoin, la conclusion n'a rien que de fort simple : il faudra me les procurer ailleurs.

Les affaires proprement dites réclament le reste de cette page. Retournons donc aux affaires.

Exposé financier	Troisième semaine de janvier
Localité visitée : Newark	Représentations : Deux
Recettes nettes selon les écritures : £ 25	Recettes nettes présentement réalisées : £ 32 10 sh.
Division apparente des profits : Miss V. .... £ 12 10 sh. Moi-même .... £ 12 10 sh.	Division réelle des profits : Miss V .... £ 12 10 sh. Moi-même .... £ 20 10 sh.
Surplus particulier de la semaine c'est-à-dire offrande que je me prie d'accepter : £ 7 10 sh.	
Vérifié : H. Wragge.	Recommandé exact : H. Wragge.

La prochaine place forte de sympathie nationale que nous allons prendre d'assaut est Sheffield. Les opérations commenceront dans la première semaine de février.

CHRONIQUE DE FÉVRIER

L'habitude de jouer a maintenant donné à ma belle parente cette confiance que je lui annonçais pour l'avenir. La faculté particulière qu'elle a de déguiser et de transformer son identité en prenant tour à tour différents rôles émerveille tellement ses auditeurs que les mêmes personnes reviennent jusqu'à deux et trois fois pour tâcher de surprendre le secret de ces métamorphoses. C'est le charmant défaut du public anglais de ne jamais savoir se rassasier de ce qui lui a une fois plu. On redemande à chaque instant celui des rôles de Magdalen qui a obtenu le plus de succès, à savoir une vieille dame des comtés du Nord, pour laquelle a servi de modèle cette honorable gouvernante de la famille de feu Mr. Vanstone, à qui je m'étais présenté à Combe-Raven.

Ce personnage fascine véritablement les gens. Je n'en suis pas autrement étonné. On n'a pas encore vu, du moins d'après mes connaissances en matière d'art dramatique, une jeune fille de dix-neuf ans se vieillir avec tant d'habileté.

Il me semble que j'écris avec moins d'entrain qu'à l'ordinaire ; mon audacieuse gaieté me fait défaut. Le fait est que j'envisage l'avenir avec un certain abattement. A l'apogée de notre prospérité, ma perverse élève se préoccupe encore de ses vaines disputes de famille. Je me sens à la merci du premier caprice qui lui passera par la tête, à propos de ce Vanstone. Comment ! moi, devenir l'architecte de sa fortune ? Sur mon âme, ce serait un peu fort, un peu fort vraiment !

Elle a déjà tiré parti des investigations qu'elle m'a forcé de faire pour elle et a écrit deux lettres à Mr. Michael Vanstone.

A la première lettre, pas de réponse. On a répondu, au contraire, à la seconde. L'infernale adresse de mon élève m'a empêché d'intercepter cette missive qui me semblait importante. Je me suis rattrapé dans la soirée, mais seulement après qu'elle a eu elle-même ouvert l'enveloppe et lu la réponse. Mais c'est à peine si mon stratagème a réussi. Je n'ai guère eu plus d'une demi-minute pour jeter un coup d'œil dans l'enveloppe, pendant que Magdalen avait le dos tourné. Cette enveloppe ne renfermait rien que sa propre lettre, renvoyée avant d'avoir été ouverte. Je ne la crois pas fille à supporter tranquillement une pareille insulte. Il en découlera un malheur, malheur à Michael Vanstone, ce dont je me soucie fort médiocrement, malheur à moi, ce qui est de la dernière importance.

CHRONIQUE DE MARS

Après avoir joué à Sheffield et à Manchester, nous nous sommes transportés à Liverpool, Preston et Lancaster. Autre changement de cette petite girouette ! elle n'a plus écrit à Michael Vanstone, et je la vois maintenant aussi désireuse que moi de se procurer de l'argent. Nous réalisons d'assez gros bénéfices, mais au prix de fatigues énormes. Je n'aime pas ce changement survenu en elle. Si elle n'avait pas en vue quelque objet particulier, elle ne serait pas si extraordinairement acharnée à remplir sa bourse. J'ai beau grouper les chiffres, cuisiner les comptes, me prier d'accepter mainte et mainte offrande, je ne puis faire le vide dans cette bourse, qui grossit malgré moi. Le succès du divertissement et la subite surveillance qu'exerce Magdalen sur tout ce qui touche à ses intérêts financiers me contraignent littéralement à une sorte d'honnêteté relative. Malgré mes efforts obstinés pour y mettre ordre, elle empoche encore plus d'un tiers des bénéfices. Et ceci, à mon âge ! ceci, après une longue et heureuse carrière d'agriculture morale !! Les points d'exclamation ne signifient pas grand-chose. Ils peuvent néanmoins exprimer l'énergie de mes sentiments : c'est pourquoi je les prodigue ainsi.

CHRONIQUE D'AVRIL ET MAI

Nous avons parcouru sept grandes villes de plus, et nous voici maintenant à Birmingham. En consultant mes livres, je constate que le divertissement a rapporté à Miss Vanstone, jusqu'au moment où j'écris, l'énorme somme d'environ quatre cents livres sterling. Il est bien possible que ma part de profits monte misérablement à cent ou deux cents livres de plus. Mais je suis l'architecte de cette fortune, l'éditeur, en quelque sorte, du livre de Magdalen, et dans l'une ou l'autre hypothèse je travaille à perte.

J'ai fait la découverte ci-dessus, le 29 du mois, jour anniversaire de la Restauration qui ramena sur le trône mon royal prédécesseur dans les champs de la sympathie humaine, Charles II d'Angleterre, le joyeux monarque. J'avais à peine refermé mon écritoire que l'ingrate enfant dont j'ai fait la réputation est entrée et m'a déclaré, mot pour mot, que nos relations d'affaires étaient, pour le moment, suspendues.

Je n'essayerai pas de décrire mes sensations : je me borne à relater les faits. Magdalen m'informait, avec les semblants du calme le plus impassible, qu'elle avait besoin de repos et visait à de nouvelles entreprises. Peut-être réclamerait-elle mon assistance ; peut-être aussi faudrait-il reprendre le divertissement. Dans tous les cas, un échange d'adresses suffirait, nous mettant à même de nous écrire s'il était nécessaire. Comme elle ne voulait pas me quitter trop brusquement, elle passerait avec nous la journée du lendemain (qui était dimanche), et partirait dans la matinée du lundi. Telles ont été ses explications, auxquelles je n'ajoute rien.

Je savais, par expérience, que toute remontrance serait perdue. Je ne pouvais me prévaloir d'aucune autorité légitime. Je n'avais donc, dans cette situation pénible, qu'à découvrir la direction que mes intérêts me prescrivaient de suivre, et à y marcher sans une minute de vaine hésitation.

Il ne m'a pas fallu beaucoup réfléchir pour m'assurer, depuis, que mon élève a formé quelque plan mystérieux à l'encontre de Michael Vanstone. Elle est jeune, belle, spirituelle, sans scrupules ; elle s'est procuré de l'argent et dispose du loisir nécessaire pour trouver le côté faible d'un vieillard : elle va, par conséquent, attaquer Mr. Michael Vanstone à l'improviste, et avec les armes naturelles de son sexe. Est-il probable qu'elle ait besoin de moi dans cet objet ? J'en doute fort. Ne veut-elle que se débarrasser de moi sans rupture ouverte ? J'incline à le croire. Suis-je homme à me laisser ainsi traiter par l'élève que j'ai formée moi-même ? Certainement pas : je suis homme à chercher mon chemin au moyen de solutions logiques habilement déduites les unes des autres. Or ces solutions, les voici :

Première solution : déclarer que j'accepte sa proposition, échanger respectivement nos adresses ; avoir secrètement l'œil, ensuite, sur toutes ses démarches à venir. Seconde solution : lui exprimer les tendres sollicitudes que justifie ma quasi-paternité ; la menacer, en conséquence, de donner l'alarme à sa sœur et à l'avocat, si elle persiste dans un dessein que je ne puis approuver. Troisième solution : tirer le meilleur parti possible des renseignements que je possède déjà, et en faire l'objet d'un marché entre Mr. Vanstone et moi. Pour le moment, j'incline vers la dernière de ces trois marches. Mais ma décision est beaucoup trop importante pour être prise à la hâte. Nous sommes aujourd'hui le vingt-neuf. Je suspendrai ma chronique jusqu'à lundi.

31 mai. – Mes solutions et les plans de Magdalen sont tout également bouleversés. Le journal est arrivé, comme d'ordinaire, après le déjeuner. J'y ai jeté un coup d'œil et, parmi les annonces nécrologiques, j'ai découvert cette mention extraordinaire :

Le 29 du courant, à Brighton, Michael Vanstone, esq., autrefois résidant à Zurich, âgé de soixante-dix-sept ans.

Miss Vanstone était présente, lorsque ces deux lignes m'ont sauté aux yeux. Son chapeau était mis, ses caisses étaient rassemblées. Elle attendait avec impatience le moment de se rendre au chemin de fer. Je lui ai passé le journal, sans me permettre le moindre commentaire. Sans davantage de commentaire de son côté, elle a jeté les yeux sur le passage que je lui désignais et a ainsi appris la mort de Michael Vanstone.

Le journal lui a échappé des mains et, d'un mouvement brusque, elle a rabattu son voile. Avant qu'elle m'ait ainsi caché sa figure, j'ai eu le temps de l'apercevoir. Ce que j'y ai vu m'a étonné à l'extrême. Pour traduire l'impression que j'ai ressentie avec le sans-gêne plaisant qui m'est familier, je dirai simplement ceci : le visage de Magdalen m'a appris que Michael Vanstone, esq., autrefois résidant à Zurich, n'a jamais de sa vie agi plus sensément que comme il vient de le faire à Brighton, le 29 du présent mois.

Le silence de mort qui régnait dans la chambre m'ayant paru, dans les circonstances susdites, tout particulièrement désagréable, j'ai pensé qu'une remarque viendrait à propos. Le respect que je porte à mes propres intérêts m'a fourni le sujet de cette remarque. J'ai parlé de notre divertissement.

– Après ce qui vient d'arriver, ai-je dit, nous allons probablement reprendre nos représentations comme à l'ordinaire ?

– Non, a-t-elle répondu, la figure toujours cachée par son voile. Nous allons reprendre mon enquête.

– En quoi ! s'enquérir d'un mort ?

– Non, mais s'enquérir du fils qu'il laisse.

– Mr. Noël Vanstone ?

– Oui, Mr. Noël Vanstone.

N'ayant pas de voile à laisser tomber sur mon front, je me suis baissé pour ramasser le journal. La détermination diabolique de cette jeune fille m'a paru, sur le moment, tout à fait renversante. Il me fallait me remettre avant de lui adresser de nouveau la parole :

– Cette nouvelle enquête sera-t-elle aussi inoffensive que la première ?

– Aussi inoffensive.

– Qu'aurai-je à découvrir ?

– Je désire savoir si Mr. Noël Vanstone reste à Brighton, après les funérailles.

– Et si ce n'est pas le cas ?

– Si ce n'est pas le cas, je veux savoir sa nouvelle adresse, en quelque lieu qu'il aille résider.

– Fort bien. Et après ?

– Vous aurez à découvrir, ensuite, si toute la fortune du père échoit au fils.

Je commençais à la voir venir. Le mot de fortune m'avait soulagé. Je me sentais de nouveau sur mon terrain.

– Y a-t-il autre chose ? ai-je demandé.

– Une seule chose encore, a-t-elle répondu. Assurez-vous, je vous en prie, si Mrs. Lecount, la femme de charge, demeure ou non au service de Mr. Noël Vanstone.

En mentionnant le nom de Mrs. Lecount, sa voix s'est altérée légèrement : il est clair qu'elle est bien assez fine pour se méfier déjà de la femme de charge.

– Mes frais me seront remboursés comme à l'ordinaire ? ai-je demandé ?

– Comme à l'ordinaire.

– Quand dois-je quitter Brighton ?

– Aussitôt que vous le pourrez.

Elle s'est levée et est sortie de l'appartement. Après un instant d'hésitation, je me suis décidé à remplir le nouveau mandat. Plus j'aurai à conduire de mystérieuses enquêtes pour le compte de ma belle parente, plus elle se débarrassera difficilement de son très dévoué Horatio Wragge.

Rien ne m'empêche de quitter Brighton dès demain. C'est donc demain que je pars. Si Mr. Noël Vanstone hérite effectivement des biens de son père, c'est le seul être humain doué des bienfaits de l'opulence qui ne m'inspire pas un sentiment de jalousie bien complet et sans réserves.

CHRONIQUE DE JUIN

9 juin. – Je suis revenu, hier, avec mes renseignements, que je consigne ici afin de les avoir plus tard sous les yeux en cas de besoin.

Mr. Noël Vanstone a quitté hier Brighton, et s'est transporté à Londres, dans une des maisons inoccupées que feu son père possédait dans Vauxhall Walk, Lambeth. Ce choix singulier pour un individu aussi fortuné d'une résidence plutôt vulgaire semblerait indiquer que Mr. N. V. ne se sépare pas facilement de ses écus.

Voici dans quelles circonstances Mr. Noël Vanstone a chaussé les souliers de son père. Mr. Michael Vanstone (ceci est assez curieux) paraît être mort comme Mr. Andrew Vanstone, c'est-à-dire *ab intestat*. Avec cette différence, cependant, que le cadet des deux frères laissait un testament nul par défaut de forme, tandis que l'aîné ne laisse aucune espèce de testament. Les hommes les mieux cuirassés ont leurs faiblesses, et le côté faible de Mr. Michael Vanstone semble avoir été une répugnance insurmontable à regarder la mort en face. Son fils, sa femme de charge et son avocat ont essayé tous les trois, à maintes reprises, de lui faire faire un testament, mais jamais ils n'ont ébranlé la résistance obstinée avec laquelle il ajournait sans cesse l'unique affaire qu'on lui ait jamais vu négliger. Deux médecins le soignaient dans sa dernière maladie. Tous deux l'ont averti qu'il était trop vieux pour pouvoir compter sur une guérison; ils l'ont averti en vain. Ce mortel entêté manifestait l'intention positive de ne pas mourir. Ses dernières paroles en ce monde (je le tiens de la garde qui assistait Mrs. Lecount), ses dernières paroles ont été : « Je me sens mieux de minute en minute. Envoyez bien vite chercher un cabriolet, et qu'on me mène à la promenade ! » Le même soir, il s'est trouvé que la mort était la plus obstinée des deux; elle a fait passer sur la tête de Mr. Vanstone fils (unique enfant du défunt) toute la propriété régie par la loi. Personne ne doute, au reste, que le résultat n'eût été le même s'il eût existé un testament. Le père et le fils avaient pleine confiance l'un dans l'autre, et tout le monde sait qu'ils ont toujours vécu dans les meilleurs termes.

Mrs. Lecount reste avec Mr. Noël Vanstone, et conserve auprès de lui les mêmes fonctions de femme de charge qu'elle remplissait auprès du père. Elle l'a accompagné dans sa nouvelle résidence de Vauxhall Walk. On admet généralement que la tournure des événements lui porte un grave dommage. Si Mr. Michael Vanstone avait fait son testament, nul doute qu'elle n'y eût été bien traitée. Elle n'a plus maintenant à compter que sur la reconnaissance de Mr. Noël Vanstone, et il n'est guère probable (je l'imagine du moins) qu'elle laisse s'engourdir ce sentiment, faute de lui donner de temps à autre une légère secousse. Quant à savoir si les intentions futures de ma belle parente ont pour objet la vengeance ou le profit, je me déclare incapable de résoudre cette importante question. Mais, dans l'une ou l'autre hypothèse, je crois pouvoir prédire qu'elle rencontrera, chez Mrs. Lecount, une opposition embarrassante.

Jusqu'à présent telles sont, en somme, mes informations. L'accueil que leur a fait Miss Vanstone indiquait de sa part les plus ingrats soupçons. Mes oreilles n'ont reçu d'elle qu'une simple formule de reconnaissance, sans autre aveu. La jeune personne est subtile, diablement subtile pour son âge. Mais il peut arriver qu'on se trompe en excluant quelqu'un de sa confiance une fois de trop, plus particulièrement quand ce quelqu'un s'appelle Wragge.

Pas un mot de plus à propos du divertissement ; pas un mot de plus sur notre départ de cette localité. Fort bien. Ma main droite propose un pari à ma main gauche : dix contre un que ma nièce entre en communication avec le fils, comme jadis avec le père. Dix contre un qu'elle écrit à Noël Vanstone avant la fin de ce mois.

21 juin. – Elle a écrit par le courrier de ce jour. Apparemment une longue lettre, car elle a mis deux timbres sur l'enveloppe. (Mémorandum particulier destiné à moi-même : guetter la réponse.)

22, 23, 24 juin. – (Mémorandum particulier, répété chaque jour : guetter la réponse.)

25 juin. – La réponse est arrivée. En ma qualité d'ancien militaire, j'ai tout naturellement employé un stratagème pour la saisir au passage. Le succès qui récompense toujours la vraie persévérance a récompensé la mienne, et j'ai saisi la précieuse lettre.

Elle est écrite non par Mr. Noël Vanstone mais par Mrs. Lecount. Cette dame le prend de fort haut, sur un ton de courtoisie enfiellée. La santé délicate de Mr. Noël Vanstone et la perte récente qu'il vient de subir l'empêchent d'écrire lui-même. Toute lettre de Miss Vanstone qui lui parviendrait ultérieurement sera retournée sans avoir été ouverte. Toute visite personnelle aura pour effet un recours immédiat à la protection des lois. Mr. Noël Vanstone, que feu son père a expressément mis en garde contre Miss Magdalen Vanstone, n'a pas encore oublié les conseils de ce père regretté et chéri. Il regarde comme un blâme indirect jeté à la mémoire du meilleur des hommes cette supposition qu'il pourrait agir à l'égard de Miss Vanstone autrement que son père n'aurait agi lui-même. C'est ce qu'il a chargé Mrs. Lecount de lui dire. Elle, en revanche, a tâché de s'exprimer dans les termes les plus conciliants. Elle a voulu (par pure courtoisie, et afin de ne pas l'affliger inutilement) donner à Miss Vanstone le nom de famille qu'elle portait naguère ; aussi compte-t-elle que ces concessions, faciles à interpréter, ne seront pas perdues. Telle est la substance de la lettre, et c'est ainsi qu'elle s'achève.

De ce petit document je tire deux conclusions. Premièrement, qu'il engendrera de sérieux inconvénients ; deuxièmement, que Mrs. Lecount, avec toute sa politesse, est une femme dangereuse à rencontrer sur son chemin. Je voudrais bien savoir comment manœuvrer ; pour l'instant, je n'y vois goutte.

29 juin. – Miss Vanstone a renoncé à ma protection et, avec elle, je perds tout le profit à venir que j'attendais de notre divertissement théâtral. Je suis volé, oui, moi, le dernier homme de ce bas monde qui dût se voir réduit à une si honteuse confession, je suis VOLÉ !

Enregistrons les événements. Ils me placent provisoirement sous un jour assez triste. Mais la nature de l'homme l'emporte toujours : il faut que je consigne par écrit tout ce qui m'arrive.

C'est hier que m'a été notifiée la nouvelle de son prochain départ. Après de nouveaux remerciements sur les informations que j'avais recueillies à Brighton, elle a laissé entendre qu'il fallait pousser l'enquête un peu plus loin. J'ai immédiatement offert de m'en charger comme auparavant : « Non, a-t-elle dit, cette fois, la chose n'est plus à votre portée. L'enquête regarde une femme, et j'entends m'en charger moi-même. » Secrètement convaincu que cette nouvelle résolution concernait directement Mrs. Lecount, j'ai hasardé à ce sujet quelques innocentes questions, auxquelles, fort tranquillement, ma nièce a refusé de répondre. Je lui ai demandé ensuite quand elle se proposait de partir. Elle partirai le 28. Vers quelle destination ? Londres. Pour longtemps ? Probablement pas. Toute seule ? Non. Avec moi ? Non. Avec qui, donc ? Avec Mrs. Wragge, si je voulais bien le permettre. Et dans quel but, grand Dieu ? Dans le but de se procurer un logement convenable, ce qui lui serait fort difficile sans un chaperon d'un âge mûr. Et moi, en ma qualité de chaperon mâle, devrais-je rester absolument en dehors de cette combinaison ? Impossible de le dire dès à présent. Ne serais-je pas même chargé de lui faire parvenir les lettres qui arriveraient pour elle à notre présente adresse ? Non : elle prendrait elle-même ses arrangements avec le bureau de poste, et elle me demanderait en revanche une adresse où il lui serait loisible de m'écrire, pour le cas où de nouvelles communications deviendraient nécessaires. Après cette dernière réponse, tout supplément d'interrogatoire ne pouvait aboutir qu'à une perte de temps. J'ai donc épargné du temps, en n'ajoutant aucune question.

Il était clair pour moi que notre position actuelle, vis-à-vis l'un de l'autre, était exactement la même qu'avant la mort de Michael Vanstone. Je suis donc revenu à mon précédent choix de solutions. Quelle marche me tracent mes intérêts particuliers ? Faut-il me confier à cette chance que peut-être, un jour, elle aura encore besoin de moi, faut-il la menacer de faire intervenir ses parents et ses amis ? Vaut-il mieux, à partir des renseignements que je possède, marchander avec la branche opulente de la famille ? Entre les trois solutions, c'est la dernière que j'avais choisie quand le père vivait encore. Je ne vois pas de motif pour ne pas m'y tenir vis-à-vis du fils.

Le train est parti pour Londres il y a près de quatre heures, et il emportait Magdalen en compagnie de Mrs. Wragge.

Ma femme est bien trop sotte, la pauvre âme, pour être d'aucune utilité active dans les circonstances présentes, mais elle sera d'une utilité passive, par cela seul qu'elle maintient un lien entre Miss Vanstone et moi ; en considération de ceci, je veux bien brosser mes pantalons, me faire la barbe et me soumettre aux autres ennuis que comporte mon service personnel, pendant une période nécessairement limitée. Les quelques lueurs de bon sens que Mrs. Wragge possédait peut-être encore semblent maintenant avoir pris pour jamais congé d'elle. En recevant la permission d'aller à Londres, elle nous a immédiatement régalés de ces deux questions : pourrait-elle quelquefois courir les magasins ? Et pourrait-elle laisser derrière elle le livre de cuisine ? Miss Vanstone a répondu affirmativement à la première question ; j'ai répondu affirmativement à la seconde. A partir de ce moment, Mrs. Wragge est devenue un éclat de rire perpétuel. Je suis encore enroué par l'usage fréquent, et tout à fait inutile, que j'ai fait de mon stimulant vocal, et je l'ai laissée dans le wagon du chemin de fer, à mon inexprimable contrariété, ayant ses *deux* souliers mal attachés.

Dans les circonstances ordinaires, ces détails absurdes ne me seraient pas restés en tête. Comme sont présentement les affaires, l'imbécillité naturelle de ma pauvre femme peut avoir des conséquences que nul de nous ne prévoit. Elle n'est ni plus ni moins qu'une vieille enfant, et je m'aperçois facilement que, par cette raison même, Miss Vanstone lui témoigne plus de confiance qu'elle n'en témoignerait à une femme plus intelligente. Or je connais les enfants, grands et petits, un peu mieux que ne les connaît ma belle parente, et j'affirme qu'il faut se méfier de toutes les formes de l'innocence humaine, lorsqu'on a par hasard quelque chose secrète à garder pour soi.

Retournons à nos affaires. Me voici, à deux heures, par une belle après-midi d'été, bien parfaitement seul, occupé à réfléchir sur le moyen le plus sûr d'aborder Mr. Noël Vanstone, mais cette fois pour mon propre compte. Le soupçon que j'ai à part moi de son avarice constitutionnelle ne me décourage aucunement. J'ai su jadis arracher des résultats monnayés assez consolants à des gens aussi soigneux de leurs petits écus que celui-là peut l'être des siens. La difficulté réelle sera de combattre les obstacles venants de Mrs. Lecount. Si je ne me trompe pas, cette dame mérite de ma part quelques considérations sérieuses. Je vais clore ma chronique du jour, et accorder à Mrs. Lecount ce qu'elle mérite.

Trois heures. – Je rouvre ces pages, pour y mentionner une découverte qui m'a causé la plus vive surprise.

Comme je venais de compléter le dernier paragraphe, une circonstance m'est revenue en tête, que j'avais notée ce matin en escortant ces dames jusqu'au chemin de fer. J'ai remarqué alors que Miss Vanstone n'emportait avec elle qu'une de ses trois caisses, et l'idée m'est venue tout à l'heure qu'une secrète investigation des bagages qu'elle a laissés derrière elle pourrait bien avoir quelques résultats utiles. M'étant habitué, en certaines périodes de ma vie, à cultiver de bonnes relations avec les serrures d'autrui, je suis parvenu, sans beaucoup de peine, à me mettre avec les caisses de Miss Vanstone sur un certain pied de familiarité. L'une d'elles ne m'a rien offert qui pût m'intéresser. L'autre, spécialement consacrée aux costumes et aux articles de toilette employés pour le divertissement théâtral, s'est révélée plus digne d'être examinée, car elle m'a conduit tout droit à la découverte d'un des secrets de l'aimable propriétaire.

J'ai trouvé dans cette caisse tous les costumes au grand complet, à une exception remarquable. Il s'agit du costume de la vieille dame des comtés du Nord, personnage que j'ai déjà mentionné comme le meilleur des déguisements de mon élève, et qui s'inspire de la voix, des gestes, des attitudes de Miss Garth, son ancienne gouvernante. La perruque, les faux sourcils, le chapeau et le voile, le manteau ouaté de manière à modifier l'aspect du dos et des épaules, les couleurs et cosmétiques employés pour vieillir la face et flétrir le teint, tout cela était emporté. Il ne restait que la robe, robe de soie à fleurs qui peut bien servir en scène, mais trop voyante et d'une forme trop ridicule pour soutenir un examen de jour. Les autres portions du costume se maintiennent dans des bornes qui les rendent à peu près vraisemblables : le chapeau et le voile sont simplement démodés, le manteau est d'un gris calme qui n'éveille aucun soupçon. D'une découverte comme celle-ci on ne peut tirer qu'une seule conclusion évidente : aussi vrai que je suis assis dans ce fauteuil, Magdalen va ouvrir sa campagne contre Noël Vanstone et Mrs. Lecount sous les traits d'un personnage que ni l'un ni l'autre n'ont la moindre raison de suspecter au début, le personnage de Miss Garth.

Dans de telles circonstances, quel parti dois-je prendre ? Maître de son secret, qu'en puis-je faire ? Ce sont là des considérations embarrassantes ; je ne sais vraiment pas m'y reconnaître.

Ce qui cause ma perplexité n'est pas seulement ce fait qu'il lui a plu de se déguiser pour amener la réalisation de ses plans mystérieux. On voit par centaines des jeunes filles à qui prend cette fantaisie de travestissement. Les journaux sont remplis, chaque année, d'aventures de ce genre. Mais il ne faut pas confondre un seul instant mon ancienne élève avec les héroïnes ordinaires de ces drames bourgeois. Elle est capable de bien d'autres exploits que ceux qui consistent tout simplement à se vêtir en homme, et de prendre d'un homme la voix et la démarche. Naturellement douée d'une aptitude que je n'ai vue au même degré chez aucune femme, pour remplir tour à tour les rôles les plus divers, elle a joué devant le public de manière à constater par elle-même son talent exceptionnel et à le pousser aussi haut qu'il puisse aller. Une jeune fille qui se sert d'une telle faculté pour parvenir, dans sa vie privée, à la réalisation de ses plans, et qui ajoute à cette faculté une résolution si ferme de se frayer un chemin vers le but qu'elle a choisi que, jusqu'à présent, rien n'a pu lui résister, cette jeune fille-là tente une sorte de supercherie assez neuve, assez dangereuse pour conduire, de manière ou d'autre, à des résultats fort graves. Telle est, du moins, ma conviction, fondée sur une longue expérience dans l'art d'en remontrer à mes contemporains. L'entreprise de ma belle parente m'apparaît aujourd'hui tout autre que je ne la voyais avant d'avoir fait connaissance avec le contenu de cette caisse. Les chances favorables ou contraires avec lesquelles Magdalen va combattre pour recouvrer sa fortune perdue sont tellement équilibrées, que je ne saurais voir en aucune façon, et malgré toutes les peines que je me donne, de quel côté penche la balance. Tout ce que je puis discerner, c'est que bien certainement elle penchera d'un côté ou de l'autre le jour où ma nièce va franchir, déguisée, le seuil de Noël Vanstone.

De quel côté, maintenant, mes intérêts devraient-ils me conduire ? Sur mon honneur, je n'en sais pas le premier mot.

Cinq heures. – Je suis arrivé à un compromis magistral : je me suis décidé à faire de moi une lame à deux tranchants.

Par le courrier de ce jour, j'ai dépêché à Londres une lettre anonyme, portant l'adresse de Mr. Noël Vanstone. Elle sera transmise à destination par les mêmes moyens que j'ai si heureusement adoptés pour mystifier Mr. Pendril, et on doit la recevoir à Vauxhall Walk, Lambeth, demain dans l'après-midi au plus tard.

La lettre est laconique et va droit au but. Elle prévient Mr. Noël Vanstone, dans les termes les plus inquiétants, qu'on veut le rendre victime d'un complot, et que le premier artisan de ce complot est une jeune personne qui a déjà entretenu des communications écrites avec son père et avec lui-même. La lettre lui offre les renseignements nécessaires pour le mettre complètement à l'abri, à condition qu'il accepte de compenser les risques sérieux qu'encourt la personne qui lui écrit. Et le tout finit par cette stipulation que la réponse devra figurer aux annonces du *Times* : elle sera adressée à « un ami inconnu » et dira simplement le chiffre de la rémunération qu'offre Mr. Noël Vanstone, en échange du service inappréciable qu'on veut bien lui rendre.

A moins qu'il ne se présente quelques complications inattendues, cette lettre me place exactement dans la position que réclament mes intérêts. Si l'annonce paraît, et si la rémunération offerte est assez considérable pour mériter que je passe dans le camp de l'ennemi, j'y passerai, cela va sans dire. S'il ne paraît pas d'annonce ou si Mr. Noël Vanstone met un trop bas prix à mes inappréciables services, je reste ici, attendant que ma belle parente ait besoin de moi ou que j'aie trouvé un moyen de me rendra indispensable à elle, ce qui revient absolument au même. Si la lettre anonyme venait à tomber dans ses mains par quelque accident, elle y trouvera des allusions désobligeantes pour moi, et que j'y ai introduites à dessein, désirant qu'on pût l'attribuer à quelqu'une des personnes chez qui j'ai puisé des renseignements pour notre dernière enquête. Si Mrs. Lecount, prenant l'affaire en main, dispose un traquenard pour m'y prendre, je me soustrais à la tentation en refusant absolument la moindre participation à l'affaire, du moment où un tiers quelconque se place entre Mr. Vanstone et moi. Donc, que l'issue soit ce qu'elle voudra, me voici toujours prêt à en tirer parti : me voici, à la rencontre des deux routes, parfaitement tranquille et parfaitement à mon aise, tel un agriculteur moral ayant l'œil sur deux moissons à la fois, et tenant prête, pour toute circonstance, sa faucille d'escroc.

Durant la semaine qui vient, la lecture du journal aura pour moi un intérêt plus particulier que jamais. Je me demande, avec une véritable curiosité, à laquelle des deux parties belligérantes le sort attribuera mes services.

SCÈNE TROISIÈME

VAUXHALL WALK, LAMBETH

I

L'antique palais archiépiscopal de Lambeth, sur la rive méridionale de la Tamise, avec sa promenade et son jardin de l'Évêque, et sa terrasse bordant le fleuve, est une relique architecturale de l'ancien Londres, précieuse à tous les gens épris de pittoresque, dans le Londres utilitaire que les temps modernes nous ont fait. Au sud de ce vénérable édifice serpente le labyrinthe de rues que l'on appelle Lambeth ; à peu près au centre de ce réseau de maisons placé dans le voisinage de la rivière court cette double rangée de bâtiments enfumés qu'on appelait jadis, qu'on appelle encore Vauxhall Walk.

Cet entrelacement de rues obscures, qui avoisine et entoure Vauxhall Walk, renferme une population des plus misérables pour sa majeure partie. Dans ces voies publiques, où les petits magasins abondent, la lutte sordide engagée contre la misère se montre sans déguisement sur les trottoirs fangeux ; elle y accumule ses forces dans le cours de la semaine et, prenant dès le samedi soir les proportions d'une véritable émeute, elle y voit poindre l'aurore du dimanche parmi les ternes lueurs d'un gaz douteux. Dans les quartiers de Londres comme celui-ci, de misérables femmes dont le visage ne sourit jamais hantent les boucheries, tenant serrée dans leurs mains la petite portion du salaire conjugal qu'elles ont pu disputer aux cabarets ; leurs yeux dévorent cette viande qu'elles n'osent acheter et sur laquelle se portent machinalement leurs doigts avides, comme la main d'une élégante va d'elle-même caresser un bijou précieux. Dans ce district, comme dans tous ceux qui s'écartent des quartiers riches de la capitale, le hideux vagabond de Londres, au langage plus boueux que le pavé, aux vêtements plus sales que la boue, s'attarde, insolent et brutal, au tournant des rues, au seuil des *gin-shops*, déshonneur public pour son pays, précurseur trop méprisé des catastrophes sociales que nous réserve l'avenir. Là, le progrès moderne, qui a tant réformé les mœurs et si peu changé les hommes, rencontre un démenti direct qui disperse au vent ses prétentions bruyantes. Là, tandis que la prospérité nationale se repaît, comme un nouveau Balthazar, du spectacle de sa propre magnificence, on voit écrite sur les murs la sentence mystérieuse par laquelle l'idole régnante, le monarque Argent, est averti que sa gloire est pesée dans la balance, et que son pouvoir a été trouvé léger.

Grâce à un pareil voisinage, Vauxhall Walk, qui gagne à la comparaison, peut revendiquer d'incontestables droits à une sorte de considération relative. Ce sont des maisons particulières qui, la plupart du temps, bornent cette espèce de boulevard. Si quelques boutiques se montrent çà et là, elles ne sont point assiégées par ces foules grossières des voies publiques où le peuple circule à flots plus pressés. Le commerce n'y est pas turbulent ; le consommateur qui passe n'est pas poursuivi de clameurs importunes, d'invitations indiscrètes. Les marchands d'oiseaux sont venus naturellement se réfugier dans cette région que sa tranquillité leur recommandait ; les pigeons roucoulent et les canaris gazouillent dans Vauxhall Walk. On trouve entassés là, dans le même entrepôt, les charrettes et les cabriolets d'occasion, des bois de lit d'un certain âge et des roues dépareillées. Un des courants tributaires du grand fleuve de gaz qui éclaire Londres prend sa source dans une fabrique établie en cet endroit. Là aussi, les sectateurs de John Wesley ont placé un temple, bâti bien évidemment avant l'époque où le Méthodisme se convertit au culte de l'architecture. Et là aussi, spectacle frappant entre tous, sur l'emplacement où des milliers de lumières s'allumaient jadis, où, jusqu'au lever du soleil, la Musique prêtait ses harmonies à la Nuit, où, durant tout un siècle, chaque été a vu revenir l'élite des beautés à la mode, s'étale aujourd'hui un imposant désert de boue et de bric-à-brac, le cadavre des jardins du Vauxhall, livré à l'abandon et pourrissant en plein air.

Le jour même où le capitaine Wragge complétait, comme on l'a vu, sa chronique des événements, une femme parut à la fenêtre d'une des maisons de Vauxhall Walk et détacha des carreaux une affiche imprimée annonçant qu'il y avait là un appartement à louer. Cet appartement consistait en deux chambres au premier étage. Elles venaient d'être retenues pour huit jours par deux dames qui avaient payé d'avance : ces deux dames étaient Magdalen et Mrs. Wragge.

Aussitôt que la maîtresse du logis eut quitté la chambre, Magdalen se rapprocha de la fenêtre et observa de là, non sans précautions, la rangée de bâtiments qui lui faisaient face. Par leur dimension et leur aspect, ils affichaient de plus hautes prétentions que les autres maisons de la promenade. La date de leur érection était inscrite sur l'un d'eux : l'année 1759. Ils semblaient se tenir à l'écart de la chaussée, dont quelques jardinets brûlés les séparaient. Cette position particulière et aussi la largeur de l'espèce de boulevard placé entre eux et les petites maisons d'en face empêchaient Magdalen de lire le numéro des portes ; et si quelqu'un se montrait à la fenêtre, elle ne pouvait distinguer que l'allure générale de la silhouette et du costume. Elle n'en demeurait pas moins là, tenant ses regards obstinément arrêtés sur l'une de ces maisons, située presque vis-à-vis d'elle, maison qu'elle avait examinée avant de choisir son appartement, maison présentement occupée par Noël Vanstone et Mrs. Lecount.

Après dix minutes de cette observation silencieuse, elle tourna brusquement la tête pour étudier l'effet que sa conduite avait pu produire sur sa compagne de voyage.

Il n'y avait évidemment rien à redouter de ce côté. Mrs. Wragge, assise devant une table et complètement absorbée, classait une série de prospectus sémillants et d'annonces tentatrices, mis en circulation par les négociants, et dont on avait inondé ces dames par les portières de leur fiacre, au moment où elles quittaient la gare.

– J'ai souvent entendu parler de ces annonces divertissantes, dit Mrs. Wragge, changeant à chaque instant l'ordre de ses petits papiers, de même qu'un enfant range et dérange sans cesse l'assortiment de jouets qu'on vient de lui donner. Voilà une lecture amusante, et si joliment imprimée en couleurs ! Voilà toutes les choses que je veux acheter quand j'irai, demain, courir les boutiques… Un crayon, je vous prie ! Vous ne m'en voulez pas, n'est-ce pas ? J'ai tant d'envie de faire mon choix d'avance !

Là-dessus, elle regarda Magdalen, riant comme en dépit d'elle à l'idée des changements survenus dans sa vie, et de ses grandes mains frappant la table dans un irrésistible élan de satisfaction :

– Plus de livre de cuisine ! s'écria-t-elle, plus de bourdonnement dans la tête ! Plus de capitaine à raser demain ! Mes deux souliers sont détachés, mon bonnet est de travers, et personne ne me crie après ! Sur mon âme, voilà ce qu'on peut appeler un jour de fête !

Ses mains recommencèrent à tambouriner sur la table, plus haut que jamais, jusqu'à ce que Magdalen songeât à la calmer en lui présentant un crayon. Mrs. Wragge, à l'instant même, recouvra sa dignité, s'accouda carrément sur la table et s'abandonna pour le reste de la soirée à une course chimérique dans tous les magasins de la capitale.

Magdalen retourna vers la croisée. Elle prit un fauteuil, s'assit derrière le rideau et fixa de nouveau ses regards sur la maison d'en face.

Les jalousies étaient baissées sur les fenêtres du premier et du second étage. La fenêtre de l'unique pièce du rez-de-chaussée n'était, au contraire, masquée par rien ; elle était même entrouverte, mais personne ne s'en approcha. Les portes s'ouvraient l'une après l'autre, les gens allaient et venaient dans les maisons situées à droite et à gauche de celle-ci ; des enfants en sortaient par douzaines pour aller jouer sur la chaussée, escaladant les jardinets quand ils avaient à courir après une balle vagabonde ou un volant égaré ; un double courant de population remontait et descendait perpétuellement le boulevard ; de lourds wagons, où des marchandises s'empilaient à une hauteur prodigieuse, longeaient cette route pour se rendre à la station voisine ou en revenir : partout la vie quotidienne du district se manifestait par une incessante activité, partout sauf en un endroit. Les heures passaient, et la maison d'en face était toujours là, close et silencieuse, ne révélant par aucun signe quelconque la présence d'un être humain. Le seul motif qui eût décidé Magdalen à s'aventurer personnellement dans Vauxhall Walk, à savoir le désir d'étudier, abritée dans un poste d'observation connu d'elle seule, la physionomie, les dehors, les habitudes de Mrs. Lecount et de son maître, ce motif se trouvait jusque-là complètement déjoué. Après trois heures de guet à la fenêtre, elle n'avait encore rien découvert qui pût même lui apprendre si la maison était habitée.

Peu après six heures, la logeuse vint troubler les études de Mrs. Wragge en mettant la nappe pour le dîner. Magdalen se plaça, pour manger, de manière à ne pas perdre la fenêtre de vue. Ce fut en vain, car rien n'arriva de nouveau. Le dîner s'acheva. Mrs. Wragge (soumise à l'influence narcotique de ses annotations et à celle d'un repas où elle avait montré que l'absence du capitaine aiguisait singulièrement son appétit) se réfugia au fond d'un grand fauteuil et s'y endormit dans une attitude qui aurait infligé à son mari une véritable torture mentale. Sept heures sonnèrent, les ombres d'un soir d'été s'allongèrent à la dérobée sur la chaussée blanchâtre et sur les murs bruns qui la bordaient; la porte close de la maison d'en face ne s'était toujours pas ouverte, et l'unique fenêtre qui laissait pénétrer le regard ne lui livrait que le vide obscur d'une pièce déserte, aussi dépourvue de vie et de mouvement que si cette chambre eût été une tombe.

Les paisibles ronflements de Mrs. Wragge avaient pris un accent plus grave. La soirée avançait tristement, huit heures allaient sonner, lorsqu'il se produisit enfin quelque chose. Pour la première fois, la porte de la maison d'en face s'ouvrit, et une femme parut sur le seuil.

Cette femme était-elle Mrs. Lecount? Non. Comme elle s'approchait, ses vêtements indiquèrent qu'il devait s'agir d'une simple domestique. Elle tenait à la main une grosse clef, et bien certainement allait faire quelque commission. En partie par curiosité, en partie sous l'impulsion du moment qui, après tant d'heures d'attention passive, poussait son impétueuse nature à agir, Magdalen, ranimée tout à coup, jeta vivement un chapeau sur sa tête, et résolut de suivre cette domestique où qu'elle se rendît.

La femme la conduisit jusqu'à arriver, sur les pas l'une de l'autre, à cette grande avenue de magasins, située non loin et qu'on appelle Lambeth Walk. Après y avoir fait quelques pas en regardant autour d'elle avec l'hésitation d'une personne qui ne connaît pas très bien les lieux, la domestique traversa la rue pour entrer chez un papetier. Magdalen traversa la rue à son tour et la suivit dans le magasin.

Elle arriva trop tard pour entendre ce que demandait la domestique. Mais les premières paroles prononcées par le commis placé au comptoir parvinrent à ses oreilles, et lui apprirent que cette femme venait acheter un indicateur des chemins de fer.

– Est-ce celui de ce mois ou l'indicateur de juillet, demanda le marchand, s'adressant à sa cliente.

– Monsieur ne m'a pas dit lequel, répondit celle-ci. Je sais seulement qu'il part après-demain pour la campagne.

– Après-demain est le 1er juillet, dit le marchand. L'indicateur dont votre maître a besoin est celui du mois prochain. C'est demain seulement qu'il paraîtra.

Ayant annoncé qu'elle reviendrait le lendemain, la domestique sortit du magasin et prit la direction qui la ramenait dans Vauxhall Walk.

Magdalen acheta la première bagatelle qu'elle vit sur le comptoir et se hâta, elle aussi, de revenir du même côté. La découverte qu'elle venait de faire était fort importante pour elle et lui faisait sentir la nécessité d'agir avec aussi peu de retard que possible.

En entrant dans la pièce où elle avait laissé Mrs. Wragge, elle l'y trouva qui venait de se réveiller, perdue encore dans une sorte d'étonnement engourdi, son bonnet pendant sur ses épaules, et occupée à chercher un de ses souliers, qu'elle avait égaré. Magdalen entreprit de la persuader que le voyage avait dû la fatiguer beaucoup, et que le plus sage pour elle serait d'aller se mettre au lit incontinent. Mrs. Wragge ne demandait pas mieux que de suivre ce conseil, pourvu seulement qu'elle eût d'abord retrouvé son soulier. Par malheur, en cherchant celui-ci, elle remit la main sur les prospectus qui l'avaient occupée deux heures auparavant.

– Le crayon ! le crayon ! s'écria-t-elle, battant les prospectus comme un joueur pressé bat ses cartes. Je ne peux pas encore aller me coucher : je n'ai pas encore marqué la moitié des objets dont j'ai besoin. Voyons donc, où en suis-je restée ? *Essayez pour les enfants le biberon breveté de Finch*… Non ! j'y ai mis une croix, et la croix veut dire que je n'en ai pas besoin… *Confortable aux champs. Culottes de chasse indestructibles de Buckler*… Oh, mon Dieu ! mon Dieu ! j'ai perdu l'endroit… *Robes élégantes de cachemire, strictement orientales et de très bon goût, baisse de prix à une livre sterling dix-neuf shillings et six pence. Qu'on se hâte ! Il n'en reste que trois*… Plus que trois ! Prêtez-moi bien vite l'argent, et allons en chercher une !

– Pas ce soir, dit Magdalen. Ne vaudrait-il pas mieux vous mettre au lit maintenant et achever demain de lire les prospectus ? Je les mettrai sur la table de nuit, à côté de vous, et vous les trouverez là, sous votre main, à peine éveillée.

Cette suggestion fut bien accueillie par Mrs. Wragge. Magdalen l'emmena dans la chambre voisine et la mit au lit, comme une enfant, ses jouets à côté d'elle. Cette pièce était si étroite, le lit si petit, et

Mrs. Wragge, dans le blanc vêtement exigé par la circonstance (avec sa pleine lune encadrée par la spacieuse auréole de son bonnet de nuit), semblait taillée dans des proportions si vastes et si peu en rapport avec tout ce qui l'entourait que Magdalen, si inquiète qu'elle fût, ne put retenir un sourire en prenant congé, pour la nuit, de son étrange compagne.

– Ah ! ah ! s'écria joyeusement Mrs. Wragge. C'est demain que nous aurons la robe de cachemire ! Approchez, je vais vous dire quelque chose à l'oreille : regardez bien comme je suis… Je vais dormir en zigzag, et le capitaine n'est pas là pour me crier après !

Dans la chambre donnant sur la rue, se trouvait une espèce de sofa pouvant faire office de lit, que la logeuse vint arranger pour Magdalen. Ceci fait, et les chandelles apportées, la jeune fille fut laissée à elle-même et put régler à loisir ses démarches futures, selon ses propres inspirations.

D'après les questions et les réponses échangées devant elle dans la soirée chez le papetier, il était évident que la résidence actuelle de Noël Vanstone, dans Vauxhall Walk, ne devait plus se prolonger au-delà de vingt-quatre heures. La prudente résolution qu'elle avait prise tout d'abord, d'observer secrètement la maison d'en face pendant plusieurs jours avant de se risquer à y pénétrer, se trouvait complètement remise en question par le tour qu'avaient pris les événements. Elle était confrontée au dilemme suivant : affronter aveuglément tous les risques, dès le lendemain, ou attendre une occasion qui pouvait bien ne jamais se présenter. Aucun juste milieu ne lui était offert. Jusqu'à ce qu'elle eût vu Noël Vanstone de ses propres yeux et découvert tout ce qu'il y avait à craindre de Mrs. Lecount, jusqu'à ce qu'elle eût atteint ce double but en prenant bien soin de s'abriter elle-même dans les ténèbres, il lui était interdit de faire un pas de plus vers l'accomplissement du dessein qui l'avait amenée à Londres.

Minute par minute, la nuit s'écoulait ; l'une après l'autre, les pensées accumulées dans son esprit se succédaient rapidement, et pourtant elle n'arrivait à aucune conclusion, assiégée de doutes, de craintes, d'hésitations qui la faisaient ne plus se reconnaître elle-même. Elle finit par traverser la chambre avec impatience, pour se procurer un instant de trêve en prenant dans sa malle les objets nécessaires à sa toilette de nuit. Les soupçons du capitaine Wragge ne l'avaient point trompé.

Dans cette caisse, cachés entre deux vêtements de jour, se trouvaient en effet les éléments du costume qu'il avait vainement cherchés dans la malle laissée à Birmingham. Magdalen les examina avec attention pour s'assurer que rien d'essentiel n'avait été oublié, puis elle vint reprendre, auprès de la fenêtre, son poste d'observation.

La maison d'en face était entièrement plongée dans l'obscurité, à l'exception du parloir du rez-de-chaussée. Là, on avait fini par rabattre sur la fenêtre les jalousies précédemment soulevées ; la clarté filtrant à travers les interstices révélait, pour la première fois, à Magdalen, que cette pièce était habitée. En la contemplant ses yeux brillèrent, son teint s'anima.

« Il est là ! se dit-elle tout bas avec un murmure irrité. C'est là qu'il vit, de notre argent, dans la maison où son père lui a prescrit de ne pas m'admettre ! » Elle laissa retomber la jalousie qu'elle avait soulevée pour regarder au-dehors, revint vers sa caisse, et en retira la perruque de cheveux gris qui faisait partie de son déguisement de dame des comtés du Nord. La perruque avait été fripée au moment de l'emballage. Elle la posa sur son front et alla la rajuster devant son miroir. « Son père l'a mis en garde contre Magdalen Vanstone, se dit-elle, répétant le passage de la lettre de Mrs. Lecount, et riant amèrement tandis qu'elle se contemplait dans la glace. Mais son père l'a-t-il aussi mis en garde contre Miss Garth ? Je n'avais pas compté sur une si prochaine entrevue, mais peu importe… Nous saurons ce que demain doit amener… »

II

Le petit matin, quand Magdalen se leva et regarda au-dehors, était nuageux et couvert. Mais à mesure qu'approchait l'heure du petit déjeuner, la pluie cessa de menacer, et Magdalen put pourvoir à la première nécessité du jour, celle d'éloigner de la maison sa compagne de voyage.

Mrs. Wragge était habillée, armée de sa collection de prospectus et fort désireuse de partir à dix heures sonnant. Magdalen s'était inquiétée, beaucoup plus tôt, de lui fournir un guide sûr en la personne de la fille aînée de la logeuse, enfant sérieuse et bien élevée, qu'on avait intéressée à cette tournée de magasins, en lui donnant l'argent nécessaire pour quelques petites emplettes à son usage personnel, une ombrelle et une robe de mousseline. Peu après dix heures, Magdalen expédiait, dans un fiacre, Mrs. Wragge et sa jeune suivante. Elle-même rejoignit ensuite la logeuse occupée à remettre en ordre les chambres du haut, afin de s'assurer, en jasant avec cette femme, de ce que pouvaient être les habitudes quotidiennes des autres résidents.

Elle découvrit qu'elles étaient, Mrs. Wragge et elle, les seules locataires de la maison. Le mari de la logeuse, employé dans une station de chemin de fer, restait dehors toute la journée. La seconde fille, en l'absence de sa sœur aînée, demeurait préposée aux soins de la cuisine. Les autres enfants, plus jeunes, étaient à l'école et ne devaient rentrer qu'à une heure pour le déjeuner. La logeuse elle-même, « lingère pour dames », comptait passer toute la matinée à son ouvrage, dans une petite pièce détachée de la maison et située au fond de la cour.

Magdalen avait donc toute facilité de sortir de la maison sous un costume qui n'était pas le sien, et d'en sortir sans être remarquée, pourvu que ce fût avant le retour des enfants, c'est-à-dire avant une heure.

A onze heures, les chambres étaient finies et la logeuse s'était installée à son ouvrage. Magdalen ferma doucement la porte de sa chambre, laissa tomber la jalousie devant la fenêtre et commença immédiatement ses préparatifs pour la périlleuse épreuve qui allait marquer cette journée.

Cette même perception vive du danger à éviter et des obstacles à vaincre qui l'avait empêchée d'emporter avec elle ce qui, dans son déguisement, était d'un ridicule trop marqué, lui faisant parfaitement comprendre toute la différence qu'il y a entre un costume porté à la lumière du gaz, pour le seul amusement d'un public, et celui qu'on revêt en plein jour, afin de tromper les yeux inquiets de deux ennemis. Aussi commença-t-elle par mettre une ancienne robe à elle (de cette étoffe que l'on appelle alpaga), d'un ton presque noir, avec un joli motif de petites étoiles réservées en blanc. Un double volant, au bas de cette robe, était le seul ornement que la couturière y eût ajouté, ornement qui n'avait rien de discordant avec le costume d'une dame âgée.

Ce fut ensuite à déguiser sa tête et son visage que Magdalen s'appliqua. Elle commença par arranger sa perruque avec la dextérité que lui avait donnée l'habitude ; les sourcils artificiels (plutôt un peu forts et d'une teinte un peu plus foncée que les faux cheveux) furent soigneusement fixés à leur place au moyen de la gomme dont elle s'était pourvue ; les teintures employées au théâtre l'aidèrent à changer la transparente blancheur de son teint pour y substituer ces couleurs ternes et pour ainsi dire opaques qui indiquent chez les femmes un état maladif. Les lignes profondes, les marques de l'âge mûr vinrent ensuite, et alors se présentèrent les premières difficultés réelles. Les artifices suffisants pour la lumière du gaz manquaient leur effet en plein jour : il était à peu près impossible de cacher ce qu'ils avaient de factice. Magdalen revint à sa caisse, en tira deux voiles et, les plaçant sur son chapeau de vieille, en essaya successivement l'effet. L'un d'eux (en dentelle noire) était trop épais pour être porté en été sans attirer l'attention. L'autre, de simple filet, laissait voir les traits d'une manière justement assez indécise pour qu'on pût placer certaines rides sur le front et aux coins de la bouche. Mais l'obstacle qu'elle écartait ainsi créait, en revanche, une difficulté nouvelle : celle de tenir son voile baissé, tout en parlant à d'autres personnes, sans aucun motif apparent d'agir ainsi. Un moment de réflexion, et un coup d'œil jeté par hasard sur la petite palette de porcelaine qui servait à son maquillage de théâtre, lui firent trouver, séance tenante, l'excuse muette qu'elle cherchait. Elle se défigura délibérément en posant une couche de rouge vif au bord de ses paupières, de manière à simuler une inflammation qu'un médecin seul, et en y regardant de fort près, aurait reconnu être fausse. Devant cette hideuse transformation d'elle-même que lui renvoyait le miroir, elle se redressa triomphante. Qui donc, maintenant, s'étonnerait de lui voir tenir son voile baissé ? et qu'aurait à dire Mrs. Lecount, si elle lui demandait la permission de s'asseoir à contre-jour ? Elle mit ensuite, pour en finir, le modeste manteau gris qu'elle avait rapporté de Birmingham, et qui, garni à l'intérieur par les habiles mains du capitaine Wragge en personne, dissimulait à merveille la jeunesse gracieuse de sa tournure et la beauté de ses épaules. Maintenant que sa toilette était complète, elle répéta la démarche qu'on lui avait enseignée pour parfaire son rôle, démarche légèrement claudicante, et, revenue devant son miroir après une minute d'exercice, elle s'entraîna patiemment à déguiser sa voix et ses gestes.

C'était seulement dans cette partie du rôle qu'il lui avait été possible, vu leur dissemblance physique, de songer à copier Miss Garth ; ici, la contrefaçon était merveilleuse. La dureté de voix, la brusquerie de manières, l'habitude d'accompagner certaines phrases par un emphatique branlement de tête, la redondance septentrionale du *r* dans tous les mots où il se rencontrait, toutes ces excentricités individuelles de la vieille gouvernante venue du Nord étaient reproduites avec une vérité frappante.

La métamorphose ainsi accomplie était littéralement telle que le capitaine Wragge l'avait décrite : un véritable triomphe dans l'art du travestissement. A moins de la regarder sous le nez, et dans un endroit où il fît grand jour, personne n'aurait pris Magdalen pour autre chose que pour une pauvre femme maladive, déjetée, vilaine et âgée d'au moins cinquante ans.

Avant d'ôter le verrou qu'elle avait poussé, elle s'assura, par un regard jeté autour d'elle, qu'aucun de ses accessoires de théâtre ne restait en vue, pour le cas où la logeuse pénétrerait, en son absence, dans l'appartement. Le seul objet qu'elle eût oublié de ranger était un petit paquet de lettres de Norah, relues la veille au soir, et qu'elle avait poussées par hasard derrière la glace, durant les apprêts de sa toilette. En les prenant pour les mettre de côté, cette pensée lui vint tout à coup à l'esprit : « Norah me reconnaîtrait-elle maintenant, si nous venions à nous rencontrer dans la rue ? » Elle se regarda au miroir et sourit avec tristesse : « Non, pas même Norah ! »

Elle tira le verrou, après avoir d'abord regardé à sa montre ; il était près de midi. A peine lui restait-il une heure pour tenter son épreuve désespérée et rentrer chez elle avant que les enfants de la logeuse revinssent de l'école.

Elle s'assura, écoutant un instant sur le palier, que rien ne bougeait dans le corridor du bas. Descendue à petit bruit, elle gagna la porte de la rue, sans que personne l'eût vue quitter la maison. La minute d'après, elle avait traversé l'avenue et frappait à la porte de Noël Vanstone.

Cette porte fut ouverte par la même domestique que, la veille au soir, elle avait accompagnée chez le papetier. Avec un frémissement intérieur qui lui rappelait la mémorable soirée de son début devant le public, Magdalen demanda (prenant la voix de Miss Garth et avec les gestes de Miss Garth) si l'on pouvait parler à Mrs. Lecount.

– Mrs. Lecount est sortie, madame, dit la domestique.

– Mr. Vanstone est-il chez lui ? demanda Magdalen, dont la résolution ne pouvait pas faillir devant ce premier obstacle.

– Monsieur n'est pas encore levé.

Encore un échec ! Un caractère moins ferme eût cédé à cet avertissement providentiel. Magdalen, au contraire, entra aussitôt en révolte.

– A quelle heure Mrs. Lecount doit-elle revenir ? demanda-t-elle.

– Vers une heure, madame.

– Dites, je vous prie, que je repasserai, après cette heure-là, le plus tôt qu'il me sera possible. Je désire particulièrement causer avec Mrs. Lecount. Mon nom est Miss Garth.

Elle quitta la maison sans un mot de plus. Il ne pouvait être question de rentrer chez elle. La domestique, d'abord, la regardait s'en aller (ce dont Magdalen s'aperçut, à la porte qu'elle n'entendit pas se refermer) et de plus, si elle rentrait, elle courait risque, quand elle viendrait à ressortir, de rencontrer les petits écoliers qui, une fois revenus, ne manqueraient pas de vaguer dans tous les coins de la maison. Elle tourna machinalement sur la droite, marcha devant elle jusqu'au Vauxhall Bridge, et là s'arrêta, regardant couler la rivière.

Elle avait à tuer le temps pendant près d'une heure. A quoi pourrait-elle bien l'employer ?

Comme elle se posait cette question, la pensée qu'elle avait eue en serrant le paquet de lettres de Norah se présenta de nouveau à son esprit. Une impulsion soudaine qui la portait à éprouver si son misérable déguisement avait réussi se mêlait chez elle à un sentiment plus pur et fortifiait dans son cœur l'ardent désir qu'elle éprouvait de revoir le visage de sa sœur, encore qu'elle n'osât ni se découvrir à elle ni lui parler. Les dernières lettres de Norah lui racontaient, dans le plus grand détail, la vie qu'elle menait comme gouvernante, les heures où elle enseignait, celles dont on lui laissait la disposition, celles où elle sortait avec ses élèves. Magdalen calculait donc que, si elle pouvait trouver sans retard une voiture, elle aurait le temps de se faire conduire chez les personnes qui employaient Norah, et se trouverait peut-être devant la porte quelques minutes avant l'heure où sa sœur partirait pour la promenade. « Un seul regard jeté sur elle m'en dira plus que cent lettres ! » Avec cette pensée au cœur, et sans autre projet que celui de suivre Norah pendant sa promenade, à l'abri du déguisement qu'elle venait de revêtir, Magdalen se hâta de traverser le pont et de gagner la rive septentrionale du fleuve.

C'est ainsi qu'à une des crises décisives de sa vie, immédiatement au moment où elle allait faire un irrévocable pas en franchissant le seuil de Noël Vanstone, c'est ainsi que l'influence du Bien, l'emportant sur celle du Mal dans cette lutte dont elle était le siège, l'éloigna de l'endroit où devait s'accomplir la tricherie qu'elle avait préméditée et sembla vouloir la repousser toujours plus loin de cette fatale maison.

Elle arrêta le premier cabriolet qui vint à passer près d'elle, indiqua au cocher New Street, Spring Gardens, et lui promit double salaire s'il y arrivait en un temps donné. Cette prime fut gagnée, et mieux que gagnée, ainsi que la suite des événements allait le prouver. Magdalen, se dirigeant vers St. James Park, n'avait pas fait dix pas dans New Street, quand la porte d'une maison, qu'elle n'avait pas encore dépassée, s'ouvrit pour laisser sortir une dame en deuil, accompagnée de deux fillettes. Cette dame prit aussi la direction du parc, sans avoir retourné la tête vers Magdalen en descendant le perron. Ceci n'importait guère : Magdalen la regardait avec les yeux de son cœur, et ceux-ci avaient reconnu Norah.

Elle suivit les trois promeneuses dans St. James Park, et de là (le long de la promenade), dans les allées de Green Park, se rapprochant de plus en plus tandis qu'elles atteignaient les pelouses et gravissaient la pente qui s'élève du côté de Hyde Park Corner. Ses yeux avides dévoraient les moindres détails du costume de Norah et constataient les plus légers changements survenus dans toute sa personne. Depuis l'automne, cette chère sœur avait maigri ; sa tête penchait quelque peu ; sa démarche attestait une certaine lassitude. Son deuil, porté avec la grâce modeste et le soin rigoureux qu'aucun malheur ne pouvait lui enlever, était assorti au changement de sa situation : sa robe noire était de gros mérinos, son châle et son chapeau noirs avaient été choisis parmi les plus simples et les moins chers. Les deux petites filles à qui elle donnait la main portaient des robes de soie. Magdalen éprouva contre elles une espèce de haine instinctive.

Elle décrivit sur le gazon un large circuit, de manière à se retourner par degrés et à se ménager une rencontre avec sa sœur, sans éveiller le soupçon que cette rencontre fût préméditée. Son cœur battait vite ; elle se sentait rougir intérieurement en songeant à tous ces déguisements trompeurs, à mesure que ce cher visage si connu lui apparaissait de plus en plus nettement. Elles passèrent tout près l'une de l'autre. Les yeux de Norah, ces yeux doux et sombres, éclairés de lueurs plus profondes, investis d'un charme plus triste qu'autrefois, posèrent un regard indifférent sur le visage méconnaissable de sa sœur, et s'en détachèrent ensuite comme d'une figure étrangère. Ce simple coup d'œil, qui eut la durée d'un éclair, frappa Magdalen au cœur. Elle s'arrêta quand Norah l'eut dépassée, comme si ses pieds avaient pris racine dans le sol. Le vil déguisement qui la cachait lui inspirait maintenant une sorte d'horreur ; un ardent désir de s'en dégager et d'aller cacher dans le sein de Norah ce visage changé en masque s'empara d'elle corps et âme. Elle se retourna et suivit du regard les trois promeneuses.

Continuant à monter, elles étaient maintenant près d'une des portes pratiquées dans les grilles de fer qui séparent le parc de la rue. Attirée par une fascination irrésistible, Magdalen les suivit encore, les rejoignit au moment où elles atteignaient la porte et entendit s'élever la voix des deux enfants, qui se querellaient au sujet de la direction à prendre. Elle vit Norah leur faire franchir la porte et se pencher ensuite pour leur parler, tandis qu'elle attendait le moment favorable pour traverser la rue. Mais ses paroles n'eurent d'autre effet que de les rendre plus irritées et plus bruyantes. La cadette, une enfant de huit ou neuf ans, s'abandonnait à la véhémente colère de son âge, pleurant, criant et menaçant même de frapper sa gouvernante. Les passants s'arrêtaient et riaient ; quelques-uns conseillaient, en plaisantant, une petite correction salutaire. Une femme voulut savoir si Norah était la mère de l'enfant ; une autre la plaignit tout haut d'être la gouvernante d'un pareil démon. Avant que Magdalen eût pu se frayer un chemin dans la foule, avant que son désir de venir en aide à sa sœur, dominant toute autre considération, l'eût amenée à se trahir elle-même en allant se placer à côté de Norah, une voiture découverte, dont un encombrement ralentissait la marche, apparut sur la chaussée. Une dame âgée, assise dans le fond, entendit les cris des enfants, reconnut Norah et l'appela auprès d'elle tout aussitôt. Le valet de pied fendit la foule, et les enfants montèrent dans la voiture : « Il est heureux que le hasard m'ait amenée par ici, dit la vieille dame en indiquant à Norah, par un geste dédaigneux, une place en face d'elle. Vous ne savez comment vous y prendre avec les enfants de ma fille, et ceci ne peut continuer… » Le laquais releva le marchepied, la voiture reprit sa route avec les enfants et leur gouvernante, la foule se dispersa et Magdalen se trouva seule.

« Tant mieux ! pensa-t-elle avec amertume. Je n'aurais fait que l'affliger. Il eût fallu se séparer encore pour souffrir chacune de son côté. »

Machinalement, elle revint sur ses pas, traversant comme dans un rêve les vastes éclaircies du parc. Traîtreusement armée de ce vif attachement que Magdalen portait à sa sœur et de l'indignation véhémente que l'abaissement de sa sœur venait de lui causer, la terrible tentation qui dominait sa vie la tenait maintenant mieux étreinte que jamais. Le désespoir indomptable de cette nature puissante et passionnée se manifestait d'une manière effrayante sur ce visage fardé, vieilli à dessein. Norah devenue l'objet de la curiosité, de la risée publiques, Norah réprimandée en pleine rue, Norah victime à gages d'une vieille femme insolente et d'une enfant mal élevée, tout cela dû au même homme qui avait forcé Frank à partir pour la Chine ! Tout cela dû, maintenant qu'il n'était plus, au fils de cet homme ! Ainsi le souvenir de sa sœur qui l'avait attirée loin du théâtre où elle devait jouer un rôle odieux et lui avait rendu haïssable l'idée du déguisement pris pour jouer ce rôle, ce même souvenir, à présent, sanctionnait ces procédés et tous ceux qu'elle emploierait pour atteindre son but ; ce souvenir lui mettait en quelque sorte des ailes aux pieds, et la ramenait irrésistiblement du côté de la maison fatale.

Elle sortit du parc et se retrouva dans la rue, sans savoir où. De nouveau, elle fit signe au premier fiacre qu'elle aperçut et dit au cocher de la conduire à Vauxhall Walk.

Le mouvement de la voiture après la marche à pied la calma peu à peu. Son attention se reporta sur elle-même et sur son ajustement. La nécessité de s'assurer que, depuis sa sortie, son déguisement n'avait souffert aucun dommage, se présenta aussitôt à sa pensée. Elle fit arrêter devant la première boutique de pâtissier qui se rencontra sur la route, et trouva ainsi l'occasion de consulter un miroir avant de se hasarder une seconde fois à traverser Vauxhall Walk.

Ses faux cheveux gris étaient un peu en désordre et le vieux chapeau légèrement de travers. A ceci près, rien n'avait bougé. Elle répara ces quelques défauts et remonta dans le fiacre. Il était une heure et demie quand elle arriva devant la maison et frappa pour la seconde fois à la porte de Noël Vanstone. La domestique vint ouvrir.

– Mrs. Lecount est-elle rentrée ?

– Oui, madame. Montez, s'il vous plaît, par ici.

La domestique précéda Magdalen le long d'un corridor absolument vide et, l'emmenant au-delà d'un escalier sans tapis, ouvrit la porte d'une pièce située au fond de la maison. Cette pièce était éclairée par une fenêtre donnant sur une cour ; les murs étaient nus, les parquets de même. Deux chaises de paille s'appuyaient aux lambris, et une table de cuisine était posée sous la fenêtre. Sur la table se trouvait un réservoir de verre rempli d'eau, orné en son centre d'une petite pyramide de rocailles artificielles ; tout autour de celle-ci s'enlaçaient quelques plantes aquatiques. Des limaces étaient collées au flanc du réservoir ; des têtards et autres menus poissons nageaient rapidement dans l'eau verdâtre ; de glissantes salamandres et de visqueuses grenouilles se croisaient sans bruit, entrant et sortant tour à tour sous la rocaille arborescente ; enfin, au sommet de la pyramide, froid comme la pierre, brun comme la pierre, immobile comme la pierre, perchait, isolé, un petit crapaud dont les yeux étincelaient. L'art de conserver des poissons et des reptiles à l'état de favoris domestiques ne s'était pas encore popularisé en Angleterre à l'époque dont nous parlons, et Magdalen, en entrant dans cette chambre, recula presque d'étonnement et de dégoût devant le premier échantillon d'aquarium qu'elle eût jamais vu.

– N'ayez pas peur ! dit derrière elle une voix de femme. Mes petits élèves ne font de mal à personne.

Magdalen, tournant la tête, se trouva face à face avec Mrs. Lecount. Elle s'était attendue, fondant ses préventions sur la lettre que la femme de chambre lui avait écrite, à voir une femme aux traits durs, à la physionomie fourbe, vieille, insolente et désagréable. Elle se trouvait au contraire en présence d'une dame aux façons prévenantes et douces, dont le costume était une merveille de soins, de bon goût et de séante simplicité, et dont les traits affichaient triomphalement leur résistance à l'influence désastreuse des années. Si Mrs. Lecount, retranchant quinze ou seize ans de son âge réel, n'avait voulu en avouer que trente-sept ou trente-huit, pas un homme sur mille n'eût refusé de la croire. Sous un irréprochable bonnet de dentelles, sa noire chevelure commençait à grisonner, mais c'était tout. Quelques rubans de deuil en formaient l'unique ornement. Pas un pli ne ridait son front blanc et lisse, ses joues blanches et bien fournies. Son double menton était marqué de fossettes, ses dents étaient admirables de blancheur et de régularité. On aurait pu critiquer ses lèvres, comme trop minces, si elles n'avaient pallié ce défaut par un sourire humble et persuasif qui ne les quittait presque jamais. Ses grands yeux noirs, encadrés dans le visage d'une autre femme, auraient peut-être semblé un peu farouches : dans celui de Mrs. Lecount, ils avaient une douceur attendrissante ; ils semblaient exprimer un compatissant intérêt pour tout ce qu'il lui arrivait de regarder : pour Magdalen, pour le crapaud, sur sa rocaille, pour cette arrière-cour qu'on voyait de la fenêtre, pour les belles mains un peu grasses qu'elle se plaisait, en parlant, à passer doucement l'une sur l'autre, pour sa jolie chemisette de batiste sur laquelle, tout en écoutant les autres, elle aimait à fixer un regard complaisant. Cette élégante robe noire, qui attestait qu'elle portait le deuil de Michael Vanstone, n'était pas un vêtement ordinaire ; c'était un compliment bien tourné qu'elle adressait à la Mort. Son innocent tablier de mousseline blanche représentait, à lui seul, un petit poème de la vie domestique. Ses boucles d'oreilles en jais affichaient de si chastes prétentions qu'un quaker aurait pu les lorgner sans commettre le moindre péché. Au charmant embonpoint de son visage s'assortissait le charmant embonpoint de sa taille, qui prêtait à son allure je ne sais quoi de glissant, et à sa démarche de calmes ondulations raisonnablement séduisantes. Peu d'hommes auraient pu jeter sur Mrs. Lecount un regard exclusivement platonique, et les très jeunes gens devaient la trouver absolument irrésistible. Les femmes seules étaient capables de se cuirasser contre elle, et de fouiller sans pitié sous cette attrayante et souriante surface. Le premier regard que Magdalen jeta sur cette Vénus d'automne suffit pour la convaincre qu'elle avait bien fait de venir sous un masque examiner le terrain, avant de se mesurer avec Mrs. Lecount.

– Ai-je l'honneur de parler à la dame qui est venue ce matin ? demanda la femme de charge. Miss Garth, je suppose ?

Tandis qu'elle formulait cette question, il y eut dans son regard quelque chose qui engagea Magdalen à se détourner de la fenêtre encore plus complètement qu'elle ne l'avait fait jusqu'alors. Le simple soupçon que la femme de charge avait déjà pu l'entrevoir sous un jour trop vif, l'ébranla tout à coup. Elle se donna le temps de se remettre et ne répondit que par un simple mouvement de tête.

– Recevez mes excuses, madame, pour la nécessité où je suis de vous recevoir dans un pareil taudis, continua Mrs. Lecount dans un bon anglais mais avec un accent étranger. Mr. Vanstone n'est ici que de passage. Nous partons demain soir, pour nous rendre sur la côte, et on n'a pas jugé nécessaire de mettre la maison en bon ordre. Veuillez donc vous asseoir et me faire connaître l'objet de votre visite.

Une ou deux glissades imperceptibles l'ayant rapprochée de Magdalen, elle lui offrit un fauteuil exactement en face du jour.

– Veuillez vous asseoir ! répéta-t-elle, jetant sur les yeux rougis de sa visiteuse, à travers le voile en filet qui lui dérobait ses traits, un regard empreint du plus touchant intérêt.

– Comme vous pouvez le constater, je souffre d'une inflammation à l'œil, répondit Magdalen, se maintenant de profil par rapport à la fenêtre et prenant soin de monter sa voix au diapason de Miss Garth. Je vous demanderai la permission de ne pas écarter mon voile et de me tenir à contre-jour.

En disant ces mots, elle se sentit redevenue maîtresse d'elle-même. Ce fut avec un calme parfait qu'elle recula son fauteuil dans un coin de la chambre où le jour de la croisée arrivait à peine et qu'elle s'assit, conservant sur son visage les ombres de son chapeau. Les lèvres persuasives de Mrs. Lecount murmurèrent une formule de courtoise sympathie ; les doux yeux noirs de Mrs. Lecount exprimèrent plus d'intérêt que jamais pour l'étrangère.

Elle avança pour elle-même un fauteuil, exactement sur la même ligne que celui de Magdalen, et prit soin de s'asseoir tellement près du mur que la visiteuse était forcée ou de tourner un peu plus la tête vers la croisée ou de manquer à la politesse en ne regardant point son interlocutrice.

– Fort bien, dit Mrs. Lecount avec une petite toux confidentielle. Et maintenant, à quelle circonstance dois-je l'honneur de votre visite ?

– Pourrai-je vous demander d'abord si par hasard mon nom vous serait connu ? dit Magdalen se tournant vers elle, contrainte et forcée, mais en même temps, et avec le plus grand calme, levant son mouchoir entre son visage et le jour.

– Non, répondit Mrs. Lecount avec une autre petite toux, un peu plus dure que la première. Le nom de Miss Garth m'est complètement étranger.

– En ce cas, poursuivit Magdalen, je vous expliquerai mieux ce qui m'amène à vous importuner en vous disant qui je suis. J'ai vécu, pendant bien des années, comme gouvernante, dans la maison de feu Mr. Andrew Vanstone, à Combe-Raven, et je viens ici dans l'intérêt de ses filles, orphelines, comme vous le savez.

Les mains de Mrs. Lecount, qui jusqu'à ce moment avaient glissé doucement l'une sur l'autre, s'arrêtèrent tout à coup ; les lèvres de Mrs. Lecount oublièrent tout à coup de se tenir closes, et révélèrent par là même, dès le début de l'entrevue, qu'elles étaient un peu trop minces.

– Je suis surprise que vous puissiez supporter la lumière extérieure sans une petite visière verte, remarqua-t-elle tranquillement, laissant la fausse Miss Garth se présenter, sans y prendre plus garde que si elle n'avait pas ouvert la bouche.

– J'ai constaté que, dans cette saison, une visière me tient trop chaud aux yeux, répondit Magdalen, opposant au sang-froid de la femme de charge un sang-froid au moins égal. Pourrais-je savoir si vous avez entendu ce que je viens de vous dire au sujet de la mission qui m'amène ?

– Je vous demanderai, de mon côté, madame, en quoi cette mission pourrait bien me concerner, répliqua Mrs. Lecount.

– Voici, dit Magdalen. Je m'adresse à vous parce que les intentions de Mr. Noël Vanstone vis-à-vis des deux jeunes personnes leur ont été notifiées par une lettre écrite par vous.

Cette simple réponse ne manqua pas son effet. Mrs. Lecount comprit que l'étrangère en savait plus long qu'elle ne l'avait d'abord cru et qu'il pourrait bien être imprudent, en de telles circonstances, de la renvoyer sans l'entendre.

– Veuillez me pardonner, dit la femme de charge, j'avais mal compris d'abord. J'y suis tout à fait à présent. Vous vous trompez, madame, en supposant que je puis quelque chose ou que j'exerce quelque influence dans cette pénible affaire. Je suis le porte-parole de Mr. Noël Vanstone, la plume qu'il tient, si vous voulez bien me permettre cette expression, et pas autre chose. Il est mal portant et, comme tant d'autres, il a ses bons et ses mauvais jours. C'est dans un de ses mauvais jours qu'on a répondu à cette jeune personne… lui donnerai-je le nom de Miss Vanstone ? Volontiers, la pauvre enfant ! Qui suis-je, en effet, pour faire des distinctions ? et que m'importe si ses parents étaient ou non mariés ? Ainsi que je vous le disais, Mr. Noël Vanstone était dans un de ses mauvais jours lorsqu'il fallut répondre à cette lettre, et je fus, en conséquence, chargée d'écrire, mais simplement à titre de secrétaire. Si vous désirez plaider la cause de ces jeunes dames… N'est-ce pas ainsi que vous les désigniez tout à l'heure, et me permettrai-je de les désigner de même ? Non ! pauvres créatures, je les appellerai les demoiselles Vanstone… Si vous désirez plaider la cause de ces demoiselles Vanstone, je ferai part de votre nom et de votre visite à Mr. Noël Vanstone. Il est seul au salon, et nous sommes précisément dans une de ses bonnes journées. De longs services me donnent quelque influence sur lui, et je l'emploierai très volontiers en votre faveur. Dois-je y aller maintenant ? demanda Mrs. Lecount, se levant avec le plus cordial désir de se rendre utile.

– Si vous voulez bien, dit Magdalen avec un empressement reconnaissant, et s'il n'est pas importun de me prévaloir ainsi de votre bonté.

– Au contraire, répondit Mrs. Lecount, c'est une obligation que je vous ai. Vous me mettez à même, dans la faible mesure où cela m'est possible, de prêter secours à l'accomplissement d'une bonne action.

Elle salua, sourit et sortit de la chambre.

Une fois seule, Magdalen se plut à laisser déborder la colère dont elle avait contenu l'expression en présence de Mrs. Lecount. Faute d'un plus noble objet, cette colère s'en prit au crapaud. La vue du hideux petit batracien, tranquillement assis sur son trône rocailleux et jetant au vide le regard impénétrable de ses yeux étincelants, lui portait sur les nerfs d'une incroyable façon. Elle regarda l'immonde créature avec un dégoût, une haine intenses et, à travers ses dents serrées, elle lui adressa à voix basse de véritables imprécations : « Je ne sais, disait-elle, quel est le sang le plus froid, le vôtre ou celui de Mrs. Lecount ! Je ne sais ce qui est le plus visqueux, de son cœur ou de votre dos. Odieux petit monstre ! savez-vous ce qu'est votre maîtresse ? Votre maîtresse est un démon ! »

La peau tachetée qui faisait poche sous la bouche du crapaud se rida par une contraction mystérieuse et reprit ensuite lentement son extension première, comme si l'animal eût avalé les injures qu'on lui adressait. Au premier mouvement par lequel cet affreux petit corps manifesta un semblant de vie, Magdalen s'était écartée, cédant à un invincible dégoût, pour retourner vers son fauteuil. Elle ne s'était pas rassise un moment trop tôt, car la porte s'ouvrit sans bruit, et Mrs. Lecount se montra de nouveau.

– Mr. Vanstone vous recevra, dit-elle, si vous avez la bonté d'attendre quelques minutes. Il sonnera dès qu'il en aura fini avec ce qui l'occupe actuellement et lorsqu'il pourra se mettre à votre disposition. Veuillez prendre soin, madame, de ne rien lui dire qui puisse l'attrister ou l'agiter en quelque façon que ce soit. Dès sa plus tendre enfance, l'état de son cœur a gravement inquiété toutes les personnes au milieu desquelles il vivait. Ce n'est pas positivement une maladie, mais seulement une faiblesse chronique, une dégénérescence graisseuse, un défaut de vitalité dans l'organe lui-même. Son cœur fonctionnera convenablement, si on ne donne pas trop de besogne à son cœur, tel est l'avis de tous les médecins qui l'ont examiné. Vous ne perdrez pas ceci de vue, et réglerez en conséquence l'entretien que vous allez avoir avec lui. Mais, à propos de médecin, avez-vous jamais essayé l'onguent doré pour cette fâcheuse infirmité de vos yeux ? On m'en a parlé comme d'un remède excellent.

– Il ne m'a point réussi, répliqua Magdalen avec une certaine brusquerie. Avant que je voie Mr. Noël Vanstone, continua-t-elle, pourrais-je savoir… ?

– Je vous demande pardon, interrompit Mrs. Lecount, votre question aurait-elle trait, par hasard, à ces deux pauvres jeunes filles ?

– En effet, elle concerne les demoiselles Vanstone.

– Alors, je ne saurais l'aborder. Veuillez m'excuser, mais en vérité je ne puis en rien m'occuper de ces pauvres jeunes filles (vous me faites un vrai plaisir en les appelant les demoiselles Vanstone), si ce n'est en présence de mon maître et sur sa permission expresse. Parlons d'autre chose, pendant que nous attendrons ici. Avez-vous pris garde à mon petit aquarium ? J'ai toutes les raisons de penser que c'est, en Angleterre, une chose absolument nouvelle.

– J'y ai jeté les yeux pendant que vous étiez hors de la chambre, répondit Magdalen.

– Ah ! vraiment ? Et vous n'y avez pris aucun intérêt, j'en suis bien sûre. Rien de plus naturel. Je ne m'y suis non plus intéressée qu'après mon mariage. Mon cher époux, défunt depuis bien des années, m'a initiée et mise à son niveau. Vous avez, j'imagine, entendu parler de feu le professeur Lecomte, l'éminent naturaliste suisse ? Je suis sa veuve. Les Anglais résidant à Zurich (où j'ai longtemps habité moi-même, au service de mon défunt maître) ont arrangé mon nom à l'anglaise en m'appelant Lecount. Vos généreux compatriotes ne veulent tolérer rien d'étranger autour d'eux, pas même un nom, s'ils peuvent le métamorphoser à leur guise… Mais je parlais de mon époux, de mon cher époux, qui me permettait de l'assister dans ses recherches scientifiques. Depuis sa mort, je n'ai plus qu'un intérêt au monde, et c'est celui de la science. Éminent à beaucoup d'égards, le professeur était hors pair pour ce qui touche aux reptiles. Il m'a légué ses sujets et son vivier. C'était toute sa succession. Voici le vivier. Quant aux sujets, ils sont tous morts, excepté ce petit être si calme, ce joli petit crapaud. Mon affection pour lui vous surprendrait-elle ? Il n'y a rien là, cependant, qui doive étonner. Le professeur avait eu le temps de m'élever au-dessus des préjugés vulgaires qui pèsent sur la gent reptile. Bien comprise, la gent reptile est fort belle ; bien disséquée, la gent reptile offre des enseignements de premier ordre. (Là-dessus, du bout de son petit doigt, elle donna un léger coup sur le dos du crapaud.) Si frais au toucher ! conclut-elle. D'un contact si agréable par cette saison d'été !

La sonnette du salon se fit entendre. Mrs. Lecount se leva, s'inclina presque tendrement sur l'aquarium et adressa au crapaud un petit gazouillement d'adieu, comme s'il se fût agi d'un oiseau.

– Mr. Vanstone est prêt à vous recevoir. Veuillez me suivre, mademoiselle Garth !

A ces mots, elle ouvrit la porte et passa la première, montrant le chemin.

III

– Miss Garth, monsieur, dit Mrs. Lecount qui, la porte du salon une fois ouverte, annonça la visiteuse avec le ton et les façons d'une domestique bien éduquée.

Magdalen se trouva dans une pièce étroite et longue, formée de deux salons en enfilade que l'on avait réunis en ouvrant les portes à coulisses qui les séparaient. Elle vit alors, assis non loin de la fenêtre de la rue et tournant le dos au jour, un petit homme frêle, aux cheveux d'un blond fade, à la physionomie béate, roulé dans une belle robe de chambre blanche, infiniment trop large pour lui, et portant sur sa poitrine un bouquet de violettes proprement fixé dans une des boutonnières. Il paraissait âgé de trente à trente-cinq ans. Il avait le teint délicat d'une jeune fille ; ses yeux étaient du bleu le plus clair, et sa lèvre supérieure se décorait d'une malheureuse petite moustache blanchâtre, cirée et tordue aux deux extrémités en une spirale mince et bouclée. Lorsqu'un objet quelconque attirait spécialement son attention, il fermait à moitié les paupières pour le regarder. Venait-il à sourire, la peau de ses tempes se contractait en un réseau d'affreuses petites rides. Il avait sur les genoux un plat de fraises, et sous le plat une serviette, afin de préserver la blancheur immaculée de sa robe de chambre. A sa droite était placée une grande table ronde où s'entassait une collection de curiosités exotiques qui semblaient avoir été ramassées aux quatre coins du monde. Des oiseaux d'Afrique empaillés, des monstres en porcelaine venus de Chine, des ornements et des outils d'argent de l'Inde et du Pérou, des mosaïques d'Italie, des bronzes de

France : le tout entassé pêle-mêle avec les caisses en bois vulgaire et les boîtes de cuir tachées dans lesquelles on faisait voyager ces trésors. Le petit homme s'excusa, mais avec force sourires et une évidente satisfaction d'amour-propre, de vivre au milieu d'un tel désordre, puis de sa robe de chambre puis de sa faible santé. Alors seulement, indiquant un fauteuil de la main, et avec les formes de la politesse la plus étudiée, il mit son attention au service de la visiteuse. Magdalen, en le regardant, se demanda un instant si Mrs. Lecount ne l'avait pas trompée. Était-ce bien là l'homme qui marchait si impitoyablement sur la route tracée par un père impitoyable ? Elle pouvait à peine le croire.

– Prenez un siège, mademoiselle Garth, répéta-t-il, remarquant qu'elle hésitait, et proclamant son propre nom d'une voix haute et grêle, en homme qui sent son importance compromise. Je suis Mr. Noël Vanstone. Vous avez manifesté le désir de me voir, me voici !

– Me permettez-vous de me retirer, monsieur ? demanda Mrs. Lecount.

– Certainement pas, répondit son maître. Restez avec nous, Lecount, et soyez des nôtres ! Mrs. Lecount a toute ma confiance, reprit-il en s'adressant à Magdalen. Me dire quelque chose, mademoiselle, c'est le lui dire à elle-même ; c'est un trésor domestique. Pas une autre maison d'Angleterre ne possède un trésor comme Mrs. Lecount.

La femme de charge écoutait le panégyrique de ses vertus domestiques, les yeux immuablement fixés sur son élégante chemisette. Mais la prompte pénétration de Magdalen avait surpris, au préalable, échangé entre Mrs. Lecount et son maître, un regard prouvant que Noël Vanstone avait reçu par avance des instructions fort en règle sur ce qu'il avait à dire et à faire en présence de la visiteuse inconnue. Ce soupçon et les obstacles que les dispositions de la chambre opposaient à son désir de se placer à contre-jour avertirent Magdalen de se tenir sur ses gardes.

Elle avait d'abord ramené son fauteuil presque au milieu du salon. Un instant de réflexion le lui fit pousser vers la gauche, de manière à se poser en dedans du montant gauche de la porte à coulisses, et tout contre ce montant. Dans cette position, elle barricadait adroitement le seul passage par où Mrs. Lecount aurait pu faire le tour de la grande table et, prenant un siège à côté de son maître, se trouver en face de Magdalen. A droite de la table, l'espace était bien rempli, d'abord par la cheminée et sa corbeille, puis par quelques malles de voyage et une grande caisse de robes. Il ne restait donc à Mrs. Lecount d'autre solution que de se placer sur la même ligne que Magdalen, contre l'autre montant de la porte à coulisses, ou de passer sans façon devant la visiteuse en manifestant ainsi très clairement l'intention de s'installer en face d'elle. Avec une petite toux expressive, et sans perdre un instant son maître de vue, la femme de charge accepta la combinaison nouvelle et s'assit à droite du montant de la porte. « Attendez un peu, pensa-t-elle. Mon tour viendra ! »

– Prenez garde, mademoiselle ! s'écria Noël Vanstone au moment où Magdalen, avançant son fauteuil, se rapprochait de la table. Faites attention à la manche de votre manteau ! Mille excuses, mais vous avez failli renverser ce chandelier d'argent ! Ne supposez pas que ce soit un chandelier vulgaire, c'est un flambeau péruvien. Il n'en existe au monde que trois exemplaires : l'un appartient au président du Pérou, l'autre est enfermé dans les armoires du Vatican, le troisième est sur ma table. Il n'a coûté que dix livres sterling, mais il en vaut au moins cinquante. C'est une des excellentes affaires de mon père, mademoiselle. Tous ces objets sont aussi des emplettes de mon père. Il n'y a pas, en Angleterre, de maison où l'on trouve des curiosités comme celles-ci. Asseyez-vous, Lecount ; je vous supplie de vous mettre à votre aise ! Mrs. Lecount est comme ces curiosités, mademoiselle Garth, c'est une des bonnes affaires de mon père. N'êtes-vous pas, Lecount, une des meilleures acquisitions de mon père ? Mon père était un homme remarquable, mademoiselle. Vous trouverez ici, à chaque pas, quelque souvenir de lui. J'ai sur moi, en ce moment même, sa robe de chambre. On ne fait plus maintenant d'étoffe pareille ; vous ne sauriez vous en procurer, à quelque prix que ce fût. Vous plairait-il d'en tâter le tissu ? Peut-être n'êtes-vous pas bon juge de ces choses-là ? Peut-être préférerez-vous me parler de ces deux jeunes élèves que vous avez formées ? Elles sont deux, n'est-ce pas ? Sont-ce de belles filles ? grasses, fraîches, épanouies comme nos beautés anglaises ?

– Pardon, monsieur ! interrompit Mrs. Lecount avec un accent mélancolique. Je dois vraiment insister pour me retirer, si vous parlez ainsi de ces pauvres créatures. Je ne saurais, monsieur, supporter tranquillement qu'on les tourne en ridicule devant moi… Songez à leur position ; songez à Miss Garth !

– Brave créature ! dit Noël Vanstone, contemplant la femme de charge à travers ses paupières à demi closes. Excellente Lecount ! Je vous certifie, mademoiselle, que Mrs. Lecount est une digne personne. Vous remarquerez qu'elle a pitié des deux jeunes filles. Je ne saurais, pour mon compte, aller jusque-là, mais il est des choses que je puis leur passer. Je suis large d'esprit, je puis faire bien des concessions pour leur compte et pour le vôtre.

Il sourit à ces mots, avec la politesse la plus cordiale, et s'administra une belle fraise tirée du plat qu'il avait sur les genoux.

– Vous froissez Miss Garth… En vérité, monsieur, sans le vouloir, vous froissez Miss Garth, dit encore Mrs. Lecount. Elle n'est pas, comme moi, faite à vos manières. Pensez à Miss Garth, monsieur ! Par égard pour moi, pensez à Miss Garth !

Magdalen jusqu'alors avait gardé un silence intrépide. Le brûlant courroux qui l'aurait immédiatement trahie si elle ne l'avait énergiquement comprimé précipitait les battements de son cœur et l'avertissait par là même, tout le temps que parlait Noël Vanstone, de rester strictement bouche close. Elle l'aurait laissé jaser ainsi, sans l'interrompre, pendant quelques minutes encore, si Mrs. Lecount n'était intervenue pour la seconde fois. Le raffinement d'insolence caché sous la pitié de la femme de charge était typiquement féminin et, sous cet aiguillon poignant, elle retrouva aussitôt son sang-froid. Jamais elle n'avait plus admirablement imité la voix et les façons de Miss Garth que lorsqu'elle reprit la parole.

– Vous êtes bien bonne, dit-elle à Mrs. Lecount. Je ne prétends pas être traitée avec plus de considération. Comme gouvernante, je n'ai pas droit à tant d'égards et ne réclame qu'une seule faveur : je viens prier Mr. Noël Vanstone, dans son propre intérêt, d'écouter ce que j'ai à lui dire.

– Vous entendez, monsieur ? fit observer Mrs. Lecount. Il paraîtrait que Miss Garth a quelque sérieux avis à vous donner. Elle dit que, dans votre propre intérêt, vous feriez bien de l'écouter.

Le teint clair de Mr. Noël Vanstone devint blanc à l'instant même. Il posa le plat de fraises parmi les acquisitions de son père. Sa main tremblait, et toute sa petite personne se tordait, mal à l'aise dans son fauteuil. Magdalen l'observait attentivement. « Voici déjà une découverte, pensa-t-elle. Cet homme est un lâche ! »

– Que voulez-vous dire, mademoiselle ? demanda Noël Vanstone avec une physionomie et des gestes où se peignait une visible inquiétude. Que voulez-vous dire en affirmant qu'il me faut vous écouter, et dans mon propre intérêt ? Si vous êtes venue ici pour m'intimider, vous vous adressez on ne peut moins bien. Dans notre cercle, à Zurich, ma force de caractère était universellement reconnue ; n'est-ce pas, Lecount ?

– Universellement, monsieur, répondit la femme de charge interpellée ; mais il n'en faut pas moins prêter l'oreille à Miss Garth. Peut-être me suis-je trompée sur la portée de ses paroles.

– Au contraire, répondit Magdalen. Vous les avez très fidèlement interprétées. Mon but, en venant ici, est de prémunir Mr. Noël Vanstone contre les périls de la marche qu'il semble vouloir adopter.

– Arrêtez ! dit Mrs. Lecount avec l'accent de la prière. Si vous voulez venir en aide à ces pauvres jeunes filles, cessez de tenir ce langage ! Tâchez, mademoiselle, d'adoucir par des prières une résolution que vous fortifieriez au contraire par vos menaces !

Elle avait un peu exagéré l'humble accent de ses paroles, un peu outré l'expression craintive du regard qui les accompagnait. Si Magdalen ne s'était pas déjà aperçue que Mrs. Lecount, habituée à prendre pour son maître toute espèce de décisions, l'était aussi à le persuader qu'il n'agissait jamais sur les suggestions de sa femme de charge mais entièrement de son propre chef, elle l'eût compris à la minute.

– Vous entendez ce que Lecount vient de dire ? remarqua Noël Vanstone. Vous entendez le témoignage tout spontané d'une personne qui m'a connu dès mon enfance ? Prenez garde, mademoiselle Garth, prenez garde !

Il arrangea complaisamment sur ses genoux les larges pans de sa robe de chambre blanche et y réinstalla le plat de fraises.

– Je n'ai nul désir de vous offenser, dit Magdalen. Je voudrais seulement ouvrir vos yeux à la vérité. Vous ne connaissez point le caractère des deux sœurs dont la fortune vous est échue. Je les ai suivies, au contraire, dès leur enfance, et je viens vous faire profiter de mon expérience, aussi bien dans leur intérêt que dans le vôtre. Vous n'avez rien à craindre de l'aînée : elle accepte patiemment le lot pénible que vous, et votre père avant vous, l'avez forcée à subir. La conduite de la cadette est tout l'opposé de celle-ci. Elle a déjà refusé de se soumettre à la décision de votre père ; elle refuse maintenant de laisser étouffer ses plaintes et ses griefs par la lettre de Mrs. Lecount. Je vous en donne ma parole : elle est capable de vous susciter de fort sérieux embarras, si vous persistez à vous faire d'elle une ennemie acharnée.

Noël Vanstone, changeant encore de couleur, se remit à se trémousser dans son fauteuil.

– De sérieux embarras ? répéta-t-il avec un regard effaré. Si vous entendez, mademoiselle, qu'elle compte encore m'écrire, j'ai déjà bien assez de cette sorte d'embarras. Elle m'a écrit une fois, et mon père a reçu deux lettres d'elle. L'une de ces dernières renfermait des menaces ; n'est-il pas vrai, Lecount, qu'elle en renfermait ?

– Pauvre enfant ! dit Mrs. Lecount. Elle ne faisait qu'exprimer ses sentiments. Je trouvais bien dur de lui renvoyer sa lettre, mais votre cher père jugeait que cela valait mieux. Pourquoi, disais-je alors, ne pas lui laisser exprimer ce qu'elle sent ? Que sont après tout quelques vagues menaces ? Dans sa position, la pauvre enfant, ce sont des paroles, et rien de plus.

– Je vous conseille de ne pas trop compter là-dessus, dit Magdalen. Je la connais mieux que vous ne la connaissez.

Elle s'arrêta sur ces paroles ; elle s'arrêta, un instant effrayée. L'insultante pitié de Mrs. Lecount l'avait irritée au point de lui faire presque oublier le rôle qu'elle jouait et reprendre un instant sa voix naturelle.

– Vous avez fait allusion aux lettres écrites par mon élève, reprit-elle, s'adressant à Noël Vanstone, aussitôt qu'elle se sentit rentrée en possession d'elle-même. Nous ne parlerons pas de ce qu'elle a pu écrire à votre père mais seulement de ce qu'elle vous a écrit, à vous. Y a-t-il dans sa lettre quelque chose d'inconvenant, quelque chose de contraire à la vérité ? N'est-il pas vrai que ces deux sœurs ont été cruellement privées des bienfaits par lesquels leur père avait pourvu à leur avenir ? Son testament, jusqu'ici, parle pour lui en leur faveur : s'il parle en vain, c'est uniquement parce que mon ancien maître ignorait qu'en vertu de son mariage il avait à rédiger un nouveau testament, et parce qu'il est mort avant d'avoir pu remédier à cette erreur... Pouvez-vous nier tout ceci ?

Noël Vanstone se prit à sourire et, gobant une seconde fraise, il déclara :

– Je n'ai rien à nier de tout ce que vous venez d'exposer. Continuez, mademoiselle Garth, continuez !

– N'est-il pas vrai, reprit Magdalen, que le même texte de loi qui enlevait leur fortune à ces deux sœurs dont le père n'avait pas fait un second testament vous a donné cette même fortune, à vous dont le père n'a jamais voulu faire le moindre testament ? A coup sûr, expliquez-le comme vous voudrez, ceci est bien dur pour ces jeunes orphelines !

– Très dur, répondit Noël Vanstone. N'est-ce pas, Lecount, la chose doit vous paraître ainsi ?

Mrs. Lecount hocha la tête et ferma ses beaux yeux noirs :

– Déchirant ! dit-elle, je ne trouve pas d'autre mot pour caractériser cette situation. Oui, mademoiselle Garth, c'est déchirant. Maintenant, que la jeune personne, non ! que mademoiselle Vanstone cadette ait découvert que feu mon respectable maître n'a pas fait de testament, c'est là véritablement ce qui m'étonne… Peut-être la chose a-t-elle été mise dans les journaux ? Mais, pardon, mademoiselle Garth, je vous ai, je crois, interrompue. Vous alliez ajouter quelque chose sur la lettre de votre élève ?

En prononçant ces paroles, elle avança sans bruit son fauteuil à quelques pouces en avant de celui de la visiteuse. La tentative était adroitement vue mais n'en resta pas moins inutile. Magdalen se contenta de tourner la tête un peu plus sur la gauche, et la grande caisse à robes qui embarrassait le parquet empêcha Mrs. Lecount de se porter plus en avant.

– Je n'ai plus qu'une question à vous faire, dit Magdalen. La lettre de mon élève contenait une proposition adressée à Mr. Noël Vanstone. Je le prie de me dire pourquoi il a refusé de la prendre en considération.

– Ma bonne demoiselle ! s'écria Noël Vanstone arquant ses sourcils blanchâtres pour donner à sa physionomie l'expression d'une surprise moqueuse. Est-ce tout de bon que vous parlez ? Savez-vous bien quelle était cette proposition ? Avez-vous vu la lettre ?

– Je parle très sérieusement, dit Magdalen, et j'ai vu la lettre. Elle vous supplie de vous rappeler comment vous est échue la fortune de Mr. Andrew Vanstone ; elle vous informe qu'une moitié de cette fortune, partagée entre ses filles, était le lot que son testament leur attribuait ; elle demande à votre équité naturelle de faire pour ces enfants ce qu'il aurait fait lui-même s'il avait vécu. En termes encore plus clairs, elle vous demande d'abandonner une moitié des capitaux aux filles du frère de votre père, vous laissant libre de conserver le reste pour vous-même. Voilà la proposition... Pourquoi n'avez-vous pas voulu y avoir égard ?

– Pour la plus simple raison du monde, mademoiselle Garth, répondit Noël Vanstone, qui semblait fort égayé. Permettez-moi de vous rappeler ce proverbe très connu : « Un sot et son argent ne vont pas longtemps de compagnie. » Quoi que je sois d'autre, madame, personne encore ne m'a regardé comme un sot.

– Ne le prenez pas ainsi, monsieur ! intervint Mrs. Lecount. Soyez sérieux, au nom de Dieu, soyez sérieux !

– Mais c'est impossible, Lecount, répliqua son maître. Je ne saurais vraiment prendre ceci au sérieux. Mon pauvre père, mademoiselle Garth, envisageait cette affaire au point de vue moral le plus élevé. Lecount, que voici, ne l'envisage pas autrement ; n'est-ce pas, Lecount ? Pour moi, maintenant, c'est autre chose. J'ai trop longtemps respiré l'air du Continent pour me préoccuper beaucoup du point de vue moral. Ma manière d'agir en cette affaire est aussi simple que la règle en vertu de laquelle deux et deux font quatre : j'ai les capitaux, et je me regarderais comme un idiot si je les lâchais. Tel est mon point de vue. Il est simple, n'est-ce pas ? Je ne me retranche pas derrière ma dignité. Je n'invoque pas contre vous la loi qui m'est toute favorable. Je ne vous blâme point d'être venue ici, bien que totalement étrangère, pour tâcher de modifier ma résolution. Je ne blâme pas les deux jeunes filles qui veulent insinuer leurs doigts dans ma bourse. Je me borne à dire que je ne suis pas assez sot pour l'ouvrir. *Pas si bête*[1] *!* comme nous disions à Zurich, entre nous autres Anglais. Comprenez-vous le français, mademoiselle Garth ? *Pas si bête !*

Il mit de côté, encore une fois, son plat de fraises, et délicatement essuya ses doigts à sa belle serviette blanche.

Magdalen resta impassible. Si, en levant la main dans ce moment, elle avait pu frapper de mort ce misérable personnage, il est probable qu'elle l'eût levée. Mais elle resta impassible.

– Dois-je comprendre, demanda-t-elle, que vous vous en tenez strictement et définitivement, pour cette affaire, à la détermination annoncée dans la lettre de Mrs. Lecount ?

1. En français dans le texte.

– Comme vous dites, répliqua Noël Vanstone.

– Vous avez hérité de la fortune de votre père et de la fortune de Mr. Andrew Vanstone ; malgré cela, vous ne vous sentez nullement obligé d'agir, envers ces deux sœurs, comme le voudrait la justice ou la générosité ? Vous ne voyez à leur dire que ceci : que vous avez l'argent et que vous refusez d'en sacrifier un seul farthing ?

– Très exactement exprimé ! Mademoiselle Garth, vous êtes une femme d'affaires. Lecount, mademoiselle Garth est une femme d'affaires.

– Ne me faites pas entrer dans tout ceci, monsieur ! s'écria Mrs. Lecount, tordant avec grâce ses mains blanches et potelées... Je ne puis cependant le supporter ; il faut que j'intervienne ! Laissez-moi suggérer – comment appelez-vous cela en anglais ? – un compromis. Cher monsieur Noël, vous vous faites à vous-même une injustice criante. Vous pourriez donner à Miss Garth de bien meilleures raisons. Vous suivez l'exemple de votre honoré père ; vous regardez comme un devoir envers sa mémoire d'agir en tout ceci comme lui-même a agi. Voilà, mademoiselle Garth, ses motifs ; je vous supplie à genoux de ne pas lui en supposer d'autres ! Il fera ce qu'a fait son cher père, ni plus ni moins. Son cher père avait fait une offre, il la renouvellera. Oui, monsieur Noël, vous vous rappellerez ce que cette pauvre jeune fille vous dit dans sa lettre. Sa sœur a été obligée de se placer comme gouvernante ; elle-même, en perdant sa fortune, a vu ajourner, pour bien des années, un mariage déjà convenu. Vous vous souviendrez de tout ceci et leur donnerez, à l'une et à l'autre, les cent livres sterling que votre admirable père leur avait jadis offertes. S'il le fait, mademoiselle Garth, cela suffira-t-il ? S'il donne cent livres à chacune de ces pauvres sœurs... ?

– Il se repentira de cette insulte jusqu'à la dernière heure de sa vie, lâcha Magdalen.

A peine cette réponse avait-elle franchi ses lèvres qu'elle eût donné tout au monde pour la reprendre. Mrs. Lecount avait fini par enfoncer l'aiguillon à l'endroit sensible. C'était avec sa vraie voix que, dans un élan de colère, Magdalen venait de prononcer ces téméraires paroles.

Sans l'habitude qu'elle avait de jouer en public, elle eût infailliblement aggravé son erreur en cherchant à la réparer. Ici, au moins, l'usage de la scène vint à son secours et lui permit de reprendre à l'instant même avec la voix de Miss Garth, comme si de rien n'était :

– Je rends justice à vos intentions, madame Lecount, dit-elle, mais vous faites plus de mal que de bien. Mes élèves n'accepteront certainement pas le compromis que vous proposez. Je regrette les paroles violentes qui viennent de m'échapper et vous prie d'accepter mes excuses.

En prononçant cette phrase conciliante, elle cherchait ardemment quelques indications sur le visage de le femme de charge. Mrs. Lecount, en portant son mouchoir à ses yeux, déjoua cette curiosité. Avait-elle ou non remarqué cette brusque transition qui avait un moment substitué la voix naturelle de Magdalen à sa voix factice ? Impossible de le savoir.

– Que puis-je de plus ? murmura Mrs. Lecount en s'abritant derrière son mouchoir. Donnez-moi le temps de réfléchir, donnez-moi le temps de me remettre ! Puis-je, monsieur, me retirer un moment ? Mes nerfs sont ébranlés par cette triste scène. Il me faut un verre d'eau ; je crois que je vais me trouver mal… Ne vous retirez pas encore, mademoiselle Garth… Veuillez nous donner le temps de régler, si nous le pouvons, cette triste difficulté. Je vous supplie de rester là jusqu'à ce que je revienne.

Le salon avait deux portes. L'une, celle du parloir de devant, à gauche de Magdalen et tout près d'elle ; l'autre, celle de la pièce du fond, à laquelle elle tournait le dos. Mrs. Lecount se retira poliment, franchissant les portes à coulisses par cette dernière issue, de manière à ne pas déranger la visiteuse en passant devant elle. Magdalen attendit d'avoir entendu la porte s'ouvrir et se refermer derrière elle ; alors seulement elle résolut de mettre à profit l'occasion qui la laissait seule avec Noël Vanstone. Elle venait de s'assurer à quel point il était impossible de communiquer à cette vile nature une impulsion généreuse. Une seule chance restait donc, celle de le traiter comme un misérable lâche qu'il était et d'agir sur lui par la terreur.

Avant qu'elle eût pu parler, Noël Vanstone rompit lui-même le silence. Quelque adresse qu'il mît à vouloir le cacher, il était à moitié en colère, effrayé à moitié de se voir ainsi abandonné par sa femme de charge. Il jetait sur l'étrangère des regards indécis, et manifesta un inquiet besoin de se la concilier jusqu'au retour de Mrs. Lecount.

– Veuillez y prendre garde, mademoiselle, commença-t-il. Je n'ai jamais nié que ce ne fût là une situation bien pénible. Vous disiez tout à l'heure que vous ne vouliez point m'offenser, et bien certainement, de mon côté, je ne veux vous froisser en aucune manière. Oserai-je vous offrir quelques fraises ? Vous plairait-il d'examiner les curiosités de mon père ? Je puis vous assurer, madame, que je suis par nature un galant homme, et j'éprouve une véritable compassion pour ces deux sœurs, plus particulièrement pour la cadette. Me prendre par les sentiments, c'est m'attaquer par mon côté faible. Rien ne me ferait plus de plaisir que de savoir le fiancé de Miss Vanstone, je l'appelle toujours Miss Vanstone (et Lecount aussi), rien, dis-je, madame, ne me ferait plus de plaisir que de savoir le fiancé de Miss Vanstone revenu de son expédition, et d'apprendre qu'ils sont unis l'un à l'autre. Si quelque avance d'argent pouvait aider à cet heureux résultat, si l'on m'offrait de bonnes garanties et si mon avocat ne voyait aucun danger…

– Arrêtez, monsieur Vanstone ! dit Magdalen. Vous vous trompez totalement dans votre appréciation de la personne à qui vous avez affaire. Vous vous trompez gravement, si vous croyez que le mariage de la sœur cadette, fût-il réalisé d'ici à huit jours, ferait la moindre différence dans les convictions qui lui ont dicté ses lettres, adressées à votre père et à vous. Je ne nie pas qu'elle n'ait pu agir en vertu de mobiles plus ou moins compliqués. Je ne nie pas qu'elle ne tienne encore à l'espérance de hâter son mariage et à l'espérance d'affranchir sa sœur, maintenant vouée à une dépendance humiliante. Mais, en supposant même que ce double objet puisse être atteint par d'autres voies, rien ne saurait la déterminer à vous laisser possesseur de l'héritage que son père leur destinait, à elle et à sa sœur. Je la connais, monsieur Vanstone ! Elle n'a plus de nom, plus d'asile, plus d'amis. La loi qui vous protège, vous et tous les enfants légitimes, la jette comme une vile épave aux quatre vents du ciel. Mais c'est votre loi, ce n'est pas la sienne. Elle n'y peut voir que l'instrument d'une ignoble oppression, d'une injustice intolérable. Le ressentiment de cette injustice la hante comme une possession diabolique. La détermination de la réparer brûle en elle comme un incendie. Supposez cette misérable enfant mariée dès demain et riche à millions, croyez-vous, par hasard, qu'elle reculerait d'un pouce sur la voie qui mène à son but ? Je vous dis, moi, qu'elle résisterait jusqu'au dernier souffle de son corps à l'infâme iniquité qui est venue frapper deux enfants abandonnées, en profitant pour cela de la mort de leur père ! Je vous dis qu'elle ne reculerait devant aucun des moyens que le désespoir peut mettre à la portée d'une femme pour ouvrir de force votre main fermée… ou mourir en l'essayant !

Elle s'arrêta brusquement. Une fois encore, son indomptable volonté l'avait trahie. Une fois encore, la noblesse native de ce caractère tortueux s'élevait au-dessus de la tricherie à laquelle il s'était soumis. Le complot du moment était effacé de sa pensée, et la résolution qui était sa vie même venait d'éclater, débordant de son cœur avec une ardeur toujours croissante et n'empruntant plus ni les paroles ni la voix d'autrui. Elle voyait devant elle l'abject mannequin tapi silencieusement dans son fauteuil. Sa couardise lui laissait-elle assez l'usage de ses sens pour qu'il s'aperçût du changement de sa voix ? Non, le visage de cet homme ne pouvait mentir : la peur qu'il ressentait l'avait complètement égaré. Cette fois, la chance avait tourné en faveur de Magdalen. La porte placée derrière son fauteuil ne s'était pas rouverte encore. « Ses oreilles seules m'ont entendue, pensa-t-elle avec un inexprimable soulagement… J'échappe à Mrs. Lecount. »

En ceci, elle se trompait complètement. Mrs. Lecount n'avait pas quitté le salon.

Après avoir ouvert la porte et l'avoir refermée, mais sans sortir, la femme de charge était venue s'agenouiller sans bruit derrière le fauteuil de Magdalen. S'appuyant contre le montant de la porte à coulisses, et tirant de sa poche une paire de ciseaux, elle avait attendu que Noël Vanstone (aux regards de qui elle était absolument cachée) eût attiré, en lui parlant, l'attention de Magdalen; alors elle s'était inclinée en avant, les ciseaux ouverts dans sa main. Le bas de la robe dont la fausse Miss Garth était revêtue, la robe d'alpaga brun, étoilée de blanc, reposait sur le parquet, à portée de la femme de charge. Mrs. Lecount souleva celui des deux volants qui recouvrait l'autre, découpa doucement un petit morceau irrégulier dans l'étoffe du volant inférieur et replaça celui de dessus, de manière à masquer l'entaille ainsi faite. Pendant que Magdalen prononçait ses dernières paroles, la femme de charge avait remis ses ciseaux en poche et s'était relevée (s'abritant derrière le montant de la porte). Elle fit alors semblant d'ouvrir et de refermer la porte et, le plus tranquillement du monde, revint à sa place.

– Qu'est-il donc arrivé pendant mon absence? demanda-t-elle, s'adressant à son maître avec une physionomie alarmée. Vous êtes pâle, monsieur, vous semblez dans une grande agitation ! Oh ! mademoiselle Garth, auriez-vous oublié l'avis que je vous donnais avant d'entrer ici ?

– Miss Garth a tout oublié ! s'écria Noël Vanstone, à qui la réapparition de Mrs. Lecount avait rendu quelque sang-froid. Miss Garth m'a menacé de la manière la plus odieuse ! Je vous défends, Lecount, de jamais plus vous apitoyer au sujet de ces deux jeunes filles, et plus particulièrement au sujet de la cadette ! C'est la plus désespérée créature dont j'aie jamais ouï parler ! Si elle ne peut avoir mon argent par des moyens légitimes, elle menace de me le ravir autrement. Voilà ce que Miss Garth vient de me notifier en face… En face ! répéta-t-il, croisant les bras et de l'air d'un homme qui se sent mortellement outragé.

– Calmez-vous, monsieur ! dit Mrs. Lecount, calmez-vous, je vous en prie, et souffrez que je parle à Miss Garth ! Je regrette, mademoiselle, que vous ayez oublié ce que je vous disais avant d'entrer dans ce salon. Vous avez agité Mr. Noël, vous avez compromis les intérêts pour lesquels vous veniez intercéder ici et vous n'avez fait, en somme, que nous répéter ce que nous savions déjà. Le langage que vous vous êtes permis en mon absence est le même que votre élève employa, contre tout bon sens, en écrivant pour la seconde fois à feu mon maître. Comment une femme de votre âge et de votre expérience peut-elle répéter sérieusement de pareilles absurdités ? Cette petite fille nous brave et nous menace : elle fera ceci, elle fera cela… Vous avez sa confiance, mademoiselle ? Eh bien ! dites-moi tout simplement ce qu'elle peut faire.

Si bien aiguisé que fût le trait, il passa inoffensif. Mrs. Lecount avait trop enfoncé l'aiguillon. Magdalen se leva, restant tout à fait dans son rôle, et mit fin à l'entrevue sans se départir du calme le plus parfait. Ne sachant rien de ce qui s'était passé derrière son fauteuil, elle voyait néanmoins, dans la physionomie et les manières de Mrs. Lecount, un changement qui devait la prémunir contre de nouveaux dangers et contre un plus long séjour dans cette maison ennemie.

– Je ne suis pas dans la confidence de mon élève, dit-elle. Le moment venu, ses actes se chargeront de répondre à votre question. Je puis seulement vous dire, la connaissant comme je la connais, qu'elle n'est point habituée aux fanfaronnades. Ce qu'elle écrivait à Mr. Michael Vanstone, elle était prête à le réaliser, j'ai du moins tout lieu de le croire, lorsque la mort est venue à la traverse des projets qu'elle avait conçus. Il suffira que le fils de Mr. Michael Vanstone continue dans les traces de son père pour qu'il s'aperçoive, d'ici à peu de temps, que je ne me trompe pas sur le compte de mon élève, et que je ne suis pas venue ici pour l'intimider par de vaines menaces. Ma mission est maintenant remplie. Je laisse à Mr. Noël Vanstone une alternative : ou bien partager avec les filles de Mr. Andrew Vanstone la fortune de Mr. Andrew Vanstone, ou bien persister dans son refus actuel et en affronter les conséquences…

Elle salua là-dessus, et se dirigea vers la porte.

Noël Vanstone se leva, la colère et la peur se disputant à qui s'inscrirait la première sur la blanche surface de son pâle visage. Mais, avant qu'il eût pu ouvrir la bouche, les mains potelées de Mrs. Lecount vinrent se poser sur ses épaules, le firent doucement retomber dans son fauteuil et replacèrent le plat de fraises sur ses genoux, très exactement comme il était auparavant :

– Remettez-vous, monsieur Noël, et mangez encore quelques fraises, lui dit-elle. Je me charge de Miss Garth.

Elle suivit Magdalen dans le corridor et ferma derrière elle la porte du salon.

– Habitez-vous Londres, mademoiselle ? demanda Mrs. Lecount.

– Non, répondit Magdalen, je réside à la campagne.

– Si j'ai besoin de vous écrire, où puis-je vous adresser mes lettres ?

– A Birmingham, poste restante, dit Magdalen, indiquant la ville qu'elle venait de quitter et d'où toute sa correspondance lui était encore renvoyée.

Mrs. Lecount répéta l'adresse pour mieux la fixer dans sa mémoire. Elle fit deux pas de plus dans le couloir et, posant tranquillement sa main droite sur le bras de Magdalen, elle lui dit :

– Un mot d'avis, mademoiselle, un seul mot avant de nous séparer. Vous êtes hardie, vous êtes fine. N'exagérez ni la hardiesse ni la subtilité… Vous courez plus de hasards que vous ne croyez.

Elle se leva tout à coup sur la pointe des pieds et laissa tomber dans l'oreille de Magdalen les mots suivants :

– *Je vous tiens dans le creux de ma main !*

Mrs. Lecount avait insisté sur chaque syllabe avec une sorte de sifflement emphatique et vindicatif. Tandis qu'elle parlait, sa main gauche se crispait à la dérobée. C'était celle où elle avait caché le morceau d'étoffe enlevé à la robe de Magdalen, qu'elle étreignait en ce moment même avec force.

– Que voulez-vous dire ? demanda Magdalen en la repoussant.

Mrs. Lecount se déroba poliment pour aller ouvrir la porte de la rue.

– Pour le moment, rien, dit-elle. Attendez, et le temps vous l'expliquera peut-être. Une dernière question, mademoiselle, avant que je prenne congé de vous. Quand votre élève était encore une petite fille inoffensive, s'amusait-elle parfois à bâtir des châteaux de cartes ?

Magdalen, impatientée, répondit par un geste affirmatif.

– L'avez-vous jamais regardée, élevant toujours plus haut son fragile édifice, continua Mrs. Lecount, jusqu'à en faire une véritable pagode de carton ? La voyiez-vous alors ouvrir tout grands ses yeux étonnés, contempler son œuvre et se sentir si fière de l'avoir accomplie qu'elle voulait absolument la continuer ? La voyiez-vous affermir sa jolie petite main, retenir son souffle innocent, poser au sommet une dernière carte, et l'instant d'après, faire de son bel édifice un monceau de ruines étalées sur la table ? Ah ! vous avez vu tout cela ? Eh bien, veuillez vous charger pour elle d'un message amical que je lui envoie… Je crois pouvoir l'avertir qu'elle a monté son bâtiment assez haut comme cela, et lui recommander de bien prendre garde avant qu'elle y ajoute une seule carte.

– La commission sera faite, dit Magdalen avec la brusquerie de Miss Garth et son emphatique branlement de tête. Je doute qu'elle y prenne garde. Sa main est un peu plus ferme que vous ne semblez le croire, et j'estime qu'elle mettra une carte de plus.

– Quitte à faire tomber la maison, dit Mrs. Lecount.

– Et la rebâtir ensuite, reprit Magdalen. Je vous souhaite le bonjour !

– Bonjour, dit Mrs. Lecount, ouvrant la porte. Un mot encore, mademoiselle Garth ! Songez à ce que je vous disais dans ma chambre : essayez de l'onguent doré pour ces pauvres yeux que vous avez si malades !

Au moment où Magdalen franchissait le seuil de la porte, elle trouva devant elle le facteur qui gravissait le perron, tenant à la main une lettre sortie de son paquet.

– Noël Vanstone, esquire ? l'entendit-elle demander tandis qu'elle passait du jardinet dans la rue.

Elle se doutait bien peu, en ce moment, de la difficulté nouvelle et du nouveau péril auxquels venait de la soustraire son départ fort à propos. La lettre que le facteur remettait à la femme de charge était précisément la lettre anonyme que le capitaine Wragge avait adressée à Noël Vanstone.

IV

Mrs. Lecount retourna au salon, tenant d'une main le fragment enlevé à la robe de Magdalen, et de l'autre la lettre du capitaine Wragge.

– Vous êtes-vous débarrassée d'elle ? demanda Noël Vanstone. Avez-vous enfin refermé la porte sur Miss Garth ?

– Ne lui donnez plus ce nom, monsieur ! dit Mrs. Lecount avec un sourire de mépris. Elle n'est pas plus Miss Garth que vous ne l'êtes vous-même. Nous avons eu droit à une petite comédie fort bien exécutée ; et si nous avions dépouillé notre visiteuse de son déguisement, savez-vous bien ce que nous aurions trouvé ? Miss Vanstone en personne. Voici une lettre pour vous, monsieur, que le facteur vient d'apporter.

Elle déposa la lettre sur la table, à portée de son maître. La stupéfaction de Noël Vanstone devant ce qu'on venait de lui révéler concentrait toute son attention sur le visage de la femme de charge. Il n'eut pas même l'idée de regarder la lettre qu'elle plaçait devant lui.

– Soyez bien sûr de ce que je vous dis, monsieur, continua Mrs. Lecount, prenant tranquillement une chaise. Une fois rentrée chez elle, notre visiteuse renfermera ses cheveux gris dans une boîte et guérira immédiatement sa terrible ophtalmie avec une éponge et un peu d'eau chaude. Si elle avait peint les rides qu'elle a sur le visage aussi bien que l'inflammation dont ses yeux semblaient souffrir, le jour ne m'eût rien révélé et j'eusse été abusée. Mais j'ai vu ses fausses rides, j'ai discerné sous ce teint gris une peau de jeune fille ; j'ai entendu dans ce salon les sincères accents de la colère, à côté des fausses intonations d'une voix simulée, et je ne crois pas à un seul détail de l'aspect sous lequel cette dame s'est offerte. A mon avis, monsieur Noël, c'était la jeune fille elle-même, – une jeune fille qui n'a pas froid aux yeux.

– Pourquoi n'avez-vous pas fermé la porte et envoyé chercher la police ? demanda Mr. Noël ; c'est ce qu'aurait fait mon père, très certainement. Vous savez aussi bien que moi, Lecount, que mon père aurait envoyé chercher la police !

– Pardon, monsieur, dit Mrs. Lecount. Votre père aurait attendu que la police eût quelque chose de plus à faire. Nos griefs sont encore insuffisants. Nous reverrons cette personne, monsieur. Peut-être, la prochaine fois, reviendra-t-elle avec ses propres traits et sa propre voix. Je suis curieuse de savoir quelle figure est la sienne, curieuse de savoir si ce que j'ai entendu de sa voix dans les moments de colère me permettra de reconnaître cette voix quand elle est calme et posée. Je possède, sans qu'elle s'en doute, un petit souvenir de sa visite, et elle ne m'échappera pas aussi facilement qu'elle le croit. Si ce souvenir nous devient utile, vous saurez en quoi il consiste. Sinon, je m'abstiendrai de vous troubler pour une bagatelle semblable. Permettez-moi, monsieur, de vous rappeler la lettre que vous avez sous la main. Vous n'y avez pas encore jeté les yeux.

Noël Vanstone ouvrit la lettre. Dès que ses yeux furent tombés sur les premières lignes, il sursauta, hésita et parcourut précipitamment tout le reste. Puis le papier lui échappa des mains, et il se laissa retomber dans son fauteuil. Mrs. Lecount, qui fut debout en un instant avec la promptitude d'une jeune femme, ramassa aussitôt la lettre.

– Qu'est-il arrivé, monsieur ? demanda-t-elle.

Son visage, comme elle posait cette question, s'altéra notablement ; ses grands yeux noirs prirent une expression dure et menaçante ; sa surprise et son effroi n'avaient rien de joué.

– Envoyez chercher la police ! s'écria son maître. J'insiste, Lecount, pour qu'on me protège. Envoyez chercher la police !

– Puis-je lire la lettre, monsieur ?

Il y consentit par un faible mouvement de main. Mrs. Lecount fit cette lecture avec attention et, quand elle eut fini, reposa la lettre sur la table sans prononcer une parole.

– N'avez-vous rien à me dire ? demanda Noël Vanstone, qui regardait la femme de charge avec un trouble et un embarras extrêmes. Lecount, on veut me voler ! Le drôle qui a écrit cette lettre est au courant de tout et ne dira rien si on ne le paie. Il y a sur cette table pour plusieurs milliers de livres d'objets précieux, d'objets qu'on ne pourrait remplacer, d'objets que toutes les têtes couronnées de l'Europe, le voudraient-elles, ne sauraient se procurer. Enfermez-moi, Lecount, et envoyez quérir la police !

Au lieu d'envoyer chercher la police, Mrs. Lecount prit sur la cheminée un grand éventail de papier vert et s'assit en face de son maître.

– Vous êtes agité, monsieur Noël, dit-elle, vous vous échauffez. Laissez-moi vous rafraîchir !

Le visage aussi dur que jamais, avec moins de tendresse dans le regard ou dans le geste que bien des femmes n'en auraient montré en tirant d'affaire une mouche près de se noyer dans un pot de crème, silencieusement, patiemment, elle l'éventa durant au moins cinq minutes. Aucun œil expérimenté, remarquant la pâleur bleuâtre du teint de Mr. Vanstone et la difficulté prononcée avec laquelle il respirait, n'eût méconnu l'état où était, chez cet homme, le principal organe de la vie ; il était facile de voir que la femme de charge avait dit vrai, en présentant cet organe comme trop faible pour les fonctions qu'il avait à remplir. Le cœur accomplissait ces fonctions aussi péniblement que si l'âge l'eût déjà glacé à demi.

– Êtes-vous soulagé, monsieur ? demanda Mrs. Lecount. Pouvez-vous réfléchir ? Vous est-il loisible d'envisager tout ceci avec un tant soit peu de sang-froid ?

Elle se leva, et posa la main sur le cœur de son maître avec autant d'attention machinale et aussi peu de véritable intérêt que si elle avait tâté les assiettes du dîner pour s'assurer qu'elles fussent chaudes au degré convenable.

– Oui, continua-t-elle, se rasseyant et reprenant l'éventail, vous allez déjà bien mieux, monsieur Noël. Ne me faites pas de questions sur cette lettre anonyme, avant d'y avoir pensé vous-même et de m'en avoir dit votre opinion. (Elle continuait de l'éventer et, tout le temps, le regardait fixement au visage.) Réfléchissez, dit-elle, réfléchissez, monsieur, sans vous donner la peine d'exprimer vos réflexions ! Fiez-vous à mon intuition pour lire en vous. Oui, monsieur Noël, cette lettre est une misérable tentative qui a pour but de vous effrayer. Que dit-elle, au fond ? que vous êtes l'objet d'un complot dirigé par Miss Vanstone. Mais cela, nous le savions déjà : la dame aux yeux échauffés ne nous l'avait point laissé ignorer. Ce complot, nous nous en moquons… Que dit ensuite la lettre ? Que celui qui l'a écrite pourra vous donner de précieux renseignements si vous êtes disposé à les payer… Comment, tout à l'heure, monsieur, venez-vous de qualifier ce personnage ?

– Je l'ai qualifié de coquin, dit Noël Vanstone qui, retrouvant peu à peu sa confiance en lui-même, se redressa par degrés dans son fauteuil.

– En ceci, monsieur, comme en tout le reste, je suis parfaitement d'accord avec vous, continua Mrs. Lecount. Ou bien cet homme est un coquin, possédant réellement les renseignements dont il parle, ou bien c'est un porte-parole de Miss Vanstone, qui lui aura fait écrire cette lettre pour tâcher de nous embarrasser par une nouvelle forme de déguisement. Que la lettre soit sincère ou qu'elle soit fausse – n'est-il pas vrai que je lis clairement dans votre pensée, monsieur Noël ? – vous en savez trop long pour mettre vos ennemis sur leurs gardes en faisant prématurément intervenir la police. Eh bien, là-dessus encore, je partage complètement votre opinion : c'est plus tard qu'il faudra faire agir la police. En attendant vous laisserez croire à cet homme ou à cette femme anonyme que vous vous effrayez facilement. En réponse du piège tendu à votre argent, vous allez tendre un piège aux renseignements promis ; vous allez répondre à la lettre et laisser venir ce qui en résulte ; enfin, vous ne paierez les salaires dus à la police lorsqu'on la met en mouvement que lorsque cette dépense sera réellement devenue nécessaire. Là-dessus encore, je suis de votre avis… Évitons les frais inutiles ! Vous le voyez, monsieur Noël, il n'est pas un détail sur lequel ma pensée ne concorde parfaitement avec la vôtre.

– Cela vous frappe ainsi, n'est-ce pas, Lecount ? dit Noël Vanstone. C'est là justement ce que je pensais. Si je puis me passer d'elle, la police n'aura pas de moi un seul farthing. (Il reprit la lettre, dont une seconde lecture lui rendit en partie ses inquiétudes et ses agitations premières.) Mais, s'écria-t-il soudain, cet homme veut de l'argent ! Vous semblez oublier, Lecount, que cet homme veut de l'argent !

– De l'argent que vous lui offrirez, monsieur, répondit Mrs. Lecount, mais, comme vous l'avez déjà pressenti, de l'argent que vous ne lui donnerez pas… Non, non ! Vous dites à cet homme : « Tendez la main, monsieur ! » et quand il l'a tendue, vous lui donnez pour sa peine une bonne claque ; après quoi, vous remettez votre propre main dans votre poche. Que j'aime à vous voir rire ainsi, monsieur Noël ! Que j'aime à vous voir reprendre votre bonne humeur ! Nous répondrons à la lettre par la voie des annonces, comme le demande notre correspondant ; une annonce ne coûte guère… Votre pauvre main me semble trembler un peu, voulez-vous que je tienne la plume à votre place ? Je ne puis malheureusement faire mieux, mais je puis toujours promettre de tenir la plume.

Sans attendre qu'il eût répondu, elle passa dans la pièce du fond et revint avec tout ce qu'il fallait pour écrire. Arrangeant un buvard sur ses genoux et offrant aux regards le plus parfait spécimen d'une soumission joyeuse, elle se replaça devant le fauteuil de son maître.

– Voulez-vous, monsieur, que j'écrive sous votre dictée ? demanda-t-elle, ou bien ferai-je un brouillon de lettre que vous vous chargerez de corriger ensuite ? Bah ! je vais faire un petit brouillon… Voyons la lettre. L'annonce doit être passée dans le *Times*, et adressée à « un ami inconnu ». Que dois-je dire, monsieur Noël ? Un moment ! Je vais d'abord écrire, et vous reverrez ensuite : « Un ami inconnu est prié de faire savoir (par la voie des annonces) l'adresse où on pourrait lui écrire. Les renseignements qu'il offre lui vaudront, une fois donnés, et à titre de récompense, une somme de… » Quelle somme, monsieur, voulez-vous que je fixe ?

– Ne fixez rien, dit Noël Vanstone avec un brusque accès d'impatience. Les affaires d'argent me regardent. C'est moi, Lecount, que regardent les affaires d'argent. Ne vous en mêlez pas, je vous en prie !

– Vous avez raison, monsieur, répondit Mrs. Lecount, qui passa immédiatement le buvard à son maître. Vous comprendrez la nécessité de faire des offres libérales, sachant surtout qu'elles ne doivent pas être réalisées.

– Ne dictez pas, Lecount ! Je n'entends pas que l'on me dicte ma conduite, dit Noël Vanstone, revendiquant son indépendance avec une impatience de plus en plus marquée. Je veux conduire cette affaire-là moi-même. Après tout, Lecount, je suis le maître !

– Oui, monsieur, vous êtes le maître.

– Mon père était le maître avant moi, et je suis le fils de mon père… Entendez-vous, Lecount, je suis le fils de mon père !

Mrs. Lecount s'inclina d'un air soumis.

– Je prétends fixer la somme que j'aurai jugée convenable, poursuivit Noël Vanstone, qui agitait avec véhémence sa petite tête blondasse. Je prétends envoyer moi-même cette annonce. La domestique la portera de ma part chez le papetier, qui se chargera de l'insertion dans le *Times.* Quand je sonnerai deux fois, vous m'enverrez la domestique. Vous entendez, Lecount, il faudra m'envoyer la domestique.

Mrs. Lecount s'inclina de nouveau, et lentement se dirigea vers la porte. Elle savait, à un iota près, quand il fallait quitter son maître, quand il fallait le laisser seul. Une longue expérience lui avait appris à le gouverner sur tous les points essentiels, en lui cédant ensuite sur tous les détails insignifiants. C'était un trait caractéristique de sa faiblesse, comme de presque toute faiblesse analogue, de vouloir à tout prix l'emporter pour des bagatelles. Remplir le chiffre laissé en blanc sur l'annonce était, dans le cas présent, ce qui importait le moins, et Mrs. Lecount, dès qu'elle vit son maître la soupçonner de lui faire faire ce qu'elle voulait, se hâta de le calmer par une concession immédiate. « Mon mulet a rué, se dit-elle dans sa langue maternelle, en ouvrant la porte. De toute la journée, on n'en pourra plus rien tirer… »

– Lecount ! cria son maître, au moment où elle mettait le pied dans le corridor. Revenez !

Mrs. Lecount revint.

– Vous n'êtes pas fâchée contre moi, n'est-ce pas ? demanda Noël Vanstone, qui n'avait pas l'air tout à fait rassuré.

– Bien sûr que non, monsieur, répliqua Mrs. Lecount. Comme vous venez de le dire, vous êtes le maître.

– Bonne créature ! Votre main, je vous prie ! (Il baisa sa main et se mit à sourire, évidemment très satisfait de cet affectueux procédé.) Lecount, ajouta-t-il, vous êtes une digne créature !

– Merci ! monsieur, dit Mrs. Lecount.

Et, après une révérence, elle s'en alla. « S'il y avait tant soit peu de cervelle dans cette tête de singe, se dit-elle en longeant le couloir, quel misérable cela ferait ! »

Resté seul, Noël Vanstone s'absorbait dans les perplexités que lui causait ce blanc à remplir pour compléter l'annonce. L'insinuation que Mrs. Lecount avait hasardée, sans nécessité apparente, sur la libéralité à mettre dans des offres qu'il ne devait pas réaliser, était fondée sur l'intime connaissance qu'elle avait de son caractère. Il avait hérité de son père un sordide amour de l'or, sans hériter en même temps de la capacité que déployait son père dans l'emploi des capitaux qu'il aimait à grossir. Son avarice constitutionnelle était telle que la simple perspective de se montrer libéral, fût-ce seulement en théorie, le faisait reculer. Il prit la plume, puis la posa de côté et se mit à lire pour la troisième fois la lettre anonyme, en secouant la tête d'un air méfiant : « Si j'offre à cet homme une somme importante, se dit-il tout à coup, comment m'assurer qu'il ne trouvera pas quelque moyen de m'obliger à la lui payer ? Les femmes se pressent toujours. Lecount se presse toujours. J'ai toute l'après-midi devant moi ; je me donnerai toute l'après-midi pour réfléchir à cette affaire. »

Il déposa précipitamment le buvard et le croquis d'annonces sur le fauteuil que Mrs. Lecount venait de quitter. En revenant lui-même vers son propre siège, il secoua solennellement sa petite tête et arrangea sa robe de chambre blanche sur ses genoux de l'air d'un homme qui s'abîme dans les pensées les plus compliquées. Les minutes suivirent les minutes, les quarts d'heure et les demi-heures se succédèrent sur la montre de Mrs. Lecount, et Noël Vanstone restait perdu dans ses doutes. La sonnette du salon, censée avertir la domestique, ne retentit pas.

Après avoir quitté Mrs. Lecount, Magdalen, cependant, s'était gardée de rentrer directement chez elle et avait fait auparavant un assez long circuit dans le voisinage. Lorsqu'elle se retrouva plus tard dans Vauxhall Walk, le premier objet qui attira son attention fut un fiacre arrêté devant la porte du meublé. Quelques pas plus loin, elle aperçut la fille de sa logeuse, debout près de la portière, et occupée à discuter avec le cocher à propos du prix qu'il réclamait. Remarquant que cette jeune fille lui tournait le dos, Magdalen profita immédiatement de cette circonstance pour s'introduire dans la maison sans être aperçue.

Elle se glissa dans le couloir, monta l'escalier et se trouva, sur le palier du premier étage, nez à nez avec sa compagne de voyage ! Mrs. Wragge était là, tenant dans ses bras et sur son cœur une véritable pyramide de petits paquets, et attendant avec inquiétude l'issue de la discussion soulevée, dans la rue, par les prétentions du cocher.

Battre en retraite était impossible, le bruit des voix irritées qu'on entendait en bas semblait avancer dans le corridor. Hésiter ne servait à rien et pouvait tout compromettre. Il n'y avait donc qu'un parti à prendre, celui d'aller de l'avant, et Magdalen le prit aveuglément. Sans mot dire, elle écarta Mrs. Wragge, courut se réfugier dans la chambre, enleva d'un tour de main son manteau, son chapeau, ses faux cheveux et les jeta hors de vue dans l'espace vide qui existait entre le mur et le sofa où elle dormait.

Au premier moment, la surprise coupa la parole à Mrs. Wragge et la cloua littéralement à l'endroit où elle se tenait. Mais deux des paquets entassés dans ses bras vinrent tomber sur les marches, et la vue de cette catastrophe la tira de son ébahissement.

– Au voleur ! cria Mrs. Wragge par une inspiration subite. Au voleur !

Magdalen l'entendit à travers la porte de sa chambre qu'elle ne s'était pas donné le temps de refermer tout à fait :

– Est-ce vous, Mrs. Wragge, cria-t-elle de sa voix la plus vraie. Qu'y a-t-il donc ?

Tout en parlant, elle avait saisi une serviette, l'imbibait d'eau, et la promenait rapidement sur le bas de son visage. Au bruit de cette voix connue, Mrs. Wragge se tourna, laissa tomber un troisième paquet et, ne songeant pas à le relever dans son ébahissement, gravit en courant le second étage. Magdalen sortit au même moment sur le premier palier, tenant sur son front la serviette mouillée, comme si elle souffrait de la tête. Il lui fallait le temps d'ôter ses faux sourcils, et cette migraine d'occasion lui fournissait, pour les cacher, le plus plausible de tous les prétextes :

– Pourquoi déranger toute la maison ? demanda-t-elle. Veuillez donc vous tenir tranquille ! J'y vois à peine, tant j'ai mal à la tête.

– Quelque chose ne va pas, madame ? demanda la logeuse, arrêtée au pied de l'escalier.

– Pas le moins du monde, répondit Magdalen. Mon amie est fort timide, et cette dispute avec le cocher l'a toute bouleversée. Payez à cet homme ce qu'il demande et renvoyez-le bien vite !

– Où est-elle ? demanda Mrs. Wragge d'une voix basse et tremblante. Où est la femme qui m'a bousculée pour se faufiler chez vous ?

– Allons donc ! dit Magdalen, aucune femme ne s'est faufilée chez moi, comme vous dites. Entrez plutôt et regardez vous-même !

Elle poussa le battant de la porte. Mrs. Wragge entra dans la chambre, regarda de tous côtés, ne vit personne et manifesta son étonnement en laissant tomber un quatrième paquet, tandis qu'elle se mettait à trembler de la tête aux pieds.

– Je l'ai vue entrer ici, dit Mrs. Wragge, dont l'accent indiquait assez les superstitieuses terreurs. Une femme en manteau gris et en chapeau. Une femme sans éducation. Elle m'a bousculée sur le palier, je vous assure. Et voici la chambre, et pas de femme dedans ! Vite, un livre de prières ! s'écria-t-elle, pâle comme une morte, et laissant tomber autour d'elle, comme une petite cascade, tout ce qui lui restait d'objets sur les bras. J'ai besoin de lire quelques bonnes paroles ; j'ai besoin de penser à ma fin dernière. Je viens très certainement de voir un fantôme !

– Allons donc, vous rêvez ! dit Magdalen. Vos emplettes vous auront fatiguée. Rentrez chez vous et ôtez votre chapeau !

– J'ai entendu parler de fantômes en robe de chambre, de fantômes en linceul, de fantômes traînant des chaînes, continua Mrs. Wragge, qui demeurait pétrifiée au milieu du cercle magique dont l'avaient entourée en tombant tous ses petits trésors de mercerie et de lingerie, mais voici un fantôme bien pire, en manteau gris et avec un chapeau ! Je sais ce que c'est, reprit-elle, pleurant de componction. C'est le châtiment que j'ai mérité en me trouvant si heureuse loin de mon mari ; comme aussi pour avoir couru la moitié des magasins de Londres avec mes souliers détachés, tantôt le pied droit, tantôt le pied gauche. Je suis une grande pécheresse… Ne me laissez pas ! où que vous alliez, ma chère, ne me laissez pas !

Elle s'était cramponnée au bras de Magdalen et, à l'idée qu'on pourrait la laisser seule, son tremblement la reprit de plus belle.

Dans une situation comme celle-ci, rien de mieux à faire que de céder aux circonstances. Magdalen conduisit Mrs. Wragge vers un fauteuil qu'elle eut soin de placer d'abord dans une position qui lui permît de tourner le dos à sa compagne pendant qu'avec un peu d'eau elle ferait disparaître ses faux sourcils.

– Restez là une minute ! lui dit-elle, et pendant que je baigne ma tête, voyez s'il est possible de vous calmer.

– Me calmer ! répéta Mrs. Wragge. Comment voulez-vous que je me calme, quand il me semble que ma tête quitte mes épaules ? Le pire bourdonnement que m'ait jamais donné le livre de cuisine n'était rien, mais rien du tout, auprès de celui que m'a donné le fantôme. Voilà des vacances qui finissent bien mal… Vous pouvez, ma chère, me remmener quand il vous plaira ; j'en ai déjà bien assez !

Magdalen, qui était enfin parvenue à se débarrasser de ses sourcils factices, put employer tout son esprit à combattre la déplorable impression produite par ce malheureux hasard sur l'esprit de sa compagne. Mais ce fut en vain qu'elle déploya toutes ses facultés persuasives. Mrs. Wragge persista, sur des témoignages qui, nous pouvons le remarquer en passant, auraient suffi à des voyants plus sensés qu'elle, dans l'opinion qu'elle avait reçu la faveur surnaturelle d'une visitation du monde des esprits. Tout ce que Magdalen put faire fut de s'assurer, par quelques questions bien ménagées, que Mrs. Wragge n'avait pas eu le coup d'œil assez prompt pour identifier le prétendu fantôme avec le personnage de la vieille dame des comtés du Nord, tel qu'il figurait dans le divertissement théâtral. Rassurée à ce sujet, elle ne pouvait plus que se fier, pour le reste, à cette incapacité de conserver aucune impression, si ce n'est celle qu'on prenait soin de renouveler à chaque instant, laquelle était une des infirmités caractéristiques de la faible intelligence de Mrs. Wragge. Quand elle eut rassuré la pauvre idiote en lui démontrant que, d'après le code spécial qui régit les Esprits, une apparition ne signifie rien, à moins d'être immédiatement suivie de deux autres, après avoir patiemment ramené son attention sur les paquets semés çà et là, le long des escaliers, après lui avoir enfin promis de tenir entrouverte la porte de communication entre les deux chambres si Mrs. Wragge, de son côté, s'engageait à rentrer chez elle et à ne plus parler de ce terrible fantôme, Magdalen put enfin réfléchir, tout à son aise, sur les événements de cette mémorable journée.

De la première démarche qu'elle eût hasardée, deux conséquences très graves résultaient déjà. Mrs. Lecount, au moyen d'une surprise, l'avait amenée à se servir de sa voix naturelle, et le hasard l'avait placée, dans son costume d'emprunt, en face de Mrs. Wragge.

Par compensation à ces désastres, qu'avait-elle donc gagné ? D'abord l'avantage d'en savoir plus long sur le compte de Noël Vanstone et de Mrs. Lecount qu'elle n'en eût découvert en plusieurs mois si l'enquête avait été menée par d'autres qu'elle. Déjà se trouvait dissipée une des incertitudes qui jusqu'alors avaient embarrassé sa marche. Le plan qu'elle avait secrètement dressé contre Michael

Vanstone, plan que la subtile pénétration du capitaine Wragge avait deviné en partie, quand elle lui avait notifié la rupture provisoire de leur association, ce plan devait évidemment être abandonné, comme n'étant pas applicable au fils de Michael Vanstone. Les habitudes spéculatrices du père étaient le pivot sur lequel devaient tourner tous les rouages de la conspiration préméditée par elle. Ce côté faible n'existait pas dans le caractère du fils, d'une avarice plus étroite et plus compliquée. Noël Vanstone était invulnérable, là où précisément son père offrait la seule prise qui permît de l'atteindre.

Arrivée à cette conclusion, quelle marche Magdalen adopterait-elle pour l'avenir ? quels moyens nouveaux découvrirait-elle qui pussent la conduire secrètement à son but, malgré la vigilance haineuse de Mrs. Lecount, malgré la méfiance sordide de Noël Vanstone ?

Elle était assise devant son miroir et arrangeait machinalement sa chevelure, tandis qu'elle débattait avec elle-même ces déterminations si essentielles. L'agitation à laquelle elle était en proie communiquait à ses joues une rougeur fiévreuse, à ses grands yeux gris un éclat extraordinaire. Elle avait conscience d'être, à ce moment, plus belle que jamais ; elle voyait combien, après son hideux travestissement, sa beauté gagnait à la comparaison. Ses cheveux châtain, d'une nuance claire, semblaient plus épais et plus soyeux que jamais, s'échappant de la captivité où les avait retenus la perruque de cheveux gris. Elle en roulait et déroulait les boucles, les massait sur ses épaules, les rejetant ensuite en arrière, et se tournant de profil pour en suivre les ruissellements moiré ; elle contemplait ses blanches épaules, libres maintenant des difformités artificielles que leur imposait naguère le manteau garni par les mains du capitaine. Après un moment, elle fit de nouveau face au miroir, plongea ses deux mains dans sa chevelure et, accoudée à la table, contemplait avec une attention extrême son image, jusqu'au moment où sous son haleine ardente le verre sembla se ternir. « Oui, pensait-elle avec un sourire altier et triomphant, tant que je serai ce que je suis, j'aurai pour esclave tout homme qu'il me plaira d'asservir ! Si ce méprisable personnage me voyait maintenant… » Mais cette pensée, quand elle voulut la suivre jusqu'au bout, la fit tout à coup se prendre en horreur. Elle se rejeta toute frissonnante loin de la glace et, cachant son visage dans ses mains, elle murmura : « Oh, Frank ! sans vous, jusqu'où pourrais-je m'abaisser ! » Ses mains fiévreuses allèrent chercher, dans l'abri qu'il ne quittait jamais, le sachet de soie blanc; ses lèvres le dévorèrent de baisers muets : « O mon Frank ! mon ange gardien ! combien je vous aime ! » Les larmes montèrent à ses yeux. Elle les sécha précipitamment, replaça le sachet où elle l'avait pris et tourna le dos au miroir : « Ne pensons plus à moi, dit-elle. Laissons là, pour aujourd'hui, la misérable, l'insensée que je suis ! »

Ne voulant plus songer davantage à la voie où son premier pas allait l'engager, effrayée de cet avenir, toujours plus menaçant, auquel désormais s'associait le nom de Noël Vanstone dans ses plus secrètes pensées, elle promena impatiemment ses regards autour de la chambre, cherchant à quelle occupation vulgaire elle pourrait se distraire. Le déguisement qu'elle avait jeté entre le mur et le sofa lui revint à la mémoire. Il était impossible de l'y laisser. Mrs. Wragge (pour le moment occupée à ramasser ses paquets) pourrait se lasser de ce travail, rentrer à l'improviste, passer près du lit et voir le manteau de couleur grise…

La première pensée de Magdalen fut de replacer le déguisement dans sa malle. Mais, après l'incident du fantôme, il y avait danger à le conserver si près d'elle, tant qu'elle et Mrs. Wragge demeureraient ensemble sous le même toit. Aussi résolut-elle de s'en débarrasser le soir même; elle prit le parti de le renvoyer à Birmingham. Son carton à chapeau était adapté à sa malle. Elle l'en retira pour y faire entrer les faux cheveux et le manteau, sans trop se soucier du chapeau, qu'elle aplatit indignement. La robe (qu'elle n'avait pas encore ôtée) était une de celles qu'elle portait habituellement, et ne devait point éveiller l'attention de Mrs. Wragge, il n'était donc pas nécessaire de renvoyer la robe. Avant de fermer le carton, elle traça rapidement sur une feuille de papier les lignes suivantes : « J'ai emporté par erreur les objets ci-inclus. Veuillez les joindre au reste des bagages que je vous ai laissés, et me les conserver jusqu'à nouvel ordre. » Fixant ce papier sur le chapeau, elle mit ensuite sur le carton l'adresse du capitaine Wragge, à Birmingham, le descendit immédiatement et le fit expédier par la fille de la logeuse au plus proche bureau de correspondance. « Voilà une difficulté réglée », se dit-elle en remontant dans sa chambre.

Mrs. Wragge était encore occupée à ranger ses paquets sur son étroit petit lit. Elle se tourna, poussant un terrible cri, lorsque Magdalen entra pour voir ce qu'elle faisait.

– J'ai cru que c'était encore le fantôme, dit-elle. Je m'efforce, ma chère, de mettre à profit ce qui m'est arrivé. J'ai rangé tous mes paquets en bon ordre, ainsi que le capitaine aimerait à les voir. Ni l'un ni l'autre de mes souliers n'est détaché. Si je ferme les yeux cette nuit, ce dont je doute, j'aurai soin de m'endormir aussi droite que mes jambes me le permettront, et de ma vie je ne demanderai d'autre congé. J'espère ainsi le pardon d'en haut, ajouta Mrs. Wragge en secouant tristement la tête. J'espère humblement que je serai pardonnée.

– Pardonnée ! répéta Magdalen. Plût au ciel que d'autres femmes eussent aussi peu besoin de pardon ! Allons, allons ! si nous défaisions quelques-uns de ces paquets ? J'ai envie de voir ce que vous avez acheté aujourd'hui.

Mrs. Wragge hésita ; le remords lui arracha un soupir. Elle réfléchit quelques instants, étendit vers un des paquets une main timide, se remémora l'avertissement surnaturel qu'elle avait reçu et, dans un effort désespéré pour se maîtriser, s'écarta de ses emplettes.

– Ouvrez celui-ci ! lança Magdalen pour l'encourager. Voyons… que renferme-t-il ?

Dans les yeux bleu passé de Mrs. Wragge s'allumèrent, en dépit de ses remords, quelques vagues lueurs ; mais elle secoua la tête en signe de déni. La fièvre des achats luttait encore en elle avec le souvenir du fantôme.

– L'avez-vous eue à bon marché ? demanda Magdalen, sur un ton confidentiel.

– Pour rien, répondit la pauvre Mrs. Wragge, tombant tête baissée dans le piège et se jetant sur le paquet avec la même ardeur que si rien n'était arrivé.

Magdalen la tint une heure et même davantage à bavarder sur ses petites emplettes ; ensuite, elle prit le sage parti de l'emmener avec elle en promenade, afin de la distraire de ses fantomatiques souvenirs.

Comme elles sortaient, elles virent s'ouvrir la porte de la maison habitée par Noël Vanstone et paraître la domestique, chargée d'une nouvelle mission. Il s'agissait cette fois d'une lettre qu'elle tenait soigneusement à la main. Consciente de n'avoir encore formé aucun plan, soit pour attaquer, soit pour se défendre, Magdalen se demanda, non sans une appréhension passagère, si Mrs. Lecount avait déjà conçu l'idée de renouer ses communications avec elle, et si la lettre était adressée à « Miss Garth ».

La lettre ne portait point cette adresse. Noël Vanstone avait fini par résoudre la question financière qu'il s'était posée. Le blanc laissé dans la rédaction de l'annonce avait finalement été rempli, et la réponse de Mrs. Lecount à l'avis anonyme du capitaine s'acheminait maintenant vers les colonnes du *Times*.

INTERMÈDE

L'HISTOIRE SE POURSUIT A TRAVERS LA POSTE

EXTRAIT DES ANNONCES DU *TIMES*

Un ami inconnu est prié de donner (par voie d'annonce) une adresse où on puisse lui écrire. Les renseignements qu'il propose, une fois reçus, lui vaudront, à titre de récompense, la somme de cinq livres sterling.

DU CAPITAINE WRAGGE A MAGDALEN

Birmingham, le 2 juillet 1817.

Ma chère enfant,

Le carton renfermant les objets de toilette que vous aviez emportés par erreur m'est parvenu sain et sauf. Vous pouvez le considérer désormais, et jusqu'à nouvel ordre, comme étant sous ma protection spéciale.

Je saisis cette occasion pour vous assurer une fois de plus de mon inaltérable fidélité à vos intérêts. Sans essayer de m'introduire indiscrètement dans votre confiance, pourrais-je m'informer si Mr. Noël Vanstone a consenti à vous rendre justice ? J'ai bien peur qu'il n'ait refusé, auquel cas, la main sur le cœur et très solennellement, je me déclare révolté par tant de bassesse. Pourquoi donc, chez moi, ce pressentiment que vous avez en vain fait appel à son équité ? Pourquoi ne puis-je envisager cet individu que comme un insecte nuisible ? Nous sommes totalement étrangers l'un à l'autre ; je ne connais de lui que ce que j'en ai pu apprendre dans le cours de l'enquête dont vous m'aviez chargé. La sympathie intense qui m'associe à vos intérêts donnerait-elle à mes perceptions un caractère prophétique ? ou bien, pour aborder poétiquement la question, faut-il réellement croire à une vie antérieure ? et Mr. Noël Vanstone m'aurait-il par hasard fait quelque insulte mortelle, dans quelque autre planète, bien entendu ?

J'écris, comme vous le voyez, ma chère Magdalen, avec cette audacieuse gaieté qui m'a toujours été familière. Mais c'est fort sérieusement que je place mes services à votre disposition. Que les conditions à faire entre nous ne vous arrêtent pas un instant. J'accepte d'avance toutes celles que vous voudrez fixer. Si vos plans actuels vous y conduisent, je suis prêt dans votre intérêt à enserrer Mr. Noël Vanstone dans un étau jusqu'à tant que l'or lui sorte par tous les pores. Pardonnez-moi cette métaphore et tout ce qu'elle a de grossier. Mon désir de vous être utile s'exprime en toute hâte. J'en dépose le sens à vos pieds, sous sa forme brute, et je laisse à votre bon goût le soin de l'embellir par les ornements les mieux choisis de la langue anglaise.

Comment va ma pauvre femme ? Je crains bien qu'il ne vous soit impossible de lui faire porter ses souliers convenablement, ou d'accorder son apparence extérieure avec les lois éternelles de la symétrie et de l'ordre. N'aurait-elle point essayé, par hasard, de se trop familiariser avec vous ? Je n'ai jamais manqué, à cet égard, de la tenir en respect. Jamais il ne lui a été permis de m'appeler autrement que « capitaine », et dans les rares occasions où, depuis notre mariage, les circonstances ont pu l'obliger à communiquer par lettre avec moi, je l'ai strictement réduite à cette forme cérémonieuse qui débute par : « Mon cher monsieur ». Accueillez ces insignifiants détails de notre vie domestique comme pouvant vous suggérer d'utiles directions pour vos rapports avec Mrs. Wragge, et veuillez me croire, avec le plus vif désir d'avoir bientôt de vos nouvelles,

Votre tout dévoué

Horatio Wragge.

DE NORAH VANSTONE A MAGDALEN
(Lettre renvoyée, avec les deux qui suivent, du bureau de poste de Birmingham.)

Westmoreland House, Kensington,
le 1er juillet.

Ma bien chère Magdalen,

La prochaine fois que tu m'écriras (et que ce soit, bientôt, je t'en prie), adresse ta lettre à Miss Garth. J'ai quitté ma place, et il pourrait bien s'écouler quelque temps avant que j'en retrouve une autre. Maintenant que tout est fini, je peux bien t'avouer que je n'étais pas heureuse. J'ai fait tout mon possible pour gagner l'affection des deux petites filles qui m'étaient confiées, mais il semble, sans que je puisse dire pourquoi, qu'elles m'aient prise en grippe dès le début. Leur mère ne m'a donné aucun sujet de plainte. Mais leur grand-mère, qui en réalité menait toute la maison, m'a rendu la vie très dure. Mon inexpérience était pour elle un éternel sujet de critiques, et on n'attribuait jamais qu'à moi les difficultés que je rencontrais avec les enfants. Je te dis ceci pour que tu ne supposes point que je regrette d'avoir perdu cet emploi. Bien loin de là, chère sœur, je suis au contraire enchantée d'en avoir fini.

J'ai quelques petites économies, Magdalen, et je les consacrerais bien volontiers à passer huit ou dix jours auprès de toi. J'ai soif de revoir ma sœur; mes oreilles sont lasses de ne plus entendre sa voix. Il ne me faut qu'un mot de toi, m'apprenant où nous pourrions nous rencontrer. Pense à ceci; je t'en prie, penses-y.

Ne suppose pas que ce premier échec m'ait découragée. Il y a dans ce monde force braves gens, et je tomberai peut-être, la prochaine fois, sur quelques-uns d'entre eux. Le chemin du bonheur est souvent difficile à trouver, et plus difficile pour les femmes que pour les hommes. Du moins serais-je tentée de le croire. Mais, avec de patients efforts, et en persistant assez longtemps, nous devrons l'atteindre à la fin, dans le ciel, si ce n'est sur la terre. Aujourd'hui, ce chemin est pour moi celui qui me ramènerait auprès de toi. Ne l'oublie pas, sœur bien-aimée, la prochaine fois que tu songeras à

NORAH.

DE MISS GARTH A MAGDALEN

Westmoreland House, le 1er juillet.

Ma chère Magdalen,

Que la vue de mon écriture ne vous donne pas à craindre d'inutiles remontrances. Ma lettre n'a d'autre objet que de vous faire connaître un détail dont votre sœur, je le sais, ne consentira jamais à vous parler. Elle ignore absolument que je vous écris. Laissez-la continuer à l'ignorer, si vous voulez lui épargner des anxiétés inutiles, et à moi d'inutiles chagrins.

La lettre de Norah, sans nul doute, vous apprend qu'elle a quitté sa place. Je remplis un bien pénible devoir en ajoutant qu'elle l'a quittée à cause de vous.

Voici comment les choses se sont passées. Messrs Wyatt, Pendril et Gwilt sont les avocats du gentleman dans la famille duquel Norah était employée. Le genre de vie que vous avez adopté était connu dès le mois de décembre dernier aux trois associés que je viens de nommer. La personne chargée de vous retrouver à York vous a découverte donnant à Derby des représentations publiques, et Mr. Wyatt n'a pu cacher cette circonstance au patron de Norah, lorsque ce gentleman, il y a quelques jours, lui a posé sur votre compte des questions directes. Sa femme et sa mère (cette dernière habite avec lui) lui avaient expressément demandé de prendre ces renseignements, leurs soupçons ayant été éveillés par les réponses évasives de Norah toutes les fois qu'on la questionnait à propos de sa sœur. Vous connaissez trop bien Norah pour la blâmer de son attitude. La vie que vous menez à présent ne lui laissait d'autre choix pour se soustraire à la nécessité de mentir.

Le jour même, la mère et la grand-mère des élèves de votre sœur l'ont fait appeler devant elles, et lui ont dit qu'elles vous savaient errante de ville en ville, sous un faux nom, et donnant des représentations publiques. Trop équitables pour blâmer Norah de ceci, elles l'étaient assez pour reconnaître que son irréprochable conduite avait complètement tenu les promesses que je leur avais faites en la leur confiant. Mais, en même temps, elles mettaient positivement pour condition à son maintien auprès d'elles que jamais elle ne vous per-

mettrait de la venir voir dans leur maison, même de la venir rejoindre en promenade, quand elle sortirait avec les enfants. Votre sœur, patiente et résignée tant que leur dureté ne concernait qu'elle, a vivement ressenti l'outrage qui vous était fait. Elle a donné son congé sur-le-champ aux personnes qui l'employaient. D'assez aigres paroles ont été échangées, et le soir même elle quittait la maison.

Je n'entends pas vous affliger, en vous présentant comme un désastre la perte de cette position. Norah n'y était point aussi heureuse que je l'avais espéré et souhaité. Je n'étais pas avertie que les enfants étaient boudeuses et d'un caractère intraitable, ni que la mère du mari était habituée à faire peser sa tyrannie sur tous les membres de la famille. Me voici toute prête à convenir qu'il n'est point fâcheux pour Norah d'avoir quitté ces gens-là. Mais le mal n'est pas circonscrit dans ce qui vient de se passer. Vous comprenez comme moi que ce qui est arrivé hier peut se reproduire demain. Votre façon de vivre, si pure que puisse être votre conduite – et je vous rends la justice de croire que cette conduite est à l'abri de toute souillure –, votre façon de vivre est de celles que tous les gens respectables ont en suspicion. J'ai vécu ici-bas assez longtemps pour savoir que, chez neuf Anglaises sur dix, le sens des bienséances ne souffre point de concession et demeure inaccessible à toute pitié. Les personnes chez qui Norah sera ultérieurement placée peuvent, elles aussi, découvrir ce que vous êtes, et la position que Norah sera forcée de quitter pourrait être de celles que nous ne saurions jamais lui rendre.

Je vous laisse réfléchir à tout ceci. Ne croyez pas, mon enfant, que je sois endurcie à votre égard. J'ai seulement le vif désir d'assurer à votre sœur une existence paisible. Si vous pouviez oublier le passé, Magdalen, et si vous pouviez revenir à nous, fiez-vous à votre vieille gouvernante pour qu'elle l'oublie, elle aussi, et pour qu'elle vous offre l'asile que vos parents lui donnèrent autrefois.

Votre amie, chère enfant, et pour toujours,

Harriet Garth.

DE FRANCIS CLARE FILS A MAGDALEN

Shanghai, Chine,
le 23 avril 1847.

Ma chère Magdalen,

J'ai tardé à vous répondre, à cause du malheureux état d'esprit dans lequel je me trouvais et qui m'empêchait de vous écrire. Je ne suis guère mieux disposé aujourd'hui, mais je sens que je ne dois pas ajourner plus longtemps. Mon sens de l'honneur me donnera des forces, et j'affronte la souffrance que j'éprouverai en traçant ces lignes.

Mon avenir en Chine est absolument compromis. La maison de commerce à laquelle on m'avait brutalement consigné comme on eût fait d'un ballot de marchandises a épuisé ma patience par une série de mesquines insultes, et je me suis vu forcé, par égard pour ma dignité, de lui refuser des services qu'on avait méconnus dès le début. Rentrer en Angleterre, dans de pareilles circonstances, est hors de question. Même si je le pouvais, j'ai subi, dans ma patrie, des traitements trop cruels pour y vouloir revenir de longtemps. J'ai donc le projet de m'engager comme employé de commerce à bord d'un bâtiment de la marine marchande qui croise dans les parages, et d'y faire à moi tout seul mon chemin, si cela m'est permis. Je ne saurais dire à quoi aboutira cette détermination ni ce qui va m'arriver maintenant. Peu importe ce que je deviendrai. Je ne suis qu'un exilé, un vagabond, et cela, par la faute d'autrui. Le désir inhumain qu'on avait, chez nous, de se débarrasser de moi, ce désir s'est maintenant réalisé. On s'est débarrassé de moi pour de bon.

Il ne me reste plus qu'un sacrifice à faire, celui des plus chers sentiments de mon cœur. N'ayant plus d'avenir ouvert devant moi, n'ayant plus chance de rentrer au sein de ma famille, comment pourrais-je conserver l'espoir de remplir mes engagements envers vous? Un homme plus égoïste que je ne le suis vous tiendrait liée à cet engagement; un autre, moins prévoyant, vous ferait peut-être attendre pendant des années et, en définitive, sans aucun résultat. Si cruellement qu'on les ait foulés aux pieds, mes sentiments sont restés trop délicats pour me permettre d'agir ainsi. Je vous l'écris les yeux pleins de larmes, vous ne devez pas lier votre destinée à celle d'un malheureux proscrit. Ces lignes, qui brisent mon cœur, vous dégagent de votre promesse. Notre mutuel engagement est désormais rompu.

La seule consolation qui me soutienne, tandis que je vous adresse ainsi mes adieux, c'est que ni l'un ni l'autre de nous n'est à blâmer. Vous avez peut-être agi avec quelque faiblesse en vous soumettant à l'influence de mon père, mais, j'en suis certain, vous avez cru adopter la meilleure ligne de conduite. Personne ne devinait les fatales conséquences qu'aurait mon expulsion d'Angleterre, personne, si ce n'est moi, et on n'a pas voulu m'écouter. J'ai cédé à mon père, je vous ai cédé ; voilà ce qui en résulte !

Je souffre trop pour en écrire plus long. Puissiez-vous ne jamais savoir ce que m'a coûté cette renonciation à nos mutuelles promesses ! Je vous prie de ne vous faire à ce sujet aucune espèce de reproche. Ce n'est pas votre faute si l'on a imprimé une mauvaise direction à toutes mes facultés. Ce n'est pas votre faute si l'on ne m'a jamais donné la chance de réussir dans la vie. Oubliez le malheureux abandonné qui formule pour votre bonheur les prières les plus sincères, et qui, à titre d'ami, souhaitera toujours que tout vous réussisse.

FRANCIS CLARE FILS.

DE FRANCIS CLARE PÈRE A MAGDALEN.
(renfermant la précédente).

J'ai toujours dit à votre pauvre père que mon fils était un imbécile ; mais jusqu'à l'arrivée de ce courrier de Chine, je ne m'étais jamais douté que ce fût un vaurien. J'ai toute raison de penser qu'il a quitté ses patrons dans les circonstances les moins honorables. Rayez-le désormais de vos souvenirs, comme je l'efface des miens. La dernière fois que nous nous sommes vus, vous vous êtes admirablement conduite vis-à-vis de moi, relativement à cette affaire. Tout ce que je puis vous dire pour vous en rendre grâce, je vous le dis aujourd'hui. Ma pauvre enfant, vous me faites bien de la peine.

F. C.

DE MRS. WRAGGE A SON MARI

Cher monsieur pour l'amour de Dieu venez ici à notre aide elle a reçu une affreuse lettre de je ne sais qui hier mais elle l'a lue dans son lit et en lui portant son déjeuner je l'ai trouvée morte et si le docteur n'avait pas été à deux portes d'ici personne n'aurait pu la ressusciter mais la voilà sur son séant avec une physionomie terrible ne disant rien et ses yeux me font une telle peur que je tremble de la tête aux pieds oh venez bien vite je vous en prie j'entretiens tout aussi proprement que je puis car je l'aime tant elle est si bonne pour moi et notre hôte a peur dit-il qu'elle ne se fasse mourir je voudrais écrire plus droit mais je tremble si fort que votre respectueuse femme matilda wragge s'excuse de ses fautes et je vous prie à genoux de nous venir en aide le docteur ce brave homme veut joindre ici quelques lignes de peur que vous ne puissiez me lire et reste une fois de plus votre respectueuse épouse matilda wragge.

(Ajouté par le médecin.)

Monsieur,

Je prends la liberté de vous informer que j'ai été appelé hier chez des gens du voisinage, dans Vauxhall Walk, pour y donner des soins à une jeune personne qui venait d'être prise d'un mal subit. Je l'ai retirée à grand-peine d'un évanouissement des plus tenaces, et tel que je n'en avais pas encore observé. Depuis lors, elle n'a pas eu de rechute, mais elle a, selon toute apparence, quelque profond chagrin qui paralyse en partie son intelligence, et dont nous n'avons pu jusqu'à présent venir à bout. Elle demeure sur son séant, me dit-on, dans un silence absolu, et sans rien savoir de ce qui se fait autour d'elle, pendant plusieurs heures consécutives, ayant à la main une lettre que personne encore n'a pu lui enlever.

Si cet abattement continuait au même degré, il pourrait avoir, pour son état mental, les plus désastreux résultats, et j'obéis à mon devoir en indiquant comme une des nécessités de la situation l'inter-

vention de quelque parent ou de quelque ami ayant sur elle assez d'influence pour la tirer de cet état de torpeur.

Votre très obéissant

Richard Jarvis,
membre de la Société royale
de chirurgie

DE NORAH VANSTONE A MAGDALEN

Le 5 juillet.

Pour l'amour de Dieu, quelques mots seulement qui m'apprennent si tu es encore à Birmingham, et à quelle adresse je devrais t'y chercher ! Mr. Clare père vient de me donner des nouvelles. Oh, Magdalen ! si tu es impitoyable pour toi-même, aie quelque compassion pour moi ! La pensée de te savoir seule parmi des étrangers, la pensée que ce coup terrible vient de te briser le cœur ne me quitte pas un seul instant. Il n'est pas de mots qui puissent rendre la pitié que tu m'inspires ! Rappelle-toi, ma bien-aimée, ces temps heureux que nous passions ensemble, avant que ce misérable lâche fût parvenu à s'insinuer dans ton cœur. Rappelle-toi ces heureuses journées de Combe-Raven, où nous n'étions jamais séparées. Oh ! ne me traite pas comme une étrangère ! Nous sommes, maintenant, seules au monde... Laisse-moi te soigner, te consoler ; que je sois pour toi, s'il se peut, plus qu'une sœur ! Une ligne, une seule ligne qui m'apprenne où je pourrai te trouver.

DE MAGDALEN A NORAH

Le 7 juillet.

Très chère Norah,

Ta lettre a fait pour moi tout ce que pouvait en attendre ta tendresse. Toi, et toi seule, as su trouver le chemin de mon cœur. C'est après avoir lu ce que tu m'écrivais que j'ai pu recouvrer l'usage de mon intelligence et de mes sentiments. Que cette assurance calme tes anxiétés ! Mon âme revit, elle aime encore ; elle était morte avant que ta chère lettre me fût parvenue.

Le choc que j'ai subi m'a laissée dans un calme étrange. Je me sens comme séparée de l'être que je fus naguère, et les espérances que je nourrissais autrefois avec tant d'ardeur semblent maintenant refoulées dans quelque passé lointain dont me séparent des espaces infinis. Je puis, Norah, contempler le naufrage de ma vie avec plus de calme que tu ne l'envisagerais toi-même si nous étions réunies. Déjà, le croirais-tu, je me sens en état d'écrire à Frank.

Je pense, ma chérie, qu'une femme ne peut savoir jusqu'à quel point elle s'est donnée à l'homme qu'elle aime, avant que cet homme se soit mal conduit envers elle. Pourras-tu prendre ma faiblesse en pitié, si je t'avoue que j'ai senti mon cœur se serrer en lisant ce passage de ta lettre où Frank est traité de misérable et de lâche ? Personne, pour cela, ne saurait me mépriser autant que je me méprise moi-même. Je suis comme le chien qui vient en rampant lécher la main du maître qui l'a battu. Cela est ainsi pourtant – je ne l'avouerai à personne qu'à toi –, mais vraiment, vraiment, cela est ainsi ! Il m'a trompée et il m'a abandonnée ; il m'a écrit une cruelle lettre d'adieux. Pourtant, ne le traite pas de misérable ! S'il se repentait, s'il me revenait, je mourrais, je te l'assure, plutôt que de l'épouser désormais, mais c'est un supplice pour moi que de voir ce mot de lâche *écrit de ta main en regard de son nom !*

S'il a une volonté faible, qui donc a soumis sa faiblesse à des épreuves trop fortes pour elle ? Penses-tu que tout cela fût arrivé, si Michael Vanstone, nous dépouillant de ce qui était à nous, n'avait forcé Frank à me quitter pour aller en Chine ? Dans huit jours d'ici, notre année d'attente aurait dû expirer, et j'aurais été la femme de Frank, si ma dot ne m'avait pas été enlevée.

Peut-être me diras-tu qu'après ce qui est arrivé je dois me féliciter d'avoir échappé à cet hymen. Eh bien, ma chérie, je sens au fond de mon cœur je ne sais quel instinct pervers me souffler que non, et qu'il eût mieux valu pour moi être la femme de Frank, même malheureuse, que la femme isolée et libre que je suis à présent.

Je ne lui ai point écrit. L'eussé-je voulu, il ne m'envoie pas d'adresse à laquelle je puisse lui répondre. Mais cette volonté, je ne l'ai pas.

J'attendrai quelque temps encore avant de lui envoyer mes adieux. Si le jour devait jamais venir où je recouvrerai la fortune que mon père, autrefois, lui avait promise avec ma main, sais-tu ce que j'en ferai? Je l'enverrai tout entière à Frank, comme l'unique vengeance que je veuille tirer de sa lettre, comme mon dernier adieu à l'homme qui m'abandonne. Laisse-moi vivre pour voir se lever cette journée! Laisse-moi, Norah, l'espérance, la seule qui me reste, que de meilleurs temps viendront pour toi. Quand je songe à ta rude existence, il me semble presque sentir encore quelques larmes au fond de mes yeux fatigués. Il me semble presque retrouver en moi la Magdalen que tu as connue jadis.

Tu ne me croiras ni endurcie ni ingrate quand je te dirai qu'avant de nous revoir il faut attendre encore un peu? Je veux être, pour cette rencontre, dans un autre état que mon état actuel. Je veux avoir éloigné de moi la pensée de Frank, pour pouvoir te rapprocher de moi plus encore. Sont-ce là de bonnes raisons, je n'en sais rien. Dans tous les cas, ne m'en demande pas d'autre. Prends le baiser que je viens de placer ici pour toi, à l'endroit de la feuille où ce petit cercle est tracé. Pour le moment, et jusqu'à ce que je t'écrive de nouveau, ce baiser nous réunira. Adieu, ma sœur bien-aimée! Mon cœur t'est fidèle, Norah, mais je n'ose pas te revoir encore.

MAGDALEN

DE MAGDALEN A MISS GARTH

Le 15 juillet.

Ma chère Miss Garth,

J'ai tardé longtemps à vous répondre mais, sachant ce qui est arrivé, vous n'aurez pas manqué de me pardonner.

Tout ce que j'ai à dire peut se dire sans beaucoup de paroles. Vous devez compter que désormais je ne me ferai plus un ennemi du sens des bienséances. J'ai assez appris du monde pour faire de lui, dorénavant, mon complice. Norah ne quittera plus, par ma faute, d'autre place; j'en ai fini de livrer ma vie au public. Cette vie (Dieu le sait!) n'avait rien de coupable, et le temps peut venir où je pleurerai, où vous pleurerez vous-même le jour qui m'en a séparée. Mais je ne la reprendrai jamais. C'en est fait d'elle, comme de Frank, comme de toutes mes bonnes pensées, sauf toutefois celles qui me rappellent Norah.

Assez parlé de moi ! Pour égayer cette triste lettre, vous apprendrai-je quelques nouvelles ? Mr. Michael Vanstone est mort, et Mr. Noël Vanstone lui succède comme maître de ma fortune et de celle qui revenait à Norah. Il est tout à fait digne de l'héritage. A la place de son père, il eût, tout comme lui, consommé notre ruine.

Je ne vois plus rien à vous dire qui puisse vous intéresser. Ne vous affligez point à mon sujet ! Je m'efforce de retrouver ma belle humeur ; je tâche d'oublier la pauvre jeune fille égarée qui fut assez sotte pour s'éprendre de Frank, dans ce lointain passé de Combe-Raven. Parfois quelque angoisse me rappelle que la jeune fille n'est pas tout à fait morte, mais cela n'arrive pas souvent.

Vous avez été bien bonne, écrivant à une pauvre créature comme moi, de signer « votre amie pour toujours ». Toujours est une parole téméraire, ma chère et bonne gouvernante ! Je me demande s'il ne vous arrivera jamais de la vouloir reprendre. En supposant que cela soit, il n'en résultera aucun changement dans cette reconnaissance que je ne saurais cesser de vous garder, en songeant aux peines que vous avez prises pour moi quand j'étais toute petite fille. Je les ai certes bien mal payées, comme j'ai bien mal récompensé les bontés dont vous m'avez comblée plus tard. Je sollicite votre pardon et votre pitié. Mais, en somme, ce qu'il y aurait de mieux pour vous et pour moi, ce serait de m'oublier complètement.

Votre affectionnée

MAGDALEN.

P.-S. – Je brise le cachet pour ajouter une ligne : au nom du ciel, ne montrez pas cette lettre à Norah !

DE MAGDALEN AU CAPITAINE WRAGGE

Vauxhall Walk, le 17 juillet.

Si je ne me trompe, il avait été convenu que je vous écrirais à Birmingham, dès que je me sentirais assez calmée pour songer à l'avenir. Ce moment est enfin venu, et je puis maintenant accepter les services que vous m'avez si obligeamment offerts.

Je dois vous prier, au préalable, d'excuser l'accueil que je vous ai fait en cette maison, quand vous y êtes venu en apprenant que j'y étais subitement tombée malade. J'étais absolument hors d'état de me gouverner moi-même. Je subissais une agonie mentale qui, provisoirement, m'avait enlevé toute espèce de bon sens. Je ne remplis que le devoir le plus strict en vous remerciant aujourd'hui de m'avoir traitée alors avec une indulgence que, vu l'occasion, je pourrais qualifier de clémente.

Je vais maintenant, aussi brièvement, aussi simplement que je le pourrai, vous dire ce que j'attends de vous.

Je vous demanderai, en premier lieu, de vendre (aussi secrètement que possible) tous les objets de toilette qui servaient au divertissement théâtral. J'en ai fini pour toujours avec nos représentations, et je veux m'affranchir de tout ce qui pourrait, dans l'avenir, me relier accidentellement à elles. Vous trouverez la clef de ma caisse ci-incluse.

Vous voudrez bien adresser ici l'autre malle qui renferme mes toilettes de ville. Je ne vous demande pas de l'apporter vous-même, parce que j'ai à vous confier une mission plus essentielle.

Me référant au billet qu'en partant vous avez laissé pour moi, je dois en conclure que vous avez pu, à l'heure qu'il est, suivre la piste de Mr. Noël Vanstone, depuis Vauxhall Walk jusqu'à sa résidence actuelle. Si vous avez réellement fait cette découverte, et si vous êtes bien certain de n'avoir attiré l'attention ni de Mrs. Lecount ni de son maître, je désire que vous preniez immédiatement les arrangements nécessaires pour que je puisse m'établir (avec vous et Mrs. Wragge) dans la ville ou le village que Mr. Noël Vanstone a choisi pour résidence. A peine est-il besoin de vous dire que je le suppose établi pour quelque temps là où il habite présentement.

Dans le cas où vous trouveriez à louer pour moi, dans les conditions que je viens de dire, une petite maison meublée que l'on puisse prendre au mois, réservez-la tout d'abord pour un premier terme mensuel. Dites que c'est pour votre femme, votre nièce et vous ; et prenez le premier faux nom qu'il vous plaira, pourvu que ce nom puisse défier les investigations les plus rigoureuses. J'abandonne ceci à votre expérience en la matière. Le secret de nos identités doit être aussi strictement gardé que si nos vies en dépendaient.

Je rembourserai immédiatement toutes les dépenses que vous aurez pu faire pour la réalisation de ce que je désire. Si vous trouvez, sans trop de peine, le genre de maison qu'il me faut, il n'est nullement besoin que vous reveniez nous prendre à Londres. Nous pourrons vous rejoindre dès que nous saurons où vous trouver. Il faut une maison parfaitement convenable, et qui soit assez près de celle où réside actuellement Mr. Noël Vanstone.

Vous me permettrez de ne point m'expliquer dans cette lettre sur l'objet que j'ai maintenant en vue. Il me répugne de hasarder une explication écrite. Quand tous nos préparatifs seront faits, je vous dirai, de vive voix, quel est mon but, et je compte, en retour, apprendre de vous si vous voulez ou non me prêter l'assistance dont j'ai besoin, aux meilleures conditions que je vous puisse offrir.

Un mot encore avant de cacheter cette lettre.

Si quelque occasion se présentait à vous, la maison une fois louée, et avant que nous vous ayons rejoint, d'échanger quelques paroles de politesse soit avec Mr. Noël Vanstone, soit avec Mrs. Lecount, ne manquez pas d'en profiter. Il est très important pour l'objet que je me propose actuellement que les relations à établir entre ces gens-là et nous semblent être le résultat purement accidentel d'un prochain voisinage. Je désire que vous frayiez la voie à ce résultat, si cela vous est possible, avant que j'aille vous trouver avec Mrs. Wragge. Ne perdez, je vous prie, aucune occasion d'observer Mrs. Lecount, en particulier, avec tout le soin possible. L'assistance que vous pourrez me prêter au début pour fermer les yeux pénétrants de cette femme sera la plus précieuse que je vous aie jamais due.

Nul besoin de me répondre immédiatement, à moins que je ne me sois trompée sur ce que vous avez dû et pu faire depuis votre départ de Londres. J'ai payé notre logement pour une semaine encore, et je puis fort bien attendre que vous soyez à même de m'envoyer des nouvelles conformes à mes intentions. Vous devez compter, à l'avenir, sur ma patience, et ceci quoi qu'il arrive. Mes caprices sont finis, et mon humeur violente ne mettra plus votre indulgence à l'épreuve.

MAGDALEN

DU CAPITAINE WRAGGE A MAGDALEN

North Shingles Villa,
Aldborough, Suffolk,
le 22 juillet.

Ma chère enfant,

Votre lettre m'a charmé, touché au dernier point. Vos excuses me sont allées droit au cœur, ainsi que votre confiance dans mes humbles talents. Je sens battre d'orgueil le pouls du vieux milicien, quand il songe à la confiance que vous mettez en lui, et je jure de la mériter. Que cet élan sincère ne vous surprenne point! Toutes les natures enthousiastes débordent de temps à autre, et quand je déborde, moi, c'est en paroles.

Tout ce que vous souhaitiez me voir faire est accompli. La maison est louée, le nom est trouvé, et je suis en relations personnelles avec Mrs. Lecount : après cet exposé général, je ne doute pas de vous intéresser en vous mettant au courant des détails qui l'accompagnent.

Le lendemain du jour où je vous ai quittée à Londres, j'ai suivi Mr. Noël Vanstone jusqu'à ce curieux petit havre du bord de mer. Une des innombrables acquisitions de son père a été une maison à Aldborough, station balnéaire à la réputation montante, ce qui est l'unique motif pour lequel Mr. Michael Vanstone consentit à lui consacrer un seul farthing. Dans la maison dont je parle, le misérable petit avare qui habitait à Londres un appartement gratuit se trouve maintenant logé aux mêmes conditions, sur la côte du Suffolk. Il doit y séjourner durant la saison d'été et celle d'automne, et vous n'avez qu'à venir me rejoindre avec Mrs. Wragge, pour vous trouver établies dans cette élégante villa, à cinq portes de son domicile. J'ai obtenu toute la maison pour trois guinées par semaine, avec le droit d'y rester au même prix, si je veux, pendant tout l'automne. Dans une station balnéaire plus à la mode, une résidence de cet ordre, payée le double, eût encore été bon marché.

Notre nouveau nom a été choisi conformément à vos suggestions. Mes registres – j'espère bien que vous n'avez pas oublié mes registres – renferment, sous la rubrique de « Peaux à revêtir », une liste d'individus disparus à jamais de cette vie éphémère, et dont je connais parfaitement les noms, la parenté et ce que fut la situation générale. A d'autres époques de ma vie, dans le délicat exercice de ma profession, j'ai déjà été forcé de revêtir quelques-unes de ces « peaux ». D'autres sont encore à l'état d'habits neufs, et il reste à les essayer. Celles qui me semblent devoir nous aller le mieux habillaient originellement les membres d'une famille portant le nom de Bygrave. Je suis, à l'instant où je vous parle, dans la peau de Mr. Bygrave ; elle me va comme un gant. Si vous voulez me faire le plaisir de vous glisser dans celle de Miss Bygrave (avec Susan pour nom de baptême) et si ensuite vous introduisez Mrs. Wragge, de quelque façon que ce soit, et la tête la première, si le cœur vous en dit, sous celle de Mrs. Bygrave (nom de baptême, Julia), la transformation sera complète. Laissez-moi vous informer que je suis votre oncle du côté paternel. Mon digne frère était, il y a vingt ans, établi à Belize, au Honduras, où il faisait le commerce de l'acajou et du bois de Campêche. Il y est mort et il est enterré au sud-ouest du cimetière de la localité, sous un joli monument de bois indigène, sculpté par un artiste nègre autodidacte. Dix-neuf mois plus tard, sa femme mourait d'une apoplexie à Cheltenham où elle tenait une table d'hôte. Elle passait pour la femme la plus corpulente d'Angleterre, et occupait le rez-de-chaussée de la maison, par suite de la difficulté qu'elle éprouvait à monter ou descendre les escaliers. Vous êtes son enfant unique ; vous m'avez été confiée depuis le triste événement de Cheltenham ; vous aurez vingt ans le 2 août prochain et, corpulence mise à part, vous êtes le portrait vivant de votre mère.

Je vous ennuie avec ces échantillons de science intime en ce qui touche notre nouvelle « peau de famille », pour vous rassurer au sujet d'éventuelles investigations. Fiez-vous à moi et à mes registres pour tenir tête à toutes les recherches qu'on pourra faire. En attendant, écrivez votre nouveau nom avec votre nouvelle adresse, et voyons ce que vous en dites : « Mr. Bygrave, Mrs. Bygrave, Miss Bygrave, North Shingles Villa, Aldborough. » Sur ma parole, cela fait très bien !

Les derniers détails dont j'aie à vous entretenir se rapportent à mes relations déjà établies avec Mrs. Lecount.

Nous nous sommes rencontrés, hier, chez l'unique épicier de l'endroit. L'oreille aux aguets, comme toujours, j'ai compris que Mrs. Lecount désirait une sorte de thé, tout à fait spéciale, que cet homme n'avait point et qu'on ne pourrait pas se procurer, pensait-il, à moins de l'aller chercher jusqu'à Ipswich. J'ai vu là, tout aussitôt, le moyen de lier connaissance, moyennant les frais très minimes d'un petit voyage dans cette florissante cité : « J'ai justement affaire à Ipswich aujourd'hui même, me suis-je hâté de dire, et je me propose de rentrer ce soir à Aldborough, si le temps ne me fait pas défaut. Laissez-moi, je vous prie, me charger de votre achat de thé ; je le rapporterai avec mes bagages. » Mrs. Lecount a refusé poliment de me donner cette peine. J'ai insisté non moins poliment pour vaincre ses scrupules. Nous sommes entrés en conversation. Je ne vous ennuierai pas des propos échangés de part et d'autre. Tout ce que j'en ai gardé, c'est que le côté faible de Mrs. Lecount, si toutefois elle en a un, serait un goût pour la science, que son défunt mari, le professeur, paraît lui avoir légué. Il me semble que j'entrevois là une chance de me frayer le chemin de ses bonnes grâces, et de jeter utilement quelque peu de poudre à ces beaux yeux noirs qu'elle a. D'après cette donnée, en achetant à Ipswich le thé de la dame, j'ai aussi fait emplette, pour mon propre compte, de cette fameuse encyclopédie de poche, les Dialogues scientifiques *de Joyce. Possédant une prompte mémoire et une confiance illimitée en moi-même, je me propose de gonfler secrètement ma nouvelle « peau » avec tout le savoir d'emprunt que je pourrai y faire entrer ; j'offrirai ensuite Mr. Bygrave à l'estime de Mrs. Lecount dans le rôle de l'homme le plus profondément instruit qu'elle ait rencontré depuis le trépas de l'illustre professeur. La nécessité de fermer les yeux à cette femme est aussi évidente pour moi qu'elle peut l'être pour vous. Si cela peut se faire par le moyen dont je parle, vivez désormais en paix ; Wragge, doublé de Joyce, est exactement l'homme qu'il faut.*

Vous avez maintenant tout mon budget de nouvelles. Suis-je ou non digne de votre confiance en moi ? Je ne dis rien de l'ardeur avec laquelle j'attends les informations que vous me promettez sur vos projets, cette ardeur devant être satisfaite quand nous nous retrouverons. Jamais encore, ma chère enfant, je n'avais désiré soumettre une créature humaine à une pression financière, aussi vivement que je le désire aujourd'hui, en ce qui concerne Mr. Noël Vanstone. Je n'en dis pas davantage : Verbum sat. *Excusez la pédanterie de cette citation latine, et daignez me croire, absolument à vous,*

Horatio Wragge.

P.-S. – J'attends mes instructions, ainsi que vous me l'avez demandé. Dites-moi seulement si je dois retourner à Londres pour vous ramener ici, ou si je dois vous attendre ici pour vous y recevoir. La maison est en bon ordre, le temps est admirable, la mer est unie comme le tablier de Mrs. Lecount. Elle vient de passer devant la fenêtre, et nous avons échangé un salut. Elle est bien fine, ma chère Magdalen, mais Joyce et moi réunis, nous pourrions bien nous trouver un peu trop forts pour elle.

*EXTRAIT DE L'*EAST SUFFOLK ARGUS

ALDBOROUGH. – Nous apprenons avec plaisir que l'arrivée des touristes se montre plus précoce qu'à l'ordinaire, pour la présente saison, dans cette station si parfaitement saine, et d'un renom déjà si étendu. Esto perpetua ! c'est le plus cher de nos vœux.

Liste des résidents. – Arrivés depuis notre dernier numéro : North Shingles Villa ; Mrs. Bygrave, Miss Bygrave.

SCÈNE QUATRIÈME

ALDBOROUGH, SUFFOLK

I

Le spectacle le plus frappant que les côtes du Suffolk offrent à l'étranger est, sans contredit, l'extraordinaire liberté d'accès que trouvent, sur ce rivage sans défense, les envahissements de la mer. A Aldborough comme dans beaucoup d'autres localités voisines, les traditions locales ont été, pour la plupart, littéralement ensevelies sous les flots. L'emplacement de la vieille ville, port jadis prospère et bien peuplé, a été submergé presque en entier. La mer Germanique[1] a dévoré des rues, des marchés, des jetées, des promenades publiques; l'onde impitoyable consommait son œuvre de dévastation, engloutissant, il n'y a pas plus de quatre-vingts ans, le cottage du maître saunier d'Aldborough, qui ne survit plus aujourd'hui que dans nos souvenirs comme la maison natale du poète Crabbe.

Reculant, année par année, devant le progrès des marées, les habitants se sont retirés avec le siècle sur le dernier fragment de terre ferme où il soit permis de bâtir, une sorte de chaussée qu'enserrent d'un côté les marais, de l'autre la mer. Là, se fiant pour leur sécurité future aux dunes de sable que la mer capricieuse semble avoir érigées là afin de leur donner courage, les gens d'Aldborough ont hardiment fondé leur étrange petite station balnéaire. La première portion de terre qu'ils disputent aux flots montants est une sorte de digue naturelle en bardeau, sur laquelle court, parallèle à la mer, la promenade publique. Le long de cette promenade, en ligne inégale et brisée, se trouvent les

1. Ancien nom donné par les Romains à la mer du Nord.

résidences d'été qu'offre l'Aldborough moderne : fantasques petites habitations, possédant pour la plupart leur propre jardin qui en dépend, et possédant çà et là, par manière de décors à l'usage de ces mêmes jardins décorés de proues de navires sculptées qui, parmi les fleurs, font office de statues. De l'endroit où sont construites ces villas, sur un terrain relativement peu élevé, la mer, par certaines conditions atmosphériques, semble dominer la terre ; les bâtiments caboteurs prennent des proportions gigantesques, et semblent si proches des fenêtres que l'on peut en concevoir quelque inquiétude. Mêlées aux maisons les plus élégantes, on aperçoit d'autres constructions d'époques et de formes différentes. D'un côté, le petit hôtel de ville gothique de l'ancien Aldborough, qui formait jadis le centre du port et du bourg submergés, fait maintenant face aux villas modernes, sur l'extrême limite de la marge maritime. Dans une autre direction, une tour du guet en bois, couronnée par la proue d'un vaisseau russe naufragé, se dresse fort au-dessus des maisons qui l'entourent ; par sa croisée en sabord, on distingue, assis à l'étage supérieur, un groupe d'hommes vêtus de brun, l'air grave et l'attention concentrée sur la mer : ce sont les pilotes d'Aldborough, qui cherchent à voir, du haut de leur tour, si quelque navire n'a pas besoin d'assistance. Derrière la rangée des constructions si étrangement mêlées court un peu au hasard l'unique rue de la ville, avec ses cottages où résident maints hardis pilotes, ses entrepôts de constructions maritimes recouverts d'une moisissure épaisse, et ses magasins en tout genre. Vers son extrémité nord, cette rue est bornée par la seule éminence qui se puisse voir sur ces marécages plats, une colline basse et chargée d'arbres, où a été bâtie l'église. A l'extrémité opposée de la même rue se trouve une tour en ruine et, plus loin, le triste faubourg de Slaughden, coincé entre la rivière Alde et la mer. Tels sont les principaux aspects de ce singulier petit avant-poste, jeté presque au-delà de la côte anglaise, tel qu'on peut le voir de nos jours.

Par une soirée de juillet, chaude et nuageuse, le surlendemain du jour où il avait écrit à Magdalen, le capitaine Wragge sortit de North Shingles Villa pour aller au-devant du coche qui faisait alors le service entre Aldborough et le chemin de fer des comtés de l'Est. Il arriva devant l'auberge principale au moment où le coche y débarquait ses passagers, et put offrir la main à Magdalen et à Mrs. Wragge, quand ces dames quittèrent la voiture.

L'accueil que le digne capitaine réserva à sa femme ne se perdit pas en détours inutiles. Il jeta un regard méfiant sur ses souliers et, se dressant lui-même sur la pointe des pieds, remit à sa place, par un mouvement assez brusque, le chapeau qu'elle avait placé un peu de travers ; puis avec un « Taisez-vous ! » articulé à mi-voix, mais sur un ton fort impérieux, il la planta là provisoirement. Sa bienvenue à Magdalen, qui débutait comme à l'ordinaire par un déluge de mots, s'interrompit brutalement au milieu de la première phrase. Le capitaine Wragge y voyait clair, et il nota du premier coup d'œil, dans la physionomie et l'attitude de son ex-élève, les symptômes d'un grave changement.

Il régnait sur le visage de Magdalen un calme forcé qui lui donnait, lorsqu'elle ne parlait pas, la froide immobilité du marbre. Sa voix était plus douce et plus égale, ses yeux moins mobiles, sa démarche plus lente que jadis. Quand elle souriait, son sourire naissait et mourait brusquement, laissant voir à un des coins de sa bouche une légère contraction nerveuse qu'on n'y eût jamais remarquée autrefois. Elle était avec Mrs. Wragge d'une patience parfaite, elle traitait le capitaine avec une courtoisie et des égards tout nouveaux pour lui, mais elle ne s'intéressait à rien. Les curieux petits magasins des ruelles qu'elle traversa, la mer qu'elle eût pu croire suspendue au-dessus de sa tête, l'antique hôtel de ville sur la grève, les pilotes, les pêcheurs, les navires qui passaient la voile au vent : elle jeta à tout cela des regards aussi indifférents que si Aldborough lui était familier depuis sa plus tendre enfance. Et même, lorsque le capitaine, l'ayant fait entrer à North Shingles par la porte du jardin, lui eut triomphalement présenté leur nouvelle habitation, c'est à peine si elle daigna y jeter un coup d'œil. La première question qu'elle lui adressa se rapportait non pas à la maison où elle allait vivre mais à celle qu'habitait Noël Vanstone.

– Loge-t-il près d'ici ? demanda-t-elle avec l'unique symptôme d'émotion qui lui eût encore échappé.

Le capitaine Wragge répondit en lui désignant du doigt la cinquième villa à partir de la leur, vers Slaughden. Magdalen s'éloigna alors de la porte du jardin et fit quelques pas vers la maison qu'il lui avait désignée, pour mieux l'apprécier. Le capitaine la regarda et secoua la tête d'un air mécontent.

– Puis-je vous parler, maintenant ? demanda derrière lui une voix douce dont les respectueux accents dominaient d'environ dix pouces le chapeau de paille du capitaine.

Il tourna sur ses talons et fit face à son épouse. L'ahurissement qu'on lisait sur le visage de celle-ci n'avait rien de commun avec son ébahissement ordinaire et fit aussitôt deviner au capitaine que peut-être Magdalen n'avait pas réussi à faire ce qu'il lui prescrivait dans sa lettre, et que Mrs. Wragge venait de débarquer à Aldborough sans être au courant, comme il l'eût fallu, de la métamorphose complète que devaient subir son nom et sa personnalité. La question était trop sérieuse pour supporter le doute ; aussi le capitaine Wragge procéda-t-il sans une minute de retard à l'indispensable interrogatoire.

– Tenez-vous droite et faites attention ! commença-t-il. J'ai une question à vous poser. Savez-vous dans la peau de qui vous êtes en ce moment ? Savez-vous que vous êtes morte et enterrée à Londres ? et que, des cendres de Mrs. Wragge, vous vous êtes envolée comme un phénix ? Non ! Bien évidemment, vous ne le savez pas ! Voilà qui est parfaitement désagréable… Comment vous appelez-vous ?

– Matilda, répondit Mrs. Wragge, dont la stupéfaction paraissait à son comble.

– Pas le moins du monde ! s'écria le capitaine avec violence. Comment osez-vous prétendre que Matilda est votre nom ? Vous vous appelez Julia… Et moi, qui suis-je ? Tenez droit ce panier de sandwichs, ou je le jette dans la mer… Qui suis-je ?

– Je ne sais pas, dit Mrs. Wragge se réfugiant, cette fois, avec son humilité ordinaire, dans la négative.

– Asseyez-vous ! dit son mari, lui montrant du doigt la petite muraille basse qui ceignait le jardin de North Shingles Villa… Plus à droite ! encore ! c'est cela ! Vous ne le savez pas, répéta le capitaine, se plaçant droit devant sa femme, dans une attitude sévère, aussitôt qu'il fut parvenu, en la faisant asseoir, à mettre leurs visages de niveau. Ne me répétez pas deux fois une pareille sottise ! Une femme qui doit travailler ma barbe demain matin ne saurait ignorer qui je suis… Regardez-moi bien ! tête à gauche ! encore ! c'est cela ! Qui je suis ? Je suis Mr. Bygrave (nom de baptême, Thomas). Qui êtes-vous ? vous êtes Mrs. Bygrave (nom de baptême, Julia). Qui est cette jeune personne avec laquelle vous êtes venue de Londres ? Cette jeune personne est Miss Bygrave (nom de baptême, Susan). Je suis son oncle

Tom, un homme d'une remarquable intelligence ; et vous êtes sa tante Julia, une pauvre cervelle garnie de blancs d'œuf… Répétez-moi tout cela immédiatement comme le catéchisme ! Vous vous appelez ?

– Prenez pitié de ma pauvre tête ! s'écria Mrs. Wragge suppliante. Oh ! veuillez épargner ma pauvre tête, jusqu'à ce que le bruit de la voiture en soit sorti !

– Ne la tourmentez pas, dit Magdalen, qui les rejoignait en ce moment. Elle apprendra tout cela peu à peu. Entrons dans la maison.

Le capitaine Wragge secoua une fois encore sa tête prudente :

– Nous commençons mal, dit-il avec moins de politesse qu'à l'ordinaire. La stupidité de ma femme nous barre déjà le chemin.

Ils visitèrent la maison. Magdalen se montra parfaitement satisfaite de tous les arrangements pris par le capitaine. Elle accepta la chambre qu'il lui avait destinée, approuva le choix de la domestique qu'il avait retenue, descendit pour le thé au premier appel, mais ne laissa voir encore aucune espèce d'intérêt pour les nouveaux objets dont elle était entourée. Peu après qu'on eut desservi, bien qu'il fît encore jour, Mrs. Wragge parut céder à l'engourdissement qui, chez elle, succédait presque toujours à la moindre fatigue. Son mari lui ordonna aussitôt de se retirer (en ayant soin de ne pas traîner ses souliers sur le parquet), et d'aller se mettre au lit (sans oublier qu'elle était Mrs. Bygrave). Dès qu'ils furent restés seuls, le capitaine regarda fixement Magdalen et attendit ce qu'on avait à lui dire. Magdalen, cependant, n'ouvrait pas la bouche. Il risqua, pour commencer l'entretien, quelques questions de politesse sur l'état de sa santé :

– Vous semblez fatiguée, fit-il remarquer du ton le plus insinuant. Je crains bien que ce voyage n'ait été un peu trop long pour vous.

– Non, répondit-elle, regardant par la fenêtre avec une indifférence profonde. Je ne suis pas plus fatiguée que d'ordinaire. Maintenant, je suis toujours lasse, lasse en me mettant au lit, lasse au moment où j'en sors. Si vous tenez à savoir dès aujourd'hui ce que j'ai à vous dire, me voici toute disposée à m'expliquer avec vous. Seulement, ne pourrions-nous sortir ? Il fait bien trop chaud ici, et le monotone bruissement de ces voix d'hommes est réellement insupportable. (Elle désigna par la fenêtre un groupe de bateliers oisifs, qui flânaient, adossés au mur du jardin, comme seuls des marins peuvent flâner.) N'y a-t-il donc pas, dans ce misérable endroit, quelque promenade retirée et tranquille, demanda-t-elle avec impatience. Ne pourrions-nous respirer un peu au frais et nous soustraire à tout voisinage importun ?

– A une demi-heure d'ici, répondit le capitaine toujours complaisant, nous trouverons un véritable désert.

– A merveille… Sortons dans ce cas.

Avec un soupir de lassitude, elle prit sur la table où elle les avait déposés en entrant son chapeau de paille et sa légère écharpe de mousseline ; puis, d'un pas indolent, elle descendit la première dans le jardin. Le capitaine Wragge la suivit jusqu'à la grille, puis s'arrêta tout à coup, frappé d'une idée nouvelle :

– Pardon ! chuchota-t-il sur un ton confidentiel. Ma femme ignorant pour le moment qui elle est, nous ferions peut-être mieux de ne point la laisser au logis, seule avec une domestique nouvelle. Je vais secrètement l'enfermer à clef, pour le cas où elle s'éveillerait avant que nous soyons de retour. Deux précautions valent mieux qu'une – vous connaissez le proverbe –, je vous rejoins à la minute.

Il rentra précipitamment dans la maison, et Magdalen, pour attendre son retour, s'assit sur le muret en pierre qui entourait le jardin. A peine s'était-elle installée, que deux gentlemen, qui se promenaient et qu'elle n'avait pas vus approcher le long du chemin public, passèrent près d'elle.

Le costume de l'un des deux étrangers le lui désigna clairement comme un clergyman. Il était moins facile de discerner à première vue ce que pouvait être son compagnon. Cependant un observateur expert eût probablement reconnu un marin, à sa physionomie, ses gestes et sa démarche. C'était un homme dans la fleur de l'âge, grand, mince et vigoureux, le teint fortement hâlé par le soleil, les cheveux noirs commençant à grisonner. Ses yeux, au regard profond et ferme, étaient ceux d'un homme qui joint à une volonté de fer l'habitude du commandement. Il était, des deux, le plus proche de Magdalen au moment où son ami et lui passèrent devant elle, et il la regarda, soudainement frappé de sa beauté, avec une franche et cordiale admiration, trop évidemment spontanée et sincère pour qu'on pût à bon droit s'en formaliser. Cependant telles étaient, en cet instant, les dispositions de Magdalen, qu'elle vit dans ce regard une sorte d'insolence. Les yeux hardis de ce promeneur lui avaient fait subir une espèce de décharge électrique ; elle l'en punit par une moue d'impatience, et tourna brusquement la tête du côté de la maison.

L'instant d'après elle voulut s'assurer, par un regard rapide, si cet homme avait passé son chemin. Il avait effectivement fait quelques pas, mais il venait de s'arrêter, et se disposait évidemment à la regarder de nouveau. Son compagnon, le clergyman, ayant remarqué la contrariété peinte sur les traits de Magdalen, le prit familièrement par le bras et, moitié pour rire, moitié pour de bon, le contraignit à reprendre sa marche. Les deux hommes disparurent au tournant de la maison voisine. Par deux fois cependant, le marin au front hâlé avait encore arrêté son compagnon, et par deux fois regardé en arrière.

– Une connaissance ? demanda le capitaine Wragge, qui venait de rejoindre Magdalen.

– Certainement pas, répondit-elle. Ce monsieur m'est tout à fait inconnu. Il m'a regardée avec une suprême impertinence. Savez-vous s'il est d'ici ?

– Il ne me faudra guère de temps pour vous l'apprendre, dit le capitaine, toujours docile.

Il alla se mêler au groupe des bateliers, questionnant les uns et les autres avec l'aisance familière qui le distinguait. Il revint au bout de quelques minutes, avec une somme de renseignements complets. Le clergyman était le ministre d'une paroisse située à quelques milles dans l'intérieur des terres. L'homme brun qui l'accompagnait était le frère de sa femme, préposé au commandement d'un navire de commerce. On le supposait en visite auprès de ses parents, mais pour un laps de temps très court, attendu qu'il se préparait à se rembarquer prochainement. Le clergyman se nommait Strickland, et le capitaine de commerce s'appelait Kirke ; les bateliers n'en savaient pas plus long sur l'un et l'autre de ces deux personnages.

– Peu importe qui ils sont, dit Magdalen manifestant son désintérêt. Le sans-gêne de cet homme m'a contrariée, et c'est tout. Ne pensons plus à lui ! J'ai à me préoccuper d'autre chose, et vous aussi... Où est cette promenade solitaire dont vous parliez tout à l'heure ? Par où prenons-nous ?

Le capitaine désigna la direction du sud, du côté de Slaughden, et offrit son bras.

Magdalen, avant de le prendre, hésita. Ses yeux se portèrent, comme pour l'interroger, du côté de la maison habitée par Noël Vanstone. Cet intéressant personnage était dans le jardin, arpentant de long en large la petite pelouse, dressant haut la tête, et sous l'escorte paisible de Mrs. Lecount, qui portait comme d'habitude l'éventail vert de son maître. A cette vue, Magdalen accepta immédiatement le bras droit du capitaine Wragge, ce qui la plaçait entre lui et le jardin devant lequel ils allaient passer.

– Nos voisins nous regardent ; et c'est bien le moins que votre nièce vous donne le bras, dit-elle avec un rire amer. Allons donc ! Avançons !

– Ils regardent effectivement par ici, dit le capitaine entre ses dents... Dois-je vous présenter à Mrs. Lecount ?

– Pas ce soir, répondit-elle. Attendez de savoir ce que j'ai à vous dire.

Ils passèrent devant le jardin. Le capitaine Wragge ôta son chapeau, par un geste élégant et vif, ce qui lui valut une gracieuse révérence de Mrs. Lecount. Magdalen vit fort bien que la femme de charge examinait son visage, sa taille et sa toilette, avec cet intérêt contraint, cette curiosité méfiante que mettent les femmes dans l'observation de leurs semblables. Quand elle eut dépassé la maison, la voix aiguë de Noël Vanstone, traversant le silence de la soirée, parvint jusqu'à Magdalen. « C'est une belle personne, Lecount, disait-il... Vous savez si je m'y connais : c'est une belle personne ! »

Au moment où ces paroles furent prononcées, le capitaine Wragge, tout surpris, leva les yeux sur sa compagne. Il sentait trembler violemment sur son bras la main qu'elle y avait posée, et les lèvres de la jeune fille, fortement comprimées, attestaient énergiquement l'angoisse muette à laquelle elle était en proie.

Lentement et en silence, ils marchèrent ainsi tous deux jusqu'à la limite méridionale des dernières maisons. Ils pénétrèrent alors dans un petit désert d'ajoncs et d'herbes flétries, l'extrémité désolée d'Aldborough, le solitaire endroit où Slaughden commence.

C'était une soirée monotone et sans air. La mer se taisait à l'est, majestueuse et grisâtre, dans un repos absolu. La ligne de l'horizon se noyait, invisible, dans les profondeurs brumeuses du ciel ; immobiles sur l'onde paresseuse, les nefs oisives prenaient je ne sais quels airs de fantômes ; au sud la haute muraille bordant la tranchée maritime, et la massive tour ronde perchée sur le monticule herbu, opposaient aux regards une barrière sombre et lui fermaient toute perspective. A l'ouest, une traînée rouge du soleil couchant faisait resplendir l'extrême limite des cieux, noircissait la silhouette des arbres qui frangeaient les marges lointaines du grand marécage intérieur et changeait ses petites flaques d'eau brillantes en flaques de sang. Dans un rayon moins étendu, la rivière Alde, entraînée par la marée descendante, baissait sans bruit entre ses rives fangeuses ; et plus près encore, à l'écart sur la côte stérile, gisait le pauvre petit port de Slaughden, délaissé peu à peu, avec ses embarcadères déserts, ses entrepôts de bois délabrés, et les quelques bateaux caboteurs qui venaient s'ancrer encore, par tradition, dans le limon de cette embouchure vaseuse. On n'entendait pas les vagues frapper le rivage ; le courant paresseux n'envoyait aucun bruit d'eau bouillonnante. Çà et là, de la région des marais, s'élevait une clameur d'oiseau marin et, par instants, le faible écho des trompes qui rappelaient les troupeaux à l'étable s'élevait des fermes éparses à l'intérieur des terres et traversait mélancoliquement le crépuscule silencieux.

Magdalen retira sa main passée sous le bras du capitaine et se dirigea la première vers le monticule où se dressait la tour ronde.

– Je suis lasse de marcher, dit-elle. Arrêtons-nous ici pour nous reposer.

Elle s'assit sur la pente et, s'appuyant sur le coude, se mit à arracher machinalement autour d'elle, pour les disperser ensuite dans l'air, les brins d'herbe que sa main rencontrait. Après quelques minutes consacrées à cette muette occupation, elle se retourna tout à coup vers le capitaine Wragge :

– Je vous étonne, n'est-ce pas ? lui dit-elle avec une brusquerie qui le fit sursauter. Vous me trouvez changée ?

Le tact subtil du capitaine l'avertit que le moment était venu de lui parler en toute franchise, et de garder ses fleurs de rhétorique pour une meilleure occasion.

– Puisque vous me posez la question, dit-il, je dois y répondre. Il est vrai que je vous trouve changée.

Elle arracha une autre touffe de gazon :

– Je suppose, dit-elle, que vous pouvez deviner pourquoi ?

Le capitaine garda sagement le silence. Il ne répondit que par une espèce de salut.

– J'ai perdu tout souci de moi-même, continua-t-elle, arrachant l'herbe avec plus d'acharnement. Peut-être, en disant ceci, ne vous apprends-je pas grand-chose, mais peut-être aussi me comprendrez-vous à demi-mot. Il est telles actions auxquelles jadis j'eusse préféré la mort, et dont la pensée seule m'eût glacée jusqu'à la moelle des os. Il m'importe peu, maintenant, d'y être amenée ou non. Je ne suis rien à mes propres yeux. Je ne m'intéresse pas plus que ne m'intéressent ces herbes jetées au vent. J'ai sans doute perdu quelque chose, et ce quelque chose, comment l'appeler ? Cœur ? Conscience ? Je ne sais. Et vous ?.. Quelles absurdités vous dis-je là ? Ce que j'ai perdu, qui donc s'en soucie ? C'est parti, et voilà tout… Ce qu'on voit de moi est probablement ce que j'avais de mieux, et ceci me reste, après tout… J'étais jolie, je le suis encore, n'est-il pas vrai ? Là ! là ! ne cherchez pas de réponse ; ne vous fatiguez pas en compliments ! Pour aujourd'hui, j'ai eu mon compte d'admiration… Ce marin, d'abord, puis Mr. Noël Vanstone, il y a là de quoi suffire à la vanité d'une femme… Une femme, ai-je le droit de m'appeler ainsi ? J'en doute ; c'est bien de la présomption d'une jeune fille qui n'a pas vingt ans… Grand Dieu ! il me semble que j'en ai quarante ! (Elle jeta au vent les derniers fragments de gazon et, tournant le dos au capitaine, laissa s'incliner sa tête jusqu'à toucher de sa joue la terre dénudée par elle.) Elle est molle, douce, et me fait accueil, dit-elle, s'y appuyant avec un mouvement de tendresse désespérée, dont la vue avait quelque chose d'horrible… Elle ne me repousse pas… Cette terre féconde est une mère… Hélas, il ne m'en reste pas d'autre !

Le capitaine Wragge la regardait dans un silencieux étonnement. Toute son expérience des hommes ne le mettait pas en état de jeter la sonde dans ces terribles profondeurs, dans cet abîme de désespérance et d'abandon de soi-même, révélé par le téméraire langage de la jeune insensée, langage qui présageait des actions plus téméraires encore. « Diablement bizarre ! se dit-il, quelque peu mal à l'aise. La perte de son amoureux lui aurait-elle brouillé la cervelle ? » Il réfléchit une minute encore, avant de lui adresser la parole :

– Remettons tout ceci à demain, suggéra-t-il d'un ton amical. Vous êtes un peu fatiguée ce soir. Rien ne nous presse, mon enfant, rien ne nous presse.

Mais aussitôt elle releva la tête et tourna vers lui un visage où se peignait la même résolution irritée, où se lisait le même défi désespéré qu'il lui avait vu en cette mémorable journée de York, lorsque pour la première fois elle avait joué devant lui.

– Je suis venue ici pour vous expliquer ce que j'ai dans l'âme, dit-elle, et je prétends que vous le sachiez.

Elle se redressa sur son séant et, ses deux mains embrassant ses genoux, se mit à contempler fixement, droit devant elle, le paysage qui peu à peu s'obscurcissait. Elle attendit dans cette singulière attitude que son agitation fût un peu calmée ; puis, sans tourner la tête pour regarder le capitaine, elle lui parla en ces termes :

– Quand nous nous sommes, vous et moi, rencontrés pour la première fois, j'ai fait de mon mieux pour vous déguiser mes secrètes pensées. Je suis maintenant très convaincue que j'avais tort. Néanmoins, en vous disant à York que Michael Vanstone nous avait ruinées, je crois vous avoir donné à penser que moi, du moins, je n'acceptais pas ce résultat inique. Que vous l'ayez ou non deviné, voilà ce qui est. J'ai quitté mes amis en vertu de cette résolution déjà bien arrêtée en mon esprit, et je la sens chez moi, aujourd'hui, plus forte, dix fois plus forte que jamais.

– Dix fois plus forte que jamais, répéta le capitaine. C'est bien cela ! Voilà où mène la fermeté de caractère.

– Non. Voilà où mène de n'avoir qu'une pensée au monde… Je n'en étais pas là, jusqu'à cette maladie dont vous m'avez vue atteinte à Vauxhall Walk. Maintenant, je n'ai plus que cette pensée. Ne l'oubliez pas, si dans l'avenir vous me voyez sans cesse faire vibrer la même corde. Mais d'abord une question : aviez-vous deviné mon projet ce matin où vous m'avez montré le journal où j'ai appris la mort de Michael Vanstone ?

– Vaguement, répondit le capitaine Wragge. Je devinais vaguement que vous vouliez glisser votre main dans sa bourse et en retirer (très légitimement, d'ailleurs) ce qui était à vous. Je me suis senti froissé à l'époque de ne pas avoir le droit de vous aider. Pourquoi, vis-à-vis de moi, tant de réserve ? me demandais-je, et quelles sont ces cachotteries si peu raisonnables ?

– Vous n'aurez plus désormais à vous plaindre de ma réserve, poursuivit Magdalen. Je vous dirai d'ailleurs très franchement que, si les événements n'avaient pas tourné comme ils l'ont fait, j'aurais eu recours à votre assistance. Si Michael Vanstone n'était pas mort, je serais allée à Brighton et, sous un nom d'emprunt, j'aurais trouvé moyen de me lier avec lui. Je m'étais procuré assez d'argent pour y tenir, pendant plusieurs mois, un rang convenable. J'aurais consacré ce temps, et toute une année s'il l'avait fallu, à ruiner l'influence qu'avait sur lui Mrs. Lecount, et j'aurais fini par m'emparer, à mon tour, de cette influence, de manière à servir mes projets. J'avais pour moi l'avantage de la jeunesse, l'avantage de la nouveauté, l'avantage du désespoir poussé à bout. Croyez-le bien, j'aurais infailliblement réussi. Avant la fin de l'année, que dis-je, avant l'expiration des premiers six mois, vous eussiez vu Mrs. Lecount renvoyée par son maître, et vous m'eussiez vue accueillie dans la maison à sa place, comme la fille adoptive de Michael Vanstone, comme la fidèle amie venue arracher sa vieillesse aux mains d'une aventurière. Maintes jeunes filles de mon âge ont organisé des plans, en apparence aussi peu réalisables que le mien, et sont parvenues à les faire aboutir. J'avais mes histoires toutes prêtes, mes combinaisons toutes mûries ; je savais par quel côté faible je pouvais à ma guise attaquer ce vieillard, comme Mrs. Lecount l'avait attaqué, à sa guise, avec un succès si complet ; je vous le dis encore une fois, j'aurais infailliblement réussi.

– Je le crois comme vous, dit le capitaine. Et après ?

– Après ? Mr. Michael Vanstone aurait changé d'homme d'affaires. Vous auriez remplacé celui dont il se serait séparé ; puis ces belles spéculations où il aimait tant à se plonger lui auraient coûté la fortune dont il nous a dépouillées, ma sœur et moi. Jusqu'au dernier farthing, capitaine Wragge, aussi vrai que vous êtes ici, son dernier farthing y fût passé ! Complot audacieux, fraude révoltante, n'est-il pas vrai ? Eh bien, peu m'importe ! Tout complot, toute fraude, sont justifiés dans ma conscience par cette misérable loi qui nous a laissés sans ressources… Vous parliez tout à l'heure de ma réserve ? Vous semble-t-il avoir encore à vous en plaindre ? Les révélations de la onzième heure vous semblent-elles assez complètes ?

Le capitaine posa solennellement la main sur son cœur, et de nouveau ouvrit les écluses au débordement de son langage le plus fleuri.

– Vous me remplissez, dit-il, d'un inexprimable regret. Si ce vieillard avait vécu, quelle riche moisson nous eussions pu tirer de lui ! Quelles énormes opérations d'agriculture morale il m'eût été donné de pratiquer à son égard ! *Ars longa...*, continua le capitaine Wragge, qu'un entraînement pathétique ramenait à son latin, *vita brevis* ! Accordons une larme aux occasions perdues par le passé, et voyons quelle consolation le présent peut nous offrir ! Une conclusion s'impose à mon esprit : l'épreuve que vous vouliez tenter sur Michael Vanstone ne rime plus à rien, ma chère enfant, avec son fils. Ce fils est inaccessible à toutes les formes habituelles de la tentation d'argent. Vous pouvez vous en rapporter à ma solennelle assurance, continua le capitaine qui se rappelait, indigné, la réponse faite à son annonce du *Times*, quand je vous dirai que Mr. Noël Vanstone est, bien positivement, l'être le plus avare de la création.

– J'aime autant m'en rapporter là-dessus à ma propre expérience, répliqua Magdalen. Je l'ai vu, je lui ai parlé, je le connais mieux que vous ne le connaissez vous-même. Encore une révélation, capitaine Wragge, dont vos oreilles garderont le secret ! Je vous ai renvoyé certains accessoires de travestissement, après qu'ils eurent servi au dessein pour lequel je les avait emportés à Londres. Ce dessein était, pénétrant déguisée jusqu'à Noël Vanstone, d'apprécier par moi-même Mrs. Lecount et son maître. J'y suis parvenue et, je vous le répète, les deux personnes auxquelles nous avons maintenant affaire me sont mieux connues qu'à vous.

Le capitaine Wragge exprima son profond étonnement et posa toutes les questions qui s'offrent naturellement à un esprit naïf, quand on vient de le prendre de court.

– Fort bien, reprit-il, lorsque Magdalen y eut bravement satisfait. Et quel a été le résultat auquel votre esprit s'est arrêté ? Car il y eut un résultat, sans quoi nous ne serions pas ici. Savez-vous où vous allez ? Il est impossible, chère enfant, que vous ne le sachiez pas, n'est-ce pas ?

– Je le sais, répondit-elle vivement. Je sais où je vais.

Le capitaine se rapprocha un peu d'elle ; tous les traits de son visage d'intrigant exprimaient une ardente curiosité :

– Continuez ! dit-il, parlant bas et vite. Je vous en prie, Continuez !

Mais, pensive, elle plongea ses regards dans l'obscurité toujours croissante, sans répondre et sans même paraître l'avoir entendu. Ses lèvres restaient closes, et ses mains entrelacées pressaient machinalement ses genoux d'une étreinte plus forte.

– Il ne faut pas se le dissimuler, reprit le capitaine Wragge, la provoquant adroitement à lui en dire plus long. Le fils est plus difficile à manœuvrer que ne l'était le père…

– Non, pas comme je l'entends, interrompit-elle tout à coup.

– En vérité ? dit le capitaine. En ce cas, l'adage a raison qui veut que chaque route possède son raccourci pour peu que l'on cherche assez loin pour le trouver. Vous avez cherché assez loin, je suppose, et vous avez fini par trouver votre raccourci.

– Je ne me suis pas donné tant de peine : je l'ai trouvé sans chercher.

– Diable ! s'écria le capitaine Wragge, de plus en plus perplexe. Récapitulons un peu, chère enfant, et voyons si je comprends bien la situation. Autant que je puis comprendre, nous avons d'un côté Mr. Noël Vanstone, possédant, comme son père, votre fortune et celle de votre sœur, et, comme son père, bien résolu à ne point la lâcher ?

– C'est cela.

– Et de l'autre, vous voici, parfaitement incapable de la recouvrer par la persuasion, ne pouvant non plus l'obtenir par les voies légales, mais tout aussi résolue que vous l'étiez vis-à-vis de son père à reprendre votre bien grâce à la ruse, et malgré qu'il en ait ?

– Tout aussi résolue. Mais non tant par soif d'argent que par soif de justice, souvenez-vous-en.

– Je l'entends bien ainsi. Et les moyens d'en venir là, difficiles avec le père (lequel n'était pas un avare), sont faciles avec le fils, qui en est un de la pire espèce ?

– Très faciles.

– Eh bien, donc, pour la première fois de ma vie, je me proclame un âne ! s'écria le capitaine à bout de patience. Qu'on me pende à l'instant, si je sais ce que vous prétendez faire !

Elle se retourna vers lui pour la première fois et, le regardant fixement, obstinément, au visage, elle lui dit :

– Je vais vous dire ce que je prétends faire. Je prétends devenir sa femme.

Le capitaine Wragge bondit sur ses genoux, littéralement pétrifié par la stupeur.

– N'oubliez pas ce que je viens de vous dire, continua Magdalen détournant de nouveau les yeux. J'ai perdu tout souci de moi-même.

Un seul but me reste ici-bas ; et plus tôt je l'aurai atteint, pour être libre de mourir ensuite, mieux cela vaudra. Si… (Elle suspendit ici la phrase commencée, modifia quelque peu son attitude et désigna de la main, au-dessous d'elle, le courant qui s'écoulait rapide et perçait çà et là de quelques lueurs indécises l'obscurité crépusculaire, plus épaisse de minute en minute.) Si j'étais ce que je fus naguère, reprit-elle, je me serais vingt fois précipitée dans cette eau plutôt que de faire ce que je projette aujourd'hui. Telles que sont les choses désormais, j'ai dit adieu à tout scrupule ; je ne fatigue plus ma pensée de vaines combinaisons. Un raccourci s'offre à moi, et s'il est fangeux, peu m'importe ! Je vais prendre ce chemin, capitaine Wragge, et j'épouserai cet homme !

– En lui laissant complètement ignorer qui vous êtes ? demanda le capitaine, qui se plaça de manière à pouvoir voir le visage de la jeune fille. Vous l'épouserez comme ma nièce, sous le nom de Miss Bygrave ?

– Comme votre nièce, sous le nom de Miss Bygrave !

– Et après le mariage ?…

La voix lui manquait, et il laissa la question inachevée.

– Après le mariage, dit-elle, je n'aurai plus besoin de votre assistance.

Le capitaine se pencha au moment où elle lui répondait ainsi, la regarda de fort près et recula tout à coup sans prononcer une parole. Puis il s'écarta de quelques pas, et se rassit sur l'herbe d'un air inquiet. Si Magdalen, aux clartés du jour mourant, avait pu voir la figure de son associé, nul doute que cette figure ne l'eût étonnée. Pour la première fois, probablement, depuis son enfance, le capitaine Wragge avait changé de couleur. Il était d'une pâleur mortelle.

– N'avez-vous rien de plus à me dire ? lui demanda la jeune fille. Peut-être désirez-vous savoir quelles conditions j'ai à vous offrir ? Les voici : je paie ici toutes nos dépenses et, quand nous nous séparerons, le jour du mariage, vous emporterez, comme cadeau d'adieu, une somme de deux cents livres sterling. Votre aide, à ce prix, m'est-elle acquise ?

– Mais enfin, qu'aurai-je à faire ? demanda-t-il, lui jetant un regard furtif et laissant percer dans son accent une méfiance soudaine.

– Vous aurez à assurer votre rôle et le mien, répondit-elle ; vous aurez à me mettre à l'abri des moyens que Mrs. Lecount emploiera sans doute pour découvrir qui je suis. Je ne vous en demande pas davantage… Le reste me regarde, et vous n'en êtes pas responsable.

– Je n'aurai donc à me mêler en rien de ce qui pourra survenir, à n'importe quelle époque, à n'importe quel endroit, une fois le mariage conclu ?

– Absolument en rien.

– Je pourrai, si je veux, vous quitter en sortant de l'église ?

– En sortant de l'église… et votre salaire en poche.

– Pris sur l'argent qui vous appartient ?

– Naturellement ! Sur quel autre pourrais-je le prendre ?

Le capitaine Wragge ôta son chapeau et, apparemment fort soulagé, promena son mouchoir sur son front à plusieurs reprises.

– Accordez-moi une minute de réflexion, dit-il.

– Autant de minutes que vous voudrez, répondit-elle, reprenant sa première attitude sur la pente gazonnée, et recommençant à arracher des touffes d'herbe pour les jeter au vent.

Les réflexions du capitaine n'étaient point embarrassées par d'inutiles divergences entre les calculs que sa position lui inspirait et ceux qu'il eût pu faire pour le compte de Magdalen. Absolument incapable d'apprécier la blessure que lui avait causée Frank par son infâme trahison, coup terrible qui l'avait brusquement séparée de cet espoir chimérique auquel, tout vain qu'il fût, elle n'avait cessé de se rattacher comme à un rameau sauveur, le capitaine Wragge prenait simplement comme un fait acquis le désespoir où il la voyait, et il envisageait non moins simplement les conséquences de la proposition qu'elle venait de lui faire.

Dans ce qui devrait se passer avant le mariage il ne voyait rien de plus sérieux que l'exécution d'une fraude, ne différant guère que par son objet de celles que les hasards de sa vie vagabonde l'avaient depuis longtemps habitué à pratiquer. Dans ce qui devait se passer ensuite, il discernait vaguement, parmi les menaçantes ténèbres de l'avenir, les fantômes de la Terreur et du Crime, les gouffres de la Ruine et de la Mort. Rempli d'audace et d'initiative dans le cercle de ses ignobles calculs, le capitaine était, au-delà de ces limites, plus déférent et plus soumis à la majestueuse autorité des lois que l'homme le plus inoffensif, et plus préoccupé de sa propre sécurité que le plus lâche des lâches qui aient jamais foulé cette terre. Pour l'heure, un seul problème grave le préoccupait. Pourrait-il, aux conditions offertes, entrer dans le complot formé contre Noël Vanstone jusqu'à la réalisation du mariage, et s'en retirer ensuite, évitant ainsi de s'engager dans les conséquences que sa vieille expérience lui faisait entrevoir comme les résultats à peu près certains de cette union fatale ?

Si étrange que cela puisse paraître, sa décision, en ce moment critique, fut surtout influencée par Noël Vanstone en personne. Le capitaine aurait peut-être pu résister devant la récompense financière que Magdalen faisait miroiter devant ses yeux, car les bénéfices du divertissement théâtral avaient mis dans sa bourse une somme trois fois plus considérable que celle qui lui était offerte. Mais la perspective de porter obscurément un coup terrible, à l'homme assez malavisé pour n'assigner qu'une valeur de cinq livres à ses renseignements et à son concours lui fit oublier tous les conseils de la prudence et perdre l'empire qu'il exerçait ordinairement sur lui-même. Il est une espèce de terrain neutre où les meilleurs et les pires des hommes se rencontrent à conditions à peu près égales ; c'est celui de l'amour-propre et de l'importance que chacun s'accorde. En découvrant dans le journal la réponse à sa proposition, le capitaine Wragge, au comble de l'indignation, n'avait plus songé à réfléchir rétrospectivement à sa démarche. Il s'était trouvé aussi profondément blessé, aussi sincèrement irrité que si l'on eût répondu, par une insulte personnelle, à une proposition tout à fait honorable. On l'a vu, plein de sa rancune, la laisser imprudemment percer dans sa première lettre à Magdalen ; on l'a vu ensuite s'oublier toujours, plus ou moins, chaque fois que le nom de Noël Vanstone était prononcé devant lui. Aujourd'hui qu'il avait à prendre définitivement son parti, nous ne dirons rien de trop en affirmant que, pour la première fois de sa vie, le mobile d'argent se trouva relégué au second rang : ce ne fut pas l'intérêt, ce fut la haine qui l'emporta.

– J'accepte les conditions, dit le capitaine Wragge, qui se releva lestement. Je les accepte naturellement telles que nous venons de les poser. Nous nous quittons le jour même du mariage, sans nous demander l'un à l'autre où nous allons… A partir de ce moment, nous ne nous connaîtrons plus.

Magdalen se releva, elle aussi, mais plus lentement. L'abattement du désespoir était peint sur sa physionomie et se trahissait dans tous ses gestes. Elle repoussa la poignée de main que lui offrait cordialement le capitaine et, quand elle lui répondit, ce fut d'une voix tellement basse qu'il pouvait à peine saisir ses paroles.

– Nous nous comprenons maintenant, dit-elle, et nous pouvons rentrer à la maison. Rien n'empêche que, dès demain, vous me présentiez à Mrs. Lecount.

– J'aurai d'abord quelques questions à vous adresser, dit franchement le capitaine. Cette affaire offre plus de dangers et nous trouverons sur notre route plus de pièges que vous ne semblez le croire. Avant de vous mettre, vis-à-vis de cette femme, sur le pied de causer familièrement ensemble, j'aurais besoin de connaître tous les détails de cette visite que vous lui avez faite un matin.

– Attendez à demain, s'écria-t-elle avec un mouvement d'impatience. Je vais devenir folle à continuer ainsi ce soir !

Le capitaine n'ajouta rien. Ils revinrent tous deux du côté d'Aldborough.

La nuit les enveloppait quand ils gagnèrent les premières maisons du bourg. Ni lune ni étoiles n'étaient visibles. Une faible brise, venue de terre, s'était élevée en même temps que les ténèbres se faisaient. Magdalen s'arrêta un moment sur le chemin désert pour aspirer plus à l'aise ce souffle vivifiant. Bientôt, cependant, elle cessa d'exposer son front à la brise et se mit à regarder du côté de la mer. L'immensité muette des eaux paisibles, se perdant ainsi dans le vide sombre de la nuit, avait quelque chose d'auguste. Debout, les yeux fixés sur cette obscurité qui pour elle semblait n'avoir plus de mystères, elle finit par avancer lentement, comme fascinée, attirée par quelque puissance secrète.

– Je descends à la mer, dit-elle à son compagnon. Vous pouvez m'attendre, je serai bientôt de retour.

Il la perdit de vue, l'instant d'après, comme si la nuit l'avait soudainement engloutie. Prêtant l'oreille, il pouvait compter ses pas dont le bruit peu à peu s'affaiblissait. Tout d'un coup, il ne les entendit plus. S'était-elle subitement arrêtée ? ou marchait-elle sur une de ces couches de sable que laisse à nu la marée en se retirant ?

Il attendit, prêtant toujours une oreille inquiète. Les minutes s'écoulaient ; aucun bruit n'arrivait jusqu'à lui. L'obscurité lui semblait toujours plus menaçante à mesure qu'il écoutait ainsi. Au bout d'un moment, du rivage invisible, un bruit s'éleva. Un long gémissement traversa le silence des grèves intérieures. Puis tout redevint calme. Le capitaine, alarmé, fit quelques pas pour descendre sur la rive et aller à la rencontre de Magdalen. Avant qu'il eût traversé le chemin, il entendit quelqu'un qui venait rapidement de son côté. Ceci le fit s'arrêter un instant; entre lui et la mer, longeant la route, un homme passa rapidement. Il faisait trop sombre pour qu'on pût discerner les traits de cet étranger. On pouvait seulement distinguer qu'il était de haute stature, et de la même taille que cet officier de la marine marchande dénommé Kirke.

La silhouette marchait vers le nord et fut hors de vue en un instant. Le capitaine Wragge traversa le chemin et, après avoir fait quelques pas du côté de la rive, s'arrêta derechef pour écouter. Un bruit de pas se fit de nouveau entendre sur le gravier. Ils étaient aussi lents que les pas qu'un instant plus tôt il avait entendus s'éloigner. Le capitaine héla sa compagne pour l'aider à le retrouver. Bientôt il l'aperçut, véritable spectre sur la pente caillouteuse, surgissant des ténèbres qui l'avaient enveloppée.

– Vous m'avez fait peur, lui dit-il tout bas d'une voix frémissante. Je craignais quelque accident. Je vous ai entendue gémir comme si vous étiez souffrante.

– Vraiment ? dit-elle l'air absent. C'est que je souffrais, en vérité… N'y faites plus attention, c'est fini maintenant.

Tandis qu'elle lui répondait ainsi, sa main faisait machinalement tournoyer quelque chose. C'était le petit sachet de soie blanche que jusqu'alors elle avait faiblement abrité dans son sein. Une des reliques qu'il renfermait, une des reliques dont jusqu'alors elle n'avait pas eu le courage de se séparer, était à jamais distraite de ce trésor. Seule, sur ce rivage inconnu, elle s'était séparée de ses plus chers souvenirs, de ses plus chères espérances, les espérances et les souvenirs de sa pure jeunesse. Seule, sur un rivage inconnu, elle avait retiré de son écrin, jadis si cher, la boucle de cheveux qu'elle tenait de Frank, et l'avait jetée loin d'elle, la livrant aux flots et à la nuit.

II

L'homme de haute taille qui avait passé dans les ténèbres près du capitaine Wragge continua de longer rapidement la route, prit ensuite à travers un petit terrain vague et franchit enfin la porte toute grande ouverte de l'unique hôtel d'Aldborough. La lanterne allumée dans le corridor, éclairant son visage au moment où il passa devant elle, attesta que le capitaine Wragge avait deviné juste, et que l'inconnu était bien Mr. Kirke, de la marine marchande.

Tombant sur l'hôtelier, Mr. Kirke lui adressa le salut familier d'un vieux client.

– Avez-vous le journal ? demanda-t-il. Je voudrais jeter un coup d'œil sur la liste des touristes.

– Je l'ai dans mes appartements, monsieur, répondit l'hôtelier, dirigeant Mr. Kirke vers un salon situé à l'arrière de l'hôtel. Supposeriez-vous, par hasard, qu'il est arrivé chez nous quelqu'un de vos amis ?

Le marin, sans répondre, parcourut la liste, dès que le journal lui eût été remis, posant son doigt sur chaque nom, l'un après l'autre. Le doigt s'arrêta tout à coup sur cette ligne : « Sea View Cottage : Mr. Noël Vanstone. » Mr. Kirke, de la marine marchande, se répéta le nom qu'il venait de lire et posa le journal d'un air pensif.

– Auriez-vous trouvé quelqu'un de votre connaissance, capitaine ? demanda l'hôtelier.

– J'ai trouvé un nom que je connais, un nom que jadis j'ai souvent entendu prononcer par mon père. Ce Mr. Vanstone a-t-il des enfants ? Sauriez-vous, par hasard, s'il a auprès de lui une jeune personne ?

– Je l'ignore, capitaine. Ma femme sera rentrée d'ici à quelques instants : elle pourra bien certainement vous renseigner là-dessus. Si votre père a connu ce Mr. Vanstone, il doit y avoir quelques années de cela.

– Il y a effectivement assez longtemps. Mon père a connu un officier de ce nom, alors qu'il servait dans un régiment envoyé au Canada. Il serait curieux que le personnage ici mentionné se trouvât être celui dont je parle, et que la jeune personne fût sa fille.

– Je vous demande pardon, capitaine, mais cette jeune personne semble vous préoccuper quelque peu, dit l'hôtelier avec un sourire amical.

On eût dit que la bonne humeur de cet homme, sous la forme qu'elle venait de prendre, n'était pas tout à fait du goût de Mr. Kirke. Il revint sans transition à l'officier du régiment canadien :

– L'histoire de ce pauvre garçon est une des plus lamentables que j'aie jamais entendues, dit-il, jetant un nouveau regard distrait sur la liste des visiteurs.

– Y aurait-il quelque inconvénient à la raconter, monsieur ? demanda l'hôtelier. Lamentable ou non, quand on sait qu'elle est vraie, une histoire est toujours une histoire.

Mr. Kirke hésita :

– Je ne crois pas vraiment qu'il soit à propos de la répandre, dit-il ensuite. Si cet homme ou quelques-uns de ses parents vivent encore, ils n'aimeraient pas à savoir des étrangers au courant de ce récit. Tout ce que je puis vous dire, c'est que mon père fut le sauveur de ce jeune officier dans des circonstances vraiment terribles. Ils se séparèrent au Canada. Mon père resta dans son régiment ; le jeune officier vendit son brevet et revint en Angleterre. A partir de ce moment, ils se perdirent de vue. Ne serait-il pas curieux que ce Vanstone-ci fût justement le même individu. Ne serait-il pas curieux…

Il s'imposa brusquement le silence, juste au moment où une nouvelle allusion à la « jeune personne » allait échapper à ses lèvres. Presque en même temps, la femme de l'hôtelier rentra, et Mr. Kirke continua immédiatement son enquête auprès de cette autorité supérieure.

– Pourriez-vous m'apprendre quelque chose de ce Mr. Vanstone que je vois porté ici sur la liste des touristes ? demanda le marin. Est-il âgé ?

– C'est un pauvre petit être de fort piètre mine, répondit la femme de l'hôtelier, mais pas un vieillard, capitaine.

– Alors ce n'est pas celui dont je parlais… Son fils, peut-être ? A-t-il des dames dans sa maison ?

La femme secoua la tête avec une moue passablement dédaigneuse :

– Il a chez lui, dit-elle, une femme de charge. Une personne d'un certain âge, d'un rang qui n'est pas le mien… Peut-être ai-je tort, mais je n'aime pas à voir, dans de telles positions, des femmes si bien mises.

Mr. Kirke commençait à manifester quelque embarras.

– Je me serai trompé de maison, dit-il. N'y a-t-il pas à Sea View Cottage une pelouse octogonale et, à la rencontre des allées, un bâton de pavillon peint en blanc ?

– Ce n'est pas Sea View, monsieur, c'est North Shingles que vous venez de décrire, la maison occupée par Mr. Bygrave. Sa femme et sa nièce sont arrivées, aujourd'hui, par la diligence. La première est une espèce de géante à montrer en foire et, de plus, la femme la plus mal mise que j'aie jamais vue. Mais parlez-moi de Miss Bygrave ! Celle-là vaut bien le coup d'œil, s'il m'est permis de parler ainsi. C'est, à mon goût, la plus belle fille que nous ayons eue ici depuis bien longtemps. Je me demande qui ces gens peuvent être… Connaissez-vous leur nom, capitaine ?

– Non, répondit Mr. Kirke, dont la figure brune et hâlée semblait encore assombrie par un nuage de déception, c'est un nom que j'entends pour la première fois.

Il se leva, cette réponse faite, pour prendre congé. L'hôtelier l'engagea vainement à boire le coup de l'étrier ; vainement sa femme lui demanda de rester encore dix minutes, le temps de lui préparer une tasse de thé. Il répondit simplement que sa sœur l'attendait, et qu'il lui fallait, sans plus de retard, retourner au presbytère.

En quittant l'hôtel, Mr. Kirke prit la direction de l'ouest, et, par la grand-route, s'enfonça dans l'intérieur des terres, marchant aussi vite que l'obscurité le lui permettait.

« Bygrave ? se disait-il en lui-même, me voilà bien avancé… Si elle s'était appelée Vanstone, le fils de mon père aurait eu quelque chance d'entrer en relations avec elle. » Il s'arrêta et, tournant la tête, regarda du côté d'Aldborough. « Quelle folie ! s'écria-t-il tout à coup, frappant la terre de sa canne. Je viens d'avoir quarante ans ! » Il reprit sa marche plus rapidement, la tête baissée, ses hardis yeux noirs fouillant l'obscurité du sol comme ils avaient bien des fois fouillé celle de la mer alors que, sur le pont de son navire, il faisait le quart de nuit.

Après avoir marché plus d'une heure, il atteignit un village dont la vieille petite église, jouxtant le presbytère, s'abritait avec lui dans le même creux du terrain. Il entra dans la maison par une porte de derrière, et trouva sa sœur, la femme du clergyman, assise seule dans le salon, penchée sur son ouvrage.

– Où est ton mari, Lizzie ? lui demanda-t-il, prenant un fauteuil.

– William est sorti pour aller voir un malade. Mais avant de me quitter, ajouta-t-elle avec un sourire, il a eu le temps de me raconter tes fredaines ; il se déclare bien décidé à ne plus te conduire dans les rues d'Aldborough que tu ne sois un homme établi et rangé. (Elle s'arrêta et regarda son frère plus attentivement qu'elle ne l'avait encore fait.) Robert ! dit-elle en écartant son ouvrage pour aller à lui, tu as l'air inquiet, tu as l'air malheureux ! William ne m'a parlé qu'en plaisantant de ta rencontre avec cette jeune personne… Y aurait-il là quelque chose de sérieux ? Voyons ! parle-moi d'elle ! A quoi ressemble-t-elle ?

Le marin détourna la tête sans répondre.

Sa sœur avait pris un tabouret pour s'installer à ses pieds, et ne cessait de lever les yeux vers lui :

– Est-ce donc sérieux, Robert ? reprit-elle avec douceur.

Le visage de Kirke, ce visage qui avait affronté tant de tempêtes, n'était pas un masque menteur. Avant qu'il eût articulé une parole, ce visage avait déjà répondu pour lui.

– N'en dis rien à ton mari avant que je sois parti, dit-il avec une rudesse à laquelle sa sœur n'était pas habituée. Je sais fort bien qu'on a le droit de se moquer de moi, mais je n'en souffre pas moins, après tout.

– Tu souffres ? répéta-t-elle stupéfaite.

– Sache-le bien, Lizzie, tu ne peux pas me trouver plus ridicule que je ne le suis à mes propres yeux, poursuivit Kirke avec amertume. Un homme de mon âge devrait être mieux avisé. Je ne l'ai guère contemplée en tout plus d'une minute et, pour me ménager la chance de la revoir, je suis resté à rôder dans ce mauvais bourg jusqu'après la tombée de la nuit. Rôder, c'est bien le mot, je m'en serais servi, trouvant un homme de mon équipage occupé comme je l'étais moi-même. Je crois vraiment que je suis ensorcelé. Ce n'est qu'une enfant, Lizzie… je doute qu'elle ait vingt ans… Je pourrais donc être son père. Mais c'est égal, elle hante malgré moi ma pensée. En venant ici ce soir, par cette obscurité d'enfer, j'ai eu constamment son visage devant mes yeux. A présent encore, il est là, me regardant, et je le vois aussi nettement, plus nettement peut-être que le vôtre.

Il se leva brusquement et se mit à parcourir la chambre en long et en large. Sa sœur le regardait avec un étonnement mêlé de sympathie. Elle l'avait toujours vu, enfant, jeune homme, et plus tard encore, exerçant sur lui-même un empire absolu. Pendant des années, alors que la fortune de la famille avait subi de rudes échecs, il avait été leur exemple à tous; et leur soutien. Elle avait entendu raconter maint épisode de sa vie de mer, où des centaines de créatures humaines, ayant à compter sur son sang-froid et sa fermeté d'âme pour échapper à un trépas imminent, n'avaient pas été déçues dans leur confiance. Et jamais sa sœur n'avait vu, détruit comme elle le voyait maintenant, l'équilibre de cette nature calme et bien assise.

– Quelles absurdités me contes-tu à propos de ton âge et de ta personne? lui dit-elle enfin. Je ne connais pas de femme, Robert, qui soit digne de toi. Quel est son nom?

– Bygrave. La connais-tu?

– Non. Mais j'aurai bientôt fait connaissance avec elle. Si nous avions un peu de temps devant nous, si je pouvais aller là-bas et l'entrevoir… mais tu nous quittes demain, et ton vaisseau prend la mer à la fin de la semaine…

– Grâce à Dieu! s'écria Kirke avec une ferveur sincère.

– Comment? demanda-t-elle, de plus en plus étonnée. Serais-tu heureux de ce prompt départ?

– Je comprends au moins, Lizzie, à quel point ce départ est heureux pour moi. Si j'ai quelque chance de rentrer jamais dans mon bon sens, c'est lorsque je me trouverai sur le pont de mon navire. Cette jeune fille s'est déjà placée entre moi et mes pensées; je ne la laisserai pas se placer entre moi et mon devoir. Quant à ceci, vois-tu, ma résolution est bien prise. Si insensé que je sois, il me reste assez de raison pour me méfier de moi-même et de ce qui arriverait, demain matin, si je demeurais trop près d'Aldborough. Vingt milles de marche en sus de ma promenade ne sont pas pour m'effrayer, et je vais m'en retourner ce soir même.

Sa sœur se redressa et lui saisit le bras :

– Robert, s'écria-t-elle, tu ne songes pas à ce que tu dis ? Tu ne prétends pas nous quitter à pied, tout seul, par cette nuit noire !

– Eh, ma chère, c'est tout simplement finir la journée par un adieu, au lieu de la commencer par un adieu, répondit-il avec un sourire. Tâche, Lizzie, de bien apprécier la situation ! Ma vie s'est passée à la mer, et je ne suis pas accoutumé à ces orages intérieurs. Les hommes de terre y sont faits ; les hommes de terre n'en ont pas peur. Pour moi, je n'ai pas tant de courage. Si je passais la nuit ici, je ne fermerais pas l'œil. Si je m'attardais jusqu'à demain, ce serait pour chercher à la revoir. Je suis déjà bien assez honteux de moi-même ; il serait inutile d'ajouter à tant de confusion. Tâchons, sans y regarder à deux fois, de revenir à mes devoirs et à moi-même. L'obscurité n'est pas un obstacle pour moi ; j'y suis habitué depuis longtemps. Je ne quitte pas la grand-route, et par conséquent je ne saurais m'égarer. Laisse-moi partir, Lizzie. Un marin de mon âge ne doit s'éprendre que de son vaisseau… Laisse-moi bien vite y retourner !

Sa sœur, qui le tenait encore par le bras, insista pour le garder jusqu'au matin. Il l'écouta avec une patience affectueuse, mais elle ne parvint pas à ébranler un instant sa résolution.

– Que dirai-je à William ? demanda-t-elle, toujours plus pressante. Que pensera-t-il à son retour en te trouvant parti ?

– Tu lui diras que j'ai suivi le conseil qu'il nous donnait dans son sermon de dimanche dernier. Je bats en retraite devant le Monde, la Chair et le Démon conjurés.

– Comment peux-tu parler ainsi, Robert ? Et les enfants, donc ? Tu avais promis de ne pas partir sans dire adieu aux enfants.

– Ceci est exact. Une promesse me lie envers mes petits neveux : aussi vais-je la tenir. (Tout en parlant, il déposa ses souliers sur la natte placée devant la porte.) Éclaire-moi là-haut, Lizzie ! Je dirai adieu aux deux marmots sans les réveiller.

Elle vit qu'il était inutile de lui résister plus longtemps et, prenant la chandelle, elle conduisit son frère à l'étage supérieur.

Les garçons, tous deux encore en bas âge, couchaient dans le même lit. Le cadet, favori de son oncle, était en même temps son filleul. Il était paisiblement endormi, tenant serré contre sa poitrine un petit navire grossièrement sculpté. Les regards de Kirke s'adoucirent au moment où sur la pointe des pieds il se penchait au chevet de l'enfant, et l'embrassait avec la tendresse d'une femme.

– Pauvre bonhomme ! dit affectueusement le marin, il aime son petit navire tout comme j'aimais le mien à cet âge ! Je lui en taillerai un plus beau, quand je reviendrai… Lizzie, me prêteras-tu mon neveu, un de ces jours, et me permettras-tu d'en faire un marin ?

– Oh ! Robert, que n'es-tu marié ? Que n'es-tu heureux comme ta sœur est heureuse !

– Le temps est passé d'y songer, ma chère. Je n'ai plus qu'à tirer parti de moi comme je pourrai, avec l'aide de mon beau petit neveu.

Il quitta la chambre. Sa sœur pleurait à grosses larmes quand ils rentrèrent dans le salon.

– Il y a, disait-elle, quelque chose de triste et d'effrayant à te voir t'en aller ainsi. Veux-tu, Robert, que je parte demain pour Aldborough, et que j'essaie pour toi de me lier avec cette jeune fille ?

– Non ! répondit-il. Laissons sa destinée s'accomplir. S'il est écrit que je dois revoir cette enfant, je la reverrai. L'avenir en décidera ; et tu feras bien de lui en laisser la décision.

Il avait remis ses souliers et pris son chapeau et sa canne.

– Je ne me surmènerai pas, sois tranquille, dit-il presque gaiement. Si la voiture ne me rejoint pas en route, je puis fort bien l'attendre là où je m'arrêterai pour déjeuner. Sèche tes yeux, ma chère, et donne-moi le baiser d'adieu !

Elle ressemblait à son frère, elle avait le même teint et les mêmes traits ; elle avait aussi comme un reflet du courage fraternel. Elle refoula ses larmes et prit congé de lui bravement.

– Je reviendrai d'ici à un an, dit Kirke, retrouvant sur le seuil ses allures de marin. Je te rapporterai, Lizzie, un beau châle de Chine et une caisse de thé pour ton armoire à provisions. Empêche les enfants de m'oublier, et ne me garde pas rancune, ne me blâme pas de te quitter ainsi ! Je sais et je sens que j'ai raison… Dieu te bénisse et te garde, chère sœur ! toi, ton mari et tes enfants ! Adieu !

Il se pencha pour l'embrasser. Elle courut jusqu'à la porte pour le suivre encore du regard. Une bouffée d'air éteignit la chandelle ; la nuit épaisse vint en une seconde séparer le frère et la sœur.

Trois jours après, la *Délivrance*, navire marchand de première classe sous les ordres du capitaine Kirke, partait de Londres pour les mers de Chine.

III

La tempête qui menaçait se dissipa durant la nuit. Lorsque l'aurore se leva sur Aldborough, le soleil régnait dans le ciel bleu, et les flots se jouaient gaiement sous la brise d'été.

A une heure où aucun autre résident n'était encore debout dans la petite station balnéaire, l'infatigable Wragge se montra sur la porte de North Shingles Villa et se dirigea vers le nord pour sa promenade matinale, emportant sous son bras un bel exemplaire des *Dialogues scientifiques.* Parvenu aux terrains vagues situés au-delà des maisons, il descendit sur la grève et ouvrit son livre. L'entretien de la veille au soir lui avait donné une perception plus vive des difficultés qu'allait présenter la nouvelle entreprise. Il était maintenant doublement décidé à tenter l'expérience spécifique dont il avait touché quelques mots dans sa lettre à Magdalen : il voulait appeler sur lui, en s'attribuant le rôle d'un homme remarquablement instruit, toute l'attention, tout l'intérêt de la formidable Mrs. Lecount.

Quand il eut pris à jeun sa première « dose de science » (pour reprendre sa propre expression), le capitaine Wragge, dûment gonflé d'érudition pour le reste de la journée, rejoignit au déjeuner sa petite famille. Il nota sur le visage de Magdalen les traces irréfutables d'une complète insomnie. Elle ne se plaignait point ; son attitude était calme et son humeur parfaitement disciplinée. Mrs. Wragge, ranimée par treize heures consécutives d'un repos ininterrompu, était dans les meilleures dispositions du monde, et (dût-on s'en étonner) avait chaussé ses souliers comme tout le monde. Elle apportait dans la salle à manger plusieurs grandes feuilles de papier crêpé, mystérieusement découpé en fragments de toutes formes, ce qui provoqua immédiatement cette question de la part de son mari :

– Qu'avez-vous là ?

– Des patrons, capitaine, dit Mrs. Wragge d'une voix timide et conciliante. En courant les magasins de Londres, j'ai acheté une robe de cachemire orientale. Comme elle a coûté fort cher, je voudrais économiser en la faisant moi-même. Je me suis procuré des patrons et des instructions écrites en caractères aussi nets que de l'imprimé. Je ne dérangerai rien, capitaine ; je me tiendrai dans mon coin, si vous voulez bien m'en accorder un ; et, soit que ma tête bourdonne ou qu'elle ne bourdonne pas, je n'en resterai pas moins assidue à mon travail.

– Vous vous mettrez à votre travail, dit le capitaine sérieusement, lorsque vous saurez qui vous êtes, qui je suis, et qui est cette jeune personne, mais pas avant. Montrez-moi vos souliers ! Fort bien… Votre bonnet, maintenant ! Fort bien… Faites-nous déjeuner !

Quand le petit déjeuner fut achevé, Mrs. Wragge reçut ordre de se retirer dans une pièce voisine, et d'y rester jusqu'à ce que son mari vînt lever sa consigne. Dès que ce tiers importun ne fut plus là, le capitaine Wragge reprit aussitôt la conversation qui, la veille au soir, conformément au désir de Magdalen, était restée inachevée. Les questions qu'il lui posait maintenant se rapportaient toutes à la visite travestie qu'elle avait faite chez Noël Vanstone. C'étaient les questions d'un homme intelligent et avisé, brèves, pertinentes, allant droit au but. En moins d'une demi-heure, il s'était mis au courant de tous les incidents survenus dans Vauxhall Walk.

Les conclusions qu'il tira de cette instruction bien dirigée étaient parfaitement claires et intelligibles.

Prenant la question sous son jour le moins favorable, il exprima la conviction que Mrs. Lecount avait certainement découvert le déguisement de la visiteuse inconnue, et qu'en réalité, bien qu'elle eût ouvert et refermé la porte, jamais elle n'avait quitté la chambre ; que, par conséquent, dans l'une et l'autre occasion où Magdalen s'était trahie en reprenant sa voix naturelle, Mrs. Lecount avait dû l'entendre. En revanche, et envisageant la question du bon côté, il était parfaitement persuadé que les divers éléments du déguisement de Magdalen avaient assez bien dissimulé sa véritable apparence pour qu'elle pût, se présentant telle qu'elle était réellement, défier le plus strict examen de la femme de charge, tant qu'il ne s'agissait que de son allure extérieure. Tromper l'oreille de Mrs. Lecount aussi bien qu'on pourrait tromper ses yeux ne lui semblait pas, il en convenait volontiers, une tâche aussi facile. Mais en tenant compte de ce fait que Magdalen, dans les deux occasions où elle s'était trahie, avait parlé avec l'accent de la colère, il était d'avis qu'elle pouvait espérer de ne pas être reconnue à la voix, pourvu qu'elle évitât avec soin, à l'avenir, tout éclat d'emportement et se condamnât à n'employer jamais que les intonations les plus calmes et les plus modérées de sa voix, intonations qui n'étaient pas encore familières à Mrs. Lecount. Somme toute, le capitaine inclinait à l'espérance, si pourtant, dès le début, on pouvait écarter un sérieux obstacle ; et cet obstacle, c'était la présence de Mrs. Wragge sur la scène où l'action allait s'engager.

A la grande surprise de Magdalen, lorsque la suite de son récit l'amena l'histoire du fantôme, le capitaine Wragge parut l'écouter en homme plus inquiet que diverti. Et quand elle eut achevé, il ne lui dissimula pas que sa désastreuse rencontre avec Mrs. Wragge dans l'escalier de la maison était, selon lui, le plus sérieux de tous les accidents qui fussent arrivés à Vauxhall Walk :

– Je puis, dit-il, comme je l'ai déjà fait bien souvent, tourner les obstacles résultant de ce que ma femme est à peu près idiote. Je puis, à coups de marteau, faire entrer dans sa tête la notion de sa nouvelle identité ; mais je ne saurais, à coups de marteau, extraire de sa tête le souvenir du fantôme. Rien ne nous garantit que la femme au manteau gris et au chapeau ne lui revienne à la mémoire dans le moment le plus critique et dans les circonstances les plus embarrassantes. En termes clairs, chère enfant, Mrs. Wragge est une trappe qui désormais, à chaque pas que nous ferons, pourra s'ouvrir sous nos pieds.

– Une fois prévenus que la trappe existe, fit observer Magdalen, nous pouvons prendre nos mesures pour l'éviter. Quelle est, à cet égard, votre idée ?

– Mon idée, répondit le capitaine, serait d'éloigner provisoirement Mrs. Wragge. A ne prendre les choses que sous leur aspect financier, je ne puis songer à me séparer d'elle complètement. Vous avez sans doute entendu parler de ces gens très pauvres, tout à coup enrichis par quelque legs imprévu ? Telle était la situation de Mrs. Wragge quand je l'ai épousée. Une parente âgée partagea dans cette occasion les faveurs que la fortune accordait à mon épouse ; et, pour peu que je garde les dehors de la bonne entente domestique, je crois pouvoir espérer qu'à la mort de cette parente, Mrs. Wragge, pour la seconde fois, me sera de quelque profit. Sans cela, il est probable que j'aurais depuis longtemps transmis à la société le soin de veiller sur ma femme, en vertu de cette agréable conviction qu'à défaut de moi il se trouverait toujours quelqu'un pour la faire vivre. Bien que cette manière de procéder me soit interdite, je ne vois pas d'objection à l'établir pour quelque temps hors de notre chemin, par exemple en quelque ferme isolée, où elle serait logée, nourrie confortablement, sous prétexte d'infirmité mentale. Pour vous, la dépense serait une bagatelle ; pour moi, le soulagement serait immense… Qu'en dites-vous ? Dois-je l'emballer immédiatement et l'expédier par le premier départ de la diligence ?

– Non ! répondit Magdalen avec fermeté. L'existence de cette pauvre créature est déjà bien assez pénible, je ne veux pas en augmenter la rigueur. Elle s'est montrée envers moi, pendant ma maladie, véritablement affectionnée et pleine de soins. Je ne souffrirai pas, si je puis l'empêcher, qu'on l'enferme chez des inconnus. Le risque de la garder ici n'est qu'un danger de plus parmi tant d'autres. J'y ferai face, capitaine Wragge, même si vous reculez.

– Pensez-y à deux fois, dit gravement le capitaine, avant de vous décider à garder Mrs. Wragge.

– Ce qui est dit est dit, répondit Magdalen. Je ne veux pas qu'on la renvoie.

– A merveille, reprit le capitaine avec résignation. Je n'interviens jamais dans les questions de pur sentiment. Pour mon propre compte, cependant, j'ai encore un mot à dire. Si vous pensez que je puisse vous être bon à quelque chose, il ne faut pas, dès le début, me lier les mains. Regardez ceci comme très sérieux. L'idée de mettre ma femme en rapport avec Mrs. Lecount ne me dit rien qui vaille. Je suis moins brave que vous, moi, et si je consens à ce que Mrs. Wragge reste ici, je pose pour condition qu'elle ne sortira pas de sa chambre. Si vous croyez que sa santé l'exige, vous pourrez l'emmener avec vous en promenade, le matin de bonne heure, ou le soir après la nuit tombée ; vous ne la laisserez jamais sortir avec la domestique, bien moins encore sortir toute seule. Je vous dis la chose comme elle est : il n'y a pas à plaisanter avec une nécessité aussi essentielle. Qu'en dites-vous, à votre tour ? Est-ce oui ou non ?

– C'est oui, répondit Magdalen après avoir réfléchi un moment. Il reste bien entendu que je l'emmènerai promener, ainsi que vous le proposez vous-même ?

Le capitaine Wragge s'inclina, et ses façons redevinrent aussi suaves qu'à l'ordinaire.

– Quels sont nos plans de campagne ? demanda-t-il. Les opérations commencent-elles dès aujourd'hui ? Êtes-vous en état de vous laisser présenter à Mrs. Lecount et à son maître ?

– Tout à fait en état.

– Fort bien, alors. Nous les rencontrerons sur la promenade, à l'heure où ils sortent habituellement, à deux heures. Il n'est pas encore midi. J'ai donc devant moi le temps voulu pour faire faire peau neuve à ma femme. Ceci est indispensable, car autrement elle nous compromettrait vis-à-vis de la domestique. Ne craignez rien quant aux résultats ! Dans le cours de sa carrière matrimoniale, Mrs. Wragge s'est vu enfoncer dans la tête, à coups de marteau, pas mal de pseudonymes. La question se réduit simplement à ceci : frapper assez fort. Je crois que maintenant tout est réglé… D'ici à deux heures, est-il quelque service que je vous puisse rendre ? Avez-vous quelque occupation pour la matinée ?

– Non, dit Magdalen. Je vais me retirer dans ma chambre pour tâcher d'y prendre un peu de repos.

– Je crains bien que votre nuit n'ait été agitée, dit le capitaine qui lui ouvrait poliment la porte.

– Je me suis assoupie une ou deux fois, répondit-elle négligemment. J'ai probablement les nerfs un peu excités. Les hardis yeux noirs de cet homme qui m'a si étrangement regardée hier soir semblaient me poursuivre dans mes rêves. Si nous le voyons aujourd'hui, et s'il se permet de m'inquiéter encore, je vous donnerai l'ennui de le rappeler à l'ordre. Nous nous retrouverons ici sur les deux heures… Ne traitez pas trop durement Mrs. Wragge ; mettez toute la douceur dont vous êtes susceptible à lui enseigner ce qu'il faut qu'elle apprenne.

Ce fut avec cette recommandation qu'elle le quitta pour remonter chez elle.

Là, voulant dormir à toute force, elle s'étendit sur sa couche encore défaite. Mais ce fut en vain. Le dégoût d'elle-même qui s'était emparé de la malheureuse enfant n'était pas de ceux que le sommeil peut dissiper. Elle se releva donc et vint s'asseoir près de la croisée, jetant sur la mer un regard indifférent et morne.

Une nature moins forte que la sienne n'aurait pas ressenti l'abandon de Frank, comme elle l'avait fait d'abord, comme elle le ressentait encore. Une nature moins forte aurait trouvé refuge dans l'indignation et consolation dans les larmes. L'énergique passion de Magdalen se cramponnait, elle, aux derniers débris de sa chimère naufragée, et ne les lâchait, après une résistance inouïe, que domptée par une volonté supérieure. Tout ce que pouvaient sur elle son orgueil natif, son équité révoltée, c'était de lui faire regarder comme honteuses les pensées que lui suggérait encore la survivance de sa dévotion passée, sentiment perverti qui cherchait aux cruels adieux de Frank toute autre cause que la bassesse innée de l'homme qui les avait tracés. On n'a pas encore vu de femme qui ait pu bannir de son cœur un amour sincère parce que l'objet de cet amour était indigne d'elle. Tout ce qu'on peut, c'est lutter en secret contre cet amour ; et alors, si elle est faible, la femme succombe ou meurt ; si elle est forte, elle arrive à son but par une série de déchirements intérieurs qui sont, de tous les remèdes moraux applicables à une nature de femme, les plus dangereux et les plus désespérés. Le changement qu'elle subit en pareil cas est définitif, et sa vie entière s'en ressent. Or l'énergie de Magdalen lui avait permis de pousser à bout le combat inexorable, et l'issue de ce combat l'avait laissée... ce qu'elle était maintenant.

Après être restée environ une heure assise près de la croisée, ses yeux errant machinalement sur le paysage, son âme abstraite de toute impression et n'ayant conscience d'aucune pensée, elle secoua l'étrange stupeur qui s'était emparée d'elle, tout éveillée, et se leva pour se préparer à la sérieuse rencontre qui allait avoir lieu.

Des crochets de sa garde-robe elle détacha d'abord deux robes de mousseline au fin tissu, aux couleurs brillantes, qui l'année précédente constituaient à Combe-Raven sa toilette de printemps, et que leur peu de valeur l'avaient empêchée de vendre, à l'époque où elle s'était défaite de ses autres vêtements de luxe. Les ayant étalées sur le lit à côté l'une de l'autre, elle examina de nouveau sa garde-robe. Il n'y restait plus qu'une autre toilette d'été, la modeste robe d'alpaga qu'elle portait pendant sa mémorable entrevue avec Noël Vanstone et

Mrs. Lecount. Celle-ci, elle ne songea même pas à la mettre, non par crainte que la femme de charge pût reconnaître une étoffe si commune et d'un dessin si peu remarquable, mais parce qu'elle ne la trouvait ni d'une nuance assez gaie, ni assez élégante pour l'effet qu'elle voulait produire. Quand elle eut pris dans les tiroirs de la garde-robe une écharpe de mousseline blanche tout unie, une paire de gants gris perle et un chapeau de jardin en paille d'Italie, elle referma soigneusement le cabinet et remit la clef dans sa poche.

Au lieu de procéder aussitôt à sa toilette, elle contemplait paresseusement les deux robes de mousseline, n'ayant guère d'intérêt à choisir l'une ou l'autre mais hésitant néanmoins entre les deux. « Qu'importe ? se dit-elle enfin avec un rire sardonique : à mes propres yeux, quoi que je mette, je n'en vaudrai pas davantage. » Puis elle frémit, comme si l'écho de son propre rire l'eût effrayée, et mit brusquement la main sur la robe la plus proche. Cette robe était bleu et blanc ; du bleu qui allait le mieux à son teint de blonde. Elle la revêtit rapidement, sans même se rapprocher de sa glace ; pour la première fois de sa vie elle sembla reculer devant sa propre image, si ce n'est au moment où elle arrangea ses cheveux sous son chapeau de jardin, et encore, ceci fait, cessa-t-elle immédiatement de se regarder. Ce fut en tournant le dos à la table de toilette qu'elle disposa son écharpe sur ses épaules et enfila ses gants étroits. « Me faut-il un peu de rouge ? se demanda-t-elle, devinant d'instinct qu'elle pâlissait. Il m'en reste encore, et mon visage n'en sera pas plus menteur qu'il ne l'est. » Elle tourna la tête vers le miroir, mais le quittant des yeux presque aussitôt : « Non ! Je vais affronter les regards de Mrs. Lecount en même temps que ceux de son maître. Le fard n'est pas de saison. »

Après avoir consulté sa montre, elle descendit. Dix minutes plus tard, deux heures allaient sonner.

Le capitaine Wragge l'attendait au salon, très digne dans son paletot léger, avec sa cravate empesée, son chapeau gris haut de forme ; un gilet chamois, un pantalon gris et des guêtres assorties complétaient cette mise rustique, irréprochable de propreté. Son col de chemise était plus haut que jamais, et il tenait à la main un tabouret pliant, tout battant neuf. Aucun négociant d'Angleterre, le voyant à cette minute, n'aurait refusé de lui faire crédit.

– Charmante ! dit le capitaine, examinant la toilette de Magdalen avec un soin paternel, au moment où elle entra dans le salon. Cette toilette est d'une fraîcheur ! Vous êtes, ma chère, un peu trop pâle, et beaucoup trop sévère... A cela près, une véritable perfection ! Voyons comment vous irait un sourire.

– Quand le temps de sourire sera venu, dit Magdalen avec amertume, fiez-vous à ma formation dramatique pour tous les jeux de physionomie que réclamera l'occasion. Où est Mrs. Wragge ?

– Mrs. Wragge a fini par apprendre sa leçon, répondit le capitaine, et je l'en ai récompensée en lui permettant de travailler dans sa chambre. J'approuve la fantaisie qu'elle a maintenant de se faire couturière, parce que toute son attention va se concentrer là-dessus et que rien ne la retiendra mieux à la maison. Nous n'avons point à craindre que la robe orientale soit achevée de sitôt, car il n'est pas d'erreur possible qu'elle ne commette en la fabriquant. Elle couvera sa robe, passez-moi l'expression, comme une poule couve un œuf. Ce nouveau caprice me soulage d'un grand poids, je vous assure. Rien ne pouvait venir plus à propos, dans les circonstances actuelles.

Il se rapprocha de la fenêtre, lança un regard au-dehors et fit signe à Magdalen de venir le rejoindre :

– Les voici ! dit-il en lui montrant la promenade.

Au moment où elle y jeta les yeux, Noël Vanstone se promenait lentement, habillé de nankin des pieds à la tête, selon l'ancienne mode. Selon toute apparence, c'était là un de ces jours où sa santé lui donnait le moins de satisfaction. Il s'appuyait au bras de Mrs. Lecount, s'abritant du soleil sous une ombrelle légère dont elle avait soin de protéger sa tête. La femme de charge, parfaitement mise comme toujours, robe d'un gris modeste, mantille noire, chapeau de paille sans prétention, voile bleu tout neuf, escortait son maître invalide avec les plus délicates attentions, tantôt lui faisant respectueusement remarquer tout ce qui, du paysage marin, pouvait lui sembler intéressant, tantôt payant d'un gracieux signe de tête la courtoisie des passants inconnus qui se rangeaient pour faire place au pauvre malade. Elle produisait une visible sensation parmi les oisifs épars sur la grève. Ils la contemplaient avec une sympathie unanime, échangeant entre eux les marques d'une approbation silencieuse, qui disaient tout aussi éloquemment que des paroles eussent pu le faire : « Véritable trésor de famille ! Femme rare et supérieure s'il en fut ! »

Les yeux vairons du capitaine Wragge suivaient de loin Mrs. Lecount avec une attention soutenue pleine de méfiance.

– Il y aura là du fil à retordre, murmura-t-il à l'oreille de Magdalen ; et faire congédier cette femme sera plus difficile que vous ne pensez.

– Patience ! dit Magdalen avec calme. Patience, et nous verrons bien.

Elle se dirigea vers la porte. Le capitaine la suivit sans ajouter la moindre observation. « J'attendrai que vous soyez mariée, pensa-t-il à part lui, mais pas une minute de plus, quelles que soient les offres que vous puissiez faire. »

Sur le seuil de la maison, Magdalen lui adressa de nouveau la parole :

– Allons d'abord de ce côté, dit-elle en montrant le midi. Nous les rencontrerons ensuite, en revenant sur nos pas.

Le capitaine Wragge approuva la combinaison, et suivit Magdalen jusqu'à la porte du jardin. Comme elle l'ouvrait pour franchir le seuil, elle ne put s'empêcher de remarquer une dame, escortée d'une bonne d'enfants et de deux petits garçons, le tout formant un groupe immobile sur la route où elle allait mettre le pied. Cette dame, à la vue de Magdalen, ne put retenir ni un mouvement assez vif, ni un regard curieux, ni encore un sourire de satisfaction. La sœur de Mr. Kirke n'y avait pas tenu ; elle avait fait le voyage jusqu'à Aldborough tout exprès pour tâcher d'apercevoir Miss Bygrave.

Dans la forme de son visage, dans l'expression de ses yeux noirs, Magdalen retrouva quelque chose qui lui remit en mémoire ce marin malencontreux dont l'admiration trop peu contenue l'avait blessée, la veille au soir. Elle répondit aux regards scrutateurs de l'inconnue par un froncement de sourcils sur lequel on ne pouvait se méprendre. La dame rougit et, prenant à son tour une physionomie des moins gracieuses, passa son chemin.

« Que de hardiesse, que de mauvais sentiments chez cette jeune fille ! pensa la sœur de Mr. Kirke… A quoi songeait Robert qui la trouvait si fort à son goût ? Je suis presque enchantée qu'il soit parti. J'espère et je compte bien qu'il ne reverra plus Miss Bygrave. »

– Comme on est mal élevé dans ce pays ! disait de son côté Magdalen au capitaine Wragge. Cette personne qui vient de passer m'a ménagée encore moins que l'homme d'hier. Elle lui ressemble, au surplus… Je voudrais savoir qui elle est.

– Nous allons nous en assurer immédiatement, dit le capitaine. On ne saurait se trop garder des personnes étrangères.

Sur quoi, sans plus tarder, il aborda ses bons amis les bateliers qui se trouvaient à quelques pas sur la plage. Magdalen ne perdit pas un mot de ses questions et de leurs réponses.

– Comment allez-vous ce matin ? disait le capitaine Wragge, familier et plaisant comme d'habitude, et où en est le vent ? Nord-ouest, n'est-ce pas ? Très bien… Et cette dame, qui est elle ?

– C'est Mrs. Strickland, monsieur.

– Ah ! Ah, oui ! je sais… la femme du ministre et la sœur du capitaine… Et le capitaine, où est-il aujourd'hui ?

– Sur la route de Londres, monsieur, à ce que je pense. D'ici à huit jours, son bâtiment fait voile pour la Chine.

La Chine ! Quand ce simple mot retentit à son oreille, une de ces angoisses qui la torturaient jadis vint encore étreindre le cœur de Magdalen. Bien qu'il lui fût complètement étranger, le nom seul du capitaine de commerce lui devint désormais odieux. Il avait troublé ses rêves de la dernière nuit, et maintenant qu'elle appliquait toute l'énergie de sa volonté à effacer en elle jusqu'au dernier souvenir de son existence passée, il se trouvait indirectement la cause que Frank lui revenait à l'esprit.

– Allons donc ! dit-elle avec une sorte de colère à son compagnon, pourquoi nous inquiéter de cet homme ou de son vaisseau ? Venez ! venez vite !

– Vous avez raison, dit le capitaine Wragge. A moins de rencontrer quelque ami de la famille Bygrave, nous n'avons à nous inquiéter de personne.

Ils marchèrent dans la direction du sud pendant une dizaine de minutes et, revenant ensuite sur leurs pas, cherchèrent à se trouver sur le chemin de Noël Vanstone et de Mrs. Lecount.

IV

Le capitaine Wragge et Magdalen, rebroussant chemin, n'aperçurent Mrs. Lecount et son maître que lorsque North Shingles Villa réapparut à leurs yeux. Alors devinrent visibles, dans le lointain, la robe grise de la femme de charge, son parasol, et la débile petite silhouette vêtue de nankin que ce parasol protégeait. Le capitaine, aussitôt, ralentit le pas, et formula ainsi ses instructions à Magdalen pour la conduite qu'elle avait à tenir dans le cours de l'entrevue maintenant imminente :

– N'oubliez pas de sourire ! lui dit-il. A tous autres égards, vous êtes à la hauteur de la situation. La marche a ranimé votre teint, et ce chapeau vous sied à merveille. Regardez Mrs. Lecount bien droit dans les yeux; prenez la parole sans montrer aucun embarras; et si Noël Vanstone vous accordait une attention marquée, ne prenez pas trop garde à lui, tant que vous serez sous l'œil de la femme de charge... Songez bien à ceci ! J'ai travaillé toute la matinée les *Dialogues scientifiques* de Joyce, et c'est très sérieusement que je prétends offrir à Mrs. Lecount tout le bénéfice de mes études. Si je ne puis parvenir à détourner son attention de vous et de son maître, je ne donnerais pas six pence de toutes nos chances de succès. Avec cette femme, le papotage ne prendra pas, les compliments non plus, la plaisanterie non plus ; mais la science improvisée peut lui rappeler le professeur défunt, et mes « doses de science » réussiront peut-être. Il nous faut établir un petit dictionnaire de signaux qui vous mettent au courant de mes faits et gestes. Remarquez bien ce tabouret pliant. Lorsque je le passe de ma main gauche dans ma main droite, c'est Joyce qui va parler...

Quand je le passe de ma main droite dans ma main gauche, Wragge reprend la parole… Dans le premier cas, ne m'interrompez point : je marche droit à mon but. Dans le second, dites tout ce qu'il vous plaira : mes paroles ne signifient rien… Voulez-vous une répétition ? Êtes-vous bien sûre d'avoir compris ? Fort bien, alors ; prenez mon bras et que votre physionomie exprime le bonheur. Attention, les voici.

La rencontre eut lieu presque à mi-chemin de Sea View Cottage et de North Shingles. Le capitaine Wragge ôta son grand chapeau blanc et entama aussitôt l'entretien sur le ton le plus amical :

– Bien le bonjour, madame Lecount ! dit-il avec la politesse sincère et gaie d'un homme naturellement sociable. Bien le bonjour, monsieur Vanstone ! Je suis fâché de vous voir aujourd'hui si mal portant. Madame Lecount, laissez-moi vous présenter ma nièce, Miss Bygrave ! Chère enfant, voici Mr. Noël Vanstone, notre voisin de Sea View Cottage… Il faut nécessairement, madame Lecount, frayer ensemble, quand on habite Aldborough. Il n'y a qu'une promenade possible dans toute la ville (ma nièce le remarquait tout à l'heure, monsieur Vanstone), et chaque fois que nous sortons, c'est une nécessité que de se rencontrer ici. Pourquoi pas, d'ailleurs ? Est-ce que nous sommes, les uns ou les autres, des gens formalistes ? Pas le moins du monde, et tout au contraire… Vous possédez, monsieur Vanstone, cette facilité de manières du Continent, j'apporte en revanche dans nos relations la cordialité un peu brusque de l'Anglais de vieille souche ; les dames, telles des fleurs différentes sur le même parterre, offrent une variété harmonieuse ; de tout cela résulte un réciproque intérêt à nous rendre agréable les uns aux autres notre séjour au bord de la mer… Excusez, je vous prie, cette surabondance de bonne humeur ; excusez-moi de me sentir si joyeux et si jeune ! C'est l'iode contenue dans l'air marin, madame Lecount, c'est l'effet bien connu de l'iode que renferme l'air marin.

– Vous êtes arrivée hier, mademoiselle Bygrave, n'est-il pas vrai ? dit la femme de charge, aussitôt que le capitaine en eut fini avec ce déluge verbal.

Elle avait adressé cette question à Magdalen avec une sorte d'intérêt maternel pour sa jeunesse et sa beauté, tempéré par la déférente civilité que lui commandait sa situation dans la domesticité de Noël Vanstone. Du reste, pas le plus léger indice de soupçon ou de surprise ne se manifestait sur son visage, dans sa voix ou dans ses gestes, tandis qu'elle et Magdalen se regardaient à loisir l'une l'autre. Il était évident que le vrai visage, la vraie silhouette, livrés maintenant à ses regards, ne réveillaient en elle aucun souvenir du visage grimé et de la silhouette contrefaite qu'elle avait vus dans Vauxhall Walk. Le déguisement avait donc été assez complet pour déjouer même la pénétration de Mrs. Lecount.

– Ma tante et moi, nous sommes arrivées hier soir, dit Magdalen. Nous avons trouvé très fatigante la dernière partie du voyage. Je gagerais bien qu'elle vous a paru telle.

C'était à dessein qu'elle avait ainsi prolongé sa réponse au-delà du nécessaire, afin de constater le plus tôt possible l'effet que le son de sa voix produisait sur Mrs. Lecount.

Les lèvres minces de la femme de charge gardèrent leur sourire maternel ; l'aimable attitude de la femme de charge ne perdit rien de sa déférence modeste ; mais l'expression de ses yeux changea soudain et, d'attentif qu'il était, le regard devint inquisiteur. Magdalen ajouta paisiblement quelques paroles et s'arrêta de nouveau pour en vérifier les résultats. Le changement s'étendit alors, par degrés, à tout le visage de Mrs. Lecount ; le sourire maternel s'effaça, et dans l'aimable attitude on vit se glisser une légère nuance de réserve et de gêne. Cependant nul symptôme de reconnaissance positive. La physionomie de la femme de charge demeura ce qu'elle avait été depuis le début, une physionomie interrogatrice, et rien de plus.

– Vous vous plaigniez tout à l'heure, monsieur, d'être fatigué, dit-elle, laissant tomber sa conversation avec Magdalen et s'adressant à son maître. Ne voudriez-vous pas rentrer et prendre un peu de repos ?

Jusqu'alors le propriétaire de Sea View Cottage s'était contenté de saluer, de sourire et, les paupières à demi closes, de promener sur Magdalen un regard admiratif. On ne pouvait guère se tromper sur le trouble soudain, l'agitation qui se manifestaient en lui et la coloration plus vive de son blême petit visage. Même le tempérament de Noël Vanstone, tempérament d'animal à sang froid, s'attiédissait sous l'influence du beau sexe : il appréciait en fin connaisseur le mérite d'une jolie femme ; la grâce et les attraits de Magdalen n'étaient point perdus pour lui.

– Voulez-vous, monsieur, venir prendre un peu de repos ? répéta la femme de charge.

– Pas encore, Lecount, répondit son maître. Il me semble que je suis plus fort ; il me semble que je puis marcher encore un peu. (Puis se tournant, la bouche en cœur, du côté de Magdalen, il ajouta presque à mi-voix) : La promenade, Miss Bygrave, vient de prendre à mes yeux un nouvel intérêt… Je doute qu'elle le conserve si vous nous quittiez.

Un sourire et un clignement d'yeux qui exprimaient toute la satisfaction que lui donnait son petit compliment accompagnèrent ces paroles que le capitaine Wragge sut adroitement escamoter à l'attention de la femme de charge en allant se placer à côté d'elle et en lui adressant simultanément la parole. Tous les quatre marchaient d'une allure très lente. Mrs. Lecount n'ajoutait plus rien. Serrant contre elle le bras de son maître, elle regardait de côté Magdalen, et ses beaux yeux noirs avaient, plus marquée que jamais, leur redoutable expression de curiosité en éveil. Ce symptôme ne devait pas échapper à la prudence de Wragge. Il fit passer de sa main gauche dans sa main droite le tabouret qui lui servait de télégraphe, et ouvrit immédiatement le feu de ses batteries scientifiques.

– Quelle activité, Mrs. Lecount ! disait le capitaine, indiquant poliment de son tabouret la mer où passait maint et maint navire. C'est par là que l'Angleterre est grande, madame, c'est là le secret de sa grandeur. Veuillez remarquer, je vous prie, l'énorme charge que portent quelques-uns de ces bâtiments ! Je me demande souvent si le marin britannique se doute le moins du monde, quand il a mis sa cargaison à bord, à quel point l'opération qu'il vient d'accomplir intéresse l'hydrostatique. Si j'étais tout à coup transporté sur le pont d'un de ces navires (ce qu'à Dieu ne plaise, car le mal de mer me fait beaucoup souffrir), et si je disais à l'un des gens de l'équipage : « Jack, mon ami, vous venez de faire une merveille ; vous venez d'appliquer la théorie des vaisseaux flottants ! » quels grands yeux ouvrirait le vaillant compère ! Et pourtant, de cette théorie qu'il ignore, la vie de Jack dépend absolument. S'il surcharge son navire, disons d'un trentième en sus de ce qu'il faut, qu'arrivera-t-il ? Il passera devant Aldborough, je vous l'accorde, en toute sécurité. En toute sécurité, je vous l'accorde encore, il franchira l'embouchure de la Tamise ; mais qu'il s'avise de quitter l'eau salée, qu'il remonte, par exemple, jusqu'à Greenwich, et là, le voilà qui coule à fond ! A fond, madame, tout au fond de la rivière ; la science ne permet pas là-dessus le moindre doute !

Il s'arrêta là, ne laissant à la politesse de Mrs. Lecount d'autre choix que de solliciter une explication.

– Très volontiers, madame, dit le capitaine, noyant sous les notes les plus graves de sa voix de basse le fausset débile qu'employait Noël Vanstone pour complimenter Magdalen. Nous partirons, si vous le voulez bien, d'un premier principe. Tout corps quelconque qui flotte à la surface de l'eau déplace une quantité de fluide égale en poids à ce même corps; fort bien! Nous tenons notre premier principe. Qu'allons-nous présentement en déduire? Ceci, bien évidemment : que, pour maintenir un vaisseau flottant au-dessus de l'eau, il faut faire en sorte que ce vaisseau et sa cargaison soient d'un poids moindre que le poids d'une quantité d'eau – ici, je vous prie, suivez-moi bien! –, d'une quantité d'eau égale en volume à cette partie du navire qu'on peut immerger sans péril. Maintenant, madame, l'eau salée est d'une pesanteur spécifique d'un trentième plus grande que l'eau fraîche, autrement dite eau de rivière; et un vaisseau, dans l'océan Germanique, ne s'enfonce pas autant que dans la Tamise. Conséquemment, lorsque nous chargeons notre navire pour l'envoyer au marché de Londres, nous avons (au point de vue hydrostatique), trois alternatives : ou bien nous nous privons du trentième en plus qu'il peut porter sur mer; ou bien, arrivés à l'embouchure de la rivière, nous le déchargeons d'un trentième; ou bien nous ne faisons ni l'un ni l'autre, et alors, comme j'ai déjà eu l'honneur de vous le faire remarquer, nous coulons inévitablement! Telle est, dit le capitaine, transférant le tabouret de sa main droite à sa main gauche, pour indiquer que provisoirement l'érudition de Joyce était mise de côté, telle est, chère madame, la théorie des « vaisseaux flottants ». Souffrez que j'ajoute, par manière de conclusion, l'assurance du cordial bon vouloir que je mets à vous la communiquer.

– Je vous remercie, monsieur, dit Mrs. Lecount. Vous m'avez attristée sans le vouloir, mais cela n'ôte rien à la valeur de vos enseignements. Il y a longtemps, bien longtemps, monsieur Bygrave, qu'on ne m'a parlé le langage de la science. Mon cher époux m'associait à ses travaux; mon cher époux développait mon intelligence, comme vous venez de chercher à la développer. Personne, depuis, n'a pris le moindre soin de m'instruire. Mille remerciements, monsieur! Vos égards, vos bontés, ne sont pas prodigués en vain.

Humble et plaintive, elle soupira, puis secrètement ouvrit l'oreille aux paroles qui s'échangeaient de l'autre côté.

Une minute plus tôt, elle aurait entendu son maître s'exprimer dans les termes les plus flatteurs au sujet de Miss Bygrave et du charme qu'elle dégageait dans son costume de bord de mer. Mais Magdalen avait vu le signal que lui donnait le capitaine Wragge au moyen du tabouret et s'était hâtée de ramener Noël Vanstone, par une question opportune sur sa maison d'Aldborough, à parler de lui-même et de ses propriétés.

– Je ne voudrais pas vous alarmer, mademoiselle Bygrave, disait Noël Vanstone au moment où ses paroles attiraient l'attention de Mrs. Lecount, mais il n'y a, dans tout Aldborough, qu'une maison parfaitement sûre et c'est la mienne. La mer peut détruire toutes les autres ; la mienne est à l'abri de ce désastre. Mon père a pris soin qu'il en fût ainsi ; mon père était un homme remarquable. Il avait fait bâtir ma maison sur pilotis. J'ai toute raison de croire qu'il n'y a pas en Angleterre de pilotis aussi solides. Rien au monde ne les saurait renverser. Peu m'importe ce que fera la mer ; rien au monde ne les saurait renverser.

– Ainsi, dit Magdalen, si la mer venait à nous envahir, nous aurions tous à vous demander refuge.

Noël Vanstone, ici, vit l'occasion d'un nouveau compliment et, du même coup, le rusé capitaine jugea opportuns quelques nouveaux développements scientifiques.

– Je souhaiterais presque une telle invasion, murmura le premier de ces messieurs, puisqu'elle me procurerait le bonheur de vous offrir un abri.

– Je gagerais presque, s'écria l'autre, que le vent vient encore de changer. Auprès de qui pourrais-je m'en informer ? Ah ! voici… Batelier ! comment est le vent, pour le quart d'heure ? Encore nord-nord-ouest, hein ? Et hier soir, il était sud-sud-ouest, pas vrai ? Y a-t-il rien de plus remarquable, madame Lecount, que les variations du vent sous cette latitude ? continua le capitaine, passant le tabouret du côté de la science. Y a-t-il un phénomène naturel qui doive embarrasser davantage la curiosité du savant ? Vous me direz peut-être que l'abondance du fluide électrique, répandu dans l'atmosphère, est la principale cause de cette variabilité. Vous me rappellerez l'expérience de ce philosophe illustre, qui a mesuré la vélocité d'une tempête au moyen de petites plumes livrées au vent… Je ne contesterai, chère madame, aucune de vos propositions.

– Je vous demande mille pardons, monsieur, dit Mrs. Lecount. Votre bonté m'attribue un savoir que je n'ai pas. De telles propositions, j'ai le regret de le dire, sont plus que je n'oserais me permettre.

– Ne vous méprenez pas sur mes paroles, madame, continua le capitaine dont la courtoisie ne voulut tenir aucun compte de cette interruption. Mes remarques ne s'appliquent qu'à la zone tempérée. Transportez-moi sur les rivages intertropicaux, transportez-moi dans ces régions où le vent souffle à la côte pendant le jour et la nuit, souffle vers la mer, j'arrive aussitôt à des expériences concluantes. Par exemple, je sais que la chaleur du soleil, pendant le jour, raréfiant l'air qui plane au-dessus de la terre, détermine la formation du vent. Peut-être me demandez-vous une preuve ? Je vous accompagne alors (sauf votre obligeante permission) jusqu'au bas de l'escalier des cuisines ; je prends des mains de la cuisinière son plus grand plat à tarte, je le remplis d'eau froide. A merveille ! Ce plat d'eau froide nous représentera l'Océan… Je me procure ensuite un de nos accessoires domestiques les plus précieux, à savoir un chauffe-assiettes ; je le remplis d'eau chaude et je le pose au milieu du plat à tarte. Très bien encore ! Le chauffe-assiettes rempli d'eau chaude jouera le rôle de la terre, raréfiant l'air à mesure qu'il passe dessus… N'oubliez pas ce point essentiel, et donnez-moi une bougie allumée. Je tiens cette bougie au-dessus de l'eau froide, et je la souffle ; immédiatement, la fumée se meut dans la direction du chauffe-assiettes. Avant que vous ayez eu le temps de proclamer le plaisir que vous cause ce résultat, je rallume la bougie, et j'inverse toute l'opération. Je remplis d'eau chaude le plat à tarte, et je mets de l'eau froide dans le chauffe-assiettes : je souffle de nouveau la bougie, et la fumée, cette fois, va du réchaud vers le plat. L'odeur est particulièrement désagréable, mais l'expérience est tout à fait concluante.

Il changea une nouvelle fois le tabouret pliant de main et jeta à Mrs. Lecount un de ses sourires les plus enjôleurs :

– Vous me trouvez bavard, madame, n'est-ce pas ? dit-il avec son aisance, sa gaieté habituelles, juste au moment où la femme de charge tendait encore une fois l'oreille aux paroles échangées par les deux autres interlocuteurs.

– Je suis émerveillée, monsieur, de l'étendue de votre érudition, répondit Mrs. Lecount, qui commençait à étudier le capitaine avec une certaine perplexité mais toujours sans la moindre méfiance.

Elle le trouvait excentrique, même pour un Anglais, et peut-être un peu vaniteux de sa science. Encore lui avait-il fait l'hommage de s'en prévaloir auprès d'elle, et elle y était d'autant plus sensible que, depuis bien des années, elle avait vu accueillir sans trop de respect, par les gens qui l'entouraient, les témoignages de scientifique sympathie qu'elle accordait à la mémoire de feu son mari.

– Avez-vous, monsieur, continua-t-elle après un moment d'hésitation, avez-vous étendu vos recherches jusqu'à cette branche de la science que feu Mr. Lecount cultivait plus particulièrement ? Je vous fais cette question, monsieur Bygrave, parce que, s'il en était ainsi, je pourrais (tout ignorante femme que je suis) échanger avec vous quelques idées au sujet de l'espèce reptile.

Le capitaine Wragge était beaucoup trop avisé pour aventurer sur le terrain de l'ennemi sa science de fraîche date. Le vieux milicien secoua sa tête prudente :

– Ce sujet-là, madame, dit-il, est beaucoup trop vaste pour un simple dilettante comme moi. La vie et les travaux d'un philosophe tel que fut votre mari, madame, avertissent les hommes intellectuellement doués comme je le suis de ne pas se mesurer avec un géant. Puis-je savoir, demanda le capitaine, frayant doucement la voie à ses rapports ultérieurs avec Sea View Cottage, puis-je savoir si vous possédez quelques reliques scientifiques du défunt professeur ?

– Il me reste son aquarium, monsieur, dit Mrs. Lecount en baissant modestement les yeux. Il me reste aussi un de ses sujets favoris, un petit crapaud exotique.

– Son aquarium ! s'écria le capitaine avec l'accent du plus vif intérêt, tempéré par une certaine mélancolie. Son aquarium et son crapaud… Souffrez, madame, que je vous dise carrément ce que j'en pense. Ce sont là des objets d'intérêt public ; et comme je fais partie du public, je ne crois pas être indiscret en manifestant la curiosité qu'ils m'inspirent.

Les joues lisses de Mrs. Lecount rougirent aussitôt de plaisir. Le seul côté faible de cette nature froide et secrète était la place occupée par le souvenir du professeur. L'orgueil qu'elle attachait aux progrès dont il avait doté la science, la mortification qu'elle éprouvait à le voir méconnu hors de son pays étaient des sentiments profonds et sincères. Jamais, sur le fragile autel de la vanité humaine, le capitaine Wragge n'avait brûlé plus à propos qu'il ne le brûlait aujourd'hui son encens bâtard et frelaté.

– Vous êtes bien bon, monsieur, dit Mrs. Lecount. C'est m'honorer moi que de rendre hommage au souvenir de mon mari. Mais, telle bonté que vous mettiez à me traiter comme votre égale, je ne dois pas oublier que je remplis un emploi de domestique. Je regarderais comme un vrai privilège de vous montrer mes reliques mais il faut auparavant que j'en demande la permission à mon maître.

Elle se tourna vers Noël Vanstone, dans l'intention parfaitement sincère de lui adresser la requête en question ; mais elle était en même temps poussée, en vertu de cette complexité de mobiles si fréquente chez les femmes, par la méfiance que lui inspirait déjà l'admiration de son maître pour Magdalen.

– Pourrai-je, monsieur, vous adresser une prière ? demanda Mrs. Lecount, qui avait d'abord attendu pour tâcher de saisir au vol quelques fragments de la causerie intime engagée à côté d'elle, manœuvre que, grâce au tabouret pliant, Magdalen avait pu déjouer en temps opportun. Mr. Bygrave est du petit nombre des gens de ce pays qui peuvent apprécier les travaux scientifiques de mon époux. Il a bien voulu me témoigner le désir d'examiner ma petite collection de reptiles. M'autorisez-vous à la lui montrer ?

– Bien certainement, Lecount, dit Noël Vanstone avec affabilité. Vous êtes une excellente créature, et je ne demande qu'à vous faire plaisir. L'aquarium de Lecount, monsieur Bygrave, est le seul aquarium d'Angleterre ; le crapaud de Lecount est le plus vieux crapaud du monde. Voulez-vous, ce soir, venir prendre le thé vers sept heures ? et obtiendrez-vous de Miss Bygrave qu'elle daigne vous accompagner ? Je voudrais lui montrer ma maison. Elle ne se doute pas, j'en suis convaincu, à quel point cette maison est solide. Venez, mademoiselle Bygrave, venez examiner ma demeure ! Vous prendrez un bâton pour heurter les murs ; vous monterez pour essayer les parquets en frappant du pied ; je vous dirai ensuite le prix qu'on a payé tout cela.

Il cligna d'un air rusé ses yeux dont les coins se plissèrent, et trouva moyen de glisser encore quelques tendres paroles dans l'oreille de

Magdalen, à la faveur des remerciements sonores que faisait retentir la basse formidable du capitaine.

– A sept heures, murmura-t-il, bien exactement à sept heures ! Et venez, je vous en prie, avec ce délicieux chapeau !

Les lèvres de Mrs. Lecount se fermèrent par un mouvement de mauvais augure. Elle envisageait la nièce du capitaine comme une très pénible contrepartie aux joies intellectuelles que la société du capitaine devait lui procurer.

– Vous vous fatiguez, monsieur, dit-elle à son maître. Vous êtes dans une de vos mauvaises journées. Laissez-moi vous avertir d'y prendre garde ; laissez-moi vous prier de rentrer chez vous.

Heureux d'avoir obtenu ce qu'il voulait en invitant ses nouvelles connaissances, Noël Vanstone se montra docile au-delà de toute attente. Il avoua qu'il était un peu fatigué et, suivant de point en point l'avis de la femme de charge, reprit aussitôt le chemin de sa maison.

– Prenez mon bras, monsieur ! prenez mon bras de l'autre côté ! dit le capitaine Wragge au moment où la promenade changea de direction.

Ses yeux vairons, tandis qu'il parlait, jetèrent à Magdalen un regard expressif et l'avertirent de ne pas mettre à une trop rude épreuve, dès le début de leurs relations, la patience de Mrs. Lecount. La jeune fille le comprit aussitôt et, malgré les assurances réitérées de Noël Vanstone, qui prétendait n'avoir aucun besoin du bras offert par le capitaine, elle se plaça immédiatement auprès de la femme de charge. Mrs. Lecount, retrouvant sa belle humeur, reprit avec Magdalen la conversation interrompue un peu plus tôt, en lui adressant, de toutes les questions imaginables, celle que les circonstances rendaient la plus embarrassante.

– Je suppose, dit Mrs. Lecount, que les fatigues de son voyage ont empêché Mrs. Bygrave de sortir aujourd'hui ? Aurons-nous le plaisir de la voir demain ?

– Je présume que non, répondit Magdalen. Ma tante est d'une santé fort délicate…

– Un cas fort complexe, chère madame, se hâta d'ajouter le capitaine, prévoyant que les dehors de Mrs. Wragge (si quelque accident venait à l'obliger à se montrer) démentiraient de la manière la plus flagrante la dernière assertion de Magdalen… C'est une souffrance nerveuse, dont le signe est au plus profond de l'organisme et qui ne se trahit par aucun symptôme extérieur. Ma femme, si vous vous bornez à la regarder, vous semblera la santé en personne, et pourtant, tel est le mensonge des apparences, j'en suis réduit à éloigner d'elle tout ce qui pourrait l'exciter. Elle ne voit personne ; notre médecin, je le dis à regret, le lui interdit absolument.

– Que c'est triste ! dit Mrs. Lecount. La pauvre dame doit se sentir bien isolée, monsieur, quand vous êtes loin d'elle, vous et votre nièce ?

– Non, répondit le capitaine. Mrs. Bygrave est, par nature, une femme sédentaire. Lorsqu'elle est en état de s'occuper, elle trouve dans son aiguille des ressources infinies.

Arrivé à ce degré des explications qu'il voulait donner, et lorsqu'il eut à dessein tourné autour de la vérité qu'il dénaturait, pour le cas où la curiosité de la femme de charge la pousserait à s'enquérir de Mrs. Wragge, le capitaine refréna sagement les démangeaisons de sa langue, et s'interdit d'entrer dans d'autres détails.

– Je compte beaucoup sur le bon air de cette localité, observa-t-il par manière de conclusion. Ainsi que je vous le faisais remarquer, l'iode fait des miracles.

Mrs. Lecount reconnut, aussi brièvement que possible, les incomparables vertus de l'iode, et se retira aussitôt dans le Saint des Saints de ses pensées. « Il y a là, se disait la femme de charge, quelque chose de mystérieux. Une dame qu'on dirait être la santé en personne, une dame qui souffre d'une maladie nerveuse très compliquée, une dame enfin qui, malgré cela, peut consacrer de longues heures à des travaux d'aiguille, constitue un amalgame vivant de contradictions auquel, en vérité, je ne saurais rien comprendre. »

– Devez-vous longtemps habiter Aldborough ? ajouta-t-elle à voix haute, les yeux fixés, curieux et pénétrants, sur le visage du capitaine.

– Cela dépend tout à fait de Mrs. Bygrave, chère madame. Je pense que nous passerons ici tout l'automne. Vous êtes, je présume, établis à Sea View Cottage pour toute la saison ?

– C'est une question, monsieur, qu'il faut faire à mon maître. La décision lui appartient, et non pas à moi.

La réponse n'était pas heureuse. Noël Vanstone avait été secrètement contrarié par le changement dans la marche qui l'avait séparé de Magdalen. Il l'attribuait à l'influence tracassière de Mrs. Lecount, et saisit la première occasion d'en témoigner sa rancune.

– Je ne suis pour rien dans notre séjour ici, s'écria-t-il d'un air mécontent. Vous savez aussi bien que moi, Lecount, que sa durée dépend de vous. Mrs. Lecount a un frère en Suisse, continua-t-il en s'adressant au capitaine, un frère qui est sérieusement malade. Si son état devient plus grave, il faudra bien qu'elle aille le voir. Je ne puis ni l'accompagner ni demeurer seul à la maison. Il faudra donc interrompre mon séjour à Aldborough et aller résider chez quelqu'un de mes amis. Si la décision dépendait de moi, continua Noël Vanstone, je passerais ici tout l'automne avec le plus grand plaisir… avec le plus grand plaisir, répéta-t-il, accompagnant ces mots d'un tendre regard à l'adresse de Magdalen, et leur donnant, à l'intention de Mrs. Lecount, un accent aigre-doux.

Jusque-là, le capitaine Wragge était demeuré muet, notant avec soin l'espoir d'une éventuelle séparation entre Mrs. Lecount et son maître, séparation que venait de lui révéler le petit accès de mauvaise humeur auquel s'était abandonné Noël Vanstone. Le tremblement de mauvais augure qu'il remarqua sur les lèvres minces de la femme de charge, au moment où son maître, sans se gêner, initiait des étrangers aux affaires de famille qui la concernaient et bravait ouvertement sa jalousie, l'avertit alors que son intervention devenait indispensable. S'il laissait s'aggraver ce dissentiment domestique, il se pouvait fort bien que leur invitation à Sea View Cottage, obtenue pour le soir même, fût indéfiniment ajournée. Se montrant aussitôt, comme toujours, à la hauteur de la situation, il appela une fois encore à la rescousse l'utile érudition dont il s'était pourvu. Sous les auspices de Joyce, il se précipita, la tête en avant, dans l'océan de la science, et en rapporta une troisième perle. Il haranguait encore (cette fois sur la pneumatique), il déployait encore, pour développer l'intelligence de Mrs. Lecount, sa persévérance la plus courtoise et son éloquence la plus abondante, lorsque les promeneurs s'arrêtèrent à la porte de Noël Vanstone.

– Sur mon âme, monsieur, nous voici chez vous ! dit le capitaine, qui s'interrompit au milieu d'une de ses définitions pittoresques. Je ne veux pas vous retenir une seule minute… Pas un mot d'excuse, je vous en supplie, madame Lecount ! Je vous expliquerai plus amplement ce curieux phénomène pneumatique dans quelque future occasion. D'ici là, je me bornerai à vous répéter que vous pouvez faire l'expérience dont je viens de parler, et le plus complètement du monde, avec une vessie, un récipient épuisé, une boîte de forme quadrangulaire… Ce soir, à sept heures, monsieur ! à sept heures, madame ! Notre promenade a été tout à fait agréable, et ces mutuels échanges d'idées constituent le meilleur moyen de s'instruire… Partons maintenant, chère petite ! Votre tante nous attend.

Pendant que Mrs. Lecount se détournait pour ouvrir la porte du jardin, Noël Vanstone prit son temps et jeta du côté de Magdalen un dernier regard chargé de tendresse, mais en s'abritant du parasol dont il avait, tout exprès, débarrassé la femme de charge.

– N'oubliez pas, disait-il avec son plus doux sourire, n'oubliez pas, en venant ce soir, de mettre ce délicieux chapeau !

Avant qu'il eût pu compléter cet adieu sentimental, Mrs. Lecount s'était de nouveau glissée à son poste, et le parasol protecteur changea de main immédiatement.

– Excellente besogne ! dit le capitaine Wragge, tandis que Magdalen et lui revenaient ensemble du côté de North Shingles. Vous, Joyce et moi, nous avons tous trois fait des merveilles. Cette première journée de pêche nous a valu l'invitation la plus amicale.

Il attendait une réponse. N'en recevant point, il se mit à observer Magdalen avec plus d'attention qu'il ne l'avait encore fait. Le visage de la jeune fille était redevenu d'une pâleur mortelle ; ses yeux jetaient machinalement des regards où se peignait un désespoir insensible et farouche.

– Qu'y a-t-il donc ? demanda-t-il, surpris au plus haut point. Seriez-vous souffrante ?

Elle ne répondit rien ; à peine semblait-elle l'avoir entendu.

– Seriez-vous inquiète au sujet de Mrs. Lecount ? lui demanda-t-il ensuite. Ce seraient là des alarmes sans le moindre fondement. Peut-être croit-elle avoir entendu déjà une voix qui ressemble à la vôtre ; mais votre visage, bien évidemment, ne leur dit rien. Maintenez ce calme serein et vous la maintiendrez, elle, dans les ténèbres ! Maintenez-la dans les ténèbres, et, avant que l'automne s'achève, vous aurez fait passer dans mes mains les deux cents livres promises.

Encore une fois il attendit une réponse ; encore une fois Magdalen garda le silence. Le capitaine tenta une troisième manœuvre d'approche.

– Auriez-vous reçu des lettres ce matin ? Est-il encore arrivé chez vous quelque malheur ? Des nouvelles difficultés avec votre sœur ?

– Ne prononcez pas le nom de ma sœur ! s'écria Magdalen dans un élan de colère. Ni vous ni moi ne sommes faits pour parler d'elle.

Elle était sur le seuil du jardin quand elle articula ces paroles et, devançant le capitaine, elle se précipita seule dans la maison. Il la suivit et entendit se fermer violemment la porte de la chambre où elle avait couru se réfugier : elle s'enferma à double tour. Soulageant par un juron son âme indignée, le capitaine Wragge entra d'un air mécontent, pour voir où était sa femme, dans un des salons du rez-de-chaussée. Cette pièce communiquait, par une petite porte vitrée, avec une espèce de petit cabinet sombre, à l'arrière de la maison. Le capitaine, arrivé sans bruit devant cette porte, souleva le rideau de mousseline blanche qui en masquait le vitrage et regarda ce qui se passait dans la pièce du fond.

Là se trouvait Mrs. Wragge, son bonnet tout d'un côté, ses deux souliers détachés, tout un rang d'épingles entre les dents ; devant elle, la robe de cachemire oriental qui peu à peu glissait au bas de la table, et sur laquelle, d'une main, elle tenait suspendus des ciseaux indécis, tandis que de l'autre les instructions écrites par la couturière menaçaient à chaque instant de tomber ; et la pauvre femme s'absorbait si bien dans les insurmontables difficultés de sa besogne que le regard scrutateur de son mari plana sur elle sans qu'elle en eût la moindre conscience. Dans d'autres circonstances, elle eût été bientôt rappelée, par cette voix formidable que l'on connaît, au sentiment de sa situation. Mais le capitaine Wragge s'inquiétait trop de Magdalen pour perdre son temps à morigéner sa femme, dès lors qu'il voyait celle-ci dans la retraite où il la voulait, et lorsqu'il n'était pas à craindre qu'elle en sortît.

Il quitta le salon et, après un instant d'hésitation dans le corridor, monta l'escalier sur la pointe des pieds et alla plaquer son oreille inquiète contre la porte qui le séparait de Magdalen. Un bruit de sanglots étouffés fut tout ce qu'il put entendre. Il redescendit bientôt au rez-de-chaussée ; quelques vagues rayons de vérité commençaient à poindre dans son esprit :

« Que le diable emporte son amoureux ! Mr. Noël Vanstone a réveillé ce dangereux fantôme dès le début. »

V

Lorsque Magdalen parut dans le salon quelque peu avant sept heures, son attitude ne trahit plus aucune inquiétude. Sa physionomie, son langage, étaient aussi calmes, aussi nonchalants qu'à l'ordinaire.

A sa vue, la mélancolie méfiante du capitaine Wragge s'éclaircit tout de suite. Il y avait eu, durant cette après-midi, des moments où il s'était sérieusement demandé si le plaisir de satisfaire sa rancune contre Noël Vanstone et la perspective de gagner deux cents livres ne seraient pas trop chèrement achetés, au prix du risque qu'il prenait à être découvert, à chaque instant, à cause de l'inconstante humeur de Magdalen. La preuve manifeste qu'elle lui donnait actuellement de son empire sur elle-même le débarrassa d'une grave inquiétude. Ce qu'elle pouvait souffrir, une fois retirée dans sa chambre, inquiétait fort médiocrement le capitaine, pourvu qu'elle en sortît avec un visage qui défiât l'examen, et une voix où nulle émotion ne se trahît.

Sur le chemin de Sea View Cottage, le capitaine Wragge manifesta l'intention d'adresser à la femme de charge quelques questions sympathiques au sujet de ce frère malade qu'elle avait en Suisse. Il pensait que la mauvaise santé de ce gentleman était en passe d'exercer une influence essentielle sur la marche future du complot. Tout ce qui pouvait amener une séparation entre la femme de charge et son maître constituait, selon lui, dans la situation actuelle des choses, une chance à saisir, méritant de ce fait les investigations les plus poussées :

– Si nous réussissons, au moment opportun, à nous débarrasser de

Mrs. Lecount, chuchota le capitaine tout en poussant la porte du jardin de son hôte, je vous garantis bien que l'homme est à nous !

Une minute après, Magdalen se retrouvait sous le toit de Noël Vanstone, dans le rôle cette fois d'une personne dûment invitée par lui.

Ce qui se passa pendant la soirée fut, à beaucoup d'égards, la répétition de ce qui s'était passé pendant la promenade du matin. Noël Vanstone alternait entre son admiration pour la beauté de Magdalen et la glorification fanfaronne de tout ce qu'il possédait au monde. Les inépuisables leçons du capitaine Wragge, émaillées çà et là par quelques questions fort indirectes au sujet du frère de Mrs. Lecount, vinrent continuellement distraire la jalouse vigilance de la femme de charge et l'empêcher de guetter au passage les regards et les madrigaux de son maître. La soirée s'écoula ainsi jusqu'à dix heures. A ce moment, le savoir d'emprunt dont le capitaine faisait montre se trouvait à peu près épuisé, et la mauvaise humeur de la femme de charge perçait par degrés sous ses dehors doucereux. Comme naguère, le capitaine Wragge avertit Magdalen par un regard, et, malgré les hospitalières protestations de Noël Vanstone, les visiteurs se levèrent sagement pour prendre congé.

– Je me suis procuré les renseignements que je voulais, observa le capitaine tandis qu'ils s'en retournaient. Le frère de Mrs. Lecount habite Zurich. Il est célibataire, possède quelques capitaux et n'a pas de plus proche parent que sa sœur. Si, à l'heure qu'il est, il avait l'obligeance de tomber malade, il nous épargnerait une multitude d'embarras que cette brave dame est bien capable de nous procurer.

Il faisait un beau clair de lune. Le capitaine, en parlant ainsi, s'était tourné vers Magdalen, pour voir si son intraitable abattement s'était de nouveau emparé d'elle.

Non ! son humeur inconstante avait subi une nouvelle métamorphose. Elle promenait de tous côtés des regards empreints d'une gaieté fiévreuse et légèrement affectée. La seule idée de trouver chez Mrs. Lecount un obstacle réel excitait ses railleries ; elle contrefaisait la voix aigrelette de Noël Vanstone et répétait ses compliments emphatiques, prenant un amer plaisir à le tourner en ridicule. Au lieu de se hâter vers la maison, elle flânait maintenant avec insouciance à côté de son étrange compagnon, fredonnant quelques lambeaux de couplets, et chassant du pied, à droite ou à gauche, les cailloux qu'elle rencontrait sur l'allée du jardin. Le capitaine salua comme autant d'heureux présages ces changements inattendus. Il croyait y voir le signe certain que le tempérament familial reprenait ses droits.

– Fort bien ! dit-il en allumant la chandelle qu'elle allait emporter dans sa chambre. Demain, quand nous nous retrouverons tous sur la promenade, nous verrons bien, comme disent nos amis les navigateurs, sur quel point de la côte il faut mettre le cap. Tout ce que je puis vous dire, chère enfant, c'est que, si mes yeux ne m'ont pas servi trop mal, il doit se brasser à l'heure qu'il est, dans l'atmosphère domestique de Mr. Noël Vanstone, une tempête bien caractérisée.

La pénétration habituelle du capitaine n'était pas en défaut. Aussitôt que la porte de Sea View Cottage se fut refermée sur les hôtes qu'il avait abrités ce soir-là, Mrs. Lecount s'efforça d'affermir sur ses bases l'autorité que l'influence de Magdalen semblait menacer déjà.

Elle employa toutes sortes d'artifices pour savoir au juste ce que Noël Vanstone pensait de la nouvelle venue ; elle tâcha, par toutes les ruses imaginables, de l'amener à trahir sans qu'il s'en doutât le plaisir qu'il prenait déjà dans la société de la belle Miss Bygrave ; elle se glissa successivement par tous les interstices, par toutes les brèches de ce caractère sournois, comme les grenouilles et les salamandres aquatiques qui se glissaient parmi les rocailles de son aquarium. Mais elle commit cette grave erreur à laquelle échappent rarement les gens d'esprit quand ils traitent avec leurs inférieurs intellectuels : elle s'en remit à l'imbécillité d'un imbécile. Elle oubliait qu'une des plus infimes qualités humaines, c'est-à-dire la ruse, est précisément celle qu'on trouve le plus largement développée dans les plus médiocres intelligences. Si elle s'était montrée ouvertement en colère contre son maître, elle lui aurait fait peur, très probablement. Si elle lui avait ouvert son cœur, elle l'aurait plongé dans la stupeur en présentant à ses perceptions bornées tout un enchaînement de calculs qu'il n'aurait pas eu la force d'embrasser ; la curiosité qu'il aurait éprouvée lui aurait fait demander quelques explications et, tirant parti de cette curiosité, peut-être l'aurait-elle réduit à sa merci. Au contraire, elle prétendit lutter de ruse avec lui, et l'imbécile se trouva de force à lui tenir tête. Noël Vanstone, pour qui tous les mobiles d'un ordre élevé demeuraient absolument lettre close, discernait fort bien les calculs mesquins en vertu desquels agissait sa femme de charge, et les pénétrait aussi promptement que le diplomate le plus habile aurait pu le faire. Mrs. Lecount le quitta, ce soir-là, parfaitement battue et n'ignorant point qu'elle l'était; elle le quitta, ses instincts de tigresse ayant repris le dessus, avec un désir secret de promener ses ongles bien taillés sur le visage ironique de son vénéré maître.

Mais ce n'était pas une femme qu'une défaite ou même cent défaites pouvaient réduire à s'avouer vaincue. Elle était bien positivement déterminée à réfléchir, à réfléchir encore, à réfléchir toujours, jusqu'à ce qu'elle eût trouvé quelque moyen d'en finir une bonne fois et pour jamais, avec cette intimité si rapidement établie entre les Bygrave et son maître. Dans la solitude de sa chambre, elle retrouva la tranquillité nécessaire pour passer méthodiquement en revue les événements du jour et en tirer les conclusions qu'ils devaient naturellement lui suggérer.

Il y avait pour elle, dans la voix de cette Miss Bygrave, quelque chose de vaguement connu, et en même temps, par une contradiction inexplicable, quelque chose d'absolument nouveau. Le visage et la taille de la jeune personne lui étaient tout à fait étrangers. C'était un visage frappant, une taille remarquable, et si à quelque époque antérieure elle avait vu l'une ou l'autre, elle s'en serait certainement souvenue. Miss Bygrave était donc, sans le moindre doute, une connaissance nouvelle; et cependant...

Elle n'avait pu, durant le jour, pénétrer plus avant; maintenant encore, elle ne le pouvait pas : l'enchaînement des pensées se brisait ici. Son intelligence en rajusta les fragments et forma ainsi une autre chaîne se rattachant à cette dame qu'on maintenait dans un isolement si absolu, à cette tante qui avait bonne mine et pourtant souffrait des nerfs; qui souffrait des nerfs et pouvait cependant manier l'aiguille avec une si remarquable assiduité. Ainsi, d'un côté, chez la nièce, une incompréhensible ressemblance dans la voix avec quelque autre voix dont pourtant elle ne se souvenait guère; chez la tante, une maladie énigmatique qui la retenait à l'abri des regards; chez l'oncle, un degré tout à fait extraordinaire de culture scientifique, accompagnant une vulgarité, une effronterie de manières, qui ne donnaient en aucune façon l'idée d'un homme consacrant sa vie à l'étude... Que fallait-il penser de cette petite famille ? et les trois membres qui la composaient, fallait-il les accepter, comme on dit, sur l'étiquette du sac ?

Ce fut en s'adressant cette question que Mrs. Lecount se mit au lit.

Dès que sa bougie fut éteinte, l'obscurité sembla communiquer à ses idées une sorte d'indocilité inexplicable. Malgré elle, elles revinrent des choses présentes aux choses passées. Elles ressuscitèrent son défunt maître ; elles ravivèrent des propos tenus, des incidents arrivés dans la coterie anglaise de Zurich ; elles sautaient de là au chevet du lit où le vieillard qui habitait alors Brighton avait rendu le dernier soupir ; de Brighton, elles revinrent à Londres ; elles entrèrent dans cette chambre incommode et nue qu'elle habitait à Vauxhall Walk ; elles replacèrent l'aquarium sur la table de cuisine, et la prétendue Miss Garth dans le fauteuil à côté de cette table, dérobant aux rayons du jour ses yeux enflammés ; elles lui remirent en main la lettre anonyme, cette lettre remplie d'allusions obscures à une trame secrète, et la ramenèrent, avec cette lettre, en présence de Mr. Vanstone ; elles lui rappelèrent la discussion relative à ce blanc qu'il fallait remplir dans la rédaction de l'annonce, et la querelle qui avait suivi, quand elle s'était permis de dire à son maître que la somme offerte par lui était d'une modicité tout à fait déraisonnable ; elles réveillèrent en son esprit une anxiété de vieille date et qui, depuis plusieurs semaines déjà, l'avait laissée parfaitement tranquille ; une anxiété qui lui faisait se demander si le complot dénoncé jadis s'était évaporé en simples paroles, ou s'il fallait s'attendre à le voir revenir sur l'eau… Ses pensées, ici, se rompirent une fois de plus ; il y eut dans leur série une lacune momentanée. Mais, l'instant d'après, Mrs. Lecount se redressa sur son séant. Le cœur lui battait avec violence ; elle avait dans la tête un tourbillon pareil à celui qui précède un évanouissement. Avec la rapidité du courant électrique, son intelligence venait de réunir, de classer toutes ses idées éparses, et de les placer devant elle sous une forme qui les lui rendait intelligibles. Dans cette agitation du moment qui la dominait tout entière, elle se mit à battre des mains, et dans l'obscurité cria tout à coup :

– Miss Vanstone… c'est encore Miss Vanstone !!!

Elle sauta hors du lit et ralluma sa bougie. Si solide que fût son système nerveux, ce brusque soupçon l'avait fortement ébranlée. Sa main tremblait quand elle ouvrit sa table de toilette que pour y prendre un petit flacon de sels. En dépit de ses joues si parfaitement lisses et de sa chevelure si parfaitement conservée, elle faisait tout son âge, au mois près, au moment où, mêlant l'eau et les sels, elle les but à longs traits, et où, ramassant autour d'elle les plis de son peignoir, elle se rassit au bord du lit pour tâcher de reprendre son sang-froid habituel.

Elle était absolument incapable de définir le procédé mental par lequel elle en était arrivée à cette découverte. Elle ne pouvait assez se détacher d'elle-même pour voir que ses conclusions encore en germe, au sujet des Bygrave, avaient fini par lui rendre suspecte cette famille d'inconnus ; que l'association des idées avait reporté son esprit vers cet autre ordre de soupçons se rattachant au complot formé contre son maître ; que ces deux sujets de méfiance, enfin, provenant de deux sources parfaitement distinctes, mais tout à coup juxtaposées et s'entrechoquant l'une l'autre, avaient fait jaillir l'étincelle lumineuse... Incapable de remonter ainsi, par le raisonnement, de l'effet produit à la cause qui l'avait engendré, elle sentait seulement que ce soupçon n'était déjà plus un simple soupçon : la conviction la plus absolue n'aurait pu jeter dans son esprit de plus profondes racines.

Magdalen, maintenant éclairée de ce nouveau jour, suggérait à Mrs. Lecount des doutes qu'elle n'osait accueillir encore qu'avec une certaine réserve ; elle eût bien voulu se persuader qu'elle retrouvait chez cette belle et gracieuse enfant, assise une heure auparavant à la table de son maître, quelques traces du visage et de la taille de la prétendue Miss Garth ; elle eût bien voulu se figurer qu'elle constatait entre la voix irritée qu'elle avait entendue dans Vauxhall Walk et les accents adoucis, harmonieux, discrets, qui vibraient encore à ses oreilles, une ressemblance dont jusqu'alors elle n'avait jamais conçu l'idée. Elle eût enfin voulu se persuader qu'elle était arrivée à tous ces résultats sans trop forcer la vérité telle qu'elle la connaissait ; mais ses efforts pour en arriver là demeurèrent inutiles.

Mrs. Lecount n'était pas de ces femmes qui perdent leur temps et leur peine à tâcher de se faire illusion. Elle voulut bien croire qu'une conjecture instantanée l'avait mise sur le chemin des découvertes qu'elle venait de faire. Mais, en même temps, elle s'avoua, quoique à regret, que la conviction maintenant établie chez elle ne pouvait se justifier encore, aux yeux des autres, par aucun fragment de preuve raisonnable.

Dans de telles circonstances, quelle marche fallait-il adopter vis-à-vis de son maître ?

Si elle lui disait, avec candeur, quand ils se retrouveraient ensemble le lendemain matin, le résultat de ses réflexions de la nuit, elle pressentait, connaissant bien Noël Vanstone, que l'un de ces deux résultats viendrait infailliblement se produire : ou bien il se fâcherait et s'engagerait dans des chicanes infinies ; il demanderait des preuves et, n'en voyant produire aucune, accuserait sa femme de charge de l'alarmer sans cause pour satisfaire le penchant jaloux qui l'animait contre Magdalen ; ou bien, sérieusement inquiet, il invoquerait à grands cris la protection des lois et, dès le début, mettrait ainsi les Bygrave sur leurs gardes. Si Magdalen seule avait été impliquée dans le complot, cette dernière conséquence n'aurait pas semblé fort importante à la femme de charge. Mais elle avait trop d'esprit pour ne pas apprécier à leur juste valeur les inépuisables ressources du capitaine. « Si je n'ai pas l'évidence même de mon côté pour faire échec à cet impudent coquin, pensait Mrs. Lecount, j'aurai beau, demain matin, ouvrir les yeux de mon maître, Mr. Bygrave les aura refermés avant qu'il soit nuit. Le drôle joue cartes sous table, et il gagnera certainement la partie, si j'abats mon jeu dès le début. »

Cette décision de temporiser était d'une sagesse si manifeste, il était si sûr que Mr. Bygrave se serait pourvu à tout évidemment des témoignages nécessaires pour établir à son usage et à celui de sa nièce l'identité dont ils se paraient, que Mrs. Lecount se détermina immédiatement à ne rien dire le lendemain matin et à n'attaquer le complot que lorsqu'elle pourrait produire des faits complètement irréfutables. Les relations de son maître avec les Bygrave n'avaient encore, après tout, qu'une journée d'ancienneté. On n'avait pas à craindre de les voir dégénérer en une intimité dangereuse, si on se bornait à les tolérer pendant quelques jours, pourvu que, dans une semaine au plus tard, on se fût mis à même de les rompre à jamais.

Dans ce laps de temps qu'elle s'accordait ainsi, quelles mesures étaient à la disposition de Mrs. Lecount pour écarter les obstacles semés sur sa route et pour se procurer les armes dont elle pourrait avoir besoin ?

La réflexion lui indiqua trois chances en sa faveur, trois différents moyens d'arriver à la découverte indispensable.

La première chance était de cultiver l'amitié de Magdalen et ensuite, la prenant au dépourvu, de l'amener à se trahir en présence de Noël Vanstone lui-même. La seconde chance était d'écrire à Miss

Vanstone aînée, et (sous quelque prétexte alarmant qui légitimât des questions aussi peu ordinaires) de lui demander quelques renseignements sur l'endroit où se trouvait sa sœur, sur son apparence physique, renseignements pouvant permettre à quelqu'un ne la connaissant pas de l'identifier. La troisième chance était de percer à jour le mystérieux isolement de Mrs. Bygrave, de pénétrer audacieusement jusqu'à elle, et de savoir au juste si la maladie réelle de cette dame ne serait point, par hasard, de ne savoir pas garder les secrets de son mari. Résolue à courir ces trois chances, dans l'ordre même où elle les avait énumérés et à tendre ses pièges pour Magdalen dès le jour qui s'apprêtait à paraître, Mrs. Lecount finit par ôter son peignoir et accorda quelque repos à son corps épuisé.

L'aurore se levait sur les flots gris de la mer lorsqu'elle se remit au lit. La dernière idée qui préoccupa son esprit avant que le sommeil se fût emparé d'elle caractérisait parfaitement cette femme. C'était une menace à l'adresse du capitaine. « Il s'est joué du souvenir sacré de mon époux, pensait la veuve du professeur. Sur mon honneur et sur ma vie, je lui ferai payer cher cette audace ! »

Le lendemain matin, de bonne heure, Magdalen commença la journée, conformément à ce qui était convenu avec le capitaine, en faisant sortir Mrs. Wragge pour qu'elle prît un peu d'exercice à une heure où il n'était pas à craindre qu'elle attirât l'attention du public. La géante insista longtemps pour qu'on la laissât au logis ; la robe de cachemire oriental préoccupait encore sa pensée et, pour la centième fois au moins, elle éprouvait le besoin de relire les instructions de la couturière avant de pouvoir (ainsi qu'elle le disait) « visser son courage et attaquer l'étoffe au ciseau ». Mais Magdalen n'accepta aucun refus, et Mrs. Wragge fut forcée de sortir. Le seul but innocent que Magdalen donnât désormais à sa vie était le parti bien pris d'empêcher que la pauvre femme du capitaine fût, à cause d'elle, retenue en captivité ; et à cette résolution elle se cramponnait machinalement, comme au seul gage qui lui restât maintenant d'un passé où seuls ses meilleurs instincts avaient cours.

Les deux dames revinrent plus tard qu'à l'ordinaire pour le petit déjeuner. Tandis que Mrs. Wragge était en haut, s'arrangeant de la tête aux pieds pour passer l'inspection du matin à laquelle allait la soumettre l'œil rigide du capitaine, et tandis que Magdalen et Mr. Wragge l'attendaient dans le salon, la domestique y apporta un billet venant de Sea View Cottage. Le messager attendait la réponse, et l'adresse portait le faux nom du capitaine Wragge.

Celui-ci rompit l'enveloppe et lut les lignes suivantes :

Cher monsieur,

Mr. Noël Vanstone veut que je vous écrive pour vous annoncer qu'il se propose de consacrer cette belle journée à une excursion en voiture vers un des villages de la côte, appelé Dunwich. Il voudrait savoir s'il vous conviendrait de partager avec lui la location d'une voiture et de lui procurer ainsi, pour cette course un peu longue, le plaisir de voyager avec vous et avec Miss Bygrave. On a la bonté de m'admettre à cette partie ; et si je pouvais, sans trop de présomption, manifester à cet égard mes sentiments, j'ajouterais volontiers mes prières à celles de mon maître pour vous déterminer, vous et votre jeune nièce, à vous joindre à nous. Nous proposons le départ pour onze heures très précises.

Croyez-moi, cher monsieur, votre très humble servante,

VIRGINIE LECOUNT.

– De qui est la lettre ? demanda Magdalen qui, tandis qu'il lisait, remarqua une certaine altération sur les traits du capitaine Wragge. Que nous veut-on à Sea View Cottage ?

– Veuillez m'excuser, dit gravement le capitaine. Ceci demande considération. Accordez-moi une minute ou deux pour réfléchir.

Il fit là-dessus un ou deux fois le tour de la pièce, puis se dirigea soudain vers une petite table, à l'écart, sur laquelle étaient rangées ses affaires de bureau : « Vous me croyez donc né d'hier, madame ? » lâcha le capitaine, se parlant facétieusement à lui-même. Il cligna de son œil brun, saisit une plume et traça rapidement la réponse.

– Parlerez-vous, maintenant ? demanda Magdalen quand la domestique fut sortie. Que renfermait la lettre, et comment y avez-vous répondu ?

Le capitaine lui passa le billet de Mrs. Lecount.

– J'ai accepté l'invitation, répondit-il avec calme.

Magdalen parcourait le billet.

– Hier, dit-elle, une hostilité cachée ; aujourd'hui, une amitié qui s'avoue. Qu'est-ce que cela signifie ?

– Cela signifie, dit le capitaine Wragge, que Mrs. Lecount, en fait de finesse, passe encore mes prévisions. Elle sait déjà qui vous êtes.

– Impossible ! s'écria Magdalen. En si peu de temps, c'est impossible.

– Je ne sais pas comment elle vous a découverte, continua le capitaine avec un parfait sang-froid. Peut-être votre voix l'a-t-elle mieux renseignée que nous ne l'avions cru. Il se peut encore qu'en y réfléchissant elle ait trouvé à notre famille une physionomie suspecte, et tout incident suspect auquel était mêlée une femme a pu lui rappeler cette visite du matin que vous lui avez faite dans Vauxhall Walk. D'une façon ou d'une autre, le sens de ce changement soudain me paraît suffisamment clair. Elle sait qui vous êtes et veut vérifier sa découverte au moyen d'une ou deux questions à double détente, qu'elle vous glissera sous le couvert d'une causerie amicale. J'ai pratiqué l'humanité sous bien des formes, et Mrs. Lecount n'est pas le premier diplomate en jupons avec qui la destinée m'ait mis en lutte. Le monde entier n'est qu'un vaste théâtre, ma chère enfant, et l'une des scènes que nous voulions y jouer, dans notre petit coin, est terminée à partir de ce moment.

Là-dessus, il tira de sa poche son exemplaire des *Dialogues scientifiques.*

– C'en est déjà fait de vous, ami Joyce ! dit le capitaine, donnant au volume d'enseignement élémentaire une chiquenaude d'adieu et l'enfermant ensuite dans le secrétaire… Telle est la popularité humaine ! continua l'indomptable vagabond, empochant gaiement la clef du meuble. Maître Joyce, hier, était tout pour moi. Aujourd'hui, je n'en donnerais pas cela !

Il fit claquer ses doigts et se mit à table.

– Je ne vous comprends point, dit Magdalen qui le regardait d'un air mécontent. Est-ce à dire que, pour l'avenir, vous m'abandonnez à mes seules ressources ?

– Ma chère enfant ! s'écria le capitaine Wragge, ne vous ferez-vous jamais à mes saillies humoristiques ? J'en ai fini avec ma science d'emprunt, tout simplement parce que Mrs. Lecount, j'en suis bien certain, a cessé d'y croire. N'ai-je point accepté cette promenade à Dunwich ? Tranquillisez-vous donc ! L'assistance que je vous ai déjà donnée ne doit compter pour rien en regard de celle que vous me devrez désormais. Mon honneur est intéressé à rouler Mrs. Lecount. Cette dernière manœuvre fait de la question une affaire personnelle entre nous. En vérité, cette femme pense pouvoir se jouer de moi !!! s'écria le capitaine frappant la table du manche de son couteau, dans un transport de vertueuse indignation… Par le Ciel ! jamais de ma vie je n'ai reçu pareille insulte ! Rapprochez-vous de la table, ma chère petite, et accordez une minute d'attention à ce que je vais maintenant vous dire.

Magdalen lui obéit. Le capitaine Wragge, avant de continuer, prit soin de baisser la voix :

– Je vous ai déjà répété bien des fois que le point important est de ne jamais laisser Mrs. Lecount vous surprendre dans un de vos accès de distraction mélancolique. Après ce qui est arrivé ce matin, je dois vous le redire plus que jamais. Qu'elle vous soupçonne tout à son aise !.. Je la défie d'asseoir ses soupçons sur une base quelconque, à moins que nous ne la lui fournissions nous-mêmes. Nous allons voir aujourd'hui si elle a eu la témérité de se confier à son maître, avant d'avoir quelques faits pour étayer ses insinuations malveillantes. J'en doute fort, mais s'il en est ainsi, et si elle a parlé, nous allons faire pleuvoir, jusqu'à ce qu'elle en éclate, sur la pauvre petite cervelle de Mr. Vanstone les preuves de notre identité avec les Bygrave. Vous avez dans cette excursion deux objets à poursuivre : le premier, de savoir démêler un piège à chaque parole que Mrs. Lecount vous adressera ; le second, de déployer toute votre séduction pour vous emparer, à dater de ce jour, de Mr. Noël Vanstone. Je vous en fournirai l'occasion lorsque nous quitterons la voiture pour parcourir les environs de Dunwich. Arborez votre chapeau, arborez votre sourire. Faites valoir, en serrant un peu votre corset, tous les avantages de votre taille. Mettez vos bottines les plus élégantes et vos gants les plus frais. Accrochez à vos jupons, et solidement, ce misérable petit avorton ! Ceci fait, laissez-moi tout diriger, et vous verrez… Attention ! Voici Mrs. Wragge : nous devons maintenant nous montrer doublement assidus à la surveiller… Montrez votre bonnet, madame Wragge, et voyons vos souliers… Qu'aperçois-je sur ce tablier ? Une tache ? Je ne supporte pas les taches ! Vous ôterez ce tablier après déjeuner ; vous en mettrez un autre. Poussez votre chaise au milieu de la table ! un peu plus à gauche ! encore… encore ! Servez le déjeuner !

A onze heures moins le quart, Mrs. Wragge (de son plein gré) fut renvoyée dans la pièce du fond, où elle devait passer le reste de la journée à s'empêtrer dans les difficultés de sa couture. Au coup de l'horloge qui sonnait l'heure prescrite, Mrs. Lecount et son maître arrivèrent ponctuellement en voiture devant la porte de North Shingles, où ils trouvèrent Magdalen et le capitaine Wragge qui les attendaient dans le jardin.

Sur la route de Dunwich, rien ne vint troubler le plaisir de la promenade. Noël Vanstone se portait fort bien et se montrait d'excellente humeur. Lecount s'était excusée vis-à-vis de lui pour leur petite querelle de la veille au soir. Lecount avait sollicité, comme une faveur personnelle, cette excursion avec les Bygrave. Son maître songeait à ces concessions si flatteuses pour son autorité, tout en regardant Magdalen avec des sourires et des grâces interminables. Mrs. Lecount jouait admirablement son rôle. Maternelle avec Magdalen, prodigue de tendres attentions à l'égard de Noël Vanstone, elle s'intéressait vivement à la conversation du capitaine Wragge et semblait humblement désappointée de la voir rouler sur des généralités à l'exclusion de toute science. Pas un mot, pas un regard ne lui échappa qui pût révéler, même de bien loin, ses véritables intentions. Élégante et convenable comme toujours, sa mise attestait les plus grands soins ; enfin, par cette étouffante journée d'été, elle semblait la seule des quatre voyageurs qui parût complètement soustraite aux influences de la chaleur.

Comme ils descendaient de voiture en arrivant à Dunwich, le capitaine saisit un moment où les yeux de Mrs. Lecount s'étaient détournés de lui pour fortifier Magdalen par un dernier avertissement.

– Gare à la chatte ! murmura-t-il. C'est au retour qu'elle montrera ses griffes…

Ils quittèrent le village pour se rendre à pied jusqu'aux ruines d'un couvent voisin, derniers débris d'une ville autrefois populeuse, et détruite depuis déjà quelques siècles par l'action dévorante des marées. Après avoir examiné ces ruines, ils se réfugièrent à l'ombre d'un petit bois situé entre le village et les basses dunes qui bordent et dominent la mer. Là, le capitaine Wragge manœuvra de manière à ce que Magdalen et Noël Vanstone prissent quelque avance sur Mrs. Lecount et lui, puis il se trompa de route et s'égara aussitôt avec l'habileté la plus consommée. Après quelques minutes de marche (dans une mauvaise direction), il gagna un espace découvert entre les dunes et la grève et, après avoir ouvert poliment son tabouret portatif pour le mettre au service de la femme de charge, il lui proposa d'attendre là où ils se trouvaient que leurs compagnons égarés vinssent les y rejoindre.

Mrs. Lecount accepta la proposition. Elle se rendait parfaitement compte que son guide l'avait perdue à dessein ; mais cette découverte n'avait altéré en rien la douceur affable de ses manières. Le temps de régler ses comptes avec le capitaine n'était pas encore venu pour elle ; aussi se borna-t-elle à inscrire sur sa liste cette nouvelle créance, et à profiter du siège qu'il lui offrait. Le capitaine Wragge s'étendit à ses pieds dans une attitude romanesque ; et ces deux ennemis acharnés (tel un couple d'amoureux sur un tableau) entamèrent une conversation aussi facile, aussi agréable que s'ils avaient vécu, depuis vingt ans, dans la plus parfaite intimité.

« Je vous connais, madame ! pensait le capitaine tandis que Mrs. Lecount lui adressait de belles paroles. Vous aimeriez à prendre en défaut mon savoir de fraîche date, et ne trouveriez aucun inconvénient à me noyer dans l'aquarium du professeur ! »

« Avec votre œil brun et votre œil vert, mauvais drôle que vous êtes, pensait Mrs. Lecount dès que le capitaine reprenait le dé de la conversation, vous avez beau être cuirassé : je trouverai bien à vous percer de part en part ! »

Ce fut dans cette réciproque disposition d'esprit qu'ils traitèrent à loisir mainte et mainte généralité, sur les affaires publiques, les paysages environnants, la société anglaise et la société suisse, la santé, le climat, les livres, le mariage, la fortune, et sans s'arrêter un moment, sans cesser d'être parfaitement d'accord, pendant près d'une heure, avant que Magdalen et Noël Vanstone, revenus par hasard de ce côté, eussent de nouveau reformé le quatuor primitif.

Quand ils regagnèrent l'auberge où la voiture les attendait, le capitaine Wragge laissa Mrs. Lecount en paisible possession de son maître et fit signe à Magdalen de se tenir un moment en arrière, afin de pouvoir échanger quelques mots avec elle.

– Eh bien ? demanda tout bas le capitaine… Est-il solidement accroché à vos jupons ?

Elle frémit de la tête au pieds en lui répondant :

– Il m'a baisé la main, dit-elle. Faut-il vous en apprendre davantage ? Mais ne le laissez plus prendre place auprès de moi ! Je suis à bout de patience… Ménagez-moi pour le reste de la journée !

– Je vous mettrai à côté de moi, sur le devant de la voiture, répondit le complaisant capitaine.

Pendant qu'ils s'en revenaient, Mrs. Lecount réalisa la prédiction du capitaine Wragge. La chatte montra ses griffes.

Le moment ne pouvait être mieux choisi ; les circonstances n'auraient pu la favoriser davantage. Magdalen était abattue, lasse de corps et d'esprit ; elle se trouvait, de plus, exactement en face de la femme de charge, qui, en vertu du nouvel arrangement, s'était vue forcée de prendre à côté de son maître la place d'honneur. Ayant ainsi toute facilité d'observer les moindres changements qui se manifestaient sur le visage de Magdalen, Mrs. Lecount essaya d'abord d'amener la conversation sur le séjour de Londres et les avantages relatifs que peuvent offrir, aux personnes qui viennent s'y fixer, les différents quartiers de la capitale, sur les deux rives du fleuve. Wragge, toujours sur le qui-vive, pénétra plus tôt son intention qu'elle ne s'y était attendue et vint immédiatement s'interposer. « Vous prenez, Madame, le chemin de Vauxhall Walk, pensa le capitaine ; j'y serai avant vous, soyez-en sûre ! »

Il se lança immédiatement dans une description purement imaginaire des différents quartiers de Londres où lui-même avait résidé ; puis, mentionnant adroitement Vauxhall Walk sur cette liste chimérique, il para d'avance le coup que Mrs. Lecount voulait porter à Magdalen en la questionnant à brûle-pourpoint sur cette même localité. Après avoir parlé de ses diverses résidences, le capitaine en vint, par une transition bien ménagée, à se mettre lui-même sur le tapis : il régala (toujours dans le rôle de Mr. Bygrave) les oreilles de la femme de charge de ses annales familiales, sans oublier le tombeau de son frère dans le Honduras, et le monument élevé par le sculpteur nègre autodidacte, non plus que la veuve de son frère, la corpulence extraordinaire de cette dame, et la nécessité où elle était d'habiter, à Cheltenham, le rez-de-chaussée de sa maison garnie. Ces épanchements autobiographiques servirent bien à gagner du temps, ce qui permit à Magdalen de se remettre, mais ils ne pouvaient avoir d'autre effet. Mrs. Lecount écoutait, sans ajouter pourtant la moindre créance à rien de ce que pouvait dire le capitaine. Il l'affermissait seulement de plus en plus dans cette pensée qu'il ne fallait pas songer à mettre Noël Vanstone dans le secret de ses soupçons avant de pouvoir invoquer des faits concluants contre la fausse identité qui enveloppait le capitaine Wragge d'un rempart provisoirement inexpugnable. Elle attendit tranquillement le terme de ses divagations bavardes, et revint ensuite à la charge, comme si de rien n'était.

– C'est par une coïncidence singulière que votre oncle se trouve avoir résidé dans Vauxhall Walk, dit-elle, s'adressant à Magdalen. Mon maître y possède une maison, et nous y étions établis avant notre départ pour Aldborough. Puis-je vous demander, mademoiselle Bygrave, si vous connaîtriez, de près ou de loin, une personne appelée Miss Garth ?

Cette fois, elle décocha sa question avant que le capitaine pût intervenir. Magdalen aurait dû s'y trouver préparée par ce qui venait de se passer devant elle, mais les incidents de la journée avaient fortement ébranlé ses nerfs ; tout ce qu'elle put faire fut de répondre négativement à la question, après une pause de quelques instants employée à se remettre. Son hésitation, trop éphémère pour être remarquée d'un auditeur désintéressé, avait duré assez longtemps pour confirmer Mrs. Lecount dans ses convictions secrètes et pour l'encourager à persister quelque peu sur cette voie.

– Je vous demandais ceci, continua-t-elle, arrêtant obstinément ses yeux sur Magdalen et négligeant avec tout autant d'obstination les efforts du capitaine Wragge pour se mettre en tiers dans la causerie, je vous demandais ceci, parce que Miss Garth m'est tout à fait inconnue, et que je m'attache à réunir de tous côtés des renseignements qui la concernent… La veille de notre départ, mademoiselle Bygrave, une personne, s'attribuant le nom que je viens de prononcer, nous a honorés d'une visite fort extraordinaire.

Avec des façons toujours doucereuses et conciliantes, avec un raffinement de mépris presque diabolique par la manière ingénieuse dont il se dissimulait sous le langage de la pitié, la femme de charge se mit alors à dépeindre hardiment, en présence de Magdalen, le déguisement sous lequel, naguère, Magdalen était venue la trouver. Elle eut soin de parler avec dédain des derniers possesseurs de Combe-Raven, comme de personnes qui avaient toujours tracassé, déconsidéré la branche aînée de la famille, bien autrement digne de respect; elle s'affligea de ce que les enfants de Mr. et Mrs. Andrew Vanstone, marchant sur les traces paternelles, eussent essayé d'exploiter financièrement Mr. Noël Vanstone en s'abritant sous les dehors d'une personne respectable et en usurpant audacieusement son nom. Englobant adroitement son maître dans la conversation, pour que le capitaine fût hors d'état d'opérer par là une diversion favorable, n'épargnant aucun détail injurieux, rappelant tour à tour sur tous les endroits sensibles où la langue d'une femme irritée pouvait porter son venin, elle aurait, sans aucun doute, remporté la victoire et forcé Magdalen à se trahir sous l'aiguillon des tortures qu'elle lui infligeait, si le capitaine Wragge ne l'eût arrêtée court, en plein élan, par une espèce de cri d'alarme et en saisissant brusquement le poignet de sa prétendue nièce.

– Dix mille pardons, chère madame ! s'écria le capitaine. Je vois sur le visage de cette enfant, je sens à l'agitation de son pouls qu'elle va être en proie à quelqu'une de ces violentes crises nerveuses dont elle souffre de temps en temps. Pourquoi n'osez-vous, chère petite, avouer à des amis que vous êtes horriblement souffrante ? Quelle politesse hors de propos ! On lit, n'est-il pas vrai, madame Lecount, la souffrance sur son visage ? Ce sont des élancements poignants, monsieur Vanstone, des élancements poignants au côté gauche de la tête. Baissez votre voile, chère enfant, et appuyez-vous sur mon épaule. Nos amis vous excuseront; nos excellents amis voudront bien nous excuser pour le reste de la journée.

Avant que Mrs. Lecount eût pu émettre le moindre doute sur la sincérité de cet accès névralgique, la compassion nerveuse de son maître s'était déjà manifestée, comme le capitaine l'avait pressenti, par les démonstrations les plus actives. Il fit arrêter la voiture, réclamant avec instance un changement immédiat dans la distribution des places. Celles du fond, larges et commodes, devaient échoir à Miss Bygrave et à son oncle; Lecount et lui se contenteraient du siège de devant. Lecount avait-elle apporté son flacon de sels ? Bonne créature ! elle allait immédiatement le donner à Miss Bygrave, et le cocher aurait désormais à les conduire avec précaution. Si le cocher avait le malheur de secouer Miss Bygrave, il pouvait bien renoncer d'avance à toute espèce de pourboire… On employait fréquemment le magnétisme pour ce genre d'indispositions. Le père de Mr. Noël Vanstone avait été l'un des plus puissants magnétiseurs qui fussent en Europe, et Mr. Noël Vanstone était le fils de son père. L'autoriserait-on à magnétiser ? Ordonnerait-il à ce cocher d'enfer de les conduire en quelque endroit ombragé, favorable à ce genre d'opérations ? Préférerait-on les secours de la médecine ? Trouverait-on à se les procurer avant d'avoir regagné Aldborough… Cet animal de cocher n'en savait rien. « Arrêtez tout homme de bonne mine que vous verrez passer en tilbury, et sachez de lui s'il est médecin ! » C'est ainsi que Mr. Noël Vanstone continua de pérorer, sauf quelques pauses indispensables pour reprendre haleine, de plus en plus compatissant et se faisant valoir de plus en plus, aussi longtemps que dura le trajet de retour.

Mrs. Lecount avait accepté sa défaite sans articuler un mot. A partir du moment où le capitaine Wragge l'interrompit, elle ferma ses lèvres minces, qui ne se rouvrirent plus pendant le reste du voyage. Les expressions les plus chaleureuses de l'inquiétude que les souffrances de la jeune personne inspiraient à son maître ne provoquèrent, chez elle, aucun signe extérieur d'irritation ou de dépit. Elle s'occupait de lui le moins possible. Elle n'accordait non plus aucune attention au capitaine qui, plus poli que jamais, prodiguait à son ennemie vaincue des égards bien faits pour l'exaspérer. Plus ils se rapprochaient d'Aldborough, plus les yeux noirs et durs de Mrs. Lecount demeurèrent assidûment fixés sur la jeune fille à demi couchée devant elle, les yeux clos et le voile baissé.

Ce fut seulement lorsque la voiture s'arrêta devant North Shingles, et au moment où le capitaine Wragge donnait la main à Magdalen pour l'aider à descendre, que la femme de charge consentit enfin à s'occuper de lui. Comme il lui souriait en la saluant à la portière, la pénible contrainte qu'elle s'était imposée vint à céder tout à coup ; elle lui jeta un regard, un seul, qui dessécha et flétrit sur place toute la politesse fleurie du capitaine. Il se détourna immédiatement, remerciant à la hâte Noël Vanstone de ses derniers témoignages de sympathie, et ramena Magdalen dans la maison.

– Je vous avais annoncé qu'elle montrerait ses griffes, lui dit-il. Ce n'est pas ma faute, si elle vous a égratignée avant que je puisse l'en empêcher… Elle ne vous a pas blessée, j'espère ?

– Elle m'a blessée et servie en même temps, répondit Magdalen ; elle m'a donné le courage de continuer. Dites-moi ce qu'il faudra faire, demain, et fiez-vous à moi pour exécuter vos instructions de point en point.

Elle accompagna ces paroles d'un profond soupir, et monta dans sa chambre.

Le capitaine Wragge gagna le salon d'un air pensif et s'assit pour réfléchir. Il n'était pas, à beaucoup près, aussi certain qu'il l'eût voulu de la marche qu'allait adopter l'ennemi après l'échec de cette première journée. Le regard d'adieu que lui avait lancé la femme de charge lui donnait clairement à comprendre qu'elle n'était pas encore à bout de ressources, et l'ex-milicien sentait toute l'importance des préparatifs à faire, en temps utile, pour se trouver en état de résister à la prochaine attaque. Il alluma un cigare et tendit contre les dangers de l'avenir tous les ressorts de son intelligence féconde en stratagèmes.

Tandis que le capitaine Wragge réfléchissait dans le salon de North Shingles, Mrs. Lecount méditait dans sa chambre à coucher de Sea View. Son exaspération, en voyant échouer la première épreuve tentée pour déjouer le complot, ne lui avait pas fait méconnaître l'urgente nécessité de tenter un second effort avant que le croissant engouement de Noël Vanstone eût pris des proportions qui la mettraient dans l'impossibilité de le combattre. Le piège tendu à Magdalen l'ayant été vainement, la seconde chance à courir était de faire tomber sa sœur dans quelque chausse-trappe du même genre. Mrs. Lecount demanda une tasse de thé, ouvrit son écritoire, et commença le brouillon d'une lettre qu'elle comptait dépêcher à Miss Vanstone aînée par le courrier du lendemain.

Ainsi se termina l'escarmouche préliminaire. Le fort de la bataille était encore à venir.

VI

Toute pénétration humaine a ses limites. Avec quelque exactitude que le capitaine Wragge se fût dirigé jusqu'alors, sa subtile perspicacité se trouvait prise en défaut pour le moment. Il acheva son cigare avec cette mortifiante conviction qu'il n'était nullement en mesure de deviner, et par conséquent de paralyser la prochaine manœuvre de Mrs. Lecount.

Dans une pareille difficulté, son expérience lui conseillait un moyen de salut, un moyen à peu près unique. Il résolut d'essayer sur la femme de charge l'effet embarrassant d'un complet changement de tactique, avant qu'elle eût le temps de mettre à profit ses avantages en l'attaquant dans les ténèbres où il était. Cette idée en tête, il envoya la domestique prier Miss Bygrave de vouloir bien venir lui parler.

– J'espère ne vous avoir pas dérangée, dit le capitaine lorsque Magdalen entra dans le salon. Acceptez mes excuses pour cette odeur de tabac, et souffrez quelques mots d'explication au sujet de la marche que nous allons adopter. Pour garder avec vous ma franchise habituelle, je vous avouerai que Mrs. Lecount m'intrigue, et je voudrais bien l'intriguer à mon tour. Dans ce but, je propose un moyen des plus simples. J'ai déjà eu l'honneur de vous donner un accès nerveux des plus graves, et je vous demande la permission (lorsque Mr. Noël Vanstone enverra demain aux nouvelles) d'ajouter à cette liberté que j'ai prise celle de vous aliter complètement. Question venue de Sea View Cottage : Comment va, ce matin, Miss Bygrave ? Réponse de North Shingles : Beaucoup plus mal ; Miss Bygrave est retenue dans sa chambre. Chaque jour la question se renouvelle, peut-être pendant une quinzaine : Comment se porte Miss Bygrave ? Pendant tout ce temps-là, s'il le faut, même réponse : Elle ne va pas mieux. Pourrez-vous supporter la réclusion ? Je ne vois pas pourquoi, le matin en vous levant, ou le soir en vous couchant, vous ne prendriez pas un peu l'air. Mais, tout le reste de la journée, je ne puis vous le dissimuler, vous devrez vous ranger dans la même catégorie que Mrs. Wragge : vous devrez strictement garder la chambre.

– Dans quelle intention m'assignez-vous cette ligne de conduite ? demanda Magdalen.

– Mon intention est double, répondit le capitaine. Je rougis de me trouver si stupide, mais le fait est que je ne sais pas trop bien ce que va être la prochaine démarche de Mrs. Lecount. Une seule chose est claire : c'est qu'elle compte faire une autre tentative pour ouvrir à la vérité les yeux de son maître. Quel que soit le moyen qu'elle puisse employer pour découvrir votre identité, il lui sera indispensable, si elle veut en arriver là, de conserver avec vous des rapports personnels. Fort bien. Si j'empêche ces rapports, j'embarrasse sa marche dès le début. Je lui force sa main, comme on dit aux cartes. Comprenez-vous ?

Magdalen comprenait fort bien. Le capitaine continua :

– Ma seconde raison pour vous enfermer ainsi, reprit-il, est uniquement liée au maître de Mrs. Lecount. L'amour a ceci d'exceptionnel, ma chère enfant, qu'il est différent des autres phénomènes de croissance et qu'il s'épanouit dans l'adversité. Nous commençons par faire goûter à Mr. Noël Vanstone tous les charmes de votre société. Puis nous le désolons en la lui retirant tout à coup. Sans notre situation actuelle vis-à-vis de Mrs. Lecount et les périls que cette situation peut receler, j'aurais proposé quelques entrevues de plus, afin de rendre plus certain l'effet que nous voulons produire. Comme vont les choses, il faut nous contenter de la fascination que Mr. Noël Vanstone a subie dans la journée d'hier et tenter l'épreuve d'une brusque séparation un peu plus tôt que je ne l'aurais souhaité en d'autres circonstances. Vous ne verrez plus ce monsieur, mais je le verrai, moi ; et s'il y a, du côté de son cœur, quelque petit endroit mis à vif, fiez-vous à moi pour le frapper d'une main experte ! Vous êtes maintenant tout à fait au courant de mes vues. Prenez le temps de réfléchir, puis donnez-moi votre réponse par oui ou par non.

– J'accepte comme favorable, dit Magdalen, tout changement appelé à m'éloigner de Mrs. Lecount et de son maître ! Qu'il en soit ainsi que vous le désirez !

Elle avait répondu jusqu'alors en personne lasse et qui se sent faible ; mais ces derniers mots furent dits à voix plus haute et avec un teint plus animé, symptômes qui avertirent le capitaine Wragge de ne pas insister davantage.

– Parfait, dit-il. Nous nous comprenons, comme d'ordinaire. Je vois que vous êtes fatiguée et je ne veux pas vous retenir plus longtemps.

Il se leva pour aller ouvrir la porte, mais s'arrêta à mi-chemin et revint sur ses pas :

– Laissez-moi, continua-t-il, tout régler avec la domestique ! Vous ne pouvez non plus garder le lit d'une manière absolue ; et il faudra s'assurer de la discrétion de cette fille chargée de répondre à la porte, sans toutefois, naturellement, la mettre dans la confidence. Je me charge de lui faire comprendre qu'elle doit vous dire malade, absolument comme elle dirait que vous n'êtes pas chez vous, afin de ne pas admettre des visiteurs mal venus. Et maintenant, permettez-moi de vous ouvrir la porte. Ah, pardon… Vous allez dans l'atelier de Mrs. Wragge au lieu de rentrer chez vous.

– Je le sais, dit Magdalen. Je veux retirer Mrs. Wragge de cette misérable pièce et la prendre là-haut avec moi.

– Pour la soirée ?

– Pour toute la quinzaine.

Le capitaine Wragge la suivit dans la salle à manger et ferma prudemment la porte avant de reprendre la parole.

– Prétendriez-vous sérieusement vous infliger la société de ma femme, pendant deux semaines entières ? demanda-t-il, tout étonné.

– Votre femme est la seule créature innocente qu'abrite ce toit coupable, s'écria-t-elle avec véhémence. Je dois et je veux la garder auprès de moi !

– Ne vous agitez pas, je vous en prie, dit le capitaine. Prenez Mrs. Wragge tant qu'il vous plaira ! Je saurai fort bien me passer d'elle.

Quand il eut ainsi abdiqué l'autre moitié de lui-même, il rentra discrètement au salon : « Sexe faible ! pensait le capitaine, frappant à petits coups sa tête bien avisée. Exigez de l'intelligence féminine un certain effort, et aussitôt la colère féminine se déchaîne. »

Il n'y avait pas qu'à North Shingles que cet effort auquel le capitaine faisait allusion était imposé à l'intelligence féminine : il en allait de même à Sea View. Pendant près de deux heures, Mrs. Lecount, assise à son bureau, écrivit, corrigea, recopia obstinément, avant d'avoir pu rédiger pour Miss Vanstone aînée une lettre qui répondît exactement à l'objet qu'elle avait en vue. Le brouillon finit cependant par la satisfaire, et la lettre, recopiée aussitôt de sa plus belle main, fut préparée pour la poste du lendemain.

Cette épître était tout simplement un chef-d'œuvre d'adresse. Après les premières phrases d'introduction, la femme de charge informait directement Norah de cette visite qu'une personne déguisée avait faite à Vauxhall Walk, de la conversation qui avait alors eu lieu, et du soupçon conçu par Mrs. Lecount que la prétendue Miss Garth devait être, selon toute probabilité, Miss Vanstone cadette en propre personne. Jusque-là fidèle à la vérité, Mrs. Lecount ajoutait ensuite que son maître était armé de témoignages en vertu desquels il pouvait invoquer le secours des lois ; qu'il savait à l'œuvre, dans Aldborough même, les artisans du complot tramé contre lui. S'il hésitait à prendre les mesures nécessaires pour sa protection, c'était par égard pour la famille, et dans l'espoir que Miss Vanstone aînée, usant de son influence sur sa sœur, rendrait inutile d'en venir à de telles extrémités.

Dans de telles circonstances (continuait la lettre), il fallait avant tout faire la preuve de l'identité de la visiteuse de Vauxhall Walk ; car, si la conjecture de Mrs. Lecount se trouvait fausse et si l'on en venait à découvrir que la personne en question était une étrangère, Mr. Noël Vanstone était bien positivement résolu à engager les poursuites nécessaires pour sa sécurité. Certains incidents dont Aldborough avait été le théâtre, et sur lesquels il était inutile d'insister, permettraient à Mrs. Lecount, avant peu de jours, de voir la personne suspecte, et cette fois, sous ses véritables dehors. Mais comme la femme de charge ne connaissait en aucune façon Miss Vanstone cadette, il était souhaitable, bien évidemment, que l'affaire fût prise en main par quelque personne mieux renseignée à cet égard. Si Miss Norah Vanstone se trouvait, par hasard, libre de venir en personne passer quelques heures à Aldborough, aurait-elle la bonté d'écrire pour s'annoncer ? Mrs. Lecount, dans ce cas, lui répondrait pour fixer un jour. Si, d'autre part, Miss Norah Vanstone ne pouvait faire le voyage, Mrs. Lecount lui suggérait une réponse qui contiendrait la description la plus complète de sa sœur, qui mentionnerait les moindres signes particuliers existant sur son visage ou sur ses mains et qui (dans le cas où elle aurait écrit récemment) indiquerait l'adresse portée sur sa dernière lettre ou, à défaut, le timbre de poste placé sur l'enveloppe. Aidée par de tels renseignements, Mrs. Lecount accepterait, dans l'intérêt même de la jeune égarée, de constater elle-même et en secret son identité; elle ne manquerait pas de communiquer immédiatement à Miss Vanstone aînée le résultat de cette enquête qui les intéressait toutes deux.

La difficulté de faire parvenir cette lettre à la bonne adresse n'embarrassa guère Mrs. Lecount. Se rappelant le nom de l'avocat qui, du temps de Michael Vanstone, avait défendu les intérêts des deux sœurs, elle adressa sa lettre à « Miss Vanstone, aux soins de Mr. Pendril, esq., Londres ». Une seconde enveloppe, renfermant cette précieuse épître, portait le nom de l'avocat de Mr. Noël Vanstone et, à l'intérieur, une simple ligne par laquelle ce gentleman était prié d'expédier la lettre au cabinet de Mr. Pendril.

« Maintenant, pensa Mrs. Lecount en enfermant la lettre dans son bureau en se promettant de la mettre elle-même à la poste dès le lendemain… maintenant, je la tiens, cette poupée ! »

Le lendemain matin la domestique de Sea View se présenta, chargée des compliments de son maître, et demandant des nouvelles de Miss Bygrave. Le bulletin du capitaine Wragge fut transmis exactement : Miss Bygrave était si souffrante qu'on l'avait condamnée à garder la chambre.

Noël Vanstone, en recevant cette nouvelle, ressentit une anxiété qui lui fit prendre le parti de venir lui-même à North Shingles, pendant sa promenade de l'après-midi. L'état de Miss Bygrave était toujours le même. Il demanda s'il pourrait être admis auprès de Mr. Bygrave. Le rusé capitaine était préparé à cette requête. Il pensait qu'un peu d'inquiétude, portant sur les nerfs de Noël Vanstone, n'aurait pas une mauvaise influence; et en conséquence, il avait chargé la domestique de répondre, en cas de besoin, que Mr. Bygrave, hors d'état de voir personne, priait qu'on l'excusât.

Le second jour, mêmes démarches pour avoir des nouvelles : message le matin et, dans l'après-midi, visite de Noël Vanstone. La réponse du matin (concernant Magdalen) fut qu'elle éprouvait un léger mieux.

La réponse de l'après-midi (concernant le capitaine Wragge) fut que Mr. Bygrave venait de sortir. Ce soir-là, l'humeur de Noël Vanstone fut particulièrement maussade, et la patience, le tact de Mrs. Lecount eurent fort à faire pour éviter toute occasion de conflit.

Le troisième jour, le bulletin de la jeune malade fut moins consolant : Miss Bygrave allait encore bien mal, et n'était pas en état de quitter son lit. La domestique, en rapportant ce message à Sea View, rencontra le facteur sur sa route et entra dans la salle à manger avec deux lettres adressées à Mrs. Lecount.

La femme de chambre reconnut immédiatement l'écriture de la première. C'était celle du médecin de Zurich qui soignait la maladie de son frère. Il annonçait que l'état du patient s'était amélioré dans les derniers jours et qu'on ne devait plus craindre pour sa vie.

L'adresse de la seconde lettre était d'une écriture inconnue. Mrs. Lecount en conclut que ce devait être la réponse de Miss Vanstone, et attendit pour en prendre connaissance que la fin du déjeuner lui permît de se retirer chez elle.

Là, elle ouvrit la lettre, regarda tout d'abord la signature, et en la lisant tressaillit quelque peu. Cette signature n'était point celle de Norah Vanstone, mais bien celle d'Harriet Garth.

Miss Garth annonçait que Miss Vanstone l'aînée avait accepté, huit jours auparavant, un emploi de gouvernante, qui l'avait obligée à rejoindre la famille de son nouveau patron, laquelle résidait depuis quelque temps dans le midi de la France, pour revenir ensuite en Angleterre, lorsque cette famille y rentrerait elle-même, sans doute sous quatre à six semaines. Durant son absence forcée, Miss Vanstone avait autorisé Miss Garth à ouvrir toutes ses lettres, cette combinaison ayant principalement pour but de ne laisser sans prompte réponse aucune des communications qui pourraient lui être adressées par sa sœur. Miss Magdalen Vanstone n'avait pas écrit depuis la mi-juillet, époque où le timbre de sa lettre attestait qu'elle avait dû être mise à la poste à Londres même, dans le district de Lambeth, et sa sœur aînée était partie d'Angleterre, emportant sur son compte les plus vives inquiétudes.

Cette explication donnée, Miss Garth ajoutait que, des circonstances de famille l'empêchant de partir en personne pour Aldborough, elle ne pourrait assister personnellement Mrs. Lecount dans la réalisation de ses plans ; elle possédait cependant, dans la personne de Mr. Pendril, un substitut bien plus apte qu'elle-même à remplir cette mission. Ce gentleman connaissait parfaitement Miss Magdalen Vanstone, et son expérience professionnelle ainsi que sa discrétion éprouvée rendraient son assistance doublement précieuse. Il voulait bien entreprendre le voyage d'Aldborough, aussitôt que sa présence y serait jugée nécessaire. Mais, ses instants étant comptés, Miss Garth insistait spécialement pour qu'on évitât de le mander jusqu'à ce que Mrs. Lecount fût tout à fait sûre du jour où elle aurait à requérir ses services.

Tout en proposant cet arrangement, Miss Garth regardait néanmoins comme un devoir, ajoutait-elle, de fournir à Mrs. Lecount le signalement écrit de Miss Vanstone cadette. Tel incident pouvait survenir qui ne laisserait pas à la femme de charge le temps de réclamer les services de Mr. Pendril, et la patience dont voulait bien faire preuve Mr. Noël Vanstone envers la malheureuse enfant qu'il traitait avec tant d'indulgence pouvait fort bien être mise à rude épreuve, si quelque difficulté imprévue ne permettait pas d'établir, en temps utile, l'identité de Magdalen. Suivait le signalement, rédigé comme il devait l'être en pareilles circonstances. Aucun détail n'y était omis qui pût servir à identifier Magdalen ; et il y était question, naturellement, de ces « deux grains de beauté rapprochés, au côté gauche du cou », qui avaient déjà été mentionnés sur les affiches expédiées à York. En terminant, Miss Garth exprimait la crainte que les soupçons de Mrs. Lecount ne se trouvassent, en définitive, que trop bien fondés. Mais, tant qu'il resterait la plus faible chance que la direction du complot pût être légitimement attribuée à un étranger, la reconnaissance de Miss Garth pour les ménagements gardés par Mr. Noël Vanstone l'obligeait à lui prêter aide dans toutes les poursuites légales qu'il entreprendrait, le cas échéant. C'est pourquoi elle insérait dans sa lettre le démenti formel, qu'au besoin elle répéterait en personne, d'une relation quelconque entre elle et la personne travestie qui avait osé faire usage de son nom. C'était bien elle, Miss Garth, qui avait occupé l'emploi de gouvernante chez feu Mr. Andrew Vanstone, mais jamais de sa vie elle n'avait même approché les environs de Vauxhall Walk.

Ce démenti et les ferventes assurances données par Miss Garth qu'elle était disposée à faire pour Magdalen tout ce que la sœur de celle-ci eût fait elle-même si elle était restée en Angleterre formaient la conclusion de la lettre. Elle était signée du nom et du prénom, et datée avec le soin, l'exactitude qui, en pareilles matières, assimilaient Miss Garth à l'homme d'affaires le plus expert.

Cette lettre plaçait entre les mains de la femme de charge une arme formidable.

Elle lui fournissait le moyen d'établir l'identité de Miss Bygrave, grâce à l'intervention officielle d'un avocat. Elle contenait une description personnelle assez minutieuse pour qu'on pût en tirer parti, s'il le fallait, avant l'arrivée de Mr. Pendril. Elle dénonçait l'imposture de la prétendue Miss Garth, de la main même et avec la signature de la véritable Miss Garth; elle établissait enfin que la dernière lettre écrite par Miss Vanstone cadette à sa sœur aînée avait été mise à la poste (et par conséquent écrite, selon toute probabilité) dans le voisinage de Vauxhall Walk. Si une autre lettre avait été reçue postérieurement, revêtue du timbre d'Aldborough, l'enchaînement des preuves, au moins pour la question des lieux de résidence, eût sans doute été plus complet; mais, tel qu'il se présentait, il devait suffire (corroboré au besoin par ce morceau de la robe d'alpaga que Mrs. Lecount avait conservé en sa possession) pour soulever le voile derrière lequel la conspiration était ourdie, et pour placer Mr. Noël Vanstone en face d'une vérité bien claire et bien frappante.

L'unique obstacle qui désormais empêchât la femme de charge d'agir immédiatement provenait de ce que Miss Bygrave demeurait enfermée dans une solitude inaccessible. Avant de s'adresser à Mr. Pendril, il fallait s'assurer que l'on pourrait avoir directement accès à elle. Mrs. Lecount n'hésita pas à mettre son chapeau pour se rendre immédiatement à North Shingles, et s'assurer, avant l'heure du courrier, de tout ce qu'elle pourrait y découvrir par elle-même.

Cette fois Mr. Bygrave était au logis; elle fut admise auprès de lui sans la moindre difficulté.

De mûres réflexions, faites le matin même, avaient décidé le capitaine Wragge à précipiter quelque peu la crise imminente. Les moyens qu'il comptait employer pour en arriver là lui faisaient une nécessité de voir séparément la femme de charge et son maître; il voulait, en effet, les mettre en complet désaccord l'un avec l'autre, en produisant sur leur esprit, par rapport à lui-même, deux impressions absolument contraires. La visite de Mrs. Lecount, par conséquent, au lieu de lui causer le moindre embarras, exauçait au contraire le plus cher de ses vœux. Il la reçut au salon, avec une réserve marquée qui devait la surprendre et la surprit en effet. Le gracieux sourire du capitaine et son engageante familiarité avaient fait place à une contenance solennelle, à un masque impénétrable.

– Je me permets de vous importuner, monsieur, dit Mrs. Lecount, pour vous exprimer le regret que nous cause, à mon maître et à moi, le fâcheux état de Miss Bygrave. Est-ce qu'il ne s'améliore pas quelque peu ?

– Non, madame, répondit le capitaine aussi laconiquement que possible. Ma nièce n'est pas mieux portante.

– Je suis, monsieur Bygrave, assez expérimentée dans le métier de garde-malade. Si je pouvais vous être utile…

– Mille mercis, madame, mais nous n'avons pas, pour le moment, à profiter de votre bonté.

Cette réponse, si nette, fut suivie d'un silence qui dura quelques instants. La femme de charge se sentait un peu perplexe. Qu'étaient devenues la courtoisie raffinée de Mr. Bygrave, et son interminable phraséologie ? Aurait-il formé le projet de la blesser ? S'il en était ainsi, Mrs. Lecount se promettait bien de ne pas permettre qu'il y réussît.

– Pourrais-je savoir quelle est la nature de sa maladie ? continua-t-elle. J'espère bien que notre excursion à Dunwich n'y est absolument pour rien ?

– Je vous le dis à regret, madame, répondit le capitaine, mais le mal a débuté par cet accès névralgique dont vous avez été témoin dans la voiture…

« Tiens, tiens ! pensa Mrs. Lecount. Il n'essaie même pas de me faire croire à la réalité de la maladie. Dès le début, il jette le masque ! »

– S'agit-il donc, monsieur, d'une maladie nerveuse ? ajouta-t-elle à voix haute.

Le capitaine répondit par un geste de tête affirmatif et solennel.

– Vous avez donc alors, dans la maison, monsieur Bygrave, deux personnes atteintes de maladie nerveuse ?

– Oui, madame, deux… ma femme et ma nièce.

– C'est, en fait de malheurs, une coïncidence assez bizarre.

– Vous l'avez dit, madame, tout à fait bizarre.

Bien que Mrs. Lecount fût déterminée à ne se point formaliser, l'exaspérante insensibilité du capitaine Wragge à tous les coups qu'elle lui portait finit par la troubler un peu. Elle eut quelque peine à retrouver toute son égalité d'âme avant de reprendre le cours de la conversation.

– N'y a-t-il donc, recommença-t-elle, aucun espoir immédiat que Miss Bygrave puisse quitter la chambre ?

– Pas le moindre espoir, madame.

– Vous êtes content, je suppose, du médecin qui la traite ?

– Je n'ai pas appelé de médecin, dit le capitaine avec sang-froid. Je surveille moi-même le traitement.

Le venin qui s'accumulait chez Mrs. Lecount s'enfla tout à coup à cette réponse et déborda de ses lèvres.

– Les quelques notions générales de science que vous possédez, monsieur, dit-elle avec un mauvais sourire, incluent, je présume, quelques notions de médecine ?

– Comme vous dites, madame, répondit le capitaine, sans que son visage ou ses gestes trahissent la moindre émotion. Je suis médecin au même titre que je suis savant.

Le ton sur lequel ces paroles furent prononcées ne laissait qu'une issue à la dignité de Mrs. Lecount. Elle se leva pour terminer l'entretien. Mais la tentation du moment se trouva trop forte pour elle ; il lui fut impossible de quitter le capitaine Wragge sans le laisser sous le coup de quelque vague menace.

– Je remets, monsieur, lui dit-elle, les remerciements que je vous dois pour votre accueil au jour où je pourrai payer effectivement la dette qu'il m'a fait contracter… D'ici là, je suis heureuse de déduire de l'absence de médecin dans la maison que la maladie de Miss Bygrave n'a pas, à beaucoup près, la gravité que je lui supposais en venant ici.

– Jamais je ne contredis une dame, répliqua l'incorrigible capitaine. Si c'est votre bon plaisir, à notre prochaine rencontre, de croire que ma nièce est parfaitement rétablie, je m'inclinerai avec résignation devant cet arrêt infaillible.

Il suivit, sur ces mots, la femme de charge dans le corridor et lui ouvrit poliment la porte de la rue. « Je remporte la levée, madame, se disait-il à lui-même en refermant cette porte. L'atout que vous avez en main est une entrevue avec ma nièce. J'aurai bien soin que vous ne puissiez le jouer ! » Il rentra au salon pour y attendre avec calme l'incident qui, selon toute probabilité, allait maintenant se produire, à savoir une visite du maître de Mrs. Lecount. En moins d'une heure, les pressentiments du capitaine Wragge se trouvèrent justifiés ; Noël Vanstone fut introduit.

– Ah ! mon cher voisin, s'écria le capitaine s'emparant amicalement d'une main que son hôte lui abandonnait à regret. Je sais ce qui vous amène… Mrs. Lecount vous a raconté la visite qu'elle vient de nous faire et aura sans doute dénoncé la maladie de ma nièce comme un subterfuge pur et simple. Vous êtes surpris, vous êtes blessé, vous me soupçonnez de jouer avec vos meilleures sympathies, bref, vous demandez une explication. Vous y avez droit, elle vous sera donnée… Prenez un siège, monsieur Vanstone, je vais m'en remettre absolument à votre bon sens, à votre jugement d'homme du monde. Je reconnais, monsieur, que nous sommes dans une position fausse et, je vous le dis sans préambule, je vous le dis sans marchander : c'est votre femme de charge qui en est la cause.

Pour la première fois de sa vie, Noël Vanstone ouvrit de grands yeux :

– Lecount ? s'écria-t-il, au comble de la surprise.

– Elle-même, monsieur, répondit le capitaine Wragge. Je crains d'avoir offensé Mrs. Lecount, lorsqu'elle est venue ce matin, faute d'avoir mis assez de cordialité dans mon accueil. Je suis un homme tout d'une pièce, moi, et je ne sais point me parer de dehors contraires à mes sentiments. Loin de moi l'idée de porter la moindre atteinte à la réputation de votre femme de charge. C'est, je n'en doute nullement, une femme excellente et très digne de confiance ; elle a pourtant un sérieux défaut, qui lui est commun avec les personnes de son âge et placées dans une situation comme la sienne : elle est jalouse de son influence sur son maître, bien que peut-être vous ne vous en soyez pas aperçu.

– Je vous demande bien pardon, interrompit Noël Vanstone, je suis un observateur remarquablement subtil… rien ne m'échappe.

– En ce cas, monsieur, reprit le capitaine, vous n'aurez pas manqué de remarquer que, dans sa conduite à l'égard de ma nièce, Mrs. Lecount s'est laissé diriger par la jalousie dont je parlais ?

Noël Vanstone se rappela le duel domestique survenu entre Mrs. Lecount et lui, après le départ des hôtes qui étaient venus passer la soirée à Sea View, et ne vit pas trop bien, tout d'abord, ce qu'il avait à répondre. Il exprima la plus grande surprise, le plus grand regret ; il estimait que Lecount, pendant la course à Dunwich, avait fait son possible pour se rendre agréable ; il espérait, il était certain, qu'il y avait dans tout ceci quelque fâcheux malentendu.

– Prétendriez-vous dire, monsieur, poursuivit le capitaine avec une certaine sévérité, que vous n'avez pas vous-même remarqué cette circonstance ? En tant qu'homme honorable et subtil observateur, vous ne sauriez affirmer une telle chose ! La politesse superficielle de votre femme de charge n'a pas suffisamment dissimulé ses sentiments réels. Ma nièce les a démêlés ; vous les avez démêlés et moi tout de même. Ma nièce, monsieur Vanstone, est une jeune fille très délicate et très susceptible ; elle refuse positivement de cultiver à l'avenir la société de Mrs. Lecount… N'allez pas vous méprendre sur ce que je vous dis là : pour ma nièce, comme pour moi, monsieur Vanstone, l'attrait de *votre* société demeure le même… Miss Bygrave se refuse simplement à devenir une pomme de discorde (si vous me permettez cette allusion classique), une pomme de discorde jetée dans votre intérieur. En ceci, je crois qu'elle a raison ; et je vous avouerai franchement que j'ai transformé en maladie sérieuse une affection de nerfs dont elle souffre bien réellement, sans autre motif que d'empêcher provisoirement ces deux dames de se rencontrer tous les jours sur la promenade et d'en rapporter, soit chez vous, soit chez moi, des impressions désagréables.

– Chez moi, remarqua Noël Vanstone, je ne souffre rien de désagréable. Je suis le maître, vous avez déjà dû le remarquer, monsieur Bygrave, je suis le maître chez moi.

– Pas le moindre doute là-dessus, mon cher monsieur. Mais vivre du matin au soir dans l'exercice continuel de l'autorité qu'on a, c'est mener plutôt l'existence d'un gouverneur de prison que celle d'un chef de famille… On s'use, monsieur – pensez bien à ceci ! –, on s'use à cet ingrat métier.

– Ah ! c'est ainsi que vous envisagez la chose ? dit Noël Vanstone adouci par le prompt assentiment du capitaine Wragge à sa profession de foi despotique. Peut-être bien n'avez-vous point tort. Mais il faut que j'avise immédiatement. Je ne veux pas qu'on me déconsidère ; je renverrai Lecount, sans la moindre hésitation, plutôt que de me voir déconsidéré.

Son teint s'animait et, d'un air farouche, il croisa ses petits bras. Les explications habilement irritantes du capitaine Wragge avaient éveillé en lui ce soupçon latent de l'influence exercée sur lui par sa femme de charge, qui de temps à autre lui causait quelque inquiétude que, cette fois, l'absence de Mrs. Lecount n'apaisait guère.

– Que va penser de moi Miss Bygrave ? s'écria-t-il avec un soudain élan de dépit. Je vais renvoyer Lecount ! Dieu me damne ! je vais la faire partir immédiatement !

– Non, non, non ! dit le capitaine, dont l'intérêt n'était point de pousser Mrs. Lecount dans ses derniers retranchements. Pourquoi des mesures de violence quand la douceur peut suffire ? Mrs. Lecount est à votre service depuis longtemps ; Mrs. Lecount vous est attachée, vous est utile. Elle a ce petit défaut de jalousie qui tient à sa position domestique auprès d'un maître célibataire. Elle vous voit témoignant une attention courtoise à une jeune et jolie femme ; elle voit cette belle personne flattée, comme elle doit l'être, des égards que vous lui témoignez et, pauvre femme, elle en perd patience. A ceci, quel remède ? Il faut l'humaniser, il faut faire une concession virile à la faiblesse du sexe… Si Mrs. Lecount est avec vous la première fois que nous nous rencontrerons sur la promenade, prenez de l'autre côté. Si Mrs. Lecount n'est pas avec vous, accordez-nous le plaisir de votre compagnie… Bref, mon cher monsieur, essayez du *suaviter in modo* (comme nous disons, nous autres classiques) avant de vous risquer dans le *fortiter in re* !

Il y avait une excellente raison pour que Noël Vanstone acceptât les conciliantes invitations du capitaine Wragge. Une rupture ouverte avec Mrs. Lecount, si tant est qu'il ait pu trouver le courage de l'aborder en face, impliquait la nécessité de reconnaître les droits qu'elle avait, en vertu de ses longs services, soit chez son père, soit chez lui, à ce qu'on lui assurât un avenir. Or la pingre nature de Noël Vanstone faiblissait devant la simple idée de traduire en argent comptant ses sentiments de reconnaissance ; aussi, après un étalage d'hésitations qui avaient pour but de sauver les apparences, adopta-t-il les suggestions du capitaine et consentit-il à « humaniser » Mrs. Lecount.

– Mais surtout, continua Noël Vanstone, il faut, en cette matière, avoir égard à ma position. Je ne veux pas qu'on se méprenne sur le véritable sens des concessions que je puis faire à Lecount… Miss Bygrave ne doit pas conserver l'idée que j'ai peur de ma femme de charge.

Le capitaine déclara qu'aucune pensée de ce genre n'était jamais entrée et ne pourrait jamais entrer dans la tête de Miss Bygrave. Noël Vanstone n'en revint pas moins sur ce sujet, à plusieurs reprises, avec son obstination accoutumée. Serait-il indiscret de solliciter un entretien où il pût éclairer là-dessus Miss Bygrave ? Pouvait-il espérer qu'on aurait le bonheur de la voir ce jour même ? Sinon ce jour-là, le jour suivant ? Sinon le lendemain, le surlendemain ? Le capitaine Wragge répondit en prenant ses précautions ; il sentait l'importance de ne pas exciter la méfiance de Noël Vanstone par un trop grand empressement à combler ses vœux.

– Il ne faut pas songer, mon cher monsieur, dit-il, à la voir aujourd'hui. Elle n'est pas assez bien remise ; elle a besoin de repos. Je me propose de la faire sortir, demain, avant la chaleur, non seulement pour éviter l'embarras provenant de sa situation vis-à-vis de Mrs. Lecount, mais encore parce que l'air du matin, le calme du matin sont excellents pour ces maladies nerveuses. Nous nous mettrons en route à sept heures. Si vous êtes comme nous, et s'il vous plaisait de venir nous rejoindre, je n'ai pas besoin de vous dire que nous n'avons aucune objection à vous voir en tiers dans notre promenade du matin. L'heure, je le sais, n'est pas habituelle ; mais, plus tard, ma nièce peut avoir besoin de se reposer sur sa chaise longue et se trouver hors d'état de recevoir des visites.

Après avoir fait cette proposition, simplement pour permettre à Noël Vanstone de venir furtivement à North Shingles de bon matin, et alors que sa femme de charge serait très probablement encore au lit, le capitaine Wragge le laissa libre d'accepter, aussi indirectement qu'il avait été donné, cette espèce de rendez-vous. Le petit homme fut assez fin (il le devenait toutes les fois que son égoïsme était en jeu) pour comprendre à demi-mot, et rendre l'engagement réciproque en acceptant sans retard la proposition. Ensuite il se leva pour prendre congé.

– Un mot avant de nous quitter, dit le capitaine Wragge : cette conversation est tout à fait entre nous. Mrs. Lecount ne doit rien savoir de l'impression qu'elle a produite sur ma nièce. Je ne vous en ai parlé que pour vous expliquer la brutalité apparente de ma conduite et satisfaire là-dessus vos légitimes susceptibilités. Tout ceci, monsieur Vanstone, sous le sceau du secret… très strictement sous le sceau du secret… Et bien le bonjour !

Ce fut avec ces paroles d'adieu, accompagnées de maintes révérences, que le capitaine reconduisit son visiteur. Sauf quelque désastre inattendu, il voyait maintenant par quel moyen son entreprise devait infailliblement réussir. Dans le cours de cette matinée, il avait obtenu deux résultats essentiels : d'abord en semant entre la femme de charge et son maître un germe de mécontentement réciproque ; puis en associant Noël Vanstone, avec Magdalen et lui, à un secret dont Mrs. Lecount serait exclue. « Nous tenons maintenant le petit homme, pensa le capitaine Wragge en se frottant joyeusement les mains. Je crois bien qu'il est à nous, désormais ! »

En quittant North Shingles, Noël Vanstone rentra immédiatement chez lui, pleinement rendu au sentiment de sa propre valeur et fermement décidé à mener les choses haut la main, s'il se trouvait en désaccord avec Mrs. Lecount.

La femme de charge vint recevoir son maître à la porte, avec ses plus douces façons et son sourire le plus caressant. Elle lui parlait les yeux baissés, opposant aux proclamations d'indépendance qu'il avait projetées une barrière d'impénétrable respect.

– Puis-je me permettre de vous demander, monsieur, commença-t-elle, si votre visite à North Shingles vous a fait envisager la maladie de Miss Bygrave comme il m'a semblé qu'elle devait être envisagée ?

– Pas le moindre du monde, Lecount. J'estime que vos conclusions ont été tout à la fois précipitées et faussées par un préjugé malveillant.

– Désolée, monsieur, que vous pensiez ainsi. J'ai été froissée, j'en conviens, par le grossier accueil de Mr. Bygrave. Mais je ne me doutais pas que mon jugement en eût été perverti à ce point… Peut-être, monsieur, vous a-t-il reçu, vous, avec un empressement plus chaleureux.

– Il m'a reçu en vrai gentleman, c'est tout ce qu'il me semble convenable de dire là-dessus, Lecount ; il m'a reçu en vrai gentleman.

Cette réponse éclaira Mrs. Lecount sur l'unique point qui lui laissât quelques doutes. Quel que fût le sens qu'il fallait attribuer au soudain refroidissement de Mr. Bygrave vis-à-vis d'elle, l'accueil poli qu'il avait fait à son maître indiquait assez que le risque d'être découvert ne l'avait pas fait renoncer à ses projets et que la marche du complot n'en était pas ralentie. Les yeux de la femme de charge brillèrent plus vifs que jamais, quand elle vit ses pressentiments ainsi justifiés. Après un moment de réflexion, elle soumit son maître à un nouvel interrogatoire.

– Vous comptez sans doute, monsieur, revoir notre voisin le capitaine ?

– Je le reverrai, naturellement, si telle est ma convenance.

– Peut-être aussi rendrez-vous visite à Miss Bygrave, si elle vient à se rétablir ?

– Pourquoi non ? Je voudrais bien savoir ce qui m'en empêcherait. Me faudrait-il par hasard, Lecount, votre autorisation préalable ?

– En aucune façon, monsieur. Comme vous le dites souvent (et je n'ai jamais manqué d'en tomber d'accord), il n'y a ici d'autre maître que vous. Cependant, monsieur Noël, et si surprenante que la chose puisse vous paraître, j'aurais quelques raisons particulières pour souhaiter que vous revissiez Miss Bygrave.

Mr. Noël tressaillit légèrement, et regarda sa femme de charge avec une certaine curiosité.

– J'ai une singulière fantaisie, à propos de cette jeune personne, continua Mrs. Lecount. Si vous voulez bien me la pardonner et vous prêter à la satisfaire, vous me rendriez un service dont je vous serais fort reconnaissante.

– Une fantaisie ? répéta son maître dont la surprise allait croissant… Et quelle fantaisie, je vous prie ?

– Rien que ceci, monsieur, dit Mrs. Lecount.

Elle tira d'une des petites poches de son élégant tablier un fragment de papier, soigneusement plié de manière à occuper le moins d'espace possible, et le déposa respectueusement dans la main de Noël Vanstone.

– Si vous voulez obliger à jamais une ancienne et fidèle domestique, dit-elle ensuite d'un ton très calme, mais de manière à produire une vive impression, vous serez assez bon, monsieur Noël, pour placer ce bout de papier dans la poche de votre gilet ; vous ne l'ouvrirez pour le lire *que lorsque vous vous retrouverez, à la prochaine occasion, en face de Miss Bygrave.* D'ici là, vous ne direz à âme qui vive ce qui vient de se passer entre nous. Je m'engage, monsieur, à vous expliquer cette singulière requête quand vous aurez fait ce que je vous demande, et à l'issue de votre prochaine entrevue avec Miss Bygrave.

Elle lui fit là-dessus sa plus gracieuse révérence et quitta paisiblement la pièce.

Noël Vanstone portait successivement ses regards du papier plié vers la porte, et de la porte sur le petit pli, avec une surprise impossible à écrire. Un mystère dans sa propre maison, à son nez et à sa barbe ! Qu'est-ce que cela pouvait bien signifier ?

Cela signifiait que Mrs. Lecount, dans cette matinée, n'avait pas perdu son temps. Tandis que le capitaine, à North Shingles, enveloppait de ses filets le crédule visiteur, la femme de charge minait assidûment le sol sous les pieds de son adversaire. Le petit pli ne renfermait rien de moins qu'un extrait, bien lisiblement écrit, du signalement de Magdalen, tel qu'il était donné dans la lettre de Miss Garth. Avec une subtilité audacieuse que le capitaine Wragge lui-même eût pu lui envier, Mrs. Lecount allait employer, pour dévoiler le complot, et sans que celui-ci s'en doutât, l'individu même qui devait en être victime.

VII

Plus tard dans la soirée, lorsque Magdalen et Mrs. Wragge revinrent de la promenade qu'elles avaient faite au crépuscule, le capitaine arrêta la jeune fille qui remontait chez elle pour la mettre au courant de ce qui s'était passé ce jour-là. Il ajouta que, selon lui, l'heure était venue d'amener Mr. Noël Vanstone à faire le plus tôt possible les propositions matrimoniales qu'on devait attendre de lui. Magdalen répondit simplement qu'elle comprenait la portée de ce conseil et ferait ce qui lui était demandé. Le capitaine Wragge la pria, puisqu'il en était ainsi, de se joindre à une promenade qu'il ferait le lendemain à sept heures avec Mr. Noël Vanstone.

– Je serai prête, répondit-elle. Avez-vous autre chose à me dire ?

Non, c'était tout. Magdalen lui souhaita le bonsoir et rentra chez elle.

Pendant les trois jours de sa réclusion au logis, elle avait manifesté la même répugnance à frayer avec le capitaine plus longtemps qu'il n'était strictement nécessaire.

Durant tout ce temps, au lieu de paraître ennuyée de la compagnie de Mrs. Wragge, elle s'était associée patiemment, presque avec zèle, aux occupations qui absorbaient sa compagne. Elle qui jadis, dans toute la liberté de Combe-Raven, se révoltait et protestait contre ce qu'elle appelait la monotonie de sa vie, elle acceptait maintenant, sans un murmure, la monotonie de sa vie autour de la table à ouvrage de Mrs. Wragge. Elle qui autrefois avait en horreur la simple vue d'une aiguille ou d'un dé, qui jamais n'avait porté un vêtement façonné de ses propres mains, travaillait maintenant à faire la robe de Mrs. Wragge et supportait les bévues de Mrs. Wragge avec autant d'ardeur, avec autant de patience que si elle eût donné pour but à sa vie tout entière la confection de cet unique vêtement. Tout lui était bon, jusqu'aux vulgaires difficultés d'une façon de robe, jusqu'à l'incessant bavardage de la pauvre créature, à moitié idiote, qui s'enorgueillissait de son concours et se trouvait si heureuse de la garder auprès d'elle ; tout lui était bon de ce qui lui masquait l'avenir et l'empêchait de songer à l'accomplissement de la destinée qu'elle-même s'était faite. Ce caractère, profondément meurtri, trouvait un incompréhensible soulagement dans l'étreinte amicale de la rude main que sa compagne lui tendait parfois ; ce cœur désolé puisait quelque allégement et quelque joie, le soir au moment des adieux, dans le baiser affectueux de Mrs. Wragge.

L'isolement où se trouvait ainsi plongé le capitaine dans sa propre maison ne semblait en rien peser sur son caractère toujours égal et serein. Au lieu d'en vouloir à Magdalen du soin qu'elle mettait à l'éviter, il calculait les résultats probables de cette conduite, et lui accordait une approbation sans réserve. Plus elle le négligeait pour rester auprès de sa femme, plus elle se rendait utile comme gardienne volontaire de cette prisonnière qu'il fallait ne pas perdre un instant de vue. Le capitaine avait plus d'une fois songé à révoquer la concession qu'on lui avait extorquée, et à prendre sur lui de faire partir sa femme afin de se défaire du danger de sa présence. Son seul motif pour renoncer à cette idée avait été la certitude que Magdalen, bien sérieusement et pour tout de bon, avait formé le projet de tenir compagnie à Mrs. Wragge. Aussi longtemps qu'elles étaient réunies, son inquiétude la plus sérieuse n'avait plus de fondement. Quand il sortait, elles demeuraient enfermées, suivant le désir qu'il en avait manifesté ; or il savait que, s'il ne pouvait compter beaucoup sur la docilité suspecte de Mrs. Wragge, Magdalen, du moins, maintiendrait la porte bien close jusqu'à son retour. Ce soir-là, le capitaine Wragge fuma son cigare en pleine sérénité ; il savoura son grog tout à son aise, ne se doutant pas du piège que Mrs. Lecount lui avait tendu pour le lendemain matin.

A sept heures très précises, Noël Vanstone fit son apparition. Il avait à peine franchi le seuil de la pièce que le capitaine découvrit, dans la physionomie et l'attitude du petit homme, un changement qui lui parut suspect.

« Anguille sous roche, pensa-t-il. Nous n'en avons pas encore fini avec Mrs. Lecount. »

– Et Miss Bygrave, comment va-t-elle ce matin ? demanda Noël Vanstone ? Assez bien, je l'espère, pour notre promenade matinale ?

Ses yeux à demi fermés, que la clarté du matin semblait éblouir et que l'air frais du matin faisait pleurer, promenaient par toute la pièce des regards furtifs ; lui-même, tandis qu'il faisait poliment toutes ces questions, passait d'un fauteuil à l'autre sans trouver une place qui parût lui convenir.

– Ma nièce va mieux ; elle s'habille pour sortir avec nous, répondit la capitaine qui, tout en parlant, ne cessait d'observer son remuant petit ami. Monsieur Vanstone ! ajouta-t-il tout à coup, je suis un Anglais pur sang, et pardonnez-moi de vous dire, sans autre forme, ce qui me passe par l'esprit… Vous ne venez pas à moi, ce matin, aussi cordialement que vous l'avez fait hier. Il y a quelque chose d'incertain dans l'expression de votre physionomie. Je me défie, monsieur, de cette femme de charge dont nous avons parlé. A-t-elle abusé de votre indulgence ? Aurait-elle essayé d'envenimer votre esprit, ou contre moi, ou contre ma nièce ?

Si Noël Vanstone avait obéi aux injonctions de Mrs. Lecount et, sans y regarder, conservé dans sa poche le petit bout de papier qu'elle lui avait remis jusqu'au moment même où elle lui avait prescrit de l'ouvrir, la brusque et habile sortie du capitaine Wragge ne l'eût point embarrassé. Mais, trop faible pour résister à un mouvement de curiosité, il avait ouvert dès le soir même la note en question. Il l'avait encore relue le matin ; elle l'avait sérieusement troublé, rendu perplexe ; et, dans l'agitation d'esprit où elle l'avait plongé, il ne gardait pas même l'usage de ses ressources ordinaires. Aussi hésita-t-il, et sa réponse, quand il réussit à la formuler, commença de la façon la plus équivoque.

Le capitaine Wragge ne lui laissa pas même achever sa première phrase.

– Excusez-moi, monsieur, interrompit-il en prenant ses plus grands airs. Si vous avez des secrets à garder, il suffit de le dire, et je n'insisterai pas. Je ne prétends empiéter sur les secrets de personne. D'un autre côté, monsieur Vanstone, il faudra bien me permettre de vous rappeler que, dans notre causerie d'hier, je n'ai gardé moi-même aucune réserve. Je vous ai admis, monsieur, à mes confidences les plus sincères et les plus complètes, et, si haut que je place le bénéfice de mes relations avec vous, je ne m'abaisserai jamais à cultiver votre amitié sur un autre pied que celui de l'égalité la plus parfaite.

Il ouvrit, là-dessus, son vénérable paletot, dont il écarta les revers avec une indicible majesté, puis il laissa tomber sur son hôte le regard d'un censeur austère et vertueux.

– Mes intentions sont bonnes ! s'écria Noël Vanstone, d'un ton plaintif. Pourquoi m'interrompre, monsieur Bygrave ? Pourquoi ne pas me laisser m'expliquer ? Mes intentions sont bonnes… je n'entends blesser qui que ce soit.

– Et personne ici n'est blessé, rétorqua le capitaine. Vous avez parfaitement le droit de garder par-devers vous tout ce qu'il vous plaît de taire. Je n'ai pas celui de m'en offenser. Je me borne à réclamer pour moi les privilèges que je vous reconnais. (Il se leva d'un air très digne, et tira le cordon de la sonnette.) Avertissez Miss Bygrave, dit-il à la domestique, que notre promenade de ce matin est ajournée jusqu'à une autre occasion, et que je n'entends pas lui donner la peine de descendre.

Ce procédé un peu violent produisit l'effet voulu. Noël Vanstone insista pour obtenir, avant l'envoi du message, un instant de conversation particulière. La rigueur du capitaine Wragge se détendit quelque peu. Il renvoya la domestique dans les régions inférieures et, reprenant son fauteuil, il attendit avec confiance les résultats de son habile manœuvre. En calculant les moyens d'exploiter la faiblesse intellectuelle de son hôte, il avait une grande supériorité sur Mrs. Lecount. Son jugement n'était point faussé par de latentes jalousies féminines ; il n'était pas tombé dans cette erreur où la femme de charge s'était laissé entraîner par son amour-propre, celle d'évaluer trop bas l'impression produite par Magdalen sur Noël Vanstone. Une des forces de ce bas monde, que méconnaîtra toujours la femme d'un âge mûr quand cette force opère contre elle, c'est l'empire de la beauté chez une femme plus jeune qu'elle ne l'est elle-même.

– Vous êtes impétueux, monsieur Bygrave, vous ne me laissez guère le temps, vous ne voulez pas écouter ce que j'ai à vous dire ! s'écria Noël Vanstone, piteux, quand la domestique eut refermé la porte du salon.

– C'est, monsieur, un défaut de famille, l'ardeur de sang qu'on reproche aux Bygrave… Recevez toutes mes excuses ! Nous voilà seuls, comme vous le désiriez. Continuez, je vous prie.

Placé devant l'alternative de renoncer à son entrevue avec Magdalen ou de trahir Mrs. Lecount, n'ayant, pour l'éclairer, aucune idée de ce que tramait la femme de charge, intimidé par le regard scrutateur que le capitaine Wragge tenait arrêté sur lui, Noël Vanstone ne fut pas longtemps à se décider. Il raconta, non sans confusion, son étrange entrevue de la veille au soir avec Mrs. Lecount et, tirant de sa poche le pli qu'elle lui avait remis, il le plaça dans la main du capitaine.

Celui-ci, du moment où il vit la note mystérieuse, se douta vaguement de la vérité. Pour en prendre connaissance, il se rapprocha de la fenêtre. Les premières lignes qui fixèrent son attention furent celles-ci :

Faites-moi le plaisir, monsieur Noël, de comparer la jeune personne qui est maintenant devant vous avec le signalement placé à la suite de ces lignes et qui m'a été communiqué par un ami. Vous saurez le nom de la personne d'après laquelle il est fait – nom que j'ai laissé en blanc – dès que le témoignage de vos propres yeux vous aura réduit à croire ce que vous n'auriez jamais voulu reconnaître pour vrai sur le seul témoignage de Virginie Lecount.

C'en fut assez pour le capitaine. Avant d'avoir lu un seul mot du signalement lui-même, il devina ce qu'avait fait Mrs. Lecount et comprit avec un profond sentiment d'humiliation que son ennemie le prenait au dépourvu.

Il n'y avait pas à réfléchir plus longtemps : le complot tout entier était menacé d'une ruine irréparable. L'unique ressource du capitaine Wragge était d'agir à l'instant même, en s'abandonnant aux impulsions de sa témérité naturelle. Il lisait le signalement ligne après ligne, et cependant cette prompte faculté de mensonge qui jamais encore ne l'avait laissé dans l'embarras résistait, en ce moment, à ses appels réitérés. Il en vint à la phrase finale, à ces derniers mots qui mentionnaient les deux grains de beauté placés sur le cou de Magdalen. Devant ce passage qui complétait la description, une idée subite lui traversa l'esprit ; ses yeux vairons étincelèrent ; ses lèvres souples, se relevant aux coins, dessinèrent un arc plus prononcé : Wragge venait de renaître.

Il se détourna brusquement de la croisée et fixa son regard sur le visage de Noël Vanstone avec un calme forcé, prélude inévitable de quelque grave communication.

– Auriez-vous par hasard, monsieur, quelques renseignements positifs sur la famille de Mrs. Lecount ? demanda-t-il à son interlocuteur.

– C'est une famille respectable, dit Noël Vanstone, mais je n'en sais pas autre chose. Pourquoi cette question, s'il vous plaît ?

– Je ne suis point un homme à gageures, poursuivit le capitaine Wragge, mais en cette occasion je tiendrai la somme qu'il vous plaira, si vous voulez parier avec moi qu'il y a, dans la famille de votre femme de charge, une veine de folie.

– De folie ? répéta Noël Vanstone, véritablement stupéfait.

– De folie, réitéra le capitaine, frappant le billet du bout de ses doigts dans un geste tout à fait docte. Je vois dans chaque ligne de ce déplorable document la ruse particulière aux fous, leur humeur soupçonneuse, leurs trahisons, leurs perfidies félines. Il y a, monsieur, pour expliquer la conduite de Mrs. Lecount envers ma nièce, une raison plus alarmante que je ne l'avais d'abord soupçonné. Il est évident pour moi que Miss Bygrave ressemble à quelque autre jeune personne qui aura sérieusement offensé votre femme de charge, qui peut-être s'est trouvée jadis mêlée au début de son infirmité mentale, et que, dans le désordre de son esprit, elle confond présentement avec ma nièce. Telle est, monsieur Vanstone, ma conviction bien arrêtée. Je puis avoir raison, je puis avoir tort. Tout ce que j'en dirai, c'est que, ni à vous ni à personne, il ne sera possible d'assigner un motif sensé pour expliquer la production de cet incompréhensible document, ou l'usage que l'on vous demande d'en faire.

– Je ne crois pas que Lecount soit folle, dit Noël Vanstone avec un regard extrêmement vague et une attitude fort peu assurée. Avec mes habitudes d'observation, jamais, non, jamais Lecount n'aurait pu devenir folle à mon insu.

– Très bien donc, mon cher monsieur. Selon moi, elle est le jouet d'une illusion insensée ; selon vous, elle a toute sa raison et doit agir en vertu de quelque mystérieux mobile que ni vous ni moi ne pouvons approfondir. Dans un cas comme dans l'autre, il n'y a aucun mal à vérifier la description de Mrs. Lecount, non seulement à titre de curiosité, mais pour notre propre satisfaction particulière, tant la vôtre que la mienne. Il est impossible, cela va sans le dire, de prévenir ma nièce que l'on va la soumettre à un examen aussi singulier que celui dont votre petite note suggère l'idée. Mais, monsieur Vanstone, vous pouvez vous servir de vos yeux, prendre ensuite votre parti, et, que vous la jugiez folle ou sensée, dire à votre femme de charge, sur le témoignage même de vos sens, qu'elle est tout à fait dans l'erreur. Revoyons un peu cette description… La plus grande partie ne vaut pas un fétu de paille comme moyen d'identifier qui que ce soit : des centaines de jeunes personnes ont la taille mince, un teint de blonde, les cheveux châtains, les yeux gris clair. Vous me diriez, en revanche, qu'on ne trouverait pas des centaines de jeunes personnes ayant deux grains de beauté rapprochés au côté gauche du cou… Ceci est parfaitement exact. Ces signes nous fournissent donc ce que nous autres savants nous appelons une « épreuve cruciale ». Quand ma nièce descendra, monsieur, je vous autorise à prendre la liberté de regarder son cou.

Noël Vanstone témoigna qu'il goûtait fort l'« épreuve cruciale » par une bouche en cœur et des sourires qu'il n'avait pas encore eus ce matin-là.

– De regarder son cou, répéta le capitaine qui, après avoir rendu à son hôte le perfide petit billet, se dirigea lentement vers la porte. Je vais moi-même là-haut, monsieur Vanstone, inspecter le costume de promenade choisi par Miss Bygrave. Si elle a, sans le savoir, opposé quelques obstacles à votre examen, si ses cheveux descendent un peu trop bas, si sa chemisette remonte un peu trop haut, j'emploierai mon influence, sous le premier prétexte innocent dont je pourrai m'aviser, pour que ces obstacles soient écartés. Tout ce que je demande, c'est que vous mettiez discrètement à profit l'occasion que je vous offre, et que ma nièce ne puisse pas se douter de l'examen dont elle va être l'objet.

A peine fut-il hors du salon que le capitaine Wragge, grimpant l'escalier quatre à quatre, courut frapper à la porte de Magdalen. Elle lui ouvrit, tout habillée pour la promenade, obéissant au signal qui devait, conformément à leur convention, la faire descendre au rez-de-chaussée.

– Qu'avez-vous fait de vos fards et de vos poudres ? demanda le capitaine sans perdre un mot en explications préliminaires. Ils n'étaient pas dans la caisse de déguisements que j'ai vendus à Birmingham pour votre compte… Où sont-ils ?

– Je les ai ici, répondit Magdalen. Dans quel but pouvez-vous les réclamer maintenant ?

– Apportez-les à l'instant même dans mon cabinet de toilette, tout l'assortiment, pinceaux, palette et le reste ! Ne perdez pas votre temps à m'interroger ; je vous dirai, une fois à l'œuvre, ce qui nous arrive. Les instants sont comptés, chaque minute a son prix… Suivez-moi sans plus tarder !

Sa physionomie attestait qu'il avait de sérieux motifs pour lui faire cette étrange demande. Magdalen prit avec elle sa collection de cosmétiques, et le suivit dans le cabinet de toilette. Il ferma la porte, installa sa nièce sur un fauteuil près de la croisée et lui expliqua rapidement ce qui était arrivé.

– Nous sommes sur le point d'être découverts, continua le capitaine, qui mêlait soigneusement ses couleurs avec une colle liquide et y ajoutait un siccatif puissant, extrait d'un flacon qu'il avait apporté lui-même. Il ne nous reste qu'une chance… Soulevez un peu votre chignon, du côté gauche… J'ai dit à Mr. Noël Vanstone de vous inspecter à la dérobée ; et je vais donner un démenti direct à ce démon de Lecount, en cachant vos grains de beauté sous une couche de peinture.

– Vous n'en viendrez jamais à bout, dit Magdalen. Aucune couleur ne tiendra sur eux.

– Aucune excepté la mienne, répéta le capitaine Wragge. J'ai, dans mon temps, exercé une foule de professions, et entre autres, celle de maquilleur. Avez-vous jamais entendu parler de ce que nous appelons un œil poché ? J'ai vécu, plusieurs mois durant, dans le voisinage de Drury Lane, avec les yeux pochés pour toute ressource. Ma couleur de chair tenait sur les meurtrissures de toute espèce, de toute nuance, de toute taille ; elle tiendra, je vous le garantis, sur vos grains de beauté.

Cette assurance donnée, le capitaine trempa son pinceau dans une petite noix de couleur opaque qu'il avait délayée au fond d'une soucoupe, en la graduant, autant que l'avait permis la nature des matériaux qu'il employait, d'après la couleur de la peau de Magdalen. Quand il eut passé, sur le côté du cou soumis à son opération, un mouchoir de batiste saupoudré d'une espèce de farine, il posa, du bout de la brosse, sur chaque grain de beauté l'un après l'autre, une double couche de couleur. A ce travail quelques instants suffirent, et les grains de beauté disparurent comme par magie. Pour découvrir l'artifice qui les avait si bien dissimulés, il eût fallu y regarder de fort près : à deux ou trois pieds de distance, cet artifice était complètement invisible.

– Attendez ici, cinq minutes, que tout cela soit bien sec ! dit le capitaine Wragge, et venez ensuite nous rejoindre au salon. Mrs. Lecount elle-même, si elle vous regardait à présent, serait singulièrement embarrassée.

– Un instant ! dit Magdalen. Il est une chose que vous ne m'avez pas dite encore. Comment Mrs. Lecount s'est-elle procuré la description que vous avez lue en bas ? Si bien qu'elle m'ait examinée, elle n'a pu voir les grains de beauté de mon cou ; ils sont trop en arrière et placés trop haut ; ma chevelure les cache.

– Qui les connaît ? demanda le capitaine Wragge.

Magdalen pâlit, tout à coup assaillie par le souvenir de Frank.

– Ma sœur les connaît, dit-elle d'une voix faible.

– Mrs. Lecount a peut-être écrit à votre sœur, suggéra le capitaine.

– Pensez-vous donc que ma sœur dirait à une personne étrangère ce que cette personne n'a point le droit de savoir ? Ah ! jamais, jamais, croyez-le bien !

– Personne d'autre n'a-t-il donc pu le dire à Mrs. Lecount ? Les grains de beauté étaient mentionnés dans les affiches de York. Par qui l'avaient-ils été ?

– Pas par Norah ! Peut-être par Mr. Pendril, peut-être par Miss Garth.

– Mrs. Lecount, alors, aura écrit à l'un ou à l'autre… plus probablement à Miss Garth. La gouvernante devait lui sembler plus facile à manipuler que l'avocat.

– Que peut-elle avoir dit à Miss Garth ?

Le capitaine Wragge réfléchit un moment.

– Je ne saurais deviner ce que Mrs. Lecount peut lui avoir dit, répondit-il, je sais seulement ce que j'aurais écrit à la place de Mrs. Lecount. J'aurais commencé par effrayer Miss Garth sur votre compte, à l'aide de quelque mensonge, et j'aurais ensuite demandé un signalement détaillé, mettant un étranger, animé des meilleures intentions, à même de vous rendre à vos amis.

Un éclair de colère brilla aussitôt dans les yeux de Magdalen.

– Ce que vous auriez fait, dit-elle indignée, est sans nul doute ce qu'a fait Mrs. Lecount. Mais ni avocat, ni gouvernante, ne m'enlèveront le droit de me conduire à ma guise et d'après ma volonté. Si Miss Garth s'imagine pouvoir gêner ma liberté en se mettant d'accord avec Mrs. Lecount, je prouverai à Miss Garth que c'est là une erreur grossière ! Il est grand temps, capitaine Wragge, d'en finir avec ces misérables dangers d'une découverte toujours imminente. Nous prendrons le plus court chemin pour atteindre le but que nous avons en vue ; et cela dans un délai plus bref que Mrs. Lecount ou Miss Garth ne peuvent l'imaginer… Combien de temps me laissez-vous pour arracher une demande en mariage à ce misérable personnage qui nous attend là-bas ?

– Je n'oserais pas vous laisser longtemps, répondit le capitaine Wragge. Maintenant que vos amis savent où vous êtes, ils peuvent d'un jour à l'autre nous tomber sur le dos. Une semaine vous serait-elle suffisante ?

– La moitié me suffira, dit-elle avec un rire forcé plein d'une sorte de défi. Ménagez-nous, ce matin, un tête-à-tête comme celui de Dunwich, et emmenez avec vous Mrs. Wragge pour vous servir d'excuse. La peinture est-elle déjà sèche ? Descendez alors, et dites-lui que j'arrive à l'instant !

Ce fut ainsi que, pour la seconde fois, les efforts bien intentionnés de Miss Garth allèrent à l'encontre du résultat qu'elle voulait atteindre. Ce fut ainsi que la fatalité des circonstances fit, de la main qui voulait retenir Magdalen, la main qui la poussait en avant.

Le capitaine revint trouver son hôte au salon, après s'être arrêté en chemin pour donner à Mrs. Wragge les instructions relatives à sa promenade.

– Je suis bien fâché de vous avoir fait attendre, dit-il venant se rasseoir amicalement auprès de Noël Vanstone. Je n'ai qu'une excuse, c'est que ma nièce s'était coiffée, par hasard, de manière à faire échouer notre combinaison. J'ai dû la persuader de changer l'ordonnance de ses cheveux ; or, sur toutes les questions relatives à leur toilette, les jeunes dames, vous le savez, s'obstinent volontiers. Offrez-lui, quand elle viendra, ce fauteuil à votre droite ; et avant de nous mettre en route, inspectez son cou tout à votre aise !

Magdalen entra comme il achevait ces paroles et, immédiatement après l'échange des politesses préliminaires, s'assit avec la meilleure grâce du monde sur le fauteuil qui lui était offert. Noël Vanstone se hâta de procéder à l'épreuve cruciale, non sans une admiration bien sentie pour le cou superbe qui en était l'objet. Pas le moindre vestige d'un signe quelconque ne lui apparut sur cette surface, blanche et polie comme le marbre. Les yeux clignotants de Noël Vanstone trouvèrent là une réponse muette, mais écrasante, aux assertions téméraires de Mrs. Lecount. Dans tout ce qui était arrivé jusqu'alors, aucun incident n'avait eu l'importance de celui-ci et ne devait entraîner de résultats aussi essentiels. Aucun ne pouvait porter une atteinte aussi rude à l'influence de la femme de charge sur l'esprit de son maître.

Quelques minutes après, Mrs. Wragge apparut aux yeux étonnés de Noël Vanstone, et produisit sur lui toute l'impression compatible avec l'espèce d'extase dans laquelle le plongeait la présence de Magdalen. Les promeneurs quittèrent aussitôt la maison et prirent la direction du nord, de manière à ne point passer sous les fenêtres de Sea View Cottage. A l'inexprimable surprise de Mrs. Wragge, son mari, pour la première fois depuis qu'ils étaient unis, offrit poliment de lui donner le bras, et lui fit prendre les devants comme s'il attachait tout à coup un grand prix à se promener avec elle dans un tendre isolement.

– Hâtez le pas ! murmura cependant le capitaine, plus impérieux que jamais. Votre nièce et Mr. Vanstone veulent être laissés seuls. Si je vous prends à regarder de leur côté, je jetterai au feu votre robe de cachemire oriental ! Les pieds en dehors, s'il vous plaît, et marchez à mon pas !

Mrs. Wragge tâchait, du mieux que le lui permettaient ses facultés limitées, de régler sa marche sur celle de son redoutable époux. Mais ses genoux roidis tremblaient sous elle. On ne lui aurait pas ôté de la tête que le capitaine avait bu un coup de trop.

La promenade dura un peu plus d'une heure. Neuf heures n'étaient pas sonnées quand les deux couples rentrèrent à North Shingles. Les dames remontèrent immédiatement chez elles. Noël Vanstone demeura dans le jardin avec le capitaine Wragge.

– Eh bien ! fit ce dernier. Que pensez-vous à présent de Mrs. Lecount ?

– Au diable Lecount ! répondit Noël Vanstone fort agité. Me voilà presque d'accord avec vous… Je suis à peu près tenté de penser que mon infernale femme de charge a perdu la tête.

Il parlait par saccades, et à regret, comme si la plus simple allusion à Mrs. Lecount lui causait une impression désagréable. Il changeait à chaque instant de couleur ; son attitude était distraite, indécise ; il allait et venait, sans s'arrêter un instant, d'un côté à l'autre des allées. Un observateur beaucoup moins subtil que le capitaine Wragge aurait deviné sans hésiter que Magdalen avait accueilli les avances du petit homme avec une grâce, un bon vouloir, tout à fait encourageants, et que l'imprévu de la situation le décontenançait totalement.

– Jamais une promenade ne m'a aussi bien réussi, s'écria-t-il tout à coup, saisi d'une espèce d'enthousiasme. J'espère que la santé de Miss Bygrave s'en trouvera mieux… Sortirez-vous, demain, à la même heure ? Pourrai-je vous accompagner ?

– Rien ne s'y oppose, monsieur Vanstone, répondit le capitaine en toute cordialité. Mais, permettez-moi d'y revenir, que comptez-vous dire à Mrs. Lecount ?

– Je n'en sais rien… Lecount est un embarras fâcheux ! A ma place, monsieur Bygrave, que feriez-vous ?

– Avant de vous répondre, mon cher monsieur, laissez-moi vous interroger : à quelle heure déjeunez-vous ?

– A neuf heures et demie.

– Mrs. Lecount se lève-t-elle de bonne heure ?

– Non. Lecount paresse volontiers le matin… Je déteste les femmes paresseuses ! A ma place, voyons, que lui diriez-vous ?

– Absolument rien, répondit le capitaine Wragge. Je rentrerais immédiatement par l'arrière de la maison ; je m'arrangerais pour que Mrs. Lecount m'aperçoive dans le jardin et pense que je fais un tour avant le déjeuner ; elle me croirait à peine sorti de ma chambre. En supposant qu'elle vous demande si vous comptez venir nous voir aujourd'hui, répondez que non. Ménagez-vous une existence tranquille jusqu'à ce que vous soyez forcé de répondre à ses questions. Vous lui direz alors la vérité toute simple. Vous lui direz que la nièce de Mr. Bygrave et le portrait de cette nièce par Mrs. Lecount diffèrent absolument dans le détail le plus essentiel. Vous la prierez de ne plus revenir sur ce sujet. Tel est mon avis… Qu'en pensez-vous ?

Si Noël Vanstone avait pu lire dans l'esprit de son nouveau

conseiller, il aurait trouvé sans doute que les avis et les intérêts du capitaine étaient merveilleusement en accord les uns avec les autres. Tant qu'on pourrait laisser ignorer à Mrs. Lecount les visites de son maître aux habitants de North Shingles, elle attendrait patiemment l'occasion de vérifier ses conjectures par une preuve décisive ; et tant qu'il en serait ainsi, on devait espérer qu'aucune nouvelle tentative de sa part ne viendrait entraver la marche du complot. Naturellement incapable d'envisager sous cet aspect les conseils du capitaine Wragge, Noël Vanstone n'y voyait tout simplement qu'un expédient temporaire contre la nécessité de s'expliquer avec sa femme de charge. Il s'empressa de déclarer que cette marche serait fidèlement suivie par lui de point en point et, sans autre délai, repartit pour Sea View.

En cette occasion, la conduite de Mrs. Lecount réalisa fort exactement les prévisions du capitaine Wragge. Elle ne se doutait pas que son maître était allé à North Shingles et elle avait pris son parti d'attendre patiemment, jusqu'à la fin de la semaine s'il le fallait, le résultat de l'entrevue qu'il devait avoir avec Miss Bygrave. Elle ne l'embarrassa donc par aucune question imprévue, quand il manifesta l'intention de n'avoir, ce jour-là, aucun rapport personnel avec les Bygrave. « Serait-ce que vous ne vous trouveriez pas assez bien, monsieur Noël, lui demanda-t-elle seulement, ou que cette démarche vous inspire quelque répugnance ? » Il répondit en fort peu de mots qu'il ne se trouvait pas assez bien, et la conversation en resta là.

Le lendemain matin, tout se passa fort exactement comme la veille. Seulement, cette fois, Noël Vanstone rapporta chez lui, dans la poche de son gilet, un bien cher souvenir : il s'était emparé, le tendre berger, d'un des gants de Miss Bygrave. Pendant toute la journée, chaque fois qu'il se trouvait seul, il prenait ce gant et le baisait avec une ferveur presque passionnée. C'étaient là, pour le malheureux petit avorton, des moments de bonheur volé, dont les muettes et furtives délices lui procuraient une sensation toute nouvelle. Les jeunes filles en bien petit nombre qu'il avait pu rencontrer à Zurich, dans le cercle très restreint des relations de son père, éprouvaient un malin plaisir à le traiter comme une sorte de jouet bizarre ; l'impression qu'il avait paru produire sur ces jeunes cœurs n'était pas différente que celle qu'eût produit, en en tirant tout l'avantage, le premier chiot domestiqué venu. L'intérêt le plus vif qu'il eût réussi à leur inspirer égalait à peine celui qu'elles eussent pris à quelque colifichet, à quelque chiffon nouveau. Les seules femmes qui jusqu'alors avaient paru solliciter son admiration et vouloir prendre ses compliments au sérieux étaient celles qui sentent leurs charmes se flétrir et diminuer rapidement leurs chances de se faire épouser. Pour la première fois de sa vie, il venait maintenant de goûter quelques heures de félicité auprès d'une belle jeune fille ; et il l'avait quittée sans avoir eu à subir de ces humiliations qui froissent l'amour-propre d'un homme et le rabaissent dans sa propre estime.

Quelque soin qu'il prît pour le cacher, le changement produit dans sa physionomie et dans toute sa manière d'être par le sentiment nouveau qui venait de s'éveiller en lui ne pouvait complètement échapper à Mrs. Lecount. Elle lui demanda, le second jour, soulignant ses mots, s'il n'avait arrêté aucun arrangement pour rendre visite aux Bygrave. Sa réponse fut encore négative.

– Peut-être irez-vous demain, monsieur Noël ? reprit la femme de charge avec une certaine insistance.

Il était à bout de ressources ; il lui tardait d'échapper à cette inquisition perpétuelle. Il comptait sur l'assistance de son ami de North Shingles et, cette fois, il répondit affirmativement.

– Si vous voyez la jeune personne, continua Mrs. Lecount, veuillez, monsieur, ne pas oublier cette petite note que j'ai placée moi-même dans la poche de votre gilet !

Ni de part ni d'autre il n'en fut dit davantage, mais, par le courrier du jour, la femme de charge écrivit à Miss Garth. Sa lettre était un simple accusé de réception, accompagné de remerciements pour la communication déjà reçue ; et Miss Garth était prévenue de plus que Mrs. Lecount espérait se trouver à même, sous très peu de jours, de lui écrire encore pour convoquer Mr. Pendril à Aldborough.

Tard dans la soirée, au moment où le salon de North Shingles commençait à s'obscurcir et où le capitaine allait sonner comme de coutume pour demander de la lumière, il fut étonné d'entendre dans le couloir la voix de Magdalen enjoignant à la domestique de remporter les bougies. Elle frappa aussitôt à la porte et se glissa dans l'obscurité comme une espèce de fantôme.

– J'ai à vous poser une question sur vos projets pour demain, lui dit-elle. Mes yeux, ce soir, sont très affaiblis, et j'espère que vous me permettrez de vous priver de lumière pendant quelques minutes ?

Elle parlait ainsi d'une voix sourde, cherchant à tâtons, dans la partie la plus ténébreuse de la pièce, un fauteuil éloigné de celui du capitaine. Assis près de la croisée, c'est tout au plus s'il discernait le vague contour de ses vêtements, tout au plus s'il entendait les accents de sa voix affaiblie. Il ne l'avait vue, depuis deux jours, qu'aux heures de leur promenade matinale. Dans l'après-midi, ce jour-là, il avait trouvé sa femme en pleurs, dans la petite pièce du fond au rez-de-chaussée. Tout ce qu'elle avait pu lui dire, c'est que Magdalen l'effrayait ; que Magdalen en revenait au point où elle l'avait vue après l'arrivée de la lettre de Chine, lors de ce terrible séjour à Vauxhall Walk.

– J'ai appris avec regret, de Mrs. Wragge, que vous étiez un peu souffrante aujourd'hui, dit le capitaine qui, presque sans le savoir, baissait la voix au diapason des confidences les plus intimes.

– Qu'importe ? répondit-elle avec calme, du sein des ténèbres où elle était plongée. Je suis assez forte pour souffrir beaucoup et survivre encore. D'autres jeunes filles, à ma place, auraient été plus heureuses ; elles seraient mortes à la peine. Encore une fois, cela importe fort peu… D'ici à cent ans, il n'en sera ni plus ni moins. Doit-il revenir demain matin, à sept heures ?

– Sans doute, si vous n'y voyez pas d'objection.

– Je n'ai plus d'objection à quoi que ce soit. Je voudrais seulement que l'heure fût changée. Je ne suis pas à mon avantage de si bon matin. Mes nuits sont mauvaises ; je me lève pâle et défaite. Écrivez-lui, ce soir, et donnez-lui rendez-vous pour midi.

– Midi, vu les circonstances, est une heure quelque peu tardive. Nous serons en vue pendant la promenade.

– Je n'ai point le projet de me promener. Vous le ferez entrer au salon…

Sa voix s'éteignit ici avant que la phrase fût achevée.

– Et puis ? reprit le capitaine Wragge.

– Et puis… vous me laisserez au salon, seule avec lui.

– Fort bien, fort bien… je comprends, dit le capitaine. Je me tiendrai à l'écart, dans la salle à manger, tout le temps de sa visite ; et quand il sera parti, vous viendrez me rendre compte.

Il y eut un autre moment de silence.

– Sera-t-il absolument nécessaire de vous parler ? demanda-t-elle tout à coup. Je puis me contenir pendant que je l'ai là, près de moi, mais je ne puis répondre de ce que je pourrai dire ou faire ensuite… N'est-il donc pas quelque autre moyen de communiquer ensemble ?

– J'en sais une foule, dit le capitaine, et je prends au hasard le premier qui me vient à l'esprit. Baissez, avant qu'il arrive, la persienne de votre chambre. J'irai me promener sur la côte, et j'attendrai là, en vue de la maison. Lorsque je le verrai sortir, j'aurai l'œil sur votre fenêtre. S'il n'a rien dit de décisif, la persienne restera baissée. Levez-la, au contraire, s'il vous a régulièrement offert sa main ! Ce signal est d'une simplicité primitive ; il ne peut donner lieu à aucun malentendu. Soyez, demain, aussi belle que vous le pourrez ! Assurez-vous de lui, chère enfant, assurez-vous de lui, si c'est seulement possible.

Il avait parlé assez haut pour être certain qu'elle l'avait entendu, mais pas un mot de réponse n'émana d'elle. Le profond silence qui régnait autour d'eux ne fut troublé que par le bruissement de sa robe de soie, lequel apprit au capitaine que Magdalen venait de quitter son siège. Il entrevit de nouveau, traversant le salon, sa forme vague aux allures de spectre. La porte se referma doucement ; elle était partie.

Il se hâta de sonner à tour de bras pour avoir de la lumière. La domestique le trouva debout, près de la fenêtre, l'air beaucoup moins posé qu'à l'ordinaire. Il lui dit qu'il se sentait un peu souffrant, et l'envoya au buffet chercher le brandy.

Quelques minutes avant midi, le lendemain, le capitaine Wragge alla occuper son poste d'observation, prenant soin de s'abriter derrière une barque de pêcheurs échouée sur la plage. Au coup de l'horloge, il vit Noël Vanstone s'acheminer ponctuellement vers North Shingles et ouvrir la porte du jardin. Lorsque celle de la maison se fut refermée sur ce visiteur empressé, le capitaine Wragge, s'adossant confortablement aux flancs de la barque, alluma un cigare de bonne grosseur.

Il fuma une demi-heure, et même dix minutes de plus, au témoignage de sa montre. Le cigare ne quitta ses lèvres, presque entièrement consumé, qu'au moment où elles ne purent plus le retenir. Et comme il venait d'en jeter le bout, la porte du jardin se rouvrit : Noël Vanstone se retirait.

Le capitaine leva aussitôt les yeux vers la fenêtre de Magdalen. Absorbé tout entier par l'agitation de ce moment décisif, il comptait à mi-voix les secondes. Du salon à sa chambre, la jeune fille pouvait arriver en une minute. Il compta jusqu'à trente, et rien ne changea.

Jusqu'à cinquante, il en fut de même. Alors il cessa de compter et, dans son impatience, quitta la barque pour s'en revenir au logis.

A son premier pas dans cette direction, il aperçut le signal.

On relevait la persienne.

Remontant avec précaution la pente des grèves, le capitaine Wragge eut soin de regarder vers Sea View Cottage avant de gagner la promenade. Noël Vanstone était de retour chez lui et franchissait justement le seuil de sa maison.

« Si, pour chausser vos souliers, on me proposait tout l'argent que vous avez, dit le capitaine en le suivant de l'œil, aussi riche que vous puissiez être, je refuserais. »

VIII

De retour chez lui, le capitaine Wragge reçut, par l'entremise de la domestique, un message significatif de Mr. Noël Vanstone, qui reviendrait dans l'après-midi, à deux heures, et comptait bien avoir le plaisir de trouver Mr. Bygrave chez lui.

La première question du capitaine, après la réception du message, fut pour s'enquérir de Magdalen. Où était Miss Bygrave ? Dans sa chambre. Où était Mrs. Bygrave ? Dans la pièce du fond. Le capitaine Wragge prit immédiatement cette dernière direction et, pour la seconde fois, trouva sa femme noyée dans les larmes. Elle avait été, tout le jour, bannie de la chambre de Magdalen, et se creusait en vain l'esprit pour deviner comment elle avait mérité un traitement aussi rigoureux. Coupant court à ses lamentations sans beaucoup de cérémonie, son époux lui enjoignit de monter sur-le-champ, et de savoir de Magdalen, à travers la porte, si elle pouvait accorder cinq minutes d'attention à une question de première importance, qu'il fallait régler avant deux heures.

La réponse fut négative. Magdalen demandait que l'affaire pour laquelle on sollicitait sa décision lui fût soumise par écrit. Elle s'engageait à répondre de même, étant bien convenu que Mrs. Wragge, et non la domestique, serait employée pour cet échange de dépêches.

Le capitaine Wragge ouvrit à l'instant même son écritoire et traça ces lignes :

Agréez mes plus chaleureuses félicitations sur le résultat de votre entrevue avec Mr. Noël Vanstone. Il revient à deux heures et, sans nul doute, pour donner à ses propositions une forme officielle. La question à décider est de savoir si je dois ou non le presser au sujet des arrangements financiers. Les considérations que vous devez peser sont au nombre de deux. La première doit mesurer si la susdite pression (sans que je veuille le moins du monde estimer trop bas votre influence sur lui) n'agira pas longtemps sur Mr. Noël Vanstone avant d'en extraire un argent quelconque. La seconde, si nous sommes le moins du monde autorisés, vu notre position actuelle à l'égard de certaine praticienne en jupons, dont la finesse nous est connue, à courir les risques d'un délai plus ou moins long. Réfléchissez à tout ceci et faites-moi connaître votre décision le plus tôt possible.

La réponse à cette note était écrite en caractères irréguliers et couverts d'éclaboussures, qui différaient singulièrement de ceux que la main de Magdalen, ferme et posée, alignait d'habitude. Elle ne renfermait que ces mots :

Ne vous inquiétez pas des arrangements financiers ; laissez-moi le soin de régler l'emploi futur de ses capitaux.

– L'avez-vous vue ? demanda le capitaine, quand sa femme lui remit cette réponse.

– J'ai tâché, dit Mrs. Wragge avec un nouvel éclat de larmes, mais elle a seulement entrouvert la porte, de manière à y passer la main. J'ai pris cette main, et je l'ai serrée légèrement… Pauvre enfant ! c'était un morceau de glace !

Lorsque le maître de Mrs. Lecount reparut, à deux heures, son état vraiment inquiétant eût mérité les soins apaisants de l'éventail vert que la femme de charge promenait si volontiers autour de ses tempes. L'agitation qu'il avait éprouvée en se déclarant à Magdalen, la terreur de se voir découvert par Mrs. Lecount, le pressentiment inquiet des pénibles concessions pécuniaires que le parent et tuteur de Magdalen allait peut-être exiger de lui, toutes ces émotions, éminemment contradictoires, avaient imposé à son cœur une tâche que ce débile organe remplissait à grand effort. En prenant place sur un fauteuil du salon de North Shingles, Noël Vanstone respirait à peine, la bouche ouverte et haletant comme un poisson hors de l'eau ; en outre, cette pâleur bleuâtre qui, dans les moments de trouble, s'épandait invariablement sur son visage, s'y montrait maintenant aussi menaçante que jamais. Le capitaine Wragge, sincèrement alarmé, saisit le flacon de brandy et, avant que la moindre parole eût été échangée entre eux, contraignit son hôte à ingurgiter tout un verre de cette ardente liqueur.

Restauré par un stimulant aussi énergique et encouragé par la promptitude complaisante que mettait le capitaine à le devancer dans tout ce qu'il voulait dire, Noël Vanstone parvint à exposer, d'une manière suffisamment nette, le grave objet de sa visite. Tous les préliminaires d'usage pour ces sortes d'occasions furent réglés sans trop de peine. La famille du prétendu était respectable; sa position dans le monde ne pouvait que convenir. Son affection, quoique née un peu vite, se montrait désintéressée et sincère. Le capitaine Wragge n'avait donc qu'à énumérer ces diverses considérations avec un heureux choix de mots et une émotion qui faisait trembler sa voix mâle et sonore; il s'en tira à la perfection. Pendant la première demi-heure de cette conférence délicate, aucune allusion ne fut faite au sujet qui pouvait en compromettre l'heureuse issue. Avant de l'aborder, le capitaine attendit que son hôte fût complètement remis, et seulement alors ménagea la transition en des termes savamment calculés :

– Il y a, monsieur Vanstone, une petite difficulté, dont ni vous ni moi n'avons peut-être assez tenu compte. La conduite récente de votre femme de charge me donne à penser qu'elle envisagera de tout autre façon que d'un œil amical le changement de votre existence. Vous n'avez probablement pas jugé nécessaire, jusqu'à présent, de lui faire connaître le nouveau lien que vous prétendez former ?

Noël Vanstone pâlit à la seule idée d'une explication entre lui et Mrs. Lecount.

– Je ne sais pas au juste ce que j'ai à faire, dit-il, jetant un regard inquiet du côté de la fenêtre, comme s'il s'attendait à y voir paraître l'espionne assidue de ses moindres démarches. J'ai en horreur les positions équivoques, et celle-ci est la plus gauche où je me sois jamais trouvé. Vous ne savez pas quelle terrible femme est Lecount… Ce n'est pas que j'aie peur d'elle… Vous ne supposez pas, j'imagine, qu'elle m'inspire la moindre crainte ?

Son gosier, se serrant à ces mots, donna le démenti le plus complet à ces vaines bravades et lui coupa littéralement la parole.

– Veuillez, je vous prie, ne point vous fatiguer en explications, dit le capitaine Wragge, venant immédiatement à son secours. C'est là, monsieur Vanstone, l'éternelle histoire. De qui s'agit-il, en effet ? D'une femme qui a vieilli à votre service, et précédemment au service de votre père ; d'une femme qui, par toutes sortes de petites menées souterraines, a su, depuis des années, empiéter systématiquement sur les limites de sa position ; d'une femme, enfin, que vos bontés irréfléchies, mais tout à fait concevables, ont en quelque sorte autorisée à revendiquer sur vous un droit de propriété…

– De propriété ! s'écria Noël Vanstone qui se méprit aux paroles du capitaine et, désormais incapable de dissimuler ses craintes, laissa échapper malgré lui la vérité. J'ignore en effet ce qu'elle ne va pas revendiquer, en fait de propriété. Elle me fera payer, non seulement pour moi, mais pour mon père… Ce sera par milliers, monsieur Bygrave, oui, par milliers, que les livres sterling sortiront de ma poche !

Devant ce tableau de torture pécuniaire que son imagination venait d'évoquer, il joignait les mains dans un geste de désespoir, comme si le sang doré de ses veines jaillissait à grands flots sous la lancette avide de Mrs. Lecount.

– Doucement, monsieur Vanstone ! Doucement ! Jusqu'à présent, cette femme ne sait rien, et l'argent n'est pas encore parti.

– Non, certes, l'argent, comme vous dites, n'est pas encore parti. Je suis seulement agacé au sujet de cet argent, et je ne saurais m'empêcher de l'être. Vous alliez tout à l'heure me dire quelque chose. Vous alliez me donner un conseil… Je fais le plus grand cas de vos avis, monsieur Bygrave : ils me sont plus précieux que vous ne sauriez le croire.

Ces derniers mots furent prononcés avec le sourire presque suppliant d'un homme qui s'abandonne lui-même et s'asservit, littéralement, à quelque ami doué d'une intelligence supérieure.

– Je me bornais, mon cher monsieur, à vous assurer que je comprenais les embarras de votre situation, répondit le capitaine. Je les vois aussi nettement que vous-même les pouvez voir. Dire à une femme comme Mrs. Lecount qu'il lui faut descendre de son trône domestique pour céder la place à une autre reine, plus jeune et plus belle, investie en outre des droits d'une épouse, c'est provoquer inévitablement un éclat désagréable. Je dis un éclat désagréable, monsieur Vanstone, en supposant fondée votre opinion sur le bon état mental de votre femme de charge. La chose serait bien autrement sérieuse, s'il arrivait, par hasard, que j'eusse raison en supposant ses facultés un peu dérangées.

– Je ne dis pas que ce ne soit aussi ma manière de voir, répliqua Noël Vanstone… surtout après ce qui est arrivé aujourd'hui.

Le capitaine Wragge demanda aussitôt qu'on le mît au courant de l'incident auquel il venait d'être fait allusion.

Là-dessus, Noël Vanstone, avec un nombre incalculable de parenthèses, toutes se référant à lui-même, expliqua que Mrs. Lecount, tout au plus une heure auparavant, avait posé à son maître la question qu'il redoutait, sur le petit billet qu'elle lui avait confié. A cette question, il avait répondu dans les termes indiqués par Mr. Bygrave. Instruite que l'exactitude du signalement avait été mise à l'épreuve, et qu'elle péchait par le détail fort essentiel des grains de beauté qui eussent dû se trouver sur le côté gauche du cou, Mrs. Lecount avait réfléchi quelque peu et demandé ensuite à son maître si, avant que l'épreuve fût tentée, il n'aurait pas montré à Mr. Bygrave la note qu'elle avait rédigée. Il lui avait répondu que non, ne voyant guère moyen de faire autrement, et la femme de charge lui avait alors adressé cette adjuration solennelle et menaçante : « Vous me cachez la vérité, monsieur Noël ! Vous accordez votre confiance à des étrangers ; vous la retirez à une ancienne domestique, à une fidèle amie. Chaque fois que vous allez chez Mr. Bygrave, chaque fois que vous voyez Miss Bygrave, vous faites un pas de plus vers l'abîme. Ils ont, malgré moi, étendu un bandeau sur vos yeux. Mais je vous annonce, et leur annonce en même temps, que je saurai l'en écarter avant peu de jours ! » A cette bizarre imprécation, rendue encore plus extraordinaire par une expression qu'il n'avait jamais remarquée sur le visage de Mrs. Lecount, Noël Vanstone ne s'était permis aucune réponse. La conviction de Mr. Bygrave que la femme de charge portait en elle le germe d'une insanité latente lui était alors revenue à la pensée, et il avait saisi la première occasion de quitter la pièce où il se trouvait avec elle.

Le capitaine Wragge prêta la plus grande attention au récit qu'on lui détaillait ainsi. Une seule conclusion pouvait s'en déduire, c'est qu'il lui fallait, sans le moindre retard, précipiter le dénouement.

– Je ne suis pas surpris, dit-il avec gravité, d'apprendre que vous inclinez à partager mon opinion. Après ce que vous venez de me dire, monsieur Vanstone, pas un homme de sens qui ne s'y rangeât. Tout ceci devient sérieux… Je ne sais vraiment pas jusqu'où peuvent aller les conséquences de la notification que vous devrez faire à Mrs. Lecount relativement à vos nouveaux plans d'existence. Ma nièce pourrait s'y trouver impliquée… Or ses nerfs sont en mauvais état ; elle est d'une sensibilité peut-être excessive. Je la vois devenue l'objet innocent de la haine et de la méfiance de cette femme insensée… Vous me faites peur, monsieur ! Ce n'est pas légèrement que je puis perdre mon sang-froid, mais je vous avouerai que vous venez de m'inspirer, pour l'avenir, de véritables alarmes.

Il fronça le sourcil, secoua la tête, et jeta sur son hôte un regard abattu.

Noël Vanstone commençait à se sentir inquiet. Le changement survenu chez Mr. Bygrave sembla lui faire présager un nouvel examen de ses propositions matrimoniales, envisagées, cette fois, d'un point de vue beaucoup moins favorable que le premier. Il prit alors conseil de la couardise et de la ruse, qualités innées qui prédominaient chez lui, et hasarda une solution au problème, solution due à ses propres ressources d'imagination :

– Pourquoi donc en parler à Lecount ? demanda-t-il. Où est le droit de Lecount à être renseignée là-dessus ? Le mariage ne saurait-il avoir lieu sans qu'elle soit mise dans le secret ? et ne se pourrait-il pas faire que quelqu'un fût chargé de lui en communiquer la nouvelle, après que nous nous serions mis tous les deux hors de portée ?

Le capitaine Wragge accueillit cette proposition avec une expression de surprise qui faisait le plus grand honneur à ses talents mimiques. En effet, durant tout cet entretien, il s'était donné pour objet principal de l'amener où il en était – c'est-à-dire, en d'autres termes, de faire suggérer par Noël Vanstone, au lieu de la suggérer lui-même, l'idée d'un mariage pratiqué à l'insu de Mrs. Lecount. Personne, mieux que le capitaine, ne savait que les seules responsabilités dont veuille se charger un homme faible sont celles qu'on peut sans cesse lui signaler comme pesant exclusivement sur ses épaules.

– Les procédés clandestins de toute sorte me sont habituellement antipathiques, dit le capitaine Wragge. Mais les règles les plus strictes sont sujettes à quelques exceptions, et je suis obligé de convenir, monsieur Vanstone, que votre position dans tout ceci est une position exceptionnelle s'il en fut jamais. La marche que vous venez d'indiquer, encore qu'elle me convienne assez peu, et si déplaisante qu'elle puisse me paraître, non seulement vous épargnerait un embarras sérieux (pour ne rien dire de plus), mais vous mettrait aussi à l'abri de ces revendications financières que peut prétendre vous imposer votre femme de charge et auxquelles vous avez déjà fait allusion. Nous atteindrions par là deux résultats éminemment désirables, sans parler, en ce qui me concerne, du plaisir que j'éprouverais à ne plus redouter pour ma nièce aucune tracasserie... D'un autre côté, cependant, un mariage célébré aussi secrètement que vous paraissez le désirer doit être nécessairement un mariage hâté, car, dans la situation où nous sommes, plus long sera le délai, plus nous courrons le risque de voir notre secret dévoilé. Je ne suis point hostile aux mariages promptement conclus, lorsque des flammes mutuelles sont alimentées par un revenu suffisant... Moi-même, j'ai fait un mariage d'amour, et sans y mettre beaucoup de temps. Il y a force exemples, et chacun pourrait citer son lot de « cours » sommairement faites et de mariages très expéditifs qui n'en ont pas moins retourné l'atout... mille pardons ! je veux dire qui ont fort bien tourné. Mais s'il est dit que ma nièce et vous, monsieur Vanstone, devez fournir un nouvel exemple de cette sorte d'événements, il nous faut, je crois, trouver les moyens de brusquer les préliminaires qui sont l'usage pour les mariages aristocratiques. Vous devez comprendre que je fais ici allusion aux conventions matrimoniales et à la rédaction du contrat ?

– Encore une gorgée de brandy ! dit Noël Vanstone, qui tendit son verre d'une main tremblante au moment où l'expression « conventions matrimoniales » passait les lèvres du capitaine Wragge.

– Je vous tiendrai compagnie, dit le capitaine, descendant avec agilité du piédestal imposant où il juchait et savourant à petites gorgées son breuvage favori.

Noël Vanstone, après avoir suivi avec une certaine agitation l'exemple de son hôte, se calma peu à peu, résigné à ce qui allait suivre, rejetant sa tête en arrière, serrant convulsivement ses mains, et dans cette attitude particulière que tout être civilisé associe familièrement à l'idée du fauteuil de dentiste.

Le capitaine posa le verre qu'il venait de vider et remonta immédiatement sur son piédestal :

– Nous parlions du contrat, reprit-il. Je vous ai déjà fait savoir, monsieur Vanstone, dès le début de notre entretien, que ma nièce apporte pour toute dot à l'homme de son choix ce qu'elle peut offrir de plus précieux, c'est-à-dire sa personne elle-même… Ceci, néanmoins (vous le savez sans doute), ne m'enlève pas le droit de régler avec son futur mari, selon nos us et coutumes, les conditions financières relatives à son établissement. Ainsi que cela se passe ordinairement, mon avocat aurait à s'entendre avec le vôtre, il y aurait lieu à consultation, il s'ensuivrait un certain délai, des étrangers seraient mis au courant de vos intentions et Mrs. Lecount, tôt ou tard, apprendrait cette vérité que nous tenons à lui cacher… Ne sommes-nous pas, jusqu'ici, tout à fait d'accord ?

Une appréhension inexprimable tenait closes les lèvres de Noël Vanstone. Il ne put répondre que par une muette adhésion.

– Fort bien, reprit le capitaine. Maintenant, monsieur, peut-être avez-vous remarqué que mon tour d'esprit est passablement original. Si, jusqu'ici, cette particularité ne vous a pas frappé, je serai obligé de vous dire que, sur certains sujets, je tiens à mes opinions, qui ne sont celles de personne. Les contrats de mariage figurent au nombre de ces sujets réservés… Que fait en général – permettez-moi de vous le demander – un parent, un tuteur placé comme je le suis ? Après avoir confié à l'homme choisi par lui le dépôt sacré du bonheur d'une femme, il prend tout à coup, vis-à-vis de cet homme, une attitude hostile, et refuse de lui conférer une responsabilité bien inférieure, celle de pourvoir à l'avenir financier de sa future compagne. Le père de la fiancée cherche à lier son gendre par les clauses les plus étroites que la loi puisse lui fournir. Il prend, avec le mari de sa fille, les mêmes précautions que s'il avait affaire à un étranger, je dis plus, à un voleur. Je qualifie cette conduite d'inconvenante et d'illogique au premier chef. Aussi ne me la verrez-vous pas adopter, monsieur Vanstone ; vous ne verrez pas différer mes maximes et ma pratique. Si je vous confie ma nièce, je vous confie avec elle toutes les responsabilités d'ordre mineur qui vous incombent envers elle ou envers moi. Votre main, monsieur ! donnez-moi votre parole d'honneur que vous garantirez l'avenir de votre femme, ainsi qu'il convient à sa position et à votre fortune, et désormais la question des conditions sera réglée entre nous, réglée une bonne fois, réglée pour toujours !

Les instructions de Magdalen se trouvant ainsi suivies de la manière la plus digne, le capitaine écarta les revers de son respectable paletot et, la tête en arrière, la main en avant, il offrit sur son siège le modèle de la tendresse paternelle, le portrait achevé de l'homme intègre.

Pendant un moment, Noël Vanstone demeura littéralement pétrifié de surprise. L'instant d'après, il bondit de son fauteuil et, dans un véritable transport d'admiration, vint presser les mains de son magnanime et généreux ami. Jamais encore dans sa longue carrière, émaillée de tant de vicissitudes, le capitaine Wragge n'avait eu autant de mal qu'en ce moment à conserver ses graves dehors. Le mépris que lui inspirait cet élan d'avaricieuse reconnaissance, le sentiment de triomphe que lui causait le succès du complot tramé contre un homme capable d'évaluer à cinq livres sterling la protection qu'il voulait lui vendre, le regret qu'il éprouvait de laisser échapper une si belle occasion d'« agriculture morale », occasion qu'il n'aurait certainement pas négligée sans la crainte des complications où elle pouvait l'engager, toutes ces émotions diverses agitaient l'esprit du capitaine ; toutes luttaient à l'envi, cherchant à se manifester ou par des paroles ou par des changements de physionomie. Aussi laissa-t-il Noël Vanstone, en possession de ses mains, entasser d'une voix aiguë protestations sur protestations et promesses sur promesses, jusqu'au moment où il se sentit tout à fait maître de lui-même. Quand il en fut là, il réinstalla le petit homme dans son fauteuil, et en revint aussitôt à Mrs. Lecount :

– Nous pouvons, je suppose, étudier à nouveau l'obstacle que nous avons encore devant nous, dit le capitaine. Admettons que je fais violence à mes habitudes et à mes sentiments les plus chers, que je me laisse dominer par les considérations déjà indiquées, que je sanctionne votre désir d'être uni à ma nièce sans que Mrs. Lecount en soit instruite… Permettez-moi de vous demander, en ce cas, quel moyen vous auriez à suggérer pour en arriver à la réalisation de votre projet ?

– Je n'ai rien à suggérer du tout, répondit Noël Vanstone, à bout d'inventions. Verriez-vous quelque inconvénient à suggérer vous-même et pour mon compte ?

– Votre requête est plus téméraire que vous ne le croyez, monsieur Vanstone. Mais jamais je ne fais les choses à moitié. Lorsque j'agis avec la candeur dont je suis coutumier, je pousse la franchise (vous le savez déjà) jusqu'aux dernières limites de l'imprudence, mais si des circonstances exceptionnelles me contraignent à suivre une marche opposée, je deviens alors un renard comme il y en a peu. Supposons que, sur votre requête expresse, je dépose ici mon honnête vêtement anglais pour endosser une soutane de jésuite, supposons que, par pure sympathie pour l'embarras où vous êtes, je me charge de soustraire votre secret à la curiosité de Mrs. Lecount, je ne veux, dans un cas pareil, avoir à lutter, chez vous, contre aucun scrupule hors de saison. Si je dois, monsieur, jouer le tout pour le tout, c'est le tout pour le tout que vous devrez jouer également !

– Le tout pour le tout ? Cela me va, dit Noël Vanstone avec une certaine vivacité, pourvu que vous preniez les devants. Je n'éprouve aucun scrupule à laisser Lecount dans les ténèbres… Mais elle est diantrement rusée, monsieur Bygrave. Comment en viendrons-nous à bout ?

– Vous allez le savoir à l'instant, répondit le capitaine. J'aimerais néanmoins, avant de développer mes vues, connaître votre opinion sur un point de morale abstraite… Que pensez-vous, mon cher monsieur, de ce qu'on désigne en général sous le nom de « fraudes pieuses » ?

Noël Vanstone parut légèrement embarrassé par cette question.

– Faut-il m'expliquer plus clairement ? continua le capitaine Wragge. Que dites-vous de cette maxime universellement adoptée : Tous les stratagèmes sont permis en amour comme à la guerre ? La regardez-vous comme vraie, oui ou non ?

– Oui ! répondit Noël Vanstone avec tout l'empressement du monde.

– Encore une question pour en finir, dit le capitaine. Verriez-vous quelque inconvénient particulier à tromper Mrs. Lecount par le moyen d'une de ces « fraudes pieuses » ?

Ici, la résolution de Noël Vanstone sembla vaciller quelque peu.

– Est-il probable que Lecount en vienne à la découvrir ? demanda-t-il prudemment.

– Elle ne pourra le découvrir, dans tous les cas, qu'une fois le mariage conclu, et lorsque vous serez hors de sa portée.

– Vous êtes bien sûr de ceci ?

– Parfaitement sûr.

– Jouez alors à Lecount tous les tours qu'il vous plaira, dit Noël Vanstone, qui semblait éprouver un soulagement inexprimable. Elle m'a donné à penser, dernièrement, qu'elle prétendait me soumettre à une espèce de domination. Je commence à comprendre que j'ai toléré Lecount bien assez longtemps. Je souhaiterais en être débarrassé.

– Votre souhait s'accomplira, dit le capitaine Wragge. Dans huit ou dix jours, vous serez débarrassé d'elle.

Noël Vanstone se leva précipitamment et se rapprocha du fauteuil où trônait le capitaine.

– En vérité ? s'écria-t-il. Et comment prétendez-vous la faire partir ?

– Je prétends la faire partir en voyage, répondit le capitaine Wragge.

– En voyage ? Où cela ?

– En voyage au chevet de son frère malade, à Zurich.

Noël Vanstone accueillit cette réponse par un haut-le-corps, et tout à coup regagna son fauteuil.

– Comment pouvez-vous faire cela ? demanda-t-il, dans une extrême perplexité. Son frère (que Dieu le pende !) se porte infiniment mieux. Une nouvelle lettre de Zurich, arrivée ce matin, lui en apportait la nouvelle.

– Avez-vous vu cette lettre ?

– Oui. Elle me fatigue sans cesse des histoires de son frère et elle a voulu absolument me la montrer.

– De qui était-elle et que disait-elle ?

– Elle était du médecin ; c'est toujours lui qui écrit. Je me soucie comme d'une guigne de son frère, et la lettre ne m'a pas laissé grand souvenir, si ce n'est qu'elle était assez courte. Le malade allait beaucoup mieux, et si le médecin venait à ne plus écrire, elle devait regarder son silence comme un indice de guérison complète. Telle était la substance de cette communication.

– Avez-vous remarqué où elle a mis la lettre, après que vous la lui avez rendue ?

– Certainement. Elle l'a mise dans le tiroir où elle garde ses livres de comptes.

– Et ce tiroir, pouvez-vous l'ouvrir ?

– Il va sans dire que je le peux ! J'ai un double de la clef ; j'ai toujours insisté pour avoir un double de l'endroit où elle garde ses livres de comptes. Je ne permets jamais que ces livres soient soustraits à mon contrôle, c'est une des règles de la maison.

– Veuillez donc, monsieur Vanstone, vous procurer aujourd'hui même cette lettre, à l'insu de votre femme de charge ; et ajoutez à cette faveur celle de me la communiquer ici secrètement, pendant une heure ou deux.

– Quel usage comptez-vous en faire ?

– Avant de vous le dire, j'ai encore quelques questions à vous adresser. Avez-vous, à Zurich, quelque ami intime sur l'assistance duquel vous pourriez compter s'il s'agissait de faire pièce à Mrs. Lecount ?

– De quel genre d'assistance voulez-vous parler ? demanda Noël Vanstone.

– Supposons, dit le capitaine, que, dans une lettre adressée à un de vos amis du Continent, vous fassiez partir une autre lettre adressée à Mrs. Lecount à Aldborough ? Et supposons que cet ami reçoive pour instruction de faciliter une innocente plaisanterie en jetant dans la boîte aux lettres de Zurich la missive destinée à Mrs. Lecount ? Connaissez-vous quelqu'un sur qui l'on pourrait compter pour cela ?

– Je connais deux personnes sur qui l'on pourrait compter, s'écria Noël Vanstone. Ce sont deux femmes, toutes deux sans mari, toutes deux implacables ennemies de Lecount. Mais où prétendez-vous en venir, monsieur Bygrave ? Bien que je passe pour ne pas manquer habituellement de pénétration, je ne vois pas le moins du monde où vous en voulez venir.

– Vous le verrez bientôt, monsieur Vanstone.

Le capitaine, se levant à ces mots, et allant s'asseoir devant son pupitre, écrivit quelques lignes sur une feuille de papier à lettres. Il commença par se les lire lui-même avec le plus grand soin, et ensuite fit signe à Noël Vanstone de venir en prendre connaissance.

– Il y a quelques minutes, dit le capitaine étendant avec complaisance, vers sa propre composition, l'extrémité empennée de sa plume, j'avais l'honneur de vous suggérer une pieuse fraude à l'adresse de Mrs. Lecount… Voici en quoi elle consiste.

Il céda, ce disant, à son hôte, le fauteuil placé devant le bureau. Noël Vanstone s'assit, et lut les lignes suivantes :

Chère madame,

Depuis ma dernière lettre, votre frère, j'ai le regret de vous l'annoncer, a subi une nouvelle rechute. Les symptômes en sont assez graves pour qu'il soit de mon devoir de vous appeler immédiatement à son chevet. Je fais tous mes efforts pour résister à ce nouvel envahissement du mal, et je n'ai pas tout à fait perdu l'espérance d'y réussir. Mais je ne saurais, en bonne conscience, vous laisser ignorer une aggravation dans l'état de mon malade, telle qu'on en peut attendre de funestes résultats. Je suis, avec toute la sympathie possible, etc.

Le capitaine Wragge attendit, avec une certaine anxiété, l'effet que cette lettre pourrait produire. Si peu généreux, si égoïste et si lâche qu'il pût être, Noël Vanstone lui-même éprouverait sans doute quelques remords à ourdir contre une femme placée à son égard dans la position de Mrs. Lecount une machination comme celle qui lui était suggérée. Bien que pour des motifs intéressés peut-être, elle ne l'en avait pas moins servi fidèlement ; il l'avait vue, encore tout enfant, posséder la confiance absolue de son père. Encore aujourd'hui, elle vivait à l'abri du toit qu'il habitait lui-même. Pouvait-il oublier tout ceci ? et, s'il ne l'oubliait pas, pouvait-il, sans quelque hésitation, prêter son aide au plan qui venait de lui être proposé ? Le capitaine Wragge, sans le savoir, gardait assez de foi dans la nature humaine pour n'être pas tout à fait certain de ce qui allait arriver. A son grand étonnement, et aussi, nous devons l'ajouter, à son grand soulagement, il vit que ses craintes n'étaient nullement fondées. La seule émotion qui se produisit chez Noël Vanstone, tandis qu'il parcourait la lettre en question, fut une admiration cordiale de l'idée qu'avait eue son nouvel ami. Il y joignait le désir, suggéré par l'amour-propre, de s'attribuer le mérite d'une si belle invention. On peut, chaque jour, rencontrer un imbécile qui n'est pas un lâche ; çà et là se produit l'exemple d'un imbécile qui n'est pas rusé ; mais on peut raisonnablement douter qu'il existe un imbécile qui ne soit pas cruel.

– Parfait, s'écria Noël Vanstone en applaudissant, monsieur Bygrave, vous en pourriez revendre au Figaro de la comédie française… A propos de français, il y a dans votre jolie lettre une invraisemblance grave : elle n'est pas écrite dans la langue qu'il aurait fallu employer. C'est en français que le médecin rédige sa correspondance avec Lecount. Après cela, peut-être comptez-vous sur moi pour la traduire ? Vous ne sauriez vous passer de mon aide, n'est-il pas vrai ? J'écris le français aussi couramment que l'anglais. Et vous allez voir ! Je traduirai la chose, sans lever le siège, en deux traits de plume.

Il acheva sa traduction presque aussi vite que le capitaine Wragge avait rédigé l'original.

– Attendez un peu, s'écria-t-il, en critique triomphant, car il venait de découvrir une autre lacune dans l'ingénieuse composition de son ami. Le médecin date toujours ses lettres, et vous n'avez pas daté la vôtre…

– C'est un soin que je vous laisse, dit le capitaine avec un sourire plein de sarcasmes… Vous avez découvert le défaut, mon cher monsieur, veuillez donc y remédier !

Noël Vanstone évalua en pensée la largeur de l'abîme qui sépare la faculté de découvrir un défaut et celle de le corriger comme il convient ; puis, à l'exemple de bien des gens mieux avisés que lui, ne voulut pas se hasarder à le franchir.

– Ce serait prendre beaucoup trop de liberté, répondit-il poliment. Peut-être aurez-vous eu vos motifs pour omettre la date.

– C'est bien possible, en effet, reprit le capitaine Wragge avec sa bonne humeur la plus familière… la date doit dépendre du temps que prend une lettre pour arriver à Zurich. Je n'ai là-dessus aucune expérience ; vous, en revanche, du vivant de monsieur votre père, avez dû mainte et mainte fois calculer ce délai… Faites-moi profiter de vos renseignements, et nous ajouterons la date avant que vous quittiez cette table.

L'expérience de Noël Vanstone, ainsi que le capitaine Wragge l'avait prévu, le mettait parfaitement à même de régler cette question de temps. Les chemins de fer du Continent n'offraient pas encore de grandes ressources ; il fallait dix jours entiers en ce temps-là pour que la poste rapportât une lettre d'Angleterre à Zurich, et de Zurich rapportât la réponse en Angleterre.

– Datez la lettre en français, du cinquième jour après celui de demain, dit le capitaine, une fois bien informé. A merveille ! Ce qu'il me faut, maintenant, c'est me procurer, autant que possible, le billet du médecin. Peut-être aurai-je besoin de m'exercer quelques heures pour copier votre traduction de manière à ce qu'elle semble écrite par lui… N'auriez-vous pas du papier à lettres fabriqué à l'étranger ? Envoyez-m'en quelques feuilles, et faites-moi passer en même temps une enveloppe adressée à l'une de vos amies de Zurich, en y joignant la requête par laquelle vous la prierez de jeter l'incluse à la poste. Je ne vous donnerai pas d'autres soucis, monsieur Vanstone… Et maintenant, n'accusez pas mon hospitalité, mais plus tôt vous pourrez me fournir ces accessoires indispensables, plus je vous serai obligé… Nous nous comprenons bien, je suppose ? Après vous avoir accordé la main de ma nièce, j'autorise un mariage secret par égard pour les circonstances où vous vous trouvez placé. Un petit stratagème bien innocent est indispensable pour remplir vos vues. J'invente ce stratagème, à votre requête expresse, et vous vous en servez sans la moindre hésitation. Il s'ensuit que dans dix jours, à compter de demain, Mrs. Lecount sera partie pour la Suisse ; que dans quinze jours, à compter de demain, Mrs. Lecount, arrivant à Zurich, découvrira la mauvaise plaisanterie dont elle aura été l'objet ; que dans vingt jours, à compter de demain, Mrs. Lecount, de retour ici, trouvera sur la table les faire-part de son maître, et son maître lui-même parti pour ce voyage charmant auquel on consacre la lune de miel… Je laisse à tous ces détails leur forme arithmétique, afin de les exposer plus clairement. Dieu vous accompagne à présent, et bien le bonjour !

– Je serai sans doute assez heureux pour que Miss Bygrave veuille bien me recevoir demain matin, dit Noël Vanstone se retournant sur le seuil de la porte.

– Nous devons faire attention ! répondit le capitaine Wragge. Je ne m'oppose pas à l'entrevue de demain, mais je ne m'engage à rien de plus. Permettez-moi de vous rappeler que, pendant les dix jours qui vont suivre, nous aurons à tenir en échec Mrs. Lecount.

– Je voudrais la voir au fond de la mer ! s'écria Noël Vanstone avec toute la ferveur d'un désappointement sincère. Il vous est commode, à vous, de la tenir en échec, vous n'habitez pas la même maison qu'elle… Mais moi, comment faire ?

– On vous le dira demain, répliqua le capitaine. Faites seul votre promenade quotidienne, et glissez-vous ici comme vous l'avez fait aujourd'hui, vers deux heures. D'ici là, n'oubliez pas l'envoi que je vous ai demandé. Scellez ensemble, dans une grande enveloppe, les objets dont il se compose. Ceci fait, demandez à Mrs. Lecount de sortir avec vous comme à l'ordinaire et, tandis qu'elle sera remontée pour mettre son chapeau, dépêchez-moi votre domestique ! Vous comprenez ? Bien le bonjour !

Une heure après, l'enveloppe cachetée, avec tout ce qu'elle renfermait, parvenait saine et sauve aux mains du capitaine Wragge. Le double travail de contrefaire exactement une écriture inconnue, et de copier correctement des mots écrits dans une langue qu'il connaissait à peine, offrit au capitaine plus de difficultés qu'il n'en avait prévu. Il était onze heures du soir avant que son entreprise ait été heureusement menée à bien et que la lettre à destination de Zurich fût en état d'être jetée à la poste.

Avant d'aller se coucher, l'honnête homme alla respirer l'air frais de la nuit sur la promenade, déserte à cette heure. Toute lumière était éteinte à Sea View Cottage quand il regarda de ce côté, à l'exception de celle qui brûlait derrière la croisée de la femme de charge. Le capitaine Wragge secoua la tête d'un air méfiant. Il avait maintenant acquis assez d'expérience pour que les veillées de Mrs. Lecount lui fussent particulièrement suspectes.

IX

Si le capitaine Wragge avait pu projeter son regard dans la chambre de Mrs. Lecount, tandis qu'il était sur la promenade à guetter sa fenêtre éclairée, il eût vu la femme de charge, assise, comme perdue dans une profonde méditation, et contemplant un petit morceau d'étoffe brune déposé sur sa table de toilette.

Si exaspérante que cette conclusion pût être pour elle, Mrs. Lecount n'en était pas moins obligée de s'avouer que, jusqu'alors, elle avait été déjouée et contrecarrée sur tous les points... Qu'allait-elle essayer maintenant ? Si elle mandait Mr. Pendril, et s'il venait la trouver à Aldborough (pour le petit nombre d'heures qu'il pourrait distraire de ses travaux habituels), quelle marche bien définie et précise y trouverait-il à suivre ? Si elle montrait à Noël Vanstone la lettre originale d'après laquelle avaient été copiées les indications de la note rédigée par elle, il s'adresserait aussitôt, pour qu'elle lui fût expliquée, à l'auteur de cette lettre ; il mettrait ainsi au jour le mensonge par lequel Mrs. Lecount était parvenue à tromper Miss Garth ! et en somme, quoi qu'il arrivât, il déclarerait toujours, d'après le témoignage de ses propres yeux, que l'épreuve tentée au moyen des grains de beauté placés dans le cou n'avait aucunement abouti. Miss Vanstone aînée, dont la présence imprévue aurait pu faire merveille, dont la voix seule, vibrant sous le vestibule de North Shingles, alors même qu'on ne l'eût pas laissée pénétrer plus avant, eût pu arriver jusqu'aux oreilles de sa sœur et amener ainsi des résultats immédiats, Miss Vanstone aînée avait quitté le pays et, selon toute apparence, ne devait pas y rentrer avant un mois. Mrs. Lecount avait beau reprendre en sous-œuvre toutes les démarches passées, elle n'en voyait pas davantage comment elle pourrait se frayer un chemin à travers les nombreux obstacles amoncelés devant elle.

D'autres femmes, en pareil cas, auraient attendu quelque changement de circonstances, capable de leur venir en aide. Mrs. Lecount, elle, revint hardiment sur ses pas, et résolut de chercher, dans une direction toute nouvelle, un chemin qui la menât à son but. Renonçant pour le moment à toute tentative qui tendrait à prouver que la prétendue Miss Bygrave était la vraie Magdalen Vanstone, elle se proposa de circonscrire la portée de ses efforts, de laisser provisoirement intactes les questions relatives à l'identité de Magdalen et de se borner à convaincre son maître de ce simple fait, que la jeune dame qui le charmait à North Shingles et la femme travestie qui l'avait épouvanté à Vauxhall Walk étaient une seule et même personne.

Selon toute apparence, elle devait trouver beaucoup moins de facilité à obtenir ce résultat qu'elle n'en avait eu pour atteindre celui auquel les circonstances l'obligeaient à renoncer. Il n'y avait pas, ici, à compter sur l'appui des autres. On ne pouvait pas mettre en avant des motifs de bienfaisance ; on ne pouvait invoquer l'aide ni de Mr. Pendril ni de Miss Garth. Désormais, donc, la femme de charge ne devait plus compter pour réussir que sur deux chances distinctes : la première, qu'elle parviendrait à pénétrer secrètement dans la maison ennemie ; la seconde, qu'elle arriverait à découvrir si cette fameuse robe d'alpaga, d'où elle avait détaché en secret le fragment d'étoffe, n'appartenait pas, par hasard, à la garde-robe de Miss Bygrave.

Prenant un à un, dans leur ordre naturel, les problèmes qu'elle allait avoir à résoudre, Mrs. Lecount se promit de consacrer d'abord quelques journées à guetter les habitudes des résidents de North Shingles, et cela depuis le matin de bonne heure, jusqu'au terme des soirées les plus longues ; elle se promit aussi de vérifier jusqu'à quel point l'unique domestique de la maison était à l'épreuve d'une tentative de corruption. En admettant que ceci tournât bien, et que, par stratagème ou à prix d'argent, elle se ménageât l'accès de North Shingles (à l'insu de Mr. Bygrave et de sa nièce), restait à étudier la seconde des deux difficultés, celle qui consistait à s'introduire dans la garde-robe de Miss Bygrave.

Si la domestique se pouvait acheter, tous les obstacles, à cet égard, se trouvaient annulés de prime abord. Mais, si l'on avait affaire à une honnête personne, la nouvelle solution devenait très difficile.

La question, envisagée longtemps et avec soin, conduisit finalement la femme de charge à la détermination hasardeuse de se procurer une entrevue, si la domestique lui faisait défaut, avec Mrs. Bygrave elle-même. Quelle était la véritable cause de l'isolement mystérieux où vivait cette dame ? Était-ce une personne de l'intégrité la plus absolue et la plus fâcheuse ? ou bien de celles à qui l'on ne peut confier sûrement la garde d'aucun secret ? ou bien encore une personne aussi rusée que Mr. Bygrave lui-même, et tenue en réserve pour servir, plus tard, à quelque ruse préparée de longue main ? Dans les deux premières hypothèses, Mrs. Lecount pouvait se fier à ses propres talents pour la feinte, et aux résultats qu'elle devait en attendre. Dans la dernière (si on n'y gagnait pas autre chose), il pouvait être fort important pour elle de découvrir un ennemi jusque-là caché dans les ténèbres. A tout hasard, elle décida qu'il fallait courir ce risque. Des trois chances favorables sur lesquelles elle avait compté au début de la lutte : la chance d'arracher à Magdalen une parole irréfléchie, la chance de la faire succomber par l'aide même de ses protecteurs naturels, la chance enfin de la démasquer au moyen de Mrs. Bygrave, on en avait essayé deux, qui toutes deux avaient manqué. Restait à tenter la troisième, et la troisième pouvait réussir.

Ainsi complotait l'ennemie du capitaine, dans le secret de sa chambre, tandis que le capitaine lui-même, debout sur la grève, au-dehors, guettait ces vitres où brillait une lumière suspecte.

Avant le déjeuner du lendemain, le capitaine Wragge mit lui-même à la poste la lettre fabriquée pour Zurich. Il revint à North Shingles sans avoir tout à fait arrêté la marche à suivre vis-à-vis de Mrs. Lecount durant les dix jours qui allaient s'écouler et dont l'emploi importait si essentiellement au succès de ses ruses.

A sa grande surprise, les doutes qui l'assiégeaient à ce sujet furent tranchés par Magdalen elle-même, dès qu'il fut rentré au logis.

Il la trouva qui l'attendait dans la pièce où le déjeuner était servi. Elle marchait incessamment de long en large, la tête penchée sur sa poitrine, et ses longs cheveux flottant en désordre sur ses épaules. A l'instant où, le voyant entrer, elle leva les yeux, le capitaine éprouva la même crainte que Mrs. Wragge avait ressentie avant lui, la crainte de voir l'intelligence de Magdalen plier encore une fois sous un fardeau trop lourd, ainsi que cela était arrivé déjà lorsqu'elle avait reçu, à Vauxhall Walk, la lettre de Frank.

– Revient-il aujourd'hui ? demanda-t-elle rejetant loin d'elle le fauteuil que lui présentait le capitaine Wragge, et si violemment que ce meuble tomba renversé sur le parquet.

– Oui, dit le capitaine, assez sage pour lui répondre aussi brièvement que possible. Il doit venir à deux heures.

– Emmenez-moi donc ! s'écria-t-elle, repoussant brusquement les cheveux qui cachaient son visage… Avant qu'il arrive, emmenez-moi ! Je ne pourrais dominer l'horreur que m'inspire l'idée de l'épouser, si je reste encore dans cet odieux séjour. Conduisez-moi quelque part où je puisse oublier, sans quoi je deviendrai folle ! Accordez-moi deux jours de trêve, deux jours pendant lesquels me sera épargné l'aspect de cette horrible mer, deux jours pendant lesquels je cesserai d'être prisonnière dans cette abominable maison, deux jours, n'importe où, pourvu que je n'habite plus Aldborough ! Je reviendrai avec vous ! J'irai, je vous le promets, jusqu'au bout de cette œuvre ténébreuse ! Pour deux jours, seulement, délivrez-moi de cet homme, et de tout ce qui a trait à cet homme ! M'entendez-vous, misérable ? s'écria-t-elle, lui prenant le bras et le secouant par un geste de colère frénétique. J'ai assez de cette torture, je ne puis l'endurer plus longtemps !

Il n'y avait qu'une manière de l'apaiser, et le capitaine prit sur-le-champ son parti :

– Si vous voulez tâcher de vous calmer, lui dit-il, vous quitterez Aldborough d'ici à une heure.

Elle lâcha son bras, et s'appuya de tout son poids sur le mur qui se trouvait derrière elle.

– Je tâcherai, répondit-elle, respirant encore avec effort et lui jetant des regards moins farouches… Si j'y puis quelque chose, vous n'aurez point à vous plaindre de moi.

Elle voulut, dans son trouble, tirer son mouchoir de la poche de son tablier, mais sans réussir à le trouver. Le capitaine vint charitablement à son aide. Quand il lui remit le mouchoir, les yeux de Magdalen prirent une expression plus douce, et sa respiration devint moins pénible.

– Vous êtes meilleur que je ne vous supposais, dit-elle. Je regrette de vous avoir parlé, tout à l'heure, avec tant d'irritation.... J'en suis fâchée, vraiment fâchée ! (Des larmes lui vinrent aux yeux, tandis qu'elle lui tendait la main avec sa grâce native et sa douceur d'autrefois.) Redevenons amis ! dit-elle avec l'accent de la prière... Je ne suis qu'une enfant, capitaine Wragge... Je ne suis qu'une enfant !

Il prit sa main en silence, caressa un moment cette main, puis ouvrit la porte à Magdalen, qui remonta dans sa chambre. Sur le visage du capitaine, tandis qu'il lui rendait ce léger service, un regret sincère était peint. Ce n'était qu'un vagabond et un imposteur ! Il avait toujours mené une existence avilie, tissée de fourberies et d'humiliations, mais il était humain, et Magdalen venait d'éveiller en lui ces sympathies intimes que ne peut déraciner entièrement la profanation de soi-même à laquelle se condamne un chevalier d'industrie. « Au diable le déjeuner ! dit-il quand la domestique vint prendre ses ordres. Allez immédiatement dire à l'hôtel qu'il me faut dans une heure, à la porte, une voiture attelée de deux chevaux ! » Il sortit dans le corridor, se débattant encore contre l'influence d'une sorte de trouble tout nouveau pour lui, et, sur un ton plus impérieux que jamais, il apostropha sa femme en ces termes : « Faites nos paquets pour huit jours ! et que tout soit prêt d'ici à une demi-heure ! » Ces instructions ainsi données, il rentra dans la salle à manger, regardant le couvert à moitié mis, et s'étonna, s'irrita presque de se sentir peu en train de faire honneur à son repas. « Elle a émoussé mon appétit, se dit-il avec un rire forcé... Essayons un cigare et une promenade en plein air ! »

S'il avait eu vingt ans de moins, ces remèdes ne lui eussent peut-être pas suffi. Mais où trouver l'homme dont la politique intérieure puisse se trouver révolutionnée de fond en comble, après que cet homme a franchi la cinquantaine ? L'exercice et le changement de lieux rendirent au capitaine la pleine possession de lui-même. Son cigare reprit la saveur qu'il avait un instant perdue, et son attention, un moment distraite, se reporta sur son prochain départ d'Aldborough. Or il ne lui fallut pas de bien longues réflexions pour se convaincre que la brusque sortie de Magdalen venait de lui faire adopter, comme une contrainte, était, toutes choses bien considérées, la meilleure voie qu'il pût prendre.

Les informations obtenues par le capitaine Wragge, durant cette soirée où Magdalen et lui avaient pris le thé à Sea View, lui avaient appris bien positivement que le frère de la femme de charge possédait une modeste aisance, qu'il n'avait pas d'autres parents plus proches que sa sœur, et qu'il existait dans son voisinage des cousins peu scrupuleux, tout disposés à usurper, dans son testament, la place que Mrs. Lecount y devait régulièrement occuper. De là, des motifs puissants qui devaient faire partir la femme de charge pour Zurich, aussitôt que le faux bruit de la rechute de son frère serait parvenu jusqu'à elle. Mais si, dans l'intervalle, Mrs. Lecount venait à soupçonner le moins du monde la véritable position de Noël Vanstone, comment s'assurer qu'elle ne préférerait pas, à la dernière heure, la défense des intérêts considérables qu'elle avait chez son maître à celle des intérêts médiocres qu'elle pouvait juger en péril au chevet de son frère mourant ? Tant que cette question demeurerait douteuse, la nécessité d'arrêter dans ses progrès l'intimité de Noël Vanstone et de la famille de North Shingles ne faisait pas l'ombre d'un doute ; et, de tous les moyens d'en arriver là, celui qui devait le moins ouvrir carrière aux soupçons était bien certainement la translation momentanée de leurs pénates dans une autre résidence que celle d'Aldborough. Parfaitement convaincu que cette conclusion était bonne, le capitaine Wragge alla immédiatement à Sea View Cottage pour y faire agréer ses explications et ses excuses avant l'arrivée de la voiture et le départ qui devait s'ensuivre.

Noël Vanstone était facilement accessible aux personnes qui venaient le visiter ; pour le moment, il se promenait dans le jardin en attendant le déjeuner. Son désappointement, sa contrariété, s'exprimèrent librement dès qu'il eut prêté l'oreille aux communications de son nouvel ami. Mais l'éloquence abondante du capitaine lui eut bientôt fait comprendre qu'il fallait se résigner aux circonstances actuelles. Une simple insinuation que la « pieuse fraude » pourrait après tout échouer si, durant les dix jours d'intervalle, le moindre incident venait éclairer Mrs. Lecount, eut pour effet immédiat de rendre Noël Vanstone aussi patient et aussi docile qu'on pouvait le désirer.

– Je ne vous dirai point où nous allons, et cela pour deux raisons excellentes, continua le capitaine Wragge quand il eut complété ses explications préliminaires. En premier lieu, je n'ai rien décidé encore ; puis, j'estime que, si vous saviez où nous allons, Mrs. Lecount pourrait fort bien vous tirer les vers du nez. Je suis parfaitement sûr qu'elle nous guette en ce moment, abritée derrière son rideau. Quand elle vous demandera pourquoi je suis venu ce matin, répondez-lui que ma visite avait pour but de vous faire mes adieux, et que je me suis décidé à m'absenter quelques jours, afin de procurer à ma nièce, dont l'état a légèrement empiré, les bénéfices d'un changement d'air, en l'emmenant chez quelques amis qui sollicitaient notre visite. Si vous pouviez (sans trop d'exagération) laisser entendre et persuader à Mrs. Lecount que je vous ai désappointé en quelque chose, et que vous vous sentez disposé à douter de mon désir sincère de consolider les relations formées entre nous, vous aurez concouru, d'une manière notable, à la réalisation de notre projet. Vous devez compter que, dans quatre ou cinq jours au plus, nous serons de retour à North Shingles. Si quelque idée me venait d'ici là, ou si quelque nouvel incident l'exigeait, nous aurions toujours la poste à notre service, et je ne manquerais pas de vous écrire.

– Et Miss Bygrave, elle, ne m'écrira-t-elle point ? demanda Noël Vanstone d'un ton plaintif. Savait-elle que vous veniez ici ? Ne vous a-t-elle chargé d'aucun message ?

– Impardonnable à moi de n'y avoir pas songé plus tôt ! s'écria le capitaine… Elle m'a chargé, pour vous, de toutes ses tendresses.

Noël Vanstone ferma les yeux, plongé dans une extase muette.

Quand il les rouvrit, le capitaine Wragge avait déjà franchi le seuil du jardin, s'acheminant à grands pas vers North Shingles. A peine la porte de sa maison s'était-elle refermée sur lui que Mrs. Lecount, quittant le poste d'observation où le capitaine avait eu raison de la supposer, vint adresser à son maître la question dont le capitaine avait prédit qu'elle suivrait son départ. La réponse qu'elle reçut ne produisit sur elle qu'une impression : immédiatement convaincue que c'était un mensonge, elle revint se placer à sa fenêtre pour y guetter, avec plus de vigilance que jamais, les faits et gestes des habitants de North Shingles.

Son étonnement fut considérable lorsqu'elle vit, moins d'une demi-heure après, une voiture vide s'arrêter à la porte de Mr. Bygrave. On apporta les bagages, qui furent chargés sur l'impériale. Apparut ensuite Miss Bygrave, qui prit place dans l'intérieur. Elle fut suivie par une dame de haute taille et de dimensions notables, qui, selon les conjectures de la femme de charge, devait être Mrs. Bygrave. La domestique vint après, et se tint arrêtée sur le chemin. Mr. Bygrave parut le dernier. Il ferma la porte de la maison, et alla en déposer la clef dans un cottage voisin, connu pour être la résidence du propriétaire de North Shingles. A son retour, il envoya un petit signe de tête du côté de la domestique, qui partit alors toute seule, se dirigeant vers les plus humbles quartiers de la ville, puis il monta auprès des dames, déjà installées. Le cocher, à son tour, grimpa sur son siège, et l'équipage ne fut pas longtemps à disparaître.

Mrs. Lecount déposa la lorgnette de spectacle qui lui avait servi à surveiller de près toutes ces démarches, avec un sentiment de perplexité découragée qu'elle était presque honteuse de trouver chez elle. Le but que se proposait Mr. Bygrave en vidant ainsi de toute créature vivante sa maison d'Aldborough demeurait pour elle un mystère impénétrable.

Se soumettant aux circonstances avec une résignation que le capitaine Wragge, dans pareille situation, n'eût certainement pas montrée, Mrs. Lecount ne perdit ni son temps ni sa patience en conjectures inutiles. Elle laissa le mystère s'obscurcir ou se dévoiler, selon que l'avenir en déciderait, et ne voulut envisager que le parti à tirer, dans son intérêt, de l'incident survenu ce matin-là. Quoi qu'il en fût de la famille établie à North Shingles, la domestique, du moins, était restée, et c'était là justement la personne dont le secours pouvait être le plus essentiel aux projets de la femme de charge. Mrs. Lecount mit son chapeau, vérifia la quantité de menue monnaie que renfermait sa bourse et partit immédiatement pour aller se mettre en rapports avec cette fille.

Elle commença par se rendre au cottage où Mr. Bygrave avait laissé la clef de North Shingles, afin d'obtenir du propriétaire l'adresse actuelle de la domestique. En cela, sa démarche fut couronnée d'un plein succès. Le propriétaire savait que cette fille avait reçu la permission d'aller passer quelques jours auprès de ses parents, et il connaissait le quartier d'Aldborough où ils habitaient. Mais là s'arrêtaient ses informations. Il ne savait rien de l'endroit où Mr. Bygrave s'était transporté avec sa famille ; il ignorait de même la durée probable de leur absence. Tout ce qu'il pouvait dire, c'est qu'il n'avait reçu de son locataire aucun avis de départ définitif, et qu'il était requis de garder la clef du cottage jusqu'à ce que Mr. Bygrave vînt la réclamer en personne.

Déçue mais non découragée, Mrs. Lecount se mit aussitôt en quête de la rue d'Aldborough qui lui avait été indiquée, et surprit fort les parents de la domestique en les honorant de sa visite matinale.

Cette fille, facilement trompée par Mrs. Lecount, qui venait, disait-elle, engager ses services, dans l'idée qu'elle avait quitté Mr. Bygrave, répondit de son mieux aux questions qui lui étaient posées. Mais, sur les projets de son maître, elle n'en savait guère plus que le propriétaire de la maison. Elle ne pouvait rien en dire, si ce n'est qu'elle n'avait pas été congédiée, et devait attendre un billet qui la rappellerait à North Shingles lorsque sa présence y serait requise. Mrs. Lecount, qui ne s'était pas attendue à la trouver mieux informée sur ce point, changea de sujet par une suite de transitions bien ménagées, et sut amener cette fille à s'expliquer, en général, sur les avantages et les inconvénients de sa situation chez Mr. Bygrave.

Tirant les enseignements de ce qu'elle apprenait ainsi, de manière indirecte, sur les petits secrets domestiques de la maison, Mrs. Lecount fit deux découvertes. La première, c'est que la domestique (suffisamment occupée par les travaux matériels du ménage) n'était pas à même de trahir les secrets de la garde-robe de Miss Bygrave, secrets connus seulement de la jeune personne elle-même et de sa tante. La seconde, c'est que le vrai motif de l'isolement rigoureux imposé à Mrs. Bygrave devait être attribué à ce simple fait que, cette dame étant à peu près idiote, son mari, fort probablement, avait honte de la montrer en public. Ces découvertes, si triviales en apparence, éclairaient Mrs. Lecount sur un point fort essentiel, et jusque-là resté douteux. Elle était désormais convaincue que, pour pouvoir se livrer à de secrètes investigations dans la garde-robe de Magdalen, il fallait abuser la dame idiote et non corrompre une domestique ignorante.

Parvenue à cette conclusion, qui contenait en germe les assauts futurs qu'il faudrait mener contre la discrétion si mal fortifiée de la pauvre Mrs. Wragge, la femme de charge s'abstint prudemment de se montrer plus longtemps sous des dehors inquisiteurs. Elle fit glisser la conversation sur des sujets d'intérêt local et la fit durer jusqu'à ce qu'elle eût la certitude de laisser derrière elle une impression des plus favorables ; alors seulement elle prit congé.

Trois jours passèrent. Mrs. Lecount et son maître, chacun d'eux avec des vues bien différentes, attendaient, aussi inquiets l'un que l'autre, les premiers signes de vie qui se manifesteraient du côté de North Shingles. Dans l'intervalle, aucune lettre n'arriva pour Noël Vanstone, pas plus de l'oncle que de la nièce. L'irritation réelle que cette négligence lui causa l'aidait singulièrement à feindre, sur le compte de ses amis absents, les doutes que le capitaine lui avait recommandé d'exprimer en présence de la femme de charge. Il avoua qu'il craignait de s'être mépris, non seulement sur le compte de Mr. Bygrave, mais encore sur celui de sa nièce, et cela d'un air si sincèrement contrarié qu'il ajouta aux perplexités déjà existantes de Mrs. Lecount un élément nouveau de trouble et d'incertitudes.

Le matin du quatrième jour, Noël Vanstone trouva le facteur dans son jardin, et fut grandement soulagé quand il découvrit, parmi les lettres qu'on lui délivrait, un billet de Mr. Bygrave.

Ce billet était daté de « Woodbridge » et ne renfermait que quelques lignes. Mr. Bygrave indiquait dans l'état de sa nièce un changement favorable, et se disait, comme auparavant, chargé d'un tendre message. Il comptait revenir le lendemain à Aldborough, et aurait alors l'occasion de soumettre à Mr. Noël Vanstone certaines considérations nouvelles, d'une nature toute particulière. En attendant, il priait Mr. Vanstone de ne point se présenter à North Shingles avant d'y avoir été spécialement convié ; il le serait certainement le jour même où la famille y rentrerait. Le motif de cette requête, qui devait au premier abord lui sembler si étrange, serait expliqué à Mr. Vanstone de la manière la plus satisfaisante, quand il se retrouverait avec ses amis. Jusqu'à ce moment, on lui prescrivait les plus strictes précautions dans tous ses rapports avec Mrs. Lecount, et on lui imposait, comme condition *sine qua non* (si cette locution classique pouvait être pardonnée), la destruction de la lettre de Mr. Bygrave, dès qu'elle aurait été lue et suffisamment méditée.

Le cinquième jour arriva. Noël Vanstone (qui s'était soumis au *sine qua non* et avait détruit la lettre) attendait avec anxiété les résultats promis, tandis que, de son côté, Mrs. Lecount était patiemment à l'affût de ce qui allait se passer. Vers trois heures de l'après-midi, la voiture se montra de nouveau à la porte de North Shingles. Mr. Bygrave en sortit et, de son pas alerte, alla chercher la clef dans le cottage du propriétaire. Il revint, la domestique sur ses talons. Miss Bygrave, à son tour, descendit de voiture ; son énorme parente l'imita aussitôt ; la porte de la maison s'ouvrit ; les malles furent enlevées ; la voiture disparut. Les Bygrave étaient de retour.

Quatre heures, cinq heures, six heures sonnèrent, et rien n'arriva. Une demi-heure après, Mr. Bygrave, élégant, immaculé, respectable comme à l'ordinaire, se montra sur la promenade, et s'en vint flâner, d'un air très calme, dans la direction de Sea View.

Au lieu d'entrer immédiatement, il passa devant la porte, s'arrêta comme frappé d'une soudaine réminiscence, puis, revenu sur ses pas, il s'informa si Mr. Vanstone était au logis. Mr. Vanstone sortit dans le couloir avec un empressement hospitalier. Élevant alors la voix, de manière à être entendu aisément de toute personne aux écoutes derrière une des portes ouvertes du premier étage, Mr. Bygrave, tout en s'essuyant les pieds, manifesta, aussi laconiquement que possible, l'objet de la visite qu'il venait faire. Il arrivait de chez un parent éloigné. Ce parent éloigné possédait deux tableaux, véritables perles d'anciens maîtres, dont il était disposé à se défaire et que, dans ce but, il avait confiés à Mr. Bygrave. Si Mr. Noël Vanstone, grand amateur d'art, désirait voir ces perles, elles seraient visibles d'ici à une demi-heure, aussitôt que Mr. Bygrave allait être rentré à North Shingles.

Ayant délivré cette incompréhensible déclaration, le grand conspirateur posa un doigt significatif le long de son petit nez romain et ajouta simplement : « Beau temps, n'est-ce pas ? Bien le bonsoir ! » Sur ce, il s'éclipsa pour continuer sa flânerie sur la promenade.

A l'expiration de la demi-heure, Noël Vanstone se présentait à North Shingles, avec toute l'ardeur d'un amant, toute la curiosité d'un homme qui ne sait où il en est, sa flamme inextinguible brûlant au sein d'un épais brouillard intellectuel. Nous n'essayerons pas de peindre son bonheur quand il trouva Magdalen seule dans le salon. Jamais, à ses yeux, elle n'avait semblé si belle. Le repos, le soulagement qu'elle avait trouvés dans ces quatre jours d'absence, lui avaient rendu mieux que du sang-froid. Sans cesse passant d'un extrême à l'autre, le désespoir où elle s'abandonnait cinq jours auparavant s'était changé en une exaltation fiévreuse, qui défiait tous remords et affrontait toutes conséquences. Ses yeux étincelaient, ses joues étaient animées ; elle bavardait incessamment, parodiant avec amertume cette gaieté de jeune fille qu'on lui avait vue autrefois ; elle riait d'un rire lamentablement obstiné ; elle contrefaisait la douce voix, les manières insinuantes de Mrs. Lecount, avec une fidélité exagérée où se retrouvait grossièrement ce talent dans l'imitation qui autrefois marquait son jeu. Noël Vanstone, à qui jamais elle n'était apparue sous cet aspect, demeurait littéralement sous le charme ; sa faible cervelle fléchissait sous l'ivresse du plaisir ; le sang affluait à ses joues blêmes, comme si celles de Magdalen leur eussent communiqué la fièvre. La demi-heure qu'il passa seul avec elle ne lui sembla pas avoir duré cinq minutes. Ce temps écoulé, quand elle le quitta tout à coup pour obéir à l'invitation convenue d'avance qui devait la rappeler auprès de sa tante, il eût donné, si ladre qu'il était, cinq belles pièces d'or de sa poche, pour passer cinq minutes de plus auprès de l'enchanteresse.

La porte s'était à peine refermée sur Magdalen, qu'elle se rouvrit pour livrer passage au capitaine. Il aborda les explications sur lesquelles son hôte avait le droit de compter, avec le brusque sans-gêne d'un homme que le temps presse. et pour qui le bon emploi de chaque minute passe avant toute autre considération.

– Depuis que nous ne nous sommes vus, commença-t-il, j'ai balancé le compte de nos chances favorables et contraires, telles que je les envisage présentement. Voici à quel résultat mon esprit s'arrête : si vous habitez encore Aldborough quand cette lettre de Zurich sera remise à Mrs. Lecount, toutes les peines que nous avons prises seront autant de peines perdues. Votre femme de charge eût-elle cinquante frères moribonds tous à la fois, elle les planterait là plutôt que de vous laisser seul à Sea View, tant que vous aurez, à North Shingles, des voisins comme nous.

Les joues animées de Noël Vanstone redevinrent pâles d'effroi. Il connaissait assez Mrs. Lecount pour comprendre toute la justesse des prévisions du capitaine.

– Si nous nous éloignons encore, continua ce dernier, nous n'y gagnerons absolument rien, car votre femme de charge ne voudra jamais croire, en pareille occurrence, que nous ne vous avons pas laissé le moyen de nous suivre. C'est donc *vous*, cette fois, qui devez quitter Aldborough ; et vous en devez partir, qui plus est, sans laisser derrière vous la moindre trace visible qui nous mette à même de retrouver vos traces. Si, d'ici à cinq jours, nous avons obtenu ce résultat, Mrs. Lecount fera son voyage à Zurich. Sinon, nous sommes certains de la voir s'immobiliser à Sea View… Ne m'adressez aucune question !

J'ai déjà préparé les instructions à votre usage, et vous prie d'y prêter l'attention la plus soutenue. Votre mariage avec ma nièce n'aura lieu que si vous n'oubliez pas un mot de ce que je vais vous dire maintenant... Une question, tout d'abord : avez-vous suivi mon conseil ? Avez-vous dit à Mrs. Lecount que vous commenciez à vous croire abusé sur mon compte ?

– J'ai fait bien pis, répondit Noël Vanstone avec l'accent du remords. J'ai outragé mes sentiments les plus chers... Je me suis déshonoré en disant que je soupçonnais Miss Bygrave !

– Continuez à vous déshonorer, mon cher monsieur. Soupçonnez-nous de toutes vos forces, et je vous y aiderai, s'il le faut... Encore une question : ai-je parlé assez haut, cette après-midi ? Mrs. Lecount m'a-t-elle entendu ?

– Oui, Lecount a ouvert sa porte ; Lecount vous a écouté. Quel était le but de ce prétendu message ? Je ne vois pas, ici, le moindre tableau... Est-ce encore, monsieur Bygrave, une de vos pieuses fraudes ?

– Parfaitement deviné, monsieur Vanstone ! Dans ce que je vais immédiatement ajouter, vous verrez pourquoi je me suis mis à la tête d'un prétendu commerce de vieilles peintures. De retour à Sea View, voici les propos que vous tiendrez à Mrs. Lecount : dites-lui que les œuvres de mes parents sont deux mauvaises croûtes, deux copies d'anciens maîtres que j'ai voulu vous vendre, comme originaux, à un prix exorbitant. Dites-lui que vous me soupçonnez de faire un métier d'imposteur, et témoignez une grande pitié pour ma pauvre nièce, associée aux destinées d'un coquin tel que moi... Voilà le thème sur lequel vous aurez à broder. Développez, en beaucoup de mots, ce texte que je viens d'abréger... Vous le pouvez, j'imagine ?

– Bien sûr que je le peux ! dit Noël Vanstone. Mais, je dois vous en prévenir : Lecount ne me croira pas.

– Une minute, monsieur Vanstone ! Je ne vous ai pas encore donné toutes mes instructions. Vous comprenez ce que je viens de vous dire ? A merveille... Passons de la journée d'aujourd'hui à celle de demain. Demain, à votre heure accoutumée, vous sortirez avec Mrs. Lecount. Je vous rencontrerai sur la promenade, et je vous enverrai un salut. Au lieu de me le rendre, regardez de l'autre côté. En d'autres termes : ignorez-moi ! Voilà, n'est-il pas vrai, qui n'est pas trop difficile ?

– Elle ne me croira pas, monsieur Bygrave, elle ne me croira pas !

– Encore une minute, monsieur Vanstone ! Mes instructions ne sont pas achevées. Vous en avez pour aujourd'hui, vous en avez pour demain. Venons-en à après-demain. Après-demain, il y aura sept jours que nous avons posté la lettre pour Zurich. Ce jour-là, refusez d'aller à la promenade comme à l'ordinaire, et cela par crainte de m'y rencontrer, ce qui vous gêne. Vous vous plaignez d'habiter un endroit où l'on est les uns sur les autres ; vous vous lamentez sur l'état de votre santé ; vous déplorez l'idée que vous avez eue de venir prendre les bains à Aldborough ; vous regrettez d'avoir jamais connu les Bygrave ; et lorsque vous aurez bien harcelé Mrs. Lecount de vos mécontentements, de vos ennuis, vous lui demanderez tout à coup si elle ne saurait vous suggérer aucun changement qui puisse vous soulager… Admettant que cette question lui soit posée simplement et du ton le plus naturel, peut-on espérer qu'elle y réponde ?

– Pour cela, aucune question n'est nécessaire, répondit Noël Vanstone avec une espèce d'irritation. Je n'ai qu'à me plaindre du séjour d'Aldborough et, si elle me croit sincère – ce dont elle se gardera bien, car elle ne me croira pas, monsieur Bygrave, c'est moi qui vous en réponds –, ses suggestions n'attendront pas la moindre question de ma part.

– Ah, ah ! dit le capitaine avec empressement. Il y a donc un endroit où Mrs. Lecount voudrait aller cet automne ?

– Elle voudrait y aller (le diable l'emporte !) tous les automnes que Dieu fait.

– Aller où ?

– Chez l'amiral Bartram – vous ne le connaissez pas, n'est-ce pas ? – St. Crux-in-the-Marsh.

– Ne vous impatientez pas, monsieur Vanstone ! Ce que vous venez de me dire est de la plus haute importance pour l'objet que nous avons en vue. Qui est l'amiral Bartram ?

– Un ancien ami de mon père. Mon père en avait fait son obligé ; dans leur jeunesse à tous deux, il lui avait prêté de l'argent. Je suis traité, à St. Crux, comme un membre de la famille ; ma chambre y est toujours prête. L'amiral n'a d'ailleurs auprès de lui aucun de ses parents, si ce n'est son neveu George Bartram. George est mon cousin. Je suis aussi intime avec George que mon père l'était avec l'amiral, mais j'ai été plus fin que mon père, car je n'ai pas prêté d'argent à mon cher ami. Lecount affecte toujours d'aimer George, je présume que c'est pour me contrarier. Elle aime aussi l'amiral : il flatte sa vanité. Il l'invite toujours à m'accompagner dans mes visites à St. Crux. Il lui donne une de ses plus belles chambres et la traite en femme comme il faut. Or elle est orgueilleuse comme tous les diables : elle aime qu'on la traite en femme comme il faut, et me tourmente, tous les automnes, pour que j'aille à St. Crux… Qu'y a-t-il ? Pourquoi prenez-vous votre agenda ?

– Il me faut l'adresse de l'amiral, monsieur Vanstone, dans un but que je vous expliquerai immédiatement.

A ces mots, le capitaine Wragge ouvrit son agenda et, sous la dictée de Noël Vanstone, écrivit l'adresse suivante : « Amiral Bartram, St. Crux-in-the-Marsh, près d'Ossory, Essex. »

– Très bien ! s'écria le capitaine, refermant son livre de notes. La seule difficulté qui nous barrait encore le chemin se trouve maintenant écartée… Patience, monsieur Vanstone, patience ! Reprenons mes instructions au point où nous les avons laissées. Veuillez m'accorder encore cinq minutes d'attention, et vous verrez aussi clairement que moi-même par quelle voie nous en viendrons à vous marier… Après-demain, vous vous déclarez ennuyé d'Aldborough, et Mrs. Lecount propose St. Crux. Vous ne dites, sur le moment, ni oui ni non. Vous vous donnez, pour y réfléchir, toute la journée suivante, et le soir même, au dernier moment, vous vous décidez à partir pour St. Crux dès le lendemain matin, sans aucun retard. Êtes-vous habitué à surveiller la confection de vos malles ? ou bien laissez-vous d'ordinaire tout l'ennui de cette besogne à Mrs. Lecount ?

– Lecount en a tout l'ennui, cela va sans le dire ; Lecount est payée pour cela ! Mais, voyons, ceci n'est qu'un départ simulé… je ne m'en vais pas réellement, n'est-il pas vrai ?

– Vous vous en allez, au contraire, et du plus grand train que les chevaux puissent prendre pour vous conduire au chemin de fer ; vous vous en allez sans avoir établi la moindre communication préalable avec la maison où nous sommes, soit personnellement, soit même par simple lettre. Vous laissez derrière vous Mrs. Lecount, chargée d'emballer vos curiosités, de solder vos fournisseurs, et de vous suivre le lendemain matin à St. Crux. Or, le lendemain matin commence la dixième journée. Ce jour-là, précisément, elle reçoit la lettre timbrée de Zurich, et alors – si vous avez suivi de point en point mes instructions, cher monsieur Vanstone –, aussi sûr que vous êtes assis là, nous la verrons partir pour Zurich !

A mesure que le stratagème du capitaine lui apparaissait peu à peu sous son vrai jour, Noël Vanstone sentait de nouveau le sang lui monter aux joues.

– Et à St. Crux, moi, qu'aurai-je à faire ? demanda-t-il.

– Vous attendrez jusqu'à ce que j'aille vous y prendre, répondit le capitaine. A peine Mrs. Lecount aura-t-elle le dos tourné que j'irai faire à l'église d'Aldborough la déclaration de mariage, qui est un des préliminaires indispensables. Le jour même, ou le lendemain au plus tard, je me rends à l'adresse que je viens d'écrire sur mon agenda, je vous enlève de chez l'amiral et je vous emmène à Londres, où nous allons ensemble nous procurer la licence. Ce document une fois en notre possession, nous reprenons le chemin d'Aldborough, tandis que Mrs. Lecount prend celui de Zurich... et avant qu'elle reparte de Suisse pour revenir en Angleterre, vous et ma nièce êtes devenus mari et femme ! Voilà les perspectives d'avenir ouvertes devant vous... Vous conviennent-elles ?

– Quelle tête vous avez ! s'écria Noël Vanstone dans un soudain élan d'enthousiasme. Vous êtes l'homme le plus extraordinaire que j'aie jamais rencontré. On croirait que vous avez passé votre vie à mystifier les gens.

Le capitaine Wragge reçut cet hommage inconscient à son génie naturel, avec la complaisance tranquille d'un homme qui sentait l'avoir mérité.

– Je vous ai déjà dit, mon cher monsieur, reprit-il modestement, que je ne fais jamais les choses à moitié. Permettez-moi maintenant de vous rappeler que nous n'avons pas de temps à perdre en échange de courtoisies. Avez-vous bien toutes vos instructions dans la tête ? Je n'ose vous les donner par écrit, de peur d'un accident. Essayez donc le système de la mémoire artificielle : énumérez après moi vos instructions sur les cinq doigts de votre main. Aujourd'hui, vous me dénoncez à Mrs. Lecount pour avoir essayé de vous attraper avec les œuvres d'art de mon parent. Demain, vous m'ignorez sur la promenade. Le jour d'après, vous refusez de sortir ; Aldborough vous ennuie, et vous laissez Mrs. Lecount faire sa suggestion. Le lendemain, vous acceptez cette suggestion. Et le surlendemain, vous partez pour St. Crux… Répétons, mon cher monsieur ! Pouce : œuvres d'arts ; index : avanie sur la promenade ; majeur : ennui d'Aldborough ; annulaire : acceptation du conseil de Lecount ; auriculaire : départ pour St. Crux. Rien ne saurait être plus clair, rien de plus facile à exécuter… Y a-t-il quelque chose que vous n'ayez pas tout à fait compris ? quelque chose que je puisse vous expliquer encore avant que vous sortiez d'ici ?

– Une seule question, dit Noël Vanstone. Est-il bien arrêté que je ne dois pas revenir dans cette maison avant de partir pour St. Crux ?

– Arrêté de la manière la plus positive, répondit le capitaine. La réussite de l'entreprise dépend tout entière du soin que vous mettrez à nous éviter. Mrs. Lecount n'aura qu'une manière pour mesurer le degré de crédibilité de vos paroles ; et cette manière consiste à savoir si vous êtes, oui ou non, demeuré en communication avec nous… Elle vous guettera, soyez-en sûr, jour et nuit. Ne venez point ici, n'envoyez pas de message, n'écrivez pas de lettre… et même ne sortez jamais seul ! Qu'elle vous voie, sur sa recommandation expresse, vous en aller à St. Crux. Donnez-lui l'absolue certitude que vous avez suivi son avis sans le faire savoir, d'une manière quelconque, ni à moi ni à ma nièce. Venons-en là, et il faudra bien qu'elle vous croie, sur le meilleur des témoignages en notre faveur, qui deviendra le pire pour ses intérêts, à savoir le témoignage de ses propres sens.

Avec ces dernières paroles, destinées à le mettre sur ses gardes, il donna une chaleureuse poignée de main à Noël Vanstone, et le renvoya chez lui sans le moindre délai.

Le capitaine Wragge alla se coucher ce soir-là dans les meilleures dispositions du monde. Il se permit même, en levant l'éteignoir qu'il allait poser sur sa chandelle, d'apostropher plaisamment ce petit objet : « Que ne puis-je, disait le capitaine, vous laisser retomber de même sur Mrs. Lecount ! Ce serait dire adieu à la seule inquiétude qui me reste encore d'ici au jour de la noce. »

X

De retour à Sea View, Noël Vanstone suivit les instructions qui réglaient sa conduite pour la première des cinq journées avec une irréprochable exactitude. Un faible sourire de mépris errait sur les lèvres de Mrs. Lecount, tandis qu'on lui racontait la tentative de Mr. Bygrave essayant de vendre comme originaux de misérables copies ; mais, ce récit achevé, la femme de charge ne se donna pas la peine d'y ajouter la moindre remarque. « C'est bien ce que j'avais prévu, pensa Noël Vanstone, qui à la dérobée observait soigneusement sa physionomie… Elle n'en croit pas le premier mot ! »

Le lendemain, la rencontre convenue eut lieu sur la promenade. Mr. Bygrave ôta son chapeau, et Noël Vanstone détourna la tête. Un tressaillement de surprise, un regard indigné, furent mimés par le capitaine avec une rare perfection ; mais Mrs. Lecount, bien évidemment, n'en fut pas dupe :

– Je crains, monsieur, que vous n'ayez aujourd'hui blessé l'amour-propre de Mr. Bygrave, remarqua-t-elle non sans ironie. Heureusement pour vous, c'est un excellent chrétien, et j'ose prédire que, d'ici à vingt-quatre heures, il vous aura pardonné.

Noël Vanstone s'abstint sagement de toute réponse qui pût le compromettre. Une fois encore, il applaudit en secret à sa propre pénétration ; une fois encore, il triompha, *in petto*, de son ingénieux ami.

Jusque-là, les instructions du capitaine étaient trop précises et trop simples pour que quiconque pût se tromper sur elles. Mais, avec la marche du temps, elles gagnaient en complication, et Noël Vanstone, dès le troisième jour, commit une légère erreur. Lorsqu'il eut exprimé à quel point il trouvait ennuyeux le séjour d'Aldborough et combien il désirait s'en éloigner, il lui fut répondu (comme il s'en était douté d'avance) par une suggestion immédiate de la femme de charge, qui lui conseillait une visite à St. Crux. Ce fut dans sa réponse à cette proposition qu'il commit sa première erreur. Au lieu de différer sa décision jusqu'au lendemain, il accepta, le jour même où elle lui était offerte, la suggestion de Mrs. Lecount.

Les conséquences de cette erreur n'étaient pas d'une grande importance. La femme de charge se mit simplement à guetter son maître un jour plus tôt qu'on ne l'avait calculé, résultat auquel il avait déjà été pourvu par ces sages mesures de précaution qui interdisaient à Noël Vanstone toute communication avec North Shingles. Mettant en doute, comme le capitaine Wragge l'avait prévu, la sincérité du désir qu'affichait son maître de rompre, en partant pour St. Crux, ses relations avec les Bygrave, Mrs. Lecount comptait s'assurer du bien-fondé de ses doutes, en veillant avec soin sur tous les indices de communication secrète qu'elle pourrait noter de part et d'autre. L'attention stricte que jusqu'alors elle avait mise à surveiller les allées et venues autour de North Shingles se concentra tout entière sur son maître. Pendant le reste de cette troisième journée, elle ne le perdit pas de vue un instant et, sous aucun prétexte, ne souffrit qu'aucune personne entrée dans la maison eût la chance de l'entretenir seul, même pendant une minute. Par intervalles, durant la nuit, elle vint à la dérobée jusqu'à la porte de la chambre où il couchait, s'assurer, en écoutant, qu'il était bien dans son lit ; et, le matin suivant, avant que le soleil fût levé, le garde-côte, en faisant sa ronde, fut étonné de voir une dame levée aussi tôt que lui, et travaillant déjà derrière une des fenêtres de l'étage supérieur de Sea View.

Le quatrième jour, Noël Vanstone descendit pour le petit déjeuner, sachant à quoi s'en tenir sur l'erreur qu'il avait commise la veille. Pour gagner du temps, il fallait, ceci était clair, déclarer que son parti n'était pas encore tout à fait pris. C'est ce qu'il affirma hardiment, lorsque la femme de charge lui demanda s'il comptait se mettre en route le jour même. Comme auparavant, Mrs. Lecount ne fit aucune remarque ; comme auparavant, on put lire sur son visage les signes manifestes d'une incrédulité méprisante. Elle était certes habituée à voir vaciller la volonté de son maître mais, dans cette circonstance, elle attribua sa conduite capricieuse au dessein de gagner du temps pour se ménager les moyens de communiquer avec North Shingles. Elle se mit dès lors à le surveiller avec une vigilance deux ou trois fois plus assidue.

Aucune lettre n'arriva ce matin-là. Vers midi, le temps devint fort mauvais et on dut renoncer à l'idée de sortir comme d'habitude. Heure après heure, tandis que son maître était assis dans l'un des salons, Mrs. Lecount montait la garde dans l'autre, tenant ouverte la porte du corridor et continuant à espionner North Shingles par une croisée latérale, éminemment commode, près de laquelle elle avait élu domicile. Pas un signe suspect ne se produisit, pas un bruit suspect n'éveilla son attention. Vers la fin de la soirée, l'hésitation de son maître sembla cesser. Le mauvais temps l'assommait ; il était fatigué d'Aldborough ; l'idée d'une nouvelle rencontre avec Mr. Bygrave le contrariait par avance. Il était décidé à partir pour St. Crux, dès qu'il serait levé, le lendemain matin. La femme de charge fut un peu ébranlée par l'accent et l'attitude de son maître tandis qu'il donnait ces ordres précis. Elle était bien convaincue qu'il n'avait pu d'aucune façon se mettre en rapport avec North Shingles, et cependant il paraissait résolu à quitter Aldborough aussitôt que l'occasion lui en serait offerte. Elle hésita pour la première fois à persister dans ses conclusions. Elle se rappela que son maître s'était déjà plaint des Bygrave avant leur retour à Aldborough, et elle était forcée de convenir que sa propre incrédulité l'avait déjà égarée une fois, lorsque l'apparition de la voiture de voyage devant la porte de Mr. Bygrave lui avait prouvé, à sa grande stupéfaction, que ce personnage lui-même pouvait, de temps à autre, se montrer fidèle à ses engagements.

Néanmoins, Mrs. Lecount résolut d'agir jusqu'au bout avec une inflexible prudence. Ce soir-là, quand la maison fut fermée, elle enleva secrètement les clefs des deux portes par où l'on pouvait y pénétrer. Elle ouvrit ensuite doucement la fenêtre de sa chambre à coucher, et s'y installa paisiblement, son manteau sur ses épaules, son chapeau sur sa tête, pour éviter de prendre froid. La chambre de Noël Vanstone ouvrait du même côté de la maison. Si donc quelqu'un profitait des ténèbres pour venir lui parler par le jardin, la femme de charge se trouverait en tiers dans la conversation. Ainsi prémunie de tous côtés, et prête à intercepter toute forme de communication clandestine que la ruse eût pu inventer, Mrs. Lecount demeura au guet pendant toute cette nuit paisible et sereine. A la pointe du jour, elle descendit furtivement, avant que la domestique fût levée, remit les clefs en place et reprit son poste dans le salon jusqu'à ce que Noël Vanstone fût venu s'asseoir au déjeuner. Aurait-il, par hasard, changé d'avis ? Nullement. Il refusa, par esprit d'économie, de se faire conduire en poste jusqu'au chemin de fer, mais il se montra tout aussi résolu que jamais à partir pour St. Crux. Il manifesta le désir qu'on pût lui assurer une place d'intérieur dans la diligence du matin. Méfiante jusqu'au bout, Mrs. Lecount chargea le garçon du boulanger d'aller retenir cette place. Les services de cet homme étaient acquis à tous, et Mr. Bygrave ne pourrait se douter de la mission particulière dont il se trouvait ainsi chargé par hasard.

La diligence vint à Sea View. Mrs. Lecount vit son maître installé à la place qu'elle avait fait retenir pour lui, et s'assura que les trois autres étaient déjà occupées par des personnes étrangères. Elle demanda au cocher si les banquettes d'impériale (lesquelles n'étaient pas encore entièrement garnies) avaient aussi leur plein contingent de voyageurs. La réponse fut affirmative. Le cocher devait aller prendre deux messieurs en ville, et chargerait le reste à l'auberge. Mrs. Lecount se dirigea immédiatement du côté de l'auberge et s'embusqua sur la promenade, située en face, de manière à voir la diligence lorsqu'elle s'ébranlerait enfin, au grand complet. Dix minutes après, la bruyante machine s'éloignait, garnie à l'intérieur, garnie au-dehors, et la femme de charge avait pu s'assurer de ses propres yeux que ni Mr. Bygrave lui-même ni aucune autre personne de North Shingles ne figuraient au nombre des voyageurs.

Il ne restait plus qu'une seule précaution à prendre, et Mrs. Lecount se garda bien de la négliger. Mr. Bygrave avait, sans nul doute, vu la diligence s'arrêter devant Sea View. Il pouvait, à tout hasard, et par simple désir d'information, louer un cabriolet et la suivre jusqu'au chemin de fer. Aussi Mrs. Lecount demeura-t-elle en vue de l'auberge (l'unique endroit où l'on pût se procurer un cabriolet) pendant près d'une heure encore, attendant la suite des événements. Mais rien n'arriva ; aucun cabriolet ne sortit de l'auberge. Il n'était plus possible désormais de suivre les traces de Noël Vanstone. La longue tension d'esprit de Mrs. Lecount finit par se relâcher. Elle quitta le banc qu'elle occupait sur la promenade et s'en revint, un peu plus gaie qu'elle ne l'était depuis quelques jours, achever à Sea View les rituels travaux précédant la fermeture d'une maison.

Elle s'assit toute seule dans le salon et poussa un long soupir de soulagement. Le capitaine Wragge avait calculé juste. L'incrédulité de la femme de charge avait enfin cédé devant le témoignage de ses propres sens et, domptée par ce témoignage, Mrs. Lecount cédait enfin, malgré qu'elle en eût, à un excès de confiance.

Appréciant selon sa propre expérience les incidents des trois dernières journées, sachant (et sachant à n'en pouvoir douter) que la première idée d'aller à St. Crux avait été mise en avant par elle-même, et que son maître n'avait, depuis lors, ni trouvé l'occasion ni manifesté le désir de faire savoir aux gens de North Shingles qu'il avait accepté sa proposition, Mrs. Lecount en était bel et bien réduite à reconnaître qu'elle n'avait pas le plus léger motif de persister dans les soupçons qui lui avaient fait redouter une trahison des plus graves. Repassant une à une, et au jour dont les éclairaient leurs résultats, les circonstances qui l'avaient inquiétée, elle n'y pouvait rien voir d'inexplicable ou de contradictoire. La tentative de vendre comme originales des peintures contrefaites était tout à fait en harmonie avec le caractère d'un individu tel que Mr. Bygrave. L'indignation de son maître quand il s'était aperçu qu'on voulait le tromper, les soupçons qui lui avaient fait regarder Miss Bygrave comme complice de l'ignoble fraude, sa déception quant à la nièce, le mépris que, sur la promenade, il avait témoigné à l'oncle, le dégoût que lui avait inspiré tout à coup un séjour où il avait si étourdiment noué des relations avec des étrangers de mauvais aloi, et son empressement à le quitter dans cette matinée même, tous ces détails s'imposaient, comme de solides réalités, à l'esprit de la femme de charge, et cela pour une seule raison, décisive selon elle : elle avait vu, vu de ses yeux, Noël Vanstone quitter Aldborough sans laisser, sans même essayer de laisser derrière lui une seule trace qui permît aux Bygrave de le suivre.

Les conclusions de la femme de charge l'amenaient là, mais non plus loin. C'était une femme trop habile pour confier l'avenir aux simples combinaisons du hasard. L'humeur variable de son maître pouvait encore faire des siennes. Tel accident, à un moment quelconque, pouvait fournir à Mr. Bygrave l'occasion de réparer l'erreur qu'il avait commise, et lui permettre de regagner habilement, dans l'estime de Noël Vanstone, la place dont il était déchu. Tout en reconnaissant que les circonstances avaient fini par se déclarer bien évidemment en sa faveur, Mrs. Lecount n'en était pas moins bien convaincue que, pour garantir d'une manière permanente la sécurité future de son maître, il restait nécessaire de dévoiler complètement la trame ourdie contre lui. Elle y avait travaillé dès le début ; elle était encore bien décidée à parachever cette tâche ingrate.

« Je me plais toujours à St. Crux, pensait Mrs. Lecount, ouvrant son livre de ménage et classant les factures des fournisseurs. L'amiral est un gentleman, la maison est un vrai château, la table est excellente. Mais peu importe ! Je resterai ici, toute seule, jusqu'à ce que j'aie pu visiter à mon aise la garde-robe de Miss Bygrave. »

Elle rangea dans leurs diverses boîtes les curiosités appartenant à la collection de son maître, régla les comptes des divers fournisseurs, et surveilla, pendant le reste du jour, le mobilier qu'on enveloppait. A la tombée de la nuit, elle sortit pour commencer ses investigations et, protégée par l'obscurité, se risqua dans le jardin de North Shingles. Elle vit éclairées, comme d'habitude, la fenêtre du salon et celles des chambres du haut. Après un instant d'hésitation, elle se glissa jusqu'à la porte de la maison et tourna sans bruit la poignée extérieure de cette porte. Ainsi que le lui avait fait pressentir l'expérience qu'elle avait des maisons d'Aldborough et de beaucoup d'autres établissements semblables, la porte s'ouvrait ainsi, au moyen d'une poignée, et pourtant la porte résista. On avait donc poussé le verrou intérieur. Cette découverte une fois faite, Mrs. Lecount contourna la maison par un de ses côtés et alla s'assurer qu'il en était de même pour la porte de derrière : « A votre aise, monsieur Bygrave ! verrouillez vos portes tant qu'il vous plaira ! murmura la femme de charge, regagnant d'un pas furtif la promenade… Vous ne verrouillerez pas la poche de votre domestique… Une clef d'or ouvrira vos meilleures serrures. »

Elle alla se mettre au lit. Le guet incessant, l'agitation sans relâche des deux dernières journées l'avaient littéralement épuisée.

Elle se leva le lendemain matin, à sept heures. Une demi-heure après, elle vit Mr. Bygrave, toujours ponctuel, ainsi qu'elle l'avait vu déjà bien des fois à pareille heure, sortir du jardin de North Shingles, ses serviettes sous le bras, et se diriger vers un bateau qui l'attendait au bord de la grève. La natation était au nombre des talents que possédait le capitaine et qui rehaussaient son mérite personnel. Il se faisait conduire au large tous les matins et se baignait loin du vulgaire, dans l'azur des eaux profondes. Mrs. Lecount avait déjà plus d'une fois calculé, à sa montre, le temps occupé par cette récréation ; elle avait découvert qu'une heure entière s'écoulait ordinairement entre le moment où il s'embarquait sur la grève et celui où on l'y ramenait.

Dans cet espace de temps, jamais elle n'avait vu aucun autre des habitants de North Shingles quitter la maison. La domestique était sans doute dans la cuisine, retenue par son travail ; Mrs. Bygrave était probablement encore au lit, et Miss Bygrave (en la supposant levée de si bonne heure) avait peut-être reçu l'injonction de ne point s'aventurer dehors en l'absence de son oncle. La présence de Magdalen dans la maison figurait, depuis quelques jours, parmi les calculs de Mrs. Lecount, comme la seule difficulté à laquelle son adresse émérite ne vît aucun remède.

Assise près de la fenêtre pendant le quart d'heure qui suivit le départ du capitaine, l'imagination à l'œuvre et les yeux machinalement fixés sur North Shingles, Mrs. Lecount réfléchissait aux excuses qu'elle pourrait dépêcher par écrit à son maître, afin de rester quelques jours avant de le rejoindre, lorsque la porte de la maison qu'elle surveillait s'ouvrit tout à coup : Magdalen, en personne, parut dans le jardin. Sa taille et son costume ne prêtaient à aucune erreur. Elle fit en hâte quelques pas vers la porte, s'arrêta et baissa le voile de son chapeau de jardin, comme si les brillantes clartés matinales semblaient trop vives à ses yeux délicats, puis elle descendit rapidement sur la promenade et disparut dans la direction du nord, tellement pressée et tellement préoccupée qu'elle avait oublié de fermer derrière elle la petite porte du jardin.

Mrs. Lecount s'élança de son fauteuil, doutant un instant du témoignage de ses propres yeux. L'occasion qu'elle avait si longtemps essayé de faire naître, et sans jamais y parvenir, s'offrait-elle maintenant soudaine et spontanée ? Après avoir si longtemps tourné contre elle, la chance se déclarerait-elle tout d'un coup en sa faveur ? Il ne fallait pas en douter, selon la locution populaire, sa chance avait tourné. Elle jeta son chapeau sur sa tête, sa mantille sur ses épaules et partit pour North Shingles sans une minute d'hésitation. Mr. Bygrave en pleine mer, Miss Bygrave sortie pour aller se promener, Mrs. Bygrave et la domestique toutes deux seules au logis, toutes deux faciles à tromper : l'occasion était trop belle pour risquer de la perdre ; le risque valait qu'on l'affrontât.

Cette fois, la porte de la maison n'offrit pas de résistance. Personne, après le départ de Magdalen, n'avait poussé le verrou. Mrs. Lecount referma doucement cette porte, écouta un moment les bruits du corridor et entendit la domestique occupée dans la cuisine au milieu de ses pots et de ses casseroles sonores. « Si mon heureuse étoile me conduisait tout droit à la chambre de Miss Bygrave, pensait la femme de charge gravissant sans bruit l'escalier, je n'aurais besoin de déranger personne pour me glisser dans sa garde-robe. »

Elle essaya d'ouvrir la porte la plus voisine du devant de la maison, à droite du palier. Mais déjà le hasard capricieux semblait ne plus lui sourire. Cette porte était fermée à clef. Mrs. Lecount ouvrit celle d'en face, placée à sa gauche. Les bottes symétriquement rangées et les rasoirs en évidence sur la table de toilette l'avertirent immédiatement qu'elle se trompait encore de chambre. Elle retraversa le palier, prit à main droite un petit corridor qui menait au fond de la maison, et tenta de pousser une troisième porte. Celle-ci s'ouvrit, et les deux femmes les plus différentes que l'on pût trouver ici-bas, Mrs. Wragge et Mrs. Lecount, se trouvèrent l'instant d'après face à face :

– Je vous demande mille pardons ! dit Mrs. Lecount avec le sang-froid le plus consommé.

– Dieu nous bénisse et nous sauve ! s'écria Mrs. Wragge, paralysée par l'étonnement.

Les deux exclamations furent poussées dans le même instant, et cet instant avait suffi à Mrs. Lecount pour prendre toute la mesure de sa victime. Rien ne lui échappa qui fût de la plus infime importance. Elle remarqua sur la table cette robe de cachemire oriental, à moitié faite, à moitié décousue ; elle remarqua le pied maladroit de Mrs. Wragge, cherchant à l'aveugle, tout autour d'elle, un soulier perdu : elle remarqua qu'il y avait dans la chambre une seconde porte, outre celle par où elle était entrée, et qu'il se trouvait à sa portée un second fauteuil, dans lequel il pouvait être à propos de se laisser tomber, avec tous les dehors de la cordialité la plus confiante.

– Pardonnez-moi, je vous prie, mon importunité, dit Mrs. Lecount d'une voix suppliante, tout en s'emparant du fauteuil. Souffrez que je m'explique, je vous le demande en grâce !

Parlant de sa voix la plus douce et ne cessant d'examiner Mrs. Wragge, un doux sourire sur ses lèvres insinuantes, une tendre sympathie au fond de ses beaux yeux noirs, la femme de charge débita son petit chapelet de mensonges préliminaires, avec une candeur naïve que le Père de Toute Fausseté, Satan lui-même, lui eût enviée. Elle savait par Mr. Bygrave que Mrs. Bygrave était fréquemment souffrante ; elle s'était sans cesse reproché à Sea View, dans les courts instants de loisir que lui laissaient ses travaux comme femme de charge de Mr. Noël Vanstone, de n'avoir pas offert à Mrs. Bygrave tous les bons offices de l'amitié ; son maître (bien connu sans doute de Mrs. Bygrave, comme l'un des amis de son mari, et tout naturellement comme l'un des admirateurs de sa charmante nièce) lui avait enjoint de l'aller retrouver, le jour même, dans la résidence qu'il avait choisie en quittant Aldborough ; elle était contrainte de partir de bonne heure, mais n'avait pu prendre sur elle de s'en aller sans être venue, au préalable, s'excuser de cette apparente incivilité. Elle n'avait rencontré personne dans la maison et, ne pouvant se faire entendre de la domestique, elle avait présumé (puisqu'elle ne l'avait pas trouvé au rez-de-chaussée) que le boudoir de Mrs. Bygrave était peut-être à l'étage ; elle avait commis, sans le vouloir, une indiscrétion qui la rendait très honteuse, et n'avait plus à compter que sur l'indulgence de Mrs. Bygrave pour l'excuser et lui pardonner.

Une apologie moins laborieuse aurait aussi bien convenu aux vues de Mrs. Lecount. Dès que la perspicacité embrumée de Mrs. Wragge eut embrassé ce fait que la visiteuse inattendue était une voisine, une voisine dont elle avait entendu parler mainte et mainte fois, tout son être s'absorba dans l'admiration que lui inspiraient les belles manières et la robe si bien faite de Mrs. Lecount.

« Comme elle s'exprime bien ! pensait la pauvre Mrs. Wragge au moment où la femme de charge roucoulait sa dernière période… et, sur la vie de mon âme, comme elle est bien mise ! »

– Je vois que je vous dérange, poursuivit Mrs. Lecount, qui employa la robe de cachemire oriental comme moyen d'arriver plus vite au but où elle tendait. Je vois que je vous dérange, madame, dans un travail qui, je le sais par expérience, exige l'attention la plus assidue… Miséricorde ! je m'aperçois que vous en êtes à découdre pour recommencer l'ouvrage fait ! Encore un ennui que je connais bien, madame Bygrave, il y a des robes si obstinées ! Il y en a qui semblent vous dire, mot pour mot : « Non ! Prenez-vous-y comme vous voudrez, je suis décidée à n'aller jamais. »

Mrs. Wragge fut singulièrement frappée de cette heureuse remarque ; elle éclata de rire et applaudit de ses grandes mains, excitée au plus haut point.

– Voilà justement ce que cette robe me dit depuis le moment où j'y ai mis les ciseaux, s'écria-t-elle gaiement. Je sais que j'ai le dos étonnamment large, mais ce n'est pas une raison pour qu'une robe soit en main durant des semaines entières, et ne finisse pas, en somme, par joindre aux épaules. Elle pend sur ma poitrine comme un véritable sac… Et puis, voyez, madame, voyez l'ourlet du bas ! Je ne puis le faire aller ; il tire par-devant et gode par-derrière ; il laisse voir mes talons, et Dieu sait que mes talons me jouent assez de tours, sans qu'il soit encore besoin de les montrer par-dessus le marché !

– Puis-je solliciter de vous une permission ? demanda Mrs. Lecount sur le ton de la confidence la plus intime. Voulez-vous m'autoriser, madame Bygrave, à vous faire profiter de mon expérience ? J'estime, madame, que le corsage de nos robes est ce qu'il y a de plus difficile à réussir… et maintenant, celui-ci… oserai-je dire en toutes lettres ce que j'en pense ? Ce corsage est une erreur colossale !

– Oh ! ne parlez pas ainsi, s'écria Mrs. Wragge sur un ton implorant. Pour l'amour de Dieu, soyez bonne, et ne parlez pas ainsi ! Je ne nie pas qu'il y ait un peu d'ampleur, mais il est, après tout, taillé fort exactement sur un corsage de Magdalen.

La pauvre femme était beaucoup trop absorbée par le sujet qu'elle traitait pour s'apercevoir qu'elle venait de s'oublier, en mentionnant ainsi Magdalen sous son véritable nom. Les fines oreilles de Mrs. Lecount prirent note de la bévue, au moment même où elle venait d'être commise. « A la bonne heure ! pensa-t-elle. Voilà déjà une découverte. Si jamais j'avais mis en doute la vérité de mes soupçons, l'honnête personne ici présente se chargerait de les confirmer. »

– Je vous demande pardon, continua-t-elle tout haut. Ne disiez-vous pas que ceci était taillé d'après une des robes de votre nièce ?

– Oui, répondit Mrs. Wragge. Les corsages se ressemblent comme deux gouttes d'eau.

– En ce cas, reprit adroitement Mrs. Lecount, il doit y avoir quelque grave méprise dans la manière dont est faite la robe de votre nièce. Pourriez-vous me la montrer ?

– Bénédiction du ciel, je crois bien ! s'écria Mrs. Wragge. Venez de ce côté, madame, et, s'il vous plaît, apportez la robe avec vous ! Quand on la laisse sur la table, elle glisse à terre par pur esprit de contradiction. Nous trouverons par ici, sur le lit, de quoi l'étaler tout à son aise.

Elle ouvrit, à ces mots, la porte de communication, et s'empressa d'entrer la première dans la chambre de Magdalen. Mrs. Lecount, tout en la suivant, jeta un coup d'œil sur sa montre. Jamais le temps ne lui avait paru courir aussi vite que ce matin-là. Vingt minutes encore, et Mr. Bygrave serait rentré de son bain.

– Voilà ! dit Mrs. Wragge poussant la porte de la garde-robe et retirant une des robes qui s'y trouvaient accrochées… Veuillez regarder. Il y a des plis sur le devant de son corsage, et des plis sur le devant du mien… Six à l'un, demi-douzaine à l'autre, et les miens sont un peu plus larges, voilà tout !

Mrs. Lecount secoua gravement la tête et aborda sur-le-champ tout un ordre de considérations subtiles, touchant l'art de fabriquer une robe, lesquelles eurent pour effet, comme elle y avait compté, d'étourdir absolument, en moins de trois minutes, l'infortunée à qui elle avait affaire.

– Un moment, s'écria Mrs. Wragge implorant miséricorde. N'allez pas si vite ! Je suis distancée de plusieurs milles, et ma tête commence à bourdonner… En toute simplicité, en toute charité, dites-moi ce qu'il faut faire… Vous parliez tout à l'heure du patron. Peut-être suis-je trop forte pour ce patron-là ? Mais qu'y faire, si cela est ? J'ai pleuré bien des fois, pendant ma croissance, sur la taille que je prenais ! J'ai une bonne moitié de trop, madame ; en long ou en large, il me faut bien l'avouer, j'ai une bonne moitié de trop dans tous les sens.

– Vous vous faites tort, ma chère dame, protesta Mrs. Lecount. Laissez-moi vous assurer que vous possédez un extérieur imposant, l'extérieur d'une Minerve. La simplicité majestueuse qu'une femme a dans la taille exige impérieusement que la coupe de son vêtement soit empreinte de la même majestueuse simplicité. Les lois du costume sont classiques ; les lois du costume veulent être respectées. Des plis pour Vénus, des bouffants pour Junon, pour Minerve, de larges fronces… Je me permettrai de conseiller un tout autre modèle. Votre nièce a sans doute d'autres robes dans sa collection ? Ne pourrions-nous trouver, parmi elles, un patron qui convienne à Minerve ?

Tout en parlant ainsi, elle s'achemina la première du côté de la garde-robe.

Mrs. Wragge la suivit et, prenant les robes l'une après l'autre, secoua la tête d'un air accablé. Robes de soie, robes de mousseline se montrèrent tour à tour. La seule qui demeurait invisible fut précisément celle que cherchait Mrs. Lecount.

– Les voilà toutes ! dit Mrs. Wragge. Elles peuvent aller à Vénus et aux deux autres (je les ai vues ensemble, sur des tableaux où elles n'avaient pas, aucune d'entre elles, le moindre morceau d'étoffe exigé par la décence), mais certainement elles ne m'iront pas, à moi.

– Il reste encore une robe, très certainement, dit Mrs. Lecount montrant le fond du cabinet, mais sans faire un geste… Je vois, dans le coin, quelque chose de suspendu… tout au fond, là, derrière ce châle foncé !

Mrs. Wragge écarta le châle. Mrs. Lecount poussa tant soit peu la porte de la garde-robe. Là, négligemment pendue au dernier crochet, là, reconnaissable à ses étoiles blanches et à son double volant, se retrouvait la robe d'alpaga brun.

La soudaineté de cette découverte et ce qu'elle avait de décisif mirent complètement hors de garde, nonobstant ses habitudes de dissimulation, la rusée femme de charge. Elle sursauta devant cette robe. L'instant d'après, ses yeux se détournèrent avec inquiétude du côté de Mrs. Wragge. Avait-elle noté sa soudaine réaction ? Non, elle était passée entièrement inaperçue. Toute l'attention de Mrs. Wragge était fixée sur la robe d'alpaga, qu'elle contemplait les yeux grands ouverts, avec un indicible effarement.

– Vous paraissez alarmée, madame, dit Mrs. Lecount. Que voyez-vous donc de si effrayant au fond de cette garde-robe ?

– J'aurais donné un bel écu de ma poche, répondit Mrs. Wragge pour n'avoir pas jeté les yeux sur cette robe. Elle m'était sortie de la tête, et voici qu'elle y revient ! Recouvrez-la ! s'écria Mrs. Wragge, replaçant le châle par-dessus la robe, dans un accès de désespoir. Si je la regardais encore longtemps, je me croirais revenue à Vauxhall Walk !

Vauxhall Walk ! Ces deux mots avertirent Mrs. Lecount qu'elle était sur la piste d'une autre découverte. Encore une fois, elle regarda sa montre à la dérobée. Il lui restait à peine dix minutes avant le moment où devait probablement revenir Mr. Bygrave, et pas une de ces dix minutes qui ne pût ramener sa nièce au logis ! La prudence conseillait à Mrs. Lecount de se retirer sans rien hasarder de plus ; mais la curiosité la cloua sur place, et lui donna le courage de demeurer, à ses risques et périls, jusqu'à l'extrême limite du temps qui lui était accordé. Son aimable sourire devint quelque peu contraint, tandis qu'elle cherchait à s'insinuer affectueusement dans la faible intelligence de Mrs. Wragge.

– Vous avez gardé de Vauxhall Walk quelques déplaisants souvenirs ? demanda-t-elle, donnant à sa voix l'accent de la curiosité la plus sympathique... Ou peut-être est-ce par ce costume, appartenant à votre nièce, que votre mémoire est si désagréablement préoccupée ?

– La dernière fois que je l'ai vue avec cette robe, dit Mrs. Wragge qui, prise d'une espèce de tremblement, s'était laissée tomber dans un fauteuil, ce fut le jour où je revenais de courir les magasins, et où m'apparut le fantôme.

– Le fantôme ? répéta Mrs. Lecount joignant les mains dans un mouvement de gracieuse surprise. Ah ! chère madame, que me dites-vous là ? Est-il donc au monde chose pareille ? Où l'avez-vous vu ? A Vauxhall Walk ? Parlez ! Vous êtes la première personne, à ma connaissance, qui ait jamais vu un fantôme. Parlez donc, racontez, je vous prie !

Flattée par l'importance dont elle paraissait soudainement investie aux yeux de la femme de charge, Mrs. Wragge entra tout au long dans le récit de sa surnaturelle aventure. L'attention concentrée avec laquelle Mrs. Lecount écoutait la description du costume sous lequel le spectre était apparu, le rapide passage du spectre dans l'escalier, et la disparition du spectre dans la chambre à coucher ; l'intérêt singulier que manifesta Mrs. Lecount en apprenant que le vêtement trouvé dans la garde-robe était justement celui que portait Magdalen en ce terrible moment où le fantôme s'était évanoui, encouragèrent Mrs. Wragge à se noyer de plus en plus dans les détails, et à s'empêtrer dans une multitude confuse de circonstances collatérales, d'où on ne prévoyait pas qu'elle pût sortir avant un laps de deux ou trois heures. Les inexorables minutes couraient cependant de plus en plus vite ; de plus en plus proche était le fatal moment où Mr. Bygrave allait rentrer. Mrs. Lecount regarda sa montre une troisième fois, sans chercher pour le coup à dérober ce mouvement aux yeux de son interlocutrice. Il lui restait littéralement deux minutes pour s'échapper de North Shingles ; deux minutes suffiraient si aucun accident ne survenait. Elle avait découvert la robe d'alpaga, elle s'était fait raconter, dans le plus menu détail, l'aventure de Vauxhall Walk et, mieux que tout cela, elle s'était même informée du numéro de la maison, numéro dont Mrs. Wragge se souvenait par hasard, attendu qu'il correspondait à son âge. Elle avait donc fait tout ce qu'il fallait pour porter une lumière complète dans l'esprit de son maître. Eût-elle eu même le loisir de rester plus longtemps, l'ajournement de son départ se trouvait désormais sans objet : « Je vais, pensa la femme de charge, je vais, par un *coup d'État* [1], couper la parole à cette respectable idiote ; et j'aurai disparu avant qu'elle soit remise. »

– Voilà qui est horrible ! s'écria Mrs. Lecount, interrompant le fantasmatique récit par un petit cri en fausset, et se dirigeant vers la porte sans la moindre cérémonie, à l'inexprimable étonnement de Mrs. Wragge. Vous me glacez jusqu'à la moelle des os… Bonjour, madame, bien le bonjour !

A ces mots, elle jeta la robe de cachemire oriental dans le vaste giron de Mrs. Wragge, et quitta la chambre tout aussitôt.

Comme elle descendait rapidement l'escalier, elle entendit se rouvrir une porte du premier étage.

– Qu'avez-vous fait de votre savoir-vivre ! s'écria une voix qui, pardessus la rampe, l'interpellait faiblement. Que signifie cette façon de jeter une robe au nez des gens ? Vous devriez avoir honte de vous-même ! poursuivit Mrs. Wragge, qui de brebis devenait lionne à mesure que lui entrait dans l'esprit, d'une manière plus nette, l'outrage subi par la robe de cachemire. Oui, misérable étrangère, vous devriez avoir honte de vous-même !

Poursuivie par cette apostrophe d'adieu, Mrs. Lecount gagna la porte de la maison et l'ouvrit sans rencontrer d'obstacle. Elle longea rapidement la grande allée du jardin, franchit la porte grillée et,

1. En français dans le texte.

quand elle se sentit en sûreté sur la promenade, s'arrêta pour regarder du côté de la mer.

Le premier objet que ses yeux rencontrèrent fut la figure de Mr. Bygrave, immobile sur la grève, baigneur changé en pierre, et ses serviettes sous le bras ! Il suffisait d'un regard jeté sur lui pour s'assurer qu'il avait dû voir la femme de charge au moment où elle franchissait la porte de son jardin.

Conjecturant, à bon droit, que la première impulsion de Mr. Bygrave le ramènerait dans sa maison pour s'enquérir de ce qui avait pu y survenir pendant son absence, Mrs. Lecount continua son chemin vers Sea View, avec autant de calme que si rien n'était arrivé. Lorsqu'elle entra dans le salon où l'attendait son déjeuner solitaire, elle fut quelque peu étonnée de trouver une lettre disposée sur la table, à côté de son couvert. Elle s'approcha pour la prendre, avec un mouvement d'impatience, pensant qu'il s'agissait de quelque facture qu'elle avait oubliée.

C'était la fausse lettre arrivée de Zurich.

XI

Le timbre et l'écriture de l'adresse (écriture imitée à la perfection) avertirent Mrs. Lecount de ce que la lettre pouvait renfermer avant même qu'elle l'eût ouverte.

Elle consacra un moment à se préparer et lut ensuite la nouvelle qui lui apprenait la rechute de son frère.

Rien dans l'écriture, pas un mot dans la rédaction de la lettre qui pût lui suggérer la plus faible idée d'une fraude quelconque. Elle ne douta pas un instant que l'invitation de se rendre au chevet de son frère n'émanât bien réellement du médecin. La main qui tenait la lettre retomba lourdement sur les genoux de la femme ainsi abusée : elle pâlit, vieillit, changea de physionomie en un instant. Des pensées tout autres que celles de ses projets, de ses intérêts actuels, des souvenirs qui la ramenaient en d'autres contrées que l'Angleterre, en d'autres temps que ceux où elle avait mené une vie dépendante, firent passer sur son front des ténèbres qu'ordinairement elle gardait en elle, et les traces de leur mystérieux passage s'inscrivirent profondément sur ce front tout à coup ridé. Les minutes se succédaient ; et cependant la domestique laissée à l'étage inférieur attendait calmement le coup de sonnette qui devait l'appeler au salon. Les minutes se succédaient ; et cependant Mrs. Lecount demeurait assise, calme et les yeux secs, morte au présent, morte à l'avenir, ne vivant plus que dans le passé.

L'entrée de la domestique, qui montait sans être appelée, la réveilla comme en sursaut. Avec un profond soupir elle replaça la lettre dans son enveloppe, et concentra ses réflexions sur les intérêts, les devoirs du présent.

Il ne lui fallut pas de longues considérations pour trancher la question de savoir si elle irait ou non à Zurich. Avant même d'avoir rapproché sa chaise de la table où le déjeuner était servi, Mrs. Lecount s'était décidée à partir.

Si merveilleux que fût le succès du stratagème conçu par le capitaine Wragge, il eût pu échouer sans les incidents du matin qui étaient venus le corroborer. Oui, chose étrange ! l'accident même contre lequel le capitaine avait voulu tout particulièrement se prémunir, l'accident qui venait de se produire en dépit de toutes ses précautions, se trouvait entre tous ceux que le hasard avait pu amener (et ceci contrairement à tout calcul) le plus favorable à la réussite de la conspiration ! Si Mrs. Lecount n'avait point obtenu, avant de recevoir la lettre datée de Zurich, les informations qu'elle voulait se procurer, cette lettre eût fait un vain appel à ses sentiments. Du moins eût-elle hésité avant de se décider à quitter l'Angleterre, et cette hésitation eût pu devenir fatale au plan de l'honorable capitaine.

En l'état des choses, maîtresse de preuves bien évidentes, ayant découvert dans la garde-robe de Magdalen le vêtement accusateur, gardant, en un repli de son portefeuille, le fragment qu'elle en avait détaché, ayant soutiré à Mrs. Wragge l'indication précise de la maison où cette robe avait été revêtue, Mrs. Lecount avait maintenant en sa possession le moyen d'éveiller la méfiance de son maître plus sûrement qu'elle n'avait pu le faire jusqu'alors ; en d'autres termes, elle possédait le moyen de le mettre en garde contre la dangereuse évolution qui pourrait, tandis qu'elle serait à Zurich, conduire à une réconciliation entre lui et les Bygrave. Une seule difficulté la préoccupait à présent : c'était de savoir si elle se mettrait personnellement ou par écrit en rapport avec son maître, avant de partir pour la Suisse.

Elle parcourut de nouveau la lettre du médecin. Le mot « immédiatement » dans la phrase qui l'appelait auprès de son frère mourant avait été par deux fois souligné. Le château de l'amiral Bartram était à quelque distance du chemin de fer. Le temps à perdre en voiture, pour se rendre à St. Crux et en revenir, pourrait retarder d'une manière fatale le voyage à Zurich. Aussi, bien qu'elle eût infiniment préféré une entrevue avec Noël Vanstone, il n'y avait d'autre solution, dans une affaire de vie ou de mort, que d'économiser, en lui écrivant, des heures précieuses.

Après avoir immédiatement envoyé retenir sa place dans la première diligence en partance, elle s'installa pour écrire à son maître.

Sa première pensée fut de lui raconter tout ce qui s'était passé à North Shingles, le matin même. Mais en y réfléchissant, elle rejeta cette idée. Une fois déjà (en copiant le signalement fourni par la lettre de Miss Garth) elle avait remis aux mains de son maître les armes dont elle comptait se servir, et Mr. Bygrave était parvenu à les tourner contre elle. Aussi résolut-elle, cette fois, de s'en réserver l'usage exclusif. Le secret du morceau découpé dans la robe d'alpaga n'était connu d'aucune créature vivante à part elle-même, et jusqu'à son retour en Angleterre elle n'entendait le communiquer à personne. Pour produire sur l'esprit de Noël Vanstone l'impression nécessaire, il n'était pas indispensable d'entrer dans de périlleux détails. Elle savait, par expérience, à quelles formes de style on pouvait se fier pour l'émouvoir fortement, et ce fut en ces termes qu'elle jugea bon de lui écrire :

Cher monsieur Noël,

De tristes nouvelles m'arrivent de Suisse. Mon frère chéri se meurt, et le médecin qui le soigne m'appelle immédiatement à Zurich. L'impérieuse nécessité de mettre à profit les plus prompts moyens de me transporter sur le Continent ne me laisse guère de choix. Je dois user de la permission que vous m'avez donnée, dès le début de la maladie de mon frère, en m'autorisant à quitter l'Angleterre dans un cas de nécessité absolue. Je dois éviter tout retard en me rendant directement à Londres au lieu de faire un détour, comme je l'aurais tant voulu, pour aller d'abord vous voir à St. Crux.

Si péniblement que je sois affectée par le malheur familial qui vient de m'atteindre, je ne saurais manquer cette occasion de traiter un autre sujet qui intéresse sérieusement votre bien-être, et auquel (pour ce motif) votre vieille femme de charge attache la plus grande importance.

Je vais, monsieur Noël, vous surprendre et vous troubler… Gardez-vous, je vous prie, de toute agitation ; calmez-vous, je vous le demande en grâce !

L'imprudente tentative que l'on a faite pour vous abuser et qui a heureusement ouvert vos yeux sur le vrai caractère de nos voisins de

North Shingles n'était point le seul objet que se proposait Mr. Bygrave en s'imposant à votre bon accueil. L'infâme complot dont on vous avait déjà menacé à Londres était en plein développement contre vous à Aldborough, sous la direction de Mr. Bygrave. Un hasard – je vous dirai lequel dès que nous nous reverrons – m'a procuré des informations précieuses pour votre sécurité future. J'ai découvert, de manière à en être absolument certaine, que la personne qui prend le nom de Miss Bygrave n'est autre que cette femme venue jadis chez vous, à Vauxhall Walk, sous un déguisement.

Je m'en étais doutée dès l'abord, mais je n'avais aucune preuve à l'appui de mes soupçons, aucun moyen par conséquent de combattre ce que vos impressions avaient d'erroné. Mes mains, j'en remercie le ciel, ne sont plus liées. Je possède la preuve absolue de ce que vous venez de lire, une preuve que vos yeux pourront voir, une preuve qui satisferait votre conscience, fussiez-vous magistrat, assis dans votre tribunal.

Peut-être même à présent, monsieur Noël, vous refusez-vous à me croire ? Eh bien, soit. Que vous me croyiez ou non, j'ai une dernière faveur à solliciter de vous, faveur que votre fair-play d'Anglais ne saura me refuser.

Ce triste voyage que je vais faire me retiendra sur le Continent pendant quinze jours ou trois semaines au plus ; vous m'obligerez, et cela sans détriment pour vos convenances ou vos plaisirs, en restant, tout ce temps-là, auprès de vos amis de St. Crux. Si, préalablement à mon retour, quelques circonstances inattendues vous mettaient de nouveau en face des Bygrave, et si votre naturelle bonté de cœur vous portait à recevoir les excuses qu'ils tâcheront naturellement, en pareil cas, de vous faire accueillir, pour vous, sinon pour moi, sachez vous imposer une retenue fort peu coûteuse. Suspendez vos coquetteries avec la jeune lady (et que les autres jeunes ladies daignent me pardonner de l'appeler ainsi) jusqu'à ce que je sois revenue. Si, à mon retour, je ne réussissais pas à vous prouver que Miss Bygrave est bien cette femme de Vauxhall Walk que vous avez vue masquée et menaçante, je m'engage à quitter votre service dans les vingt-quatre heures ; et, pour expier la faute que j'aurais commise en portant un faux témoignage contre mon prochain, j'abdiquerai tous les droits que je puis avoir à la reconnaissance de votre père ou à la vôtre. Je prends cet engagement sans réserve aucune, et me promets de le tenir, mes preuves venant à être insuffisantes, sur la foi d'une bonne catholique et sur la parole d'une honnête femme.

Votre fidèle servante,

VIRGINIE LECOUNT.

Les dernières phrases de cette lettre, ainsi que la femme de charge le savait bien en les traçant, renfermaient l'unique adjuration qui, s'adressant à Noël Vanstone, dût produire, à coup sûr, un effet profond et durable. Elle eût pu engager sous serment ou sa vie ou sa bonne réputation, comme garantie de ses assertions audacieuses, et sans parvenir à laisser sur l'esprit de cet homme une impression durable. Mais, lorsqu'elle donnait pour gages de la véracité de ses dire, outre la situation qu'elle occupait chez lui, les droits pécuniaires qu'il était bien forcé de lui reconnaître, elle en appelait à la passion même qui dominait la vie de cet avare personnage. Il n'y avait pas à en douter le plus puissant de tous les intérêts qu'il connût, l'intérêt de ménager son argent, le contraindrait à ne rien précipiter.

« Échec et mat à Mr. Bygrave ! pensa Mrs. Lecount en cachetant la lettre et mettant l'adresse. La bataille est finie ; le coup décisif est joué... »

Tandis qu'à Sea View Mrs. Lecount s'efforçait de garantir ainsi la sécurité de son maître, les événements marchaient grand train à North Shingles.

Aussitôt que le capitaine Wragge fut remis de l'étonnement que lui avait causé la vue de la femme de charge établie sur son terrain, il se hâta de rentrer chez lui et, guidé par le pressentiment qu'il avait eu naguère du désastre maintenant accompli, se rendit en droite ligne chez sa femme.

Jamais, à aucune époque de leurs rapports antérieurs, la pauvre Mrs. Wragge n'avait éprouvé, comme elle le fit alors, tout le poids de l'indignation du capitaine. Le peu d'intelligence que la nature lui avait départi disparut, comme une plume au vent, devant la rage tourbillonnante de son époux. Les seuls faits un peu précis qu'il put tirer d'elle étaient au nombre de deux. D'abord, la témérité de Magdalen à déserter son poste n'avait pas de meilleure excuse que l'incorrigible impatience de Magdalen : la jeune fille n'avait pas dormi de la nuit; elle s'était levée, fiévreuse et tourmentée à l'extrême; puis, sans se soucier des conséquences, elle était sortie pour rafraîchir au grand air sa tête brûlante. Mrs. Wragge, en second lieu, avait, de son propre aveu, reçu Mrs. Lecount, causé avec Mrs. Lecount et, finalement, raconté à Mrs. Lecount l'histoire du fantôme. Quand il eut fait ces découvertes, le capitaine Wragge ne perdit pas autrement son temps à calmer les terreurs et la confusion de son épouse. Il se retira aussitôt à une fenêtre qui dominait sans obstacles la maison de Noël Vanstone, et s'établit là pour guetter ce qui se passerait à Sea View, exactement comme Mrs. Lecount se postait naguère à une fenêtre opposée pour guetter ce qui se passerait à North Shingles.

Au retour de Magdalen, et lorsqu'elle le trouva ainsi occupé, il ne se permit pas un seul mot de commentaire sur les incidents de la matinée. On eût dit son flux de langage brusquement tari. « Je vous disais bien ce que ferait Mrs. Wragge, et Mrs. Wragge n'a pas manqué de le faire », remarqua-t-il simplement. Puis, avec une patience que Mrs. Lecount elle-même n'aurait pu surpasser, il demeura, sans en bouger, assis à son observatoire. La seule démarche active où il jugea convenable de s'engager fut faite par l'entremise d'un agent secondaire. Il envoya la domestique à l'auberge pour y retenir une chaise et un bon cheval, avec ordre d'ajouter que, le jour même avant midi, l'hôtelier apprendrait, de sa bouche même, pour quelle heure l'équipage serait requis. Pas un signe d'impatience ne lui échappa jusqu'au moment où, d'ordinaire, la diligence du matin se mettait en route. Alors les lèvres arquées du capitaine se crispèrent d'inquiétude, et ses doigts mobiles commencèrent à battre sur les vitres de la croisée ce qu'une expression proverbiale appelle la « retraite du Diable ».

Le bruit des roues se fit entendre à la fin; la diligence vint s'arrêter devant Sea View, et le capitaine Wragge s'assura par lui-même qu'au nombre des voyageurs partant ce matin-là d'Aldborough figurait… Mrs. Lecount.

Cette incertitude principale une fois dissipée, restait encore à résoudre une question sérieuse, suggérée par les événements de la matinée. Quelle était la destination de Mrs. Lecount, Zurich ou St. Crux ? Il était plus que certain qu'elle allait informer son maître, et de l'histoire du fantôme racontée par Mrs. Wragge, et de toute autre révélation relative soit aux noms, soit aux localités, qui avait pu échapper, sans qu'elle s'en rendît compte, aux lèvres de Mrs. Wragge. Mais, des deux moyens que pouvait employer la femme de charge pour porter le trouble dans les combinaisons qu'elle avait à déjouer – faire ces révélations de vive voix ou les faire par écrit –, le capitaine sentait parfaitement combien il lui importait de savoir sur lequel s'était arrêté le choix de sa terrible ennemie. Si elle était partie pour la résidence de l'amiral, il ne lui restait qu'à suivre la diligence, à prendre le même train qu'elle et à la devancer ensuite sur le trajet de la station du comté d'Essex au château de St. Crux. Si, au contraire, elle s'était contentée d'écrire à son maître, il suffirait de s'arranger pour intercepter la lettre dénonciatrice. Le capitaine résolut d'abord d'aller au bureau de poste. En admettant que la femme de charge eût écrit, elle n'avait certainement pas confié la lettre à la domestique et ne s'en était remise qu'à elle-même pour la déposer dans la boîte avant de quitter Aldborough.

– Bonjour, dit le capitaine interpellant gaiement le directeur de la poste. Je suis Mr. Bygrave, de North Shingles. Vous avez, je crois, dans votre boîte une lettre adressée à Mr. ...?

Le receveur était un petit homme, et par conséquent un homme imbu, plus que raisonnablement, du sentiment de son importance. Il arrêta d'un air solennel le capitaine Wragge au beau milieu de sa phrase :

– Sachez, monsieur, lui dit-il, que lorsqu'une lettre est mise à la poste, personne, en dehors des employés, n'a plus à s'occuper d'elle, jusqu'au moment où elle parvient à son adresse.

Le capitaine n'était pas homme à se laisser imposer, même par un receveur des postes. Une idée lumineuse lui vint en aide. Il tira de sa poche l'agenda sur lequel l'adresse de l'amiral Bartram était écrite, et revint aussitôt à la charge.

– Supposons, commença-t-il, qu'une adresse ait été mal mise... et supposons que la personne qui l'a écrite désire corriger, après que la lettre est tombée dans la boîte, l'erreur qu'elle a commise ?

– Quand une lettre a été mise à la poste, monsieur, répéta l'agent local, toujours impénétrable et majestueux, personne autre que les employés ne saurait y porter la main, sous aucun prétexte que ce soit.

– D'accord ; j'y consens de tout mon cœur, persista le capitaine.

Mais je n'ai nul besoin d'y porter la main. Je désire tout simplement m'expliquer. Une dame a jeté ici une lettre, adressée à « Noël Vanstone, esq., chez l'amiral Bartram, St. Crux-in-the-Marsh, Essex ». Elle a écrit fort en hâte, et n'est pas bien certaine d'avoir ajouté le nom du bureau de poste : « Ossory. » Il est de la dernière importance que cette lettre soit délivrée sans aucun retard… Quel règlement pourrait s'opposer à ce que vous facilitiez le service de la poste, et obligiez en même temps une dame, en ajoutant de votre propre main (si réellement il a été omis) le nom du bureau en question ?… J'interroge là-dessus votre zèle : est-il une objection possible à ce que ma requête soit admise ?

Le receveur fut obligé de reconnaître qu'une requête si modeste ne prêtait à aucune objection, pourvu que le mot indispensable fût seul ajouté à l'adresse, pourvu que lui seul portât la main sur la lettre et pourvu que le temps précieux des employés de la poste ne se trouvât point gaspillé. Comme il n'avait rien de très pressé à faire pour le moment, il ne demandait pas mieux que d'obliger une dame sur la prière de Mr. Bygrave.

Tandis que les mains du receveur séparaient et classaient les lettres contenues dans la boîte, le capitaine Wragge suivait de l'œil cette opération avec une anxiété qui l'empêchait de respirer… La lettre était-elle bien là ? Les mains de ce zélé serviteur du public allaient-elles s'arrêter tout à coup ? Oui ! elles s'arrêtèrent, et dans la masse des lettres en saisirent une, qu'elles mirent à part.

– « Noël Vanstone, esq. » avez-vous dit ? demanda l'homme, la main toujours posée sur la lettre.

– « Noël Vanstone, esq., chez l'amiral Bartram, St. Crux-in-the-Marsh », répondit le capitaine.

– « …Ossory, Essex », continua l'homme de la poste qui, ceci dit, rejeta la lettre parmi les autres. Cette dame, monsieur, n'a fait aucune erreur, et l'adresse est tout à fait correcte.

Il fallut un sentiment bien arrêté de tout ce qu'il devait aux convenances pour empêcher le capitaine Wragge de faire voler en l'air son grand chapeau blanc, dès qu'il eut mis le pied dans la rue. C'en était fait du dernier doute qui lui restât. Mrs. Lecount avait écrit à son maître : donc Mrs. Lecount était en route pour Zurich !

La tête plus haute que jamais, les pans de son respectable paletot flottant derrière lui sous l'action de la brise, étalant sur sa poitrine allégée, comme sur un trône, l'impudence qui lui était naturelle, le capitaine s'en alla, se pavanant, du côté de l'auberge, où il demanda le tableau sacramentel de la marche des trains. Après certains calculs (qu'il inscrivit sur son agenda), il commanda que sa voiture fût prête une heure plus tard, de manière à joindre le chemin de fer à temps pour prendre le premier train vers Londres, train pour lequel la diligence d'Aldborough ne fournissait pas de correspondance.

Sa démarche suivante était d'un ordre beaucoup plus sérieux; elle impliquait une singulière certitude de réussir. Le jour de la semaine était un jeudi. Au sortir de l'auberge, le capitaine se rendit à l'église, demanda le clerc de la paroisse et donna les instructions nécessaires pour un mariage qui se ferait, sur licence, le lundi suivant.

Si hardi qu'il fût, il se trouva les nerfs légèrement ébranlés par ce dernier exploit. Sa main tremblait lorsqu'il souleva le loquet de la porte du jardin. Il se restaura au moyen d'un verre de grog avant de mander Magdalen pour l'informer de tout ce qu'il venait de faire dans le cours de cette matinée si bien remplie. On pouvait raisonnablement s'attendre, de sa part, à quelque nouvel accès impulsif, quand elle apprendrait que le dernier pas, le pas irrévocable, avait été franchi, et que le jour du mariage était déjà inscrit sur les registres paroissiaux.

La montre du capitaine l'avertissait de ne pas consacrer trop de temps à vider son verre. Au bout de quelques minutes, il dépêcha le message voulu à l'étage supérieur. En attendant que Magdalen descendît, il se pourvut de certains accessoires que réclamait la dernière étape de sa conspiration. En premier lieu, il inscrivit son prétendu nom (d'une main beaucoup moins assurée qu'à l'ordinaire) sur une carte de visite en blanc, et ajouta au-dessous ces mots : « Pas un moment à perdre. Je vous attends à la porte; venez me trouver sans retard ! » Il prit ensuite dans l'écritoire une demi-douzaine d'enveloppes, et plaça sur toutes la même adresse : « Thomas Bygrave, esq., hôtel Mussared, Salisbury Street, Strand, Londres. » Puis il plaça soigneusement les enveloppes et la carte dans sa poche de côté et referma l'écritoire. Au moment où il quittait le bureau, Magdalen entra dans le salon.

Le capitaine se donna quelques secondes pour réfléchir sur la meilleure façon d'aborder la question, et (selon ses propres termes) résolut d'y aller sabre au clair. En deux mots, il informa Magdalen de ce qui s'était passé et l'avertit que le lundi suivant serait le jour de ses noces…

Il s'était préparé à la calmer si elle éclatait en transports passionnés, à raisonner avec elle si elle demandait un délai, à lui témoigner de la sympathie si elle fondait en larmes. Les résultats, à son extrême surprise, déjouèrent toutes ses prévisions. Elle l'entendit sans prononcer une parole, sans verser une larme. Quand il eut fini, elle se laissa tomber dans un fauteuil. Ses grands yeux gris, dépourvus de toute expression, demeuraient arrêtés sur lui. En un instant, de par quelque loi mystérieuse, toute sa beauté disparut. Son visage contracté prit cette roideur grave et solennelle qu'a presque toujours celui d'un cadavre. Pour la première fois depuis que le capitaine la connaissait, il la voyait, corps et âme, sous le coup d'une véritable terreur.

– Vous ne reculez pas ? dit-il, essayant de la ranimer. Vous n'êtes certainement pas capable de reculer au dernier moment ?

Aucune lueur d'intelligence ne vint éclairer ses yeux ; aucun changement n'altéra l'immobilité de son visage. Elle l'avait entendu pourtant, car elle bougea légèrement, et lentement inclina la tête.

– C'est de votre propre volonté, libre et sans contrainte, que ce mariage a été combiné, poursuivit le capitaine avec le furtif regard et la voix hésitante d'un homme qui ne se sent pas à l'aise. Ce fut votre idée, non la mienne. Je n'en accepte nullement la responsabilité. Non ! quand bien même il s'agirait de deux fois deux cents livres... Si le courage vous manque ; si, venant à réfléchir...

Il s'arrêta. Elle changeait de visage ; elle remuait enfin les lèvres. Lentement elle leva sa main gauche, dont les doigts étaient écartés. Elle la regarda, comme si c'était la main d'une autre, et sur ses doigts compta les jours, les jours qui devaient précéder le mariage.

– Vendredi, un, murmura-t-elle se parlant à elle-même ; samedi, deux ; dimanche, trois ; lundi...

Ses mains retombèrent sur ses genoux, son visage se contracta de nouveau. Une crainte mortelle la paralysait encore sous son étreinte glacée, et les mots qui allaient suivre expirèrent sur ses lèvres.

Le capitaine Wragge tira son mouchoir pour s'essuyer le front.

– Au diable les deux cents livres ! dit-il. Pour une pareille besogne, ce ne serait pas assez de deux mille !

Il retourna du côté du bureau, tira de sa poche les enveloppes sur lesquelles il avait écrit lui-même sa propre adresse et, les tenant à la main, revint au fauteuil où elle était assise :

– Reprenez vos sens ! lui dit-il. J'ai un dernier mot à vous faire entendre. Pouvez-vous m'écouter ?

Elle fit effort, et se ranima ; une faible nuance rosée vint colorer ses joues pâles. D'un mouvement de tête, elle annonça qu'elle écoutait.

– Regardez ces plis, poursuivit le capitaine Wragge lui montrant les enveloppes. Si j'en fais l'usage auquel ils ont été destinés, le maître de Mrs. Lecount ne recevra jamais la lettre de Mrs. Lecount. Si je les déchire, il saura, par le courrier de demain, que vous êtes la femme déguisée dont il reçut la visite à Vauxhall Walk. Vous n'avez donc qu'à parler… Déchirerai-je ces enveloppes ou les remettrai-je dans ma poche ?

Il y eut un moment de silence. Le murmure des vagues d'été sur le galet des grèves et la voix des touristes qui se déambulaient sur la promenade arrivaient par la croisée ouverte, emplissaient le vide silencieux de la pièce.

Magdalen releva la tête et désigna résolument les enveloppes d'un geste de la main :

– Remettez-les dans votre poche, dit-elle.

– C'est bien votre volonté ? demanda-t-il.

– C'est ma volonté.

Comme elle venait de répondre ainsi, un bruit de roues se fit entendre sur la route qui longeait le jardin.

– Vous entendez ces roues ? dit le capitaine Wragge.

– Je les entends.

– Vous voyez cette voiture ? continua le capitaine quand le léger équipage qu'il avait commandé à l'auberge se fut arrêté devant la grille.

– Je le vois.

– Et de votre plein gré, vous me demandez de partir ?

– Oui. Partez !

Sans un mot de plus, il la quitta. La domestique était sur le perron avec le bagage du capitaine :

– Miss Bygrave ne va pas très bien, lui dit-il. Priez votre maîtresse d'aller la retrouver dans le salon !

Il monta dans la voiture et entama la première étape de son voyage à St. Crux.

XII

Vers les trois heures de cette même après-midi, le capitaine Wragge s'arrêtait, dans le comté d'Essex, à la station de chemin de fer la plus proche d'Ossory. Les informations prises sur place le convainquirent qu'il pourrait se rendre en voiture à St. Crux, y demeurer un quart d'heure, et revenir à la station assez tôt pour y prendre dans la soirée le train de Londres. Dix minutes après avoir reçu ces renseignements, le capitaine se remettait en route et se transportait rapidement en direction de la côte.

Après avoir couru quelques milles sur la grande route, le cocher s'engagea dans un réseau passablement embrouillé de chemins de traverse.

– Sommes-nous loin de St. Crux ? demanda le capitaine que l'impatience commençait à gagner, les milles succédant aux milles sans que rien semblât annoncer le terme du voyage.

– Vous verrez le château, monsieur, répondit cet homme, au premier tournant de la route.

Le premier tournant de la route les mit en vue d'une plaine découverte. En face de la voiture, le capitaine Wragge aperçut une longue ligne noire se découpant sur le ciel, ligne formée par ces dunes qui protègent contre l'inondation les côtes basses du comté d'Essex. Le plat pays qui l'en séparait était coupé en tous sens par un labyrinthe de cours d'eau qui, de la mer invisible, arrivaient en méandres fantastiques, rivières à la marée montante et canaux boueux au jusant. A main droite se trouvait un étrange petit village, formé en grande partie de huttes en planches qui s'éparpillaient au bord d'un de ces courants alimentés par la mer. Sur la gauche, et un peu plus loin, s'élevaient les ruines sombres d'une abbaye, à laquelle se trouvait rattachée une longue succession de constructions abandonnées, formant les deux branches d'un L. Un des cours d'eau que nous avons signalés (dans le comté d'Essex on les appelle « eaux de retour » ou *backwaters*) entourait presque entièrement l'édifice. Un autre, courant en sens opposé, traversait le domaine et séparait une portion des bâtiments amoncelés, à peu près en bon état, d'une autre portion, elle presque détruite. Des ponts de bois et des ponts de brique, jetés à chaque pas sur ces cours d'eau, donnaient de tous côtés libre accès vers l'habitation. Pas un être humain ne se montrait aux alentours, et on n'entendait d'autre bruit que les aboiements enroués d'un chien de garde au fond de quelque cour invisible.

– A quelle porte dois-je m'arrêter, monsieur ? demanda le cocher : celle de la façade ou celle de derrière ?

– Celle de derrière, répondit le capitaine Wragge, comprenant bien que, moins il attirerait l'attention, moins sa délicate entreprise lui ferait courir de risques.

La voiture traversa deux fois le canal avant que le cocher parvînt jusqu'à un enclos de pierre, d'aspect assez misérable. Devant une porte ouverte, dans la portion des bâtiments qui semblait inhabitée, se tenait assis un vieux serviteur au visage buriné, fort occupé à terminer un petit modèle de navire qu'il sculptait au couteau. Relevant ses lunettes sur son front, il se leva pour venir à la portière de la voiture, passablement déconcerté, semblait-il, par l'apparition d'un étranger.

– Mr. Noël Vanstone est-il ici ? demanda le capitaine Wragge.

– Oui, monsieur, répondit le vieillard. Mr. Noël est arrivé hier.

– Remettez-lui, je vous prie, cette carte, reprit le capitaine, et ajoutez que je l'attends ici le plus tôt possible.

Peu de minutes après arriva Noël Vanstone, hors d'haleine et fort empressé ; il soupirait, depuis quelques heures, après des nouvelles d'Aldborough. Le capitaine Wragge ouvrit la portière, s'empara de la main que l'autre lui tendait, et l'attira sans cérémonie auprès de lui, à l'intérieur de la voiture.

– Votre femme de charge est partie, dit tout bas le capitaine, et le mariage se fait lundi… Ne vous agitez pas, gardez pour vous tous vos sentiments ! ce n'est pas l'heure d'en faire montre. Appelez le premier domestique venu, et donnez-lui dix minutes pour faire lestement votre bagage. Dites adieu à l'amiral et venez reprendre avec moi le train de Londres.

Noël Vanstone essaya vaguement de formuler une question. Le capitaine refusa d'y prêter l'oreille.

– Nous causerons en route tant que vous voudrez, dit-il. Ici, le temps est trop précieux pour le perdre en bavardages. Savons-nous si Lecount ne se ravisera point ? savons-nous si elle ne reviendra point sur ses pas avant de s'embarquer pour Zurich ?

Cette considération imprévue et saisissante terrifia Noël Vanstone et le rendit souple comme un gant.

– Que dira l'amiral ? demanda-t-il fort embarrassé.

– Expliquez-lui, naturellement, que vous allez vous marier ! Qu'importe, maintenant que Lecount n'est plus là. S'il s'étonne que vous ne lui en ayez pas parlé plus tôt, dites-lui que vous enlevez votre fiancée, et qu'en ce moment même elle vous attend ! Un moment ! Toutes les lettres qu'on vous adressera pendant votre absence arriveront ici, cela va sans le dire. Remettez ces enveloppes à l'amiral, et dites-lui de vous acheminer vos lettres à mes bons soins. Je suis un vieux client de l'hôtel où nous allons descendre et, même en supposant que nous le trouvions plein, nous pouvons compter que le propriétaire prendra soin de toute correspondance adressée à mon nom… Or il est très important que vos lettres vous parviennent à Londres… Savons-nous si Lecount ne vous écrira pas, une fois en route pour Zurich ?

– Quelle tête vous avez ! s'écria Noël Vanstone, se hâtant de prendre les enveloppes. Vous pensez à tout, sans omettre le plus menu détail.

Il descendit de voiture dans une extrême agitation, et rentra précipitamment dans le château. Dix minutes après, le capitaine Wragge s'était dûment emparé de sa proie, et les chevaux repartaient pour la station.

Nos voyageurs arrivèrent à Londres le soir même d'assez bonne heure, et trouvèrent un logement à l'hôtel.

Connaissant la nature inquiète et méticuleuse du personnage auquel il avait affaire, le capitaine Wragge avait prévu quelques difficultés, quelques embarras provenant des questions que Noël Vanstone pourrait lui adresser pendant leur voyage à Londres. Par bonheur, une découverte d'ordre domestique, faite tout à coup, et non sans grande émotion, absorba dès le départ toute l'attention de son compagnon de route. Par une négligence extraordinaire, Miss Bygrave se trouvait encore, à la veille de ses noces, dépourvue de femme de chambre ! Noël Vanstone déclara qu'il assumait toute la responsabilité, non de l'erreur commise, mais des soins à prendre pour la réparer ; il ne réclamerait en rien l'assistance de Mr. Bygrave ; il conférerait, dès l'arrivée à Londres, avec la maîtresse de l'hôtel, et lui-même, en personne, examinerait les prétendantes à l'emploi vacant. Il revint à chaque instant sur le même sujet, pendant toute la traversée ; pendant toute la soirée à l'hôtel, il ne fit qu'aller et venir dans le salon de l'hôtesse, jusqu'au moment où il l'eut littéralement contrainte à s'enfermer pour mettre un terme à ses visites réitérées. Dans toutes les autres démarches relatives à son mariage, il avait été relégué à l'arrière-plan et forcé de suivre pas à pas les prescriptions de son ingénieux ami. Maintenant qu'il s'agissait de la femme de chambre, il réclamait enfin le rôle principal ; il ne suivait plus personne, il prenait la direction des affaires !

La matinée du lendemain fut employée à obtenir la licence, Noël Vanstone acceptant avec ardeur l'éminente fonction de témoin assermenté, et jurant en toute sincérité (d'après les renseignements fournis par le capitaine) que la future était en âge de disposer d'elle-même. Quand on se fut assuré de ce document essentiel, le prétendu revint examiner les certificats et les talents des femmes de chambre sans place que son hôtesse lui avait promis de convoquer, tandis que le capitaine Wragge, « pour affaires qui le concernaient seul », dirigea ses pas vers la résidence d'un ami, lequel habitait un quartier des plus retirés, à l'autre bout de la capitale.

L'ami du capitaine avait quelques accointances avec le droit, et l'affaire du capitaine comprenait deux chefs bien distincts. Il voulait d'abord s'informer des conséquences légales que le prochain mariage aurait sur l'avenir du mari et de la femme. Il voulait ensuite s'arranger, d'avance, pour semer les gens qui chercheraient à savoir ce qu'il serait devenu après avoir quitté Aldborough le jour des noces. Ayant réglé pour le mieux ces deux questions, il revint à l'hôtel, où il trouva Noël Vanstone, dont la dignité offensée se prélassait dans le salon de la maîtresse des lieux. Trois femmes de chambre étaient venues subir leur examen, et toutes, la question des gages venant à être débattue, avaient impudemment refusé d'accepter la place. Une quatrième devait se présenter le lendemain et, jusqu'à ce qu'elle eût paru, Noël Vanstone refusait positivement de quitter Londres. Le capitaine Wragge ne dissimula pas la contrariété que lui faisait éprouver l'inutile retard avec lequel ils regagneraient Aldborough. Noël Vanstone, secouant son petit chef têtu, déclara solennellement qu'il n'entendait pas badiner avec sa responsabilité.

Le premier incident qui marqua la matinée du samedi fut l'arrivée de la lettre écrite par Mrs. Lecount à son maître ; elle était renvoyée à celui-ci dans une des enveloppes que le capitaine avait pris soin de s'adresser à lui-même. En vertu d'arrangements pris avec le garçon de l'hôtel, cette lettre fut apportée au capitaine, dans sa chambre à coucher, lue par lui avec la plus rigoureuse attention et soigneusement dissimulée, après cela, dans un des compartiments de son portefeuille. Cette épître présageait de graves événements pour l'époque où la femme de charge reviendrait de Suisse, et c'était un devoir strict envers Magdalen de mettre sous ses yeux et à sa disposition le document qui la prévenait du danger.

Un peu plus tard dans la journée, se présenta la quatrième prétendante aux fonctions de femme de chambre, jeune femme aux manières modestes, aux prétentions plus modestes encore, et qui (la maîtresse d'hôtel en fit la remarque) semblait « familière avec le malheur ». Les résultats de l'examen lui furent favorables et, sans murmurer, elle accepta les gages qui lui étaient offerts. L'engagement ratifié de part et d'autre, il fallut encore supporter, encore à cause de Noël Vanstone, un nouveau retard. Il n'avait pas encore décidé s'il mettrait ou non plus d'une guinée à l'anneau nuptial, et il perdit si bien tout le reste de la journée à courir d'un joaillier à l'autre que ce fut à peine si le capitaine et lui, avec la femme de chambre qui les accompagnait, arrivèrent à temps pour prendre le dernier train qui quittait Londres ce soir-là.

Ce fut fort avant dans la nuit qu'ils abandonnèrent le chemin de fer, à la station la plus rapprochée d'Aldborough. Le capitaine Wragge avait gardé, durant tout ce voyage, un silence contraire à ses habitudes. Son esprit n'était pas en repos. Il avait quitté Magdalen dans des circonstances fort critiques, sans personne de confiance qui pût veiller sur elle. Il n'avait aucune idée de ce qui avait pu se passer à North Shingles depuis le moment où il en était parti.

XIII

Qu'était-il arrivé, pendant l'absence du capitaine Wragge, dans la petite cité d'Aldborough ?

Voici le sommaire des incidents survenus entre l'heure de son départ et celle de son retour.

Dès que la voiture eut quitté North Shingles, Mrs. Wragge reçut le message que son mari lui avait envoyé par la domestique. Elle se hâta de courir au salon, encore étourdie de son entrevue orageuse avec le capitaine, avec la conscience vague d'avoir quelque méfait à se reprocher, mais sans se douter de ce que ce pouvait être. Si l'esprit de Magdalen n'avait pas été préoccupé par la seule pensée de son mariage, où elle s'absorbait tout entière, si elle avait été assez calme pour écouter le récit que Mrs. Wragge lui faisait, à bâtons rompus, de ce qui s'était passé pendant la visite de la femme de charge, l'inspection à laquelle Mrs. Lecount avait soumis la garde-robe aurait pris place, tôt ou tard, dans cette série de révélations confuses ; et Magdalen, encore qu'elle n'eût jamais pu deviner la vérité tout entière, aurait du moins été avertie qu'il existait quelque danger essentiel, tapi dans les plis de la robe d'alpaga. Comme allaient les choses, rien de semblable ne suivit l'apparition de Mrs. Wragge dans le salon, car rien de semblable n'était plus désormais possible.

Les événements survenus plus tôt dans la matinée, ceux qui avaient rempli les derniers jours et les dernières semaines étaient aussi complètement effacés de l'esprit de Magdalen que s'ils ne s'étaient jamais produits. L'horreur du lundi qui approchait, la cruelle certitude qu'impliquait la fixation du jour et de l'heure, semblaient pétrifier en elle toute sensibilité, annihiler toute faculté pensante. A trois reprises, Mrs. Wragge essaya d'aborder, comme sujet de conversation, la visite de la femme de charge. La première fois, autant eût valu s'adresser au vent ou à la mer. La seconde tentative parut d'abord avoir été faite sous de meilleurs auspices : Magdalen soupira, écouta un instant, sans se montrer émue le moins du monde, et enfin coupa court à ces propos, qui la laissaient si indifférente : « Peu importe, dit-elle. Le dénouement est le même… Je ne suis nullement fâchée contre vous. Ne parlons plus de ceci ! » Un peu plus tard, le même jour, ne sachant guère que dire de plus intéressant, Mrs. Wragge recommença ; Magdalen, cette fois, eut un mouvement d'impatience. « Pour l'amour de Dieu ! dit-elle, ne me fatiguez pas de ces niaiseries ! Elles me sont insupportables. » Mrs. Wragge ferma sa bouche sur-le-champ, et se garda bien de revenir sur le sujet. Magdalen, toujours si bonne et si indulgente avec elle, l'avait strictement interdite en manifestant sa colère. Le capitaine, dans son ignorance absolue des motifs pour lesquels Mrs. Lecount prenait un si vif intérêt aux secrets de la garde-robe, ne pouvait pas même, à cet égard, former les conjectures les plus lointaines. Toutes les informations qu'il avait réussi à extraire de la confusion mentale où sa femme était plongée, il les avaient obtenues par des questions directes, dérivées de ce qu'il savait déjà. Il avait exigé des réponses précises, sans justification d'aucune espèce ; il avait obtenu, comme d'ordinaire, ce qu'il souhaitait, et son départ presque immédiat ne lui avait laissé aucune chance de revenir sur cette question. La robe d'alpaga restait donc pendue à son clou, dans les ténèbres, sans que personne y prît garde, source ignorée de dangers encore à venir.

Dans le cours de l'après-midi, Mrs. Wragge rassembla son courage pour mettre en avant une idée de son inspiration : elle plaida une petite promenade en plein air.

Magdalen mit complaisamment son chapeau, et complaisamment escorta sa compagne sur la promenade, dont elles atteignirent bientôt l'extrémité septentrionale. Là, les grèves étaient désertes, et là, elles s'assirent côte à côte sur le galet. C'était une journée rayonnante et gaie ; les bateaux de plaisance naviguaient de tous côtés sur l'eau calme et bleue. En mer comme à terre, Aldborough tout entier s'adonnait à d'heureux loisirs. Mrs. Wragge se ranima bientôt devant ce tableau joyeux ; elle s'amusait, comme un enfant, à lancer des cailloux dans la mer. De temps à autre, elle jetait à la dérobée sur Magdalen un coup d'œil interrogateur, et ne trouvait ni encouragement dans son attitude, ni retour de cordialité sur son pâle visage. La jeune fille demeurait muette, assise au penchant de la grève, le coude sur son genou, la tête appuyée sur sa main, contemplant la mer avec une attention profonde, et cependant avec des yeux qui semblaient ne rien voir. Mrs. Wragge se fatigua de son jeu et cessa de s'intéresser aux bateaux de plaisance. Son énorme tête, à plusieurs reprises, parut fléchir en avant, et bientôt elle s'endormit sous la tiède influence de la brise paresseuse. Quand elle s'éveilla, les bateaux de plaisance étaient bien loin ; leurs voiles blanches marquaient à peine de petits points blancs l'horizon marin. Les oiseaux n'étaient plus en si grand nombre sur le rivage ; le soleil baissait dans le ciel ; la mer, d'un azur plus foncé, se moirait au souffle d'un vent rapide. Toute sorte de changements, survenus dans le ciel, sur la terre et sur l'océan, racontaient la chute du jour ; ces changements étaient partout, sauf dans le voisinage immédiat de la géante qui venait de s'éveiller. Là, Magdalen était assise, dans la même position que naguère, toujours contemplant la mer, de ces yeux fatigués qui regardaient sans voir.

– Oh ! je vous en prie, parlez-moi ! dit Mrs. Wragge.

Magdalen tressaillit, et tourna la tête d'un air distrait.

– Il est tard, dit-elle frissonnant à la première impression produite sur elle par la brise qui s'élevait. Rentrons, vous avez votre thé à prendre.

Elles revinrent silencieusement chez elles.

– Ne vous fâchez pas de mes questions, dit Mrs. Wragge au moment où elles s'assirent ensemble devant le repas du soir. Auriez-vous, ma chère, quelque trouble d'esprit ?

– Oui, répondit Magdalen, mais veuillez ne pas prendre garde à moi ! Ce trouble ne durera pas longtemps.

Elle attendit patiemment que Mrs. Wragge eût achevé sa collation, et alors seulement remonta dans sa chambre.

« Lundi ! s'écria-t-elle en s'asseyant à sa table de toilette. Il peut arriver bien des choses d'ici à lundi ! »

Ses doigts erraient machinalement parmi les brosses et les peignes, les menus flacons, les menues boîtes dont la table était encombrée. Elle se mit à les ranger, tantôt dans un ordre, tantôt dans l'autre, puis tout à coup les écarta d'elle, les entassant pêle-mêle à longueur de bras. Pendant une minute ou deux, ses mains demeurèrent oisives. Cherchant ensuite à s'occuper de nouveau, elle se mit à tirer et à pousser dans leur rainures les deux petits tiroirs de la table. Aux bagatelles qui remplissaient l'un d'eux se trouvait mêlé un livre de prières, qui lui avait jadis servi à Combe-Raven et qu'elle avait emporté avec ses autres reliques du temps passé en quittant irrévocablement, en même temps que sa sœur, ce séjour bien-aimé. Elle ouvrit le livre après une longue hésitation sur la célébration du mariage, le referma sans avoir achevé la première ligne et le remit en toute hâte dans un des tiroirs. Quand elle en eut tourné la clef, elle se leva et alla se placer à la croisée.

« Que la mer est horrible ! dit-elle, se détournant avec un frisson de dégoût… Quelle solitude, quel vide, quelle affreuse mer ! »

Elle revint au tiroir et, pour la seconde fois, en sortit le livre de prières ; elle l'ouvrit à demi, toujours aux prières du mariage, et le rejeta impatiemment au fond du tiroir. Cette fois, le verrou poussé, Magdalen retira la clef, courut presque, la tenant à la main, jusqu'à la fenêtre ouverte, et la jeta violemment dans le jardin. La clef tomba sur un parterre profusément semé de fleurs. Elle était désormais invisible : elle était perdue. Le sentiment de cette perte sembla soulager Magdalen.

« Il peut arriver quelque chose vendredi ; quelque chose peut arriver samedi ; quelque chose peut arriver dimanche… Trois grands jours encore ! »

Elle ferma les volets verts de la fenêtre et tira les rideaux, pour rendre la chambre aussi obscure que possible. Elle se sentait la tête lourde et les yeux brûlants. Une impulsion soudaine, un absolu besoin de précipiter la marche du temps la firent se jeter sur son lit pour y chercher le sommeil.

Le calme de la maison lui venait en aide, l'obscurité de la chambre lui venait en aide ; l'état de stupeur où son intelligence était tombée exerçait aussi sur ses sens une influence apaisante ; elle s'assoupit bientôt, mais d'un sommeil troublé. Ses mains agitées se mouvaient incessamment ; sa tête voyageait sur l'oreiller ; elle dormait, cependant. Bientôt, de ses lèvres, tombèrent isolément et par groupes des paroles à peine murmurées, mais qui de plus en plus s'articulaient, à mesure que se prolongeait le sommeil : ces paroles semblèrent calmer son agitation, et peu à peu lui rendre un repos plus complet. Elle souriait, elle était transportée dans l'heureux pays des songes. Le nom de Frank lui échappa. « M'aimez-vous, Frank ? murmura-t-elle. Ô mon bien-aimé ! dites-le, dites-le encore ! »

Le temps s'écoulait ; la chambre s'obscurcissait de plus en plus. Magdalen sommeillait et rêvait toujours. Vers le coucher du soleil, sans aucun bruit du dedans ou du dehors qui expliquât ceci, elle se dressa sur son séant, réveillée en une seconde. Les épaisses ténèbres dont elle était entourée la frappèrent de terreur. Elle courut à la fenêtre, ouvrit les volets, et se pencha au-dehors, comme pour se plonger dans l'air et les clartés de cette belle soirée. Ses yeux dévoraient les aspects familiers de la côte ; ses oreilles buvaient le murmure bienvenu de la mer. Tout lui était bon pour la délivrer des impressions que ses songes avaient léguées à son réveil. Elle ne voulait plus d'obscurité, plus de repos… Le sommeil, clément pour les autres, n'était pour elle que trahisons. Le sommeil n'avait fermé ses yeux à l'avenir que pour les ouvrir sur le passé.

Elle redescendit au salon, saisie du besoin de parler, peu importe sur quel futile sujet, et si oiseux que ses propos dussent être. Le salon se trouvait désert. Peut-être Mrs. Wragge était-elle allée travailler, peut-être se sentait-elle trop fatiguée pour causer. Magdalen prit sur la table le chapeau qu'elle y avait laissé, puis elle sortit de la maison. La mer qu'elle avait fuie quelques heures auparavant lui paraissait maintenant une amie. Qu'elle était belle dans le frais azur du soir ! Quelle joie divine dans cette multitude de vagues folâtres, s'ébattant et bondissant à la clarté du ciel !

Elle resta dehors jusqu'à ce que la nuit fût tombée, jusqu'à ce que les étoiles eussent paru.

La nuit lui rendit quelques forces. Lentement et par degrés, son intelligence reprit un certain équilibre, et ce fut avec fermeté qu'elle envisagea désormais sa situation. La vaine espérance qu'un hasard quelconque pourrait annuler ce résultat même pour lequel, en vertu de son libre vouloir, elle avait, sans se lasser, formé tant de plans, accompli tant de travaux, s'évanouit et la quitta, trop faible pour ne pas se dissiper de lui-même. Elle savait en quoi consistait la véritable alternative, et se trouva le courage de la regarder en face. D'un côté, la révoltante épreuve du mariage ; de l'autre, la renonciation absolue à son dessein. Était-il trop tard pour choisir entre le sacrifice de ce dessein et le sacrifice d'elle-même ? Oui ! désormais il était trop tard. Derrière elle s'était fermée la voie du retour. Le temps, qu'aucun vœu ne saurait changer, le temps, dont aucune prière ne peut modifier les effets irrévocables, avait fait de ce dessein une part d'elle-même. Elle avait naguère dominé ce projet conçu par elle, maintenant il était son maître. Plus il lui inspirait l'horreur, plus elle se débattait sous ses obsessions, et plus impitoyablement il la poussait en avant. Aucun autre sentiment en elle n'était assez fort pour dompter celui de cette nécessité fatale, pas même cette horreur qui la rendait presque folle, l'horreur qu'elle éprouvait en songeant à son mariage.

Vers neuf heures, elle revint à North Shingles.

– Encore à la promenade ! dit Mrs. Wragge, sortie au-devant d'elle. Venez vous asseoir, ma chère ! Que vous devez être fatiguée !

Magdalen sourit et posa affectueusement sa main sur l'épaule de Mrs. Wragge :

– Vous oubliez combien je suis forte. Rien ne me fait mal.

Elle alluma sa chandelle et remonta dans sa chambre. Quand elle se retrouva devant sa table de toilette, le vain espoir que lui avaient inspiré les trois jours à venir, le vain espoir d'une délivrance fortuite, se réveilla tout à coup en elle, cette fois sous une forme plus précise et plus palpable :

« Vendredi, samedi, dimanche… Il peut lui arriver quelque chose, à lui ou à moi. Quelque chose de grave, quelque chose de fatal… L'un de nous deux peut mourir. »

Son visage s'altéra soudainement. Bien que l'air ne fût point froid, elle frissonna de la tête aux pieds. Elle tressaillit, bien qu'aucun bruit ne fût venu l'alarmer.

« L'un de nous deux peut mourir… Peut-être moi… »

Elle s'absorba dans cette réflexion, se ranima au bout de quelque temps et, ouvrant la porte, appela Mrs. Wragge.

– Vous aviez raison de penser que je me fatiguerais, lui dit-elle. Ma promenade a un peu dépassé mes forces. Je me sens lasse et je vais me coucher. Bonne nuit !

Elle embrassa Mrs. Wragge et ferma doucement la porte.

Après quelques allées et venues dans sa chambre, elle ouvrit brusquement son écritoire, et commença une lettre à sa sœur. Cette lettre s'allongeait sous ses mains ; Magdalen couvrait feuille après feuille. C'est que son cœur débordait, c'est qu'elle adressait à Norah l'histoire complète de sa destinée. Elle ne versait point de larmes, une tristesse calme l'avait envahie. Sa plume courait sans trouver le moindre obstacle.

Après avoir écrit pendant plus de deux heures, elle cessa tout à coup, laissant la lettre inachevée. Cette lettre ne portait pas encore de signature. Un large blanc, au bas de la dernière feuille, restait à remplir. Quand elle eut rangé l'écritoire où la lettre commencée avait été enfermée, Magdalen alla respirer à la croisée et demeura là, regardant au-dehors.

La lune déclinait sur la mer. La brise des premières heures s'était épuisée. Sur la terre et sur l'océan planait l'esprit de la nuit, dans un calme auguste et profond. La tête de la jeune fille s'abaissa sur sa poitrine, et devant ses yeux le tableau s'effaça tout entier, comme la lune s'effaçait à l'horizon. Elle ne vit plus ni la mer ni le ciel. La Mort, cette grande tentatrice, assiégeait son cœur. La Mort, cette grande tentatrice, lui montrait, comme sa demeure, le tombeau du cimetière de Combe-Raven où ses chers parents dormaient du sommeil éternel.

« Dix-neuf ans à mon dernier anniversaire, pensait-elle… Rien que dix-neuf ans ! » Elle se retira de la fenêtre, hésita un moment et revint contempler cet imposant spectacle. « La belle nuit ! disait-elle avec un élan de reconnaissance. Oh, la belle nuit ! »

Elle quitta la fenêtre pour se laisser tomber sur son lit. Le sommeil, qui l'avait trahie naguère, revint plus clément ; il revint profond et sans rêves, fidèle image de la dernière pensée qui l'eût occupée avant qu'elle fermât les yeux ; image fidèle de la Mort.

Le lendemain matin, de bonne heure, Mrs. Wragge entra dans la chambre de Magdalen et la trouva déjà levée. Assise devant son miroir, elle passait et repassait lentement le peigne dans son abondante chevelure ; elle était pensive et calme.

– Comment vous sentez-vous ce matin, ma chère ? demanda Mrs. Wragge. Tout à fait rétablie ?

– Oui.

Après avoir ainsi répondu, Magdalen s'arrêta tout à coup, réfléchit un instant et se contredit brusquement :

– Non, dit-elle, je ne vais pas tout à fait bien. J'ai un peu mal aux dents.

Tandis qu'elle modifiait ainsi sa première réponse, elle donna un léger coup de peigne à ses cheveux, de façon à les faire tomber en écran devant son visage.

Au petit déjeuner, elle fut très silencieuse et ne prit qu'une tasse de thé.

– Laissez-moi, implora Mrs. Wragge, aller vous chercher un remède chez le pharmacien.

– Non, je vous remercie.

– Je vous le demande en grâce !

– Non !

Ce second refus avait été articulé sur un ton bref et presque irrité. Comme d'ordinaire, Mrs. Wragge se soumit, laissant Magdalen agir à sa guise. Celle-ci, dès que le déjeuner fut fini, se leva et sortit sans une parole d'explication. Mrs. Wragge la guettait de la croisée, et la vit se diriger vers la pharmacie.

Sur le seuil du magasin, elle fit halte, marqua une pause avant d'entrer en regardant à travers les vitres ; elle hésita, s'éloigna de quelques pas, sembla de nouveau hésiter, puis emprunta la première traverse la ramenant du côté du rivage.

Sans regarder autour d'elle, sans se soucier de choisir un endroit plus ou moins propice, elle s'assit sur les galets. Les seules personnes qui se trouvaient près d'elle à ce moment étaient une bonne d'enfants et les deux petits garçons confiés à ses soins. Le plus jeune des deux tenait à la main un petit vaisseau miniature. Après avoir contemplé Magdalen pendant quelque temps avec une gravité, une attention singulières, l'enfant s'approcha soudainement, et entreprit de lier connaissance avec elle en posant tranquillement son jouet dans le giron de la jeune fille.

– Regardez mon beau navire ! dit l'enfant, lui appuyant ses mains sur les genoux.

Celle-ci, d'ordinaire, n'était pas très patiente avec les enfants. Dans des temps plus heureux, elle n'eût point accueilli les avances du petit garçon comme elle le fit alors. Le désespoir endurci qui se peignait dans ses yeux disparut tout à coup ; ses lèvres, fortement serrées l'une contre l'autre, se délièrent, frémissantes. Elle replaça le jouet dans les mains de l'enfant et le prit, lui, sur ses genoux.

– Veux-tu m'embrasser ? lui demanda-t-elle d'une voix faible.

L'enfant regarda son navire, auquel sans doute il eût plus volontiers accordé le baiser sollicité par Magdalen.

Elle répéta la question ; elle la répéta presque humblement. L'enfant leva les mains vers son cou et finit par l'embrasser.

– Si j'étais ta sœur, tu m'aimerais, n'est-il pas vrai ?

Toute la misère de sa solitude, toute la tendresse perdue de son pauvre cœur débordaient en ces paroles émues.

– N'est-ce pas que tu m'aimerais ? répéta-t-elle, cachant son visage dans les plis que la blouse de l'enfant faisait sur sa poitrine.

– Oui, répondit-il. Mais regardez donc mon navire !

Elle le regarda, cédant à ses instances, à travers les larmes amassées dans ses yeux.

– Comment l'appelles-tu ? demanda-t-elle, essayant de s'intéresser à quelque chose, fût-ce même à ce qui préoccupait un enfant.

– Je l'appelle l'*Oncle-Kirke*, répondit le petit garçon. L'oncle Kirke est parti.

Ce nom ne rappelait rien à la mémoire de Magdalen. En elle, ne survivaient désormais que de très anciens souvenirs.

– Parti ? répéta-t-elle d'un air distrait, songeant à ce qu'elle pourrait bien dire ensuite au petit ami que le hasard lui avait donné.

– Oui, dit l'enfant. Parti pour la Chine.

Même sur les lèvres innocentes d'un petit enfant, ce mot la frappa au cœur. Elle déposa sur le sable le neveu du capitaine Kirke, et sur-le-champ quitta le rivage.

Comme elle revenait chez elle, la lutte de la nuit passée se renouvela dans son esprit, mais le soulagement qu'elle avait éprouvé à rencontrer cet enfant, l'attendrissement qu'elle avait ressenti en le prenant sur ses genoux exerçaient encore sur elle une influence bienfaisante. Elle eut conscience d'un espoir nouveau, fraîche aurore qui se levait sur ses pensées ténébreuses, comme les innocents regards du petit garçon s'étaient levés sur son visage assombri, au moment où de lui-même il était venu vers elle sur la grève. Était-il donc trop tard pour rebrousser chemin ? Une fois encore, elle se posa cette question et, pour la première fois, la réponse lui parut douteuse.

Elle se hâta de rentrer dans sa chambre, se méfiant en secret du changement qui venait de s'opérer en elle, et avertie par là même qu'il fallait agir sans trop se donner le temps de la réflexion. Aussi, avant d'ôter son châle ou son chapeau, se dépêcha-t-elle d'ouvrir son écritoire pour tracer, aussi vite que sa plume pût courir, les lignes suivantes, adressées au capitaine Wragge :

Vous trouverez ci-inclus l'argent que je vous ai promis. Le courage m'a manqué. Je ne puis me faire à l'horreur que m'inspire l'idée de l'épouser. Je viens de quitter Aldborough. Ayez pitié de ma faiblesse et pardonnez-moi ! Arrangeons-nous, maintenant, pour ne plus nous rencontrer.

Avec un grand battement de cœur, avec des doigts que l'agitation faisait trembler, elle tira de sa poitrine le petit sachet de soie blanche, pour en extraire les billets qu'elle voulait joindre à la lettre. Sa main, qui le fouillait avec impétuosité, avait en quelque façon perdu le sens du toucher. Elle saisit à pleine poignée tous les papiers que renfermait le sac, déchirant les uns, dépliant les autres. Au moment où elle les étalait devant elle, sur la table, le premier objet que rencontrèrent ses yeux fut un fragment de sa propre écriture, déjà décolorée par le temps. Elle regarda de plus près, et vit les mots qu'elle avait copiés dans la lettre de son père défunt ; elle vit aussi le bref et terrible commentaire de l'avocat, placé au bas de la même page, se dresser devant elle comme un reproche muet :

Les filles de Mr. Vanstone ne sont les enfants de personne, et la loi les abandonne, sans ressources, à la merci de leur oncle.

Son cœur qui battait s'arrêta ; ses mains qui tremblaient prirent une immobilité glacée. Tout le Passé se leva devant elle, accusateur âpre et violent. Elle prit les lignes que sa propre main venait de tracer la minute d'auparavant, et avec une vague incrédulité regarda l'encre encore humide.

La rougeur qui était montée à ses joues s'en effaça une fois encore.

Le désespoir tenace reparut, brillant et froid, dans ses yeux séchés. Elle plia soigneusement les billets et les replaça dans son sachet. Elle pressa sur ses lèvres la copie de la lettre paternelle et la remit en place à côté des billets. Quand le sachet fut de nouveau caché dans sa poitrine, elle attendit un instant, le visage dans ses mains, puis déchira résolument les lignes adressées au capitaine Wragge. Avant que l'encre fût sèche, les morceaux de la lettre jonchaient le parquet.

« Non ! se dit-elle, au moment où le dernier lambeau de papier tombait de sa main. Sur la route où je vais, le retour est impossible. »

Elle se leva calmement et quitta sa chambre. En descendant l'escalier, elle rencontra Mrs. Wragge qui montait.

– Sortez-vous encore, ma chère ? demanda celle-ci. Puis-je vous accompagner ?

L'attention de Magdalen était ailleurs. Au lieu de répondre à la question qui lui était faite, ce fut à ses propres pensées qu'elle répondit.

– Des milliers de femmes font des mariages d'argent, dit-elle. Pourquoi ne serais-je pas de celles-là ?

La perplexité décontenancée qui se peignit sur le visage de Mrs. Wragge, au moment où Magdalen prononçait ces paroles, rendit la malheureuse enfant au sentiment des choses présentes.

– Pauvre chère femme, dit-elle, je vous embarrasse, n'est-il pas vrai ? Ne vous mettez pas en peine de ce que je dis ; toutes les jeunes filles tiennent des propos plus ou moins bizarres, et je ne vaux pas mieux que le reste de mes pareilles. Allons, je vais vous gâter un peu ! En l'absence du capitaine, vous allez pouvoir vous amuser. Nous allons faire toutes les deux une belle promenade en voiture. Mettez votre plus joli chapeau, et venez à l'hôtel avec moi ! Je dirai à la maîtresse de nous mettre, dans un panier, tout ce qu'il faut pour un bon petit dîner froid. Vous choisirez ce que vous préférez, et c'est moi qui prétends vous servir. Quand vous serez une vieille, vieille dame, vous garderez de moi un bon souvenir, n'est-ce pas ? Vous direz : « Ce n'était pas une méchante fille ; on en voit vivre et prospérer, sans que personne les blâme, et par centaines, qui ne valent pas ce qu'elle valait. » Allons, allons, dépêchez-vous de mettre votre chapeau ! Grand Dieu ! de quel métal est donc fait mon cœur ? Comment survit-il, toujours et toujours, lorsque chez tant d'autres jeunes filles il serait mort, et depuis longtemps ?

Une demi-heure après, elle et Mrs. Wragge étaient assises, côte à côte, au fond d'une bonne calèche. L'un des chevaux, au départ, se montra rétif.

– Fouettez-le ! cria Magdalen au cocher avec l'accent de la colère. Que craignez-vous donc ? Fouettez-le à tour de bras ! Supposons que la voiture verse, ajouta-t-elle brusquement en se tournant vers sa compagne, supposons que je sois lancée contre cette muraille, et tuée sur place ? Allons donc ! ne me regardez pas ainsi tout effarée… Je ressemble à votre mari ; j'apprécie l'humour, moi aussi, et tout ceci n'est qu'une plaisanterie.

Elles restèrent dehors toute la journée. Quand elles rentrèrent, la nuit était tombée. Après tant d'heures passées au grand air, elles éprouvaient toutes deux la même fatigue. Cette nuit encore, comme la précédente, Magdalen dormit d'un sommeil profond et sans rêves. Le vendredi s'acheva ainsi.

La dernière pensée de Magdalen avait été, ce soir-là, celle qui, toute la journée, lui avait servi de soutien. En plaçant sa tête sur l'oreiller, elle se sentait, pour se soumettre à l'épreuve imminente, la même indomptable résolution qu'elle avait déjà témoignée par ses paroles lorsque le hasard lui avait fait rencontrer Mrs. Wragge dans l'escalier. Quand elle s'éveilla le samedi matin, cette résolution avait disparu. Les pensées, et même les événements du vendredi, étaient effacés de son esprit. Elle sentait encore une fois, mêlant de froides ondes à celles de son jeune sang, ce lent et mortel poison qui s'était glissé dans son cœur désespéré aux dernières clartés de la lune, et qui, dans le calme auguste de la nuit, lui avait fait entendre tout bas de si funestes conseils.

« C'est jeudi soir, se dit-elle, que j'ai vu le dénouement tel qu'il doit être. Depuis ce moment, je n'ai fait que m'égarer. »

Quand elle et sa compagne se retrouvèrent ce matin-là, Magdalen se plaignit de nouveau de son mal de dents. Elle repoussa l'offre de Mrs. Wragge, qui proposait d'aller lui chercher un remède, puis elle quitta la maison après le petit déjeuner, se dirigeant du côté de la pharmacie, exactement comme elle avait fait le matin précédent.

Cette fois, elle franchit le seuil du magasin sans hésiter un instant.

– Mes dents me font souffrir, dit-elle brusquement à un homme âgé qui se tenait derrière le comptoir.

– Permettez-vous, mademoiselle, que je vous examine ?

– Inutile, monsieur, il s'agit d'une dent creuse. J'aurai pris, sans doute, quelque coup d'air.

Le pharmacien proposa divers remèdes, de ceux que l'on utilisait couramment il y a quinze ans. Mais elle refusa d'en acheter aucun.

– Le laudanum m'a toujours mieux soulagé qu'aucune autre composition, dit-elle, prenant tour à tour les flacons rangés sur le comptoir et les examinant tandis qu'elle parlait, au lieu de regarder le pharmacien. Donnez-moi du laudanum !

– Volontiers, mademoiselle. Permettez-moi cependant une question qui est une pure formalité : vous habitez, je crois, Aldborough ?

– Oui. Je suis Miss Bygrave, de North Shingles.

Le pharmacien s'inclina et, se tournant du côté de ses rayons, remplit immédiatement de laudanum un flacon ordinaire, fait pour en contenir une demi-once. En s'assurant au préalable du nom et de l'adresse de sa cliente, cet homme avait pris une précaution bien naturelle pour un praticien soigneux, mais qui n'en était pas pour autant systématique, en pareille occurrence, étant donné l'état de la législation à l'époque où ces choses se passaient.

– Joindrai-je un peu de ouate au laudanum ? demanda-t-il après avoir placé sur le flacon une étiquette où il venait d'écrire un seul mot en gros caractères.

– Si vous voulez bien… Mais qu'avez-vous écrit là ?

Elle avait posé la question d'un ton vif, comme si un peu de méfiance se mêlait à sa curiosité.

Le pharmacien y répondit en tournant l'étiquette de son côté. Magdalen y vit écrit en grosses lettres le mot : POISON.

– J'aime a prendre mes précautions, mademoiselle, dit le vieil homme en souriant. Des gens fort honorables à tous autres égards sont souvent d'une négligence effrayante quand il s'agit de substances vénéneuses.

Magdalen se reprit à faire manœuvrer les flacons placés sur le comptoir, et posa une autre question, dont elle attendit la réponse avec une anxiété dissimulée.

– Y a-t-il donc quelque danger, demandait-elle, dans une si petite dose de laudanum ?

– Il y a la mort, tout simplement, répondit le pharmacien avec calme.

– La mort pour un enfant, peut-être, ou pour une personne de santé délicate ?

– La mort pour l'homme le plus robuste d'Angleterre, qu'on le prenne où l'on voudra.

Ayant ainsi répondu, le pharmacien enveloppa le flacon dans une feuille de papier blanc, et le tendit à Magdalen. Elle se mit à rire en le prenant et en réglant le prix.

– Vous n'avez pas à craindre le moindre accident à North Shingles, dit-elle. Le flacon restera sous clef, dans ma table de toilette. S'il ne me soulage pas, je reviendrai vous trouver pour essayer un autre remède. Au revoir.

– Au revoir, mademoiselle.

Elle s'en revint tout droit à North Shingles, sans lever une fois les yeux, sans prendre garde à une seule des personnes qu'elle rencontra. Elle passa dans le corridor, tout à côté de Mrs. Wragge, l'effleurant de sa robe comme s'il se fût agi d'un meuble oublié là par hasard. A deux reprises, en montant l'escalier, elle se prit les pieds dans sa jupe, faute de cette précaution vulgaire qui consiste à la relever par-devant. Les menus détails de la vie quotidienne avaient déjà cessé de l'intéresser à un degré quelconque.

Seule dans sa chambre, elle ôta le flacon de son enveloppe, jetant le papier et le petit paquet de ouate dans la cheminée. Au moment précis où elle accomplissait ce geste, elle entendit frapper à la porte. Magdalen cacha le petit flacon, et tourna la tête avec impatience. Mrs. Wragge entrait dans la chambre.

– Avez-vous trouvé quelque chose pour votre mal de dents, ma chère ?

– Oui.

– Pourrais-je vous aider en quoi que ce soit ?

– Non.

Mrs. Wragge s'obstinait à rester près de la porte d'un air inquiet. Son attitude prouvait clairement qu'elle avait encore quelque chose à dire.

– Qu'y a-t-il, voyons ? demanda Magdalen avec une certaine vivacité.

– Ne vous fâchez pas, répondit Mrs. Wragge. Je ne suis pas tranquille au sujet du capitaine. Il écrit beaucoup d'ordinaire, et nous n'avons reçu aucune lettre de lui. Il est prompt comme l'éclair, et nous ne le voyons pas revenir… Nous voici samedi sans qu'il ait donné signe de vie. Le croyez-vous capable de s'être sauvé ? Lui serait-il arrivé quelque accident ?

– Je ne pense pas. Descendez au salon, je vais aller vous y retrouver, et nous causerons de ceci.

Dès qu'elle se retrouva seule, Magdalen se leva de son fauteuil, s'avança vers une armoire fermant à clef, et demeura un moment, la main sur la clef, ne sachant que faire. L'apparition de Mrs. Wragge avait complètement changé le cours de ses pensées. La dernière question de Mrs. Wragge, si frivole qu'elle fût, l'avait retenue au bord du précipice, en réveillant en elle, une fois encore, le vain espoir d'un accident fortuit qui viendrait la dégager.

« Pourquoi pas ? se dit-elle. Pourquoi ne serait-il pas arrivé quelque chose à l'un d'eux ? »

Elle plaça le laudanum dans l'armoire, la ferma et mit la clef dans sa poche.

« D'ici à lundi, pensa-t-elle, il reste encore du temps. J'attendrai que le capitaine soit de retour. »

Après s'être consultées au salon, les deux dames décidèrent que la domestique veillerait cette nuit-là pour attendre son maître. La journée se passa tranquillement, et sans incident d'aucune sorte. Magdalen, les yeux fixés sur un livre, usait les heures en rêves stériles. Elle ne ressentait plus maintenant que cette fatigue de l'attente qui est, à elle seule, un pesant fardeau ; les tourments poignants de la pensée étaient enfin apaisés en elle, éteints. Elle resta dans le salon durant tout le jour et toute la soirée, se sentant une répugnance bizarre à rentrer dans sa chambre. A mesure que la nuit avançait, tout bruit cessant peu à peu soit à l'intérieur, soit au-dehors, son agitation sembla vouloir recommencer. Elle tâcha de se calmer par la lecture. Les livres ne purent fixer son attention. Le journal était resté dans un coin de la chambre : elle eut alors recours au journal.

Elle parcourut machinalement le titre des articles, page par page, jusqu'au moment où son attention vagabonde fut attirée par le récit d'une exécution qui avait eu lieu dans un district éloigné. Rien qui dût la frapper dans l'histoire de ce crime ; et cependant elle la lut. C'était un assassinat vulgaire, une horreur tout à fait triviale ; le meurtre d'une servante de ferme par un homme remplissant des fonctions analogues et dont la jalousie avait armé le bras. Il avait été convaincu sur un ensemble de preuves qui n'avait rien d'extraordinaire ; il avait été pendu dans des circonstances qui n'avaient rien d'exceptionnel. Comme tant d'autres criminels de son espèce, il avait fait des aveux, une fois que tout espoir semblait perdu pour lui, et le journal avait inséré sa confession à la fin de l'article ; elle était conçue en ces termes :

J'avais des relations avec la défunte, depuis environ un an. Je lui avais promis de l'épouser quand j'aurais assez d'argent. Elle disait que j'en avais déjà assez. Nous nous sommes disputés. Elle a refusé de continuer à me fréquenter et elle s'est mise à sortir avec un autre gars, David Crouch. Le samedi, je suis allé la trouver pour lui dire que si elle voulait renoncer à Crouch, je l'épousais dès que c'était possible. Elle s'est moquée de moi. Elle m'a renvoyé de la buanderie, et toutes les autres l'ont vue me chasser ainsi. Je ne me sentais pas très bien. Je suis allé m'asseoir sur une barrière, la barrière de la prairie qu'on appelle Pettit's Piece. Je me suis dit que j'allais la tuer. Je suis allé prendre mon fusil et l'ai chargé. Puis je suis revenu dans Pettit's Piece. J'avais de la peine à me décider. J'ai pensé que j'allais tirer au sort – je veux dire tirer au sort si je la tuerais ou non – en jetant en l'air le sarcloir de la charrue. Je me suis dit à moi-même : s'il retombe à plat, je la laisserai vivre ; s'il s'enfonce dans la terre, je la tuerai. Je lui ai fait faire plusieurs tours avant de le lancer ; il est retombé la pointe dans le sol. Alors je l'ai tuée… C'était une mauvaise besogne, mais je l'ai faite ainsi qu'on l'a dit dans le procès. J'espère que le Seigneur aura pitié de moi. Je voudrais qu'on donnât à ma mère les habits que je porte. Je n'ai rien d'autre à déclarer.

Dans le beau temps de sa vie, Magdalen aurait passé, sans y jeter un coup d'œil, sur le récit de l'exécution et sur cette confession imprimée qui l'accompagnait. Rien de tout cela ne lui aurait offert le moindre attrait. Ce jour-là, non seulement elle lut l'horrible histoire, mais elle la lut avec un intérêt qu'elle-même ne pouvait comprendre. Son attention, que n'avaient pu fixer des pensées d'un ordre bien plus élevé, bien plus sain, suivait d'un bout à l'autre chaque phrase de ces aveux où l'assassin se révélait avec je ne sais quelle candeur hideuse. Si le meurtrier et la victime lui avaient été connus, si le théâtre du crime avait été familier à ses souvenirs, à peine eût-elle pu suivre le récit avec une attention plus concentrée, ou en recevoir une impression plus précise et plus nette. Elle posa le journal, surprise de ce qui se passait en elle ; puis elle le reprit et tâcha d'en lire quelques autres passages. Vain effort : sa pensée ne pouvait plus s'y fixer. Elle jeta de côté ce chiffon de papier et descendit au jardin.

La nuit était sombre ; les étoiles peu nombreuses brillaient à peine. Tout au plus discernait-elle le sentier sablonneux, tout au plus pouvait-elle le suivre pour aller et venir de la porte de la maison à la grille du jardin.

La confession imprimée avait acquis une étrange prise sur son imagination. Comme elle longeait l'allée, cette nuit noire s'ouvrit, ainsi qu'un rideau, du côté de la mer, et la laissa voir dans la prairie le malheureux assassin au moment où il jetait en l'air le sarcloir de charrue. Elle courut toute frissonnante du côté de la maison. L'assassin la suivit et entra dans le salon avec elle. Magdalen saisit la chandelle allumée et remonta dans sa chambre. La vision évoquée par son imagination malade marcha près d'elle jusqu'à l'endroit où le laudanum était caché, puis, une fois là, s'évanouit.

Il était près de minuit, et rien n'avait encore annoncé le retour du capitaine.

Elle tira de son écritoire la longue lettre qu'elle avait écrite à Norah et la lut lentement d'un bout à l'autre. Cette lecture l'apaisa. Parvenue à ce feuillet à moitié blanc qu'elle s'était réservé pour achever la lettre, elle revint en hâte au début, et reprit de nouveau sa lecture.

L'horloge de l'église sonna une heure du matin, et le capitaine n'avait pas encore paru.

Elle relut la lettre d'un bout à l'autre, puis, avec l'obstination du désespoir, elle la recommença pour la troisième fois. Arrivée à la dernière page, elle regarda sa montre. Il était deux heures et quart. A peine venait-elle de replacer la montre à sa ceinture que, traversant le silence, un bruit lointain arriva jusqu'à elle : c'était un bruit de roues.

Elle laissa tomber la lettre et, serrant sur ses genoux ses mains glacées, elle écouta. Le bruit continuait, de plus en plus proche, de plus en plus rapide, bruit insignifiant pour toute autre oreille que la sienne, mais, pour celle-ci, aussi effrayant que la trompette du jugement dernier. Il passa le long de la maison, continua un peu au-delà, et s'arrêta tout à coup. Elle entendit frapper avec force, puis une fenêtre qui s'ouvrait, puis des voix, puis un long silence, puis encore les roues qui revenaient, puis la porte du rez-de-chaussée qui s'ouvrait et, dans le corridor, la voix sonore du capitaine. La patience de Magdalen était à bout. Elle entrouvrit sa porte et l'appela.

Il monta l'escalier en courant, étonné de la trouver encore debout. Elle lui parla par l'étroit interstice de la porte entrebâillée derrière laquelle elle s'abritait, redoutant de laisser voir son visage.

– Est-il survenu quelque obstacle ? lui demanda-t-elle.

– Tranquillisez-vous, répondit-il. Tout marche à merveille.

– Vous ne voyez pas d'accidents à craindre, d'ici à lundi ?

– Pas le moindre accident. Ce mariage est une affaire faite.

– Une affaire faite ?

– Oui.

– Bonne nuit.

Elle lui tendit la main à travers la porte. Il la prit, non sans quelque surprise : il ne l'avait pas vue fréquemment lui offrir une poignée de main si spontanée.

– Vous avez veillé trop tard, lui dit-il quand il sentit l'étreinte de ses doigts glacés. Je crains que vous ne passiez une mauvaise nuit ; je crains bien que vous ne dormiez guère.

Elle referma doucement la porte.

– Je dormirai, dit-elle, plus profondément que vous ne pensez.

Il était deux heures passées quand elle s'enferma ainsi dans sa chambre. Son fauteuil était près de la table de toilette, à la place accoutumée. Elle s'assit pensive, durant quelques minutes, puis ouvrit sa lettre à Norah au dernier feuillet, là où il restait un espace blanc. Les dernières lignes au-dessus de ce blanc étaient ainsi conçues :

Je viens de te dévoiler mon cœur tout entier ; je n'ai rien voulu te dissimuler. Voici où les choses en sont venues. Le but vers lequel j'ai tendu, et dont la poursuite m'a déjà coûté si cher, il faut que je l'atteigne ou que je meure. C'est de la perversité, de la folie, tout ce que tu voudras, mais cela est. Je n'ai plus maintenant à choisir qu'entre deux voyages. Si je puis me résoudre à l'épouser, le voyage de l'église ; si la profanation de moi-même est plus que je ne peux en supporter, le voyage au tombeau !

Sous cette dernière phrase, elle écrivit les lignes suivantes :

Mon choix est fait. Si la loi cruelle te l'autorise, fais-moi reposer auprès de mon père et de ma mère, dans le sein de la terre natale. Adieu, ma sœur bien-aimée ! Sois toujours innocente, sois toujours heureuse ! Si jamais Frank s'informait de moi, dis-lui que je suis morte en lui pardonnant. Ne m'accorde point, Norah, de trop longs regrets… je ne les mérite pas.

Elle cacheta la lettre et sur l'adresse mit le nom de sa sœur. Les larmes s'amoncelaient dans ses yeux au moment où elle la déposa sur la table. Elle attendit que sa vue se fût un peu éclaircie, et du petit sachet placé dans son sein retira une fois encore les billets. Quand elle les eut enveloppés dans une feuille de papier à lettres, elle inscrivit sur l'enveloppe le nom du capitaine Wragge, et au-dessous ajouta ces mots :

Tenez fermée la porte de ma chambre, et laissez-y mon corps jusqu'à l'arrivée de ma sœur. Vous trouverez inclus l'argent que je vous ai promis. Vous n'êtes pas à blâmer. Tout est ma faute et ma faute seule. Si vous me conservez quelque souvenir amical, montrez-le en traitant votre femme avec bonté.

Quand elle eut placé ce pli à côté de la lettre de Norah, elle se leva et du regard parcourut la chambre. Certains menus objets n'étaient pas à leur place. Elle les mit en ordre et, au chevet de son lit, de droite et de gauche, tira les rideaux. Sa robe fit ensuite l'objet d'un rigoureux examen. Elle était aussi correcte, aussi chaste, aussi élégante que jamais. Rien sur sa personne n'était en désordre, excepté sa chevelure. Quelques tresses s'étaient détachées. Elle les remit soigneusement en place, s'aidant de son miroir. « Comme je suis pâle ! pensa-t-elle avec un faible sourire. Pourrai-je l'être davantage lorsqu'ils entreront ici, demain matin ? »

Elle alla tout droit vers l'armoire où était caché le laudanum, et l'en retira. Le flacon était si petit qu'il tenait aisément dans la paume de sa main. Elle l'y laissa un peu de temps, le contemplant sans bouger.

« La MORT ! dit-elle. Dans cette goutte de liqueur brune… la MORT ! »

Au moment où ces paroles franchirent ses lèvres, une inexprimable horreur vint en un instant s'emparer d'elle. Elle traversa la chambre en chancelant, la tête troublée et comme perdue, le cœur étreint par une angoisse qui l'empêchait de respirer. Elle se tint à la table pour se maintenir debout. Le faible choc du flacon lorsque, s'échappant de ses doigts entrouverts, il alla sans accident se heurter à une des porcelaines qui couvraient la table, lui traversa le cerveau comme une lame d'acier. Le son de sa propre voix, devenu pourtant un simple murmure, de sa voix articulant ce seul mot : MORT, pénétra dans ses oreilles avec le tumulte impétueux du vent déchaîné. Elle se traîna jusqu'auprès de son lit, contre lequel, assise sur le parquet, elle appuya sa tête brûlante : « Oh ! ma vie, ma vie, pensa-t-elle, que vaut donc ma vie pour m'y cramponner avec tant d'acharnement ? »

Au bout de quelques instants, elle sentit la force lui revenir. Elle se souleva sur ses genoux et cacha son visage dans l'oreiller. Elle essayait de prier, de prier pour invoquer le pardon du Ciel, après avoir voulu se réfugier dans la mort. Des paroles frénétiques jaillissaient de ses lèvres, paroles qui fussent devenues de véritables cris, si elle ne les avait étouffées sous les draps du lit. Elle se dressa sur ses pieds ; le désespoir lui donnait contre elle-même les forces d'une furie aveugle. L'instant d'après, elle se retrouvait près de la table et, dans la seconde qui suivit, elle avait ressaisi le poison.

Elle déboucha le flacon qui le renfermait et le porta brusquement à ses lèvres.

Au premier contact du froid cristal et de ses lèvres ardentes, la robuste vitalité de sa jeunesse bondit en ses veines où le sang se précipitait à flots, et lutta contre la Mort et ses terreurs imminentes avec toute l'énergie de la répugnance qu'elles lui inspiraient. Toutes les facultés actives de cette exubérante vitalité s'insurgèrent contre la volonté de destruction qui conseillait à Magdalen un attentat sacrilège contre elle-même. Elle s'arrêta : pour la seconde fois, en dépit d'elle-même, elle s'arrêta. Elle était là, resplendissante de jeunesse et de santé ; là, toute tremblante, au seuil de la vie, le baiser de la Mort près de ses lèvres, tandis que la Nature, fidèle à sa sainte mission, combattait jusqu'au bout pour la sauver.

Pas un mot ne franchit ses lèvres. Le sang affluait à ses joues. Sa respiration devint haletante et rapide. Tenant encore le poison dans sa main, et comprenant qu'elle pouvait s'évanouir d'un moment à l'autre, elle se dirigea vers la croisée et écarta le rideau qu'elle avait laissé retomber.

Le jour nouveau s'était levé. L'ample aube grisonnante épandit sur Magdalen ses lueurs voilées, se reflétant à l'est sur la mer paisible.

Elle voyait les flots, vastes et silencieux, occuper l'horizon brumeux et calme ; elle sentait la fraîche haleine du matin battre sur son visage, comme chassée par des ailes invisibles. Sa force revint. Il fit un peu moins nuit dans sa pensée. La vue de la mer lui rendit le souvenir de cette promenade faite au jardin la veille au soir, et du tableau que, sur le vide ténébreux, son imagination malade avait peint de ses vives couleurs. Elle revit ce tableau, l'assassin jetant en l'air le sarcloir de la charrue, et livrant au hasard de cette lame prête à retomber la vie ou la mort de la femme infidèle. Aussi promptement qu'avait éclaté à ses yeux la lumière du jour nouveau, elle se sentit envahie par la contagion de cette superstition redoutable. La promesse qu'elle y vit pour elle-même d'être libérée de ses hésitations souleva chez elle tout ce que le désespoir y avait laissé d'énergie. Elle résolut de mettre un terme à la lutte en confiant à la chance sa vie ou sa mort.

Quelle chance ?

La mer se chargea de lui en indiquer une. A peine visible à travers le brouillard, elle aperçut une petite escadrille de bâtiments caboteurs que la marée montante faisait lentement dériver du côté de la maison, et qui suivaient tous une direction identique. Dans une demi-heure, peut-être moins, l'escadrille aurait passé sous sa croisée. Les aiguilles de sa montre marquaient quatre heures. Elle s'assit à côté de la fenêtre, tournant le dos au point d'où les navires dérivaient vers elle, le poison placé sur l'appui de la fenêtre, la montre posée sur ses genoux. Elle venait de décider que, pendant une demi-heure encore, elle attendrait ainsi ; pour compter les bâtiments à mesure qu'ils passeraient sous ses yeux. Si, dans ce laps de temps, ils étaient passés en nombre pair, le signe providentiel serait interprété comme un ordre de vie ; si le contraire arrivait, si le nombre impair avait prévalu, l'arrêt prononcé serait un arrêt de mort.

Cette résolution définitivement prise, elle appuya sa tête à la croisée ouverte, et attendit le défilé des navires.

Le premier arriva, coque haute et sombre, glissant silencieusement sur la mer silencieuse et semblant, derrière le brouillard, passer à quelques pas seulement. Il y eut un intervalle, après quoi le second suivit, puis le troisième. Autre intervalle, bien plus long, et rien n'arrivait. Elle regarda sa montre, douze minutes étaient écoulées ; trois navires avaient paru. Rien que trois !

Le quatrième survint, plus lent que les autres, plus imposant, et plus reculé dans l'épaisseur des brumes. Puis un nouvel intervalle, le plus long. Ensuite arriva un autre bâtiment, le plus sombre de tous et le plus rapproché. Cinq ! Encore un nombre impair… Cinq !

Elle regarda de nouveau sa montre. Cinq navires en dix-neuf minutes. Vingt minutes, vingt et une, deux, trois… pas de sixième bâtiment. Vingt-quatre… et le sixième parut. Vingt-cinq, vingt-six, vingt-sept, vingt-huit, et le nombre impair suivant, le fatal sept s'offrit à ses regards. Pour finir la demi-heure, il ne fallait que deux minutes. Et les navires étaient au nombre de sept !

Vingt-neuf ; et dans le sillage du septième bâtiment aucun autre ne parut. L'aiguille de la montre était à mi-chemin de la trentième minute, et la mer écumeuse n'offrait au regard que sa brume et sa blancheur immaculées. Sans détacher sa tête de la fenêtre où elle s'appuyait, Magdalen d'une main prit le poison, de l'autre souleva sa montre. A mesure que les secondes rapides se chassaient l'une l'autre, ses yeux aussi rapides qu'elles se portaient de la montre à la mer, de la mer à la montre. Ils se portèrent pour la dernière fois sur la mer… et virent le huitième bâtiment.

Elle ne bougea pas ; elle ne prononça pas une parole. Déjà semblaient mortes en elle toutes pensées, mortes aussi toutes facultés sensibles. Elle posa machinalement le poison sur le rebord de la croisée, et contempla, comme dans un rêve, le navire qui glissait doucement sur sa voie muette, jusqu'au moment où il se noya peu à peu dans l'ombre, jusqu'au moment où il se perdit dans la brume.

Quand ce messager de vie eut disparu, sa pensée, tendue à l'excès, s'affaissa d'un coup.

« Est-ce la Providence ? murmura-t-elle faiblement. Ou est-ce le hasard ? »

Ses yeux se fermèrent et sa tête retomba en arrière. Quand le sentiment de la vie lui fut rendu, le soleil matinal lui réchauffait le visage, le ciel bleu semblait la contempler avec un sourire, et la mer roulait des flots d'or.

Elle s'agenouilla près de la fenêtre et fondit en larmes.

Vers midi, ce jour-là, le capitaine qui attendait au salon et qui n'entendaït aucun mouvement dans la chambre de Magdalen, s'inquiéta de ce long silence. Il pria la nouvelle femme de chambre de le suivre à l'étage supérieur et, lui montrant la porte, lui dit d'entrer sans bruit pour s'assurer si sa maîtresse dormait encore.

La femme de chambre entra, demeura quelque temps à l'intérieur, puis ressortit, fermant la porte avec précaution.

– Elle est bien belle, monsieur, dit-elle, et son sommeil est aussi tranquille que celui d'un nouveau-né.

XIV

La matinée où son mari revint à North Shingles fut une matinée à jamais mémorable dans les annales domestiques de Mrs. Wragge. Ce fut en effet de là qu'elle put dater la première notification qui lui eût été faite du mariage de Magdalen.

C'était ici-bas la destinée assignée à Mrs. Wragge que de passer sa vie dans un perpétuel étonnement. Jusque-là, cependant, elle ne s'était jamais trouvée plongée dans un labyrinthe pareil à celui où elle s'égara lorsque le capitaine lui eut froidement révélé la vérité. La pénétration de la bonne dame lui avait suffi pour soupçonner Mr. Noël Vanstone d'être admis chez elle en qualité de prétendant ; elle avait aussi, à part elle, interprété comme fort peu favorables aux prétentions du jeune homme certaines expressions d'impatience tombées çà et là des lèvres de Magdalen ; mais ses conjectures les plus hasardées n'étaient jamais allées jusqu'à lui faire regarder comme possible le mariage qui allait se conclure. Elle marchait de surprise en surprise devant chaque révélation de son mari. Une noce dans la famille, d'ici à vingt-quatre heures ! Et cette noce était celle de Magdalen ! Et personne, pas même la fiancée, n'aurait une toilette neuve ! Et dans cette occasion, la plus favorable de toutes pour la mettre en valeur, la robe de cachemire oriental ne pourrait absolument servir ! Aussi Mrs. Wragge était-elle tombée tout de travers sur le premier fauteuil venu ; et là, oubliant complètement la présence du capitaine, ne prenant pas garde aux yeux terribles qu'il lui faisait, elle frappait de ses mains désordonnées ses genoux dispersés au hasard. On ne l'eût pas autrement étonnée en l'instruisant, après de si grands coups, que le monde allait finir et qu'elle était le seul être mortel dont la destinée eût omis de régler le sort en arrêtant les comptes de notre planète.

Laissant sa femme se tranquilliser toute seule, le capitaine Wragge s'était retiré dans les régions inférieures de la maison, pour y attendre le moment où Magdalen voudrait bien se montrer. Il était près d'une heure lorsqu'un bruit de pas, de la pièce du dessus, vint lui apprendre que la jeune fille était réveillée et qu'elle avait quitté son lit. Il appela immédiatement la femme de chambre (laquelle se prénommait Louisa) et, pour la seconde fois, il l'envoya près de sa maîtresse.

Magdalen était debout, auprès de sa toilette, quand un faible coup frappé à sa porte vint attirer son attention. A ce coup succéda le son d'une voix douce qui s'annonçait comme étant celle de « la femme de chambre de Miss Bygrave », et s'informait si Miss Bygrave n'avait besoin d'aucune assistance.

– Pour le moment, non, dit Magdalen aussitôt qu'eut cessé son étonnement de se trouver, à l'improviste, pourvue d'une femme de chambre qu'elle ne connaissait point. Quand j'aurai besoin de vous, je sonnerai.

L'ayant ainsi congédiée, elle jeta les yeux, par hasard, de la porte à sa croisée. Toutes les réflexions que lui aurait sans cela suggérées l'arrivée de cette femme de chambre furent interrompues à l'instant même par la vue du flacon de laudanum, encore posé sur le rebord de la fenêtre où elle l'avait laissé depuis le lever du soleil. Elle l'attrapa avec des sentiments étrangement mêlés, sans savoir véritablement si la vue de ce flacon lui rappelait une réalité terrible ou un rêve affreux. Sa première impulsion fut de s'en débarrasser à l'instant même. Elle l'avait déjà soulevé pour le vider par la fenêtre, lorsqu'elle s'arrêta soudain, hésitante devant cette nouvelle détermination. « J'ai accepté l'existence qui m'a été rendue, pensait-elle. Mais sais-je bien ce que cette existence peut me garder ? » Elle se détourna de la fenêtre et revint vers la table. « Peut-être serai-je forcée de recourir à toi », dit-elle. Et elle replaça le laudanum dans son nécessaire de toilette.

Ceci fait, son esprit ne se trouvait pas plus tranquille ; il lui semblait voir dans un tel acte quelque geste d'ingratitude difficile à définir. Et pourtant, elle n'essaya pas de retirer le flacon de la cachette où elle l'avait dérobé aux regards. Elle précipita sa toilette ; elle hâta le moment où, sonnant sa femme de chambre, elle pourrait divertir les pensées qui l'obsédaient depuis son réveil et s'absorber tout entière dans de nouvelles préoccupations. Après avoir fait vibrer le timbre, elle prit sur la table sa lettre à Norah et sa lettre au capitaine, les mit toutes deux dans son nécessaire de toilette, à côté du laudanum, et les enferma bien en sûreté sous la clef qu'elle gardait toujours attachée à sa chaîne de montre.

La première impression produite sur Magdalen par sa nouvelle femme de chambre ne fut pas précisément agréable. Elle n'avait pas, pour examiner la jeune fille, ce coup d'œil expérimenté de la maîtresse d'hôtel, qui avait permis à celle-ci de discerner immédiatement, chez la pauvre étrangère amenée par le hasard, une personne déjà « familière avec le malheur » ; sans compter que la matrone de Londres avait manifesté clairement, par sa physionomie et son attitude, qu'elle devinait au juste la nature particulière de ce « malheur ». Sauf cela, Magdalen était parfaitement à même de découvrir les stigmates de maladie et de chagrin que sa femme de chambre dissimulait sous les dehors d'une activité, d'une politesse à toute épreuve. Elle soupçonnait cette fille d'avoir un mauvais caractère ; elle n'aimait pas son nom : en somme, elle n'était guère disposée à bien accueillir une domestique qui avait été engagée par Noël Vanstone. Mais, au bout de quelques minutes, Louisa sut gagner un peu mieux sa sympathie. Elle répondait très posément, très directement à toutes les questions qui lui étaient adressées ; elle semblait connaître à fond les devoirs de son état, et jamais ne prenait la parole avant d'être interpellée. Quand elle lui eut fait subir un interrogatoire sur tous les points qui lui vinrent à l'esprit, et après s'être décidée à lui accorder le bénéfice d'une mise à l'épreuve complète, Magdalen se leva pour quitter la chambre. L'air même qu'elle y respirait, chargé des souvenirs de la nuit passée, semblait peser sur sa poitrine.

– Avez-vous encore quelque chose à me dire ? demanda-t-elle, s'adressant à la nouvelle venue, et la main sur la poignée de la porte.

– Je vous demande pardon, mademoiselle, répondit la femme de chambre avec beaucoup de respect et d'un ton très posé ; mon maître m'a dit, je crois, que le mariage devait avoir lieu demain ?

Magdalen réprima l'espèce de frisson que lui causait la mention de son mariage, émanant ainsi d'une bouche étrangère. Elle répondit ensuite affirmativement.

– Il reste, mademoiselle, bien peu de temps pour les préparatifs. Si, avant de descendre, vous aviez la bonté de me donner vos ordres relativement aux caisses, aux paquets ?

– Il n'y a pas à faire autant de préparatifs que vous le supposez, interrompit Magdalen précipitamment. Le peu d'effets que j'ai ici peut être emballé tout de suite, si cela vous arrange. Je porterai demain la même toilette que j'ai aujourd'hui. Laissez sortis le chapeau de paille et le châle de couleur claire, et commencez à mettre tout le reste dans mes caisses ! Je n'ai pas de toilette neuve à y ranger ; je n'ai rien fait faire pour cette occasion.

Elle essaya d'ajouter quelque lieu commun pour expliquer, avec autant de vraisemblance que possible, l'absence de la toilette de noce exigée par l'usage. Mais elle ne put prendre sur elle d'ajouter une seule allusion à cet odieux mariage et, sans une parole de plus, quitta brusquement la chambre.

La douce et mélancolique Louisa demeura fort étonnée. « Tout ceci ne sonne pas bien, pensa-t-elle. Je crains déjà pour ma nouvelle place. » Elle poussa un soupir résigné, secoua la tête et alla ouvrir la garde-robe. Elle examina d'abord les tiroirs inférieurs, prit les divers articles de lingerie qu'ils renfermaient et les répartit sur des chaises. Ouvrant ensuite les placards supérieurs, elle déposa sur le lit, à côté l'un de l'autre, les vêtements qu'ils renfermaient. Elle compléta ces préparatifs en poussant les caisses vides au milieu de la chambre et en comparant l'espace dont elle disposait avec les objets de toilette qu'il s'agissait d'emballer. Elle acheva ce calcul préalable avec la rapidité confiante d'une femme qui entend bien son métier et commença immédiatement les paquets. Au moment même où elle venait de placer dans la caisse la moins grande un premier objet de lingerie, la porte s'ouvrit, et la servante du logis arriva, toute disposée à commérer.

– Que désirez-vous ? demanda Louisa d'un ton calme.

– Avez-vous jamais entendu parler de pareille chose ? s'écria la domestique abordant son sujet sans préambule.

– Pareille à quoi ?

– Pareille à ce mariage, pardi ! Vous êtes de Londres, à ce qu'on dit. Avez-vous jamais entendu parler d'une jeune personne qui se marie sans avoir sur elle un seul habit neuf ? Ni voile de noce, ni déjeuner de noce, ni rubans de noce pour les domestiques ! C'est se moquer de la Providence, voilà ce que je dis. Je ne suis, j'en conviens, qu'une pauvre servante. Mais voilà qui est mal, tout à fait mal, et peu m'importe qui pourra m'entendre !

Louisa continuait de remplir les malles sans rien dire.

– Regardez-moi ces robes ! reprit la domestique, montrant le lit par un geste indigné. Je ne suis qu'une humble ouvrière, mais je n'oserais épouser le meilleur garçon du monde sans avoir sur le dos une robe neuve. Voyez-moi donc un peu ceci ! Regardez-moi ce mauvais chiffon de laine brune ! De l'alpaga ! Est-ce que vous allez aussi emballer ce méchant vêtement d'alpaga ? Tout au plus est-il bon pour une domestique ! Je ne sais si j'en voudrais, en supposant qu'on me l'offrît. Il m'irait cependant, en relevant un peu la jupe et en donnant de l'aisance à la taille, et après tout, avec une petite bordure de couleur voyante, on pourrait encore en tirer parti, n'est-ce pas ?

– Laissez là cette robe, je vous prie ! dit Louisa tout aussi tranquillement que jamais.

– Vous dites ? demanda l'autre, en croyant à peine ses oreilles.

– Je vous dis de laisser là cette robe. Elle appartient à ma maîtresse, et je suis chargée par ma maîtresse d'emballer tout ce qui se trouve ici. Vous êtes loin de m'aider, savez-vous ? Vous me gênez au contraire considérablement.

– Ma foi ! dit la domestique, il se peut que vous soyez de Londres, comme on le prétend. Mais si ce sont là les manières de la capitale… eh bien ! en ce cas, je préfère le Suffolk ! (Elle ouvrit la porte, à ces mots, avec une assez rude secousse, la ferma violemment, l'ouvrit de nouveau et repassa la tête dans la chambre.) Je préfère le Suffolk, répéta-t-elle avec un dernier mouvement de tête destiné à souligner ce sarcasme et à lui donner toute l'amertume nécessaire.

Louisa, toujours impassible, continua ses opérations.

Quand elle eut adroitement disposé le linge dans la plus petite des deux caisses, elle porta toute son attention sur les robes qu'elle avait à ranger. Après les avoir passées en revue avec soin, pour vérifier quelle était la moins précieuse, et la placer au fond de la caisse, elle ne resta pas longtemps indécise. La robe qu'elle choisit pour la placer sous toutes les autres fut, on le devine, la robe d'alpaga brun.

Magdalen, cependant, avait rejoint le capitaine au salon. Bien qu'il ne pût s'empêcher de remarquer la langueur empreinte sur tous ses traits et le détachement absolu qui se révélait dans tous ses gestes, il éprouva un certain soulagement en la voyant l'aborder avec un parfait sang-froid. Elle se montra même assez maîtresse de sa volonté pour lui demander des nouvelles du voyage qu'il venait de faire, sans autre indices d'agitation qu'un éphémère changement de couleur et un léger frémissement de lèvres.

– Voilà pour le passé, dit le capitaine Wragge quand il eut achevé le récit de son expédition à Londres en passant par St. Crux. Occupons-nous maintenant de la situation présente. Le marié…

– Si cela vous est égal, interrompit-elle, veuillez l'appeler Mr. Noël Vanstone.

– De tout mon cœur. Mr. Noël Vanstone viendra aujourd'hui dîner ici, et il y passera toute la soirée. Il nous ennuiera singulièrement. Mais, comme c'est le cas avec la plupart des gens ennuyeux, nous ne pourrons nous en débarrasser à aucun prix. Avant qu'il arrive, j'ai encore un mot ou deux à vous dire en particulier pour votre gouverne. D'ici à vingt-quatre heures nous serons séparés, sans être bien certains, l'un ou l'autre, de nous revoir jamais. J'ai à cœur de vous servir fidèlement jusqu'au bout. J'ai à cœur de vous laisser cette impression, lorsque nous nous dirons adieu, que j'ai fait tout ce qui dépendait de moi pour assurer votre tranquillité future.

Magdalen le regarda, étonnée. Elle ne lui avait jamais connu cette voix. Il était fortement ému ; il parlait avec un sérieux extraordinaire. Dans sa physionomie et dans son attitude, certains détails rappelèrent à Magdalen cette première soirée d'Aldborough où, dans un endroit désert que la nuit envahissait par degrés, elle lui avait livré tous les secrets de sa pensée, alors qu'ils étaient assis tête à tête sur cette pente dominée par la vieille tour.

– Je n'ai aucune raison, dit-elle, de ne pas vous conserver un souvenir affectueux.

Le capitaine Wragge quitta soudain son fauteuil pour faire un ou deux tours de salon. Les dernières paroles de Magdalen semblaient avoir produit chez lui un trouble tout à fait extraordinaire.

– Au diable ! s'écria-t-il. Je ne puis vous laisser parler ainsi. Vous auriez d'excellentes raisons pour mal penser de moi. Je vous ai dupée… Vous n'avez jamais eu, dans les bénéfices du divertissement, et cela depuis le premier jour jusqu'au dernier, la part qui vous revenait... Bon ! voilà le grand mot lâché !

Magdalen sourit et lui fit signe de se rasseoir.

– Je savais que vous me trompiez, lui dit-elle tranquillement. Mais c'était votre métier, capitaine Wragge ; en m'alliant à vous, je m'y attendais. Je ne m'en suis pas plainte à l'époque ; aujourd'hui, je ne m'en plains pas davantage. Si l'argent que vous avez ainsi obtenu peut compenser à un degré quelconque la peine que je vous ai donnée, je vous en fais cadeau de grand cœur.

– Voudrez-vous sceller ce marché par une poignée de main ? demanda le capitaine, montrant une gaucherie, une hésitation, qui contrastaient singulièrement avec l'aisance de ses manières habituelles.

Magdalen lui tendit la main. Il l'étreignit avec énergie.

– Vous êtes une étrange fille, dit-il, essayant de prendre un ton léger. Vous avez sur moi un ascendant que je ne sais m'expliquer. Je suis presque gêné d'accepter de vous cet argent... et cependant vous n'en avez que faire, n'est-il pas vrai ? (Il hésitait de plus belle.) Je voudrais presque, dit-il, ne vous avoir jamais rencontrée sur ces vieilles murailles de York.

– Ce souhait-là vient trop tard, capitaine Wragge. N'en dites pas davantage ! Vous ne faites que m'affliger... Pas un mot de plus à ce sujet ! Nous en avons d'autres à traiter. Qu'aviez-vous à me dire en particulier pour ma gouverne ?

Le capitaine fit encore un tour de salon et, non sans quelque effort, reprit son rôle de tous les jours. Il tira de son portefeuille la lettre adressée par Mrs. Lecount à son maître et la déposa entre les mains de Magdalen.

– Voici une lettre, dit-il, qui aurait pu faire échouer tous nos plans si jamais elle était arrivée à son adresse. Lisez-la très attentivement. J'ai une question à vous adresser quand vous aurez fini.

Magdalen prit connaissance de la lettre.

– Quelle peut être, dit-elle, cette preuve sur laquelle paraît compter si fort Mrs. Lecount ?

– Précisément la question que j'allais vous faire, répliqua le capitaine Wragge. Tâchez de vous bien rappeler ce qui a pu advenir pendant cette périlleuse expérience que vous hasardâtes jadis, dans

Vauxhall Walk… Mrs. Lecount n'obtint-elle alors sur vous aucun autre avantage que ceux dont vous m'avez déjà parlé ?

– Elle a découvert que mon visage était déguisé et elle m'a entendu parler avec ma voix naturelle.

– Est-ce tout ?

– Absolument tout.

– Fort bien ! Évidemment, dans ce cas, l'interprétation que j'ai donnée à cette lettre n'était point inexacte. La preuve sur laquelle compte Mrs. Lecount est cette infernale histoire du fantôme, telle que la raconte ma femme, ce qui revient à dire l'histoire de Miss Bygrave aperçue dans le même déguisement qui avait servi à Miss Vanstone, le témoin de cette histoire n'étant autre que la personne qui fut ensuite présentée aux habitants d'Aldborough comme la tante de Miss Bygrave… chance excellente pour Mrs. Lecount, en admettant qu'au moment opportun elle puisse mettre la main sur Mrs. Wragge, mais chance tout à fait nulle, si elle n'y peut parvenir. Or, là-dessus, dormez tranquille ! Mrs. Lecount et ma femme ne se retrouveront jamais en face l'une de l'autre. Ne négligez pas, cependant, l'avis indirect que je vous donne en vous remettant cette lettre. Déchirez-la, de peur d'accident, mais ne l'oubliez jamais !

– Fiez-vous à moi pour en garder souvenir, répondit Magdalen qui, tout en parlant, détruisait la lettre… Et maintenant, avez-vous encore quelque chose à me dire ?

– J'ai à vous donner quelques renseignements, dit le capitaine Wragge, renseignements qui ont leur importance, car ils ont trait à votre sécurité future. Rappelez-vous bien que je ne veux rien savoir de ce que vous ferez à partir de demain soir ; ceci est affaire réglée depuis notre premier entretien à ce sujet. Je ne pose aucune question ; je ne forme aucune conjecture. Je me borne présentement à vous prévenir de ce que sera votre position légale, une fois le mariage conclu. Vous ferez ensuite, de ce que je vous aurai appris à ce sujet, tel emploi que bon vous semblera. Pendant mon séjour à Londres, j'ai pris sur ce point les conseils d'un avocat, m'imaginant que cela pourrait vous être utile.

– Cela sera très probablement utile. Que vous a dit cet avocat ?

– Pour être clair, je vais vous le résumer. Si Mr. Noël Vanstone vient jamais à découvrir que vous l'avez, sciemment, épousé sous un faux nom, il peut demander à la Cour ecclésiastique d'annuler purement et simplement votre mariage. Le succès de cette requête dépendrait de l'appréciation des juges, mais s'il pouvait établir qu'il a été trompé de propos délibéré, l'opinion de notre homme de loi est qu'il aurait beaucoup de chances en sa faveur.

– Et supposons que la demande en nullité vienne de moi ? demanda Magdalen avec une avide curiosité… Qu'arriverait-il, je vous prie ?

– Rien ne vous empêche d'introduire une pareille instance, répondit le capitaine, mais n'oubliez pas ceci : vous auriez à venir faire, devant le tribunal, l'aveu de votre propre fraude. Je vous laisse à penser l'effet qu'il produirait sur les juges.

– L'avocat vous a-t-il dit autre chose ?

– Ceci encore, continua le capitaine Wragge : quoi que puisse la loi sur un mariage durant la vie des deux conjoints, après la mort de l'un ou de l'autre aucun recours n'est possible pour le survivant et, en ce qui concerne ce dernier, le mariage ne saurait être invalidé. Comprenez-vous bien ? Si vous ou lui venez à mourir, et si aucune requête n'a été présentée à la Cour, ni lui qui vous survit dans le premier cas, ni vous qui lui survivez dans le second, n'auriez la faculté de contester juridiquement la valeur du mariage. Mais si, vivant tous deux, il en demandait la dissolution, toutes les chances sont en faveur du droit qu'il invoquerait ainsi.

En prononçant ces derniers mots, il regarda du côté de Magdalen avec une curiosité furtive. Elle détourna la tête, nouant et dénouant d'un air distrait sa chaîne de montre, et bien évidemment absorbée par ses réflexions sur ce qu'il venait de lui dire en dernier lieu. Le capitaine Wragge alla, d'un air inquiet, regarder à la fenêtre. Le premier objet qui arrêta ses yeux fut Mr. Noël Vanstone, arrivant de Sea View. Il revint immédiatement sur ses pas et, une fois encore, interpella Magdalen :

– Voici Mr. Noël Vanstone… Une dernière précaution avant qu'il arrive : soyez sur vos gardes vis-à-vis de lui par rapport à votre âge ! Il m'a déjà questionné là-dessus avant de prendre la licence. J'ai tourné la difficulté en lui disant que vous aviez vingt et un ans, et il a fait en conséquence la déclaration voulue. Ne vous inquiétez pas de ceci pour ce qui me concerne ; à partir d'après-demain, je suis invisible. Mais, dans votre propre intérêt, n'oubliez pas, si jamais il en était question, que vous êtes majeure ! C'est bien tout… Vous êtes maintenant armée de tous les conseils que j'avais à vous donner… Quoi qu'il arrive désormais, souvenez-vous que j'ai fait de mon mieux !

Sans attendre une réponse, il se précipita vers la porte et courut dans le jardin au-devant de son hôte.

Noël Vanstone apparut à la grille, portant solennellement de ses deux mains le présent de noces qu'il destinait à North Shingles. L'objet en question était un ancien écrin (une des bonnes affaires de son père). Dans cet écrin reposait une antique broche d'escarboucles montée en argent (encore une des acquisitions de son père), l'un et l'autre présents ayant à ses yeux l'inestimable mérite de ne pas l'avoir obligé à la moindre dépense. Il secoua la tête d'un air sinistre quand le capitaine s'informa de son humeur et de sa santé. Il n'avait pas fermé l'œil de la nuit ; à peine s'était-il trouvé seul à Sea View qu'il s'était senti assiégé d'appréhensions irrésistibles, touchant à quelque réapparition imprévue de Mrs. Lecount. A Sea View, tout lui parlait d'elle. Sea View, en conséquence (quoique bâtie sur pilotis, et la plus solide maison de toute l'Angleterre), lui était désormais odieuse. Toute la nuit, ce sentiment l'avait préoccupé ; il était également embarrassé de toutes les responsabilités qu'il avait prises. Et, pour commencer, le choix de la femme de chambre. Maintenant qu'il l'avait engagée, il commençait à croire qu'elle n'était pas ce qu'il fallait. Une maladie pouvait la lui laisser sur les bras. Peut-être l'avait-elle trompé au moyen de certificats apocryphes. Peut-être était-elle liguée en secret avec la maîtresse de l'hôtel… Tout cela était horrible, horrible à penser ! Puis, cette autre responsabilité – la plus grave des deux, sans nul doute – du choix de la résidence où les nouveaux époux iraient s'installer, dès le lendemain, pour passer leur lune de miel. Il aurait préféré une des maisons de son père, vacante pour le moment. Mais, excepté Vauxhall Walk (séjour contre lequel on pourrait élever certaines objections) et Aldborough (qui se trouvait naturellement hors de concours), les maisons, partout, étaient louées. Aussi se déciderait-il sur l'avis de Mr. Bygrave… Où donc Mr. Bygrave, jadis, avait-il passé sa lune de miel ? Étant donné le territoire des îles Britanniques pour y choisir une résidence, où donc Mr. Bygrave planterait-il sa tente, en pesant avec soin les circonstances où l'on se trouvait ?

Arrivées là, les questions du fiancé s'arrêtèrent tout à coup, et l'on vit poindre sur son visage l'expression d'un étonnement qu'il ne pouvait réprimer : son judicieux ami, dont il avait pu jusqu'alors, en toute occasion, invoquer les sages conseils, l'abandonnait soudainement à lui-même et refusait tout net de l'aider dans la décision à prendre au sujet de la lune de miel.

– Non ! dit le capitaine au moment où Mr. Noël Vanstone ouvrit la bouche pour renouveler sa requête. Il faut pour tout de bon m'excuser… Ma façon de voir en cette matière est, comme d'habitude, en opposition avec les idées reçues. Depuis quelque temps, pour vous complaire, j'ai vécu dans une atmosphère de tricherie. Cette atmosphère, mon bon monsieur, commence à n'être plus respirable ; mon Être Moral a besoin d'un ventilateur… Réglez avec ma nièce le choix d'une résidence et, je vous le demande en grâce, veuillez me laisser à ce sujet dans l'ignorance la plus complète ! Mrs. Lecount, à son retour de Zurich, tombera certainement tout droit ici, et me demandera, non moins certainement, où vous vous êtes retirés. Peut-être trouverez-vous ceci singulier, monsieur Vanstone, mais, en répondant que je l'ignore, j'ambitionne le plaisir, devenu très rare pour moi depuis quelque temps, de dire une fois la vérité !

A ces mots, il ouvrit la porte du salon, plaça Mr. Noël Vanstone en face de Magdalen, sortit de nouveau après s'être incliné poliment, et partit seul pour une promenade qui devait l'aider à tuer le reste de l'après-midi. Son visage portait les traces évidentes d'une anxiété sincère, et ses yeux vairons jetaient çà et là des regards méfiants, tandis qu'il flânait ainsi sur le rivage. « Le temps est bien pesant, pensait le capitaine. Je voudrais être à demain et, mieux encore, au jour suivant. »

La journée s'écoula pourtant sans rien amener. La soirée, la nuit, se succédèrent, paisibles et sans aucun nouvel incident. Le lundi survint, rayonnant et sans nuages ; le lundi vérifia cette assertion du capitaine que le mariage était désormais « une affaire faite ». Vers dix heures, le clerc de paroisse, venant à gravir le perron de l'église, cita ce vieux proverbe à l'homme chargé d'ouvrir les bancs, et qui était venu sous le porche au-devant de lui : « Heureuse la fiancée sur laquelle brille le soleil ! »

Au bout d'un quart d'heure, le petit groupe des gens de la noce était dans la sacristie, et le ministre les précédait à l'autel. Si soigneusement qu'eût été gardé le secret du mariage, ce simple fait que l'église était ouverte dès le matin avait suffi pour le trahir. Un petit nombre de fidèles, presque entièrement composé de femmes, étaient répartis çà et là sur les bancs. La sœur de Kirke et ses enfants étaient depuis quelques jours installés chez une de leurs amies d'Aldborough, et la sœur de Kirke faisait partie de cette assistance presque fortuite.

Au moment où les gens de la noce entrèrent dans le temple, cette peur de Mrs. Lecount qui hantait Noël Vanstone gagna tout à coup le capitaine. Pendant les premières minutes, tous deux fouillèrent du même regard scrutateur les banquettes où ils voyaient des femmes, et tous deux semblèrent éprouver le même soulagement lorsque cet examen fut terminé. Le ministre, pour qui cet indice n'avait pas été perdu, soumit la licence à des investigations plus sévères que d'habitude. Le clerc, en son for intérieur, se prit à se demander s'il fallait toujours compter sur ce vieux proverbe relatif à la fiancée. Parmi les femmes de l'assistance circulaient de vagues murmures, touchant à l'inconvenance du costume que portait – au mépris du qu'en-dira-t-on – la jeune et belle mariée. A l'oreille de son amie, la sœur de Kirke dit tout bas, avec une intention peu charitable : « Remercions Dieu aujourd'hui pour le compte de mon pauvre Robert ! » Mrs. Wragge pleurait en silence, redoutant, sans savoir au juste laquelle, une calamité imminente. Bref, la seule personne dont la physionomie demeurât impassible était Magdalen elle-même. Debout à sa place, devant l'autel, résignée et les yeux secs, il semblait que toutes les sources de l'émotion humaine eussent été soudainement taries en elle. Ce qu'elle souffrit, ce matin-là, elle le souffrit à des profondeurs où ne pénétra jamais un regard mortel.

Le ministre ouvrit le Livre.

C'en était fait. Les augustes paroles qui partent de la terre pour monter au Ciel avaient été prononcées. Les enfants des deux frères morts, héritiers de cette haine implacable qui avait divisé leurs parents, étaient désormais Mari et Femme.

A partir de ce moment, et jusqu'aux adieux définitifs, les divers incidents se succédèrent avec une étourdissante rapidité. Les paroles solennelles de la célébration religieuse résonnaient encore à leurs oreilles qu'ils étaient déjà de retour au cottage. Et ils n'y étaient pas rentrés depuis plus de cinq minutes que la voiture vint s'arrêter à la grille du jardin. Quelques secondes après, l'occasion se présenta que Magdalen et le capitaine guettaient à l'envi, l'occasion d'échanger pour la dernière fois quelques secrètes paroles. Elle gardait encore sa froide résignation ; elle semblait désormais inaccessible aux craintes qui l'avaient dominée jadis, aux remords qui naguère torturaient son âme. D'une main ferme, elle lui remit l'argent qu'elle lui devait. D'un ferme visage, elle le contempla pour la dernière fois.

– Je ne suis pas à blâmer, murmura-t-il avec un empressement significatif. Je n'ai fait, très exactement, que suivre vos inspirations.

Elle inclina la tête en signe d'assentiment ; elle se pencha vers lui avec bonté ; elle souffrit que de ses lèvres il effleurât son front.

– Prenez garde ! répéta-t-il. Je ne dis plus que ceci : pour l'amour de Dieu, quand je ne serai plus là, prenez bien garde !

Elle se détourna de lui avec un sourire pour dire adieu à sa femme. Mrs. Wragge prenait toutes les peines du monde pour supporter avec courage la perte de cette amitié que le Ciel avait laissée tomber sur sa route obscure comme une lueur consolatrice :

– Vous avez été bien bonne pour moi, ma chère. Je vous en remercie de tout cœur et en toute reconnaissance !

Elle ne put en dire davantage, mais, dans un torrent de pleurs, elle étreignit Magdalen comme sa mère même l'eût étreinte, si sa mère avait vécu pour voir cet horrible jour.

– Je tremble pour vous ! s'écria la pauvre créature d'une voix plaintive et désolée. Oui, ma chère, je tremble pour vous !

Magdalen se dégagea d'elle par un mouvement désespéré, lui donna un baiser encore et se précipita vers la porte. L'expression de cette reconnaissance naïve, le cri de cette innocente affection l'avaient ébranlée plus qu'aucun autre incident de ce jour fatal. Elle allait, dans la voiture, chercher un refuge, oui, un refuge, bien que cet homme, devenu son mari, l'attendît là, debout, près de la portière.

Mrs. Wragge voulut la suivre dans le jardin. Mais le capitaine avait vu le visage de Magdalen au moment où elle se précipitait dehors, et d'un bras ferme il retint sa femme dans le corridor du rez-de-chaussée. Ce fut de là que les adieux s'échangèrent à distance. Aussi longtemps que la voiture fut en vue, Magdalen, penchée à la portière, regarda de leur côté ; elle agitait encore son mouchoir lorsque l'équipage disparut à l'angle d'une rangée de maisons. A ce moment même se brisa le dernier lien qui l'unit à eux. Cette douce familiarité de tant de mois n'était déjà plus qu'un souvenir !

Le capitaine Wragge referma la porte de la maison au nez des oisifs qui, groupés sur la promenade, regardaient de ce côté. Il ramena sa femme dans le salon, et, lui parlant avec une indulgence dont il était loin de lui avoir donné l'habitude, il lui dit :

– Elle suit sa route et, d'ici à une heure, nous aurons repris la nôtre. Dépêchez-vous de pleurer tout votre saoul ! Je suis bien loin de dire qu'elle n'en vaut pas la peine…

Même alors, en ce moment où les craintes que lui inspirait l'avenir de Magdalen projetaient dans son esprit les plus noires ombres, la routine à laquelle se conformait la vie de cet homme se montra aussi tenace qu'à l'ordinaire. Par un mouvement machinal, il alla ouvrir son pupitre. Il ouvrit de même son livre de comptes et, sur la feuille consacrée à ses transactions avec Magdalen, il enregistra la mention qui réglait définitivement la balance de leur compte courant. « *Par conventions, de Miss Vanstone, deux cents livres* », écrivit le capitaine, fronçant le sourcil.

– Vous ne vous fâcherez pas contre moi ? dit Mrs. Wragge qui, à travers ses larmes, jeta du côté de son époux un regard timide. Je voudrais, capitaine, un mot de consolation. Dites-moi donc, je vous en prie, quand il est probable que je la reverrai.

Le capitaine ferma le livre, et ne répondit que par cette parole inexorable :

– Jamais !

Cette nuit-là, entre onze heures et minuit, Mrs. Lecount arrivait à Zurich.

La maison de son frère, quand la voiture y fit halte, était close du haut en bas. Ce ne fut pas sans peine qu'après d'assez longs délais, on put faire lever une domestique. Cette femme, quand elle vit de quelle visite il s'agissait, leva les bras en l'air dans une muette surprise.

– Mon frère vit-il encore ? demanda Mrs. Lecount qui entrait dans la maison.

– S'il vit encore ? répéta la servante, stupéfaite d'une telle question. Il est allé à la campagne pour prendre quelques jours de repos et compléter ainsi son rétablissement.

La femme de charge, qui se sentit chanceler, s'adossa au mur du corridor. Le cocher et la domestique la portèrent sur un fauteuil. Son visage avait blêmi ; ses dents claquaient comme au début d'une fièvre.

– Envoyez, dit-elle aussitôt qu'elle put parler, envoyez chercher le médecin qui soignait mon frère !

Le médecin arriva sans retard. Avant de pouvoir articuler un seul mot, elle lui tendait la lettre :

– Avez-vous écrit ceci ?

Il y jeta un rapide coup d'œil et répondit sans la moindre hésitation :

– Certainement pas.

– C'est votre écriture.

– C'est mon écriture habilement contrefaite.

Elle se leva de son fauteuil, tout à coup investie d'une force nouvelle :

– La malle de Paris, quand repart-elle ?

– Dans une demi-heure.

– Qu'on aille sur-le-champ me retenir ma place !

La domestique hésitait. Le médecin protestait contre la témérité de cette décision subite. Elle n'écouta ni l'une ni l'autre.

– Allez ! répéta-t-elle, ou j'irai moi-même.

Il fallut bien se soumettre. La domestique alla retenir la place, le médecin resta et continua son entretien avec Mrs. Lecount. Au bout de la demi-heure, il alla lui-même installer la voyageuse et la recommanda très expressément aux soins du conducteur de la malle de poste.

– Elle est venue d'Angleterre sans s'arrêter, disait le docteur, et la voilà qui veut absolument repartir sans une journée de halte… Prenez soin d'elle, ou bien elle ne supportera pas les fatigues de ce double voyage.

La malle s'élança. La première heure du nouveau jour n'était pas encore écoulée, et Mrs. Lecount était déjà repartie pour l'Angleterre.

INTERMÈDE

L'HISTOIRE SE POURSUIT
A TRAVERS LA POSTE

DE GEORGE BARTRAM A NOËL VANSTONE

St. Crux, le 4 septembre 1847.

Mon cher Noël,

Deux simples questions, pour commencer. Par tout ce qu'il y a de mystérieux, pourquoi vous cachez-vous? et pourquoi tout ce qui se rapporte à votre mariage demeure-t-il enveloppé d'un impénétrable secret, même aux yeux de vos plus anciens amis?

Je suis allé faire enquête dans Aldborough pour tâcher d'y retrouver vos traces, et j'en suis revenu tout aussi bien informé qu'avant mon voyage. Je me suis adressé à votre avocat de Londres, lequel m'a répondu que vous lui aviez interdit de révéler à qui que ce fût le lieu de votre retraite sans en avoir reçu, au préalable, la permission formelle. Tout au plus ai-je obtenu de lui qu'il me promît d'acheminer les lettres confiées à son entremise; je vous écris en conséquence et, prenez-y garde, je compte sur une réponse!

Vous demanderez peut-être, grognant comme à l'ordinaire, pourquoi je me permets d'intervenir dans des affaires qui sont vôtres et qu'il vous plaît de tenir secrètes? Il y a, mon cher Noël, un sérieux motif pour que nous entrions en communication avec vous. Vous ne savez point quels événements se sont passés à St. Crux depuis que vous vous êtes sauvé de chez nous pour vous aller marier; et bien qu'en général je ne sois pas un correspondant fort exact, je me vois forcé de sacrifier aujourd'hui une heure de chasse pour tâcher de vous mettre au courant.

Le 23 du mois dernier, nous avons été dérangés, l'amiral et moi, de notre causerie d'après dîner et de la dégustation de notre vin du soir par la nouvelle qu'une visite imprévue venait de débarquer à St. Crux. Et la personne ainsi annoncée, qui était-ce, à votre avis ? Mrs. Lecount !

Mon oncle, avec cette galanterie de vieux garçon qui lui fait rendre à tout cotillon des hommages à peu près identiques, est immédiatement sorti de table pour aller souhaiter la bienvenue à votre charmante duègne. Tandis que je débattais à part moi s'il fallait ou non l'accompagner, l'amiral, en m'appelant fort haut, a coupé court à mes réflexions. J'ai couru dans le petit salon, et là, sur le sofa, gisait votre infortunée femme de charge, plus morte que vive, entourée de toutes nos domestiques. Elle avait fait le voyage d'Angleterre à Zurich, et de Zurich en Angleterre, sans s'arrêter nulle part. Aussi semblait-elle (ceci sans la moindre hyperbole) sur le point de rendre l'âme. Je suis immédiatement tombé d'accord avec mon oncle que la première mesure à prendre était d'envoyer chercher un médecin. Nous avons expédié un valet sur-le-champ et, sur la requête de Mrs. Lecount en personne, nous avons fait sortir toutes les femmes qui nous entouraient.

A peine étions-nous seuls que Mrs. Lecount nous a étonnés par une question singulière ; elle demandait si vous aviez reçu certaine lettre qu'elle vous avait adressée ici, avant de quitter l'Angleterre. Lorsque nous lui avons dit que, d'après vos instructions particulières, cette missive avait dû être expédiée, sous double enveloppe, à votre ami Mr. Bygrave, elle est devenue pâle comme une morte ; et quand nous avons ajouté que vous étiez parti de chez nous en compagnie de ce même Mr. Bygrave, elle a joint les mains et nous a regardés d'un air aussi effaré que si la raison l'eût tout à coup abandonnée. « Où est maintenant Mr. Noël ? » nous a-t-elle demandé ensuite. Il a bien fallu lui dire que Mr. Noël ne nous avait fourni là-dessus aucun renseignement positif. Ceci a paru l'abasourdir complètement. « Il a couru à sa ruine, a-t-elle dit. Il est parti avec le plus grand coquin de toute l'Angleterre… Il faut que je le découvre ! Il faut, vous dis-je, que je trouve Mr. Noël ! Si je ne le trouve pas immédiatement, il sera trop tard. Le malheureux sera marié, s'est-elle écriée avec une véritable frénésie. Sur mon honneur et ma parole, vous verrez qu'il sera marié ! » L'amiral, peut-être un peu légèrement, mais dans les meilleures intentions du monde, lui a dit que c'était là chose faite, et que vous aviez pris femme. A ces mots, elle a poussé un cri à faire trembler les vitres, et est retombée évanouie sur le sofa. Le médecin, survenu fort à propos, l'a ressuscitée. Mais elle est tombée malade le soir même. Son état, depuis lors, ne fait qu'empirer, et le dernier rapport des médecins constate que la fièvre dont elle a subi les accès paraît devoir envahir son cerveau.

Maintenant, mon cher Noël, vous devez savoir que ni mon oncle ni moi ne prétendons nullement nous imposer à votre confiance. Surpris, cela va sans le dire, du mystère bizarre qui nous dérobe et votre personne et votre mariage, nous ne pouvons vous dissimuler, d'un autre côté, que votre femme de charge semble avoir quelque puissante raison pour envisager Mrs. Noël Vanstone avec des préventions hostiles et une méfiance que cette dame n'a point méritées, nous le croirons volontiers. Quel que soit l'étrange malentendu qui a pu se glisser entre vous et les personnes de votre entourage, c'est là une affaire qui vous regarde seul, du moment où il vous plaît que nous y restions étrangers. Notre mission se borne à vous faire connaître l'opinion du médecin. Sa malade a eu le délire ; il déclare ne pouvoir répondre d'elle, si son état actuel se prolonge ; et il croit, voyant qu'elle parle toujours de son maître, à l'influence salutaire que votre présence pourrait avoir ici, en supposant qu'il vous fût loisible d'y venir tout de suite, c'est-à-dire avant qu'il soit trop tard.

Qu'en dites-vous ? Sortirez-vous, pour venir à St. Crux, des ténèbres qui vous environnent ? S'il s'agissait d'une domestique ordinaire, je comprendrais que vous hésitiez à quitter les délices de votre lune de miel pour faire la démarche qui vous est demandée. Mais rappelez-vous, mon bon camarade, que Mrs. Lecount n'est point une domestique ordinaire. Du vivant de votre père, aussi bien que depuis sa mort, la fidélité, l'attachement de cette femme, vous ont fait contracter envers elle une dette sacrée ; et si vous pouvez calmer les anxiétés qui paraissent mener cette malheureuse tout droit aux abîmes de la folie, je crois, en vérité, que vous lui devez un voyage ici. Comprenez bien que nous n'entendons nullement vous séparer de Mrs. Noël Vanstone, une si dure extrémité serait parfaitement superflue. L'amiral me charge de vous rappeler que vous n'avez pas au monde un plus vieil ami et que sa maison est à votre femme, comme elle a toujours été à vous. Dans cette vaste maison pleine de recoins, elle n'a point à redouter le voisinage trop immédiat de la malade; et, nonobstant les excentricités de mon oncle, elle ne méprisera pas, j'en suis bien certain, son amicale invitation.

Vous ai-je déjà dit que je suis allé à Aldborough voir si je pouvais m'y procurer quelques renseignements sur vos faits et gestes? Je ne me donnerai certainement pas la peine de me relire pour le savoir. Si donc je vous l'ai dit, je vous le répète. La vérité est que j'ai lié connaissance là-bas avec quelqu'un que vous connaissez aussi, du moins par ouï-dire.

Après avoir inutilement frappé à Sea View, je suis allé m'informer de vous à l'hôtel. La femme de l'hôtelier n'a pu me fournir aucun renseignement, mais aussitôt que j'ai eu mentionné votre nom, elle m'a demandé s'il existait entre nous quelque lien de famille. Quand je lui ai dit que j'étais votre cousin, elle m'a raconté qu'il y avait en ce moment à l'hôtel une jeune personne portant aussi le nom de Vanstone, et fort inquiète au sujet d'une de ses parentes qu'elle ne pouvait retrouver. Nous pourrions peut-être, a-t-elle ajouté, nous être mutuellement utiles, si nous échangions quelques informations au sujet de ce qui nous amenait ici. Je n'avais pas la moindre idée de qui pouvait être votre homonyme inconnue, et je lui ai fait à tout hasard passer ma carte; cinq minutes plus tard, je me trouvais en présence d'une des plus charmantes femmes que mes yeux aient eu la chance de contempler ici-bas.

Nos premières explications m'ont appris que mon nom de famille ne lui était point inconnu. Et qui pensez-vous qu'elle était? La fille aînée de mon oncle et du vôtre, la fille d'Andrew Vanstone. Bien souvent, j'avais entendu ma pauvre mère parler jadis de son frère Andrew; je savais aussi la triste chronique de Combe-Raven. Mais nos familles, vous ne l'ignorez pas, ont toujours vécu étrangères l'une à l'autre, et jamais auparavant je n'avais vu ma charmante cousine. Elle a les yeux et les cheveux noirs; elle a ces façons réservées que j'apprécie toujours chez une femme. Je ne veux pas réveiller ici notre ancienne querelle sur la conduite qu'a tenue votre père à l'égard de ces deux sœurs, ni contester que son frère Andrew se fût mal conduit vis-à-vis de lui; je reconnaîtrai sans difficulté que les hauteurs morales où il se retrancha dans cette affaire sont inexpugnables pour un pauvre pécheur tel que moi, et je ne nierai pas que mes habitudes prodigues m'enlèvent le droit d'exprimer une opinion quelconque sur l'emploi que les autres peuvent faire de leur argent. Mais, avec toutes ces concessions et sous toutes ces réserves, je vous dirai cependant une chose, mon cher Noël : c'est que, si vous venez jamais à rencontrer Miss Vanstone aînée, je crois pouvoir vous apprendre que, pour la première fois de votre vie, l'exemple de votre père ne sera plus à vos yeux une règle infaillible.

Elle m'a raconté sa petite histoire, la pauvre chère âme, avec toute la simplicité, tout le naturel imaginables. Elle est maintenant placée, comme gouvernante (et c'est là sa seconde place), dans une famille que je me trouve connaître, moi qui connais tout le monde. Ce sont des amis de mon oncle qu'il a un peu perdus de vue dans ces derniers temps, les Tyrrel, de Portland Place ; ils traitent Miss Vanstone avec autant d'égards, autant de bonté que si elle était de leurs parentes. Ils lui ont donné un de leurs vieux domestiques pour l'escorter à Aldborough. L'objet de ce voyage était bien réellement celui que m'avait indiqué la femme de l'hôtelier. Il paraît que les désastres de famille ont très fortement commotionné la sœur cadette de Miss Vanstone et que la jeune personne a quitté ses proches, qui sont depuis quelque temps à sa recherche. La dernière fois que l'on a entendu parler d'elle, c'était à Aldborough, et sa sœur aînée, de retour du Continent avec les Tyrrel, est venue immédiatement sur place pour poursuivre ses recherches.

C'est là tout ce que m'a dit Miss Vanstone. Elle m'a demandé si vous ou Mrs. Lecount auriez, par hasard, quelque chose à lui apprendre de sa sœur, question qu'elle m'a faite, je suppose, parce qu'elle savait que vous aviez séjourné à Aldborough. Je n'ai pu naturellement la satisfaire sur ce point. Elle n'entrait au reste dans aucun détail, et je ne me serais permis de lui en demander aucun. Tout ce que j'ai pu faire a été de travailler, avec tout le zèle imaginable, pour l'aider dans ses recherches. Échec complet ; personne n'a pu nous donner le moindre renseignement. Nous avons eu recours, vous devez bien le penser, au signalement personnel de la belle fugitive et, ce qui est assez curieux, la seule jeune personne habitant Aldborough ces derniers temps et à laquelle ce signalement pourrait correspondre est précisément celle que vous avez épousée. N'eussent été son oncle et sa tante, avec lesquels elle séjournait ici (tous les deux ayant quitté l'endroit), je me serais pris à soupçonner que vous avez, sans vous en douter, épousé votre cousine germaine! Serait-ce donc là le mot de l'énigme que vous nous posez? Allons, allons, ne vous fâchez point! Il faut me passer quelques petites plaisanteries, et je ne saurais m'empêcher d'écrire comme je parle, sans trop m'inquiéter de ce que je dis. La fin de tout ceci, c'est que, notre enquête ayant complètement échoué, je suis revenu avec Miss Vanstone et son compagnon jusqu'ici. A mon prochain voyage à Londres, je pense que j'irai voir les Tyrrel. Très certainement, je me suis conduit à l'égard de cette famille avec la plus impardonnable négligence.

Me voici au bout de ma troisième feuille de papier. Il ne m'arrive pas souvent de prendre la plume, et vous conviendrez avec moi que, lorsque je m'y décide, je ne suis pas pressé d'en finir. Du reste, faites de ma lettre le cas que vous voudrez; mais réfléchissez à ce que je vous ai dit au sujet de Mrs. Lecount, et n'oubliez pas que la question de temps est ici fort essentielle.

A vous pour toujours,

George Bartram.

DE NORAH VANSTONE A MISS GARTH

Portland Place.

Ma chère miss Garth,

Nouveaux chagrins, nouveaux désappointements! J'arrive en ce moment même d'Aldborough où je n'ai fait aucune des découvertes espérées. Magdalen est encore perdue pour nous.

Je ne puis attribuer cette nouvelle déconvenue à aucun manque de persévérance et de pénétration dans la manière dont les informations nécessaires ont été prises. Mon inexpérience en pareille matière a été assistée, à l'improviste et avec beaucoup de bonté, par Mr. George Bartram, qu'une singulière coïncidence amenait à Aldborough où il cherchait à retrouver Mr. Noël Vanstone, au moment où je m'y trouvais moi-même occupée à recueillir des renseignements sur Magdalen. Il m'a fait passer sa carte et, m'apercevant, à son nom, que j'avais affaire à un cousin (si tant est que je puisse l'appeler ainsi), j'ai pensé qu'il n'y aurait aucun inconvénient à le voir et à lui demander ses conseils. Je me suis abstenue, dans l'intérêt de Magdalen, d'entrer dans aucun détail, et je n'ai fait notamment aucune allusion à cette lettre de Mrs. Lecount à laquelle vous avez répondu pour moi. J'ai seulement dit à Mr. Bartram que nous ignorions où était Magdalen et que nos derniers renseignements nous indiquaient qu'elle était passée par Aldborough. Je ne saurais dire avec quelle bonté il s'est mis à ma disposition. Dans ma triste situation, il m'a traitée avec une délicatesse et un respect dont le souvenir reconnaissant survivra longtemps chez moi au souvenir que lui-même gardera sans doute de notre rencontre. Il est très jeune et n'a pas, j'imagine, plus de trente ans. Son visage et sa taille m'ont un peu rappelé le portrait de mon père que nous avions à Combe-Raven, je parle de ce portrait encastré dans les lambris de la salle à manger et qui représente mon père encore jeune homme.

Si vaines qu'aient été nos recherches, un de leurs résultats a laissé sur mon esprit l'impression la plus bizarre et la plus choquante.

Il paraît que Mr. Noël Vanstone a récemment épousé, dans des circonstances assez mystérieuses, une jeune personne nommée Miss Bygrave, qu'il avait rencontrée à Aldborough. Il est parti avec sa femme, sans instruire personne, si ce n'est son avocat, de l'endroit où il se retirait. J'ai appris ceci de Mr. George Bartram, qui cherchait à retrouver ses traces afin de lui faire apprendre la maladie de sa femme de charge, laquelle est cette même Mrs. Lecount à qui vous avez répondu en mon nom. Jusque-là, direz-vous peut-être, il n'y a rien qui doive intéresser particulièrement aucune de nous, mais vous serez, je pense, aussi surprise que je l'ai été moi-même, quand je vous dirai que le signalement de Miss Bygrave, tel qu'il nous a été donné par les gens d'Aldborough, se rapproche de la manière la plus frappante et la plus inexplicable de celui de Magdalen. Cette découverte, reliée à toutes les circonstances que nous connaissons, a produit sur mon esprit un effet dont je ne saurais vous rendre compte, car je n'ose pas m'en demander compte à moi-même. Je vous en prie, venez me trouver ! Jamais mes inquiétudes au sujet de Magdalen n'ont été si vives. L'incertitude et la crainte doivent m'avoir singulièrement énervée. J'attache maintenant aux moindres minutes une importance superstitieuse. Par cela seul que le nom de Noël Vanstone s'y trouve mêlé, cette ressemblance fortuite d'une inconnue à notre pauvre Magdalen me remplit par moments des plus horribles appréhensions. Venez me trouver, je vous le demande encore une fois ! J'ai tant et tant à vous dire que je ne puis, que je n'ose confier au papier !

Votre bien reconnaissante et bien affectionnée

NORAH.

DE MR. JOHN LOSCOMBE, AVOCAT,
A GEORGE BARTRAM, ESQ.

Lincoln's Inn, Londres,
le 6 septembre 1847.

Monsieur,

Permettez-moi de vous accuser réception de votre billet, renfermant une lettre adressée à mon client, Mr. Noël Vanstone, et me priant d'acheminer ladite lettre à l'adresse actuelle de Mr. Vanstone.

Depuis que j'ai eu le plaisir de communiquer avec vous, pour la dernière fois, sur ce même sujet, ma position vis-à-vis de mon client se trouve radicalement modifiée. Il y a trois jours, j'ai reçu de lui une lettre manifestant son intention de changer de résidence le lendemain même, mais cette lettre me laisse absolument ignorer le nom de la localité où il entendait se transporter. Depuis lors, je n'ai pas eu de ses nouvelles ; dans la mesure où il m'avait précédemment chargé de lui fournir une somme d'argent plus considérable qu'à l'ordinaire, je ne le vois pas obligé de m'écrire de nouveau, avant quelque temps, s'il est juste de supposer qu'il souhaite cacher à tous (y compris à moi-même) l'endroit où il est installé.

Dans ces conditions, je crois à propos de vous retourner votre lettre, en vous promettant, si je me trouve à même de la transmettre à son destinataire, de vous le faire savoir immédiatement.

Votre très obéissant

JOHN LOSCOMBE.

DE NORAH VANSTONE A MISS GARTH

Portland Place.

Ma chère miss Garth,

Oubliez la lettre que je vous écrivais hier et tous les sinistres présages dont elle vous entretenait. Le courrier de ce matin m'a rendu la vie. Je viens de recevoir une lettre qu'on m'avait adressée chez vous et qui, en votre absence dans la journée d'hier, m'a été renvoyée par votre sœur. Devinez qui l'a écrite ? Magdalen !

Cette lettre est fort courte ; elle semble avoir été tracée à la hâte. Magdalen me dit qu'elle a rêvé de moi plusieurs nuits de suite et que ses rêves lui ont fait craindre de m'avoir causé par son silence plus de soucis que je n'en devrais concevoir à son sujet. Elle m'écrit, en conséquence, pour m'assurer qu'elle est en bonne santé, qu'elle compte me voir avant peu et qu'elle aura quelque chose à me dire, lors de cette rencontre, qui mettra comme jamais ma tendresse de sœur à rude épreuve. La lettre n'est pas datée, mais le timbre de la poste est « Allonby » dont j'ai vu, en consultant l'Almanach de géographie, qu'il s'agissait d'un petit port de mer sur la côte du Cumberland. Je n'ai aucun moyen de répondre, car Magdalen m'annonce expressément qu'elle est sur le point de quitter sa résidence actuelle, et n'est libre ni de me dire où elle va, ni de laisser derrière elle des instructions qui permettent de lui faire passer mes lettres.

Dans des temps plus heureux, j'aurais trouvé une lettre pareille bien peu faite pour me satisfaire ; j'aurais surtout conçu de graves alarmes devant cette allusion à la confidence qu'elle doit me faire, et qui doit éprouver, dit-elle, ma tendresse de sœur. Mais, après toutes les anxiétés par lesquelles j'ai passé, le bonheur de revoir son écriture semble me remplir le cœur et en exclure tout autre sentiment. Je ne vous envoie pas sa lettre, sachant que vous viendrez bientôt me trouver, et voulant me procurer le plaisir de vous voir la lire sous mes yeux.

Votre bien affectionnée à toujours

NORAH.

P.-S. – Mr. George Bartram est venu aujourd'hui chez Mrs. Tyrrel.

Il a demandé à voir les enfants. Après son départ, Mrs. Tyrrel, qui a l'humeur gaie, s'est amusée à me dire que ce désir de voir les enfants lui semblait un peu suspect, et qu'il s'agissait bien plutôt de moi. Vous vous ferez une idée de l'amélioration de mon état moral en me voyant employer ma plume à vous écrire de telles absurdités !

DE MRS. LECOUNT A MR. DE BLÉRIOT

St. Crux, le 23 octobre 1847.

Cher monsieur,

J'ai tardé longtemps à vous remercier de la bonne lettre par laquelle vous me promettiez assistance en raison du souvenir amical que vous ont laissé les relations commerciales établies jadis entre mon frère et vous. La vérité est qu'au sortir d'une longue et dangereuse maladie, j'ai abusé de mes forces renaissantes ; pendant les dix jours qui viennent de s'écouler, je me suis vue sous le coup d'une rechute. Mon rétablissement actuel est assez avancé pour me permettre de vous indiquer en quelle affaire vos bons offices pourraient m'être utiles.

La personne dont je dois impérativement découvrir le séjour est Mr. Noël Vanstone. Depuis des années, j'ai été au service de ce monsieur, à titre de femme de charge ; n'ayant jamais reçu mon congé, je me considère comme faisant encore partie de la maison. Pendant mon voyage sur le Continent, il s'est marié secrètement, à Aldborough, dans le comté de Suffolk, le 18 août dernier. Il a quitté Aldborough le jour même, emmenant sa femme avec lui dans une retraite dont personne n'avait le secret, si ce n'est son avocat, Mr. John Loscombe, de Lincoln's Inn. Peu de temps après, le 4 septembre, il a de nouveau plié bagage et, cette fois, sans informer Mr. Loscombe du nouvel endroit où il allait se fixer. Depuis, l'avocat est resté (il le prétend du moins) dans la plus complète ignorance du lieu où se trouve son client. Instamment prié de faire au moins connaître sa précédente résidence, Mr. Loscombe refuse de fournir cette information qu'il possède pourtant, sous le prétexte qu'il n'en a pas la permission et qu'il a reçu l'ordre de ne rien révéler de ce qui concerne son client après que ce dernier a quitté

Aldborough. Je tiens tous ces derniers détails de la personne même qui est entrée en correspondance avec Mr. Loscombe, le neveu du propriétaire de ce château, ce digne gentleman sous le toit duquel j'ai trouvé asile pendant la rude épreuve que la maladie vient de m'infliger.

J'estime que les motifs pour lesquels Mr. Noël Vanstone se tient ainsi caché avec sa femme se rapportent exclusivement à moi. Il sait, en premier lieu, que les circonstances dans lesquelles il a contracté mariage me donnent le droit de le regarder avec une légitime indignation. Il sait aussi que mes fidèles services, prodigués à son père et à lui pendant une vingtaine d'années, ne l'autorisent pas, sans manquer à la décence la plus élémentaire, à me livrer aux hasards de la vie sans avoir au préalable assuré mon avenir. Or, c'est l'âme la plus basse que je connaisse, de même que sa femme est la plus vile créature de l'univers. Aussi longtemps qu'il pourra se soustraire à l'accomplissement de ses obligations envers moi, il le fera sans aucun doute ; et les encouragements de sa femme ne lui manqueront certainement pas pour le pousser dans cette voie d'ingratitude.

Le but que je me propose en cherchant à le retrouver est sommairement celui-ci : son mariage l'expose à des conséquences devant lesquelles reculerait un homme dix fois plus brave que lui. De ces conséquences, il ne connaît pas le premier mot. Sa femme, qui les connaît, le maintient dans cette heureuse ignorance. Moi, qui les connais aussi, je prétends l'éclairer. Seule au monde, je puis le préserver du danger qui le menace ; mais il me paiera sa rançon en acquittant jusqu'au dernier farthing la dette que son père et lui ont contractée envers moi. Je veux cela, et ne veux rien de plus.

Ainsi que vous me l'avez demandé, je vous ai mis complètement au courant de toutes mes pensées. Vous savez pourquoi je désire trouver cet homme, et ce que je prétends faire quand je l'aurai trouvé. Je laisse à la sympathie que vous avez pour moi le soin de résoudre la grave question de savoir comment on peut arriver à une pareille découverte. Si l'on parvenait à trouver une première piste de ces gens-là, postérieure à leur départ d'Aldborough, j'estime qu'une enquête un peu soigneuse suffirait au reste de la besogne. Les brillants dehors de la femme et le contraste frappant qu'ils offrent avec ceux de son mari doivent nécessairement les faire remarquer de toute personne qui les voit pour la première fois, et lui laisser d'eux un souvenir durable.

Quand vous me ferez l'honneur de me répondre, veuillez adresser votre lettre « aux soins de l'amiral Bartram, St. Crux-in-the-Marsh, près d'Ossory, Essex ».

Votre très obligée

VIRGINIE LECOUNT.

DE MR. DE BLÉRIOT A MRS. LECOUNT

Dark's Buildings, Kingsland,
le 25 octobre 1847.

(Secrète et confidentielle.)

Chère madame,

Je me hâte de répondre à votre honorée en date de samedi. Les circonstances m'ont permis de servir vos intérêts en consultant un de mes amis, lequel possède beaucoup d'expérience dans le domaine des enquêtes privées en tout genre. J'ai placé sous ses yeux votre exposé de la situation (sans faire mention des noms, cela va de soi) et je suis heureux de vous informer que mes vues concordent parfaitement avec les siennes, sur la marche qu'il convient d'adopter.

Nous sommes d'avis, mon ami et moi, que rien ne peut nous mettre sur la trace des personnes en question, à moins de découvrir préalablement l'endroit où ils ont séjourné temporairement juste après leur départ d'Aldborough. Si l'on peut en arriver là, le plus tôt sera le mieux. D'après votre lettre, il s'est déjà écoulé quelques semaines depuis que l'avocat a été informé qu'ils avaient quitté cette première résidence. Puisque leur allure à tous deux est remarquable, les étrangers qui ont pu être appelés à les assister pendant leur voyage ne les ont probablement pas encore oubliés. Malgré tout, il est souhaitable de faire vite.

La question que vous devez envisager est celle de savoir s'il n'est pas possible qu'ils aient communiqué à quelque autre personne que l'avocat l'adresse dont nous avons besoin. Le mari peut avoir écrit à quelque membre de sa famille, la femme est dans le même cas. Mon ami et moi sommes d'avis que cette dernière chance est la plus pro-

bable des deux. Si vous avez quelques moyens d'entrer en contact avec la famille de la femme, nous vous recommandons énergiquement de les employer. Sinon, veuillez nous fournir les noms de toutes les personnes que vous pouvez connaître parmi ses parents les plus proches ou ses amies les plus intimes. Nous essaierons de vous ménager les moyens d'arriver à elles.

Dans tous les cas, veuillez nous fournir le signalement le plus exact qu'on puisse tracer, par écrit, de ces deux personnages. Nous pouvons avoir à vous demander, d'un instant à l'autre, ce document important. Soyez donc assez bonne pour nous l'envoyer par retour du courrier. D'ici là, nous tâcherons de nous assurer, de notre côté, s'il est absolument impossible de se procurer secrètement quelques renseignements au bureau de Mr. Loscombe. L'avocat lui-même est fort probablement hors de notre atteinte, mais s'il se trouvait que l'on pût traiter avec l'un de ses clercs sans que cela outrepasse vos moyens financiers, soyez assurée, chère madame, qu'il sera tiré parti de cette circonstance par votre fidèle serviteur,

ALFRED DE BLÉRIOT.

DE MR. PENDRIL A NORAH VANSTONE

Serle Street, le 27 octobre 1847.

Ma chère miss Vanstone,

Une dame nommée Lecount (jadis attachée au service de Mr. Noël Vanstone en qualité de femme de charge) est venue ce matin à mon bureau, et m'a demandé de lui fournir votre adresse. Je l'ai priée de m'excuser si je n'accédais pas immédiatement à sa requête, et l'ai invitée à revenir demain matin, quand il me sera permis de lui donner une réponse définitive.

Mon hésitation en cette matière ne provient d'aucune méfiance personnelle à l'égard de Mrs. Lecount, car je ne sais rien au monde qui doive me prévenir contre elle. Mais, en m'adressant sa demande, elle m'a fait savoir qu'elle souhaitait vous entretenir secrètement au sujet de votre sœur. Je dois vous avouer que, dès que j'ai entendu cela, je me suis décidé immédiatement à ne pas lui révéler spontanément votre adresse. Vous le pardonnerez à un vieil ami qui vous a toujours souhaité le plus grand bien possible. Vous ne m'en voudrez pas non plus, si j'exprime ici ma désapprobation formelle de toute démarche qui, sous quelque prétexte que ce soit, vous impliquerait à l'avenir dans les faits et gestes de votre sœur.

Je n'entends nullement vous affliger en insistant sur ce point. Mais je m'intéresse trop profondément à votre bien-être, et la patience avec laquelle vous avez supporté tant d'épreuves m'inspire trop d'admiration pour que je n'aille pas jusque-là.

Si je ne puis vous faire accepter mon avis, vous n'avez qu'à le dire, et Mrs. Lecount saura votre adresse dès demain. Dans cette hypothèse (que je ne puis envisager sans une vive répugnance), laissez-moi vous recommander, tout au moins, de stipuler que Miss Garth sera présente à l'entrevue. En toute affaire où votre sœur se trouve intéressée, vous pouvez avoir besoin que les avis et la protection d'une ancienne amie vous mettent en garde contre vos généreuses impulsions. S'il m'était permis de la remplacer en cette occasion, je m'y serais offert bien volontiers, mais Mrs. Lecount m'a fait comprendre indirectement que le sujet à traiter était d'une nature trop délicate pour qu'on me permît d'assister à l'entretien. Quel que puisse être, en ce qui me concerne, la valeur de cette objection, elle ne saurait s'appliquer à Miss Garth, qui vous a élevées toutes deux dès votre plus tendre enfance. Je le répète donc : si vous devez voir Mrs. Lecount, ménagez-vous la présence et l'appui de Miss Garth !

Toujours à vous, en toute sincérité,

William Pendril.

DE NORAH VANSTONE A MR. PENDRIL

Portland Place, mercredi.

Cher monsieur Pendril,

Ne me supposez pas, je vous prie, insensible à toutes vos bontés. En vérité, en toute vérité, vous me feriez tort. Mais je dois voir Mrs. Lecount.

Vous ignoriez, en m'écrivant, que j'avais reçu de Magdalen quelques lignes par lesquelles, sans m'apprendre où elle est, elle me fait espérer que nous nous verrons avant peu. Peut-être Mrs. Lecount aura-t-elle quelque chose à m'apprendre sur ce sujet qui me tient si fort à cœur. En serait-il autrement, ma sœur, quoi qu'elle fasse, est toujours ma sœur. Je ne saurais l'abandonner ; je ne saurais tourner le dos à qui se présente chez moi de sa part. Vous le savez, cher monsieur Pendril, j'ai toujours été sur ce chapitre d'une obstination désespérante ; et cette obstination, vous l'avez toujours supportée. Laissez-moi contracter envers vous une obligation qui me constituera votre débitrice à tout jamais ; passez-moi cette nouvelle marque d'entêtement !

Faut-il ajouter que j'accepte de grand cœur cette portion de vos conseils relative à l'intervention de Miss Garth ? Je lui ai déjà écrit pour la prier de bien vouloir se trouver ici, demain, à quatre heures de l'après-midi. Quand vous verrez Mrs. Lecount, veuillez l'avertir que Miss Garth sera des nôtres, et qu'elle nous trouvera toutes deux disposées à la recevoir, ici même, demain, à partir de quatre heures.

Votre bien reconnaissante,

NORAH VANSTONE.

DE MR. DE BLÉRIOT A MRS. LECOUNT

Dark's Buildings, le 28 octobre.

(Particulière.)

Chère madame,

Un des clercs de Mr. Loscombe s'est révélé sensible à nos arguments pécuniaires, et il nous a fait part d'une circonstance dont la révélation pourrait vous être utile.

Il y a environ un mois que le hasard a fourni au clerc en question l'occasion de parcourir très sommairement l'un des documents rangés sur le bureau de son patron, document qui avait attiré son attention par je ne sais quelle particularité dans la forme et la couleur de l'enveloppe. Il a eu à peine le temps – l'absence de Mr. Loscombe n'ayant duré qu'un moment – de satisfaire sa curiosité en jetant un coup d'œil sur le commencement et la fin de cet acte. Au début, il y a remarqué le préambule d'usage pour la rédaction des testaments. A la fin, il y a découvert la signature de Mr. Noël Vanstone, accompagnée de celles des deux témoins que prescrit l'usage; la date, dont il se croit à peu près certain, est celle du 30 septembre dernier.

Avant que le clerc ait eu le temps de pousser plus loin ses investigations, son patron est revenu, a classé les papiers épars sur le bureau, et a soigneusement mis sous clef le testament, dans le coffre spécialement destiné à renfermer les papiers d'affaires de Mr. Noël Vanstone. On s'est assuré qu'à la fin de septembre, Mr. Loscombe s'est absenté de son bureau. S'il était alors occupé à surveiller la rédaction de l'acte testamentaire que son client paraît avoir fait – rien au monde n'exclut cette supposition –, il s'ensuit clairement qu'après le déménagement du 4 septembre la nouvelle adresse de Mr. Vanstone n'était plus un secret pour lui; de telle sorte que si de votre côté vous ne pouvez agir, nous pouvons, nous, entreprendre de faire surveiller l'avocat. Dans tous les cas, il est bien certain que Mr. Vanstone a fait son testament depuis qu'il est marié. Je vous laisse tirer les conclusions qui découlent de ce fait; et, dans l'espoir que nous aurons bientôt de vos nouvelles, je demeure, comme toujours, votre fidèle serviteur,

ALFRED DE BLÉRIOT.

DE MISS GARTH A MR. PENDRIL

Portland Place, le 28 octobre.

Mon cher monsieur,

Mrs. Lecount vient de nous quitter. S'il n'était pas trop tard pour former des vœux, je souhaiterais, et du fond de mon cœur, que Norah, se rendant à vos conseils, ait refusé de la voir.

Je vous écris dans une telle détresse d'esprit que je ne puis espérer vous donner de cette entrevue un compte rendu clair et complet. Je me bornerai donc à vous dire brièvement ce qu'a fait Mrs. Lecount, et dans quelle situation nous nous trouvons présentement. Je remets la suite au moment où je serai plus calme et où je pourrai m'entretenir avec vous de vive voix.

Vous vous rappellerez sans doute ce que je vous ai appris, dans le temps, de la lettre datée d'Aldborough que Mrs. Lecount avait adressée à Norah, et à laquelle je dus répondre en l'absence de cette dernière. Dès que Mrs. Lecount s'est trouvée devant nous, aujourd'hui, ses premières paroles nous ont appris qu'elle venait pour traiter avec nous du même sujet. Autant que je puis me le rappeler, voici comment elle a débuté, s'adressant directement à ma chère élève :

– Je vous ai écrit il y a quelque temps, mademoiselle, au sujet de votre sœur, et Miss Garth a été assez bonne pour répondre à ma lettre. Les craintes que je manifestais à cette époque se sont vérifiées. Votre sœur a déjoué tous mes efforts pour lui faire obstacle. Elle a disparu en compagnie de mon maître, Mr. Noël Vanstone, et se trouve à l'heure qu'il est dans une situation des plus périlleuses, qui peut, d'un instant à l'autre, la plonger dans le déshonneur et la misère. Il est dans mon intérêt de retrouver mon maître ; il est dans votre intérêt de sauver votre sœur. Dites-moi – car les minutes sont précieuses – si vous avez entendu parler d'elle.

Norah a répondu aussi promptement que sa terreur et son inquiétude le lui permettaient :

– J'ai reçu une lettre, effectivement, mais elle ne portait aucune adresse.

– N'y avait-il aucun timbre sur l'enveloppe ? a demandé Mrs. Lecount.

– Si, a répondu Norah… Allonby.

– Allonby vaut mieux que rien, a dit Mrs. Lecount. Allonby peut nous servir à retrouver sa trace. Où est Allonby ?

Norah le lui a dit. Tout cela n'a guère pris plus d'une minute. Mon trouble, mon émotion m'avaient empêchée d'intervenir plus tôt, mais je m'étais assez calmée pour le pouvoir désormais.

– Vous n'êtes entrée dans aucun détail, lui ai-je dit. Vous vous êtes bornée à nous effrayer sans rien nous dire de précis.

– Vous allez, madame, connaître tous les détails, a répliqué Mrs. Lecount, et vous jugerez, ainsi que Miss Vanstone, si je vous ai fait peur sans motif suffisant.

Là-dessus, elle est entrée immédiatement dans un long récit que je ne puis – que je n'ose pas, devrais-je dire – répéter ici. Vous comprendrez assez l'horreur où il nous a plongées quand je vous en aurai fait connaître le dénouement. S'il faut se fier aux assertions de Mrs. Lecount, Magdalen a poussé sa folle résolution de recouvrer la fortune de son père jusqu'aux dernières, aux plus aventureuses extrémités : elle a épousé, sous un faux nom, le fils de Michael Vanstone. Son mari est encore persuadé en ce moment que son nom de jeune fille est Bygrave, et qu'elle est réellement la nièce d'un misérable, devenu le complice de cette odieuse imposture ; d'après la description qu'on m'a faite de ce personnage, il m'est impossible de ne pas reconnaître en lui le capitaine Wragge.

Je vous épargne l'aveu que nous a tranquillement fait Mrs. Lecount, en se levant pour prendre congé, des motifs mercenaires qui la poussaient à chercher son maître pour dessiller ses yeux. Je vous épargne les insinuations qu'elle a hasardées sur le but que poursuivait Magdalen en contractant ce mariage infâme. L'unique objet de ma lettre est de vous appeler à mon aide, pour calmer les angoisses d'esprit qui tourmentent Norah. Le choc qu'elle a subi en écoutant ce qu'on lui disait de sa sœur n'est pas le pire résultat de l'incident survenu. Elle s'est persuadée que ses réponses candides, arrachées à sa douleur par les questions de Mrs. Lecount au sujet de la lettre, réponses imprudentes qu'elle n'a pu retenir dans un premier moment de trouble et d'effroi, peuvent être utilisées au détriment de Magdalen par la femme qui est venue ainsi, de propos délibéré, l'agiter et la mettre hors de garde. Pour empêcher de sa part quelques mesures désespérées, mesures qui l'auraient exposée à perdre l'amitié, la protection des gens excellents chez lesquels elle est en ce moment, il m'a fallu lui rappeler que, si Mrs. Lecount retrouve les traces de son maître au moyen du timbre placé sur la lettre, nous pouvons en même temps, et par les mêmes moyens, retrouver les traces de Magdalen. Quelques objections que vous puissiez voir personnellement aux efforts que nous ferions de nouveau pour venir en aide à cette malheureuse jeune fille (efforts qui ont si déplorablement échoué à York), je vous supplie, pour l'amour de Norah, d'adopter maintenant les mêmes mesures que nous prîmes alors. Envoyez-moi la seule assurance qui puisse la calmer, l'assurance signée de vous que les recherches de notre côté sont com-

mencées. Si vous consentez à ceci, vous pouvez compter sur moi pour me placer, le moment venu, entre ces deux sœurs, ou pour défendre à tout prix le repos, la bonne renommée, la prospérité future de Norah.

Très sincèrement à vous,

Harriet Garth.

DE MRS. LECOUNT A MR. DE BLÉRIOT

Le 28 octobre.

Cher monsieur,

J'ai trouvé la trace dont vous aviez besoin. Mrs. Noël Vanstone a écrit à sa sœur. La lettre n'indique aucune adresse mais le timbre de la poste est celui d'Allonby, Cumberland. C'est par conséquent d'Allonby que les recherches doivent partir. Vous avez déjà le signalement personnel, tant du mari que de la femme. Je vous recommande instamment de ne pas perdre une minute de plus qu'il ne sera indispensable. S'il est possible d'expédier quelqu'un dans le Cumberland aussitôt cette lettre reçue, je vous supplie de ne pas y manquer.

J'ai encore, avant de terminer ma note, à vous dire un mot de plus sur la découverte faite dans le bureau de Mr. Loscombe.

Je ne suis nullement étonnée d'apprendre que Mr. Noël a fait son testament depuis qu'il est marié : je ne suis pas embarrassée non plus pour deviner en faveur de qui a été fait ce testament. Mais, si je réussis à retrouver mon maître, nous verrons comment cette personne s'y prendra pour avoir l'argent sur lequel elle compte ! Une marche à suivre dans cette affaire s'est offerte à mon esprit depuis la réception de votre dernière lettre ; mais mon ignorance des détails techniques et des complications de la loi me laisse encore dans le doute, et je ne sais si mon idée peut se réaliser d'une manière prompte et certaine. Je me rendrai à votre bureau demain vers deux heures, afin de vous consulter à ce sujet. Il est fort important, lorsque je reverrai Mr. Noël Vanstone, qu'il me trouve préparée d'avance à discuter cette affaire de testament.

Votre très obligée servante,

Virginie Lecount.

DE MR. PENDRIL A MISS GARTH

Serle Street, le 29 octobre.

Chère miss Garth,

Je n'ai qu'un moment pour vous témoigner le chagrin que m'a causé votre lettre. Les circonstances dans lesquelles vous m'adressez votre requête et les motifs que vous lui assignez suffisent pour détruire toutes les objections que j'aurais faites, sans cela, au plan que vous proposez. Une personne digne de confiance, et à qui j'ai moi-même donné ses instructions, partira aujourd'hui pour Allonby, et dès que j'aurai reçu quelques nouvelles de sa mission, je vous les communiquerai aussitôt par messager spécial. Dites ceci à Miss Vanstone, et veuillez y ajouter l'expression sincère de ma sympathie et de mon respect.

Tout à vous, bien cordialement,

WILLIAM PENDRIL.

DE MR. DE BLÉRIOT A MRS. LECOUNT

Dark's Buildings, le 1er novembre.

Chère madame,

J'ai le plaisir de vous informer que nous avons découvert ce que nous voulions, et beaucoup plus facilement que je ne l'avais espéré.

On a suivi les traces de Mr. et de Mrs. Noël Vanstone jusqu'au détroit de Solway qu'ils ont traversé pour se rendre à Dumfries et de là jusqu'à un cottage situé à quelques milles de cette ville, sur les bords de la Nith. L'adresse exacte est : Baliol Cottage, près Dumfries.

Ce renseignement, qui n'a pas été très difficile à recueillir, a cependant été obtenu dans des circonstances assez particulières.

Avant de quitter Allonby, mes agents ont découvert, non sans étonnement, qu'un étranger s'y trouvait, s'occupant d'une enquête identique à la leur. En l'absence de toute instruction qui les eût préparés à une telle rencontre, ils ont considéré la situation à leur manière. Prenant l'homme en question pour un intrus, dont le succès pourrait leur enlever le mérite et la récompense de la découverte à faire, ils ont profité de leur supériorité numérique, et aussi de leur présence antérieure sur le théâtre de la lutte, pour égarer l'étranger avant de poursuivre le cours de leurs investigations. J'ai tout le détail des procédés qu'ils ont employé ; mais je me garderai bien de vous en fatiguer. Le dénouement a été que la personne en question, – qui qu'elle soit – a été adroitement dirigée sur une fausse piste vers le sud d'où elle venait, tandis que mes agents, eux, traversaient le détroit.

Je mentionne cette circonstance pour la raison que vous pouvez mieux que moi en conjecturer l'origine, et aussi parce que vous pouvez y voir un motif de hâter le voyage que vous avez projeté.

Votre dévoué serviteur,

ALFRED DE BLÉRIOT.

DE MRS. LECOUNT A MR. DE BLÉRIOT

Le 1er novembre.

Cher monsieur,

Un mot pour vous dire que votre lettre m'est parvenue en mon logement de Londres. Je crois savoir par qui est expédiée la personne qu'on a trouvée prenant des renseignements à Allonby. Mais peu importe. Avant que cet homme ait découvert son erreur, je serai à Dumfries. Mes bagages sont prêts, et le premier train qui va partir m'emportera vers le Nord.

Votre bien particulièrement obligée,

VIRGINIE LECOUNT.

SCÈNE CINQUIÈME

BALIOL COTTAGE, DUMFRIES

I

Dans la matinée du 3 novembre, à peu près vers onze heures, la table du déjeuner, à Baliol Cottage, offrait cet aspect essentiellement peu consolant d'un repas à l'état de transition, c'est-à-dire d'un repas préparé pour deux personnes, que l'une des deux a déjà pris, et auquel l'autre n'a pas encore touché. Il faut un appétit véritablement courageux pour affronter sans une défaillance momentanée le spectacle des coquilles d'œuf écrasées, du poisson à demi dépouillé de sa chair et qui étale la moitié de son hideux squelette, des débris de pain au fond du plat, de la lie sucrée au fond de la tasse. C'est sans doute par une sage concession à ces humaines faiblesses – certainement dignes de pitié, mais non de blâme – que les personnes chargées du service, dans les lieux où le public se nourrit, mettent une rapidité sympathique à dérober tous les vestiges du client qui vient de partir aux regards du client qui vient d'arriver. Encore que son prédécesseur à table ait pu être la femme de son cœur ou l'enfant de ses entrailles, nul homme ne peut se trouver en présence des indices qui lui rappellent un repas récemment accompli sans se sentir plus ou moins lésé par ce souvenir pénible, et sans que la pensée du mangeur disparu se mêle désagréablement à l'idée de son propre repas.

C'est une impression de ce genre que ressentit Mr. Noël Vanstone au moment où, peu après onze heures, il entra dans la salle à manger déserte de Baliol Cottage. Il fronça le sourcil en regardant la table, et sonna ses gens d'un air dégoûté.

– Emportez ces reliquats, dit-il, quand la domestique parut. Votre maîtresse est partie ?

– Oui, monsieur ; depuis près d'une heure.

– Louisa est-elle en bas ?

– Oui, monsieur.

– Quand vous aurez nettoyé la table, vous ferez monter Louisa.

Il alla se placer à la fenêtre. L'irritation passagère qui s'était peinte sur ses traits s'effaça peu à peu, mais non sans laisser derrière elle les traces permanentes des souffrances intérieures d'un mécontentement mal dissimulé. Depuis son mariage, il était changé à beaucoup d'égards, et en mal. Ses petites joues blêmes commençaient à se creuser, sa frêle structure se voûtait légèrement. Ses moustaches, fines et claires, n'étaient plus, comme jadis, roidies par la cire et retroussées par le fer : leurs extrémités pendaient, comme un flasque duvet, aux coins de ses lèvres plaintives. A ne les compter que d'après sa physionomie, les dix ou douze semaines écoulées depuis son mariage semblaient avoir compté pour lui dix ou douze années. Il s'appuyait à la fenêtre, déchiquetant d'un geste machinal le feuillage d'un pot de bruyères placé sur le rebord extérieur, et fredonnant, sans aucun entrain, quelques vagues fragments d'un air oublié.

La fenêtre dominait le courant de la Nith, sur un point où cette rivière s'infléchit, à quelques milles avant Dumfries. Çà et là, par les brèches que l'hiver avait ouvertes dans les ombrages qui la bordent, le regard pénétrait jusqu'aux vastes cultures d'une allée peu profonde. Des barques passaient sur la rivière, et des charrettes, acheminées vers Dumfries, se traînaient pesamment sur la grand-route. Le ciel était lumineux, le soleil de novembre jetait autant de rayons que si l'année eût été plus jeune de deux bons mois ; le paysage enfin, renommé en Écosse pour son charme paisible, se présentait sous les meilleurs aspects que la saison d'hiver lui pût laisser. Mais, selon toute apparence, eût-il été perdu dans le brouillard ou noyé de pluie, Mr. Noël Vanstone ne l'aurait trouvé ni plus ni moins attrayant en cette heure de tristesse. Il demeura près de la fenêtre jusqu'au moment où se fit entendre le coup léger qui annonçait l'arrivée de Louisa, puis il se tourna d'un air boudeur et lui dit d'entrer.

– Faites mon thé, lâcha-t-il. Je n'entends rien à cette besogne. On me néglige ici… Personne ne me sert.

La discrète Louisa exécuta silencieusement et d'un air soumis les ordres qui lui étaient donnés.

– Votre maîtresse, reprit Mr. Vanstone, n'a-t-elle pas laissé avant de partir quelque message pour moi ?

– Aucun message particulier, monsieur. Ma maîtresse a simplement dit que, si elle retardait son déjeuner, elle n'arriverait pas à temps.

– Elle n'a dit que cela ?

– En montant en voiture, monsieur, elle m'a dit encore qu'elle serait probablement de retour vers la fin de la semaine.

– En montant en voiture, paraissait-elle de bonne humeur ?

– Non, monsieur, il m'a semblé la voir très inquiète et mal à son aise… Avez-vous encore besoin de quelque chose, monsieur ?

– Je ne sais pas. Attendez une minute.

Il se mit à déjeuner d'un air mécontent. Louisa, toujours résignée, attendait sur le seuil de la porte.

– Il me semble, reprit-il avec une vivacité soudaine, que ces derniers temps votre maîtresse a été fort abattue.

– Ma maîtresse, en effet, monsieur, n'était pas très gaie.

– Que voulez-vous dire par « pas très gaie » ? Prétendriez-vous manier l'équivoque ? Est-ce que je ne compte pas dans la maison ? Faut-il qu'on me cache tout ? Votre maîtresse espère-t-elle s'en aller ainsi à ses affaires, et me laisser au logis comme un enfant, sans que je puisse même m'informer de ce qui la concerne ? Une domestique tergiversera-t-elle en me répondant ? Pas de cela avec moi ! Pas très gaie ? Que voulez-vous dire avec votre « pas très gaie » ?

– Je voulais seulement dire, monsieur, que ma maîtresse n'était pas dans de très bonnes dispositions d'esprit.

– Et pourquoi, dans ce cas, ne pas vous exprimer ainsi ? La valeur des mots vous est-elle inconnue ? L'ignorance de la valeur des mots produit quelquefois les conséquences les plus terribles… Votre maîtresse vous a-t-elle dit qu'elle allait à Londres ?

– Oui, monsieur.

– Quand elle vous a dit cela, qu'avez-vous pensé ? N'avez-vous pas trouvé singulier qu'elle allât à Londres ?

– Je ne me suis pas permis, monsieur, de trouver cela singulier… Est-il encore quelque chose à quoi je puisse vous être bonne ? Veuillez me le dire, je vous prie, monsieur.

– Quel temps fait-il dehors ? Fait-il chaud ? Le soleil donne-t-il dans le jardin ?

– Oui, monsieur.

– Avez-vous vu vous-même le soleil donner dans le jardin ?

– Oui, monsieur.

– Allez chercher mon paletot ; je vais faire un petit tour. Le domestique l'a-t-il brossé ? Est-ce que vous avez vu vous-même le domestique le brosser ? Pourquoi dites-vous qu'il l'a brossé, puisque vous ne l'avez pas vu ! Laissez-moi regarder les pans ; s'il y a sur les pans le moindre grain de poussière, je mettrai cet homme à la porte ! Aidez-moi donc à le passer !

Louisa lui passa les manches du vêtement et lui donna son chapeau. Il sortit d'un air fâché. Le paletot était ample (il avait appartenu à son père) ; le chapeau était ample (c'était un rebut que lui-même avait acheté d'occasion). Il était comme noyé dans ce chapeau et ce paletot ; il semblait singulièrement réduit, débile et misérable, tandis qu'il arpentait lentement, aux pâles clartés d'un soleil d'hiver, la grande allée du jardin. Elle partait en pente douce du bord de la maison jusqu'à l'eau, dont le jardin était séparé par une palissade peu élevée. Après s'y être promené lentement pendant quelque temps, Noël Vanstone finit par s'arrêter au bas du jardin et, s'appuyant à la palissade, contempla vaguement le rapide courant de la rivière.

Il songeait encore à ce qui lui avait suggéré la première question que, dans un mouvement d'impatience, il avait adressée à Louisa ; il ruminait encore à part lui les circonstances dans lesquelles sa femme avait ce matin-là quitté le cottage, et le manque d'égards qu'impliquait envers lui ce départ précipité. Plus il songeait à ses griefs, plus vif était son ressentiment. Il était en effet capable d'une grande susceptibilité lorsqu'on venait à blesser la haute opinion qu'il se faisait de lui-même. Sa tête, peu à peu, s'inclina sur ses bras appuyés à la palissade et, dans un accès de sincère mortification, il poussa un soupir rempli d'amertume.

A ce soupir répondit une voix tout près de lui :

– Avec moi, monsieur, vous étiez plus heureux, dit la voix, dont les accents exprimaient un regret presque tendre.

Levant les yeux avec un cri, un véritable cri, le petit homme se trouva nez à nez avec Mrs. Lecount.

Était-ce le spectre de cette femme, ou cette femme en personne ? Ses cheveux avaient blanchi, son visage s'était affaissé, ses yeux, au-dessus de ses joues creuses et ravagées, jetaient, agrandis et brillants, des regards farouches. Elle était flétrie et vieillie. Ses vêtements, désormais trop larges, pendaient en plis abandonnés autour de sa taille défaite ; pas une trace ne subsistait de sa florissante beauté d'automne. Une détermination tranquillement impénétrable, une voix toujours insinuante et douce, voilà tout ce que la maladie et la souffrance morale avaient laissé à Mrs. Lecount.

– Tranquillisez-vous, monsieur Noël ! continua-t-elle avec douceur. Ma vue ne doit point vous alarmer. Votre domestique, lorsque je vous ai demandé, m'a dit que vous étiez dans le jardin, et je suis venue vous trouver ici. Si j'ai tâché de vous découvrir, monsieur, c'est sans la moindre rancune à votre égard, sans le moindre désir de vous affliger par l'ombre même d'un reproche. Je suis venue ici pour ce qui a toujours été, ce qui est encore la grande affaire de ma vie, c'est-à-dire pour vous être utile.

Il se remit un peu, mais sans pouvoir parler encore. Il se cramponnait à la palissade, et regardait, effaré, cette apparition.

– Tâchez, monsieur, de bien saisir ce que je vous dis, continua Mrs. Lecount. Ce n'est pas une ennemie, c'est une amie qui vient à vous. La maladie, la douleur, m'ont fait subir de rudes épreuves. De moi rien n'a survécu, si ce n'est mon cœur. Mon cœur vous pardonne, et dans votre triste abandon, plus triste et plus dénué d'appui que vous ne le sentez encore, mon cœur fait de moi, comme par le passé, votre esclave fidèle. Prenez mon bras, monsieur Noël. Quelques pas au soleil vous aideront à vous remettre.

Elle lui prit la main qu'elle passa elle-même sous son bras, et lui fit lentement remonter l'allée du jardin. Moins de cinq minutes après s'être ainsi replacée vis-à-vis de lui dans les conditions d'autrefois, elle l'avait complètement reconquis, et revendiquait ses anciens droits.

– Redescendons à présent, monsieur Noël, dit-elle, redescendons sans nous hâter sous ce beau soleil ! J'ai bien des choses à vous dire, monsieur, auxquelles vous ne vous attendez guère, de ma part. Mais d'abord, souffrez une petite question domestique… On m'a dit, à la porte, que Mrs. Noël Vanstone était partie pour un voyage. Ce voyage doit-il durer longtemps ?

La main de son maître trembla sur le bras de Mrs. Lecount, lorsqu'elle lui adressa cette question. Au lieu d'y répondre, il tenta une faible apologie. Les premières paroles qui lui échappèrent lui furent dictées par le premier sentiment dont il eût la conscience un peu nette, le sentiment qu'il était désormais à la discrétion de sa femme de charge. Il voulut faire la paix avec Mrs. Lecount.

– J'ai toujours voulu faire quelque chose pour vous, lui dit-il d'un ton caressant. Sous peu, vous auriez eu de mes nouvelles. Je vous en donne ma parole, Lecount, vous auriez sous peu entendu parler de moi !

– Je n'en doute nullement, monsieur, répondit Mrs. Lecount. Mais pour le moment ce n'est pas de moi qu'il s'agit. Parlons de vous, d'abord, et de ce qui vous concerne.

– Comment êtes-vous arrivée jusqu'ici ? demanda-t-il, lui jetant un regard de surprise. Comment êtes-vous parvenue à me découvrir ?

– C'est une bien longue histoire, monsieur ; je vous la raconterai une autre fois. Il nous suffit, pour le moment, de savoir que je vous ai découvert. Mrs. Noël doit-elle rentrer aujourd'hui ? Un peu plus haut, monsieur, c'est tout juste si je puis vous entendre… Là, là, doucement ! Elle ne revient pas avant la fin de la semaine ? Et où est-elle allée ? A Londres, disiez-vous ? Et dans quel but ? Je ne veux pas être indiscrète, monsieur Noël, je vous pose de vraies questions, justifiées par une vraie nécessité. Pourquoi votre femme vous a-t-elle laissé ici ? Pourquoi est-elle allée à Londres toute seule ?

Au moment où elle posa cette dernière question, ils étaient redescendus jusqu'à la palissade et ils s'étaient arrêtés, appuyés l'un et l'autre, tandis que Noël Vanstone entreprenait de donner ses réponses. Les protestations réitérées de son ancienne femme de charge commençaient à le rassurer et, du moment où il pensa n'avoir plus à craindre son ressentiment, il reprit sans peine l'habitude qu'il avait toujours eue de lui adresser ses éternelles jérémiades. C'était chez lui un besoin inné de faire connaître ainsi ses griefs à tout le monde, besoin auquel il avait déjà cédé le matin même à la table du petit déjeuner en révélant à la femme de chambre de son épouse ses blessures d'amour-propre.

– Je ne puis répondre pour Mrs. Noël Vanstone, dit-il avec une certaine amertume. Mrs. Noël Vanstone ne m'a point traité avec les égards qui me sont dus. Regardant ma permission comme accordée d'avance, elle m'a tout simplement prévenu qu'elle se rendait à Londres pour y voir ses amis. Elle est partie, ce matin, sans me dire adieu. Elle agit à sa guise, comme si je n'existais pas ; elle me traite comme un enfant. Ceci, Lecount, va peut-être vous sembler incroyable, mais je ne sais même pas qui sont ses amis. On me laisse tout ignorer ; j'en suis réduit à conjecturer, à part moi, qu'elle va revoir à Londres son oncle et sa tante.

Mrs. Lecount, mieux éclairée par les renseignements qu'elle avait obtenus à Londres, envisageait autrement la question et arriva bien vite à la conclusion la plus certaine. Après avoir d'abord écrit à sa sœur, Magdalen, maintenant, selon toute probabilité, venait de prendre le même chemin que sa lettre. On ne pouvait guère douter que les amis de Londres auxquels sa visite était destinée ne fussent sa sœur et Miss Garth.

– Il ne s'agit ni d'oncle ni de tante, reprit Mrs. Lecount fort tranquillement. Laissez-moi vous l'apprendre pour votre gouverne personnelle : son oncle et sa tante n'existent pas… Encore un tour d'allée, avant que je m'explique plus complètement ; encore un petit tour qui achève de vous calmer.

Elle le prit de nouveau sous son escorte et le ramena du côté de la maison.

– Monsieur Noël ! dit-elle, l'arrêtant tout à coup au milieu de l'allée. Savez-vous quel a été le tort le plus grave que vous vous soyez fait à vous-même, depuis que vous êtes au monde ? Je vais vous le dire : c'est de m'avoir fait partir pour Zurich.

La main du petit homme trembla de nouveau sur le bras de Mrs. Lecount.

– Ce n'est pas moi ! s'écria-t-il d'un ton lamentable. C'est Mr. Bygrave !

– Vous reconnaissez, monsieur, que Mr. Bygrave m'a trompée ? continua la femme de charge. Je suis vraiment ravie de vous entendre parler ainsi. Vous n'en serez que mieux à même d'entendre la révélation qui suit ; et cette révélation, c'est que Mr. Bygrave vous a trompé, vous aussi. Il n'est pas là, maintenant, pour me glisser entre les doigts ; et je ne suis pas ici comme à Aldborough où je n'avais aucune ressource contre lui… Dieu merci !

Cette exclamation dévote passa, frémissante, entre ses dents serrées. Toute la haine que lui inspirait le capitaine Wragge sembla jaillir de ses lèvres avec le sifflement de la dernière syllabe.

– Ayez la bonté, monsieur, reprit-elle, de tenir un des côtés de mon sac de voyage, pendant que je l'ouvrirai pour en tirer quelque chose.

L'intérieur du sac laissa voir une série de papiers pliés avec soin, rangés en bon ordre, et numérotés à l'extérieur. Mrs. Lecount en prit un et, refermant le sac, fit claquer fortement le ressort qui lui servait de serrure.

– Pendant notre séjour d'Aldborough, monsieur Noël, je n'avais en ma faveur, lui fit-elle observer, que le poids de mon opinion personnelle. Mon opinion ne comptait guère contre la jeunesse et la beauté de Miss Bygrave, contre l'esprit inventif de son soi-disant oncle. Pour combattre votre engouement, il fallait des preuves, alors, je n'en avais pas. Je m'en suis procuré depuis lors ; j'en suis armée, hérissée de pied en cap. Aussi vais-je rompre le silence auquel j'étais réduite, et mes paroles auront toute la valeur des preuves que j'apporte… Connaissez-vous cette écriture, monsieur ?

Il recula devant le papier qu'elle lui tendait.

– Je ne comprends pas bien tout ceci, dit-il assez mal à l'aise. Je ne sais où vous voulez en venir ni ce que vous voulez dire.

Mrs. Lecount, lui forçant la main, l'obligea à prendre le papier.

– Vous saurez ce que je veux dire, monsieur, reprit-elle, si vous consentez à me prêter un moment d'attention. Le lendemain de votre départ pour St. Crux, je suis parvenue à pénétrer chez Mr. Bygrave et à me procurer un entretien particulier avec sa femme. Cet entretien m'a fourni le moyen de vous convaincre que je cherchais vainement depuis des semaines. Je vous ai alors écrit une lettre pour vous en avertir, je vous ai écrit que j'abdiquais ma place auprès de vous, et toutes les espérances que je fondais sur votre générosité, si je ne parvenais pas, une fois revenue de Suisse, à vous démontrer que mes soupçons, relativement à Miss Bygrave, étaient la vérité même. Je vous ai adressé ma lettre à St. Crux et je l'ai moi-même mise à la poste. Lisez maintenant, monsieur Noël, ce papier que je vous ai forcé de prendre ! C'est l'affirmation écrite de l'amiral Bartram que ma lettre est parvenue à St. Crux et que, sur votre demande expresse, il vous l'a renvoyée dans une enveloppe au nom de Mr. Bygrave… Et maintenant. Mr. Bygrave vous a-t-il jamais remis cette lettre ? Ne vous agitez pas, monsieur ! un mot suffit à la réponse que je vous demande : oui ou non ?

Il lut ce que contenait le papier, et leva sur elle des yeux où l'ébahissement et la crainte semblaient grandir à chaque seconde. Elle attendit obstinément qu'il parlât :

– Non, dit-il d'une voix faible, je n'ai jamais reçu cette lettre.

– Première preuve ! s'écria Mrs. Lecount reprenant le papier qu'elle replaça dans le sac. Passons à une seconde, si vous voulez bien le permettre, avant d'en venir à des choses encore plus graves… Je vous ai remis, monsieur, pendant que nous habitions encore Aldborough, le signalement écrit d'une personne dont je ne vous faisais pas connaître le nom ; je vous demandais de comparer ce signalement à l'extérieur de Miss Bygrave, la première fois que vous vous trouveriez avec elle. Après avoir d'abord montré ce signalement à Mr. Bygrave – inutile de le nier maintenant, monsieur Noël, votre ami de North Shingles n'est plus ici pour vous prêter secours ! –, après avoir d'abord montré ma note à Mr. Bygrave, vous avez fait la comparaison requise, laquelle se trouva fautive par son détail le plus essentiel. Dans la description que je vous donnais de l'inconnue étaient mentionnés deux grains de beauté rapprochés, au côté gauche du cou. Or quand vous avez regardé le cou de Miss Bygrave, vous n'y avez vu trace de ces deux grains de beauté… Mon âge, monsieur Noël, me permettrait d'être votre mère… Oserais-je vous demander, malgré l'inconvenance apparente de cette question, ce que vous savez actuellement du cou de votre femme ?

Elle le dévisageait avec une impitoyable curiosité. Il recula de quelques pas, intimidé par ces yeux ardents.

– Je ne puis dire, bégaya-t-il, je ne sais pas… Que signifient toutes ces questions ? Je n'ai plus songé à ces grains de beauté. Jamais je n'ai regardé… Elle porte ses cheveux fort bas…

– Et à bon escient, monsieur, remarqua Mrs. Lecount. Mais avant d'en finir là-dessus, nous trouverons moyen de soulever cette chevelure propice. Quand je suis venue vers vous dans ce jardin, j'ai aperçu, par la fenêtre des cuisines, une jeune personne bien mise qui m'a paru être une femme de chambre… Serait-ce, par hasard, celle de votre femme ? Pardon, monsieur, est-ce oui que vous avez répondu ? En ce cas, permettez-moi une autre question : est-ce vous ou votre femme qui l'avez engagée ?

– C'est moi qui l'ai engagée…

– Pendant que j'étais à l'étranger ? pendant que j'ignorais absolument, et que vous preniez femme, et qu'il vous fallait une femme de chambre ?

– Oui.

– Dans ces conditions, monsieur Noël, vous ne pouvez me soupçonner en aucune façon de vouloir vous tromper en me servant de cette jeune fille. Rentrez, monsieur, pendant que je reste ici ! Demandez à la femme qui deux fois par jour donne ses soins aux cheveux de Mrs. Vanstone si sa maîtresse a un signe quelconque sur le côté gauche du cou, et (le cas échéant) quel est ce signe.

Il fit quelques pas vers la maison sans articuler un mot, puis s'arrêta et tourna la tête du côté de Mrs. Lecount. Ses yeux, d'ordinaire clignotants, semblaient raffermis, et son blême visage avait pris tout à coup une expression plus calme. Mrs. Lecount s'avança vers lui. Elle avait constaté ce changement ; mais, aussi bien qu'elle connût son maître, elle ne savait trop comment en interpréter le véritable sens.

– Est-ce un prétexte qu'il vous faut ? demanda-t-elle… Seriez-vous embarrassé d'expliquer à la femme de chambre de votre épouse la question que je lui adresse par votre bouche ? On trouve facilement des prétextes quand il s'agit de personnes placées comme elle l'est. Dites, par exemple, que j'ai apporté ici la nouvelle d'un legs fait à Mrs. Vanstone, et qu'il faut faire constater son identité avant qu'elle puisse toucher son argent.

Elle lui montra la maison. Il parut ne tenir aucun compte de ce signe impératif. Son visage pâlissait de plus en plus. Sans bouger ni parler, il restait debout et la regardait.

– Auriez-vous peur ? demanda Mrs. Lecount.

Cette interpellation le ranima ; ces paroles allumèrent enfin en lui une étincelle de virilité. Il se retourna vers elle, comme un mouton faisant face à un chien.

– Je ne veux ni questions ni ordres ! s'écria-t-il saisi d'un tremblement violent, et comme effrayé de son propre courage. Je ne veux plus ni menaces ni mystifications ! Comment m'avez-vous découvert ici ? Que signifient cette arrivée, ces insinuations mystérieuses ? Qu'avez-vous à dire contre ma femme ?

Mrs. Lecount ouvrit tranquillement le sac de voyage et, prévoyant une crise, en retira son flacon de sels.

– Vous m'avez parlé un langage clair et net, dit-elle. Ma réponse, monsieur, sera claire et nette. Votre colère va-t-elle jusqu'à vous rendre sourd ?

Malgré qu'il en eût, la physionomie et la voix de cette femme lui faisaient peur. Le courage commençait de nouveau à lui manquer et, quelques efforts qu'il fît pour la raffermir, sa voix tremblait quand il reprit la parole :

– Répondez-moi, dit-il, et répondez-moi sur-le-champ !

– Vous serez obéi à la lettre, monsieur, reprit Mrs. Lecount. Je suis venue ici dans un double but : pour vous ouvrir les yeux sur votre propre situation, et pour sauver votre fortune, votre vie peut-être. Quant à votre situation, voici ce qu'elle est : Miss Bygrave vous a épousé sous de faux dehors et sous un nom d'emprunt… Pouvez-vous raviver vos souvenirs ? Pouvez-vous vous rappeler la femme travestie qui vous a menacé à Vauxhall Walk ? Eh bien ! cette femme, aussi vrai que me voici devant vous, cette femme est à présent la vôtre.

Il la regardait sans pouvoir ni parler ni respirer, les lèvres béantes, les yeux hagards. La brutalité de cette révélation avait dépassé le but que se proposait la femme de charge ; elle l'avait plongé dans une stupeur insensée.

– Ma femme ? répéta-t-il avec un éclat de rire idiot.

– Votre femme ! répéta Mrs. Lecount.

Devant ces deux mots, prononcés pour la seconde fois, le petit homme sentit se détendre ses facultés, soumises à une trop rude épreuve. Une pensée venait de poindre, toute nouvelle pour lui, dans les ténèbres de son intelligence. Ses yeux s'arrêtèrent sur Mrs. Lecount avec une alarme furtive, et il recula précipitamment : « Folle ! » se dit-il, tout à coup rappelé au souvenir de ce que Mr. Bygrave lui disait naguère à Aldborough ; et cette conviction n'était que confirmée par l'étrange altération qu'il ne pouvait s'empêcher de constater sur le visage de la femme de charge.

Il avait articulé à voix basse le mot qui traduisait sa pensée, mais Mrs. Lecount l'entendit. L'instant d'après elle était à ses côtés, le touchant presque. Pour la première fois, elle n'était plus maîtresse d'elle-même et, d'un geste brusque, elle lui saisit le bras.

– Voulez-vous, monsieur, mettre ma folie à l'épreuve ?

Il se dégagea de son étreinte. Il recommençait à puiser quelque courage dans le sentiment d'incrédulité sincère auquel il venait d'obéir ; et ce courage lui faisait affronter les assertions persistantes au moyen desquelles elle semblait vouloir le convaincre.

– Oui, répondit-il. Que dois-je faire ?

– Ce que je vous ai dit, répliqua Mrs. Lecount. Adressez à cette femme de chambre, sur-le-champ, la question concernant sa maîtresse. Et, si elle vous dit que les grains de beauté existent, faites encore une chose… Emmenez-moi donc la chambre de votre femme et, une fois là, de vos propre mains, en ma présence, vous ouvrirez sa garde-robe.

– En quoi sa garde-robe peut-elle vous servir ? demanda-t-il.

– Vous le saurez quand vous l'aurez ouverte.

« Voilà qui est bien étrange ! se dit-il d'un air préoccupé. Ceci ressemble à une scène de roman, nullement aux réalités de la vie. »

Il rentra lentement dans la maison, et Mrs. Lecount l'attendit dans le jardin.

Après une absence de quelques minutes, il reparut au sommet du perron qui de la maison descendait dans le jardin. D'une main il s'accrochait à la rampe de fer, tandis que de l'autre il faisait signe à Mrs. Lecount de venir le rejoindre.

– Que dit cette fille ? demanda-t-elle en arrivant près de lui. Les grains de beauté s'y trouvent-ils ?

– Oui ! murmura-t-il à voix basse.

Ce que lui avait dit la femme de chambre venait de produire en lui un changement notable. L'horreur de la découverte qu'il allait être appelé à constater paralysait déjà son intelligence. Ses mouvements étaient ceux d'une machine sans âme ; sa physionomie, son langage, ceux d'un homme qui rêve.

– Voulez-vous prendre mon bras, monsieur ?

Il secoua la tête et, la précédant le long du corridor, la précédant encore sur l'escalier, il conduisit Mrs. Lecount dans la chambre de sa femme. Lorsque, entrée après lui, elle eut refermé la porte, il demeura dans une attitude passive, attendant pour ainsi dire ses ordres, sans faire la moindre remarque, sans manifester la moindre surprise. Il n'avait ôté ni son chapeau, ni son paletot. Mrs. Lecount l'en débarrassa.

– Merci ! lui dit-il avec la docilité d'un enfant bien élevé. Ceci ressemble tout à fait à une scène de roman, nullement aux réalités de la vie, se répéta-t-il.

La chambre à coucher n'était pas très grande ; le mobilier, aux formes lourdes, datait de bien des années. Mais, dans les menus embellissements qui rendaient plus gracieux et plus vivant l'aspect de cette pièce si vulgaire, on retrouvait partout la trace de ce goût naturel, de cette élégance innée qui caractérisaient Magdalen. Dans l'air rafraîchi planait un vague parfum de roses séchées. Mrs. Lecount huma ce parfum avec un froncement de sourcils tout à fait hostile et ouvrit la fenêtre à deux battants :

– Pouah ! dit-elle avec un frisson de vertueux dégoût. Quelle atmosphère viciée !

Elle s'assit alors auprès de la croisée. L'armoire à robes était appliquée contre le mur en face, et le lit contre la paroi latérale, à droite de Mrs. Lecount.

– Ouvrez la garde-robe, monsieur Noël, lui dit-elle. Je n'en approche pas, je n'y touche rien, comme vous voyez. Prenez vous-même les robes et posez-les sur le lit ! Prenez-les, l'une après l'autre, jusqu'à ce que je vous dise d'arrêter.

Il lui obéit.

– Je ferai de mon mieux, dit-il. J'ai les mains glacées, et la tête comme si j'allais m'endormir.

Les robes qu'il fallait retirer n'étaient pas en grand nombre, car Magdalen en avait emporté plusieurs avec elle. Après en avoir déposé deux sur le lit, Noël Vanstone, pour en découvrir une troisième, fut obligé de fouiller au fin fond de la grande armoire. Quand il l'eut ramenée au grand jour, Mrs. Lecount lui fit signe de s'arrêter. Elle avait atteint son but : il avait trouvé lui-même la robe d'alpaga brun.

– Posez-la sur le lit, monsieur ! dit Mrs. Lecount… Vous allez trouver au bas un double volant. Soulevez celui de dessus, et faites passer l'autre entre vos doigts, pouce par pouce. Si vous arrivez à un endroit où manque un morceau de l'étoffe, arrêtez-vous, je vous prie, et regardez-moi !

Il soumit lentement à l'épreuve dite, pendant une minute ou deux, le volant révélateur. Puis il s'arrêta, leva les yeux. Mrs. Lecount exhiba son portefeuille et l'ouvrit.

– Chacune des paroles que je vais prononcer, monsieur, dit-elle, est pour vous et pour moi de la plus haute importance. Suivez-les avec la plus grande attention ! Lorsque la femme qui prenait le nom de Miss Garth vint nous voir à Vauxhall Walk, je me suis glissée à genoux derrière le fauteuil où elle était assise et, dans le vêtement qu'elle portait, j'ai découpé un fragment qui devait m'aider à reconnaître ce vêtement, si je le revoyais jamais. J'ai exécuté ceci tandis que l'attention de cette femme était absorbée tout entière par la conversation qu'elle avait avec vous. Depuis, le morceau d'étoffe est resté dans mon portefeuille... Voyez par vous-même, monsieur Noël, si c'est celui qui manque à cette robe que vos propres mains viennent d'aller prendre au fond de la garde-robe de votre femme.

Elle se leva et vint déposer sur le lit le morceau d'étoffe en question. Aussi bien que le lui permit le tremblement de ses doigts, il l'adapta au vide pratiqué dans le volant.

– S'agit-il du bon morceau, monsieur ? demanda Mrs. Lecount.

La robe était tombée des mains de Mr. Noël Vanstone, et cette pâleur bleuâtre de mortel augure, contre laquelle tout médecin chargé de le soigner avait mis en garde sa femme de charge, s'épandit lentement sur son visage. Mrs. Lecount n'avait pas calculé que ses questions obtiendraient une réponse semblable à celle qui se lisait maintenant sur ses joues. Elle se rapprocha de lui en toute hâte, son flacon de sels à la main. Quant à lui, se laissant tomber sur ses genoux, il saisit sa robe avec l'énergique étreinte d'un homme qui se noie.

– Sauvez-moi ! murmurait-il, haletant et d'une voix enrouée à laquelle manquait le souffle... Oh ! je vous en supplie, Lecount, sauvez-moi !

– Je vous le promets, dit Mrs. Lecount. Je suis ici avec les moyens et le dessein bien arrêté de vous sauver. Quittez la place où vous êtes ; rapprochez-vous du grand air ! (Tout en parlant, elle le soulevait, et le menait, traversant la chambre, jusqu'à la croisée.) Sentez-vous, par hasard, quelque retour de cette douleur que vous éprouviez de temps à autre au côté gauche ? lui demanda-t-elle avec les premiers symptômes d'inquiétude qu'elle eût encore laissés paraître... Votre femme a-t-elle ici de l'eau de Cologne, des sels, quoi que ce soit enfin ? Ne vous fatiguez pas à parler ! Montrez-moi l'endroit !

Il désigna une petite armoire triangulaire, en bois de noyer tout mangé de vers, fixée assez haut dans un coin de la chambre. Mrs. Lecount voulut ouvrir ce meuble ; elle le trouva fermé à clef.

Au moment où elle venait de s'en apercevoir, elle vit la tête de son maître s'affaisser graduellement sur le dos du fauteuil où elle l'avait assis. La sentence prononcée autrefois par le médecin : « Si jamais vous lui laissez perdre connaissance, tenez-le pour mort ! » lui revint à la mémoire comme si ces paroles avaient été prononcées moins de vingt-quatre heures auparavant. Elle regarda une fois encore du côté de l'armoire. Au-dessous de ce meuble, dans une espèce de placard, on entrevoyait certains bouts de corde laissés là sans doute en vue de quelque emballage. Sans hésiter un instant, elle saisit un de ces morceaux de corde, noua solidement l'une de ses extrémités au bout de l'armoire et, saisissant l'autre bout à deux mains, lui imprima de toutes ses forces une secousse violente. Le bois, à moitié pourri, ne put résister ; l'armoire s'ouvrit à deux battants, et une multitude de petits objets se répandit à grand bruit sur le parquet. Sans prendre garde à la porcelaine, aux cristaux brisés à ses pieds, elle plongea son regard dans les obscures profondeurs de la petite armoire et y vit luire deux flacons de verre. L'un était tout au fond de la tablette ; l'autre, plus en avant, cachait en partie le premier. Elle les saisit tous deux du même mouvement et les emporta vers la fenêtre, un dans chaque main, pour déchiffrer les étiquettes sous un jour plus vif. Le flacon qu'elle tenait dans sa main droite fut le premier qu'elle regarda. L'étiquette portait : *Sel ammoniac.*

Elle déposa aussitôt l'autre flacon sur la table, sans même y jeter un regard. Cet autre flacon resta là, comme s'il attendait que son tour fût venu. Il renfermait une liqueur foncée, et l'étiquette portait ce seul mot : POISON.

II

Mrs. Lecount mêla le sel avec de l'eau et l'administra immédiatement. Le stimulant produisit l'effort voulu. Au bout de quelques minutes, Noël Vanstone fut en état de se soulever dans son fauteuil sans qu'on l'aidât ; son teint reprit un meilleur aspect, et il respira plus librement.

– Comment vous sentez-vous à présent ? demanda Mrs. Lecount. Votre côté gauche se réchauffe-t-il ?

Il ne prit pas garde à cette question. Ses yeux, qui parcouraient la chambre au hasard, s'étaient dirigés vers la table. A la grande surprise de Mrs. Lecount, au lieu de lui répondre, il se pencha en avant dans son fauteuil, contemplant d'un œil hagard et désignant de la main le second flacon qu'elle avait retiré de l'armoire et mis ensuite de côté sans y faire attention.

Le voyant en proie à quelque alarme nouvelle, la femme de charge s'approcha de la table, dans la direction des regards qu'il y jetait. L'étiquette du flacon était en vue ; et là, lisiblement écrit par le pharmacien d'Aldborough, ce mot terrible s'étalait devant eux : POISON.

Le sang-froid de Mrs. Lecount elle-même fut ébranlé par cette découverte. Elle n'était pas préparée à voir, réalisés comme ils l'étaient maintenant, ses plus sombres pressentiments, ceux que lui avait fait concevoir, sans qu'elle voulût se les avouer à elle-même, son aversion pour Magdalen. Le désespoir qui avait motivé l'achat du poison, la pensée de suicide en vue de laquelle, comme remède probable de l'odieux avenir, le poison avait été conservé, entraînaient avec eux leur légitime rétribution. Le flacon se trouvait là en l'absence de Magdalen, portant faux témoignage d'une trahison qui ne lui était jamais entrée dans l'esprit, d'un attentat projeté contre la vie de son époux.

Montrant encore la table par un mouvement machinal, Noël Vanstone releva la tête et jeta un regard interrogateur à Mrs. Lecount.

– Je l'ai retiré de l'armoire, dit-elle pour toute réponse. J'y ai pris les deux flacons à la fois, ne sachant encore lequel pourrait me servir. Je suis aussi émue, aussi effrayée que vous.

« Du poison ! se dit-il lentement. Du poison mis sous clef par ma femme, dans l'armoire de la chambre qu'elle habite ! » Il se tut un moment, et regardant de nouveau Mrs. Lecount :

– Pour moi ? demanda-t-il d'un ton à la fois absent et curieux.

– Nous attendrons, monsieur, pour parler de ceci, dit Mrs. Lecount, que votre esprit soit plus tranquille. D'ici là, le danger que peut receler ce flacon va être anéanti sous vos yeux. (Elle ôta le bouchon et jeta par la fenêtre, d'abord le laudanum, puis le flacon vidé.) Tâchons d'oublier pour le moment cette terrible découverte, reprit-elle, et descendons sans plus de retard. Tout ce que j'ai à vous dire maintenant peut vous être expliqué ailleurs qu'ici.

Elle l'aida à se lever de son fauteuil, et lui donna le bras pour le soutenir. « Je suis arrivée fort à propos pour lui, et fort à propos pour moi », pensa-t-elle tandis qu'ils descendaient ensemble au rez-de-chaussée.

En traversant le corridor, elle alla jusqu'à la porte devant laquelle attendait la voiture qui l'avait amenée de Dumfries et donna ordre à son cocher d'aller faire rafraîchir ses chevaux à l'auberge la plus proche, pour revenir ensuite la chercher au bout de deux heures. Cette précaution prise, elle accompagna Noël Vanstone dans le salon et l'installa confortablement devant la cheminée, dans un fauteuil de malade, après avoir ranimé le feu qui s'éteignait. Il y demeura quelques minutes, parfaitement muet, exposant ses mains à la chaleur dans un geste de vieillard, et regardant fixement la flamme. Puis il prit la parole :

– Lorsque cette femme est venue me menacer à Vauxhall Walk, commença-t-il sans détourner son regard des charbons enflammés, vous êtes entrée dans le salon après son départ, et vous m'avez dit…

Il s'arrêta, pris d'un léger frisson, perdant le fil de ses vagues souvenirs.

– Je vous ait dit alors, monsieur, reprit Mrs. Lecount, que selon moi cette femme était Miss Vanstone elle-même. Ne tressaillez pas ainsi, monsieur Noël ! Votre femme est partie, et vous m'avez ici pour vous soigner ! Dites-vous, si vous éprouvez quelque crainte : Lecount est ici, Lecount aura soin de moi. Si dure que puisse être la vérité, continua-t-elle, encore faut-il qu'elle soit dite. Miss Magdalen Vanstone est bien cette femme qui vint chez vous sous un costume d'emprunt ; et cette femme est bien celle que vous avez épousée. Le complot dont elle vous menaçait, à Londres, est bien le complot par suite duquel vous êtes devenu son mari. Voilà l'irrécusable vérité… Vous avez vu là-haut cette robe. En supposant qu'elle eût été détruite, j'aurais encore eu les moyens de vous convaincre. Grâce à mon entrevue avec Mrs. Bygrave, j'ai découvert la maison que votre femme habitait à Londres, une de celles qui, dans Vauxhall Walk, faisaient face à la nôtre. J'ai mis la main sur une des filles de la propriétaire qui, d'un cabinet reculé, s'amusait à espionner votre femme, et l'a vue revêtir son déguisement ; cette fille peut attester son identité, tout comme celle de Mrs. Bygrave, et m'a fourni, sur ma demande, une déclaration écrite qu'elle est prête à confirmer par serment, si quelqu'un se hasardait à la contredire. Vous pourrez lire cette déclaration, monsieur Noël, lorsque vous serez plus en état de bien la comprendre. Vous lirez aussi une lettre, écrite de la main de Miss Garth, et dont elle attestera le contenu devant vous, si vous l'exigez, lettre où elle nie formellement être jamais venue à Vauxhall Walk et affirme non moins formellement que ces grains de beauté, sur le cou de votre femme, sont des marques particulières à Miss Magdalen Vanstone, lesquelles lui sont connues depuis l'enfance de celle-ci. Je le dis avec un légitime orgueil, vous ne trouverez pas un côté faible à la démonstration que je vous apporte… Si Mr. Bygrave n'avait pas volé ma lettre, vous eussiez été averti avant cette déception cruelle qui m'a fait partir pour Zurich et les preuves que je vous fournis maintenant, après votre mariage, vous les auriez eues avant qu'il fût consommé… Vous ne devez pas, monsieur, me regarder comme responsable de ce qui est arrivé depuis que j'ai quitté l'Angleterre. Prenez-vous-en à la fille illégitime de votre oncle ; prenez-vous-en à ce misérable dont les deux yeux ne sont pas de la même couleur !

Elle articula ces derniers mots, saturés de venin, aussi lentement, aussi distinctement qu'elle avait articulé le reste de son discours. Noël

Vanstone ne répondit rien. Il demeurait assis et penché vers le feu. Elle se baissa pour le regarder au visage. Il pleurait en silence :

– Moi qui l'aimais tant ! finit par dire le misérable avorton. Moi qui me croyais adoré d'elle !

Mrs. Lecount lui tourna le dos dans un silence dédaigneux. « Il l'aimait tant ! » Tandis qu'elle se répétait ces paroles, son visage dévasté redevint presque beau, par l'intensité du magnifique mépris qu'il exprima.

Elle s'approcha d'une bibliothèque placée au fond du salon et se mit à examiner les volumes que ce meuble renfermait. Mais bientôt elle fut arrachée à cet examen distrait par un appel de son maître, soudainement pris d'effroi. Les pleurs avaient séché sur son visage qui, lorsqu'il le tourna vers elle, était redevenu pâle de terreur :

– Lecount, dit-il, se cramponnant à elle des deux mains, un œuf peut-il être empoisonné ?... Ce matin à déjeuner, j'ai pris un œuf... avec une petite rôtie...

– Tranquillisez-vous, monsieur, dit Mrs. Lecount. Le seul poison que vous ayez encore pris est celui des fausses paroles de votre femme. Si elle s'était déjà décidée à vous faire expier par la mort votre crédulité insensée, elle n'aurait pu quitter la maison où elle vous laissait vivant encore... Chassez donc cette idée de votre esprit ! Nous voici à la moitié du jour ; vous avez besoin de vous rafraîchir. J'ai encore bien des choses à vous dire, dans l'intérêt de votre sécurité ; j'ai aussi quelque chose à vous suggérer qui ne souffre pas le moindre retard. Mais il faut pour cela reprendre des forces. Si la nourriture préparée ici vous inspire quelque méfiance, je mangerai la première, afin de vous rassurer. Êtes-vous assez calme pour donner vos ordres à la domestique, une fois que je l'aurai sonnée ? Il est indispensable au dessein que j'ai formé pour vous que personne ne puisse vous croire malade de corps ou malade d'esprit. Avant l'arrivée de la domestique, essayez devant moi ! Voyons quel air et quel langage vous aurez en prononçant ces paroles : « Apportez le lunch ! »

Après deux répétitions, Mrs. Lecount jugea son maître en état de donner cet ordre sans trahir son état de faiblesse.

Louisa répondit au coup de sonnette ; Louisa regarda obstinément Mrs. Lecount. Le repas fut apporté par la fille de service ; cette fille regarda obstinément Mrs. Lecount. La cuisinière vint desservir, une fois le repas terminé ; la cuisinière regarda obstinément Mrs. Lecount. Les trois domestiques soupçonnaient évidemment qu'il se passait dans la maison quelque chose d'extraordinaire. Il n'était guère douteux qu'elles ne se fussent arrangées pour se partager entre elles trois les occasions que le service de la table pouvait leur fournir d'entrer tour à tour dans le salon.

La curiosité dont elle était l'objet n'échappa point à la pénétration de l'ex-femme de charge. « J'ai bien fait, pensa-t-elle, de me ménager par avance tous les moyens d'arriver à mes fins. Si je laissais l'herbe pousser sous mes pieds, l'une ou l'autre de ces femmes pourrait me créer des obstacles. » Excitée par cette considération, elle alla, aussitôt que la dernière des domestiques eut quitté la pièce, prendre son sac de voyage déposé dans un coin, et, s'asseyant au bout de la table, en face de Noël Vanstone, elle le contempla un moment avec une attention inquisitrice. Elle avait eu soin de mesurer la quantité de vin qu'il avait prise pendant son repas ; elle l'avait laissé boire exactement assez pour lui donner des forces sans déranger son équilibre mental ; et maintenant, elle examinait son visage d'un œil critique, ainsi qu'un artiste, sa journée finie, examine sa toile et vérifie les progrès de son tableau. Le résultat parut la satisfaire, et sans plus tarder elle aborda le côté sérieux de l'entrevue.

– Voulez-vous, monsieur Noël, lui demanda-t-elle, jeter les yeux, avant que j'en dise davantage, sur les témoignages écrits dont je vous ai parlé ? ou bien votre conviction est-elle déjà suffisante pour me permettre de passer immédiatement à la proposition que j'ai à vous faire ?

– Voyons votre proposition, dit-il, s'accoudant à la table d'un air boudeur et appuyant sur ses mains sa tête inclinée.

Mrs. Lecount retira de son sac de voyage les témoignages écrits auxquels elle venait de faire allusion, et prit soin de placer ces documents à côté de lui, de manière qu'il pût y recourir aisément, si la fantaisie lui en prenait. Les manières disgracieuses qu'il affectait vis-à-vis d'elle, bien loin de l'intimider, lui donnaient courage. Elle le connaissait assez pour savoir que ce symptôme était de bon augure. Dans ces rares occasions où la faible volonté qui était en lui se trouvait disponible, on la voyait s'affirmer, comme chez presque tous les hommes naturellement faibles, d'une manière agressive. En pareil cas, plus il se montrait boudeur et discourtois à l'égard de ceux qui l'entouraient, plus s'affermissait sa résolution éphémère ; au contraire, on pouvait en constater la défaillance en la mesurant aux égards, à la politesse qu'il manifestait. L'accent de sa dernière réponse et l'attitude sans gêne qu'il venait de prendre à table convainquirent Mrs. Lecount que le vin d'Espagne et le mouton d'Écosse, fidèles à leur mission, avaient relevé son courage abattu.

– Si vous le permettez, continua-t-elle, je vous poserai d'abord, pour la forme, une première question… Mais je n'ai pas besoin de votre réponse pour être certaine, d'ores et déjà, que vous avez fait votre testament ?

Il remua la tête en signe d'affirmation, sans regarder l'ex-femme de charge.

– Vous l'avez fait en faveur de votre femme ?

Même mouvement.

– Vous lui avez laissé toute votre fortune ?

– Non.

Mrs. Lecount parut fort surprise.

– Est-ce de vous-même, monsieur Noël, demanda-t-elle, que vous avez ainsi limité vos libéralités envers elle ; ou se pourrait-il que votre femme eût spontanément restreint la part que vous lui faisiez dans votre testament ?

Il garda un silence contraint ; il avait honte, bien évidemment, de répondre à une telle question. Mrs. Lecount la répéta sous une forme moins directe.

– Combien laissez-vous à votre veuve, monsieur Noël, pour le cas où vous viendriez à décéder avant elle ?

– Quatre-vingt mille livres sterling !

Cette réponse disait tout. La somme de quatre-vingt mille livres représentait exactement la fortune dont Michael Vanstone, à la mort de son frère, avait dépouillé les enfants de son frère, devenus orphelines ; exactement la fortune que le fils de Michael Vanstone avait conservée à son tour, aussi impitoyablement que son père. Le silence de Noël Vanstone remplaçait éloquemment la confession qu'il avait honte de faire tout haut : sa faiblesse insensée avait dû, sans nul doute, mettre aux pieds de sa femme tout ce qu'il possédait au monde. Mais cette jeune fille, dont l'audace vindicative avait brisé toute espèce de frein, cette jeune fille qui, même à la porte du temple, n'avait pas reculé devant une résolution désespérée, l'heure du triomphe venue pour elle, n'avait voulu exiger de l'homme prêt à lui tout donner qu'une portion de ses biens ! Elle lui avait arraché rigoureusement jusqu'au dernier farthing de la fortune qu'Andrew Vanstone avait léguée à ses filles ; mais ensuite elle avait repoussé la main tentatrice où elle pouvait puiser encore des sommes considérables ! Mrs. Lecount, sur le moment, se vit contrainte au silence par la surprise que lui causait une pareille modération. Magdalen lui imposait, en dépit d'elle-même, cet étonnement voisin de l'admiration qu'on n'accorde pas volontiers à un ennemi. Aussi, à dater de ce moment, son aversion pour Magdalen devint-elle dix fois plus intense.

– Je ne doute pas, monsieur, reprit-elle après s'être tue un moment, que Mrs. Noël vous a donné d'excellentes raisons pour fixer sa part d'héritage, après votre mort, à la somme de quatre-vingt mille livres, ni plus ni moins ; et d'autre part, je suis non moins certaine que, libre alors de tout soupçon, vous avez trouvé ses raisons parfaitement concluantes. Mais le temps des illusions est passé. Vos yeux sont dessillés, monsieur, et vous ne manquerez pas de remarquer (comme je le remarque moi-même) que la propriété de Combe-Raven se trouve représenter une somme exactement égale à celle que votre femme se faisait léguer par vous. Si vous pouviez douter encore du motif qui l'a portée à vous épouser, relisez votre testament ! Ce motif y est écrit en toutes lettres.

Il écarta les mains qui masquaient son visage et, pour la première fois depuis qu'ils étaient ainsi face à face des deux côtés de la table, il lui prêta l'attention la plus concentrée. Jamais il n'avait évalué, prise à part, la propriété de Combe-Raven. Elle lui était arrivée, après la mort de son père, confondue avec le reste de la succession. La découverte qu'on lui suggérait maintenant, ni ses calculs ordinaires, dans leur étroite limite, ni sa confiance absolue dans l'affection de sa femme ne lui avaient jusqu'alors permis de la faire par lui-même. Il continuait à garder le silence, mais il boudait moins Mrs. Lecount. Son attitude était plus conciliante ; il y avait chez lui comme un reflux de courage. Son assurance baissait à vue d'œil.

– Il faut, monsieur, reprit Mrs. Lecount, que vous envisagiez votre situation aussi nettement que je l'envisage moi-même. Entre cette femme et le but qu'elle veut atteindre, il n'existe plus qu'un obstacle.

Cet obstacle est votre existence. Après la découverte que nous avons faite là-haut, je vous laisse à penser ce que vos jours valent maintenant.

A ces terribles paroles, il perdit tout ce qui lui restait de sa résolution, déjà fort diminuée.

– Ne cherchez pas à m'effrayer, dit-il suppliant. Je suis déjà bien assez effrayé comme cela ! (Il se leva et, tirant son fauteuil après lui, vint s'asseoir auprès de Mrs. Lecount. Puis, d'un air caressant, il lui baisa la main.) Bonne créature ! dit-il d'une voix altérée. Excellente et digne Lecount ! Dites-moi ce qu'il faut faire ! Je me sens plein de courage. Il n'est rien que je ne fasse pour sauver ma vie !

– Avez-vous ici de quoi écrire ? demanda Mrs. Lecount… Voudriez-vous, s'il vous plaît, l'apporter sur cette table ?

Tandis que son maître rassemblait les objets demandés, Mrs. Lecount mit de nouveau à contribution son sac de voyage. Elle en retira deux papiers, tous deux endossés de la même écriture régulière et correcte dont usent les commerçants. On lisait sur l'un : « Modèle du testament à proposer », sur l'autre : « Modèle de la lettre à proposer ». Quand elle les plaça devant elle sur la table, sa main trembla quelque peu, et elle appliqua sous ses narines le flacon de sels qu'elle avait apporté dans l'intérêt de Noël Vanstone.

– En venant ici, monsieur Noël, commença-t-elle, j'espérais pouvoir accorder à vos réflexions un délai plus long que le péril actuel n'en laisse à notre disposition. Au premier abord, quand vous m'avez parlé de ce voyage à Londres fait par votre femme, j'ai regardé comme probable qu'elle était allée y voir sa sœur et Miss Garth. Depuis l'épouvantable découverte que nous avons faite là-haut, je me sens disposée à penser autrement. Le parti pris par votre femme de ne pas vous nommer les amis qu'elle est allée voir me remplit des plus vives craintes. Peut-être a-t-elle des complices à Londres ; peut-être en a-t-elle (qui peut le savoir ?) jusque dans cette maison-ci. Vos domestiques, monsieur, se sont ménagé, toutes les trois, l'occasion d'entrer l'une après l'autre dans cette pièce et de m'examiner à loisir… S'il faut vous le dire, je n'aime pas leurs physionomies… Nous ignorons, vous et moi, ce qui peut arriver d'un jour à l'autre, ou même d'ici à quelques heures. Il importe, croyez-moi, de prendre immédiatement les devants sur tous les accidents possibles, et quand la voiture viendra me chercher, vous quitterez cette maison avec moi !

– C'est cela, c'est cela, dit-il empressé ; je quitterai la maison en même temps que vous. Je ne voudrais pas y demeurer seul pour tout l'or du monde… Mais cette encre et cette plume, pourquoi les avez-vous demandées ? Qui doit écrire, vous ou moi ?

– C'est vous, monsieur, dit Mrs. Lecount. Vous seul, d'un bout à l'autre, prendrez l'initiative des mesures destinées à vous sauver… Je propose, monsieur Noël… et vous disposez. Considérez d'abord, monsieur, la situation dans laquelle vous vous trouvez. Quelle est la première, la plus impérieuse des nécessités actuelles ? C'est bien évidemment d'anéantir l'intérêt que votre femme peut prendre à votre mort ; et pour cela le moyen le plus direct est de faire un autre testament.

Mr. Vanstone témoigna son approbation par un geste véhément ; ses joues s'animèrent et un malicieux triomphe brûla dans ses yeux clignotants : « Elle n'aura pas un farthing, se disait-il à mi-voix. Je réponds bien qu'elle n'aura pas un farthing ! »

– Votre testament une fois fait, monsieur, continua Mrs. Lecount, vous le déposerez aux mains d'une personne de confiance… non dans les miennes, monsieur Noël, je ne suis que votre domestique ! Puis, le testament mis en lieu sûr, et vous-même bien à l'abri, vous écrirez à votre femme en lui adressant ici votre lettre. Ce sera le moment de lui apprendre que vous avez changé vos dispositions testamentaires, et que les nouvelles la laissent, à votre mort, sans un sou vaillant. En vertu de votre légitime indignation, refusez-lui pour toujours l'entrée de votre domicile ! Placez-vous ainsi en position de force, et ce n'est plus vous qui êtes à la merci de votre femme, c'est votre femme qui est à votre merci. Revendiquez, monsieur, tous les pouvoirs que la loi vous donne ! et vous réduirez cette femme à subir désormais toutes les conditions qu'il vous plaira de lui imposer.

Il saisit la plume en toute hâte.

– C'est cela, dit-il avec une importance vindicative ; toutes les conditions qu'il me plaira de lui imposer… (Mais il s'arrêta tout à coup ; l'abattement, la perplexité, se peignirent sur son visage.) Comment faire, maintenant ? demanda-t-il, jetant la plume aussi vite qu'il l'avait prise.

– Faire quoi ? demanda Mrs. Lecount.

– Comment faire mon testament en l'absence de Mr. Loscombe

qu'il faudrait aller chercher à Londres, et sans pouvoir recourir ici à l'assistance d'aucun avocat ?

Mrs. Lecount posa doucement son index sur les papiers étalés devant elle.

– Vous trouverez ici, monsieur, dit-elle, toute l'assistance dont vous pourrez avoir besoin. Avant de venir auprès de vous, j'avais mûrement pesé toute chose, et pour me guider à travers les difficultés d'où je ne serais pas sortie toute seule, j'avais eu recours à la secrète assistance d'un ami. Cet ami est un gentleman, suisse d'origine, mais né et élevé en Angleterre. Sans être avocat de métier, il connaît suffisamment la loi et tout ce qui s'y rapporte. C'est à lui que je dois non seulement un modèle du testament que vous pourriez faire, mais aussi l'esquisse écrite d'une lettre dont la rédaction nous importe autant que celle de la rédaction du testament lui-même. Car, monsieur Noël, il est encore une autre difficulté à laquelle vous devez pourvoir et dont je n'ai point voulu vous parler encore, mais qui n'en est pas moins aussi urgente, à sa manière, que celle de refaire votre testament.

– Quelle est-elle ? demanda-t-il, sa curiosité s'éveillant.

– Nous nous en occuperons à son tour, monsieur, répondit Mrs. Lecount ; mais son tour n'est pas encore venu. Commençons, s'il vous plaît, par le testament. Je vous le dicterai d'après le modèle que je me suis procuré ; vous n'aurez ainsi qu'à l'écrire.

Noël Vanstone regarda le modèle de testament et le modèle de lettre avec une curiosité soupçonneuse.

– Il me semble qu'avant de dicter, vous devriez me soumettre ces pièces, dit-il. Cela, Lecount, m'irait infiniment mieux.

– Très volontiers, monsieur, répliqua Mrs. Lecount, qui lui tendit immédiatement les documents demandés.

Il lut d'abord le modèle de testament, s'arrêtant et fronçant les sourcils d'un air méfiant, chaque fois qu'il rencontrait, dans le manuscrit, les blancs à remplir par le nom des légataires ou le chiffre des sommes léguées. Trois ou quatre minutes lui suffirent, cependant, pour achever cette première lecture. Il rendit le papier à Mrs. Lecount, sans élever la moindre objection contre aucune des clauses qui s'y trouvaient portées.

Le modèle de lettre était un document beaucoup plus long. Il le lut obstinément d'un bout à l'autre ; son air perplexe et mécontent témoignait assez qu'il n'y comprenait absolument rien.

– Il faudra qu'on m'explique ceci, dit-il avec un retour de son ancienne importance, si l'on veut que je prenne aucune décision en ce sens.

– A mesure que nous progresserons, répondit Mrs. Lecount, tout ceci vous sera expliqué.

– Mot à mot, et d'un bout à l'autre ?

– D'un bout à l'autre et mot à mot, monsieur Noël, en temps voulu. Vous n'objectez rien au testament ? Consacrons-nous alors au testament ; et, conformément à ce que je vous disais, occupons-nous sans retard de sa rédaction... Vous avez pu vous assurer par vous-même qu'il est assez court et assez simple pour être compris de tous, même d'un ignorant. Si pourtant quelques doutes subsistaient encore dans votre esprit, faites-les disparaître, je vous prie, en soumettant cet acte à l'examen d'un homme de loi. Cependant, ne m'accusez pas d'indiscrétion si je me permets de vous rappeler que nous sommes tous mortels, et que l'occasion une fois perdue ne se retrouve jamais. Pendant que votre temps est encore à vous, monsieur, et pendant que vos ennemis n'ont encore aucun soupçon, hâtez-vous de faire votre testament !

Elle ouvrit une double feuille de grand papier à lettres et, la lissant de la main, l'étala devant lui. Elle trempa la plume dans l'encre et la glissa entre ses doigts. Il se laissait faire sans parler ; selon toute apparence, il avait, depuis quelques minutes, l'esprit préoccupé.

Mais le point essentiel était gagné. Il était là, devant cette table, le papier sous les yeux, la plume dans la main, sur le point, enfin et pour tout de bon, de faire son testament.

– La première question que vous ayez à décider, monsieur, dit Mrs. Lecount quand elle eut jeté sur le modèle un coup d'œil préliminaire, est le choix d'un exécuteur. Je ne prétends influencer en rien votre décision, mais je puis sans inconvenance vous rappeler que, pour choisir sagement en cette matière, il serait bon d'élire un vieil ami, souvent éprouvé, en qui vous puissiez mettre toute confiance.

– Vous voulez dire l'amiral, je suppose, dit Noël Vanstone.

Mrs. Lecount s'inclina.

– Très bien, continua-t-il. L'amiral, si vous voulez.

Quelque chose évidemment le tracassait. Même dans les circonstances difficiles où il se trouvait maintenant placé, il n'était pas normal qu'il acceptât sans quelque chicane, comme il l'avait fait jusqu'alors, les conseils intelligents et désintéressés de Mrs. Lecount.

– Êtes-vous prêt, monsieur ?

– Oui.

Mrs. Lecount dicta le premier paragraphe d'après le modèle :

Ceci est ma dernière volonté, mon testament, à moi, Noël Vanstone, habitant pour le présent Baliol Cottage, près Dumfries. Je révoque d'une manière absolue et dans chacune de ses clauses un premier testament signé par moi, le trente septembre mil huit cent quarante-sept; et en conséquence je désigne, comme unique exécuteur du présent, le contre-amiral Arthur Everard Bartram, de St. Crux-in-the-Marsh, comté d'Essex.

– Avez-vous écrit cette formule, monsieur ?

– Oui.

Mrs. Lecount posa le modèle sur la table. Noël Vanstone, à son tour, y posa la plume; ils évitaient de se regarder l'un l'autre. Un long silence se fit.

– J'attends, monsieur Noël, dit enfin Mrs. Lecount, que vous me fassiez connaître vos intentions relativement à la distribution de votre fortune… de votre *grande* fortune, ajouta-t-elle avec une emphase impitoyable.

Il reprit la plume dont il se mit, gardant un silence profond, à éplucher les brins un par un.

– Peut-être, poursuivit Mrs. Lecount, le testament que vous avez déjà rédigé vous aiderait-il à me donner les instructions que je réclame… Puis-je vous demander à qui vous laissiez le surplus de vos capitaux en dehors des quatre-vingt mille livres sterling léguées à votre femme ?

Pour répondre simplement à cette question, Mr. Vanstone aurait dû dire : « Je léguais tout le surplus dont vous me parlez à mon cousin George Bartram. » Et il lui aurait fallu convenir, en présence de Mrs. Lecount, que le nom de Mrs. Lecount avait été complètement omis dans le testament. Un homme bien plus hardi, dans la situation où il se trouvait, n'eût pas manqué de ressentir la même contrainte, le même embarras, qui le paralysaient en ce moment. Il arracha le dernier brin qui tînt encore après la plume déchiquetée et, franchissant l'espèce de trappe ouverte sous ses pieds, se hâta de reconnaître spontanément les prétentions indirectes de Mrs. Lecount.

– J'aimerais mieux, dit-il fort mal à l'aise, j'aimerais mieux, en fait de testament, ne parler que du testament actuel… Il faut d'abord, Lecount…

Il hésita, fourra dans sa bouche l'extrémité dénudée de la plume, la mordit d'un air pensif et n'ajouta rien.

– Eh bien, monsieur ? reprit en insistant Mrs. Lecount.

– Il faut d'abord…

– Eh bien, monsieur ?

– Il faut d'abord… régler ce qui vous concerne ?

Il prononça ces derniers mots sur le ton d'une interrogation plaintive, comme si toute espérance de se voir opposer un refus magnanime ne l'avait pas abandonné, même alors. Mrs. Lecount, sans perdre une minute, se chargea de rectifier ce que cette idée avait d'erroné.

– Je vous remercie, monsieur Noël, dit-elle avec l'accent et l'attitude d'une femme qui prend acte non d'une faveur qu'on lui fait, mais d'une obligation contractée envers elle.

Il mordit encore sa plume. On commençait à voir poindre sur son visage une espèce de transpiration.

– Le difficile, fit-il observer, est de fixer une somme.

– Votre regretté père, monsieur, répliqua Mrs. Lecount, avait levé cette difficulté, si vous vous en souvenez, lors de sa dernière maladie.

– Je ne m'en souviens pas, dit Noël Vanstone d'un ton bourru.

– Vous étiez, monsieur, d'un côté de son lit, et moi qui vous parle, j'étais de l'autre. Nous nous efforcions en vain de l'amener à faire son testament. Après nous avoir dit qu'il aimait mieux se remettre d'abord, et ne s'exécuter qu'après s'être rétabli, le digne homme se tourna de mon côté en prononçant quelques paroles affectueuses et bien senties, dont le souvenir me sera précieux jusqu'à mon dernier jour… Ces paroles, monsieur Noël, les auriez-vous oubliées ?

– Oui, dit l'autre sans hésitation.

– Dans le rôle que j'ai accepté, monsieur, la délicatesse m'interdit de venir en aide à votre mémoire.

Elle regarda sa montre et retomba dans le silence. Noël Vanstone, les mains crispées, se tordait d'un côté à l'autre de son fauteuil, dans une véritable torture d'indécision. Mrs. Lecount, désormais passive, affectait de ne plus s'occuper de lui le moins du monde.

– Que penseriez-vous… ? commença-t-il.

Mais il s'arrêta tout à coup.

– Eh bien, monsieur ?

– Que penseriez-vous de… mille livres ?

Mrs. Lecount se leva de son fauteuil, et le regarda bien en face, avec la majestueuse indignation d'une femme outragée :

– Monsieur Noël, lui dit-elle, le service que je vous ai rendu aujourd'hui, s'il ne mérite aucun autre récompense, me donne au moins des droits à votre respect… J'ai bien l'honneur de vous saluer.

– Deux mille ? s'écria Noël Vanstone avec le courage du désespoir.

Mrs. Lecount plia ses papiers et, gardant un silence méprisant, empoigna son sac de voyage.

– Trois mille !

Mrs. Lecount, impénétrable dans sa dignité, se dirigea de la table vers la porte.

– Quatre mille !

Mrs. Lecount rassembla les plis de son châle autour de ses épaules frémissantes, et ouvrit la porte pour sortir.

– Cinq mille !

Il avait joint les mains et les tordait vers elle dans une colère et une anxiété frénétiques. « Cinq mille ! » était le cri suprême et comme le dernier soupir de son suicide pécuniaire.

Mrs. Lecount referma doucement la porte et fit un pas vers la table.

– Franches de tout droit, monsieur ? demanda-t-elle.

– Non !

Mrs. Lecount tourna sur ses talons, et de plus belle ouvrit la porte.

– Oui !

Mrs. Lecount revint prendre sa place à côté de la table, comme si de rien n'était.

– Cinq mille livres, franches et quittes du droit testamentaire, telle était, monsieur, lui dit-elle d'un ton paisible, la somme pour laquelle votre père avait promis de m'inscrire sur son testament. Si vous voulez faire faire à votre mémoire un effort que vous ne lui avez pas demandé jusqu'à présent, votre mémoire confirmera la vérité de ce que j'avance. J'accepte de vous, monsieur Noël, l'accomplissement filial des promesses faites par votre père, et je ne vais pas plus loin. Je regarde comme indigne de moi de tirer de ma position à votre égard un ignoble avantage ; je me mépriserais, arrachant à vos craintes le moindre profit. Vous êtes protégé par mon respect pour moi-même et pour l'illustre nom que je porte. Je ne regrette rien de ce que j'ai fait, rien de ce que j'ai souffert à votre service. La veuve du professeur Lecomte, monsieur, prend ce qui lui appartient légitimement… et ne demande rien de plus !

Tandis qu'elle prononçait ces paroles, toute trace de maladie sembla, pour un moment, effacée de son visage ; une lumière intérieure vint se refléter dans ses yeux. On voyait resplendir sur toute cette femme l'ardeur et le rayonnement d'une triple victoire : elle était arrivée à son but ; elle avait défendu son intégrité et enfin, sur le terrain même de Magdalen, elle avait égalé l'incorruptible abnégation de sa jeune rivale.

– Quand vous aurez recouvré vos esprits, monsieur, nous continuerons notre besogne. Mais, tout d'abord, attendons un peu.

Elle lui donna le temps de se remettre ; puis, après un coup d'œil jeté sur le modèle, elle dicta ainsi qu'il suit le second paragraphe du testament :

Je donne et lègue à Mme Virginie Lecount (veuve de feu le professeur Lecomte, de Zurich), la somme de cinq mille livres, quittes et franches de tout droit de succession. Ce faisant, je veux mentionner ici que je n'entends pas seulement reconnaître l'attachement et la fidélité qui m'ont été témoignés par madame Lecomte en sa qualité de femme de charge, mais que je crois aussi remplir par là les intentions de feu mon père, lequel, s'il n'était mort ab intestat, *devait laisser à Mme Lecomte, pour ses services, le même gage de reconnaissance que je suis heureux de lui conférer aujourd'hui.*

– Avez-vous écrit ces derniers mots, monsieur ?

– Oui.

Mrs. Lecount se pencha sur la table et tendit la main à Noël Vanstone.

– Je vous remercie, monsieur Noël, dit-elle. Les cinq mille livres constituent l'acquittement par votre père de ce que j'ai pu faire pour lui. Les paroles consignées dans le testament règlent votre compte particulier vis-à-vis de moi.

Un faible sourire vint, pour la première fois, éclairer le visage du petit homme. Toute réflexion faite, il était consolant pour lui de penser que les choses auraient pu tourner encore plus mal. C'était un baume pour son esprit froissé que cette dette de reconnaissance acquittée par une simple phrase non escomptable chez son banquier. Quelque étourderie que son père eût pu commettre, lui-même, du moins, avait eu Lecount à bon marché !

– Quelques lignes de plus, monsieur, reprit Mrs. Lecount, et ce devoir pénible mais indispensable sera définitivement rempli : maintenant que nous avons réglé la bagatelle relative au legs, nous pouvons aborder la grave question qui reste en suspens. Votre volonté va fixer la destination future d'une fortune considérable… Sur quelle tête ordonnez-vous qu'elle passe ?

Noël Vanstone se tordit de plus belle dans son fauteuil. Alors même qu'il cédait à la fascination toute-puissante de sa femme, ce n'était pas sans angoisses qu'il avait pu, même sur le papier, se séparer de son argent. Ces angoisses, il les avait subies ; à ce grand sacrifice il avait su se résigner. Et maintenant la terrible épreuve recommençait, lui imposant pour la seconde fois ses nécessités impitoyables !

– Peut-être aiderai-je à fixer votre décision, monsieur, en renouvelant une question que je vous ai déjà faite : dans le testament rédigé sous l'influence de votre femme, à qui laissiez-vous la portion des capitaux restés disponible ?

A présent, il n'y avait plus aucun risque à répondre à cette question. Noël Vanstone confessa qu'il avait laissé ce surplus à son cousin George.

– Vous ne pouviez mieux faire, monsieur Noël, et encore aujourd'hui, c'est le meilleur parti à prendre, dit Mrs. Lecount. Mr. George et ses deux sœurs sont les seuls parents qui vous restent. L'une de ces dernières, frappée d'une maladie incurable, possède, et fort au-delà, de quoi suffire aux besoins très limités que lui crée cette situation exceptionnelle. L'autre est mariée à un homme encore plus riche que vous. Laisser votre argent à ces deux sœurs serait le gaspiller en pure perte. Le laisser à leur frère George, c'est assister votre cousin très exactement comme il aura besoin d'être assisté lorsqu'il héritera un jour du château en ruine et des domaines appauvris de son oncle. Le testament le plus convenable dans votre situation est celui qui désignera l'amiral comme votre exécuteur et Mr. George comme votre héritier. De telles dispositions seront un hommage rendu aux droits de l'amitié, et feront justice aux droits du sang.

Elle parlait avec chaleur, car elle parlait sous l'influence du souvenir reconnaissant que lui avait laissé la généreuse hospitalité de St. Crux. Noël Vanstone prit une autre plume qu'il se mit à dépouiller, brin à brin, comme il avait fait de la première.

– Oui, fit-il incertain. Je présume bien que cela revient à George ; George, sans doute, a sur moi plus de droits que tout autre… (Il hésitait ; il regarda du côté de la porte, il regarda du côté de la fenêtre, comme s'il cherchait une issue par où il pût s'échapper.) Oh ! Lecount, s'écria-t-il enfin d'une voix lamentable, c'est une si grosse fortune ! Laissez-moi le temps, donnez-moi quelque répit, avant de m'obliger ainsi à la laisser à qui que ce soit !

Non sans étonner son maître, Mrs. Lecount se rendit immédiatement à cette prière caractérisée.

– Je ne demande pas mieux, monsieur, lui répondit-elle, que de vous laisser un tel répit. J'ai moi-même quelque chose d'important à vous communiquer, avant que vous ajoutiez une ligne à votre testament. Je vous disais tout à l'heure que votre situation actuelle engendre pour vous une seconde nécessité à laquelle il n'a pas encore été pourvu, mais à laquelle il serait indispensable de pourvoir, le moment venu. Ce moment, le voici. Vous avez un sérieux obstacle à vaincre pour pouvoir laisser votre fortune à votre cousin George.

– Quel obstacle ? demanda-t-il.

Mrs. Lecount, sans répondre, se leva de son siège, se glissa vers la porte, sur la pointe des pieds, et l'ouvrit tout à coup par un mouvement brusque. Personne au-dehors n'écoutait. Le couloir, d'un bout à l'autre, était désert.

– Je me méfie en général des domestiques, dit-elle, revenant à sa place –, et des vôtres tout particulièrement… Rapprochez-vous de moi, monsieur Noël. Ce dont j'ai a vous faire part maintenant ne doit être connu de qui que ce soit au monde, excepté de nous deux.

III

Il y eut un silence de quelques minutes, tandis que Mrs. Lecount, ouvrant le second des deux documents étalés devant elle sur la table, le parcourait rapidement d'un bout à l'autre pour le rendre plus présent à la mémoire. Ceci fait, elle adressa de nouveau à Noël Vanstone, prenant soin de baisser la voix et d'être ainsi inaudible pour quiconque aurait voulu espionner ses paroles du dehors.

– Avec votre permission, monsieur, commença-t-elle, je vais avoir à vous parler encore de votre femme. C'est à mon grand regret que je reviens sur un sujet si douloureux, et je tâcherai de condenser dans le moins de mots possible, aussi bien pour vous que pour moi, ce que j'ai à dire d'elle. Que savons-nous de cette femme, monsieur Noël, à ne la juger que d'après les propres aveux qu'elle nous fit lorsqu'elle se présenta chez vous sous le nom de Miss Garth, et d'après ses propres actes, plus tard, quand nous habitions ensemble Aldborough ? Nous savons que si la mort n'avait pas mis brusquement votre père hors de sa portée, elle avait tout prêt un complot destiné à lui ravir l'argent qui provenait de Combe-Raven. Nous savons que, lorsque vous eûtes hérité de cet argent, elle organisa immédiatement un complot pour vous l'enlever. Nous savons comment elle a mené à bout cette intrigue, et nous savons qu'elle ne souhaite rien d'autre que votre mort pour voir couronner son œuvre de fraude et de rapacité… De tout ceci, nous sommes bien certains. Nous sommes certains qu'elle est jeune, spirituelle et hardie, qu'elle est sans pitié, sans scrupule, et qu'en outre elle possède des qualités personnelles dont les hommes en général (ce qui m'est pour le moins incompréhensible) sont assez faibles pour admirer. Ce ne sont pas là des chimères, monsieur Noël ; ce sont des faits connus de vous comme de moi.

Il fit un signe d'affirmation, et Mrs. Lecount continua :

– Ne perdez point de vue, monsieur, ce que j'ai dit du passé ; puis jetons ensemble un coup d'œil sur l'avenir. Je crois et j'espère que vous avez encore devant vous bien des jours ; mais supposons, supposons un moment que vous veniez à mourir, laissant après vous ce testament qui assigne votre fortune à votre cousin George. On m'a dit qu'il existait à Londres un bureau où doit être déposée copie de tous les testaments. Moyennant un shilling, le premier gueux venu peut entrer dans ce bureau et demander communication de n'importe quel acte… Voyez-vous, monsieur Noël, où j'en veux venir ? La veuve que vous aurez déshéritée achète, au prix d'un shilling, le droit de lire votre testament. La veuve que vous aurez déshéritée voit que la succession de Combe-Raven, après vous avoir été transmise par votre père, a passé de votre tête sur celle de Mr. George Bartram. Quel est le résultat infaillible d'une pareille découverte ? C'est que vous aurez légué à votre cousin, à votre ami, la vengeance et les ruses de cette femme, vengeance plus déterminée, ruses plus infernales que jamais, par suite de l'exaspération où l'aura jetée sa défaite. Et qu'est-ce que votre cousin George ? un homme généreux, sans méfiance aucune, lui-même incapable de la moindre fourberie, ne craignant point celles des autres… Si vous le laissez à la merci de la fascination que votre femme exerce sans scrupule et des impénétrables tromperies qu'elle sait ourdir, je vois d'ici le dénouement, aussi clairement que je vous vois assis devant moi… Elle saura l'aveugler comme elle vous aveuglait vous-même, et malgré vous, malgré moi, elle aura cette fortune !

Elle s'arrêta, laissant ses dernières paroles exercer leur emprise sur l'esprit de son maître. L'exposé de la situation était si net, la conclusion en était si bien déduite que, sans le moindre effort et tout d'un coup, il saisit la portée de ce discours.

– Je vois ! dit-il serrant les poings dans un geste qui respirait la vengeance. Je comprends, Lecount. Mais elle n'aura pas un farthing… Dites-moi seulement ce que j'ai à faire. Dois-je faire mon testament en faveur de l'amiral ? (Il s'arrêta et, après un instant de réflexion, ajouta :) Non. Le legs en faveur de l'amiral offre les mêmes périls que le legs en faveur de George.

– Vous écarterez ces périls, monsieur Noël, si vous voulez bien vous conformer à mes avis.

– Quels sont-ils ?

– Suivez, monsieur, l'idée que vous avez eue… Reprenez la plume, et laissez l'argent à l'amiral Bartram.

Il trempa machinalement la plume dans l'encrier, puis hésita.

– Vous devez, monsieur, reprit Mrs. Lecount, être informé, avant de signer votre testament, du but où je prétends vous conduire. Mais, d'ici là, continuons à gagner pouce à pouce autant de terrain qu'il nous sera possible. Je voudrais que le testament soit rédigé dans son entier avant que nous fassions un pas de plus. Commencez, monsieur Noël, votre troisième paragraphe au-dessous des lignes par lesquelles vous me léguez les cinq mille livres.

Elle dicta comme suit (toujours d'après l'ébauche qu'elle avait apportée) la dernière et la plus essentielle des clauses testamentaires :

Tout ce qui restera de mes biens, après l'acquittement des frais de sépulture et de toutes mes dettes légalement reconnues, je le donne et lègue au contre-amiral Arthur Everard Bartram, mon exécuteur sus-mentionné, pour être par lui employé à l'usage qu'il jugera convenable.

Signé, scellé et déposé ce troisième jour de novembre mil huit cent quarante-sept, par Noël Vanstone, le testateur y dénommé, comme étant sa dernière volonté testamentaire, et ce en la présence de nous, témoins soussignés…

– Est-ce donc tout ? demanda Noël Vanstone qui semblait fort étonné.

– Cela suffit, monsieur, pour léguer votre fortune à l'amiral, et dès lors il n'est rien besoin d'y ajouter… Revenons maintenant à l'hypothèse que nous examinions naguère… Votre veuve, moyennant un shilling, prend connaissance de ce testament. Elle y trouve, légués à l'amiral Bartram, les quatre-vingt mille livres provenant de Combe-Raven, avec cette énonciation, claire et nette, que cet argent lui est donné pour en faire ce qu'il voudra. Voyant ceci, que fait-elle ? Elle dresse un piège à l'amiral. Il est homme, il est célibataire, il est vieux. Qui donc le protégera contre les artifices de cette femme résolue à tout ? Ce sera vous, monsieur, par quelques légers coups de cette plume féconde en résultats magiques. Vous lui avez fait, par votre testament, ce legs appelé à passer sous les yeux de votre femme. Retirez-le-lui, maintenant, par une lettre dont l'existence sera un secret entre l'amiral et vous. Placez le testament et la lettre sous la même enveloppe, et mettez le tout entre les mains de l'amiral, en y joignant la recommandation écrite de ne rompre le cachet que le jour même où il apprendra votre mort. Le testament, ce jour-là, ne dira pas autre chose que ce qu'il dit maintenant ; mais la lettre (dont personne n'aura connaissance, si ce n'est vous deux), la lettre lui apprendra la vérité… Il apprendra par cette lettre qu'en lui laissant votre fortune vous entendiez qu'il prenne son legs d'une main pour le transférer de l'autre à son neveu George. Vous ajouterez que votre confiance en lui repose, à cet égard, sur l'estime profonde que vous ont inspirée son caractère et la foi que vous mettez dans le souvenir affectueux qu'il garde à votre père, ainsi qu'à vous. Vous connaissez l'amiral depuis votre plus tendre enfance. Il a ses petites fantaisies, ses innocentes excentricités, mais, de la pointe des cheveux à la pointe des pieds, c'est le type du vrai gentleman ; et il est absolument incapable de manquer à une mission de confiance, placée par un ami défunt sous la sauvegarde de son honneur. Affrontez hardiment la difficulté que je vous ai signalée par le stratagème que je vous indique ici, et vous arrivez à soustraire aux pièges de votre femme, l'un par le moyen de l'autre, ces deux hommes incapables de se protéger eux-mêmes… Ici, d'un côté, votre testament qui assigne ostensiblement votre fortune à l'amiral, et d'après lequel votre femme organise ses intrigues ; là, d'autre part, votre lettre qui, sans qu'on le sache, met dans les mains du neveu les capitaux en péril.

La dextérité malicieuse de cette combinaison était précisément celle que Noël Vanstone devait apprécier le mieux. Il voulut exprimer tout haut l'approbation, disons mieux, l'admiration qu'elle lui inspirait. Mrs. Lecount cependant leva la main, comme pour l'avertir de rester encore bouche close.

– Attendez, monsieur, continua-t-elle, avant d'exprimer votre opinion. Nous n'avons encore surmonté qu'à demi la difficulté qui nous préoccupe. Admettons que l'amiral use de votre legs selon ce que vos instructions lui prescrivaient. Tôt ou tard, aussi bien gardé que soit le secret, votre femme découvrira la vérité… Quelles sont les conséquences de cette découverte ? Elle fait le siège de Mr. George, car vous n'avez encore fait que laisser votre fortune à ce dernier par une voie indirecte. Le voici donc finalement à la merci de votre femme aussi bien que si vous l'aviez directement et ouvertement institué votre héritier… A ceci, quel remède ? Le remède est de tromper votre femme, si nous le pouvons, et, pour protéger votre cousin George, d'élever entre elle et les quatre-vingt mille livres qu'elle convoite un obstacle de plus. Devineriez-vous, monsieur Noël, le meilleur obstacle, le plus efficace à jeter sur sa route ?

Il secoua la tête. Mrs. Lecount se prit à sourire et, posant familièrement sa main sur le bras de son maître, lui fit par là même dresser l'oreille.

– Jetez une femme sur la route de Mrs. Noël ! murmura-t-elle du ton le plus insidieux. Nous, nous ne nous laissons pas fasciner par sa beauté, quelque influence qu'elle puisse avoir sur votre faiblesse. Nos lèvres, à nous, ne brûlent pas de se poser sur ces joues de satin. Nos bras ne frémissent pas à l'idée d'enlacer cette taille souple. A travers ses grâces, ses sourires, comme à travers son corset et ses robes garnies, nous voyons clair, nous autres femmes : elle ne saurait nous fasciner ! Placez donc une femme sur son chemin, monsieur Noël ! Non pas une femme comme moi, dépourvue de toutes ressources, une simple domestique hors d'état de lutter contre elle ; mais une femme investie de l'autorité, armée de la jalousie qui sont l'apanage d'une épouse légitime… Mettez pour condition, dans votre lettre à l'amiral, que si Mr. George est encore célibataire au moment de votre mort, il devra se marier dans un délai donné sous peine de perdre ses droits au legs… Supposons maintenant que, malgré la condition stipulée, il reste garçon ; à qui, dans ce cas, la fortune reviendra-t-elle ? Encore une fois, monsieur, placez une femme sur le chemin de Mrs. Noël en laissant vos biens, dans cette dernière hypothèse, à celle des sœurs de votre cousin George qui est mariée.

Elle s'arrêta. Noël Vanstone voulut encore une fois exprimer son approbation, mais encore une fois la main de Mrs. Lecount le réduisit au silence.

– Si vous êtes satisfait, monsieur Noël, dit-elle, je tiens pour très suffisant votre assentiment silencieux. Si au contraire vous aviez quelque chose à objecter, je vais répondre à vos doutes sans vous donner la peine de les formuler. Vous allez peut-être dire : en supposant que cette condition suffise pour en arriver où nous voulons, quelle nécessité de la cacher dans une lettre secrète adressée à l'amiral ? Pourquoi ne pas l'écrire en toutes lettres dans le testament, où le nom de mon cousin serait mentionné de même en toutes lettres ? Pour une seule raison, monsieur, et uniquement parce qu'avec une femme comme la vôtre les seules voies un peu sûres sont celles où l'on reste invisible. Plus mystérieuses seront vos intentions, plus elle devra perdre de temps à les pénétrer. Ce temps que vous l'obligez à perdre est autant de temps qu'elle pourrait employer à tromper l'amiral, et autant de temps octroyé à Mr. George (s'il est encore garçon) pour qu'il se consacre librement au choix d'une femme. Ajoutons que pour l'objet de son choix, sans cela exposé aux soupçons et à l'hostilité de votre femme, ce temps perdu par elle est profit net… Souvenez-vous de ce flacon que nous avons découvert là-haut, et maintenez le plus longtemps possible dans une ignorance qui lui ôte les moyens de nuire cette femme toujours prête aux partis les plus désespérés ! En aussi peu de mots que possible, monsieur Noël, voilà mon avis clair et net… Maintenant, qu'en pensez-vous ? Ne suis-je pas, à ma façon, presque aussi inventive que votre ami Mr. Bygrave ? et ne sais-je pas, moi aussi, conspirer un peu, quand je donne pour objet à mes complots de réaliser vos désirs et de protéger vos amis ?

Libre enfin d'utiliser sa langue, Noël Vanstone exprima l'admiration que lui inspirait Mrs. Lecount, dans des termes absolument identiques à ceux dont il s'était servi précisément pour rendre hommage au capitaine Wragge. « Quelle tête vous avez ! » disait-il naguère pour exprimer sa reconnaissance au plus âpre ennemi de Mrs. Lecount. « Quelle tête vous avez ! » répéta-t-il alors pour témoigner sa reconnaissance à Mrs. Lecount elle-même. C'est ainsi que les extrêmes se touchent ; et telle est aussi parfois la vaste capacité que possède un sot de distribuer son approbation.

– Souffrez, monsieur, dit Mrs. Lecount, que ma tête justifie les compliments dont vous l'avez honorée. La lettre à l'amiral n'est pas encore écrite. Votre testament que voilà est un corps sans âme, un Adam sans Ève, tant que la lettre ne sera pas rédigée et placée à côté de lui. Je vais dicter encore un peu, vous écrirez quelques lignes de plus, et notre besogne sera terminée. Je vous demande pardon, mais la lettre sera plus longue que le testament ; il faut prendre, cette fois, un papier de plus grand format.

L'écritoire, mise à contribution, fournit un cahier de papier à lettres de la dimension requise. Mrs. Lecount recommença sa dictée, et Noël Vanstone reprit sa plume.

Baliol Cottage, Dumfries,
le 3 novembre 1847.

(Particulière.)

Cher amiral Bartram,

Quand vous ouvrirez mon testament (où vous êtes désigné comme l'unique exécuteur de mes ultimes volontés), vous verrez que, sauf un legs de cinq mille livres, je vous ai laissé la totalité de mes biens. La présente lettre a pour but de vous faire connaître l'objet de cette disposition, qui place en vos mains toute ma fortune.

Veuillez considérer cette libéralité comme devant être transmise par vous, sous certaines conditions, à votre neveu George. Si votre neveu est marié à l'époque de ma mort, et si ma femme est vivante, je vous requiers de le mettre immédiatement en possession de votre legs ; vous y ajouterez l'expression de mon désir (désir qu'il envisagera certainement comme une obligation sacrée) de le voir placer cette fortune sur la tête de sa femme et sur celle des enfants que le ciel pourra leur envoyer. Si d'autre part, à l'époque de ma mort, il était encore célibataire ou s'il était veuf, j'attache comme condition à son legs, pour l'un et l'autre cas, qu'il sera marié dans un délai de…

Mrs. Lecount posa sur la table le modèle de lettre d'après lequel, jusqu'alors, elle avait dicté ; un signe d'elle informa Noël Vanstone qu'il pouvait laisser reposer sa plume.

– Nous en sommes à la question de temps, monsieur, lui fit-elle remarquer. Quel délai voulez-vous accorder à votre cousin pour se marier, s'il est encore garçon ou déjà veuf à l'époque de votre mort ?

– Puis-je lui accorder un an ? demanda Mr. Noël Vanstone.

– Si nous n'avions à envisager que les convenances, dit Mrs. Lecount, je dirais un an, tout comme vous, monsieur, surtout si Mr. George se trouvait veuf. Mais nous avons à envisager les manœuvres de votre femme, au moins tout autant que les convenances. Une année entière de délai, entre l'époque de votre mort et celle où votre cousin sera tenu de se marier, laisserait pendant bien longtemps en suspens le sort définitif de votre fortune et l'exposerait à bien des hasards. Si vous accordez un an pour comploter, intriguer tout à son aise à une femme déterminée, Dieu seul peut savoir tout ce qu'elle est en état d'accomplir…

– Six mois alors, suggéra Noël Vanstone.

– Je préfère six mois, monsieur, répliqua Mrs. Lecount. Un intervalle de six mois, à compter du jour de votre mort, doit amplement suffire à Mr. George… Vous paraissez troublé, monsieur. De quoi s'agit-il donc ?

– Je vous prierai de ne pas tant parler de ma mort, s'écria-t-il avec une vivacité soudaine. Je n'aime pas cela ! Je déteste jusqu'au son de ce vilain mot !

Mrs. Lecount eut un sourire résigné. Elle jeta un coup d'œil sur son modèle :

– Je vois écrit ici le mot « décès », remarqua-t-elle. Peut-être, monsieur Noël, serait-il mieux à votre goût ?

– Oui, dit-il ; je préfère « décès ». Ce mot ne résonne pas aussi terriblement que celui de « mort ».

– Continuons, monsieur, la lettre commencée.

Elle reprit sa dictée comme il suit :

… J'attache comme condition à son legs, pour l'un et l'autre cas, qu'il sera marié dans le délai de six mois à partir du jour de mon décès ; que la femme qu'il épousera ne sera point veuve, et que son mariage, précédé de bans, sera publiquement célébré dans l'église paroissiale d'Ossory, où il est connu depuis son enfance, et où la famille et la situation de sa future femme ne manqueront pas de susciter sans doute la curiosité publique, et seront examinés de fort près.

– Ceci, dit Mrs. Lecount quittant des yeux le projet de rédaction, ceci, monsieur, doit servir à protéger Mr. George, dans le cas où on lui tendrait un piège pareil à celui où l'on vous a fait tomber. Mrs. Vanstone ne trouvera pas, désormais, aussi facilement que la première fois, un faux nom et une fausse identité ; non, non ! pas même avec le secours de Mr. Bygrave ! Encore une plumée d'encre, monsieur Noël, écrivons la clause qui vient après… Vous y êtes ?

– J'y suis.

Mrs. Lecount continua :

Si votre neveu manquait à ces conditions, c'est-à-dire si, garçon ou déjà veuf à l'époque de mon décès, il ne se mariait pas, ainsi que je viens de le lui prescrire ici, dans les six mois qui suivront, mon désir est qu'il soit privé de ce legs, dans sa totalité. Je vous requiers, dans cette hypothèse, de le déposséder et d'assigner la fortune qui vous est laissée par mon testament à sa sœur mariée, Mrs. Girdlestone.

Maintenant que vous êtes au courant de mes intentions et de mes motifs, j'aborde la question qu'il faut examiner ensuite. Si, quand vous ouvrirez cette lettre, votre neveu n'a pas encore ou n'a plus de femme, il est évidemment indispensable de le mettre au courant des conditions qui lui sont imposées par la présente et ceci, s'il est possible, aussitôt que vous les connaîtrez vous-même. Dans ces circonstances, devez-vous lui communiquer sans réserve ce que je viens de vous écrire ou devez-vous le laisser avec l'impression que je n'ai formulé à l'égard de son mariage aucun vœu particulier ? Devez-vous, en ce cas, lui faire envisager comme émanant absolument de vous-même toutes les conditions qu'il m'a convenu de fixer pour cet hymen ?

Si vous adoptez cette dernière marche, vous ajouterez une obligation de plus à toutes celles que votre amitié m'a déjà fait contracter.

J'ai de graves motifs pour croire que la possession de ma fortune et la découverte de tous les arrangements particuliers que j'aurais pu prendre pour en disposer seront âprement convoitées (après mon décès) par une personne sans scrupules, qui ne reculera devant aucune sorte de complots ou d'intrigues frauduleuses. Je désire donc vivement – pour votre sauvegarde, avant toute chose – que la personne à laquelle je viens de faire allusion ne puisse pas même soupçonner l'existence de la présente lettre. Et je désire également – pour la sauvegarde ensuite de Mrs. Girdlestone – que cette même personne ignore absolument la transmission possible du legs sur la tête de Mrs. Girdlestone, dans le cas où votre neveu ne serait pas marié dans le temps donné.

Je connais l'humeur facile de George et son ouverture de cœur ; je redoute les tentatives dont il pourrait devenir l'objet, et je me tiens pour certain que la prudence nous défend de lui confier des secrets dont la révélation, faite à la légère, pourrait avoir des résultats graves, voire périlleux.

Posez donc ces conditions à votre neveu, comme si elles émanaient de vous. Laissez-lui croire qu'elles vous ont été suggérées par la responsabilité nouvelle que vous confère l'accroissement de votre fortune, par le rôle que vous assigne mon testament et le devoir qu'il vous impose de pourvoir, mieux que jamais, à la perpétuation du nom de famille. Si ces raisons ne lui paraissent pas suffisantes, il n'y aurait aucun inconvénient à lui promettre, pour le jour même de ses noces, les explications supplémentaires qu'il pourrait désirer.

J'en ai fini. L'exécution de mes dernières volontés vous est attribuée en vertu de la confiance implicite que je mets dans votre honneur et dans votre scrupuleux respect pour la mémoire d'un ami défunt. Je ne vous dis rien des circonstances déplorables qui me contraignent à vous écrire ainsi que je viens de le faire. Je vous les révélerai de vive voix, si j'échappe au danger qui me menace, car vous serez certainement, de tous mes amis, le premier que je consulterai dans les difficultés pénibles où je me trouve. Jusqu'à ce que mes volontés soient accomplies, gardez strictement secrète l'existence de cette lettre, et ne vous en dessaisissez à aucun prix. Personne que vous, sous aucun prétexte, ne doit savoir où elle est déposée.

Croyez-moi, cher amiral Bartram, votre bien affectionné,

Noël Vanstone.

– Avez-vous signé, monsieur ? demanda Mrs. Lecount. Avant que nous la cachetions, laissez-moi, s'il vous plaît, parcourir cette lettre.

Elle la relut effectivement avec soin. Moyennant l'écriture fine et serrée de Noël Vanstone, l'épître testamentaire ne couvrait que deux pages du papier à lettres et finissait au sommet de la troisième. Au lieu de se servir d'une enveloppe, Mrs. Lecount la plia proprement à la vieille mode. Elle alluma la petite bougie de l'encrier et, rendant la lettre à celui qui l'avait écrite, elle lui dit :

– Scellez ceci, monsieur Noël, lui dit-elle, de votre propre main et avec votre propre cachet ! (Après quoi elle éteignit la bougie et de nouveau lui tendit la plume.) Adressez la lettre, monsieur, continua-t-elle, « à l'amiral Bartram, St. Crux-in-the-Marsh, Essex. » Ajoutez maintenant, au-dessus de l'adresse, ces mots que vous signerez : « A garder en votre possession, et à ouvrir en personne, seulement le jour de ma mort – ou décès, si vous l'aimez mieux – signé : Noël Vanstone. » Avez-vous fini ? Laissez-moi revoir un peu… C'est parfait à tous égards… Recevez, monsieur, mes félicitations. Si votre femme n'est pas au bout de ses ruses pour s'emparer de l'héritage de Combe-Raven, ce n'est pas votre faute, monsieur Noël, et certainement ce n'est pas la mienne !

Jugeant que la lettre terminée ne réclamait plus son attention, Noël Vanstone reprit immédiatement le train de ses occupations strictement personnelles :

– Maintenant, dit-il, il faut penser à faire mes malles. Je ne puis m'en aller sans vêtements chauds.

– Pardonnez-moi, monsieur, répliqua Mrs. Lecount, mais il faut, au préalable, que le testament soit signé ; il faut aussi trouver deux personnes pour attester votre signature. (Elle regarda par la fenêtre donnant sur la rue, et vit la voiture qui attendait à la porte.) Le cocher, dit-elle, sera un de nos témoins. Il occupe à Dumfries une honnête situation, et si l'on venait à le réclamer, on le trouverait sans peine… Je présume qu'il faudra, pour l'autre témoin, choisir une de vos domestiques ; ce sont toutes des femmes à redouter, mais la cuisinière est encore, des trois, celle qui a le moins mauvais air. Mandez la cuisinière, monsieur, tandis que j'irai appeler le cocher… Quand nous aurons ici nos témoins, il suffira que vous leur parliez en ces termes : « Voici un document que je dois signer, et je désire que vous y apposiez vos noms, comme m'ayant vu inscrire le mien. » Rien de plus, monsieur Noël ! Dites ce peu de paroles sur votre ton habituel, et quand les signatures seront données, j'irai en personne veiller à vos malles ; je choisirai en personne les vêtements chauds dont vous avez besoin.

Elle alla elle-même à la porte extérieure chercher le cocher, qu'elle convoqua dans le salon. A son retour, la cuisinière y était déjà installée. Cette femme semblait offensée, sans qu'on pût savoir pourquoi, et jetait sans relâche sur Mrs. Lecount des regards effarés. Un moment après, le cocher, homme déjà mûr, fit son entrée dans la même pièce. Il y avait été précédé par une forte odeur de whisky, mais il avait la tête écossaise, autant vaut dire solide, et cette odeur seule trahissait le secret de ses libations répétées.

– Voici un document que je dois signer, dit Noël Vanstone répétant sa leçon, et je désire que vous y apposiez vos noms, comme m'ayant vu inscrire le mien.

Le cocher regarda le testament. La cuisinière ne quitta pas des yeux Mrs. Lecount.

– Vous ne verrez pas d'inconvénient, monsieur, dit le cocher, qui portait écrite dans toutes les rides de son visage la prudence pour laquelle ses compatriotes sont renommés, vous ne verrez pas d'inconvénient, monsieur, à me dire tout d'abord ce que peut être ce document ?

Mrs. Lecount intervint avant que l'indignation de Noël Vanstone eût pu se traduire en paroles :

– Il faut laisser savoir à cet homme, monsieur, lui dit-elle, qu'il s'agit de votre testament. Aussi bien le verra-t-il en attestant votre signature, s'il regarde en haut de la page l'intitulé de cette pièce.

– Oui, dit le cocher, qui profita immédiatement de l'indication. C'est bien là son acte de dernière volonté. *Oye, oye*, il y a un triste défi à la mort dans un document comme celui-ci ! Toute chair est de l'herbe… continua le cocher, duquel émana une nouvelle bouffée de whisky, et qui décochait au plafond un regard dévot. Comparez ces paroles avec cet autre passage de l'Écriture : *Il y aura beaucoup d'appelés et peu d'élus.* Comparez-les encore avec le chapitre premier des Révélations, versets 1 à 15 : *Ce moment-là venu, que devient votre richesse ? De l'écume*, chers messieurs ! *Et votre corps* (c'est encore l'Écriture qui le dit)*? De l'argile pour le potier ! Et votre vie* (toujours d'après l'Écriture)*? Le souffle de vos narines !*

La cuisinière écoutait comme si elle se croyait à l'église, mais à aucun moment elle ne détourna ses regards de Mrs. Lecount.

– Vous feriez mieux de signer, monsieur. C'est sans doute l'usage, à Dumfries, de prêcher ainsi pendant que les affaires se font, dit la femme de charge d'un air résigné. Cet homme n'y entend pas malice, j'en suis convaincue.

Elle ajouta ces derniers mots d'un ton conciliant, car elle voyait l'indignation de Noël Vanstone prendre peu à peu tous les caractères d'une véritable inquiétude. L'exhortation pathétique du cocher lui inspirait évidemment autant de crainte que de dégoût.

Il trempa sa plume dans l'encre et signa le testament sans articuler un mot. Le cocher (qui, des hauteurs de la théologie, descendit sans transition aux affaires de ce monde) surveilla la signature avec la plus scrupuleuse attention ; puis la visa comme témoin et accompagna son geste d'un soupir mélancolique qui avait été précédé d'un fort relent de whisky. La cuisinière eut quelque peine à quitter des yeux Mrs. Lecount ; puis elle signa précipitamment et leva les yeux tout aussitôt avec une espèce de sursaut, comme si elle s'attendait à voir, dans les mains de la femme de charge, un pistolet tout armé, sorti de ses poches dans ce laps de temps si court.

– Je vous remercie ! dit Mrs. Lecount, plus amicale que jamais. La cuisinière garda un silence agressif et jeta les yeux sur son maître.

– Vous pouvez vous en aller ! dit celui-ci.

La cuisinière toussa d'une façon méprisante et détala tout aussitôt.

– Nous ne vous ferons pas attendre longtemps, dit Mrs. Lecount en congédiant le cocher. D'ici à une demi-heure, peut-être plus tôt, nous serons prêts à partir.

L'austère physionomie du cocher se détendit pour la première fois. Avec un sourire mystérieux, et sur la pointe des pieds, il se rapprocha de Mrs. Lecount.

– Vous n'oublierez pas ceci, *my leddy*, balbutia-t-il avec la courtoisie la plus engageante, vous n'oublierez pas de compter le témoignage en sus de la course, quand vous réglerez ma journée !

Il lâcha là-dessus un éclat de rire guttural et, laissant derrière lui une longue traînée de parfums alcooliques, sortit fièrement du salon.

– Lecount, dit Noël Vanstone aussitôt que le cocher eut refermé la porte, ne vous ai-je pas entendue dire à cet homme que nous serions prêts dans une demi-heure ?

– Si, monsieur.

– Avez-vous perdu la vue ?

Il posait cette question en frappant du pied avec colère. Mrs. Lecount le regarda tout étonnée.

– Ne voyez-vous pas que cet animal est ivre ? continua-t-il avec une irritation toujours croissante. Comptez-vous ma vie pour rien ? Me livrerez-vous à la merci d'un cocher ivrogne ? Pour tout l'or du monde, je ne me laisserais jamais conduire par un homme dans cet état. Je suis étonné, Lecount, que vous ayez pu songer à une pareille imprudence.

– Cet homme a bu, dit Mrs. Lecount, il n'est pas difficile de le voir, ni surtout de le sentir. Mais la boisson est pour lui une affaire d'habitude. S'il conserve assez de lucidité pour marcher droit devant lui, ce qu'il a certainement fait, et pour signer son nom très posément, ce dont vous pouvez vous assurer en regardant sa signature, je me permets de penser qu'il est en état de nous mener à Dumfries.

– Pas le moins du monde ! Vous êtes étrangère, Lecount, vous ne comprenez rien à ces gens-ci. La journée entière se passe pour eux à boire du whisky. Le whisky est la plus forte liqueur qui se puisse distiller ; le whisky est connu pour son action sur les facultés cérébrales. Je ne veux pas, c'est moi qui vous le dis, affronter un pareil danger. Jamais je ne me suis laissé conduire, jamais je ne me laisserai conduire par personne d'autre que par un homme tout à fait sobre.

– Dois-je donc, monsieur, m'en retourner seule à Dumfries ?

– C'est cela, et me laisser ici ? Me laisser seul dans cette maison, après ce qui s'est passé ? Sais-je donc, moi, si ma femme ne va pas revenir ce soir ? Sais-je si son voyage n'est pas une ruse ? Voyons, Lecount, n'avez-vous donc pas de cœur ? Pouvez-vous m'abandonner dans ma misérable situation ?… (Il se laissa tomber dans un fauteuil et fondit en larmes à cette idée, sans même avoir pu l'exprimer entièrement.) Oh ! c'est mal, dit-il, cachant sa figure dans son mouchoir, c'est mal ! c'est bien mal, en vérité !

Il était impossible de ne pas le prendre en pitié. Si jamais mortel eut droit à ce sentiment, c'était bien celui-ci. Sous le conflit des violentes émotions suscitées en lui depuis le matin, il avait fini par succomber. Les efforts qu'il lui avait fallu pour suivre Mrs. Lecount dans le labyrinthe de savantes combinaisons où elle l'entraînait d'une main vigoureuse l'avaient soutenu pendant la durée même de ces efforts. Du moment où ils cessaient, le malheureux devait s'affaisser. L'épisode du cocher n'avait fait que hâter un résultat dont le cocher, à coup sûr, était bien innocent.

– Vous m'étonnez, vous me faites de la peine, monsieur, dit Mrs. Lecount. Je vous supplie de vous calmer. Je resterai ici, pour peu que vous le désiriez, avec le plus grand plaisir ; j'y passerai la nuit, si cela peut vous être agréable. Après une si terrible journée, vous avez besoin de calme et de repos. Je vais à l'instant même, monsieur Noël, renvoyer le cocher. Je lui donnerai un mot pour le propriétaire de l'hôtel, et la voiture reviendra nous prendre demain matin, avec un autre homme pour mener les chevaux.

La perspective que ces paroles déroulaient devant lui sembla le rasséréner. Essuyant ses yeux, il baisa la main de Mrs. Lecount.

– Oui ! dit-il d'une voix affaiblie, renvoyez le cocher et demeurez ici ! Bonne créature ! Excellente Lecount ! Renvoyez cette bête brute, et revenez tout aussitôt vous installer près de moi ! Nous nous arrangerons confortablement au coin du feu, Lecount ; nous aurons un bon petit dîner, et nous tâcherons qu'il ressemble à ceux d'autrefois.

Sa faible voix lui manqua ici tout à fait ; il s'en retourna au coin du feu et, sous l'influence pathétique de l'idée qu'il venait d'émettre, il fondit en larmes de plus belle.

Mrs. Lecount le quitta pendant une minute pour renvoyer le cocher. Quand elle rentra au salon, elle trouva son maître prêt à sonner.

– Que désirez-vous, monsieur ? lui demanda-t-elle.

– Je veux que l'on prépare votre chambre, répondit-il. Je veux vous prodiguer toutes mes attentions.

– Vous êtes bien bon, monsieur Noël, mais veuillez attendre une minute. Il est peut-être opportun de mettre ces papiers en lieu sûr avant que la domestique revienne. Si vous voulez insérer sous la même enveloppe le testament et la lettre cachetée, et si vous voulez adresser l'enveloppe à l'amiral, je prendrai soin qu'elle lui parvienne en toute sécurité… Voulez-vous, monsieur Noël, vous rapprocher de la table, seulement pour quelques secondes encore ?

Non ! il s'entêtait ; il ne voulait plus s'éloigner du feu ; il était malade et las d'écrire ; il maudissait le jour de sa naissance ; la vue de la plume et de l'encrier lui donnait mal au cœur. La patience et tous les talents de persuasion de Mrs. Lecount purent à peine le déterminer à écrire, pour la seconde fois, l'adresse de l'amiral. Elle n'y parvint qu'en lui apportant sur l'écritoire l'enveloppe blanche, et en la posant sur ses genoux avec mille et mille chatteries. Il grommelait – il alla même jusqu'à jurer –, mais enfin il traça ces mots sur l'enveloppe : « Pour l'amiral Bartram, à St. Crux-in-the-Marsh, aux bons soins de Mrs. Lecount. » Ce dernier acte d'obéissance avait épuisé sa docilité. Il refusa, dans les termes les plus nets, de cacheter l'enveloppe.

L'y contraindre n'était point indispensable. Son cachet, posé sur la table, s'y trouvait à la disposition de la femme de charge, et il était absolument indifférent qu'il s'en servît lui-même ou qu'il confiât ce soin à une personne de confiance. Mrs. Lecount cacheta donc l'enveloppe où les deux importants documents avaient été logés avec toutes sortes de soins.

Elle ouvrit pour la dernière fois son sac de voyage et, réfléchissant un moment avant d'y placer le pli cacheté, contempla ce précieux dépôt avec une expression de triomphe qu'aucune parole humaine ne saurait rendre. Elle souriait en le laissant tomber dans le sac. Il n'y avait pas l'ombre d'un doute que le testament pût renfermer des phrases, des réflexions superflues dont un habile professionnel ne se fût pas servi, nulle crainte que la lettre fût un document auquel un habile professionnel eût pu ajouter quelque chose d'essentiel, rien qui vînt en cet instant troubler sa pensée. Sa haine contre Magdalen, sa soif de vengeance lui donnant une confiance aveugle dans ses propres talents et dans le savoir juridique de son ami, elle confiait l'avenir, sans aucune appréhension fâcheuse, aux résultats de cette matinée si pleine de promesses.

Noël Vanstone sonna au moment même où elle refermait son sac de voyage. Ce fut Louisa, cette fois, qui répondit au signal.

– Préparez la chambre d'ami ! lui dit son maître. Cette dame couchera ici ce soir… Et prenez soin de sortir mes vêtements les plus chauds. Nous partirons demain matin, cette dame et moi.

Louisa, si polie et si docile d'ordinaire, accueillit ces ordres par un silence boudeur, darda un regard de colère sur la mystérieuse invitée de son maître et quitta aussitôt le salon. Les domestiques prenaient toutes, bien évidemment, le parti de leur maîtresse, et toutes étaient du même avis au sujet de Mrs. Lecount.

– Voilà qui est fait, dit Noël Vanstone avec un soupir de soulagement infini. Venez vous asseoir, Lecount ! Mettons-nous à notre aise ; bavardons auprès du feu !

Mrs. Lecount accepta l'invitation et attira un fauteuil à côté de lui. Il prit sa main avec une tendresse confiante et, tandis que la causerie allait son train, ne lâcha plus cette main blanche et si lisse. Un étranger, venant à regarder par la fenêtre, les eût pris pour une mère et son fils. « Quel heureux intérieur ! » se serait-il écrié en lui-même. Cet entretien familier dont Noël Vanstone avait pris la direction consistait, comme d'ordinaire, en une interminable série de questions, toutes relatives à Noël Vanstone lui-même et à ses projets futurs. Où l'emmènerait Lecount quand ils s'en iraient ensemble, le lendemain matin ? A Londres ? Pourquoi ? Pourquoi le laisserait-on à Londres, tandis que Lecount irait à St. Crux remettre à l'amiral la lettre et le testament ? Parce que sa femme, s'il allait chez l'amiral, pourrait l'y suivre ? A la bonne heure, c'était un motif... Et aussi parce qu'il lui fallait se dérober à elle, caché dans quelque appartement confortable, à portée de Mr. Loscombe ? Pourquoi ce voisinage de Mr. Loscombe ? Ah oui ! sans doute pour se renseigner sur les secours qu'il pourrait attendre de la justice... Et la justice le débarrasserait-elle de la misérable qui l'avait trompé ? Lecount était bien ennuyeuse de n'en savoir pas plus long à ce sujet ! La justice déclarerait-elle qu'il s'était enfui et marié une seconde fois, parce qu'il avait vécu avec cette misérable comme mari et femme en Écosse ? N'avait-il pas entendu dire qu'en Écosse la présomption publique d'un mariage suffisait pour le rendre valide ? Comme il était contrariant que Lecount, assise là, fût réduite à déclarer qu'elle n'en savait rien ! Lui faudrait-il rester longtemps à Londres, tout seul, sans avoir personne à qui parler, sauf Mr. Loscombe ? Lecount reviendrait-elle le trouver aussitôt après avoir remis aux mains de l'amiral ces importants papiers ? Lecount se regarderait-elle encore comme à son service ? Bonne Lecount ! Excellente Lecount ! Et quand toute cette besogne légale serait terminée, que ferait-il ? Pourquoi ne pas quitter cette Angleterre de malheur ? Pourquoi ne pas vivre à l'étranger comme jadis ? Pourquoi pas en France, près de Paris, dans quelque endroit bon marché ? A Versailles, par exemple, ou à Saint-Germain ? dans quelque jolie petite maison française, à bon compte, avec une petite bonne française pour cuisinière, qui ne lui ferait pas gaspiller en victuailles tous ses revenus ? avec un joli petit jardin, qu'il pourrait cultiver lui-même dans l'intérêt de sa santé, comme aussi pour n'avoir pas à payer un jardinier ? N'était-ce pas là une bonne idée ? Et l'avenir, envisagé à ce point de vue, se présentait couleur de rose, n'est-ce pas, Lecount ?

Ainsi divaguait ce pauvre être débile ! Ainsi calculait ce misérable petit avare !

L'obscurité se faisant après une journée de novembre, on le vit s'engourdir peu à peu. Ses interminables questions s'arrêtèrent enfin ; il s'endormit. Au-dehors, le vent chantait sa chanson d'hiver ; la marche pesante des passants, le bruit des roues criant sur le chemin s'éteignirent dans un silence lugubre. Il dormait tranquillement. Les clartés mobiles de l'âtre allaient et venaient sur son petit visage blême, sur ses mains énervées qui pendaient le long du fauteuil. Mrs. Lecount, jusqu'alors inflexible, commençait maintenant à le prendre en pitié. Elle était arrivée à ses fins; elle avait sa place dans le testament; Noël Vanstone avait, spontanément et de propos délibéré, confié son avenir aux soins maternels de la femme de charge; le coin du feu était confortable; tout, en un mot, se prêtait à un mouvement de charité chrétienne : « Pauvre malheureux! se dit Mrs. Lecount, tout en le contemplant avec une austère compassion. Pauvre malheureux! »

L'heure du dîner le ranima. Il dîna gaiement. Il revint à cette idée d'un établissement économique dans une petite maison aux environs de Paris; il eut des gentillesses et des sourires à n'en plus finir. Il parla même français à Mrs. Lecount, au grand scandale de la servante et de Louisa qui, tour à tour, venaient les guetter. Le repas achevé, il revint s'installer devant le feu, dans son fauteuil confortable, et Mrs. Lecount lui tint compagnie. Il reprit l'entretien, ce qui équivalait pour lui à répéter ses questions. Mais elles ne lui venaient pas aussi rapides, aussi faciles qu'au début de la journée. Elles faiblirent bientôt, elles se succédèrent à des intervalles de plus en plus longs, elles cessèrent enfin tout à fait. Vers neuf heures, il se rendormit.

Cette fois, ce n'était plus d'un sommeil paisible. Il laissait échapper des mots sans suite, grinçait des dents, et sa tête, tantôt penchée à droite, tantôt à gauche, s'agitait sur le dos du fauteuil. Mrs. Lecount fit tout exprès assez de bruit pour le réveiller. Il s'éveilla effectivement, l'œil hagard et les joues empourprées. Il se mit à marcher à travers la pièce avec agitation, sous l'empire d'une idée nouvelle : il voulait écrire à sa femme une lettre terrible, une lettre d'éternels adieux. Mais comment la rédiger? Quel langage pourrait lui servir à exprimer ce qu'il sentait? L'énergie shakespearienne elle-même serait au-dessous des imprécations à formuler! Il avait été victime d'un attentat qui n'avait pas son pareil. Un odieux vampire s'était glissé dans son sein! Une vipère s'était cachée auprès de son foyer! Où trouver des paroles qui puissent laisser à jamais sur elle l'empreinte infamante de son crime? Il s'arrêta, suffoqué par le sentiment de sa rage impuissante; il s'arrêta et agita dans le vide, avec un tremblement sénile, ses deux poings fermés.

Mrs. Lecount intervint avec une volonté, une décision, qui prenaient leur source dans de sérieuses alarmes. Après les pénibles efforts déjà imposés à la faiblesse de son maître, le mouvement passionné auquel il s'abandonnait maintenant pouvait lui coûter une nuit d'insomnie et le mettre hors d'état de voyager le jour suivant. Avec des difficultés infinies, à force de lui promettre qu'ils reviendraient ensemble sur ce sujet et qu'elle lui dirait, dès le matin, ce qu'il avait à faire, elle obtint enfin de lui qu'il remontât se coucher. Il accepta l'appui de son bras. Pendant qu'ils gravissaient l'escalier, l'attention de Noël Vanstone, au grand soulagement de la femme de charge, s'absorba tout à coup dans une fantaisie nouvelle. Il venait de se rappeler un certain mélange de vin, d'œufs, de sucre et d'épices, boisson chaude et fortifiante qu'elle lui fabriquait autrefois, et dont il avait grande envie de prendre quelques gorgées avant de se mettre au lit. Mrs. Lecount lui passa sa robe de chambre et redescendit ensuite pour lui préparer, au feu du salon, le breuvage qu'il avait demandé.

Elle sonna et commanda, au nom de Noël Vanstone, les ingrédients nécessaires : les domestiques, avec la petite malice ingénieuse qui caractérise leur espèce, apportaient chaque chose l'une après l'autre, lui faisant attendre aussi longtemps que le permettait la décence chacun des objets qu'elle avait réclamés. Elle avait obtenu successivement la casserole, la cuillère, le gobelet, la râpe à muscade et le vin, mais non l'œuf, le sucre et les épices, lorsqu'elle entendit son maître, au-dessus de sa tête, allant et venant à grand bruit dans sa chambre ; bien certainement s'agitait-il encore au sujet de la fameuse lettre.

Elle remonta aussitôt, mais il la gagna de vitesse. Il l'avait entendue venir, et quand elle ouvrit la porte, elle le trouva dans son fauteuil, lui tournant le dos et décidé à tout nier. Trop au courant du personnage pour essayer aucune remontrance, elle se contenta de lui annoncer l'imminente arrivée du breuvage chaud, et rebroussa chemin pour quitter la chambre. En s'en allant, elle remarqua dans un coin une petite table sur laquelle étaient un encrier et une boîte à papier qu'elle voulut escamoter adroitement sans attirer l'attention de son maître. Mais cette fois encore, il déjoua ses projets. Il lui demanda, d'un ton fâché, si par hasard, elle ne se fiait pas à sa promesse. Craignant de l'offenser, elle replaça sur la table ce qu'elle y avait pris et quitta immédiatement la chambre.

Au bout d'une demi-heure, le breuvage était prêt. Elle le lui apporta écumant et parfumé, dans un gobelet de bonne dimension : « Ceci bu, il dormira, pensait-elle en ouvrant la porte. Je l'ai fait tout exprès un peu plus fort qu'à l'ordinaire… »

Noël Vanstone avait changé de place. Il était assis devant la table, au coin de la chambre, tournant encore le dos à Mrs. Lecount, et il écrivait. Cette fois, sa finesse d'oreille l'avait mal servi. Cette fois, elle l'avait pris sur le fait.

– Oh ! monsieur Noël ! monsieur Noël ! dit-elle avec l'accent du reproche. Est-ce ainsi qu'on peut se fier à vos promesses ?

Il ne répondit rien. Il était assis, son coude gauche sur la table et la tête appuyée sur sa main gauche. Sa main droite, dans laquelle la plume était en quelque sorte couchée, reposait sur le papier.

– Voici de quoi boire, monsieur Noël, dit-elle d'un ton plus doux, car elle craignait déjà de l'avoir blessé.

Il ne sembla pas s'apercevoir qu'elle était là.

Elle se dirigea vers la table pour lui rendre le sentiment des choses présentes. Était-il donc perdu dans ses pensées ?

Il était mort.

INTERMÈDE

L'HISTOIRE SE POURSUIT A TRAVERS LA POSTE

DE MRS. NOËL VANSTONE A MR. LOSCOMBE

Park Terrace, St John's Wood,
le 5 novembre.

Cher monsieur,

Je suis arrivée hier à Londres pour y voir une parente, laissant Mr. Vanstone à Baliol Cottage et me proposant de l'aller rejoindre d'ici à huit jours. Débarquée assez tard dans la capitale, je me suis fait conduire dans ce logement, que j'avais d'avance retenu par écrit.

Le courrier de ce matin m'apporte une lettre de ma femme de chambre, que j'avais laissée à Baliol Cottage avec ordre de m'écrire, s'il s'y passait en mon absence quelque chose d'extraordinaire. Vous trouverez, sous ce pli, la missive de cette fille. Je la connais assez et je crois qu'on peut absolument compter sur la sincérité de son récit.

Je vous épargne à dessein toutes allusions inutiles à ce qui me concerne. Quand vous aurez lu la lettre de ma femme de chambre, vous comprendrez sans peine combien j'ai dû être troublée par les nouvelles que cette lettre m'apporte. Je ne puis que répéter ceci : j'ai toute confiance en la personne qui l'a écrite. Je suis donc fermement convaincue que l'ancienne femme de charge de mon mari a fini par découvrir ses traces ; qu'en mon absence, elle a su abuser de sa faiblesse, et qu'elle a obtenu de lui le changement de ses dispositions testamentaires. D'après tout ce que je sais de cette femme, je ne doute nullement qu'elle a usé de son influence sur Mr. Vanstone pour m'enlever, si cela est possible, toute participation future à la fortune de mon mari.

Dans de telles circonstances, il est particulièrement essentiel, pour bien des raisons impossibles à énumérer ici, que je voie Mr. Vanstone, et que j'aie avec lui une explication définitive, dans le plus bref délai possible. Vous verrez que ma femme de chambre a eu l'attention de garder sa lettre ouverte jusqu'au dernier moment avant l'heure de la poste; tout ce qu'elle a pu néanmoins m'apprendre de plus récent, c'est que Mrs. Lecount devait la nuit dernière coucher au cottage et qu'elle et Mr. Vanstone comptaient, ce matin, partir ensemble. Sans ce dernier renseignement, je serais déjà sur la route d'Écosse; mais les choses étant ainsi, je ne sais vraiment quelle marche suivre. Mon retour à Dumfries, du moment où Mr. Vanstone en est parti, me semble un voyage inutile; mais d'un autre côté, je ne sais s'il est nécessaire que je reste à Londres.

Voudrez-vous, par vos bons conseils, m'aider à sortir de cette impasse? J'irai vous trouver à Lincoln's Inn, à n'importe quelle heure de cette après-midi ou de la journée de demain que vous prendrez la peine de m'indiquer. J'ai quelques obligations pour les prochaines heures. A peine cette lettre envoyée, je vais partir pour Kensington, afin de vérifier si les soupçons que j'ai sur les moyens employés par Mrs. Lecount pour nous découvrir sont ou non fondés. Si vous voulez bien m'envoyer votre réponse par retour du courrier, je serai certainement de retour à St. John's Wood assez à temps pour la recevoir aussitôt.

Croyez-moi, mon cher monsieur, votre dévouée

Magdalen Vanstone.

DE MR. LOSCOMBE A MRS. NOËL VANSTONE

Lincoln's Inn,
le 5 novembre.

Chère madame,

Votre pli et la lettre qu'elle contenait m'ont affligé, surpris au plus haut point. Les affaires dont je suis accablé ne me permettent de vous voir ni aujourd'hui ni demain matin. Mais s'il vous convient de venir me trouver demain, dans l'après-midi, vers trois heures, je serai alors à votre disposition.

Je ne saurais exprimer une opinion positive avant de posséder quelques détails de plus sur les faits étranges qui me sont communiqués et par votre lettre et par celle de votre femme de chambre. Mais, sous cette réserve, je crois pouvoir vous suggérer qu'en restant à Londres jusqu'à demain vous avez la chance d'arriver à d'autres résultats qu'à une simple consultation dans le cabinet de votre serviteur. Il est tout au moins possible que nous recevions, vous ou moi, par le courrier du matin, de plus amples renseignements sur cette bizarre affaire.

Je suis, ma chère dame, très fidèlement à vous,

John Loscombe.

DE MRS. NOËL VANSTONE A MISS GARTH

Le 5 novembre, deux heures.

J'arrive à l'instant de Westmoreland House, d'où je suis sortie secrètement, et cela tout exprès pour éviter de vous rencontrer dans votre propre maison. Vous saurez pourquoi j'y suis allée, pourquoi j'en suis ainsi sortie. Je dois à mes souvenirs d'autrefois de ne vous point traiter en étrangère, bien qu'il me soit impossible de vous traiter désormais en amie.

Je suis arrivée hier à Londres, venant du Nord. Mon unique motif pour faire ce long voyage était le désir de revoir Norah. Depuis bien des semaines, j'étais tourmentée par des remords, connus seulement des pauvres femmes de mon espèce. Peut-être m'avaient-ils énervée, peut-être avaient-ils éveillé chez moi des sentiments de vieille date que je croyais oubliés. Dieu sait ce qu'il en est; je ne me charge pas de l'expliquer. Tout ce que je puis vous dire, c'est que je pensais à Norah pendant le jour, que je rêvais de Norah pendant la nuit, et qu'à force de pensées et de rêves pareils, une sorte de nostalgie me dévorait. Je ne saurais assigner une meilleure raison à l'imprudence que j'ai commise en venant la voir à Londres. Je ne veux pas m'attribuer un mérite qui n'est pas le mien; je ne prétends pas vous laisser croire que j'étais la créature corrigée et repentante à laquelle toute votre approbation eût été acquise. Je n'éprouvais qu'un seul sentiment dont je puisse rendre compte. Il me fallait entourer de mes bras le cou de Norah, et dans le sein de Norah laisser déborder toutes les larmes de mon cœur. Voilà qui est assez puéril, j'ose le dire. Quelque chose cependant aurait pu résulter de cela ; peut-être aussi n'en serait-il rien résulté. Qui sait ?

Il m'était impossible de trouver Norah sans votre secours. Quelle que fût votre désapprobation du parti que j'ai pris, je pensais que vous ne pourriez me refuser de me mettre en rapport avec ma sœur. Étendue, la nuit dernière, dans un lit étranger, je me disais : « C'est au nom de mon père et de ma mère que j'adjurerai Miss Garth de m'indiquer où est Norah. » Vous ne savez pas toute la consolation que je puisais dans cette pensée. Comment pourriez-vous savoir ? Que savent les honnêtes femmes comme vous des misérables pécheresses comme moi ? Tout ce que vous en savez, c'est que vous priez pour nous à l'église.

Eh bien ! cette nuit-là, pour la première fois depuis mon mariage, je me suis endormie presque heureuse. Le matin venu, j'ai expié rudement cet audacieux bonheur d'une seule nuit. Le matin venu, est arrivée une lettre où l'on m'apprenait que ma plus cruelle ennemie (vous savez assez de mes affaires pour deviner qui je veux dire) avait profité de mon absence pour se venger de moi. Obéissant à l'impulsion qui m'amenait auprès de ma sœur, j'avais sans le savoir couru vers ma ruine.

Lorsque j'ai reçu la nouvelle de ce désastre, il était déjà impossible d'y porter remède. Quoi qu'il fût arrivé, quoi qu'il pût arriver encore, j'ai persisté dans ma résolution de revoir Norah, préalablement à toute autre démarche. Je vous soupçonnais d'être pour quelque chose dans le malheur qui venait de fondre sur moi, parce que j'avais acquis la certitude, pendant mon séjour d'Aldborough, qu'une correspondance s'était établie entre Mrs. Lecount et vous. Mais je n'avais jamais soupçonné Norah. En ce moment même, si j'étais couchée sur mon lit de mort, je pourrais affirmer en toute conscience que je n'avais jamais soupçonné Norah.

Je suis donc allée ce matin à Westmoreland House pour vous demander l'adresse de ma sœur et vous dire tout net que je vous soupçonnais d'avoir repris votre correspondance avec Mrs. Lecount.

Lorsque je me suis enquise de vous à la porte, on m'a annoncé que vous étiez sortie, mais que vous deviez rentrer sous très peu de temps. On m'a demandé si je voulais voir votre sœur qui, à cette heure, présidait une classe.

J'ai simplement demandé qu'on m'indiquât une pièce où il me fût loisible d'attendre votre retour.

On m'a conduite au rez-de-chaussée, dans cette pièce double séparée par des portières, que vous connaissez de reste, et que j'ai retrouvée dans le même état où je l'avais laissée. Il y avait du feu dans la partie antérieure de cette pièce, il n'y en avait pas dans celle du fond; et c'est sans doute pourquoi on avait laissé retomber les portières. La domestique s'est montrée fort polie et fort attentive avec moi. J'ai appris à savoir gré aux gens de leur politesse et de leurs attentions : aussi lui ai-je parlé avec tout l'enjouement, toute la familiarité qui m'étaient possibles. « Je verrai Miss Garth, lui ai-je dit, lorsqu'elle montera le perron, et je pourrai lui faire signe à travers cette grande porte-fenêtre. » La domestique m'a répondu que je le pourrais effectivement, si vous rentriez de ce côté, mais qu'il vous arrivait quelquefois, ayant une clef particulière, de revenir par le guichet du jardin et l'arrière de la maison; dans ce cas, elle prendrait soin de vous avertir que j'étais là. Je n'omets aucune de ces bagatelles pour bien vous démontrer qu'en venant chez vous je ne préméditais aucune espèce de manœuvre frauduleuse.

Vous n'arriviez pas, et le temps me semblait long. Je ne sais si mon impatience me le faisait trouver tel; je ne sais pas davantage si le grand feu allumé dans la pièce en avait réellement élevé la température au degré où elle me semblait l'être. Je sais seulement qu'au bout d'un certain temps, j'ai soulevé les portières pour passer dans la section du fond, en quête d'un peu de fraîcheur.

J'ai poussé jusqu'à la porte-fenêtre qui donne sur le jardin de derrière, afin de guetter votre arrivée. Presque au même instant, j'ai entendu s'ouvrir la porte, la porte de la pièce que je venais de quitter, et votre voix ainsi que celle d'une autre femme, laquelle m'était inconnue, engager une causerie. Cette dernière devait être, j'imagine, une de vos dames pensionnaires. Les premières paroles échangées entre vous m'ont appris que vous l'aviez rencontrée dans le corridor; elle se trouvait au bas de l'escalier, tandis que vous arriviez du jardin de derrière. La question qu'elle vous a faite ensuite et votre réponse à cette question m'ont informée que cette personne était une amie de ma sœur, s'intéressant vivement à elle et sachant que vous arriviez à l'instant même de chez Norah. Jusqu'alors, j'avais simplement hésité à me montrer parce qu'il me répugnait, dans ma pénible situation, de me trouver en face d'une étrangère. Mais, lorsque immédiatement après j'ai entendu mon nom sur vos lèvres et sur les siennes, alors, de propos délibéré, j'ai prêté l'oreille.

Un acte déshonorant, direz-vous? Déshonorant si vous voulez. D'une femme comme moi, cela ne doit pas vous étonner.

Vous avez toujours été renommée pour votre excellente mémoire. Inutile, par conséquent, de vous répéter ce que vous disiez à votre amie et ce que votre amie vous disait, il n'y a guère plus d'une heure. Au moment où ces lignes passeront sous vos yeux, vous saurez aussi bien que je le sais moi-même ce qui m'a été révélé par vos mutuels propos. Je ne demande aucun détail; je tiens pour valables, si vous le voulez, toutes vos raisons, toutes vos excuses. Il me suffit de savoir que vous et Mr. Pendril avez repris vos recherches et que Norah, cette fois, est du complot tramé pour me retrouver. Il me suffit de savoir qu'on a fait, de ma lettre à ma sœur, un piège pour me surprendre, et que la vengeance de Mrs. Lecount a pu s'accomplir au moyen de paroles sorties de la bouche de Norah.

Faut-il vous dire ce que j'ai souffert en entendant tout ceci? Non : je perdrais mon temps à vous le raconter. Tout ce que je puis et pourrai souffrir, je l'ai mérité d'avance, n'est-il pas vrai?

Je suis demeurée dans cette pièce du fond, connaissant mon humeur violente et n'osant plus, après ce que je venais d'entendre, me retrouver face à vous, j'ai attendu dans cette pièce du fond, le cœur battant à l'idée que la domestique pourrait vous prévenir de ma visite avant que j'eusse trouvé les moyens de quitter la maison. Ce malheur ne s'est point produit. La domestique, sans doute, avait entendu des voix à l'étage supérieur et supposait que nous avions dû nous rencontrer dans le corridor. Après un laps de temps dont je ne saurais déterminer la durée, vous êtes sortie pour aller déposer votre chapeau, vous êtes sortie et votre amie est sortie avec vous. J'ai ouvert sans bruit la porte-fenêtre et je suis passée dans le jardin de derrière. La route que vous aviez empruntée pour rentrer, je l'ai empruntée pour m'enfuir. Dans tout ceci, la domestique n'est point à blâmer. Ainsi qu'il arrive toujours quand il s'agit de moi, c'est moi seule qui suis à blâmer.

Le temps qui s'est écoulé depuis lors a suffi pour calmer un peu mon esprit. Vous savez de quelle force le ciel m'a douée? Vous savez comment je luttais, tout enfant, contre les maladies de mon âge? Devenue femme, je lutte de même contre les misères qui m'assiègent. Ne me plaignez pas, miss Garth ! ne me plaignez pas !

Je n'ai aucun ressentiment contre Norah. L'espoir que j'avais de la revoir est rayé du nombre de mes espérances ; la consolation que j'éprouvais en lui écrivant, je ne l'aurai plus désormais. Le coup m'a frappée au cœur, mais je n'éprouve contre ma sœur aucune espèce d'irritation. Elle croyait bien faire, la pauvre enfant ; elle croyait bien faire, j'en suis certaine. Si ce qui est arrivé lui était connu, elle en éprouverait un vif chagrin. Ne le lui dites pas ! Cachez-lui ma visite et brûlez ma lettre !

Un dernier mot à votre adresse, et j'en aurai fini.

Si je comprends bien ma situation actuelle, les espions que vous avez lancés sur mes traces me poursuivent aussi vainement qu'ils me poursuivaient à York. Congédiez-les ! Vous prodiguez votre argent en pure perte. Supposons que demain vous sachiez où je suis, que pourriez-vous faire ? Ma position a changé. Je ne suis plus la pauvre enfant proscrite, l'actrice bohémienne à laquelle jadis vous donniez la chasse. Ainsi que je vous l'avais annoncé, j'ai mis de mon côté, j'ai pris pour complice le sens universel des bienséances. Savez-vous bien qui je suis ? Je suis une respectable épouse à qui, sous le ciel, personne d'autre que son mari ne doit demander compte de ce qu'elle fait. J'ai enfin conquis une place dans le monde, un nom que le monde ne saurait me contester. La loi elle-même (votre amie, à vous autres honnêtes gens), la loi sanctionne mon existence et je puis, moi aussi, la regarder comme mon amie ! L'archevêque de Canterbury a fourni la licence en vertu de laquelle je suis mariée, et c'est le ministre d'Aldborough qui a présidé à la cérémonie du mariage. Si je m'apercevais que vos espions me suivent dans la rue et si je demandais à être protégée contre eux, les tribunaux seraient contraints d'admettre ma prétention. Vous oubliez vraiment toutes les merveilles que ma perversité a réalisées en ma faveur. Grâce à elle, l'Enfant de Personne est devenue la Femme de Quelqu'un.

Si vous accordez à ces considérations tout le poids qu'elles méritent, et si vous déployez en cette occasion le bon sens qui vous distingue, je ne crains pas de me voir contrainte à réclamer l'appui de ma nouvelle amie et protectrice, l'appui de la loi. Vous comprendrez, pour le coup, que votre intervention dans mes affaires a finalement produit quelques résultats. Je suis séparée de Norah; mon mari sait qui je suis; Mrs. Lecount triomphe de moi. Vous m'avez réduite aux dernières extrémités; vous m'avez armée pour le combat de la vie de cette résolution que peut seule posséder une femme désormais perdue et sans amis. Si mal que vos plans aient tourné d'ailleurs, ils n'en auront pas moins eu, à certains égards, leur utilité!

Je n'ai plus rien à vous dire. Si jamais vous parlez à Norah de sa pauvre sœur, annoncez-lui de ma part qu'un jour peut venir où elle me reverra, celui où, toutes deux, nous serons rentrées dans les droits que nous tenions de la nature, celui où, dans les mains de Norah, je pourrai replacer la fortune enlevée à Norah.

Telles sont mes dernières paroles... Rappelez-vous-les, si jamais vous étiez tentée d'intervenir encore dans ce qui me touche.

MAGDALEN VANSTONE.

DE MR. LOSCOMBE A MRS. NOËL VANSTONE

Lincoln's Inn, le 6 novembre.

Chère madame,

Le courrier de ce matin vous a sans doute apporté la terrible nouvelle qui m'est aussi parvenue. Vous devez savoir, à l'heure qu'il est, qu'une affliction terrible est venue fondre sur vous, et que votre mari vous a été enlevé par une mort soudaine.

Je suis sur le point de partir dans le Nord, où je vais faire toutes les enquêtes voulues, et remplir tous les devoirs que la circonstance m'impose, comme avocat du défunt. Laissez-moi vous recommander très sérieusement de ne point me suivre à Baliol Cottage avant que j'aie eu le temps de vous écrire et de vous faire passer les conseils que je ne saurais vous offrir dès aujourd'hui, faute de connaître assez toutes les circonstances de ce décès inattendu. Vous pouvez compter sur une lettre de moi, expédiée par le premier courrier après mon arrivée en Écosse.

Je suis, chère madame, votre bien dévoué,

JOHN LOSCOMBE.

DE MR. PENDRIL A MISS GARTH

Serle Street, le 6 novembre.

Chère miss Garth,

Je vous retourne la lettre de Mrs. Noël Vanstone. Rien ne m'étonne dans la mortification que vous cause le ton sur lequel cette lettre est écrite, et dans le chagrin que vous éprouvez en voyant cette malheureuse jeune femme interpréter comme elle l'a fait la conversation qu'elle a surprise chez vous. Je ne saurais ajouter, sans trahir la vérité, que je déplore cet incident. Depuis ceux dont Combe-Raven a été le théâtre, mon opinion n'a jamais changé. Je regarde Mrs. Noël Vanstone comme une des femmes les moins retenues, les plus téméraires et les plus perverties qui soient au monde; tout ce qui l'éloigne et l'isole de sa sœur est accueilli par moi, vu l'intérêt que je porte à cette dernière, comme ce qui peut arriver de plus favorable.

Il n'y a pas à hésiter un instant sur la marche que vous devez adopter en cette matière. Mrs. Noël Vanstone elle-même reconnaît que nous devons tout faire pour épargner à sa sœur un surcroît de chagrins inutiles. Laissez donc – il le faut absolument – Miss Vanstone ignorer la visite à Kensington et la lettre qui a suivi cette visite. Il ne serait pas seulement imprudent, il serait tout à fait cruel de l'éclairer à ce sujet. Si nous pouvions apporter quelque remède, ouvrir quelque perspective favorable, je comprendrais que nous hésitions à garder notre secret. Mais il n'y a ni remède à conseiller, ni espérance à faire luire. Mrs. Noël Vanstone envisage sa position sous le jour le plus vrai. Ni vous ni moi ne pouvons réclamer sur elle le plus léger droit de surveillance ou d'autorité.

J'ai déjà pris les mesures nécessaires pour mettre un terme à nos inutiles recherches. D'ici à peu de jours, j'écrirai à Miss Vanstone, et je m'efforcerai de calmer ses inquiétudes au sujet de sa sœur. Si je ne trouvais pas d'éclaircissements convenables à lui fournir, mieux vaudrait lui laisser croire que nous n'avons rien à découvrir, plutôt que de lui révéler la vérité.

Croyez-moi toujours bien à vous,

William Pendril.

DE MR. LOSCOMBE A MRS. NOËL VANSTONE

Lincoln's Inn, le 15 novembre.

(Particulière.)

Chère madame,

Conformément à votre demande, je me détermine à vous communiquer par écrit des choses que j'aurais préféré vous dire de vive voix (sans la catastrophe récente qui vient de troubler votre existence). Veuillez considérer cette lettre comme strictement confidentielle de vous à moi.

J'y joins, ainsi que vous l'avez désiré, une copie du testament exécuté par feu votre mari, le 3 de ce mois. L'authenticité du document original ne peut être mise en question. J'ai protesté pour la forme contre les actes par lequel l'avocat de l'amiral Bartram semblait revendiquer, à Baliol Cottage, une autorité que provisoirement nous ne devons pas lui reconnaître. Mais il n'en a pas moins pris en main l'administration des biens, comme représentant légal de l'unique exécuteur désigné par le second testament. Je suis obligé de dire qu'à sa place j'en aurais fait tout autant.

Arrive la question essentielle : comment agir au mieux de vos intérêts? Le testament, rédigé d'après mes conseils et mes indications, le 30 septembre dernier, est maintenant annulé, révoqué, par un acte subséquent, en date du 3 novembre. Pouvons-nous contester ce dernier document?

Je doute, à première vue, que cela soit possible. La rédaction du dernier testament n'est certainement pas tout à fait régulière, mais il est daté, signé, authentique comme la loi l'exige, et les clauses qu'il renferme, clauses parfaitement simples et claires, ne prêtent le flanc à aucune attaque de pure forme, à aucune, du moins, dont je me sois avisé jusqu'ici.

En pareilles circonstances, pourrions-nous contester la validité du testament en arguant du fait qu'il a été rédigé à une époque où le testateur n'était pas en état de régler valablement la disposition de ses biens, ou encore, alors que le testateur était sous l'emprise d'une influence illégitime et malsaine?

Contre la première de ces objections s'élèverait, très probablement, le témoignage des médecins. Nous ne pouvons affirmer que des souffrances antérieures ont affaibli l'intelligence du testateur. Il est évident qu'il est mort soudainement, comme maints et maints médecins l'avaient tour à tour prédit, par suite d'une maladie de cœur. Le jour même de sa mort, il s'était promené dans son jardin comme à l'ordinaire ; il a dîné de bon appétit. Aucune des personnes attachées à son service n'avait constaté chez lui de changements essentiels. Peut-être s'est-il montré envers elles un peu plus irritable que de coutume, mais c'est tout. Il est impossible de s'en prendre à l'état de ses facultés et, de ce côté-là, nulle base à un litige quelconque.

Pouvons-nous affirmer qu'il a testé sous une influence illégitime, parlons plus net, sous l'influence de Mrs. Lecount ?

Ici encore se présentent de graves difficultés. Nous ne saurions, par exemple, établir que Mrs. Lecount s'est fait assigner, par le testament, des avantages supérieurs à ceux qu'elle pouvait légitimement réclamer. Elle a fort habilement limité les libéralités dont elle est l'objet, je ne dis pas seulement à l'importance des services qu'on rétribue ainsi, mais encore, et très strictement, à ce que feu Mr. Michael Vanstone lui-même avait l'intention de lui laisser. Si on en venait à examiner ce point précis, je serais obligé de reconnaître que je l'avais entendue moi-même manifester cette intention. Le fait est qu'il l'a exprimée devant moi, et cela dans maintes circonstances. Le legs de Mrs. Lecount est donc inattaquable, et j'en dois dire autant du choix qu'a fait votre défunt mari en désignant son exécuteur testamentaire, très sagement, très naturellement choisi le plus ancien et le plus fidèle ami qu'il eût au monde.

Reste un point à éclaircir – le plus essentiel de ceux que j'avais à traiter – et je devais, par conséquent, le réserver pour la fin. Par le testament du 30 septembre, la veuve du testateur est désignée comme unique exécutrice, et légataire de quatre-vingt mille livres sterling. Le 5 novembre suivant, le testateur révoque expressément ce premier acte, et le remplace par un autre, dans lequel il n'est plus question de sa veuve, et par lequel toute la masse de ses biens, déduction faite d'un legs relativement insignifiant, se trouve dévolue à un de ses amis.

Vous seule pouvez dire, madame, s'il existe ou non, et s'il se peut alléguer ou non, quelques raisons valables qui donnent la clef d'une conduite aussi extraordinaire. Si aucun motif ne peut lui être assigné – pour ma part je n'en connais aucun – je crois que nous avons à examiner sérieusement ce côté de la question ; de ce côté, en effet, le testament pourrait ne pas être inattaquable. Veuillez bien comprendre que je m'adresse à vous, en ce moment, comme un simple avocat obligé d'étudier une à une toutes les éventualités d'une affaire épineuse. Je ne prétends nullement être mis au courant de ce qui vous concerne seule ; je voudrais bien moins encore tracer un seul mot qui se pût interpréter, même indirectement, à votre désavantage.

Si, pour autant que vous en pouvez savoir, vous me dites que votre mari vous a rayée de son testament par un caprice pur et simple, sans raison ni motif pour avoir ainsi, et sans qu'on puisse expliquer sa conduite autrement que par son aveugle soumission à l'influence de Mrs. Lecount, je prendrai immédiatement une consultation sur les chances qu'on peut avoir en contestant, de ce chef, le testament qui vous lèse. Si, d'autre part, vous me dites qu'il existe des raisons (connues de vous, bien qu'elles ne le soient pas de moi) pour ne pas adopter la marche que je propose, j'accepterai cette assertion sans vous donner l'ennui d'entrer dans des explications plus complètes, à moins que vous ne le désiriez vous-même. En supposant que la seconde des deux hypothèses soit la bonne, je vous écrirai de nouveau, car j'aurai alors à vous dire, au sujet du testament, une chose qui peut-être vous étonnerait fort.

Votre tout dévoué,

JOHN LOSCOMBE.

DE MRS. NOËL VANSTONE A MR. JOHN LOSCOMBE

Le 16 novembre.

Cher monsieur,

Recevez tous mes remerciements pour la bonté, les égards que vous m'avez témoignés ; ne vous en prenez qu'à mes anxiétés actuelles, si je réponds à votre lettre sans la moindre cérémonie, et en aussi peu de mots que possible.

J'ai mes raisons pour répondre négativement, et sans la moindre hésitation, à la question que me pose votre lettre. Il nous est impossible de déférer le testament aux tribunaux, en attaquant cet acte ainsi que vous le proposez.

Veuillez croire, mon cher monsieur, à toute ma reconnaissance.

MAGDALEN VANSTONE.

DE MR. LOSCOMBE A MRS. NOËL VANSTONE

Lincoln's Inn, le 17 novembre.

Chère madame,

Laissez-moi vous accuser réception de votre lettre qui, pour des raisons qui vous sont propres, rejette ma proposition. Dans ces circonstances – sur lesquelles je m'interdis toute espèce de commentaire – je vous demanderai la permission de remplir ma promesse en traitant de nouveau avec vous un sujet qui vous intéresse, le testament de feu votre mari.

Veuillez examiner la copie de ce document que j'ai pris soin de vous faire passer. Vous y verrez la clause qui attribue à l'amiral Bartram, déduction faite du legs particulier, la masse des biens de votre mari, terminée de la manière suivante : ... Pour être par lui employé à l'usage qu'il trouvera convenable.

Si simple qu'elle puisse vous sembler, c'est là une formulation fort remarquable. Premièrement, aucun avocat ne s'en serait servi en rédigeant pour votre mari une formule d'acte testamentaire. En second lieu, elle ne saurait être interprétée comme l'expression d'une volonté nette et précise. Le legs fait à l'amiral n'est soumis à aucune condition restrictive, et tout d'un trait on ajoute qu'il pourra l'employer comme il jugera convenable ! La phrase conduit évidemment à une de ces deux conclusions : ou bien celui qui l'a écrite l'a laissée tomber de sa plume par pure ignorance ; ou bien il l'a tout exprès insérée à la place qu'elle occupe, pour faciliter une fraude ou tendre un piège quelconque. Je suis fermement convaincu, quant à moi, que des deux interprétations la dernière est la mieux fondée. Ces mots ont pour but espéré de mettre quelqu'un – vous, sans doute – sur une autre voie, et l'esprit de ruse qui les a dictés (ceci arrive presque toujours quand des personnes sans instruction interviennent dans la rédaction de documents légaux), cet esprit a dépassé le but qu'il voulait atteindre. Une expérience de trente ans me fait donner au passage en question un sens diamétralement contraire à celui qu'il exprime. Je dis, moi, que l'amiral Bartram n'est pas libre d'employer comme il le jugera convenable le produit du legs qui lui est fait ; je crois que son droit à cet égard est secrètement limité par quelque document supplémentaire, sous forme de contre-lettre.

Je puis facilement vous expliquer ce que ce mot signifie. C'est d'ordinaire une lettre écrite par l'auteur d'un testament aux individus choisis pour en être exécuteurs, et par laquelle il les informe secrètement d'intentions qu'il n'a pas jugé à propos d'avouer dans l'acte de ses dernières volontés. Je vous laisse cent livres, et j'écris une lettre particulière qui vous enjoint, une fois le legs reçu, de ne pas le détourner à votre profit, mais de le remettre à quelque tierce personne que, pour un motif ou pour un autre, je n'ai pas voulu nommer dans mon testament. Voilà ce qu'on appelle une contre-lettre.

Si je suis à bon droit convaincu qu'un document tel que je viens de le décrire est en ce moment entre les mains de l'amiral Bartram – conviction fondée en premier lieu sur l'expression singulière que je vous ai citée, en second lieu sur des considérations d'ordre purement légal dont il est inutile d'encombrer ma lettre – si cette opinion se trouve, en un mot, fondée, la découverte de la contre-lettre serait, selon toutes probabilités, fort essentielle pour vos intérêts. Je ne vous fatiguerai pas des raisons techniques ou des précédents que me fournirait mon expérience en la matière ; un homme du métier pourrait seul y comprendre quelque chose. Je me bornerai à dire ceci : je n'abandonnerai votre cause comme entièrement perdue que lorsqu'on m'aura démontré la fausseté de la conviction maintenant arrêtée en mon esprit.

Je ne puis rien ajouter de plus, tant que cette question essentielle demeure enveloppée de doutes ; et je n'ai aucun moyen à suggérer pour obtenir que ces doutes se dissipent. Si l'existence de la contre-lettre était démontrée, et si l'on me faisait connaître la nature des stipulations qu'elle renferme, je dirais alors, bien positivement, quelles chances elle vous donne de faire invalider le testament par les tribunaux ; je vous dirais aussi jusqu'à quel point je me sens autorisé, oui ou non, à me charger moi-même de cette instance, moyennant les arrangements particuliers que nous pourrions prendre d'un commun accord.

Les choses étant ce qu'elles sont, je ne puis ni poser les bases d'un tel arrangement, ni vous offrir aucun conseil. Il m'est seulement loisible de vous mettre confidentiellement au courant de l'opinion que j'ai conçue en mon for intérieur, vous laissant d'ailleurs entièrement libre d'en tirer vous-même les conclusions, et regrettant de ne pouvoir vous écrire avec plus de certitude et de précision que je ne l'ai fait. Je vous ai dit, au surplus, tout ce que je pouvais consciencieusement dire sur cette question, à la fois très difficile et très délicate.

Croyez, ma chère dame, à tout mon dévouement.

John Loscombe.

P.-S. – J'ai omis, dans ma dernière lettre, une considération que je mentionnerai ici afin de vous montrer que je n'ai négligé aucun des éléments pouvant être liés à la question qui nous occupe. S'il était possible d'établir que Mr. Vanstone était domicilié en Écosse au moment de sa mort, nous pourrions défendre vos intérêts devant la loi écossaise, laquelle n'autorise pas l'époux à déshériter totalement sa femme. La chose est malheureusement impossible, Mr. Vanstone n'ayant été en Écosse qu'un simple visiteur. Il y a occupé, le temps d'une saison, une maison meublée ; et il n'a jamais exprimé, ni verbalement ni par aucun acte légal, la moindre intention de d'établir définitivement dans le Nord.

DE MRS. NOËL VANSTONE A MR. LOSCOMBE

Cher monsieur,

J'ai lu et relu votre lettre avec l'intérêt le plus vif et l'attention la plus soutenue ; plus je la relisais, et plus s'est fortifiée en moi la croyance qu'il existe bien réellement, aux mains de l'amiral Bartram, une lettre comme celle dont vous parlez.

J'ai le plus grand intérêt à découvrir si elle existe, et je vous avouerai sans détour que je suis résolue à chercher les moyens d'arriver à cette découverte, en secret et de la manière la plus certaine. Ma détermination a d'autres motifs que ceux auxquels vous devez l'attribuer naturellement. Je vous dis ceci pour le cas où vous seriez tenté de m'adresser à ce sujet quelques remontrances. Je puis vous assurer, en toute raison, que ces remontrances seraient absolument vaines.

Pour ce qui est de ceci, je ne réclame aucune assistance, je ne demanderai conseil à personne. Vous ne serez impliqué dans aucune des témérités que je pourrai me permettre. J'encourrai seule tous les dangers que pourra présenter une telle entreprise. Quels que soient les retards, les délais qu'il faille subir avant d'arriver à mes fins, ils ne lasseront pas ma patience. Je suis seule au monde, sans amis, soumise à de dures épreuves morales ; mais je me sens assez de force pour me frayer une route à travers des obstacles bien autres que ceux-ci. Mon courage se relèvera ; mon jour doit venir. Si l'amiral Bartram est détenteur de cette contre-lettre, vous la verrez dans mes mains, le jour où je me présenterai devant vous.

Votre bien reconnaissante,

Magdalen Vanstone.

SCÈNE SIXIÈME

ST. JOHN'S WOOD

I

C'était environ quinze jours avant Noël ; mais le temps ne laissait encore entrevoir aucun indice des gelées et des neiges qu'on regarde généralement comme les signes précurseurs de l'hiver. L'atmosphère était d'une tiédeur contre nature, et l'année à son déclin semblait mourir de langueur, minée par les pluies, énervée par les brouillards.

Vers la fin d'une après-midi de décembre, Magdalen était seule, assise dans le logement qu'elle avait occupé depuis son arrivée à Londres. Sur l'étroite petite grille, la houille brûlante se consumait lentement ; l'obscurité se faisait autour des maisons ruisselantes et des jardins détrempés que laissaient voir les rideaux entrouverts ; la clochette d'un de ces pâtissiers ambulants qui parcourent les faubourgs résonnait çà et là, dans le lointain. Installée près du foyer, une petite somme d'argent éparse sur ses genoux, Magdalen, d'un air distrait, faisait glisser d'un côté à l'autre, sur l'étoffe satinée de sa robe, les pièces de monnaie que tantôt elle assortissait, tantôt elle séparait, comme fait un enfant des pièces de son casse-tête chinois. Les reflets indécis qui de temps en temps montaient de l'âtre obscur à son visage pâle laissaient entrevoir des changements qu'auraient constatés avec douleur les amis de sa jeunesse. L'amaigrissement de toute sa personne semblait avoir élargi ses vêtements, sans qu'elle eût pris la peine de les rajuster. L'ancienne impatience de ses gestes, la mobilité d'expression qui caractérisait jadis sa physionomie, avaient à présent disparu. Sur son visage, se lisaient une tranquillité passive et mélancolique, un calme qui ne lui était pas naturel et que rien ne semblait pouvoir modifier. Mr. Pendril, venant à la voir sous ce nouvel aspect, eût atténué la dure sentence qu'il avait portée contre elle, et Mrs. Lecount, enivrée de son triomphe, aurait pris enfin pitié de son ennemie déchue.

Quatre mois à peine s'étaient écoulés depuis le jour où Aldborough avait vu s'accomplir le triste mariage, et déjà le châtiment de cette journée coupable se trouvait infligé, infligé par d'inutiles remords, par une solitude sans espoir, par une défaite irrémédiable ! Il doit être dit à sa décharge (et la vérité qui n'a rien dissimulé de la faute ne doit rien ôter à l'expiation), il doit être dit que la coupable n'avait puisé aucune joie, aucun triomphe secret dans sa victoire d'un jour. L'horreur qu'elle se faisait à elle-même n'avait jamais été plus forte qu'à l'époque où elle avait vu se réaliser le dessein vengeur de son mariage avec Noël Vanstone. Jamais elle n'avait subi d'aussi rudes angoisses que lorsque l'argent provenant de Combe-Raven lui avait été assigné par le premier testament de son mari. Elle n'avait jamais aussi bien senti l'ignominie des moyens employés pour arriver à son but et la dégradation qui en résultait pour elle que le jour où ce but s'était trouvé atteint. De ce sentiment était né le remords qui l'avait irrésistiblement poussée à demander le pardon et la consolation que la tendresse de sa sœur pouvait lui accorder encore. Quant au dessein qu'elle avait fait vœu d'accomplir, jamais depuis qu'elle lui avait livré l'accès de son cœur, jamais depuis qu'agenouillée devant le tombeau de son père elle s'en était fait un devoir sacré, jamais elle ne s'était senti si près de le considérer comme une inspiration fatale et d'y renoncer définitivement. Jamais, enfin, l'influence de Norah n'aurait pu produire un changement plus heureux que le jour même où cette influence fut détruite, le jour où les fatales paroles furent surprises chez Miss Garth, le jour où la lettre fatale, arrivée d'Écosse, annonça l'éclatante revanche de Mrs. Lecount.

Le mal était fait ; la chance était perdue pour Magdalen. Le temps et l'espérance lui avaient fait défaut en même temps.

De moins en moins se firent entendre désormais les voix intérieures qui lui conseillaient de s'arrêter sur la pente funeste. La découverte qui pour la première fois l'avait forcée à se méfier de sa sœur avait en quelque sorte empoisonné son âme, la nouvelle que son époux venait de mourir, arrivée au moment même où ce poison moral faisait son œuvre, l'amertume poignante du triomphe de Mrs. Lecount, ressentie encore à travers tant de désastres ne s'étaient pas combinées en vain. Les remords qui avaient troublé sa courte existence conjugale, amortis désormais, s'étaient transformés en un désespoir sur lequel rien n'avait prise. Il était trop tard pour se purifier par la confession, trop tard pour révéler à ce misérable époux les secrets que sa misérable femme avait cachés au fond de son cœur. Innocente d'avoir prémédité, même en songe, la hideuse trahison dont l'accusait Mrs. Lecount, elle était coupable d'avoir su, en l'épousant, combien la santé de cet homme était fragile ; d'avoir su, quand il lui léguait l'équivalent de Combe-Raven, qu'un accident passager, sans effet pour le commun des hommes, pouvait compromettre la vie de celui-ci et l'affranchir, elle, d'un hymen détesté. La mort de Noël Vanstone lui avait révélé tout ceci ; elle l'avait forcée à s'avouer ce que, du vivant de cet homme, elle s'était obstinée à méconnaître. Pour échapper à ce reproche qui l'obsédait sans cesse, aux tourments d'une méfiance qui désormais n'excluait personne, pas même Norah, au regret amer de ses plans avortés, à l'isolement aride d'une vie où nulle affection n'avait sa place, quel refuge lui restait-il ? Un seul maintenant. Aussi, se tournant vers l'inflexible destin qui la précipitait vers sa ruine, elle l'adjurait, avec l'intrépidité du désespoir, de hâter sa marche et de la pousser aux abîmes.

Depuis bien des jours, toutes les ressources de sa pensée se concentraient sur l'unique préoccupation que lui eût laissée la lettre de l'avocat. Depuis bien des jours, elle avait travaillé à ce qui était la première nécessité de sa position présente, à savoir, la recherche des moyens par lesquels on pourrait découvrir la contre-lettre. Il ne fallait pas compter, cette fois, sur l'assistance du capitaine Wragge. Une longue pratique des manœuvres militaires avait fait de lui un adepte dans le grand art de détaler sans tambour ni trompette. La charrue de notre « agriculteur moral » ne laissait derrière elle aucune trace de sillons ; lui-même s'était évanoui comme une ombre impalpable. Mr. Loscombe était trop prudent pour se compromettre dans quelque intrigue que ce fût. Il maintenait, dans une obstination passive, l'opinion qu'il avait émise, laissant à sa cliente le surplus de la besogne, et ne voulant rien savoir d'elle jusqu'au moment où elle lui apporterait la contre-lettre. Les intérêts de Magdalen, à partir de ce jour, n'avaient plus d'autre champion que Magdalen. Ce qu'elle ferait dorénavant, il faudrait, à ses risques et périls, qu'elle l'exécutât elle-même.

Cette perspective ne l'avait pas effarouchée. Après avoir étudié seule les chances qui pouvaient être tentées, elle était maintenant résolue à les courir.

« Le temps est venu, se disait-elle, assise près du foyer… Mais il faut d'abord savoir ce qu'on peut faire de Louisa. »

Elle rassembla les pièces de monnaie éparpillées sur ses genoux et en fit sur la table un petit tas ; puis elle se leva pour sonner. Ce fut la logeuse qui répondit au signal.

– Ma femme de chambre est-elle en bas ? demanda Magdalen.

– Oui, madame. Elle prend son thé.

– Quand elle aura fini, veuillez me l'envoyer… Un moment, je vous prie. Votre argent est sur cette table, l'argent que je vous dois pour la semaine passée… Le trouvez-vous ? Avez-vous besoin de lumière ?

– Il fait un peu noir, madame.

Magdalen alluma une chandelle.

– Avant de partir d'ici, demanda-t-elle en le posant sur la table, combien de temps d'avance faudra-t-il pour donner congé ?

– D'ordinaire, madame, on prévient huit jours avant… J'espère que vous n'avez aucun reproche contre la maison ?

– Pas le moindre… Je faisais simplement cette question parce que je puis être obligée de quitter mon logement un peu plus tôt que je ne l'avais prévu… Le compte y est-il ?

– Parfaitement, madame ; voici la quittance.

– Je vous remercie… Pensez à m'envoyer Louisa dès qu'elle aura pris son thé.

L'hôtesse se retira. Aussitôt que Magdalen se retrouva seule, elle éteignit la chandelle et rapprocha de son propre fauteuil une chaise vide, dans le voisinage du foyer. Ceci fait, elle reprit sa place et attendit l'arrivée de Louisa. Son visage exprimait le doute, tandis qu'elle était assise ainsi, le regard machinalement fixé sur le feu qui mourait. « Il y a peu de chances ! pensa-t-elle ; mais si pauvres qu'elles soient, il faut néanmoins essayer. »

Au bout de dix minutes, on entendit heurter modestement à la porte. C'était Louisa, qui fut assez surprise en entrant dans la pièce de n'y trouver pour toute lumière que les clartés du foyer.

– Désirez-vous les chandelles, madame ? demanda-t-elle d'un ton respectueux.

– Nous les allumerons si vous le désirez vous-même, répondit Magdalen, mais pas autrement. J'ai quelque chose à vous dire. Après que j'aurai parlé, vous déciderez si nous devons demeurer ensemble dans les ténèbres ou en pleine lumière.

Louisa, qui était restée près de la porte, écouta, muette de surprise, cette bizarre déclaration.

– Approchez, dit Magdalen, lui montrant la chaise vide, approchez et venez vous asseoir.

Louisa s'avança et voulut timidement écarter la chaise placée, à son gré, trop près de sa maîtresse. Magdalen attira aussitôt le siège à elle :

– Non ! dit-elle ; plus près, au contraire ! venez vous asseoir tout contre moi !

Louisa obéit après un instant de frémissante hésitation.

– Je vous demande de vous asseoir près de moi, continua Magdalen, parce que j'entends vous parler d'égale à égale. C'en est fait maintenant des distinctions qui ont pu exister entre nous. Je suis une pauvre femme abandonnée de tous, livrée à ses seules ressources, et pouvant à peine revendiquer une place en ce bas monde. Je serai ou je ne serai pas votre amie. En tant que maîtresse et femme de chambre, les rapports qui existaient entre nous doivent désormais cesser.

– Oh ! madame, ne parlez pas ainsi, je vous en prie ! dit Louisa suppliante et d'une voix faible.

Magdalen continua tristement, mais avec fermeté.

– Lorsque vous êtes entrée chez moi, reprit-elle, j'ai cru que j'aurais peine à me faire à vous. J'ai, au contraire, appris à vous aimer ; j'ai appris à vous être reconnaissante. Jusqu'à présent, vous m'avez été fidèle, vous avez été bonne pour moi. Le moins que je puisse faire en échange, c'est de ne pas nuire à votre avenir.

– Ne me renvoyez pas, madame ! dit Louisa sur le ton de la prière. Pourvu que, de temps à autre, vous puissiez m'aider de quelque argent, j'attendrai mes gages tant que vous voudrez ; je le ferai de grand cœur.

Magdalen lui prit la main et continua tout aussi triste, tout aussi résolue que jamais.

– Ma vie à venir n'est que ténèbres, dit-elle, et je ne sais où je marche. La route que je vais prendre maintenant peut me conduire à la prospérité ou achever ma ruine. Puis-je vous associer à de pareils risques ? Si votre avenir était aussi incertain que le mien, si vous étiez, comme moi, livrée sans appui aux hasards de l'existence, je n'aurais peut-être pas de remords à vous laisser courir les mêmes hasards que moi ; je pourrais accepter votre dévouement, car j'aurais la conviction de ne vous porter aucun dommage. Mais, dans votre situation, comment raisonnerais-je ainsi ? Vous avez un avenir à prendre en considération. Vous êtes excellente domestique ; vous pouvez trouver une autre place, une place bien meilleure que celle où vous étiez chez moi. Vous pouvez invoquer mon témoignage, et si le certificat que je vous donnerai ne vous semblait pas suffisant, vous pouvez envoyer aux renseignements chez la maîtresse que vous serviez avant d'entrer chez moi…

Au moment où cette allusion à l'ancienne maîtresse de la jeune fille sortit des lèvres de Magdalen, Louisa lui retira vivement sa main et se leva de son siège avec une sorte de sursaut effrayé. Il y eut un instant de silence. Maîtresse et femme de chambre se trouvaient toutes deux sous le coup d'une surprise égale.

Magdalen fut la première à se remettre.

– On n'y voit plus du tout, n'est-ce pas ? demanda-t-elle d'un air entendu… Vous allez sans doute allumer les chandelles ?

Louisa se réfugia dans le recoin le plus obscur de la pièce.

– Vous me soupçonnez, madame ! répondit-elle avec un murmure entrecoupé, haletant, du sein de l'obscurité qui l'abritait. Par qui ai-je été dénoncée ? Comment avez-vous découvert ? (Elle s'arrêta et fondit en larmes.) Je mérite vos soupçons, reprit-elle après un effort pour se calmer. Avec vous, je ne puis dissimuler. Vous m'avez témoigné tant de bonté, vous avez su m'inspirer tant d'affection ! Pardonnez-moi, madame Vanstone… Je suis une misérable, je vous ai trompée !

– Venez vous rasseoir auprès de moi, dit Magdalen, venez tout de suite, ou j'irai moi-même vous chercher.

Louisa revint lentement à la place qu'elle avait quittée. Si indécises qu'elles fussent, les clartés du foyer semblaient lui faire peur. En se rasseyant, elle se couvrit la figure de son mouchoir et s'écartait involontairement de sa maîtresse.

– Vous avez tort de croire que quelqu'un vous ait dénoncée à moi, dit Magdalen. Je ne sais de vous que ce que m'en ont appris votre physionomie et vos allures. Depuis que vous êtes à mon service, j'ai toujours pu remarquer qu'un certain trouble pesait secrètement sur votre esprit. J'ai parlé aujourd'hui, je l'avoue, afin d'obtenir sur vous et votre passé plus de renseignements que je n'en avais encore ; non par simple curiosité, mais parce que, moi aussi, j'ai mes troubles secrets. Êtes-vous aussi malheureuse que je le suis ? S'il en est ainsi, je vous parlerai en toute confiance. Si vous n'avez rien à me révéler, si vous préférez garder votre secret, je n'ai aucun reproche à vous faire. Séparons-nous, vous dirai-je tout simplement. Je ne vous demanderai pas comment vous m'avez trompée. Je me rappellerai seulement que, durant votre séjour chez moi, vous vous êtes montrée au courant de vos devoirs, parfaitement honnête, fidèle jusqu'au scrupule, et c'est ce que j'attesterai à toute maîtresse nouvelle qui viendrait auprès de moi se renseigner sur votre compte.

Elle attendit une réponse. Pendant un instant, mais pas davantage, Louisa parut hésiter. Cette jeune fille était d'un caractère faible, mais nullement dépravé. Loyalement attachée à sa maîtresse, elle trouva pour lui parler un courage que Magdalen ne s'attendait pas à rencontrer chez elle.

– Si vous me congédiez, madame, lui dit-elle, je ne recevrai de vous aucun certificat avant de vous avoir fait connaître la vérité ; je ne répondrai pas à vos bontés en vous trompant une seconde fois… Feu mon maître vous a-t-il jamais dit comment il m'avait engagée ?

– Non. Je ne le lui ai jamais demandé, et il ne m'en a jamais parlé.

– Il m'a engagée, madame, sur la foi d'un certificat écrit.

– Oui ?

– Ce certificat était un faux.

Magdalen se recula, stupéfaite. L'aveu qu'elle venait d'entendre n'était pas celui qu'elle avait prévu.

– Votre maîtresse aurait donc refusé de vous donner un certificat ? demanda-t-elle. Pour quel motif ?

Louisa se laissa tomber à genoux, et cachant son visage dans le giron de sa maîtresse :

– Ne me questionnez pas ! lui dit-elle. Je suis une créature misérable et dégradée ; je ne mérite pas de respirer le même air que vous !

Magdalen se pencha sur elle, et lui adressa tout bas une question à laquelle Louisa répondit par une sorte de gémissement affirmatif.

– Vous a-t-il donc abandonnée ? demanda Magdalen après quelques instants de réflexion.

– Non, madame.

– Et vous l'aimez ?

– De tout mon cœur.

Le souvenir de ce mariage sans amour qu'elle-même avait contracté vint tout à coup pénétrer Magdalen d'un remords poignant.

– Pour l'amour de Dieu, ne vous agenouillez pas devant moi ! s'écria-t-elle dans un élan de franchise. S'il est ici une femme dégradée, c'est moi qui mérite ce titre, et non pas vous !

Elle releva de force la jeune fille et l'obligea de se rasseoir. Toutes deux restèrent ensuite quelques instants sans ajouter une parole. La main sur l'épaule de Louisa, Magdalen se rassit et jeta sur le feu presque éteint des regards où se peignait une amertume inexprimable : « Oh ! pensait-elle, quelles heureuses femmes il y a dans le monde ! des femmes qui aiment leur mari ! des mères qui peuvent sans honte avouer leurs enfants ! »

– Êtes-vous maintenant plus calme ? demanda-t-elle s'adressant de nouveau à Louisa, et désormais avec bien plus de douceur. Me répondrez-vous, si je vous fais encore quelques questions ? Où est cet enfant ?

– L'enfant est en nourrice.

– Le père vous aide-t-il à l'élever ?

– Autant qu'il le peut, madame.

– Que fait-il ? Est-il domestique ? A-t-il une profession ?

– Son père est maître charpentier ; il travaille dans l'atelier de son père.

– S'il a du travail, pourquoi ne vous épouse-t-il pas ?

– C'est la faute de son père, madame… ce n'est pas la sienne… Son père n'a pas eu pitié de nous… Si ce pauvre garçon m'épousait, il serait chassé de sa famille et de son domicile.

– Ne peut-il trouver de l'ouvrage ailleurs ?

– L'ouvrage qui rapporte, madame, ne se trouve pas facilement à Londres. Ils y sont tant, si vous saviez ! Ils s'arrachent littéralement le pain de la bouche. Si seulement nous avions eu assez d'argent pour émigrer, je serais sa femme depuis longtemps.

– Et si vous aviez maintenant cet argent, vous épouserait-il ?

– J'en suis sûre, madame. En Australie, par exemple, il aurait du travail à foison et gagnerait le double et le triple de ce qu'il a ici… Il fait tout ce qu'il peut, et moi de même, pour économiser dans cette vue. Je mets de côté, rigoureusement, tout ce que me laisse l'éducation de notre enfant... Mais tout cela est si peu de chose ! Même avec bien des années devant nous, il semble que tout espoir nous est interdit. Je sais que j'ai mal agi de toute manière et que je ne mérite pas d'être heureuse... Mais pouvais-je laisser souffrir mon enfant ? J'ai été obligée de me placer... Ma maîtresse a été dure avec moi, et quand j'ai essayé de gagner ma vie comme couturière, la santé m'a fait défaut. Jamais je n'aurais trompé personne en fabriquant un certificat si quelque autre chance m'avait été laissée... J'étais seule, madame, j'étais sans ressources... et je ne peux que vous demander pardon.

– Demandez cela à des femmes plus méritantes que moi, dit Magdalen avec tristesse. Je ne puis que m'associer à votre chagrin et prendre pitié de vous, ce que je fais de tout cœur... A votre place, moi aussi, j'aurais fabriqué ce certificat... Ne parlons plus du passé ; vous ne savez pas à quel point vous me faites mal en en parlant. Parlons de l'avenir. Il me semble que je puis vous venir en aide, et sans vous porter dommage. Il me semble aussi que vous pouvez m'aider, en revanche, et me rendre le plus grand des services. Vous saurez bientôt comment je l'entends. Mais d'abord, en supposant que vous soyez mariée, combien vous en coûterait-il pour émigrer tous les trois ?

Louisa, par un rapide calcul, évalua le prix d'un passage de troisième classe pour un homme et sa femme se rendant en Australie. Elle parlait bas, avec un accent découragé. Si minime que fût la somme, on voyait bien qu'elle désespérait de l'acquérir jamais.

Magdalen se redressa sur son siège et, reprenant la main de la jeune fille, elle lui demanda avec la plus grande attention :

– Louisa, si je vous donnais l'argent de votre passage, que pourrais-je attendre de vous, en retour ?

Cette proposition inattendue sembla couper la parole à Louisa. Elle tremblait violemment sans répondre un mot. Magdalen répéta ce qu'elle venait de dire.

– Oh ! madame, s'écria la jeune fille, est-ce bien là votre intention ? Dois-je croire à un tel bonheur ?

– Oui, répondit Magdalen ; j'y songe très sérieusement. Et vous, en échange d'un tel service, que seriez-vous disposée à faire pour moi ?

– Pour vous ? répéta Louisa. Demandez-moi donc plutôt ce que je ne ferais pas ?

Elle essayait de baiser la main de sa maîtresse, mais Magdalen ne voulut pas le souffrir, et retira sa main par un mouvement très marqué, empreint de rudesse.

– Je ne vous impose aucune obligation, dit-elle. Nous nous rendons mutuellement service, et pas autre chose. Tenez-vous tranquille et laissez-moi réfléchir !

Pendant les dix minutes qui suivirent, un silence complet régna dans la pièce. Ce temps expiré, Magdalen tira sa montre et l'approcha du brasier mourant. Le peu de clarté qu'il jetait encore suffit à peine pour qu'elle pût voir l'heure sur le cadran. Il était à peu près six heures du soir.

– Êtes-vous assez remise pour descendre et faire une commission de ma part ? demanda-t-elle se levant pour parler à Louisa. Ce message n'a rien que de très simple. Il s'agit d'envoyer chercher un cabriolet, le plus tôt possible, par l'enfant de la maison : il faut que je sorte immédiatement. Ce soir, un peu plus tard, vous saurez pourquoi. J'ai beaucoup de choses à vous dire encore, mais pour l'heure le temps me manque. Quand je serai partie, apportez ici votre ouvrage, et attendez-y mon retour ! Je reviendrai avant l'heure du coucher.

Sans ajouter un seul mot d'explication, elle alluma précipitamment une chandelle et se retira dans sa chambre pour mettre son chapeau et son châle.

II

Le même soir, entre neuf et dix heures, Louisa, qui attendait avec une certaine anxiété, entendit retentir à la porte de la maison le coup que guettait depuis longtemps son oreille. Elle se précipita dans l'escalier pour aller ouvrir à sa maîtresse.

Le visage de Magdalen était fort animé ; elle paraissait plus agitée, rentrant au logis, qu'au moment de son départ.

– Restez devant la table ! dit-elle à Louisa, non sans quelque impatience ; mais laissez votre ouvrage. Ce que je vais vous dire réclame toute votre attention.

Louisa obéit. Magdalen, s'asseyant de l'autre côté de la table, écarta les chandelles de manière à voir clairement, et sans obstacle, le visage de la femme de chambre.

– Avez-vous remarqué, commença-t-elle brusquement, une femme d'un certain âge et d'aspect décent qui, dans le cours de la dernière quinzaine, est venue me rendre visite une ou deux fois ?

– Oui, madame. Je crois l'avoir introduite lors de sa seconde visite… une femme d'un certain âge en effet et qui se nomme Mrs. Attwood ?

– C'est bien d'elle que je veux parler. Mrs. Attwood est la femme de charge de Mr. Loscombe ; non pas celle qu'il a chez lui, dans son domicile particulier, mais celle qu'il emploie dans ses bureaux de Lincoln's Inn. J'avais promis d'aller prendre le thé chez elle un soir de cette semaine, et c'est ce soir que j'y suis allée. Il est assez étrange de ma part, n'est-il pas vrai, de m'être mise, avec une personne du rang de Mrs. Attwood, sur un pareil pied de familiarité ?

Louisa ne formula aucune réponse, mais son visage parla pour elle, montrant qu'elle ne pouvait, en effet, s'empêcher d'être étonnée.

– J'avais mes raisons pour me lier avec Mrs. Attwood, continua Magdalen. Elle est veuve, et sa famille se compose de plusieurs filles. Toutes sont placées. L'une d'elles est suivante en second chez l'amiral Bartram, à St. Crux-in-the-Marsh. C'est par le maître de Mrs. Attwood que j'ai appris ceci, et aussitôt après avoir fait cette découverte, j'ai résolu de lier connaissance avec Mrs. Attwood. Voilà qui est encore plus singulier, me direz-vous ?

Louisa commençait à manifester un peu d'inquiétude. L'accent de sa maîtresse était en désaccord avec le langage de sa maîtresse ; on y pressentait quelque surprenante révélation encore à venir.

– Je ne me chargerai pas d'expliquer, continua Magdalen, quel genre d'attrait ma société peut avoir pour Mrs. Attwood. Je puis seulement vous dire qu'elle a connu des jours meilleurs. Elle a reçu quelque éducation, et c'est peut-être pour cela que ma société lui plaît. D'une manière ou d'une autre, elle a fait à mes avances un accueil empressé. Quant au charme qu'a pour moi cette bonne femme, il peut vous être expliqué sans beaucoup de paroles. J'éprouve une vive curiosité – curiosité incompréhensible, allez-vous penser – pour tout ce qui se passe actuellement dans la maisonnée de St. Crux-in-the-Marsh. La fille de Mrs. Attwood est une bonne fille qui sans cesse écrit à sa mère. Sa mère, tirant vanité de ces lettres et vanité de sa fille, est toujours disposée à bavarder sur le compte de celle-ci et à raconter tout ce qui se passe autour d'elle. Voilà quel charme Mrs. Attwood a pour moi… Vous devez, jusque-là, me comprendre ?

Louisa comprenait parfaitement. Magdalen continua donc :

– Grâce à Mrs. Attwood et à la fille de Mrs. Attwood, j'ai déjà obtenu de curieux détails sur la vie domestique à St. Crux. Les bavardages de l'office et la correspondance qui en émane, ai-je besoin de vous l'apprendre, traitent plus souvent des maîtres et des maîtresses que ces maîtres et maîtresses ne le supposent. Il n'y a pas à St. Crux d'autre maîtresse que la femme de charge. Mais il y a un maître, l'amiral Bartram. Ce paraît être un vieillard bizarre, dont les caprices et les fantaisies amusent ses domestiques autant que ses amis. Une de ses lubies (la seule dont il soit nécessaire de nous préoccuper en ce moment), c'est qu'ayant eu pendant sa vie de bord assez d'hommes autour de lui il veut, maintenant qu'il est à terre, n'être servi que par des femmes. Le seul domestique mâle dans le château est un vieux marin qui a passé toute sa vie avec son maître ; il est pour ainsi dire en pension à St. Crux et ne se mêle que peu ou point des besognes extérieures. Les autres domestiques occupées à ce service sont exclusivement des femmes ; et au lieu d'un majordome pour lui servir ses repas, l'amiral a une bonne affectée au service de la table. La personne qui remplit ces fonctions à St. Crux est sur le point de se marier et doit quitter le château dès que son maître aura pu la remplacer. Je savais tout ceci depuis déjà quelques jours. Mais ce soir, quand j'ai vu Mrs. Attwood, elle m'a montré une lettre que sa fille lui avait écrite dans l'intervalle ; et cette lettre m'a fait découvrir quelque chose encore. La femme de chambre ne sait où donner de la tête pour trouver une nouvelle domestique. Son maître exige de la jeunesse et une jolie figure ; il laisse le surplus à sa femme de charge, mais il tient absolument à ceci. Toutes les démarches tentées dans les environs du château n'ont pas réussi à faire découvrir la bonne dont l'amiral est en peine. Si, d'ici à quinze jours ou trois semaines, rien de sortable ne s'est présenté, la femme de charge est décidée à faire des annonces dans le *Times*, et à venir elle-même à Londres pour examiner les personnes qui se présenteront, en s'informant avec soin de leurs antécédents personnels.

Louisa regardait sa maîtresse avec plus d'attention que jamais. Son visage n'exprimait plus la perplexité ; on pouvait y voir poindre, en revanche, une nuance de désappointement.

– Ne perdez pas de vue ce que je viens de vous dire, et suspendez toute conclusion pendant une minute encore, que je vais employer à vous questionner… N'allez pas vous imaginer que vous m'avez comprise, je puis vous assurer qu'il n'en est rien… Est-ce que vous avez toujours servi comme femme de chambre ?

– Non, madame.

– Avez-vous jamais été bonne ?

– Dans une seule de mes places, madame, et je n'y suis pas restée longtemps.

– Assez longtemps, j'imagine, pour y apprendre parfaitement ce genre de service ?

– Oui, madame.

– Qu'aviez-vous à faire, outre le service de la table ?

– J'annonçais les visites.

– Fort bien… et après ?

– J'avais à surveiller l'argenterie et les cristaux : tout le linge de table était aussi confié à mes soins. Je devais répondre à toutes les sonnettes, sauf celles des chambres à coucher. Il y avait encore, de temps en temps, quelques menues besognes…

– Mais votre service régulier était celui que vous venez d'indiquer ?

– Oui, madame.

– Combien y a-t-il de temps que vous avez été attachée à cet emploi ?

– Un peu plus de deux ans, madame.

– Je suppose que, dans ce laps de temps, vous n'avez oublié ni le service de table, ni l'entretien de l'argenterie, ni le reste ?

A cette question, l'attention de Louisa, qui, durant cet interrogatoire de Magdalen, avait de plus en plus dévié, s'égara pour le coup complètement. Ses inquiétudes toujours croissantes l'emportèrent sur sa discrétion, et même sur sa timidité ordinaire. Au lieu de répondre à sa maîtresse, elle se permit tout à coup une question que lui suggéraient vaguement des conjectures précipitées :

– Bien des pardons, madame, dit-elle. Penseriez-vous à m'offrir la place vacante à St. Crux ?

– Allons donc ! répondit Magdalen. Certainement pas ! Vous aurez donc oublié ce que je vous disais, dans cette chambre même, avant de sortir ? Je compte vous voir mariée, et vous faire partir pour l'Australie avec votre mari et votre enfant. Vous n'avez pas voulu attendre, comme je vous le prescrivais, que je me sois expliquée. Vous avez tiré vous-même vos conclusions, et ces conclusions sont fausses… Je viens de vous poser une question à laquelle vous n'avez pas répondu : je vous demandais si vous aviez oublié votre service comme bonne.

– Oh non, madame !

Louisa, jusqu'alors, avait répondu comme à regret. Rassurée maintenant, elle répondait volontiers et avec confiance.

– Pourriez-vous, lui demanda Magdalen, enseigner ce service à une autre domestique ?

– Oui, madame, très facilement, pour peu qu'elle eût l'intelligence prompte et voulût bien me prêter attention.

– Pourriez-vous me l'enseigner, à moi ?

Louisa sursauta et changea de couleur :

– A vous, madame ! s'écria-t-elle mi-incrédule, mi-effrayée.

– Oui, dit Magdalen. Pourriez-vous me mettre en état de remplir à St. Crux l'emploi dont nous venons de parler ?

Si claires que fussent ces paroles, l'étourdissement produit dans l'esprit de Louisa semblait la rendre incapable de comprendre la proposition de sa maîtresse.

– A vous, madame ! répéta-t-elle, sans savoir au juste ce qu'elle disait.

– Peut-être vous ferai-je comprendre le projet extraordinaire que j'ai conçu en vous expliquant dans quel but je prétends agir… Vous rappelez-vous ce que je vous disais du testament de Mr. Vanstone lorsque, arrivant d'Écosse, vous êtes venue me rejoindre ici ?

– Oui, madame. Vous m'avez appris que ce testament ne faisait pas même mention de vous. Je suis bien certaine que jamais ma camarade n'aurait voulu mettre sa signature au bas de ce testament, si elle avait su…

– Laissons cela maintenant… Je ne blâme nullement votre camarade ; je ne blâme personne que Mrs. Lecount. Laissez-moi continuer ce que je disais. Il n'est pas le moins du monde certain que Mrs. Lecount puisse me faire tout le mal qu'elle a prémédité contre moi. Il reste une chance pour que Mr. Loscombe, mon avocat, parvienne, en dépit du testament, à obtenir pour moi ce qui m'est légitimement dû. Cette chance serait la découverte d'une lettre qui doit être, selon Mr. Loscombe et selon moi, secrètement déposée entre les mains de l'amiral Bartram. Je n'ai pas le plus léger espoir de savoir ce que renferme cette lettre, si je me présente à découvert pour en réclamer communication. Mrs. Lecount a prévenu l'amiral contre moi, et Mr. Vanstone lui a confié un secret auquel moins que personne je dois être initiée. Si je lui écrivais, il ne répondrait point à ma lettre. Si je frappais à sa porte, cette porte ne s'ouvrirait point pour moi. C'est donc comme une étrangère que je dois me ménager l'accès de St. Crux. Il faut que je m'y fasse une position qui me permette de chercher de tous côtés sans éveiller les soupçons ; il faut que j'y sois installée pour tout le temps nécessaire à la réalisation de mes projets. J'ai tout cela pour moi si je suis accueillie dans la domesticité du château, et c'est comme domestique que j'entends m'y présenter.

– Mais vous êtes une personne du monde, madame, objecta Louisa de plus en plus perplexe. Les domestiques de St. Crux vous auront bientôt démasquée.

– Je ne crains nullement qu'ils me démasquent, répondit Magdalen. Je sais, mieux que vous ne le supposez, prendre les dehors qui me conviennent. C'est à moi, d'ailleurs, qu'il appartient de pourvoir à ce danger. Ne parlons, pour le moment, que de ce qui vous concerne. Ne décidez pas encore la question de savoir si vous devez ou non me prêter l'assistance dont j'ai besoin. Attendez, pour prendre à cet égard une résolution définitive, de savoir en quoi elle consiste. Vous êtes couturière habile et prompte. Pourriez-vous, d'ici à huit jours, me faire une robe qu'une domestique puisse convenablement porter, et arranger de manière qu'elle vous aille une de mes robes de soie les plus élégantes ?

– Je crois, madame, pouvoir faire cela dans huit jours. Mais pourquoi me faire porter…?

– Attendez un peu et vous le saurez. Je donnerai congé dès demain à notre hôtesse, une semaine d'avance. Dans l'intervalle, et tandis que vous vous occuperez des vêtements, je puis apprendre le service d'une bonne. Lorsque la domestique de la maison aura monté le dîner, et quand nous serons, vous et moi, toutes seules dans cette pièce, au lieu d'être servie par vous comme à l'ordinaire, c'est moi qui vous servirai. (Je parle très sérieusement ; veuillez ne pas m'interrompre !) Tout ce que je pourrai apprendre de plus, sans gêner votre travail, je le pratiquerai en toute occasion et avec le plus grand soin. La semaine terminée et les robes faites, nous quitterons ce logement pour aller dans un autre où nous nous présenterons, vous comme maîtresse, moi comme femme de chambre.

– Personne ne s'y méprendra, madame, interrompit Louisa que cette perspective faisait trembler. Je ne suis pas une lady, moi.

– Et j'en suis une, dit Magdalen avec amertume. Faut-il vous dire ce qu'est qu'une lady ? Une lady est une femme qui porte une robe de soie et se croit fort importante ici-bas. Je mettrai la robe de soie sur votre dos, et dans votre tête le sentiment de votre importance. Vous parlez bien l'anglais ; vous êtes naturellement calme et savez vous conduire. Pourvu que vous puissiez seulement venir à bout de votre timidité, je n'aurai pas la moindre crainte à votre sujet. Vous aurez bien le temps, dans notre nouveau logement, de vous familiariser avec votre rôle, tout comme j'aurai le temps de me familiariser avec le mien. Nous aurons aussi le loisir de confectionner quelques vêtements de plus, une autre robe à mon usage et, pour vous, la toilette de noces dont j'entends vous faire cadeau. J'enverrai tous les jours chercher le journal. Dès que l'annonce paraîtra, je me présenterai, sous tel nom que les circonstances pourront me suggérer… sous le vôtre, si vous voulez bien me le prêter ; et lorsque la femme de charge me demandera mon certificat, c'est à vous que je l'adresserai. Elle vous verra dans le rôle de maîtresse, et moi dans celui de domestique. Aucun soupçon ne pourra lui entrer dans l'esprit, à moins que vous ne le lui fournissiez vous-même. Pourvu que vous ayez le courage de suivre mes instructions, et de répéter ce que je vous aurai soufflé, l'entrevue, je vous en réponds, sera terminée en dix minutes.

– Vous me faites peur, madame, dit Louisa qui tremblait encore. Je n'en puis plus de surprise… Vous parlez de courage ? Où voulez-vous que j'en trouve ?

– Où j'en ai mis pour vous, dit Magdalen ; dans le prix du passage en Australie. Envisagez cette nouvelle perspective qui vous donne un mari et vous rend à votre enfant : c'est là que vous trouverez le courage nécessaire…

Le visage mélancolique de Louisa parut s'éclairer tout à coup ; le faible cœur de Louisa battit plus vite. Une étincelle de cette flamme qui brûlait chez sa maîtresse s'alluma dans ses yeux à la pensée de cet avenir rayonnant.

– Si vous acceptez ma proposition, poursuivit Magdalen, vous pouvez dès à présent, selon vos convenances, commander le service nuptial. Je vous promets votre argent pour le jour où l'annonce paraîtra dans les feuilles publiques. Ce n'est pas vous, c'est moi seule que concerne le refus possible de la femme de charge… Je sais à quel point j'ai perdu de ma beauté ; j'espère cependant pouvoir l'emporter au concours sur les autres domestiques qui se présenteront ; j'espère pouvoir me donner l'air de la bonne demandée par l'amiral Bartram. Vous n'avez rien à craindre dans tout ceci ; sans cela, je ne vous en aurais point parlé. L'unique danger, c'est que je sois reconnue à St. Crux, et ce danger ne peut atteindre que moi. Au moment où j'arriverai dans le château de l'amiral, vous serez mariée et déjà sur le navire qui doit vous conduire vers une nouvelle existence.

La figure de Louisa, tantôt radieuse d'espérance, tantôt assombrie par la crainte, manifestait clairement la lutte intérieure que lui coûtait le parti à prendre. Elle essayait de gagner du temps, elle balbutiait vaguement quelques mots de reconnaissance, mais sa maîtresse ne la laissa pas continuer.

– Vous ne me devez aucun remerciement, dit Magdalen. Je vous l'ai déjà dit, nous ne faisons que nous prêter un mutuel secours. J'ai fort peu d'argent, mais ce que j'en ai suffit pour vous tirer d'affaire, et je vous le donne bien volontiers. J'ai mené une vie malheureuse ; j'ai fait le malheur d'autrui… vous-même, je ne puis vous rendre heureuse qu'en vous incitant à commettre une nouvelle tricherie… Calmez-vous ! ce n'est pas votre faute… Si vous refusez, des femmes qui ne vous valent pas me viendront en aide. Décidez à votre gré, mais n'ayez aucune répugnance à prendre cet argent ! Si je réussis, je n'en aurai pas besoin. Si j'échoue… (Elle s'interrompit, se leva brusquement de son fauteuil, et déroba son visage à Louisa en se dirigeant du côté du foyer.) Si j'échoue, reprit-elle exposant négligemment ses pieds à la chaleur de l'âtre, tout l'argent du monde ne me servirait à rien. Que ceci ne vous inquiète point ; en général, ne vous inquiétez pas de moi ; pensez uniquement à vous ! Je ne me prévaudrai nullement de l'aveu que vous m'avez fait. Je ne prétends pas influencer chez vous une volonté opposée à mes desseins. Faites ainsi qu'il vous conviendra le mieux… Souvenez-vous seulement de ceci : je suis, moi, parfaitement décidée. Rien de ce que vous pouvez dire ou faire ne modifiera ma conduite.

La manière soudaine dont elle avait quitté la table et l'altération de sa voix tandis qu'elle prononçait ces derniers mots semblaient avoir rendu à Louisa ses hésitations premières. Elle avait joint ses mains sur ses genoux et les tordait l'une dans l'autre :

– Cette épreuve est venue m'assaillir bien subitement, madame, dit cette fille. J'éprouve une terrible tentation de dire oui… et cependant j'ai bien peur.

– Prenez toute la nuit pour réfléchir, interrompit Magdalen qui s'obstinait à tenir son visage tourné vers la cheminée. En entrant demain chez moi, vous me direz ce que vous avez résolu. Ce soir, je n'aurai besoin de personne ; je me déshabillerai moi-même. Vous n'êtes pas aussi forte que moi, et je suis sûre que vous êtes à bout. Que ce que je vous ai dit ne vous tienne pas éveillée ! Bonne nuit, Louisa, bonne nuit et faites de beaux rêves !

Sa voix s'atténuait de plus en plus en prononçant ces affectueuses paroles. Elle poussa un profond soupir et, posant son bras sur la cheminée, y appuya sa tête avec une lassitude désespérée qui faisait peine à voir. Louisa, qu'elle croyait hors de la pièce, s'y trouvait encore ; Louisa se rapprocha d'elle doucement et baisa sa main. Magdalen sursauta, mais, cette fois, ne tenta rien pour retirer sa main. Le sentiment de la solitude terrible où elle vivait se trouva plus fort qu'elle, au moment où les lèvres de sa femme de chambre se posèrent ainsi sur sa main. Son cœur orgueilleux s'attendrit ; des larmes brûlantes lui vinrent aux yeux.

– Ne m'affligez pas ! dit-elle d'une voix faible. Le temps des attendrissements est passé ; ils ne font plus qu'ôter mes forces. Retirez-vous donc, et bonne nuit.

Magdalen, le matin venu, obtint enfin la réponse affirmative qu'elle avait prévue. Le jour même la logeuse reçut son congé, à huit jours de date, et l'aiguille industrieuse de Louisa fut, sans repos ni trêve, occupée à fabriquer le costume de la bonne.

INTERMÈDE

L'HISTOIRE SE POURSUIT A TRAVERS LA POSTE

DE MISS GARTH A MR. PENDRIL

Westmoreland House, le 3 janvier 1848.

Cher monsieur Pendril,

Je vous écris, selon votre affectueuse recommandation, pour vous renseigner sur l'état de Norah, et vous faire part des améliorations que je constate dans sa situation d'esprit, par rapport à sa sœur.

Je ne saurais dire qu'elle se résigne au silence prolongé de Magdalen ; je connais trop bien sa fidèle nature pour me permettre une telle assertion. Je me bornerai donc à vous faire savoir que son lourd fardeau de chagrin et d'anxiété commence à trouver quelque allégement dans de nouvelles pensées et de nouvelles espérances. Je ne suis pas bien certaine qu'elle s'en aperçoive encore, mais j'entrevois ce résultat dont elle-même n'a pas conscience. Je vois son cœur s'ouvrir aux consolations que peuvent lui donner un intérêt, une affection dont sa sœur n'est plus l'objet. Elle ne m'a pas dit un mot là-dessus, et je me suis bien gardée de lui en ouvrir la bouche. Mais aussi vrai que les visites de Mr. George Bartram à la famille de Portland Place sont devenues récemment de plus en plus fréquentes, aussi certainement puis-je vous assurer que Norah trouve à ses incertitudes un remède qui n'est pas de ma fabrication et conçoit pour l'avenir des espérances que je ne saurais me vanter de lui avoir enseignées.

Je n'ai pas besoin d'ajouter que je vous dis ceci sous le sceau du plus grand secret. Dieu seul peut savoir si l'heureuse perspective, dont j'entrevois le début, doit devenir ou non plus brillante avec le progrès du temps. Plus je vois Mr. George Bartram – et il m'a fait dans ces derniers temps maintes visites –, plus je sens augmenter mon amitié pour lui. Dans mon humble jugement, je lui trouve toujours les qualités d'un gentleman, et ceci en donnant à ce mot son sens le plus élevé, qui est aussi le plus vrai. Si je vis assez pour voir Norah devenir sa femme, il me semble que je n'aurai rien à regretter ici-bas. Mais comment se flatter de prévoir l'avenir? Et nous avons tant souffert que, vraiment, je n'ose espérer.

Avez-vous quelque nouvelle de Magdalen? Je ne sais ni pourquoi ni comment, mais depuis que j'ai appris la mort de son mari, mon ancienne affection pour elle semble me revenir plus obstinée que jamais.

Votre fidèlement dévouée,

Harriet Garth.

DE MR. PENDRIL A MISS GARTH

Serle Street, le 4 janvier 1848.

Chère miss Garth,

Je n'ai eu aucunes nouvelles directes de Mrs. Noël Vanstone. Mais depuis que je ne vous ai vue, j'ai appris qu'il fallait regarder comme fondés les bruits qui couraient sur la position qui lui a été faite par le décès de son mari. Elle n'a été l'objet d'aucun legs. Le testament ne mentionne même pas son nom.

Il n'y a pas à se dissimuler – sachant ce que nous savons – qu'une pareille circonstance nous menace d'embarras nouveaux, et peut-être de nouveaux chagrins. Mrs. Noël Vanstone n'est pas femme à subir sans une résistance désespérée le bouleversement total de ses espérances. Ce simple fait qu'on n'a pas entendu parler d'elle, en aucune façon, depuis la mort de son mari, me suggère, quant à moi, les plus sérieuses appréhensions. Dans la situation où elle se trouve, avec le caractère qu'on lui connaît, plus elle se tient tranquille pour le moment, plus – à mon sens du moins – on doit se méfier de ce qu'elle fera dans l'avenir. On ne saurait dire à quelles violentes démarches l'entraîneront probablement les extrémités où elle est réduite. Il est impossible de ne pas craindre qu'elle devienne la cause de quelque scandale public qui, cette fois, rejaillirait sur sa sœur innocente en même temps qu'il la compromettrait elle-même.

Je suis certain que vous ne méconnaîtrez pas le motif qui me fait vous écrire ces lignes; vous ne me croirez pas assez peu réfléchi pour vous causer une alarme inutile. Le vif désir que j'ai de voir se réaliser l'heureuse perspective à laquelle votre lettre fait allusion m'a conduit à m'expliquer vis-à-vis de vous avec moins de réserve que je n'en aurais montré en toute autre circonstance. J'insiste fortement pour que vous usiez de toute votre influence, chaque fois qu'elle pourra être loyalement employée, afin de fortifier ces liens naissants et de les soustraire, autant qu'il vous sera possible, à l'atteinte de malheurs futurs. Si je vous dis que la fortune dont Mrs. Vanstone a été dépouillée se trouve comprise tout entière dans le legs fait à l'amiral Bartram et si j'ajoute que George Bartram passe généralement pour être l'héritier présomptif de son oncle, vous reconnaîtrez, j'imagine, que j'ai toute raison de vous prévenir comme je le fais.

Bien à vous, en toute sincérité,

WILLIAM PENDRIL.

DE L'AMIRAL BARTRAM A MRS. DRAKE
(FEMME DE CHARGE A ST. CRUX)

St. Crux, le 10 janvier 1848.

Madame Drake,

J'ai reçu votre lettre de Londres, où vous me dites avoir trouvé pour moi une nouvelle bonne, et où vous m'annoncez que cette personne est sur le point de vous accompagner à St. Crux, lorsque les autres affaires que vous avez en ville vous permettront de nous revenir.

Ces arrangements doivent être modifiés sans retard, et cela pour un motif que je déplore d'avoir à mentionner ici.

La maladie de ma nièce, Mrs. Girdlestone, maladie qui n'inquiétait aucun de nous, les médecins y compris, s'est terminée d'une manière fatale. J'ai reçu, ce matin même, la triste nouvelle de sa mort. On dit son mari à moitié fou de chagrin. Mr. George est déjà parti chez son beau-frère afin d'y surveiller l'accomplissement des derniers devoirs, et je l'y suivrai avant que les funérailles aient lieu. Nous nous proposons d'emmener ensuite Mr. Girdlestone et d'essayer l'effet que pourront avoir sur lui les distractions forcées d'un voyage. Dans ces tristes circonstances, je serai sans doute absent de St. Crux pendant un mois ou six semaines au moins. La maison sera fermée ; par conséquent, jusqu'à mon retour, nous n'aurons pas besoin de la nouvelle domestique.

Vous direz donc à cette fille, sitôt ma lettre reçue, qu'un décès survenu dans la famille a provisoirement changé nos plans. Si elle consent à attendre, vous pouvez en toute sûreté l'engager de façon à ce qu'elle arrive ici dans six semaines. Je serai de retour alors, en supposant même que Mr. George reste absent. Si elle refuse, payez-lui l'indemnité qui lui est due, et ne songez plus à elle. Votre

ARTHUR BARTRAM.

DE MRS. DRAKE A L'AMIRAL BARTRAM

Le 11 janvier.

Monsieur et très honorable maître,

J'espère avoir terminé demain toutes mes affaires et m'en retourner à St. Crux. J'écris cependant, en cas de retard imprévu, afin de vous ôter toute inquiétude.

La jeune femme engagée par moi (elle se nomme Louisa) veut bien attendre selon vos désirs ; et sa maîtresse actuelle, qui lui porte un vif intérêt, se charge de pourvoir dans l'intervalle à tous ses besoins. Il est entendu qu'elle entrera dans sa nouvelle place dans six semaines, à compter d'aujourd'hui, c'est-à-dire le 25 février prochain.

Veuillez agréer l'expression de ma respectueuse sympathie pour le triste événement qui vient de vous enlever un des membres de votre famille. Veuillez aussi me croire, monsieur et très honoré, votre toute dévouée,

SOPHIA DRAKE.

SCÈNE SEPTIÈME

ST. CRUX-IN-THE-MARSH

I

– C'est ici que vous coucherez… Faites votre toilette, et redescendez ensuite chez moi. L'amiral est de retour, et vous commencerez dès aujourd'hui par le servir au dîner.

Sur ces mots, Mrs. Drake, la femme de charge, referma la porte ; et la nouvelle bonne demeura seule dans la chambre qui lui était assignée à St. Crux.

On était le 25 février, jour qui promettait tant d'événements nouveaux. Quatre mois après le dépôt fait par Mrs. Lecount entre les mains de l'exécuteur testamentaire des instructions particulières laissées par Noël Vanstone, la combinaison contre laquelle cette femme habile avait avant tout voulu se prémunir, cette combinaison venait de se réaliser. La veuve de Mr. Noël Vanstone et la contre-lettre adressée à l'amiral Bartram se trouvaient réunies sous le même toit.

Jusqu'alors les événements avaient tourné, sans exception, en faveur de Magdalen. Jusqu'alors elle n'avait trouvé aucun obstacle sur le chemin de St. Crux. Louisa, dont elle portait maintenant le nom, voguait depuis trois jours vers l'Australie avec son mari et son enfant ; or c'était la seule créature vivante à qui Magdalen eût confié son secret, et d'ores et déjà elle se trouvait à présent hors de vue, bien loin du rivage anglais. Elle s'était montrée jusqu'au bout soigneuse, sincère et fidèlement dévouée aux intérêts de sa maîtresse. Elle avait subi l'épreuve de son entrevue avec la femme de charge, sans rien oublier des instructions par lesquelles on l'y avait préparée. Elle avait elle-même proposé de mettre à profit le délai de six semaines, occasionné par le deuil survenu chez l'amiral, pour continuer les enseignements pratiques sans lesquels sa maîtresse aurait compromis le succès de son audacieux stratagème. Grâce au temps ainsi gagné, lorsque Louisa fut mariée et lorsque le jour de la séparation fut venu, Magdalen avait appris dans le plus menu détail tout ce que lui pouvait enseigner son ex-femme de chambre. Le jour où elle franchit le seuil de St. Crux, elle abordait son entreprise désespérée, forte de cette présence d'esprit qu'elle avait eu à déployer récemment au sein des circonstances les plus critiques, forte également des talents qu'elle possédait et grâce auxquels elle pouvait se présenter, selon toute vraisemblance, sous de faux dehors, mais plus forte encore de ces deux mois pendant lesquels un entraînement quotidien l'avait familiarisée avec les tâches domestiques de l'emploi qu'elle prétendait remplir.

Une fois restée seule, après le départ de Mrs. Drake, elle défit sa malle et s'habilla pour la soirée.

Elle mit une robe d'étoffe grise, demi-deuil prescrit à tous les domestiques, sur les instructions de l'amiral et en mémoire de Mrs. Girdlestone, un tablier de mousseline blanche, puis un joli bonnet et un col blanc garni de rubans qui assortissaient la robe. Sous cette livrée féminine, avec cette simple robe fermant au cou, ce joli petit bonnet blanc rejeté en arrière, Magdalen, dans ce costume simple et séant, le plus modeste et en même temps le plus attrayant que puisse porter une femme aux yeux de tout homme qui n'est pas un marchand de toilettes, Magdalen dissimulait presque les tristes altérations que de longues souffrances mentales avait fait subir à sa beauté. Habillée comme les dames le sont pour aller dans le monde, la poitrine à découvert, et dans ces roides étoffes de soie qui font du vêtement une espèce d'armure, l'amiral ne l'aurait peut-être pas remarquée, venant à l'apercevoir dans son salon. Tout au contraire, avec cet ajustement à la fois chaste et coquet, aucun admirateur de la beauté, arrêtant une fois son regard sur elle, n'eût pu se dispenser de la contempler à loisir.

En descendant l'escalier pour retourner chez la femme de charge, elle passa successivement devant l'entrée de deux longs corridors dallés sur lesquels ouvrait une double rangée de portes. L'un était situé au second étage, l'autre au premier. « Que de chambres ! pensa-t-elle en regardant ces portes nombreuses. Et combien de recherches avant de découvrir ce que je voudrais trouver ici ! »

En posant le pied au rez-de-chaussée, elle rencontra un vieillard, d'aspect fatigué, qui s'arrêta pour la contempler avec l'intérêt le plus visible. C'était le même qu'avait vu le capitaine Wragge dans l'arrière-cour de St. Crux, occupé à sculpter un petit modèle de navire. Il était connu dans tous les environs, et à quelques lieues à la ronde, comme le « bosco de l'amiral ». Il s'appelait Mazey. Sur le visage chagrin et ridé du vieux matelot, soixante ans avaient tour à tour écrit leurs annales de rudes travaux en mer, d'amples libations une fois à terre. Soixante ans avaient mis sa fidélité à l'épreuve, et avaient finalement amené au port, dans le château de son maître, leurs voyages une fois terminés, cette carcasse disloquée par plus d'une tempête.

Ne voyant personne d'autre auprès de qui s'informer, Magdalen pria le vieillard de lui indiquer par où elle pourrait gagner la chambre où résidait la femme de charge.

– Certainement, ma belle ! dit le vieux Mazey, parlant avec cette voix haute et profonde qui est l'apanage de la surdité. Vous êtes la nouvelle venue, pas vrai ? et un beau brin de fille par-dessus le marché ! Son Honneur l'amiral aime que sa bonne soit bien gréée de partout… Vous ferez l'affaire, ma belle, c'est moi qui vous le dis.

– Ne prenez pas garde à ce que peut vous conter Mr. Mazey, remarqua la femme de charge, qui avait ouvert sa porte au moment où le vieux marin rendait à Magdalen cet hommage familier. Il a pour privilège de bavarder tant qu'il veut ; ses habitudes sont quelquefois très incommodantes, et généralement assez peu séantes, mais il n'est pas méchant.

Tout en excusant ainsi ce vénérable débris du service maritime, Mrs. Drake conduisit Magdalen d'abord à l'office, puis à la lingerie, l'installant avec toutes les formalités requises dans les départements domestiques qui allaient devenir son domaine spécial. Cette cérémonie terminée, on fit monter la nouvelle bonne pour lui montrer la salle à manger, laquelle ouvrait sur le corridor du premier étage. Là, elle reçut ordre de mettre le couvert, pour une seule personne, Mr. George Bartram n'étant pas revenu à St. Crux avec son oncle. Les yeux subtils de Mrs. Drake surveillaient attentivement Magdalen pendant qu'elle inaugurait ainsi ses nouvelles fonctions ; et la conviction particulière de Mrs. Drake, une fois le couvert mis, la força à reconnaître que, pour ceci du moins, la nouvelle domestique entendait parfaitement son métier.

Une heure plus tard, le potage fut placé sur la table, et Magdalen, debout derrière le fauteuil vide de l'amiral, attendit seule, de pied ferme, le premier regard d'inspection qu'il allait jeter sur elle, à son entrée dans la salle à manger.

Une grosse cloche retentit dans les régions inférieures, un piétinement rapide et lourd se fit entendre sur les dalles du corridor, la porte s'ouvrit brusquement et un grand vieillard maigre et jaune, l'œil vif et la lèvre narquoise, le geste inquiet et bruyant, entra, suivi de deux énormes labradors, et vint précipitamment s'asseoir à table. Les chiens ne le quittaient pas, et s'installèrent des deux côtés de son fauteuil avec une gravité, un calme suprêmes. C'était l'amiral Bartram… et les convives de son repas solitaire.

– Ah ! oui, oui ! Voilà certainement la nouvelle bonne ! commença-t-il en jetant sur Magdalen un regard investigateur, mais qui n'avait rien de désobligeant. Votre nom, ma bonne ? Louisa, dites-vous ? Eh bien, si cela vous est égal, je vous appellerai Lucy… Enlevez le couvercle, ma chère petite, je suis aujourd'hui en retard d'une ou deux minutes. N'allez pas vous autorisez de ceci pour manquer demain de ponctualité. Ordinairement, je suis régulier comme l'horloge… Votre voyage vous a-t-il fatiguée ? De la station jusqu'ici, ma carriole à ressorts a dû vous secouer un peu… Voici une fière soupe, un véritable incendie… elle me rappelle nos potages des Indes occidentales, tels que nous les avalions en 1803… Vous a-t-on donné votre demi-deuil ? Avancez, que je voie ! Très bien, c'est propre, élégant, bien arrangé… Pauvre Mrs. Girdlestone ! pauvre chère créature !.. Vous n'avez pas peur des chiens, n'est-ce pas, Lucy ? Hein ? Comment dites-vous ? Vous aimez les chiens ? A merveille ! Soyez toujours bonne pour les animaux qui ne parlent pas… Ces deux chiens-ci dînent avec moi tous les jours, sauf quand j'ai du monde… Celui qui a le nez noir s'appelle Brutus, celui qui a le nez blanc s'appelle Cassius. Vous a-t-on jamais raconté qui étaient Brutus et Cassius ? D'anciens Romains ? Fort bien… bonne petite. Occupez-vous de vos livres et de votre aiguille, et nous vous trouverons quelque jour un bon mari… Enlevez le potage, mon enfant, enlevez-moi bien vite ce potage !

Tel était le possesseur du secret à la découverte duquel l'existence de Magdalen était désormais consacrée. Tel était l'homme dont le nom avait été substitué au sien sur le testament de Noël Vanstone.

Le poisson et le rôti suivirent. Les divagations de l'amiral continuaient, tantôt sous forme de soliloque, tantôt adressées à la bonne, tantôt aux deux chiens, aussi familières, aussi décousues que jamais. Magdalen observa, non sans quelque surprise, que les convives de l'amiral n'avaient jusque-là reçu aucun des débris laissés sur l'assiette de leur maître. Ces deux magnifiques animaux, accroupis sur leur arrière-train et leur puissante tête posée sur la table, surveillaient avec la plus scrupuleuse attention la marche du repas, mais sans paraître s'attendre à y participer le moins du monde. Le rôti fut enlevé, l'amiral changea d'assiette, et Magdalen enleva les cloches d'argent qui recouvraient les deux plats suivants aux deux côtés de la table. Lorsqu'elle passa aux mains de son maître le premier de ces plats richement assaisonnés, les chiens semblèrent prendre tout à coup un intérêt particulier et haletant à cette progression du drame gastronomique. Brutus, en vrai glouton, laissa découler de sa gueule deux longs filets de bave ; et la langue de Cassius, gonflée d'une inexprimable attente, se mit à fumer entre ses énormes mâchoires.

L'amiral se servit d'une main prodigue, envoya Magdalen vers le buffet en lui demandant du pain et, lorsqu'il se crut à l'abri de son regard, vida furtivement dans la gueule de Brutus tout le contenu de son assiette. Cassius poussa un faible gémissement lorsqu'il vit son fortuné camarade engloutir d'un seul trait tant de bonnes choses :

– Taisez-vous, imbécile ! murmura l'amiral. Votre tour viendra…

Magdalen présenta le second plat. Comme la première fois, le vieux gentleman se servit abondamment ; comme la première fois, il la renvoya du côté du buffet ; comme la première fois, il vida tout le contenu de son assiette dans la gueule du chien : Cassius, pour le coup, fut l'objet de cette faveur, ainsi qu'on pouvait l'attendre d'un maître prudent et d'un homme impartial. Quand arriva le service suivant, composé d'un simple pudding et d'une crème qui n'avait pas l'air très saine, Magdalen vit se confirmer les idées qu'elle commençait à se faire sur le rôle que les chiens jouaient pendant le dîner. Tandis que le maître se contentait du pudding vulgaire, les chiens avalaient la crème préparée à grands frais. L'amiral était évidemment placé entre ces deux craintes, ou de désobliger sa cuisinière ou de faire tort à sa digestion ; Brutus et Cassius, complices dressés par lui, l'aidaient chaque jour à sortir sain et sauf des cornes de cet affreux dilemme.

– Excellente ! Excellente ! dit le vieux gentleman avec la plus transparente duplicité. Dites à la cuisinière, mon enfant, que la crème était parfaite !

Quand elle eut placé sur la table le vin et le dessert, Magdalen s'apprêta à se retirer. Mais, avant qu'elle eût gagné la porte, son maître la rappela.

– Attendez, attendez ! dit l'amiral. Vous ne connaissez pas encore, ma bonne Lucy, les us et coutumes de la maison. Placez ici, à ma droite, un autre verre, et le plus grand que vous pourrez trouver, mon enfant ! J'ai un troisième chien qui n'arrive qu'au dessert, un vieux chien d'eau salée, ivrogne associé à mes destins, sur terre et sur mer, depuis cinquante ans et plus. C'est cela, c'est cela ! Voilà bien le verre qu'il nous faut… Vous êtes une brave fille, une fille alerte et bien éduquée… N'ayez pas peur, ma petite ! Il n'y a pas de quoi s'effrayer !

Un coup violent, frappé contre la porte et suivi d'un aboiement poussé par chacun des deux chiens, avait fait sursauter Magdalen.

– Entrez ! cria l'amiral.

La porte s'ouvrit. Les queues de Brutus et de Cassius tambourinèrent joyeusement sur le parquet, et le vieux Mazey vint se placer, la tête haute, à la droite du fauteuil de son maître. Le vieux marin se tenait là, les jambes largement écartées, et ménageant avec soin son équilibre, comme si la salle à manger eût été une cabine et le château un navire ballotté sur les vagues mobiles.

L'amiral remplit de porto le grand verre qu'il avait demandé, versa dans le sien une rasade de vin de France, et le porta à ses lèvres.

– Dieu bénisse la reine, Mazey ! dit l'amiral.

– Dieu bénisse la reine, Votre Honneur ! répéta le vieux Mazey, qui engloutit son porto comme les chiens avaient englouti leurs plats, c'est-à-dire d'un seul trait.

– Et le vent, Mazey ?

– Nord-nord-ouest, Votre Honneur.

– Y a-t-il lieu à rapport, ce soir, mon brave Mazey ?

– Pas de rapport, Votre Honneur.

– Bonsoir, Mazey !

– Bonsoir, Votre Honneur !

Les rites de l'après-dîner ainsi accomplis, le vieux Mazey tira sa révérence et sortit de la salle. Brutus et Cassius s'étendirent sur le devant du feu pour digérer, dans les meilleures conditions possibles, les mets recherchés dont on les avait gavés.

– Dieu nous rende vraiment reconnaissants des biens que nous tenons de lui ! dit l'amiral. Descendez, ma bonne petite, allez souper ! Un repas léger, Lucy, croyez-m'en, un repas léger, ou vous ferez des cauchemars ! Se coucher tôt, ma chère, et se lever de bonne heure, voilà la santé, la richesse et la sagesse d'une fillette comme vous. C'était la maxime proverbiale de nos aïeux, et il n'y a pas là de quoi sourire… Bonne nuit.

Ce fut en ces termes que Magdalen fut congédiée, et c'est ainsi que s'acheva, chez l'amiral Bartram, sa première journée d'épreuve.

Après le déjeuner, le lendemain, les instructions données par l'amiral à sa nouvelle bonne comportaient une mission d'ordre spécial, qui, compte tenu des projets personnels de Magdalen, avait pour elle le plus grand intérêt. Pendant l'absence du vieux gentleman ce jour-là, certaines affaires locales l'appelant à Ossory, elle reçut l'ordre d'explorer, pour la connaître à fond, toute la partie habitée du château, et d'étudier la situation des différentes pièces, de manière à savoir au juste où l'appellerait chaque coup de sonnette. Mrs. Drake était chargée de la piloter pendant ce voyage d'exploration à l'intérieur, à moins cependant qu'elle n'en fût empêchée par ses occupations, auquel cas l'une ou l'autre des domestiques subalternes pourrait tout aussi bien servir de guide à Magdalen.

L'amiral partit pour Ossory vers le milieu du jour, et Magdalen se présenta chez Mrs. Drake pour qu'on lui montrât le château. Mrs. Drake se trouva occupée à d'autres soins et s'en remit à la principale femme de chambre. La principale femme de chambre était précisément, ce matin-là, tout aussi affairée que Mrs. Drake ; elle renvoya Magdalen aux femmes de chambre en second. Ces demoiselles déclarèrent, à l'unanimité, qu'elles étaient en retard dans leur ouvrage, et n'avaient pas une minute à perdre, ajoutant, et sans y trop mettre de formes, que le vieux Mazey n'avait rien à faire au monde et qu'il connaissait le château tout aussi bien, sinon mieux, que son alphabet. Magdalen reçut cette indication avec une rancune et un mépris secret qu'elle eut grand-peine à dissimuler. Elle avait déjà soupçonné, la veille au soir, et ceci lui était désormais confirmé, que toutes les femmes attachées au service de l'amiral opposaient à son admission parmi elles une méfiance sournoise aussi unanime que difficile à comprendre.

Mrs. Drake, elle l'avait vu de ses yeux, était bien réellement absorbée dans ses comptes, ce matin-là. Mais, de toutes les domestiques subalternes qui tour à tour s'étaient excusées, pas une n'avait pris la peine de feindre une surcharge de travail. Leur physionomie disait clairement : « Vous ne nous plaisez point, et nous n'avons aucune envie de vous promener dans le château. »

Elle découvrit le vieux Mazey, non pas grâce aux indications incomplètes qu'on lui avait données, mais en se guidant sur le bruit que faisait le vieux matelot, lequel chantait, de sa voix éraillée et chevrotante, au fond d'une retraite lointaine, un couplet de cette immortelle chanson de mer, *Tom Bowling*. Juste au moment où elle s'arrêtait parmi les corridors inextricables qui se croisaient au rez-de-chaussée, ne sachant trop de quel côté se diriger, elle entendit cette vieille voix discordante beugler à tue-tête les vers ci-après :

Jamais vit-on beauté plus achevé-é-é-ée,
Son cœur n'avai-ait pas un défaut,
Après avoir en bas fait sa corvé-é-ée,
Tom manœuvre à présent là-hau-au-aut,
Tom manœu-œu-œuvre là-haut.

Magdalen, se dirigeant du côté d'où partait la voix, finit par se trouver dans une petite pièce ayant vue sur l'arrière-cour. Là, était assis le vieux Mazey, ses lunettes perchées à l'extrémité de son nez, et, de ses vieilles mains noueuses, gréant tant bien que mal le petit navire miniature dont jadis nous l'avons vu sculpter la coque. Là se trouvaient Brutus et Cassius, digérant en paix devant le feu et ronflant de manière à prouver que cette douce oisiveté leur était particulièrement agréable. Lord Nelson s'y trouvait aussi, aquarelle flamboyante accrochée à l'un des murs ; et, en face, était le portrait du dernier vaisseau sur lequel l'amiral eût porté son pavillon, vaisseau voguant à toutes voiles sur des flots d'ardoise, et surmonté, pour rendre l'illusion plus complète, d'un beau ciel couleur saumon.

– Comment ! elles ne veulent pas vous montrer le château ? dit le vieux Mazey. Je m'en charge, alors ! Cette femme de chambre en premier, ma petite, a le caractère le plus aigre qui soit. Vous êtes trop jeune et trop gentille pour leur plaire : voilà ce qui les ennuie.

Il se leva, ôta ses lunettes et, tandis que d'une main débile il réédifiait son feu, il se mit à se parler à lui-même, comme dans un songe, en lorgnant la taille de Magdalen : « Droite comme un peuplier… Je dis qu'elle est droite comme un peuplier, et Son Honneur l'amiral est de mon avis… »

– Venez, ma petite ! continua-t-il, interpellant de nouveau Magdalen. Mais d'abord, il me faudra vous apprendre les aires de vent. Quand vous connaîtrez vos aires, qu'il souffle fort ou qu'il souffle faible, vous naviguerez sans peine par toute la maison.

Il la précéda vers la porte, puis fit halte, et se rappelant tout à coup son petit modèle de navire, il rebroussa chemin pour le ranger dans une armoire vide ; ensuite, il reprit le chemin de la porte, mais il s'arrêta de nouveau, se remémorant le froid qu'il faisait dans certaines pièces, et se mit à rôder de çà de là, grommelant et jurant, à la recherche de son chapeau qu'il n'avait pas sous la main. Magdalen s'était assise, et attendait patiemment la fin de tous ces atermoiements. Elle comparait avec reconnaissance l'attitude serviable du vieux matelot aux refus malveillants de la domesticité féminine. Si fermement qu'on lui résiste et quelque fierté qu'on lui oppose, tout mauvais procédé volontaire, encore qu'il soit digne de mépris, parvient toujours à nous blesser au vif. Magdalen ne comprit bien à quel point la mesquine malice des suivantes de l'amiral l'avait réellement affectée qu'en se trouvant si sensible aux rudes bontés du vieux marin. La muette bienvenue des chiens, lorsque le mouvement qui se faisait dans la chambre les eut tirés de leur sommeil, la pénétra plus profondément encore. Brutus vint fourrer dans sa main l'extrémité de son mufle énorme, et Cassius posa sur ses genoux une patte amicale. Aussi, tandis qu'elle les flattait de la main et répondait à leurs caresses, le cœur de la jeune fille s'attendrissait sur ces deux animaux. Ils lui rappelaient les chiens de Combe-Raven avec lesquels – hier encore, lui semblait-il – elle avait tant couru dans les jardins et passé tant d'heures délicieuses, assise à l'ombre sur le gazon pendant les belles matinées d'été.

Le vieux Mazey finit par trouver son chapeau et, suivis des chiens, ils partirent pour leur tournée d'exploration.

Quittant le rez-de-chaussée du château, qui était entièrement consacré à la domesticité, ils montèrent au premier étage et pénétrèrent dans le long corridor avec lequel Magdalen avait déjà fait connaissance le soir précédent.

– Adossez-vous à ce mur ! dit le vieux Mazey, montrant du doigt la longue muraille, irrégulièrement percée de fenêtres donnant sur une cour et un vivier, muraille qui formait, par rapport à la situation actuelle de Magdalen, le côté droit du corridor. Adossez-vous ici, dit l'ancien matelot, et regardez devant vous ! Qu'avez-vous sous les yeux ?

– Le mur en face, dit Magdalen.

– Oui, oui ! Mais encore ?

– Des portes ouvrant sur les chambres.

– Et ensuite ?

– Je ne vois pas autre chose.

Le vieux Mazey cligna de l'œil, émit un espèce de ricanement et, levant son doigt noueux du côté de Magdalen pour donner plus de poids à ce qu'il allait dire, déclara :

– Vous voyez, ma petite, reprit-il, une des aires de vent. Lorsque, adossée à ce mur, vous regardez droit devant vous, c'est au nord que vous regardez. A l'avenir, s'il vous arrivait de vous perdre, tournez le dos à ce mur, regardez droit devant vous et dites-vous, sans crainte de vous tromper : « C'est le nord que j'ai en face. » Faites cela comme une bonne petite fille que vous êtes, et vous ne perdrez jamais votre direction.

Après cette explication préliminaire, le vieux Mazey ouvrit la première des portes, à main droite du long corridor. Elle menait à la salle à manger que Magdalen connaissait déjà. La pièce suivante était arrangée en bibliothèque ; la troisième, en salon de jour. Les quatrième, cinquième portes, toutes deux ouvrant sur des pièces délabrées et inhabitées, toutes deux fermées à clef, les amenèrent à l'extrémité de l'aile nord du château et à l'entrée d'un second corridor, plus court que le premier, sur lequel il venait tomber à angle droit. Le vieux Mazey qui, pendant l'exploration des pièces, avait assez également employé son temps, tantôt à parler de « Son Honneur l'amiral », tantôt à siffler les chiens, revint, une fois là, et avec tout l'empressement du monde, à ses fameuses « aires de vent », et il somma Magdalen de se soumettre à la même cérémonie que précédemment, en s'adossant de nouveau à la muraille. Elle voulut abréger, en l'assurant (tout à fait à bon droit) que, placée comme elle l'était, elle se savait faisant face à l'est :

– Ne parlez pas de l'est, ma petite, dit le vieux Mazey, poursuivant, imperturbable, son enseignement, avant d'avoir, au préalable, fait connaissance avec l'est. Adossez-vous à ce mur et regardez droit devant vous ! Qu'avez-vous devant les yeux ?

Le reste du catéchisme continua comme devant. Arrivé au bout du chapitre, le professeur de Magdalen se montra satisfait. Un clignement d'yeux, un ricanement en sourdine, l'attestèrent à son élève :

– Maintenant, ma petite, disait ce vétéran des mers, parlez de l'est tant qu'il vous plaira, car maintenant vous savez ce que c'est.

Le corridor est, au bout de quelques mètres, débouchait dans un vestibule sur lequel ouvrait une porte à deux battants placée en face d'eux, et qu'ils durent ouvrir pour pouvoir poursuivre leur chemin. Cette porte leur livra l'accès d'un grand salon, au plafond élevé, garni comme tous les autres appartements d'un mobilier de prix, mais tout à fait démodé. Traversant cette pièce dans toute sa longueur, le guide qui suivait Magdalen alla pousser une lourde porte à coulisse, faisant exactement face à celle par où ils étaient entrés.

– Mettez votre tablier sur votre tête ! dit le vieux Mazey. Nous arrivons maintenant à la Salle des Banquets. La dalle y est froide, et l'humidité tient à ses vieilles murailles comme les cancrelats à un bateau de charbon. Son Honneur l'amiral l'a baptisé le Passage arctique. Moi aussi je lui ai donné un nom : je l'appelle Glace-la-Moelle.

Magdalen franchit le seuil et se trouva dans la vieille Salle des Banquets de St. Crux.

A sa gauche, elle voyait une série de hautes fenêtres ouvertes dans de profondes embrasures, et s'étendant sur un front de plus de cent pieds. A sa droite, et d'un bout à l'autre du mur opposé, pendait une affreuse collection de vieilles toiles noircies, que la moisissure détachait de leurs cadres, et qui représentaient des combats de terre ou de mer. Au-dessous des tableaux, au centre de cette longue muraille, s'ouvrait comme une caverne une énorme cheminée, que surmontait un lourd manteau de marbre noir. Le seul meuble (si tant est qu'on pût l'appeler un meuble) visible dans le vide de l'immense pièce était un vieux trépied aux formes élancées et en métal curieusement ciselé, qui, debout au milieu de la salle, supportait un brasier rond où étaient encore amoncelées, à une assez grande profondeur, les cendres d'un feu de charbon depuis longtemps éteint. Le haut plafond, jadis sculpté et doré par d'habiles artistes, était enfumé, sali, revêtu de toiles d'araignée. Aux deux bouts de la chambre, l'humidité avait inscrit maintes et maintes taches sur les murs dénudés; et le froid du dallage en marbre traversait l'étroite bande de paillassons qu'on avait étendue parallèlement aux fenêtres, bande qui semblait un sentier frayé pour les voyageurs à travers cette solitude désolée. On n'aurait pu lui trouver un meilleur nom que celui sous lequel la désignait le vieux Mazey, Glace-la-Moelle; ces trois mots renfermaient la description fidèle de la Salle des Banquets.

– Est-ce que vous n'allumez jamais de feu dans cet affreux endroit? demanda Magdalen.

– Cela dépend du côté de Glace-la-Moelle où réside l'amiral, répondit le vieux Mazey. Son Honneur aime à changer de quartier; il se transporte tantôt à un bout du château, tantôt à l'autre. S'il habite au nord de Glace-la-Moelle, c'est-à-dire la portion d'où vous venez, nous ne gaspillons pas notre charbon dans ces régions-ci. Tout au contraire, s'il habite le sud de Glace-la-Moelle, c'est-à-dire les appartements où nous allons nous rendre, nous allumons la houille dans la cheminée et le charbon de bois dans le brasier. Toutes les nuits, quand c'est le cas, l'humidité vient à bout de nous; mais nous recommençons le matin, et tant que dure le jour nous venons à bout de l'humidité.

Sur cette remarquable explication, le vieux Mazey, se dirigeant vers le bas de la salle et ouvrant encore d'autres portes, promena Magdalen dans un nouvel appartement composé de quatre pièces, toutes de dimensions modestes et meublées toutes, à fort peu de chose près, comme celles de l'aile septentrionale. Elle regarda par les fenêtres et vit les jardins négligés de St. Crux envahis par les mauvaises herbes et les broussailles. Çà et là, parmi l'enclos et dans un rayon assez peu étendu, les méandres doucement infléchis d'un de ces cours d'eau tour à tour alimentés ou épuisés par les marées, que nous signalions plus haut comme propres à ce pays, se laissaient apercevoir brillant au soleil à travers certaines éclaircies de la végétation. En se portant plus au loin, le regard planait, du côté de l'est, sur le plat pays, tacheté çà et là de petits villages, traversé, retraversé par son réseau de *backwaters*, et à l'extrémité duquel se dressait abruptement la longue ligne droite de ce mur maritime qui protège la côte d'Essex contre l'envahissement des flots.

– Avons-nous encore d'autres pièces à voir ? demanda Magdalen, cessant d'examiner le jardin et cherchant de l'œil, autour d'elle, une porte qui ne se fût pas encore ouverte.

– Aucune, ma petite, répondit le vieux Mazey. Nous échouons ici. Autant vaut virer de bord et retourner d'où nous venons. Il y a bien un autre corps de bâtiment, au midi, quand vous êtes ainsi placée, mais il menace toujours de vous tomber sur la tête. Si vous avez envie de le voir, il vous faudra descendre dans le jardin ; une cloison de brique, construite à l'envers du mur que voici, l'isole complètement de l'endroit où nous sommes. C'est là, au sud, ma petite, que les moines habitaient il y a des centaines d'années, avant qu'il fût question de l'amiral ou de sa naissance ; et, d'après ce que j'ai ouï dire, les bons pères y menaient joyeuse vie. Ils chantaient à l'église toute la matinée, et toute l'après-midi buvaient du grog dans leur verger. Ils cuvaient ensuite leur grog sur les meilleurs édredons, et d'un bout de l'année à l'autre s'engraissaient aux dépens du voisinage… Les heureux mendiants que cela faisait, mon Dieu ! Vit-on jamais chance pareille ?

Apostrophant ainsi les religieux d'autrefois, et regrettant évidemment de n'avoir pas vécu lui-même dans cette ère de prospérité, le vieux matelot reconduisit Magdalen à travers toutes les pièces qu'ils avaient traversées. Lorsqu'ils rentrèrent dans celle qu'il appelait Glace-la-Moelle, la jeune fille passa devant. « Droite comme un peuplier, marmotta à part lui le vieux Mazey, clochant derrière sa belle compagne et branlant son vénérable chef en signe de cordiale admiration. Je n'ai jamais beaucoup tenu au pays d'où elles étaient, mais je les ai toujours aimées droites et bien poussées, et jusqu'au jour de ma mort je persisterai à les aimer droites et bien poussées. »

– Y a-t-il d'autres pièces à voir là-haut, au second étage ? demanda Magdalen lorsqu'ils furent revenus ensemble à leur point de départ.

Sa voix, naturellement riche et bien timbrée, avait jusqu'alors assez facilement pénétré l'oreille un peu dure du vieux matelot. Aussi futelle un peu étonnée de le trouver plus sourd qu'une cloche à cette dernière question.

– Possédez-vous bien vos aires de vent ? lui demanda-t-il. Si vous n'en êtes pas bien sûre, adossez-vous encore à ce mur, ma petite, et nous les répéterons toutes en commençant par le nord.

Magdalen l'assura qu'elle se sentait désormais très familiarisée avec toutes les aires, le nord y compris, et répéta ensuite sa question sur un ton plus élevé. L'obstiné vétéran lui opposa une surdité plus complète que jamais.

– Oui, ma petite, dit-il, vous avez raison ; il fait grand froid dans ces corridors, et si je ne vais pas veiller à mon feu, mon feu s'éteindra, n'est-ce pas ? Vous reste-t-il encore quelque doute au sujet des vents ? Venez alors avec moi, et je me charge d'éclairer la chose.

Il lui jeta un coup d'œil bienveillant, siffla les chiens et s'en alla traînant la patte. Magdalen l'entendit glousser et s'applaudir en ricanant d'avoir mystifié la curiosité qu'elle avait manifestée au sujet du second étage. « Je sais comment il faut s'y prendre avec elles, se disait le vieux Mazey, exalté par son triomphe. Petites ou grandes, indigènes ou étrangères, légitimes ou de contrebande, je sais m'y prendre avec elles. »

Restée seule, Magdalen se chargea de montrer tout ce que valait, la concernant, l'excellent système du vieux matelot, en montant immédiatement l'escalier afin d'explorer par elle-même le second étage. Le corridor dallé y était exactement semblable à celui du premier, sinon qu'un plus grand nombre de portes y débouchaient. Elle ouvrit l'une après l'autre, au hasard, les deux plus proches, et constata que les pièces où elles donnaient accès étaient toutes deux des chambres à coucher. La frayeur d'être découverte par l'une des domestiques dans une partie du château où ne l'appelait aucune de ses fonctions lui conseilla de ne pas pousser trop loin, dès le début, ses investigations à l'étage spécialement réservé pour la nuit. Elle franchit précipitamment le couloir d'un bout à l'autre, pour voir où il aboutissait, découvrit à son extrémité une sorte d'entrepôt de vieux meubles, dont la position correspondait exactement à celle du vestibule, situé, comme nous l'avons dit, à l'étage inférieur, et tout aussitôt rebroussa chemin.

Sur sa route, en revenant, elle remarqua un meuble auquel elle n'avait point pris garde : c'était un petit lit de fer à roulettes, parallèle au mur, et placé près de l'une des portes menant aux chambres à coucher. Malgré ce que cette situation avait d'étrange et de peu commode, le lit, selon toute apparence, devait être occupé la nuit, car les draps y étaient mis et l'extrémité d'un de ces épais bonnets rouges que portent les pêcheurs se laissait entrevoir sous le traversin. Magdalen se hasarda à ouvrir la porte auprès de laquelle était placé le lit et se trouva, ainsi que le lui firent conjecturer certains indices, dans la chambre où l'amiral dormait. Un examen de quelques secondes fut tout ce qu'elle crut pouvoir se permettre et, refermant doucement la porte, elle s'en retourna dans les régions habitées par la domesticité.

Cette couchette basse et le poste singulier qu'elle occupait devinrent pour tout le reste de l'après-midi le sujet des réflexions de Magdalen. Qui donc pouvait coucher là ? Le souvenir du bonnet de pêcheur, et ce qu'elle savait déjà de la fidélité tout animale avec laquelle Mazey se dévouait à son maître aidèrent Magdalen à deviner que le vieux marin pouvait bien être l'hôte nocturne du lit à roulettes. Mais avec des chambres à revendre comme il y en avait dans le château, quelle raison pouvait-il avoir d'occuper, la nuit, un poste si incommode et si froid ? Pourquoi dormait-il ainsi en sentinelle devant la porte de son maître ? Existait-il dans le château quelque péril nocturne contre lequel l'amiral eût à se mettre en garde ? La question pouvait paraître absurde, et néanmoins la situation de ce lit forçait irrésistiblement Magdalen à se la poser.

Poussée par une curiosité qu'il lui était presque impossible de réprimer, elle ne craignit pas de questionner la femme de charge. Avouant qu'elle avait parcouru d'un bout à l'autre le corridor du second pour voir s'il était aussi long que celui du premier, elle laissa percer l'étonnement que lui avait causé cette couchette si étrangement située. Mrs. Drake répondit aux questions indirectes qui lui étaient ainsi adressées, en termes assez laconiques et empreints d'une certaine vivacité :

– Je ne blâme point une jeune fille comme vous l'êtes, dit la vénérable dame, de montrer quelque curiosité à son début dans une maison aussi étrange que celle-ci, mais rappelez-vous, une fois pour toutes, que l'étage des chambres à coucher n'intéresse en rien votre service. C'est Mr. Mazey qui couche sur ce lit dont la position vous a étonnée. Il a pour habitude de passer ainsi les nuits à la porte de son maître.

Les lèvres de Mrs. Drake se fermèrent sur cette insuffisante explication, et ne se rouvrirent plus.

Un peu plus tard, dans le courant de la même journée, Magdalen trouva l'occasion de s'adresser au vieux Mazey lui-même. Elle aperçut le vétéran de l'armée de mer, à l'évidence de bonne humeur, qui fumait sa pipe et faisait chauffer devant son propre feu un petit pot d'étain rempli de bière.

– Monsieur Mazey, lui dit-elle hardiment, pourquoi dressez-vous votre lit dans ce corridor glacial ?

– Eh quoi ! vous êtes donc montée, petite scélérate ? répliqua le vieux Mazey, dont les yeux, en quittant son pot de bière, avaient pris une expression narquoise.

Magdalen répondit par un sourire et un hochement de tête.

– Allons ! allons ! dites-le-moi, reprit-elle ensuite avec une nuance de flatteuse familiarité, pourquoi couchez-vous devant la porte de l'amiral ?

– Et pourquoi, ma petite, séparez-vous vos cheveux au milieu du front ? demanda le vieux Mazey avec un autre regard oblique et malin comme le premier.

– C'est, j'imagine, que j'y suis habituée, répondit Magdalen.

– Bah ! vraiment ? reprit le vieux loup de mer. C'est bien là votre seule raison ? Eh bien, ma petite, le motif que vous avez de séparer vos cheveux au milieu du front est exactement celui que j'ai, moi, pour coucher devant la porte de l'amiral…

« Ah ! mais, c'est que je sais m'y prendre avec elles », reprit le vieux Mazey en ricanant, lorsque ce bref dialogue fut devenu un soliloque. Il remua sa bière avec un geste où éclatait le sentiment du triomphe : « Grandes ou petites, indigènes ou étrangères, légitimes ou de contrebande, je sais m'y prendre avec elles… »

Le troisième et dernier essai de Magdalen pour pénétrer le mystère de la couchette fut tenté pendant qu'elle servait le dîner de l'amiral. Les questions du vieux gentleman sur l'emploi qu'elle avait fait de sa journée lui fournirent l'occasion d'aborder ce sujet sans l'ombre d'une présomption ou d'une familiarité déplacée, mais il se trouva à sa manière aussi impénétrable que l'avaient été, à la leur, le vieux Mazey et Mrs. Drake.

– Cela ne vous regarde pas, ma petite, dit l'amiral avec une pointe de brusquerie. Ne soyez pas trop curieuse ! Feuilletez votre Ancien Testament, et voyez tout le préjudice porté aux habitants de l'Éden par la curiosité à laquelle ils se laissèrent aller. Soyez sage, mon enfant, et n'imitez pas votre mère Ève !

Magdalen, remontant seule dans sa chambre assez tard dans la soirée et venant à passer devant le corridor du second étage, s'arrêta pour écouter… Un paravent était placé à l'entrée du couloir, de manière à le dérober aux regards des personnes qui passaient sur l'escalier. Le ronflement qu'elle entendit de l'autre côté du paravent lui donna le courage de se glisser par une de ses extrémités, et de faire quelques pas dans le corridor. La main placée de manière à masquer la clarté de sa chandelle, elle se risqua jusque dans le voisinage immédiat de la porte de l'amiral, et s'aperçut, non sans surprise, que, depuis qu'elle l'avait vu quelques heures auparavant, le petit lit avait changé de place ; il était exactement en travers de la porte, et barrait le passage d'une manière absolue à quiconque aurait essayé de pénétrer dans la chambre où cette porte donnait accès. Après une pareille découverte, le vieux Mazey lui-même, ronflant à plaisir, le bonnet rouge tiré jusque sur ses sourcils et les couvertures ramenées jusque sur son nez, n'était plus, en comparaison de sa couchette, qu'un objet d'importance secondaire. Il était désormais hors de doute que le vieux loup de mer couchait en sentinelle devant la porte de son maître et que l'amiral et la femme de charge partageaient avec lui le secret de cette conduite inexplicable.

« Étrange dénouement, pensait Magdalen, réfléchissant à la découverte qu'elle venait de faire, tandis que, d'un pas furtif, elle regagnait sa propre chambre à coucher, étrange dénouement d'une journée étrange ! »

II

La première semaine s'écoula, puis la seconde, sans que Magdalen se trouvât, selon toute apparence, plus près de découvrir la contre-lettre que le premier jour de ses débuts à St. Crux.

Cette quinzaine, cependant, bien que dépourvue d'incidents, ne devait pas être considérée comme absolument perdue. Magdalen était rassurée par son expérience personnelle sur un point fort important : elle savait désormais qu'elle n'avait plus rien à craindre de la méfiance des autres domestiques. Le temps avait habitué à elle les femmes de la maison, sans ébranler toutefois cette conviction vague dont elles étaient toutes plus ou moins imbues, à savoir que la nouvelle venue n'était pas des leurs. Tout ce que Magdalen pouvait faire pour sa défense était de maintenir ces soupçons de l'instinct féminin dans leur état originel d'incertitude, ce qu'elle avait réussi, mais non sans peine.

Jour après jour, ces femmes la guettaient avec l'infatigable assiduité de la malveillance et de la méfiance ; mais jour après jour, elles se voyaient refuser la découverte qui les eût payées de tant de soins. La nouvelle bonne faisait sa besogne en silence, avec intelligence et adresse, sans jamais s'oublier, sans jamais perdre de vue sa condition. Les seuls intervalles où lui fussent accordés quelque repos et quelque sécurité d'esprit étaient les moments qu'elle passait de temps à autre, durant la journée, avec le vieux Mazey et les chiens, ou bien encore les heures nocturnes pendant lesquelles, retirée dans sa chambre solitaire, elle s'y trouvait à l'abri d'un perpétuel espionnage. Grâce à la surabondance des chambres à coucher de St. Crux, chacune des domestiques pouvait, en effet, si cela lui convenait mieux, avoir un réduit à elle. Aussi Magdalen, seule pendant la nuit, pouvait sans crainte redevenir elle-même, s'abandonner au rêve délicieux des anciens souvenirs, et sortir de ce rêve sans qu'un regard inquisiteur guettât les larmes dont sa figure était inondée ; elle pouvait aussi s'absorber dans ses calculs d'avenir sans être troublée par ces murmures haineux qu'elle entendait, le jour, dans mille petits recoins, l'accuser « d'avoir quelque chose sur la conscience ».

Déjà persuadée qu'elle avait su gagner au château une position suffisamment assurée, elle profita bientôt d'une seconde chance favorable qui, vers la fin de cette première quinzaine, la débarrassa de toutes craintes au sujet de la formidable Mrs. Lecount.

En partie d'après les commérages qui s'échangeaient à table, entre les femmes dînant ensemble à l'office, en partie d'après l'article d'un journal suisse qu'elle avait trouvé un matin tout ouvert sur le grand fauteuil de l'amiral, elle acquit l'assurance très bienvenue que, pour cette fois, elle n'avait plus à craindre l'intervention de l'ancienne femme de charge. Mrs. Lecount, lisait-on, avait passé plusieurs jours à St. Crux après la mort de son maître, mais elle avait quitté ensuite l'Angleterre pour se retirer dans une retraite honorable et prospère, près des lieux qui l'avaient vue naître, afin d'y jouir des revenus de son legs. L'article du journal suisse donnait tous les renseignements désirables sur l'accomplissement de ce projet si digne de louanges. Non seulement Mrs. Lecount s'était établie à Zurich, mais (sagement persuadée de l'instabilité qui menace la vie humaine) elle avait déterminé d'avance les œuvres de charité auxquelles sa fortune irait après son décès. La moitié de son capital devait servir à fonder une « bourse Lecomte » pour les étudiants pauvres de l'université de Genève. L'autre moitié devait être mise à la disposition des autorités municipales de Zurich, pour financer, sous leur contrôle, l'entretien et l'éducation d'un certain nombre d'orphelines nées dans cette ville, et qu'on élèverait avec le dessein d'en faire plus tard des domestiques. Le journaliste suisse signalait ces legs philanthropiques en leur prodiguant les éloges les plus démesurés. Il félicitait Zurich de posséder un miracle de vertu civique et, comme bienfaiteur de la Suisse, Guillaume Tell, comparé à Mrs. Lecount, n'était plus qu'un personnage assez mince.

Au commencement de la troisième semaine, Magdalen se sentit

libre de faire un premier pas vers la découverte de la mystérieuse contre-lettre.

Elle s'était assurée, en faisant bavarder le vieux Mazey, que leur maître occupait d'ordinaire, pendant les mois d'hiver et de printemps, les appartements de l'aile nord; mais pendant l'été et l'automne il allait, traversant le Passage arctique, autrement nommé Glace-la-Moelle, résider dans les appartements à l'est, qui avaient vue sur le jardin. Aussi longtemps que la Salle des Banquets demeurerait, par suite de la gêne relative où se trouvait l'amiral, dans son état actuel de délabrement et d'humidité, aussi longtemps que l'intérieur de St. Crux se trouverait ainsi coupé, de la manière la plus incommode, en deux résidences distinctes, on ne pouvait rien imaginer de mieux que cette combinaison. De temps en temps (ainsi que Magdalen l'apprit à la même source), il arrivait, soit en hiver, soit en été, que l'amiral se préoccupât tout à coup de l'état des chambres inoccupées; ces jours-là, il voulait à toute force vérifier de ses propres yeux la condition du mobilier, des tableaux et des livres ainsi laissés dans un abandon provisoire. En pareille circonstance, que ce fut l'hiver ou l'été, on faisait grand feu, plusieurs jours d'avance, dans l'énorme cheminée, et on allumait également le brasier du trépied, pour sécher et réchauffer autant que possible la Salle des Banquets. Dès que les inquiétudes du vieux gentleman étaient calmées, on refermait les pièces qu'il venait d'inspecter, et Glace-la-Moelle redevenait, pour de longues semaines, la proie de l'humidité, de la solitude et de la ruine. La dernière de ces émigrations temporaires avait eu lieu quelques jours seulement auparavant. L'amiral s'était convaincu que les chambres de l'aile orientale n'avaient nullement souffert de son absence; et on pouvait maintenant le regarder comme définitivement fixé dans l'aile du nord pour plusieurs semaines, peut-être pour plusieurs mois, en supposant que la saison fût rigoureuse.

Si insignifiants qu'ils fussent en eux-mêmes, ces détails importaient sérieusement à Magdalen, car ils l'aidaient à déterminer les limites du terrain où ses recherches devaient avoir lieu. Admettant comme probable que l'amiral conservait sous sa main tous les documents auxquels il attachait quelque prix, elle pouvait considérer comme un fait certain que la contre-lettre était en dépôt dans l'une ou l'autre des pièces septentrionales.

Mais dans laquelle ? Il n'était pas facile de répondre à cette question.

Des quatre pièces habitables qui toutes étaient, pendant le jour, à la disposition de l'amiral, à savoir la salle à manger, la bibliothèque, le salon de jour, et le grand salon ouvrant sur le vestibule, la bibliothèque semblait être l'endroit où, s'il lui arrivait de manifester quelque préférence, il passait la plus grande partie de son temps. Il y avait dans cette pièce une table avec ses tiroirs fermant à clef ; il y avait un magnifique cabinet italien dont les portes incrustées fermaient à clef ; il y avait au-dessous des bibliothèques cinq corps d'armoires, toutes fermant à clef. Les autres pièces contenaient aussi des réceptacles de même nature et offrant les mêmes sûretés ; dans chacun d'eux et dans tous on pouvait loger des papiers.

Appelée par la sonnette, Magdalen avait vu souvent l'amiral fermer, ouvrir l'un ou l'autre de ces meubles, tantôt dans une pièce, tantôt dans l'autre, mais dans la bibliothèque plus souvent qu'ailleurs. Elle avait parfois remarqué sur son visage une expression d'inquiétude et d'impatience lorsque, pour lui donner ses ordres, il détournait la tête de tel cabinet, de telle armoire ouverte devant lui ; elle concluait de là que quelque chose de relatif à ses papiers et à ses biens – ce pouvait être la contre-lettre, ce pouvaient être de tout autres documents – venait, de temps à autre, le contrarier et l'irriter. Elle l'avait entendu maintes et maintes fois mettre quelque chose sous clef dans l'une des pièces, sortir ensuite et passer dans une autre, demeurer là quelques minutes, puis rentrer dans la première pièce, ses clefs à la main, et brusquement ouvrir les serrures, pour les refermer presque aussitôt. Cette anxiété tracassière qu'il semblait éprouver à l'endroit de ces clefs et de ces armoires pouvait être le résultat d'une disposition innée qu'aggravait, chez un homme naturellement actif, l'oisiveté sans but d'une vie passée dans la retraite, d'une vie livrée à la merci des préoccupations les plus futiles, sans aucun emploi régulier qui vînt, à une heure quelconque du jour, lui rendre la fixité dont elle manquait. D'un autre côté, on pouvait regarder comme aussi probable que ces allées et ces venues, ces serrures ouvertes et fermées à chaque instant, tenaient au sentiment de quelque responsabilité secrète imposée d'une manière imprévue à la facile existence du vieillard, et devenue pour lui une espèce de tourment, une tyrannie à laquelle l'indépendance de ses dernières années ne l'avait pas habitué. Sa conduite pouvait s'interpréter par l'une ou l'autre de ces hypothèses avec une égale raison, une égale probabilité. Dans la position de Magdalen, il était impossible de savoir à laquelle de ces deux interprétations il fallait accorder la préférence.

La seule découverte certaine qu'elle eût pu faire encore datait du premier jour où elle avait soumis l'amiral à un examen scrupuleux. Elle s'était assurée, ce jour-là, qu'il avait grand soin de ses clefs.

Les petites, toutes réunies dans le même anneau, ne quittaient jamais la poche de côté de son habit. Les grandes étaient enfermées toutes ensemble, généralement, mais pas toujours, dans l'un des tiroirs de la table de la bibliothèque. Parfois il les y laissait la nuit ; parfois il les emportait avec lui dans sa chambre à coucher, au fond d'un petit panier. Tel ou tel choix n'obéissait à aucune régularité ; nul motif dont on se pût aviser, pour qu'il les enfermât ainsi, tantôt dans le tiroir en question, tantôt dans un autre endroit. La capricieuse irrégularité de ses démarches à cet égard déroutait toute tentative pour y découvrir une logique sous-jacente, et déjouait tous les calculs à l'aide desquels on aurait voulu les prévoir.

Dès le début, il avait bien fallu considérer comme vain tout espoir d'acquérir des renseignements positifs d'après lesquels on pût agir, en tendant adroitement à l'amiral quelques-uns de ces pièges où ses habitudes de causerie semblaient devoir le faire tomber.

Dans la situation de Magdalen, toutes tentatives de ce genre eussent été difficiles et dangereuses au suprême degré, vis-à-vis de n'importe quel homme. Vis-à-vis de l'amiral, elles étaient simplement impossibles. La tendance qu'il avait à passer sans transition d'un sujet à l'autre, le bavardage continu auquel il s'abandonnait tant qu'il avait à portée de voix un auditeur, une absence presque comique de toute dignité, de toute réserve à l'égard de ses domestiques semblaient au premier abord promettre beaucoup, et en définitive ne tenaient rien. Magdalen avait beau mettre la plus grande réserve, le respect le plus marqué à profiter de l'exemple de son maître et du goût évident qu'il manifestait pour elle, le vieillard découvrait, à l'instant même, la limite qu'elle venait d'outrepasser, et la rappelait au juste sentiment de sa position avec une bonne humeur narquoise qui n'avait rien de blessant, mais en même temps avec une brusque droiture qui ne se prêtait à aucun subterfuge. Tout contradictoire que cela peut paraître, l'amiral

Bartram était défendu par sa familiarité même ; il maintenait les distances entre lui et la jeune fille attachée à son service, bien mieux que s'il eût été l'homme le plus orgueilleux d'Angleterre. La réserve systématique d'un supérieur vis-à-vis d'un subalterne peut être quelquefois surmontée ; sa familiarité systématique ne l'est jamais.

Le temps se traînait lentement. La quatrième semaine arriva sans que Magdalen eût fait aucune découverte. La perspective ouverte devant elle était décourageante au dernier point. Eût-elle pu – ce qui semblait hors de toute espérance – trouver moyen de s'emparer des clefs de l'amiral, elle ne pouvait guère compter qu'elle les garderait, sans encourir les soupçons, au-delà de quelques heures et ces heures pouvaient être absolument perdues par suite de l'ignorance où elle était de la direction que ses recherches devaient prendre. La contre-lettre pouvait être sous clef dans quelqu'un de ces vingt meubles, propres à recevoir des papiers, qu'elle avait trouvés répartis dans quatre chambres différentes. Or, elle ne savait ni par quelle pièce commencer ses investigations, ni par quel meuble dans chacune de ces pièces, ni parmi quel tas de papier elle pouvait s'attendre à rencontrer le seul dont elle eût souci. Enfermée de tous côtés dans d'insondables incertitudes, condamnée, telles que les choses allaient, à se traîner à tâtons jusqu'au seuil même du succès, elle attendait une chance qui jamais ne s'offrait, un incident qui jamais n'arrivait, avec une patience déjà devenue celle du désespoir.

Chaque nuit, elle récapitulait ces journées qui venaient de passer, sans retrouver dans sa mémoire un seul événement qui les distinguât l'une de l'autre. La fatigante monotonie de l'existence qu'on menait à St. Crux n'avait d'autre interruption que les délits caractéristiques commis tour à tour par le vieux Mazey et par les chiens.

A de certains intervalles, le naturel de Brutus et de Cassius reprenait sa sauvagerie originelle. Le bien-être modéré du foyer domestique, la saveur des plats mitonnés, la satisfaction décente qu'on éprouve à digérer étendu sur un épais devant de feu, perdaient subitement tous leurs charmes ; et les chiens ingrats quittaient le château pour aller chercher au-dehors des dissipations aventureuses. En pareil cas, le formulaire d'après dîner qui réglait les questions et les réponses échangées entre le vieux Mazey et son maître se trouvait légèrement modifié. « Dieu bénisse la reine, Mazey ! » et « Mazey, où en est le vent ? » étaient suivis d'une interrogation supplémentaire : « Où sont les chiens, Mazey ? – En pleines fredaines, Votre Honneur, et le diable les emporte ! » répondait invariablement le vieux loup de mer. L'amiral ne manquait jamais de soupirer à cette nouvelle, et de secouer gravement la tête, comme si Brutus et Cassius avaient été ses deux fils, manquant au respect qu'ils devaient à leur père. Après deux ou trois jours, les chiens rentraient infailliblement au logis, maigres, sales à faire peur, et consciencieusement honteux de leur mauvaise conduite. Pendant toute la journée du lendemain, ils demeuraient en disgrâce et attachés dans l'écurie. Mais au bout de vingt-quatre heures, on les lavait, on les brossait, et l'accès de la salle à manger leur était rendu. Là, grâce à la subtile entremise de la cuisinière, la civilisation reprenait sur eux tous ses droits, et les deux enfants prodigues de l'amiral, lorsqu'ils voyaient enlever les cloches d'argent, bavaient tout aussi copieusement que jamais.

Le vieux Mazey, en certaines occasions, manifestait des dispositions analogues à celles des deux chiens. De temps en temps son naturel sauvage reprenait aussi le dessus : il cessait, comme eux, de goûter le confort domestique ; ingrat comme eux, il quittait le château. C'était dans l'après-midi que d'ordinaire avaient lieu ses disparitions imprévues, et il rentrait le soir, aussi parfaitement gris qu'on puisse l'être. C'était d'ailleurs un ivrogne trop bien aguerri pour que le moindre malheur lui arrivât jamais en pareil cas. Ses vieilles jambes pouvaient bien, sous l'influence du vin, préférer à la ligne droite d'étranges circonvolutions, mais elles ne lui manquaient jamais ; ses yeux, rougis par Bacchus, pouvaient voir double, mais ils lui montraient toujours le chemin du logis. Aussi, les domestiques avaient beau faire : jamais ils n'auraient pu le convaincre qu'il était ivre ; pareille imputation n'obtenait de lui que le mépris le plus sincère. Il refusait même d'admettre dans son for intérieur la possibilité de ce fait énorme, tant qu'il n'avait pas vérifié son état à l'aide d'un simple critère dont l'infaillibilité ne faisait pas doute à ses yeux.

Il avait pour habitude, dans ces sortes de crises, de gagner en trébuchant sa chambre du rez-de-chaussée, de tirer de l'armoire son petit vaisseau modèle et de voir s'il était, oui ou non, en état de travailler à cette œuvre sans fin, le gréement du navire miniature. Quand il avait brisé quelques frêles espars et quelques minces cordages, alors et seulement alors, l'ancien matelot, dominé par ce témoignage muet, voulait bien se rendre à la vérité. « C'est pourtant ainsi ! se disait-il sur le ton le plus confidentiel. Ces femmes ne se trompaient pas... Encore dans les vignes, Mazey, encore dans la boisson ! » Ceci admis, il mettait une certaine adresse à demeurer dans les régions intérieures jusqu'à ce que l'amiral eût regagné sa chambre, et alors seulement, chaussé de pantoufles de feutre, il allait à petit bruit reprendre son poste. Trop rusé pour essayer de rentrer dans son lit à roulettes (ce qui eût été courir au-devant d'une catastrophe, c'est-à-dire d'une chute contre la porte de son maître), il arpentait le corridor de long en large, jusqu'à ce que l'équilibre se fût rétabli en lui. Plus d'une fois Magdalen, lorgnant par un interstice du paravent, avait vu l'ancien matelot faire ainsi son quart d'un pas incertain, se croyant encore de garde à bord d'un vaisseau. « C'est singulier comme ce navire obéit à la mer », marmottait-il entre ses dents lorsque ses jambes l'emportaient en zigzag vers l'extrémité du long corridor ou l'obligeaient momentanément à étudier les « aires de vent » selon son propre système, c'est-à-dire le dos contre la muraille. « Une nuit à lever le cœur, voyez-vous ! murmurait-il en grondant à la tournée suivante... Noire comme votre poche, et le vent cap à nous, toujours du même côté ! » Pendant la journée du lendemain le vieux Mazey, disgracié comme les chiens, était consigné au rez-de-chaussée. Vingt-quatre heures plus tard, toujours comme les chiens, il se voyait réinstallé dans ses privilèges. Alors le formulaire d'après-dîner subissait une modification nouvelle. A son entrée dans la salle à manger, le vieux matelot s'arrêtait court et, le dos contre la porte, présentait ses excuses sous cette forme concise, mais éloquente : « Sauf le respect dû à Votre Honneur, je suis honteux de moi-même. » L'apologie n'allait pas plus loin. « Tout ceci, Mazey, ne doit plus arriver, répondait routinièrement l'amiral. Cela n'arrivera plus, Votre Honneur. – A merveille ! Avancez à l'ordre, et buvez un coup ! Dieu bénisse la reine, Mazey ! » Le vétéran levait son verre, où la liqueur ballottait quelque peu, et le dialogue s'achevait comme à l'ordinaire.

Ainsi s'écoulèrent les jours, sans autres incidents qui vinssent en rompre la monotonie, jusque vers la fin de la quatrième semaine.

Au moment où elle allait expirer, il arriva quelque chose : on entrevit, le dernier jour, et tout à fait à l'improviste, les premières lueurs de cet avenir si lent à se dérouler. Magdalen était dans la salle à manger, occupée comme d'ordinaire à mettre le couvert, lorsque Mrs. Drake vint y jeter un coup d'œil et lui annonça, pour la première fois, qu'elle aurait deux personnes à servir. L'amiral avait reçu ce jour-là une lettre de son neveu. Mr. George Bartram allait arriver à St. Crux le soir même, et de fort bonne heure.

III

Quand elle eut mis le second couvert, Magdalen attendit la cloche du dîner avec une curiosité, une impatience qu'il ne lui était pas facile de dissimuler. Le retour de Mr. Bartram devait, selon toute probabilité, produire un changement quelconque dans l'existence qu'on menait au château ; et d'un tel changement, si léger qu'il fût, on pouvait espérer quelque chose. Le neveu serait peut-être accessible à des influences contre lesquelles l'oncle s'était trouvé à l'épreuve. En tout cas, leur dîner achevé, ces deux personnages causeraient sans doute de leurs affaires, et de cette causerie, qui aurait lieu chaque jour en sa présence, jailliraient peut-être des lumières qui lui montreraient le chemin des découvertes, jusqu'alors invisible pour elle.

La cloche finit par sonner. La porte s'ouvrit ; l'oncle et le neveu entrèrent ensemble dans la salle.

Magdalen fut frappée, comme sa sœur l'avait été avant elle, de la ressemblance qui existait entre George Bartram et leur père, leur père tel qu'il était représenté à Combe-Raven, sur cette toile où la magie de l'art faisait revivre Andrew Vanstone dans toute la splendeur de sa jeunesse. Les cheveux blonds et le teint fleuri, les yeux d'un bleu vif, la taille fière et droite, avec lesquels l'avait familiarisée la contemplation du portrait, lui revinrent en même temps à la mémoire lorsqu'elle vit George qui, suivant l'amiral pas à pas, traversait la salle pour aller prendre place à table. Rien ne l'avait préparée à cette résurrection soudaine des souvenirs de famille. Tandis qu'elle s'efforçait de dissimuler l'effet qu'ils produisaient sur elle, son attention se trouva un instant détournée et, pour la première fois depuis son entrée au château, elle commit en servant une légère bévue.

La réprimande qu'elle reçut aussitôt de l'amiral, moitié sérieusement, moitié pour rire, lui donna le temps de se remettre. Elle risqua un autre regard du côté de George Bartram. L'impression que cette fois il produisit sur elle éveilla tout aussitôt la curiosité de la jeune fille. Il laissait voir clairement, sur son visage et dans toute son attitude, une vive anxiété, une sérieuse préoccupation d'esprit. Il avait plus souvent les yeux sur son assiette que sur son oncle ; quant à Magdalen elle-même (sauf une rapide inspection de la nouvelle bonne, au moment où elle fut interpellée par l'amiral), il ne la regarda pas le moins du monde. Quelque incertitude troublait évidemment ses pensées ; quelque souci contraignait sa naturelle liberté de manières. Mais quelle incertitude ? quel souci ? Devait-on s'attendre à voir, petit à petit, quelques révélations se faire jour dans les causeries du dîner ?

Nullement. Un service succédait à l'autre, et aucun propos n'amenait de révélation personnelle. L'entretien courait, par saccades, des affaires publiques prises dans leur ensemble aux détails les plus familiers et les plus insignifiants de la vie privée. La politique, aussi bien celle du dedans que celle de l'extérieur, alternait avec la chronique familière de St. Crux. Les chefs de la révolution qui venait alors d'enlever à Louis-Philippe le trône de France figuraient, dans cette incohérente revue de salle à manger, à côté du vieux Mazey et des chiens. Le dessert fut mis sur la table ; le vieux marin se présenta, but en fidèle sujet de Sa Majesté, complimenta respectueusement « master George », et battit ensuite en retraite. Magdalen dut le suivre et retourner à l'office sans avoir surpris, dans tout le cours de ce long entretien, une seule parole qui pût le moins du monde servir à la réalisation de ses projets. Elle n'en fit pas moins contre mauvaise fortune bon cœur, s'efforçant de ne pas perdre, en face de cette première déception, tout courage et toute espérance. Le lendemain, à coup sûr, ils ne bavarderaient pas ainsi ; le lendemain, il ne serait plus tant question de la révolution française, ni tant question des deux labradors. Le temps qui fait encore des miracles, le temps devait conspirer pour elle…

Restés seuls en face de leur bouteille, l'oncle et le neveu rapprochèrent de la cheminée leurs grands fauteuils confortables qu'ils installèrent en face l'un de l'autre et, en l'absence de Magdalen, ils abordèrent précisément la conversation qui devait le plus intéresser Magdalen.

– Du vin de Bordeaux, George ? dit l'amiral, poussant la bouteille du côté de son neveu. Vous n'avez pas l'air en train.

– J'ai quelques soucis, monsieur, répliqua George sans remplir son verre, et l'œil toujours fixé sur le feu.

– Charmé de l'apprendre, répliqua l'amiral. Si vous avez quelques soucis, j'en ai davantage, moi qui vous parle… Nous voici aux derniers jours de mars, et rien n'est fait ! Les délais expirent pour vous le 3 mai, et ceci ne vous empêche pas d'être là aussi tranquille que si vous aviez des années devant vous.

George se prit à sourire et, d'un air résigné, se versa une rasade.

– Dois-je, monsieur, demanda-t-il, prendre au sérieux ce que vous m'avez dit en novembre dernier ? Tenez-vous réellement à me lier par cette condition incompréhensible ?

– Je ne vois pas qu'elle mérite cette épithète, dit l'amiral d'un ton piqué.

– Comment donc, monsieur ? Je reste héritier de votre domaine purement et simplement, ainsi que vous l'avez réglé dès le début avec une générosité parfaite ; mais je n'aurai pas un farthing de la fortune que vous a laissée le pauvre Noël, si je ne suis pas marié dans un certain délai. Le château et les terres doivent m'appartenir (grâce à vos bontés) sans conditions et quoi qu'il arrive ; mais l'argent qui me mettrait à même de réparer l'un, d'améliorer les autres, me sera arbitrairement enlevé si je suis encore célibataire le troisième jour de mai… Il faut croire que je suis totalement dépourvu d'intelligence, car je n'ai jamais ouï parler d'arrangements plus difficiles à comprendre.

– Pas de grogneries et pas d'épigrammes, George ! Dites tout net ce que vous avez sur le cœur ! L'ironie n'est pas de mise dans la marine de Sa Majesté.

– Je ne prétends pas vous fâcher, monsieur, mais je trouve un peu dur de me voir pris à court par un changement que je ne pouvais attendre de vous, contraire qu'il est à tous vos précédents envers moi ; et lorsque ensuite, tout naturellement, je sollicite une explication, je trouve également un peu dur d'être planté là dans les ténèbres, avec le plus merveilleux sang-froid… Si vous et Noël, avant qu'il fît son testament, vous avez pris de concert quelques arrangements particuliers, pourquoi ne pas me le dire ? Pourquoi ce mystère entre nous, alors que tout mystère est inutile ?

– George, mon ami, cette attitude ne me va pas ! s'écria l'amiral qui battait le tambour sur la table avec deux casse-noisettes. Vous voulez me déterrer comme un blaireau, mais je vous préviens que je ne me laisserai pas faire... J'imposerai toutes les conditions qu'il me plaira et, si cela me convient, je n'en rendrai compte à personne. C'est bien assez d'avoir sur les épaules une masse de tracas et de responsabilités sur lesquelles je ne comptais point... Ne vous inquiétez pas de ces tracas, ils sont pour moi et ne vous regardent en rien... Je ne veux guère de tous ces interrogatoires et contre-interrogatoires qui me font ressembler à un témoin sur sa banquette. Voyez-moi ce camarade ! continua l'amiral apostrophant son neveu dans une colère poussée au rouge et, faute d'un auditoire plus distingué, s'adressant aux chiens étalés sur le devant de feu. Voyez-moi ce camarade ! on le prie de s'adjuger deux excellentes choses, chacune dans son genre, à savoir une fortune et une femme, on lui donne trois mois pour se procurer cette dernière (et en six jours, dans la marine, nous l'aurions trouvée avec tous ses accessoires), je lui connais çà et là, dans le pays, toute une douzaine de jolies filles parmi lesquelles il n'a qu'à choisir... et que fait mon gaillard ? Il demeure pendant des mois immobile dans son fauteuil, les jambes croisées devant lui, sans s'inquiéter si ces jeunes filles se dessèchent ou non sur leurs tiges, et tout occupé à harceler son oncle afin de savoir de quoi il retourne ! J'ai vraiment pitié de ces pauvres femmes... Dans ma jeunesse, les hommes étaient faits de chair et de sang et n'en manquaient certes pas. A présent, ce sont de vraies mécaniques.

– Je ne puis, monsieur, dit George, que vous exprimer de nouveau le regret de vous avoir fâché...

– Allons donc ! répliqua l'amiral, vous n'avez pas besoin, s'il en est ainsi, de me jeter ces regards langoureux. Levez le coude, et mon pardon vous est acquis ! A votre santé, George ! Je suis charmé de vous revoir à St. Crux ! Regardez-moi cette assiettée de biscuits ! La cuisinière nous les a fait passer en l'honneur de votre retour. Il faut ménager sa susceptibilité, mais sans faire tort à notre vin... Ici, vous autres ! (L'amiral expédia rapidement quatre biscuits dans la gueule complaisante de ses deux chiens.) Je suis fâché, George, poursuivit gravement le vieux gentleman, je suis réellement fâché que vous n'ayez pas jeté les yeux sur quelqu'une de ces jolies filles. Vous ne savez pas quel dommage vous vous infligez ! Vous ne savez pas quelle inquiétude et quelle mortification vous me causez par cette conduite indécise et ces perpétuelles irrésolutions !

– Vous verriez ma conduite sous un jour tout différent, monsieur, si vous me permettiez de m'expliquer. Je suis tout prêt à me marier demain, pourvu qu'on m'accepte.

– Serait-ce vrai ? Vous avez donc, après tout, quelqu'un en vue ? Pourquoi, par le ciel, ne m'en avoir pas parlé plus tôt ? C'est égal, je vous tiens quitte de tout, maintenant que je vous sais pourvu d'une future… Remplissez encore votre verre ! Nous allons boire à sa santé… Mais, à propos, qui est-elle ?

– Vous ne tarderez pas à le savoir, amiral. Au début de cette conversation, je vous ai parlé de quelques soucis…

– Elle ne figure donc pas dans ma douzaine de jolies filles ? Ah ! master George, je lis déjà ceci sur votre physionomie ! Et ces soucis, quelle en est la cause ?

– Je crains, monsieur, que vous ne désapprouviez mon choix.

– Pour Dieu ! ne battez pas ainsi la campagne ! Comment pourrais-je vous dire si je le désapprouve ou non, tant que je ne sais pas de qui vous parlez ?

– Je parle de l'aînée des filles qu'a laissées Andrew Vanstone, jadis propriétaire de Combe-Raven.

– Qui !!!

– Miss Vanstone, monsieur.

L'amiral posa son verre sans y avoir mouillé ses lèvres.

– Vous avez raison, George, dit-il. Je désapprouve votre choix ; je le désapprouve énergiquement.

– Est-ce le malheur de sa naissance, monsieur, qui motiverait vos objections ?

– Dieu m'en préserve ! Dans le malheur de sa naissance, pauvre créature, elle n'a rien à se reprocher ! Vous savez aussi bien que moi, George, où est l'obstacle.

– L'obstacle vient de sa sœur, n'est-ce pas ?

– Sans aucun doute ! Et j'imagine que l'homme le plus dépourvu de préjugés doit penser à cet égard comme moi.

– Il n'est pourtant pas juste, monsieur, qu'on fasse expier à Miss Vanstone les fautes de sa sœur.

– Appelez-vous cela des fautes ? En vérité, George, vous avez une mémoire bien commode quand vos intérêts sont en jeu.

– Si cela vous plaît, monsieur, donnez-leur le nom de crimes, je n'en protesterai pas moins contre l'injustice faite à Miss Vanstone. Sa vie, à elle, est pure de tout reproche. Sans faillir un seul jour, elle a supporté les rigueurs du sort avec une patience, une douceur, un courage que pas une femme sur mille n'eût montrés à sa place. Demandez à Miss Garth, qui la connaît depuis son enfance. Demandez à Mrs. Tyrrel, qui bénit le jour où elle est arrivée sous son toit…

– Demandez ! demandez ! Je vous demande pardon, George, mais vous mettriez à bout la patience d'un saint. Je ne conteste en aucune façon, mon cher enfant, les vertus de Miss Vanstone ; j'admettrai, si vous y tenez, que jamais meilleure femme n'a passé une jupe. Là n'est pas la question…

– Mais pardonnez-moi, cher amiral, si je dois l'épouser, la question est là tout entière.

– Écoutez-moi jusqu'au bout, George. Envisagez les choses de mon point de vue aussi bien que du vôtre ! Qu'est-il arrivé à votre cousin Noël : votre cousin Noël a été victime, le pauvre diable, d'un des plus ignobles complots dont j'aie jamais entendu parler ; et le premier artisan de ce complot était l'infernale sœur de Miss Vanstone. Elle l'a trompé de la manière la plus infâme et, une fois inscrite sur son testament pour un legs considérable, elle tenait tout prêt le poison destiné à la débarrasser de lui. Telle est la vérité ; nous l'avons sue de Mrs. Lecount qui, dans la chambre même de cette femme, a trouvé sous clef le flacon meurtrier. En épousant Miss Vanstone, vous faites de cette misérable votre belle-sœur. Elle entre dans notre famille. Toute la honte de ce qu'elle a fait, toute la honte de ce qu'elle peut faire encore – et le démon seul qui la possède pourrait dire jusqu'où elle ira –, cette honte devient la nôtre. Juste ciel ! George, considérez la position que vous vous faites ! Voyez dans quelle poix vous mettez la main, si vous acceptez pareille femme pour votre belle-sœur.

– Vous avez, amiral, donné votre point de vue sur la question, dit George avec plus de résolution que jamais, laissez-moi maintenant exposer celui qui me touche. Une jeune personne, que je rencontre dans des circonstances fort intéressantes, fait sur moi une certaine impression. Je me garde bien de m'y laisser aller en aveugle, ainsi que je l'eusse fait, plus jeune de quelques années ; j'attends, afin de la mettre à l'épreuve. Chaque fois que je vois cette jeune personne, l'impression, loin de s'effacer, se fortifie ; sa beauté même, son caractère m'attachent de plus en plus. Loin d'elle, je suis agité, mécontent ; auprès d'elle, je suis l'homme le plus heureux de ce monde. Tout ce que me disent de sa conduite les personnes qui la connaissent le mieux confirme, et au-delà, la haute opinion que je me suis faite d'elle. L'unique tare que je puisse découvrir chez elle résulte d'un malheur dont elle ne saurait être responsable, celui d'avoir une sœur indigne d'elle. Est-ce que cette découverte, désagréable, j'en conviens, fait disparaître, chez Miss Vanstone, toutes ces bonnes et belles qualités qui lui ont valu mon amour et mon estime ? Pas le moins du monde ; elle ne fait que me les rendre plus précieuses par comparaison… Si j'ai à me plaindre de quelque imperfection – et dans ce monde il ne saurait guère en être autrement –, j'aime mieux la rencontrer chez la sœur de ma femme que chez ma femme elle-même. C'est ma femme et non la sœur de ma femme qui importe à mon bonheur… Selon moi, monsieur, Mrs. Noël Vanstone a déjà fait assez de mal. Je ne vois pas nécessité de lui permettre d'en faire encore en me privant d'une femme selon mon cœur… Vrai ou faux, tel est mon point de vue. Je ne prétends pas vous ennuyer par des considérations sentimentales. Je n'ai rien à vous dire, si ce n'est que je suis en âge, maintenant, de savoir ce que je veux, et que j'ai pris un parti définitif. Si mon mariage est indispensable à la réalisation de vos projets pour moi, je ne puis épouser au monde qu'une seule femme, et cette femme est Miss Vanstone.

Devant une déclaration si nette, il n'y avait guère d'objection possible. L'amiral Bartram se leva de son fauteuil sans rien répondre et, dans une agitation visible, se mit à parcourir la pièce de long en large.

La situation devenait tout à fait grave. La mort de Mrs. Girdlestone avait déjà fait évanouir une des deux hypothèses prévues dans la contre-lettre. Si le 3 mai prochain trouvait encore George à l'état de célibataire, la seconde hypothèse s'évanouissait à son tour. Il ne restait guère qu'une quinzaine au plus pour faire publier les bans dans l'église d'Ossory, sans quoi le temps manquerait pour l'accomplissement d'une des clauses les plus expressément stipulées par la contre-lettre. Si obstiné que fût naturellement l'amiral, et malgré la puissance des objections qu'il pouvait soulever contre le projet d'alliance que son neveu avait conçu, il ne put s'empêcher de reculer devant les faits inexorables que, tout en arpentant la salle à manger, il trouvait toujours dressés devant lui.

– Avez-vous des engagements avec Miss Vanstone ? demanda-t-il brusquement.

– Non, monsieur, répondit George. J'ai cru devoir aux bontés dont vous m'avez toujours comblé de ne traiter ce sujet avec personne avant de vous en avoir entretenu.

– Bien obligé, à coup sûr ! Et pour m'en parler, vous avez attendu le dernier moment, selon votre louable coutume… Pensez-vous que votre demande, quand vous la ferez, soit favorablement accueillie par Miss Vanstone ?

George parut hésiter.

– Le diable emporte votre modestie ! s'écria l'amiral. La modestie est en ce moment hors de saison ; c'est de franc-parler qu'il s'agit… Dira-t-elle oui, ou dira-t-elle non ?

– J'espère, monsieur, qu'elle voudra bien dire oui.

L'amiral, après un éclat de rire sardonique, fit encore une fois le tour de la table. Puis il s'arrêta tout à coup, mit les mains dans ses poches et demeura immobile dans un coin, absorbé par ses réflexions. Au bout de quelques minutes, sa physionomie s'éclaircit quelque peu ; on y voyait poindre les rayons d'une idée lumineuse. Il revint, d'un pas alerte, au coin de la cheminée occupée par George et, posant affectueusement la main sur l'épaule de son neveu, il lui déclara :

– George, lui dit-il, vous faites une sottise, mais il est maintenant trop tard pour vous en empêcher. Le 16 du mois prochain, il faut que les bans aient été publiés dans l'église d'Ossory, sans quoi vous perdez cette fortune… Avez-vous fait connaître à Miss Vanstone la situation particulière où vous êtes ? Avez-vous, au contraire, ajourné ceci comme tout le reste, de manière à vous trouver acculé ?

– Cette position est si exceptionnelle, monsieur, et pourrait présenter les mobiles de ma conduite sous un jour si singulier, que je me suis senti peu disposé à y faire la moindre allusion… Même à présent, je ne saurais comment m'en ouvrir à elle.

– Essayez de tourner la difficulté en prenant ses amis pour intermédiaires, et faites-leur entrevoir qu'il s'agit d'une question d'argent ; ils se chargeront alors de lever pour vous ces scrupules. Mais ce n'est point là ce que j'avais à vous dire… Combien de temps comptez-vous rester ici, cette fois ?

– Je pensais vous donner quelques jours, et ensuite…

– Et ensuite, je suppose, retourner à Londres pour y faire agréer votre demande ? Aurez-vous assez d'une semaine pour trouver l'occasion de décider Miss Vanstone, une semaine à prendre sur les quinze jours, ou à peu près, qui vous restent maintenant ?

– Si vous le désirez, amiral, je passerai très volontiers la semaine ici.

– Ce n'est pas là mon désir. Je veux vous voir faire vos paquets et partir dès demain.

George, muet de surprise, regarda son oncle :

– Vous avez trouvé, à votre arrivée, des lettres qui vous attendaient, continua l'amiral. L'une d'elles n'était-elle pas de mon vieil ami sir Franklin Brock ?

– Oui, monsieur.

– N'était-ce pas une invitation à aller passer quelques jours à la Grange ?

– Oui, monsieur.

– A y aller immédiatement ?

– Immédiatement, si cela m'était possible.

– Fort bien. Je désire que cela vous soit possible, je désire que vous partiez demain pour la Grange.

George reporta ses regards sur le feu et laissa échapper un soupir d'impatience.

– Je comprends maintenant, amiral, dit-il. Vous vous trompez complètement sur mon compte. Mon attachement pour Miss Vanstone est à l'épreuve d'une pareille diversion.

L'amiral Bartram reprit sa promenade dans la salle à manger, comme s'il était encore à faire son quart sur le pont d'un vaisseau.

– George, reprit le vieux gentleman, un bon procédé en vaut un autre. Si je me montre disposé à faire des concessions, le moins que vous me deviez, c'est de m'en faire également, pour que nous nous rencontrions à mi-chemin.

– Je n'ai rien à dire à ceci, monsieur.

– Fort bien. Écoutez à présent ma proposition. Écoutez-la

simplement, et sans idées préconçues ; tout homme a le droit d'être ainsi entendu. Pour commencer, je me montrerai parfaitement équitable. Je ne mettrai pas en doute la sincérité du sentiment qui vous fait regarder Miss Vanstone comme l'unique femme dont vous puissiez attendre votre bonheur ici-bas. Je ne mets pas ceci en question. Ce dont je me permets de douter, c'est de la lucidité avec laquelle, dans cette affaire, vous appréhendez vos dispositions d'esprit. Vous ne sauriez contester, George, que vous vous êtes épris de bien des femmes depuis que vous êtes hors de tutelle. Entre autres, je vous ai vu amoureux de Miss Brock. Pas plus tard que l'année dernière, à pareille époque, il y avait entre vous et cette jeune personne de jolies coquetteries en sourdine, pour ne pas dire autre chose. Et c'était tout simple ! Miss Brock figure dans cette douzaine de charmantes jeunes filles que je désignais au début de notre conversation.

– Vous confondez, monsieur, une amourette sans conséquence avec un attachement sérieux, répondit George. Vous vous trompez du tout au tout, croyez-moi, vous vous trompez.

– Possible, et même probable ; je ne prétends point être infaillible… Je laisse ceci à mes cadets. Mais j'ai pour moi, George, de vous connaître depuis le temps où vous étiez haut comme mon vieux télescope, et j'ai besoin de mettre à l'épreuve cette affection sérieuse dont vous vous vantez. Si vous pouvez me convaincre que vous appartenez cœur et âme à Miss Vanstone aussi complètement que vous le supposez vous-même, il me faudra bien céder à la Destinée et retirer toutes mes objections. Mais pour cela je veux être convaincu. Allez demain à la Grange et passez-y huit jours avec Miss Brock. Fournissez loyalement à cette aimable enfant l'occasion de ranimer, si elle le peut, cette ardeur qu'elle avait su vous inspirer, et revenez ensuite à St. Crux, pour me faire savoir comment l'épreuve a tourné. Si vous me dites, la main sur le cœur, que votre affection pour Miss Vanstone n'a pas ressenti la moindre atteinte, vous pouvez compter qu'à partir de ce moment je ne vous ferai plus entendre une seule parole d'objections. Quelques regrets, quelques appréhensions que je puisse conserver à part moi, je ne ferai rien, je ne dirai rien qui ne soit d'accord avec vos désirs… Telle est ma proposition. Je suis bien sûr qu'elle vous apparaît comme le caprice insensé d'un vieillard. Mais ce vieillard, George, n'est plus destiné à vous contrarier longtemps ; et peut-être un jour, lorsque vous aurez des fils à conduire, trouverez-vous un certain plaisir à vous rappeler que vous lui avez témoigné jusqu'au bout une déférence, un respect inaltérables.

Il revint, disant ces mots, du côté de la cheminée et posa de nouveau la main sur l'épaule de son neveu. George prit cette main et l'étreignit affectueusement. Dans le meilleur sens qu'on puisse attacher à ce mot et avec toute la tendresse qu'il comporte, son oncle avait été pour lui un véritable père.

– Si vous y mettez une véritable importance, je ferai, monsieur, ce que vous attendez de moi, lui répondit-il. Mais je dois vous dire d'avance que cette épreuve n'a aucune chance de réussir comme vous l'entendez… Maintenant, si vous préférez que j'aille à la Grange passer une semaine au lieu de rester ici le même temps, je suis prêt à vous satisfaire.

– Merci, George ! dit l'amiral brusquement. C'est bien ce que j'attendais de vous, et vous ne m'avez pas déçu. (« Si Miss Brock ne nous tire pas de cet embarras, pensait l'artificieux vieillard en se rasseyant à table, c'est que ma girouette de neveu se sera rouillée tout exprès ! ») George, continua-t-il tout haut, nous regarderons la question comme provisoirement réglée et, si vous le voulez bien, nous parlerons d'autre chose. Ces soucis familiaux n'ajoutent rien au bouquet de mon vieux bordeaux. La bouteille est à côté de vous. Que font les théâtres de Londres ? Au temps de ma jeunesse, la marine soutenait les théâtres… Nous aimions à commencer par une bonne tragédie, quitte à nous égayer ensuite par un divertissement plus léger.

Pendant tout le reste de la soirée, la causerie reprit son cours ordinaire. L'amiral Bartram ne revint sur le sujet proscrit qu'au moment où son neveu et lui se quittèrent pour la nuit.

– Vous n'oublierez pas, George, ce que vous avez à faire demain ?

– Positivement non, monsieur. Je prendrai le dog-cart après le déjeuner, et je conduirai moi-même.

Le lendemain, avant midi, Mr. George Bartram avait quitté le château, et la dernière chance favorable à Magdalen semblait l'avoir quitté avec lui.

IV

Le jour du départ de George Bartram, lorsque la cloche eut sonné comme à l'ordinaire l'heure du repas des domestiques, on remarqua que la nouvelle bonne n'était pas venue prendre sa place à table. Une des domestiques subalternes fut envoyée à sa chambre pour s'informer et revint annoncer que « Louisa », se sentant un peu faible, demandait à être dispensée de paraître. Cette requête fut portée devant l'autorité supérieure de la femme de charge, et Mrs. Drake monta immédiatement pour se rendre un compte exact de la situation. Elle vit bien, au premier coup d'œil, que l'indisposition de la bonne, à quelque cause qu'il fallût l'attribuer, n'était certainement pas un vain prétexte de paresse ou de bouderie. La jeune fille refusa respectueusement tous les remèdes que la femme de charge lui offrait, se bornant à demander la permission de soigner son mal par une promenade en plein air.

– J'ai été habituée, madame, à plus d'exercice que je n'en prends ici, dit-elle. Puis-je descendre au jardin pour voir si le grand air ne me soulagerait pas ?

– Oui, certainement. Irez-vous seule, ou désirez-vous que je vous fasse accompagner ?

– J'irai seule, madame, si vous voulez bien le permettre.

– Très volontiers. Mettez alors votre chapeau, votre châle, et tenez-vous, une fois dehors, dans le jardin de l'est. L'amiral se promène quelquefois dans celui du nord, et pourrait éprouver quelque surprise à vous y rencontrer. Quand vous aurez assez d'air et d'exercice, revenez chez moi, je verrai comment vous allez.

Au bout de quelques minutes, Magdalen se trouva dans le jardin de l'est. Le soleil brillait dans un ciel sans nuages, mais les froides ombres du château se projetaient sur la grande allée et semblaient glacer l'atmosphère que les rayons de midi venaient d'attiédir. Elle se dirigea vers les ruines du vieux monastère, au sud de la longue rangée de bâtiments plus récents. Là se trouvaient de grands espaces solitaires où l'on pouvait respirer librement ; là, par les brèches que la ruine avait ouvertes, arrivaient les pâles rayons du soleil de mars, et les sourires du printemps semblaient vouloir y attirer la belle promeneuse.

Elle monta trois ou quatre degrés de pierre fendillés de tous côtés, et s'assit en plein soleil, sur quelques débris de muraille. L'endroit ainsi choisi par elle avait été jadis l'entrée de l'église. Dans des siècles écoulés depuis longtemps, les fautes et les souffrances humaines, s'acheminant vers le confessionnal, avaient défilé jour après jour sur cette même place où elle se tenait maintenant assise. De toutes les misérables femmes qui autrefois avaient foulé ces antiques pierres, aucune n'avait été aussi misérable que celle dont les pieds s'y appuyaient aujourd'hui.

Ses mains tremblaient lorsqu'elle s'en fit deux étais pour s'installer sur son siège de pierre. Elle les posa sur ses genoux ; là, elles tremblaient encore. Elle les souleva, y jetant un regard surpris, mais elles tremblaient toujours sous son regard. « Je suis donc déjà vieille ? » se dit-elle dans un faible murmure, et de nouveau elle laissa retomber ses mains le long de son corps.

Ce jour-là, pour la première fois, il lui avait bien fallu admettre une triste découverte, à savoir que ses forces lui faisaient défaut tout juste au moment où elle s'y était le mieux fiée, juste au moment où elle en avait le plus besoin. Elle avait ressenti le départ inattendu de George Bartram comme s'il s'agissait du pire malheur qui pût l'atteindre. Ce simple coup porté à ses espérances, coup qui naguère, sollicitant sa résistance obstinée, l'aurait encouragée à de nouveaux efforts, l'avait frappée d'autant de terreur, l'avait réduite au même état de prostration désespérée que l'eût pu faire son expulsion de St. Crux. D'une métamorphose aussi absolue, on ne pourrait tirer qu'une seule conclusion : c'est que Magdalen venait de concentrer, dans le court espace d'un peu plus d'un an, les fatigues et les émotions de toute une vie. La santé, la force que la Nature lui avait si largement prodiguées et dont elle avait si longtemps abusé impunément finissaient par lui faire défaut.

Elle leva les yeux sur le vague azur du ciel. Elle écouta la chanson joyeuse des oiseaux cachés dans le lierre dont les ruines étaient revêtues. Oh ! que ce ciel lointain lui semblait froid ! que ce bonheur des oiseaux lui semblait impitoyable ! Oh ! qu'il était horrible d'être seule parmi ces pierres, et de se sentir si vieille, si faible, si usée, à la fleur même de sa verte jeunesse ! Par un dernier effort de courage, elle se leva, et voulut bouger, regarder autour d'elle, combattre la souffrance nerveuse qui lui montait au cœur. D'un pas de plus en plus rapide, elle se mit à déambuler sous le soleil. Par cela même qu'il la fatiguait horriblement, cet exercice lui venait en aide. Elle refoulait désespérément vers leur source les larmes dont ses yeux se gonflaient ; elle luttait contre la douloureuse étreinte et s'y dérobait par degrés. Peu à peu, il y eut moins de nuages sur sa pensée ; elle eut moins peur d'elle-même, et les idées qui la décourageaient lui devinrent moins présentes. Il y avait en elle des réserves de jeunesse et de force qu'elle pouvait dépenser encore ; il y avait une ardeur épuisée par maintes blessures mais qui n'était pas encore éteinte.

Elle étendit graduellement le rayon de sa promenade, observant de mieux en mieux ce qui était autour d'elle.

A leur extrémité occidentale, les ruines du monastère étaient mieux conservées que du côté de l'orient. En certains endroits où les vieux murs tenaient encore grâce à leur épaisseur, on avait dû faire, à une époque indéterminée, des réparations insignifiantes. Quatre des anciennes cellules avaient alors été recouvertes d'une grossière toiture en tuiles rouges ; on y avait ajouté des portes en planches, et ces vieilles chambres de moines servaient de dépôt aux nombreux débris du mobilier de St. Crux. Il n'existait de verrou à aucune des portes. Magdalen n'avait qu'à les pousser pour faire tomber la lumière du ciel sur les fouillis entassés derrière elles. Elle résolut d'examiner ces espèces d'appentis l'un après l'autre, non par curiosité, non pour y faire une quelconque découverte ; elle n'avait d'autre objet que de combler le vide des heures, et d'empêcher son esprit d'être de nouveau assailli par de tristes pensées.

Le premier hangar qu'elle ouvrit renfermait des outils de jardinage, grands et petits. Sur le sol du second s'étalaient des fragments de meubles brisés, des cadres vermoulus, vides de leur toile, des vases ébréchés, des boîtes sans couvercle, des livres arrachés à leurs reliures. Comme Magdalen allait quitter ce réduit après un coup d'œil négligemment jeté autour d'elle sur ce tas de vieilleries poussiéreuses, son pied heurta par terre un objet qui alla frapper avec un bruit métallique une porcelaine fêlée gisant près de là. Magdalen se baissa et s'aperçut que l'objet sonore était une clef rouillée.

Elle ramassa cette clef pour l'examiner, puis, sortie du hangar, elle réfléchit quelques instants. Parmi les centaines d'objets amoncelés en désordre sous ces appentis se trouvaient sans aucun doute bien des clefs devenues inutiles et oubliées là depuis un temps immémorial. Eh bien ! ne pouvait-elle rassembler toutes celles qu'elle trouverait pour les essayer ensuite, l'une après l'autre, aux serrures de tous les cabinets, de tous les placards, de toutes les armoires, aujourd'hui protégées contre ses recherches ? N'y avait-il pas pour justifier pareille entreprise une chance suffisante que l'une d'elles ouvrît l'un des meubles ? Si les serrures de St. Crux étaient aussi âgées que le mobilier, si elles n'offraient en résistance aucune de ces subtilités protectrices que les inventeurs modernes ont multipliées, pareille chance existait sans aucun doute. Comment savoir si cette clef même qu'elle tenait à la main n'était point le double égaré de l'une de celles qui figuraient dans le paquet de l'amiral ? Aucun autre moyen ne s'offrant pour arriver au but, ce hasard valait bien qu'on le risquât. Dans les yeux ternis de Magdalen on aurait pu voir passer comme un éclair de son ancienne ardeur lorsqu'elle fit demi-tour et rentra dans la vieille cellule.

Elle n'avait guère plus d'une demi-heure à passer encore hors du château. Cette demi-heure lui suffit pour fouiller, l'un après l'autre, les trois hangars, et ajouter cinq clefs à sa collection. « Cinq chances de plus ! » se dit-elle en les rapportant en cachette.

Après qu'elle fut allée rendre compte de sa promenade à la femme de charge, elle monta pour ôter son chapeau et son châle, ce qui lui fournit l'occasion de mettre ces clefs en sûreté jusqu'à la nuit. Elles étaient recouvertes d'une épaisse couche de rouille et fortement encrassées, mais elle n'osa pas tenter de les nettoyer avant que l'heure du coucher, la rendant à sa solitude, l'eût mise à l'abri des regards curieux dont les domestiques l'entouraient encore.

Quand elle se retrouva au dîner, comme de coutume, en présence de l'amiral, elle fut aussitôt frappée du changement qui s'était opéré en lui. Pour la première fois, depuis qu'elle le connaissait, le vieux gentleman était silencieux, abattu. Il montra moins d'appétit qu'à l'ordinaire et, d'un bout du repas à l'autre, ne lui adressa pas quatre paroles. Quelques réflexions malvenues s'étaient évidemment emparées de son esprit, et s'y maintenaient malgré ses efforts pour s'en distraire. Elle se demanda plusieurs fois dans la soirée avec une perplexité toujours croissante, sur quel sujet portaient ces réflexions.

Ces longues heures arrivèrent enfin à leur terme, et les hôtes du château se retirèrent dans leurs lits respectifs. Avant de s'endormir, ce soir-là, Magdalen avait parfaitement nettoyé les clefs et les avait huilées pour en faciliter le jeu et le rendre moins bruyant. Restait, dernière difficulté, à choisir le moment où l'expérience pourrait être tentée en risquant le moins possible d'être interrompue ou découverte. Après avoir employé une partie de la nuit à débattre avec soin cette importante question, Magdalen dut se résoudre à attendre et à se laisser guider par les événements du lendemain. Le matin arriva et, pour la première fois depuis qu'elle était à St. Crux, les événements justifièrent la confiance qu'elle avait mise en eux. Le matin arriva, et l'unique difficulté dont elle eût encore à se préoccuper fut levée à l'improviste par l'amiral en personne ! A la grande surprise de tout le château, il déclara en déjeunant qu'il s'était décidé à partir pour Londres sur l'heure ; qu'il passerait la nuit en ville ; et qu'on pouvait l'attendre à St. Crux le lendemain pour le dîner. Il ne donna d'autres explications ni à la femme de charge ni à quiconque, mais il était facile de voir que l'objet pour lequel il allait à Londres avait à ses yeux une importance peu ordinaire. Il avala précipitamment son petit déjeuner, et avant que sa voiture fût devant la porte, s'impatienta plusieurs fois de ce qu'elle n'arrivait point.

L'expérience avait appris la prudence à Magdalen. Elle ne se pressa point, après le départ de l'amiral Bartram, pour essayer les clefs. Et bien lui en prit. Mrs. Drake profita de l'absence de l'amiral pour passer en revue les appartements du premier. Les résultats de son investigation ne l'ayant que très médiocrement satisfaite, torchons et balais entrèrent en danse, et tant que le jour dura, les filles de service ne firent qu'entrer et sortir de tous côtés.

La soirée s'écoula sans que l'occasion favorable que Magdalen guettait se fût une seule fois offerte à elle. Survint l'heure du coucher ; elle se retrouva confrontée à l'alternative suivante : ou bien attendre les chances douteuses de la matinée suivante, ou bien essayer hardiment les clefs sous la protection des ténèbres. Jadis elle eût fait son choix sans la moindre hésitation. Elle hésitait à présent. Mais ce qui lui restait de courage la soutint encore : elle résolut de tenter l'aventure nocturne.

A St. Crux, on se couchait de bonne heure. Il lui suffisait donc d'attendre que onze heures et demie fussent sonnées pour être à peu près sûre que tous seraient endormis. A cette heure-là, elle sortit furtivement de sa chambre et emprunta l'escalier, une chandelle à la main et les clefs dans sa poche.

En passant devant l'entrée du corridor sur lequel donnaient les chambres à coucher, elle s'arrêta, prêtant l'oreille. On n'entendait, de l'autre côté du paravent, ni les ronflements habituels ni la marche traînante du matelot invalide. Magdalen risqua un regard méfiant. Le passage dallé était désert, le petit lit à roulettes n'était point occupé. Elle avait pourtant vu, plus d'une heure auparavant, remonter le vieux Mazey, armé d'un bougeoir. Aurait-il, par hasard, profité de l'absence de son maître pour s'octroyer le luxe inhabituel de coucher dans une véritable chambre ? Au moment où cette pensée s'offrait à elle, un léger bruit, venant de l'extrémité du corridor, arriva jusqu'à son oreille. Elle avança doucement de ce côté et, à travers la porte de la plus éloignée des chambres d'amis, discerna fort bien, à l'intérieur, les ronflements vigoureux du vieux matelot. Sous plus d'un rapport, cette découverte avait de quoi l'émouvoir. Elle ajoutait une ombre de plus à l'impénétrable mystère du lit à roulettes, en prouvant clairement que le vieux Mazey ne mettait à passer la nuit dans le corridor aucune préférence barbare ; c'était purement et simplement pour le compte de son maître qu'il avait élu domicile pour la nuit sur cette couche si singulière et si inconfortable.

Le moment n'était guère favorable pour se livrer aux réflexions qu'un pareil fait pouvait suggérer. Magdalen revint sur ses pas le long du corridor et descendit au premier étage. Négligeant les portes les plus voisines, elle entra tout d'abord dans la bibliothèque. Sur l'escalier et dans les couloirs, elle avait senti battre son cœur agité d'une indicible crainte, mais elle retrouva un profond sentiment de sécurité lorsqu'elle fut entre les quatre murs de cette pièce, et quand une porte bien fermée la sépara de cette obscurité muette et peuplée de fantômes qu'elle avait traversée pour y venir.

La première serrure qu'elle essaya fut celle de la table à tiroirs. Aucune des clefs ne l'ouvrait. L'essai suivant fut tenté sur le cabinet. Celui-ci échouerait-il comme l'autre ? Non ! Une des clefs allait ; une des clefs, moyennant un peu de patience et d'adresse, fit jouer le verrou. Magdalen jeta dans le cabinet un regard avide. En haut se trouvaient des tablettes ouvertes ; au-dessous d'elles un tiroir occupant toute la largeur du meuble. Sur les tablettes, des échantillons de minéraux curieux, proprement étiquetés et en bon ordre. Le tiroir était divisé en compartiments. Deux de ces compartiments renfermaient des papiers. Dans le premier elle ne trouva qu'une collection de factures acquittées. Dans le second, au contraire, elle découvrit un monceau de documents relatifs aux affaires de l'amiral, mais l'écriture, jaunie par le temps, suffit pour l'avertir que la contre-lettre n'était point là. Elle poussa les portes du cabinet et, après les avoir refermées avec difficulté, voulut voir ensuite, avant de continuer ses recherches dans les autres pièces, si les clefs ouvriraient les armoires placées sous les corps de bibliothèque.

Les armoires en question se trouvèrent inattaquables ; inattaquables également les tiroirs, crédences, commodes et placards des autres pièces. L'un après l'autre, procédant par ordre, elle essaya patiemment tous ces meubles. Ce fut en vain. La chance favorable que lui avait offerte le cabinet de la bibliothèque fut la seule qui eût fait luire à ses yeux un rayon d'espoir.

Elle retourna dans sa chambre, sans voir autre chose que son ombre glissant à côté d'elle, sans rien entendre, sauf le léger bruit de son pas furtif, à peine perceptible dans le silence profond qui à minuit emplissait le château. Quand elle eut machinalement replacé les clefs dans l'abri qu'elle leur avait déjà fait, elle jeta un regard du côté de son lit, mais ce fut pour s'en détourner avec un frisson. Le souvenir menaçant de ce qu'elle avait souffert la veille, dans le jardin, se représenta vivement à son esprit. « Encore une chance courue, pensa-t-elle, encore une chance perdue ! Si je m'avise d'y penser, je succomberai à la peine, et j'y penserai bien certainement si je reste éveillée dans l'obscurité. » Elle avait apporté avec elle, à St. Crux, comme accessoire indispensable du rôle qu'elle allait y jouer, une boîte à ouvrage qu'elle se hâta d'ouvrir pour se mettre résolument au travail.

L'inexpérience dont elle faisait montre dans le maniement de son aiguille l'aida à obtenir ce qu'elle désirait, en l'obligeant à porter l'attention la plus stricte sur la besogne qu'elle venait d'entreprendre ; elle lui dut une distraction forcée qui l'empêchait de songer aux deux sujets les mieux faits pour l'épouvanter maintenant : elle-même d'abord, l'avenir ensuite.

Fidèle aux arrangements pris, l'amiral revint le lendemain. Son voyage à Londres ne l'avait pas autrement rasséréné. Un nuage provenant de quelque inquiétude impossible à maîtriser obscurcissait encore sa physionomie, et sa langue, d'ordinaire si mobile, gardait un calme étrange pendant ces repas solitaires que lui servait Magdalen. Ce soir-là, les ronflements retentirent de nouveau derrière le paravent ; le vieux Mazey avait repris possession de son incommode couchette.

Trois jours encore s'écoulèrent ; avril commença. Le 2 du mois, revenu aussi à l'improviste qu'il était parti huit jours avant, Mr. George Bartram reparut à St. Crux.

Il arriva dans l'après-midi, de bonne heure, et il eut avec son oncle, dans la bibliothèque, un entretien assez long. A la fin de cette entrevue, il partit une nouvelle fois, et fut conduit au chemin de fer de manière à prendre le dernier train qui, ce soir-là, montât vers Londres. Le valet chargé de le conduire remarqua, chemin faisant, que master George semblait quitter St. Crux sans beaucoup de peine. Il remarqua aussi, à son retour, que l'amiral jurait après lui, pour avoir surmené les chevaux, indice de mauvaise humeur qui, de la part de son maître tel qu'il le connaissait, lui semblait absolument inouï. Magdalen, dans le service qui lui était dévolu, avait également eu à souffrir la mauvaise humeur de l'irritable vieillard : il s'était montré mécontent de ses faits et gestes dans la salle à manger, et successivement il avait critiqué tous les plats, depuis le consommé de mouton jusqu'au fromage grillé.

Les deux journées suivantes s'écoulèrent comme à l'ordinaire. Le troisième jour, il arriva quelque chose. A première vue, ce n'était rien de plus essentiel qu'un coup de sonnette parti du salon. On aurait dû y deviner, en réalité, le signe précurseur de la catastrophe prochaine, le héraut formidable du dénouement.

C'était à Magdalen que s'adressait la sonnette. Arrivée à la porte du salon, elle frappa comme elle en avait l'habitude. On ne répondit point. Frappant de nouveau sans recevoir de réponse, elle se permit d'entrer et reçut, à l'instant même, en plein visage, un courant d'air glacé. La lourde porte à coulisse qui s'ouvrait sur le mur d'en face avait été complètement tirée, et l'atmosphère arctique de Glace-la-Moelle pénétrait sans obstacle dans le salon désert.

Elle attendit auprès de la porte, ne sachant trop à quel parti s'arrêter; c'était bien certainement la sonnette du salon, et nulle autre, qui s'était fait entendre. Elle attendit, contemplant par la porte béante en face d'elle la grande galerie délabrée à l'aspect désolé.

Quelques instants de réflexion la convainquirent que le mieux était de redescendre et d'attendre en bas un second appel. En se détournant pour quitter le salon, elle jeta pourtant négligemment un dernier regard en arrière et, à ce moment précis, vit s'ouvrir la porte située à l'autre extrémité de la salle des Banquets, la porte qui donnait sur la première des pièces de l'aile orientale. Un homme de haute taille en sortit, enveloppé d'un paletot et le chapeau sur la tête, se dirigeant du côté du salon. Sa démarche le fit reconnaître avant qu'il fût assez près pour qu'on pût discerner son visage. Il n'avait pas encore traversé la moitié de la salle que Magdalen avait déjà reconnu l'amiral.

Il parut non seulement irrité, mais de plus très surpris, en trouvant sa bonne qui l'attendait dans le salon. Il lui demanda ce qu'elle venait y faire avec une brusquerie où se trahissait une certaine méfiance. Magdalen répondit qu'elle avait été appelée par la sonnette. La physionomie de l'amiral s'éclaircit un peu lorsqu'il eut reçu cette explication.

– C'est vrai, c'est vrai, dit-il. J'ai sonné, puis j'ai complètement oublié. (Là-dessus, il remit en place la porte à coulisse.) Du charbon, reprit-il avec impatience, montrant un seau vide. J'ai sonné pour avoir du charbon.

Magdalen retourna dans les régions inférieures, transmit l'ordre de l'amiral à la domestique spécialement chargée des feux et, rentrée ensuite à l'office dont elle ferma doucement la porte, s'assit pour réfléchir tout à son aise, dans une solitude complète.

Sa première impression, dans le salon – et cette impression durait encore – avait été qu'elle avait accidentellement surpris l'amiral Bartram au retour d'une visite qu'il avait faite dans les pièces de l'est, visite que, pour quelque raison essentielle, il avait à cœur de tenir secrète. Hantée jour et nuit par l'idée unique qui l'absorbait tout entière, elle franchit d'un seul bond tous les obstacles que la logique lui opposait, et associa immédiatement les soupçons que lui inspirait cette démarche secrète de l'amiral aux soupçons du même ordre qui le lui désignaient comme dépositaire de la contre-lettre. Jusqu'alors, elle avait regardé comme à peu près certain qu'il conservait tous ses papiers de quelque importance dans l'une ou l'autre des chambres de l'appartement où il était provisoirement installé. « Pourquoi, se demanda-t-elle, pareille conclusion ne lui paraissant plus aussi certaine, pourquoi ne se pourrait-il pas qu'il les tînt enfermés finalement dans les pièces de l'aile orientale ? » Le souvenir des clefs encore cachées dans la chambre de Magdalen lui faisait paraître encore plus probable cette nouvelle manière d'envisager les choses. A une exception près, et de peu d'importance, ces clefs ne lui avaient servi de rien, essayées dans l'appartement du nord. Échoueraient-elles de même contre les cabinets et les armoires de l'est, qu'elle n'avait même pas songé à pratiquer encore ? S'il existait une chance, aussi mince fût-elle, d'en tirer meilleur parti qu'elle ne l'avait fait jusqu'alors, cette chance devait être tentée. S'il était possible, à un degré quelconque, d'admettre que la contre-lettre pouvait être sous clef dans quelqu'un des réceptacles de l'aile orientale, cette possibilité devait être mise à l'épreuve. Et quand ? L'expérience même qu'elle avait faite répondait à cette question. C'était à l'heure où les yeux de l'espionnage étaient fermés, où nul accident n'était à craindre, à l'heure où le château dormait ; en un mot, au milieu de la nuit.

Magdalen avait assez conscience des changements survenus en elle pour redouter l'effet du moindre retard sur ses nerfs. Elle résolut d'aborder ce nouveau risque, tête baissée, dès la nuit suivante.

Plus que jamais elle commit mainte et mainte erreur, l'heure du dîner venue ; plus que jamais aussi l'amiral cribla de vives critiques sa manière de servir à table. Mais il ne parvint pas à la blesser une seule fois ; c'est à peine si elle l'écoutait. Son intelligence n'était plus accessible qu'à une seule préoccupation, celle du nouvel essai qu'elle allait tenter. La soirée, qui lui avait paru si lente lors de sa première tentative, s'écoula cette fois avec une rapidité surprenante. L'heure du coucher la prit, pour ainsi dire, à l'improviste.

Elle attendit, cette fois, plus tard qu'elle n'avait fait la fois précédente. L'amiral était au logis ; un caprice pouvait le ramener en bas, après qu'il serait rentré dans sa chambre ; il se pourrait qu'il ait oublié quelque chose dans la bibliothèque et qu'il y retourne pour aller l'y prendre. Minuit avait sonné à l'horloge de la salle où les domestiques se tenaient, lorsque Magdalen se risqua hors de sa chambre, les clefs toujours dans sa poche, la chandelle toujours à la main.

Au moment où, pour descendre, elle posait le pied sur la première marche, une invincible hésitation, une inexplicable terreur devant un péril inconnu s'emparèrent d'elle tout à coup. Elle s'arrêta pour réfléchir. Aucun sacrifice ne l'avait fait reculer, aucune crainte ne l'avait arrêtée dans l'exécution du stratagème qui l'avait fait admettre à St. Crux, et maintenant que la longue série d'obstacles entrevus dès l'origine avait été patiemment surmontée, maintenant qu'à force de résolution un bon point de départ avait été conquis, elle hésitait à marcher en avant. « Pour me trouver ici, se disait-elle, rien ne m'a coûté. Quelle inconséquente folie m'arrête donc maintenant ? »

La honte la ranima ; ses nerfs se tendirent ; dans toutes ses veines le sang circula plus vite. Elle franchit les escaliers du troisième étage au second, du second au premier, sans oser faire une halte nouvelle tant qu'elle se sentirait à portée de sa chambre. La minute d'après, elle avait gagné l'extrémité du corridor, traversait le vestibule, et pénétrait dans le salon. Ce fut seulement lorsqu'elle eut la main sur la massive poignée de bronze servant à manœuvrer la porte à coulisse, ce fut seulement avant de faire glisser cette porte dans ses rainures qu'elle s'arrêta pour reprendre haleine. La salle des Banquets était derrière cette cloison de bois contre laquelle Magdalen s'appuyait maintenant, et son imagination, surexcitée au plus haut point, lui faisait déjà sentir le souffle sépulcral qui allait bientôt passer sur elle.

La porte à coulisse, tirée par elle, s'écarta de quelques pouces, mais alors Magdalen s'arrêta tout effrayée. Lorsque l'amiral l'avait fermée devant elle, ce jour-là même, la porte n'avait fait aucun bruit. Lorsque le vieux Mazey l'avait ouverte pour lui montrer l'appartement de l'aile orientale, la porte n'avait fait aucun bruit. Maintenant, au milieu du silence nocturne, elle remarquait pour la première fois que les panneaux rendaient en glissant un son lugubre assez semblable aux sourds gémissements du vent qui s'engouffre dans quelque étroite issue.

Elle reprit courage et continua de pousser la porte, qu'elle fit disparaître à moitié dans l'épaisseur du mur creusé pour la recevoir. Puis elle avança hardiment par l'issue qu'elle venait de se ménager, et se trouva face à face avec la salle des Banquets dans toute son horreur nocturne.

La lune contournait en ce moment le côté méridional du château. Ses pâles rayons, traversant les croisées les plus proches, s'étalaient obliquement sur les dalles de marbre en longues bandes lumineuses. L'ombre noire des parois qui séparaient les croisées l'une de l'autre, alternant avec ces raies de lumière, doublait le pâle éclat dont la lune inondait ce pavé de marbre. A son extrémité inférieure, la grande salle encore ténébreuse semblait se fondre dans une vague et mystérieuse obscurité ; le plafond disparaissait ; la cheminée béante et le manteau qui la surplombait, et la longue rangée des tableaux de bataille, tout cela se perdait dans la nuit. Un seul objet se voyait encore par-delà les croisées ruisselantes de lumière, et les dalles que zébrait la lune : tel un monstre se dressant parmi les derniers reflets de lumière, et dont la tête se noyait, invisible, dans l'ombre planant à une certaine hauteur sur toute la galerie, trônait le trépied sur ses maigres jambes noires. Proche ou lointain, tout bruit semblait mort au sein de cette atmosphère froide et stagnante. Le silence de la nuit, si doux ailleurs et si pénétrant, avait ici quelque chose d'auguste. Dans les profonds abîmes de l'obscurité se cachaient des abîmes de silence plus insondables encore.

Magdalen était immobile sur le seuil, les yeux tendus, les oreilles tendues. Elle épiait le moindre mouvement, le moindre bruit ; mais elle épia vainement. Un frémissement rapide la parcourait sans cesse de la tête aux pieds. Était-ce le frisson de la peur ou celui du froid ? Ce simple doute ranima sa volonté hardie. « Maintenant ou jamais ! pensa-t-elle, avançant d'un pas au-delà de la porte… Je vais compter trois fois ces bandes que fait le clair de lune, et ensuite je traverserai la salle. Une, deux, trois, quatre, cinq ! Une, deux, trois, quatre, cinq ! Une, deux, trois, quatre, cinq ! »

Au moment où pour la troisième fois le dernier nombre franchissait ses lèvres, elle traversa la salle comme elle se l'était promis. Ne regardant rien, n'écoutant rien, d'une main tenant sa chandelle tandis que de l'autre elle relevait machinalement les plis de sa robe, elle franchit, comme un spectre, toute la longueur de cette spectrale galerie. Elle atteignit la porte de la première des pièces de l'est, l'ouvrit, et s'y précipita. Le brusque soulagement qu'elle éprouva, une fois parvenue dans ce refuge, la brusque transition d'une atmosphère à l'autre furent au-dessus de ses forces. Elle n'eut que le temps de poser sa chandelle sur une table avant de se laisser tomber elle-même, étourdie et hors d'haleine, dans le fauteuil le plus proche.

Elle sentit peu à peu que le repos la calmait. Elle eut, au bout de quelques minutes, le sentiment de la victoire qu'il lui avait fallu remporter pour se frayer un chemin jusqu'à ces pièces de l'est. Quelques minutes de plus lui rendirent assez de force pour qu'elle pût quitter son siège, retirer les clefs de sa poche et regarder autour d'elle.

Les premiers meubles qui attirèrent son attention furent un vieux bureau sculpté, en chêne, et une lourde table Boulle à laquelle était fixé un cabinet. Elle s'attaqua d'abord au bureau, celui des deux meubles qui semblait le mieux fait pour renfermer des papiers. Des clefs qu'elle avait, il s'en trouva trois qui entraient dans la serrure, mais aucune ne put l'ouvrir. Le bureau était donc inaccessible. Elle l'abandonna et, avant d'entreprendre le cabinet Boulle, elle suspendit un moment sa besogne pour remettre en état la mèche de la bougie qui charbonnait. Au moment où elle y portait la main, elle entendit, dans la silencieuse immobilité de la salle des Banquets, se produire un son qui l'effraya, son vague et passager comme la plainte lointaine du vent.

La porte à coulisse du salon avait bougé.

Et comment avait-elle bougé ? Quelque main inconnue l'avait-elle poussée dans la muraille plus avant qu'elle-même ne l'avait fait, ou bien venait-elle d'être tirée et refermée ? La crainte de se trouver isolée toute la nuit, par quelque mystérieuse intervention, de tout ce qui vivait dans le château, fut plus forte en elle que la crainte de regarder à travers la salle des Banquets. Elle courut aveuglément à la porte de la pièce.

Cette porte, à son entrée, était silencieusement retombée derrière Magdalen, mais sans se refermer tout à fait. Elle n'eut donc qu'à la pousser… Elle regarda.

Ce qu'elle vit la cloua au parquet, frappée d'une terreur panique.

Auprès de la première des croisées à partir du salon et, dans la clarté que cette croisée projetait, Magdalen vit une forme vivante, immobile, se dresser sur le plus lointain de ces espaces lumineux que les rayons de la lune inscrivaient sur la dalle. A peine l'avait-elle aperçue que cette apparition s'évanouit. Un instant plus tard, la même forme se montra devant la seconde croisée, et sur l'avant-dernière bande lumineuse, s'effaça derechef, émergea sur la troisième, s'éclipsa comme auparavant, puis reparut, plus distincte encore, sur la quatrième à partir de la porte du salon, la seconde à compter du point où se trouvait Magdalen. Elle avança ainsi, tantôt mystérieusement perdue dans l'ombre, tantôt soudainement exposée à la lumière, jusqu'à ce qu'elle fût parvenue à la cinquième bande, la plus rapprochée de Magdalen. Là elle fit halte et, obliquant avec lenteur, se dirigea vers le centre de la salle. L'apparition s'arrêta devant le trépied et y demeura, frissonnant de manière à troubler le silence profond de ces lieux perdus, les mains étendues sur les froides cendres, dans l'attitude de quelqu'un qui eût voulu rallumer l'antique brasero. Puis elle se détourna, suivant le chemin lumineux qui la conduisait vers la cinquième fenêtre, fit halte encore une fois, encore une fois se détourna, et vint à pas muets, dans les ténèbres, droit à la porte sur le seuil de laquelle Magdalen était debout.

Celle-ci n'avait plus de voix; sa volonté semblait l'avoir abandonnée. Tous ses sens, hormis celui de la vue, étaient paralysés. Ses regards eux-mêmes, enchaînés par la terreur, ne faisaient que se porter, immobiles, droit devant elle, comme ils l'avaient fait dès le début. Magdalen était là, sur le seuil de la porte, barrant le passage à cette forme humaine qui à travers l'ombre avançait sur elle pas à pas, se rapprochant toujours.

Elle fut bientôt toute proche.

L'horreur qui l'étreignait se brisa comme un lien fragile lorsque, entre elle et la silhouette mystérieuse, il ne resta plus que la longueur d'un bras. Magdalen recula soudain. La clarté de la chandelle placée sur la table arrivait en plein sur le visage de l'apparition et révéla... l'amiral Bartram !

Une longue robe de chambre grise enveloppait sa haute taille. Il n'avait rien sur la tête; ses pieds étaient nus. Il portait dans la main gauche son petit paquet de clefs. Devant Magdalen il passa lentement, remuant les lèvres sans le moindre répit, et ses yeux grands ouverts regardant devant lui avec cet effarement vitreux que l'on voit parfois à ceux d'un mort. Ce furent ses yeux qui révélèrent à Magdalen l'effrayante vérité. Il marchait dans son sommeil.

La crainte qu'elle ressentit en le voyant ainsi ne ressemblait en rien à celle que son aspect lui avait fait éprouver lorsqu'il lui était apparu d'abord, au clair de lune, véritable fantôme dans cette galerie fantastique. Elle put, cette fois, résister au choc, elle put mesurer son effroi.

Il passa devant elle et s'arrêta au milieu de la chambre. Magdalen se rapprocha de lui, assez pour que sa voix chuchotante arrivât jusqu'à elle. Se hasardant plus près encore, elle entendit le nom de son défunt mari tomber très distinctement des lèvres du somnambule.

« Noël ! disait-il avec ces accents sourds et monotones d'un homme qui parle en rêvant. Noël, mon bon camarade, reprenez-la ! C'est pour moi un tourment de chaque jour et de chaque nuit… Je ne sais comment la garder en sûreté… Je ne sais où lui trouver une cachette sûre… Reprenez-la, Noël, au nom de Dieu, reprenez-la ! »

Tandis que ces paroles lui échappaient, l'amiral se dirigea vers le cabinet Boulle. Il s'assit dans le fauteuil placé devant ce meuble et fouilla parmi les clefs que renfermait sa corbeille. Magdalen l'avait suivi sans bruit, et se tenait au guet derrière son siège, la chandelle en main. Il finit par trouver la clef ; puis, le cabinet ouvert, sans un instant d'hésitation, il ramena un tiroir, le second d'une rangée. Ce tiroir ne renfermait qu'une lettre pliée. Il s'en saisit et, la posant devant lui sur la table, il répéta machinalement : « Reprenez-la, Noël ! Reprenez-la ! »

Magdalen regarda par-dessus l'épaule de l'amiral, et lut ces lignes, tracées de la main de son mari en tête de l'enveloppe :

A garder en votre possession, et à ouvrir en personne, seulement le jour de mon décès. – Noël Vanstone.

Elle vit clairement ces mots qui précédaient le nom et l'adresse de l'amiral.

Ainsi donc, la contre-lettre était à portée de sa main ! La contre-lettre, si bien cachée, était enfin découverte !

Elle fit un pas en avant pour tourner autour du fauteuil et enlever lestement la lettre posée sur la table. Mais, au moment même où elle changeait de place, l'amiral se saisit lui-même de la lettre, ferma le cabinet et, se levant pour s'en aller, se trouva face à face avec Magdalen.

Sous l'effet d'une impulsion subite, elle étendit la main vers celle qui tenait la lettre. Les jaunes clartés de la chandelle tombaient en plein sur le vieillard. Ce visage majestueux où la mort semblait se marier à la vie, le mystère de ce corps endormi qui obéissait, sans en avoir conscience, aux inspirations d'une intelligence obsédée par de vains rêves, domptèrent l'intrépide Magdalen. Sa main tremblante retomba le long de son corps.

L'amiral jeta dans la corbeille la clef du cabinet, et traversant la chambre, marcha vers le bureau, sa corbeille dans une main et la lettre dans l'autre. Magdalen replaça la chandelle sur la table, et de plus belle observa ce qu'allait faire l'amiral. De même qu'il avait ouvert le cabinet, de même il ouvrit le bureau. Encore une fois Magdalen étendit la main ; une fois encore elle recula, cédant à la terreur que lui inspirait ce mystérieux sommeil. L'amiral déposa la lettre dans un tiroir, tout au fond du bureau, et referma le pesant tablier de chêne. « Oui, disait-il, vous avez raison, Noël ! c'est plus sûr… beaucoup plus sûr. » Ainsi parlait-il. Ainsi, de temps en temps, les paroles révélatrices qu'il laissait échapper évoquaient le mort, que le rêve ressuscitait et faisait parler.

Le bureau était-il bien fermé ? Magdalen n'avait pas entendu jouer le verrou. Tandis que l'amiral s'écartait pour retourner encore une fois au centre de la pièce, elle porta la main au tablier et s'assura que le bureau était clos. Cette découverte faite, elle regarda du côté de l'amiral pour voir ce qu'il devenait. Il sortait de la pièce, ayant à la main son panier de clefs. Lorsque l'œil de Magdalen tomba sur lui, le vieillard franchissait le seuil de la porte.

Une insondable fascination s'était emparée d'elle ; une attraction mystérieuse l'entraînait sur ses pas en dépit d'elle-même. Armée de sa chandelle, elle suivit machinalement l'amiral comme si elle avait été somnambule, elle aussi. Ces deux personnages, l'un derrière l'autre, longèrent lentement et sans bruit la salle des Banquets. L'un derrière l'autre, ils traversèrent le salon, suivirent le corridor et remontèrent l'escalier. Magdalen accompagna l'amiral jusqu'à sa porte, qu'il referma derrière lui très doucement après être entré. Elle avait fait halte et portait ses regards vers le lit volant. Il était, du côté des pieds, quelque peu écarté de la porte qu'en général il barrait. Par qui avait-il ainsi été repoussé ? Prise d'une curiosité soudaine et d'un soupçon soudain, Magdalen rapprocha la chandelle et regarda l'oreiller…

Le lit était vide.

Cette découverte l'étonna un moment, mais pas davantage. Si simples que fussent les conclusions à tirer d'un pareil fait, elle n'était pas en état d'y songer. Son intelligence, qui peu à peu rentrait dans l'exercice de ses facultés, se trouvait encore sous l'influence d'impressions antérieures et plus profondes. Son intelligence suivait l'amiral dans la chambre où il venait d'entrer, de même que son corps l'avait suivi à travers la salle des Banquets.

S'était-il remis au lit ? Dormait-il encore ? Elle écoutait, l'oreille collée contre la serrure… Pas le moindre bruit dans cette chambre. Elle appuya sur la porte et, ne trouvant pas de résistance intérieure, l'entrouvrit de quelques pouces afin d'écouter encore. A l'instant même, le rythme régulier d'une respiration égale et calme parvint distinctement jusqu'à son oreille. L'amiral était encore endormi.

Elle pénétra dans la chambre et, masquant la chandelle de sa main, s'approcha du lit pour regarder le dormeur. Le rêve avait pris fin ; le sommeil du vieillard était profond et paisible. Ses lèvres se taisaient ; sa main reposait sur le couvre-pieds, dans une immobilité absolue. Son visage était tourné vers la droite du lit. Il y avait là une petite table à portée de sa main. Quatre différents objets y étaient disposés : son bougeoir, sa boîte d'allumettes, un verre de limonade qu'on y plaçait tous les soirs, et enfin son paquet de clefs.

L'idée de s'emparer de ces clefs cette nuit-là même (si une occasion venait à s'offrir où la corbeille ne se trouvât plus dans la main de l'amiral) avait traversé l'esprit de Magdalen au moment où elle l'avait vu rentrer dans sa chambre. La surprise qu'elle avait éprouvée en s'apercevant que la couchette n'était pas occupée lui avait fait perdre de vue cette détermination, mais elle la retrouva dès que la table dont nous venons de parler eut attiré son regard. Il était parfaitement inutile de perdre son temps à séparer du reste des clefs celle dont elle avait besoin, laquelle ne lui était pas assez connue pour qu'elle pût se flatter de la distinguer aisément. Elle prit donc sur la table toutes les clefs, avec le panier même qui les contenait et, quittant la chambre, referma la porte derrière elle en prenant soin de faire le moins de bruit possible.

Le lit à roulettes, devant lequel il lui fallut passer, s'imposa de nouveau à son attention et à ses calculs. Après y avoir réfléchi un moment, elle poussa le pied de ce lit, de manière à le replacer dans la position qu'il occupait d'ordinaire en travers de la porte. Qu'il fût ou non dans le château, le vieux matelot pouvait d'un moment à l'autre revenir au poste qu'il avait déserté. S'il trouvait le lit écarté de sa place habituelle, il soupçonnerait aisément quelque méfait, éveillerait son maître, et révélerait ainsi l'absence des clefs. En descendant l'escalier, la crainte de rencontrer tout à coup le vieux Mazey se présenta à son esprit sous de si vives couleurs qu'elle serra contre elle le petit panier, le dérobant à demi sous les plis de sa robe.

Nul incident sur l'escalier, nul incident le long du corridor ; le château était aussi désert, aussi muet que jamais. Elle traversa, cette fois, la salle des Banquets sans la moindre hésitation, les événements de la nuit ayant cuirassé son âme contre toute terreur chimérique. « Je la tiens, à présent ! » murmura-t-elle avec un irrésistible élan d'exaltation au moment où, revenue dans la première des pièces orientales, elle posait sa chandelle sur la planche supérieure de l'antique bureau.

Même alors, sa patience avait encore une épreuve à subir. Quelques minutes s'écoulèrent – et les minutes lui semblaient des heures – avant qu'elle eût trouvé la clef qu'il fallait, et levé le tablier du bureau. Enfin elle plongea la main dans le tiroir intérieur ; enfin cette main saisit la lettre si longtemps convoitée.

Elle avait été cachetée, mais le sceau était rompu. Magdalen l'ouvrit sur place pour bien s'assurer, avant de quitter la chambre, qu'elle s'était réellement emparée de la contre-lettre. Ce fut à la fin de ce document que ses regards se portèrent tout d'abord. Il se terminait vers le haut de la troisième page, et portait la signature de Noël Vanstone. Au-dessous de ce nom venaient s'ajouter les lignes suivantes, tracées de la main de l'amiral :

J'ai reçu la lettre ci-contre en même temps que le testament de mon ami Noël Vanstone. Pour le cas où je viendrais à mourir sans laisser d'autres instructions s'y référant, je supplie mon neveu ainsi que mes exécuteurs testamentaires de ne pas perdre de vue que je regarde comme absolument obligatoires pour moi les recommandations qui me sont faites dans ce document.

Arthur Everard Bartram.

Magdalen ne prit pas le temps de lire ces lignes. Elle constata simplement qu'elles n'étaient pas de la main de Noël Vanstone ; les négligeant aussitôt parce qu'elle ne les jugeait guère essentielles pour l'objet qu'elle avait en vue, elle rabattit le feuillet afin de porter toute son attention sur les phrases par lesquelles débutait la première page.

Voici ce qu'elle lut :

Cher amiral Bartram,

Quand vous ouvrirez mon testament (où vous êtes désigné comme l'unique exécuteur de mes volontés dernières), vous verrez que, sauf un legs de cinq mille livres, je vous ai laissé la totalité de mes biens. La présente lettre a pour but de vous faire connaître l'objet de cette disposition, qui place en vos mains toute ma fortune.

Veuillez considérer cette libéralité comme devant être…

Magdalen était arrivée jusque-là, respirant à peine dans sa curiosité passionnée, quand l'attention lui fit soudainement défaut. Quelque chose – elle était trop profondément absorbée pour savoir de quoi il s'agissait –, quelque chose venait de se placer entre elle et la lettre… Était-ce encore un bruit parti de la salle des Banquets ? Elle regarda par-dessus son épaule, du côté de la porte ouverte derrière elle, et tout en regardant, elle prêta l'oreille… rien qu'on pût entendre, rien qu'on pût voir. Elle revint à sa lettre.

L'écriture était fine et tremblée. Dans son impatience d'en lire davantage, elle ne put immédiatement retrouver l'endroit où elle en était restée. Ses yeux, attirés par une légère tache d'encre, tombèrent sur une phrase placée un peu plus bas que celle dont elle venait de lire le commencement. Les trois premiers mots qu'elle lut fixèrent à l'instant même son attention : c'étaient les premiers qu'elle eût rencontrés, dans cette lettre, ayant directement trait à George Bartram. La soudaine agitation que lui causa cette découverte lui fit parcourir avec avidité le reste de la phrase, avant de faire une seconde tentative pour retrouver l'endroit où elle en était restée précédemment :

Si votre neveu manquait à ces conditions, c'est-à-dire si, garçon ou déjà veuf à l'époque de mon décès, il ne se mariait pas, ainsi que je viens de le lui prescrire ici, dans les six mois qui suivront, mon désir est qu'il soit privé...

Elle en était là, et venait de lire ce dernier mot, sans une syllabe de plus, quand une main passant par-dessus son épaule et se plaçant entre ses yeux et la lettre lui saisit le poignet par une brusque et vigoureuse étreinte.

Elle se retourna et poussa un cri de terreur : en face d'elle se dressait le vieux Mazey.

Les yeux du vieux matelot étaient injectés de sang, sa main se mouvait avec lenteur, ses pantoufles de feutre étaient chaussées de travers et, sur ses jambes fort écartées, son corps se balançait avec un équilibre indécis. S'il s'était, ce soir-là, soumis à l'infaillible critère du petit navire sculpté, il eût inévitablement porté contre lui-même cette sentence, par malheur habituelle : « Encore ivre, Mazey, encore dans les vignes... »

– Ah ! jeune Jézabel ! dit le vieux matelot dont la physionomie souriait d'un côté et menaçait de l'autre. La prochaine fois que vous viendrez faire vos promenades nocturnes dans les environs de Glace-la-Moelle, commencez par mettre au guet ces yeux alertes que vous avez, et assurez-vous que personne autre ne se promène à la même heure dans le jardin ! Lâchez cela, Jézabel ! lâchez cela !

Serrant d'une main le bras de Magdalen, de l'autre il lui enleva la lettre qu'il replaça dans le tiroir encore ouvert ; après quoi, il ferma le bureau. Elle n'essaya pas de se débattre, elle ne prononça pas une parole. Son énergie avait disparu ; toute faculté de résistance semblait éteinte en elle. Les frayeurs de cette nuit horrible, se succédant coup sur coup par chocs réitérés, l'avaient enfin complètement abattue. Elle cédait avec autant de soumission, elle tremblait avec autant de découragement que la plus faible femme de ce bas monde.

Le vieux Mazey laissa retomber le bras de Magdalen et, avec cette solennité particulière aux ivrognes, lui désigna un fauteuil placé dans un coin de la chambre, à l'opposé de la porte. Elle s'assit, toujours sans articuler une parole. Le vieux matelot (dont la respiration paraissait fort gênée) s'étaya des deux coudes à la cime inclinée du bureau et, de ce poste dominant, apostropha Magdalen encore une fois.

– Vous allez venir en prison ! dit le vénérable Mazey, secouant la tête avec toute la sévérité d'un juge. On ouvrira demain matin une cour d'enquête, et je suis témoin… oui, pour mon malheur, je suis témoin… Mauvaise femme, vous êtes coupable d'un vol de nuit, et avec effraction ! Voilà ce dont vous êtes coupable… Les clefs de Son Honneur l'amiral ont été volées ; le bureau de Son Honneur l'amiral a été saccagé ; enfin, les lettres particulières de Son Honneur l'amiral ont été décachetées… Vol nocturne ! Effraction ! Venez au cachot !

Là-dessus il reprit lentement sa perpendiculaire avec le secours de ses mains, auxquelles venait en aide la solide résistance du bureau massif ; puis ses interpellations menaçantes se transformèrent en un soliloque larmoyant. « Qui l'eût pensé ! disait le vieux Mazey dont une émotion paternelle humectait les yeux… Ne regardez que les dehors, elle est droite comme un peuplier ; voyez le dedans, elle est tordue et crochue comme le Péché lui-même… Et une si belle fille, encore ! Quel dommage ! quel dommage ! »

– Ne me faites pas de mal, dit Magdalen d'une voix faible, quand le vieux Mazey, trébuchant vers le fauteuil, vint encore lui saisir le poignet. J'ai peur, monsieur Mazey, horriblement peur…

– Vous faire mal ? répéta le vétéran. Je vous porte bien trop dans mon cœur – et à mon âge c'est une véritable honte ! – pour vous faire le moindre mal. Si je vous lâche le bras, promettez-vous de marcher droit devant moi, sans chercher à vous dérober ? Serez-vous bonne fille et rentrerez-vous tout droit dans votre chambre ?

Magdalen prit l'engagement que l'on exigeait d'elle ; elle le prit avec un fervent désir de se retrouver seule, chez elle, en un refuge inviolable. Quittant son siège, elle allait prendre la chandelle placée sur le bureau, mais la main du rusé matelot devança les siennes.

– Laissez là cette chandelle, dit le vétéran qui, perdant de vue un moment sa grave responsabilité, lui décocha une œillade souriante. Vous êtes, ma chère, un peu plus leste que moi, et vous pourriez fort bien me planter là, si je ne portais pas la lumière moi-même.

Ils revinrent dans la partie habitée du château. Trébuchant sur les pas de Magdalen, le panier de clefs dans une main, la chandelle dans l'autre, son vieux guide, pendant tout le temps qu'ils mirent à traverser Glace-la-Moelle, persistait à comparer au peuplier sa taille droite, et à la difformité du Péché ses dispositions morales. Ceci dura jusqu'à la porte de Magdalen. Arrivés là, Mazey refusa péremptoirement de lui remettre la chandelle avant de l'avoir vue entrer dans la chambre ; et quand cette condition fut remplie, tandis qu'il lui passait la chandelle d'une main, de l'autre il retira la clef placée à l'intérieur de la serrure et ferma la porte. Magdalen l'entendit, au-dehors, riant tout bas de sa propre dextérité, pendant qu'il avait la plus grande peine à replacer la clef dans la serrure. Enfin, avec un grognement de satisfaction, il parvint à pousser le verrou. « La voilà sous clef, marmotta-t-il dans un monologue où le sentiment du triomphe était tempéré par des regrets sincères. Et dire que je n'ai jamais rencontré une plus belle fille ! Quel dommage ! mon Dieu, quel dommage ! »

Les derniers sons de sa voix se perdirent dans le lointain ; et Magdalen, enfermée dans sa chambre, y demeura seule.

S'accrochant du mieux qu'il pouvait à la rampe de l'escalier, le vieux Mazey descendit dans le corridor du second étage, où une veilleuse était toujours allumée. Il avança du côté de la couchette et, s'appuyant au mur d'en face, la contempla d'un air attentif. Cette contemplation prolongée ne parut pas produire sur lui un résultat très satisfaisant. Il secoua la tête d'un air préoccupé ; puis, tirant une paire de vieilles pantoufles toutes rapiécées de la poche de son paletot, il se mit à les examiner l'air véritablement inquiet. « Je n'ai pas ma tête à moi ce soir, murmura-t-il entre ses dents… J'ai l'esprit troublé, voilà ce que c'est… l'esprit troublé. »

Les vieilles pantoufles rapetassées et les angoisses qui assaillaient l'ex-matelot se trouvaient intimement associées les unes aux autres par un rapport de cause à effet. Ces pantoufles appartenaient à l'amiral, qui s'en était entiché capricieusement et persistait à vouloir s'en servir alors que depuis longtemps elles ne valaient plus rien. Le vieux Mazey, dans l'après-midi et d'assez bonne heure, les avait portées au cordonnier du village pour les lui faire raccommoder sur place et les avoir toutes prêtes quand l'amiral les lui demanderait le lendemain matin ; puis, honorant de sa surveillance spéciale ce travail essentiel, il était resté jusqu'au soir dans la boutique du cordonnier. Après quoi, cet artiste et lui n'avaient pas cru pouvoir se séparer sans vider quelques verres, à la santé l'un de l'autre, dans l'auberge du village. La cérémonie des adieux s'était prolongée fort avant dans la nuit, et les deux buveurs ne s'étaient quittés, cela va sans le dire, que dans un état d'ébriété aussi complet d'un côté que de l'autre.

Si cette partie de boisson n'avait eu pour résultat que le vagabondage nocturne qui avait conduit le vieux Mazey aux abords de St. Crux, lui faisant apercevoir la lumière brillant aux fenêtres de l'est, sa mémoire complaisante la lui eût présentée le lendemain matin comme un des plus louables exploits de toute sa vie. Mais une autre conséquence en avait jailli, qu'entrevoyait maintenant le vieux loup de mer à travers les brumes bachiques dont sa cervelle était encore obscurcie. Il avait manqué à la discipline et violé sa consigne. Parlons plus net, il avait déserté son poste.

L'unique précaution que l'amiral Bartram eût autorisée contre les dispositions qu'il se connaissait au somnambulisme était cette garde montée à sa porte par un vieux serviteur dévoué. Aucune prière n'avait pu le décider à autoriser que l'on prît des mesures plus strictes et plus certaines. Il ne voulait pas qu'on l'enfermât dans sa chambre, n'admettant même pas qu'il fût sujet, sous l'empire d'un rêve, à parcourir ainsi le château, tout endormi. Maintes fois le vieux Mazey avait été réveillé par les efforts que faisait son maître, toujours sommeillant, soit pour passer à côté de la couchette, soit pour la franchir ; et maintes fois, au matin, lorsqu'il rendait compte de quelque accident semblable, l'amiral avait refusé de le croire. Le vieux matelot, debout à présent, et les yeux fixés sur la porte de son maître, repassait dans sa tête, assez confusément, ses souvenirs du passé, lesquels lui posaient une question assez grave : celle de savoir si l'amiral, dans le cours des heures qui venaient de s'écouler, avait oui ou non quitté sa chambre. En supposant que la malchance l'eût voulu ainsi, et qu'un accès de somnambulisme se fût emparé de lui, les pantoufles que tenait le vieux Mazey l'amenaient irrésistiblement à conclure que son maître avait dû parcourir pieds nus, pendant cette nuit glaciale, les escaliers de pierre et les longs couloirs dallés de St. Crux : « Plaise au Seigneur qu'il se soit tenu tranquille ! marmottait le vieux Mazey, que cette simple perspective intimidait, si intrépide et si parfaitement gris qu'il pût être par ailleurs. Espérons que Son Honneur n'est pas sorti cette nuit... Il serait capable d'en mourir ! »

Là-dessus, il fit momentanément un grand effort, et parvint à dissiper la stupeur où la boisson l'avait plongé, sa fidélité animale envers l'amiral suppléant à toutes les forces qui lui manquaient. D'un regard plus ferme, et avec des réflexions plus sûres d'elles-mêmes, il examina soigneusement sa couchette. La précaution que Magdalen avait prise de la remettre en place lui donnait l'aspect d'un lit que personne n'avait dérangé. Mazey, ensuite, étudia la courtepointe. On n'y voyait pas le plus faible vestige de l'empreinte qu'auraient dû nécessairement y laisser les pieds d'une personne essayant de le franchir. Mazey avait donc devant lui la preuve bien claire, bien claire au moins pour ses yeux légèrement troubles, que l'amiral n'avait pas bougé de sa chambre. « Je m'enrôle demain parmi les buveurs d'eau ! » murmura-t-il dans un élan de reconnaissance soulagée. Mais, le moment d'après, les fumées de l'alcool avaient repris sur sa cervelle leur ascendant perfide, et le vétéran, fidèle à son remède habituel, arpentait en zigzag le corridor, faisant son quart sur le pont d'un chimérique navire.

Peu après le lever du soleil, Magdalen entendit tout à coup le grincement d'une clef qu'on introduisait dans sa serrure. La porte s'ouvrit, et le vieux Mazey reparut sur le seuil. La première fièvre de son ivresse était graduellement tombée et n'existait plus qu'à l'état de douce chaleur, tempérée par maints secrets remords. Il respirait plus péniblement que jamais et secouait sans relâche sa tête vénérable, se reprochant ses propres délits.

– Comment allez-vous maintenant, jeune requin en jupon ? demanda l'ex-matelot. Votre conscience était-elle assez tranquille pour que vous ayez pu fermer l'œil ?

– Je n'ai pas dormi, dit Magdalen qui s'écarta de lui, ne sachant ce qu'il venait faire. Je n'ai aucun souvenir de ce qui est arrivé une fois que vous avez fermé la porte. Je me suis probablement trouvée mal… Ne me faites plus peur, monsieur Mazey ! Je me sens plus faible et plus souffrante que je ne saurais dire… Quel dessein vous amène ?

– J'ai quelque chose de sérieux à vous communiquer, répondit le vieux Mazey avec une impénétrable solennité… Voici déjà une heure, peut-être plus, que j'ai envie de venir vous trouver pour vous dire ce que j'ai sur le cœur… Notez bien ceci, jeune femme ! Je vais me déshonorer.

Magdalen s'écartait de plus en plus et le regardait avec une frayeur croissante.

– Je connais mes devoirs envers Son Honneur l'amiral, continua le vieux loup de mer avec un geste mélancolique dirigé vers la porte de son maître… Mais j'ai beau me raisonner, je ne puis trouver en moi, petit monstre, la force de témoigner contre vous… J'ai aimé comment vous étiez faite (de taille, surtout) dès votre entrée au château, et je ne puis m'empêcher de vous estimer telle encore, bien que vous ayez commis un vol, et que vous soyez crochue, tordue comme le Péché. J'ai eu toute ma vie une grande indulgence pour les jeunes filles bien poussées, et il est maintenant trop tard pour me montrer sévère envers elles. J'ai soixante-dix-sept ou soixante-dix-huit ans, l'un ou l'autre, sans savoir au juste ce qu'il en est… Je suis un vieux ponton démâté, ouvert à toutes les coutures, les pompes engorgées… et les eaux de la mort montent dans ma cale aussi vite qu'elles peuvent. Vous ne trouveriez pas facilement, en ces parages, un plus misérable pécheur que moi, excepté seulement Thomas Nagle, le savetier. Et je dis qu'il est pire que moi, parce que je suis le plus jeune des deux et qu'il doit par conséquent en savoir plus long. Mais ce que je veux dire, c'est que je descendrai dans la tombe, indulgent malgré moi pour toute fillette bien poussée… Et j'en suis honteux, jeune Jézabel, j'en suis honteux !

Les yeux rebelles de l'ancien matelot recommencèrent à sourire malgré lui, pendant cette éloquente péroraison, tout ce qui restait d'austérité à sa physionomie se retranchant, du mieux qu'il pouvait, aux coins de sa bouche. Magdalen se rapprocha de lui et voulut parler. Par un autre geste de sa main, non moins mélancolique que le premier et beaucoup plus solennel encore, il lui fit signe de rester à l'écart :

– Pas de convoitise ! s'écriait le vieux Mazey. Je suis déjà bien assez coupable, sans y ajouter ceci. Mon devoir est de faire un rapport à Son Honneur l'amiral, et je le ferai très certainement. Mais, si vous voulez vous esquiver avant que le vol soit dénoncé, avant que l'enquête commence, je me déshonorerai en vous laissant partir. C'est aujourd'hui que se tient le marché d'Ossory, et d'ici à un quart d'heure, Dawkes va y conduire la carriole. Dawkes vous prendra, si je le lui demande… Je connais bien mon devoir ; mon devoir est de vous garder sous clef. Mon devoir est d'envoyer Dawkes à tous les diables plutôt que d'en faire l'instrument de votre fuite. Mais je ne puis trouver en moi de quoi m'endurcir contre une belle fille comme vous. J'ai cette faiblesse-là dans les os, cimentée à chaux et à sable… J'en suis honteux, encore une fois, j'en suis bien honteux !

Cette proposition, si étrange et si soudaine, prit Magdalen tout à fait au dépourvu. Elle avait été trop profondément ébranlée par les événements de la nuit précédente, pour pouvoir prendre, à première vue, une décision quelconque.

– Vous me témoignez beaucoup de bonté, monsieur Mazey, dit-elle aussitôt. Ne pourrais-je avoir une minute pour réfléchir à part moi sur ce que je dois faire ?

– A votre aise, répondit le vétéran, qui tourna sur ses talons immédiatement et quitta la chambre. Elles se ressemblent toutes, continua-t-il, la tête encore préoccupée du beau sexe… Telle offre que vous leur fassiez, il leur faut encore autre chose. Grandes ou petites, d'ici ou d'ailleurs, femmes ou maîtresses, elles se ressemblent toutes !

Restée seule, Magdalen se décida beaucoup plus facilement qu'elle ne s'y était attendue.

Si elle restait au château, il lui fallait adopter l'une ou l'autre de ces deux marches : accuser le vieux Mazey de parler sous l'influence de quelque illusion d'ivrogne, ou bien céder aux circonstances et plier la tête. Bien qu'elle tînt l'ex-matelot pour responsable de l'échec qui était venu l'atteindre en pleine victoire, la bienveillance qu'il lui témoignait en ce moment lui ôtait toute idée de se défendre à ses dépens, en supposant même, ce qui était hautement improbable, qu'une telle défense dût rencontrer le moindre crédit. Dans la seconde des deux hypothèses (c'est-à-dire si elle cédait aux circonstances), un seul résultat devait se produire : son renvoi immédiat, et en même temps, peut-être, la découverte de son identité. Maintenant, que gagnerait-elle à braver une telle honte, à quitter le château, publiquement déshonorée aux yeux des domestiques pour lesquels, dès le début, elle avait été un objet d'aversion et de méfiance ? L'accident qui lui avait arraché la contre-lettre à l'instant même ou elle venait de s'en emparer, cet accident n'avait pas de remède possible. La seule compensation à ce désastre, en d'autres termes, la découverte que la contre-lettre existait bien réellement et que le mariage de George Bartram, dans un délai donné, figurait au nombre des clauses de cet acte important, était une compensation dont la véritable valeur ne pouvait être appréciée qu'en la soumettant aux lumières de Mr. Loscombe. Magdalen ne trouva donc en elle que des motifs de quitter le château pendant qu'il lui était encore loisible d'agir ainsi. Elle jeta les yeux dans le corridor et rappela le vieux Mazey avec aussi peu de bruit que possible.

– J'accepte votre offre et vous en suis reconnaissante, monsieur Mazey, lui dit-elle. Vous ne savez pas combien vous m'avez porté préjudice en retirant cette lettre de mes mains. Mais vous ne faisiez, après tout, que votre devoir et, si inflexible que vous ayez été pour moi la nuit dernière, je ne puis que vous être reconnaissante des ménagements que vous gardez ce matin. Je ne suis pas, il s'en faut de beaucoup, aussi coupable que vous le croyez.

Le vieux Mazey, par un nouveau geste tout aussi mélancolique que les premiers, témoigna qu'il ne voulait plus aborder ce sujet.

– N'en parlons plus, dit le vieux matelot, n'en parlons plus ! Cela n'importe guère, mon enfant, pour un vieux misérable comme moi. Fussiez-vous cinquante fois pire que vous n'êtes, je ne vous en laisserais pas moins prendre la clef des champs… Votre chapeau, votre châle, et suivez-moi ! Je suis un déshonneur pour moi-même, et un avertissement pour les autres, voilà ce que je suis… Pas de bagages, prenez-y bien garde ! Laissez derrière vous tous vos bibelots qui doivent rester à la discrétion de Son Honneur l'amiral, s'il veut les passer en revue… Si je ne sais pas m'endurcir contre vous, jeune Jézabel, vous me trouverez impitoyable à l'endroit de vos malles.

Ce disant, le vieux Mazey sortit le premier de la chambre. « Moins je la verrai, mieux cela vaudra, et surtout à cause de sa taille », se dit-il tandis qu'il descendait l'escalier, étayant de la rampe sa marche inégale.

La carriole était encore dans l'arrière-cour lorsqu'ils arrivèrent en bas, et Dawkes (en d'autres termes, le domestique du préposé aux fermes) serrait la dernière boucle des harnais de l'attelage. La gelée du matin blanchissait encore à l'ombre et parsemait de points brillants l'épaisse fourrure de Brutus et de Cassius, tandis qu'ils parcouraient nonchalamment la cour, attendant, la gueule fumante, la queue lentement agitée, que l'équipage léger se mît en route. Le vieux Mazey sortit seul et entama la négociation avec Dawkes, qui finit, manifestant un étonnement stupide, par placer sur la banquette unique de la carriole un coussin de cuir destiné à sa compagne de voyage. Frissonnant sous l'air vif du matin, Magdalen attendait que ces préparatifs de départ fussent achevés, et cela sans avoir conscience de rien, sauf d'une sorte d'étourdissement dans la pensée et d'une irrémédiable défaillance qui semblait émousser en elle toutes sensations. Les incidents de la nuit se mariaient, dans un pêle-mêle effrayant, aux arrangements matériels qui s'effectuaient en ce moment sous ses yeux. Elle tressaillit avec un brusque retour de ses terreurs nocturnes quand le vieux Mazey reparut pour l'avertir qu'il était temps de monter dans la carriole. Elle trembla, aux prises avec cette même confusion qu'elle avait éprouvée quelques heures auparavant, lorsque le vétéran jeta sur elle, pour la dernière fois, un regard d'indulgence et déposa sur sa joue un baiser d'adieu. Aussitôt après, elle comprit qu'il l'aidait à monter dans la carriole, posant sur son épaule une main caressante. Elle l'entendit ensuite lui dire à l'oreille sur un ton confidentiel que, assise ou debout, elle était toujours droite comme un peuplier. Puis il y eut une pause que n'interrompit aucune parole, aucun mouvement ; après quoi le cocher saisit les rênes et monta sur son siège.

Au moment du départ, elle se trouva un peu ranimée et regarda derrière elle. Ce dernier regard jeté sur St. Crux lui montra le vieux Mazey qui secouait la tête dans la cour, et auquel les deux chiens, coutumiers des mêmes fredaines, semblaient donner la réplique avec leurs queues. Les dernières paroles qui arrivèrent jusqu'à elle furent un ultime tribut payé à ses charmes par l'incorrigible vétéran :

« Voleuse ou non, disait le vieux Mazey, je la déclare une fille bien tournée, si jamais on en vit une… Quel dommage ! mon Dieu, quel dommage ! »

INTERMÈDE

L'HISTOIRE SE POURSUIT A TRAVERS LA POSTE

DE GEORGE BARTRAM A L'AMIRAL BARTRAM

Londres, le 3 avril 1848.

Mon cher oncle,

Une ligne, et bien en hâte, pour vous prévenir d'un obstacle provisoire sur lequel nous ne comptions ni vous ni moi quand nous avons pris, à St. Crux, congé l'un de l'autre. Il paraît que, pendant que je perdais à la Grange les derniers jours de la semaine, les Tyrrel prenaient leurs arrangements pour quitter Londres. Je reviens justement de Portland Place. La maison est fermée, et la famille (y compris naturellement Miss Vanstone) a quitté hier l'Angleterre pour passer la saison à Paris.

Veuillez ne pas vous tourmenter de ce léger échec survenu dès le début. Il n'a aucune importance grave. Je me suis procuré l'adresse des Tyrrel, et je compte, par le courrier de ce soir, les suivre au-delà du détroit. Il ne me faudra pas plus de temps à Paris qu'à Londres pour trouver l'occasion après laquelle je cours. L'herbe ne poussera pas sous mes pieds, c'est moi qui vous en réponds. Cette fois je prendrai le taureau par les cornes (contrairement à mes habitudes), comme si j'étais l'homme le plus impétueux d'Angleterre; et vous pouvez compter que le résultat de ma démarche, dès que je le connaîtrai, vous sera communiqué sans retard.

Votre bien affectionné,

George Bartram.

DE GEORGE BARTRAM A MISS GARTH

Paris, le 13 avril.

Chère miss Garth,

Je viens d'écrire, et le cœur bien gros, à mon bon oncle. L'intérêt que vous voulez bien prendre à moi m'oblige, ce me semble, de vous tenir, vous aussi, au courant de ce qui se passe.

Vous comprendrez, j'en suis sûr, tout mon désappointement, quand je vous dirai, allant au plus bref et au plus net, que Miss Vanstone m'a refusé.

Ma vanité peut m'avoir étrangement égaré, mais j'avoue que je comptais sur une issue bien différente. Ma vanité m'égare peut-être encore, car je dois vous avouer, entre nous, que je crois Miss Vanstone contrariée de ce refus. Le motif qu'elle donne pour expliquer sa décision, motif suffisant à ses yeux, je n'en doute pas, ne m'a point paru, ne me paraît pas encore de nature à me satisfaire. Avec beaucoup de douceur et de bonté, malgré la fermeté de son ton, elle a déclaré que « ses malheurs de famille » ne lui laissaient d'autre choix honorable que de songer à mes intérêts mieux que je n'y avais songé moi-même, et de refuser ma proposition, si reconnaissante qu'elle en fût par ailleurs.

Elle était si péniblement agitée que je ne me suis pas cru permis de plaider ma cause comme je l'eusse fait en des circonstances plus favorables. A ma première tentative pour aborder ce que la question pouvait avoir de personnel, Miss Vanstone m'a supplié de l'épargner, et a subitement quitté la chambre. J'ignore donc jusqu'à ce moment si ces « malheurs de famille », qui élèvent une barrière entre nous, signifient le malheur dont ses parents seuls sont responsables, ou celui d'avoir une sœur comme Mrs. Noël Vanstone. De quelque façon qu'elle entende l'obstacle, ce n'en est pas un, à mon avis. Rien ne peut-il l'écarter ? Ne reste-t-il vraiment aucune espérance ? Pardonnez-moi de vous poser ces questions. Je ne puis contenir mon amertume et mon désappointement. Ni elle ni vous, ni, à vrai dire, personne d'autre que moi ne peut savoir à quel point je l'aime.

Toujours et bien sincèrement à vous.

George Bartram.

P.-S. – Je partirai pour l'Angleterre dans un jour ou deux, et traverserai Londres en me rendant à St. Crux. Certaines raisons de famille, qui se rattachent à de haïssables questions d'intérêt, me font envisager avec un sentiment voisin de la répugnance l'entrevue que nous allons avoir, mon oncle et moi. Si vous adressez votre réponse à Long's Hotel, vous êtes sûre qu'elle me parviendra.

DE MISS GARTH A GEORGE BARTRAM

Westmoreland House, le 16 avril.

Cher monsieur Bartram,

Vous avez eu raison de prévoir que votre lettre me causerait un vrai chagrin. Eussiez-vous supposé, en outre, qu'elle me mettrait fort en colère, vous ne vous seriez pas trompé de beaucoup. Je ne me fais pas à l'orgueil et à la perversité des jeunes femmes de notre époque.

J'ai eu des nouvelles de Norah. Une longue lettre, et qui entre dans les plus minutieux détails. Maintenant, je vais vous témoigner dans toute son étendue la confiance que m'inspirent votre honneur et votre discrétion. Dans votre intérêt, dans celui de Norah, je vais vous révéler en quoi consiste le scrupule d'où est sorti ce refus, inspiré par un orgueil insensé. Je suis en âge de parler franchement, et je puis vous dire que, si elle avait eu la sagesse de se laisser aller à ses entraînements naturels, elle eut accepté vos offres, et cela de tout son cœur.

La cause de ce regrettable malentendu n'est ni plus ni moins que votre digne oncle, l'amiral Bartram.

Il paraît que l'amiral s'est mis dans sa tête (pendant votre absence, je dois le croire) de se rendre tout seul à Londres, et de satisfaire sa curiosité à propos de Norah, en se rendant à Portland Place, sous prétexte d'y renouveler ses anciennes relations avec les Tyrrel. Il y a paru à l'heure du déjeuner, de manière à se trouver avec Norah ; et d'après tout ce que j'ai pu recueillir, il s'est montré plus satisfait d'elle qu'il ne s'y attendait, qu'il ne le souhaitait peut-être en venant ainsi l'examiner.

Jusqu'ici, je me borne à des conjectures; mais il est malheureusement certain que, le repas terminé, il a eu avec Mrs. Tyrrel un long entretien en tête à tête. Votre nom n'y a pas été prononcé, mais lorsque ils en sont venus à Norah, tous deux ne pensaient qu'à vous, cela va sans le dire. L'amiral (qui par ailleurs ne manquait pas de lui rendre justice) s'est déclaré profondément ému de pitié en songeant aux malheurs qui pesaient sur l'existence de cette chère enfant. La conduite scandaleuse de sa sœur Magdalen l'empêcherait toujours (craignait-il) de s'établir avantageusement. Qui donc l'épouserait jamais sans lui imposer la condition qu'elle et sa sœur resteraient désormais étrangères l'une à l'autre? Et, même alors, resterait une objection, sérieuse pour la famille du mari, dans l'inconvénient de se trouver alliée avec une femme comme Mrs. Noël Vanstone. Tout cela sans doute était fort triste, car en somme la pauvre jeune fille n'y était pour rien, mais il n'en était pas moins vrai que sa sœur jouait dans sa vie le rôle d'un écueil inévitable. Ainsi a poursuivi l'amiral, sans aucune malveillance à l'égard de Norah, mais avec une foi obstinée dans son idée préconçue, laquelle n'était pas exempte d'une certaine hostilité, hostilité dont des gens doués d'une susceptibilité supérieure à leur jugement pouvait concevoir une facile rancune.

Mrs. Tyrrel, par malheur, est de ces personnes-là. Elle a le cœur excellent et bon, l'humeur très vive et fort peu de tact; elle est de plus très attachée à Norah et prend fort à cœur l'avenir de cette enfant. D'après ce qu'on m'a dit, elle a répliqué aux propos de l'amiral, séance tenante, comme à l'expression d'un sentiment mondain, inspiré par un suprême égoïsme; puis, quand il n'a plus été là, elle a voulu trouver dans les propos qu'il lui avait tenus une invitation détournée à faire obstacle aux visites de son neveu, ce qu'elle considérait comme une véritable insulte qu'on était venu lui faire à domicile. Il y avait déjà dans une pareille manière de voir assez peu de bon sens; mais elle tenait en réserve une bien autre absurdité.

Dès que votre oncle a été parti, Mrs. Tyrrel, fort étourdiment et fort mal à propos, a envoyé chercher Norah; puis, après lui avoir répété la conversation qui avait eu lieu, elle l'a mise en garde contre l'accueil de l'homme qui joue vis-à-vis de vous le rôle de père, dans le cas où elle accepterait vos propositions de mariage. Si je vous dis que d'une part l'affection de Norah pour sa sœur est demeurée inébranlable dans sa fidélité obstinée, et que de plus elle garde à côté de sa noble résignation une fière susceptibilité innée, profondément enracinée chez elle, pour les dédains de toute espèce, vous comprendrez les véritables motifs de ce refus qui vous a si naturellement et si légitimement désappointé. Le blâme, en tout ceci, se répartit à peu près également sur trois personnes. Votre oncle a eu tort de donner à ses objections un caractère aussi brusque, aussi peu réfléchi. Mrs. Tyrrel a eu tort de laisser prendre le dessus à sa vivacité d'humeur et de se croire insultée alors que personne n'avait l'intention de lui manquer. Norah, pour finir, a eu tort de mettre un scrupule d'orgueil et cette confiance fraternelle qu'elle ne saurait faire partager à aucune personne étrangère, au-dessus des droits bien préférables d'une affection qui offrait à son avenir toute espèce de garanties.

Mais, à présent, le mal est fait. Reste la question de savoir si l'on peut y porter remède.

J'espère et je crois que cela est possible. Voici à cet égard mon avis : n'acceptez pas ce premier refus. Donnez-lui le temps de réfléchir sur ce qu'elle a fait et d'en venir à le regretter secrètement (regret infaillible, selon moi); fiez-vous à mon influence sur elle et aux soins que je prendrai à plaider votre cause en toute circonstance; guettez avec patience le moment favorable; et enfin renouvelez votre demande. Les hommes, habitués, pour la plupart, à n'agir eux-mêmes qu'après réflexion, sont beaucoup trop enclins à croire que les femmes agissent de même. Il n'en est rien, je vous assure. Les femmes obéissent à une première impulsion et, neuf fois sur dix, elles s'en repentent ensuite le plus sincèrement du monde.

D'ici à votre nouvelle demande, si vous jugez à propos de la faire, préparez-en le succès en persuadant votre oncle de changer d'avis, ou tout au moins, par une concession bienveillante, de garder ses objections pour lui-même. Mrs. Tyrrel s'est hâtée de conclure qu'il a fait de propos délibéré tout le mal produit par sa démarche; ce qui revient à dire, en d'autres termes, qu'il avait la conviction prophétique, en venant chez Mrs. Tyrrel, de ce que ferait Mrs. Tyrrel aussitôt qu'il l'aurait quittée. J'explique les choses beaucoup plus simplement. Je crois qu'une fois informé de votre attachement il a tout naturellement éprouvé la curiosité de connaître la personne qui vous l'a inspiré; je crois ensuite que les louanges peu judicieuses de Mrs. Tyrrel à l'endroit de Norah, irritant peu à peu l'amiral, l'ont poussé à formuler ouvertement ses objections. Quoi qu'il en soit, la marche que vous devez suivre est aussi simple dans un cas que dans l'autre. Employez l'influence que vous avez sur votre oncle pour le convaincre de réparer sa fausse manœuvre; fiez-vous à ma ferme volonté de voir Norah devenue votre femme avant que six mois de plus aient passé sur nos têtes, et croyez enfin aux vœux de votre amie,

Harriet Garth.

DE MRS. DRAKE A GEORGE BARTRAM

St. Crux, le 17 avril.

Monsieur,

J'adresse ces lignes à l'hôtel où vous descendez d'ordinaire, quand vous traversez Londres, dans l'espoir que vous reviendrez de l'étranger assez à temps pour recevoir ma lettre sans trop de délai.

J'ai le regret de vous dire que, depuis votre départ de St. Crux, quelques événements fâcheux s'y sont produits, et que mon digne maître, l'amiral, est loin de se bien porter comme à l'ordinaire. C'est là le double motif qui me fait vous écrire de ma propre initiative, car votre présence au château me semble nécessaire.

Dans les premiers jours du mois, il s'est passé un événement très regrettable. Notre nouvelle bonne a été surprise par Mr. Mazey, à une heure avancée de la nuit (elle s'était emparée des clefs de son maître), explorant en secret les documents de famille conservés dans la bibliothèque de l'est. Cette jeune fille a quitté le château le lendemain matin, avant que personne fût levé; depuis lors, on n'a plus entendu parler d'elle. Cet événement a causé à mon maître beaucoup de tourments et d'inquiétude; de plus (ce qui a singulièrement empiré les choses), le jour même où a été découverte cette trahison domestique, l'amiral a ressenti les premiers symptômes d'une grave inflammation de poitrine. Il ignorait lui-même, et personne n'a pu le savoir, comment il avait pris le froid qui paraît en être cause. Le docteur a été appelé, et jusqu'au jour d'avant-hier il a pu combattre l'inflamma-

tion. Mais elle a reparu avec une intensité nouvelle, dans des circonstances qui vous affligeront sans doute, car j'éprouve moi-même une véritable peine à vous les faire connaître.

A la date que je viens de mentionner, c'est-à-dire le 15 de ce mois, mon maître en personne m'a informée qu'une lettre de vous, arrivée le matin de l'étranger, et qui lui apportait de mauvaises nouvelles, le désappointait au plus haut degré. Il ne m'a pas dit en quoi consistaient ces nouvelles, mais depuis tant d'années que j'ai passées au service de l'amiral, je ne l'ai jamais vu si complètement bouleversé, si différent de lui-même qu'il l'était ce jour-là. Le soir, son malaise a paru augmenter; il était dans un tel état d'irritation qu'il ne pouvait pas même supporter la bruyante respiration de Mr. Mazey, couché comme d'habitude à l'extérieur de sa porte. Il a exigé de la manière la plus positive que ce vieux serviteur allât passer la nuit dans une des chambres à coucher. Mr. Mazey, à son grand regret, a naturellement été obligé de se soumettre.

Le seul moyen que nous avions pour empêcher l'amiral de quitter sa chambre pendant son sommeil, si l'un de ses fâcheux accès venait à le reprendre, nous étant ainsi enlevé, nous sommes convenus, Mr. Mazey et moi, de veiller à tour de rôle pendant toute la nuit, assis près de la porte entrouverte, dans une des chambres inoccupées qui avoisinent celle de notre maître. Nous ne pouvions rien imaginer de mieux, sachant que l'amiral ne nous permettrait pas de l'enfermer, et n'ayant pas d'ailleurs à notre disposition la clef de sa chambre, si tant est que nous eussions voulu prendre le parti hasardeux de le tenir enfermé sans sa permission. J'ai monté la garde pendant les deux premières heures, puis Mr. Mazey est venu me relever. J'étais de retour dans ma chambre, déjà depuis quelque temps, lorsque je me suis avisée que ce brave homme était un peu sourd et que, si ses yeux venaient à s'appesantir le moins du monde, il ne fallait pas compter sur ses oreilles pour l'avertir de ce qui pourrait arriver. J'ai donc passé un vêtement et suis retournée auprès de Mr. Mazey. Il n'était ni tout à fait éveillé ni tout à fait endormi, mais entre les deux. Mes craintes m'ont reprise et j'ai poussé jusqu'à la chambre de l'amiral… La porte était ouverte et le lit était vide.

Nous sommes descendus sur-le-champ, Mr. Mazey et moi. Nous avons exploré toutes les chambres du nord, l'une après l'autre, sans trouver trace de l'amiral. J'ai pensé ensuite au salon et, me trouvant la plus alerte des deux, je suis passée devant pour m'y rendre. Au moment où je tournais l'angle du corridor, j'ai vu mon maître venir à moi par la porte ouverte du salon dans un état de somnambulisme complet, et portant ses clefs à la main. La porte à coulisse était également ouverte derrière lui et la crainte m'est alors venue – cette crainte, je l'ai encore – que son rêve ne l'eût conduit, à travers la salle des Banquets, jusque dans les chambres de l'est. Nous nous sommes abstenus de l'éveiller et l'avons suivi pas à pas, jusqu'au moment où de lui-même il est revenu dans sa chambre à coucher. Le jour suivant, et dès le matin, je le dis à regret, tous les mauvais symptômes ont reparu, et aucun des remèdes employés n'a réussi jusqu'à présent à les dissiper. Conformément aux avis du docteur, nous nous sommes abstenus de dire à l'amiral ce qui était arrivé. Il croit encore avoir passé la nuit dans sa chambre, comme de coutume.

J'ai pris soin d'entrer dans tous les détails de ce malheureux accident, parce que nous ne désirons, ni Mr. Mazey ni moi, nous soustraire au blâme que nous aurions pu encourir. Nous avons tous deux agi dans les meilleures intentions, et nous vous supplions tous deux, prenant en considération la grave responsabilité qui pèse sur nous, de venir à St. Crux le plus tôt possible. Notre digne maître est très difficile à diriger, et le docteur pense, comme nous le pensons nous-mêmes, que votre présence au château est absolument indispensable.

Je reste, monsieur, avec les respects de Mr. Mazey et les miens, votre très humble servante,

Sophia Drake.

DE GEORGE BARTRAM A MISS GARTH

St. Crux, le 22 avril.

Chère miss Garth,

Veuillez m'excuser de ne pas vous avoir plus tôt adressé mes remerciements pour la bonne et consolante lettre que vous m'avez écrite. Nous sommes, à St. Crux, dans le trouble et la tristesse. Le dépit qu'aurait pu me causer la malheureuse intervention de mon pauvre oncle, lors de sa visite à Portland Place, a disparu complètement devant le chagrin que j'éprouve en le voyant aux prises avec une maladie sérieuse. Il souffre d'une inflammation interne, résultat d'un rhume violent, et les symptômes qui se sont manifestés laissent présager, pour un homme de cet âge, un péril imminent. Nous avons maintenant au château un médecin de Londres. D'ici à peu de jours, je vous donnerai d'autres nouvelles. Veuillez me croire, en attendant, avec une gratitude sincère,

Votre tout dévoué,

George Bartram.

DE MR. LOSCOMBE A MRS. NOËL VANSTONE

Lincoln's Inn Fields, le 6 mai.

Chère madame,

J'ai reçu à l'improviste certaines informations qui sont, pour vos intérêts, d'une importance capitale. Le décès de l'amiral Bartram m'a été notifié ce matin. Il est mort dans son château, le 4 du présent mois.

Cet événement réduit à néant, d'un seul coup, les considérations sur lesquelles j'avais précédemment tâché d'éveiller votre attention, et qui avaient trait à la découverte que vous avez faite à St. Crux. Tout ce que nous pouvons faire maintenant de plus sage, c'est d'entrer immédiatement en communication avec les exécuteurs testamentaires du défunt, en nous adressant à eux, tout d'abord, par l'intermédiaire de l'homme de loi qui conseillait l'amiral.

J'ai fait partir aujourd'hui même une lettre pour l'avocat en question. Elle est destinée à l'avertir purement et simplement que nous avons appris, depuis peu, l'existence d'un document secret, limitant l'usage que le défunt pouvait faire du legs qu'il devait à la libéralité testamentaire de Mr. Noël Vanstone. Ma lettre affirme que le document sera retrouvé sans peine parmi les papiers de l'amiral et me présente comme l'avocat désigné par Mrs. Noël Vanstone pour recevoir en son nom les communications s'y rapportant. L'objet de cette démarche est de faire opérer une recherche spéciale de la contre-lettre – dans le cas fort probable où les exécuteurs ne l'auraient pas encore trouvée – avant qu'on prenne les mesures d'usage pour régler l'administration de la fortune laissée par l'amiral. Si nous voyons que cette première mise en demeure n'amène aucun résultat, nous menacerons de poursuites légales ; mais je ne prévois pas une telle nécessité. Les exécuteurs testamentaires de l'amiral Bartram doivent être des gens d'un rang élevé, d'une moralité inattaquable, et ils vous feront justice, comme à eux-mêmes, en cherchant la contre-lettre.

Dans de telles circonstances, voici la question que vous me poserez naturellement : une fois le document retrouvé, quelles perspectives s'ouvriront devant nous ? Ces perspectives ont deux faces, dont l'une est brillante et l'autre bien sombre. Commençons par la première.

Que savons-nous, en vérité ?

Nous savons d'abord que la contre-lettre existe bien. Nous savons ensuite qu'une de ses clauses a trait au mariage de Mr. George Bartram dans un délai donné. Nous savons aussi que ce délai (six mois à partir de la mort de votre mari) est expiré depuis le 3 du courant. En quatrième lieu, nous savons que Mr. George Bartram (j'ai pris là-dessus mes renseignements, faute d'informations positives que vous ayez pu me donner) est encore célibataire à l'heure actuelle. La conclusion qui se déduit naturellement de tout ceci, c'est que le but assigné à la contre-lettre n'a, sur ce point, pas été atteint.

Si ce document ne renferme pas d'autres clauses, ou si les autres clauses qu'on a pu y insérer sont devenues sans objet, comme celle dont je viens de parler, je tiens pour impossible (surtout si la preuve est fournie que l'amiral lui-même se regardait comme étroitement lié par la contre-lettre), je tiens pour impossible que ses exécuteurs testamentaires traitent la fortune de votre mari comme faisant légalement partie de la succession de l'amiral Bartram. Il a été fort expressément déclaré légataire de cet argent, à la condition de donner au legs tel ou tel emploi déterminé que ce legs ne saurait recevoir désormais. Que faire, en pareil cas, de l'argent ? Il n'a pas été laissé à l'amiral lui-même – ceci ressort des paroles dont le testateur s'est servi – et l'objet en vue duquel il avait été laissé n'a pas encore été, ne peut être désormais réalisé. J'estime (dans le cas où cette hypothèse se trouverait justifiée) que l'argent rentre nécessairement dans la masse des biens laissés par le testateur. Ceci étant, c'est la loi qui nécessairement en dispose, et la loi le partage en deux portions égales. Une moitié revient à la veuve de Mr. Noël Vanstone, restée sans enfants, et l'autre moitié se répartit entre les plus proches parents de Mr. Noël Vanstone.

Vous ne manquerez pas de découvrir l'objection qui se présente d'elle-même à cet enchaînement favorable de conséquences, tel que je viens de l'exposer ici. Vous verrez que, pour en amener la réalisation, il ne suffit pas d'un seul hasard favorable, mais qu'il faut au contraire une série de circonstances se succédant toutes ainsi que nous pouvons le souhaiter. Sans méconnaître la force de cette objection, je puis vous dire cependant que cette succession de circonstances heureuses n'est pas, à beaucoup près, aussi improbable qu'elle en a l'air au premier coup d'œil.

Nous avons toute raison de croire que la contre-lettre, ainsi que le testament, n'a pas été rédigée par un homme de loi.

Ceci est tout à fait en notre faveur, et doit suffire, en soi, pour faire émettre des doutes sur la validité de toutes celles des clauses que nous ne connaissons pas encore. Une autre chance, sur laquelle nous devons faire fond, pourrait se trouver dans ces lignes, écrites par une main étrangère et placées après la signature sur la troisième page de la contre-lettre, lignes que vous avez vues, mais que, malheureusement, vous avez omis de lire. Toutes probabilités les désignent comme ayant été tracées par l'amiral Bartram ; et la position qu'elles occupent doit certainement faire supposer qu'elles ont rapport à l'interprétation fort essentielle que lui-même donnait de la contre-lettre, à l'idée qu'il avait des obligations que cette contre-lettre lui imposait.

Je n'ai aucun désir de faire naître en vous telle ou telle espérance chimérique, et veux tout simplement vous convaincre que nous avons devant nous une chance digne d'être courue.

Je n'insisterai pas sur l'autre face de la perspective qui nous est offerte. D'après ce que je viens de vous dire, vous comprendrez que l'existence d'une seule clause valide, insérée à notre insu dans la contre-lettre, si l'amiral a rempli les obligations qu'elle lui imposait ou si ses ayants droit sont encore à temps de les remplir, serait nécessairement fatale à nos espérances. Le legs, en pareil cas, serait employé selon l'objet, ou les objets, que votre mari avait en vue ; et, dès lors, nous n'aurions plus aucun droit à faire valoir.

J'ajoute, sans plus insister, qu'immédiatement après avoir reçu la réponse de l'homme d'affaires chargé de gérer la succession de l'amiral, je m'empresserai de vous faire connaître le résultat de ma démarche.

Veuillez me croire, madame, votre très dévoué,

John Loscombe.

DE GEORGE BARTRAM A MISS GARTH

St. Crux, le 15 mai.

Chère miss Garth,

Je vous écris encore, d'abord pour vous remercier de la bonne sympathie que vous m'avez exprimée au sujet de la perte qui vient de m'être infligée, mais aussi, et surtout, pour vous faire part d'une démarche passablement étrange tentée auprès des exécuteurs testamentaires de mon oncle et qui, intéressant personnellement Mrs. Noël Vanstone, ne saurait manquer d'avoir quelque importance à vos yeux ainsi qu'à ceux de sa sœur.

Me méfiant à juste titre de mon ignorance en matière de droit, je vous envoie ci-incluse une copie de la signification qui nous est faite, au lieu de vous en donner une simple analyse. Vous remarquerez, comme un indice passablement suspect, qu'aucune explication n'est fournie touchant la manière dont a pu être faite, par certaines personnes absolument étrangères à mon oncle, la prétendue découverte d'un de ses secrets les plus intimes.

Aussitôt mis au courant de ce qui se passait, les exécuteurs testamentaires se sont adressés à moi. Je n'avais aucun renseignement positif à leur fournir, attendu que mon oncle ne me consultait jamais sur ses affaires. Mais je me suis cru tenu de leur dire que, pendant les derniers six mois de sa vie, l'amiral laissait de temps à autre échapper devant moi des expressions d'impatience donnant à penser qu'il était tourmenté par le sentiment de quelque responsabilité secrète. J'ai dû ajouter qu'il m'avait imposé une très étrange obligation – obligation dont je n'ai jamais pu lui attribuer l'initiative, bien qu'il l'ait revendi-

quée à mainte et mainte reprise –, celle de me marier dans un délai donné (lequel est expiré maintenant), sans quoi se trouverait distraite de ce qu'il me laisse une certaine somme d'argent dont le chiffre correspond, ce me semble, à celui du capital que mon cousin lui a légué par testament. Les exécuteurs ont pensé comme moi que cette circonstance donnait quelque ombre de probabilité à une histoire qui, sans cela, leur eût paru tout à fait incroyable, et ils ont décidé qu'on entreprendrait des recherches en règle pour retrouver la contre-lettre dont l'existence est affirmée par le document ci-joint; mais, jusqu'à présent, on n'a rien découvert dans les papiers de l'amiral qui ressemble, de près ou de loin, à la pièce ainsi désignée.

Ces recherches (qui ne sont point faciles dans une maison comme celle-ci) se poursuivent activement depuis huit jours. Elles sont surveillées par les deux exécuteurs testamentaires ainsi que par l'avocat de mon oncle, lequel est en même temps le confrère et l'ami de Mr. Loscombe (ce dernier, chargé des intérêts de Mrs. Noël Vanstone). Cet avocat a été compris parmi les personnes chargées de l'enquête à la demande expresse de Mr. Loscombe lui-même. Jusqu'à présent, on n'a rien trouvé de ce qu'on cherchait. Des milliers de lettres ont été passées en revue, et pas une n'a le moindre rapport avec celle que nous nous efforçons de retrouver.

Huit jours encore, et les recherches seront finies. Ce n'est que sur ma requête expresse qu'elles se poursuivront jusque-là. Mais, puisque la générosité de l'amiral m'a fait l'unique héritier de tout ce qu'il possédait au monde, je suis tenu, ce me semble, de faire pleinement droit aux intérêts d'autrui, quand bien même ces intérêts se trouvent le plus opposés aux miens.

A cause de cela, je n'ai pas hésité à révéler, devant l'homme de loi, une infirmité constitutionnelle de mon pauvre oncle, infirmité qui, sur sa demande, n'avait été dévoilée à personne en dehors du cercle de famille, c'est-à-dire, sa tendance au somnambulisme. J'ai raconté qu'environ trois semaines avant sa mort la femme de charge et un vieux serviteur à lui l'avaient surpris se promenant tout endormi, et que, d'après l'endroit où il avait été vu, d'après la corbeille de clefs qu'il portait à la main, on avait supposé qu'il venait d'une des chambres situées dans l'aile orientale, et que sans doute il y avait ouvert quelque meuble. J'ai considérablement étonné l'avocat (lequel paraissait ignorer les faits et gestes si extraordinaires dont les somnambules donnent à chaque instant le spectacle) en lui apprenant que mon oncle retrouvait son chemin dans le château, ouvrait et refermait les portes, transportait d'une place à l'autre les objets de tout ordre, lorsqu'il était endormi, sans plus de peine que pendant ses veilles. Et tant qu'il me resterait, ai-je ajouté, le plus léger doute sur la question de savoir si, pendant la nuit en question, il n'avait pas rêvé d'abord de la contre-lettre, puis, tout endormi, métamorphosé ce rêve en action réelle, ma conscience ne serait pas tranquille, à moins qu'on ne fît de nouvelles fouilles dans l'aile orientale.

Je dois ajouter ici qu'aucun fait positif ne servait de base à cette idée que j'avais conçue. Pendant la dernière période de sa fatale maladie, mon pauvre oncle était tout à fait incapable de s'expliquer sur un sujet quelconque. Depuis l'époque de mon arrivée à St. Crux, au milieu du mois dernier, jusqu'au jour de sa mort, il ne lui est pas échappé un seul mot qui se rattachât de près ou de loin à l'existence de la contre-lettre.

Les choses en restent donc là, pour le présent. Si vous jugez convenable de communiquer à Miss Vanstone le contenu de cette lettre, veuillez lui faire remarquer, je vous prie, que ce ne sera pas de ma faute si ce qu'affirme sa sœur (quelque invraisemblable que cela puisse paraître aux exécuteurs testamentaires de mon oncle) n'est pas loyalement vérifié.

Croyez-moi, ma chère miss Garth, toujours bien à vous.

George Bartram

P.-S. – Dès que toutes ces questions d'affaires seront réglées, je partirai à l'étranger pendant quelques mois pour voir si le changement de lieu n'allégera pas ma tristesse. Le château sera fermé; Mrs. Drake sera chargée d'exercer la surveillance nécessaire. Je n'ai point oublié le désir que vous manifestiez un jour devant moi de visiter St. Crux, s'il vous arrivait jamais de vous trouver dans les environs de cette résidence. S'il se trouvait que vos pas vous conduisent dans le comté d'Essex pendant mon absence, j'ai fait en sorte de vous éviter toute déception en chargeant Mrs. Drake de mettre à votre disposition, ainsi qu'à celle de vos amis, le château et toutes ses dépendances.

DE MR. LOSCOMBE A MRS. NOËL VANSTONE

Lincoln's Inn Fields, le 24 mai.

Chère madame,

Après quinze jours de recherches, dirigées, je suis obligé de le reconnaître, avec le zèle le plus consciencieux et le plus infatigable, on n'a rien trouvé qui ressemblât à la contre-lettre parmi les papiers que feu l'amiral Bartram a laissés à St. Crux.

Dans ces circonstances, les exécuteurs testamentaires se sont décidés à prendre pour guide unique, dans la mission qu'ils ont à remplir, le seul témoignage authentique des volontés de leur mandataire, à savoir le testament même de l'amiral. Cet acte, rédigé il y a quelques années, lègue à son neveu la totalité de ses biens, tant réels que personnels (c'est-à-dire toutes les terres et tous les capitaux dont il se trouvera propriétaire à l'époque de sa mort). Ce testament est clair, ses résultats sont inévitables. La fortune de votre mari se trouve, dès ce moment, perdue pour vous. Mr. George Bartram en hérite au même titre que du château et du domaine de St. Crux. Je ne ferai aucune remarque sur cette étrange issue de l'affaire où nous étions engagés. La contre-lettre peut avoir été détruite, ou bien encore se trouver cachée de manière à défier les recherches les plus patientes et les plus longues. Nous n'avons plus maintenant, ni vous ni moi, le loisir de nous livrer à de vaines spéculations sur cet objet. Je n'ajouterai pas à votre désappointement par la moindre allusion au temps et à l'argent que m'a fait perdre cette malheureuse tentative entreprise pour faire valoir vos droits. Je dirai simplement que vous devez désormais regarder comme absolument terminée mon intervention (personnelle ou professionnelle) dans les affaires qui vous concernent.

Votre très obéissant serviteur,

John Loscombe.

DE MRS. RUDDOCK (PROPRIÉTAIRE DE GARNI)
A MR. LOSCOMBE

Park Terrace, St. John's Wood,
le 2 juin.

Monsieur,

Chargée par Mrs. Noël Vanstone de porter à la poste les lettres qu'elle vous adressait, et ne connaissant personne d'autre à qui je puisse écrire, je viens vous demander si vous êtes en relations avec quelqu'un de ses amis, car il me paraît nécessaire qu'ils fassent quelque chose pour cette pauvre dame.

C'est au mois de novembre dernier que Mrs. Vanstone est venue pour la première fois, en compagnie d'une femme de chambre, occuper l'appartement dont je dispose. Elle ne m'a donné aucun motif de plainte, pas plus alors qu'aujourd'hui. Elle s'est conduite comme une personne bien née, me payant exactement ce qu'elle me devait. Je vous écris en ma qualité de mère de famille, et davantage poussée par le sens du devoir que par aucun motif intéressé.

Après m'avoir donné son congé en bonne et due forme, Mrs. Vanstone (qui, maintenant, n'a personne pour la servir) doit sortir demain de chez moi. Elle ne m'a pas caché que ses ressources pécuniaires sont au plus bas et qu'il lui est impossible de continuer à résider dans ma maison. C'est là toute l'explication qu'elle m'a donnée. Je ne sais ni où elle va, ni ce qu'elle entend faire désormais ; mais j'ai toute raison de supposer qu'elle entend, après être sortie de chez moi, faire perdre ses traces à quiconque voudrait la découvrir, car je l'ai surprise hier tout en larmes, brûlant des lettres qui devaient être à coup sûr celles de ses amis. Son allure, son comportement se sont modifiés d'une manière très affligeante dans le cours de la dernière semaine. Elle doit avoir sur la conscience, à mon avis, quelques troubles effrayants, et je crains, d'après ce que je vois d'elle, qu'elle ne soit sur le point de faire une sérieuse maladie. Il est vraiment triste qu'une jeune femme comme elle soit aussi complètement abandonnée, aussi dépourvue de tout amical appui.

Excusez, je vous prie, mon importunité ; j'aurais manqué à ma conscience en ne vous écrivant point. Si vous connaissez quelques-uns de ses parents, veuillez les prévenir qu'il n'y a pas de temps à perdre. S'ils laissent passer demain, ils renoncent peut-être à la dernière chance qu'ils aient de la retrouver.

Votre humble servante,

Caterine Ruddock.

DE MR. LOSCOMBE A MRS. RUDDOCK

Lincoln's Inn Fields, le 2 juin.

Madame,

Mes seuls rapports avec Mrs. Vanstone étaient ceux d'un avocat avec sa cliente, et ces rapports n'existent plus maintenant. Je ne connais aucun de ses amis, et je ne saurais me charger d'intervenir personnellement, soit dans ses démarches actuelles, soit dans ses destinées à venir.

Déplorant de ne pouvoir vous venir en aide en aucune façon, je suis, madame, votre obéissant serviteur,

John Loscombe.

SCÈNE DERNIÈRE

AARON'S BUILDINGS

I

Le 7 du mois de juin, les propriétaires du navire de commerce la *Délivrance* apprirent que ce bâtiment avait touché à Plymouth pour y débarquer des passagers et continuer ensuite son voyage de retour jusqu'au port de Londres. Cinq jours plus tard, le navire était en rivière et fut remorqué dans les docks des Indes orientales.

Après avoir accompli à terre toutes les formalités de débarquement qui dégageaient sa responsabilité personnelle, le capitaine Kirke prit par écrit les arrangements nécessaires pour aller, le 17 du mois, faire une visite à son beau-frère, dans son presbytère du Suffolk. Ainsi qu'il est d'usage en pareil cas, il reçut une liste de commissions à exécuter pour sa sœur, la veille de son départ. L'une d'elles devait le conduire aux environs de Camden Town. Il partit des docks, en voiture, pour cette destination et, la commission faite, renvoyant son cab, s'en revint vers le sud du côté de New Road.

Il ne connaissait pas fort bien ce quartier, et d'ailleurs, à mesure qu'il marchait, son attention s'était peu à peu distraite de la scène qu'il avait sous les yeux. Ses pensées, auxquelles la perspective de revoir sa sœur communiquait une espèce d'agitation, avaient ravivé le souvenir de la nuit où il s'était séparé d'elle, quittant à pied la maison. Le charme jeté sur lui d'une façon si étrange, à ce moment du passé, n'avait pas cessé de le dominer à travers tous les incidents survenus depuis. Ce visage qui le hantait jadis sur la route solitaire l'avait encore hanté sur la solitude des mers. La femme qui l'avait suivi, comme dans un rêve, jusqu'à la porte de sa sœur, l'avait suivi, pensée intime, esprit familier, jusque sur le pont de son navire. Pendant son voyage en Orient, mêlé de calmes et de tempêtes, comme pendant les calmes et les tempêtes du voyage qui l'avait ramené en Angleterre, elle ne l'avait point quitté. Dans ce tumulte et ce mouvement incessant des rues de Londres, elle l'accompagnait encore maintenant. Il savait d'avance quelle question sortirait la première de ses lèvres, dès qu'il aurait embrassé sa sœur et les enfants de sa sœur. « Je tâcherai de parler d'autre chose, pensait-il, mais quand Lizzie et moi nous nous retrouverons en tête à tête, je ne pourrai retenir cette maudite question. »

La nécessité d'attendre au tournant d'une rue avant de traverser le défilé d'une série de charrettes rendit le capitaine au sentiment des choses présentes. Il regarda autour de lui, non sans un trouble passager. Il était dans une rue inconnue, il avait perdu son chemin.

Le premier piéton auquel il demanda des renseignements parut trop pressé pour les lui donner bien complets. Après lui avoir conseillé fort à la hâte de traverser la chaussée, de tourner dans la première rue à droite et de s'informer, une fois là, l'étranger continua sa route à grands pas et sans même attendre qu'on l'eût remercié.

Kirke suivit ses indications et tourna sur la droite. La rue était étroite et courte ; les maisons dont elle était bordée offraient à l'œil le plus misérable aspect. Levant les yeux au coin de cette ruelle pour savoir quel nom elle portait, il lut ces mots : *Aaron's Buildings*.

Un peu plus loin, sur le trottoir qu'il longeait, quelques oisifs s'étaient groupés autour de deux cabs amenés tous deux devant la porte de la même maison. Kirke s'approcha du groupe afin de demander son chemin à quelque nouvel informateur plus poli et moins pressé que le premier. Arrivé près des voitures, il trouva une femme en dispute réglée avec les cochers et comprit que cette querelle roulait sur un malentendu : on avait par erreur appelé deux fiacres, alors qu'un seul devait être requis.

La porte de la maison était ouverte et, au moment de passer outre, il jeta un regard dans le corridor, par-dessus les têtes des gens placés devant lui.

Le spectacle qu'il eut alors sous les yeux était de ceux qu'une pitié bien entendue aurait dû soustraire aux regards des passants. Il vit une jeune fille, misérablement vêtue, et dont le visage avait une expression d'effroi, debout auprès d'un vieux fauteuil placé au milieu du passage, et sur lequel elle maintenait, tant bien que mal, une femme trop faible, trop épuisée pour s'y soutenir elle-même ; une femme qui semblait au dernier degré de quelque maladie grave, et qu'on allait sans doute emporter, la dispute une fois réglée, dans l'un ou l'autre des deux cabs. Sa tête, au moment où Kirke la vit d'abord, avait fléchi sur sa poitrine, et un vieux châle dont elle était coiffée tombait en avant de manière à masquer la partie supérieure de son visage.

Avant que le regard de Kirke se fût détourné d'elle, la jeune fille qui avait soin de la malade releva cette tête abattue et remit le châle en place, mouvement qui pendant une seconde seulement, et avant que sa tête retombât sur sa poitrine, laissa voir la figure de la misérable femme. Or, en cette seconde unique, le capitaine revit celle dont la beauté avait laissé dans sa vie un souvenir ineffaçable, celle dont l'image, il n'y avait pas cinq minutes, s'offrait à sa pensée sous les plus vives couleurs !

Le choc simultané de ces deux perceptions, celle du visage lui-même, celle du terrible changement qu'il avait subi, ôta au capitaine Kirke, pour un instant du moins, toute parole et toute idée. Cette présence d'esprit si ferme, que nulle crise n'ébranlait et qui était devenue l'habitude de toute sa vie, lui manqua pour la première fois. La rue misérable, le groupe sordide entassé près de la porte, flottèrent devant ses yeux. Il recula, chancelant, et s'accrocha pour ne pas tomber à la grille de la maison qu'il avait derrière lui.

– Où va-t-on la conduire ? demandait une femme près de lui.

– A l'hôpital, s'ils en veulent, lui répondit-on. S'il n'en veulent pas, à l'asile.

Cette réplique horrible le ranima. Il se fraya tout aussitôt un chemin parmi la foule et pénétra dans la maison.

Le malentendu venait justement de s'éclaircir, et l'un des cabs était parti. Au moment où Kirke franchit le seuil de la porte, les gens de la maison s'apprêtaient à transporter la pauvre femme. D'un côté du fauteuil était le cocher finalement retenu, de l'autre, la femme qui avait parlementé avec les deux cochers. Ils soulevaient déjà leur fardeau, lorsque la grande taille de Kirke projeta son ombre dans le couloir.

– Que faites-vous de cette dame ? demanda-t-il.

Le cocher leva sur lui des yeux où se lisait déjà quelque insolente réponse. Mais, plus prompte que lui, la femme devina l'agitation contenue qui se laissait entrevoir sur le visage de Kirke, et tout aussitôt lâcha le fauteuil.

– La connaîtriez-vous, par hasard, monsieur ? demandait-elle avec empressement. Seriez-vous un de ses amis ?

– Oui, répondit Kirke sans hésiter.

– Tout ceci n'est pas ma faute, monsieur, reprit la femme en s'excusant, un peu intimidée par le regard sévère qui planait sur elle. Je n'eusse pas demandé mieux que d'attendre l'arrivée de ses amis… En vérité, je n'eusse pas demandé mieux !

Kirke ne répondit rien. Il se détourna, et s'adressa au cocher :

– Sortez, lui dit-il, et fermez la porte derrière vous ! Je vais vous envoyer votre argent… Quelle est la chambre d'où vous avez enlevé cette dame pour la transporter ici ? reprit-il, interpellant cette fois la femme.

– Celle du fond, au premier, monsieur.

– Montrez-moi le chemin.

Il se pencha et souleva Magdalen dans ses bras. La tête de la pauvre enfant se posa doucement sur la poitrine du marin, et vers son visage se levèrent ses grands yeux étonnés. Elle lui souriait et lui adressait tout bas quelques paroles incohérentes. Le désordre de ses pensées la ramenait au temps d'autrefois, passé sous le toit de la famille, et les paroles inarticulées qui se succédaient sur ses lèvres montrèrent qu'elle se croyait de nouveau, tout enfant, dans les bras de son père. « Pauvre papa ! murmurait-elle à mi-voix… Pourquoi donc avez-vous l'air si triste ? Dites, dites, pauvre papa ! »

La maîtresse de la maison les conduisit au premier, dans cette chambre du fond qu'elle venait de mentionner. Petite chambre, en vérité, pourvue d'un mobilier misérable. Mais l'étroite couchette était garnie de draps blancs, et les quelques objets qui meublaient la pièce étaient entretenus avec soin. Kirke déposa Magdalen sur le lit avec toute sorte de ménagements. Elle retint entre ses doigts brûlants une des mains qui venaient de lui rendre ce service. « N'inquiétez pas maman sur mon compte, dit-elle. Envoyez chercher Norah ! » Kirke essaya de dégager doucement sa main, mais l'étreinte n'en devint que plus forte et plus passionnée. Il s'assit alors à côté du lit pour attendre qu'il convînt à la malade de le laisser aller. La logeuse, toujours debout et les regardant, pleurait dans un coin de la chambre. Kirke l'observait avec attention.

– Parlez ! lui dit-il, après un moment, d'une voix douce et calme. Parlez devant elle, et dites-moi la vérité.

La femme parla sans ménager ni les mots ni les pleurs.

Elle avait loué son premier étage à cette dame, il y avait de cela quinze jours. La dame avait payé huit jours d'avance et s'était inscrite sous le nom de Gray. Pendant les trois premières journées, elle sortait du matin au soir et rentrait, chaque fois, avec l'air d'une personne épuisée de fatigue et attristée par quelque déception. Aussi la logeuse l'avait-elle soupçonnée de se cacher à ses amis en s'abritant sous un faux nom. Ses longues sorties, ses tristes retours, pendant les trois premières journées, attestaient sans doute de vaines tentatives pour se procurer de l'argent ou du moins quelque travail. Quoi qu'il en fût, elle était tombée malade le quatrième jour, avec des alternatives réitérées de chaud et de froid. Le cinquième jour, elle se trouvait plus mal, et le sixième, elle était tantôt trop somnolente, tantôt trop peu maîtresse d'elle-même pour qu'on pût rien tirer d'elle. Le pharmacien (qui, dans ce quartier, exerçait la médecine) était venu l'examiner et avait déclaré qu'il la croyait aux prises avec une fièvre maligne. Il avait laissé une « potion saline » que la logeuse avait payée de sa poche, et administrée sans résultat. Ensuite, elle s'était hasardée à visiter l'unique malle que la dame avait apportée avec elle, et n'y avait rien trouvé, sauf quelques objets de lingerie, sans robes, sans bijoux, sans le moindre fragment de lettre qui pût aider à découvrir les amis de la malade. Entre le risque de la garder chez elle en de pareilles circonstances et la barbarie de jeter dans la rue une femme en pareil état, la logeuse elle-même n'aurait pas hésité. Elle eût volontiers gardé sa locataire dans l'espoir que celle-ci se rétablirait, et avec l'espoir de voir ses amis lui venir en aide. Mais, il n'y avait pas une demi-heure de cela, son mari, qui rarement approchait de chez elle, sinon pour la dépouiller de l'argent qu'elle avait pu gagner, était venu, selon sa coutume, la mettre à rançon. Il avait bien fallu lui avouer que « le premier étage » ne payait pas son loyer, et qu'il ne paierait pas, selon toute probabilité, à moins que la dame ne se rétablît, ou que ses amis ne vinssent à retrouver sa trace. Ainsi mis au courant, le mari avait exigé sans pitié que, malade ou bien portante, la dame fût expulsée. On pouvait l'emmener à l'hôpital et, si l'on y frappait vainement pour elle, il y avait encore à tenter de la faire admettre à l'asile. Que si elle n'était pas hors de la maison dans le délai d'une heure, il reviendrait, lui, la mettre à la porte. Or sa femme savait à merveille qu'il était assez brutal pour tenir une telle parole. Il ne lui restait donc d'autre solution, dans l'intérêt de la dame elle-même, que d'agir ainsi qu'elle avait fait.

Cette femme, en racontant sa révoltante histoire, avait tout l'air d'en éprouver une honte sincère. Au moment où elle l'achevait, Kirke sentit se relâcher autour de sa main l'étreinte des doigts fiévreux. Ses regards se portèrent de nouveau vers le lit. Les yeux appesantis de Magdalen commençaient à se fermer et, le visage encore tourné du côté du marin, elle s'affaissait dans le sommeil.

– Quelqu'un occupe-t-il la chambre du devant ? demanda Kirke à voix basse. Venez-y avec moi, j'ai quelque chose à vous dire.

La femme le suivit par la porte de communication pratiquée entre les deux pièces.

– Combien vous doit-elle ? demanda le capitaine.

La logeuse fit connaître le chiffre de sa petite créance. Kirke déposa l'argent sur une table placée devant elle.

– Où est votre mari ? demanda-t-il encore.

– Au cabaret, monsieur, en attendant que l'heure soit écoulée.

– Vous pouvez lui porter ou non cet argent, reprit Kirke avec le plus grand sang-froid. Je n'ai, par rapport à cet homme, qu'une chose à vous dire : si vous voulez voir en miettes tous les os que sa peau recouvre, vous n'avez qu'à le ramener ici pendant que j'y suis encore… Un instant ! Un mot encore : connaissez-vous, dans le voisinage, quelque docteur sur qui l'on puisse compter ?

– Pas dans notre voisinage, monsieur, mais j'en connais un qui loge à une demi-heure d'ici.

– Prenez la voiture qui est encore à la porte, et si vous le trouvez chez lui, ramenez-le-moi. Dites-lui que j'attends ici pour connaître son opinion sur un cas très grave… Il sera bien payé, vous le serez de même… Dépêchez-vous !

La femme quitta aussitôt la chambre.

Kirke y resta seul, assis, attendant qu'elle revînt. Il tenait sa tête à deux mains, et s'efforçait de se bien convaincre que la situation étrange et touchante où un simple hasard venait de le placer n'était pas une vaine chimère.

Cachée sous un faux nom dans une des plus infimes ruelles de

Londres, abandonnée sans amis et sans secours à la merci d'étrangers, réduite à une impuissance absolue tant d'esprit que de corps par le mal qui la dévorait : c'est ainsi qu'il retrouvait la femme qui avait ouvert à son intelligence une nouvelle conception de la beauté, la femme dont un regard avait fait naître en lui, pour la première fois, un amour jusqu'alors inconnu ! Quelle horrible infortune l'avait donc si cruellement frappée et fait tomber si bas ? Quelle mystérieuse destinée l'avait amené, lui, dans ce dernier asile de sa pauvreté, de son désespoir, à l'heure même où elle se trouvait dans le plus pénible besoin ? « S'il est décrété que je dois la revoir, je la reverrai. » Ces paroles alors revinrent à son esprit, ces mémorables paroles qu'il avait prononcées en prenant congé de sa sœur. Cette pensée au cœur, il était allé où son devoir l'appelait. Des mois et des mois s'étaient écoulés ; sur des milliers de lieues, l'Océan avait étendu entre eux l'immense barrière de ses flots mobiles. Et durant ce long laps de temps et sur ces grands espaces que couvrent les mers, jour après jour, nuit après nuit, tandis que les vents du ciel soufflaient, tandis que le bon navire voguait, il se rapprochait, lui aussi, sans le savoir, du but que la Providence lui avait assigné ; il se dirigeait, les yeux fermés, vers le seuil de cette misérable porte où il était écrit qu'ils se rencontreraient l'un et l'autre. « Qui donc m'a conduit ici ? se disait-il tout bas à lui-même. Serait-ce la grâce du hasard ? Non, certes ! C'est la clémence de Dieu. »

Il attendit, sans songer à l'endroit où il se trouvait, sans se rendre compte du temps écoulé, jusqu'à ce qu'un bruit de pas, dans l'escalier, vînt tout à coup se placer entre lui et ses pensées. La porte s'ouvrit, et le médecin fut introduit dans la chambre.

– Le docteur Merrick, dit la logeuse, avançant un fauteuil pour le faire asseoir.

– Monsieur Merrick, reprit le visiteur tout en s'asseyant avec un tranquille sourire. Je ne suis pas un médecin proprement dit… Je suis un chirurgien, exerçant indifféremment les deux branches de mon art.

Médecin ou chirurgien, il y avait dans son attitude et physionomie de quoi rassurer Kirke à première vue. Après quelques paroles préliminaires échangées des deux côtés, Mr. Merrick dépêcha la logeuse dans la chambre à coucher, afin de savoir si la malade dormait ou non. La femme revint, disant qu'elle était entre le sommeil et la veille, déraisonnant de plus belle, et la peau brûlante. Le docteur passa aussitôt dans la chambre à coucher, priant la logeuse de le suivre et de refermer la porte derrière elle.

Il se passa quelque temps avant qu'il revînt dans la pièce où il avait laissé le capitaine. Quand il reparut, et avant qu'on eût eu le temps de lui adresser aucune question, son visage avait déjà parlé.

– Serait-ce une maladie sérieuse ? demanda Kirke dont la voix avait faibli et dont les regards demeuraient fixés sur ceux du médecin.

– C'est une maladie dangereuse, répondit Mr. Merrick, prononçant ce dernier mot avec une emphase toute particulière. M'autorisez-vous, lui demanda-t-il ensuite, à vous poser quelques questions qui ne sont pas, rigoureusement parlant, du ressort de la médecine ?

Kirke s'inclina.

– Pouvez-vous me dire ce qu'était la vie de cette jeune personne avant son arrivée dans cette maison et avant qu'elle tombât malade ?

– Il m'est impossible de le savoir… Je viens de rentrer en Angleterre après une longue absence.

– La saviez-vous ici ?

– Le hasard seul m'a fait l'y découvrir.

– N'a-t-elle aucun parent de son sexe ? ni mère ? ni sœur ? ni personne pour prendre soin d'elle, si ce n'est vous ?

– Personne, à moins que je ne parvienne moi-même à trouver ses parents… personne que moi.

Mr. Merrick se taisait. Il regardait Kirke avec plus d'attention que jamais. « Voilà qui est étrange, pensa le docteur. Il se trouve ici, seul chargé d'elle… et c'est tout ce qu'il en sait. »

Kirke s'aperçut fort bien du doute qu'exprimait le visage du médecin, et avant qu'une autre parole fût échangée entre eux, il voulut s'expliquer.

– Je vois, dit-il simplement, que ma position ici vous étonne… Consentirez-vous à la regarder comme celle d'un parent, celle d'un père ou d'un frère qu'elle aurait, jusqu'à ce qu'on ait pu retrouver ses amis ? (La voix lui manquait et il posa la main sur le bras du docteur par un geste où se trahissait sa sincérité, il ajouta :) Je me suis donné cette mission et, j'en prends Dieu à témoin, qui plus tard sera mon juge, vous ne me trouverez pas indigne de la remplir.

Au moment où il prononçait ces paroles, il lui semblait avoir de nouveau sur sa poitrine la tête fatiguée qui naguère s'y posait, et autour de sa main il sentait encore l'étreinte fiévreuse de ces doigts brûlants.

– Je vous crois, dit le médecin avec chaleur. Je crois que vous êtes un honnête homme. Pardonnez-moi d'avoir paru vouloir m'imposer à votre confiance ! Je respecte votre réserve, qui désormais sera pour moi sacrée. Laissez-moi vous dire, afin de parer à toute mauvaise interprétation, que mes questions ne m'étaient point suggérées par une vaine curiosité… La maladie qui retient sur ce lit la personne confiée à mes soins ne saurait s'expliquer par aucune des causes ordinaires. Cette jeune femme a dû subir quelque longue épreuve intellectuelle ; quelques anxiétés terribles semblent peu à peu avoir usé ses forces, et sous ces anxiétés elle a fini par fléchir… J'aurais pu puiser quelque assistance dans une connaissance plus exacte et de cette épreuve même et du temps plus ou moins long qui s'est écoulé avant qu'elle succombât. C'est dans cet espoir que j'ai parlé.

– En disant qu'elle est dangereusement malade, reprit Kirke, entendez-vous parler d'un danger qui menace sa raison ou d'un danger qui menace sa vie ?

– Toutes deux sont en péril, répliqua Mr. Merrick. Le système nerveux, chez elle, a fléchi tout entier. Les fonctions ordinaires de son cerveau sont engourdies et comme affaissées. Je ne saurais vous donner d'autre explication que celle du mal lui-même et de sa véritable nature. Cette fièvre, dont s'effarouchent les gens de la maison, n'est autre chose qu'une simple résultante symptomatique. La véritable cause est celle que je vous ai dite. Notre malade peut avoir encore bien des semaines à rester sur ce lit, passant alternativement, sans en avoir conscience, d'un état de délire à un état d'anéantissement. Si vous voyez son sommeil se prolonger au-delà des limites ordinaires, il ne faudra pas vous alarmer… Ce sommeil est un remède bien meilleur que tous ceux dont je dispose, et il faut le respecter à tout prix. Ce que nous pouvons faire, nous, se borne à ceci : veiller sur elle, l'aider de temps à autre par quelques stimulants, et attendre ce que la Nature voudra faire pour elle.

– Faut-il donc la laisser ici ? N'est-elle pas en état d'être transportée dans une meilleure résidence ?

– Pour le moment, cela nous est interdit. On a déjà, autant que je le puis comprendre, troublé ce sommeil réparateur, et par cela même compromis gravement la situation. Même alors que la malade irait mieux, même alors qu'elle reviendrait à elle, ce serait encore une périlleuse tentative que de vouloir trop tôt la transporter hors d'ici. La moindre agitation, la moindre alarme lui serait fatale. Il faut tirer tout le parti possible de cet appartement tel qu'il se trouve. La logeuse a déjà reçu mes instructions, et j'enverrai pour l'aider une excellente garde-malade. Pas autre chose à faire, provisoirement… Autant qu'on peut regarder sa vie entre des mains humaines, elle est dans les vôtres, désormais, au même degré que dans les miennes. Tout dépend des soins qu'on aura d'elle dans cette maison, et c'est à vous qu'il appartient de les diriger.

Tels furent les adieux du médecin, au moment où il se leva pour quitter la chambre.

Kirke, resté seul, se dirigea vers la porte de communication et, y frappant à petit bruit, fit signe à la logeuse qu'il désirait s'entretenir avec elle.

Il était beaucoup plus calme et avait repris beaucoup de la résolution qui le caractérisait, depuis son entretien avec le médecin. Un homme habitué à vivre dans cette atmosphère sociale toute factice que l'on respire ordinairement dans le monde – mais que celui-ci n'avait jamais respirée – aurait été péniblement mal à l'aise dans cette situation inhabituelle, étrange, gêné sans doute par les embarras sérieux où elle le plaçait actuellement, les mauvaises interprétations, les calomnies auxquelles elle l'exposait pour l'avenir. Kirke n'accorda pas même une pensée aux difficultés d'une telle position. Il n'envisagea que les devoirs auxquels il était convié, devoirs que les adieux du médecin avait précisés pour lui. Tout devait dépendre des soins que l'on prendrait de la malade, et la direction de ces soins lui était confiée. Telle était la responsabilité qu'il prit, sans autre réflexion, pour règle de sa conduite, ainsi qu'il l'eût fait devant un danger pressant, s'il se fût agi de sauver des femmes et des enfants embarqués à bord de son navire. Il questionna la logeuse en termes laconiques et qui allaient droit au fait : le seul changement qu'on pût noter en lui était le ton de sa voix, remarquablement basse, et les regards inquiets qu'il jetait par moments du côté de la chambre où reposait Magdalen.

– Vous comprenez bien ce que vous a dit le médecin ?

– Oui, monsieur.

– Il faut du calme dans cette maison… Par qui est-elle habitée ?

– Par moi et ma fille, monsieur. Nous occupons les salons d'en bas. Depuis la fête de Notre-Dame, les choses ont bien mal tourné pour nous. Les deux chambres de l'étage au-dessus sont à louer.

– Je les prends toutes deux, ainsi que celle de l'étage au-dessous… Connaissez-vous quelque brave homme, alerte et honnête, que je puisse employer à mes commissions ?

– Oui, monsieur. Faut-il y aller ?

– Non. Envoyez votre fille ! Vous ne devez pas quitter la maison avant que la garde-malade soit arrivée. Ne faites pas monter le commissionnaire. Ces hommes-là ont le pied lourd. Je descendrai pour lui parler à la porte.

Il descendit en effet à l'arrivée du messager, et lui donna d'abord pour mission d'aller lui acheter tout ce qu'il fallait pour écrire. Cet homme fut ensuite expédié à la recherche de quelqu'un qui voulût bien se charger d'amortir le bruit des voitures roulant dans la rue, en répandant du tan devant la porte, ainsi que cela se pratique. Cette opération terminée, le commissionnaire reçut deux lettres à porter à la poste. La première était adressée au beau-frère de Kirke. Elle lui racontait brièvement et simplement ce qui était advenu, et lui confiait le soin de le communiquer à sa femme, au moment et avec les détails qu'il jugerait les plus convenables. La seconde lettre était adressée au propriétaire de l'hôtel d'Aldborough. Le nom que Magdalen avait pris à North Shingles était le seul que le capitaine lui eût jamais connu, et l'unique chance qu'il eût, à son avis, pour retrouver les parents de la jeune femme était de se procurer quelques renseignements sur ce qu'étaient devenus, à partir d'Aldborough, les deux personnages qui jouaient auprès d'elle les rôles d'oncle et de tante.

Vers la fin de l'après-midi, une femme d'âge mûr et d'aspect décent arriva portant une lettre de Mr. Merrick. Elle lui était bien connue, disait-il, et, durant une maladie de sa propre femme, avait su mériter à tous égards la confiance dont il lui donnait une nouvelle preuve ; elle serait par ailleurs assistée de temps à autre par une dame affiliée à une association religieuse du district, cette dame ayant témoigné un vif intérêt pour la situation critique où se trouvait Magdalen. Le soir même, vers huit heures, le docteur viendrait en personne s'assurer que sa malade ne manquait de rien.

L'arrivée de la garde-malade et la certitude qu'on pouvait avoir confiance en elle permirent à Kirke de s'occuper enfin de lui-même. Ses bagages étaient déjà prêts en vue du voyage dans le Suffolk qu'il devait accomplir le lendemain. Il n'y avait plus qu'à les transporter de son hôtel dans la maison meublée d'Aaron's Buildings.

En regagnant son domicile provisoire, il ne fit qu'une halte, et ce fut pour s'arrêter devant un marchand de jouets dont l'étalage somptueux avait appelé ses regards. Il y avait là de petites réductions de navires qui lui rappelèrent son neveu. « Mon petit homonyme, pensait-il, sera cruellement désappointé en ne me voyant pas arriver demain. Il faut lui trouver une compensation qui le dédommage de cette déconvenue. » Il entra donc dans le magasin et acheta un des navires qu'il fit emballer sous ses yeux après avoir lui-même dicté l'adresse. Mais, avant qu'on clouât le dessus de la caisse, il déposa sur le pont du vaisseau en miniature une carte de visite portant ces mots : « *Navire destiné au petit marin, de la part du grand marin, et avec toutes ses amitiés.* »

– Les enfants, madame, sont toujours flattés qu'on leur écrive, dit-il en s'excusant, à la dame de comptoir… Veuillez expédier cette boîte le plus tôt possible ; je désire vivement qu'elle parvienne demain à sa destination.

Il faisait à peu près nuit lorsqu'il revint, avec ses bagages, s'installer dans le garni. Il ôta ses bottes dès le seuil de la porte et monta lui-même sa malle avec toutes sortes de précautions, s'arrêtant au premier étage pour avoir quelques renseignements. Mr. Merrick était là, prêt à les lui donner.

– Il y a quelques minutes, lui dit-il, la malade était réveillée et divaguait. Mais nous sommes parvenus à la calmer, et maintenant elle dort.

– N'a-t-elle, monsieur, prononcé aucune parole qui puisse nous aider à découvrir les personnes sur l'intérêt desquelles elle doit compter ?

Le docteur secoua la tête.

– Il peut encore s'écouler bien des semaines, répondit-il, avant que l'histoire de cette pauvre jeune fille cesse d'être un secret pour nous. Et nous n'avons d'autre ressource que la patience.

Ainsi finit cette journée, inaugurant une longue série de jours désolés.

II

Les chauds rayons d'un soleil de juillet pénétrant, adoucis, à travers une jalousie verte, sur le montant de la fenêtre ouverte, une caisse de fleurs épanouies, un lit, une chambre dont elle n'avait nulle idée, d'un côté de ce lit, se dressant comme une tour (et lui rappelant vaguement Mrs. Wragge), une femme géante sur le point de frapper des mains et une autre femme, celle-ci tout à fait inconnue, arrêtant les mains en question avant qu'elles eussent pu faire aucun bruit, une voix douce et suppliante (encore une imprécise réminiscence de Mrs. Wragge) articulant ces paroles : « Elle me reconnaît, madame, elle me reconnaît ! Si je ne puis me réjouir à mon aise, j'en mourrai, bien certainement ! » Telles furent les premières visions, tels furent les premiers bruits qui, tout à coup et fort étrangement, après six semaines d'anéantissement, éveillèrent chez Magdalen des perceptions à peu près nettes.

Au bout de quelques instants, ces images redevinrent indistinctes, ces bruits se perdirent dans le silence. Le sommeil, clémente bénédiction, enveloppa de nouveau Magdalen, éteignit autour d'elle toute espèce de lumière et de bruit, et lui rendit le repos dont sa faiblesse avait un impérieux besoin.

Un jour s'écoula, les mêmes tableaux reparurent plus distincts, les mêmes sons furent perçus d'une manière plus nette. Encore un jour, et Magdalen entendit une voix d'homme qui, à travers la porte, s'informait de la malade. Cette voix lui était inconnue et jamais ne s'élevait au-dessus du même diapason, modéré avec d'extrêmes précautions.

Cette voix s'informait d'elle dans la matinée, aussitôt après son réveil, à midi, quand elle prenait son léger repas, le soir encore, avant que ses yeux fussent fermés par le sommeil. « Qui donc s'inquiète ainsi de moi ? » Telle fut la première pensée que son esprit eut la force de concevoir : « Qui donc s'inquiète ainsi de moi ? »

D'autres jours passèrent encore ; elle pouvait parler à la garde-malade veillant auprès de son chevet ; elle pouvait répondre aux questions d'un homme âgé, mieux au courant qu'elle-même de tout ce qui la regardait, et qui lui disait être Mr. Merrick, un médecin chargé de la soigner ; elle pouvait, assise sur son lit, étayée de coussins, se demander ce qui lui était arrivé et en quel endroit elle se trouvait. Alors elle sentit s'accroître en elle la curiosité que lui faisait éprouver cette voix calme et contenue qui, de l'autre côté de la porte, le matin, à midi, le soir, venait régulièrement s'enquérir d'elle. Encore un jour, et Mr. Merrick lui demanda si elle se sentait assez forte pour revoir une ancienne amie. Derrière lui, une voix très douce et partie de très haut ajouta ces paroles : « Ce n'est que moi. » Paroles que suivit la merveilleuse apparition de Mrs. Wragge, en chair et en os, son bonnet tout de travers et un de ses souliers resté dans la chambre voisine. « Oh ! voyez-la, voyez-la ! s'écria la géante qui, dans son extase, se laissa tomber à genoux près du lit de Magdalen, avec un choc à ébranler la maison. Bénédiction sur elle ! la voilà déjà rétablie, puisqu'elle peut me sourire. Vivat, mes enfants, vivat ! Mille excuses, docteur ! Ma conduite, je le sais, n'est point celle d'une femme comme il faut. C'est ma tête, monsieur, ce n'est pas moi… Il faut ouvrir une soupape quelconque, ou ma tête éclaterait ! » Ce matin-là, aucune question ne put arracher à Mrs. Wragge une seule réponse cohérente. Sa confusion verbale n'avait jamais atteint de tels sommets, et sa visite s'acheva sous le lit, où elle cherchait à l'aveuglette un soulier perdu.

Le lendemain, Mr. Merrick promit à Magdalen qu'il lui laisserait voir, le jour suivant, un autre ami de vieille date. Le soir, lorsque la voix accoutumée s'informa d'elle, et au moment où la porte s'entrouvrait de quelques pouces afin de laisser passer la réponse, Magdalen, de sa voix encore bien faible, voulut la donner en personne : « Je vais mieux, je vous remercie. » Il y eut un instant de silence, et ensuite, au moment où la porte se refermait, elle entendit la voix, plus basse et plus contenue que jamais, murmurer avec ferveur : « Dieu soit loué ! »

Qui était cet homme ? Elle l'avait demandé à tous, et personne ne voulait répondre. Qui était-il donc ?

Le jour suivant arriva ; Magdalen entendit s'ouvrir doucement la porte de sa chambre. Un pas alerte sur le parquet, une petite silhouette bien prise, apparaissant au chevet du lit… Était-ce encore un rêve ? Non ! Il était bien là, dans toute la réalité de sa verte vieillesse, ses lèvres distillant toujours un langage copieux et fleuri, et ses yeux vairons conservant leur flamme narquoise, leur étincelle ironique ; il était là, plus audacieux, plus persuasif, plus respectable que jamais, vêtu d'un beau drap noir bien lustré, arborant une cravate blanche irréprochable et un jabot folâtre, le Wragge au front d'airain, l'invincible et l'immuable Wragge !

– Pas un mot, ma chère enfant ! dit le capitaine s'installant au pied du lit, dans la position la plus commode, avec cette aisance qui ne l'abandonnait jamais. C'est moi qui garderai la parole, et vous conviendrez, je pense, qu'on ne saurait trouver, pour une mission pareille, un homme plus compétent. Je suis réellement heureux, heureux en toute sincérité, si tant est que je puisse employer un mot dont, au premier coup d'œil, la propriété semblerait contestable, d'abord de vous revoir, puis de vous retrouver en bon état. J'ai bien souvent pensé à vous, je vous ai souvent regrettée ; je me suis dit souvent… Mais laissons cela ! Quittons la scène et laissons retomber la toile sur le passé… *Dum vivimus, vivamus !* Excusez, ma chère, la pédanterie d'une citation latine, et dites-moi quelle mine vous me trouvez. Ai-je ou n'ai-je pas les dehors d'un homme prospère ?

Magdalen voulut lui répondre. A l'instant même, le capitaine lui coupa la parole par une nouvelle averse de son éloquence diluvienne.

– Ne vous fatiguez pas, dit-il. Je poserai pour vous toutes les questions… Ce que je suis devenu ? Pourquoi ma mine est si prospère ? et par quel merveilleux procédé je suis parvenu à vous suivre jusqu'en ce logis ? Depuis notre dernière entrevue, ma chère enfant, je me suis attaché à modifier légèrement mes anciennes habitudes professionnelles. De l'agriculture morale, je suis passé à l'agriculture médicinale. Je m'adressais jadis à la sympathie publique ; c'est à l'estomac du public que je m'adresse maintenant. Estomac ou sympathie, si vous les examinez de près, au lendemain de la cinquantaine, vous tomberez d'accord avec moi que l'un et l'autre se ressemblent fort. Quoi qu'il en soit, me voici, aussi incroyable que cela puisse paraître, enfin pourvu d'un revenu fixe. Les fondateurs de ma fortune sont au nombre de trois. Ils s'appellent Aloès, Scammonée et Gomme-Gutte… Parlons plus net, je vis maintenant d'une Pilule… Peut-être vous rappellerez-vous que nos bonnes relations m'avaient rapporté quelque argent. J'en ai eu un peu davantage, grâce à l'heureux décès (*requiescat in pace !*) de cette parente dont Mrs. Wragge devait hériter, ainsi que je vous l'avais fait pressentir… A merveille ! Mais que pensez-vous que j'ai fait ? J'ai employé tout mon capital, d'une seule bouchée, à lancer des annonces, et j'ai acheté à crédit tant mes drogues que mes boîtes à pilules. Les résultats de ce coup de tête, vous les voyez devant vous : me voici à l'état de grande réalité financière. Me voici avec une toilette sur laquelle mon tailleur n'a plus aucun droit, un compte créditeur chez mon banquier, un domestique en livrée, un cabriolet à la porte, solvable, florissant, populaire, et le tout grâce à une Pilule.

Magdalen souriait. Le visage du capitaine prit une expression de fausse gravité ; il semblait envisager la question sous son point de vue sérieux et vouloir la développer en ce sens.

– Pour le public, ma chère, il n'y a pas là de quoi rire, dit-il. Nul moyen pour lui de se débarrasser de moi et de ma Pilule ; de gré ou de force, il faut qu'il nous avale. Il n'est pas, dans toute la série des annonces humaines, une seule sorte d'appel que je ne fasse pleuvoir en ce moment sur le malheureux public. Louez le dernier roman nouveau : je suis là, caché au revers de la couverture. Envoyez chercher la romance nouvelle : au moment où vous en écartez les feuillets, je glisse et tombe à vos pieds. Prenez un cab : je saute par la portière, habillé de rouge. Demandez au pharmacien une boîte de poudre dentifrice : je l'enveloppe pour vous, habillé de bleu. Montrez-vous au spectacle : je voltige au-dessus de votre tête, habillé de jaune. Le simple intitulé de mes annonces est tout à fait irrésistible. Laissez-moi vous citer quelques-unes de celles que j'ai mises en circulation la semaine dernière. Formule proverbiale : « *Une pilule à temps, neuf d'économisées.* » Formule familière : « *Pardon, comment va votre estomac ?* » Formule patriotique : « *A quel triple signe se reconnaît l'Anglais de bonne race ? à son foyer, à son chez-lui, à sa Pilule.* » Formule enfantine, dialogue de nursery : « *Maman, je ne suis pas très bien. – Qu'y a-t-il donc, mon bijou ? – J'aurais besoin d'une petite Pilule.* » Formule anecdotique et historique : « *Découverte nouvelle dans la mine des annales d'Angleterre. Lorsque les enfants d'Édouard furent étouffés dans la Tour, un fidèle serviteur rassembla tous les menus objets qu'ils laissaient derrière eux. Parmi les touchantes bagatelles que ces pauvres enfants affectionnaient le plus, il trouva une petite boîte. Et cette boîte renfermait la Pilule de l'époque. Est-il nécessaire de dire combien cette Pilule était inférieure à celle qui lui succède maintenant, Pilule que le prince et le paysan peuvent se procurer au même titre ?* » Et cetera, et cetera. L'endroit même où se fabrique ma Pilule constitue une véritable annonce. J'ai loué un des plus grands magasins de Londres. Derrière un comptoir (visible au public, à travers une glace transparente) sont rangés vingt-quatre jeunes gens, en blancs tabliers, fabriquant la Pilule. Derrière un autre comptoir sont rangés vingt-quatre jeunes gens, en cravate blanche, fabriquant les boîtes. Au fond du magasin se tiennent trois comptables, d'âge mûr, qui consignent dans trois énormes registres les vastes transactions financières auxquelles la Pilule donne lieu. Sur la porte, mon nom, mon portrait, un autographe de moi, le tout dans de colossales proportions et surmonté en lettres ondulantes de la devise de l'établissement : « *A bas les médecins !* » Mrs. Wragge elle-même apporte sa participation à cette prodigieuse entreprise. Elle y joue le rôle de la femme illustre que j'ai pu soustraire aux supplices dont l'affligeaient, l'une après l'autre, toutes les maladies connues ici-bas. Son portrait est gravé sur toutes les enveloppes, et au-dessous se lit l'inscription suivante : « *Avant qu'elle usât de la Pilule, vous auriez renversé d'un souffle cette malade. Et maintenant, regardez-la !!!* » Enfin, ma chère fille, et je ne compte pas ceci pour le moindre de ses services, c'est la Pilule qui m'a frayé un chemin jusqu'à vous. Ma mission spéciale, dans la prodigieuse entreprise que j'ai montée, consiste à parcourir en cabriolet le Royaume-Uni, constituant partout des agences. Pendant que je m'occupais de l'une d'elles, j'ai entendu parler d'un de mes amis, récemment débarqué en Angleterre après un long voyage sur mer. Je me suis procuré son adresse à Londres ; il logeait dans cette maison ; je suis venu le voir immédiatement, et la nouvelle de votre maladie m'est arrivée comme une tuile sur la tête… Telle est, en abrégé, l'histoire de mes rapports avec la médecine anglaise ; et de là vient que vous me voyez présentement assis dans ce fauteuil, et à vous, comme toujours, avec un inaltérable dévouement, Horatio Wragge.

Ce fut en ces termes que le capitaine acheva son compte rendu personnel. Plus il approchait de la conclusion, plus attentivement il regardait Magdalen. Attachait-il quelque secrète importance aux dernières paroles qu'il avait prononcées, bien que ces paroles, au premier abord, ne parussent en avoir aucun ? Il en était effectivement ainsi. Sa visite à la malade avait un objet sérieux, et de cet objet, il s'était rapproché peu à peu, par des transitions savamment ménagées.

En détaillant les circonstances dans lesquelles la position actuelle de Magdalen lui avait été révélée, le capitaine Wragge, servi par sa dextérité habituelle, avait effleuré la vérité sans la dire. Le fait est que, enhardi par l'absence de tout scandale public lié au mariage de Noël Vanstone et à cette mort si prompte qu'il avait apprise par les journaux, le capitaine, qui croisait alors dans les districts de l'Est, s'était risqué dans Aldborough, la quinzaine précédente, pour y établir une agence destinée à propager la vente de sa merveilleuse Pilule. Personne ne l'avait reconnu, sauf la femme de l'hôtelier, qui l'avait tourmenté pour le faire entrer chez elle, voulant lui donner lecture de la lettre de Kirke à son mari. Dès le même soir, le capitaine Wragge était à Londres et s'enfermait avec le commandant de la *Délivrance*, au second étage de la maison meublée.

La gravité de la situation, jointe à la certitude incontestable que jamais Kirke ne retrouverait trace des amis de Magdalen, si d'abord il ne savait au juste qui elle était, avait décidé le capitaine à lui révéler la vérité, du moins en partie. Refusant d'entrer dans aucun détail – pour des raisons de famille que Magdalen serait libre de lui expliquer après son rétablissement, si elle le jugeait convenable –, il étonna Kirke en lui apprenant que cette femme dont il était maintenant le protecteur unique, et qui jusqu'alors lui avait été connue sous le nom de Miss Bygrave, n'était autre que la fille cadette d'Andrew Vanstone. Tout naturellement, le vrai nom de Magdalen lui étant révélé, Kirke avait raconté à son tour comment son père s'était trouvé en rapports avec le jeune officier envoyé au Canada. Le capitaine Wragge, devant un pareil jeu du hasard, n'avait pu dissimuler sa surprise, mais s'était bien gardé de commenter sur le moment même le récit qui lui était ainsi fait. Quinze jours plus tard, en revanche, lorsque le rétablissement de la malade mit le médecin en demeure de préparer ses réponses aux questions que Magdalen allait nécessairement lui adresser, la dextérité du capitaine vint aider, comme d'ordinaire, à tourner cette difficulté, vraiment très ardue.

– Vous ne pouvez lui dire la vérité, dit-il, sans lui rendre les pénibles souvenirs du temps où elle habitait Aldborough, souvenirs sur lesquels je ne suis pas libre de m'expliquer. N'admettez pas, du moins pour le moment, que lorsque Mr. Kirke l'a trouvée dans cette maison, il ne la connaissait que sous le nom de Miss Bygrave. Dites-lui hardiment qu'il savait qui elle était, et se croyait vis-à-vis d'elle (ce qu'elle comprendra) un droit héréditaire de protection et de secours, comme fils d'un père qui avait rendu au sien des services si essentiels. Je vous ai déjà dit, continua le capitaine toujours fidèle à ses anciennes prétentions, que j'étais un parent éloigné des ex-propriétaires de Combe-Raven et, si vous n'avez personne d'autre sous la main qui puisse vous aider à sortir d'embarras, je vous offre mon assistance dont vous pouvez user librement.

Personne d'autre, en effet, n'était disponible, et la situation était critique. Les étrangers qui voudraient bien prendre la responsabilité d'éclairer Magdalen pouvaient la tuer, sans le savoir, par quelque maladroite allusion à ses épreuves passées. Ses proches parents, s'ils arrivaient trop tôt auprès d'elle, l'exposeraient de même à quelque émotion fatale. Il fallait donc choisir entre la crainte de l'irriter et de l'alarmer en laissant ses questions sans réponses, ou celle que pouvait inspirer l'intervention du capitaine Wragge. Dans l'opinion du médecin, le second risque était le moins grave des deux ; et c'est ainsi que le capitaine se trouvait maintenant installé au chevet de Magdalen, tout occupé à remplir le mandat qui lui avait été confié.

Magdalen poserait-elle la question que le capitaine Wragge avait voulu provoquer par le bavardage plus ou moins léger et plus ou moins plaisant dont il s'était servi pour rompre la glace ? En effet, dès qu'en se taisant il lui eut fourni l'occasion de parler, elle lui demanda qui était cet ami dont il parlait, et qui, disait-il, habitait Aaron's Buildings.

– Vous devriez le connaître autant que je le connais, répondit le capitaine. C'est le fils d'un des anciens amis que votre père avait dans l'armée, lorsqu'il suivit son régiment au Canada... Là, mon enfant ! vos joues voudront bien ne pas rougir ainsi ! sans cela, voyez-vous, je décampe.

Le moment d'après, elle lui adressa la deuxième des questions auxquelles il s'était préparé : quel était son nom ?

Magdalen était surprise mais nullement agitée. Le capitaine Wragge avait commencé par l'entretenir d'un passé lointain, qu'elle ne connaissait que par ouï-dire, avant de se risquer sur le terrain, bien autrement périlleux, de ce qui lui était arrivé à elle-même.

– Kirke, répondit le capitaine. N'avez-vous jamais entendu parler de son père, le major Kirke, placé à la tête du régiment du Canada ? N'avez-vous jamais entendu dire que le major était venu au secours de votre père, dans une occurrence très critique, comme le meilleur des camarades et le meilleur des amis ?

Oui, elle se rappelait vaguement d'un récit où il était question de son père, ainsi que d'un officier auquel, dans sa jeunesse, il avait été redevable de grands services. Mais sa pensée ne pouvait qu'à grand-peine remonter si loin… Mr. Kirke était-il pauvre ?

La pénétration du capitaine Wragge, si subtile qu'elle fût, se trouva prise de court par cette question. À tout hasard, il y répondit sans déguisement :

– Non, dit-il, Mr. Kirke n'est pas pauvre.

Mais la question qui suivit manifesta tout entière la pensée de Magdalen. Mr. Kirke n'étant pas pauvre, par quel caprice était-il venu habiter une maison pareille ?

« Je suis pris ! pensa le capitaine, et je n'ai qu'une manière de me tirer de là, c'est d'administrer une autre dose de vérité. »

– Mr. Kirke, continua-t-il tout haut, vous a rencontrée ici par hasard, très malade et fort médiocrement soignée. Il fallait quelqu'un qui veillât sur vous tandis qu'il vous était encore impossible d'y veiller vous-même… Pourquoi pas Mr. Kirke ? Il était le fils du vieil ami de votre père, ce qui revient presque à être lui-même votre vieil ami. Qui donc avait plus que lui le droit de vous procurer et le médecin et la garde-malade qu'il vous fallait, puisque je n'étais pas là, moi, pour vous guérir avec ma Pilule merveilleuse ? Doucement ! doucement ! Il ne faut pas vous cramponner avec un pareil sans-gêne à la manche de mon bel habit noir…

Il replaça sur le lit la main qu'elle avait posée sur son bras ; mais cela ne pouvait suffire pour la tenir en échec. Elle voulut, à toute force, poser une autre question. Comment Mr. Kirke la connaissait-il ?

Jamais elle ne l'avait vu, jamais elle n'avait entendu parler de lui depuis qu'elle était au monde.

– Très vraisemblable, dit le capitaine Wragge, mais de ce que vous ne l'avez jamais vu, il ne s'ensuit pas rigoureusement qu'il soit, par rapport à vous, dans la même position.

– Et quand m'a-t-il vue ?

Le capitaine, sans hésiter un instant, recourut cette fois au mensonge :

– Il y a quelque temps, ma chère… je ne saurais préciser l'époque.

– Et seulement une fois ?

Le capitaine Wragge vit tout à coup qu'il y avait lieu d'administrer une nouvelle dose de vérité :

– Oui, répondit-il, une fois seulement.

Elle réfléchit pendant quelques minutes. La question qui vint après impliquait la conception simultanée de deux idées distinctes ; aussi lui coûta-t-elle quelque effort.

– Il ne m'a vue qu'une fois, reprit-elle, et cela il y a déjà quelque temps… Comment en est-il venu, me trouvant ici, à me reconnaître ?

– Ah ! dit le capitaine, vous venez de mettre le doigt sur la chose. Vous ne sauriez être plus étonnée que moi de l'excellente mémoire qu'il a ainsi manifestée… Et voulez-vous, ma chère, que je vous dise ? Dès que vous serez assez bien rétablie pour recevoir Mr. Kirke, essayez sur ses oreilles l'effet de cette petite question sournoise ; puis vous insisterez pour avoir sa réponse.

Se dérobant au dilemme avec cette adresse tout à fait caractéristique, le capitaine Wragge se leva lestement et reprit son chapeau.

– Attendez, lui dit-elle avec insistance. Je voudrais vous demander encore…

– Pas un mot de plus, interrompit le capitaine. Je vous ai donné à penser pour plus d'une journée… Mes heures sont comptées, d'ailleurs, et mon cabriolet m'attend. Je pars pour exploiter le pays comme à l'ordinaire. Je vais cultiver le champ de l'indigestion publique avec cette charrue à trois socs, où l'Aloès fonctionne à côté de la Scammonée, et la Scammonée à côté de la Gomme-Gutte. (Déjà près de la porte, il fit halte et se retourna.) A propos, reprit-il, j'allais oublier un message de ma pauvre femme. Si vous voulez lui permettre de venir vous revoir, Mrs. Wragge s'engage solennellement à ne plus égarer son soulier… Pour moi, je ne crois pas à cette promesse, mais qu'en dites-vous ? Consentirez-vous à la recevoir ?

– Certainement, tant qu'elle voudra, dit Magdalen. Si jamais je me rétablis, la pauvre Mrs. Wragge ne serait-elle pas libre de venir demeurer avec moi ?

– Sans nul doute, ma chère. Et si vous n'y voyez pas d'objection, je lui remettrai d'avance quelques milliers d'exemplaires de mon portrait tiré en rouge, en bleu et en jaune, avec l'inscription que vous savez. Elle les laissera tomber de tous côtés, partout où elle ira ; au point de vue des annonces, le résultat ne saurait être qu'excellent… N'allez pas me croire un homme vénal ; j'ai tout simplement l'intelligence du siècle où je vis. (Il s'arrêta pour la seconde fois au moment de sortir et revint de la porte auprès du lit.) Vous avez été remarquablement sage, dit-il à Magdalen, et vous méritez une récompense : aussi vous donnerai-je un dernier renseignement avant de partir. Avez-vous entendu, ces jours-ci, quelqu'un qui s'informait de vous à travers la porte ? Ah bon ! je vois que je ne me trompais pas… Eh bien, ma chère, un mot à l'oreille… Ce quelqu'un-là est Mr. Kirke.

Cette fois il s'éloigna tout de bon, d'un pas aussi leste que jamais, et Magdalen l'entendit qui glissait tout bas à la garde-malade, avant de refermer la porte, en même temps que le prospectus du fameux remède :

– Si on vous questionnait jamais là-dessus, ajouta-t-il sur un ton des plus confidentiels, retenez bien le nom de Wragge, et sachez qu'on obtient la Pilule dans des boîtes fort soignées, au prix de treize pence un demi-penny, y compris le timbre du gouvernement… Je vous remets quelques exemplaires du portrait d'une de nos malades, que vous auriez renversée d'un souffle avant qu'elle usât de la Pilule ; or je vous demande simplement de contempler ici ce qu'elle est devenue… Mille remerciements, et bien le bonjour !

La porte se referma, et Magdalen se retrouva seule. Mais cet isolement ne lui pesait plus ; le capitaine Wragge venait de laisser à ses rêves un aliment nouveau. Pendant plusieurs heures consécutives, elle se préoccupa de Mr. Kirke jusqu'au moment où, le soir venu, elle entendit de nouveau sa voix à travers la porte entrebâillée.

– Je suis bien reconnaissante, lui dit-elle avant que la garde-malade eût pu répondre aux questions qu'il lui adressait, bien, bien reconnaissante de toutes vos bontés pour moi.

– Faites en sorte de vous rétablir, répondit-il affectueusement. Je serai, si vous allez mieux, plus que payé de mes peines.

Le lendemain matin, Mr. Merrick trouva Magdalen impatiente de quitter son lit et de se faire transporter sur le sofa de la chambre donnant sur la rue. Le médecin attribua cette fantaisie à quelque besoin de changement. « Oui, répondit-elle, j'ai besoin de voir Mr. Kirke. » Il fut convenu, là-dessus, qu'on la transporterait le lendemain ; mais le médecin refusa positivement de permettre qu'on ajoutât à ce déplacement la fatigue d'une visite quelconque, avant qu'un nouveau délai de vingt-quatre heures fût expiré. Magdalen essaya de se fâcher, mais Mr. Merrick fut inflexible. Elle tâcha, quand il fut parti, de gagner la garde-malade à sa cause par les insinuations les plus persuasives ; la garde-malade fut aussi inflexible que l'avait été Mr. Merrick.

Le lendemain, ils l'enveloppèrent dans des châles et la transportèrent ainsi jusqu'au sofa, dont on avait fait pour elle une espèce de couchette. Sur la table voisine étaient disposés quelques fleurs et, à côté d'elles, le dernier numéro d'une revue illustrée. Elle demanda aussitôt qui s'était occupé de ces menus soins. La garde-malade (sans prendre garde au regard significatif que lui jetait le médecin) répondit que c'étaient là des attentions de Mr. Kirke. Il avait présumé, continua-t-elle, que les fleurs lui seraient agréables et que les illustrations du journal pourraient la distraire. Sur cette réponse, le désir que la malade éprouvait de voir Mr. Kirke devint trop vif pour qu'il fût possible de n'en pas tenir compte. Le médecin sortit aussitôt pour l'aller chercher.

Magdalen jeta un regard empressé vers la porte qui se rouvrait. Elle n'eut pas plutôt aperçu le capitaine, au moment où il entrait, qu'elle se demanda si cette haute taille, cette figure ouverte et hâlée lui apparaissaient pour la première fois. Mais sa faiblesse, son agitation, ne lui permettaient pas de remonter dans le passé jusqu'aux incidents de son séjour à Aldborough. Aussi renonça-t-elle à cet effort, se bornant à regarder le nouveau venu. Il s'arrêta au pied du sofa, et lui adressa quelques bonnes paroles d'encouragement. Elle lui fit signe de se rapprocher encore et lui tendit une main amaigrie. Il prit tendrement cette main dans la sienne et s'assit à côté de la malade. Tous deux se taisaient. Sur la physionomie du marin se révélait une sympathie douloureuse, qu'il eût bien voulu dissimuler à celle qui en était l'objet. Magdalen, elle, tenait la main de son protecteur – et maintenant, de propos délibéré – avec autant de persistance que le jour où il l'avait retrouvée. Après un vain effort qu'elle fit pour lui adresser la parole, ses yeux se fermèrent d'eux-mêmes, et des larmes coulèrent lentement sur ses joues pâles et flétries.

Le médecin fit signe à Kirke de suspendre tout propos et d'attendre qu'elle fût remise. Quelques forces, en effet, lui revinrent peu à peu et, regardant ce mystérieux bienfaiteur, elle murmura :

– Comme vous avez été bon pour moi… et combien peu je le méritais !

– Pas un mot là-dessus, interrompit-il. Vous ne savez pas tout le bonheur que j'ai trouvé à vous être utile.

Il y avait dans le son de sa voix quelque chose qui semblait la fortifier et lui donner courage. Elle le contemplait avec un intérêt puissant, avec une reconnaissance naïve, étrangers aux gênes artificielles qui entravent ordinairement les rapports d'un homme et d'une femme :

– Avant de me retrouver ici, lui demanda-t-elle tout à coup, où m'aviez-vous vue ?

Kirke hésitait. Mr. Merrick vint à son aide.

– Je vous défends de dire à Mr. Kirke un seul mot qui ait trait au passé, s'écria le médecin, et la même défense s'applique à Mr. Kirke… Vous commencez, à dater d'aujourd'hui, une vie nouvelle, et je n'autorise d'autres souvenirs que ceux des cinq dernières minutes.

Elle regarda le docteur en souriant.

– Laissez-moi lui poser une seule question, dit-elle en se retournant du côté de Kirke : est-il bien vrai qu'avant votre arrivée dans cette maison vous ne m'aviez vue qu'une seule fois ?

– Parfaitement vrai !

Cette réponse fut accompagnée d'un changement de couleur que Magdalen découvrit à l'instant même. Aussi le regardait-elle avec plus de curiosité que jamais lorsqu'elle ajouta, malgré sa promesse, une seconde question :

– Comment, ne m'ayant vue qu'une fois, vous êtes-vous si bien souvenu de moi ?

La main de Kirke se ferma par un tressaillement involontaire, et pour la première fois pressa celle de Magdalen. Il voulut répondre, et dès le premier mot hésita.

– J'ai bonne mémoire, dit-il enfin.

Puis, tout à coup, il détourna d'elle son regard avec un trouble que le médecin et la garde-malade ne purent s'empêcher de remarquer tant il contrastait avec son sang-froid habituel.

Les nerfs de Magdalen avaient ressenti la pression momentanée de cette main virile, avec l'exquise susceptibilité qui accompagne les débuts incertains de la convalescence. Elle voyait Kirke changer de couleur, elle entendait ses paroles hésitantes, avec cette subtilité de perceptions qu'une jeune femme possède presque toujours, et qui lui fait découvrir, deviner pour mieux dire, certaines vérités des mieux cachées. Au moment même où la quittait le regard de son interlocuteur, elle retira doucement la main qu'elle lui avait abandonnée et posa de côté sa tête sur l'oreiller : « Se peut-il ? pensait-elle, ayant au cœur un frémissement de douces appréhensions, et sur les joues une rougeur causée par un trouble rempli de charmes, se peut-il ? »

Le médecin avertit Kirke par un nouveau signe. Celui-ci comprit et se leva sur-le-champ. Son visage, son attitude avaient repris leur calme ordinaire. Il se croyait bien sûr d'avoir gardé son secret et, soulagé par cette conviction, il était redevenu lui-même.

– Adieu jusqu'à demain ! dit-il en quittant la chambre.

– Adieu ! répondit-elle doucement et sans le regarder.

Mr. Merrick prit le fauteuil abandonné par Kirke et posa la main sur le pouls de Magdalen.

– Voilà justement ce que je craignais, remarqua le docteur. Il bat de moitié trop vite.

Mais, par un mouvement brusque, elle lui retira son poignet.

– Laissez ! dit-elle en se reculant. Ne me touchez pas, je vous prie !

Mr. Merrick céda complaisamment sa place à la garde-malade.

– Je reviendrai dans une demi-heure, dit-il tout bas, pour vous aider à la remettre dans son lit. Empêchez-la de parler. Montrez-lui les gravures de ce journal, et tâchez de la tranquilliser ainsi.

Quand le docteur revint, la garde-malade lui apprit qu'elle n'avait pas eu besoin de recourir au journal. Sa malade s'était montrée exemplaire. Elle n'avait pas manifesté la moindre agitation et n'avait pas prononcé une seule parole.

A mesure que les jours s'écoulaient, le médecin permettait à Magdalen de rester plus longtemps hors de sa chambre à coucher. Elle fut bientôt en état de se passer du lit qu'on installait sur le sofa ; puis il devint possible de l'habiller et de la tenir, entourée de coussins, sur un grand fauteuil. Les heures qu'elle passait dans la chambre du devant, heures d'émancipation relative, étaient devenues l'événement principal de son existence quotidienne, et ces heures, elle les passait avec Kirke.

Elle prenait maintenant à lui un double intérêt : d'abord comme à l'homme dont la protection et les soins lui avaient conservé la raison et la vie ; puis comme à celui dont elle avait surpris le secret le plus intime et le mieux caché. Peu à peu s'établit entre eux cette familiarité facile qui semble l'apanage exclusif des amitiés de vieille date ; peu à peu elle revendiqua, l'un après l'autre, tous les privilèges qu'elle se savait, et pénétra, sans qu'il s'en doutât, tous les secrets de ce caractère hors du commun.

Elle le questionnait sans merci avec mille délicatesses, et par des transitions insensibles elle savait tirer de lui tout ce qu'il avait à dire de lui-même et de l'existence qu'il avait menée jusqu'alors. Si quelqu'un s'ignorait ici-bas, c'était bien Kirke ; mais, entre ses mains habiles, il devint, au bout de peu de temps, un égotiste consommé. Magdalen avait découvert à quel point il était fier de son vaisseau, et de cet orgueil naïf elle tirait parti sans le moindre scrupule. Elle l'avait amené à parler des rares qualités de ce navire, des tours de force que ce navire avait accomplis dans certaines circonstances critiques, comme jamais auparavant il n'en avait parlé à créature vivante, vivante ailleurs que sur mer. Elle lui arracha le secret de certaines anxiétés maritimes, de certains triomphes intérieurs qu'il n'aurait pas osé confesser à son lieutenant lui-même. Elle éprouvait une satisfaction victorieuse quand elle voyait s'enflammer sa physionomie. Habile à pourvoir de nouveaux aliments le feu qu'elle attisait ainsi, elle s'amusait à lui faire perdre de vue toute considération de pure étiquette, et se plaisait à le voir, entraîné par sa propre éloquence, frapper sur la petite table boiteuse de la maison meublée des coups aussi vigoureux que si sa main eût dû rencontrer la solide muraille de son vaisseau. La confusion qu'il éprouvait en s'apercevant tout à coup de pareils oublis la comblait d'une joie secrète ; et parfois elle eût volontiers pleuré de plaisir lorsque, pénétré de remords, il se demandait à quoi diable il avait pensé.

D'autres fois, elle lui faisait perdre de vue les plaisirs de son métier, et l'amenait à parler de ses périls, périls encourus pour l'amour de cette jalouse maîtresse appelée la mer, qui avait absorbé une si forte part de son existence, l'empêchant de pratiquer et de connaître tout ce qui n'était pas elle. A deux reprises, il avait fait naufrage. En mainte et mainte circonstance, il s'était vu menacé de mort, lui et tous ses compagnons, et n'en avait réchappé que par miracle. C'était toujours à regret qu'il s'engageait dans de tels récits et revenait sur ses lointains désastres : il fallait le tenter adroitement, semer la conversation de petits pièges, pour lui faire raconter l'épouvante du vaste abîme. Quand Magdalen y était parvenue, elle lui prêtait une oreille avide et l'écoutait, pouvant à peine respirer, tandis que ses effrayants récits, rendus plus frappants encore par le simple langage du narrateur, tombaient l'un après l'autre de ses lèvres. Cet héroïsme qui s'ignorait si noblement, la modestie naïve qu'il mettait à raconter ses actes de patience indomptable et de courageuse abnégation restés simplement pour lui autant de devoirs accomplis, autant de consignes exécutées, l'élevaient dans l'estime de Magdalen à de telles hauteurs et le plaçaient si fort au-dessus d'elle qu'elle éprouvait une sorte d'impatience et de gêne tant qu'elle n'avait pu renverser l'idole dont elle-même avait dressé le piédestal. C'était en de semblables occasions qu'elle exigeait de lui avec le plus de rigueur toutes ces petites attentions familières auxquelles les femmes attachent tant de prix dans leurs rapports avec l'autre sexe. « Cette main, se disait-elle, prenant un plaisir exquis à suivre son idée pendant qu'il s'empressait autour d'elle, cette main qui arrachait naguère à la mort des êtres engloutis sous les flots, c'est la même qui dispose autour de moi mes oreillers, et si doucement que je sais à peine s'ils remuent. Cette main qui a suivi les hommes enivrés de révolte et les a courbés de vive force sous le joug de la discipline, c'est la même qui mélange ma limonade et me prépare une orange avec plus de soins et d'adresse que je ne le ferais moi-même… Oh ! si j'étais homme, que je voudrais ressembler à celui-ci ! »

Jamais, en sa présence, elle ne donnait d'essor à des pensées de ce genre. C'était seulement lorsque la nuit les avait séparés qu'elle se hasardait à méditer sur ce dévouement, cette abnégation dont la clémence du ciel avait fait les instruments de son salut. Kirke ne savait guère à quel point elle s'occupait de lui pendant ces heures paisibles qu'elle passait toute seule dans sa chambre avant de se livrer au sommeil. Il ne soupçonnait ni l'influence qu'il avait acquise sur elle ni ce souffle nouveau dont il animait cette vie renouvelée, en qui le sentiment de la résurrection semblait développer des facultés jusque-là inconnues. « Elle n'a personne que moi pour la distraire, la pauvre enfant ! pensait-il quelquefois avec tristesse, assis tout seul dans sa petite chambre du second. N'importe : si un pauvre diable comme moi peut l'aider à tromper ses ennuis jusqu'à l'arrivée de ses vrais amis, c'est de bien bon cœur que je mets à sa disposition toutes mes chroniques du gaillard d'arrière. »

Maintenant, chaque fois qu'il demeurait seul, l'abattement, l'inquiétude s'emparaient de lui. Peu à peu, il prit l'habitude de se promener tout seul, à pied, la nuit, pendant de longues heures, alors que Magdalen le croyait endormi à l'étage supérieur. Il lui arriva, une fois, de sortir de jour, à l'improviste, et pour affaires, à ce qu'il dit. La veille au soir, la conversation établie entre Magdalen et lui avait amené la jeune malade à lui faire connaître son âge : « Elle vient d'avoir vingt ans, pensait-il. De quarante et un, retrancher vingt… La soustraction est facile, et c'est une de ces opérations comme doit les aimer mon petit neveu. » Il se rendit aux docks, et jeta un regard amer sur les bâtiments pressés dans leur enceinte : « Il ne faut pas, se disait-il, que j'oublie comment un navire est fait. Il ne se passera pas longtemps avant que je revienne à mon vieux métier. » En quittant les docks, il alla rendre visite à un de ses confrères de la marine marchande, un chef de famille. Dans le cours de la conversation, il lui arriva de demander à son ami quelle différence d'âge existait entre lui et sa femme. Le mari n'avait que six ans de plus.

– Je présume que cela suffit, dit Kirke.

– Oui, répondit son ami, c'est tout ce qu'il faut… Est-ce que vous penseriez enfin à prendre femme ? Choisissez-la faite et parfaite, dans les trente-quatre à trente-cinq ans ; si je sais calculer, Kirke, c'est là le chiffre qui vous convient…

Le temps s'écoulait doux et rapide, ce temps où elle se rétablissait si bien, ce temps dont il commençait à se méfier déjà.

Mr. Merrick surprit un jour le capitaine Kirke, en venant le relancer de fort bonne heure dans sa petite chambre, au second étage.

– Je suis arrivé hier à cette conclusion, dit le docteur entrant brusquement dans le vif du sujet, que notre malade était assez forte pour que nous puissions, sans trop prendre de risques, nous mettre en communication avec ses amis : en conséquence, j'ai suivi le fil conducteur que cet original, le capitaine Wragge, a naguère placé entre nos mains. Il nous avait conseillé, vous vous le rappelez, de nous adresser à un Mr. Pendril, avocat. J'ai vu Mr. Pendril il y a deux jours, et il m'a renvoyé, un peu à contrecœur, j'ai lieu de le penser, à une vieille demoiselle nommée Miss Garth. Les renseignements que j'ai obtenus d'elle m'ont prouvé que nous avions agi très sagement en suivant la marche que nous nous sommes tracée. C'est une histoire profondément triste, et je puis dire, quant à moi, que j'admets en faveur de notre pauvre malade une foule de circonstances atténuantes. L'unique parente qu'elle ait au monde est sa sœur aînée. J'ai conseillé que cette sœur commençât par lui écrire, et ensuite, si la lettre n'avait pas fait de mal, qu'elle se présentât en personne d'ici à deux jours. Je n'ai pas voulu donner d'adresse, afin de nous prémunir contre toute visite qu'on ferait ici sans ma permission. Je me suis seulement chargé de faire parvenir la lettre ; et à mon retour chez moi, je vais fort probablement l'y trouver. Pouvez-vous l'attendre ici ? Je vais l'envoyer par mon domestique, car il y a fort peu de chances que je puisse l'apporter. Vous vous bornerez à guetter un moment où notre malade ne soit pas dans la chambre du devant, et vous y déposerez la lettre, assez en évidence pour qu'elle ne puisse manquer de l'apercevoir quand elle entrera. Avant qu'elle ait rompu le cachet, l'écriture de l'adresse lui aura tout révélé. Ne lui en parlez pas, prenez soin que la logeuse soit à portée de voix et laissez notre malade à elle-même. Je sais que je puis me fier à vous pour suivre mes instructions de point en point ; c'est pourquoi je vous demande de nous rendre ce service… Mais qu'avez-vous donc ? Vous semblez un peu abattu, ce matin… Rien de plus naturel, après tout. Vous êtes habitué, capitaine, aux brises marines, et vous commencez à dépérir dans cette atmosphère close.

– Puis-je, docteur, vous poser une question ? Dans cette atmosphère close, ne dépérit-elle pas, elle aussi ? Et quand sa sœur viendra, sa sœur ne va-t-elle pas l'emmener ?

– Bien certainement… du moins, si on me demande conseil. D'ici à huit jours, peut-être plus tôt, on pourra la transporter… Bien le bonjour ! Vous êtes certainement très abattu, et votre main annonce la fièvre… Vous avez besoin d'eau salée, capitaine, c'est faute d'eau salée que vous languissez ainsi !

Ayant exprimé cette opinion judicieuse, le médecin s'en alla gaiement.

Une heure après, la lettre arriva. Kirke, sans y jeter les yeux, la prit comme à regret des mains de la logeuse, avec une sorte de brusquerie. S'étant assuré que Magdalen était encore à sa toilette, et après avoir expliqué à la maîtresse du logis qu'elle devait se tenir prête à répondre au premier appel, il descendit aussitôt et alla poser la lettre sur la table de la chambre où la malade et lui avaient l'habitude de se réunir.

Magdalen entendit sur le palier le bruit de ce pas qu'elle connaissait si bien :

– Je serai bientôt prête, lui cria-t-elle à travers la porte.

Sans rien répondre, il prit son chapeau et sortit. Après un moment d'hésitation, il tourna du côté de l'est et alla voir, dans leurs bureaux de Cornhill, les armateurs qui l'employaient ordinairement.

III

Le premier regard que Magdalen jeta autour de la chambre vide lui fit apercevoir la lettre posée sur la table. Ainsi que le docteur l'avait prédit, la simple lecture de l'adresse fut pour elle toute une révélation.

Pas un mot ne sortit de ses lèvres. Elle demeurait assise à côté de la table, pâle et silencieuse, la lettre sur les genoux. Par deux fois elle essaya de l'ouvrir, par deux fois elle la laissa retomber. Ce n'était pas seulement les souvenirs du passé qui la préoccupaient à la vue de ces caractères tracés par sa sœur : il s'y joignait maintenant une crainte dont l'objet était Kirke. « Ma vie passée ! se disait-elle. Que va-t-il penser de moi quand il connaîtra ma vie passée ? »

Un nouvel effort lui permit enfin de décacheter l'épaisse missive. De l'enveloppe tomba une seconde lettre qui lui était également adressée et dont l'écriture lui était inconnue. Elle mit à part cette seconde lettre et lut les lignes tracées par Norah.

Ventnor, île de Wight,
le 24 août.

Ma bien chère Magdalen,

Lorsque cette lettre te parviendra, tâche de te persuader que nous sommes séparées depuis hier seulement. Chasse de ton esprit (ainsi que je l'ai fait moi-même) tous les souvenirs d'un passé douloureux.

Il m'est strictement interdit de t'agiter, de te fatiguer par une trop longue lettre. M'est-il permis cependant de te dire que je suis la plus heureuse femme de ce bas monde ? J'aime à le croire, car il me serait bien difficile de garder ce secret pour moi toute seule.

Prépare-toi, ma chère sœur, à la plus grande surprise qu'il m'ait jamais été donné de te causer : ta sœur est mariée. Il y a aujourd'hui huit jours et pas davantage que j'ai abdiqué le nom de ma famille : je suis depuis une semaine l'heureuse femme de George Bartram de St. Crux.

Il y a eu d'abord quelques obstacles à notre mariage ! Certains d'entre eux, j'en ai bien peur, venaient de moi. Mon mari, par bonheur, avait deviné dès le début toute la tendresse qu'en réalité j'avais pour lui ; et après que j'eus laissé perdre par ma faute une première occasion de lui avouer à quel point je l'aimais, il a bien voulu m'offrir une seconde chance dont cette fois j'ai eu la sagesse de profiter. Ce mariage doit d'autant plus t'intéresser, sœur chérie, que tu en es un peu la cause. Si je n'étais pas allée du côté d'Aldborough chercher tes traces perdues, si George n'y avait pas été amené à la même époque par des circonstances auxquelles tu étais mêlée, nous ne nous serions jamais rencontrés, mon mari et moi. Lorsque nous remontons aux premières impressions que nous ayons reçues l'un de l'autre, tu es inséparable de ces doux souvenirs.

J'ai à tenir l'engagement que j'ai pris de ne pas te fatiguer ; il faut donc (et bien à regret) que j'abrège cette lettre. Patience ! patience ! je te reverrai bientôt. Nous allons, George et moi, partir pour Londres d'où nous comptons te ramener à Ventnor. Note bien que ceci est une invitation de mon mari aussi bien que de moi. Ne crois pas, Magdalen, que j'aie voulu l'accepter avant de lui avoir appris à penser de toi ce que j'en pense moi-même, à souhaiter ce que je souhaite, à espérer ce que j'espère. J'aurais beaucoup à te dire là-dessus et beaucoup à te parler de George, si je pouvais donner libre carrière à mes pensées et à ma plume. Mais je dois laisser à Miss Garth (sur sa demande très expresse) un blanc à remplir dans la dernière page de cette lettre. Je ne puis donc qu'ajouter un mot avant de te dire adieu ; ce mot te préviendra que je te tiens en réserve, pour notre prochaine rencontre, une surprise de plus. N'essaye pas de deviner ce qu'elle peut être. Tes efforts de conjectures pourraient durer des siècles sans te mettre beaucoup plus près de la vérité que tu n'y es maintenant.

Ta sœur bien affectionnée,

Norah Bartram.

(Ajouté par Miss Garth.)

Ma chère enfant,

Si jamais j'avais pu perdre le souvenir de la tendresse que je vous ai vouée, je le retrouverais dans mon cœur en apprenant, comme aujourd'hui, qu'il a plu au Seigneur de vous arrêter sur le seuil de la tombe pour vous ramener dans nos bras. J'ajoute ces lignes à la lettre de votre sœur, n'étant pas bien sûre que vous soyez en état, au point où elle le pense, d'accepter son affectueuse proposition. Dans tout ce qu'elle vous a dit d'elle ou de son mari, pas un mot à retrancher. Mais vous ne connaissez pas Mr. Bartram, et si vous pensez que votre rétablissement se fera pour vous d'une manière plus agréable et plus commode sous l'aile de votre ancienne gouvernante que sous la protection de votre nouveau beau-frère, venez à moi tout d'abord, et sachez bien que je me charge de faire accepter à Norah cette modification aux plans qu'elle a conçus. Je me suis assuré le bail à volonté d'un petit cottage de Shanklin, assez près de votre sœur pour que vous puissiez vous voir aussi fréquemment que vous voudrez, mais en même temps assez éloigné pour vous garantir, quand vous en aurez besoin, les privilèges de la solitude. Faites-moi passer un mot, d'ici à notre prochaine entrevue, pour me faire connaître votre acceptation ou votre refus, et j'écrirai à Shanklin par la poste du même jour.

Toujours tendrement à vous,

Harriet Garth.

La lettre tomba des mains de Magdalen. Des pensées qui jamais ne s'étaient fait jour dans son intelligence l'occupaient maintenant tout entière.

Norah, qui n'avait opposé à une infortune imméritée que le courage de la résignation, Norah, qui avait patiemment accepté un lot difficile, et qui, du premier jour au dernier, n'avait prémédité aucune vengeance, ne s'était avilie par aucune déception, Norah était arrivée au but que toute l'adresse, toute l'obstination, toute l'audace de sa sœur, n'avaient pu faire atteindre à celle-ci. Ouvertement, honorablement, en vertu d'un amour réciproque, Norah était devenue la femme de celui à qui était échu l'argent représentant la propriété de Combe-Raven, et c'était l'intrigue même ourdie par Magdalen pour recouvrer cette fortune qui avait amené l'incident devenu la cause première de leur hymen.

Avec la première notion de cette étourdissante découverte, les luttes anciennes recommencèrent en elle. Le Bien et le Mal se la disputèrent encore une fois, mais avec un surcroît de force tant d'un côté que de l'autre, avec ce nouveau souffle qui se mêlait aux aspirations de sa vie renouvelée, avec ces sentiments élevés que lui inspirait sa reconnaissance, toujours croissante, pour l'homme qui l'avait sauvée, luttant pour le bon côté d'elle-même. Toutes les hautes tendances de sa nature, celles-là mêmes qui ne lui avaient jamais permis de faillir impunément, celles qui l'avaient torturée, avant et après son mariage, par des remords que ne saurait éprouver une femme foncièrement mauvaise, foncièrement dépourvue de cœur, tous les éléments nobles de son caractère, groupèrent leurs forces pour le combat final, et lui firent accepter, sans indignes répugnances, la lumière vengeresse qui éclatait à ses yeux. Des cendres de ses passions mortes, de la tombe où ses espérances étaient enfouies, la vérité se dégageait de plus en plus nette, jetant autour d'elle les rayons immortels qui lui ont été providentiellement départis. Lorsqu'elle jeta un nouveau regard sur la lettre, lorsqu'elle relut ces mots d'où il résultait que la victoire de sa sœur et non la sienne leur avait rendu la fortune jadis perdue, elle avait déjà victorieusement foulé aux pieds toutes les mesquines jalousies, tous les vils regrets ; et c'était du fond de son cœur, en toute sincérité, sans réserve aucune, qu'elle prononça ces mots : « Norah l'a bien mérité ! »

La journée s'écoula. Elle demeurait absorbée dans ses pensées, ne songeant plus à la seconde lettre qu'elle n'avait pas encore ouverte, au moment où Kirke revint de sa longue course.

Il s'arrêta sur le palier et, entrouvrant la porte seulement de quelques pouces, demanda sans entrer si Magdalen avait besoin de quelque chose qu'il lui pût envoyer. Elle le pria de venir auprès d'elle, et s'étonna, tant son visage exprimait la tristesse et la fatigue, de le trouver plus vieux qu'il ne lui avait jamais paru.

– Est-ce vous, lui demanda-t-elle, qui avez déposé sur la table cette lettre à mon adresse ?

– Oui… je l'y ai mise à la prière du docteur.

– Et il vous aura dit, je pense, que ma sœur l'a écrite ? Elle doit venir me voir, en compagnie de Miss Garth. Toutes deux vous remercieront mieux que je ne saurais le faire des bontés dont vous m'avez comblée.

– Je n'ai aucun droit à leurs remerciements, répondit-il avec une sorte de sévérité. Ce que j'ai fait a été pour vous, non pour elles…

Il cessa de parler et la regarda. Par ce regard il se serait trahi, et lorsqu'il reprit la parole, sa voix l'aurait trahi mieux encore, si Magdalen n'avait pas déjà deviné la vérité.

– Lorsque vos amis viendront, recommença-t-il, ce sera, je présume, pour vous emmener dans quelque résidence meilleure que celle-ci ?

– Ils ne peuvent en choisir aucune, répondit-elle avec douceur, où je trouve des pensées meilleures que celles de l'endroit où j'ai vécu sous votre protection… Ils ne sauraient me placer auprès d'un ami plus cher que celui à qui j'ai dû la vie…

Il se fit entre eux un moment de silence.

– Nous avons été très heureux ici, continua-t-il de plus en plus bas. Puis-je espérer que vous ne m'oublierez pas quand nous nous serons dit adieu ?

Elle pâlit au moment où ces paroles franchirent les lèvres de Kirke ; puis, quittant son fauteuil, elle s'agenouilla près de la table de manière à le regarder droit au visage, et le contraignit ainsi à la regarder de même :

– De quoi parlez-vous là ? lui demanda-t-elle. Nous n'allons pas nous dire adieu, du moins pas encore ?

– Je croyais…, commença-t-il.

– Eh bien ?

– Je croyais que vos amis allaient venir…

Elle l'interrompit avec une ferveur passionnée.

– Croyez-vous donc, lui dit-elle, que je m'en irais d'ici avec qui que ce soit, même avec les plus chers parents que j'aie au monde, et que je vous y laisserais sans m'informer, sans m'inquiéter de l'époque où nous pouvons nous revoir ? Oh ! vous ne croyez pas cela de moi ! s'écria-t-elle avec des larmes dans les yeux. J'en suis sûre, vous ne croyez pas cela de moi !

– Non, dit-il, je n'ai jamais eu, je n'aurai jamais, en ce qui vous concerne, une pensée qui vous fasse tort ou qui vous rabaisse à mes yeux.

Avant qu'il pût ajouter un seul mot, elle s'éloigna de la table aussi soudainement qu'elle s'en était approchée et retourna s'asseoir dans son fauteuil. Il lui avait répondu, sans le savoir, de manière à lui remettre en mémoire la dure nécessité qui restait à subir, la nécessité de lui révéler ce passé ténébreux qu'il ne connaissait pas encore. Quant à le lui dissimuler, elle n'y songea même pas. « M'aimera-t-il encore, lorsqu'il saura tout, comme il m'aime maintenant ? » Telle était son unique pensée au moment où elle luttait contre la répugnance qui l'avait empêchée jusque-là d'aborder ce sujet devant lui.

– Laissons mes sentiments hors de question, lui dit-elle… J'ai une autre raison de ne pas m'éloigner avant d'être assurée que je vous reverrai. Vous avez droit, et le meilleur droit qu'on puisse revendiquer, à savoir comment je suis arrivée ici à l'insu de mes amis, et comment il se fait que vous m'avez trouvée aux prises avec une telle déchéance.

– Je ne revendique aucune espèce de droit, dit-il précipitamment, je ne veux rien savoir de ce qui peut vous coûter à dire.

– Vous avez toujours fait votre devoir, répliqua-t-elle avec un faible sourire. Souffrez, si cela se peut, que je suive votre exemple et que j'essaie de faire le mien.

– Je suis assez vieux pour être votre père, dit-il à son tour, non sans amertume. L'accomplissement du devoir est plus facile à mon âge qu'il ne l'est au vôtre.

Son âge était pour lui une préoccupation si constante qu'il l'en croyait également préoccupée. Or elle n'y avait jamais pensé. L'allusion qu'il venait d'y faire ne l'écarta pas un moment du sujet qu'elle voulait traiter avec lui.

– Vous ne savez pas quel prix j'attache à votre bonne opinion de moi, reprit-elle avec un effort énergique pour ranimer son courage défaillant. Comment me sentir digne de vos bontés, comment me croire des droits à votre estime, tant que je ne vous aurai pas ouvert mon cœur ! Ne m'encouragez pas en cette malheureuse faiblesse qui me retient ! Aidez-moi, au contraire, à vous dire la vérité ; forcez-moi, s'il le faut, à vous la dire ; et cela dans mon intérêt, si ce n'est dans le vôtre !

Il fut profondément ému par la fervente sincérité de l'appel qui lui était ainsi fait.

– Soit, reprit-il. Vous la direz, cette vérité. C'est vous qui avez raison, et c'est moi qui avais tort… (Il s'arrêta un instant, après avoir prononcé ces paroles.) Ne vous serait-il pas plus facile, demanda-t-il ensuite, obéissant à un sentiment de délicatesse, d'écrire de tels aveux plutôt que de les faire de vive voix ?

Elle s'empara aussitôt de cette idée.

– Bien plus facile, répondit-elle. La plume à la main, je suis sûre de moi, je suis certaine de ne vous rien cacher… Mais vous, en revanche, ne m'écrivez pas ! ajouta-t-elle tout à coup, comprenant, avec ce prompt instinct de pénétration qui ne manque jamais à une femme, le danger de perdre l'influence personnelle qu'elle exerçait sur lui. Attendez notre prochaine entrevue, et vous me direz alors, vous me direz vous-même ce que vous pensez de moi.

– Où vous le dirai-je ?

– Ici, répondit-elle avec énergie. Ici même où vous m'avez trouvée dans un complet abandon ; ici même où vous m'avez rendue à la vie et où j'ai appris à vous connaître. Ce que vous auriez de plus pénible à me dire, je puis le supporter, à condition de l'entendre dans la chambre même où nous sommes. Il est impossible qu'on m'emmène pour plus d'un mois ; un mois sera bien assez. Si je reviens… (Elle s'arrêta, un peu troublée.) Mais, reprit-elle, je pense à moi lorsque je devrais ne m'occuper que de vous. Vous avez vos occupations… vos amis. Voulez-vous décider ce qui doit se faire ? Voulez-vous régler notre prochaine rencontre ?

– Tout se fera selon vos désirs. Si vous revenez dans un mois, vous me trouverez ici.

– Cet arrangement ne vous oblige-t-il à aucun sacrifice ?

– Il ne m'en coûtera rien, répondit-il, sinon une nouvelle course du côté de la City… (Il se leva et prit son chapeau.) Il faut que je parte tout de suite, ajouta-t-il, si je veux arriver à temps…

– C'est donc une promesse que nous nous faisons, dit-elle en lui tendant la main.

– Oui, répondit-il avec un peu de tristesse. C'est une promesse.

Si léger qu'il fût, le nuage de mélancolie qui obscurcissait son visage causa une vive peine à la jeune malade. Oubliant tous les autres soucis devant celui qu'elle avait à consoler, elle pressa doucement la main qu'il lui avait donnée. « Si ceci ne lui révèle pas la vérité, pensait-elle, il faut désespérer de la lui faire entendre. »

La vérité ne lui fut cependant pas révélée, mais ce geste expressif le contraignit à s'adresser une question devant laquelle il avait toujours reculé jusqu'alors. « Est-ce sa reconnaissance ou bien son amour qui me parle ainsi ? se demandait-il étonné. Que ne suis-je plus jeune ! j'oserais presque espérer… » Mais cette terrible opération d'arithmétique qui s'était imposée à lui le jour où Magdalen lui avait dit son âge revint l'inquiéter de nouveau dès qu'il fut sorti de la maison. De temps en temps, pendant qu'il se rendait aux bureaux de ses armateurs, il retranchait vingt de quarante et un sans que le résultat obtenu pût jamais le satisfaire.

Magdalen, quand elle se retrouva seule, approcha de la table pour tracer le mot de réponse que lui avait demandé Miss Garth et accepter avec reconnaissance la proposition qui lui était adressée.

Au moment où elle changeait de place, le premier objet sur lequel ses yeux se fixèrent fut la seconde lettre, d'abord mise de côté, puis complètement oubliée. Elle l'ouvrit immédiatement et, ne reconnaissant pas l'écriture, regarda de qui elle était signée ; sa surprise fut grande lorsqu'elle constata que son correspondant inconnu n'était rien de moins que le vieux Mr. Clare, le père de Frank !

La lettre du philosophe, dépourvue de toutes les formules ordinaires, entamait, sans aucune espèce de préface et dans les termes les moins ménagés, le sujet qu'il s'était proposé de traiter :

J'ai encore des nouvelles à vous donner de ce méprisable roquet que je suis forcé d'appeler mon fils. Les voici en aussi peu de mots que possible.

Je vous ai toujours dit, vous vous le rappelez peut-être, que Frank était un vaurien, lâche et sans énergie. C'est dans ce rôle que nous allons le retrouver immédiatement après son évasion de chez les patrons qu'il avait en Chine. Où croyez-vous, effectivement, qu'il se montre alors pour la première fois ? Derrière deux barils de farine à l'abri desquels il s'était dissimulé à bord d'un bâtiment anglais frété pour revenir de Hong-Kong à Londres.

Le navire s'appelait la Délivrance, *et il était sous les ordres d'un certain capitaine Kirke. Au lieu d'agir en homme de bon sens et de jeter Frank par-dessus bord, le capitaine Kirke fut assez simple pour prêter l'oreille à ses récits. Vous pensez bien que mon drôle tira de ses malheurs tout le parti possible : il était à moitié mort de faim, perdu dans un pays étranger, sans un ami pour lui prêter assistance, et ne voyant d'autre moyen de se rapatrier que de se glisser furtivement dans la cale de quelque navire anglais, il avait pris ce parti, à Hong-Kong, deux jours auparavant... Telle fut en résumé son histoire. N'importe quel autre vaurien, dans la situation de Frank, eût été rossé à coups de corde par n'importe quel autre capitaine. Mais comme il ne méritait aucune pitié, mon Frank, tout naturellement, fut accueilli le mieux du monde, et sans la moindre hésitation. Le capitaine lui tendit la main, l'équipage s'apitoya, les passagers s'intéressèrent à lui; tous se cotisèrent pour le nourrir, l'habiller, financer, en un mot, son retour. C'est assez de chance comme cela, direz-vous. Pas le moins du monde. Jamais mon méprisable fils n'épuisera les faveurs de la destinée.*

Le navire fit escale au cap de Bonne-Espérance. Là, tout aussi simple qu'à l'ordinaire, le capitaine Kirke prit à bord, en qualité de passagère, une femme, nullement jeune, tout au contraire, la veuve plus que mûre d'un riche colon. Ai-je besoin de dire qu'elle témoigna aussitôt le plus vif intérêt à Frank et à ses malheurs? Ai-je besoin de vous raconter ce qui s'ensuivit? Revenez sur toute la carrière de mon fils, et vous verrez que ce qui s'ensuivit est parfaitement d'accord avec ce qui avait précédé. Il ne méritait pas l'intérêt que votre père lui montra, mais il l'avait obtenu. Il ne méritait pas votre affection, mais il l'avait obtenue. Il ne méritait pas la meilleure place dans une des meilleures maisons de Londres; il ne méritait pas les chances excellentes que lui offrait son admission dans un des meilleurs établissements de commerce qu'il y eût en Chine; il ne méritait pas ce passage gratuit, ni d'être nourri, habillé, choyé comme il le fut, mais il n'en a pas moins obtenu toutes ces choses. Enfin, et ce n'est pas le moins beau, il ne méritait même pas d'épouser une femme assez vieille pour être sa grand-mère; il ne l'en a pas moins épousée. Il n'y a pas cinq minutes que j'ai balayé ses faire-part dans le panier aux ordures et jeté au feu la lettre qui les accompagnait. Le dernier renseignement que m'apporte cette lettre, c'est que maître Frank et son épouse cherchent une habitation et un domaine qui puissent leur convenir. Or (notez bien ce que je vais vous dire!) Frank aura un des plus beaux domaines d'Angleterre; un siège à la Chambre des communes sera sans doute l'appendice naturel de cette magnifique propriété : d'où suit que parmi les législateurs de ce pays conduit par des ânes, j'aurai le plaisir de voir figurer... MON GREDIN !

Si vous avez le bon sens que je vous ai toujours reconnu, il y a longtemps que la véritable valeur de Frank vous a été révélée, et les nouvelles que je vous transmets ne feront que vous confirmer dans le mépris qu'il vous inspire. J'aurais voulu que votre pauvre père eût vécu tout au moins jusqu'à ce jour ! Si fréquemment que j'aie regretté les causeries de cet excellent voisin, je ne crois pas avoir jamais déploré sa perte comme je la déplorais ce matin, lorsque la lettre de Frank et ses faire-part ont été remises dans mes mains.

Votre ami, si jamais il vous en fallait un,

FRANCIS CLARE, *senior.*

Sauf un léger trouble, produit par l'apparition du nom de Kirke dans le singulier récit de Mr. Clare, Magdalen lut la lettre sans sourciller, d'un bout à l'autre. Le temps était bien loin où cette lettre eût pu lui causer une impression pénible ; les écailles, depuis plus d'un jour, étaient tombées de ses yeux. Mr. Clare lui-même eût été content, s'il avait pu voir le tranquille mépris qu'exprimait son visage au moment où elle mettait sa lettre de côté. Le seul souci que cette lettre lui donnât avait Kirke pour objet. Le ton d'indifférence sur lequel il avait parlé devant elle des passagers embarqués avec lui pendant son dernier voyage, et cela sans nommer aucun d'eux, lui prouvait que Frank avait dû garder le silence sur le mutuel engagement qui naguère les liait l'un à l'autre. Il lui restait donc toujours à taire ce pénible aveu des illusions évanouies, comme partie intégrante des révélations qu'elle avait promises, et qui n'admettaient aucune réserve.

Elle écrivit à Miss Garth et fit immédiatement porter la lettre à la poste.

La réplique arriva dès le lendemain matin. Miss Garth avait écrit pour retenir le cottage de Shanklin, et Mr. Merrick avait consenti à ce que Magdalen y fût transférée dès le lendemain. Norah voulait être la première à voir sa sœur, et Miss Garth la suivrait de près, avec une bonne voiture, pour conduire la malade jusqu'à la gare. Tous les arrangements nécessaires étaient prévus. Magdalen n'aurait très exactement qu'à se laisser emporter. Elle éprouvait, en lisant ce billet, un sentiment de reconnaissance, mais ses pensées prirent bientôt un autre cours et suivirent Kirke, cheminant alors vers la City. Quelle affaire pouvait l'y appeler de si bonne heure ? Et comment se faisait-il que la promesse échangée entre eux pût l'obliger à y retourner deux fois dans la journée ?

Était-ce par hasard une affaire ayant rapport à son métier ? Ses patrons le pressaient-ils de retourner à leur navire ?

IV

C'en était fait de la première agitation que les deux sœurs avaient éprouvée en se retrouvant ; la vivacité de leurs premières impressions, mélangées de plaisir et de peine, était quelque peu atténuée. Norah et Magdalen, assises l'une à côté de l'autre, se tenaient par la main, chacune absorbée dans la plénitude de sa joie silencieuse.

Magdalen fut la première à parler.

– Tu avais une chose à me dire, Norah ?

– J'en ai mille, ma chérie, et toi dix mille à me raconter… Mais tu parles sans doute de cette seconde surprise que ma lettre t'annonçait ?

– Précisément… Je suppose qu'elle doit me toucher de fort près, sans quoi tu n'aurais pas songé à la mentionner dans ta première lettre ?

– Elle te touche, en effet, de très près… Tu as sans doute entendu parler du château que possède George dans le comté d'Essex ? Le nom de St. Crux, à tout le moins, doit t'être familier ? Y a-t-il là de quoi tressaillir, ma chère ? Je crains bien que tu ne sois pas encore de force à supporter des surprises nouvelles ?

– Les forces ne me manquent point, Norah… J'ai, moi aussi, à te parler de St. Crux… et, de mon côté, je te réserve également une surprise.

– Veux-tu me conter cela maintenant ?

– Non, pas tout de suite… Tu l'apprendras quand nous serons au bord de la mer, tu l'apprendras avant que j'accepte cette cordiale invitation qui m'ouvre le château de ton mari.

– Qu'est-ce que cela peut être ? Pourquoi ne pas me l'expliquer tout de suite ?

– Autrefois, Norah, tu me donnais souvent l'exemple de la patience ; ne me le donneras-tu pas aujourd'hui ?

– Ah ! de tout mon cœur, si tu y tiens… Et maintenant, faut-il revenir à mon histoire ? Oui ! Eh bien ! reprenons-la sans plus tarder… Je te disais donc que St. Crux est le château qu'habite George dans le comté d'Essex, le château que son oncle lui a légué. Sachant que Miss Garth désirait voir cette résidence, il avait laissé ordre (lorsqu'il partit pour l'étranger, après la mort de l'amiral) de l'y admettre avec les amis dont elle pourrait être accompagnée, au cas où pendant qu'il serait absent, elle viendrait parcourir les environs. Miss Garth et moi, ainsi qu'un certain nombre des amis de Mr. Tyrrel, nous nous trouvâmes, peu après le départ de George, dans le voisinage de St. Crux. Nous avions tous été invités à voir lancer le nouveau yacht de Mr. Tyrrel, dans les chantiers du constructeur, à Wivenhoe, dans le comté d'Essex. L'opération terminée, le reste de la société s'en retourna dîner à Colchester, tandis que Miss Garth et moi nous trouvions moyen de nous installer dans la même voiture, sans avoir personne avec nous, si ce n'est mes deux petites élèves. Le cocher reçut ses ordres et nous fit faire un détour qui nous menait à St. Crux. Les portes s'ouvrirent dès que Miss Garth se fut nommée, et on nous promena successivement dans toutes les parties du château. Je ne sais vraiment trop comment vous le décrire ; c'est le plus bizarre endroit où jamais je me sois trouvée…

– Passe la description, Norah ! mieux vaut continuer ton histoire.

– Comme tu voudras. Mon histoire va me conduire tout droit dans une des pièces de St. Crux, galerie presque aussi longue que votre rue, et si triste d'aspect, si mal tenue, si terriblement glaciale, que son seul souvenir me fait frissonner. Miss Garth ne demandait qu'à la quitter le plus tôt possible et j'étais tout à fait de son avis. Mais la femme de charge refusa de nous laisser partir avant que nous eussions jeté un coup d'œil sur un meuble singulier, l'unique décoration de cette immense pièce. Elle l'appelait, je crois, un trépied. (Il n'y a pas là de quoi t'alarmer, Magdalen ! Je t'assure qu'il n'y a pas là de quoi t'alarmer !) En somme, c'était un étrange objet, perché sur trois longues tiges, et supportant à son sommet une espèce de grand bassin rempli de cendres et de charbons éteints. Les connaisseurs (à ce que disait la femme de charge) le regardaient comme un modèle de ciselure sur métal et, de plus, elle nous fit spécialement remarquer la beauté de certaines vignettes qui s'enroulaient à l'intérieur du bassin, portant des devises latines dont le sens était… je ne sais plus quoi. Tout cela ne m'inspirait pas le moindre intérêt ; mais, pour faire plaisir à notre guide, j'examinai de près ses merveilleuses vignettes. A parler vrai, la bonne femme m'ennuyait assez avec ses tirades répétées par cœur, lesquelles constituaient un véritable cours de ciselure ; aussi en étais-je venue, tandis qu'elle parlait, à promener mes doigts parmi ces cendres blanches, légères, douces au toucher, faisant semblant de prêter l'oreille, mais la tête à cent lieues de ce qui m'était dit. Je ne sais depuis combien ou combien peu de temps je jouais ainsi avec ces cendres lorsque mon doigt rencontra, tout à coup, un morceau de papier froissé qui se trouvait assez profondément enfoui sous elles. Ramené à la surface, il se trouva que ce papier était une lettre, une longue lettre en caractères menus et serrés. Mais voilà, Magdalen, que tu prends les devants, et que mon récit se trouve achevé pour toi ! Aussi bien que moi, tu sais que ce papier, recouvert par mes doigts errant au hasard, n'est autre que la mystérieuse contre-lettre… Avance la main, chère sœur ! George m'a permis de te la montrer, et la voici !

Elle plaça la contre-lettre dans la main de sa sœur. Magdalen s'en saisit machinalement.

– Et c'est toi, dit-elle, regardant sa sœur avec le vif souvenir de tout ce qu'elle avait en vain risqué, de tout ce qu'elle avait souffert en vain à St. Crux… c'est toi qui l'as trouvée ?

– Oui, dit gaiement Norah. La contre-lettre a montré cette perversité naturelle à tous les objets perdus. Cherchez-les, ils demeurent invisibles. Ne vous en occupez plus, ils se manifestent aussitôt ! Ton avocat et toi, Magdalen, vous aviez raison tous deux en supposant que pareille découverte devait entraîner en ta faveur les conséquences les plus essentielles. Je passe sur toutes les consultations qui eurent lieu entre nous à propos de ce papier froissé que j'avais, par hasard, retiré des cendres. Elles ont abouti à une lettre qu'a reçue l'avocat de George, et au retour de George lui-même qu'on a rappelé de son voyage sur le Continent. Nous l'avons vu, Miss Garth et moi, aussitôt après son retour, et il a fait ce que ni l'une ni l'autre n'avions pu faire :

il nous a expliqué le mystère par suite duquel la contre-lettre se trouvait ainsi cachée sous une triple couche de cendres. Tu sauras que l'amiral Bartram a été sujet, toute sa vie, à des accès de somnambulisme. On l'avait surpris se promenant endormi, peu de temps avant sa mort, et justement à l'époque où de tristes préoccupations hantaient son esprit, au sujet de la lettre même que tu tiens. La pensée de George est que l'amiral a dû croire qu'il accomplissait, endormi, ce que la crainte même de la mort ne lui eût pas fait faire à ses heures de veille, à savoir, l'anéantissement de la contre-lettre. Peu de temps avant, on avait allumé du feu dans le brasero, et pendant son rêve, ce feu brûlait sans doute encore à ses yeux. C'est ainsi que George s'explique la place étrange où se trouvait la lettre, alors que le hasard me la fit découvrir. Restait ensuite à savoir ce qu'il y avait à faire d'un pareil document, et cette question dépassait un peu les bornes de l'intelligence féminine. Mais j'ai voulu la comprendre et j'y suis parvenue, parce que cette question t'intéressait directement.

– A mon tour de la comprendre si je puis, dit Magdalen. J'ai mes raisons pour désirer connaître ce document aussi à fond que tu le connais toi-même… Qu'a-t-il déjà fait pour les autres, et que doit-il faire pour moi ?

– Mon Dieu, chère Magdalen, quels singuliers regards tu lui jettes ! quel singulier langage tu tiens à son sujet ! Malgré son misérable aspect, ce chiffon de papier te met en possession d'une fortune.

– N'aurais-je réellement à cette fortune aucun autre droit que ceux dont m'investit ce papier ?

– Précisément. Ton unique titre, le voilà. Veux-tu que j'essaie, en deux mots, de t'expliquer ce mystère ? En elle-même, au dire des hommes de loi, la contre-lettre aurait pu donner lieu à contestations, à ceci près pourtant que George (aucun doute n'existe pour moi là-dessus) n'eût jamais voulu autoriser un procès pareil ! Mais, avec le post-scriptum que l'amiral Bartram y avait joint (tu n'as qu'à jeter les yeux sur les lignes inscrites, page 3, au-dessus de la signature), la contre-lettre constitue pour ses représentants une obligation légale aussi bien qu'un lien moral… Maintenant, je suis à bout de mon vocabulaire technique, et réduite à parler ma langue au lieu d'emprunter celle des avocats. Le résultat final est simplement ceci : tout l'argent retourne à la masse des biens de Mr. Noël Vanstone (encore un mot d'avocat ! Je suis plus savante que je ne croyais), et cela par la simple raison que cet argent n'a pas reçu l'emploi auquel l'avait destiné Mr. Noël Vanstone. Si Mrs. Girdlestone avait vécu, ou si George m'avait épousée quelques mois plus tôt, c'est précisément le contraire qui en fût résulté. Mais, dans l'état actuel des choses, on a déjà partagé le capital dont il est question en deux moitiés : l'une a été répartie entre les plus proches héritiers de Mr. Vanstone, c'est-à-dire entre mon mari et sa pauvre sœur infirme, laquelle a reçu l'argent un beau jour, avec toutes les formalités requises, pour faire plaisir à l'avocat, et l'a rendu le lendemain, le plus libéralement du monde, pour se faire plaisir à elle-même. Voilà ce qui est arrivé de la première moitié du legs... L'autre moitié, chère sœur, t'appartient tout entière... Comme les choses arrivent d'une manière imprévue, Magdalen ! Deux ans sont à peine écoulés depuis que toi et moi nous nous sommes trouvées orphelines et dépouillées de tout héritage ; or nous voici, au bout du compte, partageant entre nous la fortune de notre pauvre père !

– Un instant, Norah ! C'est par deux voies différentes que nos deux lots nous arrivent.

– Comment cela ? Le mien, je le dois à mon mari ; le tien... (Elle s'arrêta toute troublée et changea de couleur.) Pardonne-moi, chère sœur, dit-elle, portant à ses lèvres la main de Magdalen. J'ai perdu de vue ce qui eût dû rester présent à mon esprit. Je t'ai chagrinée sans le vouloir.

– Non ! dit Magdalen. Tu m'as au contraire donné du courage.

– Donné du courage ! Comment ?

– Tu vas voir.

A ces mots, elle quitta paisiblement le sofa et se dirigea vers la fenêtre ouverte. Avant que Norah pût la suivre, elle avait déchiré la contre-lettre en mille morceaux, et jeté ses débris dans la rue.

Cet acte accompli, elle revint s'asseoir et posa sa tête sur la poitrine de sa sœur avec un profond soupir qui attestait un véritable soulagement :

– Je ne veux rien devoir à ma vie passée, lui dit-elle. Je la rejette loin de moi, comme ces misérables lambeaux de papier que je viens de livrer aux quatre vents du ciel... Toutes les pensées, toutes les espérances qui s'y rapportaient, je m'en dépouille, et pour toujours !

– Magdalen ! mon mari ne souffrira pas, je ne souffrirai jamais moi-même que tu...

– Inutile d'achever ! Ce que ton mari trouvera juste, Norah, nous le trouverons juste, toi et moi… Je recevrai de vous ce que je n'aurais jamais accepté s'il m'avait fallu le tenir de cette lettre. Le but que j'avais rêvé, nous y touchons. Rien de changé, si ce n'est la position relative que je croyais autrefois nous être promise… Mais cela vaut mieux ainsi, chère sœur, cela vaut mieux, et de beaucoup.

Ainsi faisait-elle le dernier sacrifice de la perversité, de l'orgueil qui jadis avaient été ses guides. Et c'est ainsi qu'elle inaugurait une existence nouvelle, une existence ennoblie.

Un mois s'était écoulé. Jusque sur la fange des rues le soleil d'automne trouvait de brillants reflets ; et les horloges du voisinage venaient de sonner deux heures au moment où Magdalen revint seule frapper à la maison d'Aaron's Buildings.

– Est-ce qu'il m'attend ? demanda-t-elle avec une certaine inquiétude à la logeuse qui était venue lui ouvrir.

Il attendait, en effet, dans la chambre donnant sur la rue. Magdalen, d'un pas furtif, monta l'escalier et vint frapper à la porte. Kirke répondit négligemment et d'un air distrait, supposant, cela était clair, que la domestique sollicitait ainsi la permission d'entrer dans la chambre.

– Vous ne comptiez pas me voir si tôt ! lui dit-elle, arrêtée sur le seuil et tout heureuse de l'étonnement qu'il manifesta lorsque une fois debout il se prit à la contempler.

Les seules traces de maladie qui subsistaient encore sur son visage, ajoutant à la délicatesse de ses traits, en raffinaient pour ainsi dire la beauté. Sa robe de mousseline était des plus simples. Aucun autre ornement sur son chapeau de paille que le ruban blanc dont une main économe l'avait garni. Jamais, en ses meilleurs jours, elle n'avait paru plus charmante qu'elle était maintenant, tandis qu'elle s'approchait de la table où tout à l'heure encore il était assis, avec une petite corbeille de fleurs qu'elle rapportait de la campagne, et lorsqu'elle lui tendit affectueusement la main.

En l'examinant de plus près, il lui parut inquiet et rongé de soucis. Elle interrompit les questions qu'il commençait à lui adresser, pour lui demander si, depuis leur séparation, il était toujours resté à Londres, et n'avait pas pris au moins quelques jours pour aller voir ses amis dans le Suffolk ? Non, il était toujours resté à Londres… Ce qu'il omit d'ajouter, c'est que le joli presbytère du Suffolk ne gardait d'elle aucun de ces nombreux souvenirs qui enrichissaient à ses yeux les quatre pauvres murailles d'Aaron's Buildings. Il lui dit simplement qu'il n'avait pas quitté Londres.

– Je me demande, reprit-elle en le regardant avec attention, si vous êtes aussi heureux de me revoir que je suis heureuse de me retrouver près de vous.

– Peut-être mon bonheur est-il encore plus vif que le vôtre, répondit-il avec un sourire, mais je le ressens à ma manière.

Elle ôta son chapeau et son écharpe pour se réinstaller encore une fois dans ce fauteuil de malade qui lui avait si longtemps servi.

– Il est certain, dit-elle, que la rue est fort laide ; et personne, j'en suis sûre, ne contestera que la maison est fort petite. Malgré tout, oui, malgré tout il me semble que je rentre chez moi. Prenez sur ce siège votre place habituelle, et racontez-moi tout ce qui touche à vous. Je veux savoir tout ce que vous avez fait, bien plus, tout ce que vous avez pensé pendant que j'étais loin de vous.

Elle voulut reprendre l'interminable série de questions au moyen desquelles elle s'était habituée à provoquer ses confidences personnelles. Mais elle les posait avec bien moins de spontanéité, bien moins d'adresse qu'à l'ordinaire. L'anxiété qui la préoccupait au moment où elle avait franchi le seuil de cette chambre n'était pas de celles qui vous laissent votre liberté d'esprit. Après un quart d'heure perdu en questions contraintes d'un côté, de l'autre en réponses données comme à regret, elle finit par aborder de loin le sujet délicat de cet entretien décisif.

– Avez-vous reçu les lettres que je vous ai écrites pendant mon séjour au bord de la mer ? lui demanda-t-elle tout à coup, cessant pour la première fois de le regarder.

– Oui, dit-il. Je les ai toutes reçues.

– Vous les avez lues, sans doute ?

– Je les ai toutes lues, et bien des fois.

Le cœur de Magdalen battit à lui rompre la poitrine. Elle avait courageusement tenu sa promesse. L'histoire complète de sa vie, depuis l'époque du désastre de Combe-Raven jusqu'à la destruction de la contre-lettre, avait successivement passé sous les yeux de Kirke. Aucune de ses actions, aucune de ses pensées, rien enfin n'avait été dissimulé. Elle s'était imposé la même bonne foi vis-à-vis de lui dont il aurait usé vis-à-vis d'elle.

La résolution, jusque-là, ne lui avait pas manqué, mais elle reculait maintenant devant la question décisive qu'elle était venue lui poser. Si vif que fût en elle le désir de savoir si elle l'avait à jamais perdu ou conquis, la crainte de le savoir l'emportait encore à ce moment. Elle attendait, tremblante, elle attendait sans pouvoir ajouter un mot.

– M'autorisez-vous, lui demanda-t-il, à vous parler de vos lettres ? Puis-je vous dire ?

Si elle l'avait regardé tandis qu'il prononçait ce peu de paroles, elle aurait lu sur son visage ce qu'il pensait d'elle. Elle aurait vu, si peu au courant qu'il pût être de ce qui se passe dans le monde, qu'il connaissait l'inestimable valeur, le noble mérite d'une femme tout à fait sincère. Mais elle n'avait pas le courage de lever sur lui ces yeux qu'elle tenait obstinément fixés sur le tapis étendu à ses pieds.

– Pas tout à fait encore, dit-elle d'une voix faible… pas tout à fait sitôt après nous être revus.

Elle se leva de son fauteuil avec un certain empressement pour aller s'accouder à la fenêtre ; puis elle revint dans l'intérieur de la chambre et se rapprocha de la table auprès de laquelle il était assis. Les objets de bureau étalés en désordre autour de lui offrirent à Magdalen, pour changer de conversation, un prétexte dont elle s'empara aussitôt :

– Vous écriviez donc une lettre, lui demanda-t-elle, au moment où je suis entrée ?

– J'y songeais, répondit-il, mais ce n'était pas une lettre qu'on pût écrire sans y avoir beaucoup réfléchi.

Tout en lui répondant, il s'était levé pour réunir d'abord, et ranger ensuite, les menus objets auxquels elle avait fait allusion.

– Mais, reprit-elle, je ne suis pas ici pour vous déranger. Qui m'empêche, au contraire, de vous prêter assistance ? S'agirait-il, par hasard, d'un secret ?

– Mais non… non… pas le moins du monde.

Il ne lui avait pas répondu sans hésitation. Elle devina aussitôt la vérité.

– Est-ce de votre vaisseau qu'il est question ?

Il ne savait pas à quel point elle s'était préoccupée, depuis qu'ils étaient séparés, de ces affaires sérieuses qu'il s'imaginait lui avoir complètement dissimulées. Il ne savait pas qu'elle en était déjà venue à se sentir jalouse du navire qui le lui disputait.

– Voudrait-on, continua-t-elle, vous faire reprendre votre ancienne existence ? Voudrait-on vous renvoyer à la mer ? Et faut-il que votre acceptation ou votre refus aient lieu sur-le-champ ?

– Sur-le-champ.

– De sorte que, si je n'étais pas venue, vous auriez accepté ?

Elle avait, sans s'en apercevoir, posé sa main sur le bras de Kirke, oubliant toutes considérations secondaires dans l'espèce d'anxiété que lui faisait éprouver l'attente de ce qu'il allait dire. Pour lui, l'aveu de son amour était sur le point de lui échapper. Mais, en ce moment encore, il sut s'imposer silence.

« Peu m'importe, pensait-il, ce qui me regarde. Mais quelle certitude pourrai-je avoir de ne pas l'affliger ? »

– Auriez-vous accepté ? reprit-elle.

– J'hésitais, répondit-il. J'hésitais entre l'acceptation et le refus.

La main de Magdalen étreignit le bras de Kirke ; un tremblement soudain la parcourut des pieds à la tête. Ce supplice devenait intolérable pour elle. Toute son âme était dans les mots qu'elle vint à prononcer ensuite :

– Est-ce pour moi que vous hésitiez ?

– Oui, dit-il. En échange de vos aveux, recevez le mien. J'hésitais à cause de vous.

Elle n'ajouta rien, mais elle le regarda. Par ce regard, la vérité se fit jour enfin. Le moment d'après, Magdalen était dans les bras de Kirke, la figure cachée dans sa poitrine, versant des larmes de joie.

– Ai-je bien mérité tant de bonheur ? murmurait-elle, amenée à cette question suprême. Oh ! je sais bien ce que me répondraient, si je les interrogeais au lieu de vous, les malheureux qui n'ont jamais vécu, jamais souffert par le cœur. Mis au courant de tout ce qui m'est advenu, ils oublieraient les tentations pour ne se ressouvenir que des fautes ; ils méconnaîtraient ce que j'ai souffert pour ne s'attacher qu'à ce qui les autoriserait à me condamner. Mais vous n'êtes pas de ces gens-là, n'est-il pas vrai ? Dites-moi s'il vous reste l'ombre d'une méfiance. Dites-moi si vous doutez que l'unique but, la chère pensée de toute mon existence à venir ne soit de rester digne de vous ? Je vous ai demandé d'attendre pour me revoir ; je vous ai demandé, si quelque vérité pénible devait être dite, de me la faire entendre ici, de votre propre bouche… Dites-la donc, vous que j'aime, vous à qui je suis ; dites-la moi, maintenant !

Elle avait levé les yeux vers lui, l'étreignant toujours, comme suspendue au suprême espoir de son avenir régénéré.

– Dites-moi toute la vérité, reprit-elle.

– Vous voulez l'entendre sortir de mes lèvres ?

– Oui, répondit-elle avec une ardeur passionnée. Que vos lèvres me disent ce que vous pensez de moi…

Il se pencha, et lui répondit par un baiser.

TABLE

Cet ouvrage
réalisé pour le compte des Éditions Phébus
a été mis en pages par In Folio,
reproduit et achevé d'imprimer
en janvier 2001
dans les ateliers de Normandie Roto Impressions S.A.
61250 Lonrai
N° d'imprimeur : 01-0116

Dépôt légal : juin 1999
I.S.B.N. : 2-85940-625-5
I.S.S.N. : 1285-6002